W0187195

Les Mystères de Paris

Tome I

EUGÈNE SUE

Les Mystères de Paris

Tome I

FRANCE LOISIRS
123 boulevard de Grenelle, Paris

© France Loisirs 1980
ISBN : 2-7242-0857-9

PREMIÈRE PARTIE

CHAPITRE PREMIER

LE TAPIS-FRANC

Le 13 décembre 1838, par une soirée pluvieuse et froide, un homme d'une taille athlétique, vêtu d'une mauvaise blouse, traversa le pont au Change et s'enfonça dans la Cité, dédale de rues obscures, étroites, tortueuses, qui s'étend depuis le Palais de Justice jusqu'à Notre-Dame.

Le quartier du Palais de Justice, très circonscrit, très surveillé, sert pourtant d'asile ou de rendez-vous aux malfaiteurs de Paris. N'est-il pas étrange, ou plutôt fatal, qu'une irrésistible attraction fasse toujours graviter ces criminels autour du formidable tribunal qui les condamne à la prison, au bagne, à l'échafaud !

Cette nuit-là, donc, le vent s'engouffrait violemment dans les espèces de ruelles de ce lugubre quartier ; la lueur blafarde, vacillante, des réverbères agités par la bise, se reflétait dans le ruisseau d'eau noirâtre qui coulait au milieu des pavés fangeux.

Les maisons, couleur de boue, étaient percées de quelques rares fenêtres aux châssis vermoulus et presque sans carreaux. De noires, d'infectes allées conduisaient à des escaliers plus noirs, plus infects encore, et si perpendiculaires, que l'on pouvait à peine les gravir à l'aide d'une corde à puits fixée aux murailles humides par des crampons de fer.

Le rez-de-chaussée de quelques-unes de ces maisons était occupé par les étalages de charbonniers, de tripiers, ou de revendeurs de mauvaises viandes.

Malgré le peu de valeur de ces denrées, la devanture de presque toutes ces misérables boutiques était grillagée de fer, tant les marchands redoutaient les audacieux voleurs de ce quartier.

L'homme dont nous parlons, en entrant dans la rue aux Fèves, située au centre de la cité, ralentit beaucoup sa marche : il se sentait *sur son terrain.*

La nuit était profonde, l'eau tombait à torrents, de fortes rafales de vent et de pluie fouettaient les murailles.

Dix heures sonnaient dans le lointain à l'horloge du Palais de Justice.

Les femmes embusquées sous des porches voûtés, obscurs, profonds comme des cavernes, chantaient à demi-voix quelques refrains populaires.

Une de ces créatures était sans doute connue de l'homme dont nous parlons ; car, s'arrêtant brusquement devant elle, il la saisit par le bras.

— Bonsoir, Chourineur (1).

Cet homme, repris de justice, avait été ainsi surnommé au bagne.

— C'est toi, la Goualeuse (2), dit l'homme en blouse ; tu vas me payer l'*eau d'aff* (3), ou je te fais danser sans violons !

— Je n'ai pas d'argent, répondit la femme en tremblant ; car cet homme inspirait une grande terreur dans le quartier.

— Si ta *filoche* est à *jeun* (4), l'*ogresse* du tapis-franc te fera crédit sur ta bonne mine.

— Mon Dieu ! je lui dois déjà le loyer des vêtements que je porte...

— Ah ! tu raisonnes ? s'écria le Chourineur. Et il donna dans l'ombre et au hasard un si violent coup de poing à cette malheureuse, qu'elle poussa un cri de douleur aigu.

— Ça n'est rien que ça, ma fille ; c'est pour t'avertir...

A peine le brigand avait-il dit ces mots, qu'il s'écria avec un effroyable jurement :

— Je suis piqué à l'aileron ; tu m'as égratigné avec tes ciseaux.

Et, furieux, il se précipita à la poursuite de la Goualeuse dans l'allée noire.

— N'approche pas, ou je te crève les *ardents* avec mes *fauchants* (5), dit-elle d'un ton décidé. Je ne t'avais rien fait, pourquoi m'as-tu battue ?

— Je vais te dire ça, s'écria le bandit en s'avançant toujours dans l'obscurité.

— Ah ! je te tiens ! et tu vas la danser ! ajouta-t-il en saisissant dans ses larges et fortes mains un poignet mince et frêle.

— C'est toi qui vas danser ! dit une voix mâle.

— Un homme ! Est-ce toi, Bras-Rouge ? réponds donc et ne serre pas si fort... j'entre dans l'allée de ta maison... ça peut bien être toi...

— Ça n'est pas Bras-Rouge, dit la voix.

— Bon, puisque ça n'est pas un ami, il va y avoir du *raisiné par terre* (6), s'écria le Chourineur. Mais à qui donc la petite patte que je tiens là ?

— C'est la pareille de celle-ci.

Sous la peau délicate et douce de cette main qui vint le saisir brusquement à la gorge, le Chourineur sentit se tendre des nerfs et des muscles d'acier.

La Goualeuse, réfugiée au fond de l'allée, avait lestement grimpé plusieurs marches : elle s'arrêta un moment, et s'écria en s'adressant à son défenseur inconnu :

— Oh ! merci, monsieur, d'avoir pris mon parti. Le Chourineur m'a battue parce que je ne voulais pas lui payer d'eau-de-vie. Je me suis revengée, mais je n'ai pas pu lui faire grand mal avec mes petits ciseaux. Maintenant je suis en sûreté, laissez-le ; prenez bien garde à vous, c'est le Chourineur.

(1) Bonsoir, donneur de coups de couteau. (Nous n'abuserons pas longtemps de cet affreux langage d'argot, nous en donnerons seulement quelques spécimens caractéristiques)

(2) La Chanteuse.

(3) L'eau-de-vie.

(4) Si ta bourse est vide.

(5) Je te crève les yeux avec mes ciseaux.

(6) Du sang répandu.

L'effroi qu'inspirait cet homme était bien grand.

— Mais vous ne m'entendez donc pas ? Je vous dis que c'est le Chourineur ! répéta la Goualeuse.

— Et moi je suis un *ferlampier* qui n'est pas *frileux* (1), dit l'inconnu.

Puis tout se tut.

On entendit pendant quelques secondes le bruit d'une lutte acharnée.

— Mais tu veux donc que je *t'escarpe* (2) ? s'écria le bandit en faisant un violent effort pour se débarrasser de son adversaire, qu'il trouvait d'une vigueur extraordinaire. Bon, bon, tu vas payer pour la Goualeuse et pour toi, ajouta-t-il en grinçant des dents.

— Payer en monnaie de coups de poing, oui, répondit l'inconnu.

— Si tu ne lâches pas ma cravate, je te mange le nez, murmura le Chourineur d'une voix étouffée.

— J'ai le nez trop petit, mon homme, et tu n'y vois pas clair !

— Alors viens sous le *pendu glacé* (3).

— Viens, reprit l'inconnu, nous nous y regarderons le blanc des yeux.

Et, se précipitant sur le Chourineur, qu'il tenait toujours au collet, il le fit reculer jusqu'à la porte de l'allée et le poussa violemment dans la rue, à peine éclairée par la lueur du réverbère.

Le bandit trébucha ; mais, se raffermissant aussitôt, il s'élança avec furie contre l'inconnu, dont la taille très svelte et très mince ne semblait pas annoncer la force incroyable qu'il déployait.

Le Chourineur, quoique d'une constitution athlétique et de première habileté dans une sorte de pugilat appelé vulgairement la *savate,* trouva, comme on dit, son *maître.*

L'inconnu lui *passa la jambe* (sorte de croc-en-jambe) avec une dextérité merveilleuse, et le renversa deux fois.

Ne voulant pas encore reconnaître la supériorité de son adversaire, le Chourineur revint à la charge en rugissant de colère.

Alors le défenseur de la Goualeuse, changeant brusquement de méthode, fit pleuvoir sur la tête du bandit une grêle de coups de poing aussi rudement assenés qu'avec un gantelet de fer.

Ces coups de poing, dignes de l'envie et de l'admiration de Jack Turner, l'un des plus fameux boxeurs de Londres, étaient d'ailleurs si en dehors des règles de la savate, que le Chourineur en fut doublement étourdi ; pour la troisième fois le brigand tomba comme un bœuf sur le pavé en murmurant :

— *Mon linge est lavé* (4).

— S'il renonce, ne l'achevez pas, ayez pitié de lui ! dit la Goualeuse qui pendant cette rixe s'était hasardée sur le seuil de l'allée de la maison de Bras-Rouge. Puis elle ajouta avec étonnement : Mais qui êtes-vous donc ? Excepté le Maître d'école, il n'y a personne, depuis la rue Saint-Eloi jusqu'à Notre-Dame, capable de battre le Chourineur. Je vous remercie bien, monsieur ; hélas ! sans vous il m'assommait.

(1) Je suis un bandit qui n'est pas poltron.

(2) Que je te tue.

(3) Sous le réverbère

(4) Je m'avoue vaincu, j'en ai assez

L'inconnu, au lieu de répondre à cette femme, écoutait attentivement sa voix.

Jamais timbre plus doux, plus frais, plus argentin, ne s'était fait entendre à son oreille ; il tâcha de distinguer les traits de la Goualeuse ; il ne put y parvenir, la nuit était trop sombre, la clarté du réverbère était trop pâle.

Après être resté quelques minutes sans mouvement, le Chourineur remua les jambes, les bras, et enfin se leva sur son séant.

— Prenez garde ! s'écria la Goualeuse en se réfugiant de nouveau dans l'allée et en tirant son protecteur par le bras, prenez garde, il va peut-être vouloir se revenger !

— Sois tranquille, ma fille ! s'il en veut encore, j'ai de quoi le servir.

Le brigand entendit ces mots.

— J'ai la coloquinte en bringues, dit-il à l'inconnu. Pour aujourd'hui j'en ai assez, je n'en mangerai plus ; une autre fois je ne dis pas, si je te retrouve.

— Est-ce que tu n'es pas content ? Est-ce que tu te plains ? s'écria l'inconnu d'un ton menaçant. Est-ce que j'ai *macaroné* (1) ?

— Non, non, je ne me plains pas ; tu es un cadet qui as de l'*atout* (2), dit le brigand d'un ton bourru, mais avec cette sorte de considération respectueuse que la force physique impose toujours aux gens de cette espèce. Tu m'as rincé ; et, excepté le Maître d'école, qui mangerait trois Alcides à son déjeuner, personne jusqu'à cette heure ne peut se vanter de me mettre le pied sur la tête.

— Eh bien ! après ?

— Après ?... j'ai trouvé mon maître, voilà tout. Tu auras le tien un jour ou l'autre, tôt ou tard... tout le monde trouve le sien... A défaut d'homme il y a toujours bien le *meg* des *megs* (3), comme disent les *sangliers* (4). Ce qui est sûr, c'est que, maintenant que tu as mis le Chourineur sous tes pieds, tu peux faire les quatre cents coups dans la Cité. Toutes les filles d'amour seront tes esclaves : *ogres* et *ogresses* n'oseront pas te refuser de te faire crédit. Ah çà ! mais qui es-tu donc ?... tu *dévides* le *jars* (5) comme père et mère ! Si tu es *grinche* (6), je ne suis pas ton homme. J'ai *chouriné* (7), c'est vrai ; parce que, quand le sang me monte aux yeux, j'y vois rouge, et il faut que je frappe... mais j'ai payé mes chourinades en allant quinze ans au *pré* (8). Mon temps est fini, je ne dois rien aux *curieux* (9), et je n'ai jamais *grinché* (10) ; demande à la Goualeuse.

— C'est vrai, ce n'est pas un voleur, dit celle-ci.

(1) Agi en traître
(2) Qui a du courage.
(3) Dieu.
(4) Les prêtres.
(5) Tu parles argot
(6) Voleur.
(7) Donne des coups de couteau à un homme.
(8) Aux galères.
(9) Aux juges
(10) Vole

— Alors viens boire un verre d'*eau d'aff,* et tu me connaîtras, dit l'inconnu : allons, sans rancune.

— C'est honnête de ta part... Tu es mon maître, je le reconnais, tu sais rudement jouer des poignets... il y a eu surtout la grêle de coups de poing de la fin... Tonnerre ! comme c'était festonné ! ça allait comme un marteau de forge. C'est un nouveau jeu... faudra me l'apprendre.

— Je recommencerai quand tu voudras.

— Pas sur moi, toujours, dis donc ; eh ! pas sur moi. J'en ai encore des éblouissements. Mais tu connais donc Bras-Rouge, que tu étais dans l'allée de sa maison ?

— Bras-Rouge ! dit l'inconnu, surpris de cette question ; je ne sais pas ce que tu veux dire ; il n'y a pas que Bras-Rouge qui habite cette maison, sans doute ?

— Si fait, mon homme... Bras-Rouge a ses raisons pour ne pas aimer les voisins, dit le Chourineur en souriant d'un air singulier.

— Eh bien ! tant mieux pour lui, reprit l'inconnu, qui semblait ne pas vouloir continuer la conversation à ce sujet. Je ne connais pas plus Bras-Rouge que Bras-Noir ; il pleuvait, j'étais entré un moment dans cette allée pour me mettre à l'abri : tu as voulu battre cette pauvre fille, je t'ai battu, voilà tout.

— C'est juste ; d'ailleurs tes affaires ne me regardent pas ; tous ceux qui ont besoin de Bras-Rouge ne vont pas le dire à Rome. N'en parlons plus. Puis, s'adressant à la Goualeuse : Foi d'homme, tu es une bonne fille ; je t'ai donné une calotte, tu m'as rendu un coup de ciseaux, c'était de jeu ; mais, ce qui est gentil de ta part, c'est que tu n'as pas aguiché cet enragé-là contre moi, quand je n'en voulais plus. Tu viendras boire avec nous ! c'est monsieur qui paye. A propos de ça, mon brave, dit-il à l'inconnu, si, au lieu d'aller *pitancher* (1) de l'*eau d'aff,* nous allions nous *refaire de sorgue* chez l'ogresse du « Lapin Blanc » : c'est un tapis-franc.

— Top, je paye à souper. Veux-tu venir, la Goualeuse ? dit l'inconnu.

— Oh ! j'avais bien faim, répondit-elle ; mais de voir des batteries, ça m'écœure, je n'ai plus d'appétit.

— Bah ! bah ! ça te viendra en mangeant, dit le Chourineur ; et la cuisine est fameuse au « Lapin Blanc ».

Les trois personnages, alors en parfaite intelligence, se dirigèrent vers la taverne.

Pendant la lutte du Chourineur et de l'inconnu, un charbonnier d'une taille colossale, embusqué dans une autre allée, avait observé avec anxiété les chances du combat, sans toutefois, ainsi qu'on l'a vu, prêter le moindre secours à l'un des deux adversaires.

Lorsque l'inconnu, le Chourineur et la Goualeuse se dirigèrent vers la taverne, le charbonnier les suivit.

Le bandit et la Goualeuse entrèrent les premiers dans le tapis-franc ; l'inconnu les suivait, lorsque le charbonnier s'approcha et lui dit tout bas en anglais et d'un ton de respectueuse remontrance :

— Monseigneur, prenez bien garde !

L'inconnu haussa les épaules et rejoignit ses compagnons.

(1) Boire

Le charbonnier ne s'éloigna pas de la porte du cabaret ; prêtant l'oreille avec attention, il regardait de temps à autre au travers d'un petit jour pratiqué dans l'épaisse couche de blanc d'Espagne dont les vitres de ces repaires sont toujours enduites intérieurement.

CHAPITRE II

L'OGRESSE

Le cabaret du « Lapin Blanc » est situé vers le milieu de la rue aux Fèves. Cette taverne occupe le rez-de-chaussée d'une haute maison dont la façade se compose de deux fenêtres dites à *guillotine*.

Au-dessus de la porte d'une sombre allée voûtée se balance une lanterne oblongue dont la vitre fêlée porte ces mots écrits en lettres rouges : « Ici on loge à la nuit ».

Le Chourineur, l'inconnu et la Goualeuse, entrèrent dans la taverne.

C'était une vaste salle basse, au plafond enfumé, rayé de solives noires, éclairée par la lumière rougeâtre d'un mauvais quinquet. Les murs, recrépis à la chaux, sont couverts çà et là de dessins grossiers ou de sentences en termes d'argot.

Le sol battu, salpêtré, est imprégné de boue ; une brassée de paille est déposée, en guise de tapis, au pied du comptoir de l'ogresse, situé à droite de la porte et au-dessous du quinquet.

De chaque côté de cette salle il y a six tables ; d'un bout, elles sont scellées au mur, ainsi que les bancs qui les accompagnent. Au fond une porte donne dans une cuisine ; à droite, près du comptoir, existe une sortie sur l'allée qui conduit aux taudis où l'on couche à trois sous la nuit.

Maintenant quelques mots de l'ogresse et de ses hôtes.

L'ogresse s'appelle la mère Ponisse ; sa triple profession consiste à loger, à tenir un cabaret, et à louer des vêtements aux misérables créatures qui pullulent dans ces rues immondes.

L'ogresse a quarante ans environ. Elle est grande, robuste, corpulente, haute en couleur et quelque peu barbue. Sa voix rauque, virile, ses gros bras, ses larges mains, annoncent une force peu commune ; elle porte sur son bonnet un vieux foulard rouge et jaune ; un châle de poil de lapin se croise sur sa poitrine et se noue derrière son dos ; sa robe de laine verte laisse voir des sabots noirs souvent incendiés par sa chaufferette ; enfin le teint de l'ogresse est cuivré, enflammé par l'abus des liqueurs fortes.

Le comptoir, plaqué de plomb, est garni de brocs cerclés de fer et de différentes mesures d'étain ; sur une tablette attachée au mur on voit plusieurs flacons de verre façonnés de manière à représenter la figure en pied de l'Empereur.

Ces bouteilles renferment des breuvages frelatés de couleur rose et verte, connus sous le nom de *Parfait Amour* et de *Consolation.*

Enfin, un gros chat noir à prunelles jaunes, accroupi près de l'ogresse, semble le démon familier de ce lieu.

Par un contraste qui semblerait impossible si l'on ne savait que l'âme humaine est un abîme impénétrable... une sainte branche de buis de Pâques, achetée à l'église par l'ogresse, était placée derrière la boîte d'une ancienne pendule à coucou.

Deux hommes à figure sinistre, à barbe hérissée, vêtus presque de haillons, touchaient à peine au broc de vin qu'on leur avait servi, et parlaient à voix basse d'un air inquiet.

L'un d'eux surtout, très pâle, presque livide, rabattait souvent jusque sur ses sourcils un mauvais bonnet grec dont il était coiffé ; il tenait sa main gauche presque toujours cachée, ayant soin de la dissimuler, autant que possible, lorsqu'il était obligé de s'en servir.

Plus loin s'attablait un jeune homme de seize ans à peine, à la figure imberbe, hâve, creuse, plombée, au regard éteint ; ses longs cheveux noirs flottaient autour de son cou ; cet adolescent, type du vice précoce, fumait une courte pipe blanche. Le dos appuyé au mur, les deux mains dans les poches de sa blouse, les jambes étendues sur le banc, il ne quittait sa pipe que pour boire à même d'une canette d'eau-de-vie placée devant lui.

Les autres habitués du tapis-franc, hommes ou femmes, n'offraient rien de remarquable, leurs physionomies étaient féroces ou abruties, leur gaieté grossière ou licencieuse, leur silence sombre ou stupide.

Tels étaient les hôtes du tapis-franc lorsque l'inconnu, le Chourineur et la Goualeuse y entrèrent.

Ces trois derniers personnages jouent un rôle trop important dans ce récit, leurs figures sont trop caractérisées, pour que nous ne les mettions pas en relief.

Le Chourineur, homme de haute taille et de constitution athlétique, a des cheveux d'un blond pâle tirant sur le blanc, des sourcils épais et d'énormes favoris d'un roux ardent

Le hâle, la misère, les rudes labeurs du bagne ont bronzé son teint de cette couleur sombre, olivâtre, pour ainsi dire, particulière aux forçats.

Malgré son terrible surnom, les traits de cet homme expriment plutôt une sorte d'audace brutale que la férocité ; quoique la partie postérieure de son crâne, singulièrement développée, annonce la prédominance des appétits meurtriers et charnels.

Le Chourineur porte une mauvaise blouse bleue, un pantalon de gros velours primitivement vert, et dont on ne peut distinguer la couleur sous l'épaisse couche de boue qui le couvre.

Par une anomalie étrange, les traits de la Goualeuse offrent un de ces types angéliques et candides qui conservent leur idéalité même au milieu de la dépravation, comme si la créature était impuissante à effacer par ses vices la noble empreinte que Dieu a mise au front de quelques privilégiés

La Goualeuse avait seize ans et demi.

Le front le plus pur, le plus blanc, surmontait son visage d'un ovale parfait ; une frange de cils, tellement longs qu'ils frisaient un peu, voilait à demi ses grands yeux bleus Le duvet de la première jeunesse veloutait ses joues rondes et vermeilles. Sa petite bouche purpurine, son nez fin et droit, son menton à fossette, étaient d'une adorable suavité de lignes. De chaque côté de ses tempes satinées, une natte de cheveux d'un blond cendré magnifique descendait en s'arrondissant jusqu'au milieu de la joue, remontait derrière l'oreille dont on apercevait le lobe d'ivoire rosé, puis disparaissait sous les plis serrés d'un grand mouchoir de cotonnade à carreaux bleus, et noué, comme on dit vulgairement, en *marmotte.*

Un collier de grains de corail entourait son cou d'une beauté et d'une blancheur éblouissantes. Sa robe d'alépine brune, beaucoup trop large, laissait deviner une taille fine, souple et ronde comme un jonc. Un mauvais petit châle orange, à franges vertes, se croisait sur son sein.

Le charme de la voix de la Goualeuse avait frappé son défenseur inconnu. En effet, cette voix douce, vibrante, harmonieuse, avait un attrait si irrésistible, que la tourbe de scélérats et de femmes perdues au milieu desquels vivait cette jeune fille la suppliaient souvent de chanter, l'écoutaient avec ravissement, et l'avaient surnommée la *Goualeuse* (la chanteuse).

La Goualeuse avait reçu un autre surnom, dû sans doute à la candeur virginale de ses traits...

On l'appelait encore *Fleur-de-Marie,* mots qui en argot signifient la *Vierge.*

Pourrons-nous faire comprendre au lecteur notre singulière impression, lorsqu'au milieu de ce vocabulaire infâme, où les mots qui signifient le vol, le sang, le meurtre, sont encore plus hideux et plus effrayants que les hideuses et effrayantes choses qu'ils expriment, lorsque nous avons, disons-nous, surpris cette métaphore d'une poésie si douce, si tendrement pieuse : *Fleur-de-Marie.*

Ne dirait-on pas un beau lis élevant la neige odorante de son calice immaculé au milieu d'un champ de carnage ?

Bizarre contraste, étrange hasard ! les inventeurs de cette épouvantable langue se sont ainsi élevés jusqu'à une sainte poésie ! ils ont prêté un charme de plus à la chaste pensée qu'ils voulaient exprimer !

Ces réflexions n'amènent-elles pas à croire, en songeant ainsi à d'autres contrastes qui rompent souvent l'horrible monotonie des existences les plus criminelles, que certains principes de moralité, de piété, pour ainsi dire innés, jettent encore quelquefois çà et là de vives lueurs dans les âmes les plus ténébreuses ? Les scélérats *tout d'une pièce* sont des phénomènes assez rares.

Le défenseur de la Goualeuse (nous nommerons cet inconnu Rodolphe) paraissait âgé de trente à trente-six ans ; sa taille moyenne, svelte, parfaitement proportionnée, ne semblait pas annoncer la vigueur surprenante que cet homme venait de déployer dans sa lutte avec l'athlétique Chourineur.

Il eût été très difficile d'assigner un caractère certain à la physionomie de Rodolphe ; elle réunissait les contrastes les plus bizarres.

Ses traits étaient régulièrement beaux, trop beaux peut-être pour un homme.

Son teint d'une pâleur délicate, ses grands yeux d'un brun orangé, presque toujours à demi fermés et entourés d'une légère auréole d'azur, sa démarche nonchalante, son regard distrait, son sourire ironique, semblaient annoncer un homme blasé, dont la constitution était sinon délabrée, du moins affaiblie par les aristocratiques excès d'une vie opulente.

Et pourtant, de sa main élégante et blanche, Rodolphe venait de terrasser un des bandits les plus robustes, les plus redoutés de ce quartier de bandits.

Nous disons *aristocratiques excès,* parce que l'ivresse d'un vin généreux diffère complètement de l'ivresse d'un affreux breuvage frelaté ; parce qu'en un mot, aux yeux de l'observateur, les excès diffèrent de symptômes comme ils diffèrent de nature et d'espèce.

Certains plis du front de Rodolphe révélaient le penseur profond, l'homme essentiellement contemplatif... et pourtant la fermeté des contours de sa bouche, son port de tête quelquefois impérieux et hardi, décelaient alors l'homme d'action, dont la force physique, dont l'audace exercent toujours sur la foule un irrésistible ascendant.

Souvent son regard se chargeait d'une triste mélancolie, et tout ce que la commisération a de plus secourable, tout ce que la pitié a de plus touchant, se peignait sur son visage. D'autres fois, au contraire, le regard de Rodolphe devenait dur, méchant ; ses traits exprimaient tant de dédain et de cruauté qu'on ne pouvait le croire capable de ressentir aucune émotion douce.

La suite de ce récit montrera quel ordre de faits ou d'idées excitait chez lui des passions si contraires.

Dans sa lutte avec le Chourineur, Rodolphe n'avait témoigné ni colère ni haine contre cet adversaire indigne de lui. Confiant dans sa force, dans son adresse, dans son agilité, il n'avait eu qu'un mépris railleur pour l'espèce de bête brute qu'il venait de terrasser.

Pour achever le portrait de Rodolphe, nous dirons que ses cheveux étaient châtain clair, de la même nuance que ses sourcils noblement arqués et que sa petite moustache fine et soyeuse ; son menton un peu saillant était soigneusement rasé.

Du reste, les manières et le langage qu'il affectait avec une incroyable aisance, donnaient à Rodolphe une complète ressemblance avec les hôtes de l'ogresse. Son cou svelte, aussi élégamment modelé que celui de Bacchus indien, était entouré d'une cravate noire nouée négligemment, et dont les bouts retombaient sur le collet de sa blouse bleue, d'une nuance blanchâtre annonçant la vétusté. Une double rangée de clous armaient ses gros souliers. Enfin, sauf ses mains d'une distinction rare, rien ne le distinguait matériellement des hôtes du tapis-franc ; tandis que son air de résolution, et, pour ainsi dire, d'audacieuse sérénité, mettait entre eux et lui une distance énorme.

En entrant dans le tapis-franc, le Chourineur, posant une de ses larges mains velues sur l'épaule de Rodolphe, s'écria :

— Salut au maître du Chourineur !... Oui, les amis, ce cadet-là vient de me rincer... Avis aux amateurs qui auraient l'idée de se faire casser les reins ou crever la *sorbonne* (1), en comptant le Maître d'école

(1) La tête

qui, cette fois-ci, trouvera son maître... J'en réponds et je le parie !

A ces mots, depuis l'ogresse jusqu'au dernier des habitués du tapis-franc, tous regardèrent le vainqueur du Chourineur avec un respect craintif.

Les uns reculèrent leurs verres et leurs brocs au bout de la table qu'ils occupaient, s'empressant de faire une place à Rodolphe, dans le cas où il aurait voulu se placer à côté d'eux ; d'autres s'approchèrent du Chourineur pour lui demander à voix basse quelques détails sur cet inconnu qui débutait si victorieusement dans le *monde.*

L'ogresse, enfin, avait adressé à Rodolphe l'un de ses plus gracieux sourires. Chose inouïe, exorbitante, fabuleuse dans les fastes du « Lapin Blanc », elle s'était levée de son comptoir pour venir prendre les ordres de Rodolphe et savoir ce qu'il fallait servir à sa *société,* attention que l'ogresse n'avait jamais eue pour le fameux Maître d'école, terrible scélérat qui faisait trembler le Chourineur lui-même.

Un des deux hommes à figure sinistre que nous avons signalés (celui qui, très pâle, cachait sa main gauche et rabattait toujours son bonnet grec sur son front) se pencha vers l'ogresse, qui essuyait soigneusement la table de Rodolphe, et lui dit d'une voix enrouée :

— Le Maître d'école n'est pas venu aujourd'hui ?

— Non, dit la mère Ponisse.

— Et hier ?

— Il est venu.

— Avec sa nouvelle *largue* (1) ?

— Ah ça ! est-ce que tu me prends pour un *raille* (2), avec tes drogueries ? Est-ce que tu crois que je vas *manger* mes pratiques *sur l'orgue* (3) ? dit l'ogresse d'une voix brutale.

— J'ai rendez-vous ce soir avec le Maître d'école, répéta le brigand, nous avons des affaires ensemble.

— Ça doit être du propre, vos affaires, tas d'*escarpes* (4) que vous êtes !

— Escarpes ! répéta le bandit d'un air irrité, c'est les escarpes qui te font vivre !

— Ah çà ! vas-tu me donner la paix ! s'écria l'ogresse d'un ton menaçant, en levant sur le questionneur le broc qu'elle tenait à la main.

L'homme se remit à sa place en grommelant.

Fleur-de-Marie, entrant dans la taverne de l'ogresse sur les pas du Chourineur, avait échangé un signe de tête amical avec l'adolescent à figure flétrie.

Le Chourineur dit à ce dernier :

— Eh ! Barbillon, tu *pitanches* donc toujours de l'*eau d'aff* (5) ?

— Toujours ! j'aime mieux faire la *tortue* et avoir des *philosophes* aux *arpions* que d'être sans *eau d'aff* dans l'*avaloir* et sans *tréfoin* dans ma

(1) Sa nouvelle femme.
(2) Mouchard.
(3) Dénoncer mes pratiques
(4) Assassins
(5) Tu bois donc toujours de l'eau-de-vie ?

chiffarde (1), dit le jeune homme d'une voix cassée, sans changer de position et en lançant d'énormes bouffées de tabac.

— Bonsoir, mère Ponisse, dit la Goualeuse.

— Bonsoir, Fleur-de-Marie, répondit l'ogresse en s'approchant de la jeune fille pour inspecter les vêtements qui couvraient la malheureuse et qu'elle lui avait loués. Après cet examen, elle lui dit avec une sorte de satisfaction bourrue :

— C'est un plaisir de te louer des effets, à toi... tu es propre comme une petite chatte... aussi je n'aurais pas confié ce joli châle à des canailles comme la Tourneuse ou la Tête-de-Mort. Mais aussi c'est moi qui t'ai *éduquée* depuis ta sortie de prison... et il faut être juste, il n'y a pas un meilleur sujet que toi dans toute la Cité.

La Goualeuse baissa la tête et ne parut nullement fière des louanges de l'ogresse.

— Tiens ! dit Rodolphe, vous avez du buis bénit sur votre coucou, la mère ?

Et il montra du doigt le saint rameau placé derrière la vieille horloge.

— Eh bien, faut-il pas vivre comme des païens ! répondit naïvement l'horrible femme.

Puis, s'adressant à Fleur-de-Marie, elle ajouta :

— Dis donc, la Goualeuse, est-ce que tu ne vas pas nous *goualer* une de tes *goualantes* (2) ?

— Après souper, mère Ponisse, dit le Chourineur.

— Qu'est-ce que je vas vous servir, mon brave ? dit l'ogresse à Rodolphe, dont elle voulait se faire bien venir et peut-être au besoin acheter le soutien.

— Demandez au Chourineur, la mère ; il régale ; moi, je paye.

— Eh bien ! dit l'ogresse en se tournant vers le bandit, qu'est-ce que tu veux à souper, mauvais chien ?

— Deux doubles *cholettes* de *tortu* à douze, un *arlequin* et trois croûtons de *lartif* bien tendre (deux litres de vin à douze sous, trois croûtons de pain très tendre) et un *arlequin* (3), dit le Chourineur, après avoir un moment médité sur la composition de ce menu.

— Je vois que tu es toujours un fameux *licheur*, et que tu as toujours une passion pour les *arlequins*.

— Eh bien ! maintenant, la Goualeuse, dit le Chourineur, as-tu faim ?

— Non, Chourineur.

— Veux-tu autre chose qu'un *arlequin*, ma fille ? dit Rodolphe.

— Oh ! non... ma faim a passé...

— Mais regarde donc *mon maître*... ma fille ! dit le Chourineur en riant d'un gros rire et indiquant Rodolphe du regard. Est-ce que tu n'oses pas le reluquer ?

La Goualeuse rougit et baissa les yeux sans répondre.

(1) J'aime mieux jeûner et avoir des savates (des philosophes) aux pieds que d'être sans eau-de-vie dans le gosier et sans tabac dans ma pipe.

(2) Est-ce que tu ne vas pas chanter une de tes chansons ?

(3) Un arlequin est un ramassis de viande, de poisson et de toutes sortes de restes provenant de la desserte de la table des domestiques des grandes maisons. Nous sommes honteux de ces détails, mais ils concourent à l'ensemble de ces menus.

Au bout de quelques moments, l'ogresse vint elle-même placer sur la table de Rodolphe un broc de vin, un pain, et l'*arlequin*, dont nous n'essayerons pas de donner une idée au lecteur, mais que le Chourineur sembla trouver parfaitement de son goût, car il s'écria :

— Quel plat ! Dieu de Dieu !... quel plat ! c'est comme un omnibus ! Il y en a pour tous les goûts, pour ceux qui font gras et pour ceux qui font maigre, pour ceux qui aiment le sucre et ceux qui aiment le poivre... Des pilons de volaille, des queues de poisson, des os de côtelette, des croûtes de pâté, de la friture, du fromage, des légumes, des têtes de bécasse, du biscuit et de la salade. Mais mange donc, la Goualeuse... c'est du soigné... Est-ce que tu as nocé aujourd'hui ?

— Nocé ! ah bien oui ! J'ai mangé ce matin, comme toujours, mon sou de lait et mon sou de pain.

L'entrée d'un nouveau personnage dans le cabaret interrompit toutes les conversations et fit lever toutes les têtes.

C'était un homme entre les deux âges, alerte et robuste, portant veste et casquette, parfaitement au fait des usages du tapis-franc ; il employa le langage familier à ses hôtes pour demander à souper.

Quoique cet étranger ne fût pas un des habitués du tapis-franc, on ne fit bientôt plus attention à lui : il était *jugé.*

Pour reconnaître leurs pareils, les bandits, comme les honnêtes gens, ont un coup d'œil sûr.

Ce nouvel arrivant s'était placé de façon à pouvoir observer les deux individus à figure sinistre dont l'un avait demandé le Maître d'école. Il ne les quittait pas du regard ; mais, par leur position, ceux-ci ne pouvaient s'apercevoir de la surveillance dont ils étaient l'objet.

Les conversations, un moment interrompues, reprirent leurs cours. Malgré son audace, le Chourineur témoignait une sorte de déférence à Rodolphe ; il n'osait pas le tutoyer.

Cet homme ne respectait pas les lois, mais il respectait la force...

— Foi d'homme ! dit-il à Rodolphe, quoique j'aie eu ma danse, je suis tout de même flatté de vous avoir rencontré.

— Parce que tu trouves l'*arlequin* de ton goût ?...

— D'abord... et puis parce que je grille de vous voir vous crocher avec le Maître d'école, lui qui m'a toujours rincé... le voir rincé à son tour... ça me flattera...

— Ah çà ! est-ce que tu crois que pour t'amuser je vais sauter comme un bouledogue sur le Maître d'école ?

— Non, mais il sautera sur vous dès qu'il entendra dire que vous êtes plus fort que lui, répondit le Chourineur en se frottant les mains.

— J'ai encore assez de monnaie pour lui donner sa paye ! dit nonchalamment Rodolphe ; puis il reprit : — Ah çà, il fait un temps de chien... si nous demandions un pot d'*eau d'aff* avec du sucre, ça mettrait peut-être la Goualeuse en train de chanter...

— Ça me va, dit le Chourineur.

— Et pour faire connaissance nous nous dirons qui nous sommes, ajouta Rodolphe.

— L'Albinos, dit Chourineur, *fagot affranchi* (forçat libéré), débardeur de bois flotté au quai Saint-Paul, gelé pendant l'hiver, rôti pendant l'été, voilà mon caractère, dit le convive de Rodolphe en faisant le salut militaire avec sa main gauche. Ah ça, ajouta-t-il, et vous, mon maître, c'est la première fois qu'on vous voit dans la Cité... C'est pas pour vous le reprocher, mais vous y êtes entré crânement sur mon crâne et tambour battant sur ma peau. Nom d'un nom, quel roulement !... Surtout les coups de poing de la fin... J'en reviens toujours là, comme c'était *fignolé !...* Mais vous avez un autre métier que de rincer le Chourineur ?

— Je suis peintre en éventails ! et je m'appelle Rodolphe.

— Peintre en éventails ! c'est donc ça que vous avez les mains si blanches, dit le Chourineur. C'est égal, si tous vos camarades sont comme vous, il paraît qu'il faut être pas mal fort pour faire cet état-là... Mais puisque vous êtes ouvrier, et sans doute un honnête ouvrier... pourquoi venez-vous dans un tapis-franc, où il n'y a que des *grinches,* des *escarpes* ou des *fagots affranchis* comme moi, et qui ne peuvent aller ailleurs ?

— Je viens ici, parce que j'aime la bonne société.

— Hum !... hum !... dit le Chourineur en secouant la tête d'un air de doute. Je vous ai trouvé dans l'allée de Bras-Rouge ; enfin... suffit... Vous dites que vous ne le connaissez pas ?

— Est-ce que tu vas m'ennuyer encore longtemps avec ton Bras-Rouge, que l'enfer confonde... si ça plaît à Lucifer !...

— Tenez, mon maître, vous vous défiez peut-être de moi, et vous n'avez pas tort... Mais, si vous voulez, je vous raconterai mon histoire... à condition que vous m'apprendrez à donner les coups de poing qui ont été le bouquet de ma raclée... j'y tiens.

— J'y consens, Chourineur, tu me diras ton histoire... et la Goualeuse dira aussi la sienne.

— Ça va, reprit le Chourineur... il fait un temps à ne pas mettre un sergent de ville dehors... ça nous amusera... Veux-tu, la Goualeuse ?

— Je veux bien ; mais ça ne sera pas long, dit Fleur-de-Marie...

— Et vous nous direz la vôtre, camarade Rodolphe ? ajouta le Chourineur.

— Oui, je commencerai...

— Peintre d'éventails, dit la Goualeuse, c'est un bien joli métier.

— Eh ! combien gagnez-vous à vous éreinter à ça ? dit le Chourineur.

— Je suis à ma tâche, répondit Rodolphe ; mes bonnes journées vont à quatre francs, quelquefois à cinq, mais dans l'été, parce que les jours sont longs.

— Et vous flânez souvent, gueusard ?

— Oui, tant que j'ai de l'argent : d'abord six sous pour ma nuit dans mon garni.

— Excusez, monseigneur... vous couchez à six, vous ! dit le Chourineur en portant la main à son bonnet...

Ce mot *monseigneur,* dit ironiquement par le Chourineur, fit sourire imperceptiblement Rodolphe, qui reprit :

— Oh ! je tiens à mes aises et à la propreté.

— En voilà un pair de France ! un banquier ! un riche ! s'écria le Chourineur, il couche à six.

— Avec ça continua Rodolphe, quatre sous de tabac, ça fait dix, quatre sous à déjeuner, quatorze, quinze sous à dîner · un ou deux sous d'eau-de-vie, ça me fait dans les environs de trente *ronds* (sous) par jour. Je n'ai pas besoin de travailler toute la semaine ; le reste du temps je fais la noce.

— Et votre famille ? dit la Goualeuse.

— Le choléra l'a mangée, reprit Rodolphe.

— Qu'est-ce qu'ils étaient, vos parents ? demanda la Goualeuse.

— Fripiers sous les piliers des Halles, négociants en vieux chiffons.

— Et combien que vous avez vendu leur fonds ? dit le Chourineur.

— J'étais trop jeune, c'est mon tuteur qui l'a vendu ; quand j'ai été *major,* je lui ai redû trente francs... Voilà mon héritage.

— Et votre maître fabricant, à cette heure ? demanda le Chourineur.

— Mon *singe* (1) ? il s'appelle M. Borel, rue des Bourdonnais, bête... mais brutal ; voleur... mais avare ; il aime autant se faire crever un œil que faire la paye aux ouvriers. Voilà son signalement ; s'il s'égare, laissez-le se perdre, ne le ramenez pas à sa fabrique. J'ai été apprenti chez lui depuis l'âge de quinze ans, j'ai eu un bon numéro à la conscription ; je demeure rue de la Juiverie, au quatrième sur le devant ; je m'appelle Rodolphe Durand... Voilà mon histoire.

— Maintenant, à ton tour, la Goualeuse, dit le Chourineur ; je garde mon histoire pour la bonne bouche.

(1) Mon bourgeois mon maître

CHAPITRE III

HISTOIRE DE LA GOUALEUSE

— Commençons d'abord par le commencement, dit le Chourineur

— Oui... tes parents ? reprit Rodolphe.

— Je ne les connais pas, dit Fleur-de-Marie.

— Ah ! bah ! fit le Chourineur.

— Ni vus, ni connus ; née sous un chou, comme on dit aux enfants.

— Tiens, c'est drôle, la Goualeuse !... nous sommes de la même famille...

— Toi aussi, Chourineur ?

— Orphelin du pavé de Paris, tout comme toi, ma fille.

— Et qui est-ce qui t'a élevée, la Goualeuse ? demanda Rodolphe.

— Je ne sais pas... Du plus loin qu'il m'en souvient, je crois, sept à huit ans, j'étais avec une vieille borgnesse qu'on appelait la Chouette... parce qu'elle avait un nez crochu, un œil vert tout rond, et qu'elle ressemblait à une chouette qui aurait un œil crevé.

— Ah !... ah !... ah !... Je la vois d'ici, la Chouette ! s'écria le Chourineur en riant.

— La borgnesse, reprit Fleur-de-Marie, me faisait vendre, le soir, du sucre d'orge sur le Pont-Neuf ; manière de demander l'aumône... Quand je n'apportais pas au moins dix sous en rentrant, la Chouette me battait au lieu de me donner à souper.

— Je comprends, ma fille, dit le Chourineur, un coup de pied en guise de pain, avec des calottes pour mettre dessus.

— Oh ! mon Dieu, oui...

— Et tu es sûre que cette femme n'était pas ta mère ? demanda Rodolphe.

— J'en suis bien sûre, la Chouette me l'a assez reproché, d'être sans père ni mère ; elle me disait toujours qu'elle m'avait ramassée dans la rue.

— Ainsi, reprit le Chourineur, tu avais une danse pour fricot, quand tu ne faisais pas une recette de dix sous ?

— Un verre d'eau par là-dessus, et j'allais grelotter toute la nuit dans une paillasse étendue par terre et où la borgnesse avait fait un trou pour me fourrer... Tenez, on croit comme ça que la paille est chaude ; eh bien ! on se trompe.

— La *plume de Beauce* (1) ! s'écria le Chourineur, tu as raison, ma mie, c'est une vraie gelée ; le fumier vaudrait cent fois mieux ! mais on fait sa tête, on dit : C'est canaille... ç'a été porté !

Cette plaisanterie fit sourire Fleur-de-Marie, qui continua :

— Le lendemain matin, la borgnesse me donnait la même ration pour déjeuner que pour souper, et je m'en allais à Montfaucon chercher des vers de terre pour amorcer le poisson ; car dans le jour la Chouette tenait sa boutique de lignes à pêcher sous le pont Notre-Dame... Pour un enfant de sept ans qui meurt de faim et de froid, il y a loin, allez... de la rue de la Mortellerie à Montfaucon.

— L'exercice t'a fait pousser droite comme un jonc, ma fille ; faut pas te plaindre de ça, dit le Chourineur battant le briquet pour allumer sa pipe.

— Enfin, je revenais éreintée avec un plein panier de vers. Alors, sur le midi, la Chouette me donnait un bon morceau de pain, et je ne laissais pas la mie, je t'en réponds.

— De ne pas manger, ça t'a rendu la taille fine comme une guêpe, ma fille ; faut pas te plaindre de ça, dit le Chourineur en aspirant bruyamment quelques bouffées de tabac. Mais qu'est-ce que vous avez donc, camarade ? non, je veux dire maître Rodolphe ? vous avez l'air tout chose... Est-ce parce que c'te jeunesse a eu de la misère ? Tiens... nous en avons tous eu de la misère !

— Oh ! je te défie bien d'avoir été aussi malheureux que moi, Chourineur, dit Fleur-de-Marie.

— Moi, la Goualeuse !... Mais figure-toi donc, ma fille, que t'étais comme une reine auprès de moi ! Au moins, quand tu étais petite, tu couchais sur de la paille et tu mangeais du pain... Moi, je couchais les bonnes nuits dans les fours à plâtre de Clichy, en vrai *gouêpeur* (vagabond), et je me restaurais avec des feuilles de chou que je ramassais au coin des bornes ; mais, le plus souvent, comme il y avait trop loin pour aller aux fours à plâtre de Clichy, vu que la fringale me cassait les jambes, je me couchais sous les grosses pierres du Louvre... et l'hiver j'avais des draps blancs... quand il tombait de la neige.

— Tiens, un homme, c'est bien plus dur ; mais une pauvre petite fille, dit Fleur-de-Marie ; avec ça, j'étais grosse comme une mauviette.

— Tu te rappelles ça, toi ?

— Je crois bien ; quand la Chouette me battait, je tombais toujours du premier coup ; alors elle se mettait à trépigner sur moi en criant : « Cette petite gueuse-là ! elle n'a pas pour deux liards de force ; ça ne peut pas seulement supporter deux calottes ». Et puis elle m'appelait la Pégriotte ; j'ai pas eu d'autre nom, ç'a été mon baptême.

— C'est comme moi, j'ai eu le baptême des chiens perdus ; on m'appelait chose... machine... ou l'Albinos. C'est étonnant comme nous nous ressemblons, ma fille, dit le Chourineur.

— C'est vrai, dit Fleur-de-Marie, qui s'adressait presque toujours à cet homme ; ressentant malgré elle une sorte de honte en présence de

(1) La paille

Rodolphe, elle osait à peine lever les yeux, quoiqu'il parût appartenir à l'espèce de gens avec lesquels elle vivait habituellement.

— Et quand tu avais été chercher des vers pour la Chouette, qu'est-ce que tu faisais ? demanda le Chourineur.

— La borgnesse m'envoyait mendier autour d'elle jusqu'à la nuit ; car le soir elle allait faire de la friture sur le Pont-Neuf. Dame ! à cette heure-là, mon morceau de pain était bien loin ; mais si j'avais le malheur de demander à manger à la Chouette, elle me battait en me disant : « Fais dix sous d'aumône, Pégriotte, et tu auras à souper ! ». Alors, moi, comme j'avais bien faim, et qu'elle me faisait mal, je pleurais toutes les larmes de mon corps. La borgnesse me passait mon petit éventaire de sucre d'orge au cou, et elle me plantait sur le Pont-Neuf. Comme je sanglotais ! et que je grelottais de froid et de faim !...

— Toujours comme moi, ma fille, dit le Chourineur en interrompant la Goualeuse ; on ne croirait pas ça... mais la faim fait grelotter autant que le froid.

— Enfin, je restais sur le Pont-Neuf jusqu'à onze heures du soir, ma boutique de sucre d'orge au cou et pleurant bien fort. De me voir pleurer... souvent ça touchait les passants, et quelquefois on me donnait jusqu'à dix, jusqu'à quinze sous, que je rendais à la Chouette.

— Fameuse soirée pour une mauviette !

— Mais voilà-t-il pas que la borgnesse, qui voyait ça...

— D'un œil, dit le Chourineur en riant.

— D'un œil si tu veux, puisqu'elle n'en avait qu'un ; ne voilà-t-il pas que la borgnesse prend le pli de me donner toujours des coups avant de me mettre en faction sur le Pont-Neuf, afin de me faire pleurer devant les passants et d'augmenter ainsi ma recette.

— Ce n'était pas déjà si bête !

— Oui, tu crois ça, toi, Chourineur ? J'ai fini par m'endurcir aux coups ; je voyais que la Chouette rageait quand je ne pleurais pas ; alors, pour me venger d'elle, plus elle me faisait de mal, plus je riais ; et le soir, au lieu de sangloter en vendant mes sucres d'orge, je chantais comme une alouette, quoique je n'en eusse guère envie... de chanter.

— Dis donc... des sucres d'orge... c'est ça qui devait te faire envie, ma pauvre Goualeuse !

— Oh ! je crois bien, Chourineur ; mais je n'en avais jamais goûté ; c'était mon ambition... et c'est cette ambition qui m'a perdue, tu vas voir comment. Un jour, en revenant de mes vers, des gamins m'avaient battue et volé mon panier. Je rentre, je savais ce qui m'attendait ; je reçois ma paye et pas de pain. Le soir, avant d'aller au pont, la borgnesse, furieuse de ce que je n'avais pas étrenné la veille, au lieu de me donner des coups comme d'habitude pour me mettre en train de pleurer, me martyrise jusqu'au sang en m'arrachant des cheveux du côté des tempes, où c'est le plus sensible.

— Tonnerre ! ça c'est trop fort ! s'écria le bandit en frappant du poing sur la table et en fronçant les sourcils. Battre un enfant, bon... mais le martyriser, c'est trop fort !

Rodolphe avait attentivement écouté le récit de Fleur-de-Marie il regarda le Chourineur avec étonnement. Cet éclair de sensibilité le surprenait.

— Qu'as-tu donc, Chourineur ? lui dit-il.

— Ce que j'ai ! ce que j'ai ! Comment ! ça ne vous fait rien à vous ? Ce monstre de Chouette qui martyrise cette enfant ! Vous êtes donc aussi dur que vos poings ?

— Continue, ma fille, dit Rodolphe à Fleur-de-Marie, sans répondre à l'interpellation du Chourineur.

— Je vous disais donc que la Chouette me martyrisait pour me faire pleurer ; moi, ça me butte ; pour la faire endêver, je me mets à rire, et je m'en vas au pont avec mes sucres d'orge. La borgnesse était à sa poêle... De temps en temps, elle me montrait le poing. Alors, au lieu de pleurer, je chantais plus fort ; avec tout ça, j'avais une faim, une faim ! Depuis six mois que je portais des sucres d'orge, je n'en avais jamais goûté un... Ma foi ! ce jour-là, je n'y tiens pas... Autant par faim que pour faire enrager la Chouette, je prends un sucre d'orge et je le mange.

— Bravo, ma fille !

— J'en mange deux.

— Bravo ! Vive la charte ! ! !

— Dame ! je trouvais ça bon, mais ne voilà-t-il pas une marchande d'oranges qui se met à crier à la borgnesse : « Dis donc, la Chouette... Pégriotte mange ton fonds ! »

— Oh ! tonnerre ! ça va chauffer... ça va chauffer, dit le Chourineur singulièrement intéressé. Pauvre petit rat ! quel tremblement quand la Chouette s'est aperçue de ça, hein !

— Comment t'es-tu tirée de là, ma pauvre Goualeuse ? dit Rodolphe aussi intéressé que le Chourineur.

— Ah ! dame ! ç'a été dur ; seulement, ce qu'il y avait de drôle, ajouta Fleur-de-Marie en riant, c'est que la borgnesse, tout en enrageant de me voir manger ses sucres d'orge, ne pouvait pas quitter sa poêle, car sa friture était bouillante.

— Ah !... ah !... ah !... c'est vrai. En voilà une position difficile, s'écria le Chourineur en riant aux éclats.

Après avoir partagé l'hilarité du bandit, Fleur-de-Marie reprit :

— Ma foi ! moi, en pensant aux coups qui m'attendaient, je me dis : « Tant pis ! je ne serai pas plus battue pour trois que pour un ». Je prends un troisième bâton, et avant de le manger, comme la Chouette me menaçait encore de loin avec sa grande fourchette de fer... aussi vrai que voilà une assiette, je lui montre le sucre d'orge et je le croque à son nez.

— Bravo ! ma fille !... ça m'explique ton coup de ciseaux de tout à l'heure... Allons... allons, je te l'ai dit, tu as de l'*atout* (du courage). Mais la chouette a dû t'écorcher vive après ce coup-là ?

— Sa friture finie, elle vient à moi... On m'avait donné trois sous d'aumône et j'avais mangé pour six... Quand la borgnesse m'a prise par la main pour m'emmener, j'ai cru que j'allais tomber sur la place, tant j'avais peur... je me rappelle ça comme si j'y étais... car justement c'était dans le temps du jour de l'an. Tu sais, il y a toujours des boutiques de joujoux sur le Pont-Neuf ; toute la soirée j'en avais eu des éblouissements... rien qu'à regarder toutes ces belles poupées, tous ces beaux petits ménages... tu penses, pour un enfant...

— Et tu n'avais jamais eu de joujoux, Goualeuse ? dit le Chourineur.

— Moi ! es-tu bête, va !... Qui est-ce qui m'en aurait donné ? Enfin, la soirée finit ; quoiqu'en plein hiver, je n'avais qu'une mauvaise guenille de robe de toile, ni bas, ni chemise, et des sabots aux pieds ! il n'y avait pas de quoi étouffer, n'est-ce pas ? Eh bien, quand la borgnesse m'a pris la main, je suis devenue tout en nage. Ce qui m'effrayait le plus, c'est qu'au lieu de jurer, de tempêter, la Chouette ne faisait que marronner tout le long du chemin entre ses dents... Seulement elle ne me lâchait pas, et me faisait marcher si vite, si vite, qu'avec mes petites jambes j'étais obligée de courir pour la suivre. En courant, j'avais perdu un de mes sabots ; je l'ai suivie tout de même avec un pied nu... En arrivant, je l'avais tout en sang.

— La mauvaise chienne de borgnesse ! s'écria le Chourineur en frappant de nouveau sur la table avec colère ; ça me fait un drôle d'effet de penser à cette enfant qui trotte après cette vieille voleuse avec son pauvre petit pied tout saignant.

— Nous perchions dans un grenier de la rue de la Mortellerie ; à côté de la porte de l'allée, il y avait un rogomiste : la Chouette y entra en me tenant toujours par la main. Là, elle but une chopine d'eau-de-vie sur le comptoir.

— Morbleu ! je ne la boirais pas, moi, sans être saoul comme une grive.

— C'était la ration de la borgnesse ; aussi elle se couchait toujours dans les bringues-zingues... C'est peut-être pour cela qu'elle me battait tant. Enfin, nous montons chez nous ; je n'étais pas à la noce, je t'en réponds. Nous arrivons : la Chouette ferme la porte à double tour ; je me jette à ses genoux en lui demandant bien pardon d'avoir mangé ses sucres d'orge. Elle ne répond pas, et je l'entends marmotter en marchant dans la chambre : « Qu'est-ce donc que je vas lui faire ce soir, à cette Pégriotte, à cette voleuse de sucre d'orge ?... Voyons, qu'est-ce donc que je vas lui faire ? » Et elle s'arrêtait pour me regarder en roulant son œil vert. Moi, j'étais toujours à genoux. Tout d'un coup, la borgnesse va à une planche et y prend une paire de tenailles.

— Des tenailles ! s'écria le Chourineur.

— Oui, des tenailles.

— Et pour quoi faire ?

— Pour te frapper ? dit Rodolphe.

— Pour te pincer ? dit le Chourineur.

— Ah bien, oui !

— Pour t'arracher les cheveux ?

— Vous n'y êtes pas : donnez-vous votre langue aux chiens ?

— Je la donne.

— Nous la donnons.

— Eh bien, c'était pour m'arracher une dent (1) !

Le Chourineur poussa un tel blasphème, et l'accompagna d'impréca-

(1) Nous prions les lecteurs qui trouveraient cette cruauté exagérée de se rappeler les condamnations presque quotidiennes rendues contre des êtres féroces qui battent et blessent des enfants ; des pères, des mères n'ont pas été étrangers à ces abominables traitements.

tions si furieuses, que tous les hôtes du tapis-franc se retournèrent avec étonnement.

— Eh bien, qu'est-ce qu'il a donc ? dit la Goualeuse.

— Ce que j'ai ?... mais je l'*escarperais* (1), si je la tenais, la borgnesse !... Où est-elle ? dis-le moi. Où est-elle ? Si je la trouve, je la *refroidis* (2) !

Et le regard du bandit s'injecta de sang.

Rodolphe avait partagé l'horreur du Chourineur pour la cruauté de la borgnesse ; mais il se demandait par quel phénomène un assassin entrait en fureur en entendant raconter qu'une méchante vieille femme avait voulu, par méchanceté, arracher une dent à un enfant.

Nous croyons ce sentiment de pitié possible, même probable, chez une nature pourtant féroce.

— Et elle te l'a arrachée ta dent, ma pauvre petite, cette vieille misérable ? demanda Rodolpe.

— Je crois bien, qu'elle me l'a arrachée !... et pas du premier coup encore ! Mon Dieu ! y a-t-elle travaillé ! Elle me tenait la tête entre les genoux comme dans un étau. Enfin, moitié avec les tenailles, moitié avec ses doigts, elle m'a tiré cette dent ; et puis elle m'a dit, pour m'effrayer, bien sûr : « Maintenant, je t'en arracherai une comme ça tous les jours, Pégriotte ; et, quand tu n'auras plus de dents, je te ficherai à l'eau : tu seras mangée par les poissons ; y se revengeront sur toi de ce que tu as été chercher des vers pour les prendre. » Je me souviens de ça, parce que ça me paraissait injuste... Tiens, comme si c'était pour mon plaisir que j'allais aux vers !

— Ah ! la gueuse ! casser, arracher les dents à une pauvre petite enfant ! s'écria le Chourineur avec un redoublement de fureur.

— Eh bien, après ? Est-ce qu'il y paraît maintenant, voyons ? dit Fleur-de-Marie.

Et elle entrouvrit en souriant une de ses lèvres roses, en montrant deux rangées de petites dents blanches comme des perles.

Etait-ce insouciance, oubli, générosité instinctive de la part de cette malheureuse créature ? Rodolphe remarqua qu'il n'y eut pas dans son récit un seul mot de haine contre la femme atroce qui l'avait martyrisée.

— Eh bien, après, qu'as-tu fait ? reprit le Chourineur.

— Ma foi, j'en ai eu assez comme ça. Le lendemain, au lieu d'aller aux vers, je me suis sauvée du côté du Panthéon. J'ai marché toute la journée de ce côté-là, tant j'avais peur de la Chouette. J'aurais été au bout du monde plutôt que de retomber dans ses griffes.

« Comme je me trouvais dans des quartiers perdus, je n'avais rencontré personne à qui demander l'aumône, et puis je n'aurais pas osé. Pendant la nuit, j'avais couché dans un chantier, sous des piles de bois. J'étais grosse comme un rat ; en me glissant sous une vieille porte, je m'étais nichée au milieu d'un tas d'écorces. La faim me dévorait : j'essayai de mâcher un peu de pelure de bois pour tromper ma fringale, mais je ne pouvais pas ; je n'ai pu mordre un peu que sur de l'écorce du bouleau ; c'était plus tendre

(1) Je l'assassinerais.
(2) Je la tue.

Par là-dessus, je me suis endormie. Au jour, entendant du bruit, je me suis encore plus enfoncée sous la pile de bois. Il y faisait presque chaud, comme dans une cave. Si j'avais eu à manger, je n'aurais jamais mieux été de l'hiver.

— C'était comme moi dans un four à plâtre.

— Je n'osais pas sortir du chantier, je me figurais que la Chouette me cherchait partout pour m'arracher les dents et me jeter aux poissons, et qu'elle saurait bien me rattraper si je bougeais de là.

— Tiens, ne m'en parle plus de cette vieille gueuse-là, tu me fais monter le sang aux yeux !

— Enfin, le deuxième jour, j'avais encore mâché un peu d'écorce de bouleau et je commençais à m'endormir, lorsque j'entends aboyer un gros chien. Ça me réveille en sursaut. J'écoute... Le chien aboyait toujours en se rapprochant de la pile de bois. Voilà une autre frayeur qui me galope ; heureusement le chien, je ne sais pourquoi, n'osait pas avancer... mais tu va rire, Chourineur.

— Avec toi, il y a toujours à rire... tu es une brave fille, tout de même. Tiens, vois-tu, maintenant foi d'homme, je suis fâché de t'avoir battue.

— Pourquoi ne m'aurais-tu pas battue ? Je n'ai personne pour me défendre...

— Et moi ! dit Rodolphe.

— Vous êtes bien bon, monsieur Rodolphe, mais le Chourineur ne savait pas que vous seriez là... ni moi non plus...

— C'est égal, j'en suis pour ce que j'ai dit... je suis fâché de t'avoir battue, reprit le Chourineur.

— Continue ton histoire, mon enfant, reprit Rodolphe.

— J'étais blottie sous la pile de bois, lorsque j'entends un chien aboyer. Pendant que le chien jappait, une grosse voix se met à dire : « Mon chien aboie ! il y a quelqu'un de caché dans le chantier — C'est des voleurs », reprend une autre voix... Et « Kiss ! Kiss ! » les voilà à agacer leur chien en lui criant : « Pille ! pille ! ».

« Le chien accourt sur moi ; j'ai peur d'être mordue, et je me mets à crier de toutes mes forces. « Tiens, dit la voix, on dirait les cris d'un enfant... » On rappelle le chien, on va chercher une lanterne ; je sors de mon trou, je me trouve en face d'un gros homme et d'un garçon en blouse. « Qu'est-ce que tu fais dans mon chantier, petite voleuse ? » me dit ce gros homme d'un air méchant. « Mon bon monsieur, je n'ai pas mangé depuis deux jours ; je me suis sauvée de chez la Chouette, qui m'a arraché une dent, et voulait me jeter aux poissons ; ne sachant où coucher, j'ai passé par-dessous votre porte, j'ai dormi la nuit dans vos écorces, sous vos piles de bois, ne croyant faire de mal à personne. »

« Voilà-t-il pas le marchand qui se met à dire à son garçon : « Je ne suis pas dupe de ça, c'est une petite voleuse, elle vient me voler mes bûches. »

— Ah ! le vieux panné ! le vieux plâtras ! s'écria le Chourineur. Voler ses bûches ; et t'avais huit ans !

— C'était une bêtise... car son garçon lui répondit : « Voler vos bûches, bourgeois ? Et comment donc qu'elle ferait ? Elle n'est pas tant si grosse que la plus petite de vos bûches.

» — T'as raison, dit le marchand de bois ; mais si elle ne vient pas pour son compte, c'est tout de même. Les voleurs ont comme ça des enfants qu'ils envoient espionner et se cacher, pour ouvrir la porte aux autres. Il faut la mener chez le commissaire. »

— Ah ! la fichue bête de marchand de bois...

— On me mène chez le commissaire. Je défile mon chapelet ; je m'accuse d'être vagabonde ; on m'envoie en prison ; je suis citée à la correctionnelle ; condamnée, toujours comme vagabonde, à rester jusqu'à seize ans dans une maison de correction. Je remercie bien les juges de leur bonté... Dame !... tu penses, dans la prison... j'avais à manger ; on ne me battait pas, c'était pour moi un paradis auprès du grenier à la Chouette. De plus en prison, j'ai appris à coudre. Mais voilà le malheur ! J'étais paresseuse et flâneuse ! j'aimais mieux chanter que travailler, surtout quand je voyais le soleil... Oh ! quand il faisait bien beau dans la cour de la geôle, je ne pouvais pas me retenir de chanter... et alors... comme c'est drôle !... à force de chanter, il me semblait que je n'étais plus prisonnière.

— C'est-à-dire, ma fille, que tu es un vrai rossignol de naissance, dit Rodolphe en souriant.

— Vous êtes bien honnête, monsieur Rodolphe ; c'est depuis ce temps-là qu'on m'a appelée la Goualeuse au lieu de la Pégriotte. Enfin j'attrape mes seize ans, je sors de Prison... Voilà qu'à la porte je trouve l'ogresse d'ici et deux ou trois vieilles femmes qui étaient venues voir mes camarades prisonnières, et qui m'avaient toujours dit que, le jour de ma sortie, elles auraient de l'ouvrage à me donner.

— Ah ! bon ! bon ! j'y suis, dit le Chourineur.

— « Mon dauphin, mon bel ange, ma belle petite, me dirent l'ogresse et les vieilles... Voulez-vous venir loger chez nous ? nous vous donnerons de belles robes, et vous n'aurez qu'à vous amuser. »

» Tu sens bien, Chourineur, qu'on n'a pas été huit ans en prison sans savoir ce que parler veut dire. Je les envoie promener, ces vieilles embaucheuses. Je me dit : « Je sais bien coudre, j'ai trois cents francs devant moi, de la jeunesse... »

— Et de la jolie jeunesse... ma fille ! dit le Chourineur.

— Voilà huit ans que je suis en prison, je vais jouir un peu de la vie, ça ne fait de mal à personne ; l'ouvrage viendra quand l'argent me manquera... Et je me mets à faire danser mes trois cents francs. Ç'a été mon grand tort, ajouta Fleur-de-Marie avec un soupir ; j'aurais dû avant tout, m'assurer de l'ouvrage... mais je n'avais personne pour me conseiller... Enfin, ce qui est fait est fait... Je me mets donc à dépenser mon argent. D'abord j'achète des fleurs pour mettre tout plein ma chambre ; j'aime tant les fleurs ! et puis j'achète une robe, un beau châle, et je vais me promener au bois de Boulogne à âne, Saint-Germain aussi à âne.

— Avec un amoureux, ma fille ? dit le Chourineur.

— Ma foi, non ; je voulais être ma maîtresse. Je faisais mes parties avec une de mes camarades de prison qui avait été aux Enfants-Trouvés, une bien bonne fille ; on l'appelait Rigolette, parce qu'elle riait toujours.

— Rigolette, Rigolette ! je ne connais pas ça, dit le Chourineur, en ayant l'air d'interroger ses souvenirs.

— Je crois bien que tu ne la connais pas ! Elle est bien honnête, Rigolette ; c'est une très bonne ouvrière ; maintenant elle gagne au moins vingt-cinq sous par jour ; elle a un petit ménage à elle... Aussi je n'ai jamais osé la revoir. Enfin, à force de faire danser mon argent, il ne me restait plus que quarante-trois francs.

— Il fallait acheter un fonds de bijouterie avec ça, dit le Chourineur.

— Ma foi ! j'ai mieux fait que ça... J'avais pour blanchisseuse une femme appelée la Lorraine, la brebis du bon Dieu ; elle était grosse à pleine ceinture, avec ça toujours les pieds et les mains dans l'eau à son bateau ! Tu juges ! Ne pouvant plus travailler, elle avait demandé à entrer à la Bourbe ; il n'y avait plus de place, on l'avait refusée, elle ne gagnait plus rien. La voilà près d'accoucher, n'ayant pas seulement de quoi payer un lit dans un garni ! Heureusement, elle rencontra par hasard, un soir, au coin du pont Notre-Dame, la femme à Goubin, qui se cachait depuis quatre jours dans la cave d'une maison qu'on démolissait derrière l'Hôtel-Dieu.

— Eh ! pour donc qu'elle se cachait dans le jour, la femme à Goubin ?

— Pour se sauver de son homme, qui voulait la tuer ! Elle ne sortait qu'à la nuit pour aller chercher son pain. C'est comme ça qu'elle avait rencontré la pauvre Lorraine qui ne savait plus où donner de la tête, car elle s'attendait à accoucher d'un moment à l'autre... Voyant ça, la femme Goubin l'avait emmenée dans la cave où elle se cachait. C'était toujours un asile.

— Attends donc ! attends donc, la femme à Goubin, c'est Helmina ? dit le Chourineur.

— Oui, une brave fille, répondit la Goualeuse... une couturière qui avait travaillé pour moi et pour Rigolette... Dame, elle a fait ce qu'elle a pu en donnant la moitié de sa cave, de sa paille et de son pain à la Lorraine, qui est accouchée d'un pauvre petit enfant ; et pas seulement une couverture, rien que de la paille !... Voyant ça, la femme à Goubin n'y tient pas ; au risque de se faire assassiner par son homme qui la cherchait partout, elle sort en plein jour de sa cave et elle vient me trouver. Elle savait que j'avais encore un petit peu d'argent, et que je n'étais pas méchante ; justement j'allais monter en *milord* (1) avec Rigolette ; nous voulions finir mes quarante-trois francs, nous faire mener à la campagne, dans les champs... j'aime tant les champs ! les arbres... les prés... Mais, bah ! quand Helmina me raconte le malheur de la Lorraine, je renvoie le *milord*, je cours à ma chambre prendre ce que j'avais de linge, mon matelas, ma couverture, je fais mettre ça sur le dos d'un commissionnaire, et je trotte à la cave avec la femme à Goubin... Ah ! fallait voir comme elle était contente, la pauvre Lorraine ! Nous l'avions veillée nous deux, Helmina, quand elle a pu se lever, je l'ai aidée du reste de mon argent jusqu'à ce qu'elle ait pu se remettre à son bateau. Maintenant elle gagne sa vie ; mais je ne puis pas venir à bout de lui faire donner ma note de blanchissage ! Je vois bien qu'elle veut s'acquitter comme ça ! D'abord... si ça continue, je lui ôterai ma pratique... dit la Goualeuse d'un air important.

— Et la femme à Goubin ? demanda le Chourineur.

— Comment ! tu ne sais pas ? dit la Goualeuse.

(1) Caoriolet de place à quatre roues.

— Non ; quoi donc ?

— Ah ! la malheureuse !... Goubin ne l'a pas manquée ! trois coups de couteau entre les deux épaules ! On lui avait dit qu'elle rôdait du côté de l'Hôtel-Dieu ; et un soir, comme elle sortait de sa cave pour aller chercher du lait pour la Lorraine, il l'a tuée.

— C'est donc pour ça qu'il a *une fièvre cérébrale* (1), et qu'il sera dit-on, *fauché* (2) dans huit jours ? dit le Chourineur.

— Justement, dit la Goualeuse.

— Et quand tu as eu donné ton argent à Lorraine, qu'as-tu fait, ma fille ? dit Rodolphe.

— Dame, alors j'ai cherché de l'ouvrage. Je savais très bien coudre ; j'avais bon courage, je n'étais pas embarrassée ; j'entre dans une boutique de lingère de la rue Saint-Martin. Pour ne tromper personne, je dis que je sors de prison depuis deux mois, et que j'ai bonne envie de travailler ; on me montre la porte. Je demande de l'ouvrage à emporter ; on me dit que je me moque du monde en demandant qu'on me confie seulement une chemise. Comme je m'en retournais bien triste... j'ai rencontré l'ogresse et une des vieilles qui étaient toujours après moi depuis ma sortie de prison... Je ne savais plus comment vivre... Elles m'ont emmenée... elle m'ont fait boire de l'eau-de-vie !... Et voilà...

— Je comprends, dit le Chourineur ; je te connais maintenant comme si j'étais tes père et mère et que tu n'aurais jamais quitté mon giron. Eh bien ! voilà, j'espère, une confession.

— On dirait que ça t'attriste, ma fille, d'avoir raconté ta vie, dit Rodolphe.

— Le fait est que ça me chagrine de regarder ainsi derrière moi ; depuis mon enfance, c'est la première fois qu'il m'arrive de me rappeler toutes ces choses-là... et ça n'est pas gai... n'est-ce pas, Chourineur ?

— C'est ça, dit celui-ci avec ironie, tu regrettes peut-être d'avoir pas été fille de cuisine dans une gargote, ou domestique chez de vieilles bêtes, à soigner les leurs ?

— C'est égal... ça doit être bien bon d'être honnête... dit Fleur-de-Marie avec un soupir.

— Honnête ! oh !... c'te tête !... s'écria le bandit avec un bruyant éclat de rire. Honnête !... Et pourquoi pas rosière tout de suite, pour honorer tes père et mère que tu connais pas ?

La figure de la jeune fille avait perdu depuis quelques moments l'expression d'insouciance qui la caractérisait. Elle dit au Chourineur :

— Tiens, Chourineur, je ne suis pas pleurnicheuse... Mon père ou ma mère m'ont jetée au coin de la borne comme un petit chien qu'on a de trop ; je ne leur en veux pas ; ils n'avaient pas sans doute de quoi se nourrir eux-mêmes ! Ça n'empêche pas, vois-tu, Chourineur, qu'il y a des sorts plus heureux que le mien.

— Toi ? mais qu'est-ce donc qu'il te faut ? T'es flambante comme une Vénus ; t'as pas dix-sept ans ; tu chantes comme un rossignol ; tu as l'air d'une vierge, on t'appelle Fleur-de-Marie, et tu te plains ! Mais qu'est-ce

(1) Qu'il est condamné à mort

(2) Et qu'il sera exécuté

que tu diras donc quant tu auras une chaufferette sous les *arpions* (1), et une teignasse en chinchilla, comme voilà l'ogresse !

— Oh ! je ne viendrai jamais à cet âge-là.

— Peut-être que tu auras un brevet d'invention pour ne pas *bibarder* (2).

— Non, mais je n'aurai pas la vie si dure ! j'ai déjà une mauvaise toux.

— Ah ! bon ! je te vois d'ici dans le *mannequin du trimballeur des refroidis* (3). Es-tu bête... va !

— Est-ce que ça te prend souvent, ces idées-là, Goualeuse ? dit Rodolphe.

— Quelquefois... Tenez, monsieur Rodolpbe, vous comprenez peut-être ça, vous : le matin, quand je vais acheter mon sou de lait à la laitière au coin de la rue de la Vieille-Draperie, et que je la vois s'en retourner dans la petite charrette avec son âne, elle me fait bien souvent envie, allez... Je me dit : Elle s'en va dans la campagne, au bon air, dans sa maison, dans sa famille... et moi je remonte toute seule dans le chenil de l'ogresse, où on ne voit pas clair en plein midi.

— Eh bien ! sois honnête, ma fille, fais-en la farce... sois honnête ! dit le Chourineur.

— Honnête ! mon Dieu ! et avec quoi veux-tu que je sois honnête ? Les habits que je porte appartiennent à l'ogresse ; je lui dois mon garni et pour ma nourriture... je ne puis pas bouger d'ici... elle me ferait arrêter comme voleuse... Je lui appartiens... Il faut que je m'acquitte...

En prononçant ces dernières et horribles paroles, la malheureuse ne put s'empêcher de frissonner.

— Alors reste comme tu es, et ne te compare plus à une campagnarde, dit le Chourineur. Est-ce que tu deviens folle ? Mais songe donc que toi tu brilles dans la capitale, tandis que la laitière s'en va faire la bouillie à ses moutards, traire ses vaches, chercher de l'herbe pour ses lapins, et recevoir une raclée de son mari quand il sort du cabaret. En voilà une de ces destinées qui peut se vanter d'être flateuse !

— A boire, Chourineur, dit brusquement Fleur-de-Marie après un assez long silence ; et elle tendit son verre. Non, pas de vin, de l'eau-de-vie... c'est plus fort, dit-elle de sa voix douce, en écartant le broc de vin que le Chourineur approchait de son verre.

— De l'eau-de-vie ! à la bonne heure ! voilà comme je t'aime, ma fille ; t'es crâne ! dit cet homme, sans comprendre le mouvement de la jeune fille et sans remarquer une larme qui vint trembler au bout des cils de la Goualeuse.

— C'est dommage que l'eau-de-vie soit si mauvaise à boire... car ça étourdit bien... dit Fleur-de-Marie en remettant son verre sur la table après avoir bu avec autant de répugnance que de dégoût.

Rodolphe avait écouté ce récit d'une triste naïveté avec un intérêt croissant. La misère, l'abandon, plus que ses mauvais penchants, avait perdu cette misérable jeune fille.

(1) Pieds.
(2) Vieillir.
(3) Dans le corbillard du cocher des morts.

CHAPITRE IV

HISTOIRE DU CHOURINEUR

Le lecteur n'a pas oublié que deux des hôtes du tapis-franc étaient attentivement observés par un troisième personnage récemment arrivé dans le cabaret.

L'un de ces deux hommes, on l'a dit, portait un bonnet grec, cachait toujours sa main gauche, et avait instamment demandé à l'ogresse si le Maître d'école n'était pas encore venu.

Pendant le récit de la Goualeuse, qu'ils ne pouvaient entendre, ces deux hommes s'étaient plusieurs fois parlé à voix basse, en regardant du côté de la porte avec anxiété.

Celui qui portait un bonnet grec dit à son camarade :

— Le Maître d'école n'*aboule* pas (1) ; pourvu que le *zig* (2) ne l'ait pas *escarpé à la capahut* (3).

— Ça serait flambant pour nous qui avons nourri le *poupard* (4) ! reprit l'autre.

Le nouveau venu, qui observait ces deux hommes, était placé trop loin d'eux pour que leurs dernières paroles arrivassent jusqu'à lui ; après avoir plusieurs fois très adroitement consulté un petit papier caché dans le fond de sa casquette, il parut satisfait de ses remarques, se leva de table et dit à l'ogresse, qui sommeillait dans son comptoir, les pieds sur sa chaufferette, son gros chat noir sur ses genoux :

— Dis donc, mère Ponisse, je vais rentrer tout de suite ; veille à mon broc et à mon assiette... car il faut se défier des francs licheurs.

— Sois tranquille, mon homme, dit la mère Ponisse, si ton assiette est vide et ton broc aussi, on n'y touchera pas.

L'homme se prit à rire de la plaisanterie de l'ogresse et disparut sans que son départ fût remarqué.

Au moment où cet homme sortit, Rodolphe aperçut dans la rue le charbonnier à figure noire et à taille colossale dont nous avons parlé ; avant que la porte fût refermée, Rodolphe eut le temps de manifester par

(1) Ne vient pas.
(2) Le camarade.
(3) Ne l'ai pas assassiné pour lui voler sa part du butin
(4) Qui avons préparé, ménagé le vol.

un geste d'impatience combien lui était importune l'espèce de surveillance protectrice du charbonnier ; mais ce dernier, en tenant compte de la contrariété de Rodolphe, ne quitta pas les abords du tapis-franc.

Malgré le verre d'eau-de-vie qu'elle avait bu, la Goualeuse ne retrouvait pas sa gaieté ; sous l'influence de cet excitant, sa physionomie devenait au contraire de plus en plus triste : le dos appuyé au mur, la tête baissée sur sa poitrine, ses grands yeux bleus errant machinalement autour d'elle, la malheureuse créature semblait accablée des plus sombres pensées.

Deux ou trois fois Fleur-de-Marie, rencontrant le regard fixe de Rodolphe, avait détourné la vue ; elle ne se rendait pas compte de l'impression que lui causait cet inconnu. Gênée, oppressée par sa présence, elle se reprochait de se montrer si peu reconnaissante envers celui qui l'avait arrachée des mains du Chourineur ; elle regrettait presque d'avoir si sincèrement raconté sa vie devant Rodolphe.

Le Chourineur, au contraire, se trouvait fort en gaieté ; à lui seul il avait dévoré l'*arlequin ;* le vin et l'eau-de-vie le rendaient très communicatif ; la honte d'avoir trouvé *son maître,* comme il disait, s'était effacée devant les généreux procédés de Rodolphe, et il lui reconnaissait d'ailleurs une si grande supériorité, que son humiliation avait fait place à un sentiment qui tenait de l'admiration, de la crainte et du respect.

Cette absence de rancune, la sauvage franchise avec laquelle il avouait avoir tué et avoir été justement puni, l'orgueil féroce avec lequel il se défendait d'avoir jamais volé, prouvaient au moins que, malgré ses crimes, le Chourineur n'était pas un être complètement endurci.

Cette nuance n'avait pas échappé à la sagacité de Rodolphe ; il attendait curieusement le récit du Chourineur.

L'ambition de l'homme est si insatiable, si bizarre dans ses prétentions infinies, que Rodolphe désirait l'arrivée du Maître d'école, de ce brigand terrible qu'il venait presque de détrôner. Il engagea donc le Chourineur à tromper son impatience par la narration de ses aventures.

— Allons... mon garçon, lui dit-il, nous t'écoutons.

Le Chourineur vida son verre et commença ainsi :

— Toi, ma pauvre Goualeuse, t'as au moins été recueillie par la Chouette, que l'enfer confonde ! tu as eu un gîte jusqu'au moment où l'on t'a emprisonnée comme vagabonde... Moi, je ne me rappelle pas d'avoir couché dans ce qui s'appelle un lit avant dix-neuf ans... bel âge où je me suis fait troupier.

— Tu as servi, Chourineur ? fit Rodolphe.

— Trois ans ; mais ça viendra tout à l'heure. Les pierres du Louvre, les fours à plâtre de Clichy et les carrières de Montrouge, voilà les hôtels de ma jeunesse. Vous voyez, j'avais maison à Paris et à la campagne, rien que ça.

— Et quel métier faisais-tu ?

— Ma foi, mon maître... j'ai comme un brouillard d'avoir *gouêpé* (1) dans mon enfance avec un vieux chiffonnier qui m'assommait de coups de croc. Faut que ça soit vrai, car je n'ai jamais pu rencontrer un de ces

(1) Vagabondé

cupidons à carquois d'osier sans avoir envie de tomber dessus : preuve qu'ils avaient dû me battre dans mon enfance. Mon premier métier a été d'aider les équarisseurs à égorger les chevaux à Montfaucon... J'avais dix ou douze ans. Quand j'ai commencé à chouriner ces pauvres vieilles bêtes, ça me faisait une espèce d'effet ; au bout d'un mois, je n'y pensais plus ; au contraire, je prenais goût à mon état. Il n'y avait personne pour avoir des couteaux aiguisés comme les miens... Ça donnait envie de s'en servir, quoi !... Quand j'avais égorgé mes bêtes, on me jetait pour ma peine un morceau de la culotte d'un cheval mort de maladie, car ceux qu'on abattait se vendaient aux fricoteurs du quartier de l'Ecole-de-Médecine, qui en faisaient du bœuf, du mouton, du veau, du gibier, au goût des personnes... Ah ! mais c'est que, lorsque j'avais attrapé mon lopin de chair de cheval, le roi n'était pas mon maître, au moins ! Je m'ensauvais avec ça dans mon four à plâtre, comme un loup dans sa tanière ; et là, avec la permission des chaufourniers, je faisais sur les charbons une grillade soignée. Quand les chaufourniers ne travaillaient pas, j'allais ramasser du bois sec à Romainville, je battais le briquet, et je faisais mon rôti au coin d'un des murs du charnier. Dame ! c'était saignant et presque cru : mais de cette manière-là je ne mangeais pas toujours la même chose.

— Et ton nom ? comment t'appelait-on ? dit Rodolphe.

— J'avais les cheveux encore plus couleur de filasse que maintenant, le sang me portait toujours aux yeux ; eu égard à ça, on m'appelait l'Albinos. Les Albinos sont les lapins blancs des hommes, et ils ont les yeux rouges, ajouta gravement le Chourineur, en manière de parenthèse physiologique.

— Et tes parents, ta famille ?

— Mes parents ? logés au même numéro que ceux de la Goualeuse... Lieu de ma naissance ? le premier coin de n'importe quelle rue, la borne à gauche ou à droite, en descendant ou en remontant vers le ruisseau.

— Tu as maudit ton père et ta mère de t'avoir abandonné ?

— Ça m'aurait fait une belle jambe !... Mais c'est égal, ils m'ont joué une vilaine farce en me mettant au monde... Je ne m'en plaindrais pas, si encore ils m'avaient fait comme le *meg des megs* (1) devrait faire les gueux, c'est-à-dire sans froid, ni faim, ni soif ; ça ne lui coûterait rien, et ça ne coûterait pas tant aux gueux d'être honnêtes.

— Tu as eu faim, tu as eu froid, et tu n'as pas volé, Chourineur ?

— Non ! et pourtant j'ai eu bien de la misère, allez... J'ai *fait la tortue* (2) quelquefois pendant deux jours, et plus souvent qu'à mon tour... Eh bien ! je n'ai pas volé.

— Par peur de la prison ?

— Oh ! c'te farce ! dit le Chourineur en haussant les épaules et riant aux éclats. J'aurais donc pas volé du pain *par peur d'avoir du pain ?...* Honnête, je crevais de faim ; voleur, on m'aurait nourri en prison !... Non, je n'ai pas volé parce que... parce que... enfin parce que ce n'est pas dans mon idée de voler.

(1) Dieu. N'est-il pas étrange et significatif que le nom de Dieu se trouve jusque dans cette langue corrompue.

(2) J'ai jeûné.

Cette réponse véritablement belle, et dont le Chourineur ne comprit pas la portée, étonna profondément Rodolphe.

Il sentit que le pauvre qui restait honnête au milieu des plus cruelles privations était doublement respectable, puisque la punition du crime pouvait devenir pour lui une ressource assurée.

Rodolphe tendit la main à ce malheureux sauvage de la civilisation, que la misère n'avait pas absolument perdu.

Le Chourineur regarda son amphitryon avec étonnement, presque avec respect : à peine il osa toucher la main qu'on lui offrait. Il pressentit qu'entre lui et Rodolphe, il y avait un abîme.

— Bien, bien ! lui dit Rodolphe, tu as encore du cœur et de l'honneur...

— Ma foi ! je n'en sais rien, dit le Chourineur tout ému ; mais ce que vous me dites là... voyez-vous... jamais je n'avais rien senti de pareil... Ce qu'il y a de sûr, c'est que ça... et les coups de poing de la fin de ma raclée... qui étaient si bien festonnés, et qui auraient pu ne finir que demain, tandis qu'au contraire vous me payez à souper... et vous me dites des choses... Enfin suffit, c'est à la vie et à la mort, vous pouvez compter sur le Chourineur.

Rodolphe reprit plus froidement, ne voulant pas laisser deviner l'émotion qu'il ressentait :

— Es-tu resté longtemps aide-équarrisseur ?

— Je crois bien... D'abord ça avait commencé par m'écœurer d'égorger ces pauvres vieilles bêtes... après, ça m'avait amusé ; mais quand j'ai eu dans les environs de seize ans et que ma voix a mué, est-ce que ça n'est pas devenu pour moi une rage, une passion que de chouriner ! J'en perdais le boire et le manger... je ne pensais qu'à ça !... Il fallait me voir au milieu de *l'ouvrage :* à part un vieux pantalon de toile, j'étais tout nu. Quand, mon grand couteau bien aiguisé à la main, j'avais autour de moi (je ne me vante pas) jusqu'à quinze et vingt chevaux qui faisaient queue pour attendre leur tour ; tonnerre ! ! ! quand je me mettais à les égorger, je ne sais pas ce qui me prenait... c'était comme une furie ; les oreilles me bourdonnaient ! je voyais rouge, tout rouge, et je chourinais... et je chourinais... et je chourinais jusqu'à ce que le couteau me fût tombé des mains ! Tonnerre ! c'était une jouissance ! j'aurais été millionnaire que j'aurais payé pour faire ce métier-là.

— C'est ce qui t'aura donné l'habitude de chouriner, dit Rodolphe.

— Ça se peut bien ; mais quand j'ai eu seize ans, cette rage-là a fini par devenir si forte, qu'une fois en train de chouriner, je devenais comme fou, et je gâtais l'ouvrage... Oui, j'abîmais les peaux à force d'y donner des coups de couteau à tort et à travers. Finalement, on m'a mis à la porte du charnier. J'ai voulu m'employer chez les bouchers : j'ai toujours eu du goût pour cet état-là... Ah bien, oui ! ils ont fait les fiers ! ils m'ont méprisé comme des bottiers mépriseraient des savetiers. Voyant ça, et d'ailleurs ma rage de chouriner s'étant passée avec mes seize ans, j'ai cherché mon pain ailleurs... et je ne l'ai pas trouvé tout de suite ; alors souvent j'ai *fait la tortue.* Enfin, j'ai travaillé dans les carrières de Montrouge. Mais au bout de deux ans ça m'a scié de faire toujours l'écureuil dans les grandes roues pour tirer la pierre, moyennant vingt sous par jour. J'étais grand et fort, je me suis engagé dans un régiment. On m'a demandé mon nom, mon âge et mes papiers. Mon nom? l'Albinos; mon âge? Voyez ma barbe; mes papiers? voilà le certificat de mon maître carrier. Je pouvais faire un grenadier soigné, on m'a enrôlé.

— Avec ta force, ton courage et ta manie de chouriner, s'il y avait eu la guerre, dans ce temps-là, tu serais peut-être devenu officier.

— Tonnerre! à qui le dites-vous. Chouriner des Anglais ou des Prussiens, ça m'aurait bien autrement flatté que de chouriner des rosses... Mais, voilà le malheur, il n'y avait pas de guerre, et il avait la discipline. Un apprenti essaye de communiquer une raclée à son bourgeois, c'est bien : s'il est le plus faible, il la reçoit; s'il est le plus fort, il la donne; on le met à la porte, quelquefois au violon, il n'en est que ça. Dans le militaire, c'est autre chose. Un jour mon sergent me bouscule pour me faire obéir plus vite; il avait raison, car je faisais le clampin; ça m'embête, je regimbe; il me pousse, je le pousse; il me prend au collet, je lui envoie un coup de poing. On tombe sur moi; alors la rage me prend, le sang me monte aux yeux, j'y vois rouge... j'avais mon couteau à la main, j'étais de cuisine, et allez donc! Je me mets à chouriner... à chouriner... comme à l'abattoir. J'*entaille* (1) le sergent, je blesse deux soldats!... une vraie boucherie! onze coups de couteau à eux trois, oui, onze!... du sang, du sang comme dans un charnier!

Le brigand baissa la tête d'un air sombre, hagard, et resta un moment silencieux.

— A quoi penses-tu, Chourineur? dit Rodolphe l'observant avec intérêt.

— A rien, à rien, dit-il brusquement. Puis il reprit avec sa brutale insouciance : Enfin on m'empoigne, on me met sur la *planche au pain,* et *j'ai une fièvre cérébrale* (2).

— Tu t'es donc sauvé?

— Non, mais j'ai été quinze ans au pré au lieu d'être *fauché* (3). J'ai oublié de vous dire qu'au régiment j'avais repêché deux camarades qui se noyaient dans la Seine; nous étions en garnison à Melun. Une autre fois, vous allez rire et dire que je suis un amphibie au feu et à l'eau, sauveur pour hommes et pour femmes! une autre fois, étant en garnison à Rouen, toutes maisons de bois, de vraies cassines, le feu prend à un quartier; ça brûlait comme des allumettes! je suis de corvée pour l'incendie; nous arrivons au feu; on me crie qu'il y a une vieille femme qui ne peut pas descendre de sa chambre qui commençait à chauffer : j'y cours. Tonnerre! oui, ça chauffait... car ça me rappelait mes fours à plâtre dans les bons jours; finalement je sauve la vieille. Mon *rat de prison* (4) s'est tant tortillé des quatre pattes et de la langue, qu'il a fait changer ma peine; au lieu d'aller à l'*abbaye de Monte-à-regret* (5), j'en ai eu pour quinze années de pré. Quand j'ai vu que je ne serais pas tué, mon premier mouvement a

(1) Je tue.
(2) On me met en jugement, et je suis condamné à mort.
(3) Aux galères au lieu d'avoir été exécuté.
(4) Avocat.
(5) A l'échafaud.

été de sauter sur mon bavard pour l'étrangler. Vous comprenez ça, mon maître ?

— Tu regrettais de voir ta peine commuée ?

— Oui... à ceux qui jouent du couteau, le couteau de *Charlot* (1), c'est juste ! à ceux qui volent, des fers aux pattes ! chacun son lot. Mais vous forcer à vivre quand on a assassiné, tenez, les *curieux* (2) ne savent pas la chose que ça nous fait dans les premiers temps.

— Tu as donc eu des remords, Chourineur ?

— Des remords ! Non, puisque j'ai fait mon temps, dit le sauvage ; mais autrement il ne se passait presque pas de nuit où je ne visse, en manière de cauchemar, le sergent et les soldats que j'ai chourinés, c'est-à-dire ils n'étaient pas seuls, ajouta le brigand avec une sorte de terreur ; ils étaient des dizaines, des centaines, des milliers à attendre leur tour dans une espèce d'abattoir, comme les chevaux que j'égorgeais à Montfaucon attendaient leur tour aussi. Alors je voyais rouge, et je commençais à chouriner... à chouriner sur ces hommes, comme autrefois sur les chevaux. Mais, plus je chourinais de soldats, plus il en revenait. Et en mourant ils me regardaient d'un air si doux, si doux, que je me maudissais de les tuer ; mais je ne pouvais pas m'en empêcher. Ce n'était pas tout... je n'ai jamais eu de frère, et il se faisait que tous ces gens que j'égorgeais étaient mes frères... et des frères pour qui je me serais mis au feu. A la fin, quand je n'en pouvais plus, je m'éveillais tout trempé d'une sueur aussi froide que de la neige fondue.

— C'était un vilain rêve, Chourineur.

— Oh ! oui, allez. Eh bien ! dans les premiers temps que j'étais au pré, toutes les nuits je l'avais... ce rêve-là. Voyez-vous, c'était à en devenir fou ou enragé. Aussi deux fois j'ai essayé de me tuer, une fois en avalant du vert-de-gris, l'autre fois en voulant m'étrangler avec une chaîne ; mais je suis fort comme un taureau. Le vert-de-gris m'a donné soif, voilà tout. Quant au tour de chaîne que je m'étais passé au cou, ça m'a fait une cravate bleue naturelle. Après cela, l'habitude de vivre a repris le dessus, mes cauchemars sont devenus plus rares, et j'ai fait comme les autres

— Tu étais à bonne école pour apprendre à voler.

— Oui, mais le goût n'y était pas. Les autres *fagots* (3) me blaguaient là-dessus, mais je les assommais à coups de chaîne. C'est comme ça que j'ai connu le Maître d'école... mais pour celui-là respect aux poignets ! il m'a donné ma paye comme vous me l'avez donnée tout à l'heure.

— C'est donc un forçat libéré ?

— C'est-à-dire, il était *fagot à perte de vue* (4), mais il s'est libéré lui-même.

— Il est évadé ? on ne le dénonce pas ?

— Ce n'est pas moi qui le dénoncerai, toujours, j'aurais l'air de le craindre.

(1) Le bourreau
(2) Les juges
(3) Forçats
(4) Forçat a perpetuité

— Comment la police ne le découvre-t-elle pas ? Est-ce qu'on n'a pas son signalement ?

— Son signalement ! Ah bien, oui ! il y a longtemps qu'il a effacé de sa frimousse celui que le *meg des megs* (1) y avait mis. Maintenant il n'y a que le *boulanger qui met les âmes au four* (2) qui pourrait le reconnaître, le Maître d'école.

— De quelle manière s'y est-il pris ?

— Il a commencé par se rogner le nez, qu'il avait long d'une aune ; par là-dessus il s'est débarbouillé avec du vitriol.

— Tu plaisantes ?

— S'il vient ce soir, vous le verrez ; il avait un grand nez de perroquet, maintenant il est aussi camard... que la *carline* (3), sans compter qu'il a des lèvres grosses comme le poing, et un visage olive aussi couturé que la veste d'un chiffonnier.

— Il est à ce point méconnaissable !

— Depuis six mois qu'il s'est échappé de Rochefort, les *railles* (4) l'ont cent fois rencontré sans le reconnaître.

— Pourquoi était-il au bagne ?

— Pour avoir été faussaire, voleur et assassin. On l'appelle le Maître d'école, parce qu'il a une écriture superbe et qu'il est très savant.

— Et il est redouté ?

— Il ne le sera plus quand vous l'aurez rincé comme vous m'avez rincé Et, tonnerre ! ! ! je serais curieux de voir ça !

— Que fait-il pour vivre ?

— On dit qu'il s'est vanté d'avoir tué et dévalisé, il y a trois semaines, un marchand de bœufs sur la route de Poissy.

— On l'arrêtera tôt ou tard.

— Il faudra qu'on soit plus de deux pour ça, car il porte toujours sous sa blouse deux pistolets chargés et un poignard. *Charlot* l'attend, il ne sera fauché qu'une fois. Il tuera tout ce qu'il pourra tuer pour s'échapper. Oh ! il ne s'en cache pas ! et, comme il est deux fois fort comme vous et moi, on aura du mal à l'abattre.

— Et en sortant du bagne, qu'as-tu fait, Chourineur ?

— J'ai été me proposer au maître débardeur du quai Saint-Paul, et j'y gagne ma vie.

— Mais puisque, après tout, tu n'es pas *grinche* (5), pourquoi vis-tu dans la Cité ?

— Et où voulez-vous que je vive ? Qui est-ce qui voudrait fréquenter un repris de justice ? Et puis je m'ennuie tout seul, moi ; j'aime la société, et ici je vis avec mes pareils. Je me cogne quelquefois... On me craint comme le feu dans la Cité, et le *quart d'œil* (6) n'a rien à me dire, sauf pour les batteries, qui me valent quelquefois vingt-quatre heures de violon.

(1) Dieu.
(2) Le diable.
(3) La mort.
(4) Mouchards.
(5) Voleur.
(6) Le commissaire

— Et qu'est-ce que tu gagnes par jour ?

— Trente-cinq sous. Ça durera tant que j'aurai des bras ; quand je n'en aurai plus, je prendrai un crochet et un carquois d'osier, comme le vieux chiffonnier que je vois dans les brouillards de mon enfance.

— Avec tout ça tu n'es pas malheureux ?

— Il y en a de pires que moi, bien sûr ; sans mes rêves du sergent et des soldats égorgés, rêves que j'ai encore souvent, je pourrais tranquillement crever comme un autre au coin d'une borne ou à l'hôpital ; mais ce rêve... Tenez... nom de nom ! je n'aime pas à penser à ça, dit le Chourineur.

Et il vida sur un coin de la table le fourneau de sa pipe.

La Goualeuse avait écouté le Chourineur avec distraction, elle semblait absorbée dans une rêverie douloureuse.

Rodolphe lui-même restait pensif.

Les deux récits qu'il venait d'entendre éveillaient en lui des idées nouvelles.

Un incident tragique vint rappeler à ces trois personnages dans quel lieu ils se trouvaient.

CHAPITRE V

L'ARRESTATION

L'homme qui était sorti un moment, après avoir recommandé à l'ogresse son broc et son assiette, revint bientôt, accompagné d'un autre personnage à larges épaules, à figure énergique.

Il lui dit :

— Voilà un hasard de se rencontrer comme ça, Borel ! Entre donc, nous boirons un verre de vin.

Le Chourineur dit tout bas à Rodolphe et à la Goualeuse, en leur montrant le nouveau venu :

— Il va y avoir de la grêle... c'est un *raille*. Attention !

Les deux bandits, dont l'un, coiffé d'un bonnet grec enfoncé jusque sur ses sourcils, avait demandé plusieurs fois le Maître d'école, échangèrent un coup d'œil rapide, se levèrent simultanément de table et se dirigèrent vers la porte ; mais les deux agents se jetèrent sur eux en poussant un cri particulier.

Une lutte terrible s'engagea.

La porte de la taverne s'ouvrit ; d'autres agents se précipitèrent dans la salle, et l'on vit briller au-dehors les fusils des gendarmes.

Profitant du tumulte, le charbonnier dont nous avons parlé s'avança jusqu'au seuil du tapis-franc, et, rencontrant par hasard le regard de Rodolphe, il porta à ses lèvres l'index de la main droite.

Rodolphe, d'un geste aussi rapide qu'impérieux, lui ordonna de s'éloigner ; puis il continua d'observer ce qui se passa dans la taverne.

L'homme au bonnet grec poussait des hurlements de rage ; à demi étendu sur la table, il faisait des soubresauts si désespérés que trois hommes le contenaient à peine.

Anéanti, morne, la figure livide, les lèvres blanches, la mâchoire inférieure tombante et convulsivement agitée, son compagnon ne fit aucune résistance, il tendit de lui-même ses mains aux menottes.

L'ogresse, assise dans son comptoir et habituée à de pareilles scènes, restait impassible, les mains dans les poches de son tablier.

— Qu'est-ce qu'ils ont donc fait, ces deux hommes, mon bon monsieur Borel ? demanda-t-elle à un des agents qu'elle connaissait.

— Ils ont assassiné hier une vieille femme dans la rue Saint-Christophe, pour dévaliser sa chambre. Avant de mourir, la malheureuse a dit qu'elle avait mordu l'un des meurtriers à la main. On avait l'œil sur ces deux scélérats ; mon camarade est venu tout à l'heure s'assurer de leur identité, et les voilà pincés.

— Heureusement qu'ils m'ont payé d'avance leur chopine, dit l'ogresse. Vous ne voulez rien prendre, monsieur Borel ? un verre de parfait amour, de consolation ?

— Merci, mère Ponisse ; il faut que j'enfourne ces brigands-là. En voilà un qui regimbe encore !...

En effet, l'assassin au bonnet grec se débattait avec rage. Lorsqu'il s'agit de le mettre dans un fiacre qui attendait dans la rue, il se défendit tellement, qu'il fallut le porter.

Son complice, saisi d'un tremblement nerveux, pouvait à peine se soutenir : ses lèvres violettes remuaient comme s'il eût parlé... On jeta cette masse inerte dans la voiture.

— Ah ça ! mère Ponisse, dit l'agent, défiez-vous de Bras-Rouge ; il est malin, il pourrait vous compromettre.

— Bras-Rouge ! il y a des semaines qu'on ne l'a vu dans le quartier, monsieur Borel.

— C'est toujours quand il est quelque part... qu'on ne l'y voit pas, vous savez bien ça... Mais n'acceptez de lui en garde ou en consignation aucun paquet, aucun ballot : ce serait du recel.

— Soyez tranquille, monsieur Borel, j'ai aussi peur de Bras-Rouge que du diable. On ne sait jamais où il va et d'où il vient. La dernière fois que je l'ai vu, il m'a dit qu'il arrivait d'Allemagne.

— Enfin, je vous préviens... faites-y attention.

Avant de quitter le tapis-franc, l'agent regarda attentivement les autres buveurs, et il dit au Chourineur, d'un ton presque affectueux :

— Te voilà, mauvais sujet ? il y a longtemps qu'on n'a entendu parler de toi ! Tu n'as pas eu de batteries ? Tu deviens donc sage ?

— Sage comme une image, monsieur Borel ; vous savez que je ne casse guère la tête qu'à ceux qui me le demandent.

— Il ne te manquerait plus que cela, de provoquer les autres, fort comme tu es !

— Voilà pourtant mon maître, monsieur Borel, dit le Chourineur en mettant la main sur l'épaule de Rodolphe.

— Tiens ! je ne le connais pas, celui-là, dit l'agent en examinant Rodolphe.

— Et nous ne ferons pas connaissance, mon camarade, répondit celui-ci.

— Je le désire pour vous, mon garçon, dit l'agent. Puis, s'adressant à l'ogresse : — Bonsieur mère Ponisse : c'est une vraie souricière que votre tapis-franc, voilà le troisième assassin que j'y prends.

— Et j'espère bien que ce ne sera pas le dernier, monsieur Borel ; c'est bien à votre service... dit gracieusement l'ogresse en s'inclinant avec déférence.

Après le départ de l'agent de police, le jeune homme à figure plombée qui fumait en buvant de l'eau-de-vie rechargea sa pipe et dit, d'une voix enrouée au Chourineur :

— Est-ce que tu n'as pas reconnu le bonnet grec ? c'est l'homme à la Boulotte, c'est Vélu. Quand j'ai vu entrer les agents, j'ai dit : Il y a quelque chose ; avec ça que Vélu cachait toujours sa main sous la table.

— C'est tout de même heureux pour le Maître d'école qu'il ne se soit pas trouvé là, reprit l'ogresse. Le bonnet grec l'a demandé plusieurs fois pour des affaires qu'ils ont ensemble... Mais je ne *mangerai* jamais mes pratiques. Qu'on les arrête, bon... chacun son métier... mais je ne les vends pas... Tiens, quand on parle du loup on en voit la queue, ajouta l'ogresse au moment où un homme et une femme entraient dans le cabaret ; voilà justement le Maître d'école et sa *largue* (sa femme).

Une sorte de frémissement de terreur courut parmi les hôtes du tapis-franc.

Rodolphe lui-même, malgré son intrépidité naturelle, ne put vaincre une légère émotion à la vue de ce redoutable brigand, qu'il contempla pendant quelques instants avec une curiosité d'horreur.

Le Chourineur avait dit vrai, le Maître d'école s'était affreusement mutilé.

On ne pouvait voir quelque chose de plus épouvantable que le visage de ce brigand. Sa figure était sillonnée en tous sens de cicatrices profondes, livides ; l'action corrosive du vitriol avait boursouflé ses lèvres ; les cartilages du nez ayant été coupés, deux trous difformes remplaçaient les narines. Ses yeux gris, très clairs, très petits, très ronds, étincelaient de férocité ; son front, aplati comme celui d'un tigre, disparaissait à demi sous une casquette de fourrure à longs poils fauves... on eût dit la crinière du monstre.

Le Maître d'école n'avait guère plus de cinq pieds deux ou trois pouces ; sa tête, démesurément grosse, était enfoncée entre ses deux épaules larges, élevées, puissantes, charnues, qui se dessinaient même sous les plis flottants de sa blouse de toile écrue ; il avait les bras longs, musculeux ; les mains courtes, grosses et velues jusqu'à l'extrémité des doigts ; ses jambes étaient un peu arquées, mais leurs mollets énormes annonçaient une force athlétique.

Cet homme offrait, en un mot, l'exagération de ce qu'il y a de court, de trapu, de ramassé dans le type d'Hercule Farnèse.

Quant à l'expression de férocité qui éclatait sur ce masque affreux, quant à ce regard inquiet, mobile, ardent comme celui d'une bête sauvage, il faut renoncer à les peindre.

La femme qui accompagnait le Maître d'école était vieille, assez proprement vêtue d'une robe brune, d'un tartan à carreaux rouges et noirs, et d'un bonnet blanc.

Rodolphe la voyait de profil ; son œil vert et rond, son nez crochu, ses lèvres minces, son menton saillant, sa physionomie à la fois méchante et rusée, lui rappelèrent la Chouette.

Il allait faire part de cette observation à la Goualeuse, lorsqu'en levant les yeux sur la jeune fille il la vit pâlir ; elle regardait avec une terreur muette la hideuse compagne du Maître d'école ; enfin, saisissant le bras de Rodolphe d'une main tremblante, Fleur-de-Marie lui dit à voix basse :

— La Chouette ! mon Dieu !... la Chouette !... la borgnesse !

A ce moment, le Maître d'école, échangeant quelques paroles a voix basse avec un des habitués du tapis-franc, s'avança lentement vers la table où s'attablaient Rodolphe, la Goualeuse et le Chourineur.

Alors, s'adressant à Fleur-de-Marie, d'une voix rauque et creuse comme le rugissement d'un tigre :

— Eh ! dis donc, la belle blonde, tu vas quitter ces deux *mufles* et t'en venir avec moi...

La Goualeuse ne répondit rien, se serra contre Rodolphe ; ses dents se choquaient d'effroi.

— Et moi... je ne serai pas jalouse, dit l'horrible Chouette en riant aux éclats.

Elle ne reconnaissait pas encore dans la Goualeuse la Pégriotte, sa victime.

— Ah çà, petite, est-ce que tu ne m'entends pas ? dit le monstre en s'avançant. Si tu ne viens pas, je t'éborgne pour faire le pendant de la Chouette. Et toi, l'homme à moustache... (il s'adressait à Rodolphe), si tu ne me jettes pas cette blonde par-dessus la table... je te crève...

— Mon Dieu, mon Dieu ! défendez-moi ! s'écria la Goualeuse à Rodolphe, en joignant les mains. Puis, réfléchissant qu'elle allait l'exposer à un grand danger, elle reprit à voix basse : Non, non, ne bougez pas, monsieur Rodolphe ; s'il approche, je crierai au secours, et, de peur d'un esclandre qui attirerait la police, l'ogresse prendra mon parti.

— Sois tranquille, ma fille, dit Rodolphe en regardant intrépidement le Maître d'école. Tu es à côté de moi, tu n'en bougeras pas ; et comme ce hideux te fait mal au cœur et à moi aussi, je vais le porter dans la rue...

— Toi ? dit le Maître d'école.

— Moi ! ! !... reprit Rodolphe.

Et, malgré les efforts de la Goualeuse, il se leva de table.

Le Maître d'école recula d'un pas au terrible aspect de la physionomie de Rodolphe.

Fleur-de-Marie et le Chourineur furent aussi frappés de l'expression de méchanceté, de rage diabolique qui, en ce moment, contracta la noble figure de leur compagnon ; il devint méconnaissable. Dans sa lutte contre le Chourineur, il s'était montré dédaigneux et railleur ; mais face à face avec le Maître d'école, il semblait possédé d'une haine féroce : ses pupilles, dilatées par la fureur, luisaient d'un éclat étrange.

Certains regards ont une puissance magnétique irrésistible ; quelques duellistes célèbres doivent, dit-on, leurs sanglants triomphes à cette action fascinante de leur regard, qui démoralise, qui atterre leurs adversaires.

Rodolphe était doué de cet effrayant coup d'œil fixe, perçant, qui épouvante, et que ceux qu'il obsède ne peuvent éviter... Ce regard les trouble, les domine ; ils le ressentent presque physique, et, malgré eux, ils le recherchent... ils ne peuvent en détacher leur vue.

Le Maître d'école tressaillit, recula encore d'un pas, et, ne se fiant plus à sa force prodigieuse, il chercha sous sa blouse le manche de son poignard.

Un meurtre eût peut-être ensanglanté le tapis-franc si la Chouette, saisissant le Maître d'école par le bras, ne se fût écriée

— Minute... minute... *fourline* (1), laisse-moi dire un mot... tu mangeras ces deux mufles tout à l'heure, ils ne t'échapperont pas...

Le Maître d'école regarda la borgnesse avec étonnement.

Depuis quelques minutes, la Chouette observait Fleur-de-Marie avec une attention croissante, cherchant à rassembler ses souvenirs.

Enfin elle ne conserva plus le moindre doute : elle reconnut la Goualeuse.

— Est-il possible ! s'écria la borgnesse en joignant les mains avec étonnement ; c'est la Pégriotte, la voleuse de sucre d'orge. Mais d'où donc que tu sors ? c'est donc le *boulanger* (2) qui t'envoie ! ajouta-t-elle en montrant le poing à la jeune fille. Tu retomberas donc toujours sous ma griffe ? Sois tranquille, si je ne t'arrache plus de dents, je t'arracherai toutes les larmes de ton corps. Ah ! vas-tu *rager !* Tu ne sais donc pas ? je connais tes parents... Le Maître d'école a vu au *pré* l'homme qui t'avait donnée à moi quand tu étais toute petite... Il lui a dit le nom de ta mère... C'est des *daims huppés* (3), tes parents...

— Mes parents ! vous les connaissez ?... s'écria Fleur-de-Marie.

— Oui, mon homme sait le nom de ta mère... mais je lui arracherai plutôt la langue que de le laisser te le dire... Il a encore vu hier celui qui t'a amenée dans mon chenil, parce qu'on ne payait plus sa femme, qui t'avait nourrie... car elle ne tenait guère à toi, ta mère, elle aurait autant aimé te savoir crevée, bien sûr... Mais c'est égal, si tu savais son nom maintenant, tu pourrais joliment la rançonner, ma petite bâtarde... L'homme que je te dis a des papiers... oui, Pégriotte, il a des lettres de ta mère... tu pleures, Pégriotte... Eh bien, non, tu ne la connaîtras pas, ta mère... Tu ne la connaîtras pas.

— J'aime autant qu'elle me croie morte..., dit Fleur-de-Marie en essuyant ses yeux.

Rodolphe, oubliant le Maître d'école, avait attentivement écouté la Chouette, dont le récit l'intéressait.

Pendant ce temps, le brigand n'étant plus sous l'influence du regard de Rodolphe avait repris courage ; il ne pouvait croire que ce jeune homme, de taille moyenne et svelte, fût en état de se mesurer avec lui ; sûr de sa force herculéenne, il s'approcha du défenseur de la Goualeuse, et dit à la Chouette avec autorité :

— Assez bavardé comme ça... Je veux dévisager ce beau mufle-là et lui défoncer la frimousse... pour que la belle blonde me trouve plus gentil que lui.

D'un bond, Rodolphe sauta par-dessus la table.

— Prenez garde à mes assiettes ! répéta l'ogresse.

Et le Maître d'école se mit en défense, les deux mains en avant, le haut du corps en arrière, bien campé sur ses robustes reins, et pour ainsi dire arc-bouté sur une de ses jambes énormes... qui ressemblait à une balustre de pierre.

Au moment où Rodolphe s'élançait sur lui, la porte du tapis-franc

(1) Diminutif de voleur, assassin.
(2) Le diable.
(3) Des gens riches.

s'ouvrit violemment ; le charbonnier dont nous avons parlé, et qui avait presque six pieds de haut, se précipita dans la salle, écarta rudement le Maître d'école, s'approcha de Rodolphe et lui dit en anglais à l'oreille :

— Monsieur, Tom et Sarah... ils sont au bout de la rue.

A ces mots mystérieux, Rodolphe fit un mouvement de colère, jeta un louis sur le comptoir de l'ogresse et courut vers la porte.

Le Maître d'école tenta de s'opposer au passage de Rodolphe ; mais celui-ci, se retournant, lui détacha au milieu du visage deux coups de poings si rudement assenés, que le taureau chancela tout étourdi et tomba pesamment à demi renversé sur une table.

— Vive la Charte ! je reconnais là mes coups de poing de la fin, s'écria le Chourineur. Encore quelques leçons comme ça, et je les saurai...

Revenu à lui au bout de quelques secondes, le Maître d'école s'élança à la poursuite de Rodolphe.

Ce dernier avait disparu avec le charbonnier dans le sombre dédale des rues de la Cité ; il était impossible de le rejoindre.

Au moment où le Maître d'école rentrait écumant de rage, deux hommes, accourant du côté opposé à celui par lequel Rodolphe avait disparu, se précipitèrent dans le tapis-franc, essoufflés, comme s'ils eussent fait rapidement une longue course.

Leur premier mouvement fut de jeter les yeux de côté et d'autre dans la taverne.

— Malheur sur moi ! dit l'un, il nous échappe encore !...

— Patience !... les jours ont vingt-quatre heures, et la vie est longue, répondit l'autre personnage.

Ces deux nouveaux venus s'exprimaient en anglais.

CHAPITRE VI

TOM ET SARAH

Les deux personnages qui venaient d'entrer dans le tapis-franc appartenaient à une classe beaucoup plus élevée que celle des habitués de cette taverne.

L'un grand, élancé, avait des cheveux presque blancs, les sourcils et les favoris noirs, une figure osseuse et brune, l'air dur, sévère. A son chapeau rond on voyait un crêpe ; sa longue redingote noire se boutonnait jusqu'au cou ; il portait, par-dessus son pantalon de drap gris collant, des bottes autrefois appelées à la Suwarow.

Son compagnon, de très petite taille, aussi vêtu de deuil, était pâle et beau. Ses longs cheveux, ses sourcils et ses yeux d'un noir foncé faisaient ressortir la blancheur mate de son visage ; à sa démarche, à sa taille, à la délicatesse de ses traits, il était facile de reconnaître dans ce personnage une femme déguisée en homme.

— Tom, demandez à boire, et interrogez ces gens-là sur *lui,* dit Sarah, toujours en anglais.

— Oui, Sarah, répondit l'homme à cheveux blancs et à sourcils noirs

S'asseyant à une table pendant que Sarah s'essuyait le front, il dit à l'ogresse en très bon français et presque sans aucun accent :

— Madame, faites-nous donner quelque chose à boire, s'il vous plaît.

L'entrée de ces deux personnages dans le tapis-franc avait vivement excité l'attention ; leurs costumes, leurs manières annonçaient qu'ils ne fréquentaient jamais ces ignobles tavernes. A leur physionomie inquiète, affairée, on devinait que des motifs importants les amenaient dans ce quartier.

Le Chourineur, le Maître d'école et la Chouette les considéraient avec une avide curiosité.

La Goualeuse, épouvantée de sa rencontre avec la borgnesse, redoutant les menaces du Maître d'école, qui voulait l'emmener avec lui, profita de l'inattention de ces deux misérables, se glissa par la porte restée entrouverte et sortit du cabaret.

Le Chourineur et le Maître d'école, dans leur position respective, n'avaient aucun intérêt à élever de nouvelles rixes.

Surprise de l'apparition d'hôtes si nouveaux, l'ogresse partageait l'attention générale. Tom lui dit une seconde fois avec impatience :

— Nous avons demandé quelque chose à boire, madame ; ayez la bonté de nous servir.

La mère Ponisse, flattée de cette courtoisie, se leva de son comptoir, vint gracieusement s'appuyer à la table de Tom, et lui dit :

— Voulez-vous un litre de vin ou une bouteille cachetée ?

— Donnez-nous une bouteille de vin, des verres et de l'eau.

L'ogresse servit ; Tom lui jeta cent sous, et, refusant la monnaie qu'elle voulait lui rendre :

— Gardez cela pour vous, notre hôtesse, et acceptez un verre de vin avec nous.

— Vous êtes bien honnête, monsieur, dit la mère Ponisse en regardant Tom avec plus d'étonnement que de reconnaissance.

— Mais dites-moi, reprit celui-ci, nous avions donné rendez-vous à un de nos camarades dans un cabaret de cette rue ; nous nous sommes peut-être trompés.

— C'est ici le « Lapin Blanc », pour vous servir, monsieur.

— C'est bien cela, dit Tom en faisant un signe d'intelligence à Sarah. Oui, c'est bien au « Lapin Blanc » qu'il devait nous attendre.

— Et il n'y a pas deux « Lapin Blanc » dans la rue, dit orgueilleusement l'ogresse. Mais comment était-il, votre camarade ?

— Grand et mince, cheveux et moustache châtain clair, dit Tom.

— Attendez donc, attendez donc, c'est mon homme de tout à l'heure ; un charbonnier d'une très grande taille est venu le chercher, et ils sont partis ensemble.

— Ce sont eux, dit Tom.

— Et ils étaient seuls ici ? demanda Sarah.

— C'est-à-dire, le charbonnier n'est venu qu'un moment, votre autre camarade a soupé ici avec la Goualeuse et le Chourineur ; et du regard l'ogresse désigna celui des convives de Rodolphe qui était resté dans le cabaret.

Tom et Sarah se retournèrent vers le Chourineur.

Après quelques minutes d'examen, Sarah dit en anglais à son compagnon :

— Connaissez-vous cet homme ?

— Non. Karl avait perdu les traces de Rodolphe à l'entrée de ces rues obscures. Voyant Murph, déguisé en charbonnier, rôder autour de ce cabaret et venir sans cesse regarder au travers des vitres, il s'est douté de quelque chose et il est venu nous avertir.

Pendant cette conversation, tenue à voix basse et en langue étrangère, le Maître d'école disait tout bas à la Chouette en regardant Tom et Sarah :

— Le grand maigre a dédaigné cent sous à l'ogresse. Il est bientôt minuit ; il pleut, il vente : quand ils vont sortir, nous les suivrons ; j'étourdirai le grand et je lui prendrai son argent. Il est avec une femme, il n'osera pas souffler.

— Si la petite crie à la garde, j'ai mon vitriol dans ma poche, je lui casserai la bouteille sur la figure, dit la borgnesse ; il faut toujours donner à boire aux enfants pour les empêcher de crier. Puis elle ajouta : — Dis donc, *fourline,* la première fois que nous trouverons la Pégriotte, faudra l'emmener *d'autor* (1). Une fois que nous la tiendrons chez nous, nous lui frotterons le museau avec mon vitriol, ça fait qu'elle ne fera plus la fière avec sa jolie frimousse...

— Tiens, la Chouette, je finirai par t'épouser, dit le Maître d'école ; tu n'as pas ta pareille pour l'adresse et le courage... La nuit du marchand de bœufs, je t'ai jugée... j'ai dit : « Voilà ma femme : elle travaillera mieux qu'un homme. »

Après avoir réfléchi un moment, Sarah dit à Tom en lui indiquant le Chourineur :

— Si nous interrogions cet homme sur Rodolphe, peut-être saurions-nous ce qui l'amène ici.

— Essayons, dit Tom. Puis, s'adressant au Chourineur : — Camarade, nous devions retrouver dans ce cabaret un de nos amis ; il a soupé avec vous, puisque vous le connaissez, dites-nous si vous savez où il est allé.

— Je le connais parce qu'il m'a rincé il y a deux heures en défendant la Goualeuse.

— Et vous ne l'aviez jamais vu ?

— Jamais... Nous nous sommes rencontrés dans l'allée de la maison de Bras-Rouge.

— L'hôtesse ! encore une bouteille cachetée, et du meilleur, dit Tom.

Sarah et lui avaient à peine trempé leurs lèvres dans leurs verres encore pleins ; la mère Ponisse, pour faire honneur sans doute à sa propre cave, avait plusieurs fois vidé le sien.

— Et vous nous servirez sur la table de monsieur, s'il veut bien le permettre ajouta Tom en allant se mettre avec Sarah à côté du Chourineur, aussi étonné que flatté de cette politesse.

Le Maître d'école et la Chouette causaient toujours à voix basse de leurs sinistres projets.

La bouteille servie, Tom et Sarah attablés avec le Chourineur et l'ogresse, qui avait regardé une seconde invitation comme superflue, l'entretien continua.

— Vous nous disiez donc, mon brave, que vous aviez rencontré notre camarade Rodolphe dans la maison de Bras-Rouge ? dit Tom en trinquant avec le Chourineur.

— Oui, mon brave, répondit celui-ci en vidant lestement son verre.

— Voilà un singulier nom... Bras-Rouge ! Qu'est-ce que c'est que ce Bras-Rouge ?

— Il *pastique la maltouze,* dit négligemment le Chourineur ; puis il ajouta : — Voilà de fameux vin, mère Ponisse !

— C'est pour ça qu'il ne faut pas laisser votre verre vide, mon brave, reprit Tom en versant de nouveau à boire au Chourineur.

— A votre santé, dit celui-ci, et à celle de votre petit ami qui.. enfin suffit... Si ma tante était un homme, ça serait mon oncle, comme dit le proverbe... Allons donc, farceur, je m'entends !

Sarah rougit imperceptiblement. Tom continua .

(1) D'autorité.

— Je n'ai pas bien compris ce que vous m'avez dit sur ce Bras-Rouge. Rodolphe sortait de chez lui, sans doute ?

— Je vous ai dit que Bras-Rouge *pastiquait la maltouze.*

Tom regarda le Chourineur avec surprise.

— Qu'est-ce que ça veut dire, *pastiquer la mal*... Comment dites-vous cela ?

— *Pastiquer la maltouze,* faire de la contrebande, donc ! Il paraît que vous ne *dévidez pas le jars* (1) ?

— Mon brave, je ne vous comprends plus.

— Je vous dis : Vous ne parlez donc pas argot comme M. Rodolphe ?

— Argot ? dit Tom en regardant Sarah d'un air surpris.

— Allons, vous êtes des *sinves* (2)... mais le camarade Rodolphe est un fameux *zig* (3), lui ; tout peintre en éventails qu'il est, il m'en remontrerait à moi-même pour l'argot... Eh bien, puisque vous ne parlez pas ce beau langage-là, je vous dis en bon français que Bras-Rouge est contrebandier ; je le dis sans traîtrise... car il ne s'en cache pas, il s'en vante au nez des gabelous ; mais cherche, et attrape si tu peux, car Bras-Rouge est malin.

— Et qu'est-ce que Rodolphe allait faire chez cet homme ? demanda Sarah.

— Ma foi, monsieur... ou madame, à votre choix, je n'en sais rien de rien, aussi vrai que je bois ce verre de vin. Ce soir, je voulais battre la Goualeuse : j'avais tort ; c'était une bonne fille ; elle s'enfonce dans l'allée de la maison de Bras-Rouge, je la poursuis... c'était noir comme le diable ; au lieu d'empoigner la Goualeuse, je tombe sur maître Rodolphe, qui me donne ma paye, et d'une fière force... oh ! oui... il y avait surtout les coups de poing de la fin... tonnerre ! c'était bien festonné ! Il m'a promis de me montrer ce coup-là.

— Et Bras-Rouge, quel homme est-ce ? demanda Tom. Quelle espèce de marchandise vend-il ?

— Bras-Rouge ? dame ! il vend tout ce qu'il est défendu de vendre, il fait tout ce qu'il est défendu de faire. Voilà sa partie et son négoce. N'est-ce pas, mère Ponisse ?

— Oh ! c'est un cadet qui a le fil, dit l'ogresse.

— Et il met les gabelous joliment dedans, reprit le Chourineur. On a descendu plus de vingt fois dans sa cassine, jamais on n'a rien trouvé ; pourtant, il en sort souvent avec ses ballots.

— C'est malin, dit l'ogresse ; on dit qu'il a chez lui une cachette qui descend à un puits qui mène aux catacombes.

— Ça n'empêche pas qu'on ne l'a jamais trouvée sa cachette, il faudrait démolir sa cassine pour en venir à bout, dit le Chourineur.

— Et quel est le numéro de la maison de Bras-Rouge ?

— N° 13, rue aux Fèves : Bras-Rouge, marchand de tout ce qu'on veut. C'est connu dans la Cité, dit le Chourineur.

— Je vais écrire cette adresse sur mon carnet ; si nous ne trouvons pas Rodolphe, je tâcherai d'avoir des informations sur lui chez M. Bras-

(1) Que vous ne parlez pas argot
(2) Hommes simples
(3) Camarade

Rouge, reprit Tom. Et il inscrivit le nom de la rue et le numéro du contrebandier.

— Et vous pouvez vous vanter d'avoir, dans maître Rodolphe, un ami solide... dit le Chourineur, et un bon enfant... Sans le charbonnier, il allait se donner un coup de peigne avec le Maître d'école qui est là-bas dans son coin avec la Chouette... Tonnerre ! faut que je me tienne à quatre pour ne pas l'exterminer, cette vieille sorcière, quand je pense à ce qu'elle a fait à la Goualeuse... Mais patience... un coup de poing n'est jamais perdu, comme dit c't'autre.

— Rodolphe vous a battu ? vous devez le haïr ! dit Sarah.

— Moi, haïr un homme qui se déploie comme ça ! plus souvent ! Au fait, c'est drôle... Tenez, v'là le Maître d'école qui m'a battu, et ça me réjouirait de le voir étrangler... M. Rodolphe, qui m'a battu et même plus fort... c'est tout le contraire : je ne lui veux que du bien. Enfin, il me semble que je me mettrais au feu pour lui, et je ne le connais que de ce soir.

— Vous dites ça parce que nous sommes ses amis, mon brave.

— Non, tonnerre ! non, foi d'homme !... Voyez-vous, il a pour lui les coups de poing de la fin... dont il n'est pas plus fier qu'un enfant ; il n'y a pas à dire... c'est un maître, un maître fini... Et puis, il vous dit des mots... des choses qui vous remettent le cœur au ventre ; puis enfin, quand il vous regarde... il a dans les yeux quelque chose... Tenez, j'ai été troupier... avec un chef *pareil...* voyez-vous, on mangerait la lune et les étoiles.

Tom et Sarah se regardèrent en silence.

— Cette incroyable puissance de domination le suivrait-elle donc partout et toujours ? dit amèrement Sarah.

— Oui... jusqu'à ce que nous ayons conjuré le charme... reprit Tom.

— Oui, et, quoi qu'il arrive, il le faut, il le faut, dit Sarah en passant la main sur son front comme pour chasser un souvenir pénible.

Minuit sonna à l'Hôtel de Ville.

Le quinquet de la taverne ne jetait plus qu'une lueur douteuse.

A l'exception du Chourineur et de ses deux convives, du Maître d'école et de la Chouette, tous les habitués du tapis-franc s'étaient peu à peu retirés.

Le Maître d'école dit tout bas à la Chouette :

— Nous allons nous cacher dans l'allée en face, nous verrons sortir les *messières* (1), et nous les suivrons. S'ils vont à gauche, nous les attendrons dans le recoin de la rue Saint-Eloi ; s'ils vont à droite, nous les attendrons dans les démolitions, du côté de la triperie ; il y a là un grand trou ; j'ai mon idée.

Et le Maître d'école et la Chouette se dirigèrent vers la porte.

— Vous ne *pitanchez* donc rien ce soir ? leur dit l'ogresse.

— Non, mère Ponisse... Nous étions entrés pour nous mettre à l'abri, dit le Maître d'école. Et il sortit avec la Chouette.

(1) Les victimes

CHAPITRE VII

LA BOURSE OU LA VIE

Au bruit que fit la porte en se fermant, Tom et Sarah sortirent de leur rêverie ; ils se levèrent et remercièrent le Chourineur des renseignements qu'il leur avait donnés ; celui-ci leur inspirait moins de confiance depuis qu'il avait vulgairement, mais sincèrement exprimé sa grossière admiration pour Rodolphe.

Au moment où le Chourineur sortit, le vent redoublait de violence, la pluie tombait à torrents.

Le Maître d'école et la Chouette, embusqués dans une allée qui faisait face au tapis-franc, virent le Chourineur s'éloigner du côté de la rue où se trouvait une maison en démolition. Bientôt ses pas, un peu alourdis par ses fréquentes libations de la soirée, se perdirent au milieu des sifflements du vent et du bruit de la pluie qui fouettait les murailles.

Tom et Sarah sortirent de la taverne malgré la tourmente et prirent une direction opposée à celle du Chourineur.

— Ils sont *enflaqués* (1), dit tout bas le Maître d'école à la Chouette ; débouche ton vitriol : attention !

— Otons nos souliers, ils ne nous entendront pas marcher derrière eux, dit la Chouette.

— Tu as raison, la Chouette, toujours raison, je n'aurais pas pensé à ça ; faisons patte de velours.

Le hideux couple ôta ses chaussures et se glissa dans l'ombre en rasant les maisons...

Grâce à ce stratagème, le bruit des pas de la Chouette et du Maître d'école fut tellement amorti, qu'ils suivirent Tom et Sarah presque à les toucher sans que ceux-ci les entendissent.

— Heureusement, notre fiacre est au coin de la rue, dit Tom ; car la pluie va nous tremper. N'avez-vous pas froid, Sarah ?

— Peut-être apprendrons-nous quelque chose par le contrebandier, par ce Bras-Rouge, dit Sarah pensive sans répondre à la question de Tom.

Tout à coup celui-ci s'arrêta.

(1) Pris.

Ils n'étaient qu'à une petite distance de l'endroit désigné par le Maître d'école pour commettre son crime.

— Je me suis trompé de rue, dit Tom, il fallait prendre à gauche en sortant du cabaret ; nous devons passer devant une maison en démolition pour retrouver notre fiacre. Retournons sur nos pas.

Le Maître d'école et la Chouette se jetèrent dans l'embrasure d'une porte pour n'être pas aperçus de Tom et de Sarah, qui les coudoyèrent presque.

— Au fait, j'aime mieux qu'ils aillent du côté des décombres, dit tout bas le Maître d'école ; si le *messière* regimbe... j'ai mon idée.

Tom et Sarah, après avoir de nouveau passé devant le tapis-franc, arrivèrent près d'une maison en ruine.

Cette masure étant à moitié démolie, ses caves découvertes formaient une espèce de gouffre le long duquel la rue se prolongeait en cet endroit.

Le Maître d'école bondit avec la vigueur et la souplesse d'un tigre ; d'une de ses larges mains il saisit Tom à la gorge et lui dit :

— Ton argent ou je te jette dans ce trou.

Et le brigand, repoussant Tom en arrière, lui fit perdre l'équilibre, d'une main le retint pour ainsi dire suspendu au-dessus de la profonde excavation, tandis que de l'autre main il saisit le bras de Sarah comme dans un étau.

Avant que Tom eût fait un mouvement, la Chouette le dévalisa avec une dextérité merveilleuse.

Sarah ne cria pas, ne chercha pas à se débattre ; elle dit d'une voix calme :

— Donnez-leur votre bourse. Tom. Et s'adressant au brigand : Nous ne crierons pas, ne nous faites pas de mal.

La Chouette, après avoir scrupuleusement fouillé les poches des deux victimes de ce guet-apens, dit à Sarah :

— Voyons tes mains, s'il y a des bagues. Non, dit la vieille femme en grommelant. Tu n'as donc personne pour te donner des anneaux ?... Quelle misère !

Le sang-froid de Tom ne se démentit pas pendant cette scène aussi rapide qu'imprévue.

— Voulez-vous faire un marché ? Mon portefeuille contient des papiers qui vous seront inutiles ; rapportez-le-moi, et demain je vous donne vingt-cinq louis, dit Tom au Maître d'école, dont la main l'étreignait moins rudement.

— Oui, pour nous tendre une souricière ! répondit le brigand. Allons, file sans regarder derrière toi. Tu as du bonheur d'en être quitte pour si peu.

— Un moyen, dit la Chouette ; s'il est gentil, il aura son portefeuille ; il y a un moyen. Puis s'adressant à Tom : Vous connaissez la plaine Saint-Denis ?

— Oui.

— Savez-vous où est Saint-Ouen ?

— Oui.

— En face de Saint-Ouen, au bout du chemin de la Révolte, la plaine est plate , à travers champs, on y voit de loin ; venez-y demain matin tout seul, aboulez l'argent, vous m'y trouverez avec le portefeuille, donnant, donnant, je vous le rendrai.

— Mais il te fera pincer, la Chouette !

— Pas si bête ! il n'y a pas mèche... on voit de trop loin. Je n'ai qu'un œil... mais il est bon ; si le *messière* vient avec quelqu'un, il ne trouvera plus personne, j'aurai déménagé.

Sarah fut frappée d'une idée subite ; elle dit au brigand :

— Veux-tu gagner de l'argent ?

— Oui.

— As-tu vu dans le cabaret d'où nous sortons, car maintenant je te reconnais, as-tu vu l'homme que le charbonnier est venu chercher ?

— Un mince à moustaches ? Oui, j'allais manger un morceau de ce mufle-là ; mais il ne m'a pas donné le temps... Il m'a étourdi de deux coups de poing et m'a renversé sur une table... c'est la première fois que cela m'arrive... Oh ! je m'en vengerai !

— Eh bien ! il s'agit de lui, dit Sarah.

— De lui ? s'écria le Maître d'école. Donnez-moi mille francs, je vous le tue...

— Sarah ! s'écria Tom avec épouvante.

— Misérable ! il ne s'agit pas de le tuer... dit Sarah au Maître d'école.

— De quoi donc, alors ?

— Venez demain à la plaine Saint-Denis, vous y trouverez mon compagnon, reprit-elle ; vous verrez bien qu'il est seul ; il vous dira ce qu'il faut faire. Ce n'est pas mille francs, mais deux mille francs que je vous donnerai... si vous réussissez.

— *Fourline,* dit tout bas la Chouette au Maître d'école, il y a de l'argent à gagner ; c'est des *daims huppés* qui veulent monter un coup à un ennemi ; cet ennemi, c'est ce gueux que tu voulais crever... Faut y aller ; j'irais, moi, à ta place... Deux mille balles ! mon homme, ça en vaut la peine.

— Eh bien ! ma femme ira, dit le Maître d'école ; vous lui direz ce qu'il y a à faire, et je verrai.

— Soit, demain à une heure.

— A une heure.

— Dans la plaine Saint Denis.

— Dans la plaine Saint-Denis.

— Entre Saint-Ouen et le chemin de la Révolte, au bout de la route.

— C'est dit.

— Et je vous rapporterai votre portefeuille.

— Et vous aurez les cinq cents francs promis, et un acompte sur l'autre affaire si vous êtes raisonnable.

— Maintenant allez à droite, nous à gauche ; ne nous suivez pas, sinon...

Et le Maître d'école et la Chouette s'éloignèrent rapidement.

— Le démon nous est venu en aide, dit Sarah ; ce bandit peut nous servir.

— Sarah, maintenant, j'ai peur... dit Tom.

— Moi, je n'ai pas peur. J'espère, au contraire... Mais, venez, venez, je me reconnais ; le fiacre ne doit pas être loin.

Et les deux personnages se dirigèrent à grands pas vers le parvis Notre-Dame.

Un témoin invisible avait assisté à cette scène.

C'était le Chourineur, qui s'était tapi dans les décombres pour se mettre à l'abri de la pluie.

La proposition que fit Sarah au brigand, relativement à Rodolphe, intéressa vivement le Chourineur ; effrayé des périls qui menaçaient son nouvel ami, il regretta de ne pouvoir l'en garantir. Sa haine contre le Maître d'école et contre la Chouette fut peut-être pour quelque chose dans ce bon sentiment.

Le Chourineur se résolut d'avertir Rodolphe du danger qu'il courait ; mais comment y parvenir ? Il avait oublié l'adresse du soi-disant peintre en éventails. Peut-être Rodolphe ne reviendrait-il pas au tapis-franc ; comment le trouver ?

En faisant ces réflexions, le Chourineur avait machinalement suivi Tom et Sarah ; il les vit monter dans un fiacre qui les attendait devant le parvis Notre-Dame.

Le fiacre partit.

Une idée lumineuse vint au Chourineur ; il monta derrière cette voiture.

A une heure du matin, ce fiacre s'arrêta sur le boulevard de l'Observatoire, et Tom et Sarah disparurent dans une des ruelles qui aboutissent à cet endroit.

La nuit était noire, le Chourineur ne put signaler aucun indice qui lui servît à reconnaître plus précisément, le lendemain, les lieux où il se trouvait. Alors, avec une sagacité de sauvage, il tira son couteau de poche, fit une large et profonde entaille à un des arbres auprès desquels s'était arrêtée la voiture. Puis il regagna son gîte, dont il s'était considérablement éloigné.

Pour la première fois depuis longtemps, le Chourineur goûta dans son taudis un sommeil profond, qui ne fut pas interrompu par l'horrible vision de l'abattoir aux sergents, comme il disait dans son rude langage.

CHAPITRE VIII

PROMENADE

Le lendemain de la soirée où s'étaient passés les différents événements que nous venons de raconter, un radieux soleil d'automne brillait au milieu d'un ciel pur ; la tourmente de la nuit avait cessé. Quoique toujours obscurci par la hauteur des maisons, le hideux quartier où le lecteur nous a suivi semblait moins horrible, vu à la clarté d'un beau jour.

Soit que Rodolphe ne craignît plus la rencontre des deux personnes qu'il avait évitées la veille, soit qu'il la bravât, vers les onze heures du matin il entra dans la rue aux Fèves, et se dirigea vers la taverne de l'ogresse.

Rodolphe était toujours habillé en ouvrier, mais on remarquait dans ses vêtements une certaine recherche ; sa blouse neuve, ouverte sur la poitrine, laissait voir sa chemise de laine rouge, fermée par plusieurs boutons d'argent ; le col d'une autre chemise de toile blanche se rabattait sur sa cravate de soie noire, négligemment nouée autour de son cou ; de sa casquette de velours bleu de ciel, à visière vernie, s'échappaient quelques boucles de cheveux châtains ; des bottes parfaitement cirées, remplaçant les gros souliers ferrés de la veille, mettaient en valeur un pied charmant, qui paraissait d'autant plus petit qu'il sortait d'un large pantalon de velours olive.

Ce costume ne nuisait en rien à l'élégance de la tournure de Rodolphe, rare mélange de grâce, de souplesse et de force.

Nos habits sont tellement laids, qu'on ne peut que gagner à les quitter, même pour les vêtements les plus vulgaires.

L'ogresse se prélassait sur le seuil du tapis-franc lorsque Rodolphe s'y présenta.

— Votre servante, jeune homme ! Vous venez sans doute chercher la monnaie de vos vingt francs ? dit-elle avec une sorte de déférence, n'osant pas oublier que la veille le vainqueur du Chourineur lui avait jeté un louis sur son comptoir ; il vous revient dix-sept livres dix sous... Ça n'est pas tout... On est venu vous demander hier : un grand monsieur, bien couvert ; il avait aux jambes des bottes à cœur, comme un tambour-major en bourgeois, et au bras une petite femme déguisée en homme. Ils ont bu du *cacheté* avec le Chourineur.

— Ah ! ils ont bu avec le Chourineur ! Et que lui ont-ils dit ?

— Quand je dis qu'ils ont bu, je me trompe, ils n'ont fait que tremper leurs lèvres dans leurs verres ; et...

— Je te demande ce qu'ils ont dit au Chourineur ?

— Ils lui ont parlé de choses et d'autres, quoi ! de Bras-Rouge, de la pluie et du beau temps.

— Ils connaissent Bras-Rouge ?

— Au contraire, le Chourineur leur a expliqué qui c'était... et comment vous l'aviez battu.

— C'est bon, il ne s'agit pas de ça.

— Vous demandez votre monnaie ?

— Oui... et j'emmènerai la Goualeuse passer la journée à la campagne.

— Oh ! impossible, ça, mon garçon.

— Pourquoi ?

— Elle n'a qu'à ne pas revenir ! Ses nippes sont à moi, sans compter qu'elle me doit encore deux cent vingt francs pour finir de s'acquitter de sa nourriture et de son logement, depuis que je l'ai prise chez moi ; si elle n'était pas honnête comme elle l'est, je ne la laisserais pas aller plus loin que le coin de la rue, au moins.

— La Goualeuse te doit deux cent vingt francs ?

— Deux cent vingt francs dix sous... Mais qu'est-ce que ça vous fait, mon garçon ? Ne dirait-on pas que vous allez les payer ? Faites donc le milord !

— Tiens dit Rodolphe, en jetant onze louis sur l'étain du comptoir de l'ogresse. Maintenant, combien vaut la défroque que tu lui loues ?

La vieille, ébahie, examinait les louis l'un après l'autre d'un air de doute et de défiance.

— Ah çà, crois-tu que je te donne de la fausse monnaie ? Envoie changer cet or, et finissons... Combien vaut la défroque que tu loues à cette malheureuse ?

L'ogresse partagée entre le désir de faire une bonne affaire, l'étonnement de voir un ouvrier posséder autant d'argent, la crainte d'être dupée, et l'espoir de gagner davantage encore, l'ogresse garda un moment le silence, puis elle reprit :

— Ses hardes valent au moins... cent francs.

— De pareilles guenilles ! Allons donc ! Tu garderas la monnaie d'hier et je te donnerai encore un louis, rien de plus. Se laisser rançonner par toi, c'est voler les pauvres qui ont droit à des aumônes.

— Eh bien, mon garçon, je garde mes hardes : la Goualeuse ne sortira pas d'ici : je suis libre de vendre mes effets ce que je veux.

— Que Lucifer te brûle un jour selon tes mérites ! Voilà ton argent, va me chercher la Goualeuse.

L'ogresse empocha l'or, pensant que l'ouvrier avait commis un vol ou fait un héritage, et lui dit, avec un ignoble sourire :

— Pourquoi, mon fils, ne monteriez-vous pas chercher vous-même la Goualeuse !... cela lui ferait plaisir . car, foi de mère Ponisse, hier elle vous reluquait joliment !

— Va la chercher et dis-lui que je l'emmènerai à la campagne... rien de plus Surtout qu'elle ne sache pas que je t'ai payé sa dette

— Pourquoi donc ?

— Que t'importe ?

— Au fait, ça m'est égal, j'aime mieux qu'elle se croie encore sous ma coupe.

— Te tairas-tu ! monteras-tu !...

— Oh ! quel air méchant ! Je plains ceux à qui vous en voulez... Allons, j'y vais... j'y vais...

Et l'ogresse monta.

Quelques minutes après, elle redescendit.

— La Goualeuse ne voulait pas me croire ; elle est devenue cramoisie quand elle a su que vous étiez là... Mais quand je lui ai dit que je lui permettais de passer la journée à la campagne, j'ai cru qu'elle devenait folle ; pour la première fois de sa vie, elle a eu envie de me sauter au cou.

— C'était la joie de te quitter.

Fleur-de-Marie entra dans ce moment, vêtue comme la veille : robe d'alépine brune, châle orange, noué derrière le dos, marmotte à carreaux rouges laissant voir seulement deux grosses nattes de cheveux blonds. Elle rougit en reconnaissant Rodolphe, et baissa les yeux d'un air confus.

— Voulez-vous venir passer la journée à la campagne avec moi, mon enfant ? dit Rodolphe.

— Bien volontiers, monsieur Rodolphe, dit la Goualeuse, puisque madame le permet.

— Je t'y autorise, ma petite chatte, par rapport à ta bonne conduite... dont tu fais l'ornement... Allons, viens m'embrasser.

Et la mégère tendit à Fleur-de-Marie son visage couperosé.

La malheureuse, surmontant sa répugnance, approcha son front des lèvres de l'ogresse ; mais d'un violent coup de coude Rodolphe repoussa la vieille dans son comptoir, prit le bras de Fleur-de-Marie et sortit du tapis-franc au bruit des malédictions de la mère Ponisse.

— Prenez garde, monsieur Rodolphe, dit la Goualeuse, l'ogresse va vous jeter quelque chose à la tête, elle est si méchante !

— Rassurez-vous, mon enfant. Mais qu'avez-vous ? vous semblez embarrassée... triste ? Etes-vous fâchée de venir avec moi ?

— Au contraire... mais... vous me donnez le bras.

— Eh bien ?

— Vous êtes ouvrier... quelqu'un peut dire à votre bourgeois qu'on vous a rencontré avec moi... ça vous fera du tort. Les maîtres n'aiment pas que leurs ouvriers se dérangent.

Et la Goualeuse dégagea doucement son bras de celui de Rodolphe, en ajoutant :

— Allez tout seul... je vous suivrai jusqu'à la barrière. Une fois dans les champs, je reviendrai auprès de vous.

— Ne craignez rien, dit Rodolphe, touché de cette délicatesse, et, reprenant le bras de Fleur-de-Marie : Mon bourgeois ne demeure pas dans le quartier et puis d'ailleurs nous allons trouver un fiacre sur le quai aux Fleurs.

— Comme vous voudrez, monsieur Rodolphe ; je vous disais cela pour ne pas vous faire arriver de la peine

— Je le crois, et je vous en remercie. Mais, franchement, vous est-il égal d'aller à la campagne dans un endroit ou dans un autre ?

— Ça m'est égal, monsieur Rodolphe, pourvu que ce soit à la campagne... Il fait si beau... le grand air est si bon à respirer ! Savez-vous que voilà cinq mois que je n'ai pas été plus loin que le marché aux Fleurs ? Et encore, si l'ogresse me permettait de sortir de la Cité, c'est qu'elle avait confiance en moi.

— Et quand vous veniez à ce marché, c'était pour acheter des fleurs ?

— Oh ! non ; je n'avais pas d'argent ; je venais seulement les voir, respirer leur bonne odeur... Pendant la demi-heure que l'ogresse me laissait passer sur le quai les jours de marché, j'étais si contente que j'oubliais tout.

— Et en rentrant chez l'ogresse... dans ces vilaines rues ?

— Je revenais plus triste que je n'étais partie... et je renfonçais mes larmes pour ne pas être battue ! Tenez... au marché... ce qui me faisait envie, oh ! bien envie, c'était de voir des petites ouvrières bien proprettes, qui s'en allaient toutes gaies, avec un beau pot de fleurs dans leurs bras.

— Je suis sûr que si vous aviez eu seulement quelques fleurs sur votre fenêtre, cela vous aurait tenu compagnie ?

— C'est bien vrai ce que vous dites là, monsieur Rodolphe ! Figurez-vous qu'un jour l'ogresse, à sa fête, sachant mon goût, m'avait donné un petit rosier. Si vous saviez comme j'étais heureuse ! je ne m'ennuyais plus, allez ! Je ne faisais que regarder mon rosier... je m'amusais à compter ses feuilles, ses fleurs... Mais l'air est si mauvais dans la Cité, qu'au bout de deux jours il a commencé à jaunir. Alors... Mais vous allez vous moquer de moi, monsieur Rodolphe.

— Non, non, continuez.

— Eh bien ! alors, j'ai demandé à l'ogresse la permission de sortir et d'aller promener mon rosier... oui... comme j'aurais promené un enfant. Je l'emportais au quai, je me figurais que d'être avec les autres fleurs, dans ce bon air frais et embaumé, ça lui faisait du bien ; je trempais ses pauvres feuilles flétries dans la belle eau de la fontaine, et puis, pour le ressuyer, je le mettais un bon quart d'heure au soleil... Cher petit rosier, il n'en voyait jamais de soleil, dans la Cité, car dans notre rue il ne descend pas plus bas que le toit... Enfin je rentrais... Eh bien, je vous assure, monsieur Rodolphe, que, grâce à ces promenades, mon rosier a peut-être vécu dix jours de plus qu'il n'aurait vécu sans cela.

— Je vous crois ; mais quand il est mort, ç'a été une grande perte pour vous ?

— Je l'ai pleuré, ç'a été un vrai chagrin... Et, tenez, monsieur Rodolphe, puisque vous comprenez qu'on aime les fleurs, je peux bien vous dire ça. Eh bien ! Je lui avais aussi comme de la reconnaissance... de... Ah ! pour cette fois vous allez vous moquer de moi...

— Non, non ! j'aime... j'adore les fleurs ; ainsi je comprends toutes les folies qu'elles font faire ou qu'elles inspirent.

— Eh bien ! je lui étais reconnaissante, à ce pauvre rosier, de fleurir si gentiment pour moi.. quoique... enfin... malgré ce que j'étais.

Et la Goualeuse baissa la tête et devint pourpre de honte..

— Malheureuse enfant ! avec cette conscience de votre horrible position, vous avez dû souvent...

— Avoir envie d'en finir, n'est-ce pas, monsieur Rodolphe ? dit la Goualeuse en interrompant son compagnon ; oh ! oui, allez, plus d'une fois j'ai regardé la Seine par-dessus le parapet... mais après je regardais les fleurs, le soleil... Alors, je me disais : La rivière sera toujours là ; je n'ai pas dix-sept ans... qui sait ?

— Quand vous disiez *Qui sait ?...* vous espériez ?

— Oui...

— Et qu'espériez-vous ?

— Je ne sais pas... j'espérais... oui, j'espérais presque malgré moi... Dans ces moments-là, il me semblait que mon sort n'était pas mérité, qu'il y avait en moi quelque chose de bon. Je me disais : On m'a bien tourmentée ; mais au moins, je n'ai jamais fait de mal à personne... Si j'avais eu quelqu'un pour me conseiller, je ne serais pas où j'en suis !... Alors ça chassait un peu ma tristesse... Après ça il faut dire que ces pensées-là m'étaient surtout venues à la suite de la perte de mon rosier, ajouta la Goualeuse d'un air solennel qui fit sourire Rodolphe.

— Toujours ce grand chagrin...

— Oui... tenez, le voilà.

Et la Goualeuse tira de sa poche un petit paquet de bois soigneusement coupé et attaché avec une faveur rose.

— Vous l'avez conservé ?

— Je le crois bien... c'est tout ce que je possède au monde.

— Comment ! vous n'avez rien à vous ?

— Rien...

— Mais ce collier de corail ?

— C'est à l'ogresse.

— Comment ! Vous ne possédez pas un chiffon, un bonnet, un mouchoir ?

— Non, rien... rien... que les branches sèches de mon pauvre rosier. C'est pour cela que j'y tiens tant...

A chaque mot l'étonnement de Rodolphe redoublait ; il ne pouvait comprendre cet épouvantable esclavage, cette horrible vente du corps et de l'âme pour un abri sordide, quelques haillons et une nourriture immonde (1).

Rodolphe et la Goualeuse arrivèrent au quai aux Fleurs : un fiacre les attendait ; Rodolphe y fit monter la Goualeuse ; il monta après elle et dit au cocher :

— A Saint-Denis ; je dirai plus tard le chemin qu'il faudra prendre.

La voiture partit ; le soleil était radieux, le ciel sans nuages, le froid un peu piquant ; l'air circulait vif et frais à travers l'ouverture des glaces baissées.

(1) S'il nous était permis d'entrer dans des détails devant lesquels nous reculons, nous prouverions que ce servage existe, que les lois de police sont ainsi faites, qu'une malheureuse créature, souvent vendue par ses proches et jetée dans cet abîme d'infamie, est pour ainsi dire à jamais condamnée à y vivre ; que son repentir, que ses remords sont vains, et qu'il lui est presque matériellement impossible de sortir de cette fange (Voir le précieux ouvrage du docteur Parent Duchâtelet œuvre d'un philosophe et d'un grand homme de bien)

— Tiens ! un manteau de femme ! dit la Goualeuse en remarquant qu'elle s'était assise sur ce vêtement qu'elle n'avait pas aperçu.

— Oui, c'est pour vous, mon enfant ; je l'ai pris dans la crainte que vous n'ayez froid ; enveloppez-vous bien.

Peu habituée à ces prévenances, la pauvre fille regarda Rodolphe avec surprise. L'espèce d'intimidation que ce dernier lui causait augmentait encore, ainsi qu'une tristesse vague, dont elle ne se rendait pas compte.

— Mon Dieu ! monsieur Rodolphe, comme vous êtes bon ! ça me rend honteuse.

— Parce que je suis bon ?

— Non ; mais... il me semble que vous ne parlez plus maintenant comme hier, que vous êtes tout autre...

— Voyons Fleur-de-Marie, qu'aimez-vous mieux, que je sois le Rodolphe d'hier, ou le Rodolphe d'aujourd'hui ?

— Je vous aime bien mieux comme maintenant... Pourtant, hier il me semblait que j'étais plus votre égale...

Puis se reprenant aussitôt, craignant d'avoir humilié Rodolphe, elle reprit :

— Quand je dis votre égale... monsieur Rodolphe, je sais bien que cela ne peut pas être...

— Il y a une chose qui m'étonne en vous, Fleur-de-Marie.

— Quoi donc, monsieur Rodolphe ?

— Vous semblez oublier ce que la Chouette vous a dit hier de vos parents... qu'elle connaissait votre mère...

— Oh ! je n'ai pas oublié cela... j'y ai pensé cette nuit... et j'ai bien pleuré... Mais je suis sûre que cela n'est pas vrai... la borgnesse aura inventé cette histoire pour me faire de la peine...

— Il se peut que la Chouette soit mieux instruite que vous ne le croyez ; si cela était, ne seriez-vous pas heureuse de retrouver votre mère ?

— Hélas ! monsieur Rodolphe ! si ma mère ne m'a jamais aimée... à quoi bon la retrouver ?... Elle ne voudra pas seulement me voir... Si elle m'a aimée... Quelle honte je lui ferais !... Elle en mourrait peut-être.

— Si votre mère vous a aimée, Fleur-de-Marie, elle vous plaindra, elle vous pardonnera, elle vous aimera encore... Si elle vous a délaissée... en voyant à quel sort affreux son abandon vous a réduite... sa honte vous vengera.

— A quoi ça sert-il de se venger ? et puis, si je me vengeais, il me semble que je n'aurais plus le droit de me trouver malheureuse... Et souvent cela me console...

— Vous avez peut-être raison... N'en parlons plus...

A ce moment, la voiture arrivait près de Saint-Ouen, à l'embranchement de la route de Saint-Denis et du chemin de la Révolte.

Malgré la monotonie du paysage, Fleur-de-Marie fut si transportée de voir des *champs,* comme elle disait, qu'oubliant les tristes pensées que le souvenir de la Chouette venait d'éveiller en elle, son charmant visage s'épanouit. Elle se pencha à la portière en battant des mains et s'écria :

— Monsieur Rodolphe, quel bonheur !... de l'herbe ! des champs ! Si vous vouliez me permettre de descendre... il fait si beau !... J'aimerais tant à courir dans ces prairies...

— Courons, mon enfant... Cocher, arrête !

— Comment ! vous aussi, monsieur Rodolphe ?

— Moi aussi... Je m'en fais une fête.

— Quel bonheur ! monsieur Rodolphe ! ! !

Et Rodolphe et la Goualeuse de se prendre par la main et de courir à perdre haleine dans une vaste pièce de regain tardif, récemment fauché

Dire les bonds, les petits cris joyeux, le ravissement de Fleur-de-Marie, serait impossible. Pauvre gazelle si longtemps prisonnière, elle aspirait le grand air avec ivresse. Elle allait, venait, s'arrêtait, repartait avec de nouveaux transports.

A la vue de plusieurs touffes de pâquerettes et de quelques boutons d'or épargnés par les premières gelées blanches, la Goualeuse ne put retenir de nouvelles exclamations de plaisir ; elle ne laissa pas une de ces petites fleurs, et glana tout le pré.

Après avoir ainsi couru au milieu des champs, lassée vite, car elle avait perdu l'habitude de l'exercice, la jeune fille, s'arrêtant pour reprendre haleine, s'assit sur un tronc d'arbre renversé au bord d'un fossé profond.

Le teint transparent et blanc de Fleur-de-Marie, ordinairement un peu pâle, se nuançait des plus vives couleurs. Ses grands yeux bleus brillaient doucement ; sa bouche vermeille, haletante, laissait voir deux rangées de perles humides ; son sein battait sous son vieux châle orange ; elle appuyait une de ses mains sur son cœur pour en comprimer les pulsations, tandis que, de l'autre main, elle tendait à Rodolphe le bouquet de fleurs des champs qu'elle avait cueilli.

Rien de plus charmant que l'expression de joie innocente et pure qui rayonnait sur cette physionomie candide.

Lorsque Fleur-de-Marie put parler, elle dit à Rodolphe, avec un accent de félicité profonde, de reconnaissance presque religieuse :

— Que le bon Dieu est bon de nous donner un si beau jour !

Une larme vint aux yeux de Rodolphe en entendant cette pauvre créature abandonnée, méprisée, perdue, sans asile et sans pain, jeter un cri de bonheur et de gratitude ineffable envers le Créateur, parce qu'elle jouissait d'un rayon de soleil et de la vue d'une prairie.

Rodolphe fut tiré de sa contemplation par un accident imprévu.

CHAPITRE IX

LA SURPRISE

Nous l'avons dit, la Goualeuse s'était assise sur un tronc d'arbre renversé au bord d'un fossé profond.

Tout à coup un homme, se dressant du fond de cette excavation, secoua la litière sous laquelle il s'était tapi, et poussa un éclat de rire formidable.

La Goualeuse se retourna en jetant un cri d'effroi.

C'était le Chourineur.

— N'aie pas peur, ma fille, reprit le Chourineur en voyant la frayeur de la jeune fille, qui se réfugia auprès de son compagnon. Voilà une fameuse rencontre, hein ! maître Rodolphe, vous ne vous attendiez pas à cela ? ni moi non plus... Puis il ajouta d'un ton sérieux : Tenez, maître... voyez-vous, on dira ce qu'on voudra... mais il y a quelque chose en l'air... là-haut... au-dessus de nos têtes... Le *meg des megs* est un malin, il me fait l'effet de dire à l'homme : Va comme je te pousse... vu qu'il vous a poussé ici, ce qui est diablement étonnant !

— Que fais-tu là ? dit Rodolphe très surpris.

— Je veille au grain pour vous, mon maître... Mais, tonnerre ! quelle bonne farce que vous veniez justement dans les environs de ma maison de campagne... Tenez, il y a quelque chose ; décidément il y a quelque chose.

— Mais, encore une fois, que fais-tu là ?

— Tout à l'heure vous le saurez, donnez-moi seulement le temps de percher sur votre observatoire à un cheval.

Et le Chourineur courut vers le fiacre arrêté à peu de distance, jeta çà et là sur la plaine immense un coup d'œil perçant, et revint prestement rejoindre Rodolphe.

— M'expliqueras-tu ce que tout cela signifie ?

— Patience ! patience ! maître ! Encore un mot. Quelle heure est-il ?

— Midi et demie, dit Rodolphe en consultant sa montre.

— Bon.. nous avons le temps. La Chouette ne sera ici que dans une demi heure.

— La Chouette ! s'écrièrent à la fois Rodolphe et la jeune fille

Oui, la Chouette En deux mots, maître, voilà l'histoire Hier quand vous avez eu quitté le tapis franc il est venu

— Un homme d'une grande taille avec une femme habillée en homme ; ils m'ont demandé, je sais cela. Ensuite ?

— Ensuite, ils m'ont payé à boire, et ont voulu me faire jaspiner sur votre compte. Moi, je n'ai rien voulu dire... vu que vous ne m'avez pas communiqué autre chose que la raclée dont vous m'avez fait la politesse... je ne savais rien de plus de vos secrets. Après ça, j'aurais su quelque chose, ça aurait été tout de même. C'est entre nous à la vie à la mort ; maître Rodolphe. Que le diable me brûle si je sais pourquoi je me sens pour vous comme qui dirait l'attachement d'un bouledogue pour son maître ; mais c'est égal, ça est. C'est plus fort que moi, je ne m'en mêle plus... ça vous regarde, arrangez-vous.

— Je te remercie, mon garçon, mais continue.

— Le grand monsieur et la petite femme habillée en homme, voyant qu'ils ne tiraient rien de moi, sont sortis de chez l'ogresse, et moi aussi ; eux du côté du Palais de Justice, moi du côté de Notre-Dame. Arrivé au bout de la rue, je commence à m'apercevoir qu'il tombait par trop de hallebardes... une pluie de déluge ! Il y avait tout proche une maison en démolition. Je me dis : — Si l'averse dure longtemps, je dormirai aussi bien là que dans mon garni. — Je me laisse couler dans une espèce de cave où j'étais à couvert ; je fais mon lit d'une vieille poutre, mon oreiller d'un plâtras, et me voilà couché comme un roi.

— Après, après ?

— Nous avions bu ensemble, maître Rodolphe ; j'avais encore bu avec le grand et la petite habillée en homme : c'est pour vous dire que j'avais la tête un peu lourde... avec ça il n'y a rien qui me berce comme le bruit de la pluie qui tombe. Je commence donc à roupiller. Il n'y avait pas, je crois, longtemps que je *pionçais,* quand un bruit m'éveille en sursaut : c'était le Maître d'école qui causait comme qui dirait *amicalement* avec un autre. J'écoute... tonnerre ! qu'est-ce que je reconnais ? la voix du grand qui était venu au tapis-franc avec la petite habillée en homme !

— Ils causaient avec le Maître d'école et la Chouette ? dit Rodolphe stupéfait.

— Avec le Maître d'école et la Chouette. Ils causaient de se retrouver le lendemain.

— C'est aujourd'hui ! dit Rodolphe.

— A une heure.

— C'est dans un instant !

— A l'embranchement de la route de Saint-Denis et de la Révolte.

— C'est ici !

— Comme vous dites, maître Rodolphe, c'est ici !

— Le Maître d'école ! prenez garde, monsieur Rodolphe !... s'écria Fleur-de-Marie.

— Calme-toi, ma fille... lui ne doit pas venir... mais seulement la Chouette.

— Comment cet homme a-t-il pu se mettre en rapport avec ces deux misérables ? dit Rodolphe.

— Je n'en sais, ma foi, rien. Après ça, maître, peut-être que je ne me serai éveillé qu'à la fin de la chose ; car le grand parlait de ravoir son portefeuille, que la Chouette doit lui apporter ici... en échange de cinq cents francs. Faut croire que le Maître d'école avait commencé par les voler, et que c'est après qu'ils se seront mis à causer de bonne amitié.

— Cela est étrange !

— Mon Dieu, ça m'effraye pour vous, monsieur Rodolphe, dit Fleur-de-Marie.

— Maître Rodolphe n'est pas un enfant, ma fille ; mais, comme tu dis, ça pourrait chauffer pour lui, et me voilà.

— Continue, mon garçon.

— Le grand et la petite ont promis deux mille francs au Maître d'école, pour vous faire... je ne sais pas quoi. C'est la Chouette qui doit venir ici tout à l'heure rapporter le portefeuille, et savoir de quoi il retourne, pour aller le redire au Maître d'école, qui se charge du reste.

Fleur-de-Marie tressaillit.

— Deux mille francs pour vous faire quelque chose, maître Rodolphe ! ça me fait penser (sans comparaison) que lorsque je vois afficher cinq cents francs de récompense pour un chien perdu, je me dis modestement à moi-même : Tu te perdrais, animal, qu'on ne donnerait pas seulement cent sous pour te ravoir. Deux mille francs pour vous faire quelque chose ! Qui êtes-vous donc ?

— Je te l'apprendrai tout à l'heure.

— Suffit, maître... Quand j'ai entendu cette proposition faite à la Chouette, je me dis : il faut que je sache où perchent ces richards qui veulent lâcher le Maître d'école aux trousses de M. Rodolphe, ça peut servir. Quand ils s'éloignent, je sors de mes décombres, je les suis à pas de loup ; le grand et la petite rejoignent un fiacre au parvis Notre-Dame ; ils montent dedans, moi derrière, et nous arrivons boulevard de l'Observatoire. Il faisait noir comme dans un four, je ne pouvais rien voir ; j'entaille un arbre pour m'y reconnaître le lendemain.

— Très bien, mon garçon.

— Ce matin j'y suis retourné. A dix pas de mon arbre, j'ai vu une ruelle fermée par une barrière ; dans la boue de la ruelle, des petits pas et des grands pas ; au bout de la ruelle, une maison... le nid du grand et de la petite doit être là.

— Merci, mon brave... tu me rends, sans t'en douter, un grand service.

— Pardon, excuse ! maître Rodolphe, je m'en doutais, c'est pour cela que je l'ai fait.

— Je le sais, mon garçon, et je voudrais pouvoir récompenser ton service autrement que par un remerciement ; malheureusement, je ne suis qu'un pauvre diable d'ouvrier... quoiqu'on donne, comme tu dis, deux mille francs pour me faire quelque chose. Je vais t'expliquer cela.

— Bon, si ça vous amuse, sinon ça m'est égal. On vous monte un coup, je m'y oppose... le reste ne me regarde pas.

— Je devine ce qu'ils veulent. Ecoute-moi bien : j'ai un secret pour tailler l'ivoire des éventails à la mécanique ; mais ce secret ne m'appartient pas à moi seul ; j'attends mon associé pour mettre ce procédé en pratique, et c'est sûrement du modèle de la machine que j'ai chez moi qu'on veut s'emparer à tout prix : car il y a beaucoup d'argent à gagner avec cette découverte.

— Le grand et la petite sont donc ?

— Des fabricants chez qui j'ai travaillé, et à qui je n'ai pas voulu donner mon secret.

Cette explication parut satisfaisante au Chourineur, dont l'intelligence n'était pas singulièrement développée, et il reprit :

— Je comprends maintenant. Voyez-vous, les gueusards ! et ils n'ont pas seulement le courage de faire leurs mauvais coups eux-mêmes. Mais, pour en finir, voilà ce que je me suis dit ce matin : Je sais le rendez-vous de la Chouette et du grand, je vais aller les attendre, j'ai de bonnes jambes ; mon maître débardeur m'attendra, tant pis... J'arrive ici ; je vois ce trou, je vais prendre une brassée de fumier là-bas, je me cache jusqu'au bout du nez, et j'attends la Chouette. Mais voilà-t-il pas que vous déboulez dans la plaine, et que cette pauvre Goualeuse vient justement s'asseoir au bord de mon parc ; alors, ma foi, j'ai voulu vous faire une farce, et j'ai crié comme un brûlé en sortant de ma litière.

— Maintenant, quel est ton dessein ?

— Attendre la Chouette, qui, bien sûr, arrivera la première ; tâcher d'entendre ce qu'elle dira au grand, parce que cela peut vous servir. Il n'y a que ce tronc d'arbre-là renversé dans ce champ ; de cet endroit on voit partout dans la plaine, c'est comme fait exprès pour s'y asseoir. Le rendez-vous de la Chouette est à quatre pas, à l'embranchement de la route ; il y a à parier qu'ils viendront s'asseoir ici. S'ils n'y viennent pas, si je ne peux rien entendre... quand ils seront séparés, je tombe sur la Chouette, ça sera toujours ça ; je lui paye ce que je lui dois pour la dent de la Goualeuse, et je lui tords le cou jusqu'à ce qu'elle me dise le nom des parents de la pauvre fille... Qu'est-ce que vous dites de mon idée, maître Rodolphe ?

— Il y a du bon, mon garçon ; mais il faut corriger quelque chose à ton plan.

— Oh ! d'abord, Chourineur, ne vous faites pas de mauvaise querelle pour moi. Si vous battez la Chouette, le Maître d'école...

— Assez, ma fille. La Chouette me passera par les mains. Tonnerre ! c'est justement parce qu'elle a le Maître d'école pour la défendre que je doublerai la dose.

— Ecoute, mon garçon, j'ai un meilleur moyen de venger la Goualeuse des méchancetés de la Chouette. Je te dirai cela plus tard. Quant à présent, dit Rodolphe en s'éloignant de quelques pas de la Goualeuse, et en baissant la voix, quant à présent, veux-tu me rendre un vrai service ?...

— Parlez, maître Rodolphe.

— La Chouette ne te connaît pas ?

— Je l'ai vue hier pour la première fois au tapis-franc.

— Voilà ce qu'il faudra que tu fasses. Tu te cacheras d'abord ; mais lorsque tu la verras près d'ici, tu sortiras de ton trou...

— Pour lui tordre le cou ?...

— Non... plus tard ! aujourd'hui il faut seulement l'empêcher de parler avec le grand. Voyant quelqu'un avec elle, il n'osera pas approcher. S'il s'approche, ne la quitte pas d'une minute... il ne pourra pas lui faire ses propositions devant toi.

— Si l'homme me trouve curieux, j'en fais mon affaire : ça n'est ni un Maître d'école, ni un maître Rodolphe.

— Je connais le bourgeois, il ne se frottera pas à toi.

— C'est bien. Je suis la Chouette comme son ombre. L'homme ne dit pas un mot que je ne l'entende, et il finit par filer...

— S'ils conviennent d'un autre rendez-vous, tu le sauras, puisque tu ne les quittes pas. D'ailleurs ta présence suffira pour éloigner le bourgeois.

— Bon, bon. Après, je donne une tournée à la Chouette ?... Je tiens à ça.

— Pas encore. La borgnesse ne sait pas si tu es voleur ou non ?

— Non ; à moins que le Maître d'école lui ait dit que c'est pas dans mon idée.

— S'il lui a dit, tu auras l'air d'avoir changé de principes.

— Moi ?

— Toi !

— Tonnerre ! monsieur Rodolphe. Mais dites donc... hum ! hum ! ça ne me va guère, cette farce-là.

— Tu ne feras que ce que tu voudras. Tu verras bien si je te propose une infamie...

— Oh ! pour ça, je suis tranquille.

— Et tu as raison.

— Parlez, maître... j'obéirai.

— Une fois l'homme éloigné, tu tâcheras d'amadouer la Chouette.

— Moi ? cette vieille gueuse... J'aimerais mieux me battre avec le Maître d'école. Je ne sais pas seulement comment je ferai pour ne pas lui sauter tout de suite sur le casaquin.

— Alors tu perdrais tout.

— Mais qu'est-ce qu'il faut donc que je fasse ?

— La Chouette sera furieuse de la bonne aubaine qu'elle aura manquée ; tu tâcheras de la calmer en lui disant que tu sais un bon coup à faire ; que tu es là pour attendre ton complice, et que, si le Maître d'école veut en être, il v a beaucoup d'or à gagner.

— Tiens... tiens...

— Au bout d'une heure d'attente, tu lui diras : « Mon camarade ne vient pas, c'est remis... » et tu prendras rendez-vous avec la Chouette et le Maître d'école... pour demain de bonne heure. Tu comprends ?

— Je comprends.

— Et ce soir, tu te trouveras, à dix heures, au coin des Champs-Elysées et de l'allée des Veuves ; je t'y rejoindrai et je te dirai le reste.

— Si c'est un piège, prenez garde ! le Maître d'école est malin... Vous l'avez battu : au moindre doute, il est capable de vous tuer.

— Sois tranquille.

— Tonnerre ! c'est farce... mais vous faites de moi ce que vous voulez C'est pas l'embarras, quelque chose me dit qu'il y a un bouillon à boire pour le Maître d'école et pour la Chouette. Pourtant... un mot encore, monsieur Rodolphe.

— Parle.

— Ce n'est pas que je vous croie susceptible de tendre une souricière au Maître d'école pour le faire pincer par la police. C'est un gueux fini, qui mérite cent fois la mort ; mais le faire arrêter... c'est pas ma partie.

— Ni la mienne, mon garçon. Mais j'ai un compte à régler avec lui et avec la Chouette, puisqu'ils complotent avec les gens qui m'en veulent, et, à nous deux, nous en viendrons à bout, si tu m'aides.

— Oh bien ! alors, comme le mâle ne vaut pas mieux que la femelle, j'en suis.

— Et si nous réussissons, ajouta Rodolphe d'un ton sérieux, presque solennel, qui frappa le Chourineur, tu seras aussi fier que lorsque tu as sauvé du feu et de l'eau l'homme et la femme qui te doivent la vie !

— Comme vous dites ça, maître Rodolphe ! Je ne vous ai jamais vu ce regard-là... Mais vite, vite, s'écrie le Chourineur, j'aperçois là-bas un point blanc : ça doit être le béguin de la Chouette. Partez, je me remets dans mon trou.

— Et ce soir, à dix heures...

— Au coin de l'allée des Veuves et des Champs-Elysées, c'est dit.

Fleur-de-Marie n'avait pas entendu cette dernière partie de l'entretien du Chourineur et de Rodolphe. Elle remonta en fiacre avec son compagnon de voyage.

CHAPITRE X

LA FERME

Après son entretien avec le Chourineur, Rodolphe resta quelques moments préoccupé, pensif.

Fleur-de-Marie, n'osant interrompre le silence de son compagnon, le regardait tristement.

Rodolphe, relevant la tête, lui dit en souriant avec bonté :

— A quoi pensez-vous, mon enfant ? La rencontre du Chourineur vous a été désagréable, n'est-ce pas ? Nous étions si gais !

— C'est au contraire un bien pour nous, monsieur Rodolphe, puisque le Chourineur pourra vous être utile.

— Cet homme ne passait-il pas, parmi les habitués du tapis-franc, pour avoir encore quelques bons sentiments ?

— Je l'ignore, monsieur Rodolphe... Avant la scène d'hier, je l'avais vu souvent, je lui avais à peine parlé... je le croyais aussi méchant que les autres...

— Ne pensons plus à tout cela, ma petite Fleur-de-Marie. J'aurais du malheur si je vous attristais, moi qui justement voulais vous faire passer une bonne journée.

— Oh ! je suis bien heureuse ! Il y a si longtemps que je ne suis sortie de Paris !

— Depuis vos parties en milord, avec Rigolette.

— Mon Dieu, oui... monsieur Rodolphe. C'était au printemps... mais, quoique nous soyons presque en hiver, ça me fait tout autant de plaisir. Quel beau soleil il fait !... voyez donc ces petits nuages roses là-bas... là-bas... et cette colline !... avec ces jolies maisons blanches au milieu des arbres... Comme il y a encore des feuilles ! C'est étonnant au mois de novembre, n'est-ce pas, monsieur Rodolphe ? Mais à Paris les feuilles tombent si vite... Et là-bas... cette volée de pigeons... les voilà qui s'abattent sur le toit d'un moulin... A la campagne on ne se lasse pas de regarder, tout est amusant.

— C'est plaisir de voir combien vous êtes sensible à ces riens qui font le charme de l'aspect de la campagne, Fleur-de-Marie.

En effet, à mesure que la jeune fille contemplait le tableau calme et riant qui se déroulait autour d'elle, sa physionomie s'épanouissait de nouveau.

— Et là-bas, ce feu de chaume dans les terres labourées, la belle fumée blanche qui monte au ciel... et cette charrue avec ses deux bons gros chevaux gris... Si j'étais homme, comme j'aimerais l'état de laboureur!... Etre au milieu d'une plaine bien silencieuse, à suivre sa charrue... en voyant bien loin de grands bois, par un temps comme aujourd'hui, par exemple!... c'est pour le coup que ça vous donnerait envie de chanter de ces chansons un peu tristes, qui vous font venir les larmes aux yeux... comme *Geneviève de Brabant,* monsieur Rodolphe?

— Non, mon enfant; mais si vous êtes gentille, vous me la chanterez une fois arrivés à la ferme.

— Quel bonheur! Nous allons à une ferme, monsieur Rodolphe?

— Oui, à une ferme tenue par ma nourrice, bonne et digne femme qui m'a élevé.

— Et nous pourrons avoir du lait? s'écria la Goualeuse en frappant dans ses mains.

— Fi donc! du lait... de l'excellente crème, s'il vous plaît, et du beurre que la fermière fera devant nous, et des œufs tout frais.

— Que nous irons dénicher nous-mêmes?

— Certainement...

— Et nous irons voir les vaches dans l'étable?

— Je crois bien.

— Et nous irons aussi dans la laiterie?

— Aussi dans la laiterie.

— Et au pigeonnier?

— Et au pigeonnier.

— Ah! tenez, monsieur Rodolphe, c'est à n'y pas croire... Comme je vais m'amuser! Quelle bonne journée!... quelle bonne journée! s'écria la jeune fille toute joyeuse.

Puis, par un brusque revirement de pensée, la malheureuse, songeant qu'après ces heures de liberté passées à la campagne, elle rentrerait dans son bouge infect, cacha sa tête dans ses mains et fondit en larmes.

Rodolphe, surpris, dit à la Goualeuse :

— Qu'avez-vous, Fleur-de-Marie, qui vous chagrine?

— Rien... rien monsieur Rodolphe. Et elle essuya ses yeux en tâchant de sourire. Pardon, si je m'attriste... n'y faites pas attention... Je n'ai rien, je vous jure... c'est une idée... je vais être gaie...

— Mais vous étiez si joyeuse tout à l'heure!

— C'est pour ça... répondit naïvement Fleur-de-Marie en levant sur Rodolphe ses yeux encore humides de larmes.

Ces mots éclairèrent Rodolphe; il devina tout.

Voulant chasser l'humeur sombre de la jeune fille, il lui dit en souriant :

— Je parie que vous pensiez à ce rosier? Vous regrettez, j'en suis sûr, de ne pouvoir lui faire partager notre promenade à la ferme... Pauvre rosier! vous auriez été capable de lui faire manger aussi un peu de crème!

La Goualeuse prit le prétexte de cette plaisanterie pour sourire; peu à peu, ce léger nuage de tristesse s'effaça de son esprit; elle ne pensa qu'à jouir du présent et à s'étourdir sur l'avenir

La voiture arrivait près de Saint-Denis, la haute flèche de l'église se voyait au loin.

— Oh ! le beau clocher ! s'écria la Goualeuse.

— C'est le clocher de Saint-Denis, une église superbe... Voulez-vous la voir ? nous ferons arrêter le fiacre.

La Goualeuse baissa les yeux.

— Depuis que je suis chez l'ogresse, je ne suis point entré dans une église ; je n'ai pas osé. A la prison, au contraire, j'aimais tant à chanter à la messe ! et, à la Fête-Dieu, nous faisions de si beaux bouquets d'autel !

— Mais Dieu est bon et clément : pourquoi craindre de Le prier, d'entrer dans une église ?

— Oh ! non, non... monsieur Rodolphe... ce serait comme une impiété... C'est bien assez d'offenser le bon Dieu autrement.

Après un moment de silence, Rodolphe dit à la Goualeuse :

— Jusqu'à présent avez-vous aimé quelqu'un ?

— Jamais, monsieur Rodolphe.

— Pourquoi cela ?

— Vous avez vu les gens qui fréquentaient le tapis-franc... Et puis, pour aimer, il faut être honnête.

— Comment cela ?

— Ne dépendre que de soi... pouvoir... Mais tenez, si ça vous est égal, monsieur Rodolphe, je vous en prie, ne parlons pas de ça...

— Soit, Fleur-de-Marie, parlons d'autre chose... Mais qu'avez-vous à me regarder ainsi ? voilà encore vos beaux yeux pleins de larmes. Vous ai-je chagrinée ?

— Oh ! au contraire ; mais vous êtes si bon pour moi que cela me donne envie de pleurer... et puis vous ne me tutoyez pas... et puis, enfin, on dirait que vous ne m'avez emmenée que pour mon plaisir à moi, tant vous avez l'air content de me voir heureuse. Non content de m'avoir défendue hier... vous me faites passer aujourd'hui une pareille journée avec vous...

— Vraiment, vous êtes heureuse ?

— D'ici à bien longtemps je n'oublierai ce bonheur-là.

— C'est si rare, le bonheur !

— Oui, bien rare...

— Ma foi, moi, à défaut de ce que je n'ai pas, je m'amuse quelquefois à rêver de ce que je voudrais avoir, à me dire : Voilà ce que je désirerais être... voilà la fortune que j'ambitionnerais... Et vous, Fleur-de-Marie, quelquefois ne faites-vous pas aussi de ces rêves-là, de beaux châteaux en Espagne ?

— Autrefois, oui, en prison ; avant d'entrer chez l'ogresse, je passais ma vie à ça et à chanter ; mais depuis, c'est plus rare... Et vous, monsieur Rodolphe, qu'est-ce que vous ambitionneriez donc ?

— Moi, je voudrais être riche, très riche... avoir des domestiques, des équipages, un hôtel, aller dans un beau monde, tous les jours au spectacle Et vous, Fleur-de-Marie ?

— Moi, je ne serais pas si difficile : de quoi payer l'ogresse, quelque argent d'avance pour avoir le temps de trouver de l'ouvrage, une gentille chambre bien propre d'où je verrais des arbres en travaillant.

— Beaucoup de fleurs sur votre fenêtre.

— Oh ! bien sûr... Habiter la campagne, si ça se pouvait et voilà tout...

— Une petite chambre, de l'ouvrage, c'est le nécessaire ; mais quand on n'a qu'à désirer, on peut bien se permettre le superflu... Est-ce que vous ne voudriez pas avoir des voitures, des diamants, de belles toilettes ?

— Je n'en voudrais pas tant... Ma liberté, vivre à la campagne, et être sûre de ne pas mourir à l'hôpital... Oh ! cela surtout... ne pas mourir là !... Tenez, monsieur Rodolphe, souvent cette pensée-là me vient... elle est affreuse !

— Hélas ! nous autres pauvres gens...

— Ce n'est pas pour la misère... que je dis cela... Mais après... quand on est morte...

— Eh bien ?

— Vous ne savez donc pas ce que l'on fait de vous après, monsieur Rodolphe ?

— Non...

— Il y a une jeune fille que j'avais connue en prison... elle est morte à l'hôpital... on a abandonné son corps aux chirurgiens... murmura la malheureuse en frissonnant.

— Ah ! c'est horrible ! ! ! Comment, malheureuse enfant, vous avez souvent de ces sinistres pensées ?...

— Cela vous étonne, n'est-ce pas, monsieur Rodolphe, que j'aie de la honte... pour après ma mort... Hélas ! mon Dieu... on ne m'a laissé que celle-là...

Ces douloureuses et amères paroles frappèrent Rodolphe.

Il cacha sa tête dans ses mains en frémissant : il songeait à la fatalité qui s'était appesantie sur Fleur-de-Marie... il songeait à la mère de cette créature pauvre... Sa mère... elle était heureuse, riche, honorée, peut-être...

Honorée... riche... heureuse... et son enfant, qu'elle avait sans doute atrocement sacrifiée à la honte, avait quitté le grenier de la Chouette pour la prison, la prison pour l'antre de l'ogresse ; de cet antre elle pouvait aller mourir sur le grabat d'un hôpital... et après sa mort...

Cela était épouvantable.

La pauvre Goualeuse, voyant l'air sombre de son compagnon, lui dit tristement :

— Pardon, monsieur Rodolphe, je ne devrais pas avoir de ces idées-là... Vous m'emmenez avec vous pour être joyeuse, et je vous dis toujours des choses si tristes... si tristes ! mon Dieu, je ne sais pas comment cela se fait, c'est malgré moi... Je n'ai jamais été plus heureuse qu'aujourd'hui ; et pourtant à chaque instant les larmes me viennent aux yeux... Vous ne m'en voulez pas, dites, monsieur Rodolphe ? D'ailleurs... vous voyez... cette tristesse s'en va... comme elle est venue... bien vite. Tenez, maintenant... je n'y songe déjà plus... Je serai raisonnable... Tenez, monsieur Rodolphe... regardez mes yeux...

Et Fleur-de-Marie, après avoir deux ou trois fois fermé ses yeux pour en chasser une larme rebelle, les ouvrit tout grands... bien grands, et regarda Rodolphe avec une naïveté charmante.

— Fleur-de-Marie, je vous en prie, ne vous contraignez pas... Soyez gaie, si vous avez envie d'être gaie... triste, s'il vous plaît d'être triste

Mon Dieu, moi qui vous parle, quelquefois j'ai comme vous des idées sombres... Je serais très malheureux de feindre une joie que je ne ressentirais pas...

— Vraiment, monsieur Rodolphe, vous êtes triste aussi quelquefois ?

— Sans doute ; mon avenir n'est guère plus beau que le vôtre... Je suis sans père ni mère... que demain je tombe malade, comment vivre ? Je dépense ce que je gagne au jour le jour.

— Ça, c'est un tort, voyez-vous... un grand tort, monsieur Rodolphe, dit la Goualeuse d'un ton de grave remontrance qui fit sourire Rodolphe, vous devriez mettre à la caisse d'épargne... Moi, tout mon mauvais sort est venu de ce que je n'ai pas économisé mon argent... Avec deux cents francs devant lui, un ouvrier n'est jamais aux crochets de personne, jamais embarrassé... et c'est bien souvent l'embarras qui vous conseille mal.

— Cela est très sage, très sensé, ma bonne petite ménagère. Mais deux cents francs... comment amasser deux cents francs ?

— Mais, monsieur Rodolphe, c'est bien simple : faisons un peu votre compte ; vous allez voir... Vous gagnez, n'est-ce pas, quelquefois jusqu'à cinq francs par jour ?

— Oui, quand je travaille.

— Il faut travailler tous les jours. Etes-vous donc si à plaindre ? Un joli état comme le vôtre... peintre en éventails... mais ça devrait être pour vous un plaisir... Tenez, vous n'êtes pas raisonnable, monsieur Rodolphe !... ajouta la Goualeuse d'un ton sévère. Un ouvrier peut vivre, mais très bien vivre avec trois francs ; il vous reste donc quarante sous, au bout d'un mois soixante francs d'économie... Soixante francs par mois... mais c'est une somme !

— Oui ; mais c'est si bon de flâner, de ne rien faire !

— Monsieur Rodolphe, encore une fois, vous n'avez pas plus de raison qu'un enfant...

— Eh bien ! je serai raisonnable, petite grondeuse ; vous me donnez de bonnes idées... Je n'avais pas songé à cela...

— Vraiment ? dit la jeune fille en frappant dans ses mains avec joie. Si vous saviez combien vous me rendez contente !... Vous économiserez quarante sous par jour ! bien vrai ?

— Allons... j'économiserai quarante sous par jour, dit Rodolphe en souriant malgré lui.

— Bien vrai ? bien vrai ?

— Je vous le promets...

— Vous verrez comme vous serez fier aux premières économies que vous aurez faites... Et puis ce n'est pas tout... si vous voulez me promettre de ne pas vous fâcher...

— Est-ce que j'ai l'air bien méchant ?

— Non, certainement... mais je ne sais pas si je dois..

— Vous devez tout me dire, Fleur-de-Marie...

— Eh bien ! enfin, vous qui... on voit ça, êtes au-dessus de votre état... comment est-ce que vous fréquentez des cabarets comme celui de l'ogresse ?

— Si je n'étais pas venu dans le tapis-franc, je n'aurais pas le plaisir d'aller à la campagne aujourd'hui avec vous, Fleur-de-Marie

— C'est bien vrai, mais c'est égal, monsieur Rodolphe... Tenez, je suis aussi heureuse que possible de ma journée, eh bien ! je renoncerais de bon cœur à en passer une pareille si cela pouvait vous faire du tort...

— Au contraire, puisque vous m'avez donné d'excellents conseils de ménage.

— Et vous les suivrez ?

— Je vous l'ai promis parole d'honneur J'économiserai au moins quarante sous par jour...

CHAPITRE XI

LES SOUHAITS

A ce moment, Rodolphe dit au cocher, qui avait dépassé le village de Sarcelles :

— Prends le premier chemin à droite, tu traverseras Villiers-le-Bel, et puis à gauche, toujours tout droit.

Puis, s'adressant à la Goualeuse :

— Maintenant que vous êtes contente de moi, Fleur-de-Marie, nous pouvons nous amuser, comme nous le disions tout à l'heure, à faire des châteaux en Espagne. Ça ne coûte pas cher, vous ne me reprocherez pas ces dépenses-là.

— Non... Voyons, faisons votre château en Espagne.

— D'abord... le vôtre Fleur-de-Marie.

— Voyons, si vous devinerez mon goût, monsieur Rodolphe.

— Essayons... Je suppose que cette route-ci... je dis celle-ci parce que nous y sommes...

— C'est juste, il ne faut pas aller chercher si loin.

— Je suppose donc que cette route-ci nous mène à un charmant village, très éloigné de la grande route.

— Oui, c'est bien plus tranquille.

— Il est bâti à mi-côte et entremêlé de beaucoup d'arbres.

— Il y a tout auprès une petite rivière.

— Justement... une petite rivière. A l'extrémité du village on voit une jolie ferme ; d'un côté de la maison il y a un verger, de l'autre un beau jardin rempli de fleurs.

— Je vois ça d'ici, monsieur Rodolphe !

— Au rez-de-chaussée une vaste cuisine pour les gens de la ferme, et une salle à manger pour la fermière.

— La maison a des persiennes vertes. c'est si gai, n'est-ce pas, monsieur Rodolphe ?

— Des persiennes vertes... je suis de votre avis... il n'y a rien de plus gai que des persiennes vertes... Naturellement la fermière serait votre tante.

— Naturellement... et ce serait une bien bonne femme.

— Excellente : elle vous aimerait comme une mère...

— Bonne tante ! ça doit être si bon d'être aimé par quelqu'un !

— Et vous l'aimeriez bien aussi ?

— Oh ! s'écria Fleur-de-Marie en joignant les mains et en levant les yeux avec une expression de bonheur indicible à rendre ; oh ! oui, je l'aimerais ; et puis je l'aiderais à travailler, à coudre, à ranger le linge, à blanchir, à serrer les fruits pour l'hiver, à tout le ménage, enfin... Elle ne se plaindrait pas de ma paresse, je vous en réponds !... Le matin...

— Attendez donc, Fleur-de-Marie... êtes-vous impatiente !... que je finisse de vous peindre la maison.

— Allez, allez, monsieur le peintre, on voit bien que vous avez l'habitude de peindre de jolis paysages sur vos éventails, dit la Goualeuse en riant.

— Petite babillarde... laissez-moi donc achever ma maison...

— C'est vrai, je babille ; mais c'est si amusant !... Monsieur Rodolphe, je vous écoute, finissez la maison de la fermière.

— Votre chambre est au premier.

— Ma chambre ! quel bonheur ! Voyons ma chambre, voyons.

Et la jeune fille se pressa contre Rodoplhe, ses grands yeux bien ouverts, bien curieux.

— Votre chambre a deux fenêtres qui donnent sur le jardin de fleurs et sur un pré au bas duquel coule la petite rivière. De l'autre côté de la petite rivière s'élève un coteau tout planté de vieux châtaigniers, au milieu desquels on aperçoit le clocher de l'église.

— Que c'est donc joli !... que c'est donc joli, monsieur Rodolphe ! Ça donne envie d'y être !

— Trois ou quatre belles vaches paissent dans la prairie, qui est séparée du jardin par une haie d'aubépine.

— Et de ma fenêtre je vois les vaches ?

— Parfaitement.

— Il y en a une qui sera ma favorite ; n'est-ce pas, monsieur Rodolphe ? Je lui ferai un beau collier avec une clochette et je l'habituerai à venir manger dans ma main.

— Elle n'y manquera pas. Elle est toute blanche, toute jeune ; elle s'appelle Musette.

— Ah ! le joli nom ! cette pauvre Musette, comme je l'aime !

— Finissons votre chambre, Fleur-de-Marie ; elle est tendue d'une jolie toile perse, avec les rideaux pareils ; un grand rosier et un énorme chèvrefeuille couvrent les murs de la ferme, de ce côté-là, et entourent vos croisées, de façon que tous les matins vous n'avez qu'à allonger la main pour cueillir un beau bouquet de roses et de chèvrefeuille.

— Ah ! monsieur Rodolphe, quel bon peintre vous êtes !

— Maintenant, voici comme vous passez votre journée.

— Voyons ma journée.

— Votre bonne tante vient d'abord vous éveiller en vous baisant tendrement au front ; elle vous apporte un bol de lait bien chaud, parce que votre poitrine est faible, pauvre enfant ! Vous vous levez ; vous allez faire un tour dans la ferme, voir Musette, les poulets, vos amis les pigeons, les fleurs du jardin. A neuf heures, arrive votre maître d'écriture.

— Mon maître ?

— Vous sentez bien qu'il faut apprendre à lire, à écrire et à compter, pour pouvoir aider votre tante à tenir ses livres de fermage.

— C'est vrai monsieur Rodolphe, je ne pense à rien... il faut bien que j'apprenne à écrire pour aider ma tante, dit sérieusement la pauvre fille, tellement absorbée par la riante peinture de cette vie paisible, qu'elle croyait à ses réalités.

— Après votre leçon, vous travaillez au linge de la maison, ou vous vous brodez un joli bonnet à la paysanne... Sur les deux heures vous travaillez à votre écriture et puis vous allez avec votre tante faire une bonne promenade, voir les moissonneurs dans l'été, les laboureurs dans l'automne ; vous vous fatiguez bien et vous rapportez une belle poignée d'herbes des champs, choisies par vous pour votre chère Musette.

— Car nous revenons par la prairie, n'est-ce pas, monsieur Rodolphe ?

— Sans doute : il y a un pont de bois sur la rivière. Au retour, il est, ma foi, bien six ou sept heures : dans ce temps-ci un bon feu gai flambe dans la grande cuisine de la ferme ; vous allez vous y réchauffer et causer un moment avec les braves gens qui soupent en rentrant du labour. Ensuite vous dînez avec votre tante. Quelquefois le curé ou un des vieux amis de la maison se met à table avec vous. Après cela, vous lisez ou vous travaillez pendant que votre tante fait sa partie de cartes. A dix heures, elle vous baise au front, vous remontez chez vous ; et le lendemain matin c'est à recommencer...

— On vivrait cent ans comme cela, monsieur Rodolphe, sans penser à s'ennuyer un moment...

— Mais cela n'est rien. Et les dimanches ! et les jours de fête !

— Ces jours-là, monsieur Rodolphe ?

— Vous vous faites belle, vous mettez une jolie robe à la paysanne, avec ça de charmants bonnets ronds qui vous vont à ravir ; vous montez en carriole d'osier avec votre tante et Jacques, le garçon de ferme, pour aller à la grand-messe du village ; après, dans l'été, vous ne manquez pas d'assister, avec votre tante, à toutes les fêtes des paroisses voisines. Vous êtes si gentille, si douce, si bonne ménagère, votre tante vous aime tant, le curé rend de vous un si bon témoignage, que tous les jeunes fermiers des environs veulent vous faire danser, parce que c'est comme cela que commencent toujours les mariages... Aussi, peu à peu vous en remarquez un... et...

Rodolphe, étonné du silence de la Goualeuse, la regarda.

La malheureuse fille étouffait à grand peine ses sanglots.

Un moment abusée par les paroles de Rodolphe, elle avait oublié le présent, et le contraste de ce présent avec le rêve d'une existence douce et riante lui rappelait l'horreur de sa position.

— Fleur-de-Marie, qu'avez-vous ?

— Ah ! monsieur Rodolphe, sans le vouloir, vous m avez fait bien du chagrin... j'ai cru un instant à ce paradis...

— Mais, pauvre enfant, ce paradis existe... tenez, regardez... Cocher, arrête !

La voiture s'arrêta.

La Goualeuse releva machinalement la tête. Elle se trouvait au sommet d'une petite colline.

Quel fut son étonnement, sa stupeur !

Le joli village bâti à mi-côte, la ferme, la prairie, les belles vaches, la petite rivière, la châtaigneraie, l'église dans le lointain, le tableau était sous ses yeux... rien n'y manquait, jusqu'à Musette, belle génisse blanche, future favorite de la Goualeuse.

Ce charmant paysage était éclairé par un beau soleil de novembre... Les feuilles jaunes et pourpres des châtaigniers les couvraient encore et se découpaient sur l'azur du ciel.

— Eh bien ! Fleur-de-Marie, que dites-vous ? Suis-je bon peintre ? dit Rodolphe en souriant.

La Goualeuse le regardait avec une surprise mêlée d'inquiétude. Cela lui semblait presque surnaturel.

— Comment se fait-il, monsieur Rodolphe ?... Mais, mon Dieu, est-ce un rêve ? Ça me fait presque peur... Comment ! ce que vous m'avez dit...

— Rien de plus simple, mon enfant... La fermière est ma nourrice, j'ai été élevé ici... Je lui ai écrit ce matin de très bonne heure que je viendrais la voir : je peignais d'après nature.

— Ah ! c'est vrai, monsieur Rodolphe ! dit la Goualeuse avec un profond soupir.

CHAPITRE XII

LA FERME

La ferme où Rodolphe conduisit Fleur-de-Marie était située en dehors et à l'extrémité du village de Bouqueval, petite paroisse solitaire, ignorée, enfoncée dans les terres, et éloignée d'Ecouen d'environ deux lieues.

Le fiacre, suivant les indications de Rodolphe, descendit un chemin rapide, et entra dans une longue avenue bordée de cerisiers et de pommiers. La voiture roulait sans bruit sur un tapis de ce gazon fin et ras dont la plupart des routes vicinales sont ordinairement couvertes.

Fleur-de-Marie, silencieuse, triste, restait, malgré ses efforts, sous une impression douloureuse, que Rodolphe se reprochait presque d'avoir causée.

Au bout de quelques minutes la voiture passa devant la grande porte de la cour de la ferme, continua son chemin le long d'une épaisse charmille, et s'arrêta en face d'un petit porche de bois rustique à demi caché sous un vigoureux cep de vigne aux feuilles empourprées par l'automne.

— Nous voici arrivés, Fleur-de-Marie, dit Rodolphe, êtes-vous contente ?

— Oui, monsieur Rodolphe... pourtant il me semble à présent que je vais avoir honte devant la fermière ; je n'oserai jamais la regarder...

— Pourquoi cela, mon enfant ?

— Vous avez raison, monsieur Rodolphe, elle ne me connaît pas.

Et la Goualeuse étouffa un soupir.

On avait sans doute guetté l'arrivée du fiacre de Rodolphe.

Le cocher ouvrait la portière, lorsqu'une femme de cinquante ans environ, vêtue comme le sont les riches fermières des environs de Paris, ayant une physionomie à la fois triste et douce, parut sous le porche, et s'avança au-devant de Rodolphe avec un respectueux empressement.

La Goualeuse devint pourpre, et descendit de voiture après un moment d'hésitation...

— Bonjour, ma bonne madame Georges... dit Rodolphe à la fermière ; vous le voyez, je suis exact...

Puis, se retournant vers le cocher et lui mettant de l'argent dans la main :

— Tu peux t'en retourner à Paris.

Le cocher, petit homme trapu, avait son chapeau enfoncé sur les yeux et la figure presque entièrement cachée par le collet fourré de son carrik ; il empocha l'argent, ne répondit rien, remonta sur son siège, fouetta son cheval et disparut rapidement dans l'allée verte.

« Après une si longue course, ce cocher muet est bien pressé de s'en aller... pensa Rodolphe. Bah ! il n'est que deux heures ; il veut être assez tôt de retour à Paris pour pouvoir utiliser le restant de sa journée. »

Et Rodolphe n'attacha aucune importance à sa première observation.

Fleur-de-Marie s'approcha de lui, l'air inquiet, troublé, presque alarmé, et lui dit tout bas, de manière à ne pas être entendue de Mme Georges :

— Mon Dieu ! monsieur Rodolphe, pardon... Vous renvoyez la voiture... Mais l'ogresse, hélas !... il faut que je retourne chez elle ce soir... sinon... elle me regardera comme une voleuse... Mes habits lui appartiennent... et je lui dois...

— Rassurez-vous, mon enfant, c'est à moi à vous demander pardon...

— Pardon ! et de quoi ?

— De ne pas vous avoir dit plus tôt que vous ne deviez plus rien à l'ogresse, et que vous pouviez quitter ces ignobles vêtements pour d'autres que ma bonne Mme Georges va vous donner. Elle en a à peu près de votre taille, elle voudra bien vous prêter de quoi vous habiller. Vous le voyez, elle commence déjà son rôle de tante.

Fleur-de-Marie croyait rêver ; elle regardait tour à tour la fermière et Rodolphe, ne pouvant croire à ce qu'elle entendait.

— Comment, dit-elle la voix palpitante d'émotion, je ne retournerai plus à Paris ? Je pourrai rester ici ? Madame me le permettra ?... Ce serait possible ! Ce château en Espagne de tantôt ?

— C'était cette ferme... le voilà réalisé.

— Non, non, ce serait trop beau, trop heureux.

— On n'a jamais trop de bonheur, Fleur-de-Marie.

— Ah ! par pitié, monsieur Rodolphe, ne me trompez pas, cela me ferait bien mal.

— Ma chère enfant, croyez-moi, dit Rodolphe d'une voix toujours affectueuse, mais avec un accent de dignité que Fleur-de-Marie ne lui connaissait pas encore ; oui, vous pouvez, si cela vous convient, mener dès aujourd'hui, auprès de Mme Georges, cette vie paisible dont tout à l'heure le tableau vous enchantait. Quoique Mme Georges ne soit pas votre tante, elle aura pour vous, lorsqu'elle vous connaîtra, le plus tendre intérêt ; vous passerez même pour sa nièce aux yeux des gens de la ferme ; ce petit mensonge rendra votre position plus convenable. Encore une fois, si cela vous plaît, Fleur-de-Marie, vous pourrez réaliser votre rêve de tantôt. Dès que vous serez habillée en petite fermière, ajouta-t-il en souriant, nous vous mènerons voir votre future favorite, Musette, jolie génisse blanche qui n'attend plus que le collier que vous lui avez promis. Nous irons aussi donner un coup d'œil à vos amis les pigeons ; je tiens à remplir ma promesse.

Fleur-de-Marie joignit les mains avec force. La surprise, la joie, la reconnaissance, le respect, se peignirent sur sa ravissante figure ; ses yeux se noyèrent de larmes, elle s'écria :

— Monsieur Rodolphe, vous êtes donc un ange du bon Dieu, que vous faites tant de bien aux malheureux sans les connaître, et que vous les délivrez de la honte et de la misère !!!

— Ma pauvre enfant, répondit Rodolphe avec un sourire de mélancolie profonde et d'ineffable bonté, quoique bien jeune, j'ai dans ma vie déjà souffert ; cela vous explique ma compassion pour ceux qui souffrent. Fleur-de-Marie, ou plutôt Marie, allez avec Mme Georges. Oui, Marie, gardez désormais ce nom, doux et joli comme vous ! Avant mon départ, nous causerons ensemble, et je vous quitterai bien heureux de vous savoir heureuse.

Fleur-de-Marie ne répondit rien, s'approcha de Rodolphe, fléchit à demi les genoux, et prit sa main et la porta respectueusement à ses lèvres avec un mouvement rempli de grâce et de modestie.

Puis elle suivit Mme Georges, qui la contemplait avec un intérêt profond.

CHAPITRE XIII

MURPH ET RODOLPHE

Rodolphe se dirigea vers la cour de la ferme et y trouva l'homme de grande taille qui, la veille, déguisé en charbonnier, était venu l'avertir de l'arrivée de Tom et de Sarah.

Murph, tel est le nom de ce personnage, avait cinquante ans environ ; quelques mèches blanches argentaient deux petites touffes de cheveux d'un blond vif qui frisaient de chaque côté de son crâne presque entièrement chauve ; son visage large, coloré, était complètement rasé, sauf des favoris très courts, d'un blond ardent, qui ne dépassaient pas le niveau de l'oreille, et s'arrondissaient en croissant sur ses joues rebondies. Malgré son âge et son embonpoint, Murph était alerte et robuste. Sa physionomie, quoique flegmatique, était à la fois bienveillante et résolue ; il portait une cravate blanche, un grand gilet et un long habit noir à larges basques ; sa culotte, d'un gris verdâtre, était de même étoffe que ses guêtres à boutons de nacre, ne rejoignant pas tout à fait ses jarretières. Elles laissaient apercevoir ses bas de voyage, en laine écrue.

L'habillement et la mâle tournure de Murph rappelaient le type parfait de ce que les Anglais appellent le gentilhomme fermier. Hâtons-nous d'ajouter que Murph était anglais gentilhomme (squire), mais non fermier.

Au moment où Rodolphe entra dans la cour, Murph remettait dans la poche d'une petite calèche de voyage une paire de pistolets qu'il venait de soigneusement essuyer.

— A qui diable en as-tu avec tes pistolets ? lui dit Rodolphe.

— Cela me regarde, monseigneur, dit Murph en descendant du marchepied. Faites vos affaires, je fais les miennes.

— Pour quelle heure as-tu commandé les chevaux ?

— Selon vos ordres, à la nuit tombante.

— Tu es arrivé ce matin ?

— A huit heures. Mme Georges a eu le loisir de tout préparer.

— Tu as de l'humeur... Est-ce que tu n'es pas content de moi ?

— Je ne le suis que trop, monseigneur... que trop. Un jour ou l'autre... enfin le danger... c'est votre vie.

— Il te sied bien de parler ! Si je te laissais faire, il n'y aurait de péril que pour toi, et...

— Et quand vous feriez le bien sans risquer votre vie, où serait le grand mal, monseigneur ?

— Où serait le grand plaisir, maître Murph ?

— Vous, dit le squire en haussant les épaules, vous dans de pareilles tavernes !

— Oh ! que vous voilà bien, vous autres John Bull, avec vos scrupules aristocratiques ! croyant les grands seigneurs d'une essence supérieure à la vôtre, pauvres moutons, fiers de vos bouchers ! ! !

— Si vous étiez anglais, monseigneur, vous comprendriez cela... on honore qui honore. D'ailleurs, je serais turc, chinois ou américain, que je trouverais encore que vous avez tort de vous exposer ainsi. Hier soir, dans cette abominable rue de la Cité, en allant pour déterrer avec vous ce Bras-Rouge, que l'enfer confonde ! il m'a fallu la crainte de vous irriter, de vous désobéir, pour m'empêcher d'aller vous secourir dans votre lutte contre le bandit que vous avez trouvé dans l'allée de ce bouge.

— C'est-à-dire, monsieur Murph, que vous doutez de ma force et de mon courage !

— Malheureusement vous m'avez cent fois mis à même de ne douter ni de l'un ni de l'autre. Grâce à Dieu, Crabb de Ramsgate vous a appris à boxer ; Lacour de Paris vous a enseigné la canne, le chausson, et par curiosité l'argot ; le fameux Bertrand vous a appris l'escrime, et dans vos essais contre ces professeurs vous avez eu souvent l'avantage. Vous tuez les hirondelles au vol avec un pistolet de munition, vous avez des muscles d'acier ; quoique svelte et mince, vous me battriez aussi facilement qu'un cheval de course battrait un cheval de brasseur... Cela est vrai.

Rodolphe avait complaisamment écouté cette énumération de ses qualités de gladiateur ; il reprit en souriant :

— Eh bien ; alors que crains-tu ?

— Je maintiens, monseigneur, qu'il n'est pas convenable que vous prêtiez le collet au premier goujat venu. Je ne vous dis pas cela à cause de l'inconvénient qu'il y a pour un honorable gentilhomme de ma connaissance à se noircir la figure avec du charbon et à avoir l'air d'un diable ; malgré mes cheveux gris, mon embonpoint et ma gravité, je me déguiserais en danseur de corde, si cela pouvait vous servir ; mais j'en suis pour ce que j'ai dit.

— Oh ! je le sais bien, vieux Murph, lorsqu'une idée est rivée sous ton crâne de fer, lorsque le dévouement est implanté dans ton ferme et vaillant cœur, le démon userait ses dents et ses ongles à les en retirer.

— Vous me flattez, monseigneur, vous méditez quelque...

— Ne te gêne pas.

— ... quelque folie, monseigneur.

— Mon pauvre Murph, tu prends mal ton temps pour me sermonner.

— Pourquoi ?

— Je suis dans un de mes meilleurs moments d'orgueil et de bonheur.. je suis ici...

— Dans un endroit où vous avez fait du bien ?

— C'est un lieu de refuge contre tes homélies, c'est mon Temple-Bar

— S'il en est ainsi, où diable voulez-vous que je vous prenne, monseigneur ?

— Maître Murph, vous me flattez, vous voulez m'empêcher de faire quelque folie.

— Monseigneur, il y a des folies pour lesquelles je suis indulgent.

— Les folies d'argent ?

— Oui, car après tout, avec près de deux millions de revenu...

— On est souvent bien gêné, mon pauvre Murph.

— A qui le dites-vous, monseigneur ?

— Et pourtant, il y a des plaisirs si vifs, si purs, si profonds, qui coûtent si peu ! Qu'y a-t-il de comparable à ce que j'ai éprouvé tout à l'heure, lorsque cette malheureuse créature s'est vue en sûreté ici, et que dans sa reconnaissance elle m'a baisé la main ? Ce n'est pas tout ; mon bonheur a un long avenir ; demain, après-demain, pendant bien des jours enfin, je pourrai songer avec délices à ce qu'éprouvera cette pauvre enfant en se réveillant dans cette tranquille retraite, auprès de cette excellente Mme Georges, qui l'aimera tendrement ; car le malheur est sympathique au malheur.

— Oh ! pour Mme Georges, jamais bienfaits n'ont été mieux placés. Noble, courageuse femme !... un ange de vertu, un ange ! Je m'émeus rarement, et je me suis ému aux malheurs de Mme Georges... Mais votre nouvelle protégée !... tenez, ne parlons pas de cela, monseigneur.

— Pourquoi, Murph ?

— Monseigneur, vous faites ce que bon vous semble.

— Je fais ce qui est juste, dit Rodolphe avec une nuance d'impatience.

— Ce qui est juste... selon vous.

— Ce qui est juste devant Dieu et devant ma conscience, reprit sévèrement Rodolphe.

— Tenez, monseigneur, nous ne nous entendrons pas. Je vous le répète, ne parlons plus de cela.

— Et moi, je vous ordonne de parler ! s'écria impérieusement Rodolphe.

— Je ne me suis jamais exposé à ce que monseigneur m'ordonnât de me taire ; j'espère qu'il ne m'ordonnera pas de parler, répondit fièrement Murph.

— Monsieur Murph ! ! ! s'écria Rodolphe avec un accent d'irritation.

— Monseigneur !...

— Vous le savez, monsieur, je n'aime pas les réticences.

— Il me convient d'avoir des réticences, dit brusquement Murph.

— Apprenez, monsieur, que si je descends avec vous jusqu'à la familiarité, c'est à condition que vous vous élèverez jusqu'à la franchise.

Il est impossible de peindre la hauteur souveraine de la physionomie de Rodolphe en prononçant ces dernières paroles.

— Monseigneur, j'ai cinquante ans, je suis gentilhomme ; vous ne devez pas me parler ainsi

— Taisez-vous !

— Monseigneur !

— Taisez-vous !

— Monseigneur, il est indigne de forcer un homme de cœur à se souvenir des services qu'il a rendus.

— Tes services ? Est-ce que je ne les paye pas de toute façon ?

Il faut le dire, Rodolphe n'avait pas attaché à ces mots cruels un sens humiliant qui plaçât Murph dans la position d'un mercenaire ; malheureusement celui-ci les interpréta de la sorte. Il devint pourpre de honte, porta ses deux poings crispés à son front chauve avec une expression de douloureuse indignation ; puis tout à coup, par un revirement subit, jetant les yeux sur Rodolphe dont la noble figure était alors contractée, enlaidie par la violence d'un dédain farouche, Murph étouffa un soupir, regarda le jeune homme avec une sorte de tendre commisération, et lui dit d'une voix émue :

— Monseigneur, revenez à vous, vous n'êtes pas raisonnable.

Ces mots produisirent un effet magique sur Rodolphe. Son regard brilla d'un éclat sauvage ; ses lèvres blanchirent, et, s'avançant vers Murph avec un geste de menace, il s'écria :

— Oses-tu bien !...

Murph se recula, et dit vivement, comme malgré lui :

— Monseigneur, monseigneur, *souvenez-vous du 13 janvier !*

Ces mots produisirent un effet magique sur Rodolphe. Son visage, crispé par la colère, se détendit.

Il regarda fixement Murph, baissa la tête : puis, après un moment de silence, il murmura d'une voix altérée :

— Ah ! monsieur, vous êtes cruel... je croyais pourtant !... et vous encore !... vous !...

Rodolphe ne put achever, sa voix s'éteignit ; il tomba sur un banc de pierre, et cacha sa tête dans ses deux mains.

— Monseigneur, s'écria Murph désolé, mon bon seigneur, pardonnez-moi, pardonnez à votre vieux et fidèle Murph ! Ce n'est que poussé à bout, et craignant, hélas ! non pour moi, mais pour vous, les suites de votre emportement, que j'ai dit cela... je l'ai dit sans colère, sans reproche, je l'ai dit malgré moi et avec compassion... Monseigneur, j'ai eu tort d'être susceptible... Mon Dieu ! qui doit connaître votre caractère, si ce n'est moi, moi qui ne vous ai pas quitté depuis votre enfance ! De grâce, dites que vous me pardonnerez de vous avoir rappelé ce jour funeste... Hélas ! que d'expiations n'avez-vous pas...

Rodolphe releva la tête ; il était très pâle. Il dit à son compagnon d'une voix douce et triste :

— Assez, assez, mon vieil ami, je te remercie d'avoir éteint d'un mot ce fatal emportement ; je ne te fais pas d'excuses, moi, des duretés que je t'ai dites : tu sais bien qu'il y a loin du cœur aux lèvres, comme disent les bonnes gens de chez nous. J'étais fou, ne parlons plus de cela...

— Hélas ! maintenant vous voilà triste pour longtemps... Suis-je assez malheureux !... Je ne désire rien tant que de vous voir sortir de votre humeur sombre, et je vous y replonge par ma sotte susceptibilité. Mordieu ! à quoi sert d'être honnête homme et d'avoir des cheveux gris, si ce n'est à endurer patiemment les reproches qu'on ne mérite pas !

— Mais non, reprit Murph avec une exaltation comique, car elle contrastait avec son flegme habituel, mais non, il faut sans doute qu'on me flatte à la journée, qu'on me dise : Monsieur Murph, vous êtes le modèle des serviteurs ; monsieur Murph, il n'y a pas de fidélité pareille à la vôtre ; monsieur Murph, vous êtes un homme admirable ; monsieur Murph ; diable, peste ! oh oh ! qu'il est beau, monsieur Murph ! brave Murph ! ! Allons, vieux perroquet, fais donc gratter ta tête grise ! !

Puis, se ressouvenant des affectueuses paroles que Rodolphe lui avait dites au commencement de la conversation, il s'écria avec un redoublement de violence grotesque :

— Mais c'est qu'il m'avait appelé son bon, son vieux, son fidèle Murph !... Et moi qui vais comme un rustre, pour une boutade involontaire ! à mon âge... Mordieu !... c'est à s'arracher les cheveux.

Et le digne gentilhomme porta ses deux mains à ses tempes.

Ces mots et ce geste étaient chez lui le signe du désespoir arrivé à son paroxysme. Malheureusement ou heureusement pour Murph, il était presque complètement chauve, ce qui rendait cette manifestation capillaire très inoffensive, et cela à son grand et sincère regret ; car lorsque l'action succédait à la parole, c'est-à-dire lorsque ses doigts crispés ne rencontraient que la surface de son crâne luisante et polie comme du marbre, le digne squire était confus et honteux de sa présomption, il se regardait comme un hâbleur, comme un fanfaron. Hâtons-nous de dire, pour disculper Murph de tout soupçon de forfanterie, qu'il avait possédé la chevelure la plus épaisse, la plus dorée qui eût jamais orné le crâne d'un gentilhomme du Yorkshire

Ordinairement le désappointement de Murph à l'endroit de sa chevelure amusait beaucoup Rodolphe ; mais ses pensées étaient alors graves, douloureuses. Pourtant, ne voulant pas augmenter les regrets de son compagnon, il lui dit en souriant avec douceur :

— Ecoute-moi, bon Murph : tu paraissais louer sans réserve le bien que j'ai fait à Mme Georges...

— Monseigneur...

— Et t'étonner de mon intérêt pour cette pauvre fille perdue ?

— Monseigneur, de grâce... J'ai eu tort... j'ai eu tort...

— Non... Je le conçois, les apparences ont pu te tromper... Seulement, comme tu connais ma vie... comme tu m'aides avec autant de fidélité que de courage dans la tâche que j'ai entreprise... il est de mon devoir, ou si tu l'aimes mieux, de ma reconnaissance, de te convaincre que je n'agis pas légèrement...

— Je le sais, monseigneur.

— Tu connais mes idées au sujet du bien que l'homme peut faire. Secourir d'honorables infortunes qui se plaignent, c'est bien. S'enquérir de ceux qui luttent avec honneur, avec énergie, et leur venir en aide, quelquefois à leur insu... prévenir à temps la misère ou la tentation, qui mènent au crime... c'est mieux. Réhabiliter à leurs propres yeux, rendre tout à fait honnêtes et bons ceux qui ont conservé purs quelques généreux sentiments au milieu du mépris qui les flétrit, de la misère qui les ronge, de la corruption qui les entoure, et pour cela braver, soi, le contact de cette misère, de cette corruption, de cette fange... c'est mieux encore. Poursuivre d'une haine vigoureuse, d'une vengeance implacable, le vice, l'infamie, le crime qu'ils rampent dans la boue ou qu'ils trônent sur la soie, c'est justice... Mais secourir aveuglément une misère méritée, mais dégrader l'aumône et la pitié, mais prostituer ces chastes et pieuses consolatrices de mon âme blessée... les prostituer à des êtres indignes, infâmes, cela serait horrible, impie, sacrilège. Ce serait faire douter de Dieu. Et celui qui donne doit y faire croire.

— Monseigneur, je n'ai pas voulu dire que vous aviez indignement placé vos bienfaits.

— Encore un mot, mon vieil ami. Mme Georges et la pauvre fille que je lui ai confiée sont parties des deux points extrêmes pour tomber dans un abîme commun... le malheur. L'une, heureuse, riche, aimée, honorée, douée de toutes les vertus, a vu son existence flétrie, brisée, anéantie par le scélérat hypocrite auquel d'aveugles parents l'avaient mariée... Je le dis avec joie, sans moi la malheureuse femme expirait de misère et de besoin ; car la honte l'empêchait de s'adresser à personne.

— Ah ! monseigneur, lorsque nous sommes arrivés dans cette mansarde, quelle effroyable pauvreté ! c'était affreux, affreux !... et lorsque après sa longue maladie elle s'est pour ainsi dire réveillée ici, dans cette maison si calme, quelle surprise ! quelle reconnaissance ! Vous avez raison, monseigneur, voir secourir de telles infortunes, cela fait croire à Dieu.

— Et c'est honorer Dieu que de les secourir ; je le reconnais, rien n'est plus céleste que la vertu sereine et réfléchie, rien n'est plus respectable qu'une femme comme Mme Georges, qui, élevée par une mère pieuse et bonne dans une intelligente observance de tous les devoirs, n'y a jamais failli... jamais ! et a vaillamment traversé les plus effroyables épreuves. Mais n'est-ce pas aussi honorer Dieu, dans ce qu'Il a de plus divin, que de retirer de la fange une de ces rares natures qu'Il S'est complu à douer ?... Ne mérite-t-elle pas aussi pitié, intérêt, respect... oui, respect, la malheureuse enfant qui, abandonnée à son seul instinct ; qui, torturée, emprisonnée, avilie, souillée, a saintement conservé, au fond de son cœur, les nobles germes que Dieu y avait semés ? Si tu l'avais entendue, cette pauvre créature... au premier mot d'intérêt que je lui ai dit, à la première parole honnête et amie qu'elle ait entendue, comme les plus charmants instincts, les goûts les plus purs, les pensées les plus délicates, les plus poétiques, se sont éveillés en foule dans son âme ingénue, de même qu'au printemps les mille fleurs sauvages des prairies éclosent au moindre rayon de soleil... sans le savoir ! Dans cet entretien d'une heure avec un pauvre ouvrier, j'ai découvert dans Fleur-de-Marie des trésors de bonté, de grâce, de sagesse, mon vieux Murph. Un sourire m'est venu aux lèvres et une larme m'est venue aux yeux, lorsque dans son gentil babil, rempli de raison, elle m'a assuré que je devais économiser quarante sous par jour pour être au-dessus des besoins et des mauvaises tentations. Pauvre petite, elle disait cela d'un ton si sérieux, si pénétré ! elle éprouvait une si douce satisfaction à me donner un sage conseil, une si douce joie à m'entendre promettre que je le suivrais !... J'étais ému... oh ! ému jusqu'aux larmes, je te l'ai dit... Et l'on m'accuse d'être blasé, dur, inflexible... oh ! non, non, grâce à Dieu ! quelquefois je sens encore mon cœur battre ardent et généreux.. Mais toi-même tu es attendri, mon vieil ami... Allons, Fleur-de-Marie ne sera pas jalouse de Mme Georges, tu t'intéresses aussi à son sort.

— C'est vrai, monseigneur... ce trait de vous faire économiser quarante sous par jour... vous croyant ouvrier... au lieu de vous engager à faire de la dépense pour elle... oui, ce trait-là me touche plus qu'il ne le devrait peut-être.

— Et quand je songe que cette enfant a une mère riche, honorée, dit-on, qui l'a indignement abandonnée... Oh ! si cela est... je le saurai, je l'espère... et je te dirai comment. Oh ! si cela est ! malheur... malheur à cette femme ! elle aura une terrible expiation à subir... Murph, Murph... jamais je ne me suis senti des élans de haine plus implacables qu'en songeant à cette femme que je ne connais pas. Tu le sais, Murph... tu le sais... certaines vengeances me sont bien chères... certaines souffrances bien précieuses... j'ai bien soif de certaines larmes !

— Hélas ! monseigneur, dit Murph affligé de l'expression d'infernale méchanceté qui se peignait sur les traits de Rodolphe en parlant ainsi, je le sais, ceux qui méritent intérêt et compassion ont souvent dit de vous : « C'est donc un bon ange ! ». Ceux qui méritent mépris et haine se sont écriés, en vous maudissant, dans leur désespoir : « C'est donc le démon !... ».

— Tais-toi, voici Mme Georges et Marie... Fais tout préparer pour notre départ ; il faut être à Paris de bonne heure.

CHAPITRE XIV

LES ADIEUX

Marie (désormais nous donnerons ce nom à la Goualeuse), grâce aux soins de Mme Georges, n'était plus reconnaissable.

Un joli bonnet rond à la paysanne et deux épais bandeaux de cheveux blonds encadraient la figure virginale de la jeune fille. Un ample fichu de mousseline blanche se croisait sur son sein et disparaissait à demi sous la haute bavette carrée d'un petit tablier de taffetas changeant, dont les reflets bleus et roses miroitaient sur le fond sombre d'une robe carmélite qui semblait avoir été faite pour Marie.

Sa physionomie était profondément recueillie ; certaines félicités jettent l'âme dans une ineffable tristesse, dans une sainte mélancolie.

Rodolphe ne fut pas surpris de la gravité de Marie, il s'y attendait. Joyeuse et babillarde, il aurait eu d'elle une idée moins élevée.

Avec un tact parfait, il ne lui fit pas le moindre compliment sur sa beauté, qui brillait pourtant ainsi du plus pur éclat.

Rodolphe sentait qu'il y avait quelque chose de solennel, d'auguste, dans cette espèce de rédemption d'une âme arrachée au vice.

On voyait sur les traits sérieux et résignés de Mme Georges la trace de longues souffrances, de profonds chagrins ; elle regardait Marie avec une mansuétude, une compassion presque maternelle, tant la grâce et la douceur de cette jeune fille étaient sympathiques.

— Voilà mon enfant... qui vient vous remercier de vos bontés, monsieur Rodolphe, dit Mme Georges en présentant Marie à Rodolphe.

A ces mots de mon enfant, la Goualeuse tourna lentement ses grands yeux vers sa protectrice, et la contempla pendant quelques moments avec une expression de reconnaissance inexprimable.

— Merci pour Marie, ma chère madame Georges ; elle est digne de ce tendre intérêt... et elle le méritera toujours.

— Monsieur Rodolphe, dit Marie d'une voix tremblante, vous comprenez... n'est-ce pas, que je ne trouve rien à vous dire ?

— Votre émotion me dit tout, Marie...

— Oh ! elle sent combien le bonheur qui lui arrive est providentiel, dit Mme Georges, attendrie. Son premier mouvement, en entrant dans ma chambre, a été de se jeter à genoux devant mon crucifix.

— C'est que maintenant, grâce à vous, monsieur Rodolphe... j'ose prier... dit Marie en regardant son ami.

Murph se retourna brusquement : son flegme d'Anglais, sa dignité de squire ne lui permettaient pas de laisser voir à quel point le touchaient les simples paroles de Marie.

Rodolphe dit à la jeune fille :

— Mon enfant, j'aurai à causer avec Mme Georges... Mon ami Murph vous conduira dans la ferme... et vous fera faire connaissance avec vos futurs protégés... nous vous rejoindrons tout à l'heure... Eh bien! Murph... Murph, tu ne m'entends pas ?...

Le bon gentilhomme tournait alors le dos, et feignait de se moucher avec un bruit, un retentissement formidable ; il remit son mouchoir dans sa poche, enfonça son chapeau sur ses yeux, et, se retournant à demi, il offrit son bras à Marie.

Murph avait si habilement manœuvré, que ni Rodolphe, ni Mme Georges ne purent apercevoir son visage. Prenant le bras de la jeune fille, il se dirigea rapidement vers les bâtiments de la ferme, en marchant si vite que, pour le suivre, la Goualeuse fut obligée de courir, comme elle courait dans son enfance après la Chouette.

— Eh bien! madame Georges, que pensez-vous de Marie? dit Rodolphe.

— Monsieur Rodolphe, je vous l'ai dit : à peine entrée dans ma chambre... voyant mon Christ, elle a couru s'agenouiller... Il m'est impossible de vous exprimer tout ce qu'il y a eu de spontané, de naturellement religieux dans ce mouvement. J'ai compris à l'instant que son âme n'était pas dégradée. Et puis, monsieur Rodolphe, l'expression de sa reconnaissance pour vous n'a rien d'exagéré, d'emphatique ; elle n'en est que plus sincère. Encore un mot qui vous prouvera combien l'instinct religieux est puissant en elle ; je lui ai dit : « Vous avez dû être bien étonnée, bien heureuse lorsque M. Rodolphe vous a annoncé que vous resteriez ici désormais ?... Quelle profonde impression cela a dû vous causer !... — Oh ! oui, m'a-t-elle répondu ; quand M. Rodolphe m'a dit cela, alors je ne sais ce qui s'est passé en moi tout à coup ; j'ai éprouvé l'espèce de bonheur pieux, de saint respect que j'éprouvais lorsque j'entrais dans une église... quand je pouvais y entrer, a-t-elle ajouté, car vous savez madame... ». Je ne l'ai pas laissée achever en voyant sa figure se couvrir de honte. « Je sais, mon enfant... et je vous appellerai toujours mon enfant... si vous le voulez bien... je sais que vous avez beaucoup souffert : mais Dieu bénit ceux qui L'aiment et ceux qui Le craignent... ceux qui ont été malheureux et ceux qui se repentent... ».

— Allons, ma bonne madame Georges, je suis doublement content de ce que j'ai fait. Cette pauvre fille vous intéressera... Vous n'aurez qu'à semer pour recueillir ; vous avez deviné juste, ses instincts sont excellents.

— Ce qui m'a encore touchée, monsieur Rodolphe, c'est qu'elle ne s'est pas permis la moindre question sur vous, quoique sa curiosité dût être bien excitée. Frappée de cette réserve pleine de délicatesse, je voulus savoir si elle en avait la conscience. Je lui dis : « Vous devez être bien curieuse de savoir quel est votre mystérieux bienfaiteur ? — Je le sais..

me répondit-elle avec une naïveté charmante, il s'appelle mon bienfaiteur. »

— Ainsi donc vous l'aimerez ? Excellente femme, sa compagnie vous sera douce... Elle occupera du moins votre cœur...

— Oui, je m'occuperai d'elle comme je me serais occupée de *lui*, dit Mme Georges d'une voix déchirante.

Rodolphe lui prit la main.

— Allons, allons, ne vous découragez pas encore... Si nos recherches ont été vaines jusqu'ici, peut-être un jour...

Mme Georges secoua tristement la tête, et dit amèrement :

— Mon pauvre fils aurait vingt ans maintenant !...

— Dites donc qu'il a cet âge.

— Dieu vous entende et vous exauce, monsieur Rodolphe !

— Il m'exaucera... je l'espère bien... Hier j'étais allé (mais en vain) chercher un certain drôle surnommé Bras-Rouge, qui pouvait peut-être, m'avait-on dit, me renseigner sur votre fils. En descendant de chez Bras-Rouge, à la suite d'une rixe, j'ai rencontré cette malheureuse enfant...

— Hélas ! tant mieux !... au moins votre bonne résolution pour moi vous a mis sur la voie d'une nouvelle infortune, monsieur Rodolphe.

— Depuis longtemps d'ailleurs je voulais explorer ces classes misérables... presque certain qu'il y avait là aussi quelques âmes à enlever au vieux Satan, que je m'amuse à contrecarrer souvent, ajouta Rodolphe en souriant, et à qui je dérobe quelquefois ses meilleurs morceaux. Puis il reprit d'un ton plus sérieux : Vous n'avez aucune nouvelle de Rochefort ?

— Aucune, dit Mme Georges à voix basse en tressaillant.

— Tant mieux ! ce monstre aura trouvé la mort dans les bancs de vase en cherchant à s'évader. Son signalement est assez répandu ; c'est un scélérat assez redoutable, pour qu'on ait mis toute l'activité possible à le découvrir ; et, depuis six mois environ qu'il est sorti du ba...

Rodolphe s'arrêta au moment à prononcer ce terrible mot.

— Du bagne ! oh ! dites-le... du bagne ! s'écria la malheureuse femme avec horreur et d'une voix presque égarée. Le père de mon fils !... Ah ! si ce malheureux enfant vit encore... si, comme moi, il n'a pas changé de nom, quelle honte !... quelle honte ! Et cela n'est rien encore... Son père a peut-être tenu son horrible promesse. Ah ! monsieur Rodolphe, pardonnez-moi ; mais, malgré vos bienfaits, je suis encore bien malheureuse !

— Pauvre femme, calmez-vous.

— Quelquefois, il me prend d'horribles frayeurs. Je me figure que mon mari s'est échappé sain et sauf de Rochefort ; qu'il me cherche pour me tuer comme il a peut-être tué notre enfant. Car enfin, qu'en a-t-il fait ?

— Ce mystère est le tombeau de mon esprit, dit Rodolphe d'un air pensif. Dans quel intérêt ce misérable a-t-il emporté votre fils, lorsqu'il y a quinze ans, m'avez-vous dit, il a tenté de passer en pays étranger ? Un enfant de cet âge ne pouvait qu'embarrasser sa fuite.

— Hélas ! monsieur Rodolphe, lorsque mon mari (la malheureuse frissonna en prononçant ce mot) arrêté sur la frontière, a été ramené à Paris et jeté dans la prison où l'on m'a permis de pénétrer, ne m'a-t-il pas dit ces horribles paroles : « J'ai emporté ton enfant parce que tu l'aimes, et que c'est un moyen de te forcer de m'envoyer de l'argent dont il profitera ou ne profitera pas... ça me regarde. Qu'il vive ou qu'il meure, peu t'importe ; mais s'il vit, il sera entre bonnes mains ; tu boiras la honte du fils comme tu as bu la honte du père ». Hélas ! un mois après, mon mari était condamné pour la vie. Depuis, les instances, les prières dont mes lettres étaient remplies, tout a été vain ; je n'ai rien pu savoir sur le sort de cet enfant... Ah ! monsieur Rodolphe, mon fils, où est-il à présent ? Ces épouvantables paroles me reviennent toujours à la pensée : « Tu boiras la honte du fils comme tu as bu celle du père ! ».

— Mais ce serait une atrocité inexplicable ; pourquoi vicier, corrompre ce malheureux enfant ? Pourquoi surtout vous l'enlever ?

— Je vous l'ai dit, monsieur Rodolphe, pour me forcer à lui envoyer de l'argent ; quoiqu'il m'ait ruinée, il me restait quelques dernières ressources qui s'épuisèrent ainsi. Malgré sa scélératesse je ne pouvais croire qu'il n'employât au moins une partie de cette somme à faire élever ce malheureux enfant.

— Et votre fils n'avait aucun signe, aucun indice qui pût servir à le faire reconnaître ?

— Aucun autre que celui dont je vous ai parlé, monsieur Rodolphe : un petit Saint-Esprit sculpté en lapis-lazuli, attaché à son cou par une petite chaînette d'argent. Cette relique, bénite par le Saint-Père, venait de ma mère : elle l'avait portée étant petite, et y attachait une grande vénération. Je l'avais aussi portée ; je l'avais mise au cou de mon fils ! Hélas ! ce talisman a perdu sa vertu.

— Qui sait, bonne mère ? Dieu est tout-puissant.

— La Providence ne m'a-t-elle pas placée sur votre chemin, monsieur Rodolphe ?

— Trop tard, ma bonne madame Georges, trop tard. Je vous aurais épargné peut-être bien des années de chagrin.

— Ah ! monsieur Rodolphe, ne m'avez-vous pas comblée ?

— En quoi ? J'ai acheté cette ferme. Au temps de votre prospérité, vous faisiez, par goût, valoir vos biens ; vous avez consenti à me servir de régisseur ; grâce à vos soins excellents, à votre intelligente activité, cette métairie me rapporte...

— Vous rapporte, monsieur ? dit Mme Georges interrompant Rodolphe ; n'est-ce pas moi qui paye le fermage de notre bon abbé Laporte ? Et cette somme n'est-elle pas, selon vos ordres, distribuée par lui en aumônes ?

— Eh bien ! n'est-ce pas un excellent rapport ? Mais vous avez fait prévenir ce cher abbé de mon arrivée, n'est-ce pas ? Je tiens à lui recommander ma protégée. Il a reçu ma lettre ?

— M. Murph la lui a portée ce matin en arrivant.

— Dans cette lettre, je racontais, en peu de mots, à notre bon curé, l'histoire de cette pauvre enfant. Je n'étais pas certain de pouvoir venir aujourd'hui ; dans ce cas, Murph vous aurait amené Marie.

Un valet de ferme interrompit cet entretien, qui avait eu lieu dans le jardin.

— Madame, monsieur le curé vous attend.

— Les chevaux de poste sont-ils arrivés, mon garçon ? dit Rodolphe

— Oui, monsieur Rodolphe ; on attelle

Et le valet quitta le jardin.

Mme Georges, le curé et les habitants de la ferme ne connaissaient le protecteur de Fleur-de-Marie que sous le nom de M. Rodolphe.

La discrétion de Murph était impénétrable ; autant il mettait de ponctualité à *monseigneuriser* Rodolphe dans le tête-à-tête, autant devant les étrangers il avait soin de ne jamais l'appeler autrement que monsieur Rodolphe.

— J'oubliais de vous prévenir, ma chère madame Georges, dit Rodolphe en regagnant la maison, que Marie a, je crois, la poitrine faible ; les privations, la misère, ont altéré sa santé. Ce matin, au grand jour, j'ai été frappé de sa pâleur, quoique ses joues fussent colorées d'un rose vif ; ses yeux aussi m'ont paru briller d'un éclat un peu fébrile. Il lui faudra de grands soins.

— Comptez sur moi, monsieur Rodolphe. Mais, Dieu merci ! il n'y a rien de grave. A cet âge, à la campagne... au bon air, avec du repos, du bonheur, elle se remettra vite.

— Je le crois ; mais il n'importe : je ne me fie pas à vos médecins de campagne... je dirai à Murph d'amener ici un docteur habile, et il indiquera le meilleur régime à suivre. Vous me donnerez souvent des nouvelles de Marie. Dans quelque temps, lorsqu'elle sera bien reposée, bien calmée, nous songerons à son avenir. Peut-être vaudrait-il mieux pour elle de rester toujours auprès de vous... si son caractère et sa conduite vous conviennent.

— Ce serait mon désir, monsieur Rodolphe ; elle me tiendrait lieu de l'enfant que je regrette tous les jours.

— Enfin, espérons pour vous, espérons pour elle.

Au moment où Rodolphe et Mme Georges approchaient de la ferme, Murph et Marie arrivaient de leur côté.

Marie était animée par la promenade. Rodolphe fit remarquer à Mme Georges la coloration des pommettes de la jeune fille, couleurs vives, circonscrites, qui contrastaient beaucoup avec la blancheur délicate de son teint.

Le digne gentilhomme abandonna le bras de la Goualeuse, et vint dire à l'oreille de Rodolphe, d'un air presque confus :

— Cette petite fille m'a ensorcelé ; je ne sais pas maintenant qui m'intéresse le plus, d'elle ou de Mme Georges. J'étais une bête sauvage et féroce.

— Ne t'arrache pas les cheveux pour cela, vieux Murph, dit Rodolphe en souriant et en serrant la main du squire.

Mme Georges, s'appuyant sur le bras de Marie, entra avec elle dans le petit salon du rez-de-chaussée, où attendait l'abbé Laporte.

Murph alla veiller aux préparatifs du départ.

Mme Georges, Marie, Rodolphe et le curé restèrent seuls.

Simple, mais très confortable, ce petit salon était tendu et meublé de toile de perse, comme le reste de la maison, d'ailleurs exactement dépeinte à la Goualeuse par Rodolphe.

Un épais tapis couvrait le plancher, un bon feu flambait dans l'âtre, et deux énormes bouquets de reines-marguerites de toutes couleurs, placés dans deux vases de cristal, répandaient dans cette pièce leur légère odeur balsamique.

A travers les persiennes vertes à demi fermées, on voyait la prairie, la petite rivière, et au-delà le coteau planté de châtaigniers.

L'abbé Laporte, assis auprès de la cheminée, avait quatre-vingts ans passés ; depuis les derniers jours de la Révolution, il desservait cette pauvre paroisse.

On ne pouvait rien voir de plus vénérable, de plus doucement imposant que sa physionomie sénile, amaigrie et un peu souffrante, encadrée de longs cheveux blancs qui tombaient sur le collet de sa soutane noire, rapiécée en plus d'un endroit ; l'abbé aimant mieux, disait-il, habiller deux ou trois pauvres enfants d'un bon drap bien chaud, que de faire le muguet, c'est-à-dire garder ses soutanes moins de deux ou trois ans.

Le bon abbé était si vieux, si vieux, que ses mains tremblaient toujours, il y avait quelque chose de touchant dans ce mouvement : aussi, lorsque quelquefois il les élevait en parlant, on eût dit qu'il bénissait.

Rodolphe observait Marie avec intérêt.

S'il l'eut moins connue, ou plutôt moins devinée, il se fût peut-être étonné de la voir approcher de l'abbé avec une sorte de pieuse sérénité.

L'admirable instinct de Marie lui disait que la honte finit où le repentir et l'expiation commencent.

— Monsieur l'abbé, dit respectueusement Rodolphe, Mme Georges veut bien se charger de cette jeune fille, pour laquelle je vous demande vos bontés.

— Elle y a droit, monsieur, comme tous ceux qui viennent à nous. La clémence de Dieu est inépuisable, ma chère enfant... Il vous l'a prouvé en ne vous abandonnant pas... dans de bien douloureuses épreuves... Je sais tout. — Et il prit la main de Marie dans ses mains tremblantes et vénérables. — L'homme généreux qui vous a sauvée a réalisé cette parole de l'Ecriture : « Le Seigneur est près de ceux qui L'invoquent ; Il accomplira les désirs de ceux qui Le redoutent ; Il écoutera leurs cris et les sauvera ». Maintenant, méritez Ses bontés par votre conduite ; vous me trouverez toujours pour vous encourager, pour vous soutenir... dans la bonne voie où vous entrez. Vous aurez dans Mme Georges un exemple de tous les jours, en moi un conseil vigilant. Le Seigneur terminera Son œuvre.

— Et je prierai pour ceux qui ont pitié de moi, et qui m'ont ramenée à Lui, mon Père, dit la Goualeuse.

Par un mouvement presque involontaire, elle se jeta à genoux devant le prêtre.

L'émotion était trop forte, les sanglots l'étouffaient.

Mme Georges, Rodolphe, l'abbé... étaient profondément touchés.

— Relevez-vous, ma chère enfant, dit le curé, vous mériterez bientôt... l'absolution de grandes fautes dont vous avez été plutôt victime que coupable ; car, pour parler encore avec le prophète : « Le Seigneur soutient tous ceux qui sont près de tomber, et Il relève tous ceux qu'on accable ».

— Adieu, Marie, lui dit Rodolphe en lui donnant une petite croix d'or, dite à la Jeannette, attachée à un ruban de velours noir. Il ajouta : Gardez cette petite croix en souvenir de moi ; j'y ai fait graver ce matin la date du jour de votre délivrance... de votre rédemption. Bientôt je reviendrai vous voir.

Marie porta la croix à ses lèvres.

Murph, à ce moment, ouvrit la porte du salon.

— Monsieur Rodolphe, les chevaux sont prêts.

— Adieu, mon Père ; adieu ma bonne madame Georges... Je vous recommande votre enfant. Encore adieu, Marie.

Le vénérable prêtre, appuyé sur le bras de Mme Georges et de la Goualeuse, qui soutenaient ses pas chancelants, sortit du salon pour voir partir Rodolphe.

Les derniers rayons du soleil coloraient vivement ce groupe intéressant et triste :

Un vieux prêtre, symbole de charité, de pardon et d'espérance éternelle.

Une femme éprouvée par toutes les douleurs qui peuvent accabler une épouse, une mère.

Une jeune fille sortant à peine de l'enfance, naguère jetée dans l'abîme du vice par la misère et par l'infâme obsession du crime.

Rodolphe monta en voiture ; Murph prit place à ses côtés.

Les chevaux partirent au galop.

CHAPITRE XV

LE RENDEZ-VOUS

Le lendemain du jour où il avait confié la Goualeuse aux soins de Mme Georges, Rodolphe, toujours vêtu en ouvrier, se trouvait à midi précis à la porte du cabaret le « Panier Fleuri », situé non loin de la barrière de Bercy.

La veille, à dix heures du soir, le Chourineur s'était exactement trouvé au rendez-vous que lui avait assigné Rodolphe. La suite de ce récit fera connaître le résultat de ce rendez-vous.

Il était donc midi. Il pleuvait à torrents ; la Seine, gonflée par des pluies presque continuelles, avait atteint une hauteur énorme et inondait une partie du quai.

Rodolphe regardait de temps à autre avec impatience du côté de la barrière ; enfin, avisant au loin un homme et une femme qui s'avançaient, abrités par un parapluie, il reconnut la Chouette et le Maître d'école.

Ces deux personnages étaient complètement métamorphosés : le brigand avait abandonné ses méchants habits et son air de brutalité féroce ; il portait une longue redingote de castorine verte et un chapeau rond ; sa cravate et sa chemise étaient d'une extrême blancheur. Sans l'épouvantable hideur de ses traits et le fauve éclat de son regard, toujours ardent et mobile, on eût pris cet homme, à sa démarche paisible, assurée, pour un honnête bourgeois.

La borgnesse, aussi endimanchée, portait un bonnet blanc, un grand châle en bourre de soie, façon cachemire, et tenait à la main un vaste cabas.

La pluie avait un moment cessé ; Rodolphe surmonta un moment de dégoût et marcha droit au couple affreux.

A l'argot du tapis-franc, le Maître d'école avait substitué un langage presque recherché, qui paraissait d'autant plus horrible, qu'il annonçait un esprit cultivé, et qu'il contrastait avec les forfanteries sanguinaires de ce brigand.

Lorsque Rodolphe s'approcha de lui, le Maître d'école le salua profondément ; la Chouette fit la révérence.

— Monsieur... votre très humble serviteur... dit le Maître d'école. A vous rendre mes devoirs, enchanté de faire... ou plutôt de refaire votre connaissance... car avant-hier vous m'avez octroyé deux coups de poing à assommer un rhinocéros. Mais ne parlons pas de cela maintenant : c'était une plaisanterie de votre part, j'en suis sûr... une simple plaisanterie. N'y pensons plus... de graves intérêts nous rassemblent. J'ai vu hier soir, à onze heures, le Chourineur au tapis-franc ; je lui ai donné rendez-vous ici ce matin, dans le cas où il voudrait être notre collaborateur ; mais il paraît qu'il refuse décidément.

— Vous acceptez donc !

— Si vous voulicz, monsieur... Votre nom ?

— Rodolphe.

— Monsieur Rodolphe... nous entrerions au « Panier Fleuri »... ni moi ni madame nous n'avons déjeuné... Nous parlerions de nos petites affaires en cassant une croûte.

— Volontiers.

— Nous pouvons toujours causer en marchant. Vous et le Chourineur devez sans reproche un dédommagement à ma femme et à moi... Vous nous avez fait perdre plus de deux mille francs. La Chouette avait rendez-vous près de Saint-Ouen, avec un grand monsieur en deuil qui était venu vous demander l'autre soir au tapis-franc ; il proposait deux mille francs pour vous faire quelque chose... Le Chourineur m'a à peu près expliqué cela... Mais j'y pense, Finette, dit le brigand, va choisir un cabinet au « Panier Fleuri » et commander le déjeuner : des côtelettes, un morceau de veau, une salade et deux bouteilles de Beaune première ; nous te rejoignons.

La Chouette n'avait pas un instant quitté Rodolphe du regard ; elle partit après avoir échangé un coup d'œil avec le Maître d'école. Celui-ci reprit :

— Je vous disais donc, monsieur Rodolphe, que le Chourineur m'avait édifié sur cette proposition de deux mille francs.

— Qu'est-ce que ça signifie, *édifier ?*

— C'est juste... ce langage est un peu ambitieux pour vous ; je voulais dire que le Chourineur m'avait à peu près appris ce que voulait de vous ce grand monsieur en deuil, avec ses deux mille francs.

— Bien, bien...

— Ça n'est pas déjà si bien, jeune homme ; car le Chourineur ayant rencontré hier matin la Chouette près de Saint-Ouen, il ne l'a pas quittée d'une semelle dès qu'il a vu arriver le grand monsieur en deuil ; de sorte que celui-ci n'a pas osé approcher. C'est donc deux mille francs qu'il faut que vous me fassiez regagner, sans compter cinq cents francs pour un portefeuille que nous devions rendre, mais que nous n'aurions pas d'ailleurs rendu, inspection faite des papiers qui nous ont paru valoir mieux que ça.

— Il contient donc de grandes valeurs ?

— Il contient des papiers qui m'ont paru fort curieux, quoique la plupart soient écrits en anglais ; et je les garde là, dit le brigand en frappant sur la poche de côté de sa redingote.

En apprenant que le Maître d'école avait encore les papiers saisis l'avant-veille sur Tom, Rodolphe fut très satisfait ; ils étaient pour lui d'une haute importance. Ses instructions au Chourineur n'avaient pas eu d'autre but que d'empêcher Tom de s'approcher de la Chouette ; celle-ci garderait alors le portefeuille, et Rodolphe espérait s'en rendre possesseur.

— Je garde donc ces papiers comme une poire pour la soif, dit le brigand ; car j'ai trouvé l'adresse du monsieur en deuil, et, d'une façon ou d'une autre, je le reverrai.

— Nous pourrons faire affaire si vous voulez ; si notre coup réussit je vous achèterai ces papiers, moi qui connais l'homme ; ça me va mieux qu'à vous.

— Nous verrons... Mais d'abord revenons à nos moutons.

— Eh bien ! donc, j'avais proposé une affaire superbe au Chourineur ; il avait d'abord accepté, puis il s'est dédit.

— Il a toujours eu des idées singulières...

— Mais en se dédisant il m'a observé...

— Il vous a fait observer...

— Diable... vous êtes à cheval sur la grammaire.

— Maître d'école, c'est mon état.

— Il m'a fait observer que s'il ne mangeait pas de *pain rouge,* il ne fallait pas en dégoûter les autres ; et que vous pourriez me donner un coup de main.

— Et pourrais-je savoir, sans indiscrétion, pourquoi vous aviez donné rendez-vous au Chourineur hier matin à Saint-Ouen ? Ce qui lui a procuré l'avantage de rencontrer la Chouette ? Il a été embarrassé pour me répondre à ce sujet.

Rodolphe se mordit imperceptiblement les lèvres, et répondit en haussant les épaules :

— Je le crois bien, je ne lui avais dit mon projet qu'à moitié... vous comprenez... ne sachant pas s'il était tout à fait décidé.

— C'était plus prudent...

— D'autant plus prudent que j'avais deux cordes à mon arc.

— Ah, bah !

— Certainement.

— Vous êtes un homme de précaution... Vous aviez donc donné rendez-vous au Chourineur à Saint-Ouen pour...

Rodolphe, après un moment d'hésitation, eut le bonheur de trouver une fable vraisemblable pour couvrir la maladresse du Chourineur ; il reprit :

— Voici l'affaire... Le coup que je propose est très bon, parce que le maître de la maison en question est à la campagne... toute ma peur était qu'il revienne. Pour être tranquille, je me dis : Je n'ai qu'une chose à faire...

— C'était de vous assurer de la présence réelle dudit maître à la campagne.

— Comme vous dites... Je pars donc pour Pierrefitte, où est sa maison de campagne... j'ai ma cousine, domestique là... vous comprenez !

— Parfaitement, mon gaillard. Eh bien ?

— Ma cousine m'a dit que son maître ne revenait à Paris qu'après-demain...

— Après-demain ?

— Oui.

— Très bien. Mais j'en reviens à ma question... pourquoi donner rendez-vous au Chourineur à Saint-Ouen ?

— Vous n'êtes pas intelligent... Combien y a-t-il de Pierrefite à Saint-Ouen ?

— Une lieue environ.

— Et de Saint-Ouen à Paris ?

— Autant.

— Eh bien ? si je n'avais trouvé personne à Pierrefitte, c'est-à-dire la maison déserte... il y avait aussi un bon coup à faire... moins bon qu'à Paris, mais passable... Je revenais à Saint-Ouen rechercher le Chourineur qui m'attendait. Nous retournions à Pierrefitte par un chemin de traverse que je connais ; et...

— Je comprends. Si, au contraire, le coup était pour Paris ?...

— Nous gagnions la barrière de l'Etoile par le chemin de la Révolte, et de là à l'allée des Veuves...

— Il n'y a qu'un pas... c'est tout simple. A Saint-Ouen, vous étiez à cheval sur vos deux opérations... cela était fort adroit. Maintenant je m'explique la présence du Chourineur à Saint-Ouen... Nous disons donc que la maison de l'allée des Veuves sera inhabitée jusqu'à après-demain.

— Inhabitée... sauf le portier.

— Bien entendu... Et c'est une opération avantageuse ?

— Ma cousine m'a parlé de soixante mille francs en or dans le cabinet de son maître.

— Et vous connaissez les aîtres ?

— Comme ma poche... ma cousine est là depuis un an... et c'est à force de l'entendre parler des sommes que son maître retire de la banque pour les placer autrement que l'idée m'est venue... Comme le portier est vigoureux, j'en avais parlé au Chourineur... il avait, après bien des façons, consenti... mais il a rechigné... Du reste, il n'est pas capable de vendre un ami.

— Non, il a du bon... Mais nous voici arrivés. Je ne sais pas si vous êtes comme moi, mais l'air du matin m'a donné de l'appétit...

La Chouette était sur le seuil de la porte du cabaret.

— Par ici, dit-elle, par ici !... j'ai commandé notre déjeuner.

Rodolphe voulut faire passer le brigand devant lui ; il avait pour cela ses raisons... mais le Maître d'école mit tant d'insistance à se défendre de cette politesse, que Rodolphe passa d'abord.

Avant de se mettre à table, le Maître d'école frappa légèrement sur l'une et l'autre des cloisons, afin de s'assurer de leur épaisseur et de leur sonorité.

— Nous n'aurons pas besoin de parler trop bas, dit-il, la cloison n'est pas mince. On nous servira tout d'un coup, et nous ne serons pas dérangés dans notre conversation.

Une servante de cabaret apporta le déjeuner.

Avant que la porte fût fermée, Rodolphe vit le charbonnier Murph gravement attablé dans un cabinet voisin.

La chambre où se passait la scène que nous décrivons était longue, étroite, et éclairée par une fenêtre qui donnait sur la rue et faisait face à la porte.

La Chouette tournait le dos à cette croisée, le Maître d'école était d'un côté de la table, Rodolphe de l'autre.

La servante sortie, le brigand se leva, prit son couvert et alla s'asseoir à côté de Rodolphe de façon à lui masquer la porte.

— Nous causerons mieux, dit-il, et nous n'aurons pas besoin de parler si haut...

— Et puis vous voulez vous mettre entre la porte et moi pour m'empêcher de sortir... répliqua froidement Rodolphe.

Le Maître d'école fit un signe affirmatif ; puis, tirant à demi de la poche de côté de sa redingote un long stylet rond et gros comme une forte plume d'oie, emmanché dans une poignée de bois qui disparaissait sous ses doigts velus :

— Vous voyez ça ?...

— Oui.

— Avis aux amateurs.

Et, fronçant ses sourcils par un mouvement qui rida son front large et plat comme celui d'un tigre, il fit un geste significatif.

— Et fiez-vous à moi. J'ai affilé le *surin* (1) de mon homme, ajouta la Chouette.

Rodolphe, avec une merveilleuse aisance, mit la main sous sa blouse, et en tira un pistolet à deux coups, le fit voir au Maître d'école et le remit dans sa poche.

— Nous sommes faits pour nous entendre, dit le brigand ; mais vous ne m'entendez pas... Je vais supposer l'impossible... Si on venait m'arrêter, que vous m'ayez ou non tendu la souricière... je vous refroidirais !

Et il jeta un regard féroce sur Rodolphe.

— Tandis que moi je saute sur lui, pour t'aider, *fourline !* s'écria la Chouette.

Rodolphe ne répondit rien, haussa les épaules, se versa un verre de vin et le but.

Ce sang-froid en imposa au Maître d'école.

— Je vous prévenais seulement.

— Bien, bien ! renfoncez votre lardoire dans votre poche, il n'y a pas ici de poulet à larder. Je suis un vieux coq, et j'ai de bons ergots, mon homme, dit Rodolphe. Maintenant, parlons affaires...

— Parlons affaires... mais ne dites pas de mal de ma lardoire. Ça ne fait pas de bruit, ça ne dérange personne...

— Et on fait de l'ouvrage bien propre, n'est-ce pas, *fourline ?* ajouta la Chouette.

— A propos, dit Rodolphe à la Chouette, est-ce que c'est vrai que vous connaissez les parents de la Goualeuse ?

— Mon homme a mis dans le portefeuille du grand *messière* en noir deux lettres qui parlent de ça... Mais elle ne les verra pas, la petite *gironde*.. Je lui arracherais plutôt les yeux de ma propre main... Oh ! quand je la retrouverai au tapis-franc, son compte sera bon...

(1) Poignard

— Ah ça ! Finette, nous parlons, nous parlons, et les affaires ne marchent pas.

— On peut *jaspiner* devant elle ? demanda Rodolphe.

— En toute confiance ; elle est éprouvée et pourra nous être d'un grand secours pour faire le guet, prendre des informations, recéler, vendre, etc. ; elle a toutes les qualités d'une excellente femme de ménage... Bonne Finette ! ajouta le brigand en tendant la main à l'horrible vieille, vous n'avez pas d'idée des services qu'elle m'a rendus... Mais si tu ôtais ton châle, Finette, tu pourrais avoir froid en sortant... mets-le sur la chaise avec ton cabas...

La Chouette se débarrassa de son châle.

Malgré sa présence d'esprit et l'empire qu'il avait sur lui-même, Rodolphe ne put retenir un mouvement de surprise en voyant, suspendu par un anneau d'argent à une grosse chaîne de similor que la vieille avait au cou, un petit Saint-Esprit de lapis-lazuli, en tout conforme à la description de celui que le fils de Mme Georges portait à son cou lors de sa disparition.

A cette découverte, une idée subite vint à l'esprit de Rodolphe. Selon le Chourineur, le Maître d'école, évadé du bagne depuis six mois, avait mis en défaut toutes les recherches de la police en se défigurant... et depuis six mois le mari de Mme Georges avait disparu du bagne, sans qu'on sût ce qu'il était devenu.

A cet étrange rapprochement, Rodolphe songea que le Maître d'école pouvait bien être le mari de cette infortunée.

Ce misérable avait appartenu à la classe aisée de la société... et le Maître d'école s'exprimait en termes choisis.

Un souvenir en éveille un autre : Rodolphe se rappela encore que Mme Georges lui ayant un jour raconté, en frémissant, l'arrestation de son mari, parla de la résistance désespérée de ce monstre, qui fut sur le point de s'échapper, grâce à sa force herculéenne.

Si ce brigand était le mari de Mme Georges, il devait connaître le sort de son fils. De plus, le Maître d'école conservait quelques papiers relatifs à la naissance de la Goualeuse dans le portefeuille volé par lui sur l'étranger connu sous le nom de Tom.

Rodolphe avait donc de nouveaux et de graves motifs de persévérer dans ses projets.

Heureusement sa préoccupation échappa au brigand, fort occupé de servir la Chouette.

Rodolphe dit à la borgnesse :

— Morbleu !... vous avez là une belle chaîne...

— Belle... et pas chère... dit en riant la vieille. C'est du faux *orient*, en attendant que mon homme m'en donne une de vrai...

— Cela dépendra de monsieur, Finette... si nous faisons une bonne affaire, sois tranquille.

— C'est étonnant comme c'est bien imité, poursuivit Rodolphe. Et au bout... qu'est-ce donc que cette petite chose bleue ?

— C'est un cadeau de mon homme, en attendant qu'il me donne une *toquante*... n'est-ce pas, *fourline* ?

Rodolphe voyait ses soupçons à demi confirmés. Il attendait avec anxiété la réponse du Maître d'école. Celui-ci répondit en mangeant :

— Et il faudra garder ça malgré la toquante, Finette... c'est un talisman... ça porte bonheur.

— Un talisman ? dit négligemment Rodolphe. Vous croyez aux talismans, vous ? Et où diable avez-vous trouvé celui-là ?... Donnez-moi donc l'adresse de la fabrique.

— On n'en fait plus, mon cher monsieur, la boutique est fermée... Tel que vous le voyez, ce bijou-là remonte à une haute antiquité... à trois générations... J'y tiens beaucoup, c'est une tradition de famille, ajouta-t-il avec un hideux sourire. C'est pour cela que je l'ai donné à Finette... pour lui porter bonheur dans les entreprises où elle me seconde avec beaucoup d'habileté... Vous la verrez à l'ouvrage, vous la verrez... si nous faisons ensemble quelque opération *commerciale*... Mais pour en revenir à nos moutons... vous dites donc que dans l'allée des Veuves...

— Il y a, numéro 17, une maison habitée par un richard... il s'appelle... monsieur...

— Je ne commettrai pas l'indiscrétion de demander son nom. Il y a, dites-vous, soixante mille francs en or dans un cabinet ?

— Soixante mille francs en or ! s'écria la Chouette.

Rodolphe fit un signe de tête affirmatif.

— Et vous connaissez les aîtres de cette maison ? dit le Maître d'école.

— Très bien.

— Et l'entrée est difficile ?

— Un mur de sept pieds du côté de l'allée des Veuves, un jardin, les fenêtres de plain-pied, la maison n'a qu'un rez-de-chaussée.

— Et il n'y a qu'un portier pour garder ce trésor ?

— Oui !

— Et quel serait votre plan de campagne, jeune homme ? demanda négligemment le Maître d'école.

— C'est tout simple... monter par-dessus le mur, crocheter la porte de la maison ou forcer les volets en dehors.

— Et si le portier s'éveille ? dit le Maître d'école en regardant fixement le jeune homme.

— Ce sera de sa faute... dit celui-ci avec un geste significatif. Eh bien ! ça vous convient-il ?

— Vous sentez bien que je ne puis pas vous répondre avant d'avoir tout examiné par moi-même, c'est-à-dire avec l'aide de ma femme ; mais si tout ce que vous dites est exact, cela me semble bon à prendre tout chaud... ce soir.

Et le brigand regarda fixement Rodolphe.

— Ce soir... impossible, répondit froidement celui-ci.

— Pourquoi, puisque le bourgeois ne revient qu'après-demain ?

— Oui, mais moi, je ne puis pas ce soir...

— Vraiment ? Eh bien ! moi, je ne puis pas demain.

— Pour quelle raison ?

— Pour celle qui vous empêche d'agir ce soir... dit le brigand en ricanant.

Après un moment de réflexion, Rodolphe reprit :

— Eh bien ! à la bonne heure... va pour ce soir. Où nous retrouverons-nous ?

— Nous retrouver ? nous ne nous quitterons pas, dit le Maître d'école.

— Comment ?

— A quoi bon nous quitter ? si le temps s'éclaircit un peu, nous irons en nous promenant donner un coup d'œil jusqu'à l'allée des Veuves ; vous verrez comment ma femme sait travailler. Ceci fait, nous reviendrons faire un cent de piquet et manger un morceau dans une cave des Champs-Elysées... que je connais... tout près de la rivière ; et, comme l'allée des Veuves est déserte de bonne heure, nous nous y acheminerons vers les dix heures.

— Moi, à neuf heures, je vous rejoindrai.

— Voulez-vous ou non faire l'affaire ensemble ?

— Je le veux.

— Eh bien ! ne nous quittons pas avant ce soir... sinon...

— Sinon ?

— Je croirais que vous voulez me *donner un pont à faucher* (1), et que c'est pour ça que vous voulez vous en aller...

— Si je veux vous tendre un piège... qui m'empêche de vous le tendre ce soir ?

— Tout... Vous ne vous attendiez pas à ce que je vous proposerais l'affaire si tôt. Et, en ne nous quittant pas, vous ne pourrez prévenir personne...

— Vous vous défiez de moi ?...

— Infiniment... mais comme il peut y avoir du vrai dans ce que vous m'offrez, et que la moitié de soixante mille francs vaut la peine d'une démarche... je veux bien la tenter ; mais ce soir ou jamais... Si ce n'est jamais, je saurai à quoi m'en tenir sur vous... et je vous servirai à mon tour... un jour où l'autre, un plat de mon métier...

— Et je vous rendrai votre politesse... comptez-y.

— Tout ça c'est de bêtises ! dit la Chouette. Je pense comme *fourline* : ce soir, ou rien.

Rodolphe se trouvait dans une anxiété cruelle : s'il laissait échapper cette occasion de s'emparer du Maître d'école, il ne la retrouverait sans doute jamais ; ce brigand, désormais sur ses gardes, ou peut-être reconnu, arrêté et reconduit au bagne, emporterait avec lui les secrets que Rodolphe avait tant d'intérêt à savoir.

Se confiant au hasard, à son adresse et à son courage, il dit au Maître d'école :

— J'y consens, nous ne nous quitterons pas d'ici à ce soir.

— Alors je suis votre homme... Mais voici bientôt deux heures... D'ici à l'allée des Veuves il y a loin ; il pleut à verse ; payons l'écot, et prenons un fiacre.

— Si nous prenons un fiacre, je pourrai bien auparavant fumer un cigare.

— Sans doute, dit le Maître d'école, Finette ne craint pas l'odeur du tabac

(1) Me tendre un piège

— Eh bien ! je vais aller chercher des cigares, dit Rodolphe en se levant.

— Ne vous donnez donc pas cette peine, dit le Maître d'école en l'arrêtant, Finette ira...

Rodolphe se rassit.

Le Maître d'école avait pénétré son dessein.

La Chouette sortit.

— Quelle bonne ménagère, j'ai là, hein ! dit le scélérat, et si complaisante ! elle se jetterait dans le feu pour moi.

— A propos de feu, il ne fait mordieu pas chaud ici, dit Rodolphe en cachant ses deux mains sous sa blouse.

Alors, tout en continuant la conversation avec le Maître d'école, il prit un crayon et un morceau de papier dans la poche de son gilet, et, sans qu'on pût l'apercevoir, il écrivit quelques mots à la hâte, ayant soin d'écarter les lettres pour ne pas les confondre, car il écrivait sous sa blouse et sans y voir.

Ce billet soustrait à la pénétration du Maître d'école, il s'agissait de le faire parvenir à son adresse.

Rodolphe se leva, s'approcha machinalement de la fenêtre, et se mit à chantonner entre ses dents en s'accompagnant sur les vitres.

Le Maître d'école vint regarder par cette croisée, et dit négligemment à Rodolphe :

— Quel air jouez-vous donc là ?

— Je joue... *Tu n'auras pas ma rose.*

— C'est un très joli air... Je voulais seulement voir s'il ferait assez d'effet sur les passants pour les engager à se retourner.

— Je n'ai pas cette prétention-là.

— Vous avez tort, jeune homme ; car vous tambourinez de première force sur les carreaux. Mais, j'y songe... le gardien de cette maison de l'allée des Veuves est peut-être un gaillard déterminé... S'il regimbe... vous n'avez qu'un pistolet... et c'est bien bruyant, tandis qu'un outil comme cela (et il fit voir à Rodolphe le manche de son poignard) ça ne fait pas de tapage... ça ne dérange personne...

— Est-ce que vous prétendriez l'assassiner ? s'écria Rodolphe. Si vous êtes dans ces idées-là... n'y pensons plus... il n'y a rien de fait... ne comptez pas sur moi...

— Mais s'il s'éveille ?

— Nous nous sauverons..

— A la bonne heure, je vous avais mal compris ; il vaut mieux convenir de tout... avant... Ainsi il s'agira d'un simple vol avec escalade et effraction...

— Rien de plus...

— Va comme il est dit...

« Et comme je ne te quitterai pas d'une seconde, pensa Rodolphe, je t'empêcherai bien de répandre le sang. »

CHAPITRE XVI

PRÉPARATIFS

La Chouette rentra dans le cabinet, apportant du tabac.

— Il me semble qu'il ne pleut plus, dit Rodolphe en allumant son cigare; si nous allions chercher le fiacre nous-mêmes?... ça nous dégourdirait les jambes.

— Comment, il ne pleut plus? reprit le Maître d'école, vous êtes donc aveugle?... Est-ce que vous croyez que je vais exposer Finette à s'enrhumer?... risquer une vie si précieuse... et abîmer son beau châle neuf?...

— T'as raison, mon homme, il fait un temps de chien!

— Eh bien, la servante va venir... en la payant, nous lui dirons d'aller nous chercher une voiture, reprit Rodolphe.

— Voilà ce que vous avez dit de plus judicieux, jeune homme. Nous pourrons aller flâner du côté de l'allée des Veuves.

La servante entra. Rodolphe lui donna cent sous.

— Ah! monsieur... vous abusez... je ne souffrirai pas... s'écria le Maître d'école.

— Allons donc!... chacun son tour.

— Je me soumets donc... mais à la condition que je vous offrirai quelque chose tantôt dans un petit cabaret des Champs-Elysées... que je connais... un excellent endroit.

— Bien... bien... j'accepte.

La servante payée, on descendit. Rodolphe voulut passer le dernier, par politesse pour la Chouette. Le Maître d'école ne le souffrit pas et le suivit de très près, observant ses moindres mouvements.

Le traiteur tenait aussi un débit de vin. Parmi plusieurs consommateurs un charbonnier, à la figure noircie, son large chapeau enfoncé sur les yeux, soldait sa dépense au comptoir lorsque nos trois personnages parurent.

Malgré l'attentive surveillance du Maître d'école et de la borgnesse, Rodolphe, qui marchait devant le hideux couple, échangea un rapide et imperceptible regard avec Murph.

La portière du fiacre était ouverte, Rodolphe s'arrêta, décidé cette fois à monter le dernier ; car le charbonnier s'était insensiblement rapproché de lui.

En effet, la Chouette passa la première, mais après beaucoup de façons ; Rodolphe fut obligé de la suivre, car le Maître d'école lui dit à l'oreille :

— Vous voulez donc que je me défie décidément de vous ?

Rodolphe monté, le charbonnier s'avança en sifflant sur le seuil de la porte, et regarda Rodolphe d'un air surpris et inquiet.

— Où faut-il aller, bourgeois ? demanda le cocher.

Rodolphe répondit à voix haute :

— Allée des...

— Des Acacias, au bois de Boulogne, s'écria le Maître d'école en l'interrompant ; puis il ajouta : Et on vous payera bien, cocher.

La portière se referma.

— Comment diable dites-vous où nous allons devant ces badauds ! reprit le Maître d'école. Que demain tout soit découvert, un pareil indice peut nous perdre ! Ah ! jeune homme, jeune homme, vous êtes bien imprudent !

La voiture commençait à marcher, Rodolphe répondit :

— C'est vrai, je n'avais pas songé à cela. Mais avec mon cigare je vais vous enfumer comme des harengs ; si nous ouvrions une des glaces ?

Et Rodolphe, joignant l'action à la parole, laissa très adroitement tomber en dehors de la voiture le petit papier ployé très mince, sur lequel il avait eu le temps d'écrire à la hâte et sous sa blouse quelques mots au crayon.

Le coup d'œil du Maître d'école était si perçant, que, malgré l'impassibilité de la physionomie de Rodolphe, le brigand y démêla sans doute une rapide expression de triomphe, car, passant la tête par la portière, il cria au cocher :

— Tapez... tapez ! il y a quelqu'un derrière votre voiture.

Rodolphe frémit, mais il joignit ses cris à ceux de son compagnon.

La voiture s'arrêta. Le cocher monta sur son siège, regarda et dit :

— Non, non, bourgeois, il n'y a personne.

— Parbleu ! je veux m'en assurer, répondit le Maître d'école en sautant dans la rue.

Il ne vit personne, il n'aperçut rien. Depuis que Rodolphe avait jeté son billet par la portière, le fiacre avait fait quelques pas.

Le Maître d'école crut s'être trompé.

— Vous allez rire, dit-il en remontant, je ne sais pourquoi, je m'étais imaginé que quelqu'un nous suivait.

Le fiacre prit à ce moment une rue transversale.

La voiture disparue, Murph, qui ne l'avait pas quittée des yeux, et qui s'était aperçu de la manœuvre de Rodolphe, accourut et ramassa le petit billet caché dans un creux formé par l'écartement de deux pavés.

Au bout d'un quart d'heure, le Maître d'école dit au fiacre :

— Au fait, cocher, nous avons changé d'idée : place de la Madeleine !

Rodolphe le regarda avec étonnement.

— Sans doute, jeune homme ; de cette place on peut aller à mille endroits différents. Si l'on voulait nous inquiéter, la déposition du fiacre ne serait d'aucune utilité.

Au moment où le fiacre approchait de la barrière, un homme de haute taille, vêtu d'une longue redingote blanchâtre, ayant son chapeau enfoncé sur ses yeux et paraissant fort brun de figure, passa rapidement sur la route, courbé sur l'encolure d'un grand et magnifique cheval de chasse d'une vitesse de trot extraordinaire.

— A beau cheval bon cavalier! dit Rodolphe en se penchant à la portière et suivant Murph des yeux. Quel train va ce gros homme... Avez-vous vu ?

— Ma foi! il a passé si vite, dit le Maître d'école, que je n'ai pas remarqué.

Rodolphe dissimula parfaitement sa joie : Murph avait déchiffré les signes presque hiéroglyphiques de son billet. Le Maître d'école, certain que le fiacre n'était pas suivi, se rassura, et voulant imiter la Chouette, qui sommeillait ou plutôt qui avait l'air de sommeiller, il dit à Rodolphe :

— Pardonnez-moi, jeune homme, mais le mouvement de la voiture me fait toujours un singulier effet : cela m'endort comme un enfant...

Le brigand, à l'abri de ce faux sommeil, se proposait d'examiner si la physionomie de son compagnon ne trahirait aucune émotion.

Rodolphe éventa cette ruse, et répondit :

— Je me suis levé de bonne heure ; j'ai sommeil, je vais faire comme vous...

Et il ferma les yeux.

Bientôt la respiration sonore du Maître d'école et de la Chouette, qui ronflaient à l'unisson, trompèrent si complètement Rodolphe, que, croyant ses compagnons profondément endormis, il entrouvrit les paupières.

Le Maître d'école et la Chouette, malgré leurs ronflements sonores, avaient les yeux ouverts, et échangeaient quelques signes mystérieux au moyen de leurs doigts bizarrement placés ou pliés sur la paume de leurs mains.

Tout à coup ce langage symbolique cessa. Le brigand s'apercevant sans doute à un signe presque imperceptible que Rodolphe ne dormait pas, s'écria en riant :

— Ah! ah! camarade, vous éprouvez donc les amis, vous ?

— Ça ne doit pas vous étonner, vous ronflez les yeux ouverts.

— Moi, c'est différent, jeune homme ; je suis somnambule.

Le fiacre s'arrêta place de la Madeleine.

La pluie avait un moment cessé ; mais les nuages, chassés par la violence du vent, étaient si noirs, si bas, qu'il faisait déjà presque nuit.

Rodolphe, la Chouette et le Maître d'école se dirigèrent vers le Cours-la-Reine.

— Jeune homme, j'ai une idée qui n'est pas mauvaise, dit le brigand.

— Laquelle ?

— De m'assurer si tout ce que vous nous avez dit de l'intérieur de la maison de l'allée des Veuves est exact.

— Voudriez-vous y aller maintenant sous un prétexte quelconque ? Ça éveillerait les soupçons.

— Je ne suis pas assez innocent pour ça, jeune homme ; mais pourquoi a-t-on une femme qui s'appelle Finette ?

La Chouette redressa la tête.

— La voyez-vous, jeune homme ? on dirait un cheval de trompette qui entend sonner la charge.

— Vous voulez l'envoyer en éclaireuse ?

— Comme vous dites.

— N° 17, allée des Veuves, n'est-ce pas, mon homme ? s'écria la Chouette dans son impatience... Sois tranquille, je n'ai qu'un œil, mais il est bon.

— La voyez-vous, jeune homme, la voyez-vous ? Elle brûle déjà d'y être.

— Si elle s'y prend adroitement pour entrer, je ne trouve pas votre idée mauvaise.

— Garde le parapluie, *fourline*... Dans une demi-heure je suis ici, et tu verras ce que je sais faire, s'écria la Chouette.

— Un instant, Finette, nous allons descendre au « Cœur Saignant », c'est à deux pas d'ici. Si le petit *Tortillard* (1) est là, tu l'emmèneras avec toi ; il restera en dehors de la porte à faire le guet pendant que tu entreras.

— Tu as raison : il est fin comme renard, ce petit Tortillard ; il n'a pas dix ans, et c'est lui qui l'autre jour...

Un signe du Maître d'école interrompit la Chouette.

— Qu'est-ce que le « Cœur Saignant » ? Voilà une drôle d'enseigne pour un cabaret, demanda Rodolphe.

— Il faudra vous en plaindre au cabaretier.

— Comment s'appelle-t-il ?

— Le cabaretier du « Cœur Saignant » ?

— Oui.

— Il ne demande pas le nom de ses pratiques.

— Mais encore...

— Appelez-le comme vous voudrez, Pierre, Thomas, Christophe ou Barnabé, il répondra toujours. Mais nous voici arrivés, et bien à temps, car l'averse recommence, et la rivière, comme elle gronde ! on dirait un torrent... regardez donc ! Encore deux jours de pluie, et l'eau dépassera les arches du pont.

— Vous dites que nous voici arrivés... Où diable est donc le cabaret ? Je ne vois pas de maison ici !

— Si vous regardez autour de vous, bien sûr.

— Et où voulez-vous que je regarde ?

— A vos pieds.

— A mes pieds ?

— Oui.

— Où cela ?

— Tenez, là... voyez-vous le toit ? Prenez garde de marcher dessus

Rodolphe n'avait pas, en effet, remarqué un de ces cabarets souterrains que l'on voyait, il y a quelques années encore, dans certains endroits des Champs-Elysées, et notamment près le Cours-la-Reine.

(1) Boiteux

Un escalier creusé dans la terre humide et grasse conduisait au fond de cette espèce de large fossé ; à l'un de ses pans, coupés à pic, s'adossait une masure basse, sordide, lézardée ; son toit, recouvert de tuiles moussues, s'élevait à peine au niveau du sol où se trouvait Rodolphe ; deux ou trois huttes en planches vermoulues, servant de cellier, de hangar, de cabane à lapins, faisaient suite à ce misérable bouge.

Une allée très étroite, traversant le fossé dans sa longueur, conduisait de l'escalier à la porte de la maison ; le reste du terrain disparaissait sous un berceau de treillage qui abritait deux rangées de tables grossières plantées dans le sol.

Le vent faisait tristement grincer sur ses gonds une méchante plaque de tôle ; à travers la rouille qui la couvrait on distinguait encore un cœur rouge percé d'un trait. L'enseigne se balançait à un poteau dressé au-dessus de cet antre, véritable terrier humain.

Une brume épaisse, humide, se joignait à la pluie ; la nuit approchait.

— Que dites-vous de cet hôtel, jeune homme ? reprit le Maître d'école.

— Grâce aux averses qui tombent depuis quinze jours... ça ne doit pas être trop humide pour un étang, il doit y avoir une belle pêche... Allons, passez.

— Un instant ; il faut que je sache si l'hôte est là. Attention.

Et le brigand, frôlant avec force sa langue contre son palais, fit entendre un cri singulier, une espèce de roulement guttural, sonore et prolongé, que l'on pourrait accentuer ainsi :

— Prrrrr ! ! !

Un cri pareil sortit des profondeurs de la masure.

— Il y est, dit le Maître d'école. Pardon, jeune homme... Respect aux dames ; laissez passer la Chouette, je vous suis. Prenez garde de tomber, c'est glissant.

CHAPITRE XVII

LE « CŒUR SAIGNANT »

L'hôte du « Cœur Saignant », après avoir répondu au signal du Maître d'école, avança civilement jusqu'au seuil de sa porte.

Ce personnage, que Rodolphe avait été chercher dans la Cité, et qu'il ne devait pas encore connaître sous son vrai nom ou plutôt son surnom habituel, était Bras-Rouge.

Petit et grêle, chétif et débile, cet homme pouvait avoir cinquante ans environ. Sa physionomie tenait à la fois de la fouine et du rat ; son nez pointu, son menton fuyant, ses pommettes osseuses, ses petits yeux noirs, vifs, perçants, donnaient à ses traits une inimitable expression de ruse, de finesse et d'intelligence. Une vieille perruque blonde, ou plutôt jaune comme son teint bilieux, posée sur le sommet de son crâne, laissait voir sa nuque grisonnante. Il portait une veste ronde et un de ces longs tabliers noirâtres dont se servent les garçons marchands de vin.

Nos trois personnages avaient à peine descendu la dernière marche de l'escalier qu'un enfant de dix ans au plus, très petit, l'air fin, mais maladif, boiteux et un peu contrefait, vint rejoindre Bras-Rouge, auquel il ressemblait d'une manière si frappante, qu'on ne pouvait le méconnaître pour son fils.

C'était le même regard pénétrant et astucieux ; le front de l'enfant disparaissait à demi sous une forêt de cheveux jaunâtres, durs et roides comme des crins. Un pantalon marron et une blouse grise, sanglée d'une ceinture de cuir constituaient l'habillement de Tortillard, ainsi nommé à cause de son infirmité ; il se tenait à côté de son père, debout sur sa bonne jambe, comme un héron au bord d'un marais.

— Justement voilà le môme, dit le Maître d'école. Finette, le temps presse, la nuit vient, il faut profiter de ce qui reste de jour.

— T'as raison, mon homme, je vas demander le moutard à son père.

— Bonjour, vieux, dit Bras-Rouge en s'adressant au Maître d'école d'une petite voix de fausset, aigre et aiguë ; qu'est-ce qu'il y a pour ton service ?

— Il y a que tu vas prêter ton gamin à ma femme pendant un quart d'heure ; elle a ici-près perdu quelque chose, il l'aidera à chercher.

Bras-Rouge cligna de l'œil, fit un signe d'intelligence au Maître d'école, et dit à son fils :

— Tortillard, suis madame.

Le hideux enfant, attiré par la laideur et par l'air méchant de la Chouette, comme d'autres sont charmés par un extérieur bienveillant, accourut en boitant prendre la main de la borgnesse.

— Amour de petit momaque, va ! Voilà un enfant, dit Finette, comme ça vient tout de suite à vous ! C'est pas comme la petite Pégriotte, qui avait toujours l'air d'avoir mal au cœur quand elle m'approchait, cette petite mendiante !

— Allons, dépêche-toi, Finette, ouvre l'œil et veille au grain. Je t'attends ici.

— Ce ne sera pas long. Passe devant, Tortillard !

Et la borgnesse et le petit boiteux gravirent le glissant escalier.

— Finette, prends donc le parapluie, cria le brigand.

— Ça me gênerait, mon homme, répondit la vieille, qui disparut avec Tortillard au milieu des vapeurs amoncelées par le crépuscule, et des tristes murmures du vent qui agitait les branches noires et dépouillées des grands ormes des Champs-Elysées.

— Entrons, dit Rodolphe.

Il lui fallut se baisser pour passer sous la porte de ce cabaret, divisé en deux salles. Dans l'une on voit un comptoir et un billard en mauvais état ; dans l'autre, des tables et des chaises de jardin, autrefois peintes en vert. Deux croisées étroites, aux murailles verdâtres, salpêtrées par l'humidité.

Rodolphe est resté seul une minute à peine ; Bras-Rouge et le Maître d'école ont eu le temps d'échanger rapidement quelques mots et quelques signes mystérieux.

— Vous boirez un verre de bière ou un verre d'eau-de-vie en attendant Finette ? dit le Maître d'école.

— Non, je n'ai pas soif.

— Chacun son goût. Moi, je boirai un verre d'eau-de-vie, reprit le brigand. Et il s'assit à une des petites tables vertes de la seconde pièce.

L'obscurité commençait à envahir tellement ce repaire, qu'il était impossible de voir, dans un des angles de la seconde chambre, l'entrée béante d'une de ces caves auxquelles on descend par une trappe à deux battants, dont l'un reste toujours ouvert pour la commodité du service.

La table où s'assit le Maître d'école était toute proche de ce trou noir et profond, auquel il tournait le dos et qu'il cachait complètement aux yeux de Rodolphe.

Ce dernier regardait à travers les fenêtres, pour se donner une contenance et dissimuler sa préoccupation. La vue de Murph se rendant en toute hâte à l'allée des Veuves ne le rassurait pas complètement ; il craignait que le digne squire n'eût pas compris toute la signification de son billet forcément si laconique qui ne contenait que ces mots : *Pour ce soir dix heures.*

Bien résolu de ne pas se rendre à l'allée des Veuves avant ce moment, et de ne pas quitter le Maître d'école jusque-là, il tremblait néanmoins de perdre cette unique occasion de posséder les secrets qu'il avait tant d'intérêt à connaître. Quoiqu'il fût très vigoureux et bien armé, il devait lutter de ruse avec un meurtrier redoutable et capable de tout.

Faut-il le dire ? Telle était la trempe énergique de ce caractère bizarre, avide d'émotions nerveuses et violentes, que Rodolphe trouvait une sorte de charme terrible dans les inquiétudes et dans les obstacles qui venaient entraver le plan combiné la veille avec son fidèle Murph et le Chourineur.

Ne voulant pas néanmoins se laisser pénétrer, il vint s'asseoir à la table du Maître d'école, et demanda un verre par contenance.

Bras-Rouge, depuis les quelques mots échangés à voix basse avec le brigand, considérait Rodolphe d'un air curieux, sardonique et méfiant.

— M'est avis, jeune homme, dit le Maître d'école, que si ma femme nous apprend que les personnes que nous voulons voir sont chez elles, nous pourrons aller leur faire notre visite sur les huit heures ?

— Ce serait trop tôt de deux heures, dit Rodolphe, ça les gênerait.

— Vous croyez ?

— J'en suis sûr.

— Bah ! entre amis on ne fait pas de façons.

— Je les connais ; je vous répète qu'il ne faut pas y aller avant dix heures.

— Etes-vous entêté, jeune homme !

— C'est mon idée, et que le diable me brûle si je bouge d'ici avant dix heures !

— Ne vous gênez pas, je ne ferme jamais mon établissement avant minuit, dit Bras-Rouge de sa voix de fausset. C'est le moment où arrivent mes meilleures pratiques, et mes voisins ne se plaignent pas du bruit que l'on fait chez moi.

— Il faut consentir à tout ce que vous voulez, jeune homme, reprit le Maître d'école. Soit, nous ne partirons qu'à dix heures pour notre visite.

— Voilà la Chouette ! dit Bras-Rouge en entendant et en répondant à un cri d'appel semblable à celui que le Maître d'école avait poussé avant de descendre dans la maison souterraine.

Une minute après, la Chouette entra seule dans le billard.

— Ça y est, mon homme, c'est empaumé ! s'écria la borgnesse en entrant.

Bras-Rouge se retira discrètement sans demander des nouvelles de Tortillard, qu'il ne s'attendait probablement pas à revoir encore.

Les vêtements de la vieille ruisselaient d'eau ; elle s'assit en face de Rodolphe et du brigand.

— Eh bien ! dit le Maître d'école.

— Ce garçon a dit vrai jusqu'ici.

— Voyez-vous ! s'écria Rodolphe.

— Laissez la Chouette s'expliquer, jeune homme. Voyons, va Finette.

— Je suis arrivée au n° 17 en laissant Tortillard blotti dans un trou et aux aguets. Il fait encore jour. J'ai carillonné à une petite porte bâtarde, gonds en dehors, deux pouces de jour sous le seuil, enfin rien du tout. Je sonne, le gardien m'ouvre : c'est un grand, gros homme, dans les cinquante ans, l'air endormi et bon enfant, favoris roux, en croissant, tête chauve... Avant de sonner, j'avais mis mon bonnet dans ma poche pour avoir l'air d'être une voisine. Dès que j'aperçois le gardien, je me mets à pleurnicher de toutes mes forces, en criant que j'ai perdu ma perruche, Cocotte, une petite bête que j'adore. Je dis que je demeure avenue de Marbœuf, et que de jardin en jardin je poursuis Cocotte. Enfin je supplie le monsieur de me laisser chercher ma bête.

— Hein ! dit le Maître d'école d'un air d'orgueilleuse satisfaction en montrant Finette, quelle femme !

— C'est très adroit, dit Rodolphe ; mais ensuite ?

— Le gardien me permet de chercher ma bête, et me voilà trottant dans le jardin en appelant Cocotte ! Cocotte ! en regardant en l'air et de tous les côtés, pour bien tout voir... En dedans des murs, reprit la vieille en continuant de détailler le logis, en dedans des murs, partout du treillage, véritable escalier ; au coin du mur, à gauche, un pin fait comme une échelle, une femme en couches y descendrait. La maison a six fenêtres au rez-de-chaussée, pas d'autre étage, quatre soupiraux de cave sans barres. Les fenêtres du rez-de-chaussée se ferment à volets, loquet par le bas, gâchette par le haut ; peser sur la plinthe, tirer le fil de fer...

— Un zest... dit le Maître d'école, et c'est ouvert.

La Chouette continua :

— La porte d'entrée vitrée, deux persiennes en dehors.

— Pour mémoire, dit le brigand.

— C'est ça, c'est absolument comme si on y était, dit Rodolphe.

— A gauche, reprit la Chouette, près de la cour, un puits ; la corde peut servir, parce que là il n'y a pas de treillage au mur, dans le cas où la retraite serait bouchée du côté de la porte... En entrant dans la maison...

— Tu es entrée dans la maison ? Elle y est entrée ! jeune homme, dit le Maître d'école avec orgueil.

— Certainement, j'y suis entrée. Ne trouvant pas Cocotte, j'avais tant gémi que j'ai fait comme si je m'étais époumonnée ; j'ai demandé au gardien la permission de m'asseoir sur le pas de sa porte ; le brave homme m'a dit d'entrer, m'a offert un verre d'eau ou de vin. « Un simple verre d'eau, ai-je dit, un simple verre d'eau, mon bon monsieur. » Alors il m'a fait entrer dans l'antichambre... tapis partout : bonne précaution, on n'entend ni marcher, ni les éclats des vitres, s'il fallait *faire* un carreau ; à droite et à gauche, portes et serrures à becs de cane. Ça ouvre en soufflant dessus... Au fond, une forte porte, fermée à clé ; une tournure de caisse... ça sentait l'argent !... j'avais ma cire dans mon cabas...

— Elle avait sa cire, jeune homme... elle ne marche jamais sans sa cire !... dit le brigand.

La Chouette continua :

— Il fallait m'approcher de la porte qui sentait l'argent. Alors, j'ai fait comme s'il me prenait une quinte si forte, que j'étais obligée de m'appuyer sur le mur. En m'entendant tousser, le gardien a dit : « Je vas vous mettre un morceau de sucre ». Il a probablement cherché une cuiller, car j'ai entendu rire de l'argenterie... argenterie dans la pièce à main droite... n'oublie pas ça, *fourline*. Enfin, tout en toussant, tout en geignant, je m'étais approchée de la porte du fond... j'avais ma cire dans la paume de ma main... je me suis appuyée sur la serrure, comme si de rien n'était. Voilà l'empreinte. Si ça ne sert pas aujourd'hui, ça servira un autre jour.

Et la Chouette donna au brigand un morceau de cire jaune où l'on voyait parfaitement l'empreinte.

— Ça fait que vous allez nous dire si c'est la porte de la caisse, dit la Chouette.

— Justement ! c'est là où est l'argent, reprit Rodolphe.

Et il se dit tout bas : — Murph a-t-il donc été dupe de cette vieille misérable ? Cela se peut ; il ne s'attend à être attaqué qu'à dix heures... à cette heure-là, toutes ses précautions seront prises.

— Mais tout l'argent n'est pas là ! reprit la Chouette, dont l'œil vert étincela. En m'approchant des fenêtres, toujours pour chercher Cocotte, j'ai vu dans une des chambres, à gauche de la porte, des sacs d'écus sur un bureau... Je les ai vus comme je te vois, mon homme... Il y en avait au moins une douzaine.

— Où est Tortillard ? dit brusquement le Maître d'école.

— Il est toujours dans son trou... à deux pas de la porte du jardin... Il voit dans l'ombre comme les chats. Il n'y a que cette entrée-là au n° 17 ; lorsque nous irons, il nous avertira si quelqu'un est venu.

— C'est bon.

A peine avait-il prononcé ces mots, que le Maître d'école se rua sur Rodolphe à l'improviste, le saisit à la gorge, et le précipita dans la cave qui était béante derrière la table.

Cette attaque fut si prompte, si inattendue, si vigoureuse, que Rodolphe n'avait pu ni la prévoir ni l'éviter.

La Chouette, effrayée, poussa un cri perçant, car elle n'avait pas vu d'abord le résultat de cette lutte d'un instant.

Lorsque le bruit du corps de Rodolphe roulant sur les degrés eut cessé, le Maître d'école, qui connaissait parfaitement les aîtres souterrains de cette maison, descendit lentement dans la cave en prêtant l'oreille avec attention.

— *Fourline*... défie-toi !... cria la borgnesse en se penchant à l'ouverture de la trappe. Tire ton poignard !

Le brigand ne répondit pas et disparut.

D'abord on n'entendit rien ; mais, au bout de quelques instants, le bruit lointain d'une porte rouillée qui criait sur ses gonds résonna sourdement dans les profondeurs de la cave, et il se fit un nouveau silence.

L'obscurité était complète.

La Chouette fouilla dans son cabas, fit pétiller une allumette chimique et alluma une petite bougie dont la lueur se répandit dans cette lugubre salle.

A ce moment, la figure monstreuse du Maître d'école apparut à l'ouverture de la trappe.

La Chouette ne put retenir une exclamation d'effroi à la vue de cette tête pâle, couturée, mutilée, horrible, aux yeux presque phosphorescents, qui semblait ramper sur le sol au milieu des ténèbres... que la clarté de la bougie dissipait à peine.

Remise de son émotion, la vieille s'écria avec une sorte d'épouvantable flatterie :

— Faut-il que tu sois affreux, *fourline !* tu m'as fait peur... à moi !

— Vite, vite, à l'allée des Veuves, dit le brigand en assujettissant les deux battants de la trappe avec une barre de fer ; dans une heure peut-être il sera trop tard ! Si c'est une souricière, elle n'est pas encore tendue... si ça n'en est pas une, nous ferons le coup nous seuls.

CHAPITRE XVIII

LE CAVEAU

Sous le coup de son horrible chute, Rodolphe était resté évanoui, sans mouvement, au bas de l'escalier de la cave.

Le Maître d'école, le traînant jusqu'à l'entrée d'un second caveau beaucoup plus profond, l'y avait descendu et enfermé au moyen d'une porte épaisse garnie de ferrures ; puis il avait rejoint la Chouette, pour aller avec elle commettre un vol, peut-être un assassinat, dans l'allée des Veuves

Au bout d'une heure environ, Rodolphe reprit peu à peu ses sens.

Il était couché par terre, au milieu d'épaisses ténèbres ; il étendit ses bras autour de lui et toucha des degrés de pierre. Ressentant à ses pieds une vive impression de fraîcheur, il y porta la main... C'était une flaque d'eau.

D'un effort violent il parvint à s'asseoir sur la dernière marche de l'escalier ; son étourdissement se dissipait peu à peu, il fit quelques mouvements. Heureusement, aucun de ses membres n'était fracturé. Il écouta... il n'entendit rien... rien qu'une espèce de petit clapotement sourd, faible, mais continu.

D'abord il n'en soupçonna pas la cause.

A mesure que sa pensée s'éveillait plus lucide, les circonstances de la surprise dont il avait été la victime se retraçaient à son esprit, mais incomplètement, mais avec lenteur... Il était sur le point de rassembler tous ses souvenirs, lorsqu'il ressentit aux pieds une nouvelle impression de fraîcheur : il se baissa, tâta ; il avait de l'eau jusqu'à la cheville.

Et, au lieu du morne silence qui l'environnait, il entendit plus distinctement encore le petit clapotement sourd, faible, continu.

Cette fois, il en comprit la cause : l'eau envahissait le caveau... La crue de la Seine était formidable, et ce lieu souterrain se trouvait au niveau du fleuve...

Ce danger rappela tout à fait Rodolphe à lui-même ; prompt comme l'éclair, il gravit l'humide escalier. Arrivé au faîte, il se heurta contre une porte ; en vain il voulut l'ébranler, elle resta immobile sur ses gonds de fer.

Dans cette position désespérée son premier cri fut pour Murph !

— S'il n'est pas sur ses gardes, ce monstre va l'assassiner... et c'est moi, s'écria-t-il, moi qui aurai causé sa mort !... Pauvre Murph !...

Cette cruelle pensée exaspéra les forces de Rodolphe ; s'arc-boutant sur ses pieds et courbant les épaules, il s'épuisa en efforts inouïs contre la porte... il ne lui imprima pas le plus léger ébranlement.

Espérant trouver un levier dans le caveau, il redescendit ; à l'avant-dernière marche, deux ou trois corps ronds, élastiques, roulèrent et fuirent sous ses pieds : c'étaient des rats que l'eau chassait de leurs retraites.

Rodolphe parcourut la cave à tâtons, en tous sens, ayant de l'eau jusqu'à mi-jambes ; il ne trouva rien. Il remonta lentement l'escalier, dans un sombre désespoir.

Il compta les marches : il y en avait treize ; trois étaient déjà submergées.

Treize ! nombre fatal !... Dans certaines positions, les esprits les plus fermes ne sont pas à l'abri des idées superstitieuses ; il vit dans ce nombre un mauvais présage. Le sort possible de Murph lui revint à la pensée. Il chercha en vain quelque ouverture entre le sol et la porte, dont l'humidité avait sans doute gonflé le bois, car il joignait hermétiquement la terre humide et grasse.

Rodolphe poussa des cris violents, croyant qu'ils parviendraient peut-être jusqu'aux hôtes du cabaret ; et puis il écouta.

Il n'entendit rien, rien que le petit clapotement sourd, faible, continu, de l'eau qui toujours montait, montait, montait.

Rodolphe s'assit avec accablement, le dos appuyé contre la porte ; il pleura sur son ami, qui se débattait peut-être alors sous le couteau d'un assassin.

Bien amèrement alors il regretta ses imprudents et audacieux projets, quoique leur motif fût généreux. Il se rappelait avec déchirement mille preuves de dévouement de Murph, qui, riche, honoré, avait quitté une femme, un enfant bien-aimé, ses intérêts les plus chers, pour suivre et aider Rodolphe dans la vaillante mais étrange expiation que celui-ci s'imposait.

L'eau montait toujours. Il n'y avait plus que cinq marches à sec. En se levant debout près de la porte, Rodolphe de son front touchait à la voûte. Il pouvait calculer le temps que durerait son agonie. Cette mort était lente, muette, affreuse.

Il se souvint du pistolet qu'il avait sur lui. Au risque de se mutiler en tirant contre la porte à brûle-bourre, il pourrait peut-être la renverser. Malheur !... malheur !... dans cette chute, cette arme avait été perdue ou enlevée par le Maître d'école.

Sans ses craintes pour Murph, Rodolphe eût attendu la mort avec sérénité... il avait beaucoup vécu... il avait été ardemment aimé... il avait fait du bien, il aurait voulu en faire davantage, Dieu le savait ! Ne murmurant pas contre l'arrêt qui le frappait, il vit dans cette destinée une juste punition d'une fatale action non encore expiée ; ses pensées s'élevaient, grandissaient avec le péril.

Un nouveau supplice vint éprouver la résignation de Rodolphe.

Les rats, chassés par l'eau, s'étaient réfugiés de degré en degré, ne trouvant pas d'issue. Pouvant difficilement gravir une porte ou un mur perpendiculaire, ils grimpèrent le long des vêtements de Rodolphe. Lorsqu'il les sentit fourmiller sur lui, son dégoût, son horreur furent indicibles... Il voulut les chasser, des morsures aiguës et froides ensanglantèrent ses mains ; dans sa chute, sa blouse et sa veste s'étaient ouverte, il sentit sur sa poitrine nue l'impression de pattes glacées et d'un corps velu. Il jetait au loin ces animaux immondes, après les avoir arrachés de ses habits ; mais ils revenaient à la nage.

Rodolphe poussa de nouveaux cris, on ne l'entendit pas... Dans peu d'instants il ne pourrait plus crier, l'eau avait atteint la hauteur de son cou, bientôt elle arriverait jusqu'à sa bouche.

L'air, refoulé, commençait à manquer dans cet espace étroit. Les premiers symptômes de l'asphyxie accablèrent Rodolphe ; les artères de ses tempes battirent avec violence, il eut des vertiges, il allait mourir. Il donna une dernière pensée à Murph et éleva son âme à Dieu... non pour qu'il l'arrachât au danger, mais pour qu'il agréât ses souffrances.

A ce moment suprême, sur le point de quitter, non seulement tout ce qui fait la vie heureuse, brillante, enviée, mais encore un titre presque royal, un pouvoir souverain... forcé de renoncer à une entreprise qui, en satisfaisant ses deux instincts passionnés : l'amour du bien et la haine des méchants, pouvait lui être un jour comptée pour la remise de ses fautes ; prêt à périr d'une mort effroyable... Rodolphe n'eut pas un de ces mouvements de rage, de frénésie impuissante pendant lesquels les âmes faibles accusent ou maudissent tour à tour les hommes, le destin et Dieu.

Non : tant que sa pensée demeura lucide, Rodolphe supporta son sort avec soumission, avec respect... Lorsque l'agonie obscurcit ses idées, absolument livré à l'instinct vital, il se débattit, si cela se peut dire, physiquement, mais non moralement, contre la mort.

Le vertige emportait la pensée de Rodolphe dans son rapide et effrayant tourbillon ; l'eau bouillonnait à ses oreilles ; il croyait se sentir tournoyer sur lui-même ; la dernière lueur de sa raison allait s'éteindre, lorsque des pas précipités et un bruit de voix retentirent auprès de la porte de la cave.

L'espérance ranima ses forces expirantes ; par une suprême tension d'esprit, il put saisir ces mots, les derniers qu'il entendit et qu'il comprit :

— Tu le vois bien, il n'y a personne.

— Tonnerre ! c'est vrai... répondit tristement la voix du Chourineur.

Et les pas s'éloignèrent.

Rodolphe, anéanti, n'eut pas la force de se soutenir davantage, il glissa le long de l'escalier.

Tout à coup, la porte du caveau s'ouvrit brusquement en dehors ; l'eau contenue dans le souterrain s'échappa comme par l'ouverture d'une écluse... et le Chourineur put saisir les deux bras de Rodolphe qui, à demi noyé, se cramponnait encore au seuil de la porte par un mouvement convulsif.

CHAPITRE XIX

LE GARDE-MALADE

Arraché à une mort certaine par le Chourineur, et transporté dans la maison de l'allée des Veuves explorée par la Chouette avant la tentative du Maître d'école, Rodolphe est couché dans une chambre confortablement meublée ; un grand feu brille dans la cheminée, une lampe placée sur une commode répand une vive clarté dans l'appartement ; le lit de Rodolphe entouré d'épais rideaux de damas vert reste dans l'obscurité.

Un Noir de moyenne taille, à cheveux et sourcils blancs, vêtu avec recherche et portant un ruban orange et vert à la boutonnière de son habit bleu, tient à la main gauche une montre d'or à secondes, et qu'il semble consulter en comptant de sa main droite les pulsations du pouls de Rodolphe.

Ce Noir est triste, pensif ; il regarde Rodolphe endormi avec l'expression de la plus tendre sollicitude.

Le Chourineur, vêtu de haillons, souillé de boue, est immobile au pied du lit ; il a les bras pendants et les mains croisées ; sa barbe rousse est longue ; son épaisse chevelure de filasse est en désordre et imbibée d'eau ; ses gros traits sont durs, bronzés ; pourtant, sous cette laide et rude écorce, perce une ineffable expression d'intérêt et de pitié... Osant à peine respirer, il ne soulève qu'avec contrainte sa large poitrine ; inquiet de l'attitude méditative du docteur noir, redoutant un fâcheux pronostic, il se hasarde à faire à voix basse cette réflexion philosophique en contemplant Rodolphe :

— Qui est-ce qui dirait pourtant, à le voir faible comme ça, que c'est lui qui m'a si crânement festonné les coups de poing de la fin !... Il ne sera pas longtemps à reprendre ses forces... n'est-ce pas, monsieur le médecin ! Foi d'homme, je voudrais bien qu'il me tambourinât sa convalescence sur le dos... ça le secouerait... n'est-ce pas, monsieur le médecin ?

Le Noir, sans répondre, fit un léger signe de la main.

Le Chourineur resta muet.

— La potion ? dit le Noir.

Aussitôt, le Chourineur, qui avait respectueusement laissé ses souliers ferrés à la porte, alla vers la commode en marchant sur le bout des orteils le plus légèrement possible ; mais cela avec des contorsions d'enjambements, des balancements de bras, des renflements de dos et d'épaules, qui eussent paru fort plaisants dans toute autre circonstance.

Le pauvre diable avait l'air de vouloir ramener toute sa pesanteur dans la partie de lui-même qui ne touchait pas le sol ; ce qui, malgré le tapis, n'empêchait pas le parquet de gémir sous la pesante stature du Chourineur. Malheureusement, dans son ardeur de bien faire et de peur de laisser échapper la fiole diaphane qu'il apportait précieusement, il en serra tellement le goulot dans sa large main, que le flacon se brisa, et la potion inonda le tapis.

A la vue de ce méfait, le Chourineur resta immobile, une de ses grosses jambes en l'air, les orteils nerveusement contractés et regardant alternativement, d'un air confus, et le docteur et le goulot qui lui restait à la main.

— Diable de maladroit ! s'écria le Noir avec impatience.

— Tonnerre d'imbécile ! s'écria le Chourineur en s'apostrophant lui-même.

— Ah ! reprit l'Esculape en regardant la commode, heureusement vous vous êtes trompé, je voulais l'autre fiole...

— La petite rougeâtre, dit bien bas le malencontreux garde-malade

— Sans doute... il n'y a que celle-là.

Le Chourineur, en tournant prestement sur ses talons par une vieille habitude militaire, écrasa les débris du flacon : des pieds plus délicats eussent été cruellement déchirés ; mais l'ex-débardeur devait à la spécialité de sa profession une paire de sandales naturelles, dures comme le sabot d'un cheval.

— Prenez donc garde, vous allez vous blesser ! s'écria le médecin.

Le Chourineur ne fit pas l'ombre d'attention à cette recommandation. Profondément préoccupé de sa nouvelle mission dont il voulait se tirer à sa gloire afin de faire oublier sa première maladresse, il fallut voir avec quelle délicatesse, avec quelle légèreté, avec quel scrupule, écartant ses deux gros doigts, il saisit le mince cristal... Un papillon n'eût pas laissé un atome de la poussière dorée de ses ailes entre le pouce et l'index du Chourineur.

Le docteur noir frémit d'un nouvel accident qui pouvait arriver par excès de précaution. Heureusement la potion évita cet écueil.

Le Chourineur, en s'approchant du lit, broya de nouveau sous ses pieds ce qui restait de l'autre flacon.

— Mais, malheureux, vous voulez donc vous estropier ? dit le docteur à voix basse.

Le Chourineur le regarda tout surpris.

— Eh ! de quoi m'estropier, monsieur le médecin ?

— Voilà deux fois que vous marchez sur du verre.

— Si ce n'est que ça, ne faites pas attention... J'ai le dessous des *arpions* doublé en *cuir de brouette* (1).

— Une petite cuiller ! dit le docteur.

Le Chourineur recommença ses évolutions *sylphidiques* et apporta ce que le docteur lui demandait.

(1) Le dessous des pieds doublé en bois

Après quelques cuillerées de cette potion, Rodolphe fit un mouvement et agita faiblement les mains.

— Bien ! bien ! il sort de sa torpeur, dit le médecin. La saignée l'a soulagé, bientôt il sera hors d'affaire.

— Sauvé ! bravo ! vive la charte ! s'écria le Chourineur dans l'explosion de sa joies.

— Mais tenez-vous donc tranquille !

— Oui, monsieur le médecin.

— Le pouls se règle... A merveille !... A merveille !

— Et le pauvre ami de M. Rodolphe, monsieur le médecin. Tonnerre ! quand il va savoir ! Heureusement que...

— Silence !

— Oui, monsieur le médecin.

— Asseyez-vous.

— Mais, monsieur le...

— Asseyez-vous donc ; vous m'inquiétez en rôdant toujours autour de moi, cela me distrait. Voyons, asseyez-vous !

— Monsieur le médecin, je suis aussi malpropre qu'une bûche de bois flottée qu'on va débarder de son train, je salirais les meubles.

— Alors, asseyez-vous par terre.

— Je salirais le tapis.

— Faites comme vous voudrez ; mais, au nom du Ciel, restez en repos, dit le docteur avec impatience ; et, se plongeant dans un fauteuil, il appuya son front dans ses mains.

Après un moment de cogitation profonde, le Chourineur, moins par besoin de se reposer que pour obéir au médecin, prit une chaise avec les plus grandes précautions, et la renversa, d'un air parfaitement satisfait, le dossier sur le tapis, dans l'honnête intention de s'asseoir proprement et modestement sur les bâtons antérieurs, afin de ne rien salir... ce qu'il fit avec toute sorte de ménagements délicats.

Malheureusement le Chourineur connaissait peu les lois du levier et de la pondération des corps : la chaise bascula ; le malheureux, par un mouvement involontaire, tendit les bras en avant, renversa un guéridon chargé d'un plateau, d'une tasse et d'une théière.

A ce bruit formidable, le docteur noir releva la tête en bondissant de son fauteuil.

Rodolphe, réveillé en sursaut, se dressa sur son séant, regarda autour de lui avec anxiété, rassembla ses idées, et s'écria :

— Murph ! où est Murph ?

— Que Votre Altesse se rassure, dit respectueusement le Noir, il y a beaucoup d'espoir.

— Il est blessé ! s'écria Rodolphe.

— Hélas ! oui, monseigneur.

— Où est-il ?... je veux le voir.

Et Rodolphe essaya de se lever ; mais il retomba vaincu par la douleur des contusions dont il ressentait alors le contrecoup.

— Qu'on me porte à l'instant auprès de Murph, puisque je ne puis pas marcher ! s'écria-t-il.

— Monseigneur, il repose... Il serait dangereux à cette heure de lui causer une vive émotion.

— Ah ! vous me trompez ! il est mort... Il est mort assassiné !... Et c'est moi qui en suis cause ! s'écria Rodolphe d'une voix déchirante, en levant les mains au ciel.

— Monseigneur sait que je suis incapable de mentir... Je lui affirme sur l'honneur que M. Murph est vivant... assez grièvement blessé, il est vrai, mais il a des chances de guérison presque certaines.

— Vous me dites cela pour me préparer à quelque affreuse nouvelle. Il est sans doute dans un état désespéré !

— Monseigneur...

— J'en suis sûr... vous me trompez... Je veux à l'instant qu'on me porte auprès de lui... La vue d'un ami est toujours salutaire...

— Encore une fois, monseigneur, je vous affirme sur l'honneur qu'à moins d'accidents improbables, M. Murph peut être bientôt convalescent.

— Vrai, bien vrai ! mon cher David ?

— Bien vrai, monseigneur.

— Ecoutez, vous savez ma considération pour vous ; depuis que vous appartenez à ma maison, vous avez toujours eu ma confiance... jamais je n'ai mis votre rare savoir en doute... mais, pour l'amour du Ciel, si une consultation est nécessaire...

— Ç'a été ma première pensée, monseigneur. Quant à présent, une consultation est absolument inutile, vous pouvez me croire... et puis, d'ailleurs, je n'ai pas voulu introduire d'étrangers ici avant de savoir si vos ordres d'hier...

— Mais comment tout ceci est-il arrivé ? dit Rodolphe en interrompant le Noir ; qui m'a tiré de ce caveau où je me noyais ?... J'ai un souvenir confus d'avoir entendu le Chourineur : me serais-je trompé ?

— Non ! non ! ce brave homme peut tout vous apprendre, monseigneur, car il a tout fait.

— Mais où est-il ? Où est-il ?

Le docteur chercha des yeux le garde-malade improvisé, qui, confus de sa chute, s'était réfugié derrière le rideau du lit.

— Le voici, dit le médecin, il a l'air tout honteux.

— Voyons, avance donc, mon brave ! dit Rodolphe en tendant la main à son sauveur.

CHAPITRE XX

RÉCIT DU CHOURINEUR

La confusion du Chourineur était d'autant plus profonde, qu'il venait d'entendre le médecin noir appeler Rodolphe *monseigneur* à plusieurs reprises.

— Mais approche donc... donne-moi ta main ! dit Rodolphe.

— Pardon, monseigneur... non, je voulais dire monseigneur... mais...

— Appelle-moi monsieur Rodolphe, comme toujours... J'aime mieux cela.

— Et moi aussi je serai moins gêné... Mais, pour ma main, excusez... j'ai fait tant d'ouvrage depuis tantôt...

Et il avança timidement sa main noire et calleuse.

Rodolphe la serra cordialement.

— Voyons, assieds-toi et raconte-moi tout... comment as-tu découvert la cave ?... Mais j'y songe, le Maître d'école ?

— Il est en sûreté, dit le médecin noir.

— Ficelés comme deux carottes de tabac... lui et la Chouette... Vu la figure qu'ils doivent se faire s'ils se regardent, ils doivent joliment se répugner à l'heure qu'il est.

— Et mon pauvre Murph ! mon Dieu, j'y pense seulement maintenant ! David, où a-t-il été blessé ?

— Au côté droit, monseigneur... heureusement vers la dernière fausse côte...

— Oh ! il me faudra une vengeance terrible, terrible !... David ! je compte sur vous.

— Monseigneur le sait, je suis à lui âme et corps, répondit froidement le Noir.

— Mais comment es-tu arrivé à temps mon brave ? dit Rodolphe au Chourineur.

— Si vous vouliez, monseign... non, monsieur Rodolphe... je commencerais par le commencement.

— Tu as raison ; je t'écoute.

— Vous savez qu'hier soir vous m'avez dit, en revenant de la campagne où vous étiez allé avec la pauvre Goualeuse :

« Tâche de trouver le Maître d'école dans la Cité ; tu lui diras que tu sais un bon coup à faire, que tu ne veux pas en être ; mais que s'il veut ta place il n'a qu'à se trouver demain (c'était ce matin) à la barrière de Bercy, au « Panier Fleuri », et que là il verrait celui *qui a nourri le poupard* (1).

— Très bien !

— En vous quittant, je trotte à la Cité... Je vas chez l'ogresse : pas de Maître d'école ; je fais la rue Saint-Eloi, la rue aux Fèves, la rue de la Vieille draperie... personne... Enfin je l'empaume avec cette limace de Chouette au parvis Notre-Dame, chez un petit tailleur, revendeur, recéleur et voleur ; ils voulaient flamber avec l'argent volé du grand monsieur en deuil qui voulait vous faire quelque chose ; ils achetaient des défroques d'hasard. La Chouette marchandait un châle rouge... Vieux monstre !... Je dévide *mon chapelet* au Maître d'école : il me dit que ça lui va, et qu'il sera au rendez-vous. Bon ! Ce matin, selon vos ordres d'hier, j'accours ici rendre la réponse... Vous me dites : « Mon garçon, reviens demain matin avant le jour, tu passeras la journée dans la maison, et le soir... tu verras quelque chose qui en vaut la peine... » Vous ne m'en jaspinez pas plus ; mais j'en comprends davantage. Je me dis : C'est un coup monté pour faire une farce au Maître d'école demain, en l'amorçant pour une affaire. C'est un vrai scélérat... Il a assassiné le marchand de bœufs... J'en suis...

— Et mon tort a été de ne pas tout te dire, mon garçon... Cet affreux malheur ne serait peut-être pas arrrivé.

— Ça vous regardait, monsieur Rodolphe ; ce qui me regardait, moi, c'était de vous servir... parce qu'enfin... je ne sais comment ça se fait, je vous l'ai déjà dit, je me sens comme votre bouledogue ; enfin... suffit... Je dis donc : C'est demain la noce, aujourd'hui j'ai congé, M. Rodolphe m'a payé les deux journées que j'ai perdues, et deux autres d'avance, car voilà trois jours que je ne parais pas chez mon maître débardeur, et, n'étant pas millionnaire, le travail... C'est mon pain. Je m'ajoute : Tiens, au fait, M. Rodolphe me paye mon temps, mon temps lui appartient, je vas l'employer pour lui. Ça me donne l'idée que voilà : Le Maître d'école est malin, il doit craindre une souricière. M. Rodolphe lui proposera la chose pour demain, c'est vrai ; mais le gueux est capable de venir dans la journée flâner par ici pour reconnaître les alentours, et, s'il se défie de M. Rodolphe, d'amener un autre *grinche*, ou bien encore de dire : « A demain », et de faire le coup pour son compte aujourd'hui.

— Tu as deviné juste... c'est ce qui est arrivé... Et la Providence a voulu que je te doive la vie !

— C'est étonnant, monsieur Rodolphe, comme depuis que je vous connais il m'aboule des choses qui ont l'air de se manigancer là-haut ! et puis j'ai des idées que je n'avais jamais eues, depuis que vous m'avez dit : « Mon garçon, il y a en toi du cœur et de l'honneur. » Du cœur ! de l'honneur ! tonnerre ! ces mots-là vous remuent quelque chose dans le ventre. Allez, monsieur Rodolphe, quand on est habitué à s'entendre crier au loup, au chien enragé ! quand on veut seulement approcher des honnêtes gens...

— Ainsi, tu as depuis quelques jours des pensées nouvelles pour toi ?

(1) Qui a préparé le vol

— Bien sûr, monsieur Rodolphe. Tenez, je me disais encore : Maintenant, je connaîtrais quelqu'un qui aurait fait un mauvais coup ; la boisson la colère... enfin... n'importe quoi... je lui dirais : « Mon homme, tu as fait un mauvais coup, c'est bon... Mais c'est pas tout ça ; ce n'est pas pour le roi de Prusse que le bon Dieu compose les gens qui se noient, qui rôtissent ou qui crèvent de faim ; tu vas me faire l'amitié, si tu gagnes quarante sous, d'en donner vingt à des pauvres vieux, ou à des petits enfants ; enfin, à ceux qui, plus malheureux que toi, n'ont ni pain ni force... et surtout n'oublie pas, mon homme, que s'il y a quelqu'un à sauver en risquant sa peau à coup sûr, c'est actuellement ton négoce ! ! ! Moyennant ça, et que tu ne recommences pas tes bêtises, tu me trouveras toujours... ». Mais, pardon, monsieur Rodolphe, je bavarde... et vous êtes curieux...

— Non ; j'aime à t'entendre parler ainsi. Et puis je ne saurai que trop tôt comment est arrivé l'horrible malheur dont mon pauvre Murph a été la victime... Je me croyais certain de ne pas quitter le Maître d'école d'un pas, d'une minute, durant cette dangereuse entreprise... Alors il m'eût tué mille fois... avant que de toucher à Murph. Hélas ! le sort en a décidé autrement... Continue, mon garçon.

— Voulant donc employer mon temps pour vous, monsieur Rodolphe, je me dis : Faut aller m'embosser quelque part d'où je puisse voir les murs, la porte du jardin, il n'y a que cette entrée-là... Si je trouve un bon coin... il pleut, j'y resterai toute la journée, toute la nuit surtout, et demain matin je serai tout porté... Je m'étais dit ça sur le coup de deux heures, à Batignolles, où j'avais été manger un morceau en vous quittant, monsieur Rodolphe... Je reviens aux Champs-Elysées... Je cherche à me nicher... Qu'est-ce que je vois ? Un petit bouchon à dix pas de votre porte... Je m'établis au rez-de-chaussée, près de la fenêtre, je demande un litre et un quarteron de noix, disant que j'attends des amis... un bossu et une grande femme, ça à l'air plus naturel... Je m'installe, et me voilà à dévisager votre porte... Il pleuvait, le tremblement ; personne ne passait, la nuit venait...

— Mais, dit Rodolphe en interrompant le Chourineur, pourquoi n'es-tu pas allé chez moi ?

— Vous m'avez dit de revenir le lendemain matin, monsieur Rodolphe... Je n'ai pas osé revenir avant. J'aurais eu l'air de faire le câlin, le *brosseur,* comme disent les troupiers. Après tout, je sais ce que je suis, un *fagot affranchi* (1), et quand quelqu'un comme vous est avec moi comme vous êtes, monsieur Rodolphe... il ne faut pas aller à lui que s'il vous dit : « Viens » ! Après ça, je verrais une araignée sur le collet de votre habit que je vous l'ôterais et je l'écraserais sans vous en demander la permission... Vous comprenez ?... J'étais donc à la fenêtre du bouchon, cassant mes noix et buvant ma piquette, lorsque à travers le brouillard je vois débouler la Chouette avec le *môme* à Bras-Rouge, le petit Tortillard...

— Bras-Rouge ! il est donc le maître du cabaret souterrain des Champs-Elysées ? s'écria Rodolphe.

(1) Forçat libéré.

— Oui, monsieur Rodolphe ; vous ne le saviez pas ?

— Non, je croyais qu'il demeurait dans la Cité...

— Il y demeure aussi... il demeure partout, Bras-Rouge... C'est un fin et fier gueux, allez, avec sa perruque jaune et son nez pointu ! Finalement, quand je vois débouler la Chouette et Tortillard, je me dis : Bon ; ça va chauffer ! En effet, Tortillard se blottit dans un des fossés de l'allée, en face de votre porte, comme s'il se mettait à l'abri de l'ondée, et il fait la taupe... La Chouette, elle, ôte son bonnet, le met dans sa poche, et sonne à la porte. Ce pauvre M. Murph, votre ami, vient ouvrir à la borgnesse ; et la voilà qui fait ses grands bras en courant dans le jardin. Je donnais en moi-même ma langue aux chiens de ne pouvoir deviner ce que venait faire la Chouette... Enfin elle ressort, remet son bonnet, dit deux mots à Tortillard, qui rentre dans son trou ; et elle détale... Je me continue : Minute !... ne nous embrouillons pas. Tortillard est venu avec la Chouette ; le Maître d'école et M. Rodolphe sont donc chez Bras-Rouge. La Chouette est venue *battre l'antif* (1) dans la maison ; ils vont donc faire le coup ce soir. S'ils font le coup ce soir, M. Rodolphe, qui croit qu'il se fera demain, est donc enfoncé. Si M. Rodolphe est enfoncé, je dois aller chez Bras-Rouge voir de quoi il retourne ; oui, mais si pendant ce temps-là le Maître d'école arrive... c'est juste. Alors, tant pis, je vais entrer dans la maison et dire à M. Murph : Méfiez-vous. Oui, mais cette petite vermine de Tortillard est près de la porte, il m'entendra sonner, il me verra, il donnera l'éveil à la Chouette ; si elle revient... Ça gâtera tout... d'autant plus que M. Rodolphe s'est peut-être arrangé autrement pour ce soir... Tonnerre ! ces oui et ces non me papillotaient dans la cervelle... J'étais abruti, je n'y voyais plus que du feu... je ne savais que faire ; je me dis : Je vais sortir, le grand air me conseillera peut-être. Je sors... il me conseille : j'ôte ma blouse et ma cravate, je vas au fossé de Tortillard, je prends le moutard par la peau du dos ; il a beau gigoter, m'égratigner et piailler... je l'entortille dans ma blouse comme dans un sac, j'en noue un bout avec les manches, l'autre avec ma cravate, il pouvait respirer ; je prends le paquet sous mon bras, je vois près de là un jardin maraîcher entouré d'un petit mur ; je jette Tortillard au milieu d'un plant de carottes ; il grognait sourd comme un cochon de lait, mais à deux pas on ne l'entendait pas... Je file, il était temps ! je grimpe sur un des grands arbres de l'allée, juste en face votre porte, au-dessus du fossé de Tortillard. Dix minutes après, j'entends marcher ; il pleuvait toujours. Il faisait si noir... si noir, que le *boulanger* (2) aurait marché sur sa queue... J'écoute ; c'était la Chouette : « Tortillard !... Tortillard !... » qu'elle dit tout bas. Oui, cherche ton Tortillard ! « Il pleut, le *môme* se sera lassé d'attendre, dit le Maître d'école en jurant. Si je l'attrape, je l'écorche !!! — *Fourline,* prends garde, reprit la Chouette, peut-être qu'il sera venu nous prévenir de quelque chose. Si c'était une souricière !... l'autre ne voulait faire le coup qu'à dix heures. — C'est pour ça, répond le Maître d'école : il n'en est que sept. Tu as vu l'argent... Qui ne risque rien n'a rien ; donne-moi la pince et le ciseau froid. »

(1) Espionner.
(2) Le diable.

— Ces instruments ? demanda Rodolphe.

— Ils venaient de chez Bras-Rouge ; oh ! il a une maison bien montée. En un rien la porte est forcée. « Reste là, dit le Maître d'école à la Chouette : attention, et *crible à la grive* (1) si tu entends quelque chose. — Passe ton *surin* dans une boutonnière de ton gilet, pour pouvoir le tirer tout de suite », dit la borgnesse. Et le Maître d'école entre dans le jardin. Je me dis tout de suite : M. Rodolphe n'est pas là ; il est mort ou vivant dans ce moment-ci ; je n'y peux rien, mais les amis de nos amis sont nos... Oh ! non ; pardon, monseigneur !

— Va, va. Eh bien ?

— Je me dis : Le Maître d'école peut assassiner M. Murph, l'ami à M. Rodolphe, qui ne s'attend à rien. C'est là où ça chauffe d'abord. Je saute de mon arbre, je tombe sur la Chouette ; je l'étourdis de deux coups de poing... choisis... elle tombe sans souffler... J'entre dans le jardin... Tonnerre ! monsieur Rodolphe !... c'était trop tard...

— Pauvre Murph !...

— Entendant du bruit à la porte, il était sans doute sorti du vestibule ; il se roulait avec le Maître d'école sur le petit perron ; déjà blessé, il tenait toujours ferme, sans crier au secours. Brave homme ! il est comme les bons chiens : des coups de dent, pas de coups de gueule, que je me dis... et je me jette à pile ou face sur tous les deux, en empoignant le Maître d'école par une gigue, c'était le seul morceau disponible pour le moment. « Vive la charte ! c'est moi ! le Chourineur ! Part à deux, monsieur Murph ! — Ah ! ce brigand ! mais d'où sors-tu donc ? me crie le Maître d'école, étourdi de ça. — Curieux, va ! » que je lui réponds en lui tenaillant une de ses jambes entre mes genoux, et en lui empoignant un aileron, c'était celui du poignard, c'était le bon. « Et... Rodolphe ? » me crie M. Murph, tout en m'aidant.

— Brave, excellent homme ! murmura Rodolphe avec douleur.

— « Je n'en sais rien, que je réponds. Ce gueux-là l'a peut-être tué. » Et je redouble sur le Maître d'école, qui tâchait de me larder avec son poignard ; mais j'étais couché la poitrine sur son bras, il n'avait que le poignet de libre. « Vous êtes donc tout seul ? que je dis à M. Murph, en continuant de nous débattre avec le Maître d'école. — Il y a du monde près d'ici, mais on ne m'entendrait pas crier. — Est-ce loin ? — Il y en a pour dix minutes. — Crions au secours, s'il y a des passants, ils viendront nous aider. — Non ; puisque nous le tenons, il faut le garder ici... Mais je me sens faible... je suis blessé, me dit M. Murph. — Tonnerre, alors ! courez chercher du secours, si vous en avez le temps. Je tâcherai de le retenir ; ôtez-lui son couteau, aidez-moi seulement à me mettre sur lui ; quoiqu'il soit deux fois fort comme moi, je m'en charge, une fois que je l'aurai accroché. » Le Maître d'école ne disait rien, on ne l'entendait que souffler comme un bœuf ; mais, tonnerre !!! quels efforts ! M. Murph n'avait pas pu lui arracher son poignard, la poigne de cet homme-là, c'est un étau. Enfin, en pesant toujours de tout mon corps sur son bras droit, je lui passe mes deux mains derrière le cou et je les joins... comme si je voulais l'embrasser. De le crocher comme ça, c'était mon ambition ; alors,

(1) Crie Prends garde

je dis à Murph : « Dépêchez-vous... je vous attends. Si vous avez quelqu'un de trop, faites ramasser la Chouette derrière la porte du jardin, je l'ai engourdie ». Je reste seul avec le Maître d'école. Il savait ce qui l'attendait.

— Il ne le savait pas !... ni toi non plus, mon brave, dit Rodolphe d'un air sombre, les traits contractés par cette expression dure, presque féroce, dont nous avons parlé.

Le Chourineur, étonné, dit à Rodolphe :

— Je croyais que le Maître d'école se doutait de ce qui l'attendait ; car, tonnerre ; c'est pas pour me vanter... mais il y a eu un moment où je n'étais pas à la noce. Nous étions moitié par terre, moitié sur la dernière dalle du perron... J'avais mes bras autour de son cou... ma joue contre sa joue. J'entendais ses dents grincer. Il faisait noir... il pleuvait toujours, et la lampe restée dans le vestibule nous éclairait un peu. J'avais passé une de ses jambes dans les miennes. Malgré ça, il avait les reins si forts qu'il nous soulevait tous les deux à un pied de terre. Il voulait me mordre, mais il ne pouvait pas. Jamais je ne m'étais senti si vigoureux. Tonnerre ! le cœur me battait, mais dans un bon endroit. Je me disais : Je suis comme quelqu'un qui s'accrocherait à un chien enragé pour l'empêcher de se jeter sur le monde. « Laisse-moi me sauver, et je ne te ferai rien, me dit le Maître d'école. — Ah ! tu es lâche ! que je lui dis ; ton courage n'est donc que ta force ? Tu n'aurais pas osé assassiner le marchand de bœufs de Poissy pour le voler s'il avait été seulement aussi fort que moi, hein ! — Non, me dit-il, mais je vais te tuer comme lui. » En disant ça, il fit un haut-le-corps si violent, en raidissant les jambes en même temps, qu'il me jeta de côté ; mais j'avais toujours mes mains croisées sous sa tête, et son bras droit sous moi. Une fois qu'il a eu les deux jambes libres, il s'en est solidement servi. Ça lui a donné de l'élan. Il m'a retourné à demi. Si je n'avais pas tenu le bras du poignard, j'étais fini. Dans ce moment-là, mon poignet gauche a porté à faux ; j'ai été obligé de desserrer les doigts. Ça se gâtait. Je me dis : Je suis dessous, il est dessus ; il va me tuer. C'est égal, j'aime mieux ma place que la sienne... M. Rodolphe m'a dit que j'avais du cœur et de l'honneur. Je sens que c'est vrai. J'en étais là, quand j'aperçois la Chouette tout debout sur le perron... avec son œil rond et son châle rouge. Tonnerre ! j'ai cru avoir le cauchemar. « Finette ! lui crie le Maître d'école, j'ai laissé tomber le couteau ; ramasse-le... là... sous lui... et frappe... dans le dos, entre les deux épaules. — Attends, attends, *fourline*, que je m'y reconnaisse... » Et voilà la Chouette qui tourne... qui tourne autour de nous comme un oiseau de malheur qu'elle était. Enfin elle voit le poignard... veut sauter dessus. J'étais à plat ventre, je lui envoie un coup de talon dans l'estomac, je la renverse ; mais elle se lève et s'acharne. Je n'en pouvais plus ; je me cramponnais encore au Maître d'école ; mais il me donnait en dessous des coups si forts dans la mâchoire, que j'allais tout lâcher. Je commençais à m'étourdir... lorsque je vois trois ou quatre gaillards armés qui dégringolent le perron .. et M. Murph, tout pâle, se soutenant à peine sur M. le médecin. On empoigne le Maître d'école et la Chouette, et ils sont ficelés. C'était pas tout ça. Il me fallait M. Rodolphe. Je saute sur la Chouette, je me souviens de la dent de la pauvre Goualeuse, je lui empoigne le bras, et je lui tords en lui disant « Où est

M. Rodolphe ? ». Elle tient bon. Au second tour, elle me crie : « Chez Bras-Rouge, dans la cave, au « Cœur Saignant ». Bon. En passant, je veux prendre Tortillard dans sa planche de carottes ; c'était mon chemin. Je regarde... il n'y avait plus rien que ma blouse. Il l'avait rongée avec ses dents. J'arrive au « Cœur Saignant », je saute à la gorge de Bras-Rouge. « Où est le jeune homme qui est venu ici ce soir avec le Maître d'école ? — Ne me serre pas si fort, je vais te le dire : on a voulu lui faire une farce, on l'a enfermé dans ma cave ; nous allons lui ouvrir. » Nous descendons... personne. « Il sera sorti pendant que j'avais le dos tourné, dit Bras Rouge ; tu vois bien qu'il n'y a personne. » Je m'en allais tout triste, lorsqu'à la lueur de la lanterne, je vois une autre porte. J'y cours, je tire à moi, je reçois comme qui dirait un fameux seau sur la boule. Je vois vos deux pauvres bras en l'air. Je vous repêche et je vous rapporte ici sur mon dos, vu qu'il n'y avait personne pour aller chercher un fiacre. Voilà, monsieur Rodolphe, et je puis dire, sans me vanter, que je suis fièrement content...

— Mon garçon, je te dois la vie... c'est une dette... je l'acquitterai, sois-en sûr, et de toutes les façons... tu as tant de cœur... que tu partageras le sentiment qui m'anime à cette heure... je ressens une affreuse inquiétude pour l'ami que tu as si vaillamment sauvé, et un besoin de vengeance féroce contre celui qui a failli vous tuer tous deux.

— Je comprends ça, monsieur Rodolphe... sauter sur vous en traître, vous jeter dans une cave, et vous porter évanoui dans un caveau pour vous noyer, ça mérite ce qui revient au Maître d'école... Il m'a avoué qu'il avait assassiné le marchand de bœufs. Je ne suis pas capon, mais, tonnerre ! j'irais cette fois de bon cœur chercher la garde pour le faire empoigner, le brigand !

— David, voulez-vous aller savoir des nouvelles de Murph ? dit Rodolphe sans répondre au Chourineur. Vous reviendrez ensuite.

Le Noir sortit.

— Sais-tu où est le Maître d'école, mon garçon ?

— Dans une salle basse avec la Chouette. Vous allez envoyer chercher la garde, monsieur Rodolphe ?

— Non...

— Est-ce que vous voudriez le lâcher ? Ah ! monsieur Rodolphe, pas de ces générosités-là. J'en reviens à ce que j'ai dit, c'est un chien enragé. Prenez garde aux passants !

— Il ne mordra plus personne... rassure-toi.

— Vous allez donc le renfermer quelque part ?

— Non ! dans une demi-heure, il sortira d'ici

— Le Maître d'école ?

— Oui...

— Sans gendarmes ?

— Oui...

— Comment ! il sortira d'ici libre ?

— Libre..

— Et tout seul ?

— Oui, tout seul

— Mais il ira ?

— Où il voudra, dit Rodolphe en interrompant le Chourineur avec un sourire qui l'épouvanta...

Le Noir rentra.

— Eh bien ! David... et Murph ?

— Il sommeille, monseigneur, dit tristement le médecin. La respiration est toujours... oppressée...

— Toujours du danger ?

— Sa position... est très grave, monseigneur... Pourtant... il faut espérer...

— Oh ! Murph ! vengeance !... vengeance !... s'écria Rodolphe avec une fureur froide et concentrée. Puis il ajouta :

— David... un mot...

Et il parla tout bas à l'oreille du Noir.

Celui-ci tressaillit.

— Vous hésitez ? lui dit Rodolphe. Je vous ai pourtant souvent entretenu de cette idée... Le moment de l'appliquer est venu...

— Je n'hésite pas, monseigneur... Cette idée, je l'approuve... elle renferme toute une réforme pénale digne de l'examen des grands criminalistes, car cette peine serait à la fois... simple... terrible... et juste... Dans ce cas-ci, elle est applicable. Sans nombrer les crimes qui ont jeté ce brigand au bagne pour sa vie... il a commis trois meurtres... le marchand de bœufs... Murph... et vous, c'est justice...

— Et il aura encore devant lui l'horizon sans bornes du repentir... ajouta Rodolphe. Bien, David... vous me comprenez...

— Nous concourrons à la même œuvre... monseigneur...

Après un moment de silence, Rodolphe ajouta :

— Ensuite, cinq mille francs lui suffiront-ils, David ?

— Parfaitement, monseigneur.

— Mon garçon, dit Rodolphe au Chourineur ébahi, j'ai deux mots à dire à monsieur. Pendant ce temps-là, va dans la chambre à côté... tu trouveras un grand portefeuille rouge sur un bureau ; tu y prendras cinq billets de mille francs que tu m'apporteras...

— Et pour qui ces cinq mille francs ? s'écria involontairement le Chourineur.

— Pour le Maître d'école... et tu diras en même temps qu'on l'amène ici...

CHAPITRE XXI

LA PUNITION

La scène se passe dans un salon tendu de rouge, brillamment éclairé.

Rodolphe, revêtu d'une longue robe de chambre de velours noir, qui augmente encore la pâleur de sa figure, est assis devant une grande table recouverte d'un tapis. Sur cette table on voit deux portefeuilles, celui qui a été volé à Tom par le Maître d'école dans la Cité, et celui qui appartient à ce brigand ; la chaîne de similor de la Chouette, à laquelle est suspendu le petit Saint-Esprit de lapis lazuli, le stylet encore ensanglanté qui a frappé Murph, la pince de fer qui a servi à l'effraction de la porte, et enfin les cinq billets de mille francs que le Chourineur a été chercher dans une pièce voisine.

Le docteur noir est assis d'un côté de la table, le Chourineur de l'autre.

Le Maître d'école, étroitement garrotté, hors d'état de faire un mouvement, est placé dans un grand fauteuil à roulettes, au milieu du salon.

Les gens qui ont apporté cet homme se sont retirés.

Rodolphe, le docteur, le Chourineur et l'assassin restent seuls.

Rodolphe n'est plus irrité : il reste calme, triste, recueilli ; il va accomplir une mission solennelle et formidable.

Le docteur est pensif.

Le Chourineur ressent une crainte vague ; il ne peut détacher son regard du regard de Rodolphe.

Le Maître d'école est livide... il a peur...

Une arrestation légale lui eût paru moins redoutable peut-être, son audace ne l'eût pas abandonné devant un tribunal ordinaire ; mais tout ce qui l'entoure le surprend, l'effraye ; il est au pouvoir de Rodolphe, qu'il considérait comme un artisan capable de le trahir ou de faiblir à l'heure du crime, et qu'il a voulu sacrifier à ce soupçon et à l'espoir de profiter seul du vol...

Et à cette heure, Rodolphe lui apparaît terrible et imposant comme la justice.

Le plus profond silence règne au-dehors. Seulement l'on entend le bruit de la pluie qui tombe... tombe du toit sur le pavé.

Rodolphe s'adresse au Maître d'école.

— Echappé du bagne de Rochefort où vous aviez été condamné à perpétuité... pour crime de faux, de vol et de meurtre... vous êtes Anselme Duresnel.

— C'est faux ; qu'on me le prouve ! dit le Maître d'école d'une voix altérée, en jetant autour de lui son regard fauve et inquiet.

— Comment ! s'écria le Chourineur, nous n'étions pas ensemble à Rochefort ?

Rodolphe fit un signe au Chourineur, qui se tut.

Rodolphe continua :

— Vous êtes Anselme Duresnel... vous en conviendrez plus tard... vous avez assassiné et volé un marchand de bestiaux sur la route de Poissy.

— C'est faux !

— Vous en conviendrez plus tard.

Le brigand regarda Rodolphe avec surprise.

— Cette nuit, vous vous êtes introduit ici pour voler ; vous avez poignardé le maître de cette maison...

— C'est vous qui m'avez proposé ce vol, dit le Maître d'école en reprenant un peu d'assurance ; on m'a attaqué... je me suis défendu.

— L'homme que vous avez frappé ne vous a pas attaqué... il était sans armes ! Je vous ai proposé ce vol... c'est vrai... je vous dirai tout à l'heure dans quel but. La veille, après avoir dévalisé un homme et une femme dans la Cité, après leur avoir volé le portefeuille que voici, vous leur avez offert de me tuer pour mille francs !...

— Je l'ai entendu ! s'écria le Chourineur.

Le Maître d'école lui lança un regard de haine féroce.

Rodolphe reprit :

— Vous le voyez, vous n'aviez pas besoin d'être tenté par moi pour faire le mal !...

— Vous n'êtes pas juge d'instruction, je ne vous répondrai plus...

— Voici pourquoi je vous ai proposé ce vol. Je vous savais évadé du bagne... vous connaissiez les parents d'une infortunée dont la Chouette, votre complice, a presque causé tous les malheurs... Je voulais vous attirer ici par l'appât d'un vol, seul appât capable de vous séduire. Une fois en mon pouvoir, je vous laissais le choix ou d'être mis entre les mains de la justice, qui vous faisait payer de votre tête l'assassinat du marchand de bestiaux...

— C'est faux ! ce n'est pas moi.

— Ou d'être conduit hors de France, par mes soins, et dans un lieu de réclusion perpétuelle, mais à la condition que vous me donneriez les renseignements que je voulais avoir. Vous étiez condamné à perpétuité, vous aviez rompu votre ban. En m'emparant de vous, en vous mettant désormais dans l'impossibilité de nuire, je servais la société, et par vos aveux, je trouvais moyen de rendre peut-être une famille à une pauvre créature plus malheureuse encore que coupable. Tel était d'abord mon projet ; il n'était pas légal ; mais, par votre évasion et par vos nouveaux crimes, vous êtes hors la loi... Hier, une révélation providentielle m'a appris votre véritable nom.

— C'est faux ! je ne m'appelle pas Duresnel.

Rodolphe prit sur la table la chaîne de la Chouette, et, montrant au Maître d'école le petit Saint-Esprit de lapis-lazuli :

— Sacrilège ! s'écria Rodolphe d'une voix menaçante. Vous avez prostitué à une créature infâme cette relique sainte... trois fois sainte !... car votre enfant tenait ce don pieux de sa mère et de son aïeule !

Le Maître d'école, stupéfait de cette découverte, baissa la tête sans répondre.

— Hier j'ai appris que vous aviez enlevé votre fils à sa mère il y a quinze ans, et que vous seul possédiez le secret de son existence ; ce nouveau méfait m'a été un motif de plus de m'assurer de vous ; sans parler de ce qui m'est personnel... ce n'est pas cela que je venge... Cette nuit vous avez encore versé le sang sans provocation. L'homme que vous avez assassiné est venu à vous avec confiance, ne soupçonnant pas votre rage sanguinaire. Il vous a demandé ce que vous vouliez. « Ton argent et ta vie !... » et vous l'avez frappé d'un coup de poignard.

— Tel a été le récit de M. Murph lorsque je lui ai donné les premiers secours, dit le docteur.

— C'est faut, il a menti.

— Murph ne ment jamais, dit froidement Rodolphe. Vos crimes demandent une réparation éclatante. Vous vous êtes introduit à main armée dans ce jardin, vous avez poignardé un homme pour le voler. Vous avez commis un autre meurtre... Vous allez mourir ici... Par pitié pour votre femme et pour votre fils, on vous sauvera de la honte de l'échafaud... On dira que vous avez été tué dans une attaque à main armée... Préparez-vous... les armes sont chargées.

La physionomie de Rodolphe était implacable...

Le Maître d'école avait remarqué dans une pièce précédente deux hommes armés de carabines... Son nom était connu ; il pensa en effet qu'on allait se débarrasser de lui pour ensevelir dans l'ombre ses derniers crimes et sauver ce nouvel opprobre à sa famille.

Comme ses pareils, cet homme était aussi lâche que féroce. Croyant son heure arrivée, il tremblait convulsivement ; ses lèvres blanchirent ; d'une voix strangulée il cria :

— Grâce !

— Il n'y a pas de grâce pour vous, dit Rodolphe. Si l'on ne vous brûle pas la cervelle ici, l'échafaud vous attend...

— J'aime mieux l'échafaud... Je vivrai au moins deux ou trois mois encore... Qu'est-ce que cela vous fait, puisque je serai puni ensuite !... Grâce !... grâce !...

— Mais votre femme... mais votre fils... ils portent votre nom...

— Mon nom est déjà déshonoré... Quand je ne devrais vivre que huit jours, grâce !...

— Pas même ce mépris de la vie qu'on trouve quelquefois chez les grands criminels ! dit Rodolphe avec dégoût.

— D'ailleurs la loi défend de se faire justice soi-même, reprit le Maître d'école avec assurance.

— La loi ! s'écria Rodolphe, la loi !... Vous osez invoquer la loi, vous qui, depuis vingt ans, vivez en révolte ouverte et armée contre la société ?

Le brigand baissa la tête sans répondre, puis il dit d'un ton humble

— Au moins laissez-moi vivre, par pitié !

— Me direz-vous où est votre fils ?

— Oui, oui... Je vous dirai tout ce que j'en sais.

— Me direz-vous quels sont les parents de cette jeune fille dont l'enfance a été torturée par la Chouette ?

— Il y a là, dans mon portefeuille, des papiers qui vous mettront sur leur trace. Il paraît que sa mère est une grande dame.

— Où est votre fils ?

— Vous me laisserez vivre ?

— Confessez tout d'abord...

— C'est que quand vous saurez..., dit le Maître d'école avec hésitation.

— Tu l'as tué !

— Non, non, je l'ai confié à un de mes complices qui, lorsque j'ai été arrêté, a pu s'évader.

— Qu'en a-t-il fait ?

— Il l'a élevé ; il lui a donné les connaissances nécessaires pour entrer dans le commerce, afin de nous servir et... Mais je ne dirai pas le reste, à moins que vous ne me promettiez de ne pas me tuer.

— Des conditions, misérable !

— Eh bien ! non, non ; mais pitié ; faites-moi seulement arrêter comme coupable du crime d'aujourd'hui ; ne parlez pas de l'autre. Laissez-moi la chance de sauver ma tête.

— Tu veux donc vivre ?

— Oh ! oui, oui ; qui sait ? On ne peut pas prévoir ce qui arrive, dit involontairement le brigand.

Il songeait déjà à la possibilité d'une nouvelle évasion.

— Tu veux vivre à tout prix... vivre.

— Mais vivre... quand ce serait à la chaîne ! pour un mois, pour huit jours... Oh ! que je ne meure pas à l'instant...

— Confesse tous tes crimes, tu vivras.

— Je vivrai ! oh ! bien vrai ? je vivrai ?

— Ecoute, par pitié pour ta femme, pour ton fils, je veux te donner un sage conseil : meurs aujourd'hui, meurs...

— Oh ! non, non, ne revenez pas sur votre promesse, laissez-moi vivre, l'existence la plus affreuse, la plus épouvantable, n'est rien auprès de la mort.

— Tu le veux ?

— Oh ! oui, oui...

— Tu le veux ?

— Oh ! je ne m'en plaindrai jamais.

— Et ton fils, qu'en as-tu fait ?

— Cet ami dont je vous parle lui avait fait apprendre la tenue des livres pour le mettre dans une maison de banque, afin qu'il pût nous renseigner... à certains égards. C'était convenu entre nous. Quoiqu'à Rochefort, et en attendant mon évasion, je dirigeais le plan de cette entreprise, nous correspondions par chiffres.

— Cet homme m'épouvante ! s'écria Rodolphe en frémissant ; il est des crimes que je ne soupçonnais pas. Avoue... avoue... pourquoi voulais-tu faire entrer ton fils chez un banquier ?

— Pour... vous entendez bien... étant d'accord avec nous... sans le paraître... inspirer de la confiance au banquier... nous seconder... et...

— Oh! mon Dieu! son fils, son fils! s'écria Rodolphe avec une douloureuse horreur, en cachant sa tête dans ses mains.

— Mais il ne s'agissait que de faux ! s'écria le brigand ; et encore, quand on lui a révélé ce qu'on attendait de lui, mon fils s'est indigné... Après une scène violente avec la personne qui l'avait élevé pour nos projets, il a disparu... Il y a dix-huit mois de cela... Depuis, on ne sait pas ce qu'il est devenu... Vous verrez là, dans mon portefeuille, l'indication des démarches que cette personne a tentées pour le retrouver, dans la crainte qu'il ne dénoncât l'association ; mais on a perdu ses traces à Paris. La dernière maison qu'il a habitée était rue du Temple, n° 14, sous le nom de François Germain ; l'adresse est aussi dans mon portefeuille. Vous voyez, j'ai tout dit, tout... Tenez votre promesse, faites-moi seulement arrêter pour le vol de ce soir.

— Et le marchand de bestiaux de Poissy ?

— Il est impossible que cela se découvre, il n'y a pas de preuves. Je veux bien vous l'avouer à vous, pour montrer ma bonne volonté ; mais devant le juge je nierais...

— Tu l'avoues donc ?

— J'étais dans la misère, je ne savais comment vivre... C'est la Chouette qui m'a conseillé... Maintenant je me repens... vous le voyez, puisque j'avoue... Ah ! si vous étiez assez généreux pour ne pas me livrer à la justice, je vous donnerais ma parole d'honneur de ne pas recommencer.

— Tu vivras... et je ne te livrerai pas à la justice.

— Vous me pardonnez ? s'écria le Maître d'école, ne croyant pas ce qu'il entendait ; vous me pardonnez ?

— Je te juge... et je te punis ! s'écria Rodolphe d'une voix tonnante. Je ne te livrerai pas à la justice, parce que tu irais au bagne ou à l'échafaud, et il ne faut pas cela... non, il ne le faut pas... Au bagne ! pour dominer encore cette tourbe par ta force et par ta scélératesse ! pour satisfaire encore tes instincts d'oppression brutale !... pour être abhoré, redouté de tous ; car le crime a son orgueil, et tu te réjouis dans ta monstruosité !... Au bagne ! non, non : ton corps de fer défie les labeurs de la chiourme et le bâton des argousins. Et puis les chaînes se brisent, les murs se percent, les remparts s'escaladent ; et quelque jour encore tu romprais ton ban pour te jeter de nouveau sur la société comme une bête féroce enragée, marquant ton passage par la rapine et par le meurtre... car rien n'est à l'abri de ta force d'Hercule et de ton couteau ; et il ne faut pas que cela soit... non, il ne le faut pas ! Puisque au bagne tu briserais ta chaîne... pour garantir la société de ta rage, que faire ? Te livrer au bourreau ?

— Mais c'est donc ma mort que vous voulez ? s'écria le brigand, c'est donc ma mort ?

— La mort ! ne l'espère pas... tu es si lâche, tu la crains tant... la mort... que jamais tu ne la croirais imminente ! Dans ton acharnement à vivre, dans ton espérance obstinée, tu échapperais aux angoisses de sa formidable approche ! Espérance stupide, insensée !... il n'importe.. elle te voilerait l'horreur expiatrice du supplice ; tu n'y croirais que sous l'ongle du bourreau ! Et alors, abruti par la terreur, ce ne serait plus qu'une masse inerte, insensible, qu'on offrirait en holocauste aux mânes de tes victimes... Cela ne se peut pas... tu aurais cru te sauver jusqu'à la dernière minute... Toi, monstre... espérer ? Comment ! l'espérance viendrait suspendre ses doux et consolants mirages aux murs de ton cabanon... jusqu'à ce que la mort ait terni ta prunelle ?... Allons donc !... le vieux Satan rirait trop !... Si tu ne te repens pas... je ne veux plus que tu espères dans cette vie, moi...

— Mais qu'est-ce que j'ai fait à cet homme ?... qui est-il ? que veut-il de moi ? où suis-je ? s'écria le Maître d'école presque dans le délire.

Rodolphe continua :

— Si au contraire tu bravais effrontément la mort, il ne faudrait pas non plus te livrer au supplice... Pour toi l'échafaud serait un sanglant tréteau où, comme tant d'autres, tu ferais parade de ta férocité... où, insouciant d'une vie misérable, tu donnerais ton âme dans un dernier blasphème !... Il ne faut pas cela non plus... Il n'est pas bon au peuple de voir le condamné badiner avec le couperet, narguer le bourreau et souffler en ricanant sur la divine étincelle que le Créateur a mise en nous... C'est quelque chose de sacré que le salut d'une âme. Tout crime s'expie et se rachète, a dit le Sauveur, mais pour qui veut sincèrement expiation et repentir. Du tribunal à l'échafaut le trajet est trop court. Il ne faut pas que tu meures ainsi.

Le Maître d'école était anéanti... Pour la première fois de sa vie, il y eut quelque chose qu'il redouta plus que la mort... Cette crainte vague était horrible...

Le docteur noir et le Chourineur regardaient Rodolphe avec angoisse, ils écoutaient en frémissant cet accent sonore, tranchant, impitoyable comme le fer d'une hache ; ils sentaient leur cœur se serrer douloureusement.

Rodolphe continua :

— Anselme Duresnel, tu n'iras donc pas au bagne... tu ne mourras donc pas...

— Mais que voulez-vous de moi ? c'est donc l'enfer qui vous envoie ?

— Ecoute... dit Rodolphe en se levant d'un air solennel et en donnant à son geste une autorité menaçante : tu as criminellement abusé de ta force... je paralyserai ta force... Les plus vigoureux tremblaient devant toi... tu trembleras devant les plus faibles... Assassin... tu as plongé des créatures de Dieu dans la nuit éternelle... les ténèbres de l'éternité commenceront pour toi dans cette vie... aujourd'hui... tout à l'heure... Ta punition enfin égalera tes crimes... Mais, ajouta Rodolphe avec une sorte de pitié douloureuse, cette punition épouvantable te laissera du moins l'horizon sans bornes de l'expiation... Je serais aussi criminel que toi si, en te punissant, je ne satisfaisais qu'une vengeance, si juste qu'elle fût... Loin d'être stérile comme la mort... ta punition doit être féconde ; loin de te damner... elle te peut racheter... Si, pour te mettre hors d'état de nuire.. je te dépossède à jamais des splendeurs de la création... si je te plonge dans une nuit impénétrable... seul... avec le souvenir de tes forfaits... c'est pour que tu contemples incessamment leur énormité... Oui... pour toujours isolé du monde extérieur, tu seras forcé de regarder toujours en toi et alors, je l'espère, ton front bronzé par l'infamie rougira de honte... ton âme endurcie par la férocité... corrodée par le crime .. s'amollira par la commisération... chacune de tes paroles est un blasphème... chacune de tes paroles sera une prière... Tu es audacieux et cruel parce que tu es fort... tu seras doux et humble parce que tu seras faible... Ton cœur est fermé au repentir... un jour tu pleureras tes victimes... Tu as dégradé l'intelligence que Dieu avait mise en toi, tu l'as réduite à des instincts de rapine et de meurtre... d'homme tu t'es fait bête sauvage... un jour ton intelligence se retrempera par le remords, se relèvera par l'expiation... Tu n'as pas même respecté ce que respectent les bêtes sauvages... leurs femelles et leurs petits... Après une longue vie consacrée à la rédemption de tes crimes, ta dernière prière sera pour supplier Dieu de t'accorder le bonheur inespéré de mourir entre ta femme et ton fils.

En disant ces dernières paroles, la voix de Rodolphe s'était tristement émue.

Le Maître d'école ne ressentait presque plus de terreur... Il crut que Rodolphe avait voulu l'effrayer avant que d'arriver à cette moralité. Presque rassuré par la douceur de l'accent de son juge, le brigand, d'autant plus insolent qu'il était moins effrayé, dit avec un rire grossier :

— Ah ça ! devinons-nous des charades, ou sommes-nous au catéchisme, ici ?...

Le Noir regarda Rodolphe avec inquiétude ; il s'attendait à un accès de fureur de sa part.

Il n'en fut rien... le jeune homme secoua la tête avec une ineffable expression de tristesse, et dit au docteur :

— Faites, David... Que Dieu me punisse seul si je me trompe !...

Et Rodolphe cacha sa figure dans ses deux mains...

A ces mots : « Faites, David ! » le Noir sonna.

Deux hommes vêtus de noir entrèrent. D'un signe le docteur leur montra la porte d'un cabinet latéral.

Les deux hommes y roulèrent le fauteuil où le Maître d'école était garrotté de façon à ne pouvoir faire aucun mouvement. La tête était fixée au dossier par une écharpe qui entourait le cou et les épaules.

— Assujettissez le front au fauteuil avec un mouchoir, et bâillonnez-le avec un autre, dit David sans entrer dans le cabinet.

— Vous voulez donc m'égorger maintenant ?... grâce !... dit le Maître d'école, grâce !... et...

Puis l'on n'entendit plus rien qu'un murmure confus.

Les deux hommes reparurent... Le docteur leur fit un signe, ils sortirent.

— Monseigneur ?... dit une dernière fois le Noir à Rodolphe, d'un air interrogatif.

— Faites répondit Rodolphe sans changer de position.

David entra lentement dans le cabinet.

— Monsieur Rodolphe, j'ai peur, dit le Chourineur tout pâle et d'une voix tremblante Monsieur Rodolphe, parlez-moi donc... j'ai peur... est-ce que je rêve ?... Mais qu'est-ce donc qu'il lui fait, au Maître d'école, le Noir ? Monsieur Rodolphe, on n'entend rien.. Ça me fait plus peur encore

David sortit du cabinet ; il était pâle comme le sont les Noirs. Ses lèvres étaient blanches.

Il sonna.

Les deux hommes reparurent.

— Ramenez le fauteuil.

On ramena le Maître d'école.

— Otez-lui son bâillon.

On le lui ôta.

— Vous voulez donc me mettre à la torture ?... s'écria le Maître d'école avec plus de colère que de douleur. Pourquoi vous êtes-vous amusé à me piquer les yeux ainsi ?... Vous m'avez fait mal... Est-ce pour me martyriser encore dans l'ombre que vous avez éteint les lumières ici comme là-dedans ?...

Il y eut un moment de silence effrayant.

— Vous êtes aveugle... dit enfin David d'une voix émue.

— Ça n'est pas vrai ! ça n'est pas possible ! Vous avez fait la nuit exprès !... s'écria le brigand en faisant de violents efforts sur son fauteuil.

— Otez-lui ses liens, qu'il se lève, qu'il marche, dit Rodolphe.

Les deux hommes firent tomber les liens du Maître d'école.

Il se leva brusquement, fit un pas en tendant ses mains devant lui, puis retomba dans le fauteuil en levant les bras au ciel.

— David, donnez-lui ce portefeuille, dit Rodolphe.

Le Noir mit dans les mains tremblantes du Maître d'école un petit portefeuille.

— Il y a dans ce portefeuille assez d'argent pour t'assurer un abri... et du pain... jusqu'à la fin de tes jours dans quelque solitude. Maintenant tu es libre... va-t'en... et repens-toi... le Seigneur est miséricordieux !

— Aveugle ! répéta le Maître d'école en tenant machinalement le portefeuille à la main.

— Ouvrez les portes... qu'il parte ! dit Rodolphe.

On ouvrit les portes avec fracas

— Aveugle ! aveugle ! aveugle !!! répéta le brigand anéanti. Mon Dieu ! c'est donc vrai !

— Tu es libre, tu as de l'argent, va-t'en !

— Mais je ne puis m'en aller... moi ! Comment voulez-vous que je fasse ? je n'y vois plus ! s'écria-t-il avec désespoir. Mais c'est un crime affreux que d'abuser ainsi de sa force pour...

— C'est un crime affreux d'abuser de sa force ! répéta Rodolphe en l'interrompant d'une voix solennelle. Et toi, qu'en as-tu fait, de ta force ?

— Oh ! la mort... Oui, j'aurais préféré la mort ! s'écria le Maître d'école. Etre à la merci de tout le monde, avoir peur de tout ! Un enfant me battrait maintenant ! Que faire ? Mon Dieu ! Mon Dieu ! que faire ?

— Tu as de l'argent.

— On me le volera ! fit le brigand.

— On te le volera ! Entends-tu ces mots... que tu dis avec crainte, toi qui en as volé ? Va-t'en !

— Pour l'amour de Dieu, dit le Maître d'école d'un air suppliant, que quelqu'un me conduise ! Comment vais-je faire dans les rues ?... Ah ! tuez moi ! tenez, tuez-moi ! je vous le demande, par pitié.. tuez-moi !

— Non, un jour tu te repentiras.

— Jamais, jamais je ne me repentirai ! s'écria le Maître d'école avec rage. Oh ! je me vengerai ! Allez... je me vengerai !...

Et, grinçant les dents de rage, il se précipita hors du fauteuil, les poings fermés et menaçants.

Au premier pas qu'il fit, il trébucha.

— Non, non je ne pourrai pas !... et être si fort pourtant ! Ah ! je suis bien à plaindre... Personne n'a pitié de moi, personne.

Et il pleura.

Il est impossible de peindre l'effroi, la stupeur du Chourineur pendant cette scène terrible : sa sauvage et rude figure exprimait la compassion. Il s'approcha de Rodolphe, et lui dit à voix basse :

— Monsieur Rodolphe, il n'a peut-être que ce qu'il mérite... c'était un fameux scélérat ! il a aussi voulu me tuer tantôt ; mais maintenant il est aveugle, il pleure. Tenez, tonnerre ! il me fait de la peine... il ne sait comment s'en aller. Il peut se faire écraser dans les rues. Voulez-vous que je le conduise quelque part où il pourra être tranquille au moins ?

— Bien... dit Rodolphe, ému de cette générosité et prenant la main du Chourineur ; bien, va...

Le Chourineur s'approcha du Maître d'école et lui mit la main sur l'épaule.

Le brigand tressaillit.

— Qu'est-ce qui me touche ? dit-il d'une voix sourde.

— Moi...

— Qui, toi ?

— Le Chourineur.

— Tu viens aussi te venger, n'est-ce pas ?

— Tu ne sais comment sortir !... prends mon bras... je vais te conduire.

— Toi ! Toi !

— Oui, tu me fais de la peine maintenant ; viens !

— Tu veux donc me tendre un piège ?

— Tu sais bien que je ne suis pas lâche... je n'abuserai pas de ton malheur. Allons, partons, il fait jour.

— Il fait jour ! ! ! ah ! je ne verrai plus jamais quand il fera jour, moi ! s'écria le Maître d'école.

Rodolphe ne put supporter davantage cette scène, il rentra brusquement, suivi de David, en faisant signe aux deux domestiques de s'éloigner.

Le Chourineur et le Maître d'école restèrent seuls.

— Est-ce vrai qu'il y a de l'argent dans le portefeuille qu'on m'a donné ? dit le brigand, après un long silence.

— Oui, j'y ai mis moi-même cinq mille francs. Avec cela tu peux te placer en pension quelque part, dans quelque coin, à la campagne, pour le restant de tes jours... ou bien veux-tu que je te conduise chez l'ogresse ?

— Non, elle me volerait

— Chez Bras-Rouge ?

— Il m'empoisonnerait pour me voler !

— Où veux-tu que je te conduise ?

— Je ne sais pas. Tu n'es pas voleur, toi, Chourineur. Tiens, cache bien mon portefeuille dans ma veste, que la Chouette ne le voie pas, elle me dévaliserait.

— La Chouette ? on l'a portée à l'hospice Beaujon. En me débattant contre vous deux, cette nuit, je lui ai *déformé* une jambe.

— Mais qu'est-ce que je vais devenir ? mon Dieu ! qu'est-ce que je vais devenir avec ce rideau noir-là, là toujours devant moi ! Et sur ce rideau noir si je voyais paraître les figures pâles et mortes de ceux...

Il tressaillit, et dit d'une voix sourde au Chourineur :

— Cet homme de cette nuit, est-ce qu'il est mort ?

— Non.

— Tant mieux !

Et le brigand resta quelque temps silencieux ; puis tout à coup il s'écria en bondissant de rage :

— C'est pourtant toi, Chourineur, qui me vaut cela ! brigand... sans toi je refroidissais l'homme et j'emportais l'argent. Si je suis aveugle, c'est ta faute ! oui, c'est ta faute !

— Ne pense plus à cela, c'est malsain pour toi. Voyons, viens-tu, oui ou non ?... je suis fatigué, je veux dormir. C'est assez nocé comme ça. Demain je retourne à mon train de bois. Je vais te conduire où tu voudras, j'irai me coucher après.

— Mais je ne sais où aller, moi. Dans mon garni... je n'ose pas... il faudrait dire...

— Eh bien ! écoute : veux-tu, pour un jour ou deux, venir dans mon chenil ? Je te trouverai peut-être bien des braves gens qui, ne sachant pas qui tu es, te prendront en pension chez eux comme un infirme. Tiens... il y a justement un homme du port Saint-Nicolas, que je connais, dont la mère habite Saint-Mandé ; une digne femme, qui n'est pas heureuse. Peut-être bien qu'elle pourrait se charger de toi... Viens-tu, oui ou non ?

— On peut se fier à toi, Chourineur. Je n'ai pas peur d'aller chez toi avec mon argent. Tu n'as jamais volé, toi... tu n'es pas méchant, tu es généreux.

— Allons, c'est bon, assez d'épitaphes comme ça.

— C'est que je suis reconnaissant de ce que tu veux bien faire pour moi, Chourineur. Tu es sans haine et sans rancune, toi..., dit le brigand avec humilité, tu vaux mieux que moi.

— Tonnerre ! je le crois bien ; M. Rodolphe m'a dit que j'avais du cœur.

— Mais quel est-il donc, cet homme ? Ce n'est pas un homme, s'écria le Maître d'école avec un redoublement de fureur désespérée, c'est un bourreau ! un monstre !

Le Chourineur haussa les épaules et dit :

— Partons-nous ?

— Nous allons chez toi, n'est-ce pas, Chourineur ?

— Oui.

— Tu n'as pas de rancune de cette nuit, tu me le jures, n'est-ce pas ?

— Oui.

— Et tu es sûr qu'il n'est pas mort... *l'homme ?*

— J'en suis sûr.

— Ça sera toujours celui-là de moins, dit le brigand d'une voix sourde.

Et, s'appuyant sur le bras du Chourineur, il quitta la maison de l'allée des Veuves.

DEUXIÈME PARTIE

CHAPITRE PREMIER

L'ILE-ADAM

Un mois s'était passé depuis les événements dont nous avons parlé. Nous conduirons le lecteur dans la petite ville de l'Ile-Adam, située dans une position ravissante, au bord de la rivière de l'Oise, au pied d'une forêt.

Les plus petits faits deviennent des événements en province. Aussi, les oisifs de l'Ile-Adam, qui se promenaient ce matin-là sur la place de l'église, se préoccupaient-ils beaucoup de savoir quand arriverait l'acquéreur du plus beau fonds de boucherie de la ville tout récemment cédé par la veuve Dumont, à laquelle il appartenait.

Sans doute l'acquéreur était riche : car il avait fait splendidement peindre et décorer la boutique. Depuis trois semaines, les ouvriers avaient travaillé jour et nuit. Une belle grille de bronze, rehaussée d'or, s'étendait sur toute l'ouverture de l'étal, et le fermait en laissant circuler l'air. De chaque côté de la grille s'élevaient de larges pilastres, surmontés de deux grosses têtes de taureaux à cornes dorées ; ils soutenaient le vaste entablement destiné à recevoir l'enseigne de la boutique. Le reste de la maison, composé d'un étage, avait été peint d'une couleur de pierre ; les persiennes, d'un gris clair. Les travaux étaient terminés, sauf le placement de l'enseigne, impatiemment attendu par les oisifs, très désireux de connaître le nom du successeur de la veuve.

Enfin les ouvriers apportèrent un grand tableau, et les curieux purent lire, en lettres dorées sur un fond noir : « Francœur, marchand boucher ».

La curiosité des oisifs de l'Ile-Adam ne fut qu'en partie satisfaite par ce renseignement. Quel était ce M. Francœur ? Un des plus impatients alla s'en informer auprès du garçon boucher, qui, l'air joyeux et ouvert s'occupait activement des derniers soins de l'étalage.

Le garçon, interrogé sur son maître, M. Francœur, répondit qu'il ne le connaissait pas encore, car il avait fait acheter ce fonds par procuration, mais le garçon ne doutait pas que son *bourgeois* ne fît tous ses efforts pour mériter la pratique de MM. les bourgeois de l'Ile-Adam.

Ce petit compliment, fait d'un air avenant et cordial, joint à l'excellence tenue de la boutique, disposa les curieux en faveur de M. Francœur ; plusieurs même promirent à l'instant leur pratique à son garçon.

La maison avait une porte charretière ouvrant sur la rue de l'Eglise. Deux heures après l'ouverture de la boutique, une carriole d'osier toute neuve, attelée d'un bon et vigoureux cheval percheron, entra dans la cour de la boucherie ; deux hommes descendirent de cette voiture.

L'un était Murph, complètement guéri de sa blessure, quoiqu'il fût encore pâle ; l'autre était le Chourineur.

Au risque de répéter une vulgarité, nous dirons que le prestige de l'habit est si puissant, que l'hôte des tavernes de la Cité était presque méconnaissable sous les vêtements qu'il portait. Sa physionomie avait subi la même métamorphose : il avait dépouillé avec ses haillons son air sauvage, brutal et turbulent ; à le voir marcher, ses deux mains dans les poches de sa longue et chaude redingote de castorine couleur noisette, son menton fraîchement rasé enfoui dans une cravate blanche à coins brodés, on l'eût pris pour le bourgeois le plus inoffensif.

Murph attacha la longe du licou du cheval à un anneau de fer scellé dans le mur, fit signe au Chourineur de le suivre ; ils entrèrent dans une jolie salle basse, meublée en noyer, qui formait l'arrière-boutique ; les deux fenêtres donnaient sur la cour, où le cheval piaffait, d'impatience. Murph paraissait être chez lui, car il ouvrit une armoire, il prit une bouteille d'eau-de-vie, un verre, et dit au Chourineur :

— Le froid étant vif ce matin, mon garçon, vous boirez bien un verre d'eau-de-vie ?

— Si cela vous est égal, monsieur Murph... je ne boirai pas

— Vous refusez ?

— Oui, je suis trop content ; et la joie, ça réchauffe. Après ça, quand je dis content... peut-être.

— Comment cela ?

— Hier, vous venez me trouver sur le port Saint-Nicolas, où je débardais crânement pour me réchauffer. Je ne vous avais pas vu depuis la nuit... où le Noir à cheveux blancs avait aveuglé le Maître d'école. C'était la première chose qu'il n'ait pas volée, c'est vrai... mais enfin, tonnerre ! ça m'a remué. Et, Rodolphe, quelle figure ? lui qui avait l'air si bon enfant, il m'a fait peur dans ce moment-là.

— Bien, bien... Après ?

— Vous m'avez donc dit : « Bonjour, Chourineur — Bonjour, monsieur Murph. Vous voilà donc debout ?... tant mieux, tonnerre !... tant mieux. Et M. Rodolphe ? — Il a été obligé de partir quelques jours après l'affaire de l'allée des Veuves, et il vous a oublié, mon garçon. — Eh bien, monsieur Murph ! que je vous réponds, si M. Rodolphe m'a oublié, vrai... ça me fait de la peine ».

— Je voulais dire, mon brave, qu'il avait oublié de récompenser vos services ; mais il en gardera toujours le souvenir.

— Aussi, monsieur Murph, ces paroles-là m'ont regaillardi tout de suite. . Tonnerre ! moi, je ne l'oublierai pas, allez !.. Il m'a dit que j'avais du cœur et de l'honneur... enfin suffit.

— Malheureusement, mon garçon, monseigneur est parti sans laisser d'ordre à votre sujet ; moi, je ne possède rien que ce que me donne monseigneur je ne puis reconnaître comme je le voudrais... tout ce que je vous dois pour ma part.

— Allons donc ! monsieur Murph, vous plaisantez.

— Mais pourquoi diable, aussi, n'êtes-vous pas revenu à l'allée des Veuves après cette nuit fatale ? Monseigneur ne serait pas parti sans songer à vous.

— Dame... M. Rodolphe ne m'a pas fait demander. J'ai cru qu'il n'avait plus besoin de moi.

— Mais vous deviez penser qu'il avait au moins besoin de vous témoigner sa reconnaissance.

— Puisque vous m'avez dit que M. Rodolphe ne m'avait pas oublié, monsieur Murph !

— Allons, bien ; allons, n'en parlons plus. Seulement j'ai eu beaucoup de peine à vous trouver... Vous n'allez donc plus chez l'ogresse ?

— Non.

— Pourquoi cela ?

— C'est des idées à moi... des bêtises.

— A la bonne heure ; mais revenons à ce que vous me disiez.

— A quoi, monsieur Murph ?

— Vous me disiez : « Je suis content de vous avoir rencontré ; et encore, content... peut-être. »

— M'y voilà, monsieur Murph. Hier, en venant à mon train de bois, vous m'avez dit : « Mon garçon, je ne suis pas riche, mais je puis vous faire avoir une place où vous aurez moins de mal que sur le port, et où vous gagnerez quatre francs par jour ». Quatre francs par jour... vive la charte ! Je n'y pouvais croire : paye d'adjudant-sous-officier ! Je vous réponds : « Ça me va, monsieur Murph. — Mais, que vous me dites, il ne faudra pas que vous soyez fait comme un gueux, car ça effrayerait les bourgeois où je vous mène ». Je vous réponds : « Je n'ai pas de quoi me faire autrement ». Vous me dites : « Venez au Temple ». Je vous suis ; je choisis ce qu'il y a de plus flambant chez la mère Hubart, vous m'avancez de quoi payer, et, en un quart d'heure, je suis ficelé comme un propriétaire ou comme un dentiste. Vous me donnez rendez-vous pour ce matin à la porte Saint-Denis, au point du jour ; je vous y trouve avec votre carriole, et nous voici.

— Eh bien ! qu'y a-t-il à regretter pour vous dans tout cela ?

— Il y a... que, d'être bien mis, voyez-vous, monsieur Murph, ça gâte, et que, quand je reprendrai mon vieux bourgeron et mes guenilles, ça me fera un effet. Et puis... gagner quatre francs par jour, moi qui n'en gagnais que deux... et ça tout d'un coup... ça me fait l'effet d'être trop beau, et de ne pouvoir pas durer ; et j'aimerais mieux coucher toute ma vie sur la méchante paillasse de mon garni, que de coucher cinq ou six nuits dans un bon lit. Voilà mon caractère.

— Cela ne manque pas de raison. Mais il vaudrait mieux toujours coucher dans un bon lit.

— C'est clair, il vaut mieux avoir du pain tout son soûl que de crever de faim. Ah çà ! c'est donc une boucherie ici ? dit le Chourineur en prêtant l'oreille aux coups de couperet du garçon, et en entrevoyant des quartiers de bœuf à travers les rideaux

— Oui, mon brave ; elle appartient à un de mes amis. Pendant que mon cheval souffle, voulez-vous la visiter.

— Ma foi, oui ; ça me rappelle ma jeunesse... si ce n'est que j'avais Montfaucon pour abattoir et de vieilles rosses pour bétail. C'est drôle ! si j'avais eu de quoi, c'est un état que j'aurais tout de même bien aimé, que celui de boucher ! S'en aller sur un bon bidet acheter des bestiaux dans les foires, revenir chez soi au coin de son feu, se chauffer si l'on a froid, se sécher si l'on est mouillé, trouver là sa ménagère, une bonne grosse maman fraîche et réjouie, avec une tapée d'enfants qui vous fouillent dans vos sacoches pour voir si vous leur rapportez quelque chose. Et puis le matin, dans l'abattoir, empoigner un bœuf par les cornes... quand il est méchant surtout, nom de nom !... il faut qu'il soit méchant... le mettre à l'anneau, l'abattre, le dépecer, le parer... Tonnerre ! ça aurait été mon ambition, comme à la Goualeuse de manger du sucre d'orge quand elle était petite... A propos de cette pauvre fille, monsieur Murph... en ne la voyant plus revenir chez l'ogresse, je me suis bien douté que M. Rodolphe l'avait tirée de là. Tenez, ça, c'est une bonne action, monsieur Murph. Pauvre fille ! ça ne demandait pas à mal faire... C'était si jeune ! Et plus tard... l'habitude... Enfin M. Rodolphe a bien fait.

— Je suis de votre avis. Mais voulez-vous venir visiter la boutique, en attendant que notre cheval ait soufflé ?

Le Chourineur et Murph entrèrent dans la boutique, puis ils allèrent voir l'étable, où étaient renfermés trois bœufs magnifiques et une vingtaine de moutons ; puis l'écurie, la remise, la tuerie, les greniers et les dépendances de cette maison, tenus avec un soin, une propreté, qui annonçaient l'ordre et l'aisance.

Lorsqu'ils eurent tout vu, sauf l'étage supérieur :

— Avouez, dit Murph, que mon ami est un gaillard bien heureux. Cette maison et ce fonds sont à lui ; sans compter un millier d'écus roulants pour son commerce. Avec cela, trente-huit ans, fort comme un taureau, d'une santé de fer, le goût de son état. Le brave et honnête garçon que vous avez vu en bas le remplace avec beaucoup d'intelligence, quand il va en foire acheter des bestiaux. Encore une fois, n'est-il pas bien heureux, mon ami ?

— Ah ! dame, oui, monsieur Murph. Mais que voulez-vous ? Il y a des heureux et des malheureux ; quand je pense que je vais gagner quatre francs par jour, et qu'il y en a qui ne gagnent que moitié, ou moins. .

— Voulez-vous monter voir le reste de la maison ?

— Volontiers, monsieur Murph.

— Justement le bourgeois qui doit vous employer est là-haut.

— Le bourgeois qui doit m'employer ?

— Oui.

— Tiens, pourquoi donc que vous ne me l'avez pas dit plus tôt ?

— Je vous expliquerai cela plus tard.

— Un moment, dit le Chourineur d'un air triste et embarrassé, en arrêtant Murph par le bras ; écoutez, je dois vous dire une chose.. que M. Rodolphe ne vous a peut-être pas dite... mais que je ne dois pas cacher au bourgeois qui veut m'employer.. parce que, si cela le dégoûte, autant que ce soit tout de suite qu'après

— Que voulez-vous dire ?

— Je veux dire...

— Eh bien ?

— Que je suis repris de justice... que j'ai été au bagne... dit le Chourineur d'une voix sourde.

— Ah ! fit M. Murph.

— Mais je n'ai jamais fait de tort à personne ! s'écria le Chourineur, et je crèverais plutôt de faim que de voler... Mais j'ai fait pis que voler, ajouta le Chourineur en baissant la tête, j'ai tué... par colère... Enfin, ce n'est pas tout ça, reprit-il après un moment de silence, les bourgeois ne veulent jamais employer un forçat ; ils ont raison, c'est pas là qu'on couronne des rosières. C'est ce qui m'a toujours empêché de trouver de l'ouvrage ailleurs que sur les ports, à débarder des trains de bois ; car j'ai toujours dit, en me présentant pour travailler : « Voici, voilà... en voulez-vous ? n'en voulez pas ? ». J'aime mieux être refusé tout de suite que découvert plus tard... C'est pour vous dire que je vais tout dégoiser au bourgeois. Vous le connaissez : s'il doit me refuser, évitez-moi ça en me le disant, et je vais tourner les talons.

— Venez toujours, dit Murph.

Le Chourineur suivit Murph ; ils montèrent un escalier ; une porte s'ouvrit, tous deux se trouvèrent en présence de Rodolphe.

— Mon bon Murph... laisse-nous, dit Rodolphe.

CHAPITRE II

RÉCOMPENSE

— Vive la charte! je suis crânement content de vous retrouver, monsieur Rodolphe, ou plutôt monseigneur, s'écria le Chourineur.

Il éprouvait une véritable joie à revoir Rodolphe; car les cœurs généreux s'attachent autant par les services qu'ils rendent que par ceux qu'ils reçoivent.

— Bonjour, mon garçon; je suis aussi ravi de vous voir.

— Farceur de M. Murph! qui disait que vous étiez parti. Mais tenez, monseigneur...

— Appelez-moi M. Rodolphe, j'aime mieux ça.

— Eh bien, monsieur Rodolphe! pardon de n'avoir pas été vous revoir après la nuit du Maître d'école... Je sens maintenant que j'ai fait une impolitesse; mais enfin, vous ne m'en voudrez pas, n'est-ce pas?

— Je vous la pardonne, dit Rodolph en souriant.

Puis il ajouta :

— Murph vous a fait voir cette maison?

— Oui, monsieur Rodolph; belle habitation, belle boutique; c'est cossu, soigné. A propos de cossu, c'est moi qui va l'être, monsieur Rodolph : quatre francs par jour, que M. Murph me fait gagner... quatre francs!

— J'ai mieux que cela à vous proposer, mon garçon.

— Oh! mieux... sans vous commander, c'est difficile. Quatre francs par jour!

— J'ai mieux à vous proposer, vous dis-je : car cette maison, ce qu'elle contient, cette boutique et mille écus que voici dans ce portefeuille, tout cela vous appartient.

Le Chourineur sourit d'un air stupide, aplatit son castor à longs poils entre ses deux genoux, qu'il serrait convulsivement, et ne comprit pas ce que Rodolphe lui disait, quoique ses paroles fussent très claires.

Celui-ci reprit avec bonté :

— Je conçois votre surprise, mais, je vous le répète, cette maison et cet argent sont à vous, sont votre propriété.

Le Chourineur devint pourpre, passa sa main calleuse sur son tront baigné de sueur, et balbutia d'une voix altérée :

— Oh ! c'est-à-dire... c'est-à-dire... ma propriété...

— Oui, votre propriété, puisque je vous donne tout cela. Comprenez-vous ! je vous le donne, à vous...

Le Chourineur s'agita sur sa chaise, se gratta la tête, toussa, baissa les yeux et ne répondit pas. Il sentait le fil de ses idées lui échapper. Il entendait parfaitement ce que lui disait Rodolphe, et c'est justement pour cela qu'il ne pouvait croire à ce qu'il entendait. Entre la misère profonde, la dégradation où il avait toujours vécu, et la position que lui assurait Rodolphe, il y avait un abîme que le service qu'il avait rendu à Rodolphe ne comblait même pas.

Ne hâtant pas le moment où son protégé ouvrirait enfin les yeux à la réalité, Rodolphe jouissait avec délices de cette stupeur, de cet étourdissement du bonheur.

Il voyait, avec un mélange de joie et d'amertume indicibles, que chez certains hommes, l'habitude de la souffrance et du malheur est telle, que leur raison se refuse à admettre la possibilité d'un avenir qui serait, pour un grand nombre, une existence très peu enviable.

« Certes, pensait-il, si l'homme a jamais, à l'instar de Prométhée, ravi quelque rayon de la divinité, c'est dans ces moments où il fait (qu'on pardonne ce blasphème !) ce que la Providence devrait faire de temps à autre pour l'édification du monde : prouver aux bons et aux méchants qu'il y a récompense pour les uns, punition pour les autres. »

Après avoir encore un peu joui du bienheureux hébétement du Chourineur, Rodolphe continua :

— Ce que je vous donne vous semble donc bien au-delà de vos espérances ?

— Monseigneur ! dit le Chourineur en se levant brusquement, vous me proposez cette maison et beaucoup d'argent... pour me tenter ; mais je ne peux pas.

— Vous ne pouvez pas, quoi ? dit Rodolphe avec étonnement.

Le visage du Chourineur s'anima, sa honte cessa ; il dit d'une voix ferme :

— Ce n'est pas pour m'engager à voler, que vous m'offrez tant d'argent, je le sais bien. D'ailleurs, je n'ai jamais volé de ma vie... C'est peut-être pour tuer... mais j'ai bien assez du rêve du sergent ! ajouta le Chourineur d'une voix sombre.

— Ah ! les malheureux ! s'écria Rodolphe avec amertume. La compassion qu'on leur témoigne est-elle donc rare à ce point qu'ils ne peuvent s'expliquer la libéralité que par le crime ?

Puis, s'adressant au Chourineur, il lui dit d'un ton plein de douceur :

— Vous me jugez mal... vous vous trompez, je n'exigerai rien de vous que d'honorable. Ce que je vous donne, je vous le donne parce que vous le méritez.

— Moi ! s'écria le Chourineur, dont les ébahissements recommencèrent, je le mérite, et comment ?

— Je vais vous le dire : sans notions du bien et du mal, abandonné à vos instincts sauvages, renfermé pendant quinze ans au bagne avec les plus affreux scélérats, pressé par la misère et par la faim, forcé, par votre flétrissure et par la réprobation des honnêtes gens à continuer à fréquenter la lie des malfaiteurs, non seulement vous êtes resté probe, mais le remords de votre crime a survécu à l'expiation que la justice humaine vous avait imposée.

Ce langage simple et noble fut une nouvelle source d'étonnement pour le Chourineur. Il regardait Rodolphe avec un respect mêlé de crainte et de reconnaissance. Mais il ne pouvait encore se rendre à l'évidence.

— Comment, monsieur Rodolphe, parce que vous m'avez battu, parce que, vous croyant ouvrier comme moi, puisque vous parliez argot comme père et mère, je vous ai raconté ma vie entre un verre de vin, et qu'après ça je vous ai empêché de vous noyer... Vous, comment ? Enfin, moi... une maison... de l'argent... moi comme un bourgeois... Tenez, monsieur Rodolphe, encore une fois, c'est pas possible.

— Me croyant un des vôtres, vous m'avez raconté votre vie naturellement et sans feinte, sans cacher ce qu'il y avait de coupable ou de généreux. Je vous ai jugé... bien jugé, et il me plaît de vous récompenser.

— Mais, monsieur Rodolphe, ça ne se peut pas. Non, enfin, il y a de pauvres ouvriers qui toute leur vie ont été honnêtes, et qui...

— Je le sais, et j'ai peut-être fait pour plusieurs de ceux-là plus que je ne fais pour vous. Mais, si l'homme qui vit honnête au milieu des gens honnêtes, encouragé par leur estime, mérite intérêt et appui, celui qui, malgré l'éloignement des gens de bien, reste honnête au milieu des plus abominables scélérats de la terre, celui-là aussi mérite intérêt et appui. D'ailleurs, ce n'est pas tout : vous m'avez sauvé la vie, vous l'avez aussi sauvée à Murph, mon ami le plus cher. Ce que je fais pour vous m'est donc autant dicté par la reconnaissance personnelle que par le désir de retirer de la fange une bonne et forte nature qui s'est égarée, mais non perdue... Et ce n'est pas tout.

— Qu'est-ce donc que j'ai encore fait, monsieur Rodolphe ?

Rodolphe lui prit cordialement la main et lui dit :

— Rempli de commisération pour le malheur d'un homme qui, auparavant, avait voulu vous tuer, vous lui avez offert votre appui ; vous lui avez même donné asile dans votre pauvre demeure, impasse Notre-Dame, n° 9.

— Vous saviez où je demeurais, monsieur Rodolphe ?

— Parce que vous oubliez les services que vous m'avez rendus, je ne les oublie pas, moi. Lorsque vous avez quitté ma maison, on vous a suivi ; on vous a vu rentrer chez vous avec le Maître d'école.

— Mais M. Murph m'avait dit que vous ne saviez pas où je demeurais, monsieur Rodolphe.

— Je voulais tenter sur vous une dernière épreuve, je voulais savoir si vous aviez le désintéressement de la générosité. En effet, après votre généreuse action, vous êtes retourné à vos rudes labeurs de chaque jour, ne demandant rien, n'espérant rien, n'ayant pas même un mot d'amertume pour blâmer l'apparente ingratitude avec laquelle je méconnaissais vos services ; et, quand hier Murph vous a proposé une occupation un peu mieux rétribuée que votre travail habituel, vous avez accepté avec joie, avec reconnaissance !

— Ecoutez donc, monsieur Rodolphe, pour ce qui est de ça, quatre francs par jour sont toujours quatre francs par jour. Quant au service que je vous ai rendu, c'est plutôt moi qui vous en remercie.

— Comment cela ?

— Oui, oui, monsieur Rodolphe, ajouta-t-il d'un air triste, il m'est encore revenu des choses... car, depuis que je vous connais et que vous m'avez dit ces deux mots : Tu as encore du CŒUR et de l'HONNEUR, c'est étonnant comme je réfléchis. C'est tout de même drôle que deux mots, deux seuls mots, produisent ça. Mais, au fait, semez deux petits grains de blé de rien du tout dans la terre, et il va pousser de grands épis.

Cette comparaison juste, presque poétique, frappa Rodolphe. En effet, deux mots, mais deux mots puissants et magiques pour ceux qui les comprennent, avaient presque subitement développé dans cette nature énergique les bons et généreux instincts qui existaient en germe.

— Voyez-vous, monseigneur, reprit le Chourineur, j'ai sauvé M. Rodolphe et un peu M. Murph, c'est vrai, mais j'en sauverais des centaines, des milliers, que ça ne rendrait pas la vie à ceux...

Et le Chourineur baissa la tête d'un air sombre.

— Ce remords est salutaire, mais une bonne action est toujours comptée.

— Et puis, dans ce que vous avez dit au Maître d'école sur les meurtriers, monsieur Rodolphe, il y avait des choses qui pouvaient m'aller, en bien comme en mal.

Voulant rompre le cours des pensées du Chourineur, Rodolphe lui dit :

— C'est vous qui avez placé le Maître d'école à Saint-Mandé ?

— Oui, monsieur Rodolphe... Il m'avait fait changer ses billets pour de l'or et acheter une ceinture que je lui ai cousue sur lui... Nous avons mis son quitus là-dedans, et bon voyage ! Il est en pension pour trente sous par jour, chez de bien bonnes gens à qui ça fait une petite douceur.

— Il faudra que vous me rendiez encore un service, mon garçon.

— Parlez, monsieur Rodolphe.

— Dans quelques jours vous irez le trouver... avec ce papier : c'est le titre d'une place à perpétuité aux Bons Pauvres. Il donnera quatre mille cinq cents francs, et il sera admis pour sa vie à la présentation de ce titre : c'est convenu, tout arrangé. J'ai réfléchi que cela vaudrait mieux. Il s'assurera ainsi un abri et du pain pour le restant de ses jours, et il n'aura qu'à songer au repentir. Je regrette même de ne lui avoir pas de suite donné cette entrée, au lieu d'une somme qui peut être dissipée ou volée ; mais il m'inspirait une telle horreur que je voulais avant tout être délivré de sa présence. Vous lui ferez donc cette offre, et vous le conduirez à l'hospice. Si par hasard il refuse, nous verrons à agir autrement. Il est donc convenu que vous irez le trouver ?

— Ce serait avec plaisir, monsieur Rodolphe, que je vous rendrais service, comme vous dites, mais je ne sais pas si je serai libre, M. Murph m'a engagé avec un bourgeois pour quatre francs par jour.

Rodolphe regarda le Chourineur avec étonnement.

— Comment ! Et votre boutique ? et votre maison ?

— Voyons, monsieur Rodolphe, ne vous moquez pas d'un pauvre diable. Vous vous êtes déjà assez amusé à m'éprouver, comme vous dites. Votre maison et votre boutique, c'est une chanson sur le même air. Vous

vous êtes dit : Voyons donc si cet animal de Chourineur sera assez coq d'Inde pour se figurer que... Assez, assez, monsieur Rodolphe. Vous êtes un jovial... fini !

— Comment ! tout à l'heure ne vous ai-je pas expliqué...

— Pour donner de la couleur à la chose... connu... et, foi d'homme, j'y avais un brin mordu. Fallait-il être buse !

— Mais, mon garçon, vous êtes fou !

— Non, non, monseigneur. Tenez, parlez-moi de M. Murph. Quoique ça soit déjà crânement étonnant, quatre francs par jour, à la rigueur ça se conçoit ; mais une maison, une boutique, de l'argent en masse, quelle farce ! Tonnerre, quelle farce !

Et il se mit à rire d'un gros rire bruyant et sincère.

— Mais, encore une fois...

— Ecoutez, monseigneur, franchement vous m'avez d'abord un petit peu mis dedans ; c'est quand je me suis dit : M. Rodolphe est un gaillard comme il n'y en a pas beaucoup, il a peut-être quelque chose à envoyer chercher chez le *boulanger,* il me donne la commission, et il veut me graisser la patte pour que je ne craigne pas le roussi. Mais après ça j'ai réfléchi que j'avais tort de penser ça de vous, et c'est là où j'ai vu que vous me montiez une farce ; car si j'étais assez Job pour croire que vous me donnez tout une fortune pour rien de rien, c'est pour le coup, monseigneur, que vous diriez : « Pauvre Chourineur, va ! tu me fais de la peine... tu es donc malade ? ».

Rodolphe commençait à être assez embarrassé de convaincre le Chourineur. Il lui dit d'un ton grave et imposant, presque sévère :

— Je ne plaisante jamais avec la reconnaissance et l'intérêt que m'inspire une noble conduite... Je vous l'ai dit, cette maison et cet argent sont à vous, c'est moi qui vous les donne. Et, puisque vous hésitez à me croire, puisque vous me forcez de vous faire un serment, je vous jure sur l'honneur que tout ceci vous appartient, et que je vous le donne pour les raisons que je vous ai dites.

A cet accent ferme, digne, à l'expression sérieuse des traits de Rodolphe, le Chourineur ne douta plus de la vérité. Pendant quelques moments il le regarda en silence, puis il lui dit sans emphase et d'une voix profondément émue :

— Je vous crois, monseigneur, et je vous remercie bien. Un pauvre homme comme moi ne sait pas faire de phrases. Encore une fois, tenez, je vous remercie bien. Tout ce que je peux vous dire, voyez-vous, c'est que je ne refuserai jamais un secours aux malheureux, parce que la faim et la misère, c'est des ogresses dans le genre de celles qui ont embauché cette pauvre Goualeuse, et qu'une fois dans l'égout, tout le monde n'a pas la poigne assez forte pour s'en retirer.

— Vous ne pouviez mieux me remercier, mon garçon... vous me comprenez. Vous trouverez dans ce secrétaire les titres de cette propriété, acquise pour vous au nom de M. Francœur.

— M. Francœur ?

— Vous n'avez pas de nom, je vous donne celui-là. Il est d'un bon présage. Vous l'honorerez, j'en suis sûr.

— Monseigneur, je vous le promets.

— Courage, mon garçon ! Vous pouvez m'aider dans une bonne œuvre.

— Moi, monseigneur ?

— Vous, aux yeux du monde, vous serez un vivant et salutaire exemple. L'heureuse position que la Providence vous fait prouvera que les gens tombés bien bas peuvent encore se relever et beaucoup espérer lorsqu'ils se repentent et qu'ils conservent pures quelques saillantes qualités. En vous voyant heureux, parce qu'après avoir commis une criminelle action, expiée par une punition terrible, vous êtes resté probe, courageux, désintéressé, ceux qui auront failli tâcheront de devenir meilleurs. Je veux qu'on ignore rien de votre passé. Tôt ou tard on le connaîtrait ; il vaut mieux aller au-devant d'une révélation. Tout à l'heure donc j'irai trouver avec vous le maire de cette commune ; je me suis informé de lui ; c'est un homme digne de concourir à mon œuvre. Je me nommerai et je serai votre caution ; et, pour établir dès à présent des relations honorables entre vous et les deux personnes qui représentent moralement la société de cette ville, j'assurerai pendant deux ans une somme mensuelle de mille francs destinés aux pauvres ; chaque mois je vous enverrai cette somme, dont l'emploi sera réglé par vous, par le maire et par le curé. Si l'un d'eux conservait les moindres scrupules à se mettre en rapport avec vous, ce scrupule s'effacerait devant les exigences de la charité. Ces relations une fois assurées, il dépendra de vous de mériter l'estime de ces gens recommandables, et vous n'y manquerez pas.

— Monseigneur, je vous comprends. Ce n'est pas moi, le Chourineur, à qui vous faites tout ce bien, c'est aux malheureux qui, comme moi, se sont trouvés dans la peine, dans le crime, et qui en sont sortis, comme vous dites, avec du cœur et de l'honneur. Sauf votre respect, c'est comme dans l'armée : quand tout un bataillon a donné à mort, on ne peut pas décorer tout le monde, il n'y a que quatre croix pour cinq cents braves ; mais ceux qui n'ont pas l'étoile se disent : Bon, je l'aurai une autre fois, et l'autre fois ils chargent à mort encore.

Rodolphe écoutait son protégé avec bonheur. En rendant à cet homme l'estime de soi, en le relevant à ses propres yeux, en lui donnant pour ainsi dire la conscience de sa valeur, il avait presque instantanément développé dans son cœur et dans son esprit des réflexions remplies de sens, d'honorabilité, on dirait presque de délicatesse.

— Ce que vous me dites là, Francœur, reprit Rodolphe, est une nouvelle manière de me prouver votre reconnaissance, je vous en sais gré.

— Tant mieux, monseigneur, car je serais bien embarrassé de vous la prouver autrement.

— Maintenant allons visiter votre maison, mon vieux Murph s'est donné ce plaisir, et je veux l'avoir aussi.

Rodolphe et le Chourineur descendirent.

Au moment où ils entraient dans la cour, le garçon, s'adressant au Chourineur, lui dit respectueusement :

— Puisque c'est vous qui êtes le bourgeois, monsieur Francœur, je viens vous dire que la pratique donne. Il n'y a plus de côtelettes ni de gigots, et il faudrait saigner un ou deux moutons tout de suite.

— Parbleu ! dit Rodolphe au Chourineur, voici une belle occasion d'exercer votre talent.. et je veux en avoir l'étrenne.. le grand air m'a donné de l'appétit, et je goûterai de vos côtelettes, bien qu'un peu dures, je le crains.

— Vous êtes bien bon, monsieur Rodolphe, dit le Chourineur d'un air joyeux ; vous me flattez ; je vais faire de mon mieux.

— Faut-il mener deux moutons à la tuerie, bourgeois ? dit le garçon

— Oui, et apporte un couteau bien aiguisé, pas trop fin de tranchant, et fort de dos.

— J'ai votre affaire, bourgeois, soyez tranquille... c'est à se raser avec. Tenez.

— Tonnerre ! monsieur Rodolphe, dit le Chourineur en ôtant sa redingote avec empressement et en relevant les manches de sa chemise qui laissaient voir ses bras d'athlète. Ça me rappelle ma jeunesse et l'abattoir ; vous allez voir comme je taille là-dedans... Nom de nom, je voudrais déjà y être ! Ton couteau, garçon, ton couteau ! C'est ça... tu t'y entends. Voilà une lame ! Qui est-ce qui en veut ?... Tonnerre ! avec un chourin comme ça, je mangerais un taureau furieux.

Et le Chourineur brandit le couteau. Ses yeux commençaient à s'injecter de sang ; la bête reprenait le dessus ; l'instinct, l'appétit sanguinaire reparaissait dans toute son effrayante énergie.

La tuerie était dans la cour.

C'était une pièce voûtée, sombre, dallée de pierres, et éclairée de haut par une étroite ouverture.

Le garçon conduisit un des moutons jusqu'à la porte.

— Faut-il le passer à l'anneau, bourgeois ?

— L'attacher, tonnerre !... Et ces genoux-là ! Sois tranquille, je le serrerai là-dedans comme dans un étau. Donne-moi la bête, et retourne à la boutique.

Le garçon rentra.

Rodolphe resta seul avec le Chourineur ; il l'examinait avec intention, presque avec anxiété.

— Voyons, à l'ouvrage ! lui dit-il.

— Et ça ne sera pas long, tonnerre ! Vous allez voir si je manie le couteau. Les mains me brûlent, ça me bourdonne aux oreilles... Les tempes me battent comme quand j'allais y voir rouge... Avance ici, toi... eh ! Madelon, que je te chourine à mort !

Et, les yeux brillants d'un éclat sauvage, ne s'apercevant plus de la présence de Rodolphe, il souleva la brebis sans efforts, et d'un bond il l'emporta dans la tuerie avec une joie féroce.

On eût dit un loup se sauvant dans sa tanière avec sa proie.

Rodolphe le suivit, s'appuya sur un des ais de la porte qu'il ferma.

La tuerie était sombre ; un vif rayon de lumière, tombant d'aplomb, éclairait à la Rembrandt la rude figure du Chourineur, ses cheveux blond pâle et ses favoris roux. Courbé en deux, tenant aux dents un long couteau qui brillait dans le clair-obscur, il attirait la brebis entre ses genoux. Lorsqu'il l'y eut assujettie, il la prit par la tête, lui fit tendre le cou et l'égorgea.

Au moment où la brebis sentit la lame, elle poussa un petit bêlement doux, plaintif, tourna son regard mourant vers le Chourineur, et deux jets de sang frappèrent le tueur au visage.

Ce cri, ce regard, ce sang dont il dégouttait, causèrent une épouvantable impression à cet homme. Son couteau lui tomba des mains, sa figure devint livide, contractée, effrayante sous le sang qui la couvrait ; ses yeux s'arrondirent, ses cheveux se hérissèrent ; puis, reculant tout à coup avec horreur, il s'écria d'une voix étouffée :

— Oh ! le sergent ! le sergent !

Rodolphe courut à lui.

— Reviens à toi, mon garçon.

— Là... là... le sergent..., répéta le Chourineur en se reculant pas à pas, l'œil fixe, hagard, et montrant du doigt quelque fantôme invisible. Puis, poussant un cri effroyable, comme si le spectre l'eût touché, il se précipita au fond de la tuerie, dans l'endroit le plus noir, et là, se jetant sur sa poitrine, les bras contre le mur, comme s'il eût voulu le renverser pour échapper à une horrible vision, il répétait encore d'une voix lourde et convulsive :

— Oh ! le sergent !... le sergent !... le sergent !...

CHAPITRE III

LE DÉPART

Grâce aux soins de Murph et de Rodolphe, qui calmèrent à grand-peine son agitation, le Chourineur revint complètement à lui après une longue crise.

Il se trouvait seul avec Rodolphe dans une des pièces du premier étage de la boucherie.

— Monseigneur, dit-il avec abattement, vous avez été bien bon pour moi... mais tenez, voyez-vous, j'aimerais mieux être mille fois plus malheureux encore que je ne l'ai été que d'accepter l'état que vous me proposez...

— Réfléchissez... pourtant.

— Tenez, monseigneur... quand j'ai entendu le cri de cette pauvre bête qui ne se défendait pas... quand j'ai senti son sang me sauter à la figure... un sang chaud... qui avait l'air d'être en vie... Oh ! vous ne savez pas ce que c'est... alors, j'ai revu mon rêve... le sergent... et ces pauvres jeunes soldats que je chourinais... qui ne se défendaient pas, et qui, en mourant, me regardaient d'un air si doux... si doux... qu'ils avaient l'air de me plaindre !... Oh ! monseigneur ! c'est à devenir fou !...

Et le malheureux cacha sa tête dans ses mains avec un mouvement convulsif.

— Allons, calmez-vous.

— Excusez-moi, monseigneur, mais maintenant la vue du sang... d'un couteau... je ne pourrais la supporter... A chaque instant, ça réveillerait mes rêves que je commençais à oublier... Avoir tous les jours les mains ou les pieds dans le sang... égorger de pauvres bêtes... qui ne se défendent pas... oh ! non, non, je ne pourrais pas... j'aimerais mieux être aveugle, comme le Maître d'école, que d'être réduit à ce métier.

Il est impossible de peindre l'énergie du geste, de l'accent, de la physionomie du Chourineur en s'exprimant ainsi.

Rodolphe se sentait profondément ému. Il était satisfait de l'horrible impression que la vue du sang avait causée à son protégé.

Un moment, chez le Chourineur, la bête sauvage, l'instinct sanguinaire avaient vaincu l'homme ; mais le remords avait vaincu l'instinct. Cela était beau, cela était un grand enseignement.

Il faut le dire à la louange de Rodolphe, il n'avait pas désespéré de ce mouvement. Sa volonté, non le hasard avait amené la scène de la tuerie.

— Pardonnez-moi, monseigneur, dit timidement le Chourineur, je récompense bien mal vos bontés pour moi... mais...

— Loin de là... vous comblez mes vœux... Pourtant, je l'avoue, je n'étais pas certain de trouver chez vous cette sainte exaltation du remords.

— Comment, monseigneur ?

— Ecoutez, dit Rodolphe, voici quelle avait été ma pensée : j'avais choisi pour vous l'état de boucher, parce que vos goûts, vos instincts vous y portaient...

— Hélas ! monseigneur, c'est vrai... Sans ce que vous savez, ça aurait été mon bonheur... je le disais encore tantôt à M. Murph.

— Je le savais... aussi, mon pauvre Francœur, le bien nommé, si vous aviez accepté l'offre que je vous faisais... et vous le pouviez sans perdre de mon estime, tout ce qui est ici vous appartenait, je payais une dette sacrée... je vous retirais d'une position pénible, je constituais en vous un bon et frappant et salutaire exemple... et je continuais de m'intéresser à votre avenir. Si, au contraire, la vue du sang que vous vous apprêtiez à verser machinalement vous rappelait votre crime ; si un soulèvement involontaire me prouvait que le remords veillait toujours au fond de votre âme, mes vues pour vous changeaient ; car l'état que je vous offrais devenait un supplice de chaque jour...

— Oh ! c'est bien vrai, monsieur Rodolphe, un supplice horrible.

— Maintenant voici ce que je vous propose ; vous accepterez, je le crois, car j'ai agi d'après cette certitude. Une personne qui possède beaucoup de propriétés en Algérie m'a cédé pour vous (il n'y a plus du moins qu'à signer l'acte) une vaste ferme destinée à l'élevage des bestiaux. Les terres qui en dépendent sont très fertiles et en pleine exploitation ; mais, je ne vous le cache pas, connaissant votre courage et le besoin où vous êtes de l'exercer, j'ai conditionnellement acquis ces biens, quoiqu'ils fussent situés sur les limites de l'Atlas... il faut être là au moins autant soldat que cultivateur ; c'est à la fois une redoute et une métairie. L'homme qui fait valoir cette habitation en l'absence du propriétaire vous mettrait au fait de tout ; il est, dit-on, honnête et dévoué ; vous le garderiez auprès de vous tant qu'il vous serait nécessaire. Une fois établi là, non seulement vous pourriez augmenter votre aisance par le travail et par l'intelligence, mais rendre de vrais services au pays par votre courage. Les colons se forment en milice. L'étendue de votre propriété, le nombre des tenanciers qui en dépendent vous rendraient le chef d'une troupe armée assez considérable. Disciplinée, électrisée par votre bravoure, elle pourrait être d'une extrême utilité pour protéger les propriétés éparses dans la plaine. Je vous le répète, j'ai choisi cela malgré le danger, ou plutôt à cause du danger, parce que je voulais utiliser votre intrépidité naturelle ; parce que, tout en ayant expié, presque racheté un crime, votre réhabilitation sera plus noble, plus entière, plus héroïque, si elle s'achève au milieu des périls d'un pays indompté qu'au milieu des paisibles habitudes d'une petite ville. Si je ne vous ai pas d'abord offert cette position, c'est qu'il était plus que probable que l'autre vous satisferait ; et celle-ci est si aventureuse, que je ne voulais pas vous y exposer sans vous laisser ce choix... Il en est temps encore, si cet établissement ne vous convient pas, dites-le-moi franchement, nous chercherons autre chose... sinon demain tout sera signé ; je vous remettrai les titres de votre propriété... et vous irez à Alger avec une personne désignée par l'ancien propriétaire de la métairie pour vous mettre en possession des biens... Il vous sera dû deux années de fermage ; vous les toucherez en arrivant. La terre rapporte trois mille francs ; travaillez, améliorez, soyez actif, vigilant, et vous accroîtrez facilement votre bien-être et celui des colons que vous serez à même de secourir ; car, je n'en doute pas, vous vous montrerez toujours charitable, généreux, vous vous rappellerez qu'être riche, c'est donner beaucoup... Quoique éloigné de vous, je ne vous perdrai pas de vue. Je n'oublierai jamais que moi et mon meilleur ami nous vous devons la vie. L'unique preuve d'attachement et de reconnaissance que je vous demande est d'apprendre assez vite à lire et à écrire pour pouvoir m'instruire régulièrement une fois par semaine de ce que vous faites, et vous adresser directement à moi si vous avez besoin de conseil ou d'appui.

Il est inutile de peindre les transports et la joie du Chourineur. Son caractère et ses instincts sont assez connus du lecteur pour que l'on comprenne qu'aucune proposition ne pouvait lui convenir davantage.

Le lendemain, en effet, le Chourineur partait pour Alger.

CHAPITRE IV

RECHERCHES

La maison que possédait Rodolphe dans l'allée des Veuves n'était pas le lieu de sa résidence ordinaire. Il habitait un des plus grands hôtels du faubourg Saint-Germain, situé à l'extrémité de la rue Plumet.

Pour éviter les honneurs dus à son rang souverain, il avait gardé l'incognito depuis son arrivée à Paris, son chargé d'affaires près de la cour de France ayant annoncé que son maître rendrait des visites officielles indispensables sous les nom et titre de comte de Duren.

Grâce à cet usage, fréquent dans les cours du Nord, un prince voyage avec autant de liberté et d'agrément, et échappe aux ennuis d'une représentation gênante.

Malgré son transport incognito, Rodolphe tenait, ainsi qu'il convenait, un grand état de maison. Nous introduirons le lecteur dans l'hôtel de la rue Plumet, le lendemain du départ du Chourineur pour l'Algérie.

Dix heures du matin venaient de sonner.

Au milieu d'une grande pièce située au rez-de-chaussée, et précédant le cabinet de travail de Rodolphe, Murph, assis devant un bureau, cachetait plusieurs dépêches.

Un huissier vêtu de noir, portant au cou une chaîne d'argent, ouvrit les deux battants de la porte du salon d'attente et annonça :

— Son Excellence le baron de Graün !

Murph, sans se déranger de son occupation, salua le baron d'un geste à la fois cordial et familier.

— Monsieur le chargé d'affaires.., dit-il en souriant, veuillez vous chauffer, je suis à vous dans l'instant.

— Sir Walter Murph, secrétaire intime de S. A. Sérénissime... j'attendrai vos ordres, répondit gaiement M. de Graün ; et il fit en plaisantant un profond et respectueux salut au digne squire.

Le baron avait cinquante ans environ, des cheveux gris, rares, légèrement poudrés et crêpés. Son menton, un peu saillant, disparaissait à demi dans une haute cravate de mousseline très empesée et d'une blancheur éblouissante. Sa physionomie était remplie de finesse, sa tournure de distinction, et sous les verres de ses bésicles d'or brillait un regard aussi malin que pénétrant. Quoiqu'il fût dix heures du matin,

M. de Graün portait un habit noir : l'étiquette le voulait ainsi ; un ruban rayé de plusieurs couleurs tranchantes était noué à sa boutonnière. Il posa son chapeau sur un fauteuil, et s'approcha de la cheminée pendant que Murph continuait son travail.

— Son Altesse a sans doute veillé une partie de la nuit, mon cher Murph, car votre correspondance me paraît considérable.

— Monseigneur s'est couché ce matin à six heures. Il a écrit entre autres une lettre de huit pages au grand maréchal, et il m'en a dicté une non moins longue pour le chef du conseil suprême.

— Attendrai-je le lever de Son Altesse pour lui faire part des renseignements que j'apporte ?

— Non, mon cher baron... Monseigneur a ordonné qu'on ne l'éveillât pas avant deux ou trois heures de l'après-midi : il désire que vous fassiez partir ce matin ces dépêches par un courrier spécial, au lieu d'attendre à lundi. Vous me confierez les renseignements que vous avez recueillis, et j'en rendrai compte à monseigneur à son réveil : tels sont ses ordres.

— A merveille ! Son Altesse sera, je crois, satisfaite de ce que j'ai à lui apprendre. Mais, mon cher Murph, j'espère que l'envoi de ce courrier n'est pas d'un mauvais augure. Les dernières dépêches que j'ai eu l'honneur de transmettre à Son Altesse...

— Annonçaient que tout allait au mieux *là-bas ;* et c'est justement parce que monseigneur tient à exprimer le plus tôt possible son contentement au chef du Conseil suprême et au grand maréchal, qu'il désire que vous expédiez ce courrier aujourd'hui même.

— Je reconnais là Son Altesse... S'il s'agissait d'une réprimande, elle ne se hâterait pas ainsi ; du reste, il n'y a qu'une voix sur la ferme et habile administration de nos gouvernants par intérim. C'est tout simple, ajouta le baron en souriant ; la montre était excellente et parfaitement réglée par notre maître, il ne s'agissait que de la remonter ponctuellement pour que sa marche invariable et sûre continuât d'indiquer chaque jour l'emploi de chaque heure et de chacun. L'ordre dans le gouvernement produit toujours la confiance et la tranquillité chez le peuple ; c'est ce qui m'explique les bonnes nouvelles que vous me donnez.

— Et ici, rien de nouveau, cher baron ? rien n'a été ébruité ?... Nos mystérieuses aventures...

— Sont complètement ignorées. Depuis l'arrivée de monseigneur à Paris, on s'est habitué à ne le voir que très rarement chez le peu de personnes qu'il s'était fait présenter ; on croit qu'il aime beaucoup la retraite, qu'il fait de fréquentes excursions dans les environs de Paris. Son Altesse s'est sagement débarrassée pour quelque temps du chambellan et de l'aide de camp qu'elle avait amenés d'Allemagne.

— Et qui nous eussent été les témoins fort incommodes.

— Ainsi, à l'exception de la comtesse Sarah Mac-Gregor, de son frère Tom Seyton de Halsbury, et de Karl, leur âme damnée, personne n'est instruit des déguisements de Son Altesse ; or, ni la comtesse, ni son frère, ni Karl, n'ont d'intérêt à trahir ce secret.

— Ah ! mon cher baron, dit Murph en souriant, quel malheur que cette maudite comtesse soit veuve maintenant !

— Ne s'était-elle pas mariée en 1827 ou en 1828 ?

— En 1827, peu de temps après la mort de cette malheureuse petite fille qui aurait maintenant seize ou dix-sept ans, et que monseigneur pleure chaque jour, sans en parler jamais.

— Regrets d'autant plus concevables que Son Altesse n'a pas eu d'enfant de son mariage.

— Aussi, tenez, mon cher baron, j'ai bien deviné qu'à part la pitié qu'inspire la pauvre Goualeuse, l'intérêt que monseigneur porte à cette malheureuse créature vient surtout de ce que la fille qu'il regrette si amèrement (tout en détestant la comtesse sa mère) aurait maintenant le même âge.

— Il est réellement fatal que cette Sarah, dont on devait se croire pour toujours délivré, se retrouve libre justement dix-huit mois après que Son Altesse a perdu le modèle des épouses après quelques années de mariage. La comtesse se croit, j'en suis certain, favorisée du sort par ce double veuvage.

— Et ses espérances insensées renaissent plus ardentes que jamais ; pourtant elle sait que monseigneur a pour elle l'aversion la plus profonde, la plus méritée. N'a-t-elle pas été cause de... Ah ! baron, dit Murph sans achever sa phrase, cette femme est funeste... Dieu veuille qu'elle ne nous amène pas d'autres malheurs !

— Que peut-on craindre d'elle, mon cher Murph ? Autrefois, elle a eu sur monseigneur l'influence que prend toujours une femme adroite et intrigante sur un jeune homme qui aime pour la première fois et qui se trouve surtout dans les circonstances que vous savez ; mais cette influence a été détruite par la découverte des indignes manœuvres de cette créature, et surtout par le souvenir de l'événement épouvantable qu'elle a provoqué.

— Plus bas, mon cher de Graün, plus bas, dit Murph. Hélas ! nous sommes dans ce mois sinistre, et nous approchons de cette date non moins sinistre, le 13 janvier ; je crains toujours pour monseigneur ce terrible anniversaire.

— Pourtant, si une grande faute peut se faire pardonner par l'expiation, Son Altesse ne doit-elle pas être absoute ?

— De grâce, mon cher de Graün, ne parlons pas de cela ; j'en serais attristé pour toute la journée.

— Je vous disais donc qu'à cette heure les visées de la comtesse Sarah sont absurdes, la mort de la pauvre petite fille dont vous parliez tout à l'heure a brisé le dernier lien qui pouvait encore attacher monseigneur à cette femme ; elle est folle si elle persiste dans ses espérances.

— Oui ! mais c'est une dangereuse folle. Son frère, vous le savez, partage ses ambitieuses et opiniâtres imaginations, quoique ce digne couple ait, à cette heure, autant de raisons de désespérer qu'il en avait d'espérer il y a dix-huit ans.

— Ah ! que de malheurs a aussi causé dans ce temps-là l'infernal abbé Polidori par sa criminelle complaisance !

— A propos de ce misérable, on m'a dit qu'il était ici depuis un an ou deux plongé sans doute dans une profonde misère, ou se livrant à quelque ténébreuse industrie

— Quelle chute pour un homme de tant de savoir, de tant d'esprit, de tant d'intelligence !

— Mais aussi d'une si abominable perversité... Fasse le Ciel qu'il ne rencontre pas la comtesse ! L'union de ces deux mauvais esprits serait bien dangereuse.

— Encore une fois, mon cher Murph, l'intérêt même de la comtesse, si déraisonnable que soit son ambition, l'empêchera toujours de profiter du goût aventureux de monseigneur pour tenter quelque méchante action.

— Je l'espère comme vous ; cependant le hasard a déjoué je ne sais quelle proposition, détestable sans doute, que cette femme voulait faire au Maître d'école, cet affreux scélérat qui, à cette heure, hors d'état de nuire à personne, vit ignoré, peut-être repentant, chez d'honnêtes paysans du village de Saint-Mandé. Hélas ! j'en suis convaincu, c'était surtout pour me venger de cet assassin que monseigneur, en lui infligeant un châtiment terrible, risquait de se mettre dans une position très grave.

— Grave ! non, non, mon cher Murph ; car enfin la question est celle-ci : un forçat évadé, un meurtrier reconnu, s'introduit chez vous et vous frappe d'un coup de poignard ; vous pouvez le tuer par droit de légitime défense ou l'envoyer à l'échafaud ; dans les deux cas ce scélérat est voué à la mort ; maintenant, au lieu de le tuer ou de le jeter au bourreau, par un châtiment formidable mais mérité, vous mettez ce monstre hors d'état de nuire à la société. Qui vous accuserait ? La justice se portera-t-elle partie civile contre vous en faveur d'un pareil bandit ? Serez-vous condamnable pour avoir été moins loin que la loi ne vous permettait d'aller, pour avoir seulement privé de la vue celui que vous pouviez légalement tuer ? Comment, pour défendre ma vie ou pour me venger d'un flagrant adultère, la société me reconnaît le droit de vie et de mort sur mon semblable, droit formidable, droit sans contrôle, sans appel, qui me constitue juge et bourreau, et je ne pourrais pas modifier à mon gré la peine capitale que j'aurais pu infliger impunément ? et surtout... surtout lorsqu'il s'agit du brigand dont nous parlons ? car la question est là. Je laisse de côté notre position de prince souverain de la Confédération germanique. Je sais qu'en droit cela ne signifie rien ; mais en fait il est des immunités forcées ; d'ailleurs, supposez un tel procès soulevé contre monseigneur, que d'actions généreuses plaideraient pour lui ! que d'aumônes, que de bienfaits alors révélés ! Encore une fois, dans les conditions où elle se présente, supposez cette cause étrange appelée devant un tribunal, que pensez-vous qu'il arrive ?

— Monseigneur me l'a toujours dit : il accepterait l'accusation et ne profiterait en rien des immunités que sa position lui pourrait assurer. Mais qui ébruiterait ce malheureux événement ? Vous savez l'inébranlable discrétion de David et des quatre serviteurs hongrois de la maison de l'allée des Veuves. Le Chourineur, que monseigneur a comblé, n'a pas dit un mot de l'exécution du Maître d'école, de peur de se trouver compromis. Avant son départ pour Alger, il m'a juré de garder le silence à ce sujet. Quant au brigand lui-même, il sait qu'aller se plaindre c'est porter sa tête au bourreau.

— Enfin, ni monseigneur, ni vous, ni moi, ne parlerons, n'est-ce pas ? Mon cher Murph, ce secret, pour être su de plusieurs personnes n'en sera donc pas moins bien gardé. Au pis-aller, quelques contrariétés seules seraient à craindre ; et encore de si nobles, de si grandes choses apparaîtraient au grand jour à propos de cette cause étrange, qu'une accusation, je le répète, serait un triomphe pour Son Altesse.

— Vous me rassurez complètement. Mais vous m'apportez, dites-vous, les renseignements obtenus à l'aide des lettres trouvées sur le Maître d'école et des déclarations faites par la Chouette pendant un séjour à l'hôpital, dont elle est sortie depuis quelques jours, bien guérie de sa fracture à la jambe.

— Voici ces renseignements, dit le baron en tirant un papier de sa poche. Ils sont relatifs aux recherches faites sur la naissance de la jeune fille appelée la Goualeuse, et sur le lieu de résidence actuelle de François Germain, fils du Maître d'école.

— Voulez-vous me lire ces notes, mon cher de Graün ? Je connais les intentions de monseigneur, je verrai si ces informations suffisent. Vous êtes toujours satisfait de votre agent ?

— C'est un homme précieux, plein d'intelligence, d'adresse et de discrétion. Je suis même parfois obligé de modérer son zèle, car, vous le savez, Son Altesse se réserve certains éclaircissements.

— Et il ignore toujours la part que monseigneur a dans tout ceci ?

— Absolument. Ma position diplomatique sert d'excellent prétexte aux investigations dont je me charge. M. Badinot (notre homme s'appelle ainsi) a beaucoup d'entregent et des relations patentes ou occultes dans presque toutes les classes de la société ; jadis avoué, forcé de vendre sa charge pour de graves abus de confiance, il n'en a pas moins conservé des notions très exactes sur la fortune et sur la position de ses anciens clients ; il sait maint secret dont il se glorifie effrontément d'avoir trafiqué ; deux ou trois fois enrichi et ruiné dans les affaires, trop connu pour tenter de nouvelles spéculations, réduit au jour le jour par une foule de moyens plus ou moins illicites, c'est une espèce de Figaro assez curieux à entendre. Tant que son intérêt le lui commande, il appartient corps et âme à qui le paye, il n'a pas d'intérêt à nous tromper ; je le fais d'ailleurs surveiller à son insu ; nous n'avons donc aucune raison de nous défier de lui.

— Les renseignements qu'il nous a déjà donnés étaient, du reste, fort exacts.

— Il a de la probité à sa manière, et je vous assure, mon cher Murph, que M. Badinot est le type très original d'une de ces existences mystérieuses que l'on ne rencontre et qui ne sont possibles qu'à Paris. Il amuserait fort Son Altesse s'il n'était pas nécessaire qu'il n'eût aucun rapport avec elle.

— On pourrait augmenter la paye de M. Badinot ; jugez-vous cette gratification nécessaire ?

— Cinq cents francs par mois et les faux frais... montant à peu près à la même somme, me paraissent suffisants ; il semble content ; nous verrons plus tard.

— Et il n'a pas honte du métier qu'il fait ?

— Lui ? il s'en honore beaucoup au contraire, il ne manque jamais, en m'apportant ses rapports, de prendre un certain air important... je n'ose dire diplomatique ; car le drôle fait semblant de croire qu'il s'agit d'affaires d'Etat, et de s'émerveiller des rapports occultes qui peuvent exister entre les intérêts les plus divers et les destinées des empires. Oui, il a l'impudence de me dire quelquefois : « Que de complications inconnues au vulgaire dans le gouvernement d'un Etat ! Qui dirait pourtant que les notes que je vous remets, monsieur le baron, ont sans doute leur part d'action dans les affaires de l'Europe ! »

— Allons, les coquins cherchent à faire illusion sur leur bassesse ; c'est toujours flatteur pour les honnêtes gens. Mais ces notes, mon cher baron ?

— Les voici presque entièrement rédigées d'après le rapport de M. Badinot.

— Je vous écoute.

M. de Graün lut ce qui suit :

Vers le commencement de l'année 1827, un homme appelé Pierre Tournemine, actuellement détenu au bagne de Rochefort pour crime de faux, a proposé à la femme Gervais, dite la Chouette, de se charger pour toujours d'une petite fille âgée de cinq ou six ans, et de recevoir pour salaire la somme de mille francs une fois payée.

— Hélas ! mon cher baron, dit Murph en interrompant M. de Graün... 1827... c'est justement cette année-là que monseigneur a appris la mort de la malheureuse enfant qu'il regrette si douloureusement... Pour cette cause et pour bien d'autres, cette année a été funeste à notre maître.

— Les heureuses années sont rares, mon pauvre Murph. Mais je continue :

Le marché conclu, l'enfant est resté avec cette femme pendant deux ans, au bout desquels, voulant échapper aux mauvais traitements dont elle l'accablait, la petite fille a disparu. La Chouette n'en avait pas entendu parler depuis plusieurs années, lorsqu'elle l'a revue pour la première fois dans un cabaret de la Cité, il y a environ six semaines. L'enfant, devenue jeune fille, portait alors le surnom de la Goualeuse.

Peu de jours après cette rencontre, le nommé Tournemine, que le Maître d'école a connu au bagne de Rochefort, avait fait remettre à Bras-Rouge (correspondant mystérieux et habituel des forçats détenus au bagne ou libérés) une lettre détaillée concernant l'enfant autrefois confié à la femme Gervais, dite la Chouette.

De cette lettre et des déclarations de la Chouette, il résulte qu'une Mme Séraphin, gouvernante d'un notaire nommé Jacques Ferrand, avait, en 1827, chargé Tournemine de lui trouver une femme qui, pour la somme de mille francs, consentit à se charger d'un enfant de cinq ou six ans, qu'on voulait abandonner, ainsi qu'il a été dit plus haut.

La Chouette accepta cette proposition.

Le but de Tournemine, en adressant ces renseignements à Bras-Rouge, était de mettre ce dernier à même de faire rançonner Mme Séraphin par un tiers, en la menaçant d'ébruiter cette aventure depuis longtemps oubliée. Tournemine affirmait que cette Mme Séraphin n'était que la mandataire de personnages inconnus.

Bras-Rouge avait confié cette lettre à la Chouette, cette associée depuis quelque temps aux crimes du Maître d'école ; ce qui explique comment ce renseignement se trouvait en possession du brigand, et comment, lors de sa rencontre avec la Goualeuse au cabaret du « Lapin Blanc », *la Chouette, pour tourmenter Fleur-de-Marie, lui dit : On a retrouvé tes parents, mais tu ne les connaîtras pas.*

La question était de savoir si la lettre de Tournemine concernant l'enfant autrefois remis par lui à la Chouette contenait la vérité.

On s'est informé de Mme Séraphin et du notaire Jacques Ferrand.

Tous deux existent.

Le notaire demeure rue du Sentier, n° 41 ; il passe pour austère et pieux, du moins il fréquente beaucoup les églises ; il a dans la pratique des affaires une régularité excessive que l'on taxe de dureté ; son étude est excellente ; il vit avec une parcimonie qui approche de l'avarice ; Mme Séraphin est toujours sa gouvernante.

M. Jacques Ferrand, qui était fort pauvre, a acheté sa charge trois cent cinquante mille francs ; ces fonds lui ont été fournis sous bonne garantie par M. Charles Robert, officier supérieur de l'état-major de la garde nationale de Paris, très beau jeune homme, fort à la mode dans un certain monde. Il partage avec le notaire, le produit de son étude, qui est estimé à cinquante mille francs environ, et ne se mêle en rien des affaires du notariat, bien entendu. Quelques médisants affirment que, par suite d'heureuses spéculations ou de coups de Bourse tentés de concert avec M. Charles Robert, le notaire serait à cette heure en mesure de rembourser le prix de sa charge ; mais la réputation de M. Jacques Ferrand est si bien établie, que l'on s'accorde à regarder ces bruits comme d'horribles calomnies. Il paraît donc certain que Mme Séraphin, gouvernante de ce saint homme, pourra fournir de précieux éclaircissements sur la naissance de la Goualeuse.

— A merveille ! cher baron, dit Murph ; il y a quelque apparence de réalité dans les déclarations de ce Tournemine. Peut-être trouverons-nous chez le notaire les moyens de découvrir les parents de cette malheureuse enfant. Maintenant avez-vous d'aussi bons renseignements sur le fils du Maître d'école ?

— Peut-être moins précis... ils sont pourtant assez satisfaisants.

— Vraiment votre Badinot est un trésor.

— Vous voyez que ce Bras-Rouge est la cheville ouvrière de tout ceci. M. Badinot, qui doit avoir quelques accointances avec la police, nous l'avait déjà signalé comme l'intermédiaire de plusieurs forçats lors des premières démarches de monseigneur pour retrouver le fils de Mme Georges Duresnel, femme infortunée de ce monstre de Maître d'école.

— Sans doute ; et c'est en allant chercher Bras-Rouge dans son bouge de la Cité, rue aux Fèves, n° 13, que monseigneur a rencontré le Chourineur et la Goualeuse. Son Altesse avait absolument voulu profiter de cette occasion pour visiter ces affreux repaires, pensant que peut-être elle trouverait là quelque malheureux à retirer de la fange. Ses pressentiments ne l'ont point trompée ; mais au prix de quels dangers, mon Dieu !

— Dangers que vous avez bravement partagés, mon cher Murph...

— Ne suis-je pas pour cela charbonnier ordinaire de Son Altesse ? répondit le squire en souriant.

— Dites donc intrépide garde du corps, mon digne ami. Mais parler de votre courage et de votre dévouement, c'est une redite... Je continue donc mon rapport... Voici la note concernant François Germain, fils de Mme Georges et du Maître d'école, autrement dit Duresnel.

CHAPITRE V

RENSEIGNEMENTS SUR FRANÇOIS GERMAIN

M. de Graün continua :

Il y a environ dix-huit mois, un jeune homme, nommé François Germain, arriva à Paris venant de Nantes, où il était employé dans la maison du banquier Noël et compagnie.

Il résulte des aveux du Maître d'école et de plusieurs lettres trouvées sur lui, que le scélérat auquel il avait confié son fils pour le pervertir, afin de l'employer un jour à des criminelles actions, dévoila cette horrible trame à ce jeune homme, en lui proposant de favoriser une tentative de vol et de faux que l'on voulait commettre au préjudice de la maison Noël et compagnie, où travaillait François Germain.

Ce dernier repoussa cette offre avec indignation ; mais, ne voulant pas dénoncer l'homme qui l'avait élevé, il écrivit une lettre anonyme à son patron, l'instruisit de l'espèce de complot que l'on tramait, et quitta secrètement Nantes pour échapper à ceux qui avaient tenté de le rendre l'instrument et le complice de leurs crimes.

Ces misérables, apprenant le départ de Germain, vinrent à Paris, s'abouchèrent avec Bras-Rouge et se mirent à la poursuite du fils du Maître d'école, sans doute dans de sinistres intentions, puisque ce jeune homme connaissait leurs projets. Après de longues et nombreuses recherches, ils parvinrent à découvrir son adresse ; il était trop tard : Germain, ayant quelques jours auparavant rencontré celui qui avait essayé de le corrompre, changea brusquement de demeure, devinant le motif qui amenait cet homme à Paris. Le fils du Maître d'école échappa ainsi encore une fois à ses persécuteurs.

Cependant, il y a six semaines environ, ceux-ci parvinrent à savoir qu'il demeurait rue du Temple, n° 17. Un soir, en rentrant chez lui, il manqua d'être victime d'un guet-apens (le Maître d'école avait caché cette circonstance à monseigneur).

Germain devina d'où partait le coup, quitta la rue du Temple, et on ignora de nouveau le lieu de sa résidence. Les recherches en étaient à ce point lorsque le Maître d'école fut puni de ses crimes.

C'est à ce point aussi que les recherches ont été reprises par l'ordre de monseigneur.

En voici le résultat

François Germain a habité environ trois mois la maison de la rue du Temple, nº 17, maison d'ailleurs extrêmement curieuse par les mœurs et par les industries de la plupart des gens qui l'habitent. Germain y était fort aimé pour son caractère gai, serviable et ouvert. Quoiqu'il parût vivre de revenus ou d'appointements très modestes, il avait prodigué les soins les plus touchants à une famille d'indigents qui habitent les mansardes de cette maison. On s'est en vain informé rue du Temple de la nouvelle demeure de François Germain et de la profession qu'il exerçait ; on suppose qu'il était employé dans quelque bureau ou maison de commerce, car il sortait le matin et rentrait le soir vers les dix heures.

La seule personne qui sache certainement où habite actuellement ce jeune homme est une locataire de la maison de la rue du Temple ; cette jeune fille, qui paraissait intimement liée avec Germain, est une fort jolie grisette nommée Mlle Rigolette. Elle occupe une chambre voisine de celle où logeait Germain. Cette chambre, vacante depuis le départ de ce dernier, est à louer maintenant. C'est sous le prétexte de sa location que l'on s'est procuré les renseignements ultérieurs.

— Rigolette ? dit tout à coup Murph, qui depuis quelques moments semblait réfléchir, Rigolette ? je connais ce nom-là !

— Comment ! sir Walter Murph, reprit le baron en riant, comment, digne et respectable père de famille, vous connaissez des grisettes ?... Comment, le nom d'une Mlle Rigolette n'est pas nouveau pour vous ! Ah ! fi ! fi !

— Pardieu ! monseigneur m'a mis à même d'avoir de si bizarres connaissances, que vous n'auriez guère le droit de vous étonner de celle-là, baron. Mais attendez donc... Oui, maintenant... je me le rappelle parfaitement : monseigneur, en me racontant l'histoire de la Goualeuse, n'a pu s'empêcher de rire de ce nom grotesque de Rigolette. Autant qu'il m'en souvient, c'était celui d'une amie de prison de cette pauvre Fleur-de-Marie.

— Eh bien, à cette heure, Mlle Rigolette peut nous devenir d'une excessive utilité. Je termine mon rapport :

Peut-être y aurait-il quelque avantage à louer la chambre vacante dans la maison de la rue du Temple. On n'avait pas l'ordre de pousser plus loin les investigations ; mais, d'après quelques mots échappés à la portière, on a tout lieu de croire non seulement qu'il serait possible de trouver dans cette maison des renseignements certains sur le fils du Maître d'école par l'intermédiaire de Mlle Rigolette, mais que monseigneur pourrait observer là des mœurs, des industries, et surtout des misères dont il ne soupçonne pas l'existence.

CHAPITRE VI

LE MARQUIS D'HARVILLE

— Ainsi, vous le voyez, mon cher Murph, dit M. de Graün en finissant la lecture de ce rapport, qu'il remit au squire, d'après nos renseignements, c'est chez le notaire Jacques Ferran qu'il faut chercher la trace des parents de la Goualeuse, et c'est à Mlle Rigolette qu'il faut demander où demeure maintenant François Germain. C'est déjà beaucoup, ce me semble, de savoir où chercher... ce qu'on cherche.

— Sans doute, baron ; de plus, monseigneur trouvera, j'en suis sûr, une ample moisson d'observation dans la maison dont on parle. Ce n'est pas tout encore : vous êtes-vous informé de ce qui concerne le marquis d'Harville ?

— Oui, et du moins quant à la question d'argent, les craintes de Son Altesse ne sont pas fondées. M. Badinot affirme, et je le crois bien instruit, que la fortune du marquis n'a jamais été plus solide, plus sagement administrée.

— Après avoir en vain chercher la cause du profond chagrin qui minait M. d'Harville, monseigneur s'était imaginé que peut-être le marquis éprouvait quelque embarras d'argent : il serait alors venu à son aide avec la mystérieuse délicatesse que vous lui connaissez... ; mais, puisqu'il s'est trompé dans ses conjectures, il lui faudra renoncer à trouver le mot de cette énigme avec d'autant plus de regret qu'il aime beaucoup M. d'Harville.

— C'est tout simple. Son Altesse n'a jamais oublié tout ce que son père doit au père du marquis. Savez-vous, mon cher Murph, qu'en 1815, lors du remaniement des Etats de la Confédération germanique, le père de Son Altesse courait de grands risques d'élimination, à cause de son attachement connu, éprouvé pour Napoléon ? Feu le vieux marquis d'Harville rendit, dans cette occasion, d'immenses services au père de notre maître, grâce à l'amitié dont l'honorait l'empereur Alexandre, amitié qui datait de l'émigration du marquis en Russie, et qui, invoquée par lui, eut une puissante influence dans les délibérations du congrès où se débattaient les intérêts des princes de la Confédération germanique.

— Et voyez, baron, combien souvent les nobles actions s'enchaînent ; en 92, le père du marquis est proscrit ; il trouva en Allemagne, auprès du père de monseigneur, l'hospitalité la plus généreuse ; après un séjour de trois ans dans notre Cour, il part pour la Russie, y mérite les bontés du tsar, et à l'aide de ces bontés il est à son tour très utile au prince qui l'avait autrefois si noblement accueilli.

— N'est-ce pas en 1815, pendant le séjour du vieux marquis d'Harville auprès du grand-duc alors régnant, que l'amitié de monseigneur et du jeune d'Harville a commencé ?

— Oui, ils ont conservé les plus doux souvenirs de cet heureux temps de leur jeunesse. Ce n'est pas tout : monseigneur a une si profonde reconnaissance pour la mémoire de l'homme dont l'amitié a été si utile à son père, que tous ceux qui appartiennent à la famille d'Harville ont droit à la bienveillance de Son Altesse... Ainsi c'est non moins à ses malheurs et à ses vertus qu'à cette parenté que la pauvre Mme Georges a dû les incessantes bontés de Son Altesse.

— Mme Georges ! la femme de Duresnel ! le forçat surnommé le Maître d'école ? s'écria le baron.

— Oui, la mère de ce François Germain que nous cherchons et que nous trouverons, je l'espère...

— Elle est parente de M. d'Harville ?

— Elle était cousine de sa mère et son intime amie. Le vieux marquis avait pour Mme Georges l'amitié la plus dévouée.

— Mais comment la famille d'Harville lui a-t-elle laissé épouser ce monstre de Duresnel, mon cher Murph ?

— Le père de cette infortunée, M. de Lagny, intendant du Languedoc avant la révolution, possédait de grands biens ; il échappa à la proscription. Aux premiers jours de calme qui suivirent cette terrible époque, il s'occupa de marier sa fille. Duresnel se présenta ; il appartenait à une excellente famille parlementaire ; il était riche ; il cachait ses inclinations perverses sous des dehors hypocrites ; il épousa Mlle de Lagny. Quelque temps dissimulés, les vices de cet homme se développèrent bientôt : dissipateur, joueur effréné, adonné à la plus basse crapule, il rendit sa femme très malheureuse. Elle ne se plaignit pas, cacha ses chagrins, et après la mort de son père, se retira dans une terre qu'elle fit valoir pour se distraire. Bientôt son mari eut englouti leur fortune commune dans le jeu et la débauche ; la propriété fut vendue. Alors elle emmena son fils et alla rejoindre sa parente, la marquise d'Harville, qu'elle aimait comme sa sœur. Duresnel, ayant dévoré son patrimoine et les biens de sa femme, se trouva réduit aux expédients ; il demanda au crime de nouvelles ressources, devint faussaire, voleur, assassin, fut condamné au bagne à perpétuité, enleva son fils à sa femme pour le confier à un misérable de sa trempe. Vous savez le reste.

— Mais comment monseigneur a-t-il retrouvé Mme Duresnel ?

— Lorsque Duresnel fut jeté au bagne, sa femme, réduite à la plus profonde misère, prit le nom de Georges.

— Dans cette cruelle position, elle ne s'est donc pas adressée à la marquise d'Harville, sa parente, sa meilleure amie ?

— La marquise était morte avant la condamnation de Duresnel, et depuis, par une honte invincible, jamais Mme Georges n'a osé se présenter à sa famille, qui aurait certainement eu pour elle des égards que méritaient tant d'infortunes... Pourtant... une seule fois, poussée à bout par la misère et par la maladie... elle se résolut à implorer les secours de M. d'Harville, le fils de sa meilleure amie... Ce fut ainsi que monseigneur la rencontra.

— Comment donc ?

— Un jour il allait voir M. d'Harville ; à quelques pas devant lui marchait une pauvre femme, vêtue misérablement, pâle, souffrante, abattue. Arrivée à la porte de l'hôtel d'Harville, au moment d'y frapper, après une longue hésitation, elle fit un brusque mouvement et revint sur ses pas, comme si le courage lui eût manqué. Très étonné, monseigneur suivit cette femme, vivement intéressé par son air de douceur et de chagrin. Elle entra dans un logis de triste apparence. Monseigneur prit quelques renseignements sur elle : ils furent des plus honorables. Elle travaillait pour vivre ; mais l'ouvrage et la santé lui manquaient : elle était réduite au plus affreux dénuement. Le lendemain, j'allai chez elle avec monseigneur Nous arrivâmes à temps pour l'empêcher de mourir de faim.

» Après une longue maladie où tous les soins lui furent prodigués, Mme Georges, dans sa reconnaissance, raconta sa vie à monseigneur, dont elle ne connaît encore ni le nom, ni le rang, lui raconta, dis-je, sa vie, la condamnation de Duresnel et l'enlèvement de son fils.

— Ce fut ainsi que Son Altesse apprit que Mme Georges appartenait à la famille d'Harville ?

— Oui, et après cette explication, monseigneur, qui avait apprécié de plus en plus les qualités de Mme Georges, lui fit quitter Paris et l'établit à la ferme de Bouqueval, où elle est à cette heure avec la Goualeuse. Elle trouva dans cette paisible retraite, sinon le bonheur, du moins la tranquillité, et put se distraire de ses chagrins en gérant cette métairie... Autant pour ménager la douloureuse susceptibilité de Mme Georges que parce qu'il n'aime pas à ébruiter ses bienfaits, monseigneur a laissé ignorer à M. d'Harville qu'il avait retiré sa parente d'une affreuse détresse.

— Je comprends maintenant le double intérêt de monseigneur à découvrir les traces du fils de cette pauvre femme.

— Vous jugez aussi par là, mon cher baron, de l'affection que porte Son Altesse à toute cette famille, et combien vif est son chagrin de voir le jeune marquis si triste avec tant de raison d'être heureux.

— En effet, que manque-t-il à M. d'Harville ? Il réunit tout, naissance, fortune, esprit, jeunesse ; sa femme est charmante, aussi sage que belle...

— Cela est vrai, et monseigneur n'a songé aux renseignements dont nous venons de parler, qu'après avoir en vain tâché de pénétrer la cause de la noire mélancolie de M. d'Harville ; celui-ci s'est montré profondément touché des bontés de Son Altesse, mais il est toujours resté dans une complète réserve au sujet de sa tristesse. C'est peut-être une peine de cœur ?

— On le dit pourtant fort amoureux de sa femme ; elle ne lui donne aucun motif de jalousie. Je la rencontre souvent dans le monde : elle est fort entourée comme l'est toujours une jeune et charmante femme, mais sa réputation n'a jamais souffert la moindre atteinte

— Oui, le marquis se loue toujours beaucoup de sa femme... Il n'a eu qu'une très petite discussion avec elle au sujet de la comtesse Sarah Mac-Gregor !

— Elle la voit donc ?

— Par le plus malheureux hasard, le père du marquis d'Harville a connu, il y a dix-sept ou dix-huit ans, Sarah Seyton de Halsbury et son frère Tom, lors de leur séjour à Paris, où ils étaient patronnés par Mme l'ambassadrice d'Angleterre. Apprenant que le frère et la sœur se rendaient en Allemagne, le vieux marquis leur donna des lettres d'introduction pour le père de monseigneur, avec lequel il entretenait une correspondance suivie ! Hélas ! mon cher de Graün, peut-être sans cette recommandation bien des malheurs ne seraient pas arrivés, car monseigneur n'aurait sans doute pas connu cette femme. Enfin, lorsque la comtesse Sarah est revenue ici, sachant l'amitié de Son Altesse pour le marquis, elle s'est fait présenter à l'hôtel d'Harville, dans l'espoir d'y rencontrer monseigneur ; car elle met autant d'acharnement à le poursuivre qu'il met de persistance à la fuir.

— Se déguiser en homme pour relancer Son Altesse jusque dans la Cité !... Il n'y a qu'elle pour avoir des idées semblables.

— Elle espérait peut-être par là toucher monseigneur, et le forcer à une entrevue qu'il a toujours refusée et évitée. Pour en revenir à Mme d'Harville, son mari, à qui monseigneur avait parlé de Sarah comme il convenait, a conseillé à sa femme de la voir le moins possible ; mais la jeune marquise, séduite par les flatteries hypocrites de la comtesse, s'est un peu révoltée contre les avis de M. d'Harville. De là quelques petits dissentiments, qui du reste ne peuvent certainement pas causer le morne abattement du marquis.

— Ah ! les femmes... les femmes ! mon cher Murph ; je regrette beaucoup que Mme d'Harville se trouve en rapport avec cette Sarah... Cette jeune et charmante petite marquise ne peut que perdre au commerce d'une si diabolique créature.

— A propos de créatures diaboliques, dit Murph, voici une dépêche relative à Cecily, l'indigne épouse du digne David.

— Entre nous, mon cher Murph, cette audacieuse métisse (1) aurait bien mérité la terrible punition que son mari, le cher docteur noir, a infligée au Maître d'école par ordre de monseigneur. Elle aussi a fait couler le sang, et sa corruption est épouvantable.

— Et malgré cela si belle, si séduisante ! Une âme perverse sous de gracieux dehors me cause toujours une double horreur.

— Sous ce rapport, Cecily est doublement odieuse ; mais j'espère que cette dépêche annule les derniers ordres donnés par monseigneur au sujet de cette misérable.

— Au contraire... baron.

— Monseigneur veut toujours qu'on l'aide à s'évader de la forteresse où elle avait été enfermée pour sa vie ?

— Oui.

(1) Créole issue d'un Blanc et d'une quarteronne esclave. Les métisses ne diffèrent des Blanches que par quelques signes imperceptibles.

— Et que son prétendu ravisseur l'emmène en France ? à Paris ?

— Oui, et bien plus... cette dépêche ordonne de hâter, autant que possible, l'évasion de Cecily et de la faire voyager assez rapidement pour qu'elle arrive ici au plus tard dans quinze jours.

— Je m'y perds... monseigneur avait toujours manifesté tant d'horreur pour elle !...

— Et il en manifeste encore davantage, si cela est possible.

— Et pourtant il la fait venir auprès de lui ! Du reste, il sera toujours facile, comme l'a pensé Son Altesse, d'obtenir l'extradition de Cecily, si elle n'accomplit pas ce qu'il attend d'elle. On ordonne au fils du geôlier de la forteresse de Gérolstein d'enlever cette femme en feignant d'être épris d'elle ; on lui donne toutes les facilités nécessaires pour accomplir ce projet. Mille fois heureuse de cette occasion de fuir, la métisse suit son ravisseur supposé, arrive à Paris ; soit, mais elle reste toujours sous le coup de sa condamnation ; c'est toujours une prisonnière évadée, et je suis parfaitement en mesure, dès qu'il plaira à monseigneur, de réclamer son extradition, de l'obtenir.

— Qui vivra verra, mon cher de Graün ; je vous prierai aussi, d'après l'ordre de monseigneur, d'écrire à notre chancellerie pour y demander, courrier par courrier, une copie légalisée de l'acte de mariage de David ; car il s'est marié au palais ducal, en sa qualité d'officier de la maison de monseigneur.

— En écrivant par le courrier d'aujourd'hui, nous aurons cet acte dans huit jours au plus tard.

— Lorsque David a su par monseigneur la prochaine arrivée de Cecily, il en est resté pétrifié ; puis s'est écrié : « J'espère que Votre Altesse ne m'obligera pas à voir ce monstre? — Soyez tranquille, a répondu monseigneur, vous ne la verrez pas... mais j'ai besoin d'elle pour certains projets ». David s'est trouvé soulagé d'un poids énorme. Néanmoins, j'en suis sûr, de bien douloureux souvenirs s'éveillaient en lui.

— Pauvre Noir !... il est capable de l'aimer toujours. On la dit encore si jolie !

— Charmante... trop charmante... Il faudrait l'œil impitoyable d'un créole pour découvrir le *sang mêlé* dans l'imperceptible couleur bistrée qui colore légèrement la couronne des ongles roses de cette métisse ; nos fraîches beautés du Nord n'ont pas un teint plus transparent, une peau plus blanche, des cheveux d'un châtain plus doré.

— J'étais en France lorsque monseigneur est revenu d'Amérique, ramenant David et Cecily ; je sais que cet excellent homme est, depuis cette époque, attaché à Son Altesse par la plus vive reconnaissance, mais j'ai toujours ignoré par suite de quelle aventure il s'était voué au service de notre maître, et comment il avait épousé Cecily, que j'ai vue pour la première fois environ un an après son mariage ; et Dieu sait le scandale qu'elle soulevait déjà !...

— Je puis parfaitement vous instruire de ce que vous désirez savoir, mon cher baron ; j'accompagnais monseigneur dans ce voyage d'Améri que, où il a arraché David et la métisse au sort le plus affreux.

— Vous êtes mille fois bon, mon cher Murph, je vous écoute, dit le baron

CHAPITRE VII

HISTOIRE DE DAVID ET DE CECILY

— M. Willis, riche planteur américain de la Floride, dit Murph, avait reconnu dans l'un de ses jeunes esclaves noirs, nommé David, attaché à l'infirmerie de son habitation, une intelligence très remarquable, une commisération profonde et attentive pour les pauvres malades, auxquels il donnait avec amour les soins prescrits par les médecins, et enfin une vocation si singulière pour l'étude de la botanique appliquée à la médecine, que, sans aucune instruction, il avait composé et classé une sorte de *Flore* des plantes de l'habitation et de ses environs. L'exploitation de M. Willis, située sur le bord de la mer, était éloignée de quinze ou vingt lieues de la ville la plus prochaine ; les médecins du pays, assez ignorants d'ailleurs, se dérangeaient difficilement, à cause des grandes distances et de l'incommodité des voies de communication. Voulant remédier à cet inconvénient si grave dans un pays sujet à de violentes épidémies, et avoir toujours un praticien habile, le colon eut l'idée d'envoyer David en France apprendre la chirurgie et la médecine. Enchanté de cette offre, le jeune Noir partit pour Paris ; le planteur paya les frais de ses études, et, au bout de huit années d'un travail prodigieux, David, reçu docteur-médecin avec la plus grande distinction, revint en Amérique mettre son savoir à la disposition de son maître.

— Mais David avait dû se regarder comme libre et émancipé de fait et de droit en mettant le pied en France.

— Mais David est d'une loyauté rare, il avait promis à M. Willis de revenir ; il revint. Puis il ne regardait pas pour ainsi dire comme sienne une instruction acquise avec l'argent de son maître. Et puis enfin, il espérait pouvoir adoucir moralement et physiquement les souffrances des esclaves ses anciens compagnons. Il se promettait d'être non seulement leur médecin, mais leur soutien, mais leur défenseur auprès du colon.

— Il faut en effet être doué d'une probité rare et d'un saint amour de ses semblables pour retourner auprès d'un maître après un séjour de huit années à Paris... au milieu de la jeunesse la plus démocratique de l'Europe.

— Par ce trait... jugez de l'homme. Le voilà donc à la Floride, et, il faut le dire traité par M. Willis avec considération et bonté, mangeant à sa table, logeant sous son toit, du reste, ce colon stupide méchant sensuel, despote comme le sont quelques créoles, se crut très généreux en donnant à David six cents francs de salaire. Au bout de quelques mois, un typhus horrible se déclare sur l'habitation ; M. Willis en est atteint, mais promptement guéri par les excellents soins de David. Sur trente nègres gravement malades, deux seulement périssent. M. Willis, enchanté des services de David, porte ses gages à mille deux cents francs ; le médecin noir se trouvait le plus heureux du monde, ses frères le regardaient comme leur providence ; il avait, très difficilement il est vrai, obtenu quelque amélioration à leur sort, il espérait mieux pour l'avenir ; en attendant, il moralisait, il consolait ces pauvres gens, il les exhortait à la résignation ; il leur parlait de Dieu, qui veille sur le Noir comme sur le Blanc ; d'un autre monde, non plus peuplé de maîtres et d'esclaves, mais de justes et de méchants ; d'une autre vie... éternelle celle-là, où les uns n'étaient plus le bétail, la chose des autres, mais où les victimes d'ici-bas étaient si heureuses, qu'elles priaient dans le ciel pour leurs bourreaux... que vous dirais-je ? A ces malheureux qui, au contraire des autres hommes, comptent avec une joie amère les pas que chaque jour ils font vers la tombe... à ces malheureux qui n'espéraient que le néant, David fit espérer une liberté immortelle ; leurs chaînes leur parurent alors moins lourdes, leurs travaux moins pénibles. David était leur idole. Une année environ se passa de la sorte. Parmi les plus jolies esclaves de cette habitation, on remarquait une métisse de quinze ans, nommée Cecily. M. Willis eut une fantaisie de sultan pour cette jeune fille ; pour la première fois de sa vie peut-être, il éprouva un refus, une résistance opiniâtre. Cecily aimait... elle aimait David qui, pendant la dernière épidémie, l'avait soignée et sauvée avec un dévouement admirable ; plus tard, l'amour, le plus chaste amour paya la dette de la reconnaissance. David avait des goûts trop délicats pour ébruiter son bonheur avant le jour où il pourrait épouser Cecily ; il attendait qu'elle eût seize ans révolus. M. Willis, ignorant cette mutuelle affection, avait jeté superbement son mouchoir à la jolie métisse ; celle-ci, tout éplorée, vint raconter à David les tentatives brutales auxquelles elle avait à grand-peine échappé. Le Noir la rassure, et va sur-le-champ la demander en mariage à M. Willis.

— Diable ! mon cher Murph, j'ai bien peur de deviner la réponse du sultan américain... Il refusa ?

— Il refusa. Il avait, disait-il, du goût pour cette jeune fille ; de sa vie il n'avait supporté les dédains d'une esclave : il voulait celle-là, il l'aurait. David choisirait une autre femme ou une autre maîtresse à son goût. Il y avait sur l'habitation dix capresses ou métisses aussi jolies que Cecily. David parla de son amour que Cecily partageait depuis longtemps : le planteur haussa les épaules. David insista ; ce fut en vain. Le créole eut l'impudence de lui dire qu'il était d'un mauvais exemple de voir un maître céder à un esclave, et que, cet exemple, il ne le donnerait pas pour satisfaire à un caprice de David. Celui-ci supplia, le maître s'impatienta, David, rougissant de s'humilier davantage, parla d'un ton ferme des services qu'il rendait et de son désintéressement ; car il se contentait du plus mince salaire. M. Willis, irrité, lui répondit avec mépris qu'il était mille fois trop bien traité pour un esclave. A ces mots, l indignation de David éclata.. Pour la première fois, il parla en homme éclairé sur ses droits par un séjour de huit années en France. M. Willis, furieux, le traita d'esclave révolté, le menaça de la chaîne. David proféra quelques paroles amères et violentes... Deux heures après, attaché à un poteau, on le déchirait de coups de fouet, pendant qu'à sa vue on entraînait Cecily dans le sérail du planteur.

— La conduite de ce planteur était stupide et effroyable... C'est l'absurdité dans la cruauté... Il avait besoin de cet homme, après tout...

— Tellement besoin, que ce jour-là même, l'accès de fureur où il s'était mis, joint à l'ivresse où cette brute se plongeait chaque soir, lui donna une maladie inflammatoire des plus dangereuses, et dont les symptômes se déclarèrent avec la rapidité particulière à ces affections : le planteur se met au lit avec une fièvre horrible... Il envoie un exprès chercher un médecin : mais le médecin ne peut être arrivé à l'habitation avant trente-six heures...

— Vraiment cette péripétie semble providentielle... La fatale position de cet homme était méritée...

— Le mal faisait d'effrayants progrès... David seul pouvait sauver le colon ; mais Willis, méfiant comme tous les scélérats, ne doutait pas que le Noir, pour se venger, l'empoisonnât dans une potion... car, après l'avoir battu de verges, on avait jeté David au cachot... Enfin, épouvanté de la marche de la maladie, brisé par la souffrance, pensant que, mourir pour mourir, il avait au moins une chance dans la générosité de son esclave, après de terribles hésitations, Willis fit déchaîner David.

— Et David sauva le planteur !

— Pendant cinq jours et cinq nuits il le veilla comme il aurait veillé son père, combattant la maladie pas à pas avec un savoir, une habileté admirables ; il finit par en triompher, à la profonde surprise du médecin qu'on avait fait appeler, et qui n'arriva que le second jour.

— Et une fois rendu à la santé... le colon ?

— Ne voulant pas rougir devant son esclave qui l'écraserait à chaque instant de toute la hauteur de son admirable générosité, le colon, à l'aide d'un sacrifice énorme, parvint à attacher à son habitation le médecin qu'on avait été quérir, et David fut remis au cachot.

— Cela est horrible ! mais cela ne m'étonne pas : David eût été pour cet homme un remords vivant.

— Cette conduite barbare n'était pas d'ailleurs seulement dictée par la vengeance et par la jalousie. Les Noirs de M. Willis aimaient David avec toute l'ardeur de la reconnaissance : il était pour eux le sauveur du corps et de l'âme. Ils savaient les soins qu'il avait prodigués au colon lors de la maladie de ce dernier... Aussi, sortant par miracle de l'abrutissante apathie où l'esclavage plonge ordinairement la créature, ces malheureux témoignèrent vivement de leur indignation, ou plutôt de leur douleur, lorsqu'ils virent David déchiré à coups de fouet. M. Willis crut découvrir dans cette manifestation le germe d'une révolte due à l'influence que David avait acquise sur les esclaves. Il crut David capable de se mettre plus tard à la tête des esclaves afin de se venger alors de l'exécrable ingratitude de son maître... Cette crainte absurde fut un nouveau motif pour le colon d'accabler David de mauvais traitements et de le mettre hors d'état d'accomplir les sinistres desseins dont il le soupçonnait.

— A ce point de vue d'une terreur farouche... cette conduite semble moins stupide, quoique tout aussi féroce.

— Peu de temps après ces événements, nous arrivons en Amérique. Monseigneur avait affrété un brick danois à Saint-Thomas ; nous visitions incognito toutes les habitations du littoral américain que nous côtoyions. Nous fûmes magnifiquement reçus par M. Willis. Le lendemain de notre arrivée, le soir, après boire, autant par excitation du vin que par forfanterie cynique, M. Willis nous raconta, avec d'horribles plaisanteries, l'histoire de David et de Cecily ; car j'oubliais de vous dire qu'on avait fait aussi jeter cette malheureuse au cachot, pour la punir de ses premiers dédains. A cet affreux récit, Son Altesse crut que Willis se vantait ou qu'il était ivre... Cet homme était ivre, mais il ne se vantait pas. Pour dissiper son incrédulité, le colon se leva de table en commandant à un esclave de prendre une lanterne et de nous conduire au cachot de David.

— Eh bien ?

— De ma vie je n'ai vu un spectacle aussi déchirant. Hâves, décharnés, à moitié nus, couverts de plaies, David et cette malheureuse fille, enchaînés par le milieu du corps, l'un à un bout du cachot, l'autre du côté opposé, ressemblaient à des spectres. La lanterne qui nous éclairait jetait sur ce tableau une teinte plus lugubre encore. David, à notre aspect, ne prononça pas un mot ; son regard avait une effrayante fixité. Le colon lui dit avec une ironie cruelle :

— Eh bien ! docteur, comment vas-tu !... Toi qui es si savant !... sauve-toi donc !...

Le Noir répondit par une parole et par un geste sublimes ; il leva lentement la main droite, son index étendu vers le plafond ; et, sans regarder le colon, d'un ton solennel il dit :

— DIEU !

Et il se tut.

— *Dieu ?* reprit le planteur en éclatant de rire ; dis-Lui donc, à Dieu, de venir t'arracher de mes mains ! Je L'en défie !...

Puis ce Willis, égaré par la fureur et par l'ivresse, montra le poing au ciel et s'écria en blasphémant :

— Oui, je défie Dieu de m'enlever mes esclaves avant leur mort !... S'Il ne le fait pas, je nie Son existence !...

— C'était un fou stupide !

— Cela nous souleva le cœur de dégoût... Monseigneur ne dit mot. Nous sortons du cachot... Cet antre était situé, ainsi que l'habitation, sur le bord de la mer. Nous retournons à notre brick, mouillé à une très petite distance. A une heure du matin, au moment où toute l'habitation était plongée dans le plus profond sommeil, monseigneur descend à terre avec huit hommes bien armés, va droit au cachot, le force, enlève David ainsi que Cecily. Les deux victimes sont transportées à bord sans qu'on se soit aperçu de notre expédition ; puis monseigneur et moi nous nous rendons à la maison du planteur.

« Bizarrerie étrange ! ces hommes torturent leurs esclaves, et ne prennent contre eux aucune précaution : ils dorment fenêtres et portes ouvertes. Nous arrivons très facilement à la chambre à coucher du planteur, intérieurement éclairée par une verrine. Celui-ci se dresse sur son séant, le cerveau encore alourdi par les fumées de l'ivresse.

— Vous avez ce soir défié Dieu de vous enlever vos deux victimes avant leur mort ? Il vous les enlève, dit monseigneur. Puis, prenant un sac que je portais et qui renfermait vingt-cinq mille francs en or, il le jeta sur le lit de cet homme et ajouta : — Voici qui vous indemnisera de la perte de vos deux esclaves. A votre violence qui tue, j'oppose une violence qui sauve. Dieu jugera !... Et nous disparaissons, laissant M. Willis stupéfait, immobile, se croyant sous l'impression d'un songe. Quelques minutes après, nous avions rejoint le brick et mis à la voile.

— Il me semble, mon cher Murph, que Son Altesse indemnisa bien largement ce misérable de la perte de ses esclaves ; car, à la rigueur, David ne lui appartenait plus.

— Nous avions à peu près calculé la dépense faite pour les études de ce dernier pendant huit ans, puis au moins triplé sa valeur et celle de Cecily comme simples esclaves. Notre conduite blessait le droit des gens, je le sais ; mais si vous aviez vu dans quel horrible état se trouvaient ces malheureux presque agonisants, si vous aviez entendu le défi sacrilège jeté à la face de Dieu par cet homme ivre de vin et de férocité, vous comprendriez que monseigneur ait voulu, comme il le dit dans cette occasion, « jouer un peu le rôle de la Providence ».

— Cela est tout aussi attaquable et aussi justiciable que la punition du Maître d'école, mon digne squire. Et cette aventure n'eut d'ailleurs pas de suite ?

— Elle n'en pouvait avoir aucune. Le brick était sous pavillon danois, l'incognito de Son Altesse sévèrement gardé ; nous passions pour de riches Anglais. A qui M. Willis, s'il eût osé se plaindre, eût-il adressé ses réclamations ? En fait, il nous avait dit lui-même, et le médecin de monseigneur le constata dans un procès-verbal, que les deux esclaves n'auraient pas vécu huit jours de plus dans cet affreux cachot. Il fallut les plus grands soins pour arracher Cecily à une mort presque certaine. Enfin ils revinrent à la vie. Depuis ce temps, David est resté attaché à monseigneur comme médecin, et il a pour lui le dévouement le plus profond.

— David épousa sans doute Cecily, en arrivant en Europe ?

— Ce mariage, qui paraissait devoir être si heureux, se fit dans le temple du palais de monseigneur ; mais, par un revirement extraordinaire, une fois en jouissance d'une position inespérée, oubliant tout ce que David avait souffert pour elle et ce qu'elle-même avait souffert pour lui, rougissant, dans ce monde nouveau, d'être mariée à un Noir, Cecily, séduite par un homme d'ailleurs horriblement dépravé, commit une première faute. On eût dit que la perversité naturelle de cette malheureuse, jusqu'alors endormie, n'attendait que ce dangereux ferment pour se développer avec une effroyable énergie. Vous savez le reste, le scandale de ses aventures. Après deux années de mariage, David, qui avait autant de confiance que d'amour, apprit toutes ces infamies : un coup de foudre l'arracha de sa profonde et aveugle sécurité.

— Il voulut, dit-on, tuer sa femme ?

— Oui ; mais, grâce aux instances de monseigneur, il consentit à ce qu'elle fût renfermée pour sa vie dans une forteresse. Et c'est cette prison que monseigneur vient d'ouvrir... à votre grand étonnement et au mien, je ne vous le cache pas, mon cher baron.

— Franchement, la résolution de monseigneur m'étonne d'autant plus que le gouverneur de la forteresse a maintes fois prévenu Son Altesse que cette femme était indomptable ; rien n'avait pu rompre ce caractère audacieux et endurci dans le vice, et, malgré cela, monseigneur persiste à la mander ici. Dans quel but ? pour quel motif ?

— Voilà, mon cher baron, ce que j'ignore comme vous. Mais il se fait tard. Son Altesse désire que votre courrier parte le plus tôt possible pour Gérolstein.

— Avant deux heures il sera en route. Ainsi, mon cher Murph... à ce soir !

— A ce soir ?

— Avez-vous donc oublié qu'il y a grand bal à l'ambassade de... et que Son Altesse doit y aller ?

— C'est juste ; depuis l'absence du colonel Warner et du comte d'Harneim, j'oublie toujours que je remplis les fonctions de chambellan et d'aide de camp.

— Mais à propos du comte et du colonel, quand nous reviennent-ils ? Leurs missions sont-elles bientôt achevées ?

— Monseigneur, vous le savez, les tient éloignés le plus longtemps possible, pour avoir plus de solitude et de liberté. Quant à la mission que Son Altesse leur a donnée pour s'en débarrasser honnêtement, en les envoyant, l'un à Avignon, l'autre à Strasbourg, je vous la confierai un jour que nous serons tous deux d'humeur sombre ; car je défierais le plus noir hypocondriaque de ne pas éclater de rire, non seulement à cette confidence, mais à certains passages des dépêches de ces dignes gentilshommes, qui prennent leurs prétendues missions avec un incroyable sérieux.

— Franchement, je n'ai jamais bien compris pourquoi Son Altesse avait placé le colonel et le comte à son service particulier.

— Comment ! le colonel Warner n'est-il pas le type admirable du militaire ? Y a-t-il, dans toute la Confédération germanique, une plus belle taille, de plus belles moustaches, une tournure plus martiale ? Et lorsqu'il est sanglé, caparaçonné, bridé, empanaché, peut-on voir un plus triomphant, un plus glorieux, un plus fier, un plus bel... animal ?

— C'est vrai ; mais cette beauté-là l'empêche justement d'avoir l'air excessivement spirituel.

— Eh bien ! monseigneur dit que, grâce au colonel, il s'est habitué à trouver tolérables les gens les plus pesants du monde. Avant certaines audiences mortelles, il s'enferme une petite demi-heure avec le colonel, et il sort de là tout crâne, tout gaillard, et prêt à défier l'ennui en personne.

— De même que le soldat romain, avant une marche forcée, se chaussait de sandales de plomb, afin de trouver toute fatigue légère en les quittant. J'apprécie maintenant l'utilité du colonel. Mais le comte d'Harneim ?

— Est aussi d'une grande utilité pour monseigneur : en entendant sans cesse bruire à ses côtés ce vieux hochet creux, brillant et sonore ; en voyant cette bulle de savon si gonflée... de néant, si magnifiquement diaprée, qui représente le côté théâtral et puéril du pouvoir souverain, monseigneur sent plus vivement encore la vanité de ses pompes stériles et, par contraste, il a souvent dû à la contemplation de l'inutile et miroitant chambellan les idées les plus sérieuses et les plus fécondes.

— Du reste, il faut être juste, mon cher Murph, dans quelle Cour trouverait-on, je vous prie, un plus parfait modèle du chambellan ? Qui connaît mieux que cet excellent d'Harneim les innombrables règles et traditions de l'étiquette ? Qui sait porter plus gravement une croix d'émail au cou et plus majestueusement une clé d'or au dos ?

— A propos, baron, monseigneur prétend que le dos d'un chambellan a une physionomie toute particulière : c'est, dit-il, une expression à la fois contrainte et révoltée, qui fait peine à voir ; car, ô douleur ! c'est au dos du chambellan que brille le signe symbolique de sa charge ; et, selon monseigneur, ce digne d'Harneim semble toujours tenté de se présenter à reculons, pour que l'on juge tout de suite de son importance.

— Le fait est que le sujet incessant des méditations du comte est la question de savoir par quelle fatale imagination on a placé la clé de chambellan derrière le dos ; car, ainsi qu'il le dit très sensément, avec une sorte de douleur courroucée : « Que diable ! on n'ouvre pas une porte avec le dos, pourtant ! »

— Baron ! le courrier, le courrier ! dit Murph en montrant la pendule au baron.

— Maudit homme qui me fait causer ! c'est votre faute. Présentez mes respects à Son Altesse, dit M. de Graün en courant prendre son chapeau ; et à ce soir, mon cher Murph.

— A ce soir, mon cher baron ; un peu plus tard, car je suis sûr que monseigneur voudra visiter aujourd'hui même la mystérieuse maison de la rue du Temple.

CHAPITRE VIII

UNE MAISON DE LA RUE DU TEMPLE

Afin d'utiliser les renseignements que le baron de Graün avait recueillis sur la Goualeuse et sur Germain, fils du Maître d'école, Rodolphe devait se rendre rue du Temple et chez le notaire Jacques Ferrand.

Chez celui-ci, pour tâcher d'obtenir de Mme Séraphin quelques indices sur la famille de Fleur-de-Marie.

A la maison de la rue du Temple, récemment habitée par Germain, afin de tenter de découvrir la retraite de ce jeune homme par l'intermédiaire de Mlle Rigolette ; tâche assez difficile, cette grisette sachant peut-être que le fils du Maître d'école avait le plus grand intérêt à laisser complètement ignorer sa nouvelle demeure.

En louant dans la maison de la rue du Temple la chambre naguère occupée par Germain, Rodolphe facilitait ainsi ses recherches, et se mettait à même d'observer de près les différentes classes de gens qui occupaient cette demeure.

Le jour même de l'entretien du baron de Graün et de Murph, Rodolphe se rendit, vers les trois heures, à la rue du Temple, par une triste journée d'hiver.

Située au centre d'un quartier marchand et populeux, cette maison n'offrait rien de particulier dans son aspect ; elle se composait d'un rez-de-chaussée occupé par un rogomiste, et de quatre étages, surmontés de mansardes.

Une allée sombre, étroite, conduisait à une petite cour ou plutôt à une espèce de puits carré de cinq ou six pieds de large, complètement privé d'air, de lumière, réceptacle infect de toutes les immondices de la maison, qui y pleuvaient des étages supérieurs, car des lucarnes sans vitres s'ouvraient au-dessus du plomb de chaque palier.

Au pied d'un escalier humide et noir, une lueur rougeâtre annonçait la loge du portier ; loge enfumée par la combustion d'une lampe, nécessaire même en plein midi pour éclairer cet antre obscur où nous suivrons Rodolphe à peu près vêtu en commis marchand non endimanché.

Il portait un paletot de couleur douteuse, un chapeau quelque peu déformé, une cravate rouge, un parapluie et d'immenses socques articulés. Pour compléter l'illusion de son rôle, Rodolphe tenait sous le bras un grand rouleau d'étoffe soigneusement enveloppé.

Il rentra chez le portier pour lui demander à visiter la chambre alors vacante.

Un quinquet, placé derrière un globe de verre rempli d'eau qui lui sert de réflecteur, éclaire la loge. Au fond, on aperçoit un lit recouvert d'une courtepointe arlequin, formée d'une multitude de morceaux d'étoffes de toute espèce et de toute couleur ; à gauche, une commode de noyer, dont le marbre supporte pour ornement :

Un petit saint Jean de cire, avec son mouton blanc et sa perruque blonde, le tout placé sous une cage de verre étoilée, dont les fêlures sont ingénieusement consolidées par des bandes de papier bleu ;

Deux flambeaux de vieux plaqué rougi par le temps, et portant au lieu de bougies, des oranges pailletées, sans doute récemment offertes à la portière comme cadeau du jour de l'an ;

Deux boîtes, l'une en paille de couleurs variées, l'autre recouverte de petits coquillages ; ces deux boîtes d'art sentent leur maison de détentier ou leur bagne d'une lieue (1). (Espérons, pour la moralité du portier de la rue du Temple, que ce présent n'est pas un hommage de l'auteur.)

Enfin, entre les deux boîtes, et sous un globe de pendule, on admire une petite paire de bottes à cœur, en maroquin rouge, véritables bottes de poupée, mais soigneusement et savamment travaillées, ouvrées et piquées.

Ce chef-d'œuvre, comme disaient les anciens artisans, joint à une abominable odeur de cuir rance et à de fantastiques arabesques dessinées le long des murs avec une innombrable quantité de vieilles chaussures, annonce suffisamment que le portier de cette maison a travaillé dans le neuf avant de descendre jusqu'à la restauration des vieilles chaussures.

Lorsque Rodolphe s'aventura dans ce bouge, M. Pipelet, le portier, momentanément absent, était représenté par Mme Pipelet. Celle-ci, placée près d'un poêle en fonte situé au milieu de la loge, semblait écouter gravement *chanter* sa marmite (c'est l'expression consacrée).

L'Hogarth français, Henri Monnier, a si admirablement stéréotypé la portière, que nous nous contenterons de prier le lecteur, s'il veut se figurer Mme Pipelet, d'évoquer dans son souvenir la plus laide, la plus ridée, la plus bourgeonnée, la plus sordide, la plus dépenaillée, la plus hargneuse, la plus venimeuse des portières immortalisées par cet éminent artiste.

Le seul trait que nous nous permettrons d'ajouter à cet idéal, qui ne peut manquer d'être une merveilleuse réalité, sera une bizarre coiffure composée d'une perruque à la Titus ; perruque originairement blonde, mais nuancée par le temps d'une foule de tons roux et jaunâtres, bruns et fauves, qui émaillaient pour ainsi dire une confusion inextricable de mèches dures, roides, hérissées, emmêlées. Mme Pipelet n'abandonnait jamais cet unique et éternel ornement de son crâne sexagénaire.

(1) Les forçats et les détenus s'occupent presque exclusivement de la fabrication de ces boîtes

A la vue de Rodolphe, la portière prononça d'un ton rogue ces mots sacramentels :

— Où allez-vous ?

— Madame, il y a, je crois, une chambre et un cabinet à louer dans cette maison ? demanda Rodolphe en appuyant sur le mot madame, ce qui ne flatta pas médiocrement Mme Pipelet. Elle répondit moins aigrement :

— Il y a une chambre à louer au quatrième, mais on ne peut pas la voir... Alfred est sorti...

— Votre fils, sans doute, madame ? Rentrera-t-il bientôt ?

— Non, monsieur, ce n'est pas mon fils, c'est mon mari !... Pourquoi donc Pipelet ne s'appellerait-il pas Alfred ?

— Il en a parfaitement le droit madame ; mais, si vous le permettez, j'attendrai un moment son retour. Je tiendrais à louer cette chambre : le quartier et la rue me conviennent ; la maison me plaît, car elle semble admirablement bien tenue. Pourtant, avant de visiter le logement que je désire occuper, je voudrais savoir si vous pouvez, madame, vous charger de mon ménage ? J'ai l'habitude de ne jamais employer que les concierges, toutefois quand ils y consentent.

Cette proposition, exprimée en termes si flatteurs : concierge !... gagna complètement Mme Pipelet ; elle répondit :

— Mais certainement, monsieur... je ferai votre ménage... je m'en honore, et pour six francs par mois, vous serez servi comme un prince.

— Va pour six francs. Madame... votre nom ?

— Pomone-Fortunée-Anastasie Pipelet.

— Eh bien, madame Pipelet, je consens aux six francs par mois pour vos gages. Et si la chambre me convient... quel est son prix ?

— Avec le cabinet, cent cinquante francs, monsieur ; pas un liard à rabattre... Le principal locataire est un chien... un chien qui tondrait sur un œuf.

— Et vous le nommez ?

— M. Bras-Rouge.

Ce nom et les souvenirs qu'il éveillait firent tressaillir Rodolphe.

— Vous dites, madame Pipelet, que le principal locataire se nomme ?...

— Eh bien... M. Bras-Rouge.

— Et il demeure ?

— Rue aux Fèves, n° 13 ; il tient aussi un estaminet dans les fossés des Champs-Elysées.

Il n'y avait plus à en douter, c'était le même homme... Cette rencontre semblait étrange à Rodolphe.

— Si M. Bras-Rouge est le principal locataire, dit-il, quel est le propriétaire de la maison ?

— M. Bourdon ; mais je n'ai jamais eu affaire qu'à Bras-Rouge.

Voulant mettre la portière en confiance, Rodolphe reprit :

— Tenez, ma chère madame Pipelet, je suis un peu fatigué ; le froid m'a gelé... rendez-moi le service d'aller chez le rogomiste qui demeure dans la maison, vous me rapporterez un flacon de cassis et deux verres. ou plutôt trois verres, puisque votre mari va rentrer.

Et il donna cent sous à cette femme.

— Ah çà ! monsieur, vous voulez donc que du premier mot on vous adore ? s'écria la portière dont le nez bourgeonné sembla s'illuminer de tous les feux d'une bachique convoitise.

— Oui, madame Pipelet, je veux être adoré.

— Ça me chausse, ça me chausse ; mais je n'apporterai que deux verres, moi et Alfred nous buvons toujours dans le même. Pauvre chéri, il est si friand pour ce qui est des femmes ! ! !

— Allez, madame Pipelet, nous attendrons Alfred.

— Ah çà ! si quelqu'un vient... vous garderez la loge ?

— Soyez tranquille.

La vieille sortit.

Resté seul, Rodolphe réfléchit à cette bizarre circonstance qui le rapprochait de Bras-Rouge ; il s'étonna seulement de ce que François Germain eût pu rester pendant trois mois dans cette maison avant d'être découvert par les complices du Maître d'école qui étaient en rapport avec Bras-Rouge.

A ce moment, un facteur frappa aux carreaux de la loge, y passa le bras, tendit deux lettres en disant :

— Trois sous !

— Six sous, puisqu'il y a deux lettres, dit Rodolphe.

— Une affranchie, répondit le facteur.

Après avoir payé, Rodolphe regarda d'abord machinalement les deux lettres qu'on venait de lui remettre ; mais bientôt elles lui semblèrent dignes d'un curieux examen.

L'une, adressée à Mme Pipelet, exhalait à travers son enveloppe de papier satiné une forte odeur de sachet de peau d'Espagne. Sur son cachet de cire rouge, on voyait ces deux lettres, C. R., surmontées d'un casque et appuyées sur un support étoilé de la croix de la Légion d'honneur ; l'adresse était tracée d'une main ferme. La prétention héraldique de ce casque et de cette croix fit sourire Rodolphe et le confirma dans l'idée que cette lettre n'était pas écrite par une femme.

Mais quel était le correspondant musqué, blasonné... de Mme Pipelet ?

L'autre lettre, d'un papier gris commun, fermée avec un pain à cacheter picoté de coups d'épingle, était pour M. Bradamanti, dentiste opérateur.

Evidemment contrefaite, l'écriture de cette suscription se composait de lettres toutes majuscules.

Fût-ce pressentiment, fantaisie de son imagination ou réalité, cette lettre parut à Rodolphe d'une triste apparence. Il remarqua quelques lettres de l'adresse à demi effacées dans un endroit où le papier frippait légèrement.

Une larme était tombée là.

Mme Pipelet rentra, portant le flacon de cassis et deux verres.

— J'ai lambiné, n'est-ce pas, monsieur ? mais une fois qu'on est dans la boutique du père Joseph, il n'y a pas moyen d'en sortir. Ah ! le vieux possédé !... Croiriez-vous qu'avec une femme d'âge comme moi, il conte encore la gaudriole ?

— Diable !... si Alfred savait cela ?

— Ne m'en parlez pas, le sang me tourne rien que d'y songer. Alfred est jaloux comme un Bédouin ; et pourtant, de la part du père Joseph, c'est histoire de rire, en tout bien, tout honneur.

— Voici deux lettres que le facteur a apportées, dit Rodolphe.

— Ah ! mon Dieu... faites excuse, monsieur... Et vous avez payé ?

— Oui.

— Vous êtes bien bon. Alors je vas vous retenir ça sur la monnaie que je vous rapporte... Combien est-ce ?

— Trois sous, répondit Rodolphe en souriant du singulier mode de remboursement adopté par Mme Pipelet.

— Comment ! trois sous ?... C'est six sous, il y a deux lettres.

— Je pourrais abuser de votre confiance en vous faisant retenir sur ma monnaie six sous au lieu de trois ; mais j'en suis incapable, madame Pipelet... Une des deux lettres, qui vous est adressée, est affranchie. Et, sans être indiscret, je vous ferai observer que vous avez là un correspondant dont les billets doux sentent furieusement bon.

— Voyons donc, dit la portière en prenant la lettre satinée. C'est, ma foi, vrai... ça a l'air d'un billet doux ! Dites donc, monsieur, un billet doux ! Ah ! bien ! par exemple... quel est donc le polisson qui oserait ?...

— Et si Alfred s'était trouvé là, madame Pipelet ?

— Ne dites pas ça, ou je m'évanouis dans vos bras !

— Je ne le dis plus, madame Pipelet !

— Mais que je suis bête !... m'y voilà, dit la portière en haussant les épaules, je sais... je sais... c'est du commandant... Ah ! quelle douleur j'ai eue ! Mais ça n'empêche pas de compter : voyons, c'est trois sous pour l'autre lettre, n'est-ce pas ? Ainsi nous disions : quinze sous de cassis et trois sous de port de lettre que je retiens, ça fait dix-huit ; dix-huit et deux que voilà font vingt, et quatre francs font cent sous ; les bons comptes font les bons amis.

— Et voilà vingt sous pour vous, madame Pipelet ; vous avez une si miraculeuse manière de rembourser les avances qu'on a faites pour vous, que je tiens à l'encourager.

— Vingt sous ! vous me donnez vingt sous !... et pourquoi donc ça ? s'écria Mme Pipelet d'un air à la fois alarmé et étonné de cette générosité fabuleuse.

— Ce sera un acompte sur le denier à Dieu, si je prends la chambre.

— Comme ça, j'accepte ; mais j'en préviendrai Alfred.

— Certainement ; mais voici l'autre lettre : elle est adressée à M. César Bradamanti.

— Ah ! oui... le dentiste du troisième... Je vas la mettre dans la *botte* aux lettres.

Rodolphe crut avoir mal entendu, mais il vit Mme Pipelet jeter gravement la lettre dans une vieille botte à revers accrochée au mur.

Rodolphe la regardait avec surprise.

— Comment ? lui dit-il, vous mettez cette lettre...

— Eh bien, monsieur, je la mets dans la botte aux lettres... Comme ça rien ne s'égare ; quand les locataires rentrent, Alfred ou moi nous secouons la botte, on fait le triage et chacun a son poulet.

— Votre maison est si parfaitement ordonnée, que cela me donne de plus en plus l'envie d'y demeurer ; cette botte aux lettres surtout me ravit

— Mon Dieu, c'est bien simple, reprit modestement Mme Pipelet. Alfred avait cette vieille botte dépareillée ; autant l'utiliser au service des locataires.

Ce disant, la portière avait décacheté la lettre qui lui était adressée, elle la tournait en tous sens ; après quelques moments d'embarras, elle dit à Rodolphe :

— C'est toujours Alfred qui est chargé de lire, parce que je ne le sais pas. Est-ce que vous voudriez bien, monsieur… être pour moi comme est Alfred ?

— Pour lire cette lettre, volontiers, dit Rodolphe, très curieux de connaître le correspondant de Mme Pipelet.

Il lut ce qui suit sur un papier satiné, dans l'angle duquel on retrouvait le casque, les lettres C. R., le support héraldique et la croix d'honneur.

Demain vendredi, à onze heures, on fera grand feu dans les deux pièces, et on nettoiera bien les glaces et on ôtera les housses partout, en prenant bien garde d'écailler la dorure des meubles en époussetant.

Si par hasard je n'étais pas arrivé lorsqu'une dame viendra en flânant, sur les une heure, me demander sous le nom de M. Charles, on la fera monter à l'appartement, dont on descendra la clé, qu'on me remettra lorsque j'arriverai moi-même.

Malgré la rédaction peu académique de ce billet, Rodolphe comprit parfaitement ce dont il s'agissait, et dit à la portière :

— Qui habite donc le premier étage ?

La vieille approcha son doigt jaune et ridé de sa lèvre pendante, et répondit avec un malicieux ricanement :

— *Motus*… c'est des intrigues de femme.

— Je vous demande cela, ma chère Mme Pipelet… parce qu'avant de loger dans une maison… on désire savoir…

— C'est tout simple… dis-moi qui tu plantes… je te dirai qui tu plais, n'est-ce pas ?

— J'allais vous le dire.

— Du reste je peux bien vous communiquer ce que je sais là-dessus, ça ne sera pas long… Il y a environ six semaines, un tapissier est venu ici, a examiné le premier, qui était à louer, a demandé le prix, et le lendemain il est revenu avec un beau jeune homme blond, petites moustaches, croix d'honneur, beau linge. Le tapissier l'appelait… commandant.

— C'est donc un militaire ?

— Militaire ! reprit Mme Pipelet en haussant les épaules, allons donc ! c'est comme si Alfred s'intitulait concierge.

— Comment ?

— Il est tout bonnement de la garde nationale, dans l'état-major ; le tapissier l'appelait commandant pour le flatter… de même que ça flatte Alfred quand on l'appelle concierge. Enfin, quand le commandant (nous ne le connaissons que sous ce nom-là) a eu tout vu, il a dit au tapissier : « C'est bon, ça me convient, arrangez ça voyez le propriétaire. — Oui, commandant », qu'a dit l'autre… Et le lendemain, le tapissier a signé le bail en son nom, à lui, tapissier, avec Bras-Rouge, lui a payé six mois d'avance, parce qu'il paraît que le jeune homme ne veut pas être connu Tout de suite après, les ouvriers sont venus tout démolir au premier · ils ont apporté des essophas, des rideaux en soie, des glaces dorées, des meubles superbes ; aussi c'est beau comme dans un café des boulevards ! Sans compter des tapis partout, et si épais et si doux qu'on dirait qu'on marche sur des bêtes... Quand ç'a été fini, le commandant est revenu pour voir tout ça ; il a dit à Alfred : « Pouvez-vous vous charger d'entretenir cet appartement, où je ne viendrai pas souvent, d'y faire du feu de temps en temps, et de tout préparer pour me recevoir quand je vous l'écrirai par la petite poste ? — Oui, commandant, lui dit ce flatteur d'Alfred. — Et combien me prendrez-vous pour ça ? — Vingt francs par mois, commandant. — Vingt francs ! Allons donc ! vous plaisantez, portier ! » Et voilà ce beau fils à marchander comme un ladre, à carotter le pauvre monde. Voyez donc, pour une ou deux malheureuses pièces de cent sous, quand il a fait des dépenses abominables pour un appartement qu'il n'habite pas ! Enfin, à force de batailler, nous avons obtenu douze francs. Douze francs ! Dites donc, si ça ne fait pas suer !... Commandant de deux liards, va ! Quelle différence avec vous, monsieur ! ajouta la portière en s'adressant à Rodolphe d'un air agréable, vous ne vous faites pas appeler commandant, vous n'avez l'air de rien du tout, et vous êtes convenu avec moi de six francs du premier mot.

— Et depuis, ce jeune homme est-il revenu ?

— Vous allez voir, c'est ça qui est le plus drôle ; il paraît qu'on le fait joliment droguer, le commandant. Il a déjà écrit trois fois, comme aujourd'hui, d'allumer le feu, d'arranger tout, qu'il viendrait une dame. Ah bien, oui ! va-t'en voir s'ils viennent !

— Personne n'a paru ?

— Ecoutez donc. La première des trois fois, le commandant est arrivé tout flambant, chantonnant entre ses dents et faisant le gros dos ; il a attendu deux bonnes heures... personne ; quand il a repassé devant la loge, nous le guettions, nous deux Pipelet, pour voir sa mine et le vexer en lui parlant. « Commandant, il n'est pas venu du tout, du tout de petite dame vous demander, que je lui dis. — C'est bon, c'est bon ! » qu'il me répond, l'air tout honteux et tout furieux, et il part dare-dare, en se rongeant les ongles de colère. La seconde fois, avant qu'il n'arrive, un commissionnaire apporte une petite lettre adressée à M. Charles ; je me doute bien que c'est encore flambé pour cette fois-là ; nous en faisions des gorges chaudes avec Pipelet, quand le commandant arrive. « Commandant, que je dis en mettant le revers de ma main gauche à ma perruque, comme une vraie troupière, voilà une lettre ; il paraît qu'il y a encore une contre-marche aujourd'hui ! » Il me regarde, fier comme Artaban, ouvre la lettre, la lit, devient rouge comme une écrevisse ; puis il nous dit, en faisant semblant de ne pas être contrarié : « Je savais bien qu'on ne viendrait pas ; je suis venu pour vous recommander de tout bien surveiller. » C'était pas vrai ; c'était pour nous cacher qu'on le faisait aller qu'il nous disait cela ; et là-dessus il s'en va en tortillant et en chantant du bout des dents ; mais il était joliment vexé, allez... C'est bien fait ! c'est bien fait, commandant de deux liards ! ça t'apprendra à ne donner que douze francs par mois pour ton ménage

— Et la troisième fois ?

— Ah ! la troisième fois j'ai bien cru que c'était pour de bon Le commandant arrive sur son trente-six ; les yeux lui sortaient de la tête, tant il paraissait content et sûr de son affaire. Bien beau jeune homme tout de même... et bien mis, et flairant comme une civette... Il ne posait pas à terre, tant il était gonflé... Il prend la clé et nous dit, en montant chez lui, d'un air goguenard et rengorgé, comme pour se revenger des autres fois : « Vous préviendez cette dame que la porte est tout contre... ». Bon ! nous deux Pipelet, nous étions si curieux de voir la petite dame, quoique nous n'y comptions pas beaucoup, que nous sortons de notre loge pour nous mettre à l'affût sur le pas de la porte de l'allée. Cette fois là, un petit fiacre bleu, à stores baissés, s'arrête devant chez nous. « Bon ! c'est elle, que je dis à Alfred... Retirons-nous un peu pour ne pas l'effaroucher. » Le cocher ouvre la portière. Alors nous voyons une petite dame avec un manchon sur les genoux et un voile noir qui lui cachait la figure, sans compter son mouchoir qu'elle tenait sur sa bouche, car elle avait l'air de pleurer ; mais voilà-t-il pas qu'une fois le marchepied baissé, au lieu de descendre, la dame dit quelques mots au cocher, qui, tout étonné, referme la portière.

— Cette femme n'est pas descendue ?

— Non, monsieur ; elle s'est rejetée dans le fond de la voiture en mettant ses mains sur ses yeux. Moi je me précipite, et, avant que le cocher ait remonté sur son siège, je lui dis : « Eh bien ! mon brave, vous vous en retournez donc ? — Oui, qu'il me dit. — Et où ça ? que je lui demande. — D'où je viens. — Et d'où venez-vous ? — De la rue Saint-Dominique, au coin de la rue Belle-Chasse ».

A ces mots, Rodolphe tressaillit.

Le marquis d'Harville, un de ses meilleurs amis, qu'une vive mélancolie accablait depuis quelque temps, ainsi que nous l'avons dit, demeurait rue Saint-Dominique, au coin de la rue Belle-Chasse.

Etait-ce la marquise d'Harville qui courait ainsi à sa perte ? Son mari avait-il des soupçons sur son inconduite ? son inconduite... seule cause peut-être du chagrin dont il semblait dévoré.

Ces doutes se pressaient en foule à la pensée de Rodolphe. Cependant il connaissait la société intime de la marquise, et il ne se rappelait pas y avoir jamais vu quelqu'un qui ressemblât au commandant. La jeune femme dont il s'agissait pouvait, après tout, avoir pris un fiacre en cet endroit sans demeurer dans cette rue, rien ne prouvait à Rodolphe que ce fût la marquise. Néanmoins il conserva de vagues et pénibles soupçons.

Son air inquiet et absorbé n'avait pas échappé à la portière.

— Eh bien ! monsieur, à quoi pensez-vous donc ? lui dit-elle.

— Je cherche pour quelle raison cette femme qui était venue jusqu'à cette porte... a changé tout à coup d'avis...

— Que voulez-vous, monsieur, une idée, une frayeur, une superstition. Nous autres, pauvres femmes, nous sommes si faibles, si poltronnes, dit l'horrible portière d'un air timide et effarouché. Il me semble que si j'avais été comme ça en catimini faire des traits à Alfred, j'aurais été obligée de reprendre mon élan je ne sais combien de fois. Mais jamais, au grand jamais ! Pauvre chéri ! Il n'y a pas un habitant de la terre qui puisse se vanter.

— Je vous crois, madame Pipelet Mais cette jeune femme

— Je ne sais pas si elle était jeune ; on ne voyait pas le bout de son nez. Toujours est-il qu'elle repart comme elle était venue, sans tambour ni trompette. On nous aurait donné dix francs à nous deux Alfred, que nous n'aurions pas été plus contents.

— Pourquoi cela ?

— En songeant à la mine qu'allait faire le commandant, il devait y avoir de quoi crever de rire, bien sûr. D'abord, au lieu d'aller lui dire tout de suite que la dame était repartie, nous le laissons droguer et marronner une bonne heure. Alors je monte : je n'avais que mes chaussons de lisière à mes pauvres pieds ; j'arrive à la porte qui était tout contre. Je la pousse, elle crie ; l'escalier est noir comme un four, l'entrée de l'appartement aussi. Voilà qu'au moment où j'entre, le commandant me prend dans ses bras en me disant d'un ton câlin : « Mon Dieu, mon ange, comme tu viens tard !... »

Malgré la gravité des pensées qui le dominaient, Rodolphe ne put s'empêcher de rire, surtout en voyant la grotesque perruque et l'abominable figure ridée, bourgeonnée, de l'héroïne de ce quiproquo ridicule. Mme Pipelet reprit, avec une hilarité grimaçante qui la rendait plus hideuse encore :

— Eh, eh, eh ! en voilà une bonne ! Mais vous allez voir. Moi je ne réponds rien, je retiens mon haleine, je m'abandonne au commandant ; mais tout à coup le voilà qui s'écrie, en me repoussant, le grossier ! d'un air aussi dégoûté que s'il avait touché une araignée : « Mais qui diable est donc là ? — C'est moi, commandant, Mme Pipelet, la portière, c'est pour cela que vous devriez bien taire vos mains, ne pas me prendre la taille, ni m'appeler votre ange, ni me dire que je viens trop tard. Si Alfred avait été là pourtant ? — Que voulez-vous ? me dit-il furieux. — Commandant, la petite dame vient de venir en fiacre. — Eh bien, faites-la donc monter ; vous êtes stupide ; ne vous ai-je pas dit de la faire monter ? » Je le laisse aller, je le laisse aller. « Oui, commandant, c'est vrai, vous m'avez dit de la faire monter. — Eh bien ? — C'est que la petite dame... — Mais parlez donc ! — C'est que la petite dame est repartie. — Allons, vous aurez dit ou fait quelque bêtise ! s'écria-t-il encore plus furieux. — Non, commandant, la petite dame n'a pas descendu de fiacre : quand le cocher a ouvert la portière, elle lui a dit de la ramener d'où elle était venue. — La voiture ne doit pas être loin ! s'écrie le commandant en se précipitant vers la porte. — Ah bien ! oui ! il y a plus d'une heure qu'elle est partie, que je lui réponds. — Une heure ! une heure ! Et pourquoi avez-vous autant tardé à me prévenir ? s'écrie-t-il avec un redoutable tremblement de colère. — Dame... parce que nous craignions que ça vous contrarie trop de n'avoir pas encore fait vos frais cette fois-ci. » Attrape ! que je me dis, mirliflor, ça t'apprendra à avoir eu mal au cœur quand tu m'a touchée. « Sortez d'ici, vous ne faites et ne dites que des sottises ! » s'écrie-t-il avec rage, en défaisant sa robe de chambre à la tartare et en jetant par terre son bonnet grec de velours brodé d'or... Beau bonnet tout de même... Et la robe de chambre donc ! ça crevait les yeux ; le commandant avait l'air d'un ver luisant...

— Et depuis, ni lui ni cette dame ne sont revenus ?

— Non ; mais attendez donc la fin de l'histoire, dit Mme Pipelet

CHAPITRE IX

LES TROIS ETAGES

— La fin de l'histoire, la voilà, reprit Mme Pipelet. Je dégringole retrouver Alfred. Justement il y avait dans notre loge la portière du n° 19 et l'écaillère qui perche à la porte du rogomiste ; je leur raconte comme quoi le commandant m'avait appelée son ange et m'avait pris la taille. En voilà des rires ! et Alfred, quoiqu'il soit bien mélan... oui, mélancolique, comme il appelle ça, quoiqu'il soit bien mélancolique depuis les traits de ce monstre de Cabrion...

Rodolphe regarda la portière avec étonnement.

— Oui, un jour, quand nous serons plus amis, vous saurez cela. Enfin tant il y a qu'Alfred, malgré sa mélancolie, se met à m'appeler son ange. A ce moment le commandant sort de chez lui et ferme sa porte pour s'en aller ; mais comme il nous entendait rire, il n'ose plus descendre, de peur que nous nous moquions de lui, car il pouvait pas s'empêcher de passer devant la loge. Nous devinons le coup, et voilà l'écaillère qui, de sa grosse voix, se met à crier : « Pipelet, tu viens bien tard, mon ange ! » Là-dessus le commandant rentre chez lui, et ferme sa porte avec un bruit affreux, en vrai rageur qu'il est, car cet homme-là doit être rageur comme un tigre... il a le bout du nez blanc... Finalement il a ouvert plus de dix fois sa porte pour écouter s'il y avait toujours du monde à la loge. Il y en avait toujours, nous ne bougions pas. A la fin, voyant qu'on ne s'en allait pas, il a pris son parti, est descendu quatre à quatre, m'a jeté sa clé sans rien dire, et pendant que l'écaillère disait encore : « Tu viens bien tard, mon ange ! »

— Mais vous vous exposiez à ce que le commandant ne vous employât plus.

— Ah bien, oui ! il n'oserait pas. Nous le tenons. Nous savons où demeure sa *margot ;* et s'il nous disait quelque chose, nous le menacerions d'éventer la mèche. Et puis, pour ses mauvais douze francs, qui est-ce qui se chargerait de son ménage ! Une femme du dehors ? nous lui rendrions la vie trop dure, à celle-là. Mauvais ladre, va ! Enfin, monsieur, croiriez-vous qu'il a eu la petitesse de regarder à son bois, d'éplucher le nombre de bûches qu'on a dû brûler en l'attendant ? C'est quelque parvenu, bien sûr, quelque rien du tout enrichi. Ça vous a une tête de seigneur et un corps de gueux ; ça dépense par-ci, ça lésine par-là. Je ne lui veux pas d'autre mal ; mais ça m'amuse drôlement que sa particulière le fasse aller. Je parie que demain ce sera encore la même chose. Je vais prévenir l'écaillère qui était ici l'autre fois ; ça nous amusera. Si la petite dame vient, nous verrons si c'est, une brunette ou une blondinette, et si elle est gentille. Dites donc, monsieur, quand on songe qu'il y a un benêt de mari là-dessous ! C'est joliment farce, n'est-ce pas ? Mais ça le regarde, ce pauvre cher homme. Enfin demain nous verrons la petite dame ; et, malgré son voile, il faudra bien qu'elle baisse joliment le nez pour que nous ne sachions pas de quelle couleur sont ses yeux. En voilà encore une *double de pas honteuse !* comme on dit dans mon pays ; ça vient chez un homme, et ça fait la frime d'avoir peur. Mais pardon, excuse, que je retire ma marmite de dessus le feu ; elle a fini de chanter. C'est que le fricot demande à être mangé. C'est du gras-double, ça va égayer tant soit peu Alfred car, comme il le dit lui-même . Pour du gras-double, il trahirait la France... sa belle France !... ce vieux chéri...

Pendant que Mme Piplet s'occupait de ce détail ménager, Rodolphe se livrait à de tristes réflexions.

La femme dont il s'agissait (que ce fût ou non la marquise d'Harville) avait sans doute hésité, longtemps combattu avant d'accorder un premier et un second rendez-vous ; puis, effrayée des suites de son imprudence, un remords salutaire l'avait probablement empêchée d'accomplir cette dangereuse promesse.

Enfin, cédant à un irrésistible entraînement, elle arrive, éplorée, agitée de mille craintes, jusqu'au seuil de cette maison ; mais, au moment de se perdre à jamais, la voix du devoir se fait entendre : elle échappe encore une fois au déshonneur.

Et pour qui brave-t-elle tant de honte, tant de danger ?

Rodolphe connaissait le monde et le cœur humain ; il préjugea presque sûrement le caractère du commandant, d'après quelques traits ébauchés par la portière avec une naïveté grossière.

N'était-ce pas un homme assez niaisement orgueilleux pour tirer vanité de l'appellation d'un grade absolument insignifiant au point de vue militaire ; un homme assez dénué de tact pour ne pas s'envelopper du plus profond incognito, afin d'entourer d'un mystère impénétrable les coupables démarches d'une femme qui risquait tout pour lui ; un homme enfin si sot et si ladre, qu'il ne comprenait pas que, pour ménager quelques louis, il exposait sa maîtresse aux insolentes et ignobles railleries des gens de cette maison !

Ainsi, le lendemain, poussée par une fatale influence, mais sentant l'immensité de sa faute, n'ayant pour se soutenir au milieu de ses terribles angoisses que sa foi aveugle dans la discrétion, dans l'honneur de l'homme à qui elle donne plus que sa vie, cette malheureuse jeune femme viendrait à ce rendez-vous, palpitante, éperdue ; et il lui faudrait supporter les regards curieux et effrontés de quelques misérables, peut-être entendre leurs plaisanteries immondes.

Quelle honte ! quelle leçon ! quel réveil pour une femme égarée, qui jusqu'alors n'aurait vécu que des plus charmantes, des plus poétiques illusions de l'amour !

Et l'homme pour qui elle affronte tant d'opprobre, tant de périls, sera t-il au moins touché des déchirantes anxiétés qu'il cause ?

Non...

Pauvre femme ! la passion l'aveugle et la jette une dernière fois au bord de l'abîme. Un courageux effort de vertu la sauve encore. Que ressentira cet homme à la pensée de cette lutte douloureuse et sainte ?

Il ressentira du dépit, de la colère, de la rage, en songeant qu'il s'est dérangé trois fois pour rien, et que sa sotte fatuité est gravement compromise... aux yeux de son portier...

Enfin, dernier trait d'insigne et grossière maladresse : cet homme parle de telle sorte, s'habille de telle sorte pour cette première entrevue, qu'il doit faire mourir de confusion et de honte une femme déjà écrasée sous le poids de la confusion et de la honte !

Oh ! pensait Rodolphe, quel terrible enseignement si cette femme (qui m'est inconnue, je l'espère) avait pu entendre dans quels termes hideux on parlait d'une démarche, coupable sans doute, mais qui lui coûtait tant d'amour, tant de larmes, tant de terreurs, tant de remords !

Et puis, en songeant que la marquise d'Harville pouvait être la triste héroïne de cette aventure, Rodolphe se demandait par quelle aberration, par quelle fatalité, M. d'Harville, jeune, spirituel, dévoué, généreux, et surtout tendrement épris de sa femme, pouvait être sacrifié à un autre nécessairement niais, avare, égoïste et ridicule. La marquise s'était-elle donc seulement éprise de la figure de cet homme, que l'on disait très beau ?

Rodolphe connaissait cependant Mme d'Harville pour une femme de cœur, d'esprit et de goût, d'un caractère plein d'élévation ; jamais le moindre propos n'avait effleuré sa réputation. Où avait-elle connu cet homme ? Rodolphe la voyait assez fréquemment, et il ne se souvenait pas d'avoir rencontré personne à l'hôtel d'Harville qui lui rappelât le commandant. Après de mûres réflexions, il finit presque par se persuader qu'il ne s'agissait pas de la marquise.

Mme Pipelet, ayant accompli ses devoirs culinaires, reprit son entretien avec Rodolphe.

— Qui habite le second ? demanda-t-il à la portière.

— C'est la mère Burette, une fière femme pour les cartes. Elle lit dans votre main comme dans un livre. Il y a des personnes très comme il faut qui viennent chez elle pour se faire dire la bonne aventure... Et elle gagne plus d'argent qu'elle n'est grosse. Et pourtant ce n'est qu'un de ses métiers d'être devineresse.

— Que fait-elle donc encore ?

— Elle tient comme qui dirait un petit *mont* (1) bourgeois.

— Comment !

— Je vous dit ça parce que vous êtes jeune homme, et que ça ne peut que vous fortifier dans l'idée de devenir notre locataire.

— Pourquoi donc ?

— Une supposition : nous voilà bientôt dans les jours gras, la saison où poussent les pierrettes et les débardeurs, les turcs et les sauvages ; dans cette saison-là les plus calés sont quelquefois gênés... Eh bien ! c'est toujours commode d'avoir une ressource dans sa maison, au lieu d'être

(1) Mont-de-Piété.

obligé de courir chez *ma tante,* où c'est bien plus humiliant, car on y va au vu et su de tout le gouvernement.

— Chez votre tante ? Elle prête donc sur gages ?

— Comment, vous ne savez pas ?... Allez donc, allez donc, farceur !... Vous faites l'innocent à votre âge !

— Je fais l'innocent ! en quoi, madame Pipelet ?

— En me demandant si c'est ma tante qui prête sur gages.

— Parce que...

— Parce que tous les jeunes gens en âge de raison savent qu'aller mettre quelque chose au mont-de-piété, ça se dit *aller chez ma tante.*

— Ah ! je comprends... la locataire du second prête aussi sur gages ?

— Allons donc, monsieur le sournois, certainement qu'elle prête sur gages, et moins cher qu'au grand mont... Et puis, c'est pas embrouillé du tout ; on n'est pas embarrassé d'un tas de paperasses, de reconnaissances, de chiffres... du tout, du tout. Une supposition : on apporte à la mère Burette une chemise qui vaut trois francs : elle vous prête dix sous, au bout de huit jours vous lui en rapportez vingt, sinon elle garde la chemise. Comme c'est simple, hein ? Toujours des comptes ronds ! Un enfant comprendrait ça.

— C'est fort clair, en effet ; mais je croyais qu'il était défendu de prêter ainsi sur gages.

— Ah ! ah ! ah ! s'écria Mme Pipelet en riant aux éclats, vous sortez donc de votre village, jeune homme ?... Pardon, je vous parle comme si je serais votre mère et que vous seriez mon enfant.

— Vous êtes bien bonne.

— Sans doute que c'est défendu de prêter sur gages ; mais, si on ne faisait que ce qui est permis, dites donc, on resterait joliment souvent les bras croisés. La mère Burette n'écrit pas, ne donne pas de reçu, il n'y a pas de preuves contre elle, elle se moque de la police. C'est joliment drôle, allez, les *bazards* qu'on voit porter chez elle. Vous ne croiriez pas sur quoi elle prête quelquefois ? je l'ai vue prêter sur un perroquet gris qui jurait bien comme un possédé, le gredin.

— Sur un perroquet ? mais quelle valeur ?...

— Attendez donc... il était connu : c'était le perroquet de la veuve d'un facteur qui demeure ici près, rue Saint-Avoye, Mme d'Herbelot ; on savait qu'elle tenait autant à son perroquet qu'à sa peau ; la mère Burette lui a dit : Je vous prête dix francs sur votre bête ; mais si dans huit jours, à midi, je n'ai pas mes vingt francs...

— Ses dix francs.

— Avec les intérêts, ça faisait juste vingt francs ; toujours des comptes ronds. Si je n'ai pas mes vingt francs et les frais de nourriture, je donne à Jacquot une petite salade de persil, assaisonnée à l'arsenic. Elle connaissait bien sa pratique, allez. Avec cette peur-là, la mère Burette a eu ses vingt francs au bout de sept jours, et Mme d'Herbelot a remporté sa vilaine bête, qui proférait toute la journée des F., des S. et des B., que ça en faisait rougir Alfred, qui est très bégueule. C'est tout simple son père était curé... dans la révolution, vous savez... il y a des curés qui ont épousé des religieuses.

— Et la mère Burette n'a pas d'autre métier, je suppose ?

— Elle n'en a pas d'autre, si vous voulez. Pourtant, je ne sais pas trop ce que c'est qu'une espèce de manigance qu'elle tripote quelquefois dans une petite chambre où personne n'entre, excepté M. Bras-Rouge et une vieille borgnesse qu'on appelle la Chouette.

Rodolphe regarda la portière avec étonnement.

Celui-ci, interprétant la surprise de son future locataire, lui dit :

— C'est un drôle de nom, n'est-ce pas, la Chouette ?

— Oui... et cette femme vient souvent ici ?

— Elle n'avait pas paru depuis six semaines ; mais avant-hier nous l'avons vue ; elle boitait un peu.

— Et que vient-elle faire chez cette diseuse de bonne aventure ?

— Voilà ce que je ne sais pas ; du moins quant à la manigance de la petite chambre dont je vous parle, où la Chouette entre seule avec M. Bras-Rouge et la mère Burette, j'ai seulement remarqué que ces jours-là, la borgnesse apporte toujours un paquet dans son cabas, et M. Bras-Rouge un paquet sous son manteau, et qu'ils ne remportent jamais rien.

— Et ces paquets, que contiennent-ils ?

— Je n'en sais rien de rien, sinon qu'ils font avec ça une ratatouille du diable ; car on sent comme une odeur de soufre, de charbon et d'étain fondu en passant sur l'escalier ; et puis on les entend souffler, souffler, souffler... comme des forgerons. Bien sûr que la mère Burette manigance par rapport à la bonne aventure ou à la magie... du moins c'est ce que m'a dit M. César Bradamanti, le locataire du troisième. Voilà un particulier que ce M. César ! Quand je dis un particulier, c'est un Italien, quoiqu'il parle français aussi bien que vous et moi, sauf qu'il a beaucoup d'accent ; mais c'est égal, voilà un savant ! et qui connaît les simples, et qui vous arrache les dents, pas pour de l'argent, mais pour l'honneur. Oui, monsieur, pour le pur honneur. Vous auriez six mauvaises dents, et il le dit lui-même à qui veut l'entendre, il vous arracherait les cinq premières pour rien, il ne vous ferait jamais payer que la sixième. Ça n'est pas sa faute si vous n'avez que la sixième.

— C'est généreux !

— Il vend par là-dessus une eau très bonne qui empêche les cheveux de tomber, guérit les maux d'yeux, les cors aux pieds, les faiblesses d'estomac, et détruit les rats sans arsenic.

— Cette même eau guérit les faiblesses d'estomac !...

— Cette même eau.

— Elle détruit aussi les rats ?

— Sans en manquer un, parce que ce qui est très sain à l'homme est très malsain aux animaux.

— C'est juste, madame Pipelet, je n'avais pas songé à cela.

— Et la preuve que c'est une très bonne eau, c'est qu'elle est faite avec ses simples que M. César a récoltés dans les montagnes du Liban, du côté de chez des espèces d'Américains d'où il a aussi amené son cheval qui a l'air d'un tigre ; il est tout blanc, picoté de taches baies. Tenez, quand M. César Bradamanti est monté sur la bête avec son habit rouge à revers jaunes et son chapeau à plumet, on payerait pour le voir ; car parlant par respect, il ressemble à Judas Iscariote avec sa grande barbe rousse. Depuis un mois. Il a engagé le fils à M. Bras-Rouge, le petit Tortillard, qu'il a habillé comme qui dirait en troubadour, avec une toque noire, une collerette et une jaquette abricot ; il bat du tambour à l'entour de M. César pour attirer les pratiques, sans compter que le petit soigne le cheval tigré du dentiste.

— Il me semble que le fils de votre principal locataire rempli là un emploi bien modeste.

— Son père dit qu'il veut bien lui faire manger de la vache enragée, à cet enfant ; que sans ça il finirait sur un échafaud. Au fait, c'est bien le plus malin singe... et méchant. Il a fait plus d'un tour à ce pauvre M. César Bradamanti, qui est la crème des honnêtes gens. Vu qu'il a guéri Alfred d'un rhumatisme, nous le portons dans notre cœur. Eh bien ! monsieur, il y a des gens assez dénaturés pour... mais non, ça fait dresser les cheveux sur la tête. Alfred dit que si c'était vrai il y aurait cas de galères.

— Mais encore ?

— Ah ! je n'ose pas, je n'oserai jamais.

— N'en parlons plus.

— C'est que... fois d'honnête femme, dire ça à un jeune homme...

— N'en parlons plus, madame Pipelet.

— Au fait, comme vous serez notre locataire, il vaut mieux que vous soyez prévenu que c'est des mensonges. Vous êtes, n'est-ce pas, en position de faire amitié et société avec M. Bradamanti ; si vous aviez cru à ses bruits-là, ça vous aurait peut-être dégoûté de sa connaissance.

— Parlez, je vous écoute.

— On dit que quand... des fois une jeune fille a fait une sottise... vous comprenez... n'est-ce pas ? et qu'elle en craint des suites...

— Eh bien ?

— Tenez, voilà que je n'ose plus.

— Mais encore ?

— Non ; d'ailleurs c'est des bêtises...

— Dites toujours.

— Des mensonges.

— Dites toujours.

— C'est des mauvaises langues.

— Mais encore ?

— Des gens qui sont jaloux du cheval tigré de M. César.

— A la bonne heure ; mais enfin que disent-ils ?

— Ça me fait honte.

— Mais quel rapport y a-t-il entre une petite fille qui a fait une faute et le charlatan ?

— Je ne dis pas que ça soit vrai !

— Mais, au nom du Ciel, quoi donc ? s'écria Rodolphe, impatienté des réticences bizarres de Mme Pipelet.

— Ecoutez, jeune homme, reprit la portière d'un air solennel, vous me jurez sur l'honneur de ne jamais répéter ça à personne ?

— Quand je saurai ce que c'est, je vous ferai, oui ou non, ce serment.

Si je vous dis ça ce n'est pas à cause des six francs que vous m'avez promis, ni à cause du cassis.

— Bien, bien

— C'est à cause de la confiance que vous m'inspirez.

— Soit.

— Et pour servir ce pauvre M. César Bradamanti en le disculpant.

— Votre intention est excellente, je n'en doute pas ; eh bien ?

— On dit donc... mais que ça ne sorte pas de la loge, au moins.

— Certainement ; l'on dit donc...

— Allons, voilà que je n'ose plus encore une fois. Mais, tenez, je vas vous dire ça à l'oreille, ça me fera moins d'effet... Dites donc, comme je suis enfant, hein ?

Et la vieille murmura tout bas quelques mots à Rodolphe, qui tressaillit d'épouvante.

— Oh ! mais c'est affreux ! s'écria-t-il en se levant par un mouvement machinal, et regardant autour de lui presque avec terreur, comme si cette maison eût été maudite.

« Mon Dieu ! mon Dieu ! murmura-t-il à demi-voix dans une stupeur douloureuse, de si abominables crimes sont-ils donc possibles ! Et cette hideuse vieille qui est presque indifférente à l'horrible révélation qu'elle vient de me faire ! »

La portière n'entendit pas Rodolphe, et reprit en continuant de s'occuper de son ménage :

— N'est-ce pas, que c'est un tas de mauvaises langues ? Comment ! un homme qui a guéri Alfred d'un rhumatisme, un homme qui a ramené un cheval tigré du Liban, un homme qui vous propose de vous arracher cinq dents gratis sur six, un homme qui a des certificats de toute l'Europe, et qui paye son terme rubis sur l'ongle. Ah bien ! Oui... plutôt la mort que de croire ça !

Pendant que Mme Pipelet manifestait son indignation contre les calomniateurs, Rodolphe se rappelait la lettre adressée à ce charlatan, lettre écrite sur gros papier, d'une écriture contrefaite et à moitié effacée par les traces d'une larme.

Dans cette larme, dans cette lettre mystérieuse adressée à cet homme, Rodolphe vit un drame...

Un terrible drame.

Un pressentiment involontaire lui disait que les bruits atroces qui couraient sur l'Italien étaient fondés.

— Tenez, voilà Alfred, s'écria la portière ; il vous dira comme moi que c'est des méchantes langues qui accusent d'horreurs ce pauvre M. César Bradamanti, qui l'a guéri d'un rhumatisme.

CHAPITRE X

MONSIEUR PIPELET

Nous rappellerons au lecteur que ces faits se passaient en 1838...

M. Pipelet entra dans la loge d'un air grave, magistral ; il avait soixante ans environ, un nez énorme, un embonpoint respectable, une grosse figure taillée et enluminée à la façon des bonshommes casse-noisettes de Nuremberg. Ce masque étrange était coiffé d'un chapeau tromblon à larges bords, roussi de vétusté.

Alfred, qui ne quittait pas plus ce chapeau que sa femme, ne quittait sa perruque fantastique, se prélassait dans un vieil habit vert à basques immenses, aux revers pour ainsi plombés de souillures tant ils paraissaient çà et là d'un gris luisant. Malgré son chapeau tromblon et son habit vert, qui n'étaient pas sans un certain cérémonial, M. Pipelet n'avait pas déposé le modeste emblème de son métier : un tablier de cuir dessinait son triangle fauve sur un long gilet diapré d'autant de couleurs que la courtepointe arlequin de Mme Pipelet.

Le salut que le portier fit à Rodolphe ne manqua pas d'une certaine affabilité ; mais, hélas ! le sourire de cet homme était bien amer.

On y lisait l'expression d'une profonde mélancolie, ainsi que Mme Pipelet l'avait dit à Rodolphe.

— Alfred, monsieur est un locataire pour la chambre et le cabinet du quatrième, dit Mme Pipelet en présentant Rodolphe à Alfred, et nous t'avons attendu pour boire un verre de cassis qu'il a fait venir.

Cette attention délicate mit à l'instant M. Pipelet en confiance avec Rodolphe ; le portier porta la main au rebord antérieur de son chapeau, et dit d'une voix basse digne d'un chantre de cathédrale :

— Nous vous satisferons, monsieur, comme portiers, de même que vous nous satisferez comme locataire ; qui se ressemble s'assemble.

Puis, s'interrompant, M. Pipelet dit à Rodolphe avec anxiété :

— A moins pourtant, monsieur, que vous ne soyez peintre.

— Non, je suis commis marchand.

— Alors monsieur, à vous rendre mes humbles devoirs. Je félicite la nature de ne pas vous avoir fait naître l'égal de ces monstres d'artistes !

— Les artistes... des monstres ? demanda Rodolphe.

M. Pipelet, au lieu de répondre, leva ses deux mains au plafond de sa loge et fit entendre une sorte de gémissement courroucé.

— C'est les peintres qui ont empoisonné la vie d'Alfred. C'est eux qui lui ont fait la mélancolie dont je vous parlais, dit tout bas Mme Pipelet à Rodolphe. Puis elle reprit plus haut et d'un ton caressant : Allons, Alfred, sois raisonnable, ne pense pas à ce polisson-là... tu vas te faire du mal, tu ne pourras pas dîner.

— Non, j'aurai du courage et de la raison, répondit M. Pipelet avec une dignité triste et résignée. Il m'a fait bien du mal : il a été mon persécuteur, mon bourreau, pendant bien longtemps ; mais maintenant je le méprise. Les peintres, ajouta-t-il en se tournant vers Rodolphe, ah ! monsieur, c'est la peste d'une maison ; c'est son bacchanal, c'est sa ruine.

— Vous avez logé un peintre ?

— Hélas ! oui, monsieur, nous en avons logé un ! dit M. Pipelet avec amertume, un peintre qui s'appelait Cabrion, encore !

A ce souvenir, malgré son apparente modération, le portier ferma convulsivement les poings.

— Etait-ce le dernier locataire qui a occupé la chambre que je viens louer ? demanda Rodolphe.

— Non, non, le dernier locataire était un brave, un digne jeune homme, nommé M. Germain ; mais avant lui c'était Cabrion. Ah ! monsieur, depuis son départ, ce Cabrion a manqué me rendre fou, hébété.

— L'auriez-vous regretté à ce point ? demanda Rodolphe.

— Cabrion regretté ! reprit le portier avec stupeur ; regretter Cabrion ! Mais figurez-vous donc, monsieur, que M. Bras-Rouge lui a payé deux termes pour le faire déguerpir d'ici ; car on avait été assez malheureux pour lui faire un bail. Quel garnement ! Vous n'avez pas une idée, monsieur, des horribles tours qu'il a joués à nous et aux locataires. Pour ne parler que d'un seul de ces tours, il n'y a pas un instrument à vent dont il n'ait fait bassement son complice pour démoraliser les locataires ! Oui, monsieur, depuis le cor de chasse jusqu'au serpent, monsieur ! il a abusé de tout, poussant la vilenie jusqu'à jouer faux, et exprès, la même note pendant des heures entières. C'était à en devenir fou. On a fait plus de vingt pétitions au principal locataire, M. Bras-Rouge, pour qu'il chassât ce gueux-là. Enfin, monsieur, on y parvint en lui payant deux termes... C'est drôle, n'est-ce pas ? un locataire à qui on paye deux termes ; mais on lui en aurait payé trois pour s'en dépêtrer. Il part... Vous croyez peut-être que c'est fini du Cabrion ? Vous allez voir ! Le lendemain, à onze heures du soir, j'étais couché. Pan, pan, pan ! Je tire le cordon. On vient à la loge. « Bonsoir, portier, dit une voix, voulez-vous me donner une mèche de vos cheveux, s'il vous plaît ? » Mon épouse me dit : « C'est quelqu'un qui se trompe de porte ! ». Et je réponds à l'inconnu : « Ce n'est pas ici ; voyez à côté. — Pourtant, c'est bien ici le n° 17 ? Le portier s'appelle bien Pipelet ? reprend la voix. — Oui, que je dis, je m'appelle bien Pipelet —

Eh bien ! Pipelet, mon ami, je viens vous demander une mèche de vos cheveux pour Cabrion ; c'est son idée, il y tient, il en veut. »

M. Pipelet regarda Rodolphe en secouant la tête et en se croisant les bras dans une attitude sculpturale.

— Vous comprenez, monsieur ? C'est à moi, son ennemi mortel, à moi qu'il avait abreuvé d'outrages, qu'il venait impudemment demander une mèche de mes cheveux, une faveur que les dames refusent même quelquefois à leur bien-aimé !

— Encore si ce Cabrion avait été bon locataire comme M. Germain ! reprit Rodolphe avec un sang-froid imperturbable.

— Eût-il été bon locataire, je ne lui aurais pas davantage accordé cette mèche, dit majestueusement l'homme au chapeau tromblon ; ce n'est ni dans mes principes ni dans mes habitudes ; mais je me serais fait un devoir, une loi, de la lui refuser poliment.

— Ce n'est pas tout, reprit la portière ; figurez-vous, monsieur, que depuis ce jour-là, le matin, le soir, la nuit, à toute heure, cet affreux Cabrion avait déchaîné une nuée de rapins qui venaient ici l'un après l'autre demander à Alfred une mèche de ses cheveux, toujours pour Cabrion !

— Et vous pensez si j'ai cédé ! dit M. Pipelet d'un air déterminé, on m'aurait plutôt traîné à l'échafaud, monsieur ! Après trois ou quatre mois d'opiniâtreté de leur part, de résistance de la mienne, mon énergie a triomphé de l'acharnement de ces misérables. Ils ont vu qu'ils s'attaquaient à une barre de fer, et ils ont été bien forcés de renoncer à leurs insolentes prétentions. Mais c'est égal, monsieur, j'ai été frappé là. — Alfred porta la main à son cœur. — J'aurais eu commis des crimes affreux que je n'aurais pas eu un sommeil plus bourrelé. A chaque instant, je me réveillais en sursaut, croyant entendre la voix de ce damné Cabrion. Je me défiais de tout le monde : dans chacun je supposais un ennemi ; je perdais mon aménité. Je ne pouvais voir une figure étrangère se présenter au carreau de la loge sans frémir en pensant que c'était peut-être quelqu'un de la bande à Cabrion. Et même encore maintenant, monsieur, je suis soupçonneux, renfrogné, épilogueur comme un malfaiteur... Je crains d'épanouir mon âme à la moindre nouvelle connaissance, de peur d'y voir surgir quelques-uns de la bande à Cabrion ; je n'ai de goût à rien.

Ici Mme Pipelet porta son index à son œil gauche, comme pour essuyer une larme, et fit un signe de tête affirmatif.

Alfred continua d'un ton de plus en plus lamentable :

— Enfin je me recroqueville sur moi-même, et c'est ainsi que je vois couler le fleuve de la vie. Avais-je tort, monsieur, de vous dire que cet infernal Cabrion avait empoisonné mon existence ?

Et M. Pipelet, poussant un profond soupir, inclina son chapeau tromblon sous le poids de cette immense infortune.

— Je conçois maintenant que vous n'aimiez pas les peintres, dit Rodolphe ; mais du moins ce M. Germain dont vous parlez vous a dédommagé de M. Cabrion !

— Oh ! oui, monsieur ; voilà un bon et digne jeune homme, franc comme l'or, serviable, et pas fier, et gai, mais d'une bonne gaieté qui ne faisait de mal à personne, au lieu d'être insolent et goguenard comme ce Cabrion, que Dieu confonde !

— Allons, calmez-vous, mon cher monsieur Pipelet, ne prononcez pas ce nom-là. Et maintenant quel est le propriétaire assez heureux pour posséder M. Germain, cette perle des locataires ?

— Ni vu ni connu... personne ne sait ni ne saura où demeure à cette heure M. Germain. Quand je dis personne... excepté Mlle Rigolette.

— Et qu'est-ce que Mlle Rigolette ? demanda Rodolphe.

— Une petite ouvrière, l'autre locataire du quatrième, reprit Mme Pipelet. Voilà une autre perle, payant son terme d'avance, et si proprette dans sa chambrette, et si gentille pour tout le monde, et si gaie... un véritable oiseau du bon Dieu pour être avenante et joyeuse ! avec ça travailleuse comme un petit castor, gagnant quelquefois jusqu'à ses deux francs par jour mais dame avec bien du mal !

— Mais comment Mlle Rigolette est-elle la seule qui sache la demeure de M. Germain ?

— Quand il a quitté la maison, reprit Mme Pipelet, il nous a dit : « Je n'attends pas de lettres ; mais, si par hasard il m'en arrivait, vous les remettriez à Mlle Rigolette ». Et en ça elle était digne de sa confiance, quand même la lettre serait chargée ; n'est-ce pas, Alfred ?

— Le fait est qu'il n'y aurait rien à dire sur le compte de Mlle Rigolette, dit sévèrement le portier, si elle n'avait pas eu la faiblesse de se laisser cajoler par cet infâme Cabrion.

— Pour ce qui est de ça, Alfred, reprit la portière, tu sais bien que ce n'est pas la faute de Mlle Rigolette, ça tient au local ; car ç'a été tout de même avec le commis voyageur qui occupait la chambre avant Cabrion, comme après ce méchant peintre ç'a été M. Germain qui la cajolait ; encore une fois, ça ne peut être autrement, ça tient au local.

— Ainsi, dit Rodolphe, les locataires de la chambre que je veux louer font nécessairement la cour à Mlle Rigolette ?

— Nécessairement, monsieur ; vous allez comprendre ça. On est voisin avec Mlle Rigolette, les deux chambres se touchent ; et bien ! entre jeunesses... c'est une lumière à allumer, un peu de braise à emprunter, ou bien de l'eau. Oh ! quant à l'eau, on est sûr d'en trouver chez Mlle Rigolette, elle n'en manque jamais : c'est son luxe, c'est un vrai petit canard. Dès qu'elle a un moment, elle est tout de suite à laver ses carreaux, son foyer. Aussi c'est toujours si propre chez elle !... vous verrez ça.

— Ainsi M. Germain, en égard à la localité, a donc été, comme vous dites, bon voisin avec Mlle Rigolette ?

— Oui, monsieur, et c'est le cas de dire qu'ils étaient nés l'un pour l'autre. Si gentils, si jeunes, ils faisaient plaisir à voir descendre les escaliers le dimanche, le seul jour de congé à ces pauvres enfants ! elle, bien attifée d'un joli bonnet et d'une jolie robe à vingt-cinq sous l'aune, qu'elle se fait elle-même, mais qui lui allait comme à une petite reine ; lui, mis en vrai muscadin !

— Et M Germain n'a plus revu Mlle Rigolette depuis qu'il a quitté cette maison ?

— Non, monsieur, à moins que ça ne soit le dimanche, car les autres jours Mlle Rigolette n'a pas le temps de penser aux amoureux, allez ! Elle se lève à cinq ou six heures, et travaille jusqu'à dix, quelquefois onze heures du soir ; elle ne quitte jamais sa chambre, excepté le matin pour aller acheter la provision pour elle et ses deux serins, et eux trois ils ne mangent guère, allez ! Qu'est-ce qu'il leur faut ? Deux sous de lait, un peu de pain, du mouron, de la salade, du millet, et de la belle eau claire ; ce qui ne les empêche pas de babiller et de gazouiller tous les trois, la petite et ses deux oiseaux, que c'est une bénédiction !... Avec ça, bonne et charitable en ce qu'elle peut, c'est-à-dire de son temps de sommeil et de ses soins, car, en travaillant quelquefois plus de douze heures par jour, c'est tout juste si elle gagne de quoi vivre... Tenez, ces malheureux des mansardes, que M. Bras-Rouge va mettre sur le pavé pas plus tard que dans trois ou quatre jours, Mlle Rigolette et M. Germain ont veillé leurs enfants pendant plusieurs nuits !

— Il y a donc une famille malheureuse ici ?

— Malheureuse, monsieur ! Dieu de Dieu ! je le crois bien. Cinq enfants en bas âge, la mère au lit, presque mourante, la grand-mère idiote ; et pour nourrir tout ça un homme qui ne mange pas du pain tout son soûl en trimant comme un nègre ; car c'est un fameux ouvrier ! Trois heures de sommeil sur vingt-quatre, voilà tout ce qu'il prend, et encore quel sommeil !... Quand on est réveillé par des enfants qui crient : « Du pain ! », par une femme malade qui gémit sur sa paillasse, ou par la vieille idiote qui se met quelquefois à rugir comme une louve... de faim aussi, car elle n'a pas plus de raison qu'une bête. Quand elle a trop envie de manger, on l'entend des escaliers, elle hurle.

— Ah ! c'est affreux ! s'écria Rodolphe ; et personne ne les secourt ?

— Dame ! monsieur, on fait ce qu'on peut entre pauvres gens. Depuis que le commandant me donne ses douze francs par mois pour faire son ménage, je mets le pot-au-feu une fois la semaine, et ces malheureux d'en haut ont du bouillon. Mlle Rigolette prend sur ses nuits, et dame ! ça lui coûte toujours de l'éclairage, pour faire, avec des rognures d'étoffes, des brassières et des béguins aux petits... Ce pauvre M. Germain, qu'était pas bien calé non plus, faisait semblant de recevoir de temps en temps quelques bonnes bouteilles de vin de chez lui, et Morel (c'est le nom de l'ouvrier) buvait un ou deux fameux coups qui le réchauffaient et lui mettaient pour un moment du cœur au ventre.

— Et le charlatan ne faisait-il rien pour ces pauvres gens ?

— M. Bradamanti ? dit le portier ; il m'a guéri de mon rhumatisme, c'est vrai, je le vénère ; mais dès ce jour-là j'ai dit à mon épouse : « Anastasie, M. Bradamanti... » Hum ! hum ! te l'ai-je dit, Anastasie ?

— C'est vrai, tu me l'as dit, mais il aime à rire, cet homme ! du moins à sa manière, car il ne desserre pas les dents pour cela.

— Qu'a-t-il donc fait ?

— Voilà, monsieur. Quand je lui ai parlé de la misère des Morel, à propos de ce qu'il se plaignait que la vieille idiote avait hurlé de faim toute la nuit, et que lui, ça l'avait empêché de dormir, il m'a dit : « Puisqu'ils sont si malheureux, s'ils ont des dents à arracher, je ne leur ferai pas même payer la sixième, et je leur donnerai une bouteille de mon eau à moitié prix ».

— Eh bien ! s'écria M. Pipelet, quoiqu'il m'ait guéri de mon rhumatisme, je maintiens que c'est une plaisanterie indécente. Mais il n'en fait jamais d'autres... et encore si elles n'étaient qu'indécentes !

— Songe donc, Alfred, qu'il est italien, et que c'est peut-être la manière de plaisanter chez eux.

— Décidément, madame Pipelet, dit Rodolphe, j'ai mauvaise opinion de cet homme, et je ne ferai pas, comme vous dites, ni amitié ni société avec lui... Et la prêteuse à gages a-t-elle été plus charitable ?

— Hum ! dans le prix de M. Bradamanti, dit la portière ; elle leur a prêté sur leurs pauvres hardes... Tout y a passé, jusqu'à leur dernier matelas... C'est pas l'embarras, ils n'en ont jamais eu que deux.

— Et maintenant elle ne les aide pas ?

— La mère Burette ? Ah bien ! oui ; elle est aussi chiche dans son espèce que son amoureux dans la sienne ; car, dites donc, M. Bras-Rouge et la mère Burette... ajouta la portière avec un clignement d'yeux et un hochement de tête extraordinairement malicieux.

— Vraiment ! dit Rodolphe.

— Je crois bien... à mort !... Et allez donc ! les étés de la Saint-Martin sont aussi chauds que les autres, n'est-ce pas, vieux chéri ?

M. Pipelet, pour toute réponse, agita mélancoliquement son tromblon.

Depuis que Mme Pipelet avait fait montre d'un sentiment de charité à l'égard des malheureux des mansardes, elle semblait moins repoussante à Rodolphe.

— Et quel est l'état de ce pauvre ouvrier ?

— Lapidaire en faux ; il travaille à la pièce, et tant, tant qu'il s'est contrefait à ce métier-là ; vous le verrez... Après tout, un homme est un homme, et il ne peut que ce qu'il peut, n'est-ce pas ? Et, quand il faut donner la pâté à une famille de sept personnes, sans se compter, il y a du tirage ! Et encore sa fille aînée l'aide de ce qu'elle peut, et ça n'est guère.

— Et quel âge a cette fille ?

— Dix-sept ans, et belle, belle... comme le jour ; elle est servante chez un vieux grigou, riche à acheter Paris, un notaire, M. Jacques Ferrand.

— M. Jacques Ferrand ! dit Rodolphe étonné de cette nouvelle rencontre, car c'était chez ce notaire, ou du moins près de sa gouvernante, qu'il devait prendre les renseignements relatifs à la Goualeuse. M. Jacques Ferrand qui demeure rue du Sentier ? reprit-il.

— Juste !... vous le connaissez ?

— Il est le notaire de la maison de commerce à laquelle j'appartiens.

— Eh bien ! alors vous devez savoir que c'est un fameux fesse-mathieu, mais, faut être juste, honnête et dévot... tous les dimanches à la messe et à vêpres, faisant ses Pâques et allant à confesse ; s'il fricote, ne fricotant jamais qu'avec des prêtres, buvant l'eau bénite, dévorant le pain bénit... un saint homme, quoi ! la caisse d'épargne des petites gens qui placent leurs économies chez lui ! mais dame ! avare et dur à cuire pour les autres comme pour lui-même. Voilà dix-huit mois que cette pauvre Louise, la fille du lapidaire, est servante chez lui. C'est un agneau pour la douceur, un cheval pour le travail. Elle fait tout là, et dix-huit francs de gages, ni plus ni moins ; elle garde six francs par mois pour s'entretenir, et donne le reste à sa famille : c'est toujours ça ; mais quand il faut que sept personnes rongent là-dessus !...

— Mais le travail du père, s'il est laborieux ?

— S'il est laborieux ! C'est un homme qui de sa vie n'a été *bu ;* c'est rangé, c'est doux comme un Jésus ; ça ne demanderait au bon Dieu pour toute récompense que de faire durer les jours quarante-huit heures, pour pouvoir gagner un peu plus de pain pour sa marmaille.

— Son travail lui rapporte donc bien peu ?

— Il a été alité pendant trois mois, et c'est ce qui l'a arriéré ; sa femme s'est abîmé la santé en le soignant, et à cette heure elle est moribonde ; c'est pendant ces trois mois qu'il a fallu vivre avec les douze francs de Louise, et avec ce qu'ils ont emprunté sur gages à la mère Burette, et aussi quelques écus que lui a prêtés la courtière en pierres fausses pour qui il travaille. Mais huit personnes ! j'en reviens toujours là, et si vous voyiez leur bouge !... Mais, tenez, monsieur, ne parlons pas de ça, voilà notre dîner cuit, et, rien que de penser à leur mansarde, ça me tourne sur l'estomac. Heureusement M. Bras-Rouge va en débarrasser la maison. Quand je dis heureusement, ça n'est pas par méchanceté, au moins. Mais puisqu'il faut qu'ils soient malheureux, ces pauvres Morel, et que nous n'y pouvons rien, autant qu'ils aillent être malheureux ailleurs. C'est un crève-cœur de moins.

— Mais, si on les chasse d'ici, où iront-ils ?

— Dame ! je ne sais pas, moi.

— Et combien peut-il gagner par jour, ce pauvre ouvrier ?

— S'il n'était pas obligé de soigner sa mère, sa femme et les enfants, il gagnerait bien quatre à cinq francs, parce qu'il s'acharne ; mais, comme il perd les trois quarts de son temps à faire le ménage, c'est au plus s'il gagne quarante sous.

— En effet, c'est bien peu. Pauvres gens !

— Oui, pauvres gens, allez ! c'est bien dit. Mais il y en a tant de pauvres gens, que, puisqu'on n'y peut rien, il faut bien s'en consoler, n'est-ce pas, Alfred ? Mais, à propos de consoler, et le cassis, nous ne lui disons rien.

— Franchement, madame Pipelet, ce que vous m'avez raconté là m'a serré le cœur ; vous boirez à ma santé avec M. Pipelet.

— Vous êtes bien honnête, monsieur, dit le portier ; mais voulez-vous toujours voir la chambre d'en haut ?

— Volontiers ; si elle me convient, je vous donnerai le denier à Dieu.

Le portier sortit de son antre. Rodolphe le suivit.

CHAPITRE XI

LES QUATRE ÉTAGES

L'escalier sombre, humide, paraissait encore plus obscur par cette triste journée d'hiver.

L'entrée de chacun des appartements de cette maison offrait pour ainsi dire à l'œil de l'observateur une physionomie particulière.

Ainsi la porte du logis qui servait de petite maison au commandant était fraîchement peinte d'une couleur brune veinée imitant la palissandre ; un bouton de cuivre doré étincelait à la serrure, et un beau cordon de sonnette à houppe de soie rouge contrastait avec la sordide vétusté des murailles.

La porte du second étage, habité par la devineresse, prêteuse sur gages, présentait un aspect plus singulier : un hibou empaillé, oiseau suprêmement symbolique et cabalistique, était cloué par les pattes et par les ailes au-dessus du chambranle ; un petit guichet, grillagé de fil de fer, permettait d'examiner les visiteurs avant d'ouvrir.

La demeure du charlatan italien, que l'on soupçonnait d'exercer un épouvantable métier, se distinguait aussi par son entrée bizarre.

Son nom se lisait tracé avec des dents de cheval incrustées dans une espèce de tableau de bois noir appliqué sur la porte.

Au lieu de se terminer classiquement par une patte de lièvre ou par un pied de chevreuil, le cordon de sonnette s'attachait à un avant-bras et à une main de singe momifiés.

Ce bras desséché, cette petite main à cinq doigts articulés par phalanges et terminés par des ongles, était hideuse à voir.

On eût dit la main d'un enfant.

Au moment où Rodolphe passait devant cette porte, qui lui parut sinistre, il lui sembla entendre quelques sanglots étouffés ; puis tout à coup un cri douloureux, convulsif, horrible, un cri paraissant arraché du fond des entrailles, retentit dans le silence de cette maison.

Rodolphe tressaillit.

Par un mouvement plus rapide que la pensée, il courut à la porte et sonna violemment.

— Qu'avez-vous, monsieur ? dit le portier surpris.

— Ce cri, dit Rodolphe, vous ne l'avez donc pas entendu ?

— Si, monsieur. C'est sans doute quelque pratique à qui M. César Bradamanti arrache une dent, peut-être deux.

Cette explication était vraisemblable ; pourtant elle ne satisfit pas Rodolphe.

Le cri terrible qu'il venait d'entendre ne lui semblait pas seulement une exclamation de douleur physique ; mais aussi, si cela peut se dire, un cri de douleur morale.

Son coup de sonnette avait été d'une extrême violence.

On n'y répondit pas d'abord.

Plusieurs portes se fermèrent coup sur coup ; puis, derrière la vitre d'un œil-de-bœuf placé près de la porte, et sur lequel Rodolphe attachait machinalement son regard, il vit confusément apparaître une figure décharnée, d'une pâleur cadavéreuse ; une forêt de cheveux roux et grisonnants couronnait ce hideux visage, qui se terminait par une longue barbe de la même couleur que la chevelure.

Cette vision disparut au bout d'une seconde.

Rodolphe resta pétrifié.

Pendant le peu de temps que dura cette apparition, il avait cru reconnaître certains traits bien caractéristiques de cet homme.

Ces yeux verts et brillants comme l'aigue-marine sous leurs gros sourcils fauves et hérissés, cette pâleur livide, ce nez mince, saillant, recourbé en bec d'aigle, et dont les narines, bizarrement dilatées et échancrées, laissaient voir une partie de la cloison nasale, lui rappelaient d'une manière frappante un certain abbé Polidori, dont le nom avait été maudit par Murph durant son entretien avec le baron de Graün.

Quoique Rodolphe n'eût pas vu l'abbé Polidori depuis seize ou dix-sept ans, il avait mille raisons pour ne pas l'oublier ; mais, ce qui déroutait ses souvenirs, mais ce qui le faisait douter de l'identité de ces deux personnages, c'est que le prêtre qu'il croyait retrouver sous le nom de ce charlatan à barbe et à cheveux roux était très brun.

Si Rodolphe (en supposant que ses soupçons fussent fondés) ne s'étonnait pas d'ailleurs de voir un homme revêtu d'un caractère sacré, un homme dont il connaissait la haute intelligence, le vaste savoir, le rare esprit, tomber à ce point de dégradation, peut-être d'infamie, c'est qu'il savait que ce rare esprit, que cette haute intelligence, que ce vaste savoir s'alliaient à une perversité si profonde, à une conduite si déréglée, à des penchants si crapuleux, et surtout à une telle forfanterie de cynique et sanglant mépris des hommes et des choses, que cet homme, réduit à une misère méritée, avait pu, nous dirons presque avait dû chercher les ressources les moins honorables, et trouver une sorte de satisfaction ironique et sacrilège à se voir, lui, véritablement distingué par les dons de l'esprit, lui, revêtu d'un caractère sacré, exercer ce vil métier d'impudent bateleur.

Mais, nous le répétons, quoiqu'il eût quitté l'abbé Polidori dans la force de l'âge, et que celui-ci dût avoir l'âge du charlatan, il y avait entre ces deux personnages certaines différences si notables que Rodolphe doutait extrêmement de leur identité ; néanmoins il dit à M. Pipelet :

— Est-ce qu'il y a longtemps que M. Bradamanti habite cette maison ?

— Mais environ un an, monsieur. Oui, c'est ça, il est venu pour le terme de janvier. C'est un locataire exact ; il m'a guéri d'un fameux rhumatisme... Mais, comme je vous le disais tout à l'heure, il a un défaut : c'est d'être trop gouailleur, il ne respecte rien dans ses propos.

— Comment cela ?

— Enfin, monsieur, dit gravement M. Pipelet, je ne suis pas une rosière, mais il y a rire et rire.

— Il est donc fort gai ?

— Ce n'est pas qu'il soit gai ; au contraire, il a l'air d'un mort ; mais il ne rit jamais de la bouche... il rit toujours en paroles ; il n'y a pour lui ni père ni mère, ni Dieu ni diable, il plaisante de tout, même de son eau, monsieur, même de sa propre eau ! Mais, je ne vous le cache pas, ces plaisanteries-là quelquefois me font peur, me donnent la chair de poule. Quand il a resté un quart d'heure à jaboter indécemment, dans la loge, sur les femmes à peines voilées des différents pays sauvages qu'il a parcourus, et que je me retrouve seul à seul avec Anastasie, eh bien ! monsieur, moi qui, depuis trente-sept ans, ai pris l'habitude, me suis fait une loi de la chérir... Anastasie... eh bien ! il me semble que je la chéris moins. Vous allez rire... mais quelquefois encore, quand M. César est parti, après m'avoir parlé des festins des princes auxquels il a assisté pour les voir essayer les dents qu'il leur avait posées, eh bien ! il me semble que mon manger est amer, je n'ai plus faim. Enfin j'aime mon état, monsieur, et je m'en honore. J'aurais pu être cordonnier comme un tas d'ambitieux, mais je crois rendre autant de services en ressemelant les vieilles chaussures. Eh bien ! monsieur, il y a des jours où ce diable de M. César, avec ses railleries, me ferait regretter de n'être pas bottier, ma parole d'honneur ! et puis enfin... il a une manière de parler des dames sauvages qu'il a connues... Tenez, monsieur, je vous le répète, je ne suis pas rosière, mais quelquefois, saperlotte ! je deviens pourpre, ajouta M. Pipelet d'un air de chasteté révoltée.

— Et Mme Pipelet tolère cela ?

— Anastasie est folle de l'esprit, et M. César, malgré son mauvais ton, en a certainement beaucoup ; aussi elle lui passe tout.

— Elle m'a aussi parlé de certains bruits horribles...

— Elle vous a parlé ?...

— Soyez tranquille, je suis discret.

— Eh bien ! monsieur, ce bruit-là, je n'y crois pas, je n'y croirai jamais, et pourtant je ne peux m'empêcher d'y penser, et ça augmente le drôle d'effet que me produisent les plaisanteries de M. Bradamanti. Enfin, monsieur, pour tout dire, bien certainement je hais M. Cabrion... c'est une haine que j'emporterai dans la tombe. Eh bien ! quelquefois il me semble que j'aimerais encore mieux les ignobles farces qu'il avait l'effronterie de faire dans la maison, que les plaisanteries que nous débite M. César de son air pince-sans-rire, en bridant ses lèvres par un mouvement disgracieux qui me rappelle toujours l'agonie de mon oncle Rousselot, qui en râlant bridait ses lèvres tout comme M. Bradamanti.

Quelques mots de M. Pipelet sur la perpétuelle ironie avec laquelle le charlatan parlait de tout et de tous, et flétrissait les joies les plus modestes par ses railleries amères, confirmaient assez les premiers soupçons de

Rodolphe ; car l'abbé, lorsqu'il déposait son masque d'hypocrisie, avait toujours affecté le scepticisme le plus audacieux et le plus révoltant.

Bien décidé à éclaircir ses doutes, la présence de ce prêtre dans cette maison pouvant le gêner, se sentant de plus en plus disposé à interpréter d'une manière lugubre le cri terrible dont il avait été si frappé, Rodolphe suivit le portier à l'étage supérieur, où se trouvait la chambre qu'il voulait louer.

Le logis de Mlle Rigolette, voisin de cette chambre, était facile à reconnaître, grâce à une charmante galanterie du peintre, l'ennemi mortel de M. Pipelet.

Une demi-douzaine de petits amours joufflus, très facilement et très spirituellement peints dans le goût de Watteau, se groupaient autour d'une espèce de cartouche, et portaient allégoriquement, l'un un dé à coudre, l'autre une paire de ciseaux, celui-là un fer à repasser, celui-ci un petit miroir de toilette ; au milieu du cartouche, sur un fond bleu clair, on lisait en lettres roses : « Mlle Rigolette, couturière. » Le tout était encadré dans une guirlande de fleurs qui se détachait à merveille du fond vert céladon de la porte.

Ce petit panneau était fort joli, et formait encore un contraste frappant avec la laideur de l'escalier.

Au risque d'irriter les plaies saignantes d'Alfred, Rodolphe lui dit, en montrant la porte de Mlle Rigolette :

— Ceci est sans doute l'ouvrage de M. Cabrion ?

— Oui, monsieur, il s'est permis d'abîmer la peinture de cette porte avec ces indécents barbouillages d'enfants tout nus, qu'il appelle des Amours. Sans les supplications de Mlle Rigolette et la faiblesse de M. Bras-Rouge, j'aurais gratté tout cela ainsi que cette palette dont le même monstre a obstrué la porte de *votre* chambre.

En effet, une palette chargée de couleurs, paraissant suspendue à un clou, était peinte sur la porte en manière de trompe-l'œil.

Rodolphe suivit le portier dans cette chambre, assez spacieuse, précédée d'un petit cabinet, et éclairée par deux fenêtres qui ouvraient sur la rue du Temple ; quelques ébauches fantastiques, peintes sur la seconde porte par M. Cabrion, avaient été scrupuleusement respectées par M. Germain.

Rodolphe avait trop de motifs d'habiter cette maison pour ne pas arrêter ce logement ; il donna donc modestement quarante sous au portier et lui dit :

— Cette chambre me convient parfaitement, voici le denier à Dieu ; demain j'enverrai des meubles. Il n'est pas nécessaire, n'est-ce pas, que je voie le principal locataire, M. Bras-Rouge ?

— Non, monsieur, il ne vient ici que de loin en loin, excepté pour les manigances de la mère Burette... C'est toujours avec moi que l'on traite directement ; je vous demanderai seulement votre nom.

— Rodolphe.

— Rodolphe qui ?

— Rodolphe tout court, monsieur Pipelet.

— C'est différent, monsieur, ce n'est pas par curiosité que j'insistais : les noms et les volontés sont libres.

— Dites-moi, monsieur Pipelet, est-ce que demain je ne devrais pas, comme nouveau voisin, aller demander aux Morel si je ne peux pas leur être bon à quelque chose, puisque mon prédécesseur, M. Germain, les aidait aussi selon ses moyens ?

— Si monsieur, cela se peut ; il est vrai que ça ne leur servira pas à grand-chose, puisqu'on les chasse ; mais ça les flattera toujours.

Puis, comme frappé d'une idée subite, M. Pipelet s'écria, en regardant son locataire d'un air fier et malicieux :

— Je comprends, je comprends ; c'est un commencement pour finir par aller aussi faire le bon voisin chez la petite voisine d'à côté.

— Mais j'y compte bien.

— Il n'y a pas de mal à ça, monsieur, c'est l'usage ; et, tenez, je suis sûr que Mlle Rigolette a entendu qu'on visitait la chambre, et qu'elle est aux aguets pour nous voir redescendre. Je vais faire du bruit exprès en tournant la clé ; regardez bien en passant sur le carré.

En effet, Rodolphe s'aperçut que la porte si gracieusement enjolivée d'Amours Watteau était entrebâillée, et il distingua vaguement, par l'étroite ouverture, le bout relevé d'un petit nez couleur de rose et un grand œil noir vif et curieux ; mais, comme il ralentissait le pas, la porte se ferma brusquement.

— Quand je vous disais qu'elle nous guettait ! reprit le portier ; puis il ajouta : Pardon, excuse, monsieur !... je vas à mon petit observatoire.

— Qu'est-ce que cela ?

— Au haut de cette échelle, il y a le palier où s'ouvre la porte de la mansarde des Morel, et derrière un des lambris il se trouve un petit trou noir où je mets des fouillis. Comme le mur est très lézardé, quand je suis dans mon trou, je vois chez eux et je les entends comme si j'y étais. Ça n'est pas que les espionne, juste Ciel ! Mais enfin je vais quelquefois les regarder comme on va à un mélodrame bien noir. Et en redescendant dans ma loge je me trouve comme dans un palais. Mais, dites donc, monsieur, si le cœur vous en dit, avant qu'ils ne partent... C'est triste, mais c'est curieux ; car, quand ils vous voient, ils sont comme des sauvages, ça les gêne.

— Vous êtes bien bon, monsieur Pipelet, un autre jour, demain peut-être, je profiterai de votre offre.

— A votre aise, monsieur ; mais il faut que je monte à mon observatoire, car j'ai besoin d'un morceau de basane. Si vous voulez toujours descendre, monsieur, je vous rejoins.

Et M. Pipelet commença sur l'échelle qui conduisait aux mansardes une ascension assez périlleuse pour son âge.

Rodolphe jetait un dernier coup d'œil sur la porte de Mlle Rigolette, en songeant que cette jeune fille, l'ancienne connaissance de la pauvre Goualeuse, connaissait sans doute la retraite du fils du Maître d'école, lorsqu'il entendit, à l'étage inférieur, quelqu'un sortir de chez le charlatan ; il reconnut le pas léger d'une femme, et distingua le bruissement d'une robe de soie. Rodolphe s'arrêta un moment par discrétion.

Lorsqu'il n'entendit plus rien, il descendit.

Arrivé au second étage, il vit et ramassa un mouchoir sur les dernières marches ; il appartenait sans doute à la personne qui sortait du logis du charlatan.

Rodolphe s'approcha d'une des étroites fenêtres qui éclairaient le carré, et examina ce mouchoir, magnifiquement garni de dentelles ; il portait brodés, dans un de ses angles, un L et un N surmontés d'une couronne ducale.

Ce mouchoir était littéralement trempé de larmes.

La première pensée de Rodolphe fut de se hâter afin de pouvoir rendre ce mouchoir à la personne qui l'avait perdu ; mais il réfléchit que cette démarche ressemblerait peut-être, dans cette circonstance, à un mouvement d'inconvenante curiosité ; il le garda, se trouvant ainsi, sans le vouloir, sur la trace d'une mystérieuse et sans doute sinistre aventure.

En arrivant chez la portière, il lui dit :

— Est-ce qu'il ne vient pas de descendre une femme ?

— Oui, monsieur. C'est une belle dame, grande et mince, avec un voile noir. Elle sort de chez M. César. Le petit Tortillard avait été chercher un fiacre, où elle vient de monter. Ce qui m'étonne, c'est que ce petit gueux-là s'est assis derrière le fiacre, peut-être pour voir où va cette dame ; car il est curieux comme une pie et vif comme un furet, malgré son pied-bot.

« Ainsi, pensa Rodolphe, le nom et l'adresse de cette femme seront peut-être connus de ce charlatan, dans le cas où il aurait ordonné à Tortillard de suivre l'inconnue. »

— Eh bien ! monsieur, la chambre vous convient-elle ? demanda la portière.

— Elle me convient beaucoup ; je l'ai arrêtée, et demain j'enverrai mes meubles.

— Que le bon Dieu vous bénisse d'avoir passé devant notre porte, monsieur ! nous aurons un fameux locataire de plus. Vous avez l'air bon enfant, Pipelet vous aimera tout de suite. Vous le ferez rire comme faisait M. Germain qui avait toujours une farce à lui dire ; car il ne demande qu'à rire, ce pauvre cher homme ; aussi je pense qu'avant un mois vous ferez une paire d'amis.

— Allons, vous me flattez, madame Pipelet.

— Pas du tout ; ce que je vous dis là c'est comme si je vous ouvrais mon cœur. Et si vous êtes gentil pour Alfred je serai reconnaissante : vous verrez votre petit ménage ; je suis un lion pour la propreté ; et, si vous voulez dîner chez vous le dimanche, je vous fricoterai des choses dont vous vous lécherez les pouces.

— C'est convenu, madame Pipelet, vous ferez mon ménage ; demain on vous apportera des meubles, et je viendrai surveiller mon emménagement.

Rodolphe sortit.

Les résultats de sa visite à la maison de la rue du Temple étaient assez importants, et pour la solution du mystère qu'il voulait découvrir, et pour la noble curiosité avec laquelle il cherchait l'occasion de faire le bien et d'empêcher le mal.

Tels étaient les résultats :

Mlle Rigolette savait nécessairement la nouvelle demeure de François Germain, fils du Maître d'école.

Une jeune femme qui, selon quelques apparences, pouvait malheureusement être la marquise d'Harville, avait donné au commandant pour le lendemain un nouveau rendez-vous qui la perdrait peut-être à jamais;

Et, pour mille raisons, Rodolphe portait le plus vif intérêt à M. d'Harville dont le repos, l'honneur semblaient si cruellement compromis. Un artisan honnête et laborieux, écrasé par la plus affreuse misère, allait être, lui et sa famille, jeté sur le pavé par l'intermédiaire de Bras-Rouge;

Enfin, Rodolphe avait involontairement découvert quelques traces d'une aventure dont le charlatan César Bradamanti (peut-être l'abbé Polidori) et une femme qui appartenait sans doute au plus grand monde étaient les principaux acteurs;

De plus, la Chouette, récemment sortie de l'hôpital où elle était entrée après la scène de l'allée des Veuves, avait des intelligences suspectes avec Mme Burette, devineresse et prêteuse sur gages, qui occupait le second étage de la maison.

Ayant recueilli ces divers renseignements, Rodolphe rentra chez lui, rue Plumet, remettant au lendemain sa visite au notaire Jacques Ferrand.

Le soir même, comme on le sait, Rodolphe devait se rendre à un grand bal à l'ambassade de...

Avant de suivre notre héros dans cette nouvelle excursion, nous jetterons un coup d'œil rétrospectif sur Tom et sur Sarah, personnages importants de cette histoire.

CHAPITRE XII

TOM ET SARAH

Sarah Seyton, alors veuve du comte Mac-Gregor, et âgée de trente-sept à trente-huit ans, était d'une excellente famille écossaise, et fille d'un baronnet, gentilhomme campagnard.

D'une beauté accomplie, orpheline à dix-sept ans, Sarah avait quitté l'Ecosse avec son frère Tom Seyton de Halsbury.

Les absurdes prédictions d'une vieille highlandaise, sa nourrice, avaient exalté presque jusqu'à la démence les deux vices capitaux de Sarah, l'orgueil et l'ambition, en lui promettant, avec une incroyable persistance de conviction, les plus hautes destinées... pourquoi ne pas le dire ? une destinée souveraine !

La jeune Ecossaise s'était rendue à l'évidence des prédictions de sa nourrice, et se redisait sans cesse, pour corroborer sa foi ambitieuse, qu'une devineresse avait aussi promis une couronne à la belle et excellente créole qui s'assit un jour sur le trône de France, et qui fut reine par la grâce et par la bonté, comme d'autres le sont par la grandeur et par la majesté.

Chose étrange ! Tom Seyton, aussi superstitieux que sa sœur, encourageait ses folles espérances, et avait résolu de consacrer sa vie à la réalisation du rêve de Sarah, de ce rêve aussi éblouissant qu'insensé.

Néanmoins le frère et la sœur n'étaient pas assez aveugles pour croire rigoureusement à la prédiction de la highlandaise, et pour viser absolument à un trône de premier ordre, dans leur magnifique dédain des royautés secondaires ou des principautés régnantes : non, pourvu que la belle Ecossaise ceignît un jour son front impétueux d'une couronne souveraine, le couple orgueilleux fermerait les yeux sur l'importance des possessions de cette couronne.

A l'aide de l'*Almanach de Gotha* pour l'an de grâce 1819, Tom Seyton dressa, au moment de quitter l'Ecosse, une sorte de tableau synoptique par rang d'âge de tous les rois et altesses souveraines de l'Europe alors à marier.

Bien que fort absurde, l'ambition du frère et de la sœur était pure de tout moyen honteux ; Tom devait aider Sarah à ourdir la trame conjugale où elle espérait enlacer un porte-couronne quelconque Tom devait être de moitié dans toutes les ruses, dans toutes les intrigues qui pourraient amener ce résultat ; mais il aurait tué sa sœur plutôt que de voir en elle la maîtresse d'un prince, même avec la certitude d'un mariage réparateur.

L'espèce d'inventaire matrimonial qui résultait des recherches de Tom et de Sarah dans l'*Almanach de Gotha* fut satisfaisant.

La Confédération germanique fournissait surtout un nombreux contingent de jeunes souverains présomptifs. Sarah était protestante ; Tom n'ignorait pas la facilité du mariage allemand dit de la main gauche, mariage légitime d'ailleurs, auquel il se serait, à la dernière extrémité, résigné pour sa sœur. Il fut donc résolu entre elle et lui d'aller d'abord en Allemagne commencer cette *pipée.*

Si ce projet paraît improbable, ces espérances insensées, nous répondrons d'abord qu'une ambition effrénée, encore exagérée par une superstitieuse croyance, se pique rarement d'être raisonnable dans ses visées, et n'est guère tentée que de l'impossible ; pourtant, en se rappelant certains faits contemporains, depuis d'augustes et respectables mariages morganatiques entre souverains et sujettes jusqu'à l'amoureuse odyssée de miss Pénélope et du prince de Capoue, on ne peut refuser quelque probabilité d'heureux succès aux imaginations de Tom et de Sarah.

Nous ajouterons que celle-ci joignait à une merveilleuse beauté de rares dispositions pour les talents les plus variés, et une puissance de séduction d'autant plus dangereuse qu'avec une âme sèche et dure, un esprit adroit et méchant, une dissimulation profonde, un caractère opiniâtre et absolu elle réunissait toutes les apparences d'une nature généreuse, ardente et passionnée.

Au physique, son organisation mentait aussi perfidement qu'au moral.

Ses grands yeux noirs, tour à tour étincelants et langoureux sous leurs sourcils d'ébène, pouvaient feindre les embrasements de la volupté ; et pourtant les brûlantes aspirations de l'amour ne devaient jamais faire battre son sein glacé ; aucune surprise du cœur ou des sens ne devait déranger les impitoyables calculs de cette femme rusée, égoïste et ambitieuse.

En arrivant sur le continent, Sarah, d'après les conseils de son frère, ne voulut pas commencer ses entreprises avant d'avoir fait un séjour à Paris, où elle désirait polir son éducation, et assouplir sa roideur britannique dans le commerce d'une société pleine d'élégance, d'agréments et de liberté de bon goût.

Sarah fut introduite dans le meilleur et dans le plus grand monde, grâce à quelques lettres de recommandation et au bienveillant patronage de Mme L'ambassadrice d'Angleterre et du vieux marquis d'Harville, qui avait connu en Angleterre le père de Tom et de Sarah.

Les personnes fausses, froides, réfléchies, s'assimilent avec une promptitude merveilleuse le langage et les manières les plus opposés à leur caractère ; chez elles tout est dehors, surface, apparence, vernis, écorce ; dès qu'on les pénètre, dès qu'on les devine, elles sont perdues ; aussi l'espèce d'instinct de conservation dont elles sont douées les rend éminemment propres au déguisement moral. Elles se griment et se costument avec la prestesse et l'habileté d'un comédien consommé.

C'est dire qu'après six mois de séjour à Paris, Sarah aurait pu lutter avec la Parisienne la plus parisienne du monde, pour la grâce piquante de son esprit, le charme de sa gaieté, l'ingénuité de ses coquetteries et la naïveté provocante de son regard à la fois chaste et passionné.

Trouvant sa sœur suffisamment *armée,* Tom partit avec elle pour l'Allemagne, muni d'excellentes lettres d'introduction.

Le premier Etat de la Confédération germanique qui se trouvait sur l'itinéraire de Sarah était le grand-duché de Gerolstein, ainsi désigné dans le diplomatique et infaillible *Almanach de Gotha* pour l'année 1819.

GENEALOGIE DES SOUVERAINS D'EUROPE
ET DE LEUR FAMILLE
GEROLSTEIN

Grand-duc : Maximilien-Rodolphe, né le 10 décembre 1764. Succède à son père Charles-Frédérik-Rodolphe, le 21 avril 1785. — Veuf, janvier 1808, de Louise, fille du prince Jean-Auguste de Burglen.

Fils : Gustave-Rodolphe, né le 17 avril 1803.

Mère : Grande-duchesse Judith, douairière, veuve du grand-duc Charles-Frédérik-Rodolphe, le 21 avril 1785.

Tom, avec assez de bon sens, avait d'abord inscrit sur sa liste les plus jeunes des princes qu'il convoitait pour beaux-frères, pensant que l'extrême jeunesse est de bien plus facile séduction qu'un âge mûr. D'ailleurs, nous l'avons dit, Tom et Sarah avaient été particulièrement recommandés au grand-duc régnant de Gerolstein par le vieux marquis d'Harville, engoué, comme tout le monde, de Sarah, dont il ne pouvait assez admirer la beauté, la grâce et le charme naturel.

Il est inutile de dire que l'héritier présomptif du grand-duché de Gerolstein était *Gustave Rodolphe ;* il avait dix-huit ans à peine lorsque Tom et Sarah furent présentés à son père.

L'arrivée de la jeune Ecossaise fut un événement dans cette petite Cour allemande, calme, simple, sérieuse, et pour ainsi dire patriarcale. Le grand-duc, le meilleur des hommes, gouvernait ses Etats avec une fermeté sage et une bonté paternelle ; rien de plus matériellement, de plus moralement heureux que cette principauté ; sa population laborieuse et grave, sobre et pieuse, offrait le type idéal du caractère allemand.

Ces braves gens jouissaient d'un bonheur si profond, ils étaient si complètement satisfaits de leur condition, que la sollicitude éclairée du grand-duc avait eu peu à faire pour les préserver de la manie des innovations constitutionnelles.

Quant aux modernes découvertes, quant aux idées pratiques qui pouvaient avoir une influence salutaire sur le bien-être et sur la moralisation du peuple, le grand-duc s'en informait et les appliquait incessamment, ses résidents auprès de différentes puissances de l'Europe n'ayant pour ainsi dire d'autre mission que celle de tenir leur maître au courant de tous les progrès de la science au point de vue d'utilité publique et pratique.

Nous l'avons dit, le grand-duc ressentait autant d'affection que de reconnaissance pour le vieux marquis d'Harville, qui lui avait rendu, en 1815, d'immenses services ; aussi, grâce à la recommandation de ce dernier, Tom et Sarah Seyton d'Halsbury furent accueillis à la cour de Gerolstein avec une distinction et une bonté très particulières.

Quinze jours après son arrivée, Sarah, douée d'un profond esprit d'observation, avait facilement pénétré le caractère ferme, loyal et ouvert du grand-duc ; avant de séduire le fils, chose immanquable, elle avait sagement voulu s'assurer des dispositions du père. Celui-ci paraissait aimer si follement son fils Rodolphe, qu'un moment Sarah le crut capable de consentir à une mésalliance plutôt que de voir ce fils chéri éternellement malheureux. Mais bientôt l'Ecossaise fut convaincue que ce père si tendre ne se départirait jamais de certains principes, de certaines idées sur les devoirs des princes.

Ce n'était pas de sa part orgueil ; c'était conscience, raison, dignité.

Or, un homme de cette trempe énergique, d'autant plus affectueux et bon qu'il est plus ferme et plus fort, ne concède jamais rien de ce qui touche à sa conscience, à sa raison, à sa dignité.

Sarah fut sur le point de renoncer à son entreprise, en présence de ces obstacles presque insurmontables ; mais, réfléchissant que, par compensation, Rodolphe était très jeune, qu'on vantait généralement sa douceur, sa bonté, son caractère à la fois timide et rêveur, elle crut le jeune prince faible, irrésolu ; elle persista donc dans son projet et dans ses espérances.

A cette occasion, sa conduite et celle de son frère furent un chef-d'œuvre d'habileté.

La jeune fille sut se concilier tout le monde, et surtout les personnes qui auraient pu être jalouses ou envieuses de ses avantages ; elle fit oublier sa beauté, ses grâces, par la simplicité modeste dont elle les voila. Bientôt elle devint l'idole non seulement du grand-duc, mais de sa mère, la grande-duchesse Judith, douairière, qui, malgré, ou à cause de ses quatre-vingt-dix ans, aimait à la folie tout ce qui était jeune et charmant.

Plusieurs fois, Tom et Sarah parlèrent de leur départ. Jamais le souverain de Gerolstein ne voulut y consentir ; et, pour s'attacher tout à fait le frère et la sœur, il pria le baronnet Tom Seyton de Halsbury d'accepter l'emploi vacant de premier écuyer, et il supplia Sarah de ne pas quitter la grande-duchesse Judith, qui ne pouvait plus se passer d'elle.

Après de nombreuses hésitations, combattues par les plus pressantes insistances, Tom et Sarah acceptèrent ces brillantes propositions, et s'établirent à la cour de Gerolstein, où ils étaient arrivés depuis deux mois.

Sarah, excellente musicienne, sachant le goût de la grande-duchesse pour les vieux maîtres, et entre autres pour Gluck, fit venir l'œuvre de cet homme illustre, et fascina la vieille princesse par son inépuisable complaisance et par le talent remarquable avec lequel elle lui chantait ces anciens airs, d'une beauté si simple, si expressive.

Tom, de son côté, sut se rendre très utile dans l'emploi que le grand-duc lui avait confié. L'Ecossais connaissait parfaitement les chevaux ; il avait beaucoup d'ordre et de fermeté : en peu de temps, il transforma presque complètement le service des écuries du grand-duc, service que la négligence et la routine avaient presque désorganisé.

Le frère et la sœur furent bientôt également aimés, fêtés, choyés, dans cette Cour. La préférence du maître commande les préférences secondaires. Sarah avait d'ailleurs besoin, pour ses futurs projets, de trop de points d'appui pour ne pas employer son habile séduction à se faire des partisans

Son hypocrisie, revêtue des formes les plus attrayantes, trompa facilement la plupart de ces loyales Allemandes, et l'affection générale consacra bientôt l'excessive bienveillance du grand-duc.

Voici donc notre couple établi à la cour de Gerolstein, parfaitement et honorablement posé, sans qu'il ait été un moment question de Rodolphe. Par un hasard heureux, quelques jours après l'arrivée de Sarah, ce dernier était parti pour une inspection de troupes avec un aide de camp et le fidèle Murph.

Cette absence, doublement favorable aux vues de Sarah, lui permit de disposer à son aise les principaux fils de la trame qu'elle ourdissait, sans être gênée par la présence du jeune prince, dont l'admiration trop marquée aurait peut-être éveillé les craintes du grand-duc.

Au contraire, en l'absence de son fils, il ne songea malheureusement pas qu'il venait d'admettre dans son intimité une jeune fille d'une rare beauté, d'un esprit charmant, qui devait se trouver avec Rodolphe à chaque instant du jour.

Sarah resta intérieurement insensible à cet accueil si touchant, si généreux, à cette noble confiance avec laquelle on l'introduisit au cœur de cette famille souveraine.

Ni cette jeune fille ni son frère ne reculèrent un moment devant leurs mauvais desseins ; ils venaient sciemment apporter le trouble et le chagrin dans cette Cour paisible et heureuse. Ils calculaient froidement les résultats probables des cruelles divisions qu'ils allaient semer entre un père et un fils jusqu'alors tendrement unis.

CHAPITRE XIII

SIR WALTER MURPH ET L'ABBÉ POLIDORI

Rodolphe, pendant son enfance, avait été d'une complexion très frêle. Son père fit ce raisonnement, bizarre en apparence, au fond très sensé :

Les gentilshommes campagnards anglais sont généralement remarquables par une santé robuste. Ces avantages tiennent beaucoup à leur éducation physique : simple, rude, agreste, elle développe leur vigueur. Rodolphe va sortir des mains des femmes ; son tempérament est délicat ; peut-être, en habituant cet enfant à vivre comme le fils d'un fermier anglais (sauf quelques ménagements), fortifierai-je sa constitution.

Le grand-duc fit chercher en Angleterre un homme digne et capable de diriger cette sorte d'éducation physique : sir Walter Murph, athlétique spécimen du gentilhomme campagnard du Yorkshire, fut chargé de ce soin important. La direction qu'il donna au jeune prince répondit parfaitement aux vues du grand-duc.

Murph et son élève habitèrent pendant plusieurs années une charmante ferme située au milieu des champs et des bois, à quelques lieues de la ville de Gerolstein, dans la position la plus pittoresque et la plus salubre.

Rodolphe, libre de toute étiquette, s'occupant avec Murph de travaux agricoles proportionnés à son âge, vécut donc de la vie sobre, mâle et régulière des champs, ayant, pour plaisirs et pour distractions des exercices violents, la lutte, le pugilat, l'équitation, la chasse.

Au milieu de l'air pur des prés, des bois et des montagnes, le jeune prince sembla se transformer, poussa vigoureux comme un jeune chêne ; sa pâleur un peu maladive fit place aux brillantes couleurs de la santé ; quoique toujours svelte et nerveux, il sortit victorieux des plus rudes fatigues ; l'adresse, l'énergie, le courage, suppléant à ce qui lui manquait de puissance musculaire, il put bientôt lutter avec avantage contre les jeunes gens beaucoup plus âgés que lui ; il avait alors environ quinze ou seize ans.

Son éducation scientifique s'était nécessairement ressentie de la préférence donnée à l'éducation physique : Rodolphe savait fort peu de chose ; mais le grand-duc pensait sagement que, pour demander beaucoup à l'esprit, il faut que l'esprit soit soutenu par une forte organisation physique ; alors, quoique tardivement fécondées par l'instruction, les facultés intellectuelles offrent de prompts résultats.

Le bon Walter Murph n'était pas savant ; il ne put donner à Rodolphe que quelques connaissances premières ; mais personne mieux que lui ne pouvait inspirer à son élève la conscience de ce qui était juste, loyal, généreux ; l'horreur de ce qui était bas, lâche, misérable.

Ces haines, ces admirations énergiques et salutaires s'enracinèrent pour toujours dans l'âme de Rodolphe ; plus tard ces principes furent violemment ébranlés par les orages des passions, mais jamais ils ne furent arrachés de son cœur. La foudre frappe, sillonne et brise un arbre solidement et profondément planté, mais la sève bout toujours dans ses racines, mille verts rameaux rejaillissent bientôt de ce tronc qui paraissait desséché.

Murph donna donc à Rodolphe, si cela peut se dire, la santé du corps et celle de l'âme ; il le rendit robuste, agile et hardi, sympathique à ce qui était bon et bien, antipathique à ce qui était méchant et mauvais.

Sa tâche ainsi admirablement remplie, le squire, appelé en Angleterre par de graves intérêts, quitta l'Allemagne pour quelque temps, au grand chagrin de Rodolphe, qui l'aimait tendrement.

Murph devait revenir se fixer définitivement à Gerolstein avec sa famille, lorsque quelques affaires fort importantes pour lui seraient terminées. Il espérait que son absence durerait au plus une année.

Rassuré sur la santé de son fils, le grand-duc songea sérieusement à l'instruction de cet enfant chéri.

Un certain abbé César Polidori, philologue renommé, médecin distingué, historien érudit, savant versé dans l'étude des sciences exactes et physiques, fut chargé de cultiver, de féconder le sol riche mais vierge, si parfaitement préparé par Murph.

Cette fois, le choix du grand-duc fut bien malheureux, ou plutôt sa religion fut cruellement trompée par la personne qui lui présenta l'abbé et le lui fit accepter, lui prêtre catholique, comme précepteur d'un prince protestant. Cette innovation parut à beaucoup de gens une énormité, et généralement d'un funeste présage pour l'éducation de Rodolphe.

Le hasard, ou plutôt l'abominable caractère de l'abbé, réalisa une partie de ces tristes prédictions.

Impie, fourbe, hypocrite, contempteur sacrilège de ce qu'il y a de plus sacré parmi les hommes, plein de ruse et d'adresse, dissimulant la plus dangereuse immoralité, le plus effrayant scepticisme, sous une écorce austère et pieuse, exagérant une fausse humilité chrétienne pour voiler sa souplesse insinuante, de même qu'il affectait une bienveillance expansive, un optimisme ingénu, pour cacher la perfidie de ses flatteries intéressées ; connaissant profondément les hommes, ou plutôt n'ayant expérimenté que les mauvais côtés, que les honteuses passions de l'humanité, l'abbé Polidori était le plus détestable mentor que l'on pût donner à un jeune homme.

Rodolphe, abandonnant avec un extrême regret la vie indépendante, animée, qu'il avait menée jusqu'alors auprès de Murph, pour aller pâlir sur des livres et se soumettre aux cérémonieux usages de la Cour de son père, prit d'abord l'abbé en aversion

Cela devait être.

En quittant son élève, le pauvre squire l'avait comparé, non sans raison, à un jeune poulain sauvage, plein de grâce et de feu, que l'on enlevait aux belles prairies où il s'ébattait libre et joyeux, pour aller le soumettre au frein, à l'éperon, et lui apprendre à modérer, à utiliser des forces qu'il n'avait jusqu'alors employées que pour courir, que pour bondir à son caprice.

Rodolphe commença par déclarer à l'abbé qu'il ne se sentait aucune vocation pour l'étude, qu'il avait avant tout besoin d'exercer ses bras et ses jambes, de respirer l'air des champs, de courir les bois et les montagnes, un bon fusil et un bon cheval lui semblant d'ailleurs préférables aux plus beaux livres de la terre.

Le prêtre répondit à son élève qu'il n'y avait en effet rien de plus fastidieux que l'étude, mais que rien n'était plus grossier que les plaisirs qu'il préférait à l'étude, plaisirs parfaitement dignes d'un stupide fermier allemand. Et l'abbé de faire un tableau si bouffon, si railleur de cette existence simple et agreste que pour la première fois Rodolphe fut honteux de s'être trouvé si heureux ; alors il demanda naïvement au prêtre à quoi l'on pouvait passer son temps si l'on n'aimait ni l'étude, ni la chasse, ni la vie libre des champs.

L'abbé lui répondit mystérieusement que plus tard il l'en instruirait.

Sous un autre point de vue, les espérances de ce prêtre étaient aussi ambitieuses que celles de Sarah.

Quoique le grand-duché de Gerolstein ne fût qu'un Etat secondaire, l'abbé s'était imaginé d'en être un jour le Richelieu, et de dresser Rodolphe au rôle de prince fainéant.

Il commença donc par tâcher de se rendre agréable à son élève, et de lui faire oublier Murph à force de condescendance et d'obséquiosité. Rodolphe continuant d'être récalcitrant à l'endroit de la science, l'abbé dissimula au grand-duc la répugnance du jeune prince pour l'étude, vanta au contraire son assiduité, ses étonnants progrès ; et quelques interrogatoires concertés d'avance entre lui et Rodolphe, mais qui semblaient très improvisés, entretinrent le grand-duc (il faut le dire, fort peu lettré) dans son aveuglement et dans sa confiance.

Peu à peu l'éloignement que le prêtre avait d'abord inspiré à Rodolphe se changea de la part du jeune prince en une familiarité cavalière très différente du sérieux attachement qu'il portait à Murph.

Peu à peu Rodolphe se trouva lié à l'abbé (quoique pour des causes fort innocentes) par l'espèce de solidarité qui unit deux complices. Il devait tôt ou tard mépriser un homme du caractère et de l'âge de ce prêtre, qui mentait indignement pour excuser la paresse de son élève.

L'abbé savait cela.

Mais il savait aussi que, si l'on ne s'éloigne pas tout d'abord avec dégoût des êtres corrompus, on s'habitue malgré soi et peu à peu à leur esprit, souvent attrayant, et qu'insensiblement on en vient à entendre sans honte et sans indignation railler et flétrir ce qu'on vénérait jadis.

L'abbé était du reste trop fin pour heurter de front certaines nobles convictions de Rodolphe, fruit de l'éducation de Murph. Après avoir redoublé de railleries sur la grossièreté des passe-temps des premières années de son élève, le prêtre, déposant à demi son masque d'austérité, avait vivement éveillé sa curiosité par des demi-confidences sur l'existence enchanteresse de certains princes des temps passés ; enfin, cédant aux instances de Rodolphe, après des ménagements infinis et d'assez vives plaisanteries sur la gravité cérémonieuse de la Cour du grand-duc, l'abbé avait enflammé l'imagination du jeune prince aux récits exagérés et ardemment colorés des plaisirs et des galanteries qui avaient illustré les règnes de Louis XIV, du Régent, et surtout de Louis XV, le héros de César Polidori.

Il affirmait à ce malheureux enfant, qui l'écoutait avec une avidité funeste, que les voluptés, même excessives, loin de démoraliser un prince heureusement doué, le rendaient souvent au contraire clément et généreux, par cette raison que les belles âmes ne sont jamais mieux prédisposées à la bienveillance et à l'affectuosité que par le bonheur.

Louis XV le Bien-Aimé était une preuve irrécusable de cette assertion.

Et puis, disait l'abbé, que de grands hommes des temps anciens et modernes avaient largement sacrifié à l'épicurisme le plus raffiné ! ! ! depuis Alcibiade jusqu'à Maurice de Saxe, depuis Antoine jusqu'au grand Condé, depuis César jusqu'à Vendôme !

De tels entretiens devaient exercer d'effroyables ravages dans une âme jeune, ardente et vierge ; de plus, l'abbé traduisait éloquemment à son élève les odes d'Horace où ce rare génie exaltait avec le charme le plus entraînant les molles délices d'une vie tout entière vouée à l'amour et à des sensualités exquises. Pourtant, çà et là, pour masquer le danger de ces théories et satisfaire à ce qu'il y avait de foncièrement généreux dans le caractère de Rodolphe, l'abbé le berçait des utopies les plus charmantes. A l'entendre, un prince intelligemment voluptueux pouvait améliorer les hommes par le plaisir, les moraliser par le bonheur, et amener les plus incrédules au sentiment religieux, en exaltant leur gratitude envers le Créateur, qui, dans l'ordre matériel, comblait l'homme de jouissance avec une inépuisable prodigalité.

Jouir de tout et toujours, c'était, selon l'abbé, glorifier Dieu dans sa magnificence et dans l'éternité de ses dons.

Ces théories portèrent leurs fruits.

Au milieu de cette Cour régulière et vertueuse, habituée par l'exemple du maître, aux honnêtes plaisirs, aux innocentes distractions, Rodolphe, instruit par l'abbé, rêvait déjà les folles nuits de Versailles, les orgies de Choisy, les violentes voluptés du Parc-aux-Cerfs, et aussi çà et là, par contraste, quelques amours romanesques.

L'abbé n'avait pas manqué non plus de démontrer à Rodolphe qu'un prince de la Confédération germanique ne pouvait avoir d'autre prétention militaire que celle d'envoyer son contingent à la Diète.

D'ailleurs, l'esprit du temps n'était plus à la guerre.

Couler délicieusement et paresseusement ses jours au milieu des femmes et des raffinements du luxe, se reposer tour à tour de l'enivrement des plaisirs sensuels par les délicieuses récréations des arts, chercher parfois dans la chasse non pas en sauvage Nemrod, mais en intelligent épicurien, ces fatigues passagères qui doublent le charme de l'indolence et de la paresse, telle était, selon l'abbé, la seule vie possible pour un prince qui (comble de bonheur !) trouvait un premier ministre capable de se vouer courageusement au fastidieux et lourd fardeau des affaires de l'Etat.

Rodolphe, en se laissant aller à des suppositions qui n'avaient rien de criminel parce qu'elles ne sortaient pas du cercle des probabilités fatales, se proposait, lorsque Dieu rappellerait à lui le grand-duc son père, de se vouer à cette vie que l'abbé Polidori lui peignait sous de si chaudes et de si riantes couleurs, et de prendre ce prêtre pour premier ministre.

Nous le répétons, Rodolphe aimait tendrement son père, et il l'eût profondément regretté, quoique sa mort lui eût permis de faire le Sardanapale au petit pied. Il est inutile de dire que le jeune prince gardait le plus profond secret sur les malheureuses espérances qui fermentaient en lui.

Sachant que les héros de prédilection du grand-duc étaient Gustave-Adolphe, Charles XII et le grand Frédéric (Maximilien-Rodolphe avait l'honneur d'appartenir de très près à la maison royale de Brandebourg), Rodolphe pensait avec raison que son père, qui professait une admiration profonde pour ces rois-capitaines toujours bottés et éperonnés, chevauchant et guerroyant, regardait son fils comme perdu s'il le croyait capable de vouloir remplacer dans sa Cour la gravité tudesque par les mœurs faciles et licencieuses de la Régence. Un an, dix-huit mois se passèrent ainsi ; Murph n'était pas encore de retour, quoiqu'il annonçât prochainement son arrivée.

Sa première répugnance vaincue par l'obséquiosité de l'abbé, Rodolphe profita des enseignements scientifiques de son précepteur, et acquit sinon une instruction très étendue, au moins des connaissances superficielles, qui, jointes à un esprit naturel, vif et sage, lui permettaient de passer pour beaucoup plus instruit qu'il ne l'était réellement, et de faire le plus grand honneur aux soins de l'abbé.

Murph revint d'Angleterre avec sa famille, et pleura de joie en embrassant son ancien élève.

Au bout de quelques jours, sans pouvoir pénétrer la raison d'un changement qui l'affligeait profondément, le digne squire trouva Rodolphe froid, contraint envers lui, et presque ironique lorsqu'il lui rappela leur vie rude et agreste.

Certain de la bonté naturelle du cœur du jeune prince, averti par un secret pressentiment, Murph le crut momentanément perverti par la pernicieuse influence de l'abbé Polidori, qu'il détestait d'instinct, et qu'il se promettait d'observer attentivement.

De son côté, le prêtre, vivement contrarié du retour de Murph, dont il redoutait la franchise, le bon sens et la pénétration, n'eut qu'une seule pensée : celle de perdre le gentilhomme dans l'esprit de Rodolphe.

C'est à cette époque que Tom et Sarah furent présentés et accueillis à la cour de Gerolstein avec la plus extrême distinction.

Quelque temps avant leur arrivée, Rodolphe était parti avec un aide de camp et Murph pour inspecter les troupes de quelques garnisons. Cette excursion étant toute militaire, le grand-duc avait jugé convenable que l'abbé ne fût pas de ce voyage. Le prêtre, à son grand regret, vit Murph reprendre pour quelques jours ses anciennes fonctions auprès du jeune prince.

Le squire comptait beaucoup sur cette occasion de s'éclairer tout à fait sur la cause du refroidissement de Rodolphe. Malheureusement, celui-ci, déjà savant dans l'art de dissimuler, et croyant dangereux de laisser pénétrer ses projets d'avenir par son ancien mentor, fut pour lui d'une cordialité charmante, feignit de regretter beaucoup le temps de sa première jeunesse et ses rustiques plaisirs, et le rassura presque complètement.

Nous disons presque, car certains dévouements sont doués d'un admirable instinct. Malgré les témoignages d'affection que lui donnait le jeune prince, Murph pressentait vaguement qu'il y avait un secret entre eux deux ; en vain il voulut éclaircir ses soupçons, ses tentatives échouèrent devant la précoce duplicité de Rodolphe.

Pendant ce voyage, l'abbé n'était pas resté oisif.

Les intrigants se devinent ou se reconnaissent à certains signes mystérieux, qui leur permettent de s'observer jusqu'à ce que leur intérêt les décide à une alliance ou à une hostilité déclarée.

Quelques jours après l'établissement de Sarah et de son frère à la cour du grand-duc, Tom était particulièrement lié avec l'abbé Polidori.

Ce prêtre s'avouait à lui-même, avec un odieux cynisme, qu'il avait une affinité naturelle, presque involontaire, pour les fourbes et pour les méchants ; ainsi, disait-il, sans deviner positivement le but où tendaient Tom et Sarah, il s'était trouvé attiré vers eux par une sympathie trop vive pour ne pas leur supposer quelque dessein diabolique.

Quelques questions de Tom Seyton sur le caractère et les antécédents de Rodolphe, questions sans portée pour un homme moins en éveil que l'abbé, l'éclairèrent tout à coup sur les tendances du frère et de la sœur ; seulement, il ne crut pas à la jeune Ecossaise des vues à la fois si honnêtes et si ambitieuses.

La venue de cette charmante fille parut à l'abbé un coup du sort. Rodolphe avait l'imagination enflammée d'amoureuses chimères ; Sarah devait être la réalité ravissante qui remplacerait tant de songes charmants ; car, pensait l'abbé, avant d'arriver au choix dans le plaisir et à la variété dans la volupté, on commence presque toujours par un attachement unique et romanesque. Louis XIV et Louis XV n'ont été peut-être fidèles qu'à Marie Mancini et à Rosette d'Arey.

Selon l'abbé, il en serait ainsi de Rodolphe et de la belle Ecossaise. Celle-ci prendrait sans doute une immense influence sur un cœur soumis au charme enchanteur d'un premier amour. Diriger, exploiter cette influence, et s'en servir pour perdre Murph à jamais, tel fut le plan de l'abbé.

En homme habile, il fit parfaitement entendre aux deux ambitieux qu'il faudrait compter avec lui, étant seul responsable auprès du grand-duc de la vie privée du jeune prince.

Ce n'était pas tout, il fallait se défier d'un ancien précepteur de ce dernier qui l'accompagnait alors dans une inspection militaire ; cet homme rude, grossier, hérissé de préjugés absurdes, avait eu autrefois une grande autorité sur l'esprit de Rodolphe, et pouvait devenir un surveillant dangereux ; et loin d'excuser ou de tolérer les folles et charmantes erreurs de la jeunesse, il se regarderait comme obligé de les dénoncer à la sévère morale du grand-duc.

Tom et Sarah comprirent à demi-mot, quoiqu'ils n'eussent en rien instruit l'abbé de leurs secrets desseins. Au retour de Rodolphe et du squire, tous trois, rassemblés par leur intérêt commun, s'étaient tacitement ligués contre Murph, leur ennemi le plus redoutable.

CHAPITRE XIV

UN PREMIER AMOUR

Ce qui devait arriver arriva.

A son retour, Rodolphe, voyant chaque jour Sarah, en devint follement épris. Bientôt elle lui avoua qu'elle partageait son amour, quoiqu'il dût, prévoyait-elle, leur causer de violents chagrins. Ils ne pourraient jamais être heureux ; une trop grande distance les séparait. Aussi recommanda-t-elle à Rodolphe la plus profonde discrétion, de peur d'éveiller les soupçons du grand-duc, qui serait inexorable, et les priverait de leur seul bonheur, celui de se voir chaque jour.

Rodolphe promit de s'observer et de cacher son amour. L'Ecossaise était trop ambitieuse, trop sûre d'elle-même, pour se compromettre et se trahir aux yeux de la Cour. Le jeune prince sentait aussi le besoin de la dissimulation ; il imita la prudence de Sarah. L'amoureux secret fut parfaitement gardé pendant quelque temps.

Lorsque le frère et la sœur virent la passion effrénée de Rodolphe arrivée à son paroxysme, et son exaltation croissante, plus difficile à contenir de jour en jour, sur le point d'éclater et de tout perdre, ils portèrent le grand coup.

Le caractère de l'abbé autorisant cette confidence, d'ailleurs toute de moralité, Tom lui fit les premières ouvertures sur la nécessité d'un mariage entre Rodolphe et Sarah ; sinon, ajoutait-il très sincèrement, lui et sa sœur quitteraient immédiatement Gerolstein. Sarah partageait l'amour du prince, mais elle préférait la mort au déshonneur, et ne pouvait être que la femme de Son Altesse.

Ces prétentions stupéfièrent le prêtre ; il n'avait jamais cru Sarah si audacieusement ambitieuse. Un tel mariage, entouré de difficultés sans nombre, de dangers de toute sorte, parut impossible à l'abbé ; il dit franchement à Tom les raisons pour lesquelles le grand-duc ne consentirait jamais à une telle union.

Tom accepta ces raisons, en reconnut l'importance ; mais il proposa, comme un mezzo termine qui pouvait tout concilier, un mariage secret bien en règle et seulement déclaré après la mort du grand-duc régnant.

Sarah était de noble et ancienne maison ; une telle union ne manquait pas de précédents. Tom donnait à l'abbé, et conséquemment au prince, huit jours pour se décider ; sa sœur ne supporterait pas plus longtemps les cruelles angoisses de l'incertitude ; s'il lui fallait renoncer à l'amour de Rodolphe, elle prendrait cette douloureuse résolution le plus promptement possible.

Afin de motiver le brusque départ qui s'ensuivrait alors, Tom avait, en tout cas, adressé, disait-il, à un de ses amis d'Angleterre une lettre qui devait être mise à la poste à Londres et renvoyée en Allemagne ; cette lettre contiendrait des motifs de retour assez puissants pour que Tom et Sarah se vissent absolument obligés de quitter pour quelque temps la cour du grand-duc.

Cette fois du moins l'abbé, servi par sa mauvaise opinion de l'humanité, devina la vérité.

Cherchant toujours une arrière-pensée aux sentiments les plus honnêtes, lorsqu'il sut que Sarah voulait légitimer son amour par un mariage, il vit là une preuve non de vertu, mais d'ambition ; à peine aurait-il cru au désintéressement de la jeune fille si elle eût sacrifié son honneur à Rodolphe ainsi qu'il l'en avait crue capable, lui supposant seulement l'intention d'être la maîtresse de son élève. Selon les principes de l'abbé, se marchander, faire la part du devoir, c'était ne pas aimer. — Faible et froid amour, disait-il, que celui qui s'inquiète du ciel et de la terre !

Certain de ne pas se tromper sur les vues de Sarah, l'abbé demeura fort perplexe. Après tout, le vœu qu'exprimait Tom au nom de sa sœur était des plus honorables. Que demandait-il ? ou une séparation, ou une union légitime.

Malgré son cynisme, le prêtre n'eût pas osé s'étonner aux yeux de Tom des honorables motifs qui semblaient dicter la conduite de ce dernier, et lui dire crûment que lui et sa sœur avaient habilement manœuvré pour amener le prince à un mariage disproportionné.

L'abbé avait trois partis à prendre :

Avertir le grand-duc de ce complot matrimonial,

Ouvrir les yeux de Rodolphe sur les manœuvres de Tom et Sarah,

Prêter les mains à ce mariage.

Mais :

Prévenir le grand-duc, c'était s'aliéner à tout jamais l'héritier présomptif de la couronne.

Eclairer Rodolphe sur les vues intéressées de Sarah, c'était s'exposer à être reçu comme on l'est toujours par un amoureux lorsqu'on vient lui déprécier l'objet aimé ; et puis, quel terrible coup pour la vanité ou pour le cœur du prince !... lui révéler que c'était surtout sa position souveraine qu'on voulait épouser ; et puis enfin, chose étrange ! lui, prêtre, viendrait blâmer la conduite d'une jeune fille qui voulait rester pure, et n'accorder qu'à son époux les droits d'un amant ?

En se prêtant au contraire à ce mariage, l'abbé s'attachait le prince et sa femme par un lien de reconnaissance profonde, ou du moins par la solidarité d'un acte dangereux.

Sans doute tout pouvait se découvrir, et il s'exposait alors à la colère du grand-duc ; mais le mariage serait conclu, l'union valable, l'orage passerait, et le futur souverain de Gerolstein se trouverait d'autant plus lié envers l'abbé, que celui-ci aurait couru plus de danger à son service.

Après de mûres réflexions, l'abbé se décida donc à servir Sarah ; néanmoins avec une certaine restriction dont nous parlerons plus tard.

La passion de Rodolphe était arrivée à sa dernière période ; violemment exaspéré par la contrainte et par les habilissimes séductions de Sarah qui semblait souffrir encore plus que lui des obstacles insurmontables que l'honneur et le devoir mettaient à leur félicité, quelques jours de plus, le jeune prince se trahissait.

Qu'on y songe, c'était un premier amour, un amour aussi ardent que naïf, aussi confiant que passionné ; pour l'exciter, Sarah avait déployé les ressources infernales de la coquetterie la plus raffinée. Non, jamais les émotions vierges d'un jeune homme plein de cœur, d'imagination et de flamme, ne furent plus longuement, plus savamment excitées ; jamais femme ne fut plus dangereusement attrayante que Sarah. Tour à tour folâtre et triste, chaste et passionnée, pudique et provocante : ces grands yeux noirs, langoureux et brûlants, allumèrent dans l'âme effervescente de Rodolphe un feu inextinguible.

Lorsque l'abbé lui proposa de ne plus jamais voir cette fille enivrante, ou de la posséder par un mariage secret, Rodolphe sauta au cou du prêtre, l'appela son sauveur, son ami, son père. Le temple et le ministre eussent été là que le jeune prince eût épousé à l'instant.

L'abbé voulut, pour cause, se charger de tout

Il trouva un ministre, des témoins ; et l'union (dont toutes les formalités furent soigneusement surveillées et vérifiées par Tom) fut secrètement célébrée pendant une courte absence du grand-duc, appelé à une conférence à la Diète germanique.

Les prédictions de la montagnarde écossaise étaient réalisées : Sarah épousait l'héritier d'une couronne.

Sans amortir les feux de son amour, la possession rendit Rodolphe plus circonspect, et calma cette violence qui aurait pu compromettre le secret de sa passion pour Sarah. Le jeune couple, protégé par Tom et par l'abbé, s'entendit si bien, mit tant de réserve dans ses relations, qu'elles échappèrent à tous les yeux.

Pendant les trois premiers mois de son mariage, Rodolphe fut le plus heureux des hommes : lorsque, la réflexion succédant à l'entraînement, il contempla sa position de sang-froid, il ne regretta pas de s'être enchaîné à Sarah par un lien indissoluble ; il renonça sans regrets pour l'avenir à cette vie galante, voluptueuse, efféminée, qu'il avait d'abord si ardemment rêvée, et il fit avec Sarah les plus beaux projets du monde sur leur règne futur.

Dans ces lointaines hypothèses, le rôle de premier ministre que l'abbé s'était destiné *in petto,* diminuait beaucoup d'importance : Sarah se réservait ces fonctions gouvernementales ; trop impérieuse pour ne pas ambitionner le pouvoir et la domination, elle espérait régner à la place de Rodolphe.

Un événement impatiemment attendu par Sarah changea bientôt ce calme en tempête.

Elle devint mère.

Alors se manifestèrent chez cette femme des exigences toutes nouvelles et effrayantes pour Rodolphe ; elle lui déclara, en fondant en larmes hypocrites, qu'elle ne pouvait plus supporter la contrainte où elle vivait, contrainte que sa grossesse rendait plus pénible encore.

Dans cette extrémité, elle proposait résolument à Rodolphe de tout avouer au grand-duc : il s'était, ainsi que la grande-duchesse douairière, de plus en plus affectionné à Sarah. Sans doute, ajoutait celle-ci, il s'indignerait d'abord, s'emporterait ; mais il aimait si tendrement, si aveuglément son fils ; il avait pour elle, Sarah, tant d'affection, que le courroux paternel s'apaiserait peu à peu, et elle prendrait enfin à la cour de Gerolstein le rang qui lui appartenait, si cela se peut dire, doublement, puisqu'elle allait donner un enfant à l'héritier présomptif du grand-duc.

Cette prétention épouvanta Rodolphe : il connaissait le profond attachement de son père pour lui, mais il connaissait aussi l'inflexibilité des principes du grand-duc à l'endroit des devoirs de prince.

A toutes ses objections Sarah répondait impitoyablement :

— Je suis votre femme devant Dieu et devant les hommes. Dans quelque temps je ne pourrai plus cacher ma grossesse ; je ne veux plus rougir d'une position dont je suis au contraire si fière, et dont je puis me glorifier tout haut.

La paternité avait redoublé la tendresse de Rodolphe pour Sarah. Placé entre le désir d'accéder à ses vœux et la crainte du courroux de son père, il éprouvait d'affreux déchirements. Tom prenait le parti de sa sœur.

Le mariage est indissoluble, disait-il à son sérénissime beau-frère. Le grand-duc peut vous exiler de sa Cour, vous et votre femme ; rien de plus. Or il vous aime trop pour se résoudre à une pareille mesure : il préférera tolérer ce qu'il n'aura pu empêcher.

Ces raisonnements, fort justes d'ailleurs, ne calmaient pas les anxiétés de Rodolphe. Sur ces entrefaites, Tom fut chargé par le grand-duc d'aller visiter plusieurs haras d'Autriche. Cette mission, qu'il ne pouvait refuser, ne devait le retenir que quinze jours au plus ; il partit, à son grand regret, dans un moment très décisif pour sa sœur.

Celle-ci fut à la fois chagrine et satisfaite de l'éloignement de son frère ; elle perdait l'appui de ses conseils, mais aussi, dans le cas où tout se découvrirait, il serait à l'abri de la colère du grand-duc.

Sarah devait tenir Tom au courant, jour par jour, des différentes phases d'une affaire si importante pour tous deux. Afin de correspondre plus sûrement et plus secrètement, ils convinrent d'un chiffre.

Cette précaution seule prouve que Sarah avait à entretenir son frère d'autre chose que de son amour pour Rodolphe. En effet, cette femme égoïste, froide, ambitieuse, n'avait pas senti se fondre les glaces de son cœur à l'embrasement de l'amour passionné qu'elle avait allumé.

La maternité ne fut pour elle qu'un moyen d'action de plus sur Rodolphe, et n'attendrit pas même cette âme d'airain. La jeunesse, le fol amour, l'inexpérience de ce prince presque enfant, si perfidement attiré dans une position inextricable, lui inspiraient à peine de l'intérêt ; dans ses intimes confidences à Tom, elle se plaignait avec dédain et amertume de la faiblesse de cet adolescent qui tremblait devant le plus paterne des princes allemands *qui vivait bien longtemps !*

En un mot, cette correspondance entre le frère et la sœur dévoilait clairement leur égoïsme intéressé, leurs ambitieux calculs, leur impatience presque homicide, et mettait à nu les ressorts de cette trame ténébreuse couronnée par le mariage de Rodolphe.

Peu de jours après le départ de Tom, Sarah se trouvait au cercle de la grande-duchesse douairière.

Plusieurs femmes la regardaient d'un air étonné et chuchotaient avec leurs voisines.

La grande-duchesse Judith, malgré ses quatre-vingt-dix ans, avait l'oreille fine et la vue bonne : ce petit manège ne lui échappa pas. Elle fit signe à une des dames de son service de venir auprès d'elle, et apprit ainsi que l'on trouvait Mlle Sarah Seyton de Halsbury moins svelte, moins élancée que d'habitude.

La vieille princesse adorait sa jeune protégée ; elle eût répondu à Dieu de la vertu de Sarah. Indignée de la méchanceté de ces observations, elle haussa les épaules et dit tout haut, du bout du salon où elle se tenait :

— Ma chère Sarah, écoutez !

Sarah se leva.

Il lui fallut traverser le cercle pour arriver auprès de la princesse, qui voulait, dans une intention toute bienveillante et par le seul fait de cette traversée, confondre les calomniateurs, et leur prouver victorieusement que la taille de sa protégée n'avait rien perdu de sa finesse et de sa grâce.

Hélas ! l'ennemie la plus perfide n'eût pas mieux imaginé que n'imagina l'excellente princesse, dans son désir de défendre sa protégée.

Celle-ci vint à elle. Il fallut le respect qu'on portait à la grande-duchesse pour comprimer un murmure de surprise et d'indignation lorsque la jeune fille traversa le cercle.

Les gens les moins clairvoyants s'aperçurent de ce que Sarah ne voulait pas cacher plus longtemps, car sa grossesse aurait pu se dissimuler encore ; mais l'ambitieuse femme avait ménagé cet état, afin de forcer Rodolphe à déclarer son mariage.

La grande-duchesse, ne se rendant pourtant pas encore à l'évidence, dit tout bas à Sarah :

— Ma chère enfant, vous êtes aujourd'hui affreusement habillée. Vous qui avez une taille à tenir dans les dix doigts, vous n'êtes plus reconnaissable.

Nous raconterons plus tard les suites de cette découverte, qui amena de grands et terribles événements. Mais nous dirons dès à présent ce que le lecteur a sans doute déjà deviné, que la Goualeuse, que Fleur-de-Marie était le fruit de ce malheureux mariage, était enfin la fille de Sarah et de Rodolphe, et que tous deux la croyaient morte.

On n'a pas oublié que Rodolphe, après avoir visité la maison de la rue du Temple, était rentré chez lui, et qu'il devait le soir même se rendre à un bal donné par Mme l'ambassadrice de ***

C'est à cette fête que nous suivrons Son Altesse le grand-duc régnant de Gerolstein, Gustave-Rodolphe, voyageant en France sous le nom de comte de Duren.

CHAPITRE XV

LE BAL

A onze heures du soir, un suisse en grande livrée ouvrit la porte d'un hôtel de la rue Plumet, pour laisser sortir une magnifique berline bleue attelée de deux superbes chevaux gris à tous crins, et de la plus grande taille ; sur le siège à large housse frangée de crépines de soie se carrait un énorme cocher, rendu plus énorme encore par une pelisse bleue fourrée, à collet-pèlerine de martre. couturée d'argent sur toutes les tailles, et cuirassée de brandebourgs ; derrière le carrosse un valet de pied gigantesque et poudré, vêtu d'une livrée bleue, jonquille et argent, accostait un chasseur aux moustaches formidables, galonné comme un tambour-major, et dont le chapeau, largement bordé, était à demi caché par une touffe de plumes jaunes et bleues.

Les lanternes jetaient une vive clarté dans l'intérieur de cette voiture doublée de satin ; l'on pouvait y voir Rodolphe, assis à droite, ayant à sa gauche le baron de Graün, et devant lui le fidèle Murph.

Par déférence pour le souverain que représentait l'ambassadeur chez lequel il se rendait au bal, Rodolphe portait seulement sur son habit la plaque diamantée de l'ordre de ***.

Le ruban orange de la croix d'émail de grand-commandeur de l'Aigle d'Or de Gerolstein pendait au cou de sir Walter Murph ; le baron de Graün était décoré des mêmes insignes. On ne parle que pour mémoire d'une innombrable quantité de croix de tous pays qui se balançaient à une chaîne d'or placée entre les deux premières boutonnières de son habit.

— Je suis tout heureux, dit Rodolphe, des bonnes nouvelles que Mme Georges me donne sur ma pauvre petite protégée de la ferme de Bouqueval ; les soins de David ont fait merveille. Sans la tristesse qui accable cette malheureuse enfant, elle va mieux. Et à propos de la Goualeuse, avouez, sir Walter Murph, ajouta Rodolphe en souriant, que si l'une de vos mauvaises connaissances de la Cité vous voyait ainsi déguisé, vaillant charbonnier, elle serait furieusement étonnée.

— Mais je crois, monseigneur, que Votre Altesse causerait la même surprise si elle voulait aller ce soir rue du Temple faire une visite d'amitié à Mme Pipelet dans l'intention d'égayer un peu la mélancolie de ce pauvre

Alfred, qui ne demande qu'à vous aimer, ainsi qu'a dit cette estimable portière à Votre Altesse.

— Monseigneur nous a si parfaitement dépeint Alfred, avec son majestueux habit vert, son air doctoral et son inamovible chapeau-tromblon, dit le baron, que je crois le voir trôner dans sa loge obscure et enfumée. Du reste, Votre Altesse est, j'ose l'espérer, satisfaite des indications de mon agent secret. Cette maison de la rue du Temple a complètement répondu à l'attente de monseigneur ?

— Oui, dit Rodolphe ; j'ai même trouvé là plus que je n'attendais. Puis, après un moment de triste silence, et pour chasser l'idée pénible que lui causaient ses craintes au sujet de la marquise d'Harville, il reprit d'un ton plus gai : Je n'ose avouer cette puérilité, mais je trouve assez de piquant dans ces contrastes : un jour peintre en éventails, m'attablant dans un bouge de la rue aux Fèves ; ce matin, commis marchand offrant un verre de cassis à Mme Pipelet ; et ce soir un des privilégiés, par la grâce de Dieu, qui règnent sur ce bas monde. L'homme aux quarante écus disait *mes rentes* tout comme un millionnaire, ajouta Rodolphe en manière de parenthèse et d'allusion au peu d'étendue de ses Etats.

— Mais bien des millionnaires, monseigneur, n'auraient pas le rare, l'admirable bon sens de l'homme aux quarante écus, dit le baron.

— Ah ! mon cher de Graün, vous êtes trop bon, mille fois trop bon ; vous me comblez, reprit Rodolphe en feignant un air à la fois ravi et embarrassé, pendant que le baron regardait Murph en homme qui s'aperçoit trop tard qu'il a dit une sottise.

— En vérité, reprit Rodolphe avec un sérieux imperturbable, je ne sais, mon cher de Graün, comment reconnaître la bonne opinion que vous voulez bien avoir de moi, et surtout comment vous rendre la pareille.

— Monseigneur, je vous en supplie, ne prenez pas cette peine, dit le baron, qui avait un moment oublié que Rodolphe se vengeait toujours des flatteries, dont il avait horreur, par des railleries impitoyables.

— Comment donc, baron ! mais je ne veux pas être en reste avec vous ; voici malheureusement tout ce que je puis vous offrir pour le moment : d'honneur, c'est tout au plus si vous avez vingt ans, l'Antinoüs n'a pas de traits plus enchanteurs que les vôtres.

— Ah ! monseigneur, grâce !

— Regardez donc, Murph ; l'Apollon du Belvédère a-t-il des formes à la fois plus sveltes, plus élégantes et plus juvéniles ?

— Monseigneur, il y avait si longtemps que cela ne m'était arrivé.

— Et ce manteau de pourpre, comme il lui sied bien !

— Monseigneur, je me corrigerai !

— Et ce cercle d'or qui retient, sans les cacher, les boucles de sa belle chevelure noire qui flotte sur son cou divin.

— Ah ! monseigneur, grâce, grâce, je me repens, dit le malheureux diplomate avec une expression de désespoir comique. (On n'a pas oublié qu'il avait cinquante ans, les cheveux gris, crêpés et poudrés, une haute cravate blanche, le visage maigre, et des bésicles d'or.)

— Vrai Dieu ! Murph, il ne lui manque qu'un carquois d'argent sur les épaules et un arc à la main pour avoir l'air du vainqueur du serpent Python !

— Pardon pour lui, monseigneur ; ne l'accablez pas sous le poids de cette mythologie, dit le squire en riant ; je suis caution auprès de Votre Altesse que de longtemps il ne s'avisera plus de dire une flatterie, puisque dans le nouveau vocabulaire de Gerolstein le mot vérité se traduit ainsi.

— Comment ! toi aussi, vieux Murph ? à ce moment tu oses...

— Monseigneur, ce pauvre de Graün m'afflige ; je désire partager sa punition.

— Monsieur mon cher charbonnier ordinaire, voilà un dévouement à l'amitié qui vous honore. Mais, sérieusement, mon cher de Graün, comment oubliez-vous que je ne permets la flatterie qu'à d'Harneim et à ses pareils ? car, il faut être équitable, ils ne sauraient dire autre chose : c'est le ramage de leur plumage ; mais un homme de votre goût et de votre esprit, fi, baron !

— Eh bien ! monseigneur, dit résolument le baron, il y a beaucoup d'orgueil, que Votre Altesse me pardonne ! dans votre aversion pour la louange !

— A la bonne heure, baron, j'aime mieux cela ! expliquez-vous.

— Eh bien ! monseigneur, c'est absolument comme si une très jolie femme disait à un de ses admirateurs : Mon Dieu ! je sais que je suis charmante ; votre approbation est parfaitement vaine et fastidieuse. A quoi bon affirmer l'évidence ? S'en va-t-on crier par les rues : Le soleil éclaire !

— Ceci est plus adroit, baron, et plus dangereux ; aussi, pour varier votre supplice, je vous avouerai que cet infernal abbé Polidori n'eût pas trouvé mieux pour dissimuler le poison de la flatterie.

— Monseigneur, je me tais.

— Ainsi Votre Altesse, dit sérieusement Murph cette fois, ne doute plus maintenant que ce ne soit l'abbé qu'elle ait retrouvé sous les traits du charlatan ?

— Je n'en doute plus, puisque vous avez été prévenu qu'il était à Paris depuis quelque temps.

— J'avais oublié ou plutôt omis de vous parler de lui, monseigneur, dit tristement Murph, parce que je sais combien le souvenir de ce prêtre est odieux à Votre Altesse.

Les traits de Rodolphe s'assombrirent de nouveau ; et, plongé dans de tristes réflexions, il garda le silence jusqu'au moment où la voiture entra dans la cour de l'ambassade.

Toutes les fenêtres de cet immense hôtel brillaient, éclairées dans la nuit noire ; une haie de laquais en grande livrée s'étendait depuis le péristyle et les antichambres jusqu'aux salons d'attente, où se trouvaient les valets de chambre : c'était imposant et royal.

M. le comte *** et Mme la comtesse *** avaient eu le soin de se tenir dans leur premier salon de réception jusqu'à l'arrivée de Rodolphe. Il entra bientôt, suivi de Murph et de M. de Graün.

Rodolphe était alors âgé de trente-six ans ; mais, quoiqu'il approchât du déclin de la vie, la parfaite régularité, l'air de dignité affable répandu dans toute sa personne, l'auraient toujours rendu extrêmement remarquable, lors même que ces avantages n'eussent pas été rehaussés de l'auguste éclat de son rang.

Lorsqu'il parut dans le premier salon de l'ambassade, il semblait transformé ; ce n'était plus la physionomie tapageuse, la démarche alerte et hardie du peintre d'éventails vainqueur du Chourineur ; ce n'était plus le commis goguenard qui sympathisait si gaiement aux infortunes de Mme Pipelet...

C'était un prince dans l'idéalité poétique du mot.

Rodolphe porte la tête haute et fière ; ses cheveux châtains, naturellement bouclés, encadrent son front large, noble et ouvert ; son regard est rempli de douceur et de dignité ; s'il parle à quelqu'un avec la spirituelle bienveillance qui lui est naturelle, son sourire, plein de charme et de finesse, laisse voir des dents d'émail que la teinte foncée de sa légère moustache rend plus éblouissantes encore ; ses favoris bruns, encadrant l'ovale parfait de son visage pâle, descendent jusqu'au bas de son menton à fossettes et un peu saillant.

Rodolphe est vêtu très simplement. Sa cravate et son gilet sont blancs ; un habit bleu boutonné très haut, et au côté gauche duquel brille une plaque de diamants, dessine sa taille, aussi fine qu'élégante et souple ; enfin quelque chose de mâle, de résolu dans son attitude, corrige ce qu'il y a peut-être de trop agréable dans ce gracieux ensemble.

Rodolphe allait si peu dans le monde, il avait l'air si prince, que son arrivée produisit une certaine sensation, tous les regards s'arrêtèrent sur lui lorsqu'il parut dans le premier salon de l'ambassade, accompagné de Murph et du baron de Graün, qui se tenaient à quelques pas derrière lui !

Un attaché, chargé de surveiller sa venue, alla aussitôt en avertir la comtesse *** ; celle-ci, ainsi que son mari, s'avança au-devant de Rodolphe en lui disant :

— Je ne sais comment exprimer à Votre Altesse toute ma reconnaissance pour la faveur dont elle daigne nous honorer aujourd'hui.

— Vous savez, madame l'ambassadrice, que je suis toujours très empressé de vous faire ma cour, et très heureux de pouvoir dire à M. l'ambassadeur combien je lui suis affectionné ; car nous sommes d'anciennes connaissances, monsieur le comte.

— Votre Altesse est trop bonne de vouloir bien se le rappeler, et de me donner un nouveau motif de ne jamais oublier ses bontés.

— Je vous assure, monsieur le comte, que ce n'est pas ma faute si certains souvenirs me sont toujours présents ; j'ai le bonheur de ne garder la mémoire que de ce qui m'a été très agréable.

— Mais Votre Altesse est merveilleusement douée, dit en souriant la comtesse de ***.

— N'est-ce pas, madame ? Ainsi, dans bien des années, j'aurai, je l'espère, le plaisir de vous rappeler ce jour, et le goût, et l'élégance extrêmes qui président à ce bal... Car, franchement, je puis vous dire cela tout bas, il n'y a que vous qui sachiez donner des fêtes.

— Monseigneur !...

— Et ce n'est pas tout ; dites-moi donc, monsieur l'ambassadeur, pourquoi les femmes me paraissent toujours plus jolies ici qu'ailleurs.

— C'est que Votre Altesse étend jusqu'à elles la bienveillance dont elle nous comble.

— Permettez-moi de ne pas être de votre avis, monsieur le comte, je crois que cela dépend absolument de Mme l'ambassadrice.

— Votre Altesse voudrait-elle avoir la bonté de m'expliquer ce prodige ? dit la comtesse en souriant.

— Mais c'est tout simple, madame : vous savez accueillir toutes ces belles dames avec une urbanité si parfaite, avec une grâce si exquise, vous leur dites à chacune un mot si charmant et si flatteur, que celles qui ne méritent pas tout à fait... tout à fait cette louange si aimable, dit Rodolphe en souriant avec malice, sont d'autant plus radieuses d'être distinguées par vous, tandis que celles qui la méritent sont non moins radieuses d'être appréciées par vous. Ces innocentes satisfactions épanouissent toutes les physionomies ; le bonheur rend attrayantes les moins agréables, et voilà pourquoi, madame la comtesse, les femmes semblent toujours plus jolies chez vous qu'ailleurs. Je suis sûr que M. l'ambassadeur dira comme moi.

— Votre Altesse me donne de trop bonnes raisons de penser comme elle pour que je ne m'y rende pas.

— Et moi, monseigneur, dit la comtesse de ***, au risque de devenir aussi jolie que les belles dames qui ne méritent pas tout à fait... tout à fait les louanges qu'on leur donne, j'accepte la flatteuse explication de Votre Altesse avec autant de reconnaissance et de plaisir que si c'était une vérité.

— Pour vous convaincre, madame, que rien n'est plus réel, faisons quelques observations à propos des effets de la louange sur la physionomie.

— Ah ! monseigneur, ce serait un piège horrible, dit en riant la comtesse de ***.

— Allons, madame l'ambassadrice, je renonce à mon projet, mais à une condition, c'est que vous me permettiez de vous offrir un moment mon bras. On m'a parlé d'un jardin de fleurs vraiment féérique au mois de janvier... Est-ce que vous seriez assez bonne pour me conduire à cette merveille des *Mille et une Nuits ?*

— Avec le plus grand plaisir, monseigneur ; mais on a fait un récit très exagéré à Votre Altesse. Elle va d'ailleurs en juger, à moins que son indulgence habituelle ne l'abuse.

Rodolphe offrit son bras à l'ambassadrice, et entra avec elle dans les autres salons, pendant que le comte de *** s'entretenait avec le baron de Graün et Murph, qu'il connaissait depuis longtemps.

CHAPITRE XVI

LE JARDIN D'HIVER

Rien en effet de plus féerique, de plus digne des *Mille et une Nuits* que le jardin dont Rodolphe avait parlé à Mme la comtesse de ***.

Qu'on se figure, aboutissant à une longue et splendide galerie, un emplacement de quarante toises de longueur sur trente de largeur : une cage vitrée, d'une extrême légèreté et façonnée en voûte, recouvre à une hauteur de cinquante pieds environ ce parallélogramme ; ses murailles, recouvertes d'une infinité de glaces sur lesquelles se croisent les petits losanges verts d'un treillage de joncs à mailles très serrées, ressemblent à un berceau à jour, grâce à la réflexion de la lumière sur les miroirs ; une palissade d'orangers, aussi gros que ceux des Tuileries, et de camélias de même force, les premiers chargés de fruits brillants comme autant de pommes d'or sur un feuillage d'un vert lustré, les seconds émaillés de fleurs pourpres, blanches et roses, tapisse toute l'étendue de ces murs.

Ceci est la clôture de ce jardin.

Cinq ou six énormes massifs d'arbres et d'arbustes de l'Inde ou des tropiques, plantés dans de profonds encaissements de terre de bruyère, sont environnés d'allées marbrées d'une charmante mosaïque de coquillages, et assez larges pour que deux ou trois personnes puissent s'y promener de front.

Il est impossible de peindre l'effet que produisait en plein hiver, et pour ainsi dire au milieu d'un bal, cette riche et brillante végétation exotique.

Ici des bananiers énormes atteignent presque les vitres de la voûte, et mêlent leurs larges palmes d'un vert lustré aux feuilles lancéolées des grands magnoliers, dont quelques-uns sont déjà couverts de grosses fleurs aussi odorantes que magnifiques ; de leur calice en forme de cloche, pourpre au-dehors, argenté en dedans, s'élancent des étamines d'or ; plus loin, des palmiers, des dattiers du Levant, des lataniers rouges, des figuiers de l'Inde, tous robustes, vivaces, feuillus, complètent ces immenses massifs de verdure : verdure crue, lustrée, brillante comme celle de tous les végétaux des tropiques, qui semblent emprunter l'éclat de l'émeraude, tant les feuilles de ces arbres, épaisses, charnues, vernissées, sont revêtues de teintes étincelantes et métalliques.

Le long des treillages, entre les orangers, parmi les massifs, enlacées d'un arbre à l'autre, ici en guirlandes de feuilles et de fleurs, là contournées en spirales, plus loin mêlées en réseaux inextricables, courent, serpentent, grimpent jusqu'au faîte de la voûte vitrée, une innombrable quantité de plantes sarmenteuses ; les grenadilles ailées, les passiflores aux larges fleurs de pourpre striées d'azur et couronnées d'une aigrette d'un violet noir, retombent du faîte de la voûte comme de colossales guirlandes, et semblent vouloir y remonter en jetant leurs vrilles délicates aux flèches des gigantesques aloès.

Ailleurs un bignonia de l'Inde, aux longs calices d'un jaune soufre, au feuillage léger, est entouré d'un stéphanotis aux fleurs charnues et blanches qui répandent une senteur suave ; ces deux lianes ainsi enlacées festonnent de leur frange verte à clochettes d'or et d'argent les feuilles immenses et veloutées d'un figuier de l'Inde.

Plus loin enfin jaillissent et retombent en cascade végétale et diaprée une innombrable quantité de tiges d'asclépiades dont les feuilles et les ombrelles de quinze ou vingt fleurs étoilées sont si épaisses, si polies, qu'on dirait des bouquets d'émail rose entourés de petites feuilles de porcelaine verte.

Les bordures des massifs se composent de bruyères du Cap, de tulipes du Thol, de narcisses de Constantinople, d'hyacinthes de Perse, de cyclamens, d'iris, qui forment une sorte de tapis naturel où toutes les couleurs, toutes les nuances se confondent de la manière la plus splendide.

Des lanternes chinoises d'une soie transparente, les unes d'un bleu, les autres d'un rose très pâle, çà et là à demi cachées par le feuillage, éclairent ce jardin.

Il est impossible de rendre la lueur mystérieuse et douce qui résultait du mélange de ces deux nuances ; lueur charmante, fantastique, qui tenait de la limpidité bleuâtre d'une belle nuit d'été légèrement rosée par les reflets vermeils d'une aurore boréale.

On arrivait à cette immense serre chaude, surbaissée de deux ou trois pieds, par une longue galerie éblouissante d'or, de glaces, de cristaux, de lumières. Cette flamboyante clarté encadrait, pour ainsi dire, la pénombre où se dessinaient vaguement les grands arbres du jardin d'hiver, que l'on apercevait à travers une large baie à demi fermée par deux hautes portières de velours cramoisi.

On eût dit une gigantesque fenêtre ouverte sur quelque beau paysage d'Asie pendant la sérénité d'une nuit crépusculaire.

Vue du fond du jardin, où étaient disposés d'immenses divans sous un dôme de feuillage et de fleurs, la galerie offrait un contraste inverse avec la douce obscurité de la serre.

C'était au loin une espèce de brume lumineuse, dorée, sur laquelle étincelaient, miroitaient, comme une broderie vivante, les couleurs éclatantes et variées des robes de femmes, et les scintillations prismatiques des pierreries et des diamants.

Les sons de l'orchestre, affaiblis par la distance et par le sourd et joyeux bourdonnement de la galerie, venaient mélodieusement mourir dans le feuillage immobile des grands arbres exotiques.

Involontairement, on parlait à voix basse dans ce jardin, on y entendait à peine le bruit léger des pas et le frôlement des robes de satin, cet air à la fois léger, tiède et embaumé des mille suaves senteurs des plantes aromatiques, cette musique vague, lointaine, jetaient tous les sens dans une douce et molle quiétude.

Certes, deux amants nouvellement épris et heureux, assis sur la soie dans quelque coin ombreux de cet Eden, enivrés d'amour, d'harmonie et de parfum, ne pouvaient trouver un cadre plus enchanteur pour leur passion ardente et encore à son aurore ; car, hélas ! un ou deux mois de bonheur paisible et assuré changent si maussadement deux amants en froids époux !

En arrivant dans ce ravissant jardin d'hiver, Rodolphe ne put retenir une exclamation de surprise, et dit à l'ambassadrice :

— En vérité, madame, je n'aurais pas cru une telle merveille possible Ce n'est plus seulement un grand luxe joint à un goût exquis, c'est de la poésie en action ; au lieu d'écrire comme un poète, de peindre comme un grand peintre, vous créez ce qu'ils oseraient à peine rêver.

— Votre Altesse est mille fois trop bonne.

— Franchement, avouez que celui qui saurait rendre fidèlement ce tableau enchanteur avec son charme de couleurs et de contrastes, là-bas ce tumulte éblouissant, ici cette délicieuse retraite, avouez, madame, que celui-là, peintre ou poète, ferait une œuvre admirable, et cela seulement en reproduisant la vôtre.

— Les louanges que l'indulgence de Votre Altesse lui inspire sont d'autant plus dangereuses qu'on ne peut s'empêcher d'être charmé de leur esprit, et qu'on les écoute malgré soi avec un plaisir extrême. Mais regardez donc, monseigneur, quelle charmante jeune femme ! Votre Altesse m'accordera du moins que la marquise d'Harville doit être jolie partout. N'est-elle pas ravissante de grâce ? Ne gagne-t-elle pas encore au contraste de la sévère beauté qui l'accompagne ?

La comtesse Sarah Mac-Gregor et la marquise d'Harville, descendaient en ce moment les quelques marches qui, de la galerie, conduisaient au jardin d'hiver.

CHAPITRE XVII

LE RENDEZ-VOUS

Les louanges adressées à Mme d'Harville par l'ambassadrice n'étaient pas exagérées.

Rien ne saurait donner une idée de cette figure enchanteresse où s'épanouissait alors toute la fleur d'une délicate beauté ; beauté d'autant plus rare qu'elle résidait moins encore dans la régularité des traits que dans le charme inexprimable de la physionomie de la marquise, dont le charmant visage se voilait, pour ainsi dire, modestement sous une touchante expression de bonté.

Nous insistons sur ce dernier mot, parce que d'ordinaire ce n'est pas précisément la bonté qui prédomine dans la physionomie d'une jeune femme de vingt ans, belle, spirituelle, recherchée, adulée, comme l'était Mme d'Harville. Aussi se sentait-on singulièrement intéressé par le contraste de cette douceur ineffable avec les succès dont jouissait Mme d'Harville, sans compter les avantages de naissance, de nom et de fortune qu'elle réunissait.

Nous essayerons de faire comprendre toute notre pensée.

Trop digne, trop éminemment douée pour aller coquettement au-devant des hommages, Mme d'Harville se montrait cependant aussi affectueusement reconnaissante de ceux qu'on lui rendait que si elle les eut à peine mérités ; elle n'en était pas fière, mais heureuse ; indifférente aux louanges, mais très sensible à la bienveillance, elle distinguait parfaitement la flatterie de la sympathie.

Son esprit juste, fin, parfois malin sans méchanceté, poursuivait surtout d'une raillerie inoffensive ces gens ravis d'eux-mêmes, toujours occupés d'attirer l'attention, de mettre constamment en évidence leur figure radieuse d'une foule de sots bonheurs et bouffie d'une foule de sots orgueils... — Gens, disait plaisamment Mme d'Harville, qui toute leur vie ont l'air de danser le cavalier seul en face d'un miroir invisible, auquel ils sourient complaisamment.

Un caractère à la fois timide et presque fier dans sa réserve inspirait au contraire à Mme d'Harville un intérêt certain.

Ces quelques mots aideront pour ainsi dire à l'intelligence de la beauté de la marquise.

Son teint, d'une éblouissante pureté, se nuançait du plus frais incarnat ; de longues boucles de cheveux châtain clair effleuraient ses épaules arrondies, fermes et lustrées comme un beau marbre blanc. On peindrait difficilement l'angélique beauté de ses grands yeux gris, frangés de longs cils noirs. Sa bouche vermeille, d'une mansuétude adorable, était à ses yeux charmants ce que sa parole ineffable et touchante était à son regard mélancolique et doux. Nous ne parlerons ni de sa taille accomplie, ni de l'exquise distinction de toute sa personne. Elle portait une robe de crêpe blanc, garnie de camélias rose naturel et de feuilles du même arbuste, parmi lesquelles des diamants, à demi cachés cà et là, brillaient comme autant de gouttes d'étincelante rosée ; une guirlande semblable était placée avec grâce sur son front pur et blanc.

Le genre de beauté de la comtesse Sarah Mac-Gregor faisait encore valoir la marquise d'Harville.

Agée de trente-cinq ans environ, Sarah paraissait à peine en avoir trente. Rien ne semble plus sain au corps que le froid égoïsme ; on se conserve longtemps frais dans cette glace.

Certaines âmes sèches, dures, inaltérables aux émotions qui usent le cœur, flétrissent les traits, ne ressentent jamais que les déconvenues de l'orgueil ou les mécomptes de l'ambition déçue ; ces chagrins n'ont qu'une faible réaction sur le physique.

La conservation de Sarah prouvait ce que nous avançons.

Sauf un léger embonpoint qui donnait à sa taille, plus grande mais moins svelte que celle de Mme d'Harville, une grâce voluptueuse, Sarah brillait d'un éclat tout juvénile ; peu de regards pouvaient soutenir le feu trompeur de ses yeux ardents et noirs ; ses lèvres humides et rouges (menteuses à demi) exprimaient la résolution et la sensualité. Le réseau bleuâtre des veines de ses tempes et de son cou apparaissait sous la blancheur lactée de sa peau transparente et fine.

La comtesse Mac-Gregor portait une robe de moire paille sous une tunique de crêpe de la même couleur ; une simple couronne de feuilles naturelles de pyrrhus d'un vert d'émeraude ceignait sa tête et s'harmonisait à merveille avec ses bandeaux de cheveux noirs comme de l'encre, et séparés sur son front qui surmontait un nez aquilin à narines ouvertes. Cette coiffure sévère donnait un cachet antique au profil impérieux et passionné de cette femme.

Beaucoup de gens, dupes de leur figure, voient une irrésistible vocation dans le caractère de leur physionomie. L'un se trouve l'air excessivement guerrier, il guerroie ; l'autre rimeur, il rime ; conspirateur, il conspire ; politique, il politique ; prédicateur, il prêche. Sarah se trouvait, non sans raison, un air parfaitement royal ; elle dut accepter les prédictions à demi réalisées de la Highlandaise, et persister dans sa croyance à une destinée souveraine.

La marquise et Sarah avaient aperçu Rodolphe dans le jardin d'hiver, au moment où elles y descendaient ; mais le prince parut ne pas les voir, car il se trouvait au détour d'une allée lorsque les deux femmes arrivèrent

— Le prince est si occupé de l'ambassadrice, dit Mme d'Harville à Sarah, qu'il n'a fait attention à nous...

— Ne croyez pas cela, ma chère Clémence, répondit la comtesse qui était tout à fait dans l'intimité de Mme d'Harville ; le prince nous a au contraire parfaitement vues ; mais je lui fait peur... Sa bouderie dure toujours.

— Moins que jamais je comprends son opiniâtreté à vous éviter : souvent je lui ai reproché l'étrangeté de sa conduite envers vous... une ancienne amie. « La comtesse Sarah et moi nous sommes ennemis mortels, m'a-t-il répondu en plaisantant ; j'ai fait vœu de ne jamais lui parler ; et il faut, a-t-il ajouté, que ce vœu soit bien sacré pour que je me prive de l'entretien d'une personne si aimable. » Aussi, ma chère Sarah, toute singulière que m'ait paru cette réponse, j'ai été bien obligée de m'en contenter (1).

— Je vous assure que la cause de cette brouillerie mortelle, demi-plaisante, demi-sérieuse, est pourtant des plus innocentes ; si un tiers n'y était pas intéressé, depuis longtemps, je vous aurais conté ce grand secret... Mais qu'avez-vous donc, ma chère enfant ? Vous paraissez préoccupée.

— Ce n'est rien... tout à l'heure il faisait si chaud dans la galerie, que j'ai ressenti un peu de migraine ; asseyons-nous un moment ici... cela se passera... je l'espère.

— Vous avez raison ; tenez, voilà justement un coin bien obscur, vous serez là parfaitement à l'abri de ceux que votre absence va désoler... ajouta Sarah en souriant et en appuyant sur ces mots.

Toutes deux s'assirent sur un divan.

— J'ai dit *ceux* que votre absence va désoler, ma chère Clémence... Ne me savez-vous pas gré de ma discrétion ?

La jeune femme rougit légèrement, baissa la tête et ne répondit rien.

— Combien vous êtes peu raisonnable ! lui dit Sarah d'un ton de reproche amical. N'avez-vous pas confiance en moi, enfant ? Sans doute enfant : je suis d'un âge à vous appeler ma fille.

— Moi, manquer de confiance envers vous ! dit la marquise à Sarah avec tristesse ; ne vous ai-je pas dit au contraire ce que je n'aurais dû m'avouer à moi-même ?

— A merveille. Eh bien ! voyons... parlons de lui : vous avez donc juré de le désespérer jusqu'à la mort ?

— Ah ! s'écria Mme d'Harville avec effroi, que dites-vous ?

— Vous ne le connaissez pas encore, pauvre chère enfant... C'est un homme d'une énergie froide, pour qui la vie est peu de chose. Il a toujours été si malheureux... et l'on dirait que vous prenez encore plaisir à le torturer !

— Pensez-vous cela, mon Dieu !

— C'est sans le vouloir, peut-être ; mais cela est... Oh ! si vous saviez combien ceux qu'une longue infortune a accablés sont douloureusement

(1) L'amour de Rodolphe pour Sarah, et les événements qui succédèrent à cet amour remontant à dix-sept ou dix-huit ans, étaient complètement ignorés dans le monde, Sarah et Rodolphe ayant autant d'intérêt l'un que l'autre à les cacher.

susceptibles et impressionnables ! tenez, tout à l'heure, j'ai vu deux grosses larmes rouler dans ses yeux.

— Il serait vrai ?

— Sans doute... Et cela au milieu d'un bal ; et cela risque d'être perdu de ridicule si l'on s'apercevait de cet amer chagrin. Savez-vous qu'il faut bien aimer pour souffrir ainsi... et surtout pour ne pas songer à cacher au monde que l'on souffre ainsi !...

— De grâce, ne me parlez pas de cela, reprit Mme d'Harville d'une voix émue ; vous me faites un mal horrible... Je ne connais que trop cette expression de souffrance à la fois si douce et si résignée... Hélas ! c'est la pitié qu'il m'inspirait qui m'a perdue... dit involontairement Mme d'Harville.

Sarah parut ne pas avoir compris la portée de ce dernier mot, et reprit :

— Quelle exagération !... perdue pour être en coquetterie avec un homme qui pousse même la discrétion et la réserve jusqu'à ne pas se faire présenter à votre mari, de peur de vous compromettre ! M. Charles Robert n'est-il pas un homme rempli d'honneur, de délicatesse et de cœur ? Si je le défends avec cette chaleur, c'est que vous l'avez connu et surtout vu chez moi, et qu'il a pour vous autant de respect que d'attachement...

— Je n'ai jamais douté de ses nobles qualités, vous m'avez toujours dit tant de bien de lui !... Mais, vous le savez, ce sont surtout ses malheurs qui l'ont rendu intéressant à mes yeux.

— Et combien il mérite et justifie cet intérêt ! avouez-le... Et puis d'ailleurs comment un si admirable visage ne serait-il pas l'image de l'âme ? Avec sa haute et belle taille, il me rappelle les preux des temps chevaleresques. Je l'ai vu une fois en uniforme : il était impossible d'avoir un plus grand air. Certes, si la noblesse se mesurait au mérite et à la figure, au lieu d'être simplement M. Charles Robert, il serait duc et pair. Ne représenterait-il pas merveilleusement bien un des plus grands noms de France ?

— Vous n'ignorez pas que la noblesse de naissance me touche peu, vous qui me reprochez parfois d'être une république, dit Mme d'Harville en souriant.

— Certes, j'ai toujours pensé, comme vous, que M. Charles Robert n'avait pas besoin de titres pour être aimable ; et puis quel talent ! quelle voix charmante ! De quelle ressource il nous a été dans nos concerts intimes du matin ! vous souvenez-vous ? La première fois que vous avez chanté ensemble, quelle expression il mettait dans son duo avec vous ! quelle émotion !...

— Tenez, je vous en prie, dit Mme d'Harville après un long silence, changeons de conversation.

— Pourquoi ?

— Cela m'attriste profondément, ce que vous m'avez dit tout à l'heure de son air désespéré.

— Je vous assure que dans l'excès du chagrin, un caractère aussi passionné peut chercher dans la mort un terme à...

— Oh ! je vous en prie, taisez-vous ! taisez-vous ! dit Mme d'Harville en interrompant Sarah, cette pensée m'est déjà venue...

Puis, après un long silence, la marquise dit :

— Encore une fois, parlons d'autre chose... de votre ennemi mortel, ajouta-t-elle avec une gaieté affectée ; parlons du prince, que je n'avais pas vu depuis longtemps. Savez-vous qu'il est toujours charmant, quoique presque roi ? Toute républicaine que je suis, je trouve qu'il y a peu d'hommes aussi agréables que lui.

Sarah jeta à la dérobée un regard scrutateur et soupçonneux sur Mme d'Harville, et reprit gaiement :

— Avouez, chère Clémence, que vous êtes très capricieuse. Je vous ai connu des alternatives d'admiration et d'aversion singulières pour le prince ; il y a quelques mois, lors de son arrivée ici, vous en étiez tellement fanatique, qu'entre nous... J'ai craint un moment pour le repos de votre cœur.

— Grâce à vous du moins, dit Mme d'Harville en souriant, mon admiration n'a pas été de longue durée ; vous avez si bien joué le rôle d'ennemie mortelle ; vous m'avez fait de telles révélations sur le prince... que, je l'avoue, l'éloignement a remplacé le fanatisme qui vous faisait craindre pour le repos de mon cœur : repos que votre ennemi ne songeait d'ailleurs guère à troubler ; car, peu de temps avant vos révélations, le prince, tout en continuant de voir intimement mon mari, avait presque cessé de m'honorer de ses visites.

— A propos ! et votre mari, est-il ici ce soir ? dit Sarah.

— Non, il n'a pas désiré sortir, répondit Mme d'Harville avec embarras.

— Il va de moins en moins dans le monde, ce me semble ?

— Oui... quelquefois il préfère rester chez lui.

La marquise était visiblement embarrassée ; Sarah s'en aperçut et continua :

— La dernière fois que je l'ai vu, il m'a semblé plus pâle qu'à l'ordinaire.

— Oui... il a été un peu souffrant...

— Tenez, ma chère Clémence, voulez-vous que je sois franche ?

— Je vous en prie...

— Quand il s'agit de votre mari, vous êtes souvent dans un état d'anxiété singulière.

— Moi... Quelle folie !

— Quelquefois, en parlant de lui, et cela bien malgré vous, votre physionomie exprime... mon Dieu ! comment vous dirai-je cela ?... et Sarah appuya sur les mots suivants en ayant l'air de vouloir lire jusqu'au fond du cœur de Clémence : Oui, votre physionomie exprime une sorte... de répugnance craintive...

Les traits impassibles de Mme d'Harville défièrent d'abord le regard inquisiteur de Sarah : pourtant celle-ci s'aperçut d'un léger tremblement nerveux, mais presque insensible, qui agita un instant la lèvre inférieure de la jeune femme.

Ne voulant pas pousser plus loin ses investigations et surtout éveiller la défiance de son amie, la comtesse se hâta d'ajouter, pour donner le change à la marquise :

— Oui, une répugnance craintive, comme celle qu'inspire ordinairement un jaloux bourru...

A cette interprétation, le léger mouvement convulsif de la lèvre de Mme d'Harville cessa ; elle parut soulagée d'un poids énorme, et répondit :

— Mais non, M. d'Harville n'est ni bourru ni jaloux... Puis, cherchant sans doute le prétexte de rompre une conversation qui lui pesait, elle s'écria tout à coup : Ah ! mon Dieu ! voici cet insupportable duc de Lucenay, un des amis de mon mari... Pourvu qu'il ne nous aperçoive pas ! D'où sort-il donc ? Je le croyais à mille lieues d'ici !

— En effet, on le disait parti pour un voyage d'un an ou deux en Orient ; il y a cinq mois à peine qu'il a quitté Paris. Voilà une brusque arrivée qui a dû singulièrement contrarier la duchesse de Lucenay, quoique le duc ne soit guère gênant, dit Sarah avec un sourire méchant. Elle ne sera d'ailleurs pas seule à maudire ce fâcheux retour... M. de Saint-Rémy partagera son chagrin.

— Ne soyez donc pas médisante, ma chère Sarah ; dites que ce retour sera fâcheux... pour tout le monde... M. de Lucenay est assez désagréable pour que vous généralisiez votre reproche.

— Médisante ! non, certes ; je ne suis en cela qu'un écho. On dit encore que M. de Saint-Rémy, modèle des élégants, qui a ébloui tout Paris de son faste, est à peu près ruiné, quoique son train diminue à peine ; il est vrai que Mme de Lucenay est puissamment riche...

— Ah ! quelle horreur !...

— Encore une fois, je ne suis qu'un écho... Ah ! mon Dieu ! le duc nous a vues. Il vient, il faut se résigner. C'est désolant ; je ne sais rien au monde de plus insupportable que cet homme ; il est souvent de si mauvaise compagnie, il rit si haut de ses sottises, il est si bruyant qu'il en est étourdissant ; si vous tenez à votre flacon ou à votre éventail, défendez-les courageusement contre lui, car il a encore l'inconvénient de briser tout ce qu'il touche, et cela de l'air le plus badin et le plus satisfait du monde.

Appartenant à une des plus grandes maisons de France, jeune encore, d'une figure qui n'eût pas été désagréable sans la longueur grotesque et démesurée de son nez, M. le duc de Lucenay joignait à une turbulence et à une agitation perpétuelles des éclats de voix et de rire si retentissants, des propos souvent d'un goût si détestable, des attitudes d'une désinvolture si cavalière et si inattendue, qu'il fallait à chaque instant se rappeler son nom pour ne pas s'étonner de le voir au milieu de la société la plus distinguée de Paris, et pour comprendre que l'on tolérât ses excentricités de gestes et de langage, auxquelles l'habitude avait d'ailleurs assuré une sorte de prescription ou d'impunité. On le fuyait comme la peste, quoiqu'il ne manquât pas d'ailleurs d'un certain esprit qui pointait cà et là à travers la plus incroyable exubérance de paroles. C'était un de ces êtres vengeurs, aux mains desquels on souhaitait toujours de voir tomber les gens ridicules ou haïssables.

Mme de Lucenay, une des femmes les plus agréables et encore des plus à la mode de Paris, malgré ses trente ans sonnés, avait fait souvent parler d'elle ; mais on excusait presque la légèreté de sa conduite en songeant aux insupportables bizarreries de M. de Lucenay.

Un dernier trait de ce caractère fâcheux, c'était son intempérance et un cynisme d'expressions inouï à propos d'indispositions saugrenues ou d'infirmités impossibles ou absurdes qu'il s'amusait à vous supposer, et dont il vous plaignait tout haut devant cent personnes. Parfaitement brave d'ailleurs, et allant au-devant des conséquences de ses mauvaises plaisanteries, il avait donné ou reçu de nombreux coups d'épée sans se corriger davantage.

Ceci posé, nous ferons retentir aux oreilles du lecteur la voix aigre et perçante de M. de Lucenay, qui, du plus loin qu'il aperçut Mme d'Harville et Sarah, se mit à crier :

— Et bien ! et bien ! qu'est-ce que c'est que ça ? qu'est-ce que je vois là ? Comment ! la plus jolie femme du bal qui se tient à l'écart, est-ce que c'est permis ? Faut-il que je revienne des antipodes pour faire cesser un tel scandale ? D'abord, si vous continuez de vous dérober à l'admiration générale, marquise, je crie comme un brûlé, je crie à la disparition du plus charmant ornement de cette fête !

Et, pour péroraison, M. de Lucenay se jeta pour ainsi dire à la renverse à côté de la marquise, sur le divan ; après quoi il croisa sa jambe gauche sur sa cuisse droite, et prit son pieds dans sa main.

— Comment, monsieur, vous voilà déjà de retour de Constantinople ! dit Mme d'Harville en se reculant avec impatience.

— Déjà ! vous dites là ce que ma femme a pensé, j'en suis sûr, car elle n'a pas voulu m'accompagner ce soir dans ma rentrée dans le monde. Revenez donc surprendre vos amis pour être reçu comme ça !

— C'est tout simple ; il vous était si facile de rester aimable... là-bas.. dit Mme d'Harville avec un demi-sourire.

— C'est-à-dire de rester absent, n'est-ce pas ? C'est une horreur, c'est une infamie, ce que vous dites là ! s'écria M. de Lucenay en décroisant les jambes et en frappant sur son chapeau comme sur un tambour de Basque.

— Pour l'amour du Ciel, monsieur de Lucenay, ne criez pas si haut et tenez-vous tranquille, ou vous allez nous faire quitter la place, dit Mme d'Harville avec humeur.

— Quitter la place ! ça serait donc pour me donner votre bras et aller faire un tour dans la galerie ?

— Avec vous ? certainement non. Voyons, je vous prie, ne touchez pas à ce bouquet, de grâce, laissez aussi cet éventail, vous allez le briser selon votre habitude...

— Si ce n'est que ça, j'en ai cassé plus d'un, allez ! surtout un magnifique chinois que Mme de Vaudémont avait donné à ma femme.

En disant ces rassurantes paroles, M. de Lucenay tracassait dans un réseau de plantes grimpantes qu'il tirait à lui par petites secousses. Il finit par les détacher de l'arbre qui les soutenait ; elles tombèrent, et le duc s'en trouva pour ainsi dire couronné.

Alors ce furent des éclats de rire si glapissants, si fous, si étourdissants, que Mme d'Harville eût fui cet incommode et fâcheux personnage, si elle n'eût aperçu M. Charles Robert (le commandant, comme disait Mme Pipelet) qui s'avançait à l'autre extrémité de l'allée. La jeune femme craignit de paraître ainsi aller à sa rencontre, et resta auprès de M. de Lucenay.

— Dites donc, madame Mac-Gregor, je devais joliment avoir l'air d'un dieu Pan, d'une naïade, d'un sylvain, d'un sauvage sous ce feuillage ? dit M. de Lucenay en s'adressant à Sarah, auprès de laquelle il alla brusquement s'étaler. A propos de sauvage, il faut que je vous raconte une histoire outrageusement inconvenable... Figurez-vous qu'à Otaïti...

— Monsieur le duc ! lui dit Sarah d'un ton glacial.

— Eh bien ! non, je ne vous dirai pas mon histoire ; je la garde pour Mme de Fonbonne que voilà.

C'était une grosse petite femme de cinquante ans, très prétentieuse et très ridicule, dont le menton touchait la gorge, et qui montrait toujours le blanc de ses gros yeux en parlant de son âme, des langueurs de son âme, des besoins de son âme, des aspirations de son âme. Elle portait ce soir-là un affreux turban d'étoffe de couleur de cuivre, avec un semis de dessins verts.

— Je la garde pour Mme de Fonbonne, s'écria le duc.

— De quoi s'agit-il donc, monsieur le duc ? dit Mme de Fonbonne, en minaudant, en roucoulant et en commençant à faire les yeux blancs, comme dit le peuple.

— Il s'agit, madame, d'une histoire horriblement inconvenante, indécente, et incongrue.

— Ah ! mon Dieu ! Et qui est-ce qui oserait ? qui est-ce qui se permettrait ?

— Moi, madame ; ça ferait rougir un vieux Chamboran. Mais je connais votre goût... Ecoutez-moi ça...

— Monsieur...

— Eh bien, non, vous ne la saurez pas, mon histoire, au fait ! parce qu'après tout, vous qui vous mettez toujours si bien, avec tant de goût, avec tant d'élégance, vous avez ce soir un turban qui, permettez-moi de vous le dire, ressemble, ma parole d'honneur, à une vieille tourtière rongée de vert-de-gris.

Et le duc de rire aux éclats.

— Si vous êtes revenu d'Orient pour recommencer vos absurdes plaisanteries, qu'on vous passe parce que vous êtes à moitié fou, dit la grosse femme irritée, on regrettera fort votre retour, monsieur.

Et elle s'éloigna majestueusement.

— Il faut que je me tienne à quatre pour ne pas aller la décoiffer, cette vilaine précieuse, dit M. de Lucenay, mais je la respecte, elle est orpheline... ah ! ah ! ah !... et de dire de nouveau. Tiens ! M. Charles Robert, reprit M. de Lucenay. Je l'ai rencontré aux eaux des Pyrénées... C'est un éblouissant garçon, il chante comme un cygne. Vous allez voir, marquise, comme je vais l'intriguer. Voulez-vous que je vous le présente ?

— Tenez-vous en repos et laissez-nous tranquilles, dit Sarah.

Pendant que M. Charles Robert s'avançait lentement, ayant l'air d'admirer les fleurs de la serre, M. de Lucenay avait manœuvré assez habilement pour s'emparer du flacon de Sarah, et il s'occupait en silence et avec un soin extrême de démantibuler le bouchon de ce bijou.

M. Charles Robert s'avançait toujours ; sa grande taille était parfaite ment proportionnée, ses traits d'une irréprochable pureté, sa mise d'une suprême élégance ; cependant, son visage, sa tournure manquaient de charme, de grâce, de distinction ; sa démarche était raide et gênée, ses mains et ses pieds, gros et vulgaires. Lorsqu'il aperçut Mme d'Harville, la régulière nullité de ses traits s'effaça tout à coup sous une expression de mélancolie profonde beaucoup trop subite pour n'être pas feinte ; néanmoins, ce semblant était parfait. M. Robert avait l'air si affreusement malheureux, si naturellement désolé lorsqu'il s'approcha de Mme d'Harville, que celle-ci ne put s'empêcher de songer aux sinistres paroles de Sarah sur les excès auxquels le désespoir aurait pu le porter.

— Eh ! bonjour donc, mon cher monsieur ! lui dit M. de Lucenay en l'arrêtant au passage, je n'ai pas eu le plaisir de vous voir depuis notre rencontre aux eaux. Mais qu'est-ce que vous avez donc ? Mais comme vous avez l'air souffrant !

Ici M. Charles Robert jeta un long et mélancolique regard sur Mme d'Harville, et répondit au duc, d'une voix plaintivement accentuée :

— En effet, monsieur, je suis souffrant...

— Mon Dieu, mon Dieu, vous ne pouvez donc pas vous débarrasser de votre pituite ? lui demanda M. de Lucenay avec l'air du plus sérieux intérêt.

Cette question était si saugrenue, si absurde, qu'un moment M. Charles Robert resta stupéfait, abasourdi ; puis, le rouge de la colère lui montant au front, il dit d'une voix ferme et brève à M. de Lucenay :

— Puisque vous prenez tant d'intérêt à ma santé, monsieur, j'espère que vous viendrez prendre demain de mes nouvelles ?

— Comment donc, mon cher monsieur... mais certainement, j'enverrai... dit le duc avec hauteur.

M. Charles Robert fit un demi-salut et s'éloigna.

— Ce qu'il y a de fameux, c'est qu'il n'a pas plus de pituite que le Grand Turc, dit M. de Lucenay en se renversant de nouveau près de Sarah, à moins que je n'aie deviné sans le savoir. Dites donc, madame Mac-Gregor, est-ce qu'il vous fait l'effet d'avoir la pituite, ce monsieur ?

Sarah tourna brusquement la dos à M. de Lucenay sans lui répondre davantage.

Tout ceci s'était passé très rapidement.

Sarah avait difficilement contenu un éclat de rire.

Mme d'Harville avait affreusement souffert en songeant à l'atroce position d'un homme qui se voit interpellé si ridiculement devant une femme qu'il aime ; elle était épouvantée en songeant qu'un duel pouvait avoir lieu ; alors, entraînée par un sentiment de pitié irrésistible, elle se leva brusquement, prit le bras de Sarah, rejoignit M. Charles Robert qui ne se possédait pas de rage, et lui dit tout bas en passant près de lui :

— Demain, à une heure... j'irai...

Puis elle regagna la galerie avec la comtesse et quitta le bal.

CHAPITRE XVIII

TU VIENS BIEN TARD, MON ANGE!

Rodolphe en se rendant à cette fête pour remplir un devoir de convenance, voulait aussi tâcher de découvrir si ses craintes au sujet de Mme d'Harville étaient fondées, et si elle était réellement l'héroïne du récit de Mme Pipelet.

Après avoir quitté le jardin d'hiver avec la comtesse de ***, Rodolphe avait parcouru en vain plusieurs salons, dans l'espoir de rencontrer Mme d'Harville seule. Il revenait à la serre chaude, lorsque, un moment arrêté sur la première marche de l'escalier, il fut témoin de la scène rapide qui se passa entre Mme d'Harville et M. Charles Robert après la détestable plaisanterie du duc de Lucenay. Rodolphe surprit un échange de regards très significatifs. Un secret pressentiment lui dit que ce grand et beau jeune homme était le commandant. Voulant s'en assurer, il rentra dans la galerie.

Une valse allait commencer ; au bout de quelques minutes, il vit M. Charles Robert debout dans l'embrasure d'une porte. Il paraissait doublement satisfait, et de sa réponse à M. de Lucenay (M. Charles Robert était fort brave, malgré ses ridicules), et du rendez-vous que lui avait donné Mme d'Harville pour le lendemain, bien certain cette fois qu'elle n'y manquerait pas.

Rodolphe allait trouver Murph.

— Tu vois bien ce jeune homme blond, au milieu de ce groupe, là-bas ?

— Ce grand monsieur qui a l'air si content de lui-même ? Oui, monseigneur.

— Tâche d'approcher assez près de lui pour pouvoir dire tout bas, sans qu'il te voie et de façon à ce que lui seul t'entende, ces mots : « Tu viens bien tard, mon ange ! ».

Le squire regarda Rodolphe d'un air stupéfait.

— Sérieusement, monseigneur ?

— Sérieusement. S'il se retourne à ces mots, garde ce magnifique sang-froid que j'ai si souvent admiré, afin que ce monsieur ne puisse découvrir qui a prononcé ces paroles.

— Je n'y comprends rien, monseigneur ; mais j'obéis.

Le digne Murph, avant la fin de la valse, était parvenu à se placer immédiatement derrière M. Charles Robert.

Rodolphe, parfaitement posté pour ne rien perdre de l'effet de cette expérience, suivit attentivement Murph des yeux ; au bout d'une seconde, M. Charles Robert se retourna brusquement d'un air stupéfait.

Le squire, impassible, ne sourcilla pas ; certes, ce grand homme chauve, d'une figure imposante et grave, fut le dernier que le commandant soupçonna d'avoir prononcé ces mots qui lui rappelaient le désagréable quiproquo dont Mme Pipelet avait été la cause et l'héroïne.

La valse finie, Murph revint trouver Rodolphe.

— Eh bien, monseigneur, ce jeune homme s'est retourné comme si je l'avais mordu. Ces mots sont donc magiques ?

— Ils sont magiques, mon vieux Murph ; ils m'ont découvert ce que je voulais savoir.

Rodolphe n'avait plus qu'à plaindre Mme d'Harville d'une erreur d'autant plus dangereuse qu'il pressentait vaguement que Sarah en était complice ou confidente. A cette découverte, il ressentit un coup douloureux ; il ne douta plus de la cause des chagrins de M. d'Harville, qu'il aimait tendrement : la jalousie les causait sans doute ; sa femme, douée de qualités charmantes, se sacrifiait à un homme qui ne le méritait pas. Maître d'un secret surpris par hasard, incapable d'en abuser, ne pouvant rien tenter pour éclairer Mme d'Harville, qui d'ailleurs cédait à l'entraînement aveugle de la passion, Rodolphe se voyait condamné à rester le témoin impassible de la perte de cette jeune femme.

Il fut tiré de ces réflexions par M. de Graün.

— Si Votre Altesse veut m'accorder un moment d'entretien dans le petit salon du fond, où il n'y a personne, j'aurai l'honneur de lui rendre compte des renseignements qu'elle m'a ordonné de prendre.

Rodolphe suivit M. de Graün.

— La seule duchesse au nom de laquelle puissent se rapporter les initiales N et L est Mme la duchesse de Lucenay, née de Noirmont, dit le baron ; elle n'est pas ici ce soir. Je viens de voir son mari, M. de Lucenay, parti il y a cinq mois pour un voyage d'Orient qui devait durer plus d'une année ; il est revenu subitement il y a deux ou trois jours.

On se souvient que, dans sa visite à la maison de la rue du Temple, Rodolphe avait trouvé, sur le palier même de l'appartement du charlatan César Bradamanti, un mouchoir trempé de larmes, richement garni de dentelles, et dans l'angle duquel il avait remarqué les lettres N et L surmontées d'une couronne ducale. D'après son ordre, mais ignorant ces circonstances, M. de Graün s'était informé du nom des duchesses actuellement à Paris, et il avait obtenu les renseignements dont nous venons de parler.

Rodolphe comprit tout.

Il n'avait aucune raison de s'intéresser à Mme de Lucenay, mais il ne put s'empêcher de frémir en songeant que si elle avait réellement rendu visite au charlatan, ce misérable, qui n'était autre que l'abbé Polidori, possédait le nom de cette femme, qu'il avait fait suivre par Tortillard, et qu'il pouvait affreusement abuser du terrible secret qui mettait la duchesse dans sa dépendance.

— Le hasard est quelquefois bien singulier, monseigneur, reprit M. de Graün.

— Comment cela ?

— Au moment où M. de Grangeneuve venait de me donner ces renseignements sur monsieur et sur madame de Lucenay, en ajoutant assez malignement que le retour imprévu de M. de Lucenay avait dû contrarier beaucoup la duchesse et un fort joli jeune homme, le plus merveilleux élégant de Paris, le vicomte de Saint-Rémy, M. l'ambassadeur m'a demandé si je croyais que Votre Altesse lui permettrait de lui présenter le vicomte, qui se trouve ici ; il vient d'être attaché à la légation de Gerolstein, et il serait trop heureux de cette occasion de faire sa cour à Votre Altesse.

Rodolphe ne put réprimer un mouvement d'impatience, et dit :

— Voilà qui m'est infiniment désagréable... mais je ne puis refuser... Allons, dites au comte de *** de me présenter M. de Saint-Rémy.

Malgré sa mauvaise humeur, Rodolphe savait trop son métier de prince pour manquer d'affabilité dans cette occasion. D'ailleurs, l'on donnait M. de Saint-Rémy pour amant à la duchesse de Lucenay, et cette circonstance piquait assez la curiosité de Rodolphe.

Le vicomte de Saint-Rémy s'approcha, conduit par le comte de ***.

M. de Saint-Rémy était un charmant jeune homme de vingt-cinq ans, mince, svelte, de la tournure la plus distinguée, de la physionomie la plus avenante ; il avait le teint fort brun, mais de ce brun velouté, transparent et couleur d'ambre, remarquable dans les portraits de Murillo ; ses cheveux noirs à reflet bleuâtre, séparés par une raie au-dessus de la tempe gauche, très lisses sur le front, se bouclaient autour de son visage, et laissaient à peine voir le lobe incolore des oreilles ; le noir foncé de ses prunelles se découpait brillamment sur le globe de l'œil qui, au lieu d'être blanc, se nacrait de cette nuance légèrement azurée qui donne au regard des Indiens une expression si charmante. Par un caprice de la nature, l'épaisseur soyeuse de sa moustache contrastait avec l'imberbe juvénilité de son menton et de ses joues, aussi unies que celles d'une jeune fille ; il portait par coquetterie une cravate de satin noir très basse, qui laissait voir l'attache élégante de son cou, digne du jeune flûteur antique.

Une seule perle rattachait les longs plis de sa cravate, perle d'un prix inestimable par sa grosseur, la pureté de sa forme et l'éclat de son orient, si vif qu'une opale n'eût pas été plus splendidement irisée. D'un goût parfait, la mise de M. de Saint-Rémy s'harmonisait à merveille avec ce bijou d'une magnifique simplicité.

On ne pouvait jamais oublier la figure et la personne de M. de Saint-Rémy, tant il sortait du type ordinaire des élégants.

Son luxe de voiture et de chevaux était extrême ; grand et beau joueur, le total de son livre de paris de course s'élevait toujours annuellement à deux ou trois mille louis. On citait sa maison de la rue de Chaillot comme un modèle d'élégante somptuosité ; on faisait chez lui une chère exquise et ensuite on jouait un jeu d'enfer, où il perdait souvent des sommes considérables avec l'insouciance la plus hospitalière ; et pourtant on savait certainement que le patrimoine du vicomte était dissipé depuis longtemps.

Pour expliquer ses prodigalités incompréhensibles, les envieux ou les méchants parlaient, ainsi que l'avait fait Sarah, des grands biens de la duchesse de Lucenay ; mais ils oubliaient qu'à part la vileté de cette supposition, M. de Lucenay avait naturellement un contrôle sur la fortune de sa femme, et que M. de Saint-Rémy dépensait au moins cinquante mille écus ou deux cent mille francs par an. D'autres parlaient d'usuriers imprudents, car M. de Saint-Rémy n'attendait plus d'héritage. D'autres, enfin, le disaient trop heureux sur le *turf* (1), et parlaient tout bas d'*entraîneurs* et de *jockeys* corrompus par lui pour faire perdre les chevaux contre lesquels il avait parié beaucoup d'argent... mais le plus grand nombre des gens du monde s'inquiétaient peu des moyens auxquels M. de Saint-Rémy avait recours pour subvenir à son faste.

Il appartenait par sa naissance au meilleur et au plus grand monde ; il était gai, brave, spirituel, bon compagnon, facile à vivre ; il donnait d'excellents dîners de garçons, et tenait ensuite tous les enjeux qu'on lui proposait. Que fallait-il de plus ?

Les femmes l'adoraient ; on nombrait à peine ses triomphes de toutes sortes ; il était jeune et beau, galant et magnifique dans toutes les occasions où un homme peut l'être avec des femmes du monde ; enfin, l'engouement était tel que l'obscurité dont il entourait la source du Pactole où il puisait à pleines mains jetait même sur sa vie un certain charme mystérieux ; on disait, en souriant insoucieusement : « Il faut que ce diable de Saint-Rémy ait trouvé la pierre philosophale ! »

En apprenant qu'il s'était fait attacher à la légation de France près le grand-duc de Gerolstein, d'autres personnes avaient pensé que M. de Saint-Rémy voulait faire une retraite honorable.

Le comte de *** dit à Rodolphe, en lui présentant M. de Saint-Rémy :

— J'ai l'honneur de présenter à Votre Altesse M. le Vicomte de Saint-Rémy attaché à la légation de Gerolstein.

Le vicomte salua profondément, et dit à Rodolphe :

— Votre Altesse daignera-t-elle excuser l'impatience que j'éprouve de lui faire ma cour ? J'ai peut-être eu trop hâte de jouir d'un honneur auquel j'attachais tant de prix.

— Je serai, monsieur, très satisfait de vous revoir à Gerolstein... Comptez-vous y aller bientôt ?

— Le séjour de Votre Altesse à Paris me rend moins empressé de partir.

— Le paisible contraste de nos Cours allemandes vous étonnera beaucoup, monsieur, habitué que vous êtes à la vie de Paris.

— J'ose assurer à Votre Altesse que la bienveillance qu'elle daigne me témoigner, et qu'elle voudra peut-être bien me continuer, m'empêcherait seule de jamais regretter Paris.

— Il ne dépendra pas de moi, monseigneur, que vous pensiez toujours ainsi pendant le temps que vous passerez à Gerolstein.

Et Rodolphe fit une légère inclinaison de tête qui annonçait à M. de Saint-Rémy que la présentation était terminée.

Le vicomte salua profondément et se retira.

Rodolphe était très physionomiste, et sujet à des sympathies ou à des

(1) Turf terrain de course où s'engagent les paris

aversions presque toujours justifiées. Après le peu de mots échangés avec M. de Saint-Rémy, sans pouvoir s'en expliquer la cause, il éprouva pour lui une sorte d'éloignement involontaire. Il lui trouvait quelque chose de perfidement rusé dans le regard, et une physionomie dangereuse.

Nous retrouverons M. de Saint-Rémy dans des circonstances qui contrasteront bien terriblement avec la brillante position qu'il occupait lors de sa présentation à Rodolphe ; l'on jugera de la réalité des pressentiments de ce dernier.

Cette présentation terminée, Rodolphe, réfléchissant aux bizarres rencontres que le hasard avait amenées, descendit au jardin d'hiver. L'heure du dîner était arrivée, les salons devenaient presque déserts ; le lieu le plus reculé de la serre chaude se trouvait au bout d'un massif, à l'angle de deux murailles qu'un énorme bananier, entouré de plantes grimpantes, cachait presque entièrement ; une petite porte de service, masquée par le treillage et conduisant à la salle du buffet par un long corridor, était restée entrouverte, non loin de cet arbre feuillu.

Abrité par ce paravent de verdure, Rodolphe s'assit en cet endroit. Il était depuis quelques moments plongé dans une rêverie profonde, lorsque son nom, prononcé par une voix bien connue, le fit tressaillir.

Sarah, assise de l'autre côté du massif qui cachait entièrement Rodolphe, causait en anglais avec son frère Tom.

Tom était vêtu de noir. Quoiqu'il n'eût que quelques années de plus que Sarah, ses cheveux étaient presque blancs ; son visage annonçait une volonté froide, mais opiniâtre ; son accent était bref et tranchant ; son regard sombre, sa voix creuse. Cet homme devait être rongé par un grand chagrin ou par une grande haine.

Rodolphe écouta attentivement l'entretien suivant :

— La marquise est allée un instant au bal du baron de Nerval ; elle s'est heureusement retirée sans pouvoir parler à Rodolphe, qui la cherchait ; car je crains toujours l'influence qu'il exerce sur elle, influence que j'ai eu tant de peine à combattre et à détruire en partie. Enfin cette rivale, que j'ai toujours redoutée par pressentiment, et qui plus tard pouvait tant gêner mes projets... cette rivale sera perdue demain... Ecoutez-moi, ceci est grave, Tom...

— Vous vous trompez, jamais Rodolphe n'a songé à la marquise.

— Il est temps maintenant de vous donner quelques explications à ce sujet... Beaucoup de choses se sont passées pendant votre dernier voyage... et comme il faut agir plus tôt que je ne pensais... ce soir même, en sortant d'ici, cet entretien est indispensable... Heureusement, nous sommes seuls.

— Je vous écoute.

— Avant d'avoir vu Rodolphe, cette femme, j'en suis sûre, n'avait jamais aimé. Je ne sais pour quelle raison elle éprouve un invincible éloignement pour son mari, qui l'adore. Il y a un mystère que j'ai voulu en vain pénétrer. La présence de Rodolphe avait excité dans le cœur de Clémence mille émotions nouvelles. J'étouffai cet amour naissant par des révélations accablantes sur le prince. Mais le besoin d'aimer était éveillé chez la marquise ; rencontrant chez moi ce Charles Robert, elle a été frappée de sa beauté, frappée comme on l'est à la vue d'un tableau ; cet homme est malheureusement aussi niais que beau, mais il a quelque chose de touchant dans le regard. J'exaltai la noblesse de son âme, l'élévation de son caractère. Je savais la bonté naturelle de Mme d'Harville ; je colorai M. Robert des malheurs les plus intéressants ! je lui recommandai d'être toujours mortellement triste, de ne procéder que par soupirs et par hélas ! et avant toutes choses de parler peu. Il a suivi mes conseils. Grâce à son talent de chanteur, à sa figure, et surtout à son apparence de tristesse incurable, il s'est fait à peu près aimer de Mme d'Harville, qui a ainsi donné le change à ce besoin d'aimer que la vue de Rodolphe avait seule éveillé en elle. Comprenez-vous, maintenant ?

— Parfaitement ; continuez.

— Robert et Mme d'Harville ne se voyaient intimement que chez moi ; deux fois la semaine nous faisions de la musique à nous trois, le matin. Le beau ténébreux soupirait, disait quelques tendres mots à voix basse ; il glissa deux ou trois billets. Je craignais encore plus sa prose que ses paroles ; mais une femme est toujours indulgente pour les premières déclarations qu'elle reçoit ; celles de mon protégé ne lui nuisirent pas ; l'important pour lui était d'obtenir un rendez-vous. Cette petite marquise avait plus de principes que d'amour, ou plutôt elle n'avait pas assez d'amour pour oublier ses principes... A son insu, il existait toujours au fond de son cœur un souvenir de Rodolphe qui veillait pour ainsi dire sur elle et combattait ce faible penchant pour M. Charles Robert... penchant beaucoup plus factice que réel... mais entretenu par son vif intérêt pour les malheurs imaginaires de M. Charles Robert, et par l'exagération incessante de mes louanges à l'égard de cet Apollon sans cervelle. Enfin, Clémence, vaincue par l'air profondément désespéré de son malheureux adorateur, se décida un jour à lui accorder ce rendez-vous si désiré.

— Vous avait-elle donc faite sa confidente ?

— Elle m'avait avoué son attachement pour Charles Robert, voilà tout. Je ne fis rien pour en savoir davantage ; cela m'eût gênée... Mais lui, ravi de bonheur ou plutôt d'orgueil, me fit part de son bonheur, sans me dire pourtant le jour ni le lieu du rendez-vous.

— Comment l'avez-vous connu ?

— Karl, par mon ordre, alla le lendemain et le surlendemain de très bonne heure, s'embusquer à la porte de M. Robert et le suivit. Le second jour, vers midi, notre amoureux prit en fiacre le chemin d'un quartier perdu, rue du Temple... Il descendit dans une maison de mauvaise apparence ; il y resta une heure et demie environ, puis s'en alla. Karl attendit longtemps pour voir si personne ne sortirait après Charles Robert. Personne ne sortit : la marquise avait manqué à sa promesse. Je le sus le lendemain par l'amoureux, aussi courroucé que désappointé. Je lui conseillai de redoubler de désespoir. La pitié de Clémence s'émut encore ; nouveau rendez-vous, mais aussi vain que le premier. Une dernière fois cependant elle vint jusqu'à la porte : c'était un progrès. Vous voyez combien cette femme lutte... Et pourquoi? parce que, j'en suis sûre, et c'est ce qui cause ma haine, elle a toujours au fond du cœur, et à son insu, une pensée pour Rodolphe, qui semble aussi la protéger. Enfin ce soir, la marquise a donné à ce Robert un rendez-vous pour demain; cette fois, je n'en doute pas, elle s'y rendra. Le duc de Lucenay a si grossièrement ridiculisé ce jeune homme, que la marquise, bouleversée de l'humiliation de son amant, lui a accordé par pitié ce qu'elle ne lui eût peut-être pas accordé sans cela. Cette fois, je vous le répète, elle tiendra sa promesse.

— Quels sont vos projets?

— Cette femme obéit à une sorte d'intérêt charitable exalté, mais non pas à l'amour; Charles Robert est si peu fait pour comprendre la délicatesse du sentiment qui, ce soir, a dicté la résolution de la marquise, que demain il voudra profiter de ce rendez-vous, et il se perdra complètement dans l'esprit de Clémence, qui se résigne à cette compromettante démarche sans entraînement, sans passion et seulement par pitié. En un mot, je n'en doute pas, elle se rend là pour faire acte de courageux intérêt, mais parfaitement calme et bien sûre de ne pas oublier un moment ses devoirs. Le Charles Robert ne concevra pas cela, la marquise le prendra en aversion; et, son illusion détruite, elle retombera sous l'influence de ses souvenirs de Rodolphe qui, j'en suis sûre, couvent toujours au fond de son cœur.

— Eh bien?

— Eh bien, je veux qu'elle soit à jamais perdue pour Rodolphe. Il aurait, je n'en doute pas, moi, trahi tôt ou tard l'amitié de M. d'Harville en répondant à l'amour de Clémence; mais il prendra celle-ci en horreur s'il la sait coupable d'une faute dont il n'aura pas été l'objet; c'est un crime impardonnable pour un homme. Enfin, prétextant de l'affection qui le lie à M. d'Harville, il ne reverra jamais cette femme qui aura si indignement trompé cet ami qu'il aime tant.

— C'est donc le mari que vous voulez prévenir?...

— Oui, et ce soir même, sauf votre avis, du moins. D'après ce que m'a dit Clémence, il a de vagues soupçons, sans savoir sur qui les fixer. Il est minuit, nous allons quitter le bal; vous descendrez au premier café venu, vous écrirez à M. d'Harville que sa femme se rend demain, à une heure, rue du Temple, nº 17, pour une entrevue amoureuse. Il est jaloux : il surprendra Clémence; vous devinez le reste!

— C'est une abominable action, dit froidement le gentilhomme.

— Vous êtes scrupuleux, Tom?

— Tout à l'heure je ferai ce que vous désirez; mais je vous répète que c'est une abominable action.

— Vous consentez néanmoins?

— Oui... ce soir M. d'Harville sera instruit de tout Et... mais... il me semble qu'il y a quelqu'un là, derrière ce massif! dit tout à coup Tom en s'interrompant et en parlant à voix basse. J'ai cru entendre remuer

— Voyons donc, dit Sarah avec inquiétude.

Tom se leva, fit le tour du massif, et ne vit personne

Rodolphe venait de disparaître par la petite porte dont nous avons parlé.

— Je me suis trompé, dit Tom en revenant, il n'y a personne.

— C'est ce qu'il me semblait...

— Ecoutez, Sarah, je ne crois pas cette femme aussi dangereuse que vous le pensez pour l'avenir de votre projet ; Rodolphe a certains principes qu'il n'enfreindra jamais. La jeune fille qu'il a conduite à cette ferme, il y a six semaines, lui déguisé en ouvrier ; cette créature qu'il entoure de soins, à laquelle on donne une éducation choisie, et qu'il a été visiter plusieurs fois, m'inspire des craintes plus fondées. Nous ignorons qui elle est, quoiqu'elle semble appartenir à une classe obscure de la société. Mais la rare beauté dont elle est douée, dit-on, le déguisement que Rodolphe a pris pour la conduire dans ce village, l'intérêt croissant qu'il lui porte, tout prouve que cette affection n'est pas sans importance. Aussi j'ai été au-devant de vos désirs. Pour écarter cet autre obstacle, plus réel, je crois, il a fallu agir avec une extrême prudence, nous bien renseigner sur les gens de la ferme et les habitudes de cette jeune fille... Ces renseignements, je les ai ; le moment d'agir est venu ; le hasard m'a renvoyé cette horrible vieille qui avait gardé mon adresse. Ses relations avec des gens de l'espèce du brigand qui nous a attaqués lors de notre excursion dans la Cité nous serviront puissamment. Tout est prévu... il n'y aura aucune preuve contre nous... Et d'ailleurs, si cette créature, comme il y paraît, appartient à la classe ouvrière, elle n'hésitera pas entre nos offres et le sort même brillant qu'elle peut rêver, car le prince a gardé le plus profond incognito. Enfin demain cette question sera résolue, sinon... nous verrons...

— Ces deux obstacles écartés... Tom, alors notre grand projet...

— Il offre des difficultés, mais il peut réussir.

— Avouez qu'il aura une heureuse chance de plus, si nous l'exécutons au moment où Rodolphe sera doublement accablé par le scandale de la conduite de Mme d'Harville et par la disparition de cette créature à laquelle il s'intéresse tant.

— Je le crois... Mais si ce dernier espoir nous échappe encore... alors je serai libre... dit Tom en regardant Sarah d'un air sombre.

— Vous serez libre !...

— Vous ne renouvellerez plus les prières qui, deux fois, ont malgré moi suspendu ma vengeance ! Puis, montrant d'un regard le crêpe qui entourait son chapeau et les gants noirs qui entouraient ses mains, Tom ajouta, en souriant d'un air sinistre : J'attends toujours, moi... Vous savez bien que je porte ce deuil depuis seize ans... et que je ne le quitterai que si...

Sarah, dont les traits exprimaient une crainte involontaire, se hâta d'interrompre son frère, et lui dit avec anxiété :

— Je vous dis que vous serez libre... Tom... car alors cette confiance profonde qui jusqu'ici m'a soutenue dans des circonstances si diverses, parce qu'elle a été justifiée au-delà de la prévision humaine... m'aura tout à fait abandonnée. Mais jusque-là il n'est pas de danger si mince en apparence que je ne veuille écarter à tout prix... Le succès dépend souvent des plus petites causes... Des obstacles peu graves peut-être se trouvent sur mon chemin au moment où j'approche du but ; je veux avoir le champ libre, je les briserai. Mes moyens sont odieux, soit !... Ai-je été ménagée, moi ? s'écria Sarah en élevant involontairement la voix.

— Silence ! on revient du dîner, dit Tom. Puisque vous croyez utile de prévenir le marquis d'Harville du rendez-vous de demain, partons... il est tard.

— L'heure avancée de la nuit à laquelle lui sera donné cet avis en prouvera l'importance.

Tom et Sarah sortirent du bal de l'ambassadrice de ***.

CHAPITRE XIX

LES RENDEZ-VOUS

Voulant à tout prix avertir Mme d'Harville du danger qu'elle courait, Rodolphe partit de l'ambassade sans attendre la fin de l'entretien de Tom et de Sarah, ignorant le complot tramé par eux contre Fleur-de-Marie et le péril imminent qui menaçait cette jeune fille.

Malgré son zèle, Rodolphe ne put malheureusement sauver la marquise, comme il l'espérait.

Celle-ci, en sortant de l'ambassade, devait, par convenance, paraître un moment chez Mme de Nerval ; mais, vaincue par les émotions qui l'agitaient, Mme d'Harville n'eut pas le courage d'aller à cette seconde fête et rentra chez elle.

Ce contretemps perdit tout.

M. de Graün, ainsi que presque toutes les personnes de la société de ***, était invité chez Mme de Nerval. Rodolphe l'y conduisit rapidement, avec ordre de chercher Mme d'Harville dans le bal et de la prévenir que le prince, désirant lui dire le soir même quelques mots du plus grand intérêt, se trouverait à pied devant l'hôtel d'Harville, et qu'il s'approcherait de la voiture de la marquise pour lui parler à sa portière pendant que ses gens attendraient l'ouverture de la porte cochère.

Après beaucoup de temps perdu à chercher Mme d'Harville dans ce bal, le baron revint... Elle n'y avait pas paru.

Rodolphe fut au désespoir ; il avait sagement pensé qu'il fallait avant tout avertir la marquise de la trahison dont on voulait la rendre victime ; car alors la délation de Sarah, qu'il ne pouvait empêcher, passerait pour une indigne calomnie. Il était trop tard... cette lettre infâme était parvenue au marquis à une heure après minuit.

Le lendemain matin, M. d'Harville se promenait lentement dans sa chambre à coucher, meublée avec une élégante simplicité et seulement ornée d'une panoplie d'armes modernes et d'une étagère garnie de livres.

Le lit n'avait pas été défait, pourtant la courtepointe de soie pendait en lambeaux ; une chaise et une petite table d'ébène à pieds tors étaient renversées près de la cheminée ; ailleurs, on voyait sur le tapis les débris d'un verre de cristal, des bougies à demi écrasées et un flambeau à deux branches qui avait roulé au loin.

Ce désordre semblait causé par une lutte violente.

M. d'Harville avait trente ans environ, une figure mâle et caractérisée, d'une expression ordinairement agréable et douce, mais alors contractée, pâle, violacée ; il portait ses habits de la veille ; son cou était nu, son gilet ouvert ; sa chemise déchirée paraissait tachée çà et là de quelques gouttes de sang ; ses cheveux bruns, ordinairement bouclés, retombaient raides et emmêlés sur son front livide.

Demain, à une heure, votre femme doit se rendre rue du Temple, nº 17, pour une amoureuse entrevue. Suivez-la, et vous saurez tout... Heureux époux !

A mesure qu'il lisait ces mots, déjà tant de fois lus pourtant..., ses lèvres bleuies par le froid semblaient convulsivement épeler lettre par lettre ce funeste billet.

A ce moment, la porte s'ouvrit, un valet de chambre entra.

Ce serviteur, déjà vieux, avait les cheveux gris, une figure honnête et bonne.

Le marquis retourna brusquement la tête sans changer de position, tenant toujours la lettre entre ses deux mains.

— Que veux-tu ? dit-il durement au domestique.

Celui-ci, au lieu de répondre, contemplait d'un air de stupeur douloureuse le désordre de la chambre ; puis, regardant attentivement son maître, il s'écria :

— Du sang à votre chemise... Mon Dieu ! mon Dieu, monsieur, vous vous serez blessé ! Vous étiez seul, pourquoi ne m'avez-vous pas sonné comme à l'ordinaire, lorsque vous avez ressenti les... ?

— Va-t'en !

— Mais, monsieur le marquis, vous n'y pensez pas, votre feu est éteint, il fait ici un froid mortel, et surtout après votre...

— Te tairas-tu ? laisse-moi !

— Mais, monsieur le marquis, reprit le valet de chambre tout tremblant, vous avez donné ordre à M. Doublet d'être ici ce matin à dix heures et demie ; il est dix heures et demie, et il est là avec le notaire.

— C'est juste, dit amèrement le marquis en reprenant son sang-froid. Quand on est riche, il faut songer aux affaires. C'est si beau la fortune !...

Puis il ajouta :

— Fais entrer M. Doublet dans mon cabinet.

— Il y est, monsieur le marquis.

— Donne-moi de quoi m'habiller. Tout à l'heure je sortirai.

— Mais, monsieur le marquis...

— Fais ce que je te dis, Joseph, dit M. d'Harville d'un ton plus doux.

Puis il ajouta :

— Est-on déjà entré chez ma femme ?

— Je ne crois pas que Mme la marquise ait encore sonné.

— On me préviendra dès qu'elle sonnera.

— Oui, monsieur le marquis...

— Dis à Philippe de venir t'aider : tu n'en finiras pas !

— Mais, monsieur, attendez que j'aie un peu rangé ici, répondit tristement Joseph. On s'apercevrait de ce désordre, et l'on ne comprendrait pas ce qui a pu arriver cette nuit à M. le marquis.

— Et si l'on comprenait, ce serait bien hideux, n'est-ce pas ? reprit M. d'Harville d'un ton de raillerie douloureuse.

— Ah ! monsieur, s'écria Joseph, Dieu merci, personne ne se doute...

— Personne ?... Non, personne ! répondit le marquis d'un air sombre.

Pendant que Joseph s'occupait de réparer le désordre de la chambre de son maître, celui-ci alla droit à la panoplie dont nous avons parlé, examina attentivement pendant quelques minutes les armes qui la composaient, fit un geste de satisfaction sinistre, et dit à Joseph :

— Je suis sûr que tu as oublié de faire nettoyer mes fusils qui sont là-haut dans mon nécessaire de chasse ?

— Monsieur le marquis ne m'en a pas parlé..., dit Joseph d'un air étonné.

— Si, mais tu l'as oublié.

— Je proteste à monsieur le marquis...

— Ils doivent être dans un bel état !

— Il y a un mois à peine qu'on les a rapportés de chez l'armurier.

— Il n'importe ; dès que je serai habillé, va me chercher ce nécessaire, j'irai peut-être à la chasse demain ou après, je veux examiner ces fusils.

— Je les descendrai tout à l'heure.

La chambre remise en ordre, un second valet de chambre vint aider Joseph.

La toilette terminée, le marquis entra dans le cabinet où l'attendaient M. Doublet, son intendant et un clerc de notaire.

— C'est l'acte que l'on vient lire à monsieur le marquis, dit l'intendant ; il ne reste plus qu'à le signer.

— Vous l'avez lu, monsieur Doublet ?

— Oui, monsieur le marquis.

— En ce cas, cela suffit... je signe.

Il signa, le clerc sortit.

— Moyennant cette acquisition, monsieur le marquis, dit M. Doublet d'un air triomphant, votre revenu financier, en belles et bonnes terres, ne va pas à moins de cent vingt-six mille francs en sacs. Savez-vous que cela est beau, monsieur le marquis, un revenu de cent vingt-six mille francs en terres ?

— Je suis un homme bien heureux, n'est-ce pas, monsieur Doublet ? Cent vingt-six mille francs de rente en terres ! Il n'y a pas de félicité pareille !

— Sans compter le portefeuille de monsieur le marquis.. sans compter...

— Certainement, et sans compter... tant d'autres bonheurs encore !

— Dieu soit loué ; monsieur le marquis, car il ne vous manque rien jeunesse, richesse, bonté, santé... tous les bonheurs réunis, enfin ; et parmi eux, dit M. Doublet en souriant agréablement ou plutôt à leur tête, je mets celui d'être l'époux de madame la marquise et d'avoir une charmante petite fille qui ressemble à un chérubin.

M. d'Harville jeta un regard sinistre sur l'intendant.

Nous renonçons à peindre l'expression de sauvage ironie avec laquelle il dit à M. Doublet, en lui frappant familièrement sur l'épaule :

— Avec cent vingt-six mille francs de rente en terres et une femme comme la mienne... et un enfant qui ressemble à un chérubin... il ne reste plus rien à désirer, n'est-ce pas ?

— Eh ! eh ! monsieur le marquis, répondit naïvement l'intendant, il reste à désirer de vivre le plus longtemps possible, pour marier mademoiselle votre fille et être grand-père. Arriver à être grand-père, c'est ce que je souhaite à monsieur le marquis, comme à madame la marquise d'être grand-mère et arrière-grand-mère.

— Ce bon M. Doublet, qui songe à Philémon et Baucis. Il est toujours plein d'à-propos.

— Monsieur le marquis est trop bon. Il n'a rien à m'ordonner ?

— Rien. Ah ! si, pourtant. Combien avez-vous en caisse ?

— Dix-neuf mille trois cents et quelques francs pour le courant, monsieur le marquis, sans compter l'argent déposé à la banque.

— Vous m'apporterez ce matin dix mille francs en or, et vous les remettrez à Joseph si je suis sorti.

— Ce matin ?

— Ce matin.

— Dans une heure les fonds seront ici. Monsieur le marquis n'a plus rien à me dire ?

— Non, monsieur Doublet.

— Cent vingt-six mille francs de rente en sacs, en sacs ! répéta l'intendant en s'en allant. C'est un beau jour pour moi que celui-ci ; je craignais tant que cette ferme si à notre convenance ne nous échappât !... Votre serviteur, monsieur le marquis.

— Au revoir, monsieur Doublet.

A peine l'intendant fut-il sorti que M. d'Harville tomba sur un fauteuil avec accablement ; il appuya ses deux coudes sur son bureau et cacha sa figure dans ses mains.

Pour la première fois depuis qu'il avait reçu la lettre fatale de Sarah, il put pleurer.

— Oh ! disait-il, cruelle dérision de la destinée qui m'a fait riche !... Que mettre dans ce cadre d'or, maintenant ? Ma honte ! l'infamie de Clémence !... infamie qu'un éclat va faire rejaillir peut-être jusque sur le front de ma fille ! Cet éclat... dois-je m'y résoudre, ou dois-je avoir pitié de...

Puis, se levant, l'œil étincelant, les dents convulsivement serrées, il s'écria d'une voix sourde :

— Non, non ! du sang, du sang ! le terrible sauve du ridicule ! Je comprends maintenant son aversion... la misérable !

Puis, s'arrêtant tout à coup, comme atterré par une réflexion soudaine, il reprit d'une voix sourde :

— Son aversion... oh ! je sais bien ce qui la cause : je lui fais horreur, je l'épouvante !

Et après un long silence :

— Mais est-ce ma faute, à moi ? Faut-il qu'elle me trompe pour cela ? Au lieu de haine, n'est-ce pas de la pitié que je mérite ? reprit-il en s'animant par degrés. Non, non, du sang !... tous deux, tous deux !... car elle lui a sans doute *tout dit* à l'AUTRE.

Cette pensée redoubla la fureur du marquis.

Il leva ses deux poings crispés vers le ciel ; puis, passant sa main brûlante sur ses yeux, et sentant la nécessité de rester calme devant ses gens, il rentra dans sa chambre à coucher avec une apparente tranquillité : il y trouva Joseph.

— Eh bien, les fusils ?

— Les voilà, monsieur le marquis : ils sont en parfait état.

— Je vais m'en assurer. Ma femme a-t-elle sonné ?

— Je ne sais pas, monsieur le marquis.

— Va t'en informer.

Le valet de chambre sortit.

M. d'Harville se hâta de prendre dans la boîte à fusils une petite poire à poudre, quelques balles, des capsules ; puis il referma le nécessaire et garda la clé. Il alla ensuite à la panoplie, y prit une paire de pistolets de Manton de demi-grandeur, les chargea, et les fit facilement entrer dans les poches de sa longue redingote de matin.

A ce moment Joseph rentra.

— Monsieur, on peut entrer chez Mme la marquise.

— Est-ce que Mme d'Harville a demandé sa voiture ?

— Non, monsieur le marquis ; Mlle Juliette a dit devant moi au cocher de Mme la marquise, qui venait demander les ordres pour la matinée, que comme il faisait froid et sec, madame sortait à pied... si elle sortait.

— Très bien. Ah ! j'oubliais : si je vais à la chasse, ce sera demain ou après. Dis à William de visiter le petit briska vert ce matin même ; tu m'entends ?

— Oui, monsieur le marquis. Vous ne voulez pas votre canne ?

— Non. N'y a-t-il pas une place de fiacres ici près ?

— Tout près, au coin de la rue de Lille.

Après un moment d'hésitation et de silence, le marquis reprit :

— Va demander à Mlle Juliette si Mme d'Harville est visible.

Joseph sortit.

— Allons... c'est un spectacle comme un autre. Oui, je veux aller chez elle et observer le masque doucereux et perfide sous lequel cette infâme rêve sans doute l'adultère de tout à l'heure ; j'écouterai sa bouche mentir pendant que je lirai le crime dans son cœur déjà vicié. Oui, cela est curieux... voir comment vous regarde, vous parle et vous répond une femme qui, l'instant d'après, va souiller votre nom d'une de ces taches ridicules et horribles qu'on ne lave qu'avec des flots de sang... Fou que je suis ! elle me regardera, comme toujours, le sourire aux lèvres, la candeur au front ! Elle me regardera comme elle regarde sa fille en la baisant au front et en lui faisant prier Dieu. Le regard... le miroir de l'âme (et il haussa les épaules avec mépris) ! plus il est doux et pudique, plus il est faux et corrompu ! Elle le prouve... et j'y ai été pris comme un sot O rage ! avec quel froid et insolent mépris elle devait me contempler à travers ce miroir imposteur, lorsqu'au moment peut-être où elle allait trouver *l'autre*... je la comblais de preuves d'estime et de tendresse... je lui parlais comme à une jeune mère chaste et sérieuse, en qui j'avais mis l'espoir de toute ma vie. Non ! non ! s'écria M. d'Harville en sentant sa fureur s'augmenter, non ! je ne la verrai pas, je ne veux pas la voir... ni ma fille non plus... je me trahirais, je compromettrais ma vengeance.

En sortant de chez lui, au lieu d'entrer chez Mme d'Harville, il dit seulement à la femme de chambre de la marquise :

— Vous direz à Mme d'Harville que je désirais lui parler ce matin, mais que je suis obligé de sortir pour un moment ; si par hasard il lui convenait de déjeuner avec moi, je serai rentré vers midi ; sinon qu'elle ne s'occupe pas de moi.

Pensant que je vais rentrer, elle se croira beaucoup plus libre, se dit M. d'Harville. Et il se rendit à la place de fiacres voisine de sa maison.

— Cocher à l'heure !

— Oui, bourgeois, il est onze heures et demie. Où allons-nous ?

— Rue de Belle-Chasse, au coin de la rue Saint-Dominique, le long du mur d'un jardin qui se trouve là... tu attendras.

— Oui, bourgeois.

M. d'Harville baissa les stores. Le fiacre partit, et arriva bientôt presque en face de la maison du marquis. De cet endroit, personne ne pouvait sortir de chez lui sans qu'il le vît.

Le rendez-vous accordé par sa femme était pour une heure ; l'œil ardemment fixé sur la porte de sa demeure, il attendit.

Sa pensée était entraînée par un torrent de colères si effrayantes et si vertigineuses, que le temps lui semblait passer avec une incroyable rapidité.

Midi sonnait à Saint-Thomas d'Aquin, lorsque la porte de l'hôtel d'Harville s'ouvrit lentement, et la marquise sortit.

— Déjà !... Ah ! quelle attention ! Elle craint de faire attendre l'autre !... se dit le marquis avec une ironie farouche.

Le froid était vif, le pavé sec.

Clémence portait un chapeau noir, recouvert d'un voile de blonde de la même couleur, et une douillette de soie raisin de Corinthe ; son immense châle de cachemire bleu foncé retombait jusqu'au volant de sa robe qu'elle releva légèrement et gracieusement pour traverser la rue.

Grâce à ce mouvement, on vit jusqu'à la cheville son petit pied étroit et cambré, merveilleusement chaussé d'une bottine de satin turc.

Chose étrange, malgré les terribles idées qui le bouleversaient, M. d'Harville remarqua dans ce moment le pied de sa femme, qui ne lui avait jamais paru plus coquet et plus joli. Cette vue exaspéra sa fureur ; il sentit jusqu'au vif les morsures aiguës de la jalousie sensuelle... il vit l'autre à genoux, portant avec ivresse ce pied charmant à ses lèvres. En une seconde, toutes les ardentes folies de l'amour, de l'amour passionné, se peignirent à sa pensée en traits de flamme.

Et alors, pour la première fois de sa vie, il ressentit au cœur une affreuse douleur physique, un élancement profond, incisif, pénétrant, qui lui arracha un cri sourd. Jusqu'alors son âme seule avait souffert, parce que jusqu'alors il n'avait songé qu'à la sainteté des devoirs outragés.

Son impression fut si cruelle, qu'il put à peine dissimuler l'altération de sa voix pour parler au cocher, en soulevant à demi le store.

— Tu vois bien cette dame en châle bleu et en chapeau noir, qui marche le long du mur ?

— Oui, bourgeois.

— Marche au pas, et suis-la... Si elle va à la place des fiacres où je t'ai pris, arrête-toi, et suis la voiture où elle montera.

— Oui, bourgeois... Tiens, tiens, c'est amusant !

Mme d'Harville se rendit en effet à la place de fiacres, et monta dans une de ces voitures.

Le cocher de M. d'Harville la suivit.

Les deux fiacres partirent.

Au bout de quelque temps, au grand étonnement du marquis, son cocher prit le chemin de l'église de Saint-Thomas d'Aquin, et bientôt il s'arrêta.

— Eh bien ! que fais-tu ?

— Bourgeois, la dame vient de descendre à l'église... Sapristi !... jolie petite jambe tout de même... C'est très amusant.

Mille pensées diverses agitèrent M. d'Harville ; il crut d'abord que sa femme, remarquant qu'on la suivait, voulait dérouter les poursuites. Puis il songea que peut-être la lettre qu'il avait reçue était une calomnie indigne... Si Clémence était coupable, à quoi bon cette fausse apparence de piété ? N'était-ce pas une dérision sacrilège ?

Un moment M. d'Harville eut une lueur d'espoir, tant il y avait de contraste entre cette apparente piété et la démarche dont il accusait sa femme.

Cette consolante illusion ne dura pas longtemps.

Son cocher se pencha et lui dit :

— Bourgeois, la petite dame remonte en voiture.

— Suis-la...

— Oui, bourgeois ! Très amusant !... très amusant !...

Le fiacre gagna les quais, l'Hôtel de Ville, la rue Sainte-Avoye, et enfin la rue du Temple.

— Bourgeois, dit le cocher en se retournant vers M. d'Harville, le camarade vient d'arrêter au n° 17, nous sommes au 13, faut-il arrêter aussi ?

— Oui !...

— Bourgeois, la petite dame vient d'entrer dans l'allée du n° 17.

— Ouvre-moi.

— Oui, bourgeois...

Quelques secondes après, M. d'Harville entrait dans l'allée sur les pas de sa femme.

CHAPITRE XX

UN ANGE

Mme d'Harville entra dans la maison.

Attirés par la curiosité, Mme Pipelet, Alfred et l'écaillère étaient groupés sur le seuil de la porte de la loge.

L'escalier était si sombre, qu'en arrivant du dehors on ne pouvait l'apercevoir ; la marquise, obligée de s'adresser à Mme Pipelet, lui dit d'une voix altérée, presque défaillante :

— M. Charles... madame ?...

— Monsieur... qui ? répéta la vieille, feignant de n'avoir pas entendu afin de donner le temps à son mari et à l'écaillère d'examiner les traits de la malheureuse femme à travers son voile.

— Je demande... M. Charles... madame, répéta Clémence d'une voix tremblante, et en baissant la tête pour tâcher de dérober ses traits aux regards qui l'examinaient avec une si insolente curiosité.

— Ah ! M. Charles ! à la bonne heure... vous parlez si bas, que je n'avais pas entendu... Eh bien ! ma petite dame, puisque vous allez chez M. Charles, beau jeune homme tout de même... montez tout droit, c'est la porte en face.

La marquise, accablée de confusion, mit le pied sur la première marche.

— Eh ! eh ! eh ! ajouta la vieille en ricanant, il paraît que c est pour tout de bon aujourd'hui. Vive la noce ! et allez donc !

— Ça n'empêche pas qu'il est amateur, le commandant, reprit l'écaillère, elle n'est pas piquée de vers, sa margot...

S'il ne lui avait pas fallu passer de nouveau devant la loge où se tenaient ces créatures, Mme d'Harville, mourant de honte et de frayeur, serait redescendue à l'instant même Elle fit un dernier effort et arriva sur le palier.

Quelle fut sa stupeur !... Elle se trouva face à face avec Rodolphe qui, lui mettant une bourse dans la main, lui dit précipitamment :

— Votre mari sait tout, il vous suit...

A ce moment on entendit la voix aigre de Mme Pipelet s'écrier :

— Où allez-vous, monsieur ?

— C'est lui ! dit Rodolphe ; et il ajouta rapidement, en poussant pour ainsi dire Mme d'Harville vers l'escalier du second étage

— Montez au cinquième ; vous veniez secourir une famille malheureuse ; ils s'appellent Morel...

— Monsieur, vous me passerez sur le corps plutôt que de monter sans dire où vous allez ! s'écria Mme Pipelet en barrant le passage à M. d'Harville.

Voyant, du bout de l'allée, sa femme parler à la portière, il s'était aussi arrêté un moment.

— Je suis avec cette dame... qui vient d'entrer, dit le marquis.

— C'est différent, alors passez.

Ayant entendu un bruit inusité, M. Charles Robert entrebâilla sa porte ; Rodolphe entra brusquement chez le commandant, et s'y renferma avec lui au moment où M. d'Harville arrivait sur le palier. Rodolphe, craignant malgré l'obscurité d'être reconnu par le marquis, avait profité de cette occasion de lui échapper sûrement.

M. Charles Robert, magnifiquement vêtu de sa robe de chambre à ramages et de son bonnet grec de velours brodé, resta stupéfait à la vue de Rodolphe qu'il n'avait pas aperçu la veille à l'ambassade, et qui était en ce moment vêtu plus que modestement.

— Monsieur, que signifie ?

— Silence ! dit Rodolphe à voix basse, et avec une telle expression d'angoisse, que M. Charles Robert se tut.

Un bruit violent, comme celui d'un corps qui tombe et qui roule sur plusieurs degrés, retentit dans le silence de l'escalier.

— Le malheureux l'a tuée ! s'écria Rodolphe.

— Tuée !... qui ? mais que se passe-t-il donc ici ? dit M. Charles Robert à voix basse et en pâlissant.

Sans lui répondre. Rodolphe entrouvrit la porte.

Il vit descendre en se hâtant et en boitant le petit Tortillard ; il tenait à la main la bourse de soie rouge que Rodolphe venait de donner à Mme d'Harville.

Tortillard disparut.

On entendit le pas léger de Mme d'Harville et le pas plus pesant de son mari, qui continuait de la suivre aux étages supérieurs.

Ne comprenant pas comment Tortillard avait cette bourse en sa possession, mais un peu rassuré, Rodolphe dit à M. Robert :

— Ne sortez pas d'ici, vous avez failli tout perdre...

— Mais enfin, monsieur, reprit M. Robert d'un ton impatient et courroucé, me direz-vous ce que cela signifie ? qui vous êtes et de quel droit ?...

— Cela signifie, monsieur, que M. d'Harville sait tout, qu'il a suivi sa femme jusqu'à votre porte, et qu'il la suit là-haut !...

— Ah ! mon Dieu, mon Dieu ! s'écria Charles Robert en joignant les mains avec épouvante. Mais qu'est-ce qu'elle va faire là-haut ?

— Peu vous importe ; restez chez vous, et ne sortez pas avant que la portière vous avertisse.

Laissant M. Robert aussi effrayé que stupéfait, Rodolphe descendit à la loge.

— Eh bien ! dites donc, s'écria Mme Pipelet d'un air rayonnant, ça chauffe, ça chauffe ! il y a un monsieur qui suit la petite dame. C'est sans doute le mari, le *jaunet;* j'ai deviné ça tout de suite, je l'ai fait monter. Il va se massacrer avec le commandant, ça fera du bruit dans le quartier, on fera queue pour venir voir la maison comme on a été voir le n° 36, où il s'est commis un *assassin.*

— Ma chère madame Pipelet, voulez-vous me rendre un grand service ? Et Rodolphe mit cinq louis dans la main de la portière. Lorsque cette petite dame va descendre... demandez-lui comment vont les pauvres Morel ; dites-lui qu'elle fait une bonne œuvre en les secourant, ainsi qu'elle l'avait promis en venant prendre des informations sur eux.

Mme Pipelet regardait l'argent et Rodolphe avec stupeur.

— Comment... monsieur, cet or... c'est pour moi ?... et cette petite dame... elle n'est donc pas chez le commandant ?

— Le monsieur qui la suit est le mari. Avertie à temps, la pauvre femme a pu monter chez les Morel, à qui elle a l'air d'apporter des secours ; comprenez-vous ?

— Si je comprends !... Il faut que je vous aide à enfoncer le mari... ça me va... comme un gant !... Eh ! eh ! eh ! on dirait que je n'ai fait que ça toute ma vie... dites donc !...

Ici on vit le chapeau-tromblon de M. Pipelet se redresser brusquement dans la pénombre de la loge.

— Anastasie, dit gravement Alfred, voilà que tu ne respectes rien du tout sur la terre, comme M. César Bradamanti ; il est des choses qu'on ne doit jamais mécaniser, même dans le charme de l'intimité...

— Voyons, voyons, vieux chéri, ne fais pas la bégueule et les yeux en boule de loto... tu vois bien que je plaisante. Est-ce que tu ne sais pas qu'il n'y a personne au monde qui puisse se vanter de... Enfin suffit... Si j'oblige cette jeunesse, c'est pour obliger notre nouveau locataire qui est si bon. Puis, se retournant vers Rodolphe : Vous allez me voir travailler !... voulez-vous rester là dans le coin, derrière le rideau ?... Tenez, justement je les entends.

Rodolphe se hâta de se cacher.

M. et Mme d'Harville descendaient. Le marquis donnait le bras à sa femme.

Lorsqu'ils arrivèrent en face de la loge, les traits de M. d'Harville exprimaient un bonheur profond mêlé d'étonnement et de confusion.

Clémence était calme et pâle.

— Eh bien, ma bonne petite dame ! .. s'écria Mme Pipelet en sortant de sa loge, vous les avez vus, ces pauvres Morel ? J'espère que ça fend le cœur ? Ah ! mon Dieu ! c'est une bien bonne œuvre que vous faites là... Je vous l'avais dit qu'ils étaient fameusement à plaindre, la dernière fois que vous êtes venue aux informations ! Soyez tranquille, allez, vous n'en ferez jamais assez pour de si braves gens... n'est-ce pas, Alfred ?

Alfred, dont la pruderie et la droiture naturelle se révoltaient à l'idée d'entrer dans ce complot anticonjugal, répondit vaguement par une sorte de grognement négatif.

Mme Pipelet reprit :

— Alfred a sa crampe au pylore, c'est ce qui fait qu'on ne l'entend pas ; sans cela, il vous dirait, comme moi, que ces pauvres gens vont bien prier le bon Dieu pour vous, ma digne dame !

M. d'Harville regardait sa femme avec admiration, et répétait :

— Un ange ! un ange ! Oh ! la calomnie !

— Un ange ? Vous avez raison, monsieur, et un bon ange du bon Dieu encore !

— Mon ami, partons, dit Mme d'Harville, qui souffrait horriblement de la contrainte qu'elle s'imposait depuis son entrée dans cette maison ; elle sentait ses forces à bout.

— Partons, dit le marquis.

Il ajouta, au moment de sortir de l'allée :

— Clémence, j'ai bien besoin de pardon et de pitié !...

— Qui n'en a pas besoin ? dit la jeune femme avec un soupir.

Rodolphe sortit de sa retraite, profondément ému de cette scène de terreur mélangée de ridicule et de grossièreté, dénouement bizarre d'un drame mystérieux qui avait soulevé tant de passions diverses.

— Eh bien ! dit Mme Pipelet, j'espère que je l'ai joliment fait aller, le jaunet ? Il mettrait maintenant sa femme sous cloche... Pauvre cher homme... Et vos meubles, monsieur Rodolphe, on ne les a pas apportés.

— Je vais m'en occuper... Vous pouvez maintenant avertir le commandant qu'il peut descendre...

— C'est vrai... Dites donc, en voilà une farce !... Il paraît qu'il a loué son appartement pour le roi de Prusse... C'est bien fait... avec ses mauvais douze francs par mois...

Rodolphe sortit.

— Dis donc, Alfred, dit Mme Pipelet, au tour du commandant, maintenant... Je vais joliment rire !

Et elle monta chez M. Charles Robert : elle sonna ; il ouvrit.

— Commandant, et Anastasie porta militairement le dos de sa main à sa perruque, je viens vous déprisonner... Ils sont partis bras dessus, bras dessous, le mari et la femme, à votre nez et à votre barbe. C'est égal, vous en réchappez d'une belle... grâce à M. Rodolphe ; vous lui devez une fière chandelle !...

— C'est ce monsieur mince, à moustaches, qui est M. Rodolphe ?

— Lui-même.

— Qu'est-ce que c'est que cet homme-là ?

— Cet homme-là... s'écria Mme Pipelet d'un air courroucé, il en vaut bien un autre ! deux autres ! C'est un commis voyageur, locataire de la maison, qui n'a qu'une pièce et qui ne lésine pas, lui... il m'a donné six francs pour son ménage ; six francs, et du premier coup... encore ! six francs sans marchander !

— C'est bon... c'est bon... tenez, voilà la clé.

— Faudra-t-il faire du feu demain, commandant ?

— Non !

— Et après-demain ?

— Non ! non !

— Eh bien, commandant, vous souvenez-vous ? je vous l'avais bien dit que vous ne feriez pas vos frais.

M. Charles Robert jeta un regard méprisant sur la portière et sortit, ne pouvant comprendre comment un commis voyageur, M. Rodolphe, s'était trouvé instruit de son rendez-vous avec la marquise d'Harville.

Au moment où il sortit de l'allée, il se rencontra avec le petit Tortillard qui arrivait clopinant.

— Te voilà, mauvais sujet, dit Mme Pipelet.

— La Borgnesse n'est pas venue me chercher ? demanda l'enfant à la portière, sans lui répondre.

— La Chouette ? non, vilain monstre. Pourquoi donc qu'elle viendrait te chercher ?

— Tiens, pour me mener à la campagne, donc ! dit Tortillard en se balançant à la porte de la loge.

— Et ton maître ?

— Mon père a demandé à M. Bradamanti de me donner congé aujourd'hui... pour aller à la campagne... à la campagne... à la campagne... psalmodia le fils de Bras-Rouge en chantonnant et en tambourinant sur les carreaux de la loge.

— Veux-tu finir, scélérat... tu vas casser mes vitres ! Mais voilà un fiacre.

— Ah ! ben ! c'est la Chouette, dit l'enfant ; quel bonheur d'aller en voiture !

En effet, à travers la glace, et sur le store rouge opposé, on vit se dessiner le profil glabre et terreux de la Borgnesse.

Elle fit signe à Tortillard, il accourut.

Le cocher lui ouvrit la portière, il monta dans le fiacre.

La Chouette n'était pas seule.

Dans l'autre coin de la voiture, enveloppé dans un vieux manteau à collet fourré, les traits à demi cachés par un bonnet de soie noire qui tombait sur ses sourcils... on apercevait le Maître d'école.

Ses paupières rouges laissaient voir, pour ainsi dire, *deux yeux blancs,* immobiles, sans prunelles, et qui rendaient plus effrayant encore son visage couturé, que le froid marbrait de cicatrices violâtres et livides...

— Allons, *môme,* couche-toi sur les *arpions* de mon homme, tu lui tiendras chaud, dit la Borgnesse à Tortillard, qui s'accroupit comme un chien entre les jambes du Maître d'école et de la Chouette.

— Maintenant, dit le cocher du fiacre, à la *gernafle* (1) de Bouqueval ! n'est-ce pas, la Chouette ? Tu verras que je sais *trimballer une voile* (2).

— Et surtout *riffaude ton gaye* (3), dit le Maître d'école.

— Sois tranquille, *sans-mirettes* (4) il *défouraillera* (5) jusqu'à la *traviole* (6).

— Veux-tu que je te donne une *médecine* (7) ? dit le Maître d'école.

— Laquelle ? répond le cocher.

(1) A la ferme.

(2) Conduire une voiture

(3) Chauffe ton cheval.

(4) Sans yeux (Œil, *mirette* encore un mot presque gracieux dans cet épouvantable vocabulaire).

(5) Il courra

(6) Jusqu'à la traverse

(7) Un conseil Donneur de conseil médecin

— *Prends de l'air* en passant devant les *sondeurs* (1) ; ils pourraient te reconnaître, tu as été longtemps rôdeur des barrières.

— J'ouvrirai l'œil, dit l'autre en montant sur son siège.

Si nous rapportons ce hideux langage, c'est qu'il prouve que le cocher improvisé était un brigand, digne compagnon du Maître d'école.

La voiture quitta la rue du Temple.

Deux heures après, à la tombée du jour, ce fiacre, renfermant le Maître d'école, la Chouette et Tortillard, s'arrêta devant une croix de bois marquant l'embranchement d'un chemin creux et désert qui conduisait à la ferme de Bouqueval, où se trouvait la Goualeuse, sous la protection de Mme Georges.

(1) Va vite en passant devant les commis de la barrière

CHAPITRE XXI

IDYLLE

Cinq heures sonnaient à l'église du petit village de Bouqueval ; le froid était vif, le ciel clair ; le soleil, s'abaissant lentement derrière les grands bois effeuillés qui couronnent les hauteurs d'Ecouen, empourprait l'horizon, et jetait ses rayons pâles et obliques sur les vastes plaines durcies par la gelée.

Aux champs, chaque saison offre presque toujours des aspects charmants.

Tantôt la neige éblouissante change la campagne en d'immenses paysages d'albâtre qui déploient leurs splendeurs immaculées sur un ciel d'un gris rose.

Alors, quelquefois, à la brune, gravissant la colline ou descendant la vallée, le fermier attardé rentre au logis : cheval, manteau, chapeau, tout est couvert de neige ; âpre est la froidure, glaciale est la bise, sombre est la nuit qui s'avance ; mais là-bas, au milieu des arbres dépouillés, les petites fenêtres de la ferme sont gaiement éclairées ; sa haute cheminée de briques jette au ciel une épaisse colonne de fumée qui dit au métayer qu'on attend : foyer pétillant, souper rustique ; puis après, veillée babillarde, nuit paisible et chaude, pendant que le vent siffle au-dehors et que des chiens des métairies éparses dans la plaine aboient et se répondent au loin.

Tantôt, dès le matin, le givre suspend aux arbres ses girandoles de cristal que le soleil d'hiver fait scintiller de l'éclat diamanté du prisme ; la terre de labour humide et grasse est creusée de longs sillons où gite le lièvre fauve, où courent allégrement les perdrix grises.

Çà et là on entend le tintement mélancolique de la clochette du *maître-bélier* d'un grand troupeau de moutons répandu sur les pentes vertes et gazonnées des chemins creux ; pendant que, bien enveloppé de sa mante grise à raies noires, le berger, assis au pied d'un arbre, chante en tressant un panier de joncs.

Quelquefois la scène s'anime : l'écho renvoie les sons affaiblis du cor et les cris de la meute ; un daim effrayé franchit tout à coup la lisière de la forêt, débouche dans la plaine en fuyant d'effroi, et va se perdre à l'horizon au milieu d'autres taillis.

Les trompes, les aboiements se rapprochent ; des chiens blancs et orangés sortent à leur tour de la futaie ; ils courent sur la terre brune, ils courent sur les guérets en friche ; le nez collé à la voie, ils suivent, en criant, les traces du daim. A leur suite viennent les chasseurs vêtus de rouge, courbés sur l'encolure de leurs chevaux rapides, ils animent la meute à cor et à cri ! Ce tourbillon éclatant passe comme la foudre ; le bruit s'amoindrit, peu à peu tout se tait ; chiens, chevaux, chasseurs, disparaissent au loin dans le bois où s'est réfugié le daim.

Alors le calme renaît, alors le profond silence des grandes plaines, la tranquillité des grands horizons ne sont plus interrompus que par le chant monotone du berger.

Ces tableaux, ces sites champêtres abondaient aux environs du village de Bouqueval, situé, malgré sa proximité de Paris, dans une sorte de désert auquel on ne pourrait arriver que par des chemins de traverse.

Cachée pendant l'été au milieu des arbres, comme un nid dans le feuillage, la ferme où était retirée la Goualeuse apparaissait alors tout entière et sans voile de verdure.

Le cours de la petite rivière, glacée par le froid, ressemblait à un long ruban d'argent mal déroulé au milieu des prés toujours verts, à travers lesquels de belles vaches paissaient lentement en regagnant leur étable. Ramenées par les approches du soir, des volées de pigeons s'abattaient successivement sur le faîte aigu du colombier ; les noyers immenses qui, pendant l'été, ombrageaient la cour et les bâtiments de la ferme, alors dépouillés de leurs feuilles, laissaient voir les toits de tuiles et de chaume veloutés de mousse couleur d'émeraude.

Une lourde charrette traînée par trois chevaux vigoureux, trapus, à crinière épaisse, à robe lustrée, aux colliers bleus garnis de grelots et de houppes de laine rouge, rapportait des gerbes de blé provenant d'une des meules de la plaine. Cette pesante voiture arrivait dans la cour par la porte charretière, tandis qu'un nombreux troupeau de moutons se pressait à l'une des entrées latérales.

Bêtes et gens semblaient impatients d'échapper à la froidure de la nuit et de goûter les douceurs du repos ; les chevaux hennirent joyeusement à la vue de l'écurie, les moutons bêlèrent en assiégeant la porte des chaudes bergeries, les laboureurs jetèrent un coup d'œil affamé à travers les fenêtres de la cuisine du rez-de-chaussée, où l'on préparait un souper pantagruélique.

Il régnait dans cette ferme un ordre rare, extrême, une propreté minutieuse, inaccoutumée.

Au lieu d'être couverts de boue sèche, çà et là épars et exposés aux intempéries des saisons, les herses, charrues et autres instruments aratoires, dont quelques-uns étaient d'invention récente, s'alignaient, propres et peints, sous un vaste hangar où les charretiers venaient aussi ranger avec symétrie les harnais de leurs chevaux ; vaste, nette, bien plantée, la cour sablée n'offrait pas à la vue ces monceaux de fumier, ces flaques d'eau croupissante qui déparent les plus belles exploitations de la

Beauce ou de la Brie ; la basse-cour, entourée d'un treillage vert, renfermait et recevait toute la gent emplumée qui rentrait le soir par une petite porte s'ouvrant sur les champs.

Sans nous appesantir sur de plus grands détails, nous dirons qu'en toutes choses cette ferme passait à bon droit dans le pays pour une *ferme modèle,* autant par l'ordre qu'on y avait établi et l'excellence de son agriculture et de ses récoltes, que par le bonheur et la moralité du nombreux personnel qui faisait valoir ses terres.

Nous dirons tout à l'heure la cause de cette supériorité si prospère ; en attendant, nous conduirons le lecteur à la porte treillagée de la basse-cour, qui ne le cédait en rien à la ferme par l'élégance champêtre de ses perchoirs, de ses poulaillers et de son petit canal encaissé de pierres de roche où coulait incessamment une eau vive et limpide, alors soigneusement débarrassée des glaçons qui pouvaient l'obstruer.

Une espèce de révolution se fit tout à coup parmi les habitants ailés de cette basse-cour : les poules quittèrent leurs perchoirs en caquetant, les dindons gloussèrent, les pintades glapirent, les pigeons abandonnèrent le toit du colombier et s'abattirent sur le sable en roucoulant.

L'arrivée de Fleur-de-Marie causait toutes ces folles gaietés.

Greuze ou Watteau n'auraient jamais rêvé un aussi charmant modèle, si les joues de la pauvre Goualeuse eussent été plus rondes et plus vermeilles ; pourtant, malgré sa pâleur, malgré l'ovale amaigri de sa figure, l'expression de ses traits, l'ensemble de sa personne, la grâce de son attitude, eussent encore été dignes d'exercer les pinceaux des grands peintres que nous avons nommés.

Le petit bonnet rond de Fleur-de-Marie découvrait son front et son bandeau de cheveux blonds ; comme presque toutes les paysannes des environs de Paris, par-dessus ce bonnet, dont on voyait toujours le fond et les barbes, elle portait posé à plat, et attaché derrière sa tête avec deux épingles, un large mouchoir d'indienne rouge dont les bouts flottants retombaient carrément sur les épaules ; coiffure pittoresque et gracieuse, que la Suisse et l'Italie devraient nous envier.

Un fichu de batiste blanche, croisé sur son sein, était à demi caché par le haut et large bavolet de son tablier de toile bise ; un corsage en gros drap bleu à manches justes dessinait sa taille fine, et tranchait sur son épaisse jupe de futaine grise rayée de brun ; des bas bien blancs et des souliers à coturnes cachés dans des petits sabots noirs, garnis sur le cou-de-pied d'un carré de peau d'agneau, complétaient ce costume d'une simplicité rustique, auquel le charme naturel de Fleur-de-Marie donnait une grâce extrême.

Tenant d'une main son tablier relevé par les deux coins, elle y puisait des poignées de grain qu'elle distribuait à la foule ailée dont elle était entourée.

Un joli pigeon d'une blancheur argentée, au bec et aux pieds de pourpre, plus audacieux et plus familier que ses compagnons, après avoir voltigé quelque temps autour de Fleur-de-Marie, s'abattit enfin sur son épaule.

La jeune fille, sans doute accoutumée à ces façons cavalières, ne discontinua pas de jeter son grain à pleines mains ; mais, tournant à demi son doux visage d'un profil enchanteur, elle leva un peu la tête et tendit en souriant ses lèvres roses au petit bec rose de son ami.

Les derniers rayons du soleil couchant jetaient un reflet d'or pâle sur ce tableau naïf.

CHAPITRE XXII

INQUIÉTUDES

Pendant que la Goualeuse s'occupait de ces soins champêtres, Mme Georges et l'abbé Laporte, curé de Bouqueval, assis au coin du feu dans le petit salon de la ferme, parlaient de Fleur-de-Marie, sujet d'entretien toujours intéressant pour eux.

Le vieux curé, pensif, recueilli, la tête basse et les coudes appuyés sur ses genoux, étendait machinalement devant le foyer ses deux mains tremblantes.

Mme Georges, occupée d'un travail de couture, regardait l'abbé de temps à autre et paraissait attendre qu'il lui répondît.

Après un moment de silence :

— Vous avez raison, madame Georges, il faudra prévenir M. Rodolphe ; s'il interroge Marie, elle lui est si reconnaissante qu'elle avouera peut-être à son bienfaiteur ce qu'elle nous cache...

— N'est-il pas vrai, monsieur le curé ? alors, ce soir même j'écrirai à l'adresse qu'il m'a donnée, allée des Veuves...

— Pauvre enfant ! reprit l'abbé ; elle devrait se trouver si heureuse. Quel chagrin peut donc la miner à cette heure ?

— Rien ne la peut distraire de cette tristesse, monsieur le curé... pas même l'application qu'elle met à l'étude...

— Elle a véritablement fait des progrès extraordinaires depuis le peu de temps que nous nous occupons de son éducation.

— N'est-ce pas, monsieur l'abbé ? Apprendre à lire et à écrire presque couramment, et savoir assez compter pour m'aider à tenir les livres de la ferme ! Et puis cette chère petite me seconde si activement en toutes choses, que j'en suis à la fois touchée et émerveillée. Ne s'est-elle pas, presque malgré moi, fatiguée de manière à m'inquiéter sur sa santé ?

— Heureusement, ce médecin noir nous a rassurés sur les suites de cette toux légère qui nous effrayait.

— Il est si bon, ce M. David ! il s'intéressait tant à elle ! mon Dieu, comme tous ceux qui la connaissent. Ici, chacun la chérit et la respecte. Cela n'est pas étonnant, puisque, grâce aux vues généreuses et élevées de M Rodolphe, les gens de cette métairie sont l'élite des meilleurs sujets du pays Mais les êtres les plus grossiers, les plus indifférents, ressentiraient de l'attrait de cette douceur à la fois angélique et craintive qui a toujours l'air de demander grâce. Malheureuse enfant ! comme si elle était seule coupable !

L'abbé reprit après quelques minutes de réflexion :

— Ne m'avez-vous pas dit que la tristesse de Marie datait pour ainsi dire du séjour que Mme Dubreuil, la fermière de M. le duc de Lucenay à Arnouville, avait fait ici, lors des fêtes de la Toussaint ?

— Oui, monsieur le curé, j'ai cru le remarquer, et pourtant Mme Dubreuil, et surtout sa fille Clara, modèle de candeur et de bonté, ont subi comme tout le monde le charme de Marie ; toutes deux l'accablent journellement de marques d'amitié ; vous le savez, le dimanche nos amis d'Arnouville viennent ici, ou bien nous allons chez eux. Eh bien ! l'on dirait que chaque visite augmente la mélancolie de notre chère enfant, quoique Clara l'aime déjà comme une sœur.

— En vérité, madame Georges, c'est un mystère étrange. Quelle peut être la cause de ce chagrin caché ? Elle devrait se trouver si heureuse ! Entre sa vie présente et sa vie passée il y a la différence de l'enfer au paradis. On ne saurait l'accuser d'ingratitude.

— Elle ! grand Dieu !... elle... si tendrement reconnaissante de nos soins ! elle chez qui nous avons toujours trouvé des instincts d'une si rare délicatesse ! Cette pauvre petite ne fait-elle pas tout ce qu'elle peut afin de gagner pour ainsi dire sa vie ! ne tâche-t-elle pas de compenser par les services qu'elle rend l'hospitalité qu'on lui donne ? Ce n'est pas tout ; excepté le dimanche, où j'exige qu'elle s'habille avec un peu de recherche pour m'accompagner à l'église, elle a voulu porter des vêtements aussi grossiers que ceux des filles de campagne, et malgré cela, il existe en elle une distinction, une grâce si naturelles, qu'elle est encore charmante sous ces habits, n'est-ce pas, monsieur le curé ?

— Ah ! que je reconnais bien là l'orgueil maternel ! dit le vieux prêtre en souriant.

A ces mots les yeux de Mme Georges se remplirent de larmes : elle pensait à son fils.

L'abbé devina la cause de son émotion et lui dit :

— Courage ! Dieu vous a envoyé cette pauvre enfant pour vous aider à attendre le moment où vous retrouverez votre fils. Et puis un lien sacré vous attachera bientôt à Marie : une marraine, lorsqu'elle comprend bien sa mission, c'est presque une mère. Quant à M. Rodolphe, il lui a donné, pour ainsi dire, la vie de l'âme en la retirant de l'abîme... d'avance il a rempli ses devoirs de parrain.

— La trouvez-vous suffisamment instruite pour lui accorder ce sacrement, que l'infortunée n'a sans doute pas encore reçu ?

— Tout à l'heure, en m'en retournant avec elle au presbytère, je la préviendrai que cette cérémonie se fera probablement dans quinze jours

— Peut-être, monsieur le curé, présiderez-vous un jour une autre cérémonie aussi bien douce et bien grave...

— Que voulez-vous dire ?

— Si Marie était aimée autant qu'elle le mérite, si elle distinguait un brave et honnête homme, pourquoi ne se marierait-elle pas ?

L'abbé secoua tristement la tête et répondit

— La marier ! Songez-y donc, madame Georges, la vérité ordonnera de tout dire à celui qui voudrait épouser Marie... Et quel homme, malgré ma caution et la vôtre, affronterait le passé qui a souillé la jeunesse de cette malheureuse enfant ! Personne ne voudra d'elle.

— Mais M. Rodolphe est si généreux ! Il fera pour sa protégée plus qu'il n'a fait encore... Une dot...

— Hélas ! dit le curé en interrompant Mme Georges, malheur à Marie, si la cupidité doit seule apaiser les scrupules de celui qui l'épousera ! Elle serait vouée au sort le plus pénible ; de cruelles récriminations suivraient bientôt une telle union.

— Vous avez raison, monsieur l'abbé, cela serait horrible. Ah ! quel malheureux avenir lui est donc réservé !

— Elle a de grandes fautes à expier, dit gravement le curé.

— Mon Dieu ! monsieur l'abbé, abandonnée si jeune, sans ressources, sans appui, presque sans notions du bien et du mal, entraînée malgré elle dans la voie du vice, comment n'aurait-elle pas failli ?

— Le bon sens moral aurait dû la soutenir, l'éclairer ; et d'ailleurs a-t-elle tâché d'échapper à cet horrible sort ? Les âmes charitables sont-elles donc si rares à Paris ?

— Non, sans doute ; mais où aller les chercher ? Avant que d'en découvrir une, que de refus, que d'indifférence ! Et pour Marie, il ne s'agissait pas d'une aumône passagère, mais d'un intérêt continu qui l'eût mise à même de gagner honorablement sa vie... Bien des mères sans doute auraient eu pitié d'elle, mais il fallait avoir le bonheur de les rencontrer. Ah ! croyez-moi, j'ai connu la misère... A moins d'un hasard providentiel semblable à celui qui, hélas ! trop tard, a fait connaître Marie à M. Rodolphe ; à moins, dis-je, d'un de ces hasards, les malheureux, presque toujours brutalement repoussés à leurs premières demandes, croient la pitié introuvable, et pressés par la faim... la faim si impérieuse, ils cherchent souvent dans le vice des ressources qu'ils désespèrent d'obtenir de la commisération.

A ce moment, la Goualeuse entra dans le salon.

— D'où venez-vous, mon enfant ? lui demanda Mme Georges avec intérêt.

— De visiter le fruitier, madame, après avoir fermé les portes de la basse-cour. Les fruits sont très bien conservés, sauf quelques-uns que j'ai ôtés.

— Pourquoi n'avez-vous pas dit à Claudine de faire cette besogne, Marie ? Vous vous serez encore fatiguée.

— Non, non, madame, je me plais tant dans mon fruitier, cette bonne odeur de fruits mûrs est si douce !

— Il faudra, monsieur le curé, que vous visitiez un jour le fruitier de Marie, dit Mme Georges. Vous ne vous figurez pas avec quel goût elle l'a arrangé : des guirlandes de raisin séparent chaque espèce de fruits, et ceux-ci sont encore divisés en compartiments par des bordures de mousse.

— Oh ! monsieur le curé, je suis sûre que vous serez content, dit ingénument la Goualeuse. Vous verrez comme la mousse fait un joli effet autour des pommes bien rouges ou des belles poires couleur d'or. Il y a surtout des pommes d'api qui sont si gentilles, qui ont de si charmantes couleurs roses et blanches, qu'elles ont l'air de petites têtes de chérubins dans un nid de mousse verte, ajouta la jeune fille avec l'exaltation de l'artiste pour son œuvre.

Le curé regarda Mme Georges en souriant et dit à Fleur-de-Marie :

— J'ai déjà admiré la laiterie que vous dirigez, mon enfant ; elle ferait l'envie de la ménagère la plus difficile ; un de ces jours, j'irai aussi admirer votre fruitier, et ces belles pommes rouges, et ces belles poires couleur d'or, et surtout ces jolies pommes-chérubins dans leur lit de mousse. Mais voici le soleil tout à l'heure couché ; vous n'aurez que le temps de me conduire au presbytère et de revenir ici avant la nuit... Prenez votre mante et partons, mon enfant... Mais au fait, j'y songe, le froid est bien vif ; restez, quelqu'un de la ferme m'accompagnera.

— Ah ! monsieur le curé, vous la rendriez malheureuse, dit Mme Georges, elle est si contente de vous reconduire ainsi chaque soir !

— Monsieur le curé, ajouta la Goualeuse en levant sur le prêtre ses grands yeux bleus et timides, je croirais que vous n'êtes pas content de moi, si vous ne me permettiez pas de vous accompagner comme d'habitude.

— Moi ? pauvre enfant... prenez donc vite, vite, votre mante, alors, et enveloppez-vous bien.

Fleur-de-Marie se hâta de jeter sur ses épaules une sorte de pelisse à capuchon en grosse étoffe de laine blanchâtre bordée d'un ruban de velours noir, et offrit son bras au curé.

— Heureusement, dit celui-ci, qu'il n'y a pas loin et que la route est sûre...

— Comme il est un peu plus tard aujourd'hui que les autres jours, reprit Mme Georges, voulez-vous que quelqu'un de la ferme aille avec vous, Marie ?

— On me prendrait pour une peureuse... dit Marie en souriant. Merci, madame, ne dérangez personne pour moi ; il n'y a pas un quart d'heure de chemin d'ici au presbytère, je serai de retour avant la nuit.

— Je n'insiste pas, car jamais, Dieu merci ! on n'a entendu parler de vagabonds dans ce pays.

— Sans cela, je n'accepterais pas le bras de cette chère enfant, dit le curé, quoiqu'il me soit d'un grand secours.

Bientôt l'abbé quitta la ferme, appuyé sur le bras de Fleur-de-Marie, qui réglait son pas léger sur la marche lente et pénible du vieillard.

Quelques minutes après, le prêtre et la Goualeuse arrivèrent auprès du chemin creux où étaient embusqués le Maître d'école, la Chouette et Tortillard.

TROISIÈME PARTIE

CHAPITRE PREMIER

L'EMBUSCADE

L'église et le presbytère de Bouqueval s'élevaient à mi-côte au milieu d'une châtaigneraie, d'où l'on dominait le village.

Fleur-de-Marie et l'abbé gagnèrent un sentier sinueux qui conduisait à la maison curiale, en traversant le chemin creux dont cette colline était diagonalement coupée.

La Chouette, le Maître d'école et Tortillard, tapis dans une des anfractuosités de ce chemin, virent le prêtre et Fleur-de-Marie descendre dans la ravine et en sortir par une pente escarpée. Les traits de la jeune fille étant cachés sous le capuchon de sa mante, la borgnesse ne reconnut pas son ancienne victime.

— Silence, mon homme ! dit la vieille au Maître d'école, la *gosseline* (1) et le *sanglier* (2) viennent de passer la *traviole* (3) ; c'est bien elle, d'après le signalement que nous a donné le grand homme en deuil : tenue campagnarde, taille moyenne, jupe rayée de brun, mante de laine à bordure noire. Elle reconduit comme ça tous les jours le *sanglier* à sa cassine, et elle revient toute seule. Quand elle va repasser tout à l'heure, là, au bout du chemin, il faudra tomber dessus, l'enlever pour la porter dans la voiture.

— Et si elle crie au secours ? reprit le Maître d'école, on l'entendra à la ferme, puisque vous dites que l'on en voit les bâtiments d'ici ; car vous voyez... vous autres, ajouta-t-il d'une voix sourde.

— Bien sûr que d'ici on voit les bâtiments tout proches, dit Tortillard. Il y a un instant, j'ai grimpé au haut du talus en me traînant sur le ventre. J'ai entendu un charretier qui parlait à ses chevaux dans cette cour là-bas...

— Alors, voilà ce qu'il faut faire, reprit le Maître d'école après un moment de silence : Tortillard va se mettre au guet à l'entrée du sentier. Quand il verra la petite venir de loin, il ira au-devant d'elle en criant qu'il

(1) La jeune fille.
(2) Le prêtre.
(3) Le chemin creux.

est le fils d'une pauvre vieille femme qui s'est blessée en tombant dans le chemin creux, et il suppliera la jeune fille de venir à son secours.

— J'y suis, fourline. La pauvre vieille, ça sera ta Chouette. Bien *sorbonne* (1). Mon homme, tu es toujours le roi des *têtards* (2) ! Et après, qu'est-ce que je ferai ?

— Tu t'enfonceras bien dans le chemin creux du côté où attend Barbillon avec le fiacre... Je me cacherai tout près. Quand Tortillard t'aura amené la petite au milieu de la ravine, cesse de geindre et saute dessus, une main autour de son *colas* (3), et l'autre dans sa *bavarde* pour lui *arquepincer* le *chiffon rouge* (4) et l'empêcher de crier...

— Connu, fourline... comme pour la femme du canal Saint-Martin, quand nous l'avons fait *flotter* après lui avoir *grinchi la négresse* (5) qu'elle portait sous le bras ; même jeu, n'est-ce pas ?

— Oui, toujours du même... Pendant que tu tiendras ferme la petite, Tortillard accourra me chercher ; à nous trois, nous *embaluchonnons* la jeune fille dans mon manteau, nous la portons à la voiture de Barbillon et de là, plaine Saint-Denis, où l'homme en deuil nous attend.

— C'est ça qui est *enflanqué !* Tiens, vois-tu, fourline, tu n'as pas ton pareil. Si j'avais de quoi, je te tirerais un feu d'artifice sur ta boule, et je t'illuminerais en verres de couleur à la saint Charlot, patron du *béquillard* (6). Entends-tu ça, toi, moutard, si tu veux devenir *passésinge* (7), dévisage mon gros têtard ; voilà un homme !... dit orgueilleusement la Chouette à Tortillard.

Puis, s'adressant au Maître d'école :

— A propos, tu ne sais pas : Barbillon a une peur de chien d'*avoir une fièvre cérébrale* (8).

— Pourquoi ça ?

— Il a *buté* (9), il y a quelque temps, dans une dispute, le mari d'une laitière qui venait tous les matins de la campagne, dans une petite charrette conduite par un âne, vendre du lait dans la Cité, au coin de la rue de la Vieille-Draperie proche chez l'ogresse du « Lapin Blanc ».

Le fils de Bras-Rouge, ne comprenant pas l'argot, écoutait la Chouette avec une sorte de curiosité désappointée.

— Tu voudrais bien savoir ce que nous disons là, hein ! moutard ?

— Dame ! c'est sûr...

— Si tu es gentil, je t'apprendrai l'argot. Tu as bientôt l'âge où ça peut servir. Seras-tu content, fifi ?

— Oh ! je crois bien ! Et puis, j'aimerais mieux rester avec vous qu'avec mon vieux filou de charlatan, à piler ses drogues et à brosser son cheval. Si

(1) Bien raisonné.

(2) Les hommes de tête.

(3) Du cou.

(4) L'autre dans la bouche, pour lui prendre la langue.

(5) Que nous l'avons noyée après lui avoir enlevé une caisse entourée de toile cirée noire (ces sortes de paquets s'appellent en argot des négresses).

(6) Du bourreau.

(7) Criminel habile.

(8) D'être sous le coup d'une accusation capitale.

(9) Tué.

je savais où il cache sa *mort-aux-rats pour les hommes,* je lui en mettrais dans sa soupe, pour n'être plus forcé de trimer avec lui.

La Chouette se prit à rire, et dit à Tortillard en l'attirant à elle :

— Venez tout de suite baiser maman, loulou... Es-tu drôlet !... Mais comment sais-tu qu'il a de la mort-aux-rats pour les hommes, ton maître ?

— Tiens ! Je lui ai entendu dire ça, un jour que j'étais caché dans le cabinet noir de sa chambre où il met ses bouteilles, ses machines d'acier, et où il tripote dans ses petits pots...

— Tu l'as entendu quoi dire ?... demanda la Chouette.

— Je l'ai entendu dire à un monsieur, en lui donnant une poudre dans un papier : « Quelqu'un qui prendrait ça en trois fois irait dormir sous terre... sans qu'on sache ni pourquoi ni comment, et sans qu'il reste aucune trace... »

— Et qui était ce monsieur ? demanda le Maître d'école.

— Un beau jeune monsieur, qui avait des moustaches noires et une jolie figure comme une dame... Il est revenu une autre fois, mais cette fois-là, quand il est parti, je l'ai suivi par ordre de M. Bradamanti pour savoir où il irait *percher.* Ce joli monsieur, il est entré rue de Chaillot dans une belle maison. Mon maître m'avait dit : « N'importe où ce monsieur ira, suis-le et attends-le à la porte ; s'il ressort, *resuis*-le jusqu'à ce qu'il ne ressorte plus de l'endroit où il sera entré, ça prouvera qu'il demeure dans ce dernier lieu ; alors, Tortillard, mon garçon, tortille-toi pour savoir son nom... ou sinon, moi, je te tortillerai les oreilles d'une drôle de manière ».

— Eh bien ?

— Eh bien ! je m'ai tortillé et j'ai su le nom du joli monsieur.

— Et comment as-tu fait ? demanda le Maître d'école.

— Tiens... moi pas bête, j'ai entré chez le portier de la maison de la rue de Chaillot, d'où ce monsieur ne ressortait pas ; un portier poudré avec un bel habit brun à collet jaune galonné d'argent... Je lui ai dit comme ça : « Mon bon monsieur, je viens pour chercher cent sous que le maître d'ici m'a promis pour avoir retrouvé son chien que je lui ai rendu, une petite bête noire qui s'appelle *Trompette ;* à preuve que ce monsieur, qui est brun, qui a des moustaches noires, une redingote blanchâtre et un pantalon bleu clair, m'a dit qu'il demeurait rue de Chaillot, n° 11, et qu'il se nommait Dupont. — Le monsieur dont tu parles est mon maître, et s'appelle M. le vicomte de Saint Rémy ; il n'y a pas d'autre chien ici que toi-même, méchant gamin ; ainsi, file, ou je t'étrille pour t'apprendre à vouloir me filouter cent sous », me répond le portier en ajoutant à ça un grand coup de pied... C'est égal, reprit philosophiquement Tortillard, je savais le nom du joli monsieur à moustaches noires, qui venait chez mon maître chercher de la mort-aux-rats pour les hommes ; il s'appelle le vicomte de Saint-Remy, my, my, Saint-Remy, ajouta le fils de Bras-Rouge en fredonnant ces derniers mots, selon son habitude.

— Tu veux donc que je te mange, petit momacque ? dit la Chouette en embrassant Tortillard ; est-il finaud ? Tiens, tu mériterais que je serais ta mère, scélérat !

Ces mots firent une singulière impression sur le petit boiteux, sa physionomie méchante, narquoise et rusée devint subitement triste, il parut prendre au sérieux les démonstrations maternelles de la Chouette et répondit :

— Et moi, je vous aime bien aussi, parce que vous m'avez embrassé le premier jour où vous êtes venue me chercher au « Cœur Saignant », chez mon père... Depuis défunte maman, il n'y a que vous qui m'avez caressé, tout le monde me bat ou me chasse comme un chien galeux ; tout le monde, jusqu'à la mère Pipelet, la portière.

— Vieille loque ! je lui conseille de faire la dégoûtée, dit la Chouette en prenant un air révolté dont Tortillard fut dupe, repousser un amour d'enfant comme celui-là !...

Et la borgnesse embrassa de nouveau Tortillard avec une affectation grotesque.

Le fils de Bras-Rouge, profondément touché de cette nouvelle preuve d'affection, y répondit avec expansion, et s'écria, dans sa reconnaissance :

— Vous n'avez qu'à ordonner, vous verrez comme je vous obéirai bien... comme je vous servirai !...

— Vrai ? Eh bien ! tu ne t'en repentiras pas...

— Oh ! je voudrais rester avec vous !

— Si tu es sage, nous verrons ça ; tu ne nous quitteras pas nous deux, mon homme.

— Oui, dit le Maître d'école, tu me conduiras comme un pauvre aveugle, tu diras que tu es mon fils ; nous nous introduirons dans les maisons ; et, mille massacres ! ajouta le meurtrier avec colère, la Chouette aidant, nous ferons encore de bons coups ; je montrerai à ce démon de Rodolphe... qui m'a aveuglé, que je ne suis pas au bout de mon rouleau !... Il m'a ôté la vue, mais il ne m'a pas ôté la pensée du mal ; je serais la tête, Tortillard les yeux, et toi la main, la Chouette ; tu m'aideras, hein ?

— Est-ce que je ne suis pas à toi à corde et à potence, fourline ? Est-ce que quand, en sortant de l'hôpital, j'ai appris que tu m'avais fait demander chez l'ogresse par ce *sinve* (1) de Saint-Mandé, j'ai pas couru tout de suite à ton village, chez ces colasses de pays, en disant que j'étais ta *largue* (2) ?

Ces mots de la borgnesse rappelèrent un mauvais souvenir au Maître d'école. Changeant brusquement de ton et de langage avec la Chouette, il s'écria d'une voix courroucée :

— Oui, je m'ennuyais, moi, tout seul avec ces honnêtes gens ; au bout d'un mois je n'y pouvais plus tenir... j'avais peur... Alors j'ai eu l'idée de te faire dire de venir me trouver. Et bien m'en a pris ! ajouta-t-il d'un ton de plus en plus irrité. Le lendemain de ton arrivée, j'étais dépouillé du reste de l'argent que ce démon de l'allée des Veuves m'avait donné. Oui... on m'a volé ma ceinture pleine d'or pendant mon sommeil... Toi seule tu as pu faire le coup : voilà pourquoi je suis maintenant à ta merci... Tiens, toutes les fois que je pense à ça, je ne sais pourquoi je ne te tue pas sur la place... vieille voleuse !

Et il fit un pas dans la direction de la borgnesse.

(1) Homme naïf simple
(2) Ta femme

— Prenez garde à vous, si vous faites mal à la Chouette ! s'écria Tortillard.

— Je vous écraserai tous les deux, toi et elle, méchantes vipères que vous êtes ! s'écria le brigand avec rage. Et, entendant le fils de Bras-Rouge parler auprès de lui, il lui lança au hasard un si furieux coup de poing, qu'il l'aurait assommé s'il l'eut atteint.

Tortillard, autant pour se venger que pour venger la Chouette, ramassa une pierre, visa le Maître d'école, et l'atteignit au front.

Le coup ne fut pas dangereux, mais la douleur fut vive.

Le brigand se leva furieux, terrible comme un taureau blessé ; il fit quelques pas en avant et au hasard ; mais il trébucha.

— Casse-cou ! cria la Chouette en riant aux larmes.

Malgré les liens sanglants qui l'attachaient à ce monstre, elle voyait, pour plusieurs raisons, et avec une sorte de joie féroce, l'anéantissement de cet homme jadis si redoutable et si vain de sa force athlétique.

La borgnesse justifiait ainsi à sa manière cette effrayante pensée de La Rochefoucauld : que « nous trouvons toujours quelque chose de satisfaisant dans le malheur de nos meilleurs amis ».

Le hideux enfant aux cheveux jaunes et à la figure de fouine partageait l'hilarité de la borgnesse. A un nouveau faux pas du Maître d'école, il s'écria :

— Ouvre donc l'œil, mon vieux, ouvre donc !... Tu vas de travers, tu festonnes... Est-ce que tu n'y vois pas clair ?... Essuie-donc mieux les verres de tes lunettes !

Dans l'impossibilité d'atteindre l'enfant, le meurtrier herculéen s'arrêta, frappa du pied avec rage, mit ses deux énormes poings velus sur ses yeux et poussa un rugissement rauque comme un tigre muselé.

— Tu tousses, vieux ! dit le fils de Bras-Rouge. Tiens, voilà de la fameuse réglisse ; c'est un gendarme qui me l'a donnée, faut pas que ça t'en dégoûte !

Et il ramassa une poignée de sable fin qu'il jeta au visage de l'assassin.

Fouetté à la figure par cette pluie de gravier, le Maître d'école souffrit plus cruellement de cette nouvelle insulte que du coup de pierre ; blémissant sous ses cicatrices livides, il étendit brusquement ses deux bras en croix par un mouvement de désespoir inexprimable, et, levant vers le ciel sa face épouvantable, il s'écria d'une voix profondément suppliante :

— Mon Dieu ! mon Dieu ! mon Dieu !

De la part d'un homme souillé de tous les crimes, et devant qui naguère tremblaient les plus déterminés scélérats, cet appel involontaire à la commisération divine avait quelque chose de providentiel.

— Ah !ah !ah ! fourline qui fait les grands bras, s'écria la Chouette en ricanant. La langue te tourne, mon homme, c'est le *boulanger* (1) qu'il faut appeler à ton secours.

— Mais un couteau au moins, que je me tue !... un couteau ! ! ! puisque tout le monde m'abandonne... cria le misérable en se mordant les poings avec une furie sauvage.

— Un couteau ? tu en as un dans ta poche, fourline, et qui a le fil. Le

(1) Le diable

petit vieux de la rue du Roule et le marchand de bœufs ont dû en aller dire de bonnes nouvelles aux taupes.

Le Maître d'école, ainsi mis en demeure de s'exécuter, changea de conversation, et reprit d'une voix sourde et lâche :

— Le Chourineur était bon, lui... il ne m'a pas volé, il a eu pitié de moi.

— Pourquoi m'as-tu dit que j'avais *grinchi ton orient* (1) ? reprit la Chouette en contenant à peine son envie de rire.

— Toi seule tu es entrée dans ma chambre, dit le brigand ; on m'a volé la nuit de ton arrivée, qui veux-tu que je soupçonne ? Ces paysans étaient incapables de cela.

— Pourquoi donc qu'ils grinchiraient pas comme d'autres, les paysans ? parce qu'ils boivent du lait et qu'ils vont à l'herbe pour leurs lapins ?

— Enfin, on m'a volé, toujours.

— Est-ce que c'est la faute de ta Chouette ? Ah çà, voyons, penses-y donc ! Est-ce que, si j'avais effarouché ta nature, je serais restée avec toi après coup ? Es-tu bête ! Bien sûr que je te l'aurais rincé ton argent, si je l'avais pu ; mais, foi de Chouette, tu m'aurais revue quand l'argent aurait été mangé, parce que tu me plais tout de même avec tes yeux blancs, brigand ! Voyons, sois donc gentil, ne t'ébrèche pas comme ça les quenottes en les grinçant.

— On croirait qu'il casse des noix ! dit Tortillard.

— Ah ! ah ! ah ! il a raison, le môme. Voyons, calme-toi, mon homme, et laisse-le rire, c'est de son âge ! Mais avoue que t'es pas juste : quand le grand homme en deuil, qui a l'air d'un croque-mort, m'a dit : « Il y a mille francs pour vous si vous enlevez une jeune fille qui est dans la ferme de Bouqueval, et si vous me l'amenez à un endroit de la plaine Saint-Denis que je vous indiquerai », réponds, fourline, est-ce que je ne t'ai pas tout de suite proposé d'être du coup, au lieu de choisir quelqu'un qui aurait vu clair ? C'est donc comme qui dirait l'aumône que je te fais. Car, excepté pour tenir la petite pendant que nous l'embaluchonnerons avec Tortillard, tu me serviras comme une cinquième roue à un omnibus. Mais, c'est égal, à part que je t'aurais volé si j'avais pu, j'aime à te faire du bien. Je veux que tu doives tout à ta Chouette chérie ; c'est mon genre, à moi ! Nous donnerons deux cents balles à Barbillon pour avoir conduit la voiture et être venu ici une fois, avec un domestique du grand monsieur en deuil, reconnaître l'endroit où il fallait nous cacher pour attendre la petite... et il nous restera huit cents balles à nous deux pour nocer. Qu'est-ce que tu dis de ça ? Eh bien ! es-tu encore fâché contre ta vieille ?

— Qui m'assure que tu me donneras quelque chose, une fois le coup fait ? dit le brigand avec une sombre défiance.

— Je pourrais ne te rien donner du tout, c'est vrai, car tu es dans ma poêle, mon homme, comme autrefois la Goualeuse. Faut donc te laisser frire à mon idée, en attendant qu'à son tour le boulanger t'enfourne, eh ! eh ! eh !... Eh bien ! fourline, est-ce que tu boudes toujours ta Chouette ? ajouta la borgnesse en frappant sur l'épaule du brigand, qui restait muet et accablé

— Tu as raison, dit-il avec un soupir de rage concentrée ; c'est mon

(1) Volé ton or

sort. Moi ! moi ! à la merci d'un enfant et d'une femme qu'autrefois j'aurais tués d'un souffle ! Oh ! si je n'avais pas si peur de la mort ! dit-il en retombant assis sur le talus.

— Es-tu poltron, maintenant ! es-tu poltron ! dit la Chouette avec mépris. Parle donc tout de suite de ta *muette* (1), ça sera plus farce. Tiens, si tu n'as pas plus de courage que ça, je prends de l'air et je te lâche.

— Et ne pouvoir me venger de cet homme qui, en me martyrisant ainsi, m'a mis dans l'affreuse position où je me trouve et dont je ne sortirai jamais ! s'écria le Maître d'école dans un redoublement de rage. Oh ! j'ai bien peur de la mort ! oui... j'en ai bien peur ; mais on me dirait : On va te le donner entre les deux bras, cet homme... entre tes deux bras... puis après on vous jettera dans un abîme ; je dirais : Qu'on m'y jette... oui ; car je serais bien sûr de ne pas le lâcher avant d'arriver au fond avec lui. Et pendant que nous roulerions tous les deux, je le mordrais au visage, à la gorge, au cœur ; je le tuerais avec mes dents, enfin ! je serais jaloux d'un couteau !

— A la bonne heure, fourline, voilà comme je t'aime. Sois calme... nous le retrouverons, ce gueux de Rodolphe, et le Chourineur aussi. En sortant de l'hôpital, j'ai été rôder allée des Veuves... tout était fermé. Mais j'ai dit au grand monsieur en deuil : « Dans le temps, vous vouliez nous payer pour faire quelque chose à ce monstre de M. Rodolphe ; est-ce qu'après l'affaire de la jeune fille que nous attendons, il n'y aurait à monter un coup contre lui ? — Peut-être... » m'a-t-il répondu. Entends-tu fourline ? Peut-être... Courage, mon homme ! nous en mangerons, du Rodolphe ; c'est moi qui te le dis, nous en mangerons !

— Bien vrai, tu ne m'abandonneras pas ? dit le brigand à la Chouette d'un ton soumis mais défiant. Maintenant, si tu m'abandonnais, qu'est-ce que je deviendrais ?

— Ça, c'est vrai. Dis donc, fourline, quelle farce si nous deux Tortillard, nous nous esbignions avec la voiture, et que nous te laissions là, au milieu des champs, par cette nuit où le froid va pincer dur ! C'est ça qui serait drôle, hein, brigand ?

A cette menace, le Maître d'école frémit ; il se rapprocha de la Chouette, et lui dit en tremblant :

— Non, non, tu ne feras pas ça, la Chouette... ni toi non plus, Tortillard... ça serait trop méchant.

— Ah ! ah ! ah ! trop méchant... est-il simple ! Et le petit vieux de la rue du Roule ! et le marchand de bœufs ! et la femme du canal Saint-Martin ! et le monsieur de l'allée des Veuves ! est-ce que tu crois qu'ils t'ont trouvé caressant, avec ton grand couteau ? Pourquoi donc qu'à ton tour on ne te ferait pas de farce ?

— Eh bien ! je l'avouerai, dit sourdement le Maître d'école ; voyons, j'ai eu tort de te soupçonner, j'ai eu tort aussi de vouloir battre Tortillard : je t'en demande pardon, entends-tu... et à toi aussi, Tortillard... oui, je vous demande pardon à tous deux.

— Moi, je veux qu'il demande pardon à genoux d'avoir voulu battre la Chouette, dit Tortillard

(1) De ta conscience

— Gueux de momacque ! est-il amusant ! dit la Chouette en riant ; il me donne pourtant envie de voir quelle frimousse tu feras comme ça, mon homme. Allons, à genoux, comme si tu jaspinais d'amour à ta Chouette ; dépêche-toi, ou nous te lâchons ; et, je t'en préviens, dans une demi-heure, il fera nuit.

— Nuit ou jour, qu'est-ce que ça lui fait ? dit Tortillard en goguenardant. Ce monsieur garde toujours ses volets fermés, il a peur de gâter son teint.

— Me voici à genoux. Je te demande pardon, la Chouette... et à toi aussi, Tortillard. Eh bien ! êtes-vous contents ? dit le brigand en s'agenouillant au milieu du chemin. Maintenant, vous ne m'abandonnerez pas, dites ?

Ce groupe étrange, encadré dans les talus du ravin, éclairé par les lueurs rougeâtres du crépuscule, était hideux à voir.

Au milieu du chemin, le Maître d'école, suppliant, étendait vers la borgnesse ses mains puissantes ; sa rude et épaisse chevelure retombait comme une crinière sur son front livide ; ses paupières rouges, démesurément écartées par la frayeur, laissaient alors voir la moitié de sa prunelle immobile, terne, vitreuse, morte... le regard d'un cadavre.

Ses formidables épaules se courbaient humblement. Cet hercule s'agenouillait tremblant aux pieds d'une vieille femme et d'un enfant.

La borgnesse, enveloppée d'un châle de tartan rouge, la tête couverte d'un vieux bonnet de tulle noir qui laissait échapper quelques mèches de cheveux gris, dominait le Maître d'école de toute sa hauteur. Le visage osseux, tanné, ridé, plombé, de cette vieille au nez crochu, exprimait une joie insultante et féroce ; son œil fauve étincelait comme un charbon ardent ; un rictus sinistre retroussait ses lèvres ombragées de longs poils, et montrait trois ou quatre dents jaunes et déchaussées.

Tortillard, vêtu de sa blouse à ceinture de cuir, debout sur un pied, s'appuyait au bras de la Chouette pour se maintenir en équilibre.

La figure maladive et rusée de cet enfant, au teint aussi blafard que ses cheveux, exprimait en ce moment une méchanceté railleuse et diabolique.

L'ombre projetée par l'escarpement du ravin redoublait l'horreur de cette scène, que l'obscurité croissante voilait à demi.

— Mais promettez-moi donc, au moins, de ne pas m'abandonner !... répéta le Maître d'école, effrayé du silence de la Chouette et de Tortillard, qui jouissaient de son effroi. Est-ce que vous n'êtes plus là ? ajouta le meurtrier en se penchant pour écouter et avançant machinalement les bras.

— Si, si, mon homme, nous sommes là ; n'aie pas peur. T'abandonner ; plutôt *baiser la camarade* (1) ! Une fois pour toutes, il faut que je te rassure et que je te dise pourquoi je ne t'abandonnerai jamais. Ecoute-moi bien : j'ai toujours adoré avoir quelqu'un à qui faire sentir mes ongles..., bêtes ou gens. Avant la Pégriotte (que le boulanger me la renvoie ! car j'ai toujours mon idée... de la débarbouiller avec du vitriol), avant la Pégriotte, j'avais un môme qui *s'est refroidi* (2) à la peine : c'est

(1) Mourir.
(2) Est mort

pour cela que j'ai été *au clou* (1) six ans ; pendant ce temps-là, je faisais la misère à des oiseaux : je les apprivoisais pour les plumer tout vifs... mais je ne faisais pas mes frais, ils ne duraient rien. En sortant de prison, la Goualeuse est tombée sous ma griffe ; mais la petite gueuse s'est sauvée pendant qu'il y avait encore de quoi s'amuser sur sa peau. Après, j'ai eu un chien qui a pâti autant qu'elle ; j'ai fini par lui couper une patte de derrière et une patte de devant : ça lui faisait une si drôle de dégaine, que j'en riais, mais que j'en riais à crever.

« Il faudra que je fasse ça à un chien que je connais et qui m'a mordu », se dit Tortillard.

— Quand je t'ai rencontré, mon homme, continua la Chouette, j'étais en train d'abîmer un chat... Eh bien ! à cette heure, c'est toi qui seras mon chat, mon chien, mon oiseau, ma Pégriotte ; tu seras... ma *bête de souffrance* enfin... Comprends-tu, mon homme ? au lieu d'un oiseau ou d'un enfant à tourmenter, comme qui dirait un loup ou un tigre, c'est ça qui est un peu chenu, hein ?

— Vieille furie ! s'écria le Maître d'école en se relevant de rage.

— Allons ! voilà que tu boudes ta vieille !... Eh bien ! quitte-la, tu es le maître. Je ne te prends pas en traître.

— Oui, la porte est ouverte, file *sans yeux,* et toujours tout droit ! dit Tortillard en éclatant de rire.

— Oh ! mourir !... mourir !... cria le Maître d'école en se tordant les bras.

— Tu rabâches, mon homme, tu as déjà dit ça. Toi, tu blagues, tu es solide comme le Pont-Neuf ; laisse donc, tu vivras pour le bonheur de ta Chouette. Je te ferai de la misère de temps en temps, parce que c'est ma jouissance et qu'il faudra que tu gagnes le pain que je te donnerai ; mais si tu es gentil, tu m'aideras dans de bons coups, comme aujourd'hui, et dans d'autres meilleurs où tu pourras servir ; tu seras ma bête, enfin ! Quand je te dirai : Apporte, tu apporteras ; mords, tu mordras. Après ça, dis donc, mon homme, je ne veux pas te prendre de force, au moins : si, au lieu de la vie que je te propose, t'aimes mieux avoir des rentes, rouler carrosse avec une jolie petite femme, être décoré de la croix d'honneur, être nommé *grand curieux* (2), et y voir clair au lieu d'être aveugle, faut pas te gêner ; c'est facile, t'as qu'à le dire, on te servira ça tout chaud... N'est-ce pas, Tortillard ?

— Tout chaud, tout bouillant, tout de suite ! répondit le fils de Bras-Rouge en ricanant.

Mais, se penchant tout à coup vers la terre, il dit à voix basse :

— J'entends marcher dans le sentier, cachons-nous... Ça n'est pas la jeune fille, car on vient par le même côté où elle est venue.

En effet, une paysanne robuste, dans la force de l'âge, suivie d'un gros chien de ferme, et portant sur sa tête un panier couvert, parut au bout de

(1) En prison.
(2) Grand juge

quelques minutes, traversa le ravin et prit le sentier que suivaient le prêtre et la Goualeuse.

Nous rejoindrons ces deux personnages, et nous laisserons les trois complices embusqués dans le chemin creux.

CHAPITRE II

LE PRESBYTÈRE

Les dernières lueurs du soleil s'éteignaient lentement derrière la masse imposante du château d'Ecouen et des bois qui l'environnaient ; de tous côtés s'étendaient à perte de vue des plaines immenses aux sillons bruns, durcis par la gelée... vaste solitude, dont le hameau de Bouqueval semblait l'oasis.

Le ciel, d'une sérénité parfaite, se marbrait au couchant de longues traînées de pourpre, signe certain de vent et de froid ; ces tons, d'abord d'un rouge vif, devenaient violets à mesure que le crépuscule envahissait l'atmosphère.

Le croissant de la lune, fin, délié comme la moitié d'un anneau d'argent, commençait à brûler doucement dans un milieu d'azur et d'ombre.

Le silence était absolu, l'heure solennelle.

Le curé s'arrêta un moment sur la colline, pour jouir de l'aspect de cette belle soirée.

Après quelques moments de recueillement, étendant sa main tremblante vers les profondeurs de l'horizon à demi voilé par la brume du soir, il dit à Fleur-de-Marie, qui marchait pensive à côté de lui :

— Voyez donc, mon enfant, cette immensité dont on n'aperçoit plus les bornes... on n'entend pas le moindre bruit... il me semble que le silence et l'infini nous donnent presque une idée de l'éternité... Je vous dis, cela, Marie, parce que vous êtes sensible aux beautés de la création. Souvent, j'ai été touché de l'admiration religieuse qu'elles vous inspiraient, à vous... qui en avez été si longtemps déshéritée. N'êtes-vous pas frappée comme moi du calme imposant qui règne à cette heure ?

La Goualeuse ne répondit rien.

Etonné, le curé la regarda ; elle pleurait.

— Qu'avez-vous donc, mon enfant ?

— Mon Père, je suis bien malheureuse !

— Malheureuse ? vous... maintenant malheureuse ?

— Je sais que je n'ai pas le droit de me plaindre de mon sort, après tout ce qu'on a fait pour moi... et pourtant...

— Et pourtant ?

— Ah ! mon Père, pardonnez-moi ces chagrins ; ils offensent peut-être mes bienfaiteurs...

— Ecoutez, Marie, nous vous avons souvent demandé le motif de la tristesse dont vous êtes quelquefois accablée, et qui cause à votre seconde mère de vives inquiétudes... Vous avez évité de nous répondre ; nous avons respecté votre secret en nous affligeant de ne pouvoir soulager vos peines.

— Hélas ! mon Père, je ne puis vous dire ce qui se passe en moi. Ainsi que vous, tout à l'heure, je me suis sentie émue à l'aspect de cette soirée calme et triste... mon cœur s'est brisé... et j'ai pleuré.

— Mais qu'avez-vous, Marie ? Vous savez combien l'on vous aime... Voyons, avouez-moi tout. D'ailleurs, je puis vous dire cela ; le jour approche où Mme Georges et M. Rodolphe vous présenteront aux fonts du baptême, en prenant devant Dieu l'engagement de vous protéger toujours.

— M. Rodolphe ? lui... qui m'a sauvée ! s'écria Fleur-de-Marie en joignant les mains ; il daignerait me donner cette nouvelle preuve d'affection ! Oh ! tenez, je ne vous cacherai rien, mon Père, je crains trop d'être ingrate.

— Ingrate ! et comment ?

— Pour me faire comprendre, il faut que je vous parle des premiers jours où je suis venue à la ferme.

— Je vous écoute ; nous causerons en marchant.

— Vous serez indulgent, n'est-ce pas, mon Père ? Ce que je vais vous dire est peut-être bien mal.

— Le Seigneur vous a prouvé qu'il était miséricordieux. Prenez courage.

— Lorsque j'ai su, en arrivant ici, que je ne quitterais pas la ferme et Mme Georges, dit Fleur-de-Marie après un moment de recueillement, j'ai cru faire un beau rêve. D'abord, j'éprouvais comme un étourdissement de bonheur ; à chaque instant, je songeais à M. Rodolphe. Bien souvent, toute seule et malgré moi, je levais les yeux au ciel comme pour l'y chercher et le remercier. Enfin... je m'en accuse, mon Père... je pensais plus à lui qu'à Dieu ; car il avait fait pour moi ce que Dieu seul aurait pu faire. J'étais heureuse... heureuse comme quelqu'un qui a échappé pour toujours à un grand danger. Vous et Mme Georges, vous étiez si bons pour moi, que je me croyais plus à plaindre qu'à blâmer.

Le curé regarda la Goualeuse avec surprise ; elle continua :

— Peu à peu, je me suis habituée à cette vie si douce : je n'avais plus peur, en me réveillant, de me retrouver chez l'ogresse ; je me sentais, pour ainsi dire, dormir avec sécurité ; toute ma joie était d'aider Mme Georges dans ses travaux, de m'appliquer aux leçons que vous me donniez, mon Père... et aussi de profiter de vos exhortations. Sauf quelques moments de honte, quand je songeais au passé, je me croyais l'égale de tout le monde, parce que tout le monde était bon pour moi, lorsqu'un jour..

Ici les sanglots interrompirent Fleur-de-Marie.

— Voyons, calmez-vous, pauvre enfant, courage ! et continuez.

La Goualeuse, essuyant ses yeux, reprit :

— Vous vous souvenez, mon Père, que, lors des fêtes de la Toussaint,

Mme Dubreuil, fermière de M. le duc de Lucenay à Arnouville, est venue ici passer quelque temps avec sa fille.

— Sans doute, et je vous ai vue avec plaisir faire connaissance avec Clara Dubreuil ; elle est douée des meilleures qualités.

— C'est un ange, mon Père... un ange... Quand je sus qu'elle devait venir pendant quelques jours à la ferme, mon bonheur fut bien grand, je ne songeais qu'au moment où je verrais cette compagne si désirée. Enfin elle arriva. J'étais dans ma chambre : je devais la partager avec elle, je la parais de mon mieux ; on m'envoya chercher. J'entrai dans le salon, mon cœur battait ; Mme Georges, me montrant cette jolie jeune personne, qui avait l'air aussi doux que modeste et bon, me dit : « Marie, voilà une amie pour vous. — Et j'espère que vous et ma fille serez bientôt comme deux sœurs », ajouta Mme Dubreuil. A peine sa mère avait-elle dit ces mots, que Mlle Clara accourut m'embrasser... Alors, mon Père, dit Fleur-de-Marie en pleurant, je ne sais ce qui se passa tout à coup en moi... mais quand je sentis le visage pur et frais de Clara s'appuyer sur ma joue flétrie... ma joue est devenue brûlante de honte... de remords... je me suis souvenue de ce que j'étais... Moi !... moi, recevoir les caresses d'une jeune personne si honnête !... Oh ! cela me semblait une tromperie... une hypocrisie indigne...

— Mais, mon enfant...

— Ah ! mon Père, s'écria Fleur-de-Marie en interrompant le curé avec une exaltation douloureuse, lorsque M. Rodolphe m'a emmenée de la Cité, j'avais déjà vaguement la conscience de ma dégradation... Mais croyez-vous que l'éducation, que les conseils, que les exemples que j'ai reçus de Mme Georges et de vous, en éclairant tout à coup mon esprit, ne m'aient pas, hélas ! fait comprendre que j'avais été encore plus coupable que malheureuse ?... Avant l'arrivée de Mlle Clara, lorsque ces pensées me tourmentaient, je m'étourdissais en tâchant de contenter Mme Georges et vous, mon Père... Si je rougissais du passé, c'était à mes propres yeux... Mais la vue de cette jeune personne de mon âge, si charmante, si vertueuse, m'a fait songer à la distance qui existerait à jamais entre elle et moi... Pour la première fois, j'ai senti qu'il est des flétrissures que rien n'efface... Depuis ce jour, cette pensée ne me quitte plus... Malgré moi, je m'y appesantis sans cesse ; depuis ce jour, enfin, je n'ai plus un moment de repos.

La Goualeuse essuya ses yeux remplis de larmes.

Après l'avoir regardée pendant quelques instants avec une tendre commisération, le curé reprit :

— Réfléchissez donc, mon enfant, que si Mme Georges voulait vous voir l'amie de Mlle Dubreuil, c'est qu'elle vous savait digne de cette liaison par votre bonne conduite. Les reproches que vous vous faites s'adressent presque à votre seconde mère.

— Je le sais, mon Père, j'avais tort, sans doute ; mais je ne pouvais surmonter ma honte et ma crainte... Ce n'est pas tout... il me faut du courage pour achever.

— Continuez, Marie ; jusqu'ici vos scrupules, ou plutôt vos remords prouvent en faveur de votre cœur.

— Une fois Clara établie à la ferme, je fus aussi triste que j'avais d'abord cru être heureuse en pensant au plaisir d'avoir une compagne de mon âge ; elle, au contraire, était toute joyeuse. On lui avait fait un lit dans ma chambre. Le premier soir, avant de se coucher, elle m'embrassa et me dit qu'elle m'aimait déjà, qu'elle se sentait beaucoup d'attrait pour moi ; elle me demanda de l'appeler Clara, comme elle m'appellerait Marie. Ensuite elle pria Dieu, en me disant qu'elle joindrait mon nom à ses prières, si je voulais joindre son nom aux miennes. Je n'osai pas lui refuser cela. Après avoir encore causé quelque temps, elle s'endormit ; moi, je ne m'étais pas couchée ; je m'approchai d'elle ; je regardais en pleurant sa figure d'ange ; et puis, en pensant qu'elle dormait dans la même chambre que moi... que moi, qu'on avait trouvée chez l'ogresse avec des voleurs et des assassins... je tremblais comme si j'avais commis une mauvaise action, j'avais de vagues frayeurs... Il me semblait que Dieu me punirait un jour... Je me couchai, j'eus des rêves affreux, je revis les figures sinistres que j'avais presque oubliées, le Chourineur, le Maître d'école, la Chouette, cette femme borgne qui m'avait torturée étant petite. Oh ! quelle nuit !... mon Dieu ! quelle nuit ! quels rêves ! dit la Goualeuse en frémissant encore à ce souvenir.

— Pauvre Marie ! reprit le curé avec émotion ; que ne m'avez-vous fait plus tôt ces tristes confidences ! je vous aurais rassurée... Mais continuez.

— Je m'étais endormie bien tard ; Mlle Clara vint m'éveiller en m'embrassant. Pour vaincre ce qu'elle appelait ma froideur et me prouver son amitié, elle voulut me confier un secret : elle devait s'unir, lorsqu'elle aurait dix-huit ans accomplis, au fils d'un fermier de Goussainville, qu'elle aimait tendrement ; le mariage était depuis longtemps arrêté entre les deux familles. Ensuite, elle me raconta en peu de mots sa vie passée... vie simple, calme, heureuse : elle n'avait jamais quitté sa mère, elle ne la quitterait jamais ; car son fiancé devait partager l'exploitation de la ferme avec M. Dubreuil. « Maintenant, Marie, me dit-elle, vous me connaissez comme si vous étiez ma sœur ; racontez-moi donc votre vie... » A ces mots, je crus mourir de honte... je rougis, je balbutiai. J'ignorais ce que Mme Georges avait dit de moi ; je craignais de la démentir. Je répondis vaguement qu'orpheline et élevée par des personnes sévères, je n'avais pas été très heureuse pendant mon enfance, et que mon bonheur datait de mon séjour auprès de Mme Georges. Alors, Clara, bien plus par intérêt que par curiosité, me demanda où j'avais été élevée : était-ce à la ville, ou à la campagne ? Comment se nommait mon père ? Elle me demanda surtout si je me rappelais d'avoir vu ma mère. Chacune de ces questions m'embarrassait autant qu'elle me peinait : car il me fallait y répondre par des mensonges, et vous m'avez appris, mon Père, combien il est mal de mentir... Mais Clara n'imagina pas que je pouvais la tromper. Attribuant l'hésitation de mes réponses au chagrin que me causaient les tristes souvenirs de mon enfance, Clara me crut, me plaignit avec une bonté qui me navra O mon Père ! vous ne saurez jamais ce que j'ai souffert dans ce premier entretien ! combien il me coûtait de ne pas dire une parole qui ne fût hypocrite et fausse !...

— Infortunée ! que la colère de Dieu s'appesantisse sur ceux qui, en vous jetant dans une abominable voie de perdition, vous forceront peut-être de subir toute votre vie les inexorables conséquences d'une première faute !

— Oh ! oui, ceux-là ont été bien méchants, mon Père, reprit amèrement Fleur-de-Marie, car ma honte est ineffaçable. Ce n'est pas tout ; à mesure que Clara me parlait du bonheur qui l'attendait, de son mariage, de sa douce vie de famille, je ne pouvais m'empêcher de comparer mon sort au sien ; car, malgré les bontés dont on me comble, mon sort sera toujours misérable ; vous et Mme Georges, en me faisant comprendre la vertu, vous m'avez fait aussi comprendre la profondeur de mon abjection passée ; rien ne pourra m'empêcher d'avoir été le rebut de ce qu'il y a de plus vil au monde. Hélas ! puisque la connaissance du bien et du mal devait m'être si funeste, que ne me laissait-on à mon malheureux sort !

— Oh ! Marie ! Marie !

— N'est-ce pas, mon Père... ce que je dis est bien mal ? Hélas ! voilà ce que je n'osais vous avouer... Oui, quelquefois je suis assez ingrate pour méconnaître les bontés dont on me comble, pour me dire : Si l'on ne m'eut pas arrachée à l'infamie, eh bien ! la misère, les coups m'eussent tuée bien vite ; au moins je serais morte dans l'ignorance d'une pureté que je regretterai toujours.

— Hélas ! Marie, cela est fatal ! une nature, même généreusement douée par le Créateur, n'eût-elle été plongée qu'un jour dans la fange dont on vous a tirée, en garde un stigmate ineffaçable... Telle est l'immutabilité de la justice divine !

— Vous le voyez bien, mon Père, s'écria douloureusement Fleur-de-Marie, je dois désespérer jusqu'à la mort !

— Vous devez désespérer d'effacer de votre vie cette page désolante, dit le prêtre d'une voix triste et grave, mais vous devez espérer en la miséricorde infinie du Tout-Puissant. Ici-bas, pour vous, pauvre enfant, larmes, remords, expiation, mais un jour, là-haut, ajouta-t-il en élevant sa main vers le firmament, qui commençait à s'étoiler, là-haut, pardon, félicité éternelle !

— Pitié... pitié, mon Dieu !... je suis si jeune... et ma vie sera peut-être encore si longue !... dit la Goualeuse d'une voix déchirante, en tombant à genoux aux pieds du curé par un mouvement involontaire.

Le prêtre était debout au sommet de la colline, non loin de laquelle s'élevait le presbytère ; sa soutane noire, sa figure vénérable, encadrée de longs cheveux blancs et doucement éclairée par les dernières clartés du crépuscule, se dessinaient sur l'horizon, d'une transparence, d'une limpidité profondes : or pâle au couchant, saphir au zénith.

Le prêtre levait au ciel une de ses mains tremblantes, et abandonnait l'autre à Fleur-de-Marie, qui la couvrait de larmes.

Le capuchon de sa mante grise, à ce moment rabattu sur ses épaules, laissait voir le profil enchanteur de la jeune fille, son charmant regard suppliant et baigné de larmes... son cou d'une blancheur éblouissante où se voyait l'attache soyeuse de ses jolis cheveux blonds.

Cette scène simple et grande offrait un contraste, une coïncidence bizarre, avec l'ignoble scène qui, presque au même instant, se passait dans les profondeurs du chemin creux entre le Maître d'école et la Chouette

Caché dans les ténèbres d'un noir ravin, assailli de lâches terreurs, un effroyable meurtrier, portant la peine de ses forfaits, s'était aussi agenouillé... mais devant sa complice, furie railleuse, vengeresse, qui le tourmentait sans merci et le poussait à de nouveaux crimes... sa complice... cause première des malheurs de Fleur-de-Marie.

De Fleur-de-Marie que torturait un remords incessant.

L'exagération de sa douleur n'était-elle pas concevable ? Entourée depuis son enfance d'êtres dégradés, méchants, infâmes ; quittant sa prison pour l'antre de l'ogresse, autre prison horrible ; n'étant jamais sortie des cours de sa geôle ou des rues caverneuses de la Cité, cette malheureuse jeune fille n'avait-elle pas vécu jusqu'alors dans l'ignorance profonde du beau et du bien, aussi étrangère aux sentiments nobles et religieux qu'aux splendeurs magnifiques de la nature ?

Et voilà que tout à coup elle abandonne son cloaque infect pour une retraite charmante et rustique ; sa vie immonde, pour partager une existence heureuse et paisible avec les êtres les plus vertueux, les plus tendres, les plus compatissants à ses infortunes...

Enfin tout ce qu'il y a d'admirable dans la créature et dans la création se révèle à la fois et en un moment à son âme étonnée. A ce spectacle imposant, son esprit s'agrandit, son intelligence se développe, ses nobles instincts s'éveillent... Et c'est parce que son esprit s'est agrandi, parce que son intelligence s'est développée, parce que ses nobles instincts se sont éveillés... qu'ayant la conscience de sa dégradation première, elle ressent pour sa vie passée une douloureuse et incurable horreur, et comprend hélas ! ainsi qu'elle le dit, qu'il est des souillures qui ne s'effacent jamais...

— O malheur à moi ! disait la Goualeuse désespérée, ma vie tout entière, fût-elle aussi longue, aussi pure que la vôtre, mon Père, sera désormais flétrie par la conscience et par le souvenir du passé. Malheur à moi !

— Bonheur pour vous, au contraire, Marie, bonheur pour vous, à qui le Seigneur envoie ces remords pleins d'amertume, mais salutaires ! Ils prouvent la religieuse susceptiblité de votre âme ! Tant d'autres, moins noblement bien douées que vous, eussent, à votre place, vite oublié le passé pour ne songer qu'à jouir de la félicité présente ! Une âme délicate comme la vôtre rencontre des souffrances là où le vulgaire ne ressent aucune douleur ! Mais chacune de ces souffrances vous sera comptée là-haut. Croyez-moi, Dieu ne vous a laissée un moment dans la voie mauvaise que pour vous réserver la gloire du repentir et la récompense éternelle due à l'expiation ! Ne l'a-t-il pas dit Lui-même : « Ceux-là qui font le bien sans combat, et qui viennent à Moi le sourire aux lèvres, ceux-là sont mes élus ; mais ceux-là qui, blessés dans la lutte, viennent à Moi saignants et meurtris, ceux-là sont les élus d'entre mes élus !... ». Courage donc, mon enfant !... soutien, appui, conseils, rien ne vous manquera... Je suis bien vieux, mais Mme Georges, mais M. Rodolphe ont encore de longues années à vivre... M. Rodolphe surtout... qui vous témoigne tant d'intérêt... qui suit vos progrès avec une sollicitude si éclairée.. dites, Marie, dites, pourriez-vous jamais regretter de l'avoir rencontré ?

La Goualeuse allait répondre, lorsqu'elle fut interrompue par la paysanne dont nous avons parlé, qui, suivant la même route que la jeune fille et l'abbé, venait de les rejoindre. C'était une des servantes de la ferme.

— Pardon, excuse, monsieur le curé, dit-elle au prêtre, mais Mme Georges m'a dit d'apporter ce panier de fruits au presbytère, et qu'en même temps je ramènerais Mlle Marie, car il se fait tard ; mais j'ai pris Turc avec moi, dit la fille de ferme en caressant un énorme chien des Pyrénées, qui eût défié un ours au combat. Quoiqu'il n'y ait jamais de mauvaise rencontre dans le pays, c'est toujours plus prudent.

— Vous avez raison, Claudine ; nous voici d'ailleurs arrivés au presbytère ; vous remercierez Mme Georges pour moi.

Puis, s'adressant tout bas à la Goualeuse, le curé lui dit d'un ton grave :

— Il faut que je me rende demain à la conférence du diocèse ; mais je serai de retour sur les cinq heures. Si vous le voulez, mon enfant, je vous attendrai au presbytère. Je vois, à l'état de votre esprit, que vous avez besoin de vous entretenir longuement encore avec moi.

— Je vous remercie, mon Père, répondit Fleur-de-Marie ; demain je viendrai, puisque vous voulez bien me le permettre.

— Mais nous voici arrivés à la porte du jardin, dit le prêtre ; laissez ce panier là, Claudine, ma gouvernante le prendra. Retournez vite à la ferme avec Marie ; car la nuit est presque venue et le froid augmente. A demain, Marie, à cinq heures !

— A demain, mon Père.

L'abbé rentra dans son jardin.

La Goualeuse et Claudine, suivies de Turc, reprirent le chemin de la métairie.

CHAPITRE III

LA RENCONTRE

La nuit était venue, claire et froide.

Suivant les avis du Maître d'école, la Chouette avait gagné avec ce brigand un endroit du chemin creux plus éloigné du sentier et plus rapproché du carrefour où Barbillon attendait avec le fiacre.

Tortillard, posté en vedette, guettait le retour de Fleur-de-Marie, qu'il devait attirer dans ce guet-apens en la suppliant de venir à son aide pour secourir une pauvre vieille femme.

Le fils de Bras-Rouge avait fait quelques pas en dehors du ravin pour aller à la découverte, lorsque, prêtant l'oreille, il entendit au loin la Goualeuse parler à la paysanne qui l'accompagnait.

La Goualeuse n'étant plus seule, tout était manqué. Tortillard se hâta de redescendre dans le ravin et de courir avertir la Chouette.

— Il y a quelqu'un avec la jeune fille, dit-il d'une voix basse et essoufflée.

— Que *le béquilleur lui fauche le colas* (1), à cette petite gueuse ! s'écria la Chouette en fureur.

— Avec qui est-elle ? demanda le Maître d'école.

— Sans doute avec la paysanne qui tout à l'heure a passé dans le sentier, suivie d'un gros chien. J'ai reconnu la voix d'une femme, dit Tortillard ; tenez... entendez-vous... entendez-vous le bruit de leurs sabots ?...

En effet, dans le silence de la nuit, les semelles de bois résonnaient au loin sur la terre durcie par la gelée.

— Elles sont deux... Je peux me charger de la petite à la mante grise ; mais l'autre ! comment faire ? Fourline n'y voit pas... et Tortillard est trop faible pour *amortir* cette camarade que le diable étrangle ! Comment faire ? répéta la Chouette.

— Je ne suis pas fort ; mais, si vous voulez, je me jetterai aux jambes de la paysanne qui a un chien, je m'y accrocherai des mains et des dents : je ne lâcherai pas, allez !... Pendant ce temps-là vous entraînerez bien la petite... vous, la Chouette.

(1) Que le bourreau lui coupe le cou.

— Et si elles crient, si elles regimbent, on les entendra de la ferme, reprit la borgnesse, et on aura le temps de venir à leur secours avant que nous ayons rejoint le fiacre de Barbillon... C'est pas déjà si commode à emporter une femme qui se débat !

— Et elles ont un gros chien avec elles ! dit Tortillard.

— Bah ! bah ! si ce n'était que ça, d'un coup de soulier je lui casserai la gargoine, à leur chien, dit la Chouette.

— Elles approchent, reprit Tortillard en prêtant de nouveau l'oreille au bruit des pas lointains, elles vont descendre dans le ravin.

— Mais parle donc, fourline, dit la Chouette au Maître d'école ; qu'est-ce que tu conseilles, gros têtard ?... Est-ce que tu deviens muet ?

— Il n'y a rien à faire aujourd'hui, répondit le brigand.

— Et les mille francs du monsieur en deuil, s'écria la Chouette, ils serons donc flambés ? Plus souvent !... Ton couteau ! ton couteau ! fourline... Je tuerai la camarade pour qu'elle ne nous gêne pas ; quant à la petite, nous deux, Tortillard et moi, nous viendrons bien à bout de la bâillonner.

— Mais l'homme en deuil ne s'attend pas à ce que l'on tue quelqu'un...

— Eh bien ! nous mettrons ce sang-là en *extra* sur son mémoire ; faudra bien qu'il nous paye, puisqu'il sera notre complice.

— Les voilà !... Elles descendent, dit Tortillard à voix basse.

— Oh ! la Chouette... s'écria Tortillard avec effroi en étendant ses mains vers la borgnesse, c'est trop fort... la tuer... Oh ! non, non !

— Ton couteau ! je te dis... répéta tout bas la Chouette, sans faire attention aux supplications de Tortillard et en se déchaussant à la hâte. Je vas ôter mes souliers, ajouta-t-elle, pour les surprendre en marchant à pas de loup derrière elles ; il fait déjà sombre ; mais je reconnaîtrai bien la petite à sa mante, et je *refroidirai* (1) l'autre.

— Non ! dit le brigand, aujourd'hui c'est inutile ; il sera toujours temps demain.

— Tu as peur, frileux ! dit la Chouette avec un mépris farouche...

— Je n'ai pas peur, répondit le Maître d'école ; mais tu peux manquer ton coup et tout perdre.

Le chien qui accompagnait la paysanne, éventant sans doute les gens embusqués dans le chemin creux, s'arrêta court, aboya avec furie et ne répondit pas aux appels réitérés de Fleur-de-Marie.

— Entends-tu leur chien ? Les voilà, vite, ton couteau... ou sinon !... s'écria la Chouette d'un air menaçant.

— Viens donc me le prendre... de force ! dit le Maître d'école.

— C'est fini ! il est trop tard ! s'écria la Chouette après avoir écouté un moment avec attention, les voilà passées... Tu me payeras ça ! va, potence ! ajouta-t-elle furieuse, en montrant le poing à son complice ; mille francs perdus par ta faute !

— Mille, deux mille, peut-être trois mille de gagnés, au contraire, reprit le Maître d'école d'un ton d'autorité. Ecoute-moi, la Chouette, ajouta-t-il, et tu verras si j'ai eu tort de te refuser mon couteau... Tu vas retourner auprès de Barbillon... vous vous en irez tous les deux avec sa

(1) Je tuerai

voiture au rendez-vous où vous attend le monsieur en deuil... vous lui direz qu'il n'y a rien à faire aujourd'hui, mais que demain ce sera enlevé...

— Et toi ? murmura la Chouette toujours courroucée.

— Ecoute encore : la petite va seule tous les soirs reconduire le prêtre ; c'est un hasard si aujourd'hui elle a rencontré quelqu'un il est probable que demain nous aurons meilleure chance : demain donc tu reviendras à cette heure, au carrefour, avec Barbillon et sa voiture.

— Mais toi ? mais toi ?

— Tortillard va me conduire à la ferme où demeure cette fille ; il dira que nous somme égarés, que je suis son père, un pauvre ouvrier mécanicien aveuglé par accident ; que nous allions à Louvres, chez un de nos parents qui pouvait nous donner quelques secours, et que nous nous sommes perdus dans les champs en voulant couper au court. Nous demanderons à passer la nuit à la ferme, dans un coin de l'étable. Jamais ça ne se refuse. Ces paysans nous croiront et nous donneront à coucher. Tortillard examinera bien les portes, les fenêtres, les issues de la maison : il y a toujours de l'argent chez ces gens-là à l'approche des fermages. Moi qui ai eu des terres, ajouta-t-il avec amertume, je sais ça. Nous sommes dans la première quinzaine de janvier... c'est le bon moment, c'est le temps où on paye les termes échus... La ferme est située, dites-vous, dans un endroit désert ; une fois que nous en connaîtrons les entrées et les sorties, on pourra y revenir avec les amis, c'est une affaire à mitonner...

— Toujours têtard, et quelle sorbonne ! dit la Chouette en se radoucissant, continue, fourline.

— Demain matin, au lieu de quitter la ferme, je me plaindrai d'une douleur qui m'empêchera de marcher. Si on ne me croit pas, je montrerai la plaie que j'ai gardée depuis que j'ai brisé ma *manille* (1), et dont je souffre toujours. Je dirai que c'est une brûlure que je me suis faite avec une barre de fer rouge dans mon état de mécanicien ; on me croira. Ainsi je resterai à la ferme une partie de la journée, pour que Tortillard ait encore le temps de tout bien examiner. Quand le soir arrivera, au moment où la petite sortira, comme d'habitude avec le prêtre, je dirai que je suis mieux et que je me trouve en état de partir. Tortillard et moi nous suivrons la jeune fille de loin, nous reviendrons l'attendre ici en dehors du ravin. Nous connaissant déjà, elle n'aura pas de défense en nous revoyant ; nous l'aborderons... nous deux Tortillard... et une fois qu'elle sera à portée de mon bras, j'en réponds ; elle est enflanquée, et les mille francs sont à nous. Ce n'est pas tout... dans deux ou trois jours nous pourrons donner l'*affaire de la ferme* au Barbillon ou à d'autres, et partager ensuite avec eux s'il y a quelque chose, puisque c'est nous qui auront *nourri le poupard* (2).

— Tiens, *sans mirettes* (3), t'as pas ton pareil, dit la Chouette en embrassant le Maître d'école. Mais si par hasard la petite ne reconduit pas le prêtre demain soir ?

— Nous recommencerons après-demain, c'est un de ces morceaux qui

(1) Anneau qui tient à la chaîne des forçats
(2) Indiqué, préparé le vol
(3) Sans yeux

se mangent froids et lentement ; d'ailleurs ça fera des frais qui augmenteront le mémoire du monsieur en deuil ; et puis, une fois dans la ferme, je saurai bien juger, d'après ce que j'entendrai dire, si nous avons une chance d'enlever la petite par le moyen que nous tenons ; sinon nous en rechercherons un autre.

— Ça va, mon homme ! Il est fameux ton plan ! Dis donc, fourline, quand tu seras tout à fait infirme, faudra te faire *grinche consultant,* tu gagneras autant d'argent qu'un *rat de prison* (1). Allons, embrasse ta Chouette, et dépêche-toi... Ces paysans, ça se couche comme les poules. Je me sauve retrouver Barbillon ; demain à quatre heures nous serons à la croix du carrefour avec lui et sa roulante, à moins que d'ici là on ne l'arrête pour avoir escarpé le mari de la laitière... de la rue de la Vieille-Draperie. Mais, si ça n'est pas lui, ça sera un autre, puisque le faux fiacre appartient au monsieur en deuil, qui s'en est déjà servi. Un quart d'heure après notre arrivée au carrefour, je serai ici à t'attendre.

— C'est dit... A demain, la Chouette.

— Et moi qui oubliais de donner de la cire à Tortillard, s'il y a quelque empreinte à prendre à la ferme ! tiens, sauras-tu bien t'en servir, fifi ? dit la borgnesse en donnant un morceau de cire à Tortillard.

— Oui, oui, allez ; papa m'a montré. J'ai pris pour lui l'empreinte de la serrure d'une petite cassette de fer que mon maître le charlatan garde dans son cabinet noir.

— A la bonne heure ; et pour qu'elle ne colle pas, n'oublie pas de mouiller ta cire après l'avoir bien échauffée dans ta main.

— Connu, connu ! répondit Tortillard. Mais, vous voyez, je fais tout ce que vous me dites, et ça... parce que vous m'aimez un petit peu ? n'est-ce pas la Chouette ?

— Si je t'aime !... Je t'aime comme si je t'avais eu de feu le grand Napoléon ! ! ! dit la Chouette en embrassant Tortillard, qui fut immodérément flatté de cette comparaison impériale. A demain, fourline.

— A demain, reprit le Maître d'école.

La Chouette alla rejoindre le fiacre.

Le Maître d'école et Tortillard sortirent du chemin creux, et se dirigèrent du côté de la ferme ; la lumière qui brillait à travers les fenêtres leur servait de guide.

Etrange fatalité qui rapprochait ainsi Anselme Duresnel de sa femme, qu'il n'avait pas vue depuis sa condamnation aux travaux forcés.

(1) Qu'un avocat

CHAPITRE IV

LA VEILLÉE

Est-il quelque chose de plus réjouissant à voir que la cuisine d'une grande métairie à l'heure du repas du soir, dans l'hiver surtout ? Est-il quelque chose qui rappelle davantage le calme et le bien-être de la vie rustique ?

On aurait pu trouver une preuve de ce que nous avançons dans l'aspect de la cuisine de la ferme de Bouqueval.

Son immense cheminée, haute de six pieds, large de huit, ressemblait à une grande baie de pierre ouverte sur une fournaise ; dans l'âtre noir flamboyait un véritable bûcher de hêtre et de chêne. Ce brasier énorme envoyait autant de clarté que de chaleur dans toutes les parties de la cuisine, et rendait inutile la lumière d'une lampe suspendue à la maîtresse poutre qui traversait le plafond.

De grandes marmites et des casseroles de cuivre rouge rangées sur des tablettes étincelaient de propreté ; une antique fontaine du même métal brillait comme un miroir ardent non loin d'une huche de noyer, soigneusement cirée, d'où s'exhalait une appétissante odeur de pain tout chaud. Une table longue, massive, recouverte d'une nappe de grosse toile d'une extrême propreté, occupait le milieu de la salle ; la place de chaque convive était marquée par une de ces assiettes de faïence, brunes au-dehors, blanches au-dedans, et par un couvert de fer luisant comme de l'argent. Au milieu de la table, une grande soupière remplie de potage aux légumes fumait comme un cratère et couvrait de sa vapeur savoureuse un plat formidable de choucroute au jambon et un autre plat non moins formidable de ragoût de mouton aux pommes de terre ; enfin, un quartier de veau rôti, flanqué de deux salades d'hiver accostées de deux corbeilles de pommes et de deux fromages, complétaient l'abondante symétrie de ce repas. Trois ou quatre cruches de cidre pétillant, autant de miches de pain bis, grandes comme des meules de moulin, étaient à la discrétion des laboureurs.

Un vieux chien de berger, griffon noir, presque édenté, doyen émérite de la gent canine de la métairie, devait à son grand âge et à ses anciens service la permission de rester au coin du feu. Usant modestement et discrètement de ce privilège, le museau allongé sur ses deux pattes de devant, il suivait d'un œil attentif les différentes évolutions culinaires qui précédaient le souper.

Ce chien vénérable répondait au nom quelque peu bucolique de *Lysandre.*

Peut-être l'*ordinaire* des gens de cette ferme, quoique fort simple, semblera-t-il un peu somptueux ; mais Mme Georges (en cela fidèle aux vues de Rodolphe) améliorait autant que possible le sort de ses serviteurs, exclusivement choisi parmi les gens les plus honnêtes et les plus laborieux du pays. On les payait largement, on rendait leur sort très heureux, très enviable : aussi, entrer comme métayer à la ferme de Bouqueval était le but de tous les bons laboureurs de la contrée ; innocente ambition qui entretenait parmi eux une émulation d'autant plus louable qu'elle tournait au profit des maîtres qu'ils servaient ; car on ne pouvait se présenter pour obtenir une des places vacantes à la métairie qu'avec l'appui des plus excellents antécédents.

Rodolphe créait ainsi sur une très petite échelle une sorte de ferme modèle, non seulement destinée à l'amélioration des bestiaux et des procédés aratoires, mais surtout à l'amélioration des hommes, et il atteignait ce but en intéressant des hommes à être probes, actifs, intelligents

Après avoir terminé les apprêts du souper, et posé sur la table un broc de vin vieux destiné à accompagner le dessert, la cuisinière de la ferme alla sonner la cloche.

A ce joyeux appel, laboureurs, valets de ferme, laitières, filles de basse-cour, au nombre de douze ou quinze, entrèrent gaiement dans la cuisine. Les hommes avaient l'air mâle et ouvert ; les femmes étaient avenantes et robustes, les jeunes filles alertes et gaies, toutes ces physionomies placides respiraient la bonne humeur, la quiétude et le contentement de soi ; ils s'apprêtaient avec une sensualité naïve à faire honneur à ce repas bien gagné par les rudes labeurs de la journée.

Le haut de la table fut occupé par un vieux laboureur aux cheveux blancs, au visage loyal, au regard franc et hardi, à la bouche un peu moqueuse ; véritable type du paysan de bon sens, de ces esprits fermes et droits, nets et lucides, rustiques et malins, qui sentent leur vieux Gaulois d'une lieue.

Le père Châtelain (ainsi se nommait ce Nestor), n'ayant pas quitté la ferme depuis son enfance, était alors employé comme maître laboureur. Lorsque Rodolphe acheta la métairie, le vieux serviteur lui fut justement recommandé ; il le garda et l'investit sous les ordres de Mme Georges, d'une sorte de surintendance des travaux de culture. Le père Châtelain exerçait sur ce personnel de la ferme une haute influence due à son âge, à son savoir, à son expérience.

Tous les paysans se placèrent.

Après avoir dit le *Benedicite* à haute voix, le père Châtelain, suivant un vieil et saint usage, traça une croix sur un des pains avec la pointe de son couteau, et en coupa un morceau représentant la *part de la Vierge* ou la part du pauvre ; il versa ensuite un verre de vin sous la même invocation, et plaça le tout sur une assiette qui fut pieusement placée au milieu de la table.

A ce moment, les chiens de garde aboyèrent avec force ; le vieux Lysandre leur répondit avec un grognement sourd, retroussa sa lèvre et laissa voir deux ou trois crocs encore respectables.

— Il y a quelqu'un le long des murs de la cour, dit le père Châtelain.

A peine avait-il dit ces paroles que la cloche de la grande porte tinta.

— Qui peut venir si tard ? dit le vieux laboureur, tout le monde est rentré... Va toujours voir, Jean-René.

Jean-René, jeune garçon de ferme, remit avec regret dans son assiette une énorme cuillerée de soupe brûlante sur laquelle il soufflait d'une force à désespérer Eole, et sortit de la cuisine.

— Voilà depuis bien longtemps la première fois que Mme Georges et Mlle Marie ne viennent pas s'asseoir au coin du feu pour assister à notre souper, dit le père Châtelain ; j'ai une rude faim, mais je mangerai de moins bon appétit.

— Mme Georges est montée dans la chambre de Mlle Marie, car, en revenant de reconduire M. le curé, mademoiselle s'est trouvée un peu souffrante et s'est couchée, répondit Claudine, la robuste fille qui avait ramené la Goualeuse au presbytère, et ainsi renversé sans le savoir les sinistres desseins de la Chouette.

— Notre bonne Mlle Marie est seulement indisposée... mais elle n'est pas malade, n'est-ce pas ? demanda le vieux laboureur avec inquiétude.

— Non, non, Dieu merci ! père Châtelain ; Mme Georges a dit que ça ne serait rien, reprit Claudine ; sans cela, elle aurait envoyé chercher à Paris M. David, ce médecin noir... qui a déjà soigné Mlle Marie lorsqu'elle a été malade. C'est égal, c'est tout de même bien étonnant, un médecin noir ! Si c'était pour moi, je n'aurais pas du tout confiance. Un médecin blanc, à la bonne heure... c'est chrétien.

— Est-ce que M. David n'a pas guéri Mlle Marie, qui était languissante dans les premiers temps ?

— Si, père Châtelain.

— Eh bien ?

— C'est égal, un médecin noir, ça a comme quelque chose d'effrayant.

— Est-ce qu'il n'a pas remis la vieille Anique, qui, à la suite d'une plaie aux jambes, ne pouvait tant seulement bouger de son lit depuis trois ans ?

— Si, si, père Châtelain.

— Eh bien ! ma fille ?

— Oui, père Châtelain ; mais un médecin noir... pensez donc... tout noir, tout noir...

— Ecoute, ma fille : de quelle couleur est ta génisse Musette ?

— Blanche, père Châtelain, blanche comme un cygne, et fameuse laitière ; on peut dire cela sans l'exposer à rougir.

— Et ta génisse Rosette ?

— Noire comme un corbeau, père Châtelain ; fameuse laitière, faut être juste pour tout le monde.

— Et le lait de cette génisse noire, de quelle couleur est-il ?

— Mais... blanc, père Châtelain... c'est tout simple, blanc comme neige.

— Aussi blanc et aussi bon que celui de Musette ?

— Mais oui, père Châtelain.

— Quoique Rosette soit noire ?

— Quoique Rosette soit noire... Qu'est-ce que ça fait au lait que la vache soit noire, rousse ou blanche ?

— Ça ne fait rien ?

— Rien de rien, père Châtelain.

— Eh bien ! alors, ma fille, pourquoi ne veux-tu pas qu'un médecin noir soit aussi bon qu'un médecin blanc ?

— Dame... père Châtelain, c'était par rapport à la peau, dit la jeune fille après un moment de cogitation profonde. Mais au fait, puisque Rosette la noire a d'aussi bon lait que Musette la blanche, la peau n'y fait rien.

Ces réflexions physionomiques de Claudine sur la différence des races blanche et noire furent interrompues par le retour de Jean-René, qui soufflait dans ses doigts avec autant de vigueur qu'il avait soufflé sur sa soupe.

— Oh ! quel froid ! quel froid il fait cette nuit !... il gèle à pierre fendre, dit-il en entrant ; vaut mieux être dedans que dehors par un temps pareil. Quel froid !

— Gelée commencée par un vent d'est sera rude et longue ; tu dois savoir ça, garçon. Mais qui a sonné ? demanda le doyen des laboureurs.

— Un pauvre aveugle et un enfant qui le conduit, père Châtelain.

CHAPITRE V

L'HOSPITALITÉ

— Et qu'est-ce qu'il veut cet aveugle ? demanda le père Châtelain à Jean-René.

— Ce pauvre homme et son fils se sont égarés en voulant aller à Louvres par la traverse ; comme il fait un froid de loup et que la nuit est noire, car le ciel se couvre, l'aveugle et son enfant demandent à passer la nuit à la ferme, dans un coin de l'étable.

— Mme Georges est si bonne qu'elle ne refuse jamais l'hospitalité à un malheureux ; elle consentira, bien sûr, à ce qu'on donne à coucher à ces pauvres gens... mais il faut la prévenir. Vas-y, Claudine.

Claudine disparut.

— Et où attend-il, ce brave homme ? demanda le père Châtelain.

— Dans la petite grange.

— Pourquoi l'as-tu mis dans la grange ?

— S'il était resté dans la cour, les chiens l'auraient mangé tout cru, lui et son petit. Oui, père Châtelain, j'avais beau dire : « Tout beau, Médor... ici, Turc... à bas, Sultan !... ». J'ai jamais vu des déchaînés pareils. Et pourtant, à la ferme, on ne les dresse pas à mordre sur le pauvre, comme dans bien des endroits...

— Ma foi, mes enfants, la part du pauvre aura été ce soir réservée pour tout de bon... Serrez-vous un peu... Bien ! Mettons deux couverts de plus, l'un pour l'aveugle, l'autre pour son fils ; car sûrement Mme Georges leur laissera passer la nuit ici.

— C'est tout de même étonnant que les chiens soient furieux comme ça, dit Jean-René ; il y avait surtout Turc, que Claudine a emmené en allant ce soir au presbytère... il était comme un possédé... En le flattant pour l'apaiser, j'ai senti les poils de son dos tout hérissés... on aurait dit d'un porc-épic. Qu'est-ce que vous dites de cela, hein ! père Châtelain, vous qui savez tout ?

— Je dis, mon garçon, moi qui sais tout, que les bêtes en savent encore plus long que moi... Lors de l'ouragan de cet automne, qui avait changé la petite rivière en torrent, quand je m'en revenais à nuit noire, avec mes chevaux de labour, assis sur le vieux cheval rouan, que le diable m'emporte si j'aurais su où passer à gué, car on n'y voyait pas plus que dans un four !... Eh bien ! j'ai laissé la bride sur le cou du vieux rouan, et il a trouvé tout seul ce que nous n'aurions trouvé ni les uns ni les autres... Qui est-ce qui lui a appris cela ?

— Oui, père Châtelain, qui est-ce qui lui a appris cela, au vieux cheval rouan ?

— Celui qui apprend aux hirondelles à faire leur nid sur les toits, et aux bergeronnettes à faire leur nid au milieu des roseaux, mon garçon... Eh bien ! Claudine, dit le vieil oracle à la laitière qui rentrait portant sous ses deux bras deux paires de draps bien blancs qui jetaient une suave odeur de sauge et de verveine, eh bien ! Mme Georges a ordonné de faire souper et coucher ici ce pauvre aveugle et son fils, n'est-ce pas ?

— Voilà des draps pour faire leurs lits dans la petite chambre au bout du corridor, dit Claudine.

— Allons, va les chercher, Jean-René... Toi, ma fille, approche deux chaises du feu, ils se réchaufferont un moment avant de se mettre à table... car le froid est dur cette nuit.

On entendit de nouveau les aboiements furieux des chiens et la voix de Jean-René qui tâchait de les apaiser.

La porte de la cuisine s'ouvrit brusquement : le Maître d'école et Tortillard entrèrent avec précipitation, comme s'ils eussent été poursuivis.

— Prenez donc garde à vos chiens ! s'écria le Maître d'école avec frayeur ; ils ont manqué nous mordre.

— Ils m'ont arraché un morceau de ma blouse, dit Tortillard, encore pâle d'effroi.

— Excusez, mon brave homme, dit Jean-René en fermant la porte ; mais je n'ai jamais vu nos chiens si méchants... C'est, bien sûr, le froid qui les agace... Ces bêtes n'ont pas de raison ; elles veulent peut-être mordre pour se réchauffer !

— Allons, à l'autre maintenant ! dit le laboureur en arrêtant le vieux Lysandre au moment où, grondant d'un air menaçant, il allait s'élancer sur les nouveaux venus. Il a entendu les autres chiens aboyer de furie, il veut faire comme eux. Veux-tu te coucher tout de suite, vieux sauvage !... veux-tu...

A ces mots du père Châtelain, accompagnés d'un coup de pied significatif, Lysandre regagna, toujours grondant, sa place de prédilection au coin du foyer.

Le Maître d'école et Tortillard restaient à la porte de la cuisine, n'osant pas avancer.

Enveloppé d'un manteau bleu à collet de fourrure, son chapeau enfoncé sur le bonnet noir qui lui cachait presque entièrement le front, le brigand tenait la main de Tortillard, qui se pressait contre lui en regardant les paysans avec défiance ; l'honnêteté de ces physionomies déroutait et effrayait presque le fils de Bras-Rouge.

Les natures mauvaises ont aussi leurs répulsions et leurs sympathies.

Les traits du Maître d'école étaient si hideux, que les habitants de la ferme restèrent un instant frappés, les uns de dégoût, les autres d'effroi. Cette impression n'échappa pas à Tortillard ; la frayeur des paysans le rassura, il fut fier de l'épouvante qu'inspirait son compagnon. Ce premier mouvement passé, le père Châtelain, ne songeant qu'à remplir les devoirs de l'hospitalité, dit au Maître d'école :

— Mon brave homme, avancez près du feu, vous vous réchaufferez d'abord. Vous souperez ensuite avec nous, car vous arrivez au moment où nous allions nous mettre à table. Tenez, asseyez-vous là. Mais à quoi ai-je la tête ! ajouta le père Châtelain ; ce n'est pas à vous mais à votre fils que je dois m'adresser, puisque, malheureusement, vous êtes aveugle. Voyons, mon enfant, conduis ton père auprès de la cheminée.

— Oui, mon bon monsieur, répondit Tortillard d'un ton nasillard, patelin et hypocrite ; que le bon Dieu vous rende votre bonne charité !... Suis-moi, pauvre papa, suis-moi... prends bien garde.

Et l'enfant guida les pas du brigand.

Tous deux arrivèrent près de la cheminée.

D'abord Lysandre gronda sourdement ; mais ayant flairé un instant le Maître d'école, il poussa tout à coup cette sorte d'aboiement lugubre qui fait dire communément que les chiens hurlent à la mort.

— Enfer ! se dit le Maître d'école. Est-ce donc le sang qu'ils flairent, ces maudits animaux ? J'avais ce pantalon-là pendant la nuit de l'assassinat du marchand de bœufs...

— Tiens, c'est étonnant, dit tout bas Jean-René, le vieux Lysandre qui hurle à la mort en sentant le bonhomme !

Alors il arriva une chose étrange.

Les cris de Lysandre étaient si perçants, si plaintifs, que les autres chiens l'entendirent (la cour de la ferme n'étant séparée de la cuisine que par une fenêtre vitrée), et selon l'habitude de la race canine, ils répétèrent à l'envi ces gémissements lamentables.

Quoique peu superstitieux, les métayers s'entre-regardèrent presque avec effroi.

En effet, ce qui se passait était singulier.

Un homme qu'ils n'avaient pu envisager sans horreur entrait dans la ferme. Alors des animaux jusqu'alors paisibles devenaient furieux et jetaient ces clameurs sinistres qui, selon les croyances populaires, prédisent les approches de la mort.

Le brigand lui-même, malgré son endurcissement, malgré son audace infernale, tressaillit un moment en entendant ces hurlements funèbres, mortuaires... qui éclataient à son arrivée, à lui... assassin.

Tortillard, sceptique, effronté comme un enfant de Paris, corrompu pour ainsi dire à la mamelle, resta seul indifférent à l'effet moral de cette scène. Délivré de la crainte d'être mordu, cet avorton railleur se moqua de ce qui atterrait les habitants de la ferme et de ce qui faisait frissonner le Maître d'école.

La première stupeur passée, Jean-René sortit, et l'on entendit bientôt les claquements de son fouet, qui dissipèrent les lugubres pressentiments de Turc, de Sultan et de Médor. Peu à peu les visages contristés des laboureurs se rassérénèrent. Au bout de quelques moments, l'épouvantable laideur du Maître d'école leur inspira plus de pitié que d'horreur ; ils plaignirent le petit boiteux de son infirmité, lui trouvèrent une mine futée très intéressante, et le louèrent beaucoup des soins empressés qu'il prodiguait à son père.

L'appétit des laboureurs, un moment oublié, se réveilla avec une nouvelle énergie, et l'on n'entendit pendant quelques instants que le bruit des fourchettes.

Tout en s'escrimant de leur mieux sur leurs mets rustiques, métayers et métayères remarquaient avec attendrissement les prévenances de l'enfant pour l'aveugle, auprès duquel on l'avait placé. Tortillard lui préparait ses morceaux, lui coupait son pain, lui versait à boire avec une attention toute filiale.

Ceci était le beau côté de la médaille, voici le revers :

Autant par cruauté que par l'esprit d'imitation naturel à son âge, Tortillard trouvait une jouissance cruelle à tourmenter le Maître d'école, à l'exemple de la Chouette, qu'il était fier de copier ainsi, et qu'il aimait avec une sorte de dévouement. Comment cet enfant pervers sentait-il le besoin d'être aimé ? Comment se trouvait-il heureux du semblant d'affection que lui témoignait la borgnesse ? Comment pouvait-il, enfin, s'émouvoir au lointain souvenir des caresses de sa mère ? C'était encore une de ces fréquentes et nombreuses anomalies qui, de temps à autre, protestent heureusement contre l'unité dans le vice.

Nous l'avons dit, éprouvant, ainsi que la Chouette, un charme extrême à avoir, lui chétif, pour bête de souffrance un tigre musclé... Tortillard, assis à la table des laboureurs, eut la méchanceté de vouloir raffiner son plaisir en forçant le Maître d'école à supporter ses mauvais traitements sans sourciller.

Il compensa donc chacune de ses attentions ostensibles pour son père supposé par un coup de pied souterrain particulièrement adressé à une plaie très ancienne que le Maître d'école, comme beaucoup de forçats, avait à la jambe droite, à l'endroit où pesait l'anneau de sa chaîne pendant son séjour au bagne.

Il fallut à ce brigand un courage d'autant plus stoïque pour cacher sa souffrance à chaque atteinte de Tortillard, que ce petit monstre, afin de mettre sa victime dans une position plus difficile encore, choisissait pour ses attaques tantôt le moment où le Maître d'école buvait, tantôt le moment où il parlait.

Néanmoins l'impassibilité de ce dernier ne se démentit pas : il contint merveilleusement sa colère et sa douleur, pensant (et le fils de Bras-Rouge y comptait bien) qu'il serait très dangereux pour le succès de ses desseins de laisser deviner ce qui se passait sous la table.

— Tiens, pauvre papa, voilà une noix tout épluchée, dit Tortillard en mettant dans l'assiette du Maître d'école un de ces fruits soigneusement détaché de sa coque.

— Bien, mon enfant, dit le père Châtelain ; puis, s'adressant au brigand : Vous êtes sans doute bien à plaindre, brave homme ; mais vous avez un si bon fils... que cela doit vous consoler un peu !

— Oui, oui, mon malheur est grand ; et sans la tendresse de mon cher enfant... je...

Le Maître d'école ne put retenir un cri aigu.

Le fils de Bras-Rouge avait cette fois rencontré le vif de la plaie ; la douleur fut intolérable.

— Mon Dieu !... qu'as-tu donc, pauvre papa ? s'écria Tortillard d'une voix larmoyante, et, se levant, il se jeta au cou du Maître d'école.

Dans son premier mouvement de colère et de rage, le brigand voulut étouffer le petit boiteux entre ses bras d'Hercule, et le pressa si violemment contre sa poitrine, que l'enfant, perdant sa respiration, laissa entendre un sourd gémissement.

Mais réfléchissant aussitôt qu'il ne pouvait se passer de Tortillard, le Maître d'école se contraignit et le repoussa sur sa chaise.

Dans tout ceci les paysans ne virent qu'un échange de tendresses paternelles et filiales : la pâleur et la suffocation de Tortillard leur parurent causées par l'émotion de ce bon fils.

— Qu'avez-vous donc, mon brave ? demanda le père Châtelain. Votre cri de tout à l'heure a fait pâlir votre enfant... Pauvre petit... Tenez, il peut à peine respirer !

— Ce n'est rien, répondit le Maître d'école en reprenant son sang-froid. Je suis de mon état serrurier-mécanicien : il y a quelque temps, en travaillant au marteau une barre de fer rougie, je l'ai laissée tomber sur mes jambes, et je me suis fait une brûlure si profonde qu'elle n'est pas encore cicatrisée... Tout à l'heure je me suis heurté au pied de la table, et je n'ai pu retenir un cri de douleur.

— Pauvre papa ! dit Tortillard, remis de son émotion et jetant un regard diabolique sur le Maître d'école, pauvre papa ! c'est pourtant vrai, mes bons messieurs, on n'a jamais pu le guérir de sa jambe... Hélas ! non, jamais ! Oh ! je voudrais bien avoir son mal, moi... pour qu'il ne l'ait plus, ce pauvre papa...

Les femmes regardèrent Tortillard avec attendrissement.

— Eh bien ! mon brave homme, reprit le père Châtelain, il est malheureux pour vous que vous ne soyez pas venu à la ferme il y a trois semaines, au lieu d'y venir ce soir.

— Pourquoi cela ?

— Parce que nous avons eu ici, pendant quelques jours, un docteur de Paris qui a un remède souverain pour les maux de jambe. Une bonne vieille femme du village ne pouvait pas marcher depuis trois ans ; le docteur lui a mis de son onguent sur ses blessures... A présent, elle court comme un Basque, et elle se promet, au premier jour, d'aller à pied remercier son sauveur, allée des Veuves, à Paris... Vous voyez que d'ici il y a un bon bout de chemin. Mais qu'est-ce que vous avez donc ? encore cette maudite blessure ?

Ces mots, allée des Veuves, rappelaient de si terribles souvenirs au Maître d'école, qu'il n'avait pu s'empêcher de tressaillir et de contracter ses traits hideux.

— Oui, répondit-il en se remettant, encore un élancement.

— Bon papa, sois tranquille, je te bassinerai bien soigneusement la jambe ce soir, dit Tortillard.

— Pauvre petit ! dit Claudine, aime-t-il son père !

— C'est vraiment dommage, reprit le père Châtelain en s'adressant au Maître d'école, que ce digne médecin ne soit pas ici ; mais, j'y pense, il est aussi charitable que savant ; en retournant à Paris, faites-vous conduire chez lui par votre petit garçon, il vous guérira, j'en suis sûr ; son adresse n'est pas difficile à retenir : allée des Veuves, n° 17. Si vous oubliez le numéro... peu importe, ils ne sont pas beaucoup de médecins dans cet endroit-là, et surtout de médecins noirs... car figurez-vous qu'il est noir, cet excellent docteur David.

Les traits du Maître d'école étaient tellement couturés de cicatrices que l'on ne put s'apercevoir de sa pâleur.

Il pâlit pourtant... pâlit affreusement en entendant d'abord citer le numéro de la maison de Rodolphe, et ensuite parler de David... le docteur noir...

De ce Noir qui, par ordre de Rodolphe, lui avait infligé un supplice épouvantable, dont à chaque instant il subissait les terribles conséquences.

La journée était funeste au Maître d'école.

Le matin, il avait enduré les tortures de la Chouette et du fils de Bras-Rouge ; il arrive à la ferme, les chiens hurlent à la mort à son aspect homicide et veulent le dévorer ; enfin le hasard le conduit dans une maison où quelques jours auparavant se trouvait son bourreau.

Séparément, ces circonstances auraient suffi pour exciter tour à tour la rage ou la crainte de ce brigand ; mais, se précipitant dans l'espace de quelques heures, elles lui portèrent un coup violent.

Pour la première fois de sa vie, il éprouva une sorte de terreur superstitieuse... il se demanda si le hasard amenait seul des incidents si étranges.

Le père Châtelain, ne s'étant pas aperçu de la pâleur du Maître d'école, reprit :

— Du reste, mon brave homme, lorsque vous partirez, on donnera l'adresse du docteur à votre fils, et ce sera obliger M. David que le mettre à même de rendre service à quelqu'un ; il est bon, si bon ! c'est dommage qu'il ait toujours l'air triste... Mais, tenez, buvons un coup à la santé de votre futur sauveur.

— Merci, je n'ai plus soif, dit le Maître d'école d'un air sombre.

— Bois donc, cher papa, bois donc, ça te fera du bien... à ton pauvre estomac, ajouta Tortillard en mettant le verre dans les mains de l'aveugle.

— Non, non, je ne veux plus boire, dit celui-ci.

— Ce n'est plus du cidre que je vous ai versé, mais du vieux vin, fit le laboureur. Il y a bien des bourgeois qui n'en boivent pas de pareil. Dame ! ce n'est pas une ferme comme les autres que celle-ci. Qu'est-ce que vous dites de notre ordinaire ?

— Il est très bon, répondit machinalement le Maître d'école de plus en plus absorbé dans de sinistres pensées.

— Eh bien ! c'est tous les jours comme ça : bon travail et bon repas, bonne conscience et bon lit ; en quatre mots, voilà notre vie : nous sommes sept cultivateurs ici, et, sans nous vanter, nous faisons autant de besogne que quatorze, mais on nous paye comme quatorze. Aux simples laboureurs, cent cinquante écus par an ; aux laitières et aux filles de ferme, soixante écus ! et à partager entre vous un cinquième des produits de la ferme. Dame ! vous comprenez que nous ne laissons pas la terre un brin se reposer, car la pauvre vieille nourricière, tant plus elle produit, tant plus nous avons

— Votre maître ne doit guère s'enrichir en vous avantageant de la sorte, dit le Maître d'école.

— Notre maître !... Oh ! ça n'est pas un maître comme les autres. Il a une manière de s'enrichir qui n'est qu'à lui.

— Que voulez-vous dire ? demanda l'aveugle, qui désirait engager la conversation pour échapper aux noires idées qui le poursuivaient ; votre maître est donc bien extraordinaire ?

— Extraordinaire en tout, mon brave homme ; mais, tenez, le hasard vous a amené ici, puisque ce village est éloigné de tout grand chemin. Vous n'y reviendrez sans doute jamais ; vous ne le quitterez pas du moins sans savoir qui est notre maître et ce qu'il fait de cette ferme ; en deux mots, je vas vous dire ça, à condition que vous le répéterez à tout le monde. Vous verrez, c'est aussi bon à dire qu'à entendre.

— Je vous écoute, reprit le Maître d'école.

CHAPITRE VI

UNE FERME MODÈLE

— Et vous ne serez pas fâché de m'avoir entendu, dit le père Châtelain au Maître d'école. Figurez-vous qu'un jour notre maître s'est dit : « Je suis très riche, c'est bon ; mais, comme ça ne me fait pas dîner deux fois, si je faisais dîner ceux qui ne dînent pas du tout, et dîner mieux de braves gens qui ne mangent pas à leur faim ?... Ma foi, ça me va ; vite à l'œuvre ! ». Et notre maître s'est mis à l'œuvre. Il a acheté cette ferme, qui alors n'avait pas un grand faire valoir, et n'employait guère plus de deux charrues ; je sais cela, je suis né ici. Notre maître a augmenté les terres, vous saurez tout à l'heure pourquoi. A la tête de la ferme il a mis une digne femme aussi respectable que malheureuse ; c'est toujours comme ça qu'il choisit, et il lui a dit : « Cette maison sera, comme la maison du bon Dieu, ouverte aux bons, fermée aux méchants ; on en chassera les mendiants paresseux, mais on y donnera toujours l'aumône du travail à ceux qui ont bon courage : cette aumône-là n'humilie pas qui la reçoit et profite à qui la donne ; le riche qui ne la fait pas est un mauvais riche ». C'est notre maître qui dit ça ; par ma foi ! il a raison, mais il fait mieux que le dire, il agit. Autrefois, il y avait un chemin direct d'ici à Ecouen qui raccourcissait d'une bonne lieue ; mais, dame ! il était si effondré qu'on n'y pouvait plus passer, c'était la mort aux chevaux et aux voitures ; quelques corvées et un peu d'argent fournis par un chacun des fermiers du pays auraient remis la route en état ; mais, tant plus un chacun avait envie de voir cette route en état, tant plus un chacun renâclait à fournir argent et corvée. Notre maître voyant ça dit : « Le chemin serait fait ; mais, comme ceux qui pourraient y contribuer n'y contribuent pas, comme c'est environ un chemin de luxe, il profitera un jour à ceux qui ont chevaux et voitures ; mais il profitera d'abord à ceux qui n'ont que leurs deux bras, du cœur et pas de travail. Ainsi, par exemple, un gaillard robuste frappe-t-il à la ferme en disant : « J'ai faim et je manque d'ouvrage. — Mon garçon, voilà une bonne soupe, une pioche, une pelle ; on va vous conduire au chemin d'Ecouen, faites chaque jour deux toises de cailloutis, et chaque soir vous aurez quarante sous, une toise vingt sous, une demi-toise dix sous, sinon rien ». Moi, à la brume, en revenant des champs, je vais inspecter le chemin et m'assurer de ce que chacun a fait.

— Et quand on pense qu'il y a deux sans-cœur assez gredins pour manger la soupe et voler la pioche et la pelle ! dit Jean-René avec indignation, ça dégoûterait de faire le bien.

— Ça, c'est vrai, dirent quelques laboureurs.

— Allons, donc, mes enfants ! reprit le père Châtelain. Voire... on ne ferait donc ni plantations ni semailles, parce qu'il y a des chenilles, des charançons et autres mauvaises bestioles rongeuses de feuilles ou grugeuses de grain ? Non, non, on écrase les vermines ; le bon Dieu, qui n'est pas chiche, fait pousser de nouveaux bourgeons, de nouveaux épis, le dommage est réparé, et l'on ne s'aperçoit seulement pas que les bêtes malfaisantes ont passé par là. N'est-ce pas, mon brave homme ? dit le vieux laboureur au Maître d'école.

— Sans doute, sans doute, reprit celui-ci, qui semblait depuis quelques moments réfléchir profondément.

— Quant aux femmes et aux enfants, il y a aussi du travail pour eux et pour leurs forces, ajouta le père Châtelain.

— Et malgré ça, dit Claudine la laitière, le chemin n'avance pas vite.

— Dame, ma fille, ça prouve qu'heureusement dans le pays les braves gens ne manquent pas d'ouvrage.

— Mais à un infirme, à moi, par exemple, dit tout à coup le Maître d'école, est-ce qu'on ne m'accorderait pas la charité d'une place dans un coin de la ferme, un morceau de pain et un abri, pour le peu de temps qui me reste à vivre ? Oh ! si cela se pouvait, mes bonnes gens, je passerais ma vie à remercier votre maître.

Le brigand parlait alors sincèrement. Il ne se repentait pas pour cela de ses crimes ; mais l'existence paisible, heureuse, des laboureurs excitait d'autant plus son envie, qu'il songeait à l'avenir effrayant que lui réservait la Chouette ; avenir qu'il avait été loin de prévoir, et qui lui faisait regretter davantage encore d'avoir, en rappelant sa complice auprès de lui, perdu pour jamais la possibilité de vivre auprès des honnêtes gens chez lesquels le Chourineur l'avait placé.

Le père Châtelain regarda le Maître d'école avec étonnement.

— Mais, mon pauvre homme, lui dit-il, je ne vous croyais pas tout à fait sans ressources.

— Hélas ! mon Dieu, si... j'ai perdu la vue par un accident de mon métier. Je vais à Louvres chercher des secours chez un parent éloigné ; mais, vous comprenez, quelquefois les gens sont si égoïstes, si durs... dit le Maître d'école.

— Oh ! il n'y a pas d'égoïsme qui tienne, reprit le père Châtelain ; un bon et honnête ouvrier comme vous, malheureux comme vous, avec un enfant si gentil, si bon, ça attendrirait des pierres. Mais le maître qui vous employait avant votre accident, comment ne fait-il rien pour vous ?

— Il est mort, dit le Maître d'école après un moment d'hésitation ; et c'était mon seul protecteur.

— Mais l'hospice des Aveugles ?

— Je n'ai pas l'âge d'y entrer.

— Pauvre homme ! vous êtes bien à plaindre !

— Eh bien ! vous croyez que si je ne trouve pas à Louvres les secours que j'espère, votre maître, que je respecte déjà sans le connaître, n'aura pas pitié de moi ?

— Malheureusement, voyez-vous, la ferme n'est pas un hospice. Ordinairement ici on accorde aux infirmes de passer une nuit ou un jour à la ferme, puis on leur donne un secours, et que le bon Dieu les ait en aide !

— Ainsi je n'ai aucun espoir d'intéresser votre maître à mon triste sort ? dit le brigand avec un soupir de regret.

— Je vous dis la règle, mon brave homme ; mais notre maître est si compatissant, si généreux, qu'il est capable de tout.

— Vous croyez ? s'écria le Maître d'école. Il serait possible qu'il consentît à me laisser vivre ici dans un coin ? Je serai heureux de si peu !

— Je vous dis que notre maître est capable de tout. S'il consent à vous garder à la ferme, vous n'auriez pas à vous cacher dans un coin ; vous seriez traité comme nous donc !... comme aujourd'hui. On trouverait de quoi occuper votre enfant selon ses forces ; bons conseils et bons exemples ne lui manqueraient point ; notre vénérable curé l'instruirait avec les autres enfants du village, et il grandirait dans le bien, comme on dit. Mais pour ça, tenez, il faudrait demain matin parler franchement à Notre-Dame de Bon Secours.

— Comment ? dit le Maître d'école.

— Nous appelons ainsi notre maîtresse. Si elle s'intéresse à vous, votre affaire est sûre. En fait de charité, notre maître ne sait rien refuser à notre dame.

— Oh ! alors je lui parlerai, je lui parlerai ! s'écria joyeusement le Maître d'école, se voyant déjà délivré de la tyrannie de la Chouette.

Cette espérance trouva peu d'écho chez Tortillard, qui ne se sentait nullement disposé à profiter des offres du vieux laboureur, et à grandir dans le bien sous les auspices d'un vénérable curé. Le fils de Bras-Rouge avait des penchants très peu rustiques et l'esprit très peu tourné à la bucolique ; d'ailleurs, fidèle aux traditions de la Chouette, il aurait vu avec un vif déplaisir le Maître d'école se soustraire à leur commun despotisme ; il voulait donc rappeler à la réalité le brigand, qui s'égarait déjà parmi de champêtres et riantes illusions.

— Oh ! oui, répéta le Maître d'école, je lui parlerai, à Notre-Dame de Bon Secours... elle aura pitié de moi, et...

Tortillard donna en ce moment et sournoisement un vigoureux coup de pied au Maître d'école, et l'atteignit au bon endroit.

La souffrance interrompit et abrégea la phrase du brigand, qui répéta, après un tressaillement douloureux :

— Oui, j'espère que cette bonne dame aura pitié de moi...

— Pauvre bon papa, reprit Tortillard ; mais tu comptes pour rien ma bonne tante, Mme la Chouette, qui t'aime si fort. Pauvre tante la Chouette !... Oh ! elle ne t'abandonnera pas comme ça, vois-tu ! Elle serait plutôt capable de venir te réclamer ici avec notre cousin M. Barbillon

— Ce brave homme a des parents chez les poissons et les oiseaux, dit tout bas Jean-René d'un air prodigieusement malicieux, en donnant un coup de coude à Claudine, sa voisine.

— Grand sans-cœur, allez ! de rire de ces malheureux, répondit tout bas la fille de ferme, en donnant à son tour à Jean-René un coup de coude à lui briser trois côtes

— Mme la Chouette est une de vos parentes ? demanda le laboureur au Maître d'école.

— Oui, c'est une de nos parentes, répondit-il avec un morne et sombre accablement.

Dans le cas où il trouverait à la ferme un refuge inespéré, il craignait que la borgnesse ne vînt par méchanceté le dénoncer ; il craignait aussi que les noms étranges de ses prétendus parents, Mme la Chouette et M. Barbillon, cités par Tortillard, n'éveillassent les soupçons ; mais à cet endroit ses craintes furent vaines ; Jean-René seul y vit le texte d'une plaisanterie faite à voix basse et très mal accueillie par Claudine.

— C'est cette parente que vous allez trouver à Louvres ? demanda le père Châtelain.

— Oui, dit le brigand, mais je crois que mon fils se trompe en comptant trop sur elle.

— Oh ! mon pauvre papa, je ne me trompe pas... va... Elle est si bonne, ma tante la Chouette !... Tu sais bien, c'est elle qui t'a envoyé l'eau avec laquelle je bassine ta jambe... et la manière de s'en servir... C'est elle qui m'a dit : « Fais pour ton pauvre papa ce que je ferais moi-même, et le bon Dieu te bénira... » Oh ! ma tante la Chouette... elle t'aime, mais elle t'aime si fort que...

— C'est bien, c'est bien, dit le Maître d'école en interrompant Tortillard, ça ne m'empêchera pas, en tout cas, de parler demain matin à la bonne dame d'ici... et d'implorer son appui auprès du respectable propriétaire de cette ferme ; mais, ajouta-t-il, pour changer la conversation et mettre un terme aux imprudents propos de Tortillard, mais, à propos du propriétaire de cette ferme, on m'avait promis de me dire ce qu'il y a de particulier dans l'organisation de la métairie où nous sommes.

— C'est moi qui vous ai promis cela, dit le père Châtelain, et je vais remplir ma promesse. Notre maître, après avoir ainsi imaginé ce qu'il appelle l'aumône du travail, s'est dit : Il y a des établissements et des prix pour encourager l'amélioration des chevaux, des bestiaux, des charrues et de bien d'autres choses encore... Ma foi !... m'est avis qu'il serait un brin temps de moyenner aussi de quoi améliorer les hommes... Bonnes bêtes, c'est bien ! Bonnes gens, ça serait mieux, mais plus difficile. Lourde avoine et pré dru, eau vive et air pur, soins constants et sûr abri, chevaux et bestiaux viendront comme à souhait et vous donneront contentement ; mais, pour les hommes, voire ! c'est autre chose : on ne met pas un homme en grand-vertu comme un bœuf en grand-chair. L'herbage profite au bœuf, parce que l'herbage, savoureux au goût, lui plaît en l'engraissant ; eh bien ! m'est avis que, pour que les bons conseils profitent bien à l'homme, faudrait faire qu'il trouve son compte à les suivre...

— Comme le bœuf trouve son compte à manger de bonne herbe, n'est-ce pas, père Châtelain ?

— Justement, mon garçon.

— Mais, père Châtelain, dit un autre laboureur, on a parlé dans les temps d'une manière de ferme où des jeunes voleurs, qui avaient eu, malgré ça, une très bonne conduite tout de même, apprenaient l'agriculture, et étaient soignés, choyés, comme de petits princes ?

— C'est vrai, mes enfants : il y a du bon là-dedans ; c'est humain et charitable de ne jamais désespérer des méchants ; mais faudrait faire aussi espérer les bons. Un honnête jeune homme, robuste et laborieux, ayant envie de bien faire et de bien apprendre, se présenterait à cette ferme de jeunes ex-voleurs, qu'on lui dirait : « Mon gars, as-tu un brin volé et vagabondé ? — Non. — Eh bien ! il n'y a pas de place ici pour toi ».

— C'est pourtant vrai ce que vous dites là, père Châtelain, dit Jean-René. On fait pour des coquins ce qu'on ne fait pas pour les honnêtes gens ; on améliore les bêtes et non les hommes.

C'est pour donner l'exemple et remédier à ça, mon garçon, que notre maître, comme je l'apprends à ce brave homme, a établi cette ferme... « Je sais bien, a-t-il dit, que là-haut il y a des récompenses pour les honnêtes gens ; mais là-haut... dame ! c'est bien haut, c'est bien loin ; et d'aucuns (il faut les plaindre, mes enfants) n'ont point la vue et l'haleine assez longue pour atteindre là ; et puis où trouveraient-ils le temps de regarder là-haut ? Pendant le jour, de l'aurore au coucher du soleil, courbés sur la terre, ils la bêchent et la rebêchent pour un maître ; la nuit ils dorment harassés sur leur grabat... Le dimanche, ils s'enivrent au cabaret pour oublier les fatigues d'hier et celles de demain. C'est qu'aussi ces fatigues sont stériles pour eux, pauvres gens ! Après un travail forcé, leur pain est-il moins noir, leur couche moins dure, leur enfant moins malingre, leur femme moins épuisée à le nourrir ?... le nourrir !... elle qui ne mange pas à sa faim ! Non ! non ! non ! Après ça, je sais bien, mes enfants, que noir est leur pain, mais c'est du pain ; dur est leur grabat, mais c'est un lit ; chétifs sont leurs enfants, mais ils vivent. Les malheureux supporteraient peut-être allégrement leur sort, s'ils croyaient qu'un chacun est comme eux. Mais ils voient du pain blanc, d'épais et chauds matelas, des enfants fleuris comme des rosiers de mai, et si rassasiés, si rassasiés, qu'ils jettent du gâteau à des chiens. Dame !... alors, quand ils reviennent à leur hutte de terre, à leur pain noir, à leur grabat, ces pauvres gens se disent, en voyant leur petit enfant souffreteux, maigre, affamé, à qui ils auraient bien voulu apporter un de ces gâteaux que les petits riches jetaient aux chiens : « Puisqu'il faut qu'il y ait des riches et des pauvres, pourquoi ne sommes-nous pas nés riches ? c'est injuste... Pourquoi chacun n'a-t-il pas son tour ? ». Sans doute, mes enfants, ce qu'ils disent là est déraisonnable... et ne sert pas à leur faire paraître leur joug plus léger ; et pourtant ce joug dur et pesant, qui quelquefois blesse, écrase, il leur faut le porter sans relâche, et cela sans espoir de se reposer jamais... et de connaître un jour, un seul jour, le bonheur que donne l'aisance... Toute la vie comme ça, dame ! ça paraît long... long comme un jour de pluie sans un seul petit rayon de soleil. Alors on va à l'ouvrage avec tristesse et dégoût. Finalement la plupart des gagés se disent : « A quoi bon travailler mieux et davantage ! que l'épi soit lourd ou léger, ça m'est tout un ! A quoi bon me crever de beau zèle ? Restons strictement honnêtes ; le mal est puni, ne faisons pas le mal ; le bien est sans récompense, ne faisons pas le bien... Ayons les qualités des bonnes bêtes de somme : patience, force et docilité .. ». Ces pensers-là sont malsains, mes enfants ; de cette insouciance à la fainéantise il n'y a pas loin, et de la fainéantise au vice il y a moins loin encore... Malheureusement, ceux-là qui, ni bons ni méchants, ne font ni bien ni mal, sont le plus grand nombre. « C'est donc ceux-là, a dit notre maître, qu'il faut améliorer, ni plus ni moins que s'ils avaient l'honneur d'être des chevaux, des bêtes à cornes ou à laine... Faisons qu'ils aient intérêt à être actifs, sages, laborieux, instruits et dévoués à leurs devoirs... prouvons-leur qu'en devenant meilleurs ils deviendront matériellement plus heureux... tout le monde y gagnera... Pour que les bons conseils leur profitent, donnons-leur ici-bas comme qui dirait un brin d'avant-goût du bonheur qui attend les justes là-haut... »

« Son plan bien arrêté, notre maître a fait savoir dans les environs qu'il lui fallait six laboureurs et autant de femmes ou filles de ferme ; mais il voulait choisir ce monde-là parmi les meilleurs sujets du pays, d'après les renseignements qu'il ferait prendre chez les maires, chez les curés ou ailleurs. On devait être payé comme nous le sommes, c'est-à-dire comme des princes, nourris mieux que des bourgeois, et partager entre tous les travailleurs un cinquième des produits de la récolte ; on resterait deux ans à la ferme, pour faire ensuite place à d'autres laboureurs choisis aux mêmes conditions ; après cinq ans révolus, on pourrait se représenter s'il y avait des vacances... Aussi, depuis la fondation de la ferme, laboureurs et journaliers se disent dans les environs : « Soyons actifs, honnêtes, laborieux, faisons-nous remarquer par notre bonne conduite, et nous pourrons un jour avoir une des places de la ferme de Bouqueval ; là nous vivrons comme en paradis durant deux ans ; nous nous perfectionnerons dans notre état ; nous emporterons un bon pécule, et par là-dessus, en sortant d'ici, c'est à qui voudra nous engager, puisque pour entrer ici, il faut un brevet d'excellent sujet ».

— Je suis déjà retenu pour entrer à la ferme d'Arnouville, chez M. Dubreuil, dit Jean-René.

— Et moi, je suis engagé pour Gonesse, reprit un autre laboureur.

— Vous le voyez, mon brave homme, à tout cela le monde gagne : les fermiers des environs profitent doublement ; il n'y a que douze places d'hommes et de femmes à donner, mais il se forme peut-être cinquante bons sujets dans le canton pour y prétendre ; or ceux qui n'auront pas eu les places n'en resteront pas moins bons sujets, n'est-ce pas ? et, comme on dit, les morceaux en seront et en resteront toujours bons, car si on n'a pas la chance une fois, on espère l'avoir une autre ; en fin de compte, ça fait nombre de braves gens de plus. Tenez... parlant par respect, pour un cheval ou pour un bétail qui gagne le prix de vitesse, de force ou de beauté, on fait cent élèves capables de disputer ce prix. Eh bien ! ceux de ces cent élèves qui ne l'ont pas remporté, ce prix, n'en restent pas moins bons et vaillants... Hein ? mon brave homme, quand je vous disais que notre ferme n'était pas une ferme ordinaire, et que notre maître n'était pas un maître ordinaire ?

— Oh ! non, sans doute... s'écria le Maître d'école, et plus sa bonté, sa générosité me semblent grandes, plus j'espère qu'il prendra en pitié mon triste sort. Un homme qui fait le bien si noblement, avec tant d'intelligence, ne doit pas regarder à un bienfait de plus ou de moins.

— Au contraire, il y regarde, mon brave, dit le père Châtelain ; mais pour avoir à se glorifier d'une bonne action nouvelle ; ce m'est avis que nous nous reverrons, bien sûr, à la ferme, et que ce n'est pas la dernière fois que vous vous asseyez à cette table !

— N'est-ce pas ? Tenez, malgré moi j'espère... Oh ! si vous saviez comme je suis heureux et reconnaissant ? s'écria le Maître d'école.

— Je n'en doute pas, il est si bon, notre maître.

— Mais que je sache au moins son nom et aussi celui de la Dame de Bon Secours, dit vivement le Maître d'école, que je puisse bénir d'avance ces nobles noms.

— Je comprends votre impatience, dit le laboureur. Ah ! dame, vous vous attendez peut-être à des noms à grand fracas ? Ah bien oui ! ce sont des noms simples et doux comme des saints. Notre-Dame de Bon Secours s'appelle Mme Georges... notre maître s'appelle M. Rodolphe.

— Ma femme !... mon bourreau !... murmura le brigand, foudroyé par cette révélation.

CHAPITRE VII

LA NUIT

Rodolphe ! ! ! Mme Georges ! ! !

Le Maître d'école ne pouvait se croire abusé par une fortuite ressemblance de noms ; avant de le condamner à un terrible supplice, Rodolphe lui avait dit porter à Mme Georges un vif intérêt. Enfin, la présence récente du Noir David dans cette ferme prouvait au Maître d'école qu'il ne se trompait pas.

Il reconnut quelque chose de providentiel, de fatal, dans cette dernière rencontre qui renversait les espérances qu'il avait un moment fondées sur la générosité du maître de cette ferme.

Son premier mouvement fut de fuir.

Rodolphe lui inspirait une invincible terreur ; peut-être se trouvait-il à cette heure à la ferme... A peine remis de sa stupeur, le brigand se leva de table, prit la main de Tortillard, et s'écria d'un air égaré :

— Allons-nous-en... conduis-moi... sortons d'ici !

Les laboureurs se regardèrent avec surprise.

— Vous en aller... maintenant ! Vous n'y pensez pas, mon pauvre homme, dit le père Châtelain. Ah ça ! quelle mouche vous pique ? Est-ce que vous êtes fou ?

Tortillard saisit adroitement cet à-propos, poussa un long soupir, et, mettant son index sur son front, il donna ainsi à entendre aux laboureurs que la raison de son prétendu père n'était pas fort saine.

Le vieux laboureur lui répondit par un signe d'intelligence et de compassion.

— Viens, viens, sortons ! répéta le Maître d'école en cherchant à entraîner l'enfant.

Tortillard, absolument décidé à ne pas quitter un bon gîte pour courir les champs par cette froidure, dit d'une voix dolente :

— Mon Dieu ! pauvre papa, c'est ton accès qui te reprend ; calme-toi, ne sors pas par le froid de la nuit... ça te ferait mal... J'aimerais mieux, vois-tu, avoir le chagrin de te désobéir que de te conduire hors d'ici à cette heure. Puis, s'adressant aux laboureurs : N'est-ce pas, mes bons messieurs, que vous m'aiderez à empêcher mon pauvre papa de sortir ?

— Oui, oui, sois tranquille, mon enfant, dit le père Châtelain, nous n'ouvrirons pas à ton père... Il sera bien forcé de coucher à la ferme !

— Vous ne me forcerez pas à rester ici ! s'écria le Maître d'école ; et puis d'ailleurs je gênerais votre maître... M. Rodolphe... Vous m'avez dit que la ferme n'était pas un hospice. Ainsi, encore une fois, laissez-moi sortir...

— Gêner notre maître ! soyez tranquille... Malheureusement, il n'habite pas la ferme, il n'y vient pas aussi souvent que nous le voudrions... Mais serait-il ici, que vous ne le gêneriez pas du tout... Cette maison n'est pas un hospice, c'est vrai, mais je vous ai dit que les infirmes aussi à plaindre que vous pouvaient y passer un jour et une nuit.

— Votre maître n'est pas ici ce soir ? demanda le Maître d'école d'un ton moins effrayé.

— Non ; il doit venir, selon son habitude, dans cinq ou six jours. Ainsi, vous le voyez, vos craintes n'ont pas de sens. Il n'est pas probable que notre bonne dame descende maintenant, sans cela elle vous rassurerait. N'a-t-elle pas ordonné qu'on fasse votre lit ici ? Du reste, si vous ne la voyez pas ce soir, vous lui parlerez demain avant votre départ... Vous lui ferez votre petite supplique, afin qu'elle intéresse notre maître à votre sort et qu'il vous garde à la ferme...

— Non ! non ! dit le brigand avec terreur, j'ai changé d'idée... mon fils a raison ; ma parente de Louvres aura pitié de moi... J'irai la trouver.

— Comme vous voudrez, dit complaisamment le père Châtelain, croyant avoir affaire à un homme dont le cerveau était un peu fêlé. Vous partirez demain matin. Quant à continuer votre route ce soir avec ce pauvre petit, n'y comptez pas ; nous y mettrons bon ordre.

Quoique Rodolphe ne fût pas à Bouqueval, les terreurs du Maître d'école étaient loin de se calmer. Bien qu'affreusement défiguré, il craignait encore d'être reconnu par sa femme, qui d'un moment à l'autre pouvait descendre ; et, dans ce cas, il était persuadé qu'elle le dénoncerait et le ferait arrêter, car il avait toujours pensé que Rodolphe, en lui infligeant un châtiment aussi terrible, avait voulu surtout satisfaire à la haine et à la vengeance de Mme Georges.

Mais le brigand ne pouvait quitter la ferme ; il se trouvait à la merci de Tortillard. Il se résigna donc ; et, pour éviter d'être surpris par sa femme, il dit au laboureur :

— Puisque vous m'assurez que cela ne gênera pas votre maître ni votre dame... j'accepte l'hospitalité que vous m'offrez ; mais, comme je suis très fatigué, je vais, si vous le permettez, aller me coucher ; je voudrais repartir demain matin au point du jour.

— Oh ! demain matin, à votre aise ! on est matinal ici ; et, de peur que vous ne vous égariez de nouveau, on vous mettra dans votre route.

— Moi, si vous voulez, j'irai conduire ce pauvre homme au bout du chemin, dit Jean-René, puisque madame m'a dit de prendre la carriole pour aller chercher demain des sacs d'argent chez le notaire, à Villiers-le-Bel.

— Tu mettras ce pauvre aveugle dans sa route, mais tu iras sur tes jambes, dit le père Châtelain. Madame a changé d'avis tantôt ; elle a réfléchi, avec raison, que ce n'était pas la peine d'avoir à la ferme et à l'avance une si grosse somme ; il sera temps d'aller lundi prochain à Villiers-le-Bel ; jusque-là, l'argent est aussi bien chez le notaire qu'ici.

— Madame sait mieux que moi ce qu'elle a à faire, mais qu'est-ce qu'il y a à craindre ici pour l'argent, père Châtelain ?

— Rien, mon garçon, Dieu Merci ! Mais c'est égal, j'aimerais mieux avoir ici cinq cents sacs de blé que dix sacs d'écus.

— Voyons, reprit le père Châtelain en s'adressant au brigand et à Tortillard, venez, mon brave homme, et toi, suis-moi, mon petit enfant, ajouta-t-il en prenant un flambeau.

Puis, précédant les deux hôtes de la ferme, il les conduisit dans une petite chambre au rez-de-chaussée, où ils arrivèrent après avoir traversé un long corridor sur lequel s'ouvraient plusieurs portes.

Le laboureur posa la lumière sur une table, et dit au Maître d'école :

— Voici votre gîte ; que le bon Dieu vous donne une nuit franche, mon brave homme ! Quant à toi, mon enfant, tu dormiras bien, c'est de ton âge.

Le brigand alla s'asseoir, sombre et pensif, sur le bord du lit auprès duquel il fut conduit par Tortillard.

Le petit boiteux fit un signe d'intelligence au laboureur au moment où celui-ci sortit de la chambre, et le rejoignit dans le corridor.

— Que veux-tu, mon enfant ? lui demanda le père Châtelain.

— Mon Dieu ! mon bon monsieur, je suis bien à plaindre ! quelquefois mon pauvre papa a des attaques pendant la nuit, c'est comme des convulsions ; je ne puis le secourir à moi tout seul : si j'étais obligé d'appeler du secours, est-ce qu'on m'entendrait d'ici ?

— Pauvre petit ! dit le laboureur avec intérêt, sois tranquille... Tu vois bien cette porte-là, à côté de l'escalier ?

— Oui, mon bon monsieur, je la vois.

— Eh bien ! un de nos valets de ferme couche toujours là ; tu n'aurais qu'à aller l'éveiller, la clé est à sa porte ; il viendra t'aider à secourir ton père.

— Hélas ! monsieur, ce garçon de ferme et moi nous ne viendrions peut-être pas à bout de mon pauvre papa si ces convulsions le prenaient... Est-ce que vous ne pourriez pas venir aussi, vous qui avez l'air si bon... si bon ?

— Moi, mon enfant, je couche, ainsi que les autres laboureurs, dans un corps de logis tout au fond de la cour. Mais rassure-toi, Jean-René est vigoureux, il abattrait un taureau par les cornes. D'ailleurs, s'il fallait quelqu'un pour vous aider, il irait avertir notre vieille cuisinière : elle couche au premier, à côté de notre dame et de notre demoiselle... et au besoin la bonne femme sert de garde-malade, tant elle est soigneuse.

— Oh ! merci, merci ! mon digne monsieur, je vas prier le bon Dieu pour vous, car vous êtes bien charitable d'avoir comme cela pitié de mon pauvre papa.

— Bien, mon enfant... Allons, bonsoir ; il faut espérer que tu n'auras besoin du secours de personne pour contenir ton père. Rentre, il t'attend peut-être.

— J'y cours. Bonne nuit, monsieur.

— Dieu te garde, mon enfant !

Et le vieux laboureur s'éloigna.

A peine eût-il le dos tourné, que le petit boiteux lui fit ce geste suprêmement moqueur et insultant, familier des enfants de Paris : ce geste qui consiste à se frapper la nuque du plat de la main gauche, et à plusieurs reprises, en lançant chaque fois en avant la main droite ouverte.

Avec une astuce diabolique, ce dangereux enfant venait de surprendre une partie des renseignements qu'il voulait avoir pour servir les sinistres projets de la Chouette et du Maître d'école. Il savait déjà que le corps de logis où il allait coucher n'était habité que par Mme Georges, Fleur-de-Marie, une vieille cuisinière et un garçon de ferme.

Tortillard, en rentrant dans la chambre qu'il occupait avec le Maître d'école, se garda bien de s'approcher de lui. Ce dernier l'entendit et lui dit d'une voix basse :

— D'où viens-tu encore, gredin ?

— Vous êtes bien curieux, sans yeux...

— Oh ! tu vas me payer tout ce que tu m'as fait souffrir et endurer ce soir, enfant de malheur ! s'écria le Maître d'école ; il se leva furieux, cherchant Tortillard à tâtons, en s'appuyant aux murailles pour se guider. Je t'étoufferai, va, méchante vipère !...

— Pauvre papa... nous sommes donc bien gai, que nous jouons à colin-maillard avec notre petit enfant chéri ? dit Tortillard en ricanant et en échappant le plus facilement du monde aux poursuites du Maître d'école.

Celui-ci, d'abord emporté par un mouvement de colère irréfléchi, fut bientôt obligé, comme toujours, de renoncer à atteindre le fils de Bras-Rouge.

Forcé de subir sa persécution effrontée jusqu'au moment où il pourrait se venger sans péril, le brigand, dévorant son courroux impuissant, se jeta sur son lit en blasphémant.

— Pauvre papa... est-ce que tu as une rage de dents... que tu jures comme ça ?... Et M. le curé, qu'est-ce qu'il dirait s'il t'entendait ?... il te mettrait en pénitence...

— Bien ! bien ! reprit le brigand d'une voix sourde et contrainte après un long silence, raille-moi, abuse-moi de mon malheur... lâche que tu es !... c'est beau, va ! c'est généreux !

— Oh ! c'te balle ! généreux ! Que ça de toupet ! s'écria Tortillard en éclatant de rire, excusez !... Avec ça que vous mettiez des mitaines pour ficher des volées à tout le monde à tort et à travers, quand vous n'étiez pas borgne de chaque œil !

— Mais je ne t'ai jamais fait de mal... à toi... pourquoi me tourmentes-tu ainsi ?

— Parce que vous avez dit des sottises à la Chouette d'abord... Et quand je pense que monsieur voulait se donner le genre de rester ici en faisant le câlin avec les paysans... Monsieur voulait peut-être se mettre au lait d'ânesse ?

— Gredin que tu es ! si j'avais eu la possibilité de rester à cette ferme, que le tonnerre écrase maintenant ! tu m'en aurais presque empêché avec tes insolences.

— Vous ! rester ici ! en voilà une farce ! Et qu'est-ce qui aurait été la bête de souffrance de Mme la Chouette ? Moi peut-être ? Merci, je sors d'en prendre !

— Méchant avorton !

— Avorton ! tiens, raison de plus ; je dis comme ma tante la Chouette, il n'y a rien de plus amusant que de vous faire rager à mort, vous qui me tueriez d'un coup de poing... c'est bien plus délicat que si vous étiez faible... Vous étiez joliment drôle, allez, ce soir, à table... Dieu de Dieu ! quelle comédie je me donnais à moi tout seul... un vrai pourtour de la Gaieté ! A chaque coup de pied que je vous allongeais en sourdine, la colère vous portait le sang à la tête et vos yeux blancs devenaient rouges au bord ; il ne leur manquait qu'un peu de bleu au milieu ; avec ça ils auraient été tricolores... deux vraies cocardes de sergent de ville, quoi !

— Allons, voyons, tu aimes à rire, tu es gai... bah !... c'est de ton âge ; je ne me fâche pas, dit le Maître d'école d'un ton affectueux et dégagé, espérant apitoyer Tortillard ; mais, au lieu de rester là à me blaguer, tu ferais mieux de te souvenir de ce que t'a dit la Chouette, que tu aimes tant ; tu devrais tout examiner, prendre des empreintes. As-tu entendu ? ils ont parlé d'une grosse somme d'argent qu'ils auront lundi... Nous y reviendrions avec les amis et nous ferions un bon coup. Bah ! j'étais bien bête de vouloir rester ici... j'en aurais eu assez au bout de huit jours, de ces bonasses de paysans... n'est-ce pas, mon garçon ? dit le brigand pour flatter Tortillard.

— Vous m'auriez fait de la peine, parole d'honneur ! dit le fils de Bras-Rouge en ricanant.

— Oui, oui, il y a un bon coup à faire ici... Et quand même il n'y aurait rien à voler, je reviendrai dans cette maison avec la Chouette pour me venger, dit le brigand d'une voix altérée par la fureur et par la haine ; car c'est bien sûr, ma femme qui a excité contre moi cet infernal Rodolphe ; et en m'aveuglant ne m'a-t-il pas mis à la merci de tout le monde... de la Chouette, d'un gamin comme toi ?... Eh bien ! puisque je ne peux pas me venger sur lui... je me vengerai sur ma femme !... Oui, elle payera pour tous... quand je devrais mettre le feu à cette maison et m'ensevelir moi-même sous ses décombres... Oh ! je voudrais !... je voudrais !...

— Vous voudriez bien la tenir, votre femme, hein, vieux ? Et dire qu'elle est à dix pas de vous... c'est ça qu'est vexant ! Si je voulais, je vous conduirais à la porte de sa chambre... moi... car je sais où elle est, sa chambre, je le sais, je le sais, je le sais, ajouta Tortillard en chantonnant, selon son habitude.

— Tu sais où est sa chambre ! s'écria le Maître d'école avec une joie féroce, tu le sais ?...

— Je vous vois venir, dit Tortillard ; je vas vous faire faire le beau sur vos pattes de derrière, comme un chien à qui on montre un os... Attention, vieux Azor !

— Tu sais où est la chambre de ma femme ? répéta le brigand en se tournant du côté où il entendait la voix de Tortillard.

— Oui, je le sais ; et ce qu'il y a de fameux, c'est qu'un seul garçon de ferme couche dans le corps de logis où nous sommes ; je sais où est sa porte, la clé est après : crac ! un tour, et il est enfermé... Allons, debout, vieux Azor !

— Qui t'a dit cela ? s'écria le brigand en se levant involontairement.

— Bien, Azor... A côté de la chambre de votre femme couche une vieille cuisinière... un autre tour de clé, et nous sommes maîtres de la maison, maîtres de votre femme et de la jeune fille à la mante grise que nous venions enlever... Maintenant, la patte, vieux Azor, faites le beau pour ce maître ! tout de suite.

— Tu mens, tu mens !... Comment saurais-tu cela ?

— Moi boiteux, mais moi pas bête... Tout à l'heure j'ai inventé de dire à ce vieux bibard de laboureur que la nuit vous aviez quelquefois des convulsions, et je lui ai demandé où je pourrais trouver du secours si vous aviez une attaque... Alors il m'a répondu que, si ça vous prenait, je pourrais éveiller le valet et la cuisinière, et il m'a enseigné où ils couchaient... l'un en bas, l'autre en haut... au premier, à côté de votre femme, votre femme, votre femme !...

Et Tortillard de répéter son chant monotone.

Après un long silence, le Maître d'école lui dit d'une voix calme, avec une sincère et effrayante résolution :

— Ecoute... J'ai assez de la vie... Tout à l'heure... eh bien ! oui... je l'avoue... j'ai eu une espérance qui me fait maintenant paraître mon sort plus affreux encore... La prison, le bagne, la guillotine, ne sont rien auprès de ce que j'endure depuis ce matin... et cela, j'aurai à l'endurer toujours... Conduis-moi à la chambre de ma femme ; j'ai là mon couteau... je la tuerai... On me tuera après, ça m'est égal... La haine m'étouffe... Je serai vengé... ça me soulagera... Ce que j'endure, c'est trop, c'est trop ! pour moi devant qui tout tremblait. Tiens, vois-tu... si tu savais ce que je souffre... tu aurais pitié de moi... Depuis un instant il me semble que mon crâne va éclater... mes veines battent à se rompre... mon cerveau s'embarrasse...

— Un rhume de cerveau, vieux ?... connu... Eternuez... ça le purge... dit Tortillard en éclatant encore de rire. Voulez-vous une prise ?

Et, frappant bruyamment sur le dos de sa main gauche fermée, comme il eût frappé sur le couvercle d'une tabatière, il chantonna :

J'ai du bon tabac dans ma tabatière ;
J'ai du bon tabac, tu n'en auras pas.

— Oh ! mon Dieu ! mon Dieu ! ils veulent me rendre fou ! s'écria le brigand, devenu véritablement presque insensé par une sorte d'éréthisme de vengeance sanguinaire, ardente, implacable, qui cherchait en vain à s'assouvir.

L'exubérance des forces de ce monstre ne pouvait être égalée que par leur impuissance.

Qu'on se figure un loup affamé, furieux, hydrophobe, harcelé pendant tout un jour par un enfant à travers les barreaux de sa cage, et sentant à deux pas de lui une victime qui satisferait à la fois sa faim et sa rage.

Au dernier sarcasme de Tortillard, le brigand perdit presque la tête.

A défaut de victime, il voulut, dans sa frénésie, répandre son propre sang... le sang l'étouffait.

Un moment il fut décidé à se tuer, il aurait eu à la main un pistolet armé, qu'il n'eût pas hésité. Il fouilla dans sa poche, en tira un long couteau-poignard, l'ouvrit, se leva pour s'en frapper... Mais, si rapides que fussent ses mouvements, la réflexion, la peur, l'instinct vital les devancèrent.

Le courage manqua au meurtrier, son bras armé retomba sur ses genoux.

Tortillard avait suivi ses mouvements d'un œil attentif ; lorsqu'il vit le dénouement inoffensif de cette velléité tragique, il s'écria en ricanant :

— Garçon, un duel !... plumez les canards...

Le Maître d'école, craignant de perdre la raison dans un dernier et inutile éclat de fureur, ne voulut pas, si cela se peut dire, entendre cette nouvelle insulte de Tortillard, qui raillait si insolemment la lâcheté de cet assassin reculant devant le suicide. Désespérant d'échapper à ce qu'il appelait, par une sorte de fatalité vengeresse, la cruauté de cet enfant maudit, le brigand voulut tenter un dernier effort en s'adressant à la cupidité du fils de Bras-Rouge

— Oh ! lui dit-il d'une voix presque suppliante, conduis-moi à la porte de ma femme ; tu prendras tout ce que tu voudras dans sa chambre, et puis tu te sauveras ; tu me laisseras seul... tu crieras au meurtre, si tu veux ! On m'arrêtera ; on me tuera sur place... tant mieux !... Je mourrai vengé, puisque je n'ai pas le courage d'en finir... Oh ! conduis-moi... conduis-moi ; il y a, bien sûr, chez elle, de l'or, des bijoux : je te dis que tu prendras tout... pour toi tout seul... entends-tu ?... pour toi tout seul... je ne te demande que de me conduire à la porte, près d'elle.

— Oui... j'entends bien ; vous voulez que je vous mène à sa porte... et puis à son lit... et puis que je vous dise où frapper, et puis que je vous guide le bras, n'est-ce pas ? Vous voulez enfin me faire servir de manche à votre couteau !... vieux monstre ! reprit Tortillard avec une expression de mépris, de colère et d'horreur qui, pour la première fois de la journée, rendit sérieuse sa figure de fouine, jusqu'alors railleuse et effrontée. On me tuerait plutôt... entendez-vous... que de me forcer à vous conduire chez votre femme.

— Tu refuses ?

Le fils de Bras-Rouge ne répondit rien.

Il s'approcha pieds nus, et sans être entendu, du Maître d'école, qui, assis sur son lit, tenait toujours son grand couteau à la main ; puis, avec une adresse et une prestesse merveilleuses, Tortillard lui enleva cette arme et fut d'un bond à l'autre bout de la chambre.

— Mon couteau ! mon couteau ! s'écria le brigand en étendant les bras.

— Non, car vous seriez capable de demander demain matin à parler à votre femme et de vous jeter sur elle pour la tuer... puisque vous avez assez de la vie, comme vous dites, et que vous êtes assez poltron pour ne pas oser vous tuer vous-même...

— Il défend ma femme contre moi maintenant ! s'écria le bandit, dont la pensée commençait à s'obscurcir. C'est donc le démon que ce petit monstre ? Où suis-je ? Pourquoi la défend-il ?

— Pour te faire bisquer... dit Tortillard ; et sa physionomie reprit son masque d'impudente raillerie.

— Ah ! c'est comme ça ! murmura le Maître d'école dans un complet egarement, eh bien ! je vais mettre le feu à la maison ! nous brûlerons tous !... tous !... j'aime mieux cette fournaise-là que l'autre... La chandelle ?... la chandelle ?...

— Ah ! ah ! ah ! s'écria Tortillard en éclatant de rire de nouveau ; si on ne t'avait pas soufflé ta chandelle... à toi... et pour toujours... tu verrais que la nôtre est éteinte depuis une heure...

Et Tortillard de dire en chantonnant :

Ma chandelle est morte,
Je n'ai plus de feu...

Le Maître d'école poussa un sourd gémissement, étendit les bras et tomba de toute sa hauteur sur le carreau, la face contre terre, frappé d'un coup de sang, et il resta sans mouvement.

— Connu, vieux ! dit Tortillard ; c'est une frime pour me faire venir auprès de toi et pour me ficher une ratapiole... Quand tu auras assez fait la planche sur le carreau, tu te relèveras.

Et le fils de Bras-Rouge, décidé à ne pas s'endormir, de crainte d'être surpris à tâtons par le Maître d'école, resta assis sur sa chaise, les yeux attentivement fixés sur le brigand, persuadé que celui-ci lui tendait un piège, et ne le croyant nullement en danger.

Pour s'occuper agréablement, Tortillard tira mystérieusement de sa poche une petite bourse de soie rouge, et compta lentement et avec des regards de convoitise et de jubilation dix-sept pièces d'or qu'elle contenait.

Voici la source des richesses mal acquises de Tortillard :

On se souvient que Mme d'Harville allait être surprise par son mari lors du fatal rendez-vous qu'elle avait accordé au commandant. Rodolphe, en donnant une bourse à la jeune femme, lui avait dit de monter au cinquième étage, chez les Morel, sous le prétexte de leur apporter des secours. Mme d'Harville gravissait rapidement l'escalier, tenant la bourse à la main, lorsque Tortillard, descendant de chez le charlatan, guigna la bourse de l'œil, fit semblant de tomber en passant auprès de la marquise, la heurta, et, dans le choc, lui enleva subitement la bourse. Mme d'Harville, éperdue, entendant les pas de son mari, s'était hâtée d'arriver au cinquième, sans pouvoir se plaindre du vol audacieux du petit boiteux.

Après avoir compté et recompté son or, Tortillard, n'entendant plus aucun bruit dans la ferme, alla pieds nus, l'oreille au guet, abritant sa lumière dans sa main, prendre des empreintes de quatre portes qui ouvraient sur le corridor, prêt à dire, si on le surprenait hors de sa chambre, qu'il allait chercher du secours pour son père.

En rentrant, Tortillard trouva le Maître d'école toujours étendu par terre... Un moment inquiet, il prêta l'oreille, il entendit le brigand respirer librement : il crut qu'il prolongeait indéfiniment sa ruse.

— Toujours du même, donc, vieux ! lui dit-il.

Un hasard avait sauvé le Maître d'école d'une congestion cérébrale sans doute mortelle. Sa chute avait occasionné un salutaire et abondant saignement de nez.

Il tomba ensuite dans une sorte de torpeur fiévreuse, moitié sommeil, moitié délire ; et il fit alors ce rêve étrange, ce rêve épouvantable !...

CHAPITRE VIII

LE RÊVE

Tel était le rêve du Maître d'école :

Il revoit Rodolphe dans la maison de l'allée des Veuves.

Rien n'est changé dans le salon où le brigand a subi son horrible supplice.

Rodolphe est assis derrière la table où se trouvent les papiers du Maître d'école et le petit Saint-Esprit de lapis qu'il a donné à la Chouette.

La figure de Rodolphe est grave, triste.

A sa droite, le Noir David, impassible, silencieux ; se tient debout ; à sa gauche est le Chourineur ; il regarde cette scène d'un air épouvanté.

Le Maître d'école n'est plus aveugle, mais il voit à travers un sang limpide qui remplit la cavité de ses orbites.

Tous les objets lui paraissent colorés d'une teinte rouge.

Ainsi que les oiseaux de proie planent immobiles dans les airs au-dessus de la victime qu'ils fascinent avant de la dévorer, une chouette monstrueuse, ayant pour tête le hideux visage de la borgnesse, plane au-dessus du Maître d'école... Elle attache incessamment sur lui un œil rond, flamboyant, verdâtre.

Ce regard continu pèse sur sa poitrine d'un poids immense.

De même qu'en s'habituant à l'obscurité on finit par y distinguer des objets d'abord imperceptibles, le Maître d'école s'aperçoit qu'un immense lac de sang le sépare de la table où siège Rodolphe.

Ce juge inflexible prend peu à peu, ainsi que le Chourineur et le Noir, des proportions colossales... Ces trois fantômes atteignent en grandissant les frises du plafond, qui s'élèvent à mesure.

Le lac de sang est calme, uni comme un miroir rouge.

Le Maître d'école voit s'y refléter sa hideuse image.

Mais bientôt cette image s'efface sous le bouillonnement des flots qui s'enflent.

De leur surface agitée s'élève comme l'exhalaison fétide d'un marécage, d'un brouillard livide de cette couleur violâtre particulière aux lèvres des trépassés.

Mais à mesure que ce brouillard monte, monte... les figures de Rodolphe, du Chourineur et du Noir continuent de grandir, de grandir d'une manière incommensurable, et dominent toujours cette vapeur sinistre.

Au milieu de cette vapeur, le Maître d'école voit apparaître des spectres pâles, des scènes meurtrières dont il est l'acteur...

Dans ce fantastique mirage, il voit d'abord un petit vieillard à crâne chauve : il porte une redingote brune et un garde-vue de soie verte ; il est occupé, dans une chambre délabrée, à compter et à ranger des piles de pièces d'or, à la lueur d'une lampe.

Au travers de la fenêtre, éclairée par une lune blafarde, qui blanchit la cime de quelques grands arbres agités par le vent, le Maître d'école se voit lui-même en dehors... collant à la vitre son horrible visage.

Il suit les moindres mouvements du petit vieillard avec des yeux flamboyants... puis il brise un carreau, ouvre la croisée, saute d'un bond sur sa victime, et lui enfonce un long couteau entre les deux épaules.

L'action est si rapide, le coup si prompt, si sûr, que le cadavre du vieillard reste assis sur la chaise...

Le meurtrier veut retirer son couteau de ce corps mort.

Il ne le peut pas...

Il redouble d'efforts...

Ils sont vains.

Il veut alors abandonner son couteau...

Impossible.

La main de l'assassin tient au manche du poignard, comme la lame du poignard tient au cadavre de l'assassiné.

Le meurtrier entend alors résonner des éperons et retentir des sabres sur les dalles d'une pièce voisine.

Pour s'échapper à tout prix, il veut emporter avec lui le corps chétif du vieillard, dont il ne peut détacher ni son couteau ni sa main...

Il ne peut y parvenir.

Ce frêle petit cadavre pèse comme une masse de plomb.

Malgré ses épaules d'hercule, malgré ses efforts désespérés, le Maître d'école ne peut même soulever ce poids énorme.

Le bruit de pas retentissants et de sabres traînants se rapproche de plus en plus...

La clé tourne dans la serrure. La porte s'ouvre...

La vision disparaît...

Et alors la chouette bat des ailes, en criant :

— C'est le vieux richard de la rue du Roule... Ton début d'assassin... d'assassin... d'assassin !...

Un moment obscurcie, la vapeur qui couvre le lac de sang redevient transparente, et laisse apercevoir un autre spectre...

Le jour commence à poindre, le brouillard est épais et sombre... Un homme, vêtu comme le sont les marchands de bestiaux, est étendu mort sur la berge d'un grand chemin. La terre foulée, le gazon arraché, prouvent que la victime a fait une résistance désespérée.

Cet homme a cinq blessures saignantes à la poitrine... Il est mort, et pourtant il siffle ses chiens, il appelle à son secours, en criant : « A moi ! A moi !. »

Mais il siffle, mais il appelle par ses cinq larges plaies dont les bords béants s'agitent comme des lèvres qui parlent...

Ces cinq appels, ces cinq sifflements simultanés, sortant de ce cadavre par la bouche de ses blessures, sont effrayants à entendre...

A ce moment, la chouette agite ses ailes, et parodie les gémissements funèbres de la victime en poussant cinq éclats de rire, mais d'un rire strident, farouche comme le rire des fous, et elle s'écrie :

— Le marchand de bœufs de Poissy... Assassin!... Assassin! Assassin!...

Des échos souterrains prolongés répètent d'abord très haut les rires sinistres de la chouette, puis ils semblent aller se perdre dans les entrailles de la terre.

A ce bruit, deux grands chiens noirs comme l'ébène, aux yeux étincelants comme des tisons et toujours attachés sur le Maître d'école, commencent à aboyer et à tourner... à tourner... à tourner autour de lui avec une rapidité vertigineuse.

Ils le touchent presque, et leurs abois sont si lointains qu'ils paraissent apportés par le vent du matin.

Peu à peu, les spectres pâlissent, s'effacent comme des ombres, et disparaissent dans la vapeur livide qui monte toujours.

Une nouvelle exhalaison couvre la surface du lac de sang et s'y superpose.

C'est une sorte de brume verdâtre, transparente; on dirait la coupe verticale d'un canal rempli d'eau.

D'abord on voit le lit du canal recouvert d'une vase épaisse composée d'innombrables reptiles ordinairement imperceptibles à l'œil, mais qui, grossis comme si on les voyait au microscope, prennent des aspects monstrueux, des proportions énormes relativement à leur grosseur réelle.

Ce n'est plus de la bourbe, c'est une masse compacte vivante, grouillante, un enchevêtrement inextricable qui fourmille et pullule, si pressé, si serré, qu'une sourde et imperceptible ondulation soulève à peine le niveau de cette vase ou plutôt de ce banc d'animaux impurs.

Au-dessus coule lentement, lentement, une eau fangeuse, épaisse, morte, qui charrie dans son cours pesant des immondices incessamment vomies par les égouts d'une grande ville, des débris de toutes sortes, des cadavres d'animaux...

Tout à coup, le Maître d'école entend le bruit d'un corps qui tombe lourdement à l'eau.

Dans son brusque reflux, cette eau lui jaillit au visage...

A travers une foule de bulles d'air qui remontent à la surface du canal, il y voit s'engouffrer rapidement une femme qui se débat... qui se débat...

Et il se voit, lui et la Chouette, se sauver précipitamment des bords du canal Saint-Martin, en emportant une caisse enveloppée de toile noire.

Néanmoins, il assiste à toutes les phases de l'agonie de la victime que lui et la Chouette viennent de jeter dans le canal.

Après cette première immersion, il voit la femme remonter à fleur d'eau et agiter précipitamment ses bras comme quelqu'un qui, ne sachant pas nager, essaye en vain de se sauver

Puis il entend un grand cri.

Ce cri extrême, désespéré, se termine par le bruit sourd, saccadé d'une ingurgitation involontaire... et la femme redescend une seconde fois au-dessous de l'eau.

La chouette, qui plane toujours immobile, parodie le râle convulsif de la noyée, comme elle a parodié les gémissements du marchand de bestiaux.

Au milieu d'éclats de rire funèbres, la chouette répète :

— Glou... glou... glou...

Les échos souterrains redisent ces cris.

Submergée une seconde fois, la femme suffoque et fait, malgré elle, un violent mouvement d'aspiration ; mais, au lieu d'air, c'est encore de l'eau qu'elle aspire...

Alors sa tête se renverse en arrière, son visage s'injecte et bleuit, son cou devient livide et gonfle, ses bras se roidissent et, dans une dernière convulsion, la noyée agonisante agite ses pieds, qui reposaient sur la vase.

Elle est alors entourée d'un nuage de bourbe noirâtre qui remonte avec elle à la surface de l'eau.

A peine la noyée exhale-t-elle son dernier souffle qu'elle est déjà couverte d'une myriade de reptiles microscopiques, vorace et horrible vermine de la bourbe...

Le cadavre reste un moment à flot, oscille encore quelque peu, puis s'abîme lentement, horizontalement, les pieds plus bas que la tête, et commence à suivre entre deux eaux le courant du canal.

Quelquefois le cadavre tourne sur lui-même, et son visage se trouve en face du Maître d'école ; alors, le spectre le regarde fixement de ses deux gros yeux glauques, vitreux, opaques... ses lèvres violettes s'agitent...

Le Maître d'école est loin de la noyée, et pourtant elle lui murmure à l'oreille... glou... glou... glou... en accompagnant ces mots bizarres du bruit singulier que fait un flacon submergé en se remplissant d'eau.

La chouette répète glou... glou... glou... en agitant ses ailes, et s'écrie :

— La femme du canal Saint-Martin !... Assassin ! Assassin ! Assassin !...

Les échos souterrains lui répondent... mais, au lieu de se perdre peu à peu dans les entrailles de la terre, ils deviennent de plus en plus retentissants et semblent se rapprocher.

Le Maître d'école croit entendre ces éclats de rire retentir d'un pôle à l'autre.

La vision de la noyée disparaît.

Le lac de sang, au-delà duquel le Maître d'école voit toujours Rodolphe, devient d'un noir bronzé ; puis il rougit et se change bientôt en une fournaise liquide telle que du métal en fusion ; puis ce lac de feu s'élève, monte... monte... vers le ciel ainsi qu'une trombe immense.

Bientôt c'est un horizon incandescent comme du fer chauffé à blanc.

Cet horizon immense, infini, éblouit et brûle à la fois les regards du Maître d'école ; cloué à sa place, il ne peut en détourner la vue.

Alors, sur ce fond de larve ardente, dont la réverbération le dévore, il voit lentement passer et repasser un à un les spectres noirs et gigantesques de ses victimes.

— La lanterne magique du remords !... du remords !... du remords !... s'écrie la chouette, en battant des ailes et en riant aux éclats.

Malgré les douleurs intolérables que lui cause cette contemplation incessante, le Maître d'école a toujours les yeux attachés sur les spectres qui se meuvent dans la nappe enflammée.

Il en éprouve alors quelque chose d'épouvantable.

Passant par tous les degrés d'une torture sans nom, à force de regarder ce foyer torréfiant, il sent ses prunelles, qui ont remplacé le sang dont ses orbites étaient remplies, devenir chaudes, brûlantes, se fondre à cette fournaise, fumer, bouillonner, et enfin se calciner dans leurs cavités comme dans deux creusets de fer rouge.

Par une effroyable faculté, après avoir vu autant que senti les transformations successives de ses prunelles en cendres, il retombe dans les ténèbres de sa première cécité.

Mais voilà que tout à coup ses douleurs intolérables s'apaisent par enchantement.

Un souffle aromatique d'une fraîcheur délicieuse a passé sur ses orbites brûlantes encore.

Ce souffle est un suave mélange des senteurs printanières qu'exhalent les fleurs champêtres baignées d'une humide rosée.

Le Maître d'école entend autour de lui un bruissement léger comme celui de la brise qui se joue dans le feuillage, comme celui d'une source d'eau vive qui ruisselle et murmure sur son lit de cailloux et de mousse.

Des milliers d'oiseaux gazouillent de temps à autre les plus mélodieuses fantaisies ; s'ils se taisent, des voix enfantines d'une angélique pureté chantent des paroles étranges, inconnues, des paroles pour ainsi dire ailées, que le Maître d'école entend monter aux cieux avec un léger frémissement.

Un sentiment de bien-être moral, d'une mollesse, d'une langueur indéfinissables, s'empare peu à peu de lui.

Epanouissement de cœur, ravissement d'esprit, rayonnement d'âme dont aucune impression physique, si enivrante qu'elle soit, ne saurait donner une idée !

Le Maître d'école se sent doucement planer dans une sphère lumineuse, éthérée ; il lui semble qu'il s'élève à une distance incommensurable de l'humanité.

Après avoir goûté quelques moments cette félicité sans nom, il se retrouve dans le ténébreux abîme de ses pensées habituelles.

Il rêve toujours, mais il n'est plus que le brigand muselé qui blasphème et se damne dans ses accès de fureur impuissante.

Une voix retentit, sonore, solennelle.

C'est la voix de Rodolphe.

Le Maître d'école frémit d'épouvante ; il a vaguement la conscience de rêver, mais l'effroi que lui inspire Rodolphe est si formidable, qu'il fait, mais en vain, tous ses efforts pour échapper à cette nouvelle vision.

La voix parle... il écoute.

L'accent de Rodolphe n'est pas courroucé ; il est rempli de tristesse, de compassion.

Pauvre misérable, dit-il au Maître d'école, l'heure du repentir n'a pas encore sonné pour vous. Dieu sait quand elle sonnera. La punition de vos crimes est incomplète encore. Vous avez souffert, vous n'avez pas expié ; la destinée poursuit son œuvre de haute justice. Vos complices sont devenus vos tourmenteurs ; une femme, un enfant vous domptent, vous torturent...

En vous infligeant un châtiment terrible comme vos crimes, je vous l'avais dit... je vous l'avais dit ! rappelez-vous mes paroles :

« Tu as criminellement abusé de ta force... je paralyserai ta force... Les plus vigoureux, les plus féroces tremblaient devant toi... tu trembleras devant les plus faibles ! »

Vous avez quitté l'obscure retraite où vous pouviez vivre pour le repentir et pour l'expiation...

Vous avez eu peur du silence et de la solitude...

Tout à l'heure vous avez un moment envié la vie paisible des laboureurs de cette ferme ; mais il était trop tard... trop tard !

Presque sans défense, vous vous rejetez au milieu d'une tourbe de scélérats et d'assassins, et vous avez craint de demeurer plus longtemps auprès d'honnêtes gens chez lesquels on vous avait placé...

Vous avez voulu vous étourdir par de nouveaux méfaits... Vous avez jeté un farouche défi à celui qui avait voulu vous mettre hors d'état de nuire à vos semblables, et ce criminel défi a été vain. Malgré votre audace, malgré votre scélératesse, malgré votre force, vous êtes enchaîné. La soif du crime vous dévore... vous ne pouvez la satisfaire... Tout à l'heure, dans un épouvantable et sanguinaire éréthisme, vous avez voulu tuer votre femme ; elle est là, sous le même toit que vous ; elle dort sans défense ; vous avez un couteau, sa chambre est à deux pas ; aucun obstacle ne vous empêche d'arriver jusqu'à elle ; rien ne peut la soustraire à votre rage... rien que votre impuissance !

Le rêve de tout à l'heure, celui que maintenant vous rêvez, pourrait vous être d'un grand enseignement, il pourrait vous sauver... Les images mystérieuses de ce songe ont un sens profond...

Le lac de sang où vous sont apparues vos victimes... c'est le sang que vous avez versé. La lave ardente qui l'a remplacé... c'est le remords dévorant qui aurait dû vous consumer, afin qu'un jour Dieu, prenant en pitié vos longues tortures, vous appelât à Lui... et vous fît goûter les douceurs ineffables du pardon. Mais il n'en sera point ainsi ! Non ! non ! ces avertissements seront inutiles ; loin de vous repentir, vous regretterez chaque jour, avec d'horribles blasphèmes, le temps où vous commettiez vos crimes... Hélas ! de cette lutte continuelle entre vos ardeurs sanguinaires et l'impossibilité de les satisfaire, entre vos habitudes d'oppression féroce et la nécessité de vous soumettre à des êtres aussi faibles que cruels, il résultera pour vous un sort si affreux, si horrible !... Oh ! pauvre misérable !

Et la voix de Rodolphe s'altéra.

Et il se tut un moment, comme si l'émotion et l'effroi l'eussent empêché de continuer.

Le Maître d'école sentit ses cheveux se hérisser sur son front.

Quel était donc ce sort qui apitoyait même son bourreau ?

— Le sort qui vous attend est si épouvantable, reprit Rodolphe, que Dieu, dans sa vengeance inexorable et toute-puissante, voudrait vous faire expier à vous seul les crimes de tous les hommes qu'Il n'imaginerait pas un supplice plus effroyable. Malheur, malheur à vous ! la fatalité veut que vous sachiez l'effroyable châtiment qui vous attend, et elle veut que vous ne fassiez rien pour vous y soustraire.

Que l'avenir vous soit connu !

Il sembla au Maître d'école que la vue lui était rendue.

Il ouvrit les yeux... il vit...

Mais ce qu'il vit le frappa d'une telle épouvante, qu'il jeta un cri perçant, et s'éveilla en sursaut de ce rêve horrible.

CHAPITRE IX

LA LETTRE

Neuf heures du matin sonnaient à l'horloge de la ferme de Bouqueval, lorsque Mme Georges entra doucement dans la chambre de Fleur-de-Marie.

Le sommeil de la jeune fille était si léger, qu'elle s'éveilla presque à l'instant. Un brillant soleil d'hiver, dardant ses rayons à travers les persiennes et les rideaux de toile perse doublée de guingan rose, répandait une teinte vermeille dans la chambre de la Goualeuse, et donnait à son pâle et doux visage les couleurs qui lui manquaient.

— Eh bien ! mon enfant, dit Mme Georges en s'asseyant sur le lit de la jeune fille et en la baisant au front, comment vous trouvez-vous ?

— Mieux, madame... je vous remercie.

— Vous n'avez pas été réveillée ce matin de très bonne heure ?

— Non, madame.

— Tant mieux. Ce malheureux aveugle et son fils, auxquels on a donné hier à coucher, ont voulu quitter la ferme au point du jour ; je craignais que le bruit qu'on a fait en ouvrant les portes ne vous eût éveillée.

— Pauvres gens ! pourquoi sont-ils partis si tôt ?

— Je ne sais ; hier soir, en vous laissant un peu calmée, je suis descendue à la cuisine pour les voir ; mais tous deux s'étaient trouvés si fatigués, qu'ils avaient demandé la permission de se retirer. Le père Châtelain m'a dit que l'aveugle paraissait ne pas avoir la tête très saine ; et tous nos gens ont été frappés des soins touchants que l'enfant de ce malheureux lui donnait. Mais dites-moi, Marie, vous avez un peu de fièvre ; je ne veux pas que vous vous exposiez au froid aujourd'hui : vous ne sortirez pas du salon.

— Madame, pardonnez-moi ; il faut que je me rende ce soir, à cinq heures, au presbytère ; M. le curé m'attend.

— Cela serait imprudent ; vous avez, j'en suis sûre, passé une mauvaise nuit. Vos yeux sont fatigués, vous avez mal dormi.

— Il est vrai... j'ai encore eu des rêves effrayants. J'ai revu en songe la femme qui m'a tourmentée quand j'étais enfant ; je me suis réveillée en sursaut tout épouvantée. C'est une faiblesse ridicule dont j'ai honte.

— Et moi, cette faiblesse m'afflige, puisqu'elle vous fait souffrir, pauvre petite ! dit Mme Georges avec un tendre intérêt, en voyant les yeux de la Goualeuse se remplir de larmes.

Celle-ci, se jetant au cou de sa mère adoptive, cacha son visage dans son sein.

— Mon Dieu ! qu'avez-vous, Marie, vous m'effrayez ?

— Vous êtes si bonne pour moi, madame, que je me reproche de ne pas vous avoir confié ce que j'ai conté à M. le curé ; demain il vous dira tout lui-même ; il me coûterait trop de vous répéter cette confession.

— Allons, allons, enfant, soyez raisonnable ; je suis sûre qu'il y a plus à louer qu'à blâmer dans ce grand secret que vous avez dit à notre bon abbé. Ne pleurez pas ainsi, vous me faites mal.

— Pardon, madame ; mais je ne sais pourquoi, depuis deux jours, par instants mon cœur se brise... Malgré moi les larmes me viennent aux yeux... J'ai de noirs pressentiments... Il me semble qu'il va m'arriver quelque malheur.

— Marie... Marie... je vous gronderai si vous vous affectez ainsi de terreurs imaginaires. N'est-ce donc pas assez des chagrins réels qui nous accablent ?

— Vous avez raison, madame ; j'ai tort, je tâcherai de surmonter cette faiblesse... Si vous saviez, mon Dieu ! combien je me reproche de ne pas être toujours gaie, souriante, heureuse... comme je devrais l'être ! Hélas ! ma tristesse doit vous paraître de l'ingratitude !

Mme Georges allait rassurer la Goualeuse, lorsque Claudine entra, après avoir frappé à la porte.

— Que voulez-vous, Claudine ?

— Madame, c'est Pierre qui arrive d'Arnouville dans le cabriolet de Mme Dubreuil ; il apporte cette lettre pour vous, il a dit que c'est très pressé.

Mme Georges lut tout haut ce qui suit :

Ma chère madame Georges, vous me rendriez bien service, et vous pourriez me tirer d'un grand embarras, en venant tout de suite à la ferme ; Pierre vous emmènerait et vous reconduirait cette après-dînée. Je ne sais vraiment où donner de la tête. M. Dubreuil est à Pontoise pour la vente de ses laines ; j'ai donc recours à vous et à Marie. Clara embrasse sa bonne petite sœur et l'attend avec impatience. Tâchez de venir à onze heures pour déjeuner.

Votre bien sincère amie,

Mme Dubreuil.

— De quoi peut-il être question ? dit Mme Georges à Fleur-de-Marie. Heureusement, le ton de la lettre de Mme Dubreuil prouve qu'il ne s'agit pas de quelque chose de grave...

— Vous accompagnerai-je, madame ? demanda la Goualeuse.

— Cela n'est peut-être pas prudent, car il fait très froid. Mais, après tout, reprit Mme Georges, cela vous distraira ; en vous enveloppant bien, cette petite course ne vous sera que favorable...

— Mais, madame, dit la Goualeuse en réfléchissant, M le curé m'attend ce soir, à cinq heures, au presbytère

— Vous avez raison... nous serons de retour avant cinq heures, je vous le promets.

— Oh ! merci, madame ; je serai si contente de revoir Mlle Clara...

— Encore ! dit Mme Georges d'un ton de doux reproche, Mlle Clara !... Est-ce qu'elle dit Mlle Marie en parlant de vous ?

— Non, madame, répondit la Goualeuse en baissant les yeux. C'est que moi... je...

— Vous ! vous êtes une cruelle enfant qui ne songez qu'à vous tourmenter ; vous oubliez déjà les promesses que vous m'avez faites tout à l'heure encore. Habillez-vous vite et bien chaudement. Nous pourrons arriver avant onze heures à Arnouville.

Puis, sortant avec Claudine, Mme Georges lui dit :

— Que Pierre attende un moment, nous sommes prêtes dans quelques minutes.

CHAPITRE X

RECONNAISSANCE

Une demi-heure après cette conversation, Mme Georges et Fleur-de-Marie montaient dans un de ces grands cabriolets dont se servent les riches fermiers des environs de Paris. Bientôt cette voiture, attelée d'un vigoureux cheval de trait conduit par Pierre, roula rapidement sur le chemin gazonné qui, de Bouqueval, conduit à Arnouville.

Les vastes bâtiments et les nombreuses dépendances de la ferme exploitée par M. Dubreuil témoignaient de l'importance de cette magnifique propriété que Mlle Césarine de Noirmont avait apportée en mariage à M. le duc de Lucenay.

Le bruit retentissant du fouet de Pierre avertit Mme Dubreuil de l'arrivée de Fleur-de-Marie et de Mme Georges. Celles-ci, en descendant de voiture, furent joyeusement accueillies par la fermière et par sa fille.

Madame Dubreuil avait cinquante ans environ ; sa physionomie était douce et affable ; les traits de sa fille, jolie brune aux yeux bleus, aux joues fraîches et vermeilles, respiraient la candeur et la bonté.

A son grand étonnement, lorsque Clara vint lui sauter au cou, la Goualeuse vit son amie vêtue comme elle en paysanne, au lieu d'être habillée en demoiselle.

— Comment, vous aussi, Clara, vous voici déguisée en campagnarde ? dit Mme Georges en embrassant la jeune fille.

— Est-ce qu'il ne faut pas qu'elle imite en tout sa sœur Marie ? dit Mme Dubreuil. Elle n'a pas eu de cesse qu'elle n'ait eu aussi son casaquin de drap, sa jupe de futaine, tout comme votre Marie... Mais il s'agit bien des caprices de ces petites filles, ma pauvre madame Georges ! dit Mme Dubreuil en soupirant ; venez, que je vous conte tous mes embarras.

En arrivant dans le salon avec sa mère et Mme Georges, Clara s'assit auprès de Fleur-de-Marie, lui donna la meilleure place au coin du feu, l'entoura de mille soins, prit ses mains dans les siennes pour s'assurer si elles n'étaient plus froides, l'embrassa encore et l'appela sa méchante petite sœur, en lui faisant tout bas de doux reproches sur le long intervalle qu'elle mettait entre ses visites.

Si l'on se souvient de l'entretien de la pauvre Goualeuse et du curé, on comprendra qu'elle devait recevoir ces caresses tendres et ingénues avec un mélange d'humilité, de bonheur et de crainte.

— Et que vous arrive-t-il donc ? ma chère madame Dubreuil, dit Mme Georges, et à quoi pourrais-je vous être utile ?

— Mon Dieu ! à bien des choses. Je vais vous expliquer cela. Vous ne savez pas, je crois, que cette ferme appartient en propre à Mme la duchesse de Lucenay. C'est à elle que nous avons directement affaire... sans passer par les mains de l'intendant de M. le duc.

— En effet, j'ignorais cette circonstance.

— Vous allez savoir pourquoi je vous en instruis... C'est donc à Mme la duchesse ou à Mme Simon, sa première femme de chambre, que nous payons les fermages. Mme la duchesse est si bonne, si bonne, quoiqu'un peu vive, que c'est un vrai plaisir d'avoir des rapports avec elle ; Dubreuil et moi nous nous mettrions dans le feu pour l'obliger... Dame ! c'est tout simple : je l'ai vue petite fille, quand elle venait ici avec son père, feu M. le prince de Noirmont... Encore dernièrement elle nous a demandé six mois de fermage d'avance... Quarante mille francs, ça ne se trouve pas sous le pas d'un cheval, comme on dit... mais nous avions cette somme en réserve, la dot de notre Clara, et du jour au lendemain Mme la duchesse a eu son argent en beaux louis d'or. Ces grandes dames, ça a tant besoin de luxe ! Pourtant il n'y a guère que depuis un an que Mme la duchesse est exacte à toucher ses fermages aux échéances ; autrefois elle paraissait n'avoir jamais besoin d'argent... Mais maintenant c'est bien différent !

— Jusqu'à présent, ma chère madame Dubreuil, je ne vois pas encore à quoi je puis vous être bonne.

— M'y voici, m'y voici ; je vous disais cela pour vous faire comprendre que Mme la duchesse a toute confiance en nous... Sans compter qu'à l'âge de douze ou treize ans elle a été, avec son père pour compère, marraine de Clara... qu'elle a toujours comblée... Hier soir donc, je reçois par un express cette lettre de Mme la duchesse :

Il faut absolument, ma chère madame Dubreuil, que le petit pavillon du verger soit en état d'être occupé après-demain soir : faites-y transporter tous les meubles nécessaires, tapis, rideaux, etc., etc. Enfin, que rien n'y manque, et qu'il soit surtout aussi « confortable » que possible...

— Confortable ! vous entendez, madame Georges ; et c'est souligné encore ! dit Mme Dubreuil, en regardant son amie d'un air à la fois méditatif et embarrassé ; puis elle continua :

Faites faire du feu jour et nuit dans le pavillon pour en chasser l'humidité, car il y a longtemps qu'on ne l'a habité. Vous traiterez la personne qui viendra s'y établir comme vous me traiteriez moi-même ; une lettre que cette personne vous remettra vous instruira de ce que j'attends de votre zèle toujours si obligeant. J'y compte cette fois encore, sans crainte d'en abuser ; je sais combien vous êtes bonne et dévouée. Adieu, ma chère Madame Dubreuil. Embrassez ma jolie filleule, et croyez à mes sentiments bien affectionnés.

Noirmont de Lucenay

P.S. — *La personne dont il s'agit arrivera après-demain dans la soirée. Surtout n'oubliez pas, je vous prie, de rendre le pavillon aussi « confortable » que possible.*

— Vous voyez ; encore ce diable de mot souligné ! dit Mme Dubreuil en remettant dans sa poche la lettre de la duchesse de Lucenay.

— Eh bien ! rien de plus simple, reprit Mme Georges.

— Comment, rien de plus simple !... Vous n'avez donc pas entendu ? Mme la duchesse veut surtout que le pavillon soit aussi *confortable* que possible ; c'est pour ça que je vous ai priée de venir. Nous deux Clara, nous nous sommes tuées à chercher ce que voulait dire *confortable,* et nous n'avons pu y parvenir... Clara a pourtant été en pension à Villiers-le-Bel, et a remporté je ne sais combien de prix d'histoire et de géographie... eh bien ! c'est égal, elle n'est pas plus avancée que moi au sujet de ce mot baroque ; il faut que ce soit un mot de la Cour ou du grand monde... Mais c'est égal, vous concevez combien c'est embarrassant : Mme la duchesse veut surtout que le pavillon soit *confortable,* elle souligne le mot, elle le répète deux fois, et nous ne savons pas ce que cela veut dire !

— Dieu merci ! je puis vous expliquer ce grand mystère, dit Mme Georges en souriant ; *confortable,* dans cette occasion, veut dire un appartement commode, bien arrangé, bien clos, bien chaud, une habitation, enfin, où rien ne manque de ce qui est nécessaire et même superflu...

— Ah ! mon Dieu ! je comprends ; mais alors, je suis encore plus embarrassée !

— Comment cela ?

— Mme la duchesse parle de tapis, de meubles et de beaucoup d'*et cetera,* mais nous n'avons pas de tapis ici, nos meubles sont des plus communs ; et puis enfin je ne sais pas si la personne que nous devons attendre est un monsieur ou une dame, et il faut que tout soit prêt demain soir... Comment faire ? comment faire ? ici il n'y a aucune ressource. En vérité, Madame Georges, c'est à en perdre la tête.

— Mais, Maman, dit Clara, si tu prenais les meubles qui sont dans ma chambre, en attendant qu'elle soit remeublée j'irais passer trois ou quatre jours à Bouqueval avec Marie.

— Ta chambre ! ta chambre ! mon enfant, est-ce que c'est assez beau ! dit Mme Dubreuil ; mon enfant, est-ce que c'est assez beau ! dit Mme Dubreuil en haussant les épaules, est-ce que c'est assez... assez *confortable ?* comme dit Mme la duchesse... Mon Dieu ! mon Dieu ! où va-t-on chercher des mots pareils !

— Ce pavillon est donc ordinairement inhabité ? demanda Mme Georges.

— Sans doute ; c'est cette petite maison blanche qui est toute seule au bout du verger. M. le prince l'a fait bâtir pour Mme la duchesse quand elle était demoiselle ; lorsqu'elle venait à la ferme avec son père, c'est là qu'ils se reposaient. Il y a trois jolies chambres, et au bout du jardin une laiterie suisse, où Mme la duchesse, étant enfant, s'amusait à jouer à la laitière ; depuis son mariage, nous ne l'avons vue à la ferme que deux fois, et chaque fois elle a passé quelques heures dans le petit pavillon. La première fois, il y a de cela six ans, elle est venue à cheval avec...

Puis, comme si la présence de Fleur-de-Marie et de Clara l'empêchait d'en dire davantage, Mme Dubreuil reprit :

— Mais je cause, et tout cela ne me sort pas d'embarras... Venez donc à mon secours, ma pauvre Madame Georges, venez donc à mon secours !

— Voyons, dites-moi comment à cette heure est meublé ce pavillon ?

— Il l'est à peine ; dans la pièce principale, une natte de paille sur le carreau, un canapé de jonc, des fauteuils pareils, une table, quelques chaises, voilà tout. De là à être confortable, il y a loin, comme vous le voyez.

— Eh bien ! moi, à votre place, voici ce que je ferais : il est onze heures, j'enverrais à Paris un homme intelligent.

— Notre *prend-garde-à-tout* (1), il n'y en a pas de plus actif.

— A merveille... en deux heures au plus tard il est à Paris ; il va chez un tapissier de la Chaussée-d'Antin, peu importe lequel ; il lui remet la liste que je vais vous faire, après avoir vu ce qui manque dans le pavillon, et il lui dira que, coûte que coûte...

— Oh ! bien sûr... pourvu que Mme la duchesse soit contente, je ne regarderai à rien...

— Il lui dira donc que, coûte que coûte, il faut que ce qui est noté sur cette liste soit ici ce soir ou dans la nuit, ainsi que trois ou quatre garçons tapissiers pour tout mettre en place.

— Ils pourront venir par la voiture de Gonesse, elle part à huit heures du soir de Paris.

— Et comme il ne s'agit que de transporter des meubles, de clouer des tapis et de poser des rideaux, tout peut être facilement prêt demain soir.

— Ah ! ma bonne Madame Georges, de quel embarras vous me sauvez !... Je n'aurais jamais pensé à cela... Vous êtes ma providence... Vous allez avoir la bonté de me faire la liste de ce qu'il faut pour que le pavillon soit...

— Confortable ?... oui, sans doute.

— Ah, mon Dieu ! une autre difficulté !... Encore une fois, nous ne savons pas si c'est un monsieur ou une dame que nous attendons. Dans sa lettre, Mme la duchesse dit : Une personne ; c'est bien embrouillé !...

— Agissez comme si vous attendiez une femme, ma chère Madame Dubreuil ; si c'est un homme, il ne s'en trouvera que mieux.

— Vous avez raison... toujours raison...

Une servante de ferme vint annoncer que le déjeuner était servi.

— Nous déjeunerons tout à l'heure, dit Mme Georges ; mais, pendant que je vais écrire la liste de ce qui est nécessaire, faites prendre la mesure des trois pièces en hauteur et en étendue, afin qu'on puisse d'avance disposer les rideaux et les tapis.

— Bien, bien... je vais aller dire tout cela à mon prend-garde-à-tout.

— Madame, reprit la servante de ferme, il y a aussi là cette laitière de Stains : son ménage est dans une petite charrette traînée par un âne ! Dame... il n'est pas lourd, son ménage !

(1) Sorte de surveillant employé dans les grandes exploitations des environs de Paris

— Pauvre femme !... dit Mme Dubreuil avec intérêt.

— Quelle est donc cette femme ? demanda Mme Georges.

— Une paysanne de Stains, qui avait quatre vaches et qui faisait un petit commerce en allant vendre tous les matins son lait à Paris. Son mari était maréchal-ferrant ; un jour, ayant besoin d'acheter du fer, il accompagne sa femme, convenant avec elle de venir la reprendre au coin de la rue où d'habitude elle vendait son lait. Malheureusement, la laitière s'était établie dans un vilain quartier, à ce qu'il paraît ; quand son mari revient, il la trouve aux prises avec de mauvais sujets ivres qui avaient eu la méchanceté de renverser son lait dans le ruisseau. Le forgeron tâche de leur faire entendre raison, ils le maîtrisent, il se défend, et dans la rixe, il reçoit un coup de couteau qui l'étend raide mort.

— Ah ! quelle horreur !... s'écria Mme Georges. Et a-t-on arrêté l'assassin ?

— Malheureusement non ; dans le tumulte, il s'est échappé, la pauvre veuve assure qu'elle le reconnaîtrait bien, car elle l'a vu plusieurs fois avec d'autres de ses camarades, habitués de ce quartier ; mais jusqu'ici toutes les recherches ont été inutiles pour le découvrir. Bref, depuis la mort de son mari, la laitière a été obligée, pour payer diverses dettes, de vendre ses vaches et quelques morceaux de terre qu'elle avait ; le fermier du château de Stains m'a recommandé cette brave femme comme une excellente créature, aussi honnête que malheureuse, car elle a trois enfants dont le plus âgé n'a que douze ans ; j'avais justement une place vacante, je la lui ai donnée, et elle vient s'établir à la ferme.

— Cette bonté de votre part ne m'étonne pas, ma chère Madame Dubreuil.

— Dis-moi, Clara, reprit la fermière, veux-tu aller installer cette brave femme dans son logement, pendant que je vais prévenir le prend-garde-à-tout de se préparer à partir pour Paris ?

— Oui, Maman ; Marie va venir avec moi.

— Sans doute ; est-ce que vous pouvez vous passer l'une de l'autre ? dit la fermière.

— Et moi, reprit Mme Georges en s'asseyant devant une table, je vais commencer ma liste pour ne pas perdre de temps, car il faut que nous soyons de retour à Bouqueval à quatre heures.

— A quatre heures !... vous êtes donc bien pressée ? dit Mme Dubreuil

— Oui, il faut que Marie soit au presbytère à cinq heures.

— Oh ! s'il s'agit du bon abbé Laporte... c'est sacré, dit Mme Dubreuil Je vais donner des ordres en conséquence... Ces deux enfants ont bien.. bien des choses à se dire... Il faut leur donner le temps de se parler.

— Nous partirons donc à trois heures ? ma chère Madame Dubreuil.

— C'est entendu... Mais que je vous remercie donc encore !... quelle bonne idée j'ai eue de vous prier de venir à mon aide ! dit Mme Dubreuil. Allons, Clara ; allons, Marie !...

Pendant que Mme Georges écrivait, Mme Dubreuil sortit d'un côté, les deux jeunes filles d'un autre, avec la servante qui avait annoncé l'arrivée de la laitière de Stains.

— Où est-elle, cette pauvre femme ? demanda Clara

— Elle est avec ses enfants, sa petite charrette et son âne dans la cour des granges, mademoiselle.

— Tu vas la voir, Marie, la pauvre femme, dit Clara en prenant le bras de la Goualeuse ; comme elle est pâle et comme elle à l'air triste avec son grand deuil de veuve ! La dernière fois qu'elle est venue voir maman, elle m'a navrée ; elle pleurait à chaudes larmes en parlant de son mari, et puis, tout à coup, ses larmes s'arrêtaient, et elle entrait dans des accès de fureur contre l'assassin. Alors... elle me faisait peur, tant elle avait l'air méchant ; mais, au fait, son ressentiment est bien naturel !... l'infortunée !... Comme il y a des gens malheureux !... n'est-ce pas, Marie ?

— Oh ! oui, oui... sans doute... répondit la Goualeuse en soupirant d'un air distrait. Il y a des gens bien malheureux, vous avez raison, mademoiselle...

— Allons ! s'écria Clara en frappant du pied avec une impatience chagrine, voilà encore que tu me dis vous... et que tu m'appelles mademoiselle ; mais tu es donc fâchée contre moi, Marie ?

— Moi ! grand Dieu ! ! !

— Eh bien ! alors, pourquoi me dis-tu vous ?... Tu le sais, ma mère et Mme Georges t'ont déjà réprimandée pour cela. Je t'en préviens, je te ferai encore gronder : tant pis pour toi...

— Clara, pardon, j'étais distraite...

— Distraite... quand tu me revois après plus de huit grands jours de séparation ! dit tristement Clara. Distraite... cela serait déjà bien mal ; mais non, non, ce n'est pas cela : tiens, vois-tu, Marie... je finirai par croire que tu es fière.

Fleur-de-Marie devint pâle comme une morte et ne répondit pas...

A sa vue, une femme portant le deuil de veuve avait poussé un cri de colère et d'horreur.

Cette femme était la laitière qui, chaque matin, vendait du lait à la Goualeuse lorsque celle-ci demeurait chez l'ogresse du tapis-franc.

CHAPITRE XI

LA LAITIÈRE

La scène que nous allons raconter se passait dans une des cours de la ferme, en présence des laboureurs et des femmes de service qui rentraient de leurs travaux pour prendre leur repas de midi.

Sous un hangar, on voyait une petite charrette attelée d'un âne, et contenant le rustique et pauvre mobilier de la veuve ; un petit garçon de douze ans, aidé de deux enfants moins âgés, commençait à décharger cette voiture.

La laitière, complètement vêtue de noir, était une femme de quarante ans environ, à la figure rude, virile et résolue, ses paupières étaient rougies par des larmes récentes. En apercevant Fleur-de-Marie, elle jeta d'abord un cri d'effroi ; mais bientôt la douleur, l'indignation, la colère, contractèrent ses traits ; elle se précipita sur la Goualeuse, la prit brutalement par le bras, et s'écria en la montrant aux gens de la ferme :

— Voilà une malheureuse qui connaît l'assassin de mon pauvre mari... Je l'ai vue vingt fois parler à ce brigand ! quand je vendais du lait au coin de la rue de la Vieille Draperie, elle venait m'en acheter pour un sou tous les matins ; elle doit savoir quel est le scélérat qui a fait le coup ; comme toutes ses pareilles, elle est de la clique de ces bandits... Oh ! tu ne m'échapperas pas, coquine que tu es !... s'écria la laitière exaspérée par d'injustes soupçons ; et elle saisit l'autre bras de Fleur-de-Marie, qui, tremblante, éperdue, voulait fuir.

Clara, stupéfaite de cette brusque agression, n'avait pu jusqu'alors dire un mot ; mais, à ce redoublement de violence, elle s'écria en s'adressant à la veuve :

— Mais vous êtes folle !... le chagrin vous égare !... vous vous trompez !...

— Je me trompe !... reprit la paysanne avec une ironie amère, je me trompe ! Oh ! que non !... je ne me trompe pas... Tenez, regardez comme la voilà déjà pâle... la misérable !... comme ses dents claquent !... La justice te forcera de parler ; tu vas venir avec moi chez M. le maire... entends-tu ?... Oh ! il ne s'agit pas de résister... j'ai une bonne poigne. . je t'y porterai plutôt..

— Insolente que vous êtes ! s'écria Clara exaspérée, sortez d'ici... Oser ainsi manquer à mon amie, à ma sœur !

— Votre sœur... mademoiselle, allons donc ! c'est vous, vous qui êtes folle ! répondit grossièrement la veuve. Votre sœur !... une fille des rues, que, pendant six mois, j'ai vue traîner dans la Cité !

A ces mots, les laboureurs firent entendre de longs murmures contre Fleur-de-Marie ; ils prenaient naturellement parti pour la laitière, qui était de leur classe, et dont le malheur les intéressait.

Les trois enfants, entendant leur mère élever la voix, accoururent auprès d'elle et l'entourèrent en pleurant, sans savoir de quoi il s'agissait. L'aspect de ces pauvres petits aussi vêtus de deuil, redoubla la sympathie qu'inspirait la veuve et augmenta l'indignation des paysans contre Fleur-de-Marie.

Clara, effrayée de ces démonstrations presque menaçantes, dit aux gens de la ferme d'une voix émue :

— Faites sortir cette femme d'ici ; je vous répète que le chagrin l'égare. Marie, Marie, pardon ! Mon Dieu, cette folle ne sait pas ce qu'elle dit...

La Goualeuse, pâle, la tête baissée pour échapper à tous les regards, restait muette, anéantie, inerte, et ne faisait pas un mouvement pour échapper aux rudes étreintes de la robuste laitière.

Clara, attribuant cet abattement à l'effroi qu'une pareille scène devait inspirer à son amie, dit de nouveau aux laboureurs :

— Vous ne m'entendez donc pas ? Je vous ordonne de chasser cette femme... Puisqu'elle persiste dans ses injures, pour la punir de son insolence, elle n'aura pas ici la place que ma mère lui avait promise ; de sa vie, elle ne remettra les pieds à la ferme.

Aucun laboureur ne bougea pour obéir aux ordres de Clara ; l'un d'eux osa même dire :

— Dame... mademoiselle, si c'est une fille des rues et qu'elle connaisse l'assassin du mari de cette pauvre femme... faut qu'elle vienne s'expliquer chez le maire...

— Je vous répète que vous n'entrerez jamais à la ferme, dit Clara à la laitière, à moins qu'à l'instant vous ne demandiez pardon à Mlle Marie de vos grossièretés.

— Vous me chassez, mademoiselle !... à la bonne heure, répondit la veuve avec amertume. Allons, mes pauvres orphelins, ajouta-t-elle en embrassant ses enfants, rechargez la charrette, nous irons gagner notre pain ailleurs, le bon Dieu aura pitié de nous, mais au moins, en nous en allant, nous emmènerons chez M. le maire cette malheureuse, qui va bien être forcée de dénoncer l'assassin de mon pauvre mari... puisqu'elle connaît toute la bande !... Parce que vous êtes riche, mademoiselle, reprit-elle en regardant insolemment Clara, parce que vous avez des amies dans ces créatures-là... faut pas pour cela... être si dure aux pauvres gens !

— C'est vrai, dit un laboureur, la laitière à raison...

— Pauvre femme !

— Elle est dans son droit...

— On a assassiné son mari .. faut-il pas qu'elle soit contente ?

— On ne peut pas l'empêcher de faire son possible pour découvrir les brigands qui ont fait le coup

— C'est une injustice de la renvoyer.

— Est-ce que c'est sa faute, à elle, si l'amie de Mlle Clara se trouve être une fille des rues ?

— On ne met pas à la porte une honnête femme... une mère de famille... à cause d'une malheureuse pareille !

Et les murmures devenaient menaçants, lorsque Clara s'écria :

— Dieu soit loué... voici ma mère...

En effet, Mme Dubreuil, revenant du pavillon du verger, traversait la cour.

— Eh bien, Clara ! eh bien, Marie ! dit la fermière en approchant du groupe, venez-vous déjeuner ? Allons, mes enfants, il est déjà tard !

— Maman, s'écria Clara, défendez ma sœur des insultes de cette femme ; et elle montra la veuve ; de grâce, renvoyez-la d'ici. Si vous saviez toutes les insolences qu'elle a l'audace de dire à Marie...

— Comment ? elle oserait ?...

— Oui, maman... Voyez, pauvre petite sœur, comme elle est tremblante... elle peut à peine se soutenir... Ah ! c'est une honte qu'une telle scène se passe chez nous... Marie, pardonne-nous, je t'en supplie !

— Mais qu'est-ce que cela signifie ? demanda Mme Dubreuil en regardant autour d'elle d'un air inquiet, après avoir remarqué l'accablement de la Goualeuse.

— Madame sera juste, elle... bien sûr... murmurèrent les laboureurs.

— Voilà Mme Dubreuil ; c'est toi qui va être mise à la porte, dit la veuve à Fleur-de-Marie.

— Il est donc vrai ! s'écria Mme Dubreuil à la laitière, qui tenait toujours Fleur-de-Marie par le bras, vous osez parler de la sorte à l'amie de ma fille ! Est-ce ainsi que vous reconnaissez mes bontés ? Voulez-vous laisser cette jeune personne tranquille !

— Je vous respecte, madame, et j'ai de la reconnaissance pour vos bontés, dit la veuve en abandonnant le bras de Fleur-de-Marie ; mais avant de m'accuser et de me chasser de chez vous avec mes enfants, interrogez donc cette malheureuse. Elle n'aura peut-être pas le front de nier que je la connais et qu'elle me connaît aussi.

— Mon Dieu, Marie, entendez-vous ce que dit cette femme ? demanda Mme Dubreuil au comble de la surprise.

— T'appelles-tu, oui ou non, la Goualeuse ? dit la laitière à Marie.

— Oui, dit la malheureuse à voix basse d'un air atterré et sans regarder Mme Dubreuil ; oui, on m'appelait ainsi...

— Ah ! voyez-vous ! s'écrièrent les laboureurs courroucés, elle l'avoue ! elle l'avoue !...

— Elle l'avoue... mais quoi ? qu'avoue-t-elle ? s'écria Mme Dubreuil avec effroi. Elle a parlé à des assassins...

— Les créatures comme elle ne connaissent que ça... répondit la veuve.

D'abord stupéfaite d'une si étrange révélation, confirmée par les dernières paroles de Fleur-de-Marie, Mme Dubreuil, comprenant tout alors, se recula avec dégoût et horreur, attira violemment et brusquement à elle sa fille Clara, qui s'était approchée de la Goualeuse pour la soutenir, et s'écria .

— Ah ! quelle abomination ! Clara, prenez garde ! N'approchez pas de cette malheureuse... Mais comment Mme Georges a-t-elle pu la recevoir chez elle ? Comment a-t-elle osé me la présenter, et souffrir que ma fille... Mon Dieu ! mon Dieu ! mais c'est horrible, cela ! C'est à peine si je peux croire ce que je vois ! Mais non, non, Mme Georges est incapable d'une telle indignité ! elle aura été trompée comme nous. Sans cela... oh ! ce serait infâme de sa part !

Clara, désolée, effrayée de cette scène cruelle, croyait rêver. Dans sa candide ignorance, elle ne comprenait pas les terribles récriminations dont on accablait son amie ; son cœur se brisa, ses yeux se remplirent de larmes en voyant la stupeur de la Goualeuse, muette, atterrée comme une criminelle devant ses juges.

— Viens, viens, ma fille, dit Mme Dubreuil à Clara ; puis, se retournant vers Fleur-de-Marie : Et vous, indigne créature, le bon Dieu vous punira de votre infâme hypocrisie. Oser souffrir que ma fille... un ange de vertu, vous appelle son amie, sa sœur... son amie !... sa sœur !... vous... le rebut de ce qu'il y a de plus vil au monde ! quelle effronterie ! Oser vous mêler aux honnêtes gens, quand vous méritez sans doute d'aller rejoindre vos semblables en prison !

— Oui, oui, s'écrièrent les laboureurs ; il faut qu'elle aille en prison ; elle connaît l'assassin.

— Elle est peut-être sa complice, seulement !

— Vois-tu qu'il y a une justice au Ciel ! dit la veuve en montrant le poing à la Goualeuse.

— Quant à vous, ma brave femme, dit Mme Dubreuil à la laitière, loin de vous renvoyer, je reconnaîtrai le service que vous me rendez en dévoilant cette malheureuse.

— A la bonne heure ! notre maîtresse est juste, elle... murmurèrent les laboureurs...

— Viens, Clara, reprit la fermière, Mme Georges va nous expliquer sa conduite, ou sinon je ne la revois de ma vie ; car si elle n'a pas été trompée, elle se conduit envers nous d'une manière affreuse.

— Mais, ma mère, voyez donc cette pauvre Marie...

— Qu'elle crève de honte si elle veut, tant mieux ! Méprise-la... Je ne veux pas que tu restes un moment auprès d'elle. C'est une de ces créatures auxquelles une jeune fille comme toi ne parle pas sans se déshonorer.

— Mon Dieu ! mon Dieu ! maman, dit Clara en résistant à sa mère qui voulait l'emmener, je ne sais pas ce que cela signifie... Marie peut bien être coupable, puisque vous le dites ; mais, voyez, elle est défaillante ; ayez pitié d'elle au moins.

— Oh ! mademoiselle Clara, vous êtes bonne, vous me pardonnez. C'est bien malgré moi, croyez-moi, que je vous ai trompée. Je me le suis bien souvent reproché, dit Fleur-de-Marie en jetant sur sa protectrice un regard de reconnaissance ineffable.

— Mais, ma mère, vous êtes donc sans pitié ? s'écria Clara d'une voix déchirante.

— De la pitié pour elle ? Allons donc ! Sans Mme Georges qui va nous en débarrasser, je ferais mettre cette misérable à la porte de la ferme comme une pestiférée, répondit durement Mme Dubreuil.

Et elle entraîna sa fille, qui, se retournant une dernière fois vers la Goualeuse, s'écria :

— Marie, ma sœur ! je ne sais pas de quoi l'on t'accuse, mais je suis sûre que tu n'es pas coupable, et je t'aime toujours.

— Tais-toi, tais-toi ! dit Mme Dubreuil en mettant sa main sur la bouche de sa fille, tais-toi ; heureusement que tout le monde est témoin qu'après cette odieuse révélation, tu n'es pas restée un moment seule avec cette fille perdue. N'est-ce pas, mes amis ?

— Oui, oui, madame, dit le laboureur, nous sommes témoins que Mlle Clara n'est pas restée un moment avec cette fille, qui est bien sûr une voleuse, puisqu'elle connaît des assassins.

Madame Dubreuil entraîna Clara.

La Goualeuse resta seule au milieu du groupe menaçant qui s'était formé autour d'elle.

Malgré les reproches dont l'accablait Mme Dubreuil, la présence de la fermière et de Clara avait quelque peu rassuré Fleur-de-Marie sur les suites de cette scène ; mais, après le départ des deux femmes, se trouvant à la merci des paysans, les forces lui manquèrent ; elle fut obligée de s'appuyer sur le parapet du profond abreuvoir des chevaux de la ferme.

Rien de plus touchant que la pose de cette infortunée.

Rien de plus menaçant que les paroles, que l'attitude des paysans qui l'entouraient.

Assise presque debout sur cette margelle de pierre, la tête baissée, cachée entre ses deux mains, son cou et son sein voilés par les bouts carrés d'un mouchoir d'indienne rouge qui entourait son petit bonnet rond, la Goualeuse, immobile, offrait l'expression la plus saisissante de la douleur et de la résignation.

A quelques pas d'elle, la veuve de l'assassiné, triomphante et encore exaspérée contre Fleur-de-Marie par les imprécations de Mme Dubreuil, montrait la jeune fille à ses enfants et aux laboureurs avec des gestes de haine et de mépris.

Les gens de la ferme, groupés en cercle, ne dissimulaient pas les sentiments hostiles qui les animaient ; leurs rudes et grossières physionomies exprimaient à la fois l'indignation, le courroux, et une sorte de raillerie brutale et insultante ; les femmes se montraient les plus furieuses, les plus révoltées. La beauté touchante de la Goualeuse n'était pas une des moindres causes de leur acharnement contre elle.

Hommes et femmes ne pouvaient pardonner à Fleur-de-Marie d'avoir été jusqu'alors traitée d'égal à égal par leurs maîtres.

Et puis encore, quelques laboureurs d'Arnouville n'ayant pu justifier d'assez bons antécédents pour obtenir à la ferme de Bouqueval une de ces places si enviées dans le pays, il existait chez ceux-là, contre Mme Georges, un sourd mécontentement dont sa protégée devait se ressentir.

Les premiers mouvements des natures incultes sont toujours extrêmes...

Excellents ou détestables.

Mais ils deviennent horriblement dangereux lorsqu'une multitude croit ses brutalités autorisées par les torts réels ou apparents de ceux que poursuit sa haine ou sa colère.

Quoique la plupart des laboureurs de cette ferme n'eussent peut-être pas tous les droits possibles à afficher une susceptibilité farouche à l'endroit de la Goualeuse, ils semblaient contagieusement souillés par sa seule présence ; leur pudeur se révoltait en songeant à quelle classe avait appartenu cette infortunée, qui de plus avouait qu'elle parlait souvent à des assassins. En fallait-il davantage pour exalter la colère de ces campagnards, encore excités par l'exemple de Mme Dubreuil ?

— Il faut la conduire chez le maire, s'écria l'un.

— Oui, oui ; et si elle ne veut pas marcher, on la poussera.

— Et ça ose s'habiller comme nous autres honnêtes filles de campagne, ajouta une des plus laides maritornes de la ferme.

— Avec son air de sainte nitouche, reprit une autre, on lui aurait donné le bon Dieu sans confession.

— Est-ce qu'elle n'avait pas le front d'aller à la messe ?

— L'effrontée !... Pourquoi ne pas communier tout de suite ?

— Et il lui fallait frayer avec les maîtres encore !

— Comme si nous étions de trop petites gens pour elle !

— Heureusement chacun a son tour.

— Oh ! il faudra bien que tu parles et que tu dénonces l'assassin ! s'écria la veuve. Vous êtes tous de la même bande... Je ne suis pas même bien sûre de ne pas t'avoir vue ce jour-là avec eux. Allons, allons, il ne s'agit pas de pleurnicher, maintenant que tu es reconnue. Montre-nous ta face, elle est belle à voir !

Et la veuve abaissa brutalement les deux mains de la jeune fille, qui cachait son visage baigné de larmes.

La Goualeuse, d'abord écrasée de honte, commençait à trembler d'effroi en se trouvant seule à la merci de ces forcenés ; elle joignit les mains, tourna vers la laitière ses yeux suppliants et craintifs, et dit de sa voix douce :

— Mon Dieu, madame, il y a deux mois que je suis retirée à la ferme de Bouqueval... je n'ai donc pu être témoin du malheur dont vous parlez, et...

La timide voix de Fleur-de-Marie fut couverte par ces cris furieux :

— Menons-la chez M. le maire... elle s'expliquera.

— Allons ! en marche, la belle !

Et le groupe menaçant se rapprochait de plus en plus de la Goualeuse, celle-ci, croisant ses mains par un mouvement machinal, regardait de côté et d'autre avec épouvante, et semblait implorer du secours.

— Oh ! reprit la laitière, tu as beau chercher autour de toi, Mlle Clara n'est plus là pour te défendre ; tu ne nous échapperas pas.

— Hélas ! madame, dit-elle toute tremblante, je ne veux pas vous échapper ; je ne demande pas mieux que de répondre à ce qu'on me demandera... puisque cela peut vous être utile... Mais quel mal ai-je fait à toutes les personnes qui m'entourent et me menacent ?...

— Tu nous as fait que tu as eu le front d'aller avec nos maîtres, quand nous qui valons mille fois mieux que toi, nous n'y allons pas... Voilà ce que tu nous as fait.

— Et puis, pourquoi as-tu voulu que l'on chasse d'ici cette pauvre veuve et ses enfants ? dit un autre.

— Ce n'est pas moi, c'est Mlle Clara qui voulait...

— Laisse-nous donc tranquilles, reprit le laboureur en l'interrompant, tu n'as pas seulement demandé grâce pour elle : tu étais contente de lui voir ôter son pain !

— Non, non, elle n'a pas demandé grâce !

— Est-elle mauvaise !

— Une pauvre veuve... mère de trois enfants !

— Si je n'ai pas demandé sa grâce, dit Fleur-de-Marie, c'est que je n'avais pas la force de dire un mot...

— Tu avais bien la force de parler à des assassins !

Ainsi qu'il arrive toujours dans les émotions populaires, ces paysans, plus bêtes que méchants, s'irritaient, s'excitaient, se grisaient au bruit de leurs propres paroles, et s'animaient en raison des injures et des menaces qu'ils prodiguaient à leur victime.

Ainsi le populaire arrive quelquefois, à son insu, par une exaltation progressive, à l'accomplissement des actes les plus injustes et les plus féroces.

Le cercle menaçant des métayers se rapprochait de plus en plus de Fleur-de-Marie ; tous gesticulaient en parlant ; la veuve du forgeron ne se possédait plus.

Seulement séparé du profond abreuvoir par le parapet où elle s'appuyait, la Goualeuse eut peur d'être renversée dans l'eau, et s'écria, en étendant vers eux des mains suppliantes :

— Mais, mon Dieu ! que voulez-vous de moi ? Par pitié ne me faites pas de mal !...

Et comme la laitière, gesticulant toujours, s'approchait de plus en plus et lui mettait ses deux poings presque sur le visage, Fleur-de-Marie s'écria, en se renversant en arrière avec effroi :

— Je vous en supplie, madame, n'approchez pas autant ; vous allez me faire tomber à l'eau.

Ces paroles de Fleur-de-Marie éveillèrent chez ces gens grossiers une idée cruelle. Ne pensant qu'à faire une de ces plaisanteries de paysans, qui souvent vous laissent à moitié mort sur place, un des plus enragés s'écria :

— Un plongeon !... donnons-lui un plongeon !

— Oui... oui... A l'eau !... à l'eau !... répéta-t-on avec des éclats de rire et des applaudissements frénétiques.

— C'est ça, un bon plongeon !... Elle n'en mourra pas !

— Ça lui apprendra à venir se mêler aux honnêtes gens !

— Oui, oui... A l'eau ! à l'eau !

— Justement, on a cassé la glace ce matin.

— La fille des rues se souviendra des braves gens de la ferme d'Arnouville !

En entendant ces cris inhumains, ces railleries barbares, en voyant l'exaspération de toutes ces figures stupidement irritées qui s'avançaient pour l'enlever, Fleur-de-Marie se crut morte.

A son premier effroi succéda bientôt une sorte de contentement amer elle entrevoyait l'avenir sous de si noires couleurs qu'elle remercia mentalement le Ciel d'abréger ses peines ; elle ne prononça plus un mot de plainte, se laissa glisser à genoux, croisa religieusement ses deux mains sur sa poitrine, ferma les yeux et attendit en priant.

Les laboureurs, surpris de l'attitude et de la résignation muette de la Goualeuse, hésitèrent un moment à accomplir leurs projets sauvages ; mais, gourmandés sur leur faiblesse par la partie féminine de l'assemblée, ils recommencèrent de vociférer pour se donner le courage d'accomplir leurs méchants desseins.

Deux des plus furieux allaient saisir Fleur-de-Marie, lorsqu'une voix émue, vibrante, leur cria :

— Arrêtez !

Au même instant, Mme Georges, qui s'était frayé un passage au milieu de cette foule, arriva auprès de la Goualeuse, toujours agenouillée, la prit dans ses bras, la releva en s'écriant :

— Debout, mon enfant !... debout ma fille chérie ! on ne s'agenouille que devant Dieu.

L'expression, l'attitude de Mme Georges furent si courageusement impérieuses, que la foule recula et resta muette.

L'indignation colorait vivement les traits de Mme Georges, ordinairement pâles. Elle jeta sur les laboureurs un regard ferme, et leur dit d'une voix haute et menaçante :

— Malheureux !... n'avez-vous pas honte de vous porter à de telles violences contre cette malheureuse enfant !...

— C'est une...

— C'est ma fille ! s'écria Mme Georges en interrompant un des laboureurs. M. l'abbé Laporte, que tout le monde bénit et vénère, l'aime et la protège, et ceux qu'il estime doivent être respectés par tout le monde.

Ces simples paroles imposèrent aux laboureurs.

Le curé de Bouqueval était, dans le pays, regardé comme un saint ; plusieurs paysans n'ignoraient pas l'intérêt qu'il portait à la Goualeuse. Pourtant quelques sourds murmures se firent encore entendre ; Mme Georges en comprit le sens, et s'écria :

— Cette malheureuse fille fût-elle la dernière des créatures, fût-elle abandonnée de tous, votre conduite envers elle n'en serait pas moins odieuse. De quoi voulez-vous la punir ? Et de quel droit d'ailleurs ? Quelle est votre autorité ? La force ? N'est-il pas lâche, honteux à des hommes de prendre pour victime une jeune fille sans défense ! Viens, Marie, viens, mon enfant bien-aimée, retournons chez nous ; là, du moins, tu es connue et appréciée...

Madame Georges prit le bras de Fleur-de-Marie ; les laboureurs, confus et reconnaissant la brutalité de leur conduite, s'écartèrent respectueusement.

La veuve seule s'avança et dit résolument à Mme Georges :

— Cette fille ne sortira pas d'ici qu'elle n'ait fait sa déposition chez le maire au sujet de l'assassinat de mon pauvre mari.

— Ma chère amie, dit Mme Georges en se contraignant, ma fille n'a aucune déposition à faire ici ; plus tard, si la justice trouve bon d'invoquer son témoignage, on la fera appeler, et je l'accompagnerai. Jusque-là personne n'a le droit de l'interroger

— Mais, madame... je vous dis...

Madame Georges interrompit la laitière et lui répondit sévèrement :

— Le malheur dont vous êtes victime peut à peine excuser votre conduite ; un jour vous regretterez les violences que vous avez si imprudemment excitées. Mlle Marie demeure avec moi à la ferme de Bouqueval, instruisez-en le juge qui a reçu votre première déclaration, nous attendrons ses ordres.

La veuve ne put rien répondre à ces sages paroles ; elle s'assit sur le parapet de l'abreuvoir, et se mit à pleurer amèrement en embrassant ses enfants.

Quelques minutes après cette scène, Pierre amena le cabriolet ; Mme Georges et Fleur-de-Marie y montèrent pour retourner à Bouqueval.

En passant devant la maison de la fermière d'Arnouville, la Goualeuse aperçut Clara : elle pleurait, à demi cachée derrière une persienne entrouverte, et fit à Fleur-de-Marie un signe d'adieu avec son mouchoir.

CHAPITRE XII

CONSOLATIONS

— Ah ! madame ! quelle honte pour moi ! quel chagrin pour vous ! dit Fleur-de-Marie à sa mère adoptive, lorsqu'elle se retrouva seule avec elle dans le petit salon de la ferme de Bouqueval. Vous êtes sans doute pour toujours fâchée avec Mme Dubreuil, et cela à cause de moi. Oh ! mes pressentiments !... Dieu m'a puni d'avoir ainsi trompé cette dame et sa fille... je suis un sujet de discorde entre vous et votre amie...

— Mon amie... est une excellente femme, ma chère enfant, mais une pauvre tête faible... Du reste, comme elle a très bon cœur, demain elle regrettera, j'en suis sûre, son fol emportement d'aujourd'hui...

— Hélas ! madame, ne croyez pas que je veuille la justifier en vous accusant, mon Dieu !... Mais votre bonté pour moi vous a peut-être aveuglée... Mettez-vous à la place de Mme Dubreuil... Apprendre que la compagne de sa fille chérie... était... ce que j'étais... dites ? peut-on blâmer son indignation maternelle ?

Madame Georges ne trouva malheureusement rien à répondre à cette question de Fleur-de-Marie, qui reprit avec exaltation :

— Cette scène flétrissante que j'ai subie aux yeux de tous, demain tout le pays le saura ! Ce n'est pas pour moi que je crains ; mais qui sait maintenant si la réputation de Clara... ne sera pas à tout jamais entachée... parce qu'elle m'a appelée son amie, sa sœur ! J'aurais dû suivre mon premier mouvement... résister au penchant qui m'attirait vers Mlle Dubreuil... et, au risque de lui inspirer de l'aversion, me soustraire à l'amitié qu'elle m'offrait... Mais j'ai oublié la distance qui me séparait d'elle... Aussi, vous le voyez, j'en suis punie, oh ! cruellement punie... car j'aurai peut-être causé un tort irréparable à cette jeune personne, si vertueuse et si bonne...

— Mon enfant, dit Mme Georges après quelques moments de réflexion, vous avez tort de vous faire de si douloureux reproches : votre passé est coupable... oui, très coupable... Mais n'est-ce rien que d'avoir, par votre repentir, mérité la protection de notre vénérable curé ? N'est-ce pas sous ses auspices, sous les miens que vous avez été présentée à Mme Dubreuil ? Vos seules qualités ne lui ont-elles pas inspiré l'attachement qu'elle vous avait librement voué ? N'est-ce pas elle qui vous a demandé d'appeler

Clara votre sœur ? Et puis enfin, ainsi que je lui ai dit tout à l'heure, car je ne voulais ni ne devais rien lui cacher, pouvais-je, certaine que j'étais de votre repentir, ébruiter le passé, et rendre ainsi votre réhabilitation plus pénible... impossible, peut-être, en vous désespérant, en vous livrant au mépris de gens qui, aussi malheureux, aussi abandonnés que vous l'avez été, n'auraient peut-être pas, comme vous, conservé le secret instinct de l'honneur et de la vertu ? La révélation de cette femme est fâcheuse, funeste ; mais devais-je, en la prévenant, sacrifier votre repos futur à une éventualité presque improbable ?

— Ah ! madame, ce qui prouve que ma position est à jamais fausse et misérable, c'est que, par affection pour moi, vous avez eu raison de cacher le passé, et que la mère de Clara a aussi raison de me mépriser au nom de ce passé ; de me mépriser... comme tout le monde me méprisera désormais, car la scène de la ferme d'Arnouville va se répandre, tout va se savoir... Oh ! je mourrai de honte... je ne pourrai plus supporter les regards de personne !

— Pas même les miens ? Pauvre enfant ! dit Mme Georges en fondant en larmes et en ouvrant ses bras à Fleur-de-Marie, tu ne trouveras pourtant jamais dans mon cœur que la tendresse, que le dévouement d'une mère... Courage donc, Marie ! ayez la conscience de votre repentir. Vous êtes ici entourée d'amis, eh bien ! cette maison sera le monde pour vous... Nous irons au-devant de la révélation que vous craignez : notre bon abbé assemblera les gens de la ferme, qui vous aiment déjà tant ; il leur dira la vérité sur le passé... Croyez-moi, mon enfant, sa parole a une telle autorité, que cette révélation vous rendra plus intéressante encore.

— Je vous crois, madame, et je me résignerai ; hier, dans notre entretien, M. le curé m'avait annoncé de douloureuses expiations : elles commencent, je ne dois pas m'étonner. Il m'a dit encore que mes souffrances me seraient un jour comptées... Je l'espère... Soutenue dans ces épreuves par vous et par lui, je ne me plaindrai pas.

— Vous allez d'ailleurs le voir dans quelques moments, jamais ses conseils ne vous auront été plus salutaires... Voici déjà quatre heures et demie ; disposez-vous à aller au presbytère, mon enfant... Je vais écrire à M. Rodolphe pour lui apprendre ce qui est arrivé à la ferme d'Arnouville... Un exprès lui portera ma lettre... puis j'irai vous rejoindre chez notre bon abbé... car il est urgent que nous causions tous trois..

Peu d'instants après, la Goualeuse sortait de la ferme afin de se rendre au presbytère par le chemin creux où la veille le Maître d'école et Tortillard étaient convenus de se retrouver.

CHAPITRE XIII

RÉFLEXION

Ainsi qu'on a pu le voir par ses entretiens avec Mme Georges et avec le curé de Bouqueval, Fleur-de-Marie avait si noblement profité des conseils de ses bienfaiteurs, s'était tellement assimilée leurs principes, qu'elle se désespérait de plus en plus en songeant à son abjection passée.

Malheureusement encore, son esprit s'était développé à mesure que ses excellents instincts grandissaient au milieu de l'atmosphère d'honneur et de pureté où elle vivait.

D'une intelligence moins élevée, d'une sensibilité moins exquise, d'une imagination moins vive, Fleur-de-Marie se serait facilement consolée.

Elle s'était repentie, un vénérable prêtre l'avait pardonnée, elle aurait oublié les horreurs de la Cité au milieu des douceurs de la vie rustique qu'elle partageait avec Mme Georges ; elle se fût enfin livrée sans crainte à l'amitié que lui témoignait Mlle Dubreuil, et cela, non par insouciance des fautes qu'elle avait commises, mais par confiance aveugle dans la parole de ceux dont elle reconnaissait l'excellence.

Ils lui disaient : « Maintenant votre bonne conduite vous rend l'égale des honnêtes gens » ; elle n'aurait vu aucune différence entre elle et les honnêtes gens.

La scène douloureuse de la ferme d'Arnouville l'eût péniblement affectée, mais elle n'aurait pas, pour ainsi dire, prévu, devancé cette scène, en versant des larmes amères, en éprouvant de vagues remords à la vue de Clara dormant, innocente et pure, dans la même chambre que l'ancienne pensionnaire de l'ogresse.

Pauvre fille !... ne s'était-elle pas bien souvent adressé elle-même, dans le silence de ses longues insomnies, des récriminations bien plus poignantes que celles dont les habitants de la ferme l'avaient accablée ?

Ce qui tuait lentement Fleur-de-Marie, c'était l'analyse, c'était l'examen incessant de ce qu'elle se reprochait ; c'était surtout la comparaison constante de l'avenir que l'inexorable passé lui imposait, et de l'avenir qu'elle eût rêvé sans cela.

L'esprit d'analyse, d'examen et de comparaison est presque toujours inhérent à la supériorité de l'intelligence. Chez les âmes altières et orgueilleuses, cet esprit amène le doute et la révolte contre les autres

Chez les âmes timides et délicates, cet esprit amène le doute et la révolte contre soi.

On condamne les premiers, ils s'absolvent.

On absout les seconds, ils se condamnent.

Le curé de Bouqueval, malgré sa sainteté, Mme Georges, malgré ses vertus, ou plutôt tous deux à cause de leurs vertus et de leur sainteté, ne pouvaient imaginer ce que souffrait la Goualeuse depuis que son âme, dégagée de ses souillures, pouvait contempler toute la profondeur de l'abîme où on l'avait plongée.

Ils ne savaient pas que les affreux souvenirs de la Goualeuse avaient presque la puissance, la force de la réalité ; ils ne savaient pas que cette jeune fille, d'une sensibilité exquise, d'une imagination rêveuse et poétique, d'une finesse d'impression douloureuse à force de susceptibilité ; ils ne savaient pas que cette jeune fille ne passait pas un jour sans se rappeler, mais aussi sans ressentir, avec une souffrance mêlée de dégoût et d'épouvante, les honteuses misères de son existence d'autrefois.

Qu'on se figure une enfant de seize ans, candide et pure, ayant la conscience de sa candeur et de sa pureté, jetée par quelque pouvoir infernal dans l'infâme taverne de l'ogresse et invinciblement soumise au pouvoir de cette mégère !... Telle était pour Fleur-de-Marie la réaction du passé sur le présent.

Ferons-nous ainsi comprendre l'espèce de ressentiment rétrospectif, ou plutôt le contrecoup moral dont la Goualeuse souffrait si cruellement, qu'elle regrettait plus souvent qu'elle n'avait osé l'avouer à l'abbé, de n'être pas morte étouffée dans la fange ?

Pour peu qu'on réfléchisse et qu'on ait d'expérience de la vie, on ne prendra pas ce que nous allons dire pour un paradoxe :

Ce qui rendait Fleur-de-Marie digne d'intérêt et de pitié, c'est que non seulement elle n'avait jamais aimé, mais que ses sens étaient toujours restés endormis et glacés. Si bien souvent, chez des femmes peut-être moins délicatement douées que Fleur-de-Marie, de chastes répulsions succèdent longtemps au mariage, s'étonnera-t-on que cette infortunée, enivrée par l'ogresse, et jetée à seize ans au milieu de la horde de bêtes sauvages ou féroces qui infestaient la Cité, n'ait éprouvé qu'horreur et effroi, et soit sortie moralement pure de ce cloaque ?...

Les naïves confidences de Clara Dubreuil au sujet de son candide amour pour le jeune fermier qu'elle devait épouser avaient navré Fleur-de-Marie ; elle aussi sentait qu'elle aurait aimé vaillamment, qu'elle aurait éprouvé l'amour dans tout ce qu'il avait de dévoué, de noble, de pur et de grand ; et pourtant il ne lui était plus permis d'inspirer ou d'éprouver ce sentiment ; car si elle aimait... elle choisirait en raison de l'élévation de son âme... et plus ce choix serait digne d'elle, plus elle devait s'en croire indigne.

CHAPITRE XIV

LE CHEMIN CREUX

Le soleil se couchait à l'horizon ; la plaine était déserte, silencieuse. Fleur-de-Marie approchait de l'entrée du chemin creux qu'il lui fallait traverser pour se rendre au presbytère, lorsqu'elle vit sortir de la ravine un petit garçon boiteux, vêtu d'une blouse grise et d'une casquette bleue ; il semblait éploré, et, du plus loin qu'il aperçut la Goualeuse, il accourut près d'elle.

— Oh ! ma bonne dame, ayez pitié de moi, s'il vous plaît ! s'écria-t-il en joignant les mains d'un air suppliant.

— Que voulez-vous ? Qu'avez-vous, mon enfant ? lui demanda la Goualeuse avec intérêt.

— Hélas ! ma bonne dame, ma pauvre grand-mère, qui est bien vieille, bien vieille, est tombée là-bas, en descendant le ravin ; elle s'est fait beaucoup de mal... j'ai peur qu'elle se soit cassé la jambe... Je suis trop faible pour l'aider à se relever... Mon Dieu, comment faire, si vous ne venez pas à mon secours ? Pauvre grand-mère ! elle va mourir peut-être !

La Goualeuse, touchée par la douleur du petit boiteux, s'écria :

— Je ne suis pas très forte non plus, mon enfant, mais je pourrai peut-être vous aider à secourir votre grand-mère... Allons vite près d'elle... Je demeure à cette ferme là-bas... si la pauvre vieille ne peut s'y transporter avec nous, je l'enverrai chercher.

— Oh ! ma bonne dame, le bon Dieu vous bénira, bien sûr... C'est par ici... à deux pas, dans le chemin creux, comme je vous le disais ; c'est en descendant la berge qu'elle a tombé.

— Vous n'êtes donc pas du pays ? demanda la Goualeuse en suivant Tortillard, que l'on a sans doute déjà reconnu.

— Non, ma bonne dame, nous venons d'Ecouen.

— Et où alliez-vous ?

— Chez un bon curé qui habite sur la colline là-bas... dit le fils de Bras-Rouge, pour augmenter la confiance de Fleur-de-Marie.

— Chez M. l'abbé Laporte, peut-être ?

— Oui, ma bonne dame, chez M. l'abbé Laporte, ma pauvre grand-mère le connaît beaucoup, beaucoup...

— J'allais justement chez lui ; quelle rencontre ! dit Fleur-de-Marie en s'enfonçant de plus en plus dans le chemin creux.

— Grand-maman ! me voilà, me voilà !... Prends patience, je t'amène du secours ! cria Tortillard pour prévenir le Maître d'école et la Chouette de se tenir prêts à saisir leur victime.

— Votre grand-mère n'est donc pas tombée loin d'ici ? demanda la Goualeuse.

— Non, ma bonne dame, derrière ce gros arbre là-bas, où le chemin tourne, à vingt pas d'ici.

Tout à coup Tortillard s'arrêta.

Le bruit du galop d'un cheval retentit dans le silence de la plaine.

— Tout est encore perdu, se dit Tortillard.

Le chemin faisait un coude très prononcé à quelques toises de l'endroit où le fils de Bras-Rouge se trouvait avec la Goualeuse.

Un cavalier parut à ce détour ; lorsqu'il fut auprès de la jeune fille, il s'arrêta.

On entendit alors le trot d'un autre cheval, et quelques moments après survint un domestique vêtu d'une redingote brune à boutons d'argent, d'une culotte de peau blanche et de bottes à revers. Une étroite ceinture de cuir fauve serrait derrière sa taille le makintosh de son maître.

Le maître, vêtu simplement d'une épaisse redingote bronze et d'un pantalon gris clair, montait avec une grâce parfaite un cheval bai, de pur sang, d'une beauté singulière ; malgré la longue course qu'il venait de faire, le lustre éclatant de sa robe à reflets dorés ne se ternissait pas même d'une légère moiteur.

Le cheval du groom, qui resta immobile à quelques pas de son maître, était aussi plein de race et de distinction.

Dans ce cavalier, d'une figure brune et charmante, Tortillard reconnut M. le vicomte de Saint-Rémy, que l'on supposait être l'amant de Mme la duchesse de Lucenay.

— Ma jolie fille, dit le vicomte à la Goualeuse, dont la beauté le frappa, auriez-vous l'obligeance de m'indiquer la route du village d'Arnouville ?

Marie, baissant les yeux devant le regard profond et hardi de ce jeune homme, répondit :

— En sortant du chemin creux, monsieur, vous prendrez le premier sentier à main droite : ce sentier vous conduira à une avenue de cerisiers qui mène directement à Arnouville.

— Mille grâces, ma belle enfant... Vous me renseignez mieux qu'une vieille femme que j'ai trouvée à deux pas d'ici, étendue au pied d'un arbre ; je n'ai pu tirer d'elle autre chose que des gémissements.

— Ma pauvre grand-mère !... murmura Tortillard d'une voix dolente.

— Maintenant, encore un mot reprit M. de Saint-Rémy en s'adressant à la Goualeuse, pouvez-vous me dire si je trouverai facilement à Arnouville, la ferme de M. Dubreuil ?

La Goualeuse ne put s'empêcher de tressaillir à ces mots qui lui rappelaient la pénible scène de la matinée ; elle répondit :

— Les bâtiments de la ferme bordent l'avenue que vous allez suivre pour vous rendre à Arnouville, monsieur.

— Encore une fois, merci, ma belle enfant ! dit M. de Saint-Rémy.

Et il partit au galop, suivi de son groom.

Les traits charmants du vicomte s'étaient quelque peu déridés pendant qu'il parlait à Fleur-de-Marie ; dès qu'il fut seul, ils redevinrent sombres et contractés par une inquiétude profonde.

Fleur-de-Marie, se souvenant de la personne inconnue pour qui l'on préparait à la hâte le pavillon de la ferme d'Arnouville par les ordres de Mme de Lucenay, ne douta pas qu'il ne s'agit de ce jeune et beau cavalier.

Le galop des chevaux ébranla quelque temps encore la terre durcie par la gelée ; il s'amoindrit, cessa...

Tout redevint silencieux.

Tortillard respira.

Voulant rassurer et avertir ses complices, dont l'un, le Maître d'école, s'était dérobé à la vue des cavaliers, le fils de Bras-Rouge s'écria :

— Grand-mère !... me voilà... avec une bonne dame qui vient à ton secours !...

— Vite, vite, mon enfant ! ce monsieur à cheval nous a fait perdre quelques minutes, dit la Goualeuse en hâtant le pas, afin d'atteindre le tournant du chemin creux.

A peine y arriva-t-elle, que la Chouette, qui s'y tenait embusquée, dit à voix basse :

— A moi, *fourline !*

Puis, sautant sur la Goualeuse, la borgnesse la saisit au cou d'une main, et de l'autre lui comprima les lèvres, pendant que Tortillard, se jetant aux pieds de la jeune fille, se cramponnait à ses jambes pour l'empêcher de faire un pas.

Ceci s'était passé si rapidement, que la Chouette n'avait pas eu le temps d'examiner les traits de la Goualeuse ; mais dans le peu d'instants qu'il fallut au Maître d'école pour sortir du trou où il s'était tapi et pour venir à tâtons avec son manteau, la vieille reconnut son ancienne victime.

— La Pégriotte !... s'écria-t-elle d'abord stupéfaite ; puis elle ajouta avec une joie féroce : C'est encore toi ?... Ah ! c'est le *boulanger* qui t'envoie... C'est ton sort de retomber toujours sous ma griffe !... J'ai mon vitriol dans le fiacre... cette fois, ta jolie frimousse y passera... car tu *m'enrhumes* avec ta figure de vierge... A toi, mon homme !... prends garde qu'elle ne te morde, et tiens-la bien pendant que nous allons l'embaluchonner...

De ses deux mains puissantes, le Maître d'école saisit la Goualeuse ; et, avant qu'elle n'eût pu pousser un cri, la Chouette lui jeta le manteau sur la tête et l'enveloppa étroitement.

En un instant, Fleur-de-Marie, liée, bâillonnée, fut mise dans l'impossibilité de faire un mouvement ou d'appeler à son secours.

— Maintenant, à toi le paquet, *fourline...* dit la Chouette. Eh ! eh ! eh !... c'est seulement pas si lourd que la *négresse* de la femme noyée du canal Saint-Martin... n'est-ce pas, mon homme ? Et comme le brigand tressaillait à ces mots qui lui rappelaient son épouvantable rêve de la nuit, la borgnesse reprit : Ah çà ! qu'est-ce que tu as donc, *fourline ?...* on dirait que tu grelottes ?... depuis ce matin, par instants, les dents te claquent comme si tu avais la fièvre, et alors tu regardes en l'air comme si tu cherchais quelque chose.

— Gros *feignant!...* il regarde les mouches voler, dit Tortillard.

— Allons, vite, filons, mon homme ! Emballe-moi la Pégriotte... A la bonne heure ! ajouta la Chouette en voyant le brigand prendre Fleur-de-Marie entre ses bras comme on prend un enfant endormi. Vite au fiacre, vite !...

— Mais qui est-ce qui va me conduire, moi ?... demanda le Maître d'école d'une voix sourde, en étreignant son souple et léger fardeau dans ses bras d'hercule.

— Vieux têtard ! il pense à tout, dit la Chouette.

Et, écartant son châle, elle dénoua un foulard rouge qui couvrait son cou décharné, tordit à moitié ce mouchoir dans sa longueur, et dit au Maître d'école :

— Ouvre la *gargoine,* prends le bout de ce foulard dans tes quenottes, serre bien... Tortillard prendra l'autre bout à la main, et tu n'auras qu'à le suivre... A bon aveugle bon chien. Ici, moutard !

Le petit boiteux fit une gambade, murmura à voix basse un jappement imitatif et grotesque, prit dans sa main l'autre bout du mouchoir, et conduisit ainsi le Maître d'école, pendant que la Chouette hâtait le pas pour prévenir Barbillon.

Nous avons renoncé à peindre la terreur de Fleur-de-Marie lorsqu'elle s'était vue au pouvoir de la Chouette et du Maître d'école. Elle se sentit défaillir et ne put opposer la moindre résistance.

Quelques minutes après, la Goualeuse était transportée dans le fiacre conduit par Barbillon ; quoiqu'il fît nuit, les stores de cette voiture étaient soigneusement fermés, et les trois complices se dirigèrent avec leur victime presque expirante, vers la plaine Saint-Denis, où Tom les attendait.

CHAPITRE XV

CLÉMENCE D'HARVILLE

Le lecteur nous excusera d'abandonner une de nos héroïnes dans une situation si critique, situation dont nous dirons plus tard le dénouement.

Les exigences de ce récit multiple, malheureusement trop varié dans son unité, nous forcent de passer incessamment d'un personnage à un autre, afin de faire autant qu'il est en nous, marcher et progresser l'intérêt général de l'œuvre (si toutefois il y a de l'intérêt dans cette œuvre, aussi difficile que consciencieuse et impartiale).

Nous avons encore à suivre quelques-uns des acteurs de ce récit dans ces mansardes où frissonnent de froid et de faim une misère timide, résignée, probe et laborieuse ;

Dans ces prisons d'hommes et de femmes, prisons souvent coquettes et fleuries, souvent noires et funèbres mais toujours vastes, et écoles de perdition, atmosphère nauséabonde et viciée, où l'innocence s'étiole et se flétrit... sombres pandémoniums où un prévenu peut entrer pur, mais d'où il sort presque toujours corrompu ; ...

Dans ces hôpitaux où le pauvre, traité parfois avec une touchante humanité, regrette aussi parfois le grabat solitaire qu'il trempait de la sueur glacée de la fièvre ; ...

Dans ces mystérieux asiles où la fille séduite et délaissée met au jour, en l'arrosant de larmes amères, l'enfant qu'elle ne doit plus revoir ; ...

Dans ces lieux terribles où la folie, touchante, grotesque, stupide, hideuse ou féroce, se montre sous des aspects toujours effrayants... depuis l'insensé paisible qui rit tristement de ce rire qui fait pleurer..., jusqu'au frénétique qui rugit comme une bête féroce en s'accrochant aux grilles de son cabanon.

Nous avons enfin à explorer..

Mais à quoi bon cette trop longue énumération ? Ne devons-nous pas craindre d'effrayer le lecteur ? il a déjà bien voulu nous faire la grâce de nous suivre en des lieux assez étranges, il hésiterait peut-être à nous accompagner dans de nouvelles pérégrinations

Cela dit, passons.

On se souvient que, la veille du jour où s'accomplissaient les événements que nous venons de raconter (l'enlèvement de la Goualeuse par la Chouette), Rodolphe avait sauvé Mme d'Harville d'un danger imminent, danger suscité par la jalousie de Sarah, qui avait prévenu M. d'Harville du rendez-vous si imprudemment accordé par la marquise à M. Charles Robert.

Rodolphe, profondément ému de cette scène, était rentré chez lui en sortant de la maison de la rue du Temple, remettant au lendemain la visite qu'il comptait faire à Mlle Rigolette et à la famille de malheureux artisans dont nous avons parlé ; car il les croyait à l'abri du besoin, grâce à l'argent qu'il avait remis pour eux à la marquise, afin de rendre sa prétendue visite de charité plus vraisemblable aux yeux de M. d'Harville. Malheureusement, Rodolphe ignorait que Tortillard s'était emparé de cette bourse, et l'on sait comment le petit boiteux avait commis ce vol audacieux.

Vers les quatre heures, le prince reçut la lettre suivante...

Une femme âgée l'avait apportée et s'en était allée sans attendre la réponse.

Monseigneur,

Je vous dois plus que ma vie ; je voudrais vous exprimer aujourd'hui même ma profonde reconnaissance. Demain peut-être la honte me rendrait muette... Si vous pouviez me faire l'honneur de venir chez moi ce soir, vous finirez cette journée comme vous l'avez commencée, monseigneur, par une généreuse action.

D'ORBIGNY-D'HARVILLE.

P.S. — *Ne prenez pas la peine de me répondre, monseigneur ; je serai chez moi toute la soirée.*

Rodolphe, heureux d'avoir rendu à Mme d'Harville un service éminent, regrettait pourtant l'espèce d'intimité forcée que cette circonstance établissait tout à coup entre lui et la marquise.

Incapable de trahir l'amitié de M. d'Harville, mais profondément touché de la grâce spirituelle et de l'attrayante beauté de Clémence, Rodolphe, s'apercevant de son goût trop vif pour elle, avait presque renoncé à la voir après un mois d'assiduités.

Aussi se rappelait-il avec émotion l'entretien qu'il avait surpris à l'ambassade de *** entre Tom et Sarah... Celle-ci, pour motiver sa haine et sa jalousie, avait affirmé, non sans raison, que Mme d'Harville ressentait toujours, presque à son insu, une sérieuse affection pour Rodolphe. Sarah était trop sagace, trop fine, trop initiée à la connaissance du cœur humain, pour n'avoir pas compris que Clémence, se croyant négligée, dédaignée peut-être par un homme qui avait fait sur elle une impression profonde ; que Clémence, dans son dépit, cédant aux obsessions d'une amie perfide, avait pu s'intéresser, presque par surprise, aux malheurs imaginaires de M. Charles Robert, sans pour cela oublier complètement Rodolphe.

D'autres femmes, fidèles au souvenir de l'homme qu'elles avaient d'abord distingué, seraient restées indifférentes aux regards du commandant. Clémence d'Harville fut donc doublement coupable, quoiqu'elle n'eût cédé qu'à la séduction du malheur, et qu'un vif sentiment du devoir joint peut-être au souvenir du prince, souvenir salutaire qui veillait au fond de son cœur, l'eût préservée d'une faute irréparable.

Rodolphe, en songeant à son entrevue avec Mme d'Harville, était en proie à mille contradictions. Bien résolu de résister au penchant qui l'entraînait vers elle, tantôt il s'estimait heureux de pouvoir la *désaimer,* en lui reprochant un choix aussi fâcheux que celui de M. Charles Robert, tantôt, au contraire, il regrettait amèrement de voir tomber le prestige dont il l'avait jusqu'alors entourée.

Clémence d'Harville attendait aussi cette entrevue avec anxiété ; les deux sentiments qui prédominaient en elle étaient une douloureuse confusion lorsqu'elle pensait à Rodolphe... une aversion profonde lorsqu'elle pensait à M. Charles Robert.

Beaucoup de raisons motivaient cette aversion, cette haine.

Une femme risquera son repos, son honneur pour un homme ; mais elle ne lui pardonnera jamais de l'avoir mise dans une position humiliante ou ridicule.

Or, Mme d'Harville, en butte aux sarcasmes et aux insultants regards de Mme Pipelet, avait failli mourir de honte.

Ce n'était pas tout.

Recevant de Rodolphe l'avis du danger qu'elle courait, Clémence avait monté précipitamment au cinquième ; la direction de l'escalier était telle, qu'en le gravissant elle aperçut M. Charles Robert vêtu de son éblouissante robe de chambre, au moment où, reconnaissant le pas léger de la femme qu'il attendait, il entrebâillait sa porte d'un air souriant, confiant et conquérant... L'insolente fatuité du costume significatif du commandant apprit à la marquise combien elle s'était grossièrement trompée sur cet homme. Entraînée par la bonté de son cœur, par la générosité de son caractère à une démarche qui pouvait la perdre, elle lui avait accordé ce rendez-vous, non par amour, mais seulement par commisération ; afin de le consoler du rôle ridicule que le mauvais goût de M. le duc de Lucenay lui avait fait jouer devant elle à l'ambassade de ***.

Qu'on juge de la déconvenue, du dégoût de Mme d'Harville, à l'aspect de M. Charles Robert... vêtu en triomphateur !...

Neuf heures venaient de sonner à la pendule du petit salon où Mme d'Harville se tenait habituellement.

Les modistes et les cabaretiers ont tellement abusé du style Louis XV et du style Renaissance, que la marquise, femme de beaucoup de goût, avait prohibé de son appartement cette espèce de luxe devenu si vulgaire, le reléguant dans la partie de l'hôtel d'Harville destinée aux grandes réceptions.

Rien de plus élégant et de plus distingué que l'ameublement du salon où la marquise attendait Rodolphe.

La tenture et les rideaux, sans pentes ni draperies, étaient d'une étoffe de l'Inde couleur paille, sur ce fond brillant se dessinaient, brodées en soie mate de même nuance, des arabesques du goût le plus charmant et le plus capricieux. De doubles rideaux de point d'Alençon cachaient entièrement les vitres.

Les portes, en bois de rose, étaient rehaussées de moulures d'argent doré, très délicatement ciselées qui encadraient dans chaque panneau un médaillon ovale en porcelaine de Sèvres de près d'un pied de diamètre, représentant des oiseaux et des fleurs d'un fini, d'un éclat admirable. Les bordures des glaces et les baguettes de la tenture étaient aussi de bois de rose relevées des mêmes ornements d'argent doré.

La frise de la cheminée, de marbre blanc, et ses deux cariatides d'une beauté antique et d'une grâce exquise, étaient dues au ciseau magistral de Marochetti, cet artiste éminent ayant consenti à sculpter ce délicieux chef-d'œuvre, se souvenant sans doute que Benvenuto ne dédaignait pas de modeler des aiguières et des armures.

Deux candélabres et deux flambeaux de vermeil, précieusement travaillés par Gouttière, accompagnaient la pendule, bloc carré de lapis-lazuli, élevé sur un socle de jaspe oriental et surmonté d'une large et magnifique coupe d'or émaillée, enrichie de perles et de rubis, et appartenant au plus beau temps de la Renaissance florentine.

Plusieurs excellents tableaux de l'école vénitienne, de moyenne grandeur, complétaient un ensemble d'une haute magnificence.

Grâce à une innovation charmante, ce joli salon était doucement éclairé par une lampe dont le globe de cristal dépoli disparaissait à demi au milieu d'une touffe de fleurs naturelles contenues dans une profonde et immense coupe de Japon bleue, pourpre et or, suspendue au plafond, comme un lustre, par trois grosses chaînes de vermeil, auxquelles s'enroulaient les tiges vertes de plusieurs plantes grimpantes; quelques-uns de leurs rameaux flexibles et chargés de fleurs, débordant la coupe, retombaient gracieusement, comme une frange de fraîche verdure, sur la porcelaine émaillée d'or, de pourpre et d'azur.

Nous insistons sur ces détails, sans doute puérils, pour donner une idée du bon goût naturel de Mme d'Harville (symptôme presque toujours sûr d'un bon esprit), et parce que certaines misères ignorées, certains mystérieux malheurs semblent encore plus poignants lorsqu'ils contrastent avec les apparences de ce qui fait aux yeux de tous la vie heureuse et enviée.

Plongée dans un grand fauteuil totalement recouvert d'étoffe couleur paille, comme tous les autres meubles; Clémence d'Harville, coiffée en cheveux, portait une robe de velours noir montante, sur laquelle se déroulait le merveilleux travail de son large col et de ses manchettes plates en point d'Angleterre, qui empêchaient le noir du velours de trancher trop crûment sur l'éblouissante blancheur de ses mains et de son cou.

A mesure qu'approchait le moment de son entrevue avec Rodolphe, l'émotion de la marquise redoublait. Pourtant sa confusion fit place à des pensées plus résolues : après de longues réflexions, elle prit le parti de confier à Rodolphe un grand... un cruel secret, espérant que son extrême franchise lui concilierait peut-être une estime dont elle se montrait si jalouse

Ravivé par la reconnaissance, son premier penchant pour Rodolphe se réveillait avec une nouvelle force. Un de ces pressentiments qui trompent rarement les cœurs aimants lui disait que le hasard seul n'avait pas amené le prince si à point pour la sauver, et qu'en cessant depuis quelques mois de la voir il avait cédé à un sentiment tout autre que celui de l'aversion. Un vague instinct élevait aussi dans l'esprit de Clémence des doutes sur la sincérité de l'affection de Sarah.

Au bout de quelques minutes, un valet de chambre, après avoir discrètement frappé, entra et dit à Clémence :

— Madame la marquise veut-elle recevoir Mme Asthon et mademoiselle ?

— Mais sans doute, comme toujours... répondit Mme d'Harville.

Et sa fille entra lentement dans le salon.

C'était une enfant de quatre ans, qui eût été d'une charmante figure sans sa pâleur maladive et sa maigreur extrême. Mme Asthon, sa gouvernante, la tenait par la main ; Claire (c'était le nom de l'enfant), malgré sa faiblesse, se hâta d'accourir vers sa mère en lui tendant les bras. Deux nœuds de ruban cerise rattachaient au-dessus de chaque tempe ses cheveux bruns, nattés et roulés de chaque côté de son front ; sa santé était si frêle, qu'elle portait une petite douillette de soie brune ouatée au lieu d'une de ces jolies robes de mousseline blanche, garnies de rubans pareils à la coiffure, et bien décolletées, afin qu'on puisse voir ces bras roses, ces épaules fraîches et satinées, si charmants chez les enfants bien portants.

Les grands yeux noirs de cette enfant semblaient énormes, tant ses joues étaient creuses. Malgré cette apparence débile, un sourire plein de gentillesse et de grâce épanouit les traits de Claire lorsqu'elle fut placée sur les genoux de sa mère, qui l'embrassait avec une sorte de tendresse triste et passionnée.

— Comment a-t-elle été depuis tantôt, madame Asthon ? demanda Mme d'Harville à la gouvernante.

— Assez bien, madame la marquise, quoiqu'un moment j'aie craint...

— Encore ! s'écria Clémence en serrant sa fille contre son cœur avec un mouvement d'effroi involontaire.

— Heureusement, madame, je m'étais trompée, dit la gouvernante ; l'accès n'a pas eu lieu. Mlle Claire s'est calmée ; elle n'a éprouvé qu'un moment de faiblesse... elle a peu dormi cet après-dîner ; mais elle n'a pas voulu se coucher sans venir embrasser madame la marquise.

— Pauvre petit ange aimé ! dit Mme d'Harville en couvrant sa fille de baisers.

Celle-ci lui rendait ses caresses avec une joie enfantine, lorsque le valet de chambre ouvrit les deux battants de la porte du salon, et annonça :

— Son Altesse Sérénissime monseigneur le grand-duc de Gerolstein !

Claire, montée sur les genoux de sa mère, lui avait jeté ses deux bras autour du cou et l'embrassait étroitement. A l'aspect de Rodolphe, Clémence rougit, posa doucement sa fille sur le tapis, fit signe à Mme Asthon d'emmener l'enfant et se leva.

— Vous me permettrez, madame, dit Rodolphe en souriant après avoir salué respectueusement la marquise, de renouveler connaissance avec mon ancienne petite amie, qui, je le crains bien, m'aura oublié.

Et, se courbant un peu, il tendit la main à Claire.

Celle-ci attacha d'abord curieusement sur lui ses deux grands yeux noirs ; puis, le reconnaissant, elle fit un gentil signe de tête, et lui envoya un baiser du bout de ses doigts amaigris.

— Vous reconnaissez monseigneur, mon enfant ? demanda Clémence à Claire.

Celle-ci baissa la tête affirmativement, et envoya un nouveau baiser à Rodolphe.

— Sa santé paraît s'être améliorée depuis que je ne l'ai vue, dit-il avec intérêt en s'adressant à Clémence.

— Monseigneur, elle va un peu mieux, quoique toujours souffrante.

La marquise et le prince, aussi embarrassés l'un que l'autre en songeant à leur prochain entretien, étaient presque satisfaits de le voir reculé de quelques minutes par la présence de Claire ; mais la gouvernante ayant discrètement emmené l'enfant, Rodolphe et Clémence se trouvèrent seuls.

CHAPITRE XVI

LES AVEUX

Le fauteuil de Mme d'Harville était placé à droite de la cheminée, où Rodolphe, resté debout, s'accoudait légèrement.

Jamais Clémence n'avait été plus frappée du noble et gracieux ensemble des traits du prince ; jamais sa voix ne lui avait semblé plus douce et plus vibrante.

Sentant combien il était pénible pour la marquise de commencer cette conversation, Rodolphe lui dit :

— Vous avez été, madame, victime d'une trahison indigne : une lâche délation de la comtesse Sarah Mac-Gregor a failli vous perdre.

— Il serait vrai, monseigneur ? s'écria Clémence. Mes pressentiments ne me trompaient donc pas... Et comment Votre Altesse a-t-elle pu savoir ?...

— Hier, par hasard, au bal de la comtesse ***, j'ai découvert le secret de cette infamie. J'étais assis dans un endroit écarté du jardin d'hiver. Ignorant qu'un massif de verdure me séparait d'eux et me permettait de les entendre, la comtesse Sarah et son frère vinrent s'entretenir près de moi de leurs projets et du piège qu'ils vous tendaient. Voulant vous prévenir du péril dont vous étiez menacée, je me rendis à la hâte au bal de Mme de Nerval, croyant vous y trouver : vous n'y aviez pas paru. Vous écrire ici ce matin, c'était exposer ma lettre à tomber entre les mains du marquis, dont les soupçons devaient être éveillés. J'ai préféré aller vous attendre rue du Temple, pour déjouer la trahison de la comtesse Sarah. Vous me pardonnez, n'est-ce pas, de vous entretenir si longtemps d'un sujet qui doit vous être désagréable ? Sans la lettre que vous avez eu la bonté de m'écrire... de ma vie je ne vous eusse parlé de tout ceci...

Après un moment de silence, Mme d'Harville dit à Rodolphe :

— Je n'ai qu'une manière, monseigneur, de vous prouver ma reconnaissance... c'est de vous faire un aveu que je n'ai fait à personne. Cet aveu ne me justifiera pas à vos yeux, mais il vous fera peut-être trouver ma conduite moins coupable.

— Franchement, madame, dit Rodolphe en souriant, ma position envers vous est très embarrassante..

Clémence, étonnée de ce ton presque léger, regarda Rodolphe avec surprise.

— Comment, monseigneur ?

— Grâce à une circonstance que vous devinerez sans doute, je suis obligé de faire... un peu le grand parent, à propos d'une aventure qui, dès que vous aviez échappé au piège odieux de la comtesse Sarah, ne méritait pas d'être prise si gravement... Mais, ajouta Rodolphe avec une nuance de gravité douce et affectueuse, votre mari est pour moi presque un frère ; mon père avait voué à son père la plus affectueuse gratitude. C'est donc très sérieusement que je vous félicite d'avoir rendu à votre mari le repos et la sécurité.

— Et c'est aussi parce que vous honorez M. d'Harville de votre amitié, monseigneur, que je tiens à vous apprendre la vérité tout entière... et sur un choix qui doit vous sembler aussi malheureux qu'il l'est réellement... et sur ma conduite, qui offense celui que Votre Altesse appelle presque son frère.

— Je serai toujours, madame, heureux et fier de la moindre preuve de votre confiance. Cependant, permettez-moi de vous dire, à propos du choix dont vous parlez, que je sais que vous avez cédé autant à un sentiment de pitié sincère qu'à l'obsession de la comtesse Sarah Mac-Gregor, qui avait ses raisons pour vouloir vous perdre... Je sais encore que vous avez hésité longtemps avant de vous résoudre à la démarche que vous regrettez tant à cette heure.

Clémence regarda le prince avec surprise.

— Cela vous étonne ? Je vous dirai mon secret un autre jour, afin de ne pas passer à vos yeux pour sorcier, reprit Rodolphe en souriant. Mais votre mari est-il complètement rassuré ?

— Oui, monseigneur, dit Clémence en baissant les yeux avec confusion ; et, je vous l'avoue, il m'est pénible de l'entendre me demander pardon de m'avoir soupçonnée, et s'extasier sur mon modeste silence à propos de mes bonnes œuvres.

— Il est heureux de son illusion, ne vous la reprochez pas, maintenez-le toujours, au contraire, dans sa douce erreur... S'il ne m'était interdit de parler légèrement de cette aventure, et s'il ne s'agissait pas de vous, madame... je dirais que jamais une femme n'est plus charmante pour son mari que lorsqu'elle a quelque tort à dissimuler. On n'a pas idée de toutes les séduisantes câlineries qu'une mauvaise conscience inspire, on n'imagine pas toutes les fleurs ravisssantes que fait souvent éclore une perfidie... Quand j'étais jeune, ajouta Rodolphe en souriant, j'éprouvais toujours, malgré moi, une vague défiance lors de certains redoublements de tendresse ; et comme de mon côté je ne me sentais jamais plus à mon avantage que lorsque j'avais quelque chose à me faire pardonner, dès qu'on se montrait pour moi aussi perfidement aimable que je voulais le paraître, j'étais bien sûr que ce charmant accord... cachait une infidélité mutuelle.

Mme d'Harville s'étonnait de plus en plus d'entendre Rodolphe parler en raillant d'une aventure qui aurait pu avoir pour elle des suites si terribles ; mais devinant bientôt que le prince par cette affectation de légèreté, tâchait d'amoindrir l'importance du service qu'il lui avait rendu, elle lui dit, profondément touchée de cette délicatesse :

— Je comprends votre générosité, monseigneur... Permis à vous maintenant de plaisanter et d'oublier le péril auquel vous m'avez arrachée... Mais ce que j'ai à vous dire, moi, est si grave, si triste, cela a tant de rapport avec les événements de ce matin, vos conseils peuvent m'être si utiles, que je vous supplie de vous rappeler que vous m'avez sauvé l'honneur et la vie... oui, monseigneur, la vie... Mon mari était armé ; il me l'a avoué dans l'excès de son repentir ; il voulait me tuer !...

— Grand Dieu ! s'écria Rodolphe avec une vive émotion.

— C'était son droit, reprit amèrement Mme d'Harville.

— Je vous en conjure, madame, répondit Rodolphe très sérieusement cette fois, croyez-moi, je suis incapable de rester indifférent à ce qui vous intéresse ; si tout à l'heure j'ai plaisanté, c'est que je ne voulais pas appesantir tristement votre pensée sur cette matinée, qui a dû vous causer une si terrible émotion. Maintenant, madame, je vous écoute religieusement, puisque vous me faites la grâce de me dire que mes conseils peuvent vous êtres bons à quelque chose.

— Oh ! bien utiles, monseigneur ! Mais, avant de vous les demander, permettez-moi de vous dire quelques mots d'un passé que vous ignorez... des années qui ont précédé mon mariage avec M. d'Harville.

Rodolphe s'inclina, Clémence continua :

— A seize ans je perdis ma mère, dit-elle sans pouvoir retenir une larme. Je ne vous dirai pas combien je l'adorais ; figurez-vous, monseigneur, l'idéal de la bonté sur la terre ; sa tendresse pour moi était extrême, elle y trouvait une consolation profonde à d'amers chagrins... Aimant peu le monde, d'une santé délicate, naturellement très sédentaire, son plus grand plaisir avait été de se charger seule de mon instruction : car ses connaissances solides, variées, lui permettaient de remplir mieux que personne la tâche qu'elle s'était imposée.

» Jugez, monseigneur, de son étonnement, du mien, lorsqu'à seize ans, au moment où mon éducation était presque terminée, mon père, prétextant la faiblesse de la santé de ma mère, nous annonça qu'une jeune veuve fort distinguée, que de grands malheurs rendaient très intéressante, se chargerait d'achever ce que ma mère avait commencé... Ma mère se refusa d'abord au désir de mon père. Moi-même je le suppliai de ne pas mettre entre elle et moi une étrangère ; il fut inexorable, malgré nos larmes. Mme Roland, veuve d'un colonel mort dans l'Inde, disait-elle, vint habiter avec nous, et fut chargée de remplir auprès de moi les fonctions d'institutrice.

— Comment ! c'est cette Mme Roland que monsieur votre père a épousée presque aussitôt après votre mariage ?

— Oui, monseigneur.

— Elle était donc très belle ?

— Médiocrement jolie, monseigneur.

— Très spirituelle, alors ?

— De la dissimulation, de la ruse, rien de plus Elle avait vingt-cinq ans environ, des cheveux blonds très pâles, des cils presque blancs, de grands yeux ronds d'un bleu clair ; sa physionomie était humble et doucereuse , son caractère, perfide jusqu'à la cruauté, était en apparence prévenant jusqu'à la bassesse.

— Et son instruction ?

— Complètement nulle, monseigneur ; et je ne puis comprendre comment mon père, jusqu'alors si esclave des convenances, n'avait pas songé que l'incapacité de cette femme trahirait scandaleusement le véritable motif de sa présence chez lui. Ma mère lui fit observer que Mme Roland était d'une ignorance profonde ; il lui répondit, avec un accent qui n'admettait pas de réplique, que savante ou non, cette jeune et intéressante veuve garderait chez lui la position qu'il lui avait faite. Je l'ai su au plus tard : dès ce moment ma pauvre mère comprit tout, et s'affecta profondément, déplorant moins, je pense, l'infidélité de mon père que les désordres intérieurs que cette liaison devait amener et dont le bruit pouvait parvenir jusqu'à moi.

— Mais, en effet, même au point de vue de sa folle passion, monsieur votre père faisait, ce me semble, un mauvais calcul, en introduisant cette femme chez lui.

— Votre étonnement redoublerait encore, monseigneur, si vous saviez que mon père était l'homme du caractère le plus formaliste et le plus entier que je connaisse ; il fallait, pour l'amener à un pareil oubli de toute convenance, l'influence excessive de Mme Roland, influence d'autant plus certaine, qu'elle la dissimulait sous les dehors d'une violente passion pour lui.

— Mais quel âge avait donc alors monsieur votre père ?

— Soixante ans environ.

— Et il croyait à l'amour de cette jeune femme ?

— Mon père a été un des hommes les plus à la mode de son temps ; Mme Roland, obéissant à son instinct ou à d'habiles conseils...

— Des conseils ! et qui pouvait la conseiller ?

— Je vous le dirai tout à l'heure, monseigneur. Devinant qu'un homme à bonnes fortunes, lorsqu'il atteint la vieillesse, aime d'autant plus à être flatté sur ses agréments extérieurs, que ces louanges lui rappellent le plus beau temps de sa vie, cette femme, le croiriez-vous, monseigneur ? flatta mon père sur la grâce et sur le charme de ses traits, sur l'élégance inimitable de sa taille et de sa tournure ; et il avait soixante ans... Tout le monde appréciait sa haute intelligence, et il a donné aveuglément dans ce piège grossier. Telle a été, telle est encore, je n'en doute pas, la cause de l'influence de cette femme sur lui. Tenez, monseigneur, malgré mes tristes préoccupations, je ne puis m'empêcher de sourire en me rappelant avoir avant mon mariage, souvent entendu dire et soutenir par Mme Roland que ce qu'elle appelait « la maturité réelle » était le plus bel âge de la vie. Cette maturité réelle ne commençait guère, il est vrai, que vers cinquante-cinq ou soixante ans.

— L'âge de monsieur votre père ?

— Oui, monseigneur. Alors seulement, disait Mme Roland, l'esprit et l'expérience avaient acquis leur dernier développement ; alors seulement un homme éminemment placé dans le monde jouissait de toute la considération à laquelle il pouvait prétendre ; alors seulement aussi l'ensemble de ses traits, la bonne grâce de ses manières atteignaient leur perfection, la physionomie offrant à cette époque de la vie un rare et divin mélange de gracieuse sérénité et de douce gravité. Enfin, une légère teinte de mélancolie, causée par les déceptions qu'amène toujours l'expérience, complétait le charme irrésistible de la « maturité réelle » ; charme seulement appréciable, se hâtait d'ajouter Mme Roland, pour les femmes d'esprit et de cœur qui ont le bon goût de hausser les épaules aux éclats de la jeunesse effarée de ces petits étourdis de quarante ans, dont le caractère n'offre aucune sûreté et dont les traits, d'une insignifiante juvénilité, ne sont pas encore poétisés par cette majestueuse expression qui décèle la science profonde de la vie.

Rodolphe ne put s'empêcher de sourire de la verve ironique avec laquelle Mme d'Harville traçait le portrait de sa belle-mère.

— Il est une chose que je ne pardonne jamais aux gens ridicules, dit-il à la marquise.

— Quoi donc, monseigneur ?

— C'est d'être méchants... cela empêche de rire d'eux tout à son aise.

— C'est peut-être un calcul de leur part, dit Clémence.

— Je le croirais assez, et c'est dommage ; car, par exemple, si je pouvais oublier que cette Mme Roland vous a nécessairement fait beaucoup de mal, je m'amuserais fort de cette invention de « maturité réelle » opposée à la folle jeunesse de ces étourneaux de quarante ans, qui, selon cette femme, semblent à peine « sortir de page », comme auraient dit nos grands-parents.

— Du moins, mon père est, je crois, heureux des illusions dont, à cette heure, ma belle-mère l'entoure.

— Et sans doute, dès à présent, punie de sa fausseté, elle subit les conséquences de son semblant d'amour passionné ; monsieur votre père l'a prise au mot, il l'entoure de solitude et d'amour. Or, permettez-moi de vous le dire, la vie de votre belle-mère doit être aussi insupportable que celle de son mari doit être heureuse : figurez-vous l'orgueilleuse joie d'un homme de soixante ans, habitué au succès, qui se croit encore assez passionnément aimé d'une jeune femme pour lui inspirer le désir de s'enfermer avec lui dans un complet isolement.

— Aussi, monseigneur, puisque mon père se trouve heureux, je n'aurais peut-être pas à me plaindre de Mme Roland ; mais son odieuse conduite envers ma mère... mais la part malheureuse trop active qu'elle a prise à mon mariage, causent mon aversion pour elle, dit Mme d'Harville après un moment d'hésitation.

Rodolphe la regarda avec surprise.

— M. d'Harville est votre ami, monseigneur, reprit Clémence d'une voix ferme. Je sais la gravité des paroles que je viens de prononcer... Tout à l'heure vous me direz si elles sont justes. Mais je reviens à Mme Roland, établie auprès de moi comme institutrice, malgré son incapacité reconnue. Ma mère eut, à ce sujet, une explication pénible avec mon père, et lui signifia que, voulant au moins protester contre l'intolérable position de cette femme, elle ne paraîtrait plus désormais à table si Mme Roland ne quittait pas à l'instant la maison. Ma mère était la douceur, la bonté même ; mais elle devenait d'une indomptable fermeté lorsqu'il s'agissait de sa dignité personnelle. Mon père fut inflexible, elle tint sa promesse, de ce moment, nous vécûmes complètement retirées dans son appartement. Mon père me témoigna dès lors autant de froideur qu'à ma mère, pendant que Mme Roland faisait presque publiquement les honneurs de notre maison, toujours en qualité de mon institutrice.

— A quelles extrémités une folle passion ne porte-t-elle pas les esprits les plus éminents ! Et puis on nous enorgueillit bien plus en nous louant des qualités ou des avantages que nous ne possédons pas ou que nous ne possédons plus, qu'en nous louant de ceux que nous avons. Prouver à un homme de soixante ans qu'il n'en a que trente, c'est l'*a b c* de la flatterie.. et plus une flatterie est grossière, plus elle a de succès... Hélas ! nous autres princes, nous savons cela.

— On fait à ce sujet tant d'expériences sur vous, monseigneur...

— Sous ce rapport, monsieur votre père a été traité en roi... Mais votre mère devait horriblement souffrir.

— Plus encore pour moi que pour elle, monseigneur, car elle songeait à l'avenir... Sa santé, déjà très délicate, s'affaiblit encore ; elle tomba gravement malade ; la fatalité voulut que le médecin de la maison, M. Sorbier, mourût ; ma mère avait toute confiance en lui, elle le regretta vivement. Mme Roland avait pour médecin et pour ami un docteur italien d'un grand mérite, disait-elle ; mon père, circonvenu, le consulta quelquefois, s'en trouva bien, et le proposa à ma mère, qui le prit, hélas ! et ce fut lui qui la soigna pendant sa dernière maladie... — A ces mots, les yeux de Mme d'Harville se remplirent de larmes. — J'ai honte de vous avouer cette faiblesse, monseigneur, ajouta-t-elle, mais, par cela seulement que ce médecin avait été donné à mon père par Mme Roland, il m'inspirait (alors sans aucune raison) un éloignement involontaire ; je vis avec une sorte de crainte ma mère lui accorder sa confiance ; pourtant, sous le rapport de la science, le docteur Polidori...

— Que dites-vous, madame ? s'écria Rodolphe.

— Qu'avez-vous, monseigneur ? dit Clémence stupéfaite de l'expression des traits de Rodolphe.

— Mais non, se dit le prince en se parlant à lui-même, je me trompe sans doute... il y a cinq ou six ans de cela, tandis que l'on m'a dit que Polidori n'était à Paris que depuis deux ans environ, caché sous un faux nom... c'est bien lui que j'ai vu hier... ce charlatan Bradamanti. Pourtant... deux médecins de ce nom (1)... quelle singulière rencontre !... Madame, quelques mots sur ce docteur Polidori, dit Rodolphe à Mme d'Harville, qui le regardait avec une surprise croissante, quel âge avait cet Italien ?

— Mais cinquante ans environ.

— Et sa figure... sa physionomie ?

— Sinistre... Je n'oublierai jamais ses yeux d'un vert clair... son nez recourbé comme le bec d'un aigle.

— C'est lui !... c'est bien lui !... s'écria Rodolphe.

— Et croyez-vous, madame, que le docteur Polidori habite encore Paris ? demanda Rodolphe à Mme d'Harville.

(1) Nous rappellerons au lecteur que Polidori était médecin distingué lorsqu'il se chargea de l'éducation de Rodolphe.

— Je ne sais, monseigneur. Environ un an après le mariage de mon père, il a quitté Paris ; une femme de mes amies, dont cet Italien était aussi le médecin à cette époque, Mme de Lucenay...

— La duchesse de Lucenay ! s'écria Rodolphe.

— Oui, monseigneur... pourquoi cet étonnement ?

— Permettez-moi de vous en taire la cause... Mais, à cette époque, que vous disait Mme de Lucenay sur cet homme ?

— Qu'il lui écrivait souvent, depuis son départ de Paris, des lettres fort spirituelles sur les pays qu'il visitait ; car il voyageait beaucoup... Maintenant... je me rappelle qu'il y a un mois environ, demandant à Mme de Lucenay si elle recevait toujours des nouvelles de M. Polidori, elle me répondit d'un air embarrassé que depuis longtemps on n'en entendait plus parler, qu'on ignorait ce qu'il était devenu, que quelques personnes même le croyaient mort.

— C'est singulier, dit Rodolphe, se souvenant de la visite de Mme de Lucenay au charlatan Bradamanti.

— Vous connaissez donc cet homme, monseigneur ?

— Oui, malheureusement pour moi... Mais, de grâce, continuez votre récit ; plus tard je vous dirai ce que c'est que ce Polidori...

— Comment ? ce médecin...

— Dites plutôt cet homme souillé des crimes les plus odieux.

— Des crimes !... s'écria Mme d'Harville avec effroi ; il a commis des crimes, cet homme... l'ami de Mme Roland et le médecin de ma mère ! ma mère est morte entre ses mains après quelques jours de maladie !... Ah ! monseigneur, vous m'épouvantez !... vous m'en dites trop ou pas assez !...

— Sans accuser cet homme d'un crime de plus, sans accuser votre belle-mère d'une effroyable duplicité, je dis que vous devez peut-être remercier Dieu de ce que votre père, après son mariage avec Mme Roland, n'ait pas eu besoin des soins de Polidori...

— O mon Dieu ! s'écria Mme d'Harville avec une expression déchirante, mes pressentiments ne me trompaient donc pas !

— Vos pressentiments !

— Oui... tout à l'heure, je vous parlais de l'éloignement que m'inspirait ce médecin, parce qu'il avait été introduit chez nous par Mme Roland ; je ne vous ai pas tout dit, monseigneur...

— Comment ?

— Je craignais d'accuser un innocent, de trop écouter l'amertume de mes regrets. Mais je vais tout vous dire, monseigneur. La maladie de ma mère durait depuis cinq jours ; je l'avais toujours veillée. Un soir j'allais respirer l'air du jardin sur la terrasse de notre maison. Au bout d'un quart d'heure, je rentrais par un long corridor obscur. A la faible clarté d'une lumière qui s'échappait de la porte de l'appartement de Mme Roland, je vis sortir M. Polidori. Cette femme l'accompagnait. J'étais dans l'ombre ; ils ne m'apercevaient pas. Mme Roland lui dit à voix très basse quelques paroles que je ne pus entendre. Le médecin répondit d'un ton plus haut ces seuls mots : « Après-demain ». Et comme Mme Roland lui parlait encore à voix basse, il reprit avec un accent singulier : « Après-demain, vous dis-je, après-demain... ».

— Que signifiaient ces paroles ?

— Ce que cela signifiait, monseigneur ? Le mercredi soir, M. Polidori disait : « Après-demain ». Le vendredi... ma mère était morte !...

— Oh ! c'est affreux !

— Lorsque je pus réfléchir et me souvenir, ce mot après-demain, qui semblait avoir prédit l'époque de la mort de ma mère, me revint à la pensée ; je crus que M. Polidori, instruit par la science du peu de temps que ma mère avait encore à vivre, s'était hâté d'en aller instruire Mme Roland... Mme Roland, qui avait tant de raisons de se réjouir de cette mort. Cela seul m'avait fait prendre cet homme et cette femme en horreur... Mais jamais je n'aurais osé supposer... Oh ! non, non, encore à cette heure, je ne puis croire à un pareil crime !

— Polidori est le seul médecin qui ait donné ses soins à votre malheureuse mère ?

— La veille du jour où je l'ai perdue, cet homme avait amené en consultation un de ses confrères. Selon ce que m'apprit ensuite mon père, ce médecin avait trouvé ma mère dans un état très dangereux... Après ce funeste événement, on me conduisit chez une de nos parentes. Elle avait tendrement aimé ma mère. Oubliant la réserve que mon âge lui commandait, cette parente m'apprit sans ménagement combien j'avais de raisons de haïr Mme Roland. Elle m'éclaira sur les ambitieuses espérances que cette femme devait dès lors concevoir. Cette révélation m'accabla ; je compris enfin tout ce que ma mère avait dû souffrir. Lorsque je revis mon père, mon cœur se brisa : il venait me chercher pour m'emmener en Normandie ; nous devions y passer les premiers temps de notre deuil. Pendant la route, il pleura beaucoup, et me dit qu'il n'avait que moi pour l'aider à supporter ce coup affreux. Je lui répondis avec expansion qu'il ne me restait non plus que lui depuis la perte de la plus adorée des mères. Après quelques mots sur l'embarras où il se trouverait s'il était forcé de me laisser seule pendant les absences que ses affaires le forçaient de faire de temps à autre, il m'apprit sans transition, et comme la chose la plus naturelle du monde, que, par bonheur pour lui et pour moi, Mme Roland consentait à prendre la direction de la maison et à me servir de guide et d'amie.

» L'étonnement, la douleur, l'indignation me rendirent muette ; je pleurai en silence. Mon père me demanda la cause de mes larmes ; je m'écriai, avec trop d'amertume sans doute, que jamais je n'habiterais la même maison que Mme Roland ; car je méprisais cette femme autant que je la haïssais à cause des chagrins qu'elle avait causés à ma mère. Il resta calme, combattit ce qu'il appelait mon enfantillage, et me dit froidement que sa résolution était inébranlable, et que je m'y soumettrais.

» Je le suppliais de me permettre de me retirer au Sacré-Cœur, où j'avais quelques amies ; j'y resterais jusqu'au moment où il jugerait à propos de me marier. Il me fit observer que le temps était passé où l'on se mariait à la grille d'un couvent ; que mon empressement à le quitter lui serait très sensible, s'il ne voyait dans mes paroles une exaltation excusable, mais peu sensée, qui se calmerait nécessairement, puis il m'embrassa au front en m'appelant mauvaise tête.

» Hélas ! en effet, il fallait me soumettre. Jugez, monseigneur, de ma douleur ! vivre de la vie de chaque jour avec une femme à qui je reprochais presque la mort de ma mère... Je prévoyais les scènes les plus cruelles entre mon père et moi, aucune considération ne pouvant m'empêcher de témoigner mon aversion pour Mme Roland. Il me semblait qu'ainsi je vengerais ma mère, tandis que la moindre parole d'affection dite à cette femme m'eût paru une lâcheté sacrilège.

— Mon Dieu, que cette existence dut vous être pénible... que j'étais loin de penser que vous eussiez déjà tant souffert lorsque j'avais le plaisir de vous voir davantage! Jamais un mot de vous ne m'avait fait soupçonner...

— C'est qu'alors, monseigneur, je n'avais pas à m'excuser à vos yeux d'une faiblesse impardonnable... Si je vous parle si longuement de cette époque de ma vie, c'est pour vous faire comprendre dans quelle position j'étais lorsque je me suis mariée... et pourquoi, malgré un avertissement qui aurait dû m'éclairer, j'ai épousé M. d'Harville.

» En arrivant aux Aubiers (c'est le nom de la terre de mon père), la première personne qui vint à notre rencontre fut Mme Roland. Elle avait été s'établir dans cette terre le jour de la mort de ma mère. Malgré son air humble et doucereux, elle laissait déjà percer une joie triomphante mal dissimulée. Je n'oublierai jamais le regard à la fois ironique et méchant qu'elle me jeta lors de mon arrivée; elle semblait me dire : « Je suis ici chez moi, c'est vous qui êtes l'étrangère ». Un nouveau chagrin m'était réservé : soit manque de tact impardonnable, soit imprudence éhontée, cette femme occupait l'appartement de ma mère. Dans mon indignation, je me plaignis à mon père d'une pareille inconvenance; il me répondit sévèrement que cela devait d'autant moins m'étonner qu'il fallait m'habituer à considérer et à respecter Mme Roland comme une seconde mère. Je lui dis que ce serait profaner ce nom sacré, et à son grand courroux, je ne manquai aucune occasion de témoigner mon aversion à Mme Roland; plusieurs fois il s'emporta et me réprimanda durement devant cette femme. Il me reprochait mon ingratitude, ma froideur envers l'ange de consolation que la Providence nous avait envoyé. « Je vous en prie, mon père, parlez pour vous », lui dis-je un jour. Il me traita cruellement. Mme Roland, de sa voix mielleuse, intercéda pour moi avec une profonde hypocrisie. « Soyez indulgent pour Clémence, disait-elle; les regrets que lui inspire l'excellente personne que nous pleurons tous sont si naturels, si louables, qu'il faut avoir égard à sa douleur, et la plaindre même dans ses emportements. — Eh bien! me disait mon père en me montrant Mme Roland avec admiration, vous l'entendez! est-elle assez bonne, assez généreuse? C'est en vous jetant dans ses bras que vous devriez lui répondre. — Cela est inutile, mon père; madame me hait... et je la hais. — Ah! Clémence! vous me faites bien du mal, mais je vous pardonne, ajouta Mme Roland en levant les yeux au ciel. — Mon amie! ma noble amie! s'écria mon père d'une voix émue, calmez-vous, je vous en conjure : par égard pour moi, ayez pitié d'une folle assez à plaindre pour vous méconnaître ainsi! ». Puis, me lançant des regards irrités : « Tremblez, s'écria-t-il, si vous osez encore outrager l'âme la plus belle qu'il y ait au monde; faites-lui à l'instant vos excuses. — Ma mère me voit et m'entend. elle ne me pardonnerait pas cette lâcheté », dis-je à mon père; et je sortis, le laissant occupé de consoler Mme Roland et d'essuyer ses larmes menteuses... Pardon, monseigneur, de m'appesantir sur ces puérilités, mais elles peuvent seules vous donner une idée de la vie que je menais alors.

— Je crois assister à ces scènes intérieures si tristement et si humainement vraies... Dans combien de familles elles ont dû se renouveler, et combien de fois elles se renouvelleront encore !... Rien de plus vulgaire, et partant rien de plus habile que la conduite de Mme Roland ; cette simplicité de moyens dans la perfidie la met à la portée de tant d'intelligences médiocres... Et encore ce n'est pas cette femme qui était habile, c'est votre père qui était aveugle ; mais en quelle qualité présentait-il Mme Roland au voisinage ?

— Comme mon institutrice et son amie... et on l'acceptait ainsi.

— Je n'ai pas besoin de vous demander s'il vivait dans le même isolement ?

— A l'exception de quelques rares visites, forcées par des relations de voisinage et d'affaires, nous ne voyions personne ; mon père, complètement dominé par sa passion et cédant sans doute aux instances de Mme Roland, quitta au bout de trois mois à peine le deuil de ma mère sous prétexte que le deuil... se portait dans le cœur... Sa froideur pour moi augmenta de plus en plus, son indifférence allait à ce point qu'il me laissait une liberté incroyable pour une jeune personne de mon âge. Je le voyais à l'heure du déjeuner : il rentrait ensuite chez lui avec Mme Roland, qui lui servait de secrétaire pour sa correspondance d'affaires ; puis il sortait avec elle en voiture ou à pied, et ne rentrait qu'une heure avant le dîner... Mme Roland faisait une fraîche et charmante toilette ; mon père s'habillait avec une recherche étrange à son âge ; quelquefois, après dîner, il recevait les gens qu'il ne pouvait s'empêcher de voir ; il faisait ensuite, jusqu'à dix heures, une partie de tric-trac avec Mme Roland, puis il lui offrait le bras pour la conduire à la chambre de ma mère, lui baisait respectueusement la main et se retirait. Quant à moi, je pouvais disposer de ma journée, monter à cheval suivie d'un domestique, ou faire à ma guise de longues promenades dans les bois qui environnaient le château ; quelquefois, accablée de tristesse, je ne parus pas au déjeuner, mon père ne s'en inquiéta même pas...

— Quel singulier oubli !... quel abandon !...

— Ayant plusieurs fois de suite rencontré un de nos voisins dans les bois où je montais ordinairement à cheval, je renonçais à ces promenades, et je ne sortis plus du parc.

— Mais quelle était la conduite de cette femme envers vous lorsque vous étiez seule avec elle ?

— Ainsi que moi, elle évitait autant que possible ces rencontres. Une seule fois, faisant allusion à quelques paroles dures que je lui avais adressées la veille, elle me dit froidement : « Prenez garde, vous voulez lutter avec moi... vous serez brisée. — Comme ma mère ? lui dis-je ; il est fâcheux, madame, que M. Polidori ne soit pas là pour vous affirmer que ce sera... après-demain ». Ces mots firent sur Mme Roland une impression profonde qu'elle surmonta bientôt. Maintenant que je sais, grâce à vous, monseigneur, ce que c'est que le docteur Polidori, et de quoi il est capable, l'espèce d'effroi que témoigna Mme Roland en m'entendant lui rappeler ces mystérieuses paroles confirmerait peut-être d'horribles soupçons... Mais non... non, je ne veux pas croire cela... Je serais trop épouvantée en songeant que mon père est à cette heure presque à la merci de cette femme.

— Et que vous répondit-elle lorsque vous lui avez rappelé ces mots de Polidori ?

— Elle rougit d'abord ; puis, surmontant son émotion, elle me demanda froidement ce que je voulais dire : « Quand vous serez seule, madame, interrogez-vous à ce sujet, vous vous répondrez ». A peu de temps de là eut lieu une scène qui décida pour ainsi dire de mon sort. Parmi un grand nombre de tableaux de famille ornant un salon où nous nous rassemblions le soir, se trouvait le portrait de ma mère. Un jour je m'aperçus de sa disparition. Deux de nos voisins avaient dîné avec nous : l'un d'eux, M. Dorval, notaire du pays, avait toujours témoigné à ma mère la plus profonde vénération. En arrivant dans le salon : « Où est donc le portrait de ma mère ? dis-je à mon père. — La vue de ce tableau me causait trop de regrets, me répondit mon père d'un air embarrassé, en me montrant d'un coup d'œil les étrangers témoins de cet entretien. — Et où est ce portrait maintenant, mon père ? ». Se tournant vers Mme Roland et l'interrogeant du regard avec un mouvement d'impatience : « Où a-t-on mis le portrait ? lui demanda-t-il. — Au garde-meuble, répondit-elle en me jetant cette fois un coup d'œil de défi, croyant que la présence de nos voisins m'empêcherait de lui répondre. — Je conçois, madame, lui dis-je froidement, que le regard de ma mère devait vous peser beaucoup ; mais ce n'était pas une raison pour reléguer au grenier le portrait d'une femme qui, lorsque vous étiez misérable, vous a charitablement permis de vivre dans sa maison ».

— Très bien ! s'écria Rodolphe. Ce dédain glacial était écrasant.

— « Mademoiselle ! s'écria mon père. — Vous avouerez pourtant, lui dis-je en l'interrompant, qu'une personne qui insulte lâchement à la mémoire d'une femme qui lui a fait l'aumône ne mérite que dédain et aversion. »

Mon père resta un moment stupéfait ; Mme Roland devint pourpre de honte et de colère ; les voisins très embarrassés baissèrent les yeux et gardèrent le silence. « Mademoiselle ! reprit mon père, vous oubliez que Madame était l'amie de votre père ; vous oubliez que madame a veillé et veille encore sur votre éducation avec une sollicitude maternelle... vous oubliez enfin que je professe pour elle la plus respectueuse estime... Et puisque vous vous permettez une si inconvenante sortie devant ces messieurs, je vous dirai, moi, que les ingrats et les lâches sont ceux qui, oubliant les soins les plus tendres, osent reprocher une noble infortune à une personne qui mérite l'intérêt et le respect. — Je ne me permettrai pas de discuter cette question avec vous, mon père, dis-je d'une voix soumise. — Peut-être, mademoiselle, serai-je plus heureuse, moi ! s'écria Mme Roland, emportée cette fois par la colère au-delà des bornes de sa prudence habituelle. Peut-être me ferez-vous la grâce, non de discuter, reprit-elle, mais d'avouer que, loin de devoir la moindre reconnaissance à votre mère, je n'ai à me souvenir que de l'éloignement qu'elle m'a toujours témoigné, car c'est bien contre sa volonté que j'ai... — Ah !

madame, lui dis-je en l'interrompant, par respect pour mon père, par pudeur pour vous-même, dispensez-vous de ces honteuses révélations, vous me feriez regretter de vous avoir exposée à de si humiliants aveux... — Comment ! mademoiselle !... s'écria-t-elle presque insensée de colère, vous osez dire... — Je dis, madame, repris-je en l'interrompant encore, je dis que ma mère, en daignant vous permettre de vivre chez elle au lieu de vous en faire chasser selon son droit, a dû vous prouver, par son mépris, que sa tolérance à votre égard lui était imposée ».

— De mieux en mieux, s'écria Rodolphe, c'était une exécution complète. Et cette femme ?...

— Mme Roland, par un moyen fort vulgaire, mais fort commode, termina cet entretien ; elle s'écria : « Mon Dieu ! mon Dieu » et se trouva mal. Grâce à cet incident, les deux témoins de cette scène sortirent sous le prétexte d'aller chercher des secours ; je les imitai, pendant que mon père prodiguait à Mme Roland les soins les plus empressés.

— Quel dut être le courroux de votre père lorsqu'ensuite vous l'avez revu !

— Il vint chez moi le lendemain matin, et me dit : « Afin qu'à l'avenir des scènes pareilles à celle d'hier ne se renouvellent plus, je vous déclare que, dès que le temps rigoureux de mon deuil et du vôtre sera expiré, j'épouserai Mme Roland. Vous aurez donc désormais à la traiter avec le respect et les égards que mérite... ma femme... Pour des raisons particulières, il est nécessaire que vous vous mariez avant moi ; la fortune de votre mère s'élève à plus d'un million ; c'est votre dot. Dès ce jour, je m'occuperai activement de vous assurer une union convenable en donnant suite à quelques propositions qui m'ont été faites à votre sujet. La persistance avec laquelle vous attaquez, malgré mes prières, une personne qui m'est si chère, me donne la mesure de votre attachement pour moi. Mme Roland dédaigne ces attaques ; mais je ne souffrirai pas que de telles inconvenances se renouvellent devant des étrangers dans ma propre maison. Désormais vous n'entrerez ou ne resterez dans le salon que lorsque Mme Roland ou moi nous y serons seuls ».

» Après ce dernier entretien, je vécus encore plus isolée. Je ne voyais mon père qu'aux heures des repas, qui se passaient dans un morne silence. Ma vie était si triste, que j'attendais avec impatience le moment où mon père me proposerait un mariage quelconque pour accepter. Mme Roland, ayant renoncé à mal parler de ma mère, se vengeait en me faisant souffrir un supplice de tous les instants : elle affectait, pour m'exaspérer, de se servir de mille choses qui avaient appartenu à ma mère : son fauteuil, son métier à tapisserie, les livres de sa bibliothèque particulière, jusqu'à un écran à tablette que j'avais brodé pour elle, et au milieu duquel se voyait son chiffre. Cette femme profanait tout...

— Oh ! je conçois l'horreur que ces profanations devaient vous causer.

— Et puis l'isolement rend les chagrins plus douloureux encore...

— Et vous n'aviez personne... personne à qui vous confier ?

— Personne... Pourtant je reçus une preuve d'intérêt qui me toucha, et qui aurait dû m'éclairer sur l'avenir : un des deux témoins de cette scène où j'avais si durement traité Mme Roland était M. Dorval, vieux et honnête notaire, à qui ma mère avait rendu quelques services en s'intéressant à une de ses nièces. D'après la défense de mon père, je ne descendais jamais au salon lorsque des étrangers s'y trouvaient... je n'avais donc pas revu M. Dorval, lorsque, à ma grande surprise, il vint un jour, d'un air mystérieux, me trouver dans une allée du parc, lieu habituel de ma promenade. « Mademoiselle, me dit-il, je crains d'être surpris par M. le comte ; lisez cette lettre, brûlez-la ensuite, il s'agit d'une chose très importante pour vous ». Et il disparut.

» Dans cette lettre, il me disait qu'il s'agissait de me marier à M. le marquis d'Harville ; ce parti semblait convenable de tout point ; on me répondait des bonnes qualités de M. d'Harville : il était jeune, fort riche, d'un esprit distingué, d'une figure agréable ; et pourtant les familles des deux jeunes personnes que M. d'Harville aurait dû épouser successivement avaient brusquement rompu le mariage projeté. Le notaire ne pouvait me dire la raison de cette rupture, mais il croyait de son devoir de m'en prévenir, sans toutefois prétendre que la cause de ces ruptures fût préjudiciable à M. d'Harville. Les deux jeunes personnes dont il s'agissait étaient filles, l'une de M. de Beauregard, pair de France ; l'autre, de lord Boltrop. M. Dorval me faisait cette confidence, parce que mon père, très impatient de conclure mon mariage, ne paraissait pas attacher assez d'importance aux circonstances qu'on me signalait.

— En effet, dit Rodolphe, après quelques moments de réflexion, je me souviens maintenant que votre mari, à une année d'intervalle, me fit successivement part de deux mariages projetés qui, près de se conclure, avaient été brusquement rompus, m'écrivait-il, pour quelques discussions d'intérêts.

Mme d'Harville sourit avec amertume, et répondit :

— Vous saurez la vérité tout à l'heure, monseigneur... Après avoir lu la lettre du vieux notaire, je ressentis autant de curiosité que d'inquiétude. Qui était M. d'Harville ? Mon père ne m'en avait jamais parlé. J'interrogeais en vain mes souvenirs ; je ne me rappelais pas ce nom. Bientôt Mme Roland, à mon grand étonnement, partit pour Paris. Son voyage devait durer huit jours au plus ; pourtant mon père ressentit un profond chagrin de cette séparation passagère ; son caractère s'aigrit ; il redoubla de froideur envers moi. Il lui échappa même de me répondre, un jour que je lui demandais comment il se portait : « Je suis souffrant, et c'est de votre faute. — De ma faute, mon père ? — Certes. Vous savez combien je suis habitué à Mme Roland, et cette admirable femme que vous avez outragée, fait dans votre seul intérêt ce voyage, qui la retient loin de moi ».

Cette marque d'intérêt de Mme Roland m'effraya ; j'eus vaguement l'instinct qu'il s'agissait de mon mariage. Je vous laisse à penser, monseigneur, la joie de mon père au retour de ma future belle-mère. Le lendemain, il me fit prier de passer chez lui ; il était seul avec elle. « J'ai, me dit-il, depuis longtemps songé à votre établissement. Votre deuil finit dans un mois. Demain arrivera ici M. le marquis d'Harville, jeune homme extrêmement distingué, fort riche et en tout capable d'assurer votre bonheur. Il vous a vue dans le monde ; il désire vivement cette union ; toutes les affaires d'intérêts sont réglées. Il dépendra donc absolument de vous d'être mariée avant six semaines. Si, au contraire, par un caprice que je ne veux pas prévoir, vous refusiez ce parti presque inespéré, je me marierais toujours, selon mon intention, dès que le temps de mon deuil sera expiré. Dans ce dernier cas, je dois vous le déclarer... votre présence chez moi ne me serait agréable que si vous me promettiez de témoigner à ma femme la tendresse et le respect qu'elle mérite. — Je vous comprends, mon père. Si je n'épouse pas M. d'Harville, vous vous marierez ; et alors, pour vous et pour... madame, il n'y a plus aucun inconvénient à ce que je me retire au Sacré-Cœur. — Aucun », me répondit-il froidement.

— Ah ! ce n'est plus de la faiblesse, c'est de la cruauté !... s'écria Rodolphe.

— Savez-vous, monseigneur, ce qui m'a toujours empêché de garder contre mon père le moindre ressentiment ? C'est qu'une sorte de prévision m'avertissait qu'un jour il payerait, hélas ! bien cher son aveugle passion pour Mme Roland... Et, Dieu merci, ce jour est encore à venir.

— Et ne lui dites-vous rien de ce que vous avait appris le vieux notaire sur les deux mariages si brusquement rompus par les familles auxquelles M. d'Harville devait s'allier ?

— Si, monseigneur... Ce jour-là je priai mon père de m'accorder un moment d'entretien particulier. « Je n'ai pas de secret pour Mme Roland, vous pouvez parler devant elle » me répondit-il. Je gardai le silence. Il reprit sévèrement : « Encore une fois, je n'ai pas de secrets pour Mme Roland... Expliquez-vous donc clairement. — Si vous le permettez, mon père, j'attendrai que vous soyez seul ». Mme Roland se leva brusquement et sortit. « Vous voilà satisfaite... me dit-il. Eh bien ! parlez. — Je n'éprouve aucun éloignement pour l'union que vous me proposez, mon père ; seulement, j'ai appris que M. d'Harville ayant été deux fois sur le point d'épouser... — Bien, bien, reprit-il en m'interrompant ; je sais ce que c'est. Ces ruptures ont eu lieu à la suite des discussions d'intérêts dans lesquelles d'ailleurs la délicatesse de M. d'Harville a été complètement à couvert. Si vous n'avez pas d'autre objection que celle-là, vous pouvez vous regarder comme mariée... et heureusement mariée, car je ne veux que votre bonheur ».

— Sans doute Mme Roland fut ravie de cette union ?

— Ravie ? Oui, monseigneur, dit amèrement Clémence. Oh ! bien ravie !... car cette union était son œuvre. Elle en avait donné la première idée à mon père... Elle savait la véritable cause de la rupture des deux premiers mariages de M. d'Harville... voilà pourquoi elle tenait tant à me le faire épouser.

— Mais dans quel but ?

— Elle voulait se venger de moi en me vouant ainsi à un sort affreux.

— Mais votre père...

— Trompé par Mme Roland, il crut qu'en effet des discussions d'intérêts avaient seules fait manquer les projets de M. d'Harville.

— Quelle horrible trame !... Mais cette raison mystérieuse ?

— Tout à l'heure je vous la dirai, monseigneur. M. d'Harville arriva aux Aubiers ; ses manières, son esprit, sa figure me plurent : il avait l'air bon ; son caractère était doux, un peu triste. Je remarquai en lui un contraste qui m'étonnait et qui m'agréait à la fois : son esprit était cultivé, sa fortune très enviable, sa naissance illustre ; et pourtant quelquefois sa physionomie, ordinairement énergique et résolue, exprimait une sorte de timidité presque craintive, d'abattement et de défiance de soi, qui me touchait beaucoup. J'aimais aussi à le voir témoigner une bonté charmante à un vieux valet de chambre qui l'avait élevé, et duquel seul il voulait recevoir des soins. Quelque temps après son arrivée, M. d'Harville resta deux jours renfermé chez lui ; mon père désira le voir... Le vieux domestique s'y opposa, prétextant que son maître avait une migraine si violente, qu'il ne pouvait recevoir absolument personne. Lorsque M. d'Harville reparut, je le trouvai très pâle, très changé... Plus tard, il éprouvait toujours une sorte d'impatience presque chagrine lorsqu'on lui parlait de cette indisposition passagère... A mesure que je connaissais M. d'Harville, je découvrais en lui des qualités qui m'étaient sympathiques. Il avait tant de raisons d'être heureux, que je lui savais gré de sa modestie dans le bonheur... L'époque de notre mariage convenue, il alla toujours au-devant de mes moindres volontés dans nos projets d'avenir. Si quelquefois je lui demandais la cause de sa mélancolie, il me parlait de sa mère, de son père, qui eussent été fiers et ravis de le voir marié selon son cœur et son goût. J'aurais eu mauvaise grâce à ne pas admettre des raisons si flatteuses pour moi... M. d'Harville devina les rapports dans lesquels j'avais d'abord vécu avec Mme Roland et avec mon père, quoique celui-ci, heureux de mon mariage, qui hâtait le sien, fût redevenu pour moi d'une grande tendresse. Dans plusieurs entretiens. M. d'Harville me fit sentir avec beaucoup de tact et de réserve qu'il m'aimait peut-être encore davantage en raison de mes chagrins passés... Je crus devoir, à ce sujet, le prévenir que mon père songeait à se remarier ; et comme je lui parlais du changement que cette union apporterait dans ma fortune, il ne me laissa pas achever et fit preuve du plus noble désintéressement ; les familles auxquelles il avait été sur le point de s'allier devaient être bien sordides, pensai-je alors, pour avoir eu de graves difficultés d'intérêts avec lui.

— Le voilà bien tel que je l'ai toujours connu, dit Rodolphe, rempli de cœur, de dévouement, de délicatesse... Mais ne lui avez-vous jamais parlé de ces deux mariages rompus ?

— Je vous l'avoue, monseigneur, le voyant si loyal, si bon, plusieurs fois cette question me vint aux lèvres... mais bientôt, de crainte même de blesser cette loyauté, cette bonté, je n'osai aborder un tel sujet. Plus le jour fixé de notre mariage approchait, plus M. d'Harville se disait heureux... Cependant, deux ou trois fois, je le vis accablé d'une morne tristesse... Un jour, entre autres, il attacha sur moi ses yeux, où roulait une larme : il semblait oppressé, on eût dit qu'il voulait et qu'il n'osait me confier un secret important... Le souvenir de la rupture de ces deux mariages me revint à la pensée... Je l'avoue, j'eus peur... Un secret pressentiment m'avertit qu'il s'agissait peut-être du malheur de ma vie entière... mais j'étais si torturée chez mon père, que je surmontai mes craintes...

— Et M. d'Harville ne vous confia rien ?

— Rien... Quand je lui demandais la cause de sa mélancolie, il me répondait : « Pardonnez-moi, mais j'ai le bonheur triste... ». Ces mots, prononcés d'une voix touchante, me rassurèrent un peu.. Et puis, comment oser... à ce moment même, où ses yeux étaient baignés de larmes, lui témoigner une défiance outrageante à propos du passé ?

» Les témoins de M. d'Harville, M. de Lucenay et M. de Saint-Rémy, arrivèrent aux Aubiers quelques jours avant mon mariage ; mes plus proches parents y furent seuls invités. Nous devions, aussitôt après la messe, partir pour Paris... Je n'éprouvais pas d'amour pour M. d'Harville, mais je ressentais pour lui de l'intérêt : son caractère m'inspirait de l'estime. Sans les événements qui suivirent cette fatale union, un sentiment plus tendre m'aurait sans doute attachée à lui. Nous fûmes mariés.

A ces mots, Mme d'Harville pâlit légèrement, sa résolution parut l'abandonner. Puis elle reprit :

— Aussitôt après mon mariage, mon père me serra tendrement dans ses bras. Mme Roland aussi m'embrassa, je ne pouvais devant tout le monde me dérober à cette nouvelle hypocrisie ; de sa main sèche et blanche, elle me serra la main à me faire mal, et me dit à l'oreille d'une voix doucereusement perfide ces paroles que je n'oublierai jamais : « Songez quelquefois à moi au milieu de votre bonheur, car c'est moi qui fait votre mariage ».

» Hélas ! j'étais loin de comprendre alors le véritable sens de ses paroles. Notre mariage avait eu lieu à onze heures ; aussitôt après nous montâmes en voiture... suivis d'une femme à moi et du vieux valet de chambre de M. d'Harville ; nous voyagions si rapidement que nous devions être à Paris avant dix heures du soir.

» J'aurais été étonnée du silence et de la mélancolie de M. d'Harville, si je n'avais su qu'il avait, comme il disait, le bonheur triste. J'étais moi-même péniblement émue, je revenais à Paris pour la première fois depuis la mort de ma mère ; et puis, quoique je n'eusse guère de raison de regretter la maison paternelle, j'y étais chez moi... et je la quittais pour une maison où tout me serait nouveau, inconnu ; où j'allais arriver seule avec mon mari, que je connaissais à peine depuis six semaines, et qui la veille encore ne m'eût pas dit un mot qui ne fût empreint d'une formalité respectueuse. Peut-être ne tient-on pas assez compte de la crainte que nous cause ce brusque changement de ton et de manières auquel les hommes bien élevés sont même sujets dès que nous leur appartenons... On ne songe pas que la jeune femme ne peut en quelques heures oublier sa timidité, ses scrupules de jeune fille.

— Rien ne m'a toujours paru plus barbare et plus sauvage que cette coutume d'emporter brutalement une jeune femme comme une proie, tandis que le mariage ne devrait être que la consécration du droit d'employer toutes les ressources de l'amour, toutes les séductions de la tendresse passionnée pour se faire aimer.

— Vous comprenez alors, monseigneur, le brisement de cœur et la vague frayeur avec lesquels je revenais à Paris, dans cette ville où ma mère était morte il y avait un an à peine. Nous arrivons à l'hôtel d'Harville

L'émotion de la jeune femme redoubla, ses joues se couvrirent d'une rougeur brûlante, et elle ajouta d'une voix déchirante

— Il faut pourtant que vous sachiez tout... sans cela. . je vous paraîtrais trop méprisable. Eh bien ! reprit-elle avec une résolution désespérée, on me conduisit dans l'appartement qui m'était destiné, on m'y laissa seule... M. d'Harville vint m'y rejoindre... Malgré ses protestations de tendresse, je me mourais d'effroi... les sanglots me suffoquaient... j'étais à lui... Il fallut me résigner... Mais bientôt mon mari, poussant un cri terrible, me saisit le bras à me le briser... je veux en vain me délivrer de cette étreinte de fer... implorer sa pitié... il ne m'entend plus... son visage est contracté par d'effrayantes convulsions... ses yeux roulent dans leurs orbites avec une rapidité qui me fascine... sa bouche contournée est remplie d'une écume sanglante... sa main m'étreint toujours... Je fais un effort désespéré... ses doigts roidis abandonnent enfin mon bras... et je m'évanouis au moment où M. d'Harville se débat dans le paroxysme de cette horrible attaque... Voilà ma nuit de noces, monseigneur... Voilà la vengeance de Mme Roland !...

— Malheureuse femme ! dit Rodolphe avec accablement, je comprends... épileptique ! Ah ! c'est affreux !...

— Et ce n'est pas tout... ajouta Clémence avec une voix déchirante. Oh ! que cette nuit fatale... soit à jamais maudite !... Ma fille... ce pauvre petit ange a hérité de cette épouvantable maladie !

— Votre fille aussi ! Comment ! sa pâleur... sa faiblesse ?

— C'est cela... mon Dieu ! c'est cela, et les médecins pensent que le mal est incurable !... parce qu'il est héréditaire...

Madame d'Harville cacha sa tête dans ses mains ; accablée par cette douloureuse révélation, elle n'avait plus le courage de dire une parole.

Rodolphe aussi resta muet.

Sa pensée reculait, effrayée devant les terribles mystères de cette première nuit de noces... Il se figurait cette jeune fille déjà si attristée par son retour dans la ville où sa mère était morte, arrivant dans cette maison inconnue, seule avec un homme pour qui elle ressentait de l'intérêt, de l'estime, mais pas d'amour, mais rien de ce qui trouble délicieusement, rien de ce qui enivre, rien de ce qui fait qu'une femme oublie son chaste effroi dans le ravissement d'une passion légitime et partagée.

Non, non ; tremblante d'une crainte pudique, Clémence arrivait là... triste, froide, le cœur brisé, le front pourpre de honte, les yeux remplis de larmes... Elle se résigne... et puis, au lieu d'entendre des paroles remplies de reconnaissance, d'amour et de tendresse, qui la consolent du bonheur qu'elle a donné... elle voit rouler à ses pieds un homme égaré, qui se tord, écume, rugit, dans les affreuses convulsions d'une des plus effrayantes infirmités dont l'homme soit incurablement frappé !

Et ce n'est pas tout... Sa fille... pauvre petit ange innocent, est aussi flétrie en naissant...

Ces douloureux et tristes aveux faisaient naître chez Rodolphe des réflexions amères.

— Telle est la loi de ce pays, se disait-il ; une jeune fille belle et pure, loyale et confiante, victime d'une funeste dissimulation, unit sa destinée à celle d'un homme atteint d'une épouvantable maladie, héritage fatal qu'il doit transmettre à ses enfants ; la malheureuse femme découvre cet horrible mystère : que peut-elle ? Rien...

Rien que souffrir et pleurer, rien que tâcher de surmonter son dégoût et son effroi rien que passer ses jours dans des angoisses, dans des terreurs infinies... rien que chercher peut-être des consolations coupables en dehors de l'existence désolée qu'on lui a faite.

Encore une fois, se disait Rodolphe, ces lois étranges forcent quelquefois à des rapprochements honteux, écrasants pour l'humanité...

Dans ces lois, les animaux semblent toujours supérieurs à l'homme par les soins qu'on leur donne, par les améliorations dont on les poursuit, par la protection dont on les entoure, par les garanties dont on les couvre...

Ainsi, achetez un animal quelconque ; qu'une infirmité prévue par la loi se déclare chez lui après l'emplette... la vente est nulle... C'est qu'aussi, voyez donc, quelle indignité, quel crime de lèse-société ! condamner un homme à conserver un animal qui parfois tousse, corne ou boite ! Mais c'est un scandale, mais c'est un crime, mais c'est une monstruosité sans pareille ! Jugez donc, être forcé de garder, mais de garder toujours, toute leur vie durant, un mulet qui tousse, un cheval qui corne, un âne qui boite ! Quelles effroyables conséquences cela ne peut-il pas entraîner pour le salut de l'humanité tout entière !... Aussi il n'y a pas là de marché qui tienne, de parole qui fasse, de contrat qui engage... La loi toute-puissante vient délier tout ce qui était lié.

Mais qu'il s'agisse d'une créature faite à l'image de Dieu, mais qu'il s'agisse d'une jeune fille qui, dans son innocente foi à la loyauté d'un homme, s'est unie à lui, et qui se réveille la compagne d'un épileptique, d'un malheureux que frappe une maladie terrible, dont les conséquences morales et physiques sont effroyables ; une maladie qui peut jeter le désordre et l'aversion dans la famille, perpétuer un mal horrible, vicier des générations...

Oh ! cette loi si inexorable à l'endroit des animaux boitants, cornants ou toussants ; cette loi, si admirablement prévoyante, qui ne veut pas qu'un cheval taré soit apte à la reproduction... cette loi se gardera bien de délivrer la victime d'une pareille union...

Ces liens sont sacrés... indissolubles ; c'est offenser les hommes et Dieu que de les briser.

En vérité, disait Rodolphe, l'homme est quelquefois d'une humilité bien honteuse et d'un égoïsme d'orgueil bien exécrable... Il se ravale au-dessous de la bête en la couvrant de garanties qu'il se refuse ; et il impose, consacre, perpétue ses plus redoutables infirmités en les mettant sous la sauvegarde de l'immutabilité des lois divines et humaines.

CHAPITRE XVII

LA CHARITÉ

Rodolphe blâmait beaucoup M. d'Harville, mais il se promit de l'excuser aux yeux de Clémence, quoique bien convaincu, d'après les tristes révélations de celle-ci, que le marquis s'était à jamais aliéné son cœur.

De pensées en pensées, Rodolphe se dit :

Par devoir, je me suis éloigné d'une femme que j'aimais... et qui déjà peut-être ressentait pour moi un secret penchant. Soit désœuvrement de cœur, soit commisération, elle a failli perdre l'honneur, la vie, pour un sot qu'elle croyait malheureux. Si, au lieu de m'éloigner d'elle, je l'avais entourée de soins, d'amour et de respects, ma réserve eût été telle que sa réputation n'aurait pas reçu la plus légère atteinte, les soupçons de son mari n'eussent jamais été éveillés ; tandis qu'à cette heure elle est presque à la merci de la fatuité de M. Charles Robert, et il sera, je le crains, d'autant plus indiscret qu'il a moins de raisons de l'être.

Et puis encore, qui sait maintenant si, malgré les périls qu'elle a courus, le cœur de Mme d'Harville restera toujours inoccupé ? Tout retour vers son mari est désormais impossible... Jeune, belle, entourée, d'un caractère sympathique à tout ce qui souffre... pour elle que de dangers ! que d'écueils ! Pour M. d'Harville, que d'angoisses, que de chagrins ! A la fois jaloux et amoureux de sa femme, qui ne peut vaincre l'éloignement, la frayeur qu'il lui inspire, depuis la première et funeste nuit de son mariage... quel sort est le sien !

Clémence, le front appuyé sur sa main, les yeux humides, la joue brûlante de confusion, évitait le regard de Rodolphe, tant cette révélation lui avait coûté.

— Ah ! maintenant, reprit Rodolphe après un long silence, je comprends la cause de la tristesse de M. d'Harville, tristesse que je ne pouvais pénétrer... Je comprends ses regrets...

— Ses regrets ! s'écria Clémence, dites donc ses remords, monseigneur... s'il en éprouve... car jamais crime pareil n'a été plus froidement médité...

— Un crime !.. madame

- Et qu'est-ce donc, monseigneur, que d'enchaîner à soi, par des liens indissolubles, une jeune fille qui se fie à votre honneur, lorsqu'on se sait fatalement frappé d'une maladie qui inspire l'épouvante et l'horreur ? Qu'est-ce donc que de vouer sûrement un malheureux enfant aux mêmes misères ?... Qui forçait M. d'Harville à faire deux victimes ? Une passion aveugle et insensée ?... Non, il trouvait à son gré ma naissance, ma fortune et ma personne... il a voulu faire un mariage convenable, parce que la vie de garçon l'ennuyait sans doute.

— Madame... de la pitié au moins.

— De la pitié !... Savez-vous qui la mérite, ma pitié ? c'est ma fille... Pauvre victime de cette odieuse union, que de nuits, que de jours j'ai passés près d'elle ! que de larmes amères m'ont arrachées ses douleurs !...

— Mais son père... souffrait des mêmes douleurs imméritées !

— Mais c'est son père qui l'a condamnée à une enfance maladive, à une jeunesse flétrie, et, si elle vit, à une vie d'isolement et de chagrins ; car elle ne se mariera pas. Oh ! non, je l'aime trop pour l'exposer un jour à pleurer sur son enfant fatalement frappé, comme je pleure sur elle... J'ai trop souffert de cette trahison pour me rendre coupable ou complice d'une trahison pareille !

— Oh ! vous aviez raison... la vengeance de votre belle-mère est horrible... Patience... Peut-être, à votre tour, serez-vous vengée... dit Rodolphe après un moment de réflexion.

— Que voulez-vous dire, monseigneur ? lui demanda Clémence étonnée de l'inflexion de sa voix.

— J'ai presque toujours eu... le bonheur de voir punir, oh ! cruellement punir les méchants que je connaissais, ajouta-t-il avec un accent qui fit tressaillir Clémence. Mais le lendemain de cette malheureuse nuit, que vous dit votre mari ?

— Il m'avoua, avec une étrange naïveté, que les familles auxquelles il devait s'allier avaient découvert le secret de sa maladie et rompu les unions projetées... Ainsi, après avoir été repoussé deux fois... il a encore... oh ! cela est infâme !... Et voilà pourtant ce qu'on appelle dans le monde un gentilhomme de cœur et d'honneur !

— Vous, toujours si bonne, vous êtes cruelle !...

— Je suis cruelle, parce que j'ai été indignement trompée. M. d'Harville me savait bonne ; que ne s'adressait-il loyalement à ma bonté en me disant toute la vérité !

— Vous l'eussiez refusé...

— Ce mot le condamne, monseigneur ; sa conduite était une trahison indigne s'il avait cette crainte.

— Mais il vous aimait !

— S'il m'aimait, devait-il me sacrifier à son égoïsme ?... Mon Dieu ! j'étais si tourmentée, j'avais tant de hâte de quitter la maison de mon père, que, s'il eût été franc, peut-être m'aurait-il touchée, émue par le tableau de l'espèce de réprobation dont il était frappé, de l'isolement auquel le vouait un sort affreux et fatal... Oui, le voyant à la fois si loyal, si malheureux, peut-être n'aurai-je pas eu le courage de le refuser ; et, si j'avais pris ainsi l'engagement sacré de subir les conséquences de mon dévouement, j'aurais vaillamment tenu ma promesse. Mais vouloir forcer mon intérêt et ma pitié en me mettant d'abord dans sa dépendance ; mais exiger cet intérêt, cette pitié, au nom de mes devoirs de femme, lui qui a trahi ses devoirs d'honnête homme, c'est à la fois une folie et une lâcheté!... Maintenant, monseigneur, jugez de ma vie! jugez de mes cruelles déceptions! J'avais foi dans la loyauté de M. d'Harville, et il m'a indignement trompée... Sa mélancolie douce et timide m'avait intéressée ; et cette mélancolie, qu'il disait causée par de pieux souvenirs, n'était que la conscience de son incurable infirmité...

— Mais enfin, vous fût-il étranger, ennemi, la vue de ses souffrances doit vous apitoyer : votre cœur est noble et généreux!

— Mais, puis-je les calmer, ces souffrances? Si encore ma voix était entendue, si un regard reconnaissant répondait à mon regard attendri!... Mais non... Oh! vous ne savez pas, monseigneur, ce qu'il y a d'affreux dans ces crises où l'homme se débat dans une furie sauvage, ne voit rien, n'entend rien, ne sent rien, et ne sort de cette frénésie que pour tomber dans une sorte d'accablement farouche. Quand ma fille succombe à une de ces attaques, je ne puis que me désoler ; mon cœur se déchire, je baise en pleurant ces pauvres petits bras roidis par les convulsions qui la tuent... Mais c'est ma fille... c'est ma fille!... et quand je la vois souffrir ainsi, je maudis mille fois plus encore son père. Si les douleurs de mon enfant se calment, mon irritation contre mon mari se calme aussi ; alors... oui, alors je le plains, parce que je suis bonne ; à mon aversion succède un sentiment de pitié douloureuse... Mais enfin, me suis-je mariée à dix-sept ans pour n'éprouver jamais que ces alternatives de haine et de commisération pénible, pour pleurer sur un malheureux enfant que je ne conserverai peut-être pas? Et à propos de ma fille, monseigneur, permettez-moi d'aller au-devant d'un reproche que je mérite sans doute, et que peut-être vous n'osez pas me faire. Elle est si intéressante qu'elle aurait dû suffire à occuper mon cœur, car je l'aime passionnément ; mais cette affection navrante est mêlée de tant d'amertumes présentes, de tant de craintes pour l'avenir, que ma tendresse pour ma fille se résout toujours par des larmes. Auprès d'elle, mon cœur est continuellement brisé, torturé, désespéré ; car je suis impuissante à conjurer ses maux, que l'on dit incurables. Eh bien! pour sortir de cette atmosphère accablante et sinistre, j'avais rêvé un attachement dans la douceur duquel je me serais réfugiée, reposée... Hélas! je me suis abusée, indignement abusée, je l'avoue, et je retombe dans l'existence douloureuse que mon mari m'a faite. Dites, monseigneur, était-ce cette vie que j'avais le droit d'attendre? Suis-je donc seule coupable des torts que M. d'Harville voulait ce matin me faire payer de ma vie? Ces torts sont grands, je le sais, d'autant plus grands que j'ai à rougir de mon choix. Heureusement pour moi, monseigneur, ce que vous avez surpris de l'entretien de la comtesse Sarah et de son frère au sujet de M. Charles Robert m'épargnera la honte de ce nouvel aveu... Mais j'espère au moins que maintenant je vous semble mériter autant de pitié que de blâme, et que vous voudrez bien me conseiller dans la cruelle position où je me trouve.

— Je ne puis vous exprimer, madame, combien votre récit m'a ému ; depuis la mort de votre mère jusqu'à la naissance de votre fille, que de chagrins dévorés, que de tristesses cachées!... Vous si brillante, si admirée, si enviée!..

— Oh ! croyez-moi, monseigneur, lorsqu'on souffre de certains malheurs, il est affreux de s'entendre dire : Est-elle heureuse !...

— N'est-ce pas, rien n'est plus puéril ? Eh bien ! vous n'êtes pas seule à souffrir de ce cruel contraste entre ce qui est et ce qui paraît.

— Comment, monseigneur ?

— Aux yeux de tous, votre mari doit sembler encore plus heureux que vous, puisqu'il vous possède... Et pourtant, n'est-il pas aussi bien à plaindre ? Est-il au monde une vie plus atroce que la sienne ? Ses torts envers vous sont grands... Mais il en est affreusement puni ! Il vous aime comme vous méritez d'être aimée... et il sait que vous ne pouvez avoir pour lui qu'un insurmontable éloignement... Dans sa fille souffrante, maladive, il voit un reproche incessant. Ce n'est pas tout, la jalousie vient encore le torturer...

— Et que puis-je à cela, monseigneur ? ne pas lui donner le droit d'être jaloux ? soit. Mais parce que mon cœur n'appartiendra à personne, lui appartiendra-t-il davantage ? Il sait que non. Depuis l'affreuse scène que je vous ai racontée, nous vivons séparés ; mais, aux yeux du monde, j'ai pour lui les égards que les convenances commandent... et je n'ai dit à personne, si ce n'est à vous, monseigneur, un mot de ce fatal secret.

— Et je vous assure, madame, que si le service que je vous ai rendu méritait une récompense, je me croirais mille fois payé par votre confiance. Mais, puisque vous voulez bien me demander des conseils et que vous me permettez de vous parler franchement...

— Oh ! je vous en supplie, monseigneur...

— Laissez-moi vous dire que, faute de bien employer une de vos plus précieuses qualités, vous perdez de grandes jouissances, qui non seulement satisferaient aux grands besoins de votre cœur, mais vous distrairaient de vos chagrins domestiques, et répondraient encore à ce besoin d'émotions vives, poignantes, et j'oserais presque ajouter (pardonnez-moi ma mauvaise opinion des femmes) à ce goût naturel pour le mystère et pour l'intrigue qui a tant d'empire sur elles.

— Que voulez-vous dire, monseigneur ?

— Je veux dire que si vous vouliez *vous amuser* à faire le bien, rien ne vous plairait, rien ne vous intéresserait davantage.

Mme d'Harville regarda Rodolphe avec étonnement.

— Et vous comprenez, reprit-il, que je ne vous parle pas avec insouciance, presque avec dédain, une riche aumône à des malheureux que vous ne connaissez pas, et qui souvent ne méritent pas vos bienfaits. Mais si vous vous *amusiez* comme moi *à jouer* de temps à autre *à la Providence,* vous avoueriez que certaines bonnes œuvres ont quelquefois tout le piquant d'un roman.

— Je n'avais pas songé, monseigneur, à cette manière d'envisager la charité sous le point de vue *amusant,* dit Clémence en souriant à son tour.

— C'est une découverte que j'ai due à mon horreur de tout ce qui est ennuyeux ; horreur qui m'a été surtout inspirée par mes conférences politiques avec mes ministres. Mais, pour en revenir à notre bienfaisance amusante, je n'ai pas, hélas ! la vertu de ces gens désintéressés qui confient à d'autres le soin de placer leurs aumônes. S'il s'agissait simplement d'envoyer un de mes chambellans porter quelques centaines de louis à chaque arrondissement de Paris, j'avoue à ma honte que je ne prendrais pas grand goût à la chose ; tandis que faire le bien comme je l'entends, c'est ce qu'il y a au monde de plus *amusant*. Je tiens à ce mot, parce que pour moi il dit... tout ce qui plaît, tout ce qui charme, tout ce qui attache... Et vraiment, madame, si vous vouliez devenir ma complice dans quelques ténébreuses intrigues de ce genre, vous verriez, je vous le répète, qu'à part même la noblesse de l'action, rien n'est souvent plus curieux, plus attachant, plus attrayant... quelquefois même plus divertissant que ces aventures charitables... Et puis, que de mystères pour cacher son bienfait !... que de précautions à prendre pour n'être pas connu !... que d'émotions diverses et puissantes, à la vue de pauvres et bonnes gens qui pleurent de joie en vous voyant !... Mon Dieu ! cela vaut autant quelquefois que la figure maussade d'un amant jaloux ou infidèle, ils ne sont guère que cela tour à tour... Tenez ! les émotions dont je vous parle sont à peu près celles que vous avez ressenties ce matin en allant rue du Temple... Vêtue bien simplement pour n'être pas remarquée, vous sortiriez aussi de chez vous le cœur palpitant, vous monteriez aussi tout inquiète dans un modeste fiacre dont vous baisseriez les stores pour ne pas être vue, et puis, jetant aussi les yeux de côté et d'autre de peur d'être surprise, vous entreriez furtivement dans quelque maison de misérable apparence... tout comme ce matin, vous dis-je... La seule différence, c'est que vous vous disiez : Si l'on me découvre, je suis perdue ; et que vous vous diriez : Si l'on me découvre, je serai bénie ! Mais comme vous avez la modestie de vos adorables qualités, vous emploierez les ruses les plus perfides, les plus diaboliques pour n'être pas bénie.

— Ah, monseigneur, s'écria Mme d'Harville avec attendrissement, vous m'avez sauvée ! Je ne puis vous exprimer les nouvelles idées, les consolantes espérances que vos paroles éveillent en moi. Vous dites bien vrai, occuper son cœur et son esprit à se faire adorer de ceux qui souffrent, c'est presque aimer... Que dis-je !... c'est mieux qu'aimer... Quand je compare l'existence que j'entrevois à celle qu'une honteuse erreur m'aurait faite, les reproches que je m'adresse sont plus amers encore...

— J'en serais désolé, reprit Rodolphe en souriant, car tout mon désir serait de vous aider à oublier le passé, et de vous prouver seulement que le choix des distractions de cœur est nombreux... Les moyens du bien et du mal sont souvent à peu près les mêmes... la fin seule diffère... En un mot, si le bien est aussi attrayant, aussi amusant que le mal, pourquoi préférer celui-ci ? Tenez, je vais faire une comparaison bien vulgaire. Pourquoi beaucoup de femmes prennent-elles des hommes qui ne valent pas leurs maris ? Parce que le plus grand charme de l'amour est l'attrait affriandant du fruit défendu... Avouez que, si on retranchait de cet amour les craintes, les angoisses, les difficultés, les dangers, il ne resterait rien, ou peu de chose, c'est-à-dire l'amant dans sa simplicité première ; en un mot, ce serait toujours plus ou moins l'aventure de cet homme à qui l'on disait : « Pourquoi n'épousez-vous pas cette veuve, votre maîtresse ? — Hélas ! j'y ai bien pensé, répondait-il, mais c'est qu'alors je ne saurais plus où aller passer mes soirées ! ».

— C'est un peu trop vrai, monseigneur, dit Mme d'Harville en souriant.

— Eh bien ! si je trouve le moyen de vous faire ressentir ces craintes, ces angoisses, ces inquiétudes qui vous affriandent, si j'utilise votre goût naturel pour le mystère et pour les aventures, votre penchant à la dissimulation et à la ruse (toujours mon exécrable opinion des femmes, vous voyez, qui perce malgré moi !) ajouta gaiement Rodolphe, ne changerai-je pas en qualités généreuses des instincts impérieux, inexorables, excellents si on les emploie bien, funestes si on les emploie mal ?... Voyons, dites, voulez-vous que nous ourdissions à nous deux toutes sortes de machinations bienfaisantes, de roueries charitables dont seront victimes, comme toujours, de très bonnes gens ? Nous aurions nos rendez-vous, notre correspondance, nos secrets... et surtout nous nous cacherions bien du marquis ; car votre visite de ce matin chez les Morel l'aura mis en éveil. Enfin, si vous le vouliez, nous serions... en intrigue réglée.

— J'accepte avec joie, avec reconnaissance cette association *ténébreuse,* monseigneur, dit gaiement Clémence. Et, pour commencer notre roman, je retournerai dès demain chez ces infortunés, auxquels ce matin je n'ai pu malheureusement apporter que quelques paroles de consolation : car, profitant de mon trouble et de mon effroi, un petit garçon boiteux m'a volé la bourse que vous m'aviez remise. Ah ! monseigneur, ajouta Clémence, et sa physionomie perdit l'expression de douce gaieté qui l'avait un moment animée, si vous saviez quelle misère !... quel horrible tableau ! Non, non... je ne croyais pas qu'il pût exister de telles infortunes !... Et je me plains !... et j'accuse ma destinée !

Rodolphe, ne voulant pas laisser voir à Mme d'Harville combien il était touché de ce retour sur elle-même, qui prouvait la beauté de son âme, reprit gaiement :

— Si vous le permettez, j'excepterai les Morel de notre communauté ; vous me laisserez me charger de ces pauvres gens, et vous me promettrez surtout de ne pas retourner dans cette triste maison... car j'y demeure...

— Vous, monseigneur ?... Quelle plaisanterie !...

— Rien de plus sérieux... un logement modeste, il est vrai... deux cents francs par an ; de plus, six francs pour mon ménage libéralement accordés chaque mois à la portière, Mme Pipelet, cette horrible vieille que vous savez. Ajoutez à cela que j'ai pour voisine la plus jolie grisette du quartier du Temple, Mlle Rigolette ; et vous conviendrez que, pour un commis-marchand qui gagne dix-huit cents francs (je passe pour un commis), c'est assez sortable.

— Votre présence... si inespérée dans cette fatale maison me prouve que vous parlez sérieusement, monseigneur... quelque généreuse action vous attire là sans doute. Mais pour quelle bonne œuvre me réservez-vous donc ? quel sera le rôle que vous me destinez ?

— Celui d'un ange de consolation, et, passez-moi ce vilain mot, d'un démon de finesse et de ruse... car il y a certaines blessures délicates et douloureuses que la main d'une femme peut seule soigner et guérir ; il est aussi des infortunées si fières, si ombrageuses, si cachées, qu'il faut une rare pénétration pour les découvrir, et un charme irrésistible pour attirer leur confiance.

— Et quand pourrai-je déployer cette pénétration, cette habileté que vous me supposez ? demanda impatiemment Mme d'Harville.

— Bientôt, je l'espère, vous aurez à faire une conquête digne de vous ; mais il faudra employer vos ressources les plus machiavéliques.

— Et quel jour, monseigneur, me confierez-vous ce grand secret ?

— Voyez... nous voilà déjà au rendez-vous... Pouvez-vous me faire la grâce de me recevoir dans quatre jours ?

— Si tard !... dit naïvement Clémence.

— Et le mystère ? et les convenances ? Jugez donc ? si l'on nous croyait complices, on se défierait de nous ; mais j'aurai peut-être à vous écrire. Quelle est cette femme âgée qui m'a apporté ce soir votre lettre ?

— Une ancienne femme de chambre de ma mère : la sûreté, la discrétion même.

— C'est donc à elle que j'adresserai mes lettres, elle vous les remettra. Si vous avez la bonté de me répondre, écrivez : A M. Rodolphe, rue Plumet. Votre femme de chambre mettra vos lettres à la poste.

— Je les mettrai moi-même, monseigneur, en faisant comme d'habitude ma promenade à pied...

— Vous sortez souvent seule et à pied ?

— Quand il fait beau, presque chaque jour.

— A merveille ! c'est une habitude que toutes les femmes devraient prendre dès les premiers mois de leur mariage... Dans de bonnes... ou de mauvaises prévisions l'usage existe... C'est un précédent, comme disent les procureurs ; et plus tard ces promenades habituelles ne donnent jamais lieu à des interprétations dangereuses... Si j'avais été femme (et, entre nous, j'aurais été, je le crains, à la fois très charitable et très légère), le lendemain de mon mariage, j'aurais pris le plus innocemment du monde les allures les plus mystérieuses... Je me serais ingénument enveloppée des apparences les plus compromettantes... toujours pour établir ce précédent que j'ai dit, afin de pouvoir un jour rendre visite à mes pauvres... ou à mon amant.

— Mais voilà qui est une affreuse perfidie, monseigneur ! dit en souriant Mme d'Harville.

— Heureusement pour vous, madame, vous n'avez jamais été à même de comprendre la sagesse et l'humilité de ces prévoyances-là...

Mme d'Harville ne sourit plus ; elle baissa les yeux, rougit et dit tristement :

— Vous n'êtes pas généreux, monseigneur !...

D'abord Rodolphe regarda la marquise avec étonnement, puis reprit :

— Je vous comprends, madame... Mais, une fois pour toutes, posons bien nettement votre position à l'égard de M. Charles Robert. Un jour, une femme de vos amies vous montre un de ces mendiants piteux qui roulent des yeux languissants, et jouent de la clarinette d'un ton désespéré pour apitoyer les passants. « C'est un bon pauvre, vous dit votre amie, il a au moins sept enfants et une femme aveugle, sourde, muette, etc., etc. — Ah ! le malheureux », dites-vous en lui faisant charitablement l'aumône ; et chaque fois que vous rencontrez le mendiant, du plus loin qu'il vous aperçoit, ses yeux implorent, sa clarinette rend des sons lamentables, et votre aumône tombe dans son bissac. Un jour, de plus en plus apitoyée sur ce bon pauvre par votre amie, qui méchamment abusait de votre cœur, vous vous résignez à aller charitablement visiter votre infortuné au milieu de ses misères... Vous arrivez : hélas ! plus de clarinette mélancolique, plus de regard piteux et implorant, mais un drôle alerte, jovial et dispos, qui entonne une chanson de cabaret... Aussitôt le mépris succède à la pitié... car vous avez pris un mauvais pauvre pour un bon pauvre, rien de plus, rien de moins. Est-ce vrai ?...

Mme d'Harville ne put s'empêcher de sourire de ce singulier apologue, et répondit à Rodolphe :

— Si acceptable que soit cette justification, monseigneur, elle me semble trop facile.

— Ce n'est pourtant, après tout, qu'une noble et généreuse imprudence que vous avez commise... Il vous reste trop de moyens de la réparer pour la regretter... Mais ne verrai-je pas ce soir M. d'Harville ?

— Non, monseigneur... la scène de ce matin l'a si fort affecté, qu'il est... souffrant, dit la marquise à voix basse.

— Ah ! je comprends... répondit tristement Rodolphe. Allons, du courage ! Il manquait un but à votre envie, une distraction à vos chagrins, comme vous disiez... Laissez-moi croire que vous trouverez cette distraction dans l'avenir dont je vous ai parlé... Alors votre âme sera si remplie de douces consolations, que votre ressentiment contre votre mari n'y trouvera peut-être plus de place. Vous éprouverez pour lui quelque chose de l'intérêt que vous portez à votre pauvre enfant... Et quant à ce petit ange, maintenant que je sais la cause de son état maladif, j'oserai presque vous dire d'espérer un peu...

— Il serait possible ! monseigneur ? et comment ? s'écria Clémence en joignant les mains avec reconnaissance.

— J'ai pour médecin ordinaire un homme très inconnu et fort savant : il est resté longtemps en Amérique ; je me souviens qu'il m'a parlé de deux ou trois cures presques merveilleuses faites par lui sur des esclaves atteints de cette effrayante maladie.

— Ah monseigneur, il serait possible...

— Gardez-vous bien de trop espérer : la déception serait trop cruelle... Seulement ne désespérons pas tout à fait.

Clémence d'Harville jetait sur les nobles traits de Rodolphe un regard de reconnaissance ineffable. C'est presque un roi... qui la consolait avec tant d'intelligence, de grâce et de bonté.

Elle se demanda comment elle avait pu s'intéresser à M. Charles Robert.

Cette idée lui fut horrible.

— Que ne vous dois-je pas, monseigneur, dit-elle d'une voix émue. Vous me rassurez, vous me faites malgré moi espérer pour ma fille, entrevoir un nouvel avenir qui serait à la fois une consolation, un plaisir et un mérite... N'avais-je pas raison de vous écrire que, si vous vouliez bien venir ici ce soir, vous finiriez la journée comme vous l'avez commencée.. par une bonne action ?...

— Et ajoutez au moins, madame, une de ces bonnes actions comme je les aime dans mon égoïsme, pleines d'attrait, de plaisir et de charme, dit Rodolphe en se levant, car onze heures et demie venaient de sonner à la pendule du salon

— Adieu, monseigneur, n'oubliez pas de me donner bientôt des nouvelles de ces pauvres gens de la rue du Temple.

— Je les verrai demain matin... car j'ignorais malheureusement que ce petit boiteux vous eût volé cette bourse, et ces malheureux sont peut-être dans une extrémité terrible. Dans quatre jours, daignez ne pas l'oublier, je viendrai vous mettre au courant du rôle que vous voulez bien accepter. Seulement je dois vous prévenir qu'un déguisement vous sera peut-être indispensable.

— Un déguisement ! oh ! quel bonheur ! et lequel, monseigneur ?

— Je ne puis vous le dire encore... Je vous laisserai le choix.

En revenant chez lui, le prince s'applaudissait assez de l'effet général de son entretien avec Mme d'Harville. Ces propositions étant données :

Occuper généreusement l'esprit et le cœur de cette jeune femme, qu'un éloignement insurmontable séparait de son mari ; éveiller en elle assez de curiosité romanesque, assez d'intérêt mystérieux en dehors de l'amour, pour satisfaire aux besoins de son imagination, de son âme, et la sauvegarder ainsi d'un nouvel amour ;

Ou bien encore :

Inspirer à Clémence d'Harville une passion si profonde, si incurable, et à la fois si pure et si noble, que cette jeune femme, désormais incapable d'éprouver un amour moins élevé, ne compromît plus jamais le repos de M. d'Harville que Rodolphe aimait comme un frère.

CHAPITRE XVIII

MISÈRE

On n'a peut-être pas oublié qu'une famille malheureuse dont le chef, ouvrier lapidaire, se nommait Morel, occupait la mansarde de la maison de la rue du Temple.

Nous conduirons le lecteur dans ce triste logis.

Il est cinq heures du matin.

Au-dehors le silence est profond, la nuit noire, glaciale ; il neige.

Une chandelle, soutenue par deux brins de bois sur une petite planche carrée, perce à peine de sa lueur jaune et blafarde les ténèbres de la mansarde ; réduit étroit, bas, aux deux tiers lambrissé par la pente rapide du toit qui forme avec le plancher un angle très aigu. Partout on voit le dessous des tuiles verdâtres.

Les cloisons recrépies de plâtre noirci par le temps, et crevassées de nombreuses lézardes, laissent apercevoir les lattes vermoulues qui forment ces minces parois ; dans l'une d'elles, une porte disjointe s'ouvre sur l'escalier.

Le sol, d'une couleur sans nom, infect, gluant, est semé çà et là de brins de paille pourrie, de haillons sordides, et de ces gros os que le pauvre achète aux plus infimes revendeurs de viande corrompue pour ronger les cartilages qui y adhèrent encore (1)...

Une si effroyable incurie annonce toujours ou l'inconduite, ou une misère honnête, mais si écrasante, si désespérée, que l'homme anéanti, dégradé, ne sent plus ni la volonté, ni la force, ni le besoin de sortir de sa fange : il y croupit comme une bête dans sa tanière.

Durant le jour, ce taudis est éclairé par une lucarne étroite, oblongue, pratiquée dans la partie déclive de la toiture, et garnie d'un châssis vitré, qui s'ouvre et se ferme au moyen d'une crémaillère.

A l'heure dont nous parlons, une couche épaisse de neige recouvrait cette lucarne.

La chandelle, posée à peu près au centre de la mansarde, sur l'établi du lapidaire, projette en cet endroit une sorte de zone de pâle lumière qui, se

(1) On trouve fréquemment dans les quartiers populeux des débitants de veaux mort-nés, de bestiaux morts de maladie, etc

dégradant peu à peu, se perd dans l'ombre où reste enseveli les galetas, ombre au milieu de laquelle se dessinent vaguement quelques formes blanchâtres.

Sur l'établi, lourde table carrée en chêne brut grossièrement équarri, tachée de graisse et de suif, fourmillent, étincellent, scintillent une poignée de diamants et de rubis d'une grosseur et d'un éclat admirables.

Morel était lapidaire en fin, et non pas lapidaire en faux, comme il le disait, et comme on le pensait dans la maison de la rue du Temple... Grâce à cet innocent mensonge, les pierreries qu'on lui confiait semblaient de si peu de valeur, qu'il pouvait les garder chez lui sans crainte d'être volé.

Tant de richesses, mises à la merci de tant de misères, nous dispensent de parler de la probité de Morel...

Assis sur un escabeau sans dossier, vaincu par la fatigue, par le froid, par le sommeil, après une longue nuit d'hiver passée à travailler, le lapidaire a laissé tomber sur son établi sa tête appesantie, ses bras engourdis ; son front s'appuie à une large meule, placée horizontalement sur la table, et ordinairement mise en mouvement par une petite roue à main ; une scie de fin acier, quelques autres outils sont épars à côté ; l'artisan, dont on ne voit que le crâne chauve, entouré de cheveux gris, est vêtu d'une vieille veste de tricot brun qu'il porte à nu sur la peau, et d'un mauvais pantalon de toile ; ses chaussons de lisière en lambeaux cachent à peine ses pieds bleuis posés sur le carreau.

Il fait dans cette mansarde un froid si glacial, si pénétrant, que l'artisan, malgré l'espèce de somnolence où le plonge l'épuisement de ses forces, frisonne parfois de tout son corps.

La longueur et la carbonisation de la mèche de la chandelle annoncent que Morel sommeille depuis quelque temps ; on n'entend que sa respiration oppressée ; car les sept autres habitants de cette mansarde ne dorment pas...

Oui, dans cette étroite mansarde vivent huit personnes...

Cinq enfants, dont le plus jeune a quatre ans, le plus âgé douze ans à peine.

Et puis leur mère infirme.

Et puis une octogénaire idiote, la mère de leur mère.

La froidure est bien âpre, puisque la chaleur naturelle de huit personnes entassées dans un si petit espace n'attiédit pas cette atmosphère glacée : c'est qu'aussi ces huit corps grêles, chétifs, grelottants, épuisés, depuis le petit enfant jusqu'à l'aïeule, dégagent peu de calories, comme dirait un savant.

Excepté le père de famille, un moment assoupi parce que ses forces sont à bout, personne ne dort ; non, parce que le froid, la faim, la maladie, tiennent les yeux ouverts, bien ouverts.

On ne sait pas combien est rare et précieux pour le pauvre le sommeil profond, salutaire, dans lequel il répare ses forces et oublie ses maux. Il s'éveille si allègre, si dispos, si vaillant au plus rude labeur, après une de ces nuits bienfaisantes, que les moins religieux, dans le sens catholique du mot, éprouvent un vague sentiment de gratitude, sinon envers Dieu, du moins envers... le sommeil, et qui bénit l'effet bénit la cause.

A l'aspect de l'effrayante misère de cet artisan, comparée à la valeur des pierreries qu'on lui confie, on est frappé d'un de ces contrastes qui tout à la fois désolent et élèvent l'âme.

Incessamment cet homme a sous les yeux le déchirant spectacle des douleurs des siens ; tout les accable, depuis la faim jusqu'à la folie, et il respecte ces pierreries, dont une seule arracherait sa femme, ses enfants, aux privations qui les tuent lentement.

Sans doute il fait son devoir, simplement son devoir d'honnête homme ; mais, parce que ce devoir est simple, son accomplissement est-il moins grand, moins beau ? Les conditions dans lesquelles s'exerce le devoir ne peuvent-elles pas d'ailleurs en rendre la pratique plus méritoire encore ?

Et puis cet artisan, restant si malheureux et si probe auprès de ce trésor, ne représente-t-il pas l'immense et formidable majorité des hommes qui, voués à jamais aux privations, mais paisibles, laborieux, résignés, voient chaque jour sans haine et sans envie amère resplendir à leurs yeux la magnificence des riches !

N'est-il pas enfin noble, consolant, de songer que ce n'est pas la force, que ce n'est pas la terreur, mais le bon sens moral qui seul contient ce redoutable océan populaire dont le débordement pourrait engloutir la société tout entière, se jouant de ses lois, de sa puissance, comme la mer en furie se joue des digues et des remparts !

Ne sympathise-t-on pas alors de toutes les forces de son âme et de son esprit avec ces généreuses intelligences qui demandent un peu de place au soleil pour tant d'infortune, tant de courage, tant de résignation !

Revenons à ce spécimen, hélas ! trop réel, d'épouvantable misère que nous essayerons de peindre dans son effrayante nudité.

Le lapidaire ne possède plus qu'un mince matelas et un morceau de couverture dévolus à la grand-mère idiote, qui, dans son stupide et farouche égoïsme, ne voulait partager son grabat avec personne.

Au commencement de l'hiver, elle était devenue furieuse, et avait presque étouffé le plus jeune des enfants qu'on avait voulu placer à côté d'elle, une petite fille de quatre ans, depuis quelque temps phtisique, et qui souffrait trop du froid dans la paillasse où elle couchait avec ses frères et sœurs.

Tout à l'heure nous expliquerons ce mode de couchage, fréquemment usité chez les pauvres. Auprès d'eux, les animaux sont traités en sybarites : on change leur litière.

Tel est le tableau complet que présente la mansarde de l'artisan, lorsque l'œil perce la pénombre où viennent mourir les faibles lueurs de la chandelle.

Le long du mur d'appui, moins humide que les autres cloisons, est placé sur le carreau le matelas où repose la vieille idiote.

Comme elle ne peut rien supporter sur sa tête, ses cheveux blancs, coupés très ras, dessinent la forme de son crâne, au front aplati ; ses épais sourcils ombragent ses orbites profondes où luit un regard d'un éclat sauvage ; ses joues caves, livides, plissées de mille rides, se collent à ses pommettes et aux angles saillants de sa mâchoire ; couchée sur le côté, repliée sur elle-même, son menton touchant presque ses genoux, elle tremble sous une couverture de laine grise, trop petite pour l'envelopper entièrement, et qui laisse apercevoir ses jambes décharnées et le bas d'un vieux jupon en lambeaux dont elle est vêtue. Ce grabat exhale une odeur fétide.

A peu de distance du chevet de la grand-mère s'étend aussi, parallèlement au mur, la paillasse qui sert de lit aux cinq enfants.

Et voici comment :

On a fait une incision à chaque bout de la toile, dans le sens de sa longueur, puis on a glissé les enfants dans une paille humide et nauséabonde ; la toile d'enveloppe leur sert ainsi de drap et de couverture.

Deux petites filles, dont l'une est gravement malade, grelottent d'un côté, trois petits garçons de l'autre :

Ceux-ci et celles-là couchés tout vêtus, si quelques misérables haillons peuvent s'appeler des vêtements.

D'épaisses chevelures blondes, ternes, emmêlées, hérissées, que leur mère laisse croître parce que cela les garantit toujours un peu du froid, couvrent à demi leurs figures pâles, étiolées, souffrantes. L'un des garçons, de ses doigts roidis, tire à soi jusqu'à son menton l'enveloppe de sa paillasse pour se mieux couvrir ; l'autre, de crainte d'exposer ses mains au froid, tient la toile entre ses dents qui se choquent ; le troisième se serre contre ses deux frères.

La seconde des deux filles, minée par la phtisie, appuie languissamment sa pauvre petite figure, déjà d'une lividité bleuâtre et morbide, sur la poitrine glacée de sa sœur, âgée de cinq ans, qui tâche en vain de la réchauffer entre ses bras et la veille avec une sollicitude inquiète.

Sur une autre paillasse, placée au fond du taudis et en retour de celle des enfants, la femme de l'artisan lapidaire est minée par une fièvre lente et par une infirmité douloureuse qui ne lui permet pas de se lever depuis plusieurs mois.

Madeleine Morel a trente-six ans. Un vieux mouchoir de cotonnade bleue, serré autour de son front déprimé, fait ressortir davantage encore la pâleur bilieuse de son visage osseux. Un cercle brun cerne ses yeux caves, éteints ; des gerçures saignantes fendent ses lèvres blafardes.

Sa physionomie chagrine, abattue, ses traits insignifiants décèlent un de ces caractères doux, mais sans ressort, sans énergie, qui ne luttent pas contre la mauvaise fortune, mais qui se courbent, s'affaissent et se lamentent.

Faible, inerte, bornée, elle était restée honnête parce que son mari était honnête ; livrée à elle-même, le malheur aurait pu la dépraver et la pousser au mal. Elle aimait ses enfants, son mari ; mais elle n'avait ni le courage ni la force de retenir ses plaintes amères sur leur commune infortune. Souvent le lapidaire, dont le labeur opiniâtre soutenait seul cette famille, était forcé d'interrompre son travail pour venir consoler, apaiser la pauvre valétudinaire.

Par-dessus un méchant drap de grosse toile bise trouée qui recouvrait sa femme, Morel, pour la réchauffer, avait étendu quelques hardes si vieilles, si rapetassées, que le prêteur sur gages n'avait pas voulu les prendre.

Un fourneau, un poêlon et une marmite de terre égueulée, deux ou trois tasses fêlées éparses çà et là sur le carreau, un baquet, une planche à savonner, et une grande cruche de grès placée sous l'angle du toit, près de la porte disjointe, que le vent ébranle à chaque instant, voilà ce que possède cette famille.

Ce tableau désolant est éclairé par la chandelle, dont la flamme, agitée par la bise qui siffle à travers les interstices des tuiles, jette tantôt sur ces misères ses lueurs pâles et vacillantes, tantôt fait scintiller de mille feux, pétiller de mille étincelles prismatiques, l'éblouissant fouillis de diamants et de rubis exposés sur l'établi où sommeille le lapidaire.

Par un mouvement d'attention machinal, les yeux de ces infortunés, tous silencieux, tous éveillés, depuis l'aïeule jusqu'au plus petit enfant, s'attachaient instinctivement sur le lapidaire, leur seul espoir, leur seule ressource.

Dans leur naïf égoïsme, ils s'inquiétaient de le voir inactif et affaissé sous le poids du travail :

La mère songeait à ses enfants ;

Les enfants songeaient à eux ;

L'idiote paraissait ne songer à rien.

Pourtant tout à coup elle se dressa sur son séant, croisa sur sa poitrine de squelette ses longs bras secs et jaunes comme du buis, regarda la lumière en clignotant, puis se leva lentement, entraînant après elle, comme un suaire, son lambeau de couverture.

Elle était de très grande taille, sa tête rasée paraissait démesurément petite, un mouvement spasmodique agitait sa lèvre inférieure, épaisse et pendante : ce masque hideux offrait le type d'un hébétement farouche.

L'idiote s'avança sournoisement près de l'établi, comme un enfant qui va commettre un méfait.

Quand elle fut à la portée de la chandelle, elle approcha de la flamme ses deux mains tremblantes ; leur maigreur était telle que la lumière qu'elles abritaient leur donnait une sorte de transparence livide.

Madeleine Morel suivait de son grabat les moindres mouvements de la vieille ; celle-ci, en continuant de se réchauffer à la flamme de la chandelle, baissait la tête et considérait avec une curiosité imbécile le chatoiement des rubis et des diamants qui scintillaient sur la table.

Absorbée par cette contemplation, l'idiote ne maintint pas ses mains à une distance suffisante de la flamme, elle se brûla et poussa un cri rauque.

A ce bruit, Morel se réveilla en sursaut et releva vivement la tête.

Il avait quarante ans, une physionomie ouverte, intelligente et douce, mais flétrie et creusée par la misère ; une barbe grise de plusieurs semaines couvrait le bas de son visage couturé par la petite vérole ; des rides précoces sillonnaient son front déjà chauve ; ses paupières enflammées étaient rougies par l'abus des veilles.

Un de ces phénomènes fréquents chez les ouvriers d'une constitution débile, et voués à un travail sédentaire qui les contraint à demeurer tout le jour dans une position presque invariable, avait déformé sa taille chétive Continuellement forcé de se tenir courbé sur son établi et de se pencher du côté droit, afin de mettre sa meule en mouvement, le lapidaire, pour ainsi dire pétrifié, ossifié dans cette position qu'il gardait douze à quinze heures par jour, s'était voûté et déjeté d'un côté.

Puis son bras droit, incessamment exercé par le pénible maniement de la meule, avait acquis un développement musculaire considérable, tandis que le bras et la main gauches, toujours inertes et appuyés sur l'établi pour présenter les facettes des diamants à l'action de la meule, étaient réduits à un état de maigreur et de marasme effrayant ; les jambes grêles, presque annihilées par le manque complet d'exercice, pouvaient à peine soutenir ce corps épuisé, dont toute la substance, toute la viabilité, toute la force, semblaient s'être concentrées dans la seule partie que le travail exerce continuellement.

Et, comme disait Morel avec une poignante résignation :

— C'est moins pour moi que je tiens à manger que pour renforcer le bras qui tourne la meule.

Réveillé en sursaut, le lapidaire se trouva face à face avec l'idiote.

— Qu'avez-vous ? que voulez-vous, la mère ? lui dit Morel ; puis il ajouta d'une voix plus basse, craignant d'éveiller sa famille qu'il croyait endormie : Allez vous coucher, la mère. Ne faites pas de bruit, Madeleine et les enfants dorment.

— Je ne dors pas, je tâche de réchauffer Adèle, dit l'aînée des petites filles.

— J'ai trop faim pour dormir, reprit un des garçons ; ça n'était pas mon tour d'aller souper hier comme mes frères chez Mlle Rigolette.

— Pauvres enfants ! dit Morel avec accablement ; je croyais que vous dormiez, au moins.

— J'avais peur de t'éveiller, Morel, dit la femme ; sans cela je t'aurais demandé de l'eau ; j'ai bien soif, je suis dans mon accès de fièvre.

— Tout de suite, répondit l'ouvrier ; seulement il faut que je fasse d'abord recoucher ta mère. Voyons, laissez donc mes pierres tranquilles, dit-il à la vieille qui voulait s'emparer d'un gros rubis dont le scintillement fixait son attention. Allez donc vous coucher, la mère ! répéta-t-il.

— Ça, ça, répondit l'idiote en montrant la pierre précieuse qu'elle convoitait.

— Nous allons nous fâcher, dit Morel en grossissant sa voix, pour effrayer sa belle-mère, dont il repoussa doucement la main.

— Mon Dieu ! mon Dieu ! Morel, que j'ai donc soif, murmura Madeleine. Viens donc me donner à boire !

— Mais comment veux-tu que je fasse, aussi ? Je ne puis pas laisser ta mère toucher à mes pierres, pour qu'elle me perde encore un diamant, comme il y a un an ; et Dieu sait... Dieu sait ce qu'il nous coûte, ce diamant, et ce qu'il nous coûtera peut-être encore.

Et le lapidaire porta sa main à son front d'un air sombre ; puis il ajouta, en s'adressant à un de ses enfants :

— Félix, va donner à boire à ta mère, puisque tu ne dors pas.

— Non, non, j'attendrai, il va prendre froid, reprit Madeleine

— Je n'aurai pas plus froid dehors que dans la paillasse, dit l'enfant en se levant.

— Ah çà, voyons, allez-vous finir ! s'écria Morel d'une voix menaçante pour chasser l'idiote, qui ne voulait pas s'éloigner de l'établi et s'obstinait à s'emparer d'une des pierres.

— Maman, l'eau de la cruche est gelée, cria Félix.

— Casse la glace, alors, dit Madeleine.

— Elle est trop épaisse, je ne peux pas.

— Morel, casse donc la glace de la cruche, dit Madeleine d'une voix dolente et impatiente ; puisque je n'ai pas autre chose à boire que de l'eau, que j'en puisse boire au moins. Tu me laisses mourir de soif.

— Oh ! mon Dieu ! mon Dieu ! quelle patience ! Mais comment veux-tu que je fasse ? j'ai ta mère sur les bras, s'écria le malheureux lapidaire.

Il ne pouvait parvenir à se débarrasser de l'idiote, qui, commençant à s'irriter de la résistance qu'elle rencontrait, faisait entendre une sorte de grondement courroucé.

— Appelle-la donc, dit Morel à sa femme ; elle t'écoute quelquefois, toi.

— Ma mère, allez vous coucher ; si vous êtes sage, je vous donnerai du café que vous aimez bien.

— Ça, ça, reprit l'idiote en cherchant cette fois à s'emparer violemment du rubis qu'elle convoitait.

Morel la repoussa avec ménagement, mais en vain.

— Mon Dieu ! tu sais bien que tu n'en finiras pas avec elle, si tu ne lui fais pas peur avec le fouet, s'écria Madeleine ; il n'y a que ce moyen-là de la faire rester tranquille.

— Il le faut bien ; mais, quoiqu'elle soit folle, menacer une vieille femme de coups de fouet, ça me répugne toujours, dit Morel.

Puis, s'adressant à la vieille qui tâchait de le mordre, et qu'il contenait d'une main, il s'écria de sa voix la plus terrible :

— Gare au fouet ! si vous n'allez pas vous coucher tout de suite !

Ces menaces furent encore vaines.

Il prit son fouet sous son établi, le fit claquer violemment, et en menaça l'idiote, lui disant :

— Couchez-vous tout de suite, couchez-vous !

Au bruit retentissant du fouet, la vieille s'éloigna d'abord brusquement de l'établi, puis s'arrêta, gronda entre ses dents et jeta des regards irrités sur son gendre.

— Au lit ! au lit ! répéta celui-ci en s'avançant et en faisant de nouveau claquer son fouet.

Alors l'idiote regagna lentement sa couche à reculons, en montrant le poing au lapidaire.

Celui-ci, désirant terminer cette scène cruelle pour aller donner à boire à sa femme, s'avança très près de l'idiote, fit une dernière fois brusquement résonner son fouet, sans la toucher néanmoins, et répéta d'une voix menaçante :

— Au lit, tout de suite !

La vieille, dans son effroi, se mit à pousser des hurlements affreux, se jeta sur sa couche et s'y blottit comme un chien dans son chenil, sans cesser de hurler.

Les enfants épouvantés, croyant que leur père avait frappé la vieille, lui crièrent en pleurant :

— Ne bats pas grand-mère, ne la bats pas !

Il est impossible de rendre l'effet sinistre de cette scène nocturne, accompagnée des cris suppliants des enfants, des hurlements furieux de l'idiote et des plaintes douloureuses de la femme du lapidaire

CHAPITRE XIX

LA DETTE

Morel le lapidaire avait souvent assisté à des scènes aussi tristes que celle que nous venons de raconter ; pourtant il s'écria dans un accès de désespoir, en jetant son fouet sur son établi :

— Oh ! quelle vie ! quelle vie ! ! !

— Est-ce ma faute, à moi, si ma mère est idiote ? dit Madeleine en pleurant.

— Est-ce la mienne ? dit Morel. Qu'est-ce que je demande ? de me tuer de travail pour vous tous. Jour et nuit je suis à l'ouvrage ; je ne me plains pas, tant que j'en aurai la force, j'irai ; mais je ne peux pas non plus faire mon état et être en même temps gardien de fou, de malade et d'enfants ! Non, le Ciel n'est pas juste à la fin ! non, il n'est pas juste ! c'est trop de misère pour un seul homme ! dit le lapidaire avec un accent déchirant.

Et, accablé, il retomba sur son escabeau, la tête cachée dans ses mains.

— Puisqu'on n'a pas voulu prendre ma mère à l'hospice, parce qu'elle n'était pas assez folle, qu'est-ce que tu veux que j'y fasse, moi, là ? dit Madeleine de sa voix traînante, dolente et plaintive. Quand tu te tourmenteras de ce que tu ne peux pas empêcher, à quoi ça t'avancera-t-il ?

— A rien, dit l'artisan ; et il essuya ses yeux qu'une larme avait mouillés ; à rien... tu as raison. Mais quand tout vous accable, on n'est quelquefois pas maître de soi.

— Oh ! mon Dieu, mon Dieu ! que j'ai soif ! je frissonne, et la fièvre me brûle, dit Madeleine.

— Attends, je vais te donner à boire.

Morel alla prendre la cruche sous le toit. Après avoir difficilement brisé la glace qui recouvrait l'eau, il remplit une tasse de ce liquide gelé, et s'approcha du grabat de sa femme, qui étendait vers lui ses mains impatientes.

Mais, après un moment de réflexion, il lui dit :

— Non, ça serait trop froid ; dans un accès de fièvre, ça te ferait du mal.

— Ça me fera du mal ? tant mieux, donne vite alors, reprit Madeleine. avec amertume ; ça sera plus tôt fini, ça te débarrassera de moi, tu n'auras plus qu'à être gardien de fou et d'enfants. La malade sera de moins

— Pourquoi me parler comme cela Madeleine ? Je ne le mérite pas, dit tristement Morel. Tiens, ne me fais pas de chagrin, c'est tout juste s'il me reste assez de raison et de force pour travailler ; je n'ai pas la tête bien solide, elle n'y résisterait pas ; et alors qu'est-ce que vous deviendriez tous ? C'est pour vous que je parle ; s'il ne s'agissait que de moi, je ne m'embarrasserais guère de demain. Dieu merci ! la rivière coule pour tout le monde.

— Pauvre Morel ! dit Madeleine attendrie ; c'est vrai, j'ai eu tort de te dire d'un air fâché que je voudrais te débarrasser de moi. Ne m'en veux pas, mon intention était bonne ; oui, car enfin je vous suis inutile à toi et à nos enfants. Depuis seize mois que je suis alitée... Oh ! mon Dieu ! que j'ai soif ! je t'en prie, donne-moi à boire.

— Tout à l'heure ; je tâche de réchauffer la tasse entre mes mains.

— Es-tu bon ! et moi qui te dis des choses dures, encore !

— Pauvre femme, tu souffres ! ça aigrit le caractère. Dis-moi ce que tu voudras, mais ne me dis pas que tu voudrais me débarrasser de toi.

— Mais à quoi te suis-je bonne ?

— A quoi nous sont bons nos enfants ?

— A te surcharger de travail.

— Sans doute ; aussi, grâce à vous autres, je trouve la force d'être à l'ouvrage quelquefois vingt heures par jour, à ce point que j'en suis devenu difforme et estropié. Est-ce que tu crois que sans cela je ferais pour l'amour de moi tout seul le métier que je fais ? Oh ! non, la vie n'est pas assez belle, j'en finirais avec elle.

— C'est comme moi, reprit Madeleine ; sans les enfants, il y a longtemps que je t'aurais dit : Morel, tu en as assez, moi aussi ; le temps d'allumer un réchaud de charbon, on se moque de la misère... Mais ces enfants... ces enfants !...

— Tu vois donc bien qu'ils sont bons à quelque chose, dit Morel avec une admirable naïveté. Allons, tiens, bois, mais par petites gorgées, car c'est encore bien froid.

— Oh ! merci, Morel, dit Madeleine en buvant avec avidité.

— Assez, assez...

— C'était trop froid ; mon frisson redouble, dit Madeleine en lui rendant la tasse.

— Mon Dieu, mon Dieu ! je te l'avais bien dit, tu souffres...

— Je n'ai plus la force de trembler. Il me semble que je suis saisie de tous les côtés dans un gros glaçon, voilà tout...

Morel ôta sa veste, la mit sur les pieds de sa femme, et resta le torse nu. Le malheureux n'avait pas de chemise.

— Mais tu vas geler, Morel !

— Tout à l'heure, si j'ai trop froid, je reprendrai ma veste un moment.

— Pauvre homme !... ah ! tu as bien raison, le Ciel n'est pas juste. Qu'est-ce que nous avons fait pour être si malheureux, tandis que d'autres...

— Chacun a ses peines, les grands comme les petits.

— Oui, mais les grands ont des peines qui ne leur creusent pas l'estomac et qui ne les font pas grelotter. Tiens, quand je pense qu'avec le prix d'un de ces diamants que tu polis nous aurions de quoi vivre dans l'aisance, nous et nos enfants, ça révolte. Et à quoi ça leur sert-il, ces diamants ?

— S'il n'y avait qu'à dire : A quoi ça sert-il aux autres ? on irait loin. C'est comme si tu disais : A quoi ça sert-il à ce monsieur, que Mme Pipelet appelle le commandant, d'avoir loué et meublé le premier étage de cette maison, où il ne vient jamais ? A quoi ça lui sert-il d'avoir là de bons matelas, de bonnes couvertures, puisqu'il loge ailleurs ?

— C'est bien vrai. Il y aurait là de quoi nipper pour longtemps plus d'un pauvre ménage comme le nôtre... sans compter que tous les jours Mme Pipelet fait du feu pour empêcher ses meubles d'être abîmés par l'humidité. Tant de bonne chaleur perdue, tandis que nous et nos enfants nous gelons ! Mais tu me diras à ça : Nous ne sommes pas des meubles. Oh ! ces riches, c'est si dur !

— Pas plus durs que d'autres, Madeleine. Mais ils ne savent pas, vois-tu, ce que c'est que la misère. Ça naît heureux, ça vit heureux, ça meurt heureux : à propos de quoi veux-tu que ça pense à nous ? Et puis, je te dis... ils ne savent pas... Comment se feraient-ils une idée des privations des autres ? Ont-ils grand faim, grande est leur joie, ils n'en dînent que mieux. Fait-il grand froid, tant mieux, ils appellent ça une belle gelée : c'est tout simple ; s'ils sortent à pied, ils rentrent ensuite au coin d'un bon foyer, et la froidure leur fait trouver le feu meilleur ; ils ne peuvent donc pas nous plaindre beaucoup, puisqu'à eux la faim et le froid leur tournent à plaisir. Ils ne savent pas, vois-tu, ils ne savent pas !... A leur place nous ferions comme eux.

— Les pauvres gens sont donc meilleurs qu'eux tous, puisqu'ils s'entraident ! Cette bonne petite Mlle Rigolette, qui nous a si souvent veillés, moi ou les enfants, pendant nos maladies, a emmené hier Jérôme et Pierre pour partager son souper. Et son souper, ça n'est guère ; une tasse de lait et du pain. A son âge on a bon appétit ; bien sûr elle se sera privée.

— Pauvre fille ! Oui, elle est bien bonne. Et pourquoi ? parce qu'elle connaît la peine. Et, comme je dis toujours : Si les riches savaient ! si les riches savaient !

— Et cette petite dame qui est venue avant-hier d'un air si effaré nous demander si nous avions besoin de quelque chose, maintenant elle sait, celle-là, ce que c'est que des malheureux... eh bien ! elle n'est pas revenue.

— Je ne dis pas cela, reprit doucement Morel ; je dis au contraire qu'ils ont leurs défauts ; nous avons, nous, les nôtres.

» Elle reviendra peut-être ; car, malgré sa figure effrayée, elle avait l'air bien doux et bien comme il faut.

» Le malheur est qu'ils ne savent pas... Le malheur est qu'il y a, par exemple, beaucoup d'agents pour découvrir les gueux qui ont commis des crimes, et qu'il n'y a pas d'agents pour découvrir les honnêtes ouvriers accablés de famille qui sont dans la dernière des misères, et qui, faute d'un peu de secours donné à point, se laissent quelquefois tenter. C'est bon de punir le mal, ça serait peut-être meilleur de l'empêcher. Vous êtes resté probe jusqu'à cinquante ans ; mais l'extrême misère, la faim, vous poussent au mal, et voilà un coquin de plus ; tandis qui si on avait su...

Mais à quoi bon penser à cela ?... le monde est comme il est. Je suis pauvre et désespéré, je parle ainsi ; je serais riche, je parlerais de fêtes et de plaisirs.

» Eh bien ! pauvre femme, comment vas-tu ?

— Toujours la même chose... Je ne sens plus mes jambes... Mais toi, tu trembles ; reprends donc ta veste, et souffle cette chandelle qui brûle pour rien ; voilà le jour.

En effet, une lueur blafarde, glissant péniblement à travers la neige dont était obstrué le carreau de la lucarne, commençait à jeter une triste clarté dans l'intérieur de ce réduit, et rendait son aspect plus affreux encore. L'ombre de la nuit voilait au moins une partie de ces misères.

— Je vais attendre qu'il fasse assez clair pour me remettre à travailler, dit le lapidaire en s'asseyant sur le bord de la paillasse de sa femme et en appuyant son front dans ses deux mains.

Après quelques moments de silence, Madeleine lui dit :

— Quand Mme Mathieu doit-elle revenir chercher les pierres auxquelles tu travailles ?

— Ce matin. Je n'ai plus qu'une facette d'un diamant faux à polir.

— Un diamant faux !... toi qui ne tailles que des pierres fines, malgré ce qu'on croit dans la maison !

— Comment ! tu ne sais pas !... Mais c'est juste, quand l'autre jour Mme Mathieu est venue, tu dormais. Elle m'a donné dix diamants faux, dix cailloux du Rhin à tailler, juste de la même grosseur et de la même manière que le même nombre de pierres fines qu'elle m'apportait, celles qui sont là avec des rubis. Je n'ai jamais vu des diamants d'une plus belle eau ; ces dix pierres-là valent certainement plus de soixante mille francs.

— Et pourquoi te les fait-elle imiter en faux ?

— Une grande dame à qui ils appartiennent, une duchesse, je crois, a chargé M. Baudouin, le joaillier, de vendre sa parure, et de lui faire faire à la place une parure en pierres fausses. Mme Mathieu, la courtière en pierreries de M. Baudouin, m'a appris cela en m'apportant les pierres vraies, afin que je donne aux fausses la même coupe et la même forme ; Mme Mathieu a chargé de la même besogne quatre autres lapidaires, car il y a quarante ou cinquante pierres à tailler. Je ne pouvais pas tout faire, cela devait être prêt ce matin ; il faut à M. Baudouin le temps de remonter les pierres fausses. Mme Mathieu dit que souvent ces dames font ainsi en cachette remplacer leurs diamants par des cailloux du Rhin.

— Tu vois bien, les fausses pierres font le même effet que les vraies, et les grandes dames, qui mettent seulement ça pour se parer, n'auraient jamais l'idée de sacrifier un diamant au soulagement des malheureux comme nous !

— Pauvre femme ! sois donc raisonnable, le chagrin te rend injuste. Qui est-ce qui sait que nous, les Morel, sommes malheureux ?

— Oh ! quel homme, quel homme ! On te couperait en morceaux, toi, que tu dirais merci.

Morel haussa les épaules avec compassion.

— Combien te devra ce matin Mme Mathieu ? reprit Madeleine.

— Rien, puisque je suis en avance avec elle de cent vingt francs

— Rien ! Mais nous avons fini hier nos derniers vingt sous.

— Oui, dit Morel d'un air abattu.

— Et comment allons-nous faire ?

— Je ne sais pas.

— Et le boulanger ne veut plus nous fournir à crédit...

— Non, puisque hier j'ai emprunté le quart d'un pain à Mme Pipelet.

— La mère Burette ne nous prêterait rien ?

— Nous prêter !... Maintenant qu'elle a tous nos effets en gage, sur quoi nous prêterait-elle ?... sur nos enfants ? dit Morel avec un sourire amer.

— Mais ma mère, les enfants et toi, vous n'avez mangé hier qu'une livre et demie de pain à vous tous ! Vous ne pouvez pas mourir de faim non plus. Aussi c'est ta faute ; tu n'as pas voulu te faire inscrire cette année au bureau de charité.

— On n'inscrit que les pauvres qui ont des meubles, et nous n'en avons plus ; on nous regarde comme en garni. C'est comme pour être admis aux salles d'asile, il faut que les enfants aient au moins une blouse, et les nôtres n'ont que des haillons ; et puis, pour le bureau de charité, il aurait fallu, pour me faire inscrire, aller, retourner peut-être vingt fois au bureau, puisque nous n'avons pas de protections. Ça me ferait perdre plus de temps que ça ne vaudrait.

— Mais comment faire alors ?

— Peut-être cette petite dame qui est venue hier ne nous oubliera pas.

— Oui, comptes-y. Mais Mme Mathieu te prêtera bien cent sous ; tu travailles pour elle depuis dix ans, elle ne peut pas laisser dans une pareille peine un honnête ouvrier chargé de famille.

— Je ne crois pas qu'elle puisse nous prêter quelque chose. Elle a fait tout ce qu'elle a pu en m'avançant petit à petit cent vingt francs ; c'est une grosse somme pour elle. Parce qu'elle est courtière de diamants et qu'elle en a quelquefois pour cinquante mille francs dans son cabas, elle n'en est pas plus riche. Quand elle gagne cent francs par mois, elle est bien contente, car elle a des charges, deux nièces à élever. Cent sous pour elle, vois-tu, c'est comme cent sous pour nous, et il y a des moments où on ne les a pas, tu le sais bien. Etant déjà de beaucoup en avance avec moi, elle ne peut s'ôter le pain de la bouche à elle et aux siens.

— Voilà ce que c'est que que de travailler pour des courtiers au lieu de travailler pour les forts joailliers ; ils sont moins regardants quelquefois. Mais tu te laisses toujours manger la laine sur le dos, c'est ta faute.

— C'est ma faute ! s'écria le malheureux, exaspéré par cet absurde reproche ; est-ce ta mère ou non qui est cause de toutes nos misères ? S'il n'avait pas fallu payer le diamant qu'elle a perdu, ta mère, nous serions en avance, nous aurions le prix de mes journées, nous aurions les onze cents francs que nous avons retirés de la caisse d'épargne pour les joindre aux treize cents francs que nous a prêtés ce M. Jacques Ferrand, que Dieu maudisse !

— Tu t'obstines encore à ne lui rien demander, à celui-là. Après ça, il est si avare, que ça ne servirait peut-être à rien ; mais enfin on essaye toujours.

— A lui ! à lui ! m'adresser à lui ! s'écria Morel ; j'aimerais mieux me laisser brûler à petit feu. Tiens, ne me parle pas de cet homme-là, tu me rendras fou.

En disant ces mots, la physionomie du lapidaire, ordinairement douce et résignée, prit une expression de sombre énergie, son pâle visage se colora légèrement ; il se leva brusquement du grabat où il était assis, et marcha dans la mansarde avec agitation. Malgré son apparence grêle, difforme, l'attitude et les traits de cet homme respiraient alors une généreuse indignation.

— Je ne suis pas méchant, s'écria-t-il ; de ma vie je n'ai fait de mal à personne, mais, vois-tu, ce notaire (1) !... oh ! je lui souhaite autant de mal qu'il m'en a fait. Puis, mettant ses deux mains sur son front, il murmura d'une voix douloureuse : Mon Dieu ! pourquoi donc faut-il qu'un mauvais sort que je n'ai pas mérité me livre, moi et les miens, pieds et poings liés, à cet hypocrite ! Aura-t-il donc le droit d'user de sa richesse pour perdre, corrompre et désoler ceux qu'il veut perdre, corrompre et désoler ?

— C'est ça, c'est ça, dit Madeleine, déchaîne-toi contre lui ; tu seras bien avancé quand il t'aura fait mettre en prison, comme il peut le faire d'un jour à l'autre pour cette lettre de change de treize cents francs, pour laquelle il a obtenu jugement contre toi. Il te tient comme un oiseau au bout d'un fil. Je le déteste autant que toi, ce notaire ; mais, puisque nous sommes dans sa dépendance, il faut bien...

— Laisser déshonorer notre fille ? n'est-ce pas ? s'écria le lapidaire d'une voix foudroyante.

— Mon Dieu ! tais-toi donc, ces enfants sont éveillés... ils t'entendent.

— Bah ! bah ! tant mieux ! reprit Morel avec une effrayante ironie, ça sera d'un bon exemple pour nos deux petites filles ; ça les préparera ; il n'a qu'un jour à en avoir aussi la fantaisie, le notaire ! Ne sommes-nous pas dans sa dépendance ? comme tu dis toujours. Voyons, répète donc encore qu'il peut me faire mettre en prison ; voyons, parle franchement... il faut lui abandonner notre fille, n'est-ce pas ?

Puis ce malheureux termina son imprécation en éclatant en sanglots ; car cette honnête et bonne nature ne pouvait longtemps soutenir ce ton de douloureux sarcasme.

— O mes enfants ! s'écria-t-il en fondant en larmes, mes pauvres enfants ! ma Louise ! ma bonne et belle Louise !... trop belle, trop belle !... c'est aussi de là que viennent tous nos malheurs. Si elle n'avait pas été si belle, cet homme ne m'aurait pas proposé de me prêter cet argent. Je suis laborieux et honnête, le joaillier m'aurait donné du temps, je n'aurais pas d'obligation à ce vieux monstre, et il n'abuserait pas du service qu'il nous a rendu pour tâcher de déshonorer ma fille, je ne l'aurais pas laissée un jour chez lui. Mais il le faut, il le faut ; il me tient dans sa dépendance. Oh ! la misère, la misère, que d'outrages elle fait dévorer !

— Mais, comment faire aussi ? il a dit à Louise : Si tu t'en vas de chez moi, je fais mettre ton père en prison.

(1) Le lecteur se souvient peut-être que Fleur-de-Marie avait été confiée toute jeune à ce notaire, et que sa femme de charge abandonna l'enfant à la Chouette, qui devait s'en charger moyennant 1 000 F une fois payés.

— Oui, il la tutoie comme la dernière des créatures.

— Si ce n'était que cela, on se ferait une raison ; mais si elle quitte le notaire il te fera prendre, et alors, pendant que tu seras en prison, que veux-tu que je devienne toute seule, moi, avec nos enfants et ma mère ? Quand Louise gagnerait vingt francs par mois dans une autre place, est-ce que nous pourrions vivre six personnes là-dessus ?

— Oui, c'est pour vivre que nous laissons peut-être déshonorer Louise.

— Tu exagères toujours ; le notaire la poursuit, c'est vrai... elle nous l'a dit, mais elle est honnête, tu le sais bien.

— Oh ! oui, elle est honnête, et active, et bonne !... Quand, nous voyant dans la gêne à cause de ta maladie, elle a voulu entrer en place pour ne pas nous être à charge, je ne t'ai pas dit, va, ce que ça m'a coûté !... Elle, servante... maltraitée, humiliée !... elle si fière naturellement, qu'en riant... te souviens-tu ? nous riions alors, nous l'appelions la Princesse, parce qu'elle disait toujours qu'à force de propreté elle rendrait notre pauvre réduit comme un petit palais... Chère enfant, ç'aurait été mon luxe de la garder près de nous, quand j'aurais dû passer les nuits au travail... C'est qu'aussi, quand je voyais sa bonne figure rose et ses jolis yeux bruns devant moi, là, près de mon établi, et que je l'écoutais chanter, ma tâche ne me paraissait pas lourde ! Pauvre Louise, si laborieuse et avec ça si gaie... Jusqu'à ta mère dont elle faisait ce qu'elle voulait !... Mais, dame ! aussi quand elle vous parlait, quand elle vous regardait, il n'y avait pas moyen de ne pas dire comme elle... Et toi, comme elle te soignait ! comme elle t'amusait ! et ses frères et ses sœurs, s'en occupait-elle assez !... Elle trouvait le temps de tout faire. Aussi, avec Louise, tout notre bonheur... tout s'en est allé.

— Tiens, Morel, ne me rappelle pas ça... tu me fends le cœur, dit Madeleine en pleurant à chaudes larmes.

— Et quand je pense que peut-être ce vieux monstre... Tiens, vois-tu... à cette pensée la tête me tourne... Il me prend des envies d'aller le tuer et de me tuer après...

— Et nous, qu'est-ce que nous deviendrions ? Et puis, encore une fois, tu t'exagères. Le notaire aura peut-être dit cela à Louise comme... en plaisantant... D'ailleurs il va à la messe tous les dimanches ; il fréquente beaucoup de prêtres... Il y a beaucoup de gens qui disent qu'il est plus sûr de placer de l'argent chez lui qu'à la caisse d'épargne.

— Qu'est-ce que cela prouve ? qu'il est riche et hypocrite... Je connais bien Louise... elle est honnête... Oui, mais elle nous aime comme on n'aime pas ; son cœur saigne de notre misère. Elle sait que sans moi vous mourriez tout à fait de faim ; et si le notaire l'a menacée de me faire mettre en prison... la malheureuse a été peut-être capable... Oh ! ma tête !... c'est à en devenir fou !

— Mon Dieu ! si cela était arrivé, le notaire lui aurait donné de l'argent, des cadeaux, et, bien sûr, elle n'aurait rien gardé pour elle ; elle nous en aurait fait profiter.

— Tais-toi... je ne comprends pas seulement que tu aies des idées pareilles.. Louise accepter... Louise...

— Mais pas pour elle... pour nous..

— Tais-toi.. encore une fois, tais-toi !.. tu me fais frémir Sans moi je ne sais pas ce que tu serais devenue... et mes enfants aussi, avec des raisons pareilles.

— Quel mal est-ce que je dis ?

— Aucun...

— Eh bien ! pourquoi crains-tu que... ?

Le lapidaire interrompit impatiemment sa femme :

— Je crains, parce que je remarque que depuis trois mois... chaque fois que Louise vient ici et qu'elle m'embrasse... elle rougit.

— Du plaisir de te voir.

— Ou de honte... elle est de plus en plus triste...

— Parce qu'elle nous voit de plus en plus malheureux. Et puis, quand je lui parle du notaire, elle dit que maintenant il ne la menace plus de la prison pour toi.

— Oui, mais à quel prix ne la menace-t-il plus ? elle ne le dit pas, et elle rougit en m'embrassant... Oh ! mon Dieu ! ça serait déjà pourtant bien mal à un maître de dire à une pauvre fille honnête, dont le pain dépend de lui : « Cède, ou je te chasse ; et si l'on vient s'informer de toi, je répondrai que tu es un mauvais sujet, pour t'empêcher de te placer ailleurs... ». Mais lui dire : « Cède, ou je fais mettre ton père en prison ! », lui dire cela lorsqu'on sait que toute une famille vit du travail de ce père, oh ! c'est mille fois plus criminel encore !

— Et quand on pense qu'avec un des diamants qui sont là sur ton établi tu pourrais avoir de quoi rembourser le notaire, faire sortir notre fille de chez lui, et la garder chez nous... dit lentement Madeleine.

— Quand tu me répéteras cent fois la même chose, à quoi bon ?... Certainement que, si j'étais riche, je ne serais pas pauvre, reprit Morel avec une douloureuse impatience.

La probité était tellement naturelle et pour ainsi dire tellement organique chez cet homme, qu'il ne lui venait pas à l'esprit que sa femme, abattue, aigrie par le malheur, pût concevoir quelque arrière-pensée mauvaise et voulût tenter son irréprochable honnêteté.

Il reprit amèrement :

— Il faut se résigner. Heureux ceux qui peuvent avoir leurs enfants auprès d'eux, et les défendre des pièges ; mais une fille du peuple, qui la garantit ? personne... Est-elle en âge de gagner quelque chose, elle part le matin pour son atelier, rentre le soir ; pendant ce temps-là la mère travaille de son côté, le père du sien. Le temps, c'est notre fortune, et le pain est si cher qu'il ne nous reste pas le loisir de veiller sur nos enfants ; et puis on crie à l'inconduite des filles pauvres... comme si leurs parents avaient le moyen de les garder chez eux, ou le temps de les surveiller quand elles sont dehors... Les privations ne nous sont rien auprès du chagrin de quitter notre femme, notre enfant, notre père... C'est surtout à nous, pauvres gens, que la vie de famille serait salutaire et consolante.. Et, dès que nos enfants sont en âge de raison, nous sommes forcés de nous en séparer !

A ce moment on frappa bruyamment à la porte de la mansarde

CHAPITRE XX

LE JUGEMENT

Etonné, le lapidaire se leva et alla ouvrir... Deux hommes entrèrent dans la mansarde.

L'un, maigre, grand, la figure ignoble et bourgeonnée, encadrée d'épais favoris noirs grisonnants, tenait à la main une grosse canne plombée, portait un chapeau déformé et une longue redingote verte crottée, étroitement boutonnée. Son col de velours noir râpé laissait voir un cou long, rouge, pelé comme celui d'un vautour... Cet homme s'appelait Malicorne.

L'autre, plus petit, et de mine aussi basse, rouge, gros et trapu, était vêtu avec une sorte de somptuosité grotesque. Des boutons de brillants attachaient les plis de sa chemise d'une propreté douteuse, et une longue chaîne d'or serpentait sur un gilet écossais d'étoffe passée, que laissait voir un paletot de panne d'un gris jaunâtre... Cet homme s'appelait Bourdin.

— Oh ! que ça pue la misère et la mort ici ! dit Malicorne en s'arrêtant au seuil.

— Le fait est que ça ne sent pas le musc ! Quelles pratiques ! reprit Bourdin en faisant un geste de dégoût et de mépris ; puis il s'avança vers l'artisan qui le regardait avec autant de surprise que d'indignation.

A travers la porte laissée entrebâillée, on vit apparaître la figure méchante, attentive et rusée de Tortillard, qui, ayant suivi ces inconnus à leur insu, regardait, épiait, écoutait.

— Que voulez-vous ? dit brusquement le lapidaire, révolté de la grossièreté des deux hommes.

— Jérôme Morel ? lui répondit Bourdin.

— C'est moi...

— Ouvrier lapidaire ?

— C'est moi.

— Bien sûr ?

— Encore une fois, c'est moi. . Vous m'impatientez. . que voulez-vous ?... expliquez-vous, ou sortez !

– Que ça d'honnêteté ?... merci ! Dis donc, Malicorne, reprit l'homme en se retournant vers son camarade, il n'y a pas *gras*. . ici. c'est pas comme chez le vicomte de Saint-Rémy !

— Oui... mais quand il y a *gras*, on trouve visage de bois... comme nous l'avons trouvé rue de Chaillot. Le moineau avait filé la veille... et roide encore, tandis que des vermines pareilles, ça reste collé à son chenil.

— Je crois bien ; ça ne demande qu'à être *serré* (1) pour avoir la pâtée.

— Faut encore que le *loup* (2) soit bon enfant ; ça lui coûtera plus que ça ne vaut... mais ça le regarde.

— Tenez, dit Morel avec indignation, si vous n'étiez pas ivres comme vous en avez l'air, on se mettrait en colère... Sortez de chez moi à l'instant !

— Ah ! ah ! il est fameux, le *déjeté !* s'écria Bourdin en faisant une allusion insultante à la déviation de la taille du lapidaire. Dis donc, Malicorne, il a le toupet d'appeler ça un *chez soi*... un bouge où je ne voudrais pas mettre mon chien...

— Mon Dieu ! mon Dieu ! s'écria Madeleine, si effrayée qu'elle n'avait pas jusqu'alors pu dire une parole, appelle donc au secours... c'est peut-être des malfaiteurs... Prends garde à tes diamants...

En effet, voyant ces deux inconnus de mauvaise mine s'approcher de plus en plus de l'établi où étaient encore exposées les pierreries, Morel craignit quelque mauvais dessein, courut à sa table, et de ses deux mains couvrit les pierres précieuses.

Tortillard, toujours aux écoutes et aux aguets, retint les paroles de Madeleine, remarqua le mouvement de l'artisan et se dit :

— Tiens... tiens... tiens... on le disait lapidaire en faux ; si les pierres étaient fausses, il n'aurait pas peur d'être volé... Bon à savoir ; alors la mère Mathieu, qui vient souvent ici, est donc aussi courtière en *vrai*... C'est donc de vrais diamants qu'elle a dans son cabas... Bon à savoir ; je dirai ça à la Chouette, à la Chouette, dit le fils de Bras-Rouge en chantonnant.

— Si vous ne sortez pas de chez moi, je crie à la garde, dit Morel.

Les enfants, effrayés de cette scène, commencèrent à pleurer, et la vieille idiote se dressa sur son séant...

— S'il y a quelqu'un qui ait le droit de crier à la garde... c'est nous... entendez-vous, monsieur le déjeté ? dit Bourdin.

— Vu que la garde doit nous prêter main-forte pour vous conduire si vous regimbez, ajouta Malicorne. Nous n'avons pas de juge de paix avec nous, c'est vrai ; mais si vous tenez à jouir de sa société, on va vous en servir un sortant de son lit, tout chaud, tout bouillant... Bourdin va aller le chercher.

— En prison... moi ? s'écria Morel frappé de stupeur.

— Oui... à Clichy...

— A Clichy ? répéta l'artisan d'un air hagard.

— A-t-il la boule dure, celui-là ! dit Malicorne.

— A la prison pour dettes... aimez-vous mieux ça ? reprit Bourdin.

— Vous... vous... seriez... comment... le notaire... Ah ! mon Dieu !

Et l'ouvrier, pâle comme la mort, retomba sur son escabeau, sans pouvoir ajouter une parole.

(1) Emprisonné
(2) Le créancier

— Nous sommes gardes du commerce pour vous pincer, si nous en étions capables... Y êtes-vous, pays ?

— Morel... le billet du maître de Louise !... Nous sommes perdus ! s'écria Madeleine d'une voix déchirante.

— Voilà le jugement, dit Malicorne en tirant de son portefeuille un acte timbré.

Après avoir psalmodié, comme d'habitude, une partie de cette requête d'une voix presque inintelligible, il articula nettement les derniers mots, malheureusement trop significatifs pour l'artisan :

Jugeant en dernier ressort, le tribunal condamne le sieur Jérôme Morel à payer au sieur Pierre Petit-Jean, négociant (1), *par toutes voies de droit, et même par corps, la somme de treize cents francs avec l'intérêt à dater du jour du protêt, et le condamne en outre aux dépens.*

Fait et jugé à Paris, le 13 septembre 1838.

— Et Louise, alors ? et Louise ? s'écria Morel presque égaré, sans paraître entendre ce grimoire, où est-elle ? Elle est donc sortie de chez le notaire, puisqu'il me fait emprisonner ?... Louise... mon Dieu ! qu'est-elle devenue ?

— Qui ça, Louise ? dit Bourdin.

— Laisse-le donc, reprit brutalement Malicorne, est-ce que tu ne vois pas qu'il bat la breloque ? Allons, et il s'approcha de Morel, allons, par file à gauche... en avant, marche, décanillons ; j'ai besoin de prendre l'air ; ça empoisonne ici.

— Morel, n'y va pas. Défends-toi ! s'écria Madeleine avec égarement. Tue-les, ces gueux-là. Oh ! quel poltron !... Tu te laisseras emmener ? tu nous abandonneras ?

— Faites comme chez vous, madame, dit Bourdin d'un air sardonique. Mais si votre homme lève la main sur moi, je l'étourdis.

Seulement préoccupé de Louise, Morel n'entendait rien de ce qu'on disait autour de lui. Tout à coup, une expression de joie amère éclaira son visage, il s'écria .

— Louise a quitté la maison du notaire... j'irai en prison de bon cœur... Mais, jetant un regard autour de lui, il s'écria : Et ma femme... et sa mère... et mes autres enfants... qui les nourrira ? On ne voudra pas me confier des pierres pour travailler en prison... on croira que c'est mon inconduite qui m'y envoie... Mais c'est donc la mort des miens, notre mort à tous, qu'il veut, le notaire ?

— Une fois ! deux fois ! finirons-nous ? dit Bourdin, ça nous embête, à la fin... Habillez-vous, et filons.

— Mes bons messieurs, pardon de ce que je vous ai dit tout à l'heure ! s'écria Madeleine toujours couchée. Vous n'aurez pas le cœur d'emmener Morel... Qu'est-ce que vous voulez que je devienne avec mes cinq enfants et ma mère qui est folle ? tenez, la voyez-vous... là, accroupie sur son matelas ? elle est folle, mes bons messieurs !... elle est folle !...

— La vieille tondue ?

(1) L'habile notaire, ne pouvant poursuivre en son nom personnel, avait fait faire au malheureux Morel ce qu'on appelle une acceptation en blanc, et avait fait remplir la lettre de change par un tiers

— Tiens ! c'est vrai, elle est tondue, dit Malicorne ; moi, je croyais qu'elle avait un serre-tête blanc...

— Mes enfants, jetez-vous aux genoux de ces bons messieurs, s'écria Madeleine, voulant, par un dernier effort, attendrir les recors ; priez-les de ne pas emmener votre pauvre père... notre seul gagne-pain...

Malgré les ordres de leur mère, les enfants pleuraient, effrayés, n'osant pas sortir de leur grabat.

A ce bruit inaccoutumé, à l'aspect des deux recors qu'elle ne connaissait pas, l'idiote commença à jeter des hurlements sourds en se rencognant contre la muraille.

Morel semblait étranger à ce qui se passait autour de lui ; ce coup était si affreux, si inattendu ; les conséquences de cette arrestation lui paraissaient si épouvantables, qu'il ne pouvait y croire... Déjà affaibli par des privations de toutes sortes, les forces lui manquaient ; il restait pâle, hagard, assis sur son escabeau, affaissé sur lui-même, les bras pendant, la tête baissée sur sa poitrine.

— Ah çà ! mille tonnerres !... ça finira-t-il ? s'écria Malicorne. Est-ce que vous croyez qu'on est à la noce ici ? Marchons, ou je vous empoigne.

Le recors mit sa main sur l'épaule de l'artisan et le secoua rudement.

Ces menaces, ce geste inspirèrent une grande frayeur aux enfants ; les trois petits garçons sortirent de leur paillasse à moitié nus, et vinrent, éplorés, se jeter aux pieds des gardes du commerce, joignant les mains, et criant d'une voix déchirante :

— Grâce ! ne tuez pas notre père !...

A la vue de ces malheureux enfants frissonnant de froid et d'épouvante, Bourdin, malgré sa dureté naturelle et son habitude de pareilles scènes, se sentit presque ému. Son camarade, impitoyable, dégagea brutalement sa jambe des étreintes des enfants qui s'y cramponnaient suppliants.

— Eh ! hue donc, les moutards !... Quel chien de métier, si on avait toujours affaire à des mendiants pareils !...

Un épisode horrible rendit cette scène plus affreuse encore. L'aînée des petites filles, restée couchée dans la paillasse avec sa sœur malade, s'écria tout à coup :

— Maman, maman, je ne sais pas ce qu'elle a... Adèle... Elle est toute froide ; elle me regarde toujours... et elle ne respire plus...

La pauvre enfant phtisique venait d'expirer doucement sans une plainte, son regard toujours attaché sur celui de sa sœur, qu'elle aimait tendrement...

Il est impossible de rendre le cri que jeta la femme du lapidaire à cette affreuse révélation, car elle comprit tout.

Ce fut un de ces cris pantelants, convulsifs, arrachés du plus profond des entrailles d'une mère.

— Ma sœur a l'air d'être morte ! mon Dieu ! mon Dieu ! j'en ai peur ! s'écria l'enfant en se précipitant hors de la paillasse et courant épouvantée se jeter dans les bras de sa mère.

Celle-ci, oubliant que ses jambes presque paralysées ne pouvaient la soutenir, fit un violent effort pour se lever et courir auprès de sa fille morte ; mais les forces lui manquèrent, elle tomba sur le carreau en poussant un dernier cri de désespoir.

Ce cri trouva un écho dans le cœur de Morel ; il sortit de sa stupeur, d'un bond fut sur la paillasse, y saisit sa fille âgée de quatre ans...

Il la trouva morte.

Le froid, le besoin avaient hâté sa fin... quoique sa maladie, fruit de la misère, fût mortelle.

Ses pauvres petits membres étaient déjà raidis et glacés...

QUATRIÈME PARTIE

CHAPITRE PREMIER

LOUISE

Morel, ses cheveux gris hérissés par le désespoir et par l'effroi, restait immobile, tenant sa fille morte entre ses bras. Il la contemplait d'un œil fixe, sec et rouge.

— Morel, Morel... donne-moi Adèle ! s'écria la malheureuse mère en étendant les bras vers son mari. Ce n'est pas vrai... non, elle n'est pas morte... tu vas voir, je vais la réchauffer...

La curiosité de l'idiote fut excitée par l'empressement des deux recors à s'approcher du lapidaire, qui ne voulait pas se séparer du corps de son enfant. La vieille cessa de hurler, se leva de sa couche, s'approcha lentement, passa sa tête hideuse et stupide par-dessus l'épaule de Morel... et pendant quelques moments l'aïeule contempla le cadavre de sa petite-fille...

Ses traits gardèrent leur expression habituelle d'hébétement farouche ; au bout d'une minute, l'idiote fit entendre une sorte de bâillement caverneux, rauque, comme celui d'une bête affamée ; puis, retournant à son grabat, elle s'y jeta en criant :

— A faim ! a faim !

— Vous voyez, messieurs, vous voyez, une pauvre petite fille de quatre ans, Adèle... Elle s'appelle Adèle. Je l'ai embrassée hier au soir encore ; et ce matin... Voilà ! vous me direz que c'est toujours celle-là de moins à nourrir, et que j'ai du bonheur, n'est-ce pas ? dit l'artisan d'un air hagard.

Sa raison commençait à s'ébranler sous tant de coups réitérés.

— Morel, je veux ma fille ; je la veux ! s'écria Madeleine.

— C'est vrai, chacun à son tour, répondit le lapidaire.

Et il alla poser l'enfant dans les bras de sa femme.

Puis il se cacha entre ses mains en poussant un long gémissement.

Madeleine, non moins égarée que son mari, enfouit dans la paille de son grabat le corps de sa fille, le couvrant des yeux avec une sorte de jalousie sauvage, pendant que les autres enfants, agenouillés, éclataient en sanglots.

Les recors, un moment émus par la mort de l'enfant, retombèrent bientôt dans leur habitude de dureté brutale.

— Ah çà, voyons, camarade, dit Malicorne au lapidaire, votre fille est morte, c'est un malheur ; nous sommes tous mortels, nous n'y pouvons rien, ni vous non plus... Il faut nous suivre ; nous avons encore un particulier à pincer, car le gibier donne aujourd'hui.

Morel n'entendait pas cet homme.

Complètement égaré dans de funèbres pensées, l'artisan se disait d'une voix sourde et saccadée :

— Il va pourtant falloir ensevelir ma petite fille... la veiller... ici... jusqu'à ce qu'on vienne l'emporter... L'ensevelir ! mais avec quoi ? nous n'avons rien... Et le cercueil... qui est-ce qui nous fera crédit ? Oh ! un cercueil tout petit... pour un enfant de quatre ans... ça ne doit pas être cher... et puis dans le corbillard... on prend ça sous son bras... Ah ! ah ! ah ! ajouta-t-il avec un éclat de rire effrayant, comme j'ai du bonheur !... elle aurait pu mourir à dix-huit ans, à l'âge de Louise, et on ne m'aurait pas fait crédit d'un grand cercueil...

— Ah çà, mais, minute ! ce gaillard-là est capable d'en perdre la boule, dit Bourdin à Malicorne ; regarde donc ses yeux... il fait peur... Allons, bon !... et la vieille idiote qui hurle la faim !... Quelle famille !...

— Faut pourtant en finir... Quoique l'arrestation de ce mendiant-là ne soit tarifée qu'à soixante-seize francs soixante-quinze centimes, nous enflerons, comme de juste, les frais à deux cent quarante ou deux cent cinquante francs. C'est le *loup* (1) qui paye...

— Dis donc qui avance ; car c'est ce moineau-là qui payera les violons... puisque c'est lui qui va la danser.

— Quand celui-là aura de quoi payer à son créancier deux mille cinq cents francs pour capital, intérêt, frais et tout... il fera chaud...

— Ça ne sera pas comme ici, car on gèle... dit le recors en soufflant dans ses doigts. Finissons-en, emballons-le, il pleurnichera en chemin... Est-ce que c'est notre faute, à nous, si sa petite est crevée ?...

— Quand on est aussi gueux que ça, on ne fait pas d'enfants.

— Ça lui apprendra ! ajouta Malicorne ; puis, frappant sur l'épaule de Morel : Allons, allons, camarade, nous n'avons pas le temps d'attendre ; puisque vous ne pouvez pas payer, en prison !

— En prison, M. Morel ! s'écria une voix jeune et pure.

Et une jeune fille brune, fraîche, rose et coiffée en cheveux, entra vivement dans la mansarde.

— Ah ! mademoiselle Rigolette, dit un des enfants en pleurant, vous êtes si bonne ! Sauvez papa, on veut l'emmener en prison, et notre petite sœur est morte...

— Adèle est morte ! s'écria la jeune fille, dont les grands yeux noirs et brillants se voilèrent de larmes. Votre père en prison ! ça ne se peut pas...

Et, immobile, elle regardait tour à tour le lapidaire, sa femme et les recors.

— Voyons, ma belle enfant, vous qui avez votre sang-froid, faites entendre raison à ce brave homme ; sa petite-fille est morte, à la bonne heure ! mais il faut qu'il nous suive à Clichy. . à la prison pour dettes : nous sommes gardes du commerce

— C'est donc vrai ? s'écria la jeune fille

(1) Le créancier

— Très vrai ! la mère a la petite dans son lit, on ne peut pas la lui ôter ; ça l'occupe... Le père devrait profiter de ça pour filer.

— Mon Dieu ! mon Dieu, quel malheur ! s'écria Rigolette, quel malheur ! comment faire ?

— Payer ou aller en prison, il n'y a pas de milieu ; avez-vous deux ou trois billets de mille à leur prêter ? demanda Malicorne d'un air goguenard ; si vous les avez, passez à votre caisse, et aboulez les noyaux, nous ne demandons pas mieux.

— Ah ! c'est affreux ! dit Rigolette avec indignation. Oser plaisanter devant un pareil malheur !

— Eh bien, sans plaisanterie, reprit l'autre recors, puisque vous voulez être bonne à quelque chose, tâchez que la femme ne nous voie pas emmener le mari. Vous leur éviterez à tous les deux un mauvais quart d'heure.

Quoique brutal, le conseil était bon ; Rigolette le suivit, et s'approcha de Madeleine. Celle-ci, égarée par le désespoir, n'eut pas l'air de voir la jeune fille, qui s'agenouilla auprès du grabat avec les autres enfants.

Morel n'était revenu de son égarement passager que pour retomber sous le coup des réflexions les plus accablantes ; plus calme, il put contempler l'horreur de sa position. Décidé à cette extrémité, le notaire devait être impitoyable, les recors faisaient leur métier.

L'artisan se résigna.

— Ah çà ! marchons-nous, à la fin ? lui dit Bourdin.

— Je ne puis pas laisser ces diamants ici ; ma femme est à moitié folle, dit Morel en montrant les diamants épars sur son établi. La courtière pour qui je travaille doit venir les chercher ce matin ou dans la journée ; il y en a pour une somme considérable.

— Bon, dit Tortillard, qui était toujours resté auprès de la porte entrebâillée, bon, bon, bon, la Chouette saura ça.

— Accordez-moi seulement jusqu'à demain, reprit Morel, afin que je puisse remettre ces diamants à la courtière.

— Impossible ; finissons tout de suite !

— Mais je ne veux pas, en laissant ces diamants ici, les exposer à être perdus.

— Emportez-les avec vous, notre fiacre est en bas, vous le payerez avec les frais. Nous irons chez votre courtière ; si elle n'y est pas, vous déposerez ces pierreries au greffe de Clichy ; ils seront aussi en sûreté là qu'à la banque... Voyons, dépêchons-nous ; nous filerons sans que votre femme et vos enfants vous aperçoivent.

— Accordez-moi jusqu'à demain, que je puisse faire enterrer mon enfant ! demanda Morel d'une voix suppliante et altérée par les larmes qu'il contraignait.

— Non !... voilà plus d'une heure que nous perdons ici...

— Cet enterrement vous attristerait encore, ajouta Malicorne.

— Ah ! oui.. cela m'attristerait, dit Morel avec amertume. Vous craignez tant d'attrister les gens !.. Alors un dernier mot.

— Voyons, sacrebleu ! dépêchez-vous !. dit Malicorne avec une impatience brutale.

— Depuis quand avez-vous ordre de m'arrêter ?

— Le jugement a été rendu il y a quatre mois, mais c'est hier que notre huissier a reçu l'ordre du notaire de le mettre à exécution...

— Hier seulement ?... Pourquoi si tard ?...

— Est-ce que je sais, moi ?... Allons, votre paquet !

— Hier !... et Louise n'a pas paru ici : où est-elle ? qu'est-elle devenue ? dit le lapidaire en tirant de l'établi une boîte de carton remplie de coton, dans laquelle il rangea les pierres. Mais ne pensons pas à cela... En prison, j'aurai le temps d'y songer.

— Voyons, faites vite votre paquet et habillez-vous.

— Je n'ai pas de paquet à faire, je n'ai que ces diamants à emporter pour les consigner au greffe.

— Habillez-vous alors !...

— Je n'ai pas d'autres vêtements que ceux-là.

— Vous allez sortir avec ces guenilles ! dit Bourdin.

— Je vous ferai honte, sans doute ? dit le lapidaire avec amertume.

— Non, puisque nous allons dans votre fiacre, répondit Malicorne.

— Papa, maman t'appelle, dit un des enfants.

— Ecoutez, murmura rapidement Morel en s'adressant à un des recors, ne soyez pas inhumain... accordez-moi une dernière grâce... Je n'ai pas le courage de dire adieu à ma femme, à mes enfants... mon cœur se briserait... S'ils vous voient m'emmener, ils accourront auprès de moi... Je voudrais éviter cela. Je vous en supplie, dites-moi tout haut que vous reviendrez dans trois ou quatre jours, et feignez de vous en aller... vous m'attendrez à l'étage au-dessous... je sortirai cinq minutes après... ça m'épargnera les adieux, je n'y résisterais pas, je vous assure... Je deviendrais fou... j'ai manqué le devenir tout à l'heure.

— Connu !... vous voulez me faire voir le tour !... dit Malicorne, vous voulez filer, vieux farceur.

— Oh ! mon Dieu !... mon Dieu ! s'écria Morel avec une douloureuse indignation.

— Je ne crois pas qu'il blague, dit tout bas Bourdin à son compagnon ; faisons ce qu'il demande, sans ça nous ne sortirons jamais d'ici ; je vais d'ailleurs rester là en dehors de la porte... il n'y a pas d'autre sortie à la mansarde, il ne peut pas nous échapper.

— A la bonne heure, mais que le tonnerre l'emporte !... quelle chenille ! quelle chenille !... Puis, s'adressant à voix basse à Morel : C'est convenu, nous vous attendons au quatrième... faites votre frime, et dépêchons.

— Je vous remercie, dit Morel.

— Eh bien ! à la bonne heure ! reprit Bourdin à voix haute en regardant l'artisan d'un air d'intelligence, puisque c'est comme ça et que vous nous promettez de payer, nous vous laissons : nous reviendrons dans cinq ou six jours... Mais alors, soyez exact !

— Oui, messieurs, j'espère alors pouvoir payer, répondit Morel.

Les recors sortirent.

Tortillard, de peur d'être surpris, avait disparu dans l'escalier au moment où les gardes du commerce sortaient de la mansarde.

— Madame Morel, entendez-vous ? dit Rigolette en s'adressant à la femme du lapidaire pour l'arracher à sa lugubre contemplation, on laisse votre mari tranquille ; ces deux hommes sont sortis.

— Maman, entends-tu ? on n'emmène pas mon père, reprit l'aîné des garçons.

— Morel ! écoute, écoute... Prends un des gros diamants, on ne le saura pas, et nous sommes sauvés, murmura Madeleine tout à fait en délire. Notre petite Adèle n'aura plus froid, elle ne sera plus morte...

Profitant d'un instant où aucun des siens ne le regardait, le lapidaire sortit avec précaution.

Le garde du commerce l'attendait en dehors, sur une espèce de petit palier aussi plafonné par le toit.

Sur ce palier s'ouvrait la porte d'un grenier qui prolongeait en partie la mansarde des Morel, et dans lequel M. Pipelet serrait ses provisions de cuir. En outre (nous l'avons dit), le digne portier appelait ce réduit « sa loge de mélodrame », parce qu'au moyen d'un trou pratiqué à la cloison, entre deux lattes, il allait quelquefois assister aux tristes scènes qui se passaient chez les Morel.

Le recors remarqua la porte du grenier ; un instant il pensa que peut-être son prisonnier avait compté sur cette issue pour fuir ou pour se cacher.

— Allons ! en route, mauvaise troupe ! dit-il en mettant le pied sur la première marche de l'escalier ; et il fit signe au lapidaire de le suivre.

— Une minute encore, par grâce ! dit Morel.

Il se mit à genoux sur le carreau ; à travers une des fentes de la porte, il jeta un dernier regard sur sa famille, joignit les mains, et dit tout bas d'une voix déchirante en pleurant à chaudes larmes :

— Adieu, mes pauvres enfants... adieu ! ma pauvre femme... adieu !

— Ah çà ! finirez-vous vos antiennes ? dit brutalement Bourdin. Malicorne a bien raison, quel chenil ! quel chenil !

Morel se releva ; il allait suivre le recors, lorsque ces mots retentirent dans l'escalier :

— Mon père ! mon père !

— Louise ! s'écria le lapidaire en levant les mains au ciel. Je pourrai donc l'embrasser avant de partir !

— Merci, mon Dieu ! j'arrive à temps !... dit la voix en se rapprochant de plus en plus.

Et on entendit la jeune fille monter précipitamment l'escalier.

— Soyez tranquille, ma petite, dit une troisième voix aigre, poussive, essoufflée, partant d'une région plus inférieure, je m'embusquerai, s'il le faut, dans l'allée, nous deux, mon balai et mon vieux chéri, et ils ne sortiront pas d'ici que vous ne leur ayez parlé, les gueusards !

On a sans doute reconnu Mme Pipelet, qui, moins ingambe que Louise, la suivait lentement.

Quelques secondes après, la fille du lapidaire était dans les bras de son père.

— C'est toi, Louise ! ma bonne Louise ! disait Morel en pleurant. Mais comme tu es pâle ! Mon Dieu ! qu'as-tu ?

— Rien, rien.. répondit Louise en balbutiant. J'ai couru si vite !.. Voici l'argent..

— Comment !...

— Tu es libre !

— Tu savais donc ?...

— Oui, oui... Prenez, monsieur, voici l'argent, dit la jeune fille en donnant un rouleau d'or à Malicorne.

— Mais cet argent, Louise, cet argent ?...

— Tu sauras tout... sois tranquille... Viens rassurer ma mère !

— Non, tout à l'heure ! s'écria Morel en se plaçant devant la porte ; il pensait à la mort de sa petite fille, que Louise ignorait encore. Attends, il faut que je te parle... Mais cet argent...

— Minute ! dit Malicorne en finissant de compter les pièces d'or, qu'il empocha. Soixante-quatre, soixante-cinq ; ça fait treize cents francs. Est-ce que vous n'avez que ça, la petite mère ?

— Mais tu ne dois que treize cents francs ? dit Louise stupéfaite, en s'adressant à son père.

— Oui, dit Morel.

— Minute, reprit le recors ; le billet est de treize cents francs, bon ; voilà le billet payé : mais les frais ?... sans l'arrestation, il y en a déjà pour onze cent quarante francs.

— Oh ! mon Dieu ! mon Dieu ! s'écria Louise, je croyais que ce n'était que treize cents francs. Mais, monsieur, plus tard, on vous payera le reste... voilà un assez fort acompte... n'est-ce pas, mon père ?

— Plus tard... à la bonne heure !... apportez l'argent au greffe, et on lâchera votre père. Allons, marchons !...

— Vous l'emmenez ?

— Et roide... C'est un acompte... qu'il paye le reste, il sera libre... Passe, Bourdin, et en route !

— Grâce !... Grâce !... s'écria Louise.

— Ah ! quelle scie ! voilà les geigneries qui recommencent ; c'est à vous faire suer en plein hiver, ma parole d'honneur ! dit brutalement le recors. Puis, s'avançant vers Morel : Si vous ne marchez pas tout de suite, je vous empoigne au collet et je vous fais descendre bon train : c'est embêtant, à la fin.

— Oh ! mon pauvre père... moi qui le croyais sauvé au moins ! dit Louise avec accablement.

— Non... non... Dieu n'est pas juste ! s'écria le lapidaire d'une voix désespérée, en frappant du pied avec rage.

— Si, Dieu est juste... il a toujours pitié des honnêtes gens qui souffrent, dit une voix douce et vibrante.

Au même instant, Rodolphe parut à la porte du petit réduit d'où il avait invisiblement assisté à plusieurs des scènes que nous venons de raconter.

Il était pâle et profondément ému.

A cette apparition subite, les recors reculèrent ; Morel et sa fille regardèrent cet inconnu avec stupeur.

Tirant de la poche de son gilet un petit paquet de billets de banque pliés, Rodolphe en prit trois, et, les présentant à Malicorne, lui dit :

— Voici deux mille cinq cents francs ; rendez à cette jeune fille l'or qu'elle vous a donné.

De plus en plus étonné, le recors prit les billets en hésitant, les examina en tous sens, les tourna, les retourna, finalement les empocha. Puis, sa grossièreté reprenant le dessus à mesure que son étonnement mêlé de frayeur se dissipait, il toisa Rodolphe et lui dit :

— Ils sont bons, vos billets ; mais comment avez-vous entre les mains une somme pareille ? Est-elle bien à vous, au moins ? ajouta-t-il.

Rodolphe était très modestement vêtu et couvert de poussière, grâce à son séjour dans le grenier de M. Pipelet.

— Je t'ai dit de rendre cet or à cette jeune fille, répondit Rodolphe d'une voix brève et dure.

— Je t'ai dit !... et pourquoi donc que tu me tutoies ?... s'écria le recors en s'avançant vers Rodolphe d'un air menaçant.

— Cet or !... cet or !... dit le prince en saisissant et en serrant si violemment le poignet de Malicorne, que celui-ci plia sous cette étreinte de fer et s'écria :

— Oh ! mais vous me faites mal... lâchez-moi !...

— Rends donc cet or !... Tu es payé, va-t'en... sans dire d'insolence, ou je te jette en bas de l'escalier.

— Eh bien ! le voilà, cet or, dit Malicorne en remettant le rouleau à la jeune fille, mais ne me tutoyez pas et ne me maltraitez pas, parce que vous êtes plus fort que moi...

— C'est vrai... qui êtes-vous pour vous donner ces airs-là ? dit Bourdin en s'abritant derrière son confrère, qui êtes-vous ?

— Qui ça est malappris ?... c'est mon locataire... le roi des locataires, mal embouchés que vous êtes ! s'écria Mme Pipelet, qui apparut enfin tout essoufflée, et toujours coiffée de sa perruque blonde à la Titus.

La portière tenait à la main un poêlon de terre rempli de soupe fumante qu'elle apportait charitablement aux Morel.

— Qu'est-ce qu'elle veut, cette vieille fouine ? dit Bourdin.

— Si vous attaquez mon physique, je me jette sur vous et je vous mords, s'écria Mme Pipelet ; et par là-dessus, mon locataire, mon roi des locataires vous fichera du haut en bas des escaliers, comme il le dit... et je vous balayerai comme un tas d'ordures que vous êtes.

— Cette vieille est capable d'ameuter la maison contre nous. Nous sommes payés, nous avons fait nos frais, filons ! dit Bourdin à Malicorne.

— Voici vos pièces, dit celui-ci en jetant un dossier aux pieds de Morel.

— Ramasse !... on te paye pour être honnête, dit Rodolphe, et, arrêtant le recors d'une main vigoureuse, de l'autre il lui montra les papiers.

Sentant, à cette nouvelle et redoutable étreinte qu'il ne pourrait lutter contre un pareil adversaire, le garde du commerce se baissa en murmurant, ramassa le dossier, et le remit à Morel, qui le prit machinalement.

Il croyait rêver.

— Vous, quoique vous ayez une poigne de fort de la halle, ne tombez jamais sous notre coupe ! dit Malicorne.

Et, après avoir montré le poing à Rodolphe, d'un saut il enjamba dix marches, suivi de son complice qui regardait derrière lui avec un certain effroi.

Mme Pipelet se mit en mesure de venger Rodolphe des menaces du recors ; regardant son poêlon d'un air inspiré, elle s'écria héroïquement

— Les dettes de Morel sont payées... ils vont avoir de quoi manger ; ils n'ont plus besoin de ma pâtée : gare là-dessous !

Et, se penchant sur la rampe, la vieille vida le contenu de son poêlon sur le dos des deux recors, qui arrivaient en ce moment au premier étage.

— Et alllllez... donc ! ajouta la portière, les voilà trempés comme une soupe... comme deux soupes... Eh ! eh ! eh ! c'est le cas de le dire...

— Mille millions de tonnerres ! s'écria Malicorne, inondé de la préparation ordinaire de Mme Pipelet, voulez-vous faire attention là-haut... vieille gaupe !

— Alfred ! riposta Mme Pipelet en criant à tue-tête, d'une voix aigre à percer le tympan d'un sourd. Alfred ! tape dessus, vieux chéri ! ils ont voulu faire les Bédouins avec ta *Stasie* (Anastasie). Ces deux indécents... ils m'ont saccagée... tape dessus à grands coups de balai... Dis à l'écaillère et au rogomiste de t'aider... A vous ! à vous ! à vous ! au chat ! au chat ! au voleur ! Kiss ! kiss ! kiss !... Brrrrr... Hou... hou... Tape dessus !... vieux chéri ! ! ! Boum ! boum ! ! !

Et, pour clore formidablement ces onomatopées, qu'elle avait accompagnées de trépignements furieux, Mme Pipelet, emportée par l'ivresse de la victoire, lança du haut de l'escalier son poêlon de faïence qui, se brisant avec un bruit épouvantable au moment où les recors étourdis de ces cris affreux, descendaient quatre à quatre les dernières marches, augmenta prodigieusement leur effroi.

— Et alllllez donc ! s'écria Anastasie en riant aux éclats et en se croisant les bras dans une attitude triomphante.

Pendant que Mme Pipelet poursuivait les recors de ses injures et de ses huées, Morel s'était jeté aux pieds de Rodolphe.

— Ah ! monsieur, vous nous sauvez la vie !... A qui devons-nous ce secours inespéré ?...

— A Dieu ; vous le voyez. Il a toujours pitié des honnêtes gens.

CHAPITRE II

RIGOLETTE

Louise, la fille du lapidaire, était remarquablement belle, d'une beauté grave. Svelte et grande, elle tenait de la Junon antique par la régularité de ses traits sévères, et de la Diane chasseresse par l'élégance de sa taille élevée. Malgré le hâle de son teint, malgré la rougeur rugueuse de ses mains, d'un très beau galbe, mais durcies par les travaux domestiques, malgré ses humbles vêtements, cette jeune fille avait un extérieur plein de noblesse, que l'artisan, dans son admiration paternelle, appelait un *air de princesse.*

Nous n'essayerons pas de peindre la reconnaissance et la stupeur joyeuse de cette famille, si brusquement arrachée à un sort épouvantable. Un moment même, dans cet enivrement subit, la mort de la petite fille fut oubliée.

Rodolphe seul remarqua l'extrême pâleur de Louise et la sombre préoccupation dont elle semblait toujours accablée, malgré la délivrance de son père.

Voulant rassurer complètement les Morel sur leur avenir et expliquer une libéralité qui pouvait compromettre son incognito, Rodolphe dit au lapidaire, qu'il emmena sur le palier, pendant que Rigolette préparait Louise à apprendre la mort de sa petite sœur :

— Avant-hier matin, une jeune dame est venue chez vous !

— Oui, monsieur, et elle a paru bien peinée de l'état où elle nous voyait.

— Après Dieu, c'est elle que vous devez remercier, non pas moi...

— Il serait vrai, monsieur !... cette jeune dame...

— Est votre bienfaitrice. J'ai souvent porté des étoffes chez elle ; en venant louer ici une chambre au quatrième, j'ai appris par la portière votre cruelle position... Comptant sur la charité de cette dame, j'ai couru chez elle... et avant-hier elle était ici, afin de juger par elle-même de l'étendue de votre malheur ; elle en a été douloureusement émue ; mais comme ce malheur pouvait être le fruit de l'inconduite, elle m'a chargé de prendre moi-même, et le plus tôt possible, des renseignements sur vous, désirant proportionner ses bienfaits à votre probité.

— Bonne et excellente dame ! j'avais bien raison de dire...

— De dire à Madeleine : *Si les riches savaient !* n'est-ce pas ?

— Comment, monsieur, connaissez-vous le nom de ma femme ?... qui vous a appris que...

— Depuis ce matin six heures, dit Rodolphe en interrompant Morel, je suis caché dans le petit grenier qui avoisine votre mansarde.

— Vous !... monsieur ?

— Et j'ai tout entendu, tout, honnête et excellent homme ! ! !

— Mon Dieu ?... mais comment étiez-vous là ?

— En bien ou en mal, je ne pouvais être mieux renseigné que par vous-même ; j'ai voulu tout voir, tout entendre à votre insu. Le portier m'avait parlé de ce petit réduit en me proposant de me le céder pour en faire un bûcher. Ce matin, je lui ai demandé à le visiter ; j'y suis resté une heure, et j'ai pu me convaincre qu'il n'y avait pas un caractère plus probe, plus noble, plus courageusement résigné que le vôtre.

— Mon Dieu, monsieur, il n'y a pas grand mérite : je suis né comme ça, et je ne pourrais pas faire autrement.

— Je le sais ; aussi, je ne vous loue pas, je vous apprécie... J'allais sortir de ce réduit pour vous délivrer des recors, lorsque j'ai entendu la voix de votre fille. J'ai voulu lui laisser le plaisir de vous sauver... Malheureusement, la rapacité des gardes du commerce a enlevé cette douce satisfaction à la pauvre Louise ; alors j'ai paru. J'avais reçu hier quelques sommes qui m'étaient dues, j'ai été à même de faire une avance à votre bienfaitrice en payant pour vous cette malheureuse dette. Mais votre infortune a été si grande, si honnête, si digne, que l'intérêt qu'on vous porte et que vous méritez ne s'arrêtera pas là. Je puis, au nom de votre ange sauveur, vous répondre d'un avenir paisible, heureux, pour vous et pour les vôtres...

— Il serait possible !... Mais, au moins, son nom, monsieur ? son nom, à cet ange du ciel, à cet ange sauveur, comme vous l'appelez ?

— Oui, c'est un ange... Et vous aviez encore raison de dire que grands et petits avaient leurs peines

— Cette dame serait malheureuse ?

— Qui n'a pas ses chagrins ?... Mais je ne vois aucune raison de vous taire son nom... Cette dame s'appelle...

Songeant que Mme Pipelet n'ignorait pas que Mme d'Harville était venue dans la maison pour demander le commandant, Rodolphe, craignant l'indiscret bavardage de la portière, reprit après un moment de silence :

— Je vous dirai le nom de cette dame... à une condition...

— Oh ! parlez, monsieur !...

— C'est que vous ne le répéterez à personne... vous entendez ? à personne...

— Oh ! je vous le jure... Mais ne pourrais-je pas au moins la remercier, cette providence des malheureux ?

— Je le demanderai à Mme d'Harville, je ne doute pas qu'elle n'y consente.

— Cette dame se nomme ?

— Mme la marquise d'Harville.

— Oh ! je ne l'oublierai jamais ce nom-là. Ce sera ma sainte.. mon adoration Quand je pense que, grâce à elle, ma femme, mes enfants sont sauvés !... Sauvés ! pas tous... pas tous... ma pauvre petite Adèle, nous ne la reverrons plus !... Hélas ! mon Dieu, il faut se dire qu'un jour ou l'autre nous l'aurions perdue, qu'elle était condamnée...

Et le lapidaire essuya ses larmes.

— Quant aux derniers devoirs à rendre à cette pauvre petite, si vous m'en croyez... voilà ce qu'il faut faire... Je n'occupe pas encore ma chambre ; elle est grande, saine, aérée ; il y a déjà un lit, on y transportera ce qui sera nécessaire pour que vous et votre famille vous puissiez vous établir là, en attendant que Mme d'Harville ait trouvé à vous caser convenablement. Le corps de votre enfant restera dans la mansarde, où il sera cette nuit, comme il convient, gardé et veillé par un prêtre. Je vais prier M. Pipelet de s'occuper de ces tristes détails.

— Mais, monsieur, vous priver de votre chambre !... ça n'est pas la peine. Maintenant que nous voilà tranquilles, que je n'ai plus peur d'aller en prison... notre pauvre logis me semblera un palais, surtout si ma Louise nous reste... pour tout soigner comme par le passé...

— Votre Louise ne vous quittera plus. Vous disiez que ce serait votre luxe de l'avoir toujours auprès de vous... ce sera mieux... ce sera votre récompense...

— Mon Dieu, monsieur, est-ce possible ? ça me paraît un rêve... Je n'ai jamais été un dévot... mais un tel coup du sort... un secours si providentiel... ça vous ferait croire !...

— Croyez toujours... qu'est-ce que vous risquez ?...

— C'est vrai, répondit naïvement Morel ; qu'est-ce qu'on risque ?

— Si la douleur d'un père pouvait reconnaître des compensations, je vous dirais qu'une de vos filles vous est retirée, mais que l'autre vous est rendue.

— C'est juste, monsieur. Nous aurons notre Louise, maintenant.

— Vous acceptez ma chambre, n'est-ce pas ? sinon comment faire pour cette triste veillée mortuaire ?... Songez donc à votre femme, dont la tête est déjà si faible... lui laisser pendant vingt-quatre heures un si douloureux spectacle sous les yeux !

— Vous songez à tout ! à tout !... Combien vous êtes bon, monsieur !

— C'est votre ange bienfaiteur qu'il faut remercier, sa bonté m'inspire. Je vous dis ce qu'il vous dirait, il m'approuvera, j'en suis sûr... Ainsi vous acceptez, c'est convenu. Maintenant, dites-moi, ce Jacques Ferrand ?...

Un sombre nuage passa sur le front de Morel.

— Ce Jacques Ferrand, reprit Rodolphe, est bien Jacques Ferrand, notaire, qui demeure rue du Sentier ?

— Oui, monsieur. Est-ce que vous le connaissez ?

Puis, assailli de nouveau par ses craintes au sujet de Louise, Morel s'écria :

— Puisque vous le connaissez, monsieur, dites... dites... ai-je le droit d'en vouloir à cet homme ?... et qui sait... si ma fille... ma Louise...

Il ne put achever et cacha sa figure dans ses mains.

Rodolphe comprit ses craintes.

— La démarche même du notaire, lui dit-il, doit vous rassurer il vous faisait sans doute arrêter pour se venger des dédains de votre fille ; du reste, j'ai tout lieu de croire que c'est un malhonnête homme. S'il en est ainsi, dit Rodolphe, après un moment de silence, comptons sur la Providence pour le punir.

— Il est bien riche et bien hypocrite, monsieur !

— Vous étiez bien pauvre et bien désespéré !... La Providence vous a-t-elle failli ?

— Oh ! non, monsieur... grand Dieu !... ne croyez pas que je dise cela par ingratitude...

— Un ange sauveur est venu à vous... un vengeur inexorable atteindra peut-être le notaire... s'il est coupable.

A ce moment, Rigolette sortit de la mansarde en essuyant ses yeux. Rodolphe dit à la jeune fille :

— N'est-ce pas, ma voisine, que M. Morel fera bien d'occuper ma chambre avec sa famille, en attendant que son bienfaiteur, dont je ne suis que l'agent, lui ait trouvé un logement convenable ?

Rigolette regarda Rodolphe d'un air étonné.

— Comment, monsieur, vous seriez assez généreux ?...

— Oui, mais à une condition... qui dépend de vous, ma voisine...

— Oh ! tout ce qui dépendra de moi...

— J'avais quelques comptes très pressés à régler pour mon patron... on doit les venir chercher tantôt... mes papiers sont en bas. Si, en qualité de voisine, vous vouliez me permettre de m'occuper de ce travail chez vous... sur un coin de votre table... pendant que vous travaillerez ? je ne vous dérangerais pas, et la famille Morel pourrait tout de suite, avec l'aide de M. et Mme Pipelet, s'établir chez moi.

— Oh ! si ce n'est que cela, monsieur, très volontiers ; entre voisins on doit s'entraider. Vous donnez l'exemple par ce que vous faites pour ce bon M. Morel. A votre service, monsieur.

— Appelez-moi mon voisin, sans cela ça me gênera, et je n'oserai pas accepter, dit Rodolphe en souriant.

— Qu'à cela ne tienne ! Je puis bien vous appeler mon voisin, puisque vous l'êtes.

— Papa, maman te demande... viens ! viens ! dit un des petits garçons en sortant de la mansarde.

— Allez, mon cher monsieur Morel ; quand tout sera prêt en bas, on vous en fera prévenir.

Le lapidaire rentra précipitamment chez lui.

— Maintenant, ma voisine, dit Rodolphe à Rigolette, il faut encore que vous me rendiez un service.

— De tout mon cœur, si c'est possible, mon voisin.

— Vous êtes, j'en suis sûr, une excellente petite ménagère ; il s'agirait d'acheter à l'instant ce qui est nécessaire pour que la famille Morel soit convenablement vêtue, couchée et établie dans ma chambre, où il n'y a encore que mon mobilier de garçon (et il n'est pas lourd) qu'on a apporté hier. Comment allons-nous faire pour procurer tout de suite ce que je désire pour les Morel ?

Rigolette réfléchit un moment et répondit :

— Avant deux heures vous aurez ça, de bons vêtements tout faits, bien chauds bien propres, du bon linge bien blanc pour toute la famille, deux petits lits pour les enfants, un pour la grand-mère, tout ce qu'il faut enfin... mais, par exemple, cela coûtera beaucoup, beaucoup d'argent.

— Et combien ?

— Oh ! au moins... au moins cinq ou six cents francs...

— Pour le tout ?

— Hélas ! oui... vous voyez, c'est bien de l'argent ! dit Rigolette en ouvrant de grands yeux et en secouant la tête.

— Et nous aurions ça ?...

— Avant deux heures !

— Mais vous êtes donc une fée, ma voisine ?

— Mon Dieu, non ; c'est bien simple... Le Temple est à deux pas d'ici, et vous y trouverez tout ce dont vous aurez besoin.

— Le Temple ?

— Oui, le Temple.

— Qu'est-ce que cela ?

— Vous ne connaissez pas le Temple, mon voisin ?

— Non, ma voisine.

— C'est pourtant là où les gens comme vous et moi se meublent et se nippent, quand ils sont économes. C'est bien moins cher qu'ailleurs et c'est aussi bon...

— Vraiment ?

— Je le crois bien ; tenez, je suppose... combien avez-vous payé votre redingote ?

— Je ne vous dirai pas précisément.

— Comment, mon voisin, vous ne savez pas ce que vous coûte votre redingote ?

— Je vous avouerai en confidence, ma voisine, dit Rodolphe en souriant, que je la dois... Alors, vous comprenez... je ne peux pas savoir...

— Ah ! mon voisin, mon voisin, vous me faites l'effet de ne pas avoir beaucoup d'ordre.

— Hélas ! non, ma voisine.

— Il faudra vous corriger de cela, si vous voulez que nous soyons amis, et je vois déjà que nous le serons, vous avez l'air si bon ! Vous verrez que vous ne serez pas fâché de m'avoir pour voisine. Vous m'aiderez... je raccommoderai... on est voisin, c'est pour ça. J'aurai bien soin de votre linge, vous me donnerez un coup de main pour cirer ma chambre. Je suis matinale ; je vous réveillerai afin que vous ne soyez pas en retard à votre magasin. Je frapperai à votre cloison jusqu'à ce que vous m'ayez dit : « Bonjour, voisine ! ».

— Cest convenu, vous m'éveillerez ; vous aurez soin de mon linge et je cirerai votre chambre.

— Et vous aurez de l'ordre ?

— Certainement.

— Et quand vous aurez quelques effets à acheter, vous irez au Temple, car, tenez, un exemple : votre redingote vous coûte quatre-vingts francs, je suppose ; eh bien ! vous l'auriez eue au Temple pour trente francs.

— Mais c'est merveilleux ! Ainsi, vous croyez qu'avec cinq ou six cents francs ces pauvres Morel ?

— Seraient nippés de tout, et très bien, et pour longtemps.

— Ma voisine, une idée !...

— Voyons l'idée !

— Vous vous connaissez en objets de ménage ?

— Mais oui, un peu, dit Rigolette avec une nuance de fatuité.

— Prenez mon bras, et allons au Temple acheter de quoi nipper les Morel ; ça va-t-il ?

— Oh ! quel bonheur ! pauvres gens ! mais de l'argent ?

— J'en ai.

— Cinq cents francs ?

— Le bienfaiteur de Morel m'a donné carte blanche, il n'épargnera rien pour que ces braves gens soient bien. S'il y a même un endroit où l'on trouve de meilleures fournitures qu'au Temple...

— On ne trouve nulle part rien de mieux, et puis il y a de tout et tout fait : de petites robes pour les enfants, des robes pour leur mère.

— Allons au Temple alors, ma voisine.

— Ah ! mon Dieu, mais...

— Quoi donc ?

— Rien... c'est que, voyez-vous... mon temps... c'est tout mon avoir ; je me suis déjà même un peu arriérée... en venant par-ci par-là veiller la pauvre femme Morel ; et vous concevez, une heure d'un côté, une heure de l'autre, ça fait petit à petit une journée ; une journée, c'est trente sous ; et quand on ne gagne rien un jour, il faut vivre tout de même... mais, bah !... c'est égal... je prendrai cela sur ma nuit... et puis, tiens ! les parties de plaisir sont rares, et je me fais une joie de celle-là... il me semblera que je suis riche... riche, riche, et que c'est avec mon argent que j'achète toutes ces bonnes choses pour ces pauvres Morel... Eh bien ! voyons, le temps de mettre mon châle, un bonnet, et je suis à vous, mon voisin.

— Si vous n'avez que ça à mettre, ma voisine... voulez-vous que pendant ce temps-là j'apporte mes papiers chez vous ?

— Bien volontiers, ça fait que vous verrez ma chambre, dit Rigolette avec orgueil, car mon ménage est déjà fait, ce qui vous prouve que je suis matinale, et que si vous êtes dormeur et paresseux... tant pis pour vous, je vous serai un mauvais voisinage.

Et, légère comme un oiseau, Rigolette descendit l'escalier, suivie de Rodolphe, qui alla chez lui se débarrasser de la poussière du grenier de M. Pipelet.

Nous dirons plus tard pourquoi Rodolphe n'était pas encore prévenu de l'enlèvement de Fleur-de-Marie, qui avait eu lieu la veille à la ferme de Bouqueval, et pourquoi il n'était pas venu visiter les Morel le lendemain de son entretien avec Mme d'Harville.

Nous rappellerons de plus au lecteur que, Mlle Rigolette sachant seule la nouvelle adresse de François Germain, fils de Mme Georges, Rodolphe avait un grand intérêt à pénétrer cet important secret.

La promenade au Temple qu'il venait de proposer à la grisette devait la mettre en confiance avec lui et le distraire des tristes pensées qu'avait éveillées en lui la mort de la petite fille de l'artisan.

L'enfant que Rodolphe regrettait amèrement avait dû mourir à peu près à cet âge.

C'était, en effet, à cet âge que Fleur-de-Marie avait été livrée à la Chouette par la femme de charge du notaire Jacques Ferrand.

Nous dirons plus tard dans quel but et dans quelles circonstances.

Rodolphe, armé, par manière de contenance, d'un formidable rouleau de papier, entra dans la chambre de Rigolette.

Rigolette était à peu près du même âge que la Goualeuse, son ancienne amie de prison.

Il y avait entre ces deux jeunes filles la différence qu'il y a entre le rire et les larmes ;

Entre l'insouciance joyeuse et la rêverie mélancolique ;

Entre l'imprévoyance la plus audacieuse et une sombre, une incessante préoccupation de l'avenir ;

Entre une nature délicate, exquise, élevée, poétique, douloureusement sensible, incurablement blessée par le remords, et une nature gaie, vive, heureuse, mobile, prosaïque, irréfléchie, quoique bonne et complaisante.

Car, loin d'être égoïste, Rigolette n'avait de chagrins que ceux des autres ; elle sympathisait de toutes ses forces, se dévouait corps et âme à ce qui souffrait, mais n'y songeait plus, le dos tourné, comme on dit vulgairement.

Souvent, elle s'interrompait de rire aux éclats pour pleurer sincèrement, et elle s'interrompait de pleurer pour rire encore.

En véritable enfant de Paris, Rigolette préférait l'étourdissement au calme, le mouvement au repos, l'âpre et retentissante harmonie de l'orchestre des bals de la Chartreuse ou du Colisée au doux murmure du vent, des eaux et du feuillage.

Le tumulte assourdissant des carrefours de Paris à la solitude des champs...

L'éblouissement des feux d'artifice, le flamboiement du bouquet, le fracas des bombes, à la sérénité d'une belle nuit pleine d'étoiles, d'ombre et de silence.

Hélas ! oui, la bonne fille préférait franchement la boue noire des rues de la capitale au verdoiement des prés fleuris ; ses pavés fangeux ou brûlants à la mousse fraîche ou veloutée des sentiers des bois parfumés de violettes ; la poussière suffocante des barrières ou des boulevards au balancement des épis d'or, émaillés de l'écarlate des pavots sauvages et de l'azur des bleuets...

Rigolette ne quittait sa chambre que le dimanche et le matin de chaque jour, pour faire sa provision de mouron, de pain, de lait et de millet pour elle et ses deux oiseaux, comme disait Mme Pipelet ; mais elle vivait à Paris pour Paris. Elle eût été au désespoir d'habiter ailleurs que dans la capitale.

Autre anomalie : malgré ce goût des plaisirs parisiens, malgré la liberté ou plutôt l'abandon où elle se trouvait, étant seule au monde... malgré l'économie fabuleuse qu'il lui fallait mettre dans ses moindres dépenses pour vivre avec environ trente sous par jour, malgré la plus piquante, la plus espiègle, la plus adorable petite figure du monde, jamais Rigolette ne choisissait ses amoureux (nous ne dirons pas ses amants ; l'avenir prouvera si l'on doit considérer les propos de Mme Pipelet, au sujet des voisins de la grisette, comme des calomnies ou des indiscrétions) ; Rigolette, disons-nous, ne choisissait ses amoureux que dans sa classe, c'est-à-dire ne choisissait que ses voisins, et cette égalité devant le loyer était loin d'être chimérique.

Un opulent et célèbre artiste, un moderne Raphaël dont Cabrion était le Jules Romain, avait vu un portrait de Rigolette, qui, dans cette étude d'après nature, n'était aucunement flattée. Frappé des traits charmants de la jeune fille, le maître soutint à son élève qu'il avait poétisé, idéalisé son modèle. Cabrion, fier de sa jolie voisine, proposa à son maître de la lui faire voir comme objet d'art, un dimanche, au bal de l'Ermitage. Le Raphaël, charmé de cette ravissante figure, fit tous ses efforts pour supplanter son Jules Romain. Les offres les plus séduisantes, les plus splendides, furent faites à la grisette : elle les refusa héroïquement, tandis que le dimanche, sans façon et sans scrupule, elle acceptait d'un voisin un modeste dîner au « Méridien » (cabaret renommé du boulevard du Temple) et une place de galerie à la Gaîté ou à l'Ambigu.

De telles intimités étaient fort compromettantes, et pouvaient faire singulièrement soupçonner la vertu de Rigolette.

Sans nous expliquer encore à ce sujet, nous ferons remarquer qu'il est dans certaines délicatesses relatives des secrets et des abîmes impénétrables.

Quelques mots de la figure de la grisette, et nous introduirons Rodolphe dans la chambre de sa voisine.

Rigolette avait dix-huit ans à peine, une taille moyenne, petite même, mais si gracieusement tournée, si finement cambrée, si voluptueusement arrondie... mais qui répondait si bien à sa démarche leste et furtive, qu'elle paraissait accomplie : un pouce de plus lui eût fait beaucoup perdre de son gracieux ensemble ; le mouvement de ses petits pieds, toujours irréprochablement chaussés de bottines de casimir noir à semelle un peu épaisse, rappelait l'allure alerte, coquette et discrète de la caille ou de la bergeronnette. Elle ne semblait pas marcher, elle effleurait le pavé ; elle glissait rapidement à sa surface.

Cette démarche particulière aux grisettes, à la fois agile, agaçante et légèrement effarouchée, doit être sans doute attribuée à trois causes :

A leur désir d'être trouvées jolies ;

A leur crainte d'une admiration traduite... par une pantomine trop expressive ;

A la préoccupation qu'elles ont toujours de perdre le moins de temps possible dans leurs pérégrinations.

Rodolphe n'avait encore vu Rigolette qu'au sombre jour de la mansarde des Morel ou sur un palier non moins obscur ; il fut donc ébloui de l'éclatante fraîcheur de la jeune fille lorsqu'il entra doucement dans une chambre éclairée par deux larges croisées. Il resta un moment immobile, frappé du gracieux tableau qu'il avait sous les yeux.

Debout devant une glace placée au-dessus de sa cheminée, Rigolette finissait de nouer sous son menton les brides de ruban d'un petit bonnet de tulle brodé, orné d'une légère garniture piquée de faveur cerise ; ce bonnet, très étroit de passe, posé très en arrière, laissait bien à découvert deux larges et épais bandeaux de cheveux lisses, brillants comme du jais, tombant très bas sur le front ; ses sourcils fins, déliés, semblaient tracés à l'encre et s'arrondissaient au-dessus de deux grands yeux noirs éveillés et malins ; ses joues fermes et pleines se veloutaient du plus frais incarnat, frais à la vue, frais au toucher comme une pêche vermeille imprégnée de froide rosée du matin.

Son petit nez relevé, espiègle, effronté, eût fait la fortune d'une Lisette ou d'une Marton ; sa bouche un peu grande, aux lèvres bien roses, bien humides, aux petites dents blanches, serrées, perlées, était rieuse et moqueuse ; de trois charmantes fossettes qui donnaient une grâce mutine à la physionomie, deux se creusaient aux joues, l'autre au menton, non loin d'un grain de beauté, petite mouche d'ébène, meurtrièrement posée au coin de la bouche.

Entre un col garni, largement rabattu, et le fond du petit bonnet, froncé par un ruban cerise, on voyait la naissance d'une forêt de beaux cheveux si parfaitement tordus et relevés, que leur racine se dessinait aussi nette, aussi noire que si elle eut été peinte sur l'ivoire de ce charmant cou.

Une robe de mérinos raisin de Corinthe, à dos plat et à manches justes, faite avec amour par Rigolette, révélait, par une taille tellement mince et svelte, que la jeune fille ne portait jamais de corset !... par économie... Une souplesse, une désinvolture inaccoutumée dans les moindres mouvements des épaules, et du corsage, qui rappelaient la moelleuse ondulation des allures de la chatte, trahissait cette particularité.

Qu'on se figure une robe étroitement collée aux formes rondes et polies du marbre, et l'on conviendra que Rigolette pouvait parfaitement se passer de l'accessoire de toilette dont nous avons parlé. La ceinture d'un petit tablier de lévantine gros-vert entourait sa taille, qui eût tenu entre les dix doigts.

Confiante dans la solitude où elle croyait être, car Rodolphe restait toujours à la porte, immobile et inaperçu, Rigolette, après avoir lustré ses bandeaux du plat de sa main mignonne, blanche et parfaitement soignée, mit son petit pied sur une chaise et se courba pour resserrer le lacet de sa bottine. Cette opération intime ne put s'accomplir sans exposer aux yeux indiscrets de Rodolphe un bas de coton blanc comme la neige, et la moitié d'une jambe d'un galbe pur et irréprochable.

D'après le récit détaillé que nous avons fait de sa toilette, on devine que la grisette avait choisi son plus joli bonnet et son plus joli tablier pour faire honneur à son voisin dans leur visite au Temple.

Elle trouvait le prétendu commis-marchand à son gré : sa figure à la fois bienveillante, fière et hardie, lui plaisait beaucoup ; puis il se montrait si compatissant envers les Morel, en leur cédant généreusement sa chambre, que, grâce à cette preuve de bonté, et peut-être aussi grâce à l'agrément de ses traits, Rodolphe avait, sans s'en douter, fait un pas de géant dans la confiance de la couturière.

Celle-ci, d'après ses idées pratiques sur l'intimité forcée et les obligations réciproques qu'impose le voisinage, s'estimait très franchement heureuse de ce qu'un voisin tel que Rodolphe venait de succéder au commis-voyageur, à Cabrion et à François Germain ; car elle commençait à trouver que l'autre chambre restait bien longtemps vacante, et elle craignait surtout de ne pas la voir occupée d'une manière convenable.

Rodolphe profitait de son invisibilité pour jeter un coup d'œil curieux dans ce logis, qu'il trouvait encore au-dessus des louanges que Mme Pipelet avait accordées à l'excessive propreté du modeste ménage de Rigolette.

Rien de plus gai, de mieux ordonné que cette pauvre chambrette.

Un papier gris à bouquets verts couvrait les murs ; le carreau mis en couleur, d'un beau rouge, luisait comme un miroir. Un poêle de faïence blanche était placé dans la cheminée, où l'on avait symétriquement rangé une petite provision de bois coupé si court, si menu, que sans hyperbole on pouvait comparer chaque morceau à une énorme allumette.

Sur la cheminée de pierre figurant du marbre gris, on voyait pour ornements deux pots à fleurs ordinaires, peints d'un beau vert émeraude, et dès le printemps toujours remplis de fleurs communes, mais odorantes ; un petit cartel de buis renfermant une montre d'argent tenait lieu de pendule ; d'un côté brillait un bougeoir de cuivre étincelant comme de l'or, garni d'un bout de bougie ; de l'autre côté brillait, non moins resplendissante, une de ces lampes formées d'un cylindre et d'un réflecteur de cuivre monté sur une tige d'acier et sur un pied de plomb. Une assez grande glace carrée, encadrée d'une bordure de bois noir, surmontait la cheminée.

Des rideaux en toile de perse, grise et verte, brodés d'un galon de laine, coupés, ouvrés, garnis par Rigolette, et aussi posés par elle sur leurs légères tringles de fer noircies, drapaient les croisées et le lit recouvert d'une courtepointe pareille ; deux cabinets à vitrage, peints en blanc, placés de chaque côté de l'alcôve, renfermaient sans doute les ustensiles de ménage, le fourneau portatif, la fontaine, les balais, etc. etc. car aucun de ces objets ne déparait l'aspect coquet de cette chambre.

Une commode d'un beau bois de noyer bien veiné, bien lustré, quatre chaises du même bois, une grande table à repasser et à travailler, recouverte d'une de ces couvertures de laine verte que l'on voit dans quelques chaumières de paysans, un fauteuil de paille avec son tabouret pareil, siège habituel de la couturière, tel était ce modeste mobilier.

Enfin, dans l'embrasure d'une des croisées, on voyait la cage de deux serins, fidèles commensaux de Rigolette.

Par une de ces idées industrieuses qui ne viennent qu'aux pauvres, cette cage était posée au milieu d'une grande caisse de bois d'un pied de profondeur ; placée sur une table, cette caisse, que Rigolette appelait le jardin de ses oiseaux, était remplie de terre recouverte de mousse pendant l'hiver, au printemps on y semait du gazon et de petites fleurs.

Rodolphe considérait ce réduit avec interêt et curiosité ; il comprenait parfaitement l'air de joyeuse humeur de cette jeune fille.

Il se figurait cette solitude égayée par le gazouillement des oiseaux et par le chant de Rigolette ; l'été elle travaillait sans doute auprès de sa fenêtre ouverte, à demi voilée par un verdoyant rideau de pois de senteur roses, de capucines orange, de volubilis bleus et blancs ; l'hiver, elle veillait au coin de son petit poêle, à la clarté douce de sa lampe.

Puis chaque dimanche elle se distrayait de cette vie laborieuse par une franche et bonne journée de plaisirs partagés avec un voisin jeune, gai, insouciant, amoureux comme elle... (Rodolphe n'avait alors aucune raison de croire à la vertu de la grisette.)

Le lundi elle reprenait ses travaux en songeant aux plaisirs passés et aux plaisirs à venir. Rodolphe sentit alors la poésie de ces refrains vulgaires sur Lisette et sa chambrette, sur ces folles amours qui nichent gaiement dans quelques mansardes ; car cette poésie qui embellit tout, qui d'un taudis de pauvres gens fait un joyeux nid d'amoureux, c'est la riante, fraîche et verte jeunesse... et personne mieux que Rigolette ne pouvait représenter cette adorable divinité.

Rodolphe en était là de ses réflexions, lorsque, regardant machinalement la porte, il y aperçut un énorme verrou...

Un verrou qui n'eût pas déparé la porte d'une prison.

Ce verrou le fit réfléchir...

Il pouvait avoir deux significations, deux usages bien distincts :

Fermer la porte aux amoureux...

Fermer la porte sur les amoureux...

L'un de ces usages ruinait radicalement les assertions de Mme Pipelet.

L'autre les confirmait.

Rodolphe en était là de ses interprétations, lorsque Rigolette tournant la tête, l'aperçut, et, sans changer d'attitude, lui dit :

— Tiens, voisin, vous étiez donc là ?

CHAPITRE III

VOISIN ET VOISINE

Le brodequin lacé, la jolie jambe disparut sous les amples plis de la robe raisin de Corinthe, et Rigolette reprit :

— Ah ! vous étiez là, monsieur le sournois ?

— J'étais là... admirant en silence.

— Et qu'admiriez-vous... mon voisin ?

— Cette gentille petite chambre... car vous êtes logée comme une reine, ma voisine...

— Dame ! voyez-vous, c'est mon luxe ; je ne sors jamais, c'est bien le moins que je me plaise chez moi...

— Mais je n'en reviens pas, quels jolis rideaux !... et cette commode, aussi belle que l'acajou... Vous avez dû dépenser furieusement d'argent ici ?

— Ne m'en parlez pas !... J'avais à moi quatre cent vingt-cinq francs en sortant de prison... presque tout y a passé...

— En sortant de prison ! vous ?...

— Oui... c'est toute une histoire ! Vous pensez bien, n'est-ce pas, que je n'étais pas en prison pour avoir fait mal !

— Sans doute... mais comment ?

— Après le choléra, je me suis trouvée toute seule au monde. J'avais alors, je crois, dix ans...

— Mais, jusque-là, qui avait pris soin de vous ?

— Oh ! de bien braves gens !... mais ils sont morts du choléra... (ici, les grands yeux noirs de Rigolette devinrent humides). On a vendu le peu qu'ils possédaient pour payer quelques petites dettes, et je suis restée sans personne qui voulût me recueillir ; ne sachant comment faire, je suis allée à un corps de garde qui était en face de notre maison, et j'ai dit au factionnaire : « Monsieur le soldat, mes parents sont morts, je ne sais où aller ; qu'est-ce qu'il faut que je fasse ? ». Là-dessus, l'officier est venu ; il m'a fait conduire chez le commissaire, qui m'a fait mettre en prison comme vagabonde, et j'en suis sortie à seize ans.

— Mais vos parents ?

— Je ne sais pas qui était mon père, j'avais six ans quand j'ai perdu ma mère, qui m'avait retirée des Enfants-Trouvés, où elle avait été forcée de me mettre d'abord. Les braves gens dont je vous ai parlé demeuraient dans notre maison ; ils n'avaient pas d'enfants : me voyant orpheline ils m'ont prise avec eux.

— Et quel était leur état, leur position ?

— Papa Crétu, je l'appelais comme ça, était peintre en bâtiment, et sa femme brodeuse...

— Etaient-ce au moins des ouvriers aisés ?

— Comme dans tous les ménages : quand je dis ménages, ils n'étaient pas mariés, mais ils s'appelaient mari et femme. Il y avait des hauts et des bas ; aujourd'hui dans l'abondance, si le travail donnait ; demain dans la gêne, s'il ne donnait pas ; mais ça n'empêchait pas l'homme et la femme d'être contents de tout et toujours gais (à ce souvenir la physionomie de Rigolette redevint sereine). Il n'y avait pas dans le quartier un ménage pareil ; toujours en train, toujours chantant ; avec ça bons comme il n'est pas possible : ce qui était à eux était aux autres. Maman Crétu était une grosse réjouie de trente ans, propre comme un sou, vive comme une anguille, joyeuse comme un pinson. Son mari était un autre Roger Bontemps ; il avait un grand nez, une grande bouche, toujours un bonnet de papier sur la tête, et une figure si drôle, mais si drôle, qu'on ne pouvait le regarder sans rire. Une fois revenu à la maison, après l'ouvrage, il ne faisait que chanter, grimacer, gambader, comme un enfant : il me faisait danser, sauter sur ses genoux ; il jouait avec moi comme s'il avait été de mon âge ; et sa femme me gâtait que c'était une bénédiction ! Tous deux ne me demandaient qu'une chose, d'être de bonne humeur ; et ce n'était pas ça, Dieu merci ! qui me manquait. Aussi ils m'ont baptisée Rigolette, et le nom m'en est resté. Quant à la gaieté, ils me donnaient l'exemple ; jamais je ne les ai vus tristes. S'ils se faisaient des reproches, c'était la femme qui disait à son mari : « Tiens, Crétu, c'est bête, mais tu me fais trop rire ! ». Ou bien c'était lui qui disait à sa femme : « Tiens, tais-toi, Ramonette (je ne sais pas pourquoi il l'appelait Ramonette), tais-toi, tu me fais mal, tu es trop drôle !... ». Et moi je riais de les voir rire... Voilà comment j'ai été élevée, et comme ils m'ont formé le caractère... J'espère que j'ai profité !

— A merveille, ma voisine ! Ainsi entre eux jamais de disputes ?

— Jamais, au grand jamais !... Le dimanche, le lundi, quelquefois le mardi, ils faisaient comme ils disaient, la noce, et ils m'emmenaient toujours avec eux. Papa Crétu était très bon ouvrier : quand il voulait travailler, il gagnait ce qu'il lui plaisait ; sa femme aussi. Dès qu'ils avaient de quoi faire le dimanche et le lundi, et vivre au courant tant bien que mal, ils étaient contents. Après ça, fallait-il chômer, ils étaient contents tout de même... Je me rappelle que, quand nous n'avions que du pain et de l'eau, papa Crétu prenait dans sa bibliothèque...

— Il avait une bibliothèque ?

— Il appelait ainsi un petit casier où il mettait tous les recueils de chansons nouvelles... Il les achetait et il les savait toutes. Quand il n'y avait donc que du pain à la maison, il prenait dans sa bibliothèque un vieux livre de cuisine, et il nous disait : « Voyons, qu'est-ce que nous allons manger aujourd'hui ? Ceci ? Cela ?... ». Et il nous lisait le titre d'une foule de bonnes choses. Chacun choisissait son plat ; papa Crétu prenait une casserole vide, et, avec des mines et des plaisanteries les plus drôles du monde, il avait l'air de mettre dans la casserole tout ce qu'il fallait pour composer un bon ragoût ; et puis il faisait semblant de verser ça dans un plat vide aussi, qu'il posait sur la table, toujours avec des grimaces à nous tenir les côtes ; il reprenait ensuite son livre, et pendant qu'il nous lisait, par exemple, le récit d'une bonne fricassée de poulet que nous avions choisie, et qui nous faisait venir l'eau à la bouche... nous mangions notre pain... avec sa lecture, en riant comme des fous.

— Et ce joyeux ménage avait des dettes ?

— Jamais ! tant qu'il y avait de l'argent, on noçait ; quand il n'y en avait pas, on dînait en « détrempe », comme disait papa Crétu à cause de son état.

— Et à l'avenir, il n'y songeait pas ?

— Ah bien, oui ! l'avenir, pour nous, c'était le dimanche et le lundi. L'été, nous les passions aux barrières ; l'hiver, dans le faubourg.

— Puisque ces bonnes gens se convenaient si bien, puisqu'ils faisaient si fréquemment la noce, pourquoi ne se mariaient-ils pas ?

— Un de leurs amis leur a demandé ça une fois devant moi.

— Eh bien ?

— Ils ont répondu : « Si nous avons un jour des enfants, à la bonne heure ! mais, pour nous deux, nous nous trouvons bien comme ça... A quoi bon nous forcer à faire ce que nous faisons de bon cœur ? Ça serait des frais, et nous n'avons pas d'argent de trop. » Mais, voyez un peu, reprit Rigolette, comme je bavarde. C'est qu'aussi, une fois que je suis sur le compte de ces braves gens, qui ont été si bons pour moi, je ne peux pas m'empêcher d'en parler longuement. Tenez, mon voisin, soyez assez gentil pour prendre mon châle sur le lit et pour me l'attacher là, sous le col de ma chemisette, avec cette grosse épingle, et nous allons descendre, car il nous faut le temps de choisir au Temple ce que vous voulez acheter pour ces pauvres Morel.

Rodolphe s'empressa d'obéir aux ordres de Rigolette ; il prit sur le lit un grand châle tartan de couleur brune, à larges raies ponceau, et le posa soigneusement sur les charmantes épaules de Rigolette.

— Maintenant, mon voisin, relevez un peu mon col, pincez bien la robe et le châle ensemble, enfoncez l'épingle, et surtout prenez garde de me piquer.

Pour exécuter ces nouveaux commandements, il fallut que Rodolphe touchât presque ce cou d'ivoire, où se dessinait, si noire et si nette, l'attache des beaux cheveux d'ébène de Rigolette.

Le jour était bas, Rodolphe s'approcha... très près... trop près sans doute, car la grisette jeta un petit cri effarouché.

Nous ne saurions dire la cause de ce petit cri.

Etait-ce la pointe de l'épingle ? était-ce la bouche de Rodolphe qui avait effleuré ce cou blanc, frais et poli ? Toujours est-il que Rigolette se retourna vivement et s'écria d'un air moitié riant, moitié triste, qui fit presque regretter à Rodolphe l'innocente liberté qu'il avait prise :

— Mon voisin, je ne vous prierai plus jamais d'attacher mon châle

— Pardon, ma voisine. je suis si maladroit !

— Au contraire, monsieur, et c'est ce dont je me plains... Voyons, votre bras ; mais soyez sage, ou nous nous fâcherons !

— Vrai, ma voisine, ce n'est pas ma faute... Votre joli cou était si blanc, que j'ai eu comme un éblouissement... Malgré moi ma tête s'est baissée... et...

— Bien, bien ! à l'avenir j'aurai soin de ne plus vous donner de ces éblouissements-là, dit Rigolette en le menaçant du doigt ; puis elle ferma sa porte.

— Tenez, mon voisin, prenez ma clé ; elle est si grosse, qu'elle crèverait ma poche... c'est un vrai pistolet.

Et de rire.

Rodolphe se chargea (c'est le mot) d'une énorme clé qui aurait pu glorieusement figurer sur un de ces plats allégoriques que les vaincus viennent humblement offrir aux vainqueurs d'une ville.

Quoique Rodolphe se crût assez changé par les années pour ne pas être reconnu par Polidori, avant de passer devant la porte du charlatan, il releva le collet de son paletot.

— Mon voisin, n'oubliez pas de prévenir M. Pipelet que l'on va apporter des effets qu'il faudra monter dans votre chambre, dit Rigolette.

— Vous avez raison, ma voisine ; nous allons entrer un moment dans la loge du portier.

M. Pipelet, son éternel chapeau-tromblon sur la tête, était, comme toujours, vêtu de son habit vert et gravement assis devant une table couverte de morceaux de cuir et de débris de chaussures de toutes sortes ; il s'occupait alors de ressemeler une botte, avec le sérieux de la conscience qu'il mettait à toutes choses. Anastasie était absente de la loge.

— Eh bien, monsieur Pipelet, lui dit Rigolette, j'espère que voilà du nouveau ! Grâce à mon voisin, les pauvres Morel sont hors de peine... Quand on pense qu'on allait conduire le pauvre ouvrier en prison ! Oh ! ces gardes du commerce sont de vrais sans-cœur !

— Et des sans-mœurs, mademoiselle, ajouta M. Pipelet d'un ton courroucé en gesticulant avec une botte en réparation dans laquelle il avait introduit sa main et son bras gauches. Non, je ne crains pas de le répéter à la face du ciel et des hommes, ce sont de grands sans-mœurs. Ils ont profité des ténèbres de l'escalier pour oser porter leurs gestes indécents jusque sur la taille de mon épouse ! En entendant les cris de sa pudeur offensée, malgré moi j'ai cédé à la vivacité de mon caractère. Je ne le cache pas, mon premier mouvement a été de rester immobile et de devenir pourpre de honte, en songeant aux odieux attentats dont Anastasie venait d'être victime... comme me le prouvait l'égarement de sa raison, puisque, dans son délire, elle avait jeté son poêlon de faïence du haut en bas de l'escalier. A cet instant, ces affreux débauchés ont passé devant ma loge...

— Vous les avez poursuivis, j'espère, monsieur Pipelet ? dit Rigolette, qui avait assez de peine à conserver son sérieux.

— J'y songeais, répondit M. Pipelet avec un profond soupir, lorsque j'ai réfléchi qu'il me faudrait affronter leurs regards, peut-être même leurs propos licencieux ; cela m'a révolté, m'a mis hors de moi. Je ne suis pas plus méchant qu'un autre, mais quand ces éhontés ont passé devant la loge, mon sang n'a fait qu'un tour, et je n'ai pu m'empêcher de mettre brusquement ma main devant mes yeux, pour me dérober la vue de ces luxurieux malfaiteurs ! ! ! Mais cela ne m'étonna pas, il devait m'arriver quelque chose de malheureux aujourd'hui, j'avais rêvé de ce monstre de Cabrion !

Rigolette sourit, et le bruit des soupirs de M. Pipelet se confondit avec les coups de marteau qu'il appliquait sur la semelle de sa vieille botte.

D'après les réflexions d'Alfred, il résultait qu'Anastasie s'était outrageusement vantée, imitant à sa manière le coquet manège de ces femmes qui, pour raviver le feu de leurs maris ou de leurs amants, se disent incessamment et dangereusement courtisées.

— Mon voisin, dit tout bas Rigolette à Rodolphe, laissez croire à ce pauvre M. Pipelet qu'on a agacé sa femme : intérieurement ça le flatte.

Ne voulant pas, en effet, détruire l'illusion dont se berçait M. Pipelet, Rodolphe lui dit :

— Vous avez sagement pris le parti des sages, mon cher monsieur Pipelet, celui du mépris. D'ailleurs, la vertu de Mme Pipelet est au-dessus de toute atteinte.

— Sa vertu, monsieur... sa vertu ! et Alfred recommença de gesticuler avec sa botte au bras, j'en porterais ma tête sur l'échafaud ! La gloire du grand Napoléon... et la vertu d'Anastasie... j'en peux répondre comme de mon propre honneur, monsieur !

— Et vous avez raison, monsieur Pipelet. Mais oubliez ces misérables recors ; veuillez, je vous prie, me rendre un service.

— L'homme est né pour s'entraider, répliqua M. Pipelet d'un ton sentencieux et mélancolique ; à plus forte raison, lorsqu'il est question d'un aussi bon locataire que monsieur.

— Il s'agirait de faire monter chez moi différents objets qu'on apportera tout à l'heure. Ils sont destinés aux Morel.

— Soyez tranquille, monsieur, je surveillerai cela.

— Puis, reprit tristement Rodolphe, il faudrait demander un prêtre pour veiller la petite fille qu'ils ont perdue cette nuit, aller déclarer son décès, et, en même temps, commander un service et un convoi décents. Voici de l'argent... ne ménagez rien : le bienfaiteur de Morel, dont je ne suis que l'agent, veut que tout soit fait pour le mieux.

— Fiez-vous-en à moi, monsieur. Anastasie est allée acheter notre dîner ; dès qu'elle rentrera, je lui ferai garder la loge, et je m'occuperai de vos commissions.

A ce moment, un homme si complètement *embossé* dans son manteau, comme disent les Espagnols, qu'on apercevait à peine ses yeux, s'informa, sans trop s'approcher de la loge, et restant le plus possible dans l'ombre, si Mme Burette, marchande d'objets d'occasion, était chez elle.

— Venez-vous de Saint-Denis ? lui demanda M. Pipelet d'un air d'intelligence.

— Oui, en une heure un quart

— C'est bien cela, alors montez.

L'homme au manteau disparut rapidement dans l'escalier.

— Qu'est-ce que cela signifie ? dit Rodolphe à M. Pipelet.

— Il se manigance quelque chose chez la mère Burette. c'est des allées et venues continuelles. Elle m'a dit ce matin : « Vous demanderez à toutes les personnes qui viendront pour moi : « Venez-vous de Saint-Denis ? ». Celles qui répondront : « Oui, en une heure un quart », vous les laisserez monter... mais pas d'autres ».

— C'est un véritable mot d'ordre ! dit Rodolphe assez intrigué.

— Justement, monsieur. Aussi me suis-je dit à part moi : Il se manigance quelque chose chez la mère Burette. Sans compter que Tortillard, un mauvais garnement, un petit boiteux, qui est employé chez M. César Bradamanti, est entré cette nuit à deux heures, avec une vieille femme borgne qu'on appelle la Chouette. Celle-ci est restée jusqu'à quatre heures du matin chez la mère Burette, pendant qu'un fiacre l'attendait à la porte. D'où venait cette femme borgne ? que venait faire cette femme borgne à une heure aussi indue ? Telles sont les questions que je me suis posées sans pouvoir y répondre, ajouta gravement M. Pipelet.

— Et cette femme que vous appelez la Chouette est repartie à quatre heures du matin en fiacre ? demanda Rodolphe.

— Oui, monsieur ; et elle va sans doute revenir : car la mère Burette m'a dit que la consigne ne regardait pas la borgnesse.

Rodolphe pensa, non sans raison, que la Chouette machinait quelque nouveau méfait ; mais, hélas ! il était loin de songer à quel point cette nouvelle trame l'intéressait.

— C'est donc bien convenu, mon cher monsieur Pipelet ; n'oubliez pas tout ce que je vous ai recommandé pour les Morel, et priez aussi votre femme de leur faire apporter un bon repas de chez le meilleur traiteur du voisinage.

— Soyez tranquille, dit M. Pipelet ; aussitôt que mon épouse sera de retour, j'irai à la mairie, à l'église et chez le traiteur... A l'église pour le mort... chez le traiteur pour les vivants... ajouta philosophiquement et poétiquement M. Pipelet. C'est comme fait, monsieur... c'est comme fait.

A la porte de l'allée, Rodolphe et Rigolette se retrouvèrent face à face avec Anastasie, qui revenait du marché, rapportant un lourd panier de provisions.

— A la bonne heure ! s'écria la portière en regardant le voisin et la voisine d'un air narquois et significatif ; vous voilà déjà bras dessus, bras dessous... Ça va !... Chaud !... chaud !... Tiens... faut bien que jeunesse se passe !... à jolie fille beau garçon... vive l'amour ! et allez donc !

Et la vieille disparut dans les profondeurs de l'allée en criant :

— Alfred ! ne geins pas, vieux chéri... voilà ta Stasie qui t'apporte du nanan, gros friand !

Rodolphe, offrant son bras à Rigolette, sortit avec elle de la maison de la rue du Temple.

CHAPITRE IV

LE BUDGET DE RIGOLETTE

A la neige de la nuit avait succédé un vent très froid ; le pavé de la rue, ordinairement fangeux, était presque sec. Rigolette et Rodolphe se dirigèrent vers l'immense et singulier bazar que l'on nomme le Temple. La jeune fille s'appuyait sans façon au bras de son cavalier, aussi peu gênée avec lui que s'ils eussent été liés par une longue intimité.

— Est-elle drôle, cette Mme Pipelet, avec ses remarques ! dit la grisette à Rodolphe.

— Ma foi, ma voisine, je trouve qu'elle a raison.

— En quoi, mon voisin ?

— Elle a dit : « Il faut que jeunesse se passe... vive l'amour, et allez donc ! ».

— Eh bien ?

— C'est justement ma manière de voir...

— Comment ?

— Je voudrais passer ma jeunesse avec vous... pouvoir crier vive l'amour... et aller où vous voudriez me conduire.

— Je le crois bien... vous n'êtes pas difficile !

— Où serait le mal ?... nous sommes voisins.

— Si nous n'étions pas voisins, je ne sortirais pas avec vous comme ça...

— Vous me dites donc d'espérer ?

— D'espérer quoi ?

— Que vous m'aimerez.

— Je vous aime déjà.

— Vraiment ?

— C'est tout simple, vous êtes bon, vous êtes gai. Quoique pauvre vous-même, vous faites ce que vous pouvez pour ces pauvres Morel, en intéressant des gens riches à leur malheur ; vous avez une figure qui me revient beaucoup, une jolie tournure, ce qui est toujours agréable et flatteur pour moi, qui vous donne le bras et qui vous le donnera souvent Voilà, je crois, assez de raisons pour que je vous aime

Puis s'interrompant pour rire aux éclats, Rigolette s'écria

— Regardez donc... regardez donc cette grosse femme avec ses vieux souliers fourrés ; on dirait qu'elle est traînée par deux chats sans queue.

Et de rire encore.

— Je préfère vous regarder, ma voisine ; je suis si heureux de penser que vous m'aimez déjà.

— Je vous le dis parce que ça est... Vous ne me plairiez pas, je vous le dirais tout de même... Je n'ai pas à me reprocher d'avoir jamais trompé personne, ni été coquette. Quand on me plaît, je le dis tout de suite...

Puis s'interrompant encore pour s'arrêter devant une boutique, la grisette s'écria :

— Oh ! voyez donc la jolie pendule et les deux beaux vases ! J'avais pourtant déjà trois livres dix sous d'économie dans ma tirelire pour en acheter de pareils ! En cinq ou six ans j'aurais pu y atteindre.

— Des économies, ma voisine ! et vous gagnez ?...

— Au moins trente sous par jour, quelquefois quarante ; mais je ne compte jamais que sur trente, c'est plus prudent, et je règle mes dépenses là-dessus, dit Rigolette d'un air aussi important que s'il se fut agi de l'équilibre financier d'un budget formidable.

— Mais avec trente sous par jour, comment pouvez-vous vivre ?

— Le compte n'est pas long... Voulez-vous que je vous le fasse, mon voisin ? Vous m'avez l'air d'un dépensier, ça vous servira d'exemple.

— Voyons, ma voisine...

— Mes trente sous par jour me font quarante-cinq francs par mois, n'est-ce pas ?

— Oui.

— Là-dessus j'ai douze francs de loyer et vingt-trois francs de nourriture.

— Vingt-trois francs de nourriture !...

— Mon Dieu, oui, tout autant ! Avouez que pour une mauviette comme moi... c'est énorme !... par exemple, je ne me refuse rien.

— Voyez-vous la petite gourmande...

— Ah ! mais aussi là-dedans je compte la nourriture de mes oiseaux...

— Il est certain que si vous vivez trois là-dessus, c'est moins exorbitant. Mais voyons le détail par jour... toujours pour mon instruction.

— Ecoutez bien : une livre de pain, c'est quatre sous ; deux sous de lait, ça fait six, quatre sous de légumes d'hiver, ou de fruits et de salade dans l'été ; j'adore la salade, parce que c'est, comme les légumes, propre à arranger, ça ne salit pas les mains ; voilà donc déjà six sous ; trois sous de beurre ou d'huile et de vinaigre pour assaisonnement, treize ! une voie de belle eau claire, oh ! ça c'est mon luxe, ça me fait mes quinze sous, s'il vous plaît... Ajoutez-y par semaine deux ou trois sous de chènevis et de mouron pour régaler mes oiseaux, qui mangent ordinairement un peu de mie de pain et de lait, c'est vingt-deux ou vingt-trois francs par mois, ni plus ni moins

— Et vous ne mangez jamais de la viande ?

— Ah bien oui... de la viande !... elle coûte des dix et douze sous la livre , est-ce qu'on y peut songer ? Et puis ça sent la cuisine, le pot-au-feu au lieu que du lait, des légumes, des fruits, c'est tout de suite prêt Tenez un plat que j'adore, qui n'est pas embarrassant, et que je fais à la perfection...

— Voyons le plat...

— Je mets de belles pommes de terre jaunes dans le four de mon poêle ; quand elles sont cuites, je les écrase avec un peu de beurre et de lait... une pincée de sel... c'est un manger des dieux... Si vous êtes gentil, je vous en ferai goûter...

— Arrangé par vos jolies mains, ça doit être excellent. Mais voyons, comptons, ma voisine... Nous avons déjà vingt-trois francs de nourriture, douze francs de loyer, c'est trente-cinq francs par mois...

— Pour aller à quarante-cinq ou cinquante francs que je gagne, il me reste dix ou quinze francs pour mon bois ou mon huile pendant l'hiver, pour mon entretien et mon blanchissage... c'est-à-dire pour mon savon ; car, excepté mes draps, je me blanchis moi-même... c'est encore mon luxe... une blanchisseuse de fin me coûterait les yeux de la tête... tandis que je repasse très bien, et je me tire d'affaire... Pendant les cinq mois d'hiver, je brûle une voie et demie de bois... et je dépense pour quatre ou cinq sous d'huile par jour pour ma lampe... ça me fait environ quatre-vingt francs par an pour mon chauffage et mon éclairage.

— De sorte que c'est au plus s'il vous reste cent francs pour votre entretien.

— Oui, et c'est là-dessus que j'avais économisé mes trois francs dix sous.

— Mais vos robes, vos chaussures, ce joli bonnet ?

— Mes bonnets, je n'en mets que quand je sors, et ça ne me ruine pas, car je les monte moi-même ; chez moi je me contente de mes cheveux... Quant à mes robes, à mes bottines... est-ce que le Temple n'est pas là ?

— Ah ! oui... ce bienheureux Temple... Eh bien ! vous trouvez là...

— Des robes excellentes et très jolies. Figurez-vous que les grandes dames ont l'habitude de donner leurs vieilles robes à leurs femmes de chambre... Quand je dis vieilles... c'est-à-dire qu'elles les ont portées un mois ou deux en voiture... et les femmes de chambre vont les vendre au Temple... pour presque rien... Ainsi, tenez, j'ai là une robe de très beau mérinos raisin de Corinthe que j'ai eue pour quinze francs ; elle en avait peut-être coûté soixante, elle avait été à peine portée ; je l'ai arrangée à ma taille... et j'espère qu'elle me fait honneur.

— C'est vous qui lui faites honneur, ma voisine... Mais, avec la ressource du Temple, je commence à comprendre que vous puissiez suffire à votre entretien avec cent francs par an.

— N'est-ce pas ? On a là des robes d'été charmantes pour cinq ou six francs, des brodequins comme ceux que je porte, presque neufs, pour deux ou trois francs. Tenez, ne dirait-on pas qu'ils ont été faits pour moi ? dit Rigolette, qui s'arrêta et montra le bout de son joli pied, véritablement très bien chaussé.

— Le pied est charmant, c'est vrai ; mais vous devez difficilement lui trouver des chaussures... Après ça vous me direz sans doute qu'on vend au Temple des souliers d'enfants...

— Vous êtes un flatteur, mon voisin ; mais avouez qu'une petite fille toute seule, et bien rangée, peut vivre avec trente sous par jour ! Il faut dire que les quatre cent cinquante francs que j'ai emportés de la prison m'ont joliment aidée pour m'établir... Une fois qu'on m'a vue dans mes meubles, ça a inspiré de la confiance, et on m'a donné de l'ouvrage chez moi ; mais il a fallu attendre longtemps avant d'en trouver ; heureusement j'avais gardé de quoi vivre trois mois sans compter sur mon travail.

— Avec votre petit air étourdi, savez-vous que vous avez beaucoup d'ordre et de raison, ma voisine ?

— Dame ! quand on est toute seule au monde et qu'on ne veut avoir d'obligation à personne, faut bien s'arranger et faire son nid, comme on dit.

— Et votre nid est charmant.

— N'est-ce pas ? car enfin je ne me refuse rien ; j'ai même un loyer au-dessus de mon état ; j'ai des oiseaux ; l'été, toujours au moins deux pots de fleurs sur ma cheminée, sans compter les caisses de ma fenêtre et celle de ma cage ; et pourtant, comme je vous le disais, j'avais déjà trois francs dix sous dans ma tirelire, afin de pouvoir un jour parvenir à une garniture de cheminée.

— Et que sont devenues ces économies ?

— Mon Dieu, dans les derniers temps, j'ai vu ces pauvres Morel si malheureux, si malheureux, que j'ai dit : Il n'y a pas de bons sens d'avoir trois bêtes de pièces de vingt sous à paresser dans une tirelire, quand d'honnêtes gens meurent de faim à côté de vous !... alors j'ai prêté mes trois francs aux Morel. Quand je dis prêté... c'était pour ne pas les humilier, car je les leur aurais donnés de bon cœur.

— Vous entendez bien, ma voisine, que, puisque les voilà à leur aise, ils vous les rembourseront.

— C'est vrai, ça ne sera pas de refus... ça sera toujours un commencement pour acheter une garniture de cheminée... C'est mon rêve !

— Et puis, enfin, il faut toujours songer un peu à l'avenir.

— A l'avenir ?

— Si vous tombiez malade, par exemple...

— Moi... malade ?

Et Rigolette de rire aux éclats.

De rire si fort, qu'un gros homme qui marchait devant elle, portant un chien sous son bras, se retourna tout interloqué, croyant qu'il s'agissait de lui.

Rigolette, sans discontinuer de rire, lui fit une demi-révérence accompagnée d'une petite mine si espiègle, que Rodolphe ne put s'empêcher de partager l'hilarité de sa compagne.

Le gros homme continua son chemin en grommelant.

— Etes-vous folle !... allez, ma voisine ! dit Rodolphe en reprenant son sérieux.

— C'est votre faute aussi...

— Ma faute ?

— Oui, vous me dites des bêtises...

— Parce que je vous dis que vous pourriez tomber malade ?

— Malade moi ?

Et de rire encore.

— Pourquoi pas ?

— Est-ce que j'ai l'air de ça ?

— Jamais je n'ai vu figure plus rose et plus fraîche.

— Eh bien ! alors... pourquoi voulez-vous que je tombe malade ?

— Comment ?

— A dix-huit ans, avec la vie que je mène... est-ce que c'est possible ? Je me lève à cinq heures, hiver comme été ; je me couche à dix ou onze ; je mange à ma faim, qui n'est pas grande, c'est vrai ; je ne souffre pas du froid, je travaille toute la journée, je chante comme une alouette, je dors comme une marmotte, j'ai le cœur libre, joyeux, content ; je suis sûre de ne jamais manquer d'ouvrage, à propos de quoi voulez-vous que je sois malade ?... ce serait par trop drôle aussi...

Et de rire encore.

Rodolphe, frappé de cette aveugle et bienheureuse confiance dans l'avenir, se reprocha d'avoir risqué de l'ébranler... Il songeait avec une sorte d'effroi qu'une maladie d'un mois pouvait ruiner cette riante et paisible existence.

Cette foi profonde de Rigolette dans son courage et dans ses dix-huit ans... ses seuls biens... semblait à Rodolphe respectable et sainte...

De la part de la jeune fille... ce n'était plus de l'insouciance, de l'imprévoyance ; c'était une créance instinctive à la commisération et à la justice divine, qui ne pouvaient abandonner une créature laborieuse et bonne, une pauvre fille dont le seul tort était de compter sur la jeunesse et sur la santé qu'elle tenait de Dieu.

Au printemps, quand d'une aile agile les oiseaux du ciel, joyeux et chantants, affleurent les luzernes roses, ou fendent l'air tiède et azuré, s'inquiètent-ils du sombre hiver ?

— Ainsi, dit Rodolphe à la grisette, vous n'ambitionnez rien ?

— Rien...

— Absolument rien ?...

— Non... C'est-à-dire, entendons-nous, ma garniture de cheminée... et je l'aurai... je ne sais pas quand... mais j'ai mis dans ma tête de l'avoir, et ce sera ; je prendrai plutôt sur mes nuits...

— Et sauf cette garniture ?...

— Je n'ambitionne rien... seulement depuis aujourd'hui.

— Pourquoi cela ?

— Parce qu'avant-hier encore j'ambitionnais un voisin qui me plût... afin de faire avec lui, comme j'ai toujours fait, bon ménage... afin de lui rendre de petits services pour qu'il m'en rende à son tour.

— C'est déjà convenu, ma voisine ; vous soignerez mon linge, et je cirerai votre chambre... sans compter que vous m'éveillerez de bonne heure, en frappant à ma cloison.

— Et vous croyez que ce sera tout ?

— Qu'y a-t-il encore ?

— Ah bien ! vous n'êtes pas au bout. Est-ce qu'il ne faudra pas que le dimanche vous me meniez aux barrières ou sur les boulevards ? Je n'ai que ce jour-là de récréation...

— C'est ça, l'été, nous irons à la campagne.

— Non, je déteste la campagne ; je n'aime que Paris. Pourtant, dans le temps par complaisance, j'ai fait quelques parties à Saint-Germain avec une de mes camarades de prison, qu'on appelait la Goualeuse, parce qu'elle chantait toujours ; une bien bonne petite fille !

— Et qu'est-elle devenue ?

— Je ne sais pas ; elle dépensait son argent de prison sans avoir l'air de s'amuser beaucoup ; elle était toujours triste, mais douce et charitable... Quand nous sortions ensemble, je n'avais pas encore d'ouvrage ; quand j'en ai eu, je n'ai pas bougé de chez moi ; je lui ai donné mon adresse ; elle n'est pas venue me voir ; sans doute, elle est occupée de son côté... C'était pour vous dire, mon voisin, que j'aimais Paris plus que tout. Aussi, quand vous le pourrez, le dimanche, vous me mènerez dîner chez le traiteur, quelquefois au spectacle... sinon, si vous n'avez pas d'argent, vous me mènerez voir les boutiques dans les beaux passages, ça m'amuse presque autant. Mais soyez tranquille, dans nos parties fines, je vous ferai honneur... Vous verrez comme je serai gentille avec ma jolie robe de lévantine gros bleu que je ne mets que le dimanche ! elle me va comme un amour ; j'ai avec ça un petit bonnet garni de dentelles, avec des nœuds orange, qui ne font pas trop mal sur mes cheveux noirs, des bottines de satin turc que j'ai fait faire pour moi... un charmant châle de bourre de soie façon cachemire. Allez, allez, mon voisin, on se retournera plus d'une fois pour nous voir passer. Les hommes diront : « Mais c'est qu'elle est gentille, cette petite, parole d'honneur ! » Et les femmes diront de leur côté : « Mais c'est qu'il a une très jolie tournure, ce grand jeune homme mince... son air est très distingué... et ses petites moustaches brunes lui vont très bien... » Et je serais de l'avis de ces dames, car j'adore les moustaches... Malheureusement M. Germain n'en portait pas à cause de son bureau. M. Cabrion en avait, mais elles étaient rouges comme sa grande barbe, et je n'aime pas les grandes barbes ; et puis il faisait par trop le gamin dans les rues, et tourmentait trop ce pauvre M. Pipelet. Par exemple, M. Giraudeau (mon voisin d'avant M. Cabrion) avait une très bonne tenue, mais il était louche. Dans les commencements, ça me gênait beaucoup, parce qu'il avait toujours l'air de regarder quelqu'un à côté de moi, et, sans y penser, je me retournais pour voir qui.

Et de rire.

Rodolphe écoutait ce babil avec curiosité ; il se demandait pour la troisième ou quatrième fois ce qu'il devait penser de la vertu de Rigolette.

Tantôt la liberté même des paroles de la grisette et le souvenir du gros verrou lui faisaient presque croire qu'elle aimait ses voisins en frères, en camarades, et que Mme Pipelet l'avait calomniée ; tantôt il souriait de ses velléités de crédulité, en songeant qu'il était peu probable qu'une fille aussi jeune, aussi abandonnée, eût échappé aux séductions de MM. Giraudeau, Cabrion et Germain. Pourtant, la franchise, l'originale familiarité de Rigolette éveillaient en lui de nouveaux doutes.

— Vous me charmez, ma voisine, en disposant ainsi de mes dimanches, reprit gaiement Rodolphe ; soyez tranquille, nous ferons de fameuses parties.

— Un instant, monsieur le dépensier, c'est moi qui tiendrai la bourse, je vous en préviens. L'été, nous pourrons dîner très bien... mais très bien !... pour trois francs, à la Chartreuse ou à l'Ermitage Montmartre, une demi-douzaine de contredanses ou de valses par là-dessus, et quelques courses sur les chevaux de bois... J'adore monter à cheval... ça vous fera vos cent sous, pas un liard de plus... Valsez-vous ?

— Très bien.

— A la bonne heure ! M. Cabrion me marchait toujours sur les pieds, et puis, par farce, il jetait des pois fulminants par terre, ça fait qu'on n'a plus voulu de nous à la Chartreuse.

Et de rire.

— Soyez tranquille, je vous réponds de ma réserve à l'égard des pois fulminants ; mais l'hiver, que ferons-nous ?

— L'hiver, comme on a moins faim, nous dînerons parfaitement pour quarante sous, et il nous restera trois francs pour le spectacle, car je ne veux pas que vous dépassiez vos cent sous : c'est déjà bien assez cher ; mais tout seul vous dépenseriez au moins ça à l'estaminet, au billard, avec de mauvais sujets qui sentent la pipe comme des horreurs. Est-ce qu'il ne vaut pas mieux passer gaiement la journée avec une petite amie bien bonne enfant, bien rieuse, qui trouvera encore le temps de vous économiser quelques dépenses en vous ourlant vos cravates, en soignant votre ménage ?

— Mais c'est un gain tout clair, ma voisine. Seulement, si mes amis me rencontrent avec ma gentille petite amie sous le bras ?

— Eh bien ! ils diront : Il n'est pas malheureux, ce diable de Rodolphe !

— Vous savez mon nom ?

— Quand j'ai appris que la chambre voisine était déjà louée, j'ai demandé à qui.

— Et mes amis diront : il est très heureux, ce Rodolphe !... Et ils m'envieront.

— Tant mieux !

— Ils me croiront heureux.

— Tant mieux !... tant mieux !...

— Et si je ne le suis pas autant que je le paraîtrai ?

— Qu'est-ce que ça vous fait, pourvu qu'on le croie ?... Aux hommes, il ne leur en faut pas davantage.

— Mais votre réputation ?

Rigolette partit d'un éclat de rire.

— La réputation d'une grisette ! est-ce qu'on croit à ces météores-là ? reprit-elle. Si j'avais père ou mère, frère ou sœur, je tiendrais pour eux au qu'en-dira-t-on... Je suis toute seule, ça me regarde...

— Mais, moi, je serai très malheureux.

— De quoi ?

— De passer pour être heureux, tandis qu'au contraire je vous aimerai... à peu près comme vous dîniez chez le papa Crétu... en mangeant votre pain sec à la lecture du livre de cuisine.

— Bah ! bah ! vous vous y ferez : je serai pour vous si douce, si reconnaissante, si peu gênante, que vous vous direz : Après tout, autant faire mon dimanche avec elle qu'avec un camarade... Si vous êtes libre le soir dans la semaine, et que ça ne vous ennuie pas, vous viendrez passer la soirée avec moi, vous profiterez de mon feu et de ma lampe ; vous louerez des romans, vous me ferez la lecture. Autant ça que d'aller perdre votre argent au billard, sinon, si vous êtes occupé tard chez votre patron, ou que vous aimiez mieux aller au café, vous me direz bonsoir en rentrant si je veille encore. Si je suis couchée, le lendemain matin, je vous dirai bonjour à travers votre cloison pour vous éveiller... Tenez, M. Germain, mon dernier voisin, passait toutes ses soirées comme ça avec moi ; il ne s'en plaignait pas !... Il m'a lu tout Walter Scott... C'est ça qui était amusant ! Quelquefois, le dimanche, quand il faisait mauvais, au lieu d'aller au spectacle et de sortir, il allait acheter quelque chose ; nous faisions une vraie dînette dans ma chambre, et puis après, nous lisions... Ça m'amusait presque autant que le théâtre. C'est pour vous dire que je ne suis pas difficile à vivre, et que je fais tout ce qu'on veut. Et puis, vous qui parliez d'être malade, si jamais vous l'étiez... c'est moi qui suis une vraie petite sœur grise !... demandez aux Morel... Tenez, vous ne savez pas votre bonheur, monsieur Rodolphe... C'est un vrai quine à la loterie de m'avoir pour voisine.

— C'est vrai, j'ai toujours eu du bonheur ; mais à propos de M. Germain, où est-il donc maintenant ?

— A Paris, je pense.

— Vous ne le voyez plus ?

— Depuis qu'il a quitté la maison, il n'est plus revenu chez moi.

— Mais où demeure-t-il ? Que fait-il ?

— Pourquoi ces questions-là, mon voisin ?

— Parce que je suis jaloux de lui, dit Rodolphe en souriant, et que je voudrais...

— Jaloux !!! Et Rigolette de rire. Il n'y a pas de quoi, allez... Pauvre garçon !...

— Sérieusement, ma voisine, j'aurais le plus grand intérêt à savoir où rencontrer M. Germain ; vous connaissez sa demeure, et, sans me vanter, vous devez me croire incapable d'abuser du secret que je vous demande... Je vous le jure dans son intérêt...

— Sérieusement, mon voisin, je crois que vous pouvez vouloir beaucoup de bien à M. Germain ; mais il m'a fait promettre de ne dire son adresse à personne... et puisque je ne vous la dis pas à vous, c'est que ça m'est impossible... Cela ne doit pas vous fâcher contre moi... Si vous m'aviez confié un secret, vous seriez content, n'est-ce pas, de me voir agir comme je le fais ?

— Mais...

— Tenez, mon voisin, une fois pour toutes, ne me parlez plus de cela... J'ai fait une promesse, je la tiendrai, et, quoi que vous me puissiez dire, je vous répondrai toujours la même chose..

Malgré son étourderie, sa légèreté, la jeune fille accentua ces derniers mots si fermement que Rodolphe comprit, à son grand regret, qu'il n'obtiendrait peut-être pas d'elle ce qu'il désirait savoir. Il lui répugnait d'employer la ruse pour surprendre la confiance de Rigolette ; il attendit et reprit gaiement :

— N'en parlons plus, ma voisine. Diable ! vous gardez si bien les secrets des autres, que je ne m'étonne plus que vous gardiez les vôtres.

— Des secrets, moi ! Je voudrais bien en avoir, ça doit être très amusant.

— Comment ! vous n'avez pas un petit secret de cœur ?

— Un secret de cœur ?

— Enfin... vous n'avez jamais aimé ? dit Rodolphe en regardant bien fixement Rigolette pour tâcher de deviner la vérité.

— Comment ! jamais aimé ?... Et M. Giraudeau ? et M. Cabrion ? et M. Germain ? et vous donc ?...

— Vous ne les avez pas aimés plus que moi ?... autrement que moi ?

— Ma foi ! non ; moins peut-être, car il a fallu m'habituer aux yeux louches de M. Giraudeau, à la barbe rousse et aux farces de M. Cabrion, et à la tristesse de M. Germain, car il était bien triste, ce pauvre jeune homme. Vous, au contraire, vous m'avez plu tout de suite...

— Voyons, ma voisine, ne vous fâchez pas ; je vais vous parler... en vrai camarade...

— Allez... allez... j'ai le caractère bien fait... Et puis vous êtes si bon que vous n'auriez pas le cœur, j'en suis sûre, de me dire quelque chose qui me fasse de la peine...

— Sans doute... Mais voyons, franchement, vous n'avez jamais eu d'amant ?

— Des amants !... ah ! bien oui ! est-ce que j'ai le temps ?

— Qu'est-ce que le temps fait à cela ?

— Ce que ça fait ! mais tout... D'abord je serais jalouse comme un tigre, je me ferais sans cesse des peines de cœur ; et bien ! est-ce que je gagne assez d'argent pour pouvoir perdre deux ou trois heures par jour à pleurer, à me désoler ? Et si on me trompait... que de larmes, que de chagrins !... Ah bien ! par exemple... c'est pour le coup que ça m'arriérerait joliment !

— Mais tous les amants ne sont pas infidèles, ne font pas pleurer leur maîtresse.

— Ça serait encore pis... s'il était par trop gentil. Est-ce que je pourrais vivre un moment sans lui ?... et comme il faudrait probablement qu'il soit toute la journée à son bureau, à son atelier ou à sa boutique, je serais comme une pauvre âme en peine pendant son absence ; je me forgerais mille chimères... je me figurerais que d'autres l'aiment, qu'il est auprès d'elles. Et s'il m'abandonnait !... jugez donc ! Est-ce que je sais enfin... tout ce qui pourrait m'arriver ? Tant il y a que certainement mon travail s'en ressentirait... et alors, qu'est-ce que je deviendrais ? C'est tout juste si, tranquille comme je suis, je puis me tenir au courant en travaillant douze à quinze heures par jour... Voyez donc si je perdais trois ou quatre journées par semaine à me tourmenter... comment rattraper ce temps-là... impossible ! Il faudrait donc me mettre aux ordres de quelqu'un ?... Oh ! ça, non !... j'aime trop ma liberté...

— Votre liberté ?

— Oui, je pourrais entrer comme première ouvrière chez la maîtresse couturière pour qui je travaille... j'aurais quatre cents francs, logée, nourrie...

— Et vous n'acceptez pas ?

— Non, sans doute... je serais à gages chez les autres ; au lieu que, si pauvre que soit mon chez-moi, au moins je suis chez moi, je ne dois rien à personne... j'ai du courage, du cœur, de la santé, de la gaieté. un bon voisin comme vous qu'est-ce qu'il me faut de plus ?

— Et vous n'avez jamais songé à vous marier ?

— Me marier !... je ne peux me marier qu'à un pauvre comme moi. Voyez les malheureux Morel... voilà où ça mène... tandis que quand on n'a à répondre que pour soi... on s'en retire toujours...

— Ainsi vous ne faites jamais de châteaux en Espagne, de rêves ?

— Si... je rêve à ma garniture de cheminée... excepté ça... qu'est-ce que vous voulez que je désire ?

— Mais si un parent vous avait laissé une petite fortune... douze cents francs de rentes, je suppose... à vous qui vivez avec cinq cents francs ?

— Dame ! ça serait peut-être un bien, peut-être un mal.

— Un mal ?

— Je suis heureuse comme je suis : je connais la vie que je mène, je ne sais pas celle que je mènerais si j'étais riche. Tenez, mon voisin, quand, après une bonne journée de travail, je me couche le soir, que ma lumière est éteinte, et qu'à la lueur du petit feu de braise qui reste dans mon poêle je vois ma chambre bien proprette, mes rideaux, ma commode, mes chaises, mes oiseaux, ma montre, ma table chargée d'étoffes qu'on m'a confiées, et que je me dis : Enfin, tout ça est à moi, je ne le dois qu'à moi... vrai, mon voisin... ces idées-là me bercent bien câlinement, allez !... et quelquefois je m'endors orgueilleuse et toujours contente. Eh bien ! je devrais mon chez-moi à l'argent d'un vieux parent... que ça ne me ferait pas autant de plaisir, j'en suis sûre... Mais tenez, nous voici au Temple, avouez que c'est un superbe coup d'œil !

CHAPITRE V

LE TEMPLE

Quoique Rodolphe ne partageât pas la profonde admiration de Rigolette à la vue du Temple, il fut néanmoins frappé de l'aspect singulier de cet énorme bazar, qui a ses quartiers et ses passages.

Vers le milieu de la rue du Temple, non loin d'une fontaine qui se trouve à l'angle d'une grande place, on aperçoit un immense parallélogramme construit en charpente et surmonté d'un comble recouvert d'ardoises.

C'est le Temple.

Borné à gauche par la rue du Petit-Thouars, à droite par la rue Percée, il aboutit à un vaste bâtiment circulaire, colossale rotonde, entourée d'une galerie à arcades.

Une longue voie, coupant le parallélogramme dans son milieu et dans sa longueur, le partage en deux parties égales ; celles-ci sont à leur tour divisées, subdivisées à l'infini par une multitude de petites ruelles latérales et transversales qui se croisent en tous sens, et sont abritées de la pluie par le toit de l'édifice.

Dans ce bazar, toute marchandise neuve est généralement prohibée ; mais la plus infime rognure d'étoffe quelconque, mais le plus mince débris de fer, de cuivre, de fonte ou d'acier y trouve son vendeur et son acheteur.

Il y a là des négociants en bribes de drap de toutes couleurs, de toutes nuances, de toutes qualités, de tout âge, destinées à assortir les pièces que l'on met aux habits troués ou déchirés.

Il est des magasins où l'on découvre des montagnes de savates éculées, percées, tordues, fendues, choses sans nom, sans forme, sans couleur, parmi lesquelles apparaissent çà et là quelques semelles fossiles, épaisses d'un pouce, constellées de clous comme des portes de prison, dures comme le sabot d'un cheval ! véritables squelettes de chaussures, dont toutes les adhérences ont été dévorées par le temps ; tout cela est moisi, racorni, troué, corrodé, et tout cela s'achète : il y a des négociants qui vivent de ce commerce.

Il existe des détaillants de ganses, franges, crêtes, cordons, effilés de soie, de coton ou de fil, provenant de la démolition de rideaux complètement hors de service.

D'autres industriels s'adonnent au commerce des chapeaux de femme . ces chapeaux n'arrivent jamais à leur boutique que dans les sacs des revendeuses, après les pérégrinations les plus étranges, les transformations les plus violentes, les décolorations les plus incroyables. Afin que les marchandises ne tiennent pas trop de place dans un magasin ordinairement grand comme une énorme boîte, on plie bien proprement ces chapeaux en deux, après quoi on les aplatit et on les empile excessivement serrés ; sauf la saumure, c'est absolument le même procédé que pour la conversation des harengs ; aussi ne peut-on se figurer combien, grâce à ce mode d'arrimage, il tient de ces choses dans un espace de quatre pieds carrés.

L'acheteur se présente-t-il, on soustrait ces chiffons à la haute pression qu'ils subissent ; la marchande donne, d'un air dégagé, un petit coup de poing dans le fond de la forme pour la relever, défripe la passe sur son genou, et vous avez sous les yeux un objet bizarre, fantastique, qui rappelle confusément à votre souvenir ces coiffures fabuleuses, particulièrement dévolues aux ouvreuses de loges, aux tantes de figurantes ou aux duègnes des théâtres de province.

Plus loin, à l'enseigne du « Goût du Jour », sous les arcades de la rotonde élevée au bout de la large voie qui sépare le Temple en deux parties, sont appendus comme des *ex-voto* des myriades de vêtements de couleurs, de formes et de tournures encore plus exorbitantes, encore plus énormes que celles des vieux chapeaux de femme.

Ainsi on trouve des fracs gris de lin crânement rehaussés de trois rangées de boutons de cuivre à la hussarde, et chaudement ornés d'un petit collet fourré en poil de renard.

Des redingotes primitivement vert bouteille, que le temps a rendues vert pistache, bordées d'un cordonnet noir et rajeunies par une doublure écossaise bleue et jaune du plus riant effet.

Des habits dits autrefois à queue de morue, couleur d'amadou, à riche collet de panne, ornés de boutons jadis argentés, mais alors d'un rouge cuivreux.

On y remarque encore des polonaises marron, à collet de peau de chat, côtelées de brandebourgs et d'agréments de coton noir éraillés ; non loin d'icelles, des robes de chambre artistement faites avec de vieux carriks dont on a ôté les triples collets, et qu'on a intérieurement garnies de morceaux de cotonnade imprimée ; les mieux portées sont bleu ou vert sordide, ornées de pièces nuancées, brodées de fil passé, et doublées d'étoffe rouge à rosaces orange, parements et collet pareils ; une cordelière, faite d'un vieux cordon de sonnette en laine tordue, sert de ceinture à ces élégants déshabillés, dans lesquels Robert Macaire se fût prélassé avec un orgueilleux bonheur.

Nous ne parlerons que pour mémoire d'une foule de costumes de Frontin plus ou moins équivoques, plus ou moins barbares, au milieu desquels on retrouve pourtant çà et là quelques authentiques livrées royales ou princières que les révolutions de toutes sortes ont traînées du palais aux sombres arceaux de la rotonde du Temple.

Ces exhibitions de vieilles chaussures, de vieux chapeaux et de vieux habits ridicules sont le côté grotesque de ce bazar ; c'est le quartier des guenilles prétentieusement parées et déguisées ; mais on doit avouer, ou plutôt on doit proclamer que ce vaste établissement est d'une haute utilité pour les classes pauvres ou peu aisées. Là elles achètent, à un rabais excessif, d'excellentes choses presque neuves, dont la dépréciation est pour ainsi dire imaginaire.

Un des côtés du Temple, destiné aux objets de couchage, était rempli de monceaux de couvertures, de draps, de matelas, d'oreillers. Plus loin, c'étaient des tapis, des rideaux, des ustensiles de ménage de toutes sortes ; ailleurs, des vêtements, des chaussures, des coiffures pour toutes les conditions, pour tous les âges. Ces objets, généralement d'une extrême propreté, n'offraient à la vue rien de répugnant.

On ne saurait croire, avant d'avoir visité ce bazar, comme il faut peu de temps et peu d'argent pour remplir une charrette de tout ce qui est nécessaire au complet établissement de deux ou trois familles qui manquent de tout.

Rodolphe fut frappé de la manière à la fois empressée, prévenante et joyeuse avec laquelle les marchands, debout en dehors de leurs boutiques, sollicitaient la pratique des passants ; ces façons, empreintes d'une sorte de familiarité respectueuse, semblaient appartenir à un autre âge.

Rodolphe donnait le bras à Rigolette. A peine parut-il dans le grand passage, où se tenaient les marchands d'objets de literie, qu'il fut poursuivi des offres les plus séduisantes.

— Monsieur, entrez donc voir mes matelas, c'est comme neuf ; je vais vous en découdre un coin, vous verrez la fourniture ; on dirait de la laine d'agneau, tant c'est doux et blanc.

— Ma jolie petite dame, j'ai des draps de belle toile, meilleurs que neufs, car leur première rudesse est passée ; c'est souple comme un gant, fort comme une trame d'acier.

— Mes gentils mariés, achetez-moi donc ces couvertures ; voyez, c'est moelleux, chaud et léger ; on dirait de l'édredon, c'est remis à neuf, ça n'a pas servi vingt fois ; voyons, ma petite dame, décidez votre mari, donnez-moi votre pratique, je vous monterai votre ménage pas cher... vous serez contents, vous reviendrez voir la mère Bouvard, vous trouverez de tout chez moi... Hier, j'ai eu une occasion superbe... vous allez voir ça... allons, entrez donc ! la vue n'en coûte rien.

— Ma foi, ma voisine, dit Rodolphe à Rigolette, cette bonne grosse femme aura la préférence... Elle nous prend pour de jeunes mariés, ça me flatte... je me décide pour sa boutique.

— Va pour la grosse femme ! dit Rigolette, sa figure me revient aussi !

La grisette et son compagnon entrèrent chez la mère Bouvard.

Par une magnanimité peut-être sans exemple ailleurs qu'au Temple, les rivales de la mère Bouvard ne se révoltèrent pas de la préférence qu'on lui accordait ; une de ses voisines poussa même la générosité jusqu'à dire :

— Autant que ça soit la mère Bouvard qu'une autre qui ait cette aubaine ; elle a de la famille, et c'est la doyenne et l'honneur du Temple

Il était d'ailleurs impossible d'avoir une figure plus avenante, plus ouverte et plus réjouie que la doyenne du Temple.

— Tenez, ma jolie petite dame, dit-elle à Rigolette qui examinait plusieurs objets d'un œil très connaisseur, voilà l'occasion dont je vous parlais : deux garnitures de lit complètes, c'est comme tout neuf. Si par hasard vous voulez un vieux petit secrétaire pas cher, en voilà un (la mère Bouvard l'indiqua du geste), je l'ai eu du même lot. Quoique je n'achète pas ordinairement de meubles, je n'ai pu refuser de le prendre ; les personnes de qui je tiens tout ça avaient l'air si malheureuses ! Pauvre dame !... c'était surtout la vente de cette antiquaille qui semblait lui saigner le cœur... Il paraît que c'était un meuble de famille...

A ces mots, et pendant que la marchande débattait avec Rigolette les prix de différentes fournitures, Rodolphe considéra plus attentivement le meuble que la mère Bouvard lui avait montré.

C'était un de ces anciens secrétaires en bois de rose, d'une forme presque triangulaire, fermé par un panneau antérieur qui, rabattu et soutenu par deux longues charnières de cuivre, sert de table à écrire. Au milieu de ce panneau, orné de marqueterie de bois de couleurs variées, Rodolphe remarqua un chiffre incrusté en ébène, composé d'un M et d'un R entrelacés, et surmonté d'une couronne de comte. Il supposa que le dernier possesseur de ce meuble appartenait à une classe élevée de la société. Sa curiosité redoubla ; il regarda le secrétaire avec une nouvelle attention ; il visitait machinalement les tiroirs les uns après les autres, lorsque, éprouvant quelque difficulté à ouvrir le dernier, et cherchant la cause de cet obstacle, il découvrit et attira à lui avec précaution une feuille de papier à moitié engagée entre le casier et le fond du meuble.

Pendant que Rigolette terminait ses achats avec la mère Bouvard, Rodolphe examinait curieusement sa découverte.

Aux nombreuses ratures qui couvraient ce papier, on reconnaissait le brouillon d'une lettre inachevée.

Rodolphe lut ce qui suit avec assez de peine :

Monsieur,

Soyez persuadé que le malheur le plus effroyable peut seul me contraindre à la démarche que je tente auprès de vous. Ce n'est pas une fierté mal placée qui cause mes scrupules, c'est le manque absolu de titres au service que j'ose vous demander. La vue de ma fille, réduite comme moi au plus affreux dénuement, me fait surmonter mon embarras. Quelques mots seulement sur la cause des désastres qui m'accablent.

Après la mort de mon mari, il me restait pour fortune trois cent mille francs placés par mon frère chez M. Jacques Ferrand, notaire. Je recevais à Angers, où j'étais retirée avec ma fille, les intérêts de cette somme par l'entremise de mon frère. Vous savez, monsieur, l'épouvantable événement qui a mis fin à ses jours ; ruiné, à ce qu'il paraît, par de secrètes et malheureuses spéculations, il s'est tué il y a huit mois. Lors de ce funeste événement, je reçus de lui quelques lignes désespérées. Lorsque je les lirais, me disait-il, il n'existerait plus. Il terminait cette lettre en me prévenant qu'il ne possédait aucun titre relativement à la somme placée en mon nom chez M. Jacques Ferrand ; ce dernier ne donnant jamais de reçu, car il était l'honneur, la pitié même, il me suffirait de me présenter chez lui pour que cette affaire fût convenablement réglée.

Dès qu'il me fut possible de songer à autre chose qu'à la mort affreuse de mon frère, je vins à Paris, où je ne connaissais personne que vous, monsieur, et encore indirectement par les relations que vous aviez eues avec mon mari. Je vous l'ai dit, la somme déposée chez M. Jacques Ferrand formait toute ma fortune ; et mon frère m'envoyait tous les six mois l'intérêt échu de cet argent : plus d'une année était révolue depuis le dernier payement, je me présentai donc chez M. Jacques Ferrand pour lui demander un revenu dont j'avais le plus grand besoin.

A peine m'étais-je nommée que, sans respect pour ma douleur, il accusa mon frère de lui avoir emprunté deux mille francs que sa mort lui faisait perdre, ajoutant que, non seulement son suicide était un crime devant Dieu et devant les hommes, mais encore que c'était un acte de spoliation dont lui, M. Jacques Ferrand, se trouvait victime.

Cet odieux langage m'indigna ; l'éclatante probité de mon frère était bien connue ; il avait, il est vrai, à l'insu de moi et de ses amis, perdu sa fortune dans des spéculations hasardées ; mais il était mort avec une réputation intacte, regretté de tous, et ne laissant aucune dette, sauf celle du notaire.

Je répondis à M. Ferrand que je l'autorisais à prendre à l'instant, sur les trois cent mille francs dont il était dépositaire, les deux mille francs que lui devait mon frère. A ces mots, il me regarda d'un air stupéfait, et me demanda de quels trois cent mille francs je voulais parler.

— De ceux que mon frère a placés chez vous depuis dix-huit mois, monsieur, et dont jusqu'à présent vous m'avez fait parvenir les intérêts par son entremise, lui dis-je, ne comprenant pas sa question.

Le notaire haussa les épaules, sourit de pitié, comme si mes paroles n'eussent pas été sérieuses, et me répondit que, loin de placer de l'argent chez lui, mon frère lui avait emprunté deux mille francs.

Il m'est impossible de vous exprimer mon épouvante à cette réponse.

— Mais alors, qu'est devenue cette somme ? m'écriai-je. Ma fille et moi nous n'avons pas d'autre ressource ; si elle nous est enlevée, il ne nous reste que la misère la plus profonde. Que deviendrons-nous ?

— Je n'en sais rien, répondit froidement le notaire. Il est probable que votre frère, au lieu de placer cette somme chez moi comme il vous l'a dit, l'aura mangée dans les spéculations malheureuses auxquelles il s'adonnait à l'insu de tout le monde.

— C'est faux, c'est infâme, monsieur ! m'écriais-je. Mon frère était la loyauté même. Loin de me dépouiller, moi et ma fille, il se fût sacrifié pour nous. Il n'avait jamais voulu se marier pour laisser ce qu'il possédait à mon enfant.

— Oseriez-vous donc prétendre, madame, que je suis capable de nier un dépôt qui m'aurait été confié ? me demanda le notaire avec une indignation qui me parut si honorable et si sincère, que je lui répondis :

— Non, sans doute, monsieur ; votre réputation de probité est connue ; mais je ne puis pourtant accuser mon frère d'un aussi cruel abus de confiance.

— Sur quels titres vous fondez-vous pour me faire cette réclamation ? me demanda M. Ferrand.

— Sur aucun, monsieur. Il y a dix-huit mois, mon frère, qui voulait bien se charger de mes affaires, m'a écrit : « J'ai un excellent placement à six pour cent ; envoie-moi ta procuration pour vendre tes rentes · je déposerai trois cent mille francs, que je compléterai, chez M. Jacques Ferrand,

notaire. » J'ai envoyé ma procuration à mon frère ; peu de jours après, il m'a annoncé que le placement était fait chez vous, que vous ne donniez jamais de reçu ; et au bout de six mois il m'a envoyé les intérêts échus.

— Et au moins avez-vous quelques lettres de lui à ce sujet, madame ?

— Non, monsieur. Elles traitaient seulement d'affaires, je ne les conservai pas.

— Je ne puis malheureusement rien à cela, madame, me répondit le notaire. Si ma probité n'était pas au-dessus de tout soupçon, de toute atteinte, je vous dirais : Les tribunaux vous sont ouverts ; attaquez-moi : les juges auront à choisir entre la parole d'un homme honorable, qui depuis trente ans jouit de l'estime des gens de bien, et la déclaration posthume d'un homme qui, après s'être sourdement ruiné dans les entreprises les plus folles, n'a trouvé de refuge que dans le suicide... Je vous dirais enfin : Attaquez-moi, madame, si vous l'osez, et la mémoire de votre frère sera déshonorée. Mais je crois que vous aurez le bon sens de vous résigner à un malheur fort grand, sans doute, mais auquel je suis étranger.

— Mais enfin, monsieur, je suis mère ! si ma fortune m'est enlevée, moi et ma fille nous n'avons d'autre ressource qu'un modeste mobilier. Cela vendu, c'est la misère, monsieur, l'affreuse misère !

— Vous avez été dupe, c'est un malheur ; je n'y puis rien, me répondit le notaire. Encore une fois, madame, votre frère vous a trompée. Si vous hésitez entre sa parole et la mienne, attaquez-moi : les tribunaux prononceront.

Je sortis de chez le notaire la mort dans le cœur. Que me restait-il à faire dans cette extrémité ? Sans titre pour prouver la validité de ma créance, convaincue de la sévère probité de mon frère, confondue par l'assurance de M. Ferrand, n'ayant personne à qui m'adresser pour demander des conseils (vous étiez alors en voyage), sachant qu'il faut de l'argent pour avoir les avis des gens de loi, et voulant précisément conserver le peu qui me restait, je n'osai entreprendre un tel procès. Ce fut alors...

Ce brouillon de lettre s'arrêtait là ; car d'indéchiffrables ratures couvraient quelques lignes qui suivaient encore ; enfin au bas, et dans un coin de la page, Rodolphe lut cette espèce de mémento : *Ecrire à Mme la duchesse de Lucenay.*

Rodolphe resta pensif après la lecture de ce fragment de lettre.

Quoique la nouvelle infamie dont on semblait accuser Jacques Ferrand ne fût pas prouvée, cet homme s'était montré si impitoyable envers le malheureux Morel, si infâme envers Louise, sa fille, qu'un déni de dépôt, protégé par une impunité certaine, pouvait à peine étonner de la part d'un pareil misérable.

Cette mère, qui réclamait cette fortune, si étrangement disparue, était sans doute habituée à l'aisance. Ruinées par un coup subit, ne connaissant personne à Paris, disait le projet de lettre, quelle devait être l'existence de ces deux femmes dénuées de tout peut-être, seules au milieu de cette ville immense ?

Rodolphe avait, on le sait, promis quelques intrigues à Mme d'Harville, en lui assignant, même au hasard, et pour occuper son esprit, un rôle à jouer dans une bonne œuvre à venir, certain d'ailleurs de trouver, avant son prochain rendez-vous avec la marquise, quelque malheur à soulager.

Il pensa que peut-être le hasard le mettait sur la voie d'une noble infortune, qui pourrait, selon son projet, intéresser le cœur et l'imagination de Mme d'Harville.

Le projet de lettre qu'il tenait entre ses mains, et dont la copie n'avait sans doute pas été envoyée à la personne dont on implorait l'assistance, annonçait un caractère fier et résigné que l'offre d'une aumône révolterait sans doute. Alors, que de précautions, que de détours, que de ruses délicates pour cacher la source d'un généreux secours ou pour le faire accepter !

Et puis que d'adresse pour s'introduire chez cette femme afin de juger si elle méritait véritablement l'intérêt qu'elle semblait devoir inspirer ! Rodolphe entrevoyait là une foule d'émotions neuves, curieuses, touchantes, qui devaient singulièrement *amuser* Mme d'Harville, ainsi qu'il le lui avait promis.

— Eh bien ! mon *mari,* dit gaiement Rigolette à Rodolphe, qu'est-ce que c'est que ce chiffon de papier que vous lisez-là ?

— Ma petite *femme,* répondit Rodolphe, vous êtes très curieuse ! je vous dirai cela tantôt. Avez-vous terminé vos achats ?

— Certainement, et vos protégés seront établis comme des rois. Il ne s'agit plus que de payer ; Mme Bouvard est bien arrangeante, faut être juste.

— Ma petite *femme,* une idée ! pendant que je vais payer, si vous alliez choisir des vêtements pour Mme Morel et pour ses enfants ? Je vous avoue mon ignorance au sujet de ces emplettes. Vous diriez d'apporter cela ici : on ne ferait qu'un voyage, et nos pauvres gens auraient tout à la fois.

— Vous avez toujours raison, mon *mari.* Attendez-moi, ça ne sera pas long. Je connais deux marchandes dont je suis la pratique habituelle ; je trouverai chez elles tout ce qu'il me faudra.

Et Rigolette sortit.

Mais elle se retourna pour dire :

— Madame Bouvard, je vous confie mon *mari ;* n'allez pas lui faire les yeux doux au moins.

Et de rire, et de disparaître prestement.

CHAPITRE VI

DÉCOUVERTE

— Faut avouer, monsieur, dit la mère Bouvard à Rodolphe, après le départ de Rigolette, faut avouer que vous avez là une fameuse petite ménagère. Peste !... elle s'entend joliment à acheter ; et puis elle est gentille ! rose et blanche, avec de grands beaux yeux noirs et les cheveux pareils... c'est rare !...

— N'est-ce pas qu'elle est charmante, et que je suis un heureux mari, madame Bouvard ?

— Aussi heureux mari qu'elle est heureuse femme... j'en suis bien sûre.

— Vous ne vous trompez guère : mais, dites-moi, combien vous dois-je ?

— Votre petite ménagère n'a pas voulu démordre de trois cent trente francs pour le tout. Comme il n'y a qu'un Dieu, je ne gagne que quinze francs, car je n'ai pas payé ces objets aussi bon marché que j'aurais pu... je n'ai pas eu le cœur de les marchander... les gens qui vendaient avaient l'air par trop malheureux !

— Vraiment ! ne sont-ce pas les mêmes personnes à qui vous avez aussi acheté ce petit secrétaire ?

— Oui, monsieur... tenez, ça fend le cœur, rien que d'y songer ! Figurez-vous qu'avant-hier il arrive ici une dame jeune et belle encore, mais si pâle, si maigre, qu'elle faisait peine à voir... et puis nous connaissons ça, nous autres. Quoiqu'elle fût, comme on dit, tirée à quatre épingles, son vieux châle de laine noire râpé, sa robe d'alépine aussi noire et tout éraillée, son chapeau de paille au mois de janvier (cette dame était en deuil) annonçaient ce que nous appelons une misère bourgeoise, car je suis sûre que c'est une dame très comme il faut ; enfin elle me demande en rougissant si je veux acheter la fourniture de deux lits complets et un vieux petit secrétaire ; je lui réponds que puisque je vends, faut bien que j'achète ; que si ça me convient, c'est une affaire faite, mais que je voudrais voir les objets. Elle me prie alors de venir chez elle, pas loin d'ici, de l'autre côté du boulevard, dans une maison sur le quai du canal Saint-Martin. Je laisse ma boutique à ma nièce, je suis la dame, nous arrivons dans une maison à petites gens, comme on dit, tout au fond de la cour nous montons au quatrième, la dame frappe, une jeune fille de quatorze ans vient ouvrir : elle était aussi en deuil, et aussi bien pâle et bien maigre ; mais malgré ça, belle comme le jour... si belle que je restai en extase.

— Et cette belle jeune fille.

— Elle était la fille de la dame en deuil... Malgré le froid, une pauvre robe de cotonnade noire à pois blancs et un petit châle de deuil tout usé, voilà ce qu'elle avait sur elle.

— Et leur logis était misérable ?

— Figurez-vous, monsieur, deux pièces bien propres, mais nues, mais glaciales que ça en donnait la petite mort ; d'abord une cheminée où on ne voyait pas une miette de cendre ; il n'y avait pas eu de feu là depuis bien longtemps. Pour tout mobilier, deux lits, deux chaises, une commode, une vieille malle et le petit secrétaire ; sur la malle un paquet dans un foulard... Ce petit paquet, c'était tout ce qui restait à la mère et à la fille, une fois leur mobilier vendu. Le propriétaire s'arrangeait des deux bois de lits, des chaises, de la malle, de la table pour ce qu'on lui devait, nous dit le portier, qui était monté avec nous. Alors cette dame me pria bien honnêtement d'estimer les matelas, les draps, les rideaux, les couvertures. Foi d'honnête femme, monsieur, quoique mon état soit d'acheter bon marché et de vendre cher, quand j'ai vu cette pauvre demoiselle les yeux tout pleins de larmes, et sa mère qui, malgré son sang-froid, avait l'air de pleurer en dedans, j'ai estimé à quinze francs près ce que ça valait, et ça bien au juste, je vous le jure. J'ai même consenti, pour les obliger à prendre ce petit secrétaire, quoique ce ne soit pas ma partie...

— Je vous l'achète, madame Bouvard...

— Ma foi ! tant mieux, monsieur, il me serait resté longtemps sur les bras... Je ne m'en était chargée que pour lui rendre service, à cette pauvre dame. Je lui dis donc le prix que j'offrais de ces effets... Je m'attendais qu'elle allait marchander, demander plus... Ah bien oui ! C'est encore à ça que j'ai vu que ce n'était pas une dame du commun ; misère bourgeoise, allez, monsieur, bien sûr ! Je lui dis donc : « C'est tant ». Elle me répond : « C'est bien. Retournons chez vous, vous me payerez, car je ne dois plus revenir dans cette maison ». Alors elle dit à sa fille, qui pleurait assise sur la malle : « Claire, prends le paquet... » (Je me suis bien souvenue du nom, elle l'a appelée Claire.) La jeune demoiselle se lève ; mais, en passant à côté du petit secrétaire, voilà qu'elle se jette à genoux devant et qu'elle se met à sangloter. « Mon enfant, du courage ! on nous regarde », lui dit sa mère à demi-voix, ce qui ne m'a pas empêchée de l'entendre. Vous concevez, monsieur, c'est de pauvres gens, mais fiers malgré ça. Quand la dame m'a donné la clé du petit secrétaire, j'ai vu aussi une larme dans ses yeux rougis ; le cœur avait l'air de lui saigner en se séparant de ce vieux meuble, mais elle tâchait de garder son sang-froid et sa dignité devant des étrangers. Enfin elle a averti le portier que je viendrais enlever tout ce que le propriétaire ne gardait pas, et nous sommes revenues ici. La jeune demoiselle donnait le bras à sa mère et portait le petit paquet renfermant tout ce qu'elles possédaient. Je leur ai compté leur argent, trois cent quinze francs, et je ne les ai plus revues

— Mais leur nom ?

— Je ne le sais pas ; la dame m'avait vendu ses effets en présence du portier ; je n'avais pas besoin de m'informer de son nom... ce qu'elle vendait était bien à elle.

— Mais leur nouvelle adresse ?

— Je n'en sais rien non plus.

— Sans doute on la connaît dans son ancien logement ?

— Non, monsieur. Quand j'y ai retourné pour chercher mes effets, le portier m'a dit en me parlant de la mère et de la fille : « C'étaient des personnes bien tranquilles, bien respectables et bien malheureuses ! pourvu qu'il ne leur arrive pas malheur ! Elles ont l'air comme ça calmes ; mais au fond, je suis sûr qu'elles sont désespérées. — Et où vont-elles aller loger à cette heure ? que je lui demande. — Ma foi ! je n'en sais rien, qu'il me répond ; elles sont parties sans me le dire... bien sûr qu'elles ne reviendront plus ».

Les espérances que Rodolphe avait un moment conçues s'évanouirent. Comment découvrir ces deux malheureuses femmes, ayant pour tout indice le nom de la jeune fille, Claire, et ce fragment de brouillon de lettre dont nous avons parlé, au bas duquel se trouvaient ces mots : *Ecrire à Mme de Lucenay.*

La seule et bien faible chance de retrouver les traces de ces infortunées reposait donc sur Mme de Lucenay, qui se trouvait heureusement de la société de Mme d'Harville.

— Tenez, madame, payez-vous, dit Rodolphe à la marchande, en lui présentant un billet de cinq cents francs.

— Je vais vous rendre, monsieur...

— Où trouverons-nous une charrette pour transporter ces effets ?

— Si ça n'est pas trop loin, une grande charrette à bras suffira... il y a celle du père Jérôme, ici près : c'est mon commissaire habituel... Quelle est votre adresse, monsieur ?

— Rue du Temple, nº 17.

— Rue du Temple, nº 17 ?... oh ! bien, bien, je ne connais que ça !

— Vous êtes allée dans cette maison ?

— Plusieurs fois... d'abord, j'ai acheté des hardes à une prêteuse sur gages qui demeure là... c'est vrai qu'elle ne fait pas un beau métier... mais ça ne me regarde pas... elle vend, j'achète, nous sommes quittes... Une autre fois, il n'y a pas six semaines, j'y suis retournée pour le mobilier d'un jeune homme qui demeurait au quatrième et qui déménageait.

— M. François Germain, peut-être ? s'écria Rodolphe.

— Juste ! vous le connaissez ?

— Beaucoup ; malheureusement il n'a pas laissé rue du Temple sa nouvelle adresse, et je ne sais plus où le trouver.

— Si ce n'est que ça, je peux vous tirer d'embarras.

— Vous savez où il demeure ?

— Pas précisément, mais je sais où vous pourrez bien sûr le rencontrer.

— Et où cela ?

— Chez le notaire où il travaille.

— Un notaire ?

— Oui, qui demeure rue du Sentier.

— M. Jacques Ferrand ! s'écria Rodolphe.

— Lui-même, un bien saint homme ; il y a un crucifix et du bois bénit dans son étude ; ça sent la sacristie comme si on y était.

— Mais comment avez-vous su que M. Germain travaillait chez ce notaire ?

— Voilà... Ce jeune homme est venu me proposer d'acheter en bloc son petit mobilier. Cette fois-là encore, quoique ce ne soit pas ma partie, j'ai fait affaire du tout, et j'ai ensuite détaillé ici ; puisque ça l'arrangeait, ce jeune homme, je ne voulais pas le désobliger. Je lui achète donc son mobilier de garçon... bon... ; je lui paie... bon... Il avait sans doute été content de moi, car au bout de quinze jours il revient pour m'acheter une garniture de lit. Une petite charrette et un commissionnaire l'accompagnaient : on emballe le tout, bon... ; mais voilà qu'au moment de payer il s'aperçoit qu'il a oublié sa bourse. Il avait l'air d'un si honnête jeune homme, que je lui dis : « Emportez tout de même les effets, je passerai chez vous pour le payement. — Très bien, me dit-il, mais je ne suis jamais chez moi : venez demain, rue du Sentier, chez M. Jacques Ferrand, notaire, où je suis employé, je vous payerai ». J'y suis allée le lendemain, il m'a payée ; seulement ce que je trouve de drôle, c'est qu'il ait vendu son mobilier pour en acheter un autre quinze jours après.

Rodolphe crut deviner et devina la raison de cette singularité : Germain voulait faire perdre ses traces aux misérables qui le poursuivaient. Craignant sans doute que son déménagement ne les mît sur la voie de sa nouvelle demeure, il avait préféré, pour éviter ce danger, vendre ses meubles et en racheter ensuite.

Rodolphe tressaillit de joie en songeant au bonheur de Mme Georges, qui allait enfin revoir ce fils si longtemps, si vainement cherché.

Rigolette rentra bientôt, l'œil joyeux, la bouche souriante.

— Eh bien, quand je vous le disais ! s'écria-t-elle, je ne me suis point trompée... nous aurons dépensé en tout six cent quarante francs, et les Morel seront établis comme des princes... Tenez, tenez... voyez les marchands qui arrivent... sont-ils chargés ! Rien ne manquera au ménage de la famille, il y a tout ce qu'il faut, jusqu'à un gril, deux belles casseroles étamées à neuf, et une cafetière... Je me suis dit : Puisqu'on veut faire les choses en grand, faisons les choses en grand !... et avec tout ça, c'est au plus si j'aurai perdu trois heures... mais payez vite, mon voisin, et allons-nous-en... Voilà bientôt midi ; il va falloir que mon aiguille aille un fameux train pour rattraper cette matinée-là.

Rodolphe paya et quitta le Temple avec Rigolette.

CHAPITRE VII

APPARITION

Au moment où la grisette et son compagnon entraient dans l'allée de leur maison, ils furent presque renversés par Mme Pipelet, qui courait, troublée, éperdue, effarée...

— Ah ! mon Dieu ! dit Rigolette, qu'est-ce que vous avez donc, madame Pipelet ? où courez-vous comme cela ?

— C'est vous ! mademoiselle Rigolette... s'écria Anastasie ; c'est le bon Dieu qui vous envoie... aidez-moi à sauver la vie d'Alfred...

— Que dites-vous ?

— Ce pauvre vieux chéri est évanoui, ayez pitié de nous !... courez-moi chercher pour deux sous d'absinthe chez le rogomiste, de la plus forte... c'est son remède quand il est indisposé... du pylore... ça le remettra peut-être ; soyez charitable, ne me refusez pas, je pourrai retourner auprès d'Alfred. Je suis tout ahurie.

Rigolette abandonna le bras de Rodolphe et courut chez le rogomiste.

— Mais qu'est-il arrivé, madame Pipelet ? demanda Rodolphe en suivant la portière, qui retournait à la loge.

— Est-ce que je sais, mon digne monsieur ! J'étais sortie pour aller à la mairie, à l'église et chez le traiteur, pour éviter ces trottes-là à Alfred... Je rentre... qu'est-ce que je vois... ce vieux chéri les quatre fers en l'air ! Tenez, monsieur Rodolphe, dit Anastasie en ouvrant la porte de sa tanière, voyez si ça ne fend pas le cœur ?

Lamentable spectacle !... Toujours coiffé de son chapeau-tromblon, plus coiffé même que d'habitude, car le *castor* douteux, enfoncé violemment sans doute (à en juger par une cassure transversale), cachait les yeux de M. Pipelet assis par terre et adossé au pied de son lit.

L'évanouissement avait cessé ; Alfred commençait à faire quelques légers mouvements de mains, comme s'il eût voulu repousser quelqu'un ou quelque chose ; puis il essaya de se débarrasser de sa visière improvisée.

— Il gigote !... c'est bon signe !... il revient !... s'écria la portière. Et, se baissant, elle lui cria aux oreilles : Qu'est-ce que tu as, mon Alfred ?.. C'est ta Stasie qui est là... Comment vas-tu ? .. On va t'apporter de l'absinthe, ça te remettra. Puis, prenant une voix de fausset des plus caressantes, elle ajouta : On l'a donc écharpé, assassiné, ce pauvre vieux chéri à sa maman, hein ?

Alfred poussa un profond soupir et laissa échapper comme un gémissement ce mot fatidique :

— CABRION ! ! !

Et ses mains frémissantes semblèrent vouloir de nouveau repousser une vision effrayante.

— Cabrion ! encore ce gueux de peintre ! s'écria Mme Pipelet. Alfred en a tant rêvé toute la nuit, qu'il m'a abîmée de coups de pied. Ce monstre-là est son cauchemar ! Non seulement il a empoisonné ses jours, mais il empoisonne ses nuits ; il le poursuit jusque dans son sommeil ; oui, monsieur, comme si Alfred serait un malfaiteur, et que ce Cabrion, que Dieu confonde ! serait son remords acharné.

Rodolphe sourit discrètement, prévoyant quelque nouveau tour de l'ancien voisin de Rigolette.

— Alfred... réponds-moi, ne fais pas le muet, tu me fais peur, dit Mme Pipelet ; voyons, remets-toi... Aussi, pourquoi vas-tu penser à ce gredin-là !... tu sais bien que quand tu y songes, ça te fait le même effet que les choux... ça te porte au pylore et ça t'étouffe.

— Cabrion ! répéta M. Pipelet en relevant avec effort son chapeau démesurément enfoncé sur les yeux, qu'il roula autour de lui d'un air égaré.

Rigolette entra, portant une petite bouteille d'absinthe.

— Merci, mam'zelle ; êtes-vous complaisante ! dit la vieille ; puis elle ajouta : Tiens, vieux chéri, *siffle-moi* ça, ça va te remettre.

Et Anastasie, approchant vivement la fiole des lèvres de M. Pipelet, entreprit de lui faire avaler l'absinthe.

Alfred eut beau se débattre courageusement, sa femme, profitant de la faiblesse de sa victime, lui maintint la tête d'une main ferme, et de l'autre lui introduisit le goulot de la petite bouteille entre les dents, et le força de boire l'absinthe ; après quoi, elle s'écria triomphalement :

— Et allllllez donc ! te voilà sur tes pattes, vieux chéri !

En effet, Alfred, après s'être essuyé la bouche du revers de la main, ouvrit ses yeux, se leva debout, et demanda d'un ton encore effarouché :

— L'avez-vous vu ?

— Qui ?

— Est-il parti ?

— Mais qui, Alfred ?

— Cabrion !

— Il a osé ! s'écria la portière.

M. Pipelet, aussi muet que la statue du commandeur, baissa, comme le spectre, deux fois la tête d'un air affirmatif.

— M. Cabrion est venu ici ? demanda Rigolette en retenant une violente envie de rire.

— Ce monstre-là est-il déchaîné après Alfred ! s'écria Mme Pipelet. Oh ! si j'avais été là avec mon balai... il l'aurait mangé jusqu'au manche Mais parle donc, Alfred, raconte-moi donc ton malheur !

M. Pipelet fit signe de la main qu'il allait parler.

On écouta l'homme au chapeau-tromblon dans un religieux silence.

Il s'exprima en ces termes d'une voix profondément émue :

— Mon épouse venait de me quitter pour m'éviter la peine d'aller, selon le commandement de monsieur (il s'inclina devant Rodolphe), à la mairie, à l'église et chez le traiteur...

— Ce vieux chéri avait eu le cauchemar toute la nuit ; j'ai préféré lui éviter ça, dit Anastasie.

— Ce cauchemar m'était envoyé comme un avertissement d'en haut, reprit religieusement le portier. J'avais rêvé de Cabrion... je devais souffrir de Cabrion ; la journée avait commencé par un attentat sur la taille de mon épouse...

— Alfred... Alfred... tais-toi donc ! ça me gêne devant le monde... dit Mme Pipelet en minaudant, roucoulant et baissant les yeux d'un air pudique.

— Je croyais avoir payé ma dette de malheur à cette journée de malheur après le départ de ces luxurieux malfaiteurs, reprit M. Pipelet, lorsque... oh ! mon Dieu ! mon Dieu !

— Voyons, Alfred, du courage !

— J'en aurai, répondit héroïquement M. Pipelet ; il m'en faut... J'en aurai... J'étais donc là, assis tranquillement devant ma table, réfléchissant à un changement que je voulais opérer dans l'empeigne de cette botte, confiée à mon industrie... lorsque j'entends un bruit... un frôlement au carreau de ma loge... Fut-ce un pressentiment... un avis d'en haut ?... mon cœur se serra ; je levai la tête... et, à travers la vitre, je vis... je vis...

— Cabrion ! ! ! s'écria Anastasie en joignant les mains.

— Cabrion ! répondit sourdement M. Pipelet. Sa figure hideuse était là, collée à la fenêtre, me regardant avec ses yeux de chat... qu'est-ce que je dis ?... de tigre !... juste comme dans mon rêve... Je voulus parler, ma langue était collée à mon palais ; je voulus me lever, j'étais collé à mon siège... ma botte me tomba des mains, et, comme dans tous les événements critiques et importants de ma vie... je restai complètement immobile... Alors la clé tourna dans la serrure, la porte s'ouvrit, Cabrion entra !

— Il entra !.... Quel front ! reprit Mme Pipelet, aussi atterrée que son mari de cette audace.

— Il entra lentement, reprit Alfred, s'arrêta un moment à la porte, comme pour me fasciner de son regard atroce... puis il s'avança vers moi, s'arrêtant à chaque pas, me transperçant de l'œil, sans dire un mot, droit, muet, menaçant comme un fantôme !...

— C'est-à-dire que j'en ai le dos qui m'en hérisse, dit Anastasie.

— Je restais de plus en plus immobile et assis sur ma chaise... Cabrion s'avançait toujours lentement... me tenant sous son regard comme le serpent l'oiseau... car il me faisait horreur, et malgré moi je le fixais. Il arrive tout près de moi... Je ne puis davantage supporter son aspect révoltant... c'était trop fort... je n'y tiens plus... je ferme les yeux... Alors, je le sens qui ose porter ses mains sur mon chapeau ; il le prend par le haut, l'ôte lentement de dessus ma tête... et me met le chef à nu ! Je commençais à être saisi d'un vertige... ma respiration était suspendue.. les oreilles me bourdonnaient... j'étais de plus en plus collé à mon siège, je fermais les yeux de plus en plus fort. Alors, Cabrion se baisse, me prend ma tête chauve, que j'ai le droit de dire, ou plutôt que j'avais le droit de dire vénérable avant son attentat... il me prend donc la tête entre ses mains froides comme des mains de mort... et sur mon front glacé de sueur il dépose... un baiser effronté ! impudique ! ! !

Anastasie leva les bras au ciel.

— Mon ennemi le plus acharné venir me baiser au front !... me forcer à subir ses dégoûtantes caresses, après m'avoir odieusement persécuté pour posséder de mes cheveux !... une pareille monstruosité me donna beaucoup à penser et me paralysa... Cabrion profita de ma stupeur pour me remettre mon chapeau sur la tête, puis, d'un coup de poing, il me l'enfonça jusque sur les yeux, comme vous l'avez vu. Ce dernier outrage me bouleversa, la mesure fut comblée, tout tourna autour de moi, et je m'évanouis au moment où je le voyais, par-dessous les bords de mon chapeau, sortir de la loge aussi tranquillement, aussi lentement qu'il y était entré.

Puis, comme si ce récit eût épuisé ses forces, M. Pipelet retomba sur sa chaise en levant ses mains au ciel en manière de muette imprécation.

Rigolette sortit brusquement, son courage était à bout, son envie de rire l'étouffait ; elle ne put se contraindre plus longtemps. Rodolphe avait lui-même difficilement gardé son sérieux.

Tout à coup, cette rumeur confuse qui annonce l'arrivée d'un rassemblement populaire retentit dans la rue ; on entendit un grand tumulte en dehors de la porte de l'allée, et bientôt des crosses de fusil résonnèrent sur la dalle de la porte.

CHAPITRE VIII

L'ARRESTATION

— Mon Dieu ! monsieur Rodolphe, s'écria Rigolette en accourant pâle et tremblante, il y a là un commissaire de police et la garde !

— La justice divine veille sur moi ! dit M. Pipelet dans un élan de religieuse reconnaissance ; on vient arrêter Cabrion... Malheureusement, il est trop tard !

Un commissaire de police, reconnaissable à l'écharpe que l'on apercevait sous son habit noir, entra dans la loge ; sa physionomie était grave, digne et sévère.

— Monsieur le commissaire, il est trop tard, le malfaiteur s'est évadé ! dit tristement M. Pipelet ; mais je puis vous donner son signalement... Sourire atroce, regards effrontés... manières...

— De qui parlez-vous ? demanda le magistrat.

— De Cabrion ! monsieur le commissaire... Mais, en se hâtant, il serait peut-être encore temps de l'atteindre, répondit M. Pipelet.

— Je ne sais pas ce que c'est que Cabrion, dit impatiemment le magistrat ; le nommé Jérôme Morel, ouvrier lapidaire, demeure dans cette maison ?

— Oui, mon commissaire, dit Mme Pipelet, se mettant au port d'arme.

— Conduisez-moi à son logement.

— Morel le lapidaire ! reprit la portière au comble de la surprise ; mais c'est la brebis du bon Dieu ! il est incapable de...

— Jérôme Morel demeure-t-il ici, oui ou non ?

— Il y demeure, mon commissaire... avec sa famille, dans une mansarde.

— Conduisez-moi donc à cette mansarde.

Puis, s'adressant à un homme qui l'accompagnait, le magistrat lui dit :

— Que les deux gardes municipaux attendent en bas et ne quittent pas l'allée. Envoyez Justin chercher un fiacre.

L'homme s'éloigna pour exécuter ces ordres.

— Maintenant, reprit le magistrat en s'adressant à M. Pipelet, conduisez-moi chez Morel.

— Si ça vous est égal, mon commissaire, je remplacerai Alfred ; il est indisposé des suites de Cabrion... qui, comme les choux, lui reste sur le pylore.

— Vous ou votre mari, peu importe, allons !

Et, précédé de Mme Pipelet, il commença de monter l'escalier ; mais bientôt il s'arrêta, se voyant suivi par Rodolphe et par Rigolette.

— Qui êtes-vous ? que voulez-vous ? leur demanda-t-il.

— C'est les deux locataires du quatrième, dit Mme Pipelet.

— Pardon ! monsieur, j'ignorais que vous fussiez de la maison, dit-il à Rodolphe.

Celui-ci, augurant bien des manières polies du magistrat, lui dit :

— Vous allez trouver une famille désespérée, monsieur ; je ne sais quel nouveau coup menace ce malheureux artisan, mais il a été cruellement éprouvé cette nuit... Une de ses filles, déjà épuisée par la maladie, est morte... sous ses yeux... morte de froid et de misère...

— Serait-il possible ?

— C'est la vérité, mon commissaire, dit Mme Pipelet. Sans monsieur, qui vous parle, et qui est le roi des locataires, puisqu'il a sauvé par ses bienfaits les pauvres Morel de la prison, toute la famille du lapidaire serait morte de faim.

Le commissaire regardait Rodolphe avec autant d'intérêt que de surprise.

— Rien de plus simple, monsieur, reprit celui-ci ; une personne très charitable, sachant que Morel, dont je vous garantis l'honneur et la probité, était dans une position aussi déplorable que peu méritée, m'a chargé de payer une lettre de change pour laquelle les recors allaient traîner en prison ce pauvre ouvrier, seul soutien d'une famille nombreuse.

A son tour, frappé de la noble physionomie de Rodolphe et de la dignité de ses manières, le magistrat lui répondit :

— Je ne doute pas de la probité de Morel ; je regrette seulement d'avoir à remplir une pénible mission devant vous, monsieur, qui vous intéressez si vivement à cette famille.

— Que voulez-vous dire, monsieur ?

— D'après les services que vous avez rendus aux Morel, d'après votre langage, je vois, monsieur, que vous êtes un galant homme. N'ayant d'ailleurs aucune raison de cacher l'objet du mandat que j'ai à exercer, je vous avouerai qu'il s'agit de l'arrestation de Louise Morel, la fille du lapidaire.

Le souvenir du rouleau d'or offert aux gardes du commerce par la jeune fille revint à la pensée de Rodolphe.

— De quoi est-elle donc accusée, mon Dieu ?

— Elle est sous le coup d'une prévention d'infanticide.

— Elle ! elle !... Oh ! son pauvre père !

— D'après ce que vous m'apprenez, monsieur, je conçois que, dans les tristes circonstances où se trouve cet artisan, ce nouveau coup lui sera terrible.. Malheureusement, je dois obéir aux ordres que j'ai reçus.

— Mais il s'agit seulement d'une simple prévention ? s'écria Rodolphe. Les preuves manquent sans doute ?

— Je ne puis m'expliquer davantage à ce sujet... La justice a été mise sur la voie de ce crime, ou plutôt de cette présomption, par la déclaration d'un homme respectable à tous égards... le maître de Louise Morel.

— Jacques Ferrand, le notaire ? dit Rodolphe indigné.

— Oui, monsieur... Mais pourquoi cette vivacité ?

— M. Jacques Ferrand est un misérable, monsieur !

— Je vois avec peine que vous ne connaissez pas celui dont vous parlez, monsieur ; M. Jacques Ferrand est l'homme le plus honorable du monde ; il est d'une probité reconnue de tous.

— Je vous répète, monsieur, que ce notaire est un misérable... Il a voulu emprisonner Morel parce que sa fille a repoussé ses propositions infâmes. Si Louise n'est accusée que sur la dénonciation d'un pareil homme... avouez, monsieur, que cette présomption mérite peu de créance.

— Il ne m'appartient pas, monsieur, et il ne me convient pas de discuter la valeur des déclarations de M. Ferrand, dit froidement le magistrat ; la justice est saisie de cette affaire, les tribunaux décideront ; quant à moi, j'ai l'ordre de m'assurer de la personne de Louise Morel, et j'exécute mon mandat.

— Vous avez raison, monsieur, je regrette qu'un mouvement d'indignation peut-être légitime m'ait fait oublier que ce n'était en effet ni le lieu ni le moment d'élever une discussion pareille. Un mot seulement : le corps de l'enfant que Morel a perdu est resté dans sa mansarde, j'ai offert ma chambre à cette famille pour lui épargner le triste spectacle de ce cadavre ; c'est donc chez moi que vous trouverez le lapidaire et probablement sa fille. Je vous en conjure, au nom de l'humanité, n'arrêtez pas brusquement Louise au milieu de ces infortunés, à peine arrachés à un sort épouvantable. Morel a éprouvé tant de secousses cette nuit que sa raison n'y résisterait pas ; sa femme est aussi dangereusement malade, un tel coup la tuerait.

— J'ai toujours, monsieur, exécuté mes ordres avec tous les ménagements possibles, j'agirai de même dans cette circonstance.

— Si vous me permettiez, monsieur, de vous demander une grâce ? Voici ce que je vous proposerais : la jeune fille qui nous suit avec la portière occupe une chambre voisine de la mienne ; je ne doute pas qu'elle ne la mette à votre disposition ; vous pourriez d'abord y mander Louise, puis, s'il le faut, Morel, pour que sa fille lui fasse ses adieux... Au moins vous éviterez à une pauvre mère malade et infirme une scène déchirante.

— Si cela peut s'arranger ainsi, monsieur... volontiers.

La conversation que nous venons de rapporter avait eu lieu à demi-voix, pendant que Rigolette et Mme Pipelet se tenaient discrètement à plusieurs marches de distance du commissaire et de Rodolphe ; celui-ci descendit auprès de la Grisette, que la présence du commissaire rendait toute tremblante, et lui dit :

— Ma pauvre voisine, j'attends de vous un nouveau service ; il faudrait me laisser libre de disposer de votre chambre pendant une heure.

— Tant que vous voudrez, monsieur Rodolphe... Vous avez ma clé. Mais, mon Dieu, qu'est-ce qu'il y a donc ?

— Je vous l'apprendrai tantôt ; ce n'est pas tout, il faudrait être assez bonne pour retourner au Temple dire qu'on n'apporte que dans une heure ce que nous avons acheté.

— Bien volontiers, monsieur Rodolphe ; mais est-ce qu'il arrive encore malheur aux Morel ?

— Hélas ! oui, il leur arrive quelque chose de bien triste, vous ne le saurez que trop tôt.

— Allons, mon voisin, je cours au Temple... Mon Dieu ! moi qui, grâce à vous, croyais voir ces braves gens hors de peine !... dit la grisette ; et elle descendit rapidement l'escalier.

Rodolphe avait voulu surtout épargner à Rigolette le triste tableau de l'arrestation de Louise.

— Mon commissaire, dit Mme Pipelet, puisque mon roi des locataires vous conduit, je peux aller retrouver Alfred ? Il m'inquiète ; c'est à peine si tout à l'heure il était remis de son indisposition de Cabrion.

— Allez... allez, dit le magistrat ; et il resta seul avec Rodolphe.

Tous deux arrivèrent sur le palier du quatrième, en face de la chambre où étaient alors provisoirement établis le lapidaire et sa famille.

Tout à coup, la porte s'ouvrit.

Louise, pâle, éplorée, sortit brusquement.

— Adieu, adieu ! mon père, s'écria-t-elle, je reviendrai, il faut que je parte.

— Louise, mon enfant, écoute-moi donc, reprit Morel en suivant sa fille et en tâchant de la retenir.

A la vue de Rodolphe, du magistrat, Louise et le lapidaire restèrent immobiles.

— Ah ! monsieur, vous, notre sauveur dit l'artisan en reconnaissant Rodolphe, aidez-moi donc à empêcher Louise de partir. Je ne sais ce qu'elle a, elle me fait peur ; elle veut s'en aller. N'est-ce pas, monsieur, qu'il ne faut plus qu'elle retourne chez son maître ? N'est-ce pas que vous m'avez dit : « Louise ne vous quittera plus, ce sera votre récompense ». Oh ! à cette bienheureuse promesse, je l'avoue, un moment, j'ai oublié la mort de ma pauvre Adèle ; mais aussi je veux n'être plus séparé de toi, Louise, jamais ! jamais !

Le cœur de Rodolphe se brisa, il n'eut pas la force de répondre une parole.

Le commissaire dit sévèrement à Louise :

— Vous vous appelez Louise Morel ?

— Oui, monsieur, répondit la jeune fille, interdite.

Rodolphe avait ouvert la chambre de Rigolette.

— Vous êtes Jérôme Morel son père ? ajouta le magistrat en s'adressant au lapidaire.

— Oui... monsieur... mais...

— Entrez là avec votre fille.

Et le magistrat montra la chambre de Rigolette, où se trouvait déjà Rodolphe.

Rassurés par la présence de ce dernier, le lapidaire et Louise, étonnés, troublés, obéirent au commissaire ; celui-ci ferma la porte, et dit à Morel avec émotion :

— Je sais combien vous êtes honnête et malheureux ; c'est donc à regret que je vous apprends qu'au nom de la loi... je viens arrêter votre fille.

— Tout est découvert... je suis perdue !... s'écria Louise épouvantée, en se jetant dans les bras de son père.

— Qu'est-ce que tu dis ?... qu'est-ce que tu dis ?... reprit Morel stupéfait. Tu es folle... pourquoi perdue ?... T'arrêter !... pourquoi t'arrêter ?... qui viendrait t'arrêter ?...

— Moi... au nom de la loi ! et le commissaire montra son écharpe.

— Oh ! malheureuse !... malheureuse !... s'écria Louise en tombant agenouillée.

— Comment ! au nom de la loi ? dit l'artisan, dont la raison, fortement ébranlée par ce nouveau coup, commençait à s'affaiblir ; pourquoi arrêter ma fille au nom de la loi ?... je réponds de Louise, moi ; c'est ma fille, ma digne fille... pas vrai, Louise ? Comment ? t'arrêter, quand notre bon ange te rend à nous pour nous consoler de la mort de ma petite Adèle ? Allons donc ! ça ne se peut pas !... Et puis, monsieur le commissaire, parlant par respect, on n'arrête que les misérables, entendez-vous ?... Et Louise, ma fille, n'est pas une misérable. Bien sûr, vois-tu, mon enfant, ce monsieur se trompe... Je m'appelle Morel ; il y a plus d'un Morel... tu t'appelles Louise ; il y a plus d'une Louise... c'est ça ; voyez-vous, monsieur le commissaire, il y a erreur, certainement il y a erreur !

— Il n'y a malheureusement pas erreur !... Louise Morel, faites vos adieux à votre père.

— Vous m'enlevez ma fille, vous !... s'écria l'ouvrier furieux de douleur, en s'avançant vers le magistrat d'un air menaçant.

Rodolphe saisit le lapidaire par le bras, et lui dit :

— Calmez-vous, espérez ; votre fille vous sera rendue... son innocence sera prouvée : elle n'est sans doute pas coupable.

— Coupable de quoi ?... Elle ne peut être coupable de rien... Je mettrais ma main au feu que... Puis, se souvenant de l'or que Louise avait apporté pour payer la lettre de change, Morel s'écria : Mais cet argent !... cet argent de ce matin, Louise ?

Et il jeta sur sa fille un regard terrible.

Louise comprit.

— Moi, voler ! s'écria-t-elle, et, les joues colorées d'une généreuse indignation, son accent, son geste rassurèrent son père.

— Je le savais bien ! s'écria-t-il. Vous voyez, monsieur le commissaire... Elle le nie... et de sa vie elle n'a menti, je vous le jure... Demandez à tous ceux qui la connaissent, ils vous l'affirmeront comme moi. Elle, mentir ! ah bien oui... elle est trop fière pour ça ; d'ailleurs, la lettre de change a été payée par notre bienfaiteur... Cet or, elle ne veut pas le garder ; elle allait le rendre à la personne qui le lui a prêté, en lui défendant de la nommer... n'est-ce pas, Louise ?

— On n'accuse pas votre fille d'avoir volé, dit le magistrat.

— Mais, mon Dieu ! de quoi l'accuse-t-on, alors ? Moi, son père, je vous jure que, de quoi qu'on puisse l'accuser, elle est innocente ; et de ma vie non plus je n'ai menti.

— A quoi bon connaître cette accusation ? lui dit Rodolphe, ému de ses douleurs ; l'innocence de Louise sera prouvée , la personne qui s'intéresse vivement à vous protégera votre fille... Allons, du courage... cette fois encore la Providence ne vous faillira pas. Embrassez votre fille, vous la reverrez bientôt...

— Monsieur le commissaire, s'écria Morel sans écouter Rodolphe, on n'enlève pas une fille à son père sans lui dire au moins de quoi on l'accuse ! Je veux tout savoir... Louise, parleras-tu ?

— Votre fille est accusée d'infanticide, dit le magistrat.

— Je... je... ne comprends pas... je vous...

Et Morel, atterré, balbutia quelques mots sans suite.

— Votre fille est accusé d'avoir tué son enfant, reprit le commissaire profondément ému de cette scène, mais il n'est pas encore prouvé qu'elle ait commis ce crime.

— Oh ! non, cela n'est pas, monsieur, cela n'est pas ! s'écria Louise avec force en se relevant... Je vous jure qu'il était mort ! Il ne respirait plus... il était glacé... j'ai perdu la tête... voilà mon crime... Mais tuer mon enfant, oh ! jamais !...

— Ton enfant, misérable ! s'écria Morel en levant ses deux mains sur Louise, comme s'il eût voulu l'anéantir sous ce geste et sous cette imprécation terrible.

— Grâce, mon père ! grâce !... s'écria-t-elle.

Après un moment de silence effrayant, Morel reprit avec un calme plus effrayant encore :

— Monsieur le commissaire, emmenez cette créature... ce n'est pas là ma fille...

Le lapidaire voulut sortir ; Louise se jeta à ses genoux, qu'elle embrassa de ses deux bras, et la tête renversée en arrière, éperdue et suppliante, elle s'écria :

— Mon père ! écoutez-moi seulement... écoutez-moi !

— Monsieur le commissaire, emmenez-la donc, je vous l'abandonne, disait le lapidaire en faisant tous ses efforts pour se dégager des étreintes de Louise.

— Ecoutez-la, lui dit Rodolphe en l'arrêtant, ne soyez pas maintenant impitoyable.

— Elle ! ! ! mon Dieu ! mon Dieu !... Elle ! ! ! répétait Morel en portant ses deux mains à son front, elle déshonorée !... oh ! l'infâme !

— Et si elle s'est déshonorée pour vous sauver ?... lui dit tout bas Rodolphe.

Ces mots firent sur Morel une impression foudroyante ; il regarda sa fille éplorée, toujours agenouillée à ses pieds ; puis, l'interrogeant d'un coup d'œil impossible à peindre, il s'écria d'une voix sourde, les dents serrées par la rage :

— Le notaire ?

Une réponse vint sur les lèvres de Louise... Elle allait parler, mais la réflexion l'arrêtant sans doute, elle baissa la tête en silence et resta muette.

— Mais non, il voulait me faire emprisonner ce matin : reprit Morel en éclatant, ce n'est donc pas lui ?... Oh ! tant mieux !... tant mieux !... elle n'a pas même d'excuse à sa faute, je ne serai pour rien dans son déshonneur. je pourrai sans remords la maudire !...

— Non ; non !... ne me maudissez pas, mon père !... à vous, je dirai tout... à vous seul ; et vous verrez... vous verrez si je ne mérite pas votre pardon...

— Ecoutez-la, par pitié ! lui dit Rodolphe.

— Que m'apprendra-t-elle ? son infamie ?... elle va être publique ; j'attendrai...

— Monsieur !... s'écria Louise en s'adressant au magistrat, par pitié ! laissez-moi dire quelques mots à mon père... avant de le quitter pour jamais, peut-être... Et devant vous aussi, notre sauveur, je parlerai... mais seulement devant vous et devant mon père...

— J'y consens, dit le magistrat.

— Serez-vous donc insensible ? Refuserez-vous cette dernière consolation à votre enfant ? demanda Rodolphe à Morel. Si vous croyez me devoir quelque reconnaissance pour les bontés que j'ai attirées sur vous, rendez-vous à la prière de votre fille.

Après un moment de farouche et morne silence, Morel répondit :

— Allons !...

— Mais... où irons-nous ?... demanda Rodolphe, votre famille est à côté...

— Où nous irons ? s'écria le lapidaire avec une ironie amère ; où nous irons ? Là-haut... là-haut... dans la mansarde... à côté du corps de ma fille... le lieu est bien choisi pour cette confession... n'est-ce pas ? Allons... nous verrons si Louise osera mentir en face du cadavre de sa sœur. Allons !

Et Morel sortit précipitamment, d'un air égaré, sans regarder Louise.

— Monsieur, dit tout bas le commissaire à Rodolphe, de grâce, dans l'intérêt de ce pauvre père, ne prolongez pas cet entretien. Vous disiez vrai, sa raison n'y résisterait pas ; tout à l'heure son regard était presque celui d'un fou...

— Hélas ! monsieur, je crains comme vous un terrible et nouveau malheur ; je vais abréger autant que possible ces adieux déchirants.

Et Rodolphe rejoignit le lapidaire et sa fille.

Si étrange, si lugubre que fût la détermination de Morel, elle était d'ailleurs, pour ainsi dire, commandée par les localités ; le magistrat consentait à attendre l'issue de cet entretien dans la chambre de Rigolette, la famille Morel occupait le logement de Rodolphe, il ne restait que la mansarde.

Ce fut dans ce funèbre réduit que se rendirent Louise, son père et Rodolphe

CHAPITRE IX

CONFESSION

Sombre et cruel spectacle !

Au milieu de la mansarde, telle que nous l'avons dépeinte, reposait sur la couche de l'idiote, le corps de la petite fille morte le matin ; un lambeau de drap la recouvrait.

La rare et vive clarté filtrée par l'étroite lucarne jetait sur les figures des trois acteurs de cette scène des lumières et des ombres durement tranchées.

Rodolphe, debout et adossé au mur, était péniblement ému.

Morel, assis sur le bord de son établi, la tête baissée, les mains pendantes, le regard fixe, farouche, ne quittait pas des yeux le matelas où étaient déposés les restes de la petite Adèle.

A cette vue, le courroux, l'indignation du lapidaire s'affaiblirent et se changèrent en une tristesse d'une amertume inexprimable ; son énergie l'abandonnait, il s'affaissait sous ce nouveau coup.

Louise, d'une pâleur mortelle, se sentait défaillir ; la révélation qu'elle devait faire l'épouvantait. Pourtant elle se hasarda à prendre en tremblant la main de son père, cette pauvre main amaigrie, déformée par l'excès du travail.

Il ne la retira pas ; alors sa fille, éclatant en sanglots, la couvrit de baisers, et la sentit bientôt se presser légèrement contre ses lèvres. La colère de Morel avait cessé ; ses larmes, longtemps contenues, coulèrent enfin.

— Mon père ! si vous saviez ? s'écria Louise, si vous saviez comme je suis à plaindre !

— Oh ! tiens, vois-tu, ce sera le chagrin de toute ma vie, Louise, de toute ma vie, répondit le lapidaire en pleurant. Toi, mon Dieu !... toi en prison... sur le banc des criminels... toi, si fière... quand tu avais le droit d'être fière... Non ! reprit-il dans un nouvel accès de douleur désespérée, non ! je préférerais te voir sous le drap de mort à côté de ta pauvre petite sœur...

— Et moi aussi, je voudrais y être ! répondit Louise.

— Tais-toi, malheureuse enfant tu me fais mal.. J'ai eu tort de te dire cela ! j'ai été trop loin.. Allons, parle ; mais au nom de Dieu, ne mens pas... Si affreuse que soit la vérité, dis-moi-la... que je l'apprenne de toi... elle me paraîtra moins cruelle... Parle, hélas ! les moments nous sont comptés ; en bas... on t'*attend.* Oh ! les tristes... tristes adieux, juste ciel !

— Mon père, je vous dirai tout... reprit Louise, s'armant de résolution ; mais promettez-moi, et que notre sauveur me promette aussi de ne répéter ceci à personne... à personne... s'il savait que j'ai parlé, voyez-vous... Oh ! ajouta-t-elle en frissonnant de terreur, vous seriez perdus... perdus comme moi... car vous ne savez pas la puissance et la férocité de cet homme !

— De quel homme ?

— De mon maître...

— Le notaire ?

— Oui... dit Louise à voix basse et en regardant autour d'elle, comme si elle eût craint d'être entendue.

— Rassurez-vous, reprit Rodolphe ; cet homme est cruel et puissant, peu importe, nous le combattrons ! Du reste, si je révélais ce que vous allez nous dire, ce serait seulement dans votre intérêt ou dans celui de votre père.

— Et moi aussi, Louise, si je parlais, ce serait pour tâcher de te sauver. Mais qu'a-t-il encore fait, ce méchant homme ?

— Ce n'est pas tout, dit Louise après un moment de réflexion, dans ce récit il sera question de quelqu'un qui m'a rendu un grand service... qui a été pour mon père et pour notre famille plein de bonté ; cette personne était employée chez M. Ferrand lorsque j'y suis entrée, elle m'a fait jurer de ne pas la nommer.

Rodolphe, pensant qu'il s'agissait peut-être de Germain, dit à Louise :

— Si vous voulez parler de François Germain... soyez tranquille, son secret sera bien gardé par votre père et par moi.

Louise regarda Rodolphe avec surprise.

— Vous le connaissez ? dit-elle.

— Comment ! ce bon, cet excellent jeune homme qui a demeuré ici pendant trois mois était employé chez le notaire quand tu y es entré ? dit Morel. La première fois que tu l'as vu ici, tu as eu l'air de ne pas le connaître ?

— Cela était convenu entre nous, mon père ; il avait de graves raisons pour cacher qu'il travaillait chez M. Ferrand. C'est moi qui lui avais indiqué la chambre du quatrième qui était à louer ici, sachant qu'il serait pour nous un bon voisin...

— Mais, reprit Rodolphe, qui a donc placé votre fille chez le notaire ?

— Lors de la maladie de ma femme, j'avais dit à Mme Burette, la prêteuse sur gages, qui loge ici, que Louise voulait entrer en maison pour nous aider. Mme Burette connaissait la femme de charge du notaire ; elle m'a donné pour elle une lettre où elle lui recommandait Louise comme un excellent sujet. Maudite... maudite soit cette lettre !... elle est la cause de tous nos malheurs... Enfin, monsieur, voilà comment ma fille est entrée chez le notaire.

— Quoique je sois instruit de quelques-uns des faits qui ont causé la haine de M. Ferrand contre votre père, dit Rodolphe à Louise, je vous prie, racontez-moi en peu de mots ce qui s'est passé entre vous et le notaire depuis votre entrée à son service... cela pourra servir à vous défendre.

— Pendant les premiers temps de mon séjour chez M. Ferrand, reprit Louise, je n'ai pas eu à me plaindre de lui. J'avais beaucoup de travail, la femme de charge me rudoyait souvent, la maison était triste, mais j'endurais tout avec patience : le service est le service ; ailleurs j'aurais eu d'autres désagréments. M. Ferrand avait une figure sévère, il allait à la messe, il recevait souvent des prêtres ; je ne me défiais pas de lui. Dans les commencements, il me regardait à peine ; il me parlait très durement, surtout en présence des étrangers.

« Excepté le portier qui logeait sur la rue, dans le corps de logis où est l'étude, j'étais seule de domestique avec Mme Séraphin, la femme de charge. Le pavillon que nous occupions était une grande masure isolée, entre la cour et le jardin. Ma chambre était tout en haut. Bien souvent j'avais peur, restant le soir toujours seule, ou dans la cuisine, qui est souterraine, ou dans ma chambre. La nuit, il me semblait quelquefois entendre des bruits sourds et extraordinaires à l'étage au-dessous de moi, que personne n'habitait, et où seulement M. Germain venait souvent travailler dans le jour ; deux des fenêtres de cet étage étaient murées, et une des portes, très épaisses, était renforcée de lames de fer. La femme de charge m'a dit depuis que dans cet endroit se trouvait la caisse de M. Ferrand.

» Un jour j'avais veillé très tard pour finir des raccommodages pressés ; j'allais pour me coucher, lorsque j'entendis marcher doucement dans le petit corridor au bout duquel était ma chambre ; on s'arrêta à ma porte ; d'abord je supposai que c'était la femme de charge ; mais, comme on n'entrait pas, cela me fit peur ; je n'osais bouger, j'écoutais, on ne remuait pas, j'étais pourtant sûre qu'il y avait quelqu'un derrière ma porte ; je demandai par deux fois qui était là... on ne me répondit rien. De plus en plus effrayée, je poussai ma commode contre la porte, qui n'avait ni verrou, ni serrure. J'écoutai toujours, rien ne bougea ; au bout d'une demi-heure, qui me parut bien longue, je me jetai sur mon lit ; la nuit se passa tranquillement. Le lendemain, je demandai à la femme de charge la permission de faire mettre un verrou à ma chambre, qui n'avait pas de serrure, lui racontant ma peur de la nuit ; elle me répondit que j'avais rêvé, qu'il fallait d'ailleurs m'adresser à M. Ferrand pour ce verrou. A ma demande, il haussa les épaules, me dit que j'étais folle ; je n'osai plus en parler.

» A quelque temps de là, arriva le malheur du diamant. Mon père, désespéré, ne savait comment faire. Je contai son chagrin à Mme Séraphin, elle me répondit : « Monsieur est si charitable qu'il fera peut-être quelque chose pour votre père. » Le soir même, je servais à table, M. Ferrand me dit brusquement : « Ton père a besoin de treize cents francs ; va ce soir lui dire de passer à mon étude, il aura son argent. C'est un honnête homme, il mérite qu'on s'intéresse à lui. » A cette marque de bonté, je fondis en larmes, je ne savais comment remercier mon maître ; il me dit avec sa brusquerie ordinaire : « C'est bon, c'est bon ; ce que je fais est tout simple... » Le soir, après mon ouvrage, je vins annoncer cette bonne nouvelle à mon père, et le lendemain..

— J'avais les treize cents francs contre une lettre de change à trois mois de date, acceptée en blanc par moi, dit Morel ; je fis comme Louise, je pleurai de reconnaissance ; j'appelai cet homme mon bienfaiteur... mon sauveur. Oh ! il a fallu qu'il fût bien méchant pour détruire la reconnaissance et la vénération que je lui avais vouées...

— Cette précaution de vous faire souscrire une lettre de change en blanc, à une échéance tellement rapprochée que vous ne pouviez la payer, n'éveilla pas vos soupçons ? lui demanda Rodolphe.

— Non, monsieur, j'ai cru que le notaire prenait ses sûretés, voilà tout ; d'ailleurs, il me dit que je n'avais pas besoin de songer à rembourser cette somme avant deux ans ; tous les trois mois je lui renouvellerais seulement la lettre de change pour plus de régularité ; cependant, à la première échéance, on l'a présentée ici, elle n'a pas été payée, il a obtenu jugement contre moi, sous le nom d'un tiers ; mais il m'a fait dire que ça ne devait pas m'inquiéter... que c'était une erreur de son huissier.

— Il voulait ainsi vous tenir en sa puissance, dit Rodolphe.

— Hélas ! oui, monsieur ; car ce fut à dater de ce jugement qu'il commença de... Mais continue, Louise... continue... Je ne sais plus où j'en suis... la tête me tourne... j'ai comme des absences... j'en deviendrai fou !... C'est par trop, aussi... c'est par trop !...

Rodolphe calma le lapidaire... Louise reprit :

— Je redoublais de zèle, afin de reconnaître, comme je le pouvais, les bontés de M. Ferrand pour nous. La femme de charge me prit dès lors en grande aversion ; elle trouvait du plaisir à me tourmenter, à me mettre dans mon tort en ne me répétant pas les ordres que M. Ferrand lui donnait pour moi ; je souffrais de ces désagréments, j'aurais préféré une autre place ; mais l'obligation que mon père avait à mon maître m'empêchait de m'en aller. Depuis trois mois, M. Ferrand avait prêté cet argent ; il continuait de me brusquer devant Mme Séraphin ; cependant, il me regardait quelquefois à la dérobée d'une manière qui m'embarrassait, et il souriait en me voyant rougir.

— Vous comprenez, monsieur ? il était alors en train d'obtenir contre moi une contrainte par corps.

— Un jour, reprit Louise, la femme de charge sort après le dîner, contre son habitude ; les clercs quittent l'étude ; ils logeaient dehors. M. Ferrand envoie le portier en commission, je reste à la maison seule avec mon maître ; je travaillais dans l'antichambre, il me sonne. J'entre dans sa chambre à coucher, il étais debout devant la cheminée, je m'approche de lui, il se retourne brusquement, me prend dans ses bras... ; sa figure était rouge comme du sang, ses yeux brillaient. J'eus une peur affreuse, la frayeur m'empêcha d'abord de faire un mouvement ; mais, quoiqu'il soit très fort, je me débattis si vivement que je lui échappai ; je me sauvai dans l'antichambre, dont je poussai la porte, la tenant de toutes mes forces ; la clé était de son côté.

— Vous l'entendez, monsieur, vous l'entendez, dit Morel à Rodolphe, voilà la conduite de ce digne bienfaiteur.

— Au bout de quelques moments, la porte céda sous ses efforts, reprit Louise ; heureusement, la lampe était à ma portée, j'eus le temps de l'éteindre. L'antichambre était éloignée de la pièce où il se tenait ; il se trouva tout à coup dans l'obscurité, il m'appela, je ne répondis pas ; il me dit alors d'une voix tremblante de colère : « Si tu essayes de m'échapper, ton père ira en prison pour les treize cents francs qu'il me doit et qu'il ne peut payer. » Je le suppliai d'avoir pitié de moi, je lui promis de faire tout au monde pour le bien servir, pour reconnaître ses bontés, mais je lui déclarai que rien ne me forcerait à m'avilir.

— C'est pourtant bien là le langage de Louise, dit Morel, de ma Louise quand elle avait le droit d'être fière. Mais comment ?... Enfin, continue, continue...

— Je me trouvais toujours dans l'obscurité ; j'entends, au bout d'un moment, fermer la porte de sortie de l'antichambre que mon maître avait trouvé à tâtons. Il me tenait ainsi en son pouvoir ; il court chez lui revient bientôt avec une lumière. Je n'ose vous dire, mon père, la lutte nouvelle qu'il me fallut soutenir, ses menaces, ses poursuites de chambre en chambre : heureusement, le désespoir, la peur, la colère me donnèrent des forces ; ma résistance le rendait furieux, il ne se possédait plus. Il me maltraita, me frappa ; j'avais la figure en sang...

— Mon Dieu ! mon Dieu ! s'écria le lapidaire en levant les mains au ciel, ce sont là des crimes pourtant... et il n'y a pas de punition pour un tel monstre... il n'y en a pas...

— Peut-être, dit Rodolphe, qui semblait réfléchir profondément ; puis, s'adressant à Louise : Courage dites tout.

— Cette lutte durait depuis longtemps ; mes forces m'abandonnaient, lorsque le portier, qui était rentré, sonna deux coups, c'était une lettre qu'on annonçait. Craignant, si je n'allais pas la chercher, que le portier ne l'apportât lui-même, M. Ferrand me dit : « Va-t'en !... Dis un mot, et ton père est perdu ; si tu cherches à sortir de chez moi, il est encore perdu, si on vient aux renseignements sur toi, je t'empêcherai de te placer, en laissant entendre, sans l'affirmer, que tu m'as volé. Je dirai de plus que tu es une détestable servante... » Le lendemain de cette scène, malgré les menaces de mon maître, j'accourus ici tout dire à mon père. Il voulait me faire à l'instant quitter cette maison... mais la prison était là... Le peu que je gagnais devenait indispensable à notre famille depuis la maladie de ma mère... Et les mauvais renseignements que M. Ferrand me menaçait de donner sur moi m'auraient empêchée de me placer ailleurs pendant bien longtemps peut-être.

— Oui, dit Morel avec une sombre amertume, nous avons eu la lâcheté, l'égoïsme de laisser notre enfant retourner là... Oh ! je vous le disais bien, la misère... la misère... que d'infamies elle fait commettre !...

— Hélas ! mon père, n'avez-vous pas essayé de toutes manières de vous procurer ces treize cents francs ? Cela étant impossible, il a bien fallu nous résigner.

— Va, va, continue... Les tiens ont été tes bourreaux ; nous sommes plus coupables que toi du malheur qui t'arrive, dit le lapidaire en cachant sa figure dans ses mains.

— Lorsque je revis mon maître, reprit Louise, il fut pour moi, comme il avait été avant la scène dont je vous ai parlé, brusque et dur, il ne me dit pas un mot du passé ; la femme de charge continua de me tourmenter ; elle me donnait à peine ce qui m'était nécessaire pour me nourrir, enfermait le pain sous clé ; quelquefois, par méchanceté, elle souillait devant moi les restes du repas qu'on me laissait, car presque toujours elle mangeait avec M. Ferrand. La nuit, je dormais à peine, je craignais à chaque instant de voir le notaire entrer dans ma chambre, qui ne fermait pas ; il m'avait fait ôter la commode que je mettais devant ma porte pour me garder ; il ne me restait qu'une chaise, une petite table et ma malle. Je tâchais de me barricader avec cela comme je pouvais, et je me couchais tout habillée. Pendant quelque temps, il me laissa tranquille ; il ne me regardait même pas. Je commençais à me rassurer un peu, pensant qu'il ne songeait plus à moi. Un dimanche, il m'avait permis de sortir ; je vins annoncer cette bonne nouvelle à mon père et à ma mère : nous étions tous bien heureux !... C'est jusqu'à ce moment que vous avez tout su, mon père... Ce qui reste à vous dire... et la voix de Louise trembla... est affreux... je vous l'ai toujours caché.

— Oh ! j'en étais sûr... bien sûr... que tu me cachais un secret, s'écria Morel avec une sorte d'égarement et une singulière volubilité d'expression qui étonna Rodolphe. Ta pâleur, tes traits... auraient dû m'éclairer. Cent fois je l'ai dit à ta mère... mais bah ! bah ! bah ! elle me rassurait... La voilà bien ! la voilà bien ; pour échapper au mauvais sort, laisser notre fille chez ce monstre !... Et notre fille, où va-t-elle ? sur le banc des criminels... La voilà bien ! Ah ! mais aussi... enfin... qui sait ?... au fait... parce qu'on est pauvre... oui... mais les autres ?... bah !... bah !... les autres... Puis, s'arrêtant comme pour rassembler ses pensées qui lui échappaient, Morel se frappa le front et s'écria : Tiens ! je ne sais plus ce que je dis... la tête me fait un mal horrible... il me semble que je suis gris...

Et il cacha sa tête dans ses deux mains.

Rodolphe ne voulut pas laisser voir à Louise combien il était effrayé de l'incohérence du langage du lapidaire ; il reprit gravement :

— Vous n'êtes pas juste, Morel ; ce n'est pas pour elle seule, mais pour sa mère, pour ses enfants, pour vous-même, que votre pauvre femme redoutait les funestes conséquences de la sortie de Louise de chez le notaire... N'accusez personne... Que toutes les malédictions, que toutes les haines retombent sur un seul homme... sur ce monstre d'hypocrisie, qui plaçait une fille entre le déshonneur et la ruine... la mort peut-être de son père et de sa famille ; sur ce maître qui abusait d'une manière infâme de son pouvoir de maître... Mais patience, je vous l'ai dit, la Providence réserve souvent au crime des vengeances surprenantes et épouvantables.

Les paroles de Rodolphe étaient pour ainsi dire empreintes d'un tel caractère de certitude et de conviction en parlant de cette vengeance providentielle, que Louise regarda son sauveur avec surprise, presque avec crainte.

— Continuez, mon enfant, reprit Rodolphe en s'adressant à Louise, ne nous cachez rien... cela est plus important que vous ne le pensez.

— Je commençais donc à me rassurer un peu, dit Louise. Lorsqu'un soir M. Ferrand et la femme de charge sortirent chacun de leur côté. Ils ne dînèrent pas à la maison, je restai seule ; comme d'habitude, on me laissa ma ration d'eau, de pain et de vin, après avoir fermé à clé les buffets. Mon ouvrage terminé, je dînai, et puis, ayant peur toute seule dans les appartements, je remontai dans ma chambre, après avoir allumé la lampe de M. Ferrand. Quand il sortait le soir, on ne l'attendait jamais. Je me suis mis à travailler, et, contre mon ordinaire, peu à peu le sommeil me gagna... Ah ! mon père ! s'écria Louise en s'interrompant avec crainte, vous allez ne pas me croire... vous allez m'accuser de mensonge... et pourtant, tenez, sur le corps de ma pauvre petite sœur, je vous jure que je vous dis bien la vérité...

— Expliquez-vous, dit Rodolphe.

— Hélas ! monsieur, depuis sept mois je cherche en vain à m'expliquer à moi-même cette nuit affreuse... sans pouvoir y parvenir ; j'ai manqué perdre la raison en tâchant d'éclaircir ce mystère.

— Mon Dieu ! mon Dieu ! que va-t-elle dire ? s'écria le lapidaire, sortant de l'espèce de stupeur indifférente qui l'accablait par intermittence depuis le commencement de ce récit.

— Je m'étais, contre mon habitude, endormie sui ma chaise... reprit Louise. Voilà la dernière chose dont je me souviens... Avant, avant... oh ! mon père, pardon... Je vous jure que je ne suis pas coupable, pourtant...

— Je te crois ! je te crois ! mais parle.

— Je ne sais pas depuis combien de temps je dormais lorsque je m'éveillai, toujours dans ma chambre, mais couchée et déshonorée par M. Ferrand, qui était auprès de moi.

— Tu mens, tu mens ! s'écria le lapidaire furieux. Avoue-moi que tu as cédé à la violence, à la peur de me voir traîner en prison, mais ne mens pas ainsi !

— Mon père, je vous jure...

— Tu mens, tu mens !... Pourquoi le notaire aurait-il voulu me faire emprisonner, puisque tu lui avais cédé ?

— Cédé, oh ! non, mon père ! mon sommeil fut si profond que j'étais comme morte... Cela vous semble extraordinaire, impossible... Mon Dieu, je le sais bien, car cette heure je ne peux encore la comprendre.

— Et moi je comprend tout, reprit Rodolphe en interrompant Louise, ce crime manquait à cet homme. N'accusez pas votre fille de mensonge, Morel... Dites-moi, Louise en dînant, avant de monter dans votre chambre, n'avez-vous pas remarqué quelque goût étrange à ce que vous avez bu ? Tâchez de bien vous rappeler cette circonstance.

Après un moment de réflexion, Louise répondit :

— Je me souviens, en effet, que le mélange d'eau et de vin que Mme Séraphin me laissa, selon son habitude, avait un goût un peu amer ; je n'y ai pas alors fait attention parce que quelquefois la femme de charge s'amusait à mettre du sel ou du poivre dans ce que je buvais.

— Et ce jour-là cette boisson vous à semblé amère ?

— Oui, monsieur, mais pas assez pour m'empêcher de la boire ; j'ai cru que le vin était tourné.

Morel, l'œil fixe, un peu hagard, écoutait les questions de Rodolphe et les réponses de Louise sans paraître comprendre leur portée.

— Avant de vous endormir sur votre chaise, n'avez-vous pas senti votre tête pesante, vos jambes alourdies ?

— Oui, monsieur ; les tempes me battaient, j'avais un léger frisson, j'étais mal à mon aise

— Oh ! le misérable ! le misérable ! s'écria Rodolphe. Savez-vous, Morel, ce que cet homme a fait boire à votre fille ?

L'artisan regarda Rodolphe sans lui répondre.

— La femme de charge, sa complice, avait mêlé dans le breuvage de Louise un soporifique, de l'opium, sans doute ; les forces, la pensée de votre fille, ont été paralysées pendant quelques heures ; en sortant de ce sommeil léthargique, elle était déshonorée !...

— Ah ! maintenant, s'écria Louise, mon malheur s'explique. Vous le voyez, mon père, je suis moins coupable que je ne le paraissais. Mon père, mon père, répondez-moi donc !

Le regard du lapidaire était d'une effrayante fixité.

Une si horrible perversité ne pouvait entrer dans l'esprit de cet homme naïf et honnête. Il comprenait à peine cette affreuse révélation.

Et puis, faut-il le dire, depuis quelques moments sa raison lui échappait par instants ses idées s'obscurcissaient ; alors il tombait dans ce néant de la pensée qui est à l'intelligence ce que la nuit est à la vue... formidable symptôme de l'aliénation mentale.

Pourtant Morel reprit d'une voix sourde, brève et précipitée :

— Oh ! oui, c'est bien mal, bien mal, très mal.

Et il retomba dans son apathie.

Rodolphe le regarda avec anxiété, il crut que l'énergie de l'indignation commençait à s'épuiser chez ce malheureux, de même qu'à la suite de violents chagrins souvent les larmes manquent.

Voulant terminer le plus tôt possible ce triste entretien, Rodolphe dit à Louise :

— Courage, mon enfant, achevez de nous dévoiler ce tissu d'horreurs.

— Hélas ! monsieur, ce que vous avez entendu n'est rien encore. En voyant M. Ferrand auprès de moi, je jetai un cri de frayeur. Je voulus fuir, il me retint de force ; je me sentais encore si faible, si appesantie, sans doute à cause de ce breuvage dont vous m'avez parlé, que je ne pus m'échapper de ses mains. « Pourquoi te sauver maintenant ? me dit M. Ferrand d'un air étonné qui me confondit. Quel est ton caprice ? Ne suis-je pas là de ton consentement ? — Ah ! monsieur, c'est indigne, m'écriai-je ; vous avez abusé de mon sommeil pour me perdre ! Mon père le saura. » Mon maître éclata de rire. « J'ai abusé de ton sommeil, moi ! mais tu plaisantes ? A qui feras-tu croire ce mensonge ? Il est quatre heures du matin. Je suis ici depuis deux heures ; tu aurais dormi bien longtemps et bien opiniâtrement. Avoue donc plutôt que je n'ai fait que profiter de ta bonne volonté. Allons, ne sois pas ainsi capricieuse, ou nous nous fâcherons. Ton père est en mon pouvoir ; tu n'as plus de raison maintenant pour me repousser ; sois soumise et nous serons bons amis ; sinon, prends garde. — Je dirai tout à mon père ! m'écriai-je ; il saura me venger. Il y a une justice. » M. Ferrand me regarda avec surprise. « Mais tu es donc décidément folle ? Et que diras-tu à ton père ? Qu'il t'a convenu de me recevoir ici ? Libre à toi... tu verras comme il t'accueillera. — Mon Dieu ! mais cela n'est pas vrai. Vous savez bien que vous êtes ici malgré moi. — Malgré toi ? Tu aurais l'effronterie de soutenir ce mensonge, de parler de violences ! Veux-tu une preuve de ta fausseté ? J'avais ordonné à Germain, mon caissier, de revenir hier soir, à dix heures, terminer un travail pressé ; il a travaillé jusqu'à une heure du matin dans une chambre au-dessous de celle-ci. N'aurait-il pas entendu tes cris, le bruit d'une lutte pareille à celle que j'ai soutenue en bas contre toi, méchante, quand tu n'étais pas aussi raisonnable qu'aujourd'hui ? Eh bien ! interroge demain Germain, il affirmera ce qui est : que cette nuit tout a été parfaitement tranquille dans la maison. »

— Oh ! toutes les précautions étaient prises pour assurer son impunité, dit Rodolphe.

— Oui, monsieur, car j'étais atterrée. A tout ce que me disait M. Ferrand, je ne trouvais rien à répondre. Ignorant quel breuvage il m'avait fait prendre, je ne m'expliquais pas à moi-même la persistance de mon sommeil. Les apparences étaient contre moi. Si je me plaignais, tout le monde m'accuserait ; cela devait être, puisque pour moi-même cette nuit affreuse était un mystère impénétrable.

CHAPITRE X

LE CRIME

Rodolphe restait confondu de l'effroyable hypocrisie de M. Ferrand.

— Ainsi, dit-il à Louise, vous n'avez pas osé vous plaindre à votre père de l'odieux attentat du notaire ?

— Non, monsieur ; il m'aurait crue sans doute la complice de M. Ferrand ; et puis je craignais que dans sa colère mon père n'oubliât que sa liberté, que l'existence de notre famille, dépendaient toujours de mon maître.

— Et probablement, reprit Rodolphe, pour éviter à Louise une partie de ces pénibles aveux, cédant à la contrainte, à la frayeur de perdre votre père par un refus, vous avez continué d'être la victime de ce misérable ?

Louise baissa les yeux en rougissant.

— Et ensuite sa conduite fut-elle moins brutale envers vous ?

— Non monsieur ; pour éloigner les soupçons, lorsque par hasard il avait le curé de Bonne-Nouvelle et son vicaire à dîner, mon maître m'adressait devant eux de durs reproches ; il priait M. le curé de m'admonester ; il lui disait que tôt ou tard je me perdrais, que j'avais des manières trop libres avec les clercs de l'étude, que j'étais fainéante, qu'il me gardait par charité pour mon père, un honnête père de famille qu'il avait obligé. Sauf le service rendu à mon père, tout cela était faux. Jamais, je ne voyais les clercs de l'étude ; ils travaillaient dans un corps de logis séparés du nôtre.

— Et quand vous vous trouviez seule avec M. Ferrand, comment expliquait-il sa conduite à votre égard devant le curé ?

— Il m'assurait qu'il plaisantait. Mais le curé prenait ces accusations au sérieux ; il me disait sévèrement qu'il faudrait être doublement vicieuse pour se perdre dans une sainte maison où j'avais continuellement sous les yeux de religieux exemples. A cela je ne savais que répondre, je baissais la tête en rougissant ; mon silence, ma confusion, tournaient encore contre moi ; la vie m'était si à charge que bien des fois j'ai été sur le point de me détruire ; mais je pensais à mon père, à ma mère, à mes frères et sœurs que je soutenais un peu, je me résignais ; au milieu de mon avilissement, je trouvais une consolation : au moins mon père était sauvé de la prison Un nouveau malheur m'accabla, je devins mère je me vis perdue tout à fait. Je ne sais pourquoi je pressentis que M. Ferrand, en apprenant un événement qui aurait pourtant dû le rendre moins cruel pour moi, redoublerait de mauvais traitements à mon égard ; j'étais pourtant loin encore de supposer ce qui allait arriver.

Morel, revenu de son aberration momentanée, regarda autour de lui avec étonnement, passa sa main sur son front, rassembla ses souvenirs et dit à sa fille :

— Il me semble que j'ai eu un moment d'absence ; la fatigue, le chagrin... Que disais-tu ?

— Lorsque M. Ferrand apprit que j'étais mère...

Le lapidaire fit un geste de désespoir ; Rodolphe le calma d'un regard.

— Allons, j'écouterai jusqu'au bout, dit Morel. Va, va.

Louise reprit :

— Je demandai à M. Ferrand par quels moyens je cacherais ma honte et les suites d'une faute dont il était l'auteur. Hélas ! c'est à peine si vous me croirez, mon père...

— Eh bien ?...

— M'interrompant avec indignation et feinte surprise, il eut l'air de ne pas me comprendre ; il me demanda si j'étais folle. Effrayée, je m'écriai : « Mais, mon Dieu ! que voulez-vous donc que je devienne maintenant ? Si vous n'avez pas pitié de moi, ayez au moins pitié de votre enfant. — Quelle horreur ! s'écria M. Ferrand en levant les mains au ciel. Comment, misérable ! tu as l'audace de m'accuser d'être assez bassement corrompu pour descendre jusqu'à une fille de ton espèce !... Tu es assez effrontée pour m'attribuer les suites de tes débordements, moi qui t'ai cent fois répété devant les témoins les plus respectables que tu te perdais, vile débauchée ! Sors de chez moi à l'instant : je te chasse. »

Rodolphe et Morel restaient frappés d'épouvante ; une hypocrisie si infernale les foudroyait.

— Oh ! je l'avoue, dit Rodolphe, cela passe les prévisions les plus horribles.

Morel ne dit rien ; ses yeux s'agrandirent d'une manière effrayante, un spasme convulsif contracta ses traits ; il descendit de l'établi où il était assis, ouvrit brusquement un tiroir, y prit une forte lime très longue, très acérée, emmanchée d'une poignée de bois, et s'élança vers la porte.

Rodolphe devina sa pensée, le saisit par le bras et l'arrêta.

— Morel, où allez-vous ? Vous vous perdez, malheureux !

— Prenez garde ! s'écria l'artisan furieux en se débattant, je ferais deux malheurs au lieu d'un.

Et l'insensé menaça Rodolphe.

— Mon père, c'est notre sauveur ! s'écria Louise.

— Il se moque bien de nous ! bah ! bah ! il veut sauver le notaire ! répondit Morel complètement égaré en luttant contre Rodolphe.

Au bout d'une seconde, celui-ci le désarma avec ménagement, ouvrit la porte et jeta la lime sur l'escalier.

Louise courut au lapidaire, le serra dans ses bras et lui dit :

— Mon père, c'est notre bienfaiteur ! tu as levé la main sur lui, reviens donc à toi.

Ces mots rappelèrent Morel à lui-même, il cacha sa figure dans ses mains, et, muet, il tomba aux genoux de Rodolphe.

— Relevez-vous, pauvre père, reprit Rodolphe avec bonté. Patience... patience... je comprends votre fureur, je partage votre haine ; mais au nom de la vengeance, ne la compromettez pas...

— Mon Dieu ! mon Dieu ! s'écria le lapidaire en se relevant. Mais que peut la justice... la loi... contre cela ? Pauvrés gens que nous sommes ! Quand nous irons accuser cet homme riche, puissant, respecté, on nous rira au nez, ah ! ah ! ah ! Et il se prit à rire d'un rire convulsif. Et on aura raison... Où seront nos preuves ? oui, nos preuves ? On ne nous croira pas. Aussi, je vous dis, moi, s'écria-t-il dans un redoublement de fureur, je vous dis que je n'ai confiance que dans l'impartialité du couteau...

— Silence, Morel, la douleur vous égare, lui dit tristement Rodolphe... Laissez parler votre fille... les moments sont précieux, le magistrat l'attend, il faut que je sache tout... vous dis-je... tout... Continuez, mon enfant.

Morel retomba sur son escabeau avec accablement.

— Il est inutile, monsieur, reprit Louise, de vous dire mes larmes, mes prières ; j'étais anéantie. Ceci s'était passé à dix heures du matin dans le cabinet de M. Ferrand, le curé devait venir déjeuner avec lui ce jour-là ; il entra au moment où mon maître m'accablait de reproches et d'outrages... il parut vivement contrarié à la vue du prêtre.

— Et que dit-il alors ?...

— Il eut bientôt pris son parti ; il s'écria, en me montrant : « Eh bien ! monsieur l'abbé, je disais bien, que cette malheureuse se perdrait... Elle est perdue... à tout jamais perdue ; elle vient de m'avouer sa faute et sa honte... en me priant de la sauver. Et penser que j'ai, par pitié, reçu dans ma maison une telle misérable ! — Comment ! me dit M. l'abbé avec indignation, malgré les conseils salutaires que votre maître vous a donnés maintes fois devant moi... vous vous êtes avilie à ce point ! Oh ! cela est impardonnable... Mon ami, après les bontés que vous avez eues pour cette malheureuse et pour sa famille, de la pitié serait faiblesse... Soyez inexorable », dit l'abbé, dupe comme tout le monde de l'hypocrisie de M Ferrand.

— Et vous n'avez pas à cet instant démasqué l'infâme ? dit Rodolphe.

— Mon Dieu ! monsieur, j'étais terrifiée, ma tête se perdait, je n'osais, je ne pouvais prononcer une parole ; pourtant je voulus parler, me défendre. « Mais, monsieur... m'écriai-je... — Pas un mot de plus, indigne créature, me dit M. Ferrand en m'interrompant. Tu as entendu M. l'abbé... De la pitié serait de la faiblesse... Dans une heure tu auras quitté ma maison ! » Puis, sans me laisser le temps de répondre, il emmena l'abbé dans une autre pièce.

» Après le départ de M. Ferrand, reprit Louise, je fus un moment comme en délire ; je me voyais chassée de chez lui, ne pouvant me replacer ailleurs, à cause de l'état où je me trouvais et des mauvais renseignements que mon maître donnerait sur moi ; je ne doutais pas non plus que dans sa colère il ne fît emprisonner mon père ; je ne savais que devenir ; j'allai me réfugier dans ma chambre.

» Au bout de deux heures, M. Ferrand y parut : « Ton paquet est-il fait ? me dit-il. — Grâce ! lui dis-je en tombant à ses pieds, ne me renvoyez pas de chez vous dans l'état où je suis. Que vais-je devenir ? je ne puis me placer nulle part ! — Tant mieux, Dieu te punira de ton libertinage et de tes mensonges. — Vous osez dire que je mens ? m'écriai-je indignée, vous osez dire que ce n'est pas vous qui m'avez perdue ? — Sors à l'instant de chez moi, infâme, puisque tu persistes dans tes calomnies, s'écria-t-il d'une voix terrible. Et pour te punir, demain je ferai emprisonner ton père. — Eh bien ! non, non, lui dis-je épouvantée, je ne vous accuserai plus, monsieur... je vous le promets, mais ne me chassez pas... Ayez pitié de mon père ; le peu que je gagne ici soutient ma famille... Gardez-moi chez vous... je ne dirai rien... je tâcherai qu'on ne s'aperçoive de rien, et quand je ne pourrai plus cacher ma triste position, eh bien ! alors seulement vous me renverrez. »

Après de nouvelles supplications de ma part, M. Ferrand consentit à me garder chez lui ; je regardai cela comme un grand service, tant mon sort était affreux. Pourtant, pendant les cinq mois qui suivirent cette scène cruelle, je fus bien malheureuse, bien maltraitée ; quelquefois, seulement, M. Germain, que je voyais rarement, m'interrogeait avec bonté au sujet de mes chagrins ; mais la honte m'empêchait de lui rien avouer.

— N'est-ce pas à peu près à cette époque qu'il vint habiter ici ?

— Oui, monsieur, il cherchait une chambre du côté de la rue du Temple ou de l'Arsenal, il y en avait une à louer ici, je lui ai renseigné celle que vous occupez maintenant, monsieur ; elle lui a convenu. Lorsqu'il l'a quittée, il y a près de deux mois, il m'a priée de ne pas dire ici sa nouvelle adresse, que l'on savait chez M. Ferrand.

L'obligation où était Germain d'échapper aux poursuites dont il était l'objet expliquait ces précautions aux yeux de Rodolphe...

— Et vous n'avez jamais songé à faire vos confidences à Germain ? demanda-t-il à Louise.

— Non, monsieur ; il était aussi dupe de l'hypocrisie de M. Ferrand ; il le disait dur, exigeant ; mais il le croyait le plus honnête homme de la terre.

— Germain, lorsqu'il logeait ici, n'entendait-il pas votre père accuser quelquefois le notaire d'avoir voulu vous séduire ?

— Mon père ne parlait jamais de ses craintes devant des étrangers ; et d'ailleurs, à cette époque, je trompais ses inquiétudes ; je le rassurais en lui disant que M. Ferrand ne songeait plus à moi... Hélas ! mon pauvre père, maintenant, vous me pardonnerez ces mensonges. Je ne les faisais que pour vous tranquilliser ; vous le voyez bien, n'est-ce pas ?

Morel ne répondit rien ; le front appuyé à ses deux bras croisés sur son établi, il sanglotait.

Rodolphe fit signe à Louise de ne pas adresser de nouveau la parole à son père. Elle continua :

— Je passai ces cinq mois dans des larmes, dans des angoisses continuelles. A force de précautions, j'étais parvenue à cacher mon état à tous les yeux, mais je ne pouvais espérer le dissimuler ainsi pendant les deux derniers mois qui me séparaient du terme fatal... L'avenir était pour moi de plus en plus effrayant ; M. Ferrand m'avait déclaré qu'il ne voulait plus me garder chez lui... J'allais être ainsi privée du peu de ressources qui aidaient notre famille à vivre. Maudite, chassée par mon père, car, d'après les mensonges que je lui avais faits jusqu'alors pour le rassurer, il me croirait complice et non victime de M. Ferrand... que devenir ? où me réfugier, où me placer... dans la position où j'étais ? J'eus alors une idée bien criminelle. Heureusement j'ai reculé devant son exécution ; je vous fais cet aveu, monsieur, parce que je ne veux rien cacher, même ce qui peut m'accuser, et aussi pour montrer à quelles extrémités m'a réduite la cruauté de M. Ferrand. Si j'avais cédé à une funeste pensée, n'aurait-il pas été le complice de mon crime ?

Après un moment de silence, Louise reprit avec effort, et d'une voix tremblante :

— J'avais entendu dire par la portière qu'un charlatan demeurait dans la maison... et...

Elle ne put achever.

Rodolphe se rappela qu'à sa première entrevue avec madame Pipelet, il avait reçu du facteur, en l'absence de la portière, une lettre écrite sur gros papier d'une écriture contrefaite, et sur laquelle il avait remarqué les traces de quelques larmes...

— Et vous lui avez écrit, malheureuse enfant... il y a de cela trois jours !... Sur cette lettre vous aviez pleuré, votre écriture était déguisée.

Louise regardait Rodolphe avec effroi...

— Comment savez-vous, monsieur ?...

— Rassurez-vous. J'étais seul dans la loge de Mme Pipelet quand on a apporté cette lettre, et, par hasard, je l'ai remarquée...

— Eh bien ! oui monsieur. Dans cette lettre sans signature, j'écrivais à M. Bradamanti que, n'osant pas aller chez lui, je le priais de se trouver le soir près du Château-d'Eau... J'avais la tête perdue. Je voulais lui demander ses affreux conseils... Je sortis de chez mon maître dans l'intention de les suivre ; mais au bout d'un instant, la raison me revint, je compris quel crime j'allais commettre... Je regagnai la maison et je manquai ce rendez-vous. Ce soir-là se passa une scène dont les suites ont causé le dernier malheur qui m'accable.

» M. Ferrand me croyait sortie pour deux heures, tandis qu'au bout de très peu de temps j'étais de retour. En passant devant la petite porte du jardin, à mon grand étonnement je la vis entrouverte ; j'entrai par là, et je rapportai la clé dans le cabinet de M. Ferrand, où on la déposait ordinairement. Cette pièce précédait sa chambre à coucher, le lieu le plus retiré de la maison ; c'était là qu'il donnait ses audiences secrètes, traitant ses affaires courantes dans le bureau de son étude. Vous allez savoir, monsieur, pourquoi je vous donne ces détails : connaissant très bien les aîtres du logis, après avoir traversé la salle à manger, qui était éclairée, j'entrai sans lumière dans le salon, puis dans le cabinet qui précédait sa chambre à coucher. La porte de cette dernière s'ouvrit au moment où je posais la clé sur une table. A peine mon maître m'eut-il aperçue à la clarté de la lampe qui brûlait dans sa chambre qu'il referma brusquement la porte sur une personne que je ne pus voir ; puis, malgré l'obscurité, il se précipita sur moi, me saisit au cou comme s'il eût voulu m'étrangler, et me dit à voix basse... d'un ton à la fois furieux et effrayé : « Tu espionnais, tu écoutais à la porte ! qu'as-tu entendu ?... Réponds ! réponds ou je t'étouffe ». Mais, changeant d'idée sans me donner le temps de dire un mot il me fit reculer dans la salle à manger : l'office était ouverte, il m'y jeta brutalement et la referma.

— Et vous n'aviez rien entendu de sa conversation ?

— Rien, monsieur ; si je l'avais su dans sa chambre avec quelqu'un, je me serais bien gardée d'entrer dans le cabinet ; il le défendait même à Mme Séraphin.

— Et lorsque vous êtes sortie de l'office, que vous a-t-il dit ?

— C'est la femme de charge qui est venue me délivrer, et je n'ai pas revu M. Ferrand ce soir-là. Le saisissement, l'effroi que j'avais eus me rendirent très souffrante. Le lendemain, au moment où je descendais, je rencontrais M. Ferrand ; je frissonnai en songeant à ses menaces de la veille : quelle fut ma surprise ! il me dit presque avec calme : « Tu sais pourtant que je défends d'entrer dans mon cabinet quand j'ai quelqu'un dans ma chambre ; mais pour le peu de temps que tu as à rester ici, il est inutile que je te gronde davantage ». Et il se rendit à son étude.

» Cette modération m'étonna après ses violences de la veille. Je continuai mon service, selon mon habitude, et j'allai mettre en ordre sa chambre à coucher... J'avais beaucoup souffert toute la nuit : je me trouvais faible, abattue. En rangeant quelques habits dans un cabinet très obscur situé près de l'alcôve, je fus tout à coup prise d'un étourdissement douloureux ; je sentis que je perdais connaissance... En tombant, je voulus machinalement me retenir en saisissant un manteau suspendu à la cloison, et dans ma chute, j'entraînai ce vêtement, dont je fus presque entièrement couverte.

» Quand je revins à moi, la porte vitrée de ce cabinet d'alcôve était fermée... j'entendis la voix de M. Ferrand... Il parlait très haut... Me souvenant de la scène de la veille, je me crus morte si je faisais un mouvement ; je supposais que, cachée sous le manteau qui était tombé sur moi, mon maître, en fermant la porte de ce vestiaire obscur, ne m'avait pas aperçue. S'il me découvrait, comment lui faire croire à ce hasard presque inexplicable ? Je retins donc ma respiration, et malgré moi j'entendis la fin de cet entretien sans doute commencé depuis quelque temps.

CHAPITRE XII

L'ENTRETIEN

— Et quelle était la personne qui, enfermée dans la chambre du notaire, causait avec lui ? demanda Rodolphe à Louise.

— Je l'ignore, monsieur ; je ne connaissais pas cette voix.

— Et que disaient-ils ?

— La conversation durait depuis quelque temps sans doute, car voici seulement ce que j'entendis : « Rien de plus simple, disait cette voix inconnue ; un drôle nommé Bras-Rouge, contrebandier déterminé, m'a mis, pour l'affaire dont je vous parlais tout à l'heure, en rapport avec une famille de *pirates d'eau douce* (1) établie à la pointe d'une petite île près d'Asnières : ce sont les deux plus grands bandits de la terre ; le père et le grand-père ont été guillotinés, deux des fils sont aux galères à perpétuité ; mais il reste à la mère trois garçons et deux filles, tous aussi scélérats les uns que les autres. On dit que, la nuit, pour voler sur les deux rives de la Seine, ils font quelquefois des descentes en bateau jusqu'à Bercy. Ce sont des gens à tuer le premier venu pour un écu ; mais nous n'avons pas besoin d'eux, il suffit qu'ils donnent l'hospitalité à votre dame de province. Les Martial (c'est le nom de mes pirates) passeront à ses yeux pour une honnête famille de pêcheurs ; j'irai de votre part faire deux ou trois visites à votre jeune dame ; je lui ordonnerai certaines potions... et au bout de huit jours elle fera connaissance avec le cimetière d'Asnières. Dans les villages, les décès passent comme une lettre à la poste, tandis qu'à Paris on y regarde de trop près. Mais quand enverrez-vous votre provinciale à l'île d'Asnières, afin que j'aie le temps de prévenir les Martial du rôle qu'ils ont à jouer ? — Elle arrivera demain ici, après-demain elle sera chez eux, reprit M. Ferrand, et je la préviendrai que le docteur Vincent ira lui donner des soins de ma part. — Va pour le nom de Vincent, dit la voix ; j'aime autant celui-là qu'un autre... ».

— Quel est ce nouveau mystère de crime et d'infamie ? dit Rodolphe de plus en plus surpris.

— Nouveau ! non, monsieur ; vous allez voir qu'il se rattachait à un autre crime que vous connaissez, reprit Louise, et elle continua

(1) On verra plus tard les façons de ces pirates parisiens

J'entendis le mouvement des chaises, l'entretien était terminé. « Je ne vous demande pas le secret, dit M. Ferrand ; vous me tenez comme je vous tiens. — Ce qui fait que nous pouvons nous servir et jamais nous nuire, répondit la voix. Voyez mon zèle ! j'ai reçu votre lettre hier à dix heures du soir, ce matin je suis chez vous. Au revoir, complice, n'oubliez pas l'île d'Asnières, le pêcheur Martial et le docteur Vincent. Grâce à ces trois mots magiques, votre provinciale n'en a pas pour huit jours. — Attendez, dit M. Ferrand, que j'aille tirer le verrou de précaution que j'avais mis dans mon cabinet, et que je voie s'il n'y a personne dans l'antichambre pour que vous puissiez sortir par la ruelle du jardin comme vous y êtes entré... ». M. Ferrand sortit un moment, puis il revint, et je l'entendis enfin s'éloigner avec la personne dont j'avais entendu la voix...

» Vous devez comprendre ma terreur, monsieur, pendant cet entretien, et mon désespoir d'avoir malgré moi surpris un tel secret. Deux heures après cette conversation, Mme Séraphin vint me chercher dans ma chambre où j'étais montée, toute tremblante et plus malade que je ne l'avais été jusqu'alors. « Monsieur vous demande, me dit-elle ; vous avez plus de bonheur que vous n'en méritez ; allons, descendez. Vous êtes bien pâle, ce qu'il va vous apprendre vous donnera des couleurs. »

» Je suivis Mme Séraphin ; M. Ferrand était dans son cabinet. En le voyant, je frissonnai malgré moi ; pourtant il avait l'air moins méchant que d'habitude ; il me regarda longtemps fixement, comme s'il eût voulu lire au fond de ma pensée. Je baissai les yeux. « Vous paraissez très souffrante ? me dit-il. — Oui, monsieur, lui répondis-je, très étonnée de ce qu'il ne me tutoyait pas comme d'habitude. — C'est tout simple, ajouta-t-il, c'est la suite de votre état et des efforts que vous avez faits pour le dissimuler ; mais malgré vos mensonges, votre mauvaise conduite et votre indiscrétion d'hier, reprit-il d'un ton plus doux, j'ai pitié de vous ; dans quelques jours il vous serait impossible de cacher votre grossesse. Quoique je vous aie traitée comme vous le méritez devant le curé de la paroisse, un tel événement aux yeux du public serait la honte d'une maison comme la mienne ; de plus, votre famille serait au désespoir... Je consens, dans cette circonstance, à venir à votre secours. — Ah ! monsieur, m'écriai-je, ces mots de bonté de votre part me font tout oublier. — Oublier quoi ? me demanda-t-il durement. — Rien, rien... pardon, monsieur, repris-je de crainte de l'irriter et le croyant dans de meilleures dispositions à mon égard. — Ecoutez-moi donc, reprit-il ; vous irez voir votre père aujourd'hui ; vous lui annoncerez que je vous envoie deux ou trois mois à la campagne pour garder une maison que je viens d'acheter ; pendant votre absence je lui ferai parvenir vos gages. Demain vous quitterez Paris ; je vous donnerai une lettre de recommandation pour Mme Martial, mère d'une honnête famille de pêcheurs qui demeure près d'Asnières. Vous aurez soin de dire que vous venez de province sans vous expliquer davantage. Vous saurez plus tard le but de cette recommandation, toute dans votre intérêt. La mère Martial vous traitera comme son enfant ; un médecin de mes amis, le docteur Vincent, ira vous donner les soins que nécessite votre position .. Vous voyez combien je suis bon pour vous ! »

— Quelle horrible trame ! s'écria Rodolphe Je comprends tout mainte nant. Croyant que la veille vous aviez surpris un secret terrible pour lui, il voulait se défaire de vous. Il avait probablement un intérêt à tromper son complice en vous désignant à lui comme une femme de province. Quelle dut être votre frayeur à cette proposition !

— Cela me porta un coup violent ; j'en fus bouleversée. Je ne pouvais répondre ; je regardais M. Ferrand avec effroi, ma tête s'égarait. J'allais peut-être risquer ma vie en lui disant que le matin j'avais entendu ses projets, lorsque heureusement je me rappelai les nouveaux dangers auxquels cet aveu m'exposerait. « Vous ne me comprenez donc pas ? me demanda-t-il avec impatience. — Si... monsieur... Mais, lui dis-je en tremblant, je préférerais ne pas aller à la campagne. — Pourquoi cela ? Vous serez parfaitement traitée là où je vous envoie. — Non ! non ! je n'irai pas ; j'aime mieux rester à Paris, ne pas m'éloigner de ma famille ; j'aime mieux tout lui avouer, mourir de honte s'il le faut. — Tu me refuses ? dit Ferrand, contenant encore sa colère et me regardant avec attention. Pourquoi as-tu si brusquement changé d'avis ? Tu acceptais tout à l'heure... ». Je vis que, s'il me devinait, j'étais perdue ; je lui répondis que je ne croyais pas qu'il fût question de quitter Paris, ma famille. « Mais tu la déshonores, ta famille, misérable ! » s'écria-t-il ; et, ne se possédant plus, il me saisit par le bras et me poussa, si violemment, qu'il me fit tomber. « Je te donne jusqu'à après-demain ! s'écria-t-il ; demain tu sortiras d'ici pour aller chez les Martial ou pour aller apprendre à ton père que je t'ai chassée, et qu'il ira le jour même en prison. »

» Je restai seule, étendue par terre ; je n'avais pas la force de me relever. Mme Séraphin était accourue en entendant son maître élever la voix ; avec son aide, et faiblissant à chaque pas, je pus regagner ma chambre. En rentrant je me jetai sur mon lit ; j'y restai jusqu'à la nuit ; tant de secousses m'avaient porté un coup terrible ! aux douleurs atroces qui me surprirent vers une heure du matin, je sentis que j'allais mettre au monde ce malheureux enfant avant terme.

— Pourquoi n'avez-vous pas appelé à votre secours ?

— Oh ! je n'ai pas osé. M. Ferrand voulait se défaire de moi ; il aurait, bien sûr, envoyé chercher le docteur Vincent, qui m'aurait tuée chez mon maître, au lieu de me tuer chez les Martial... ou bien M. Ferrand m'aurait étouffée pour dire ensuite que j'étais morte en couches. Hélas ! monsieur, ces terreurs étaient peut-être folles... mais dans ce moment elles m'ont assaillie, c'est ce qui a causé mon malheur ; sans cesse j'aurais bravé la honte, et je ne serais pas accusée d'avoir tué mon enfant. Au lieu d'appeler du secours, et de peur qu'on n'entendît mes cris de douleur, je les étouffai en mordant mes draps. Enfin après des souffrances horribles... seule au milieu de l'obscurité, je donnai le jour à cette malheureuse créature dont la mort fut sans doute causée par cette délivrance prématurée... car je ne l'ai pas tuée, mon Dieu... je ne l'ai pas tuée... oh non ! Au milieu de cette nuit j'ai eu un moment de joie amère, c'est quand j'ai pressé mon enfant dans mes bras...

Et la voix de Louise s'éteignit dans les sanglots.

Morel avait écouté le récit de sa fille avec une apathie, une indifférence morne qui effrayèrent Rodolphe.

Pourtant, la voyant fondre en larmes, le lapidaire, qui, toujours accoudé sur son établi, tenait ses deux mains collées à ses tempes, regarda Louise fixement et dit :

— Elle pleure... elle pleure... pourquoi donc qu'elle pleure ? Puis il reprit après un moment d'hésitation : Ah ! oui... je sais, je sais... le notaire... Continue, ma pauvre Louise... tu es ma fille... je t'aime toujours... tout à l'heure... je ne te reconnaissais plus... mes larmes étaient comme obscures. Oh ! mon Dieu ! mon Dieu, ma tête... elle me fait bien du mal.

— Vous voyez que je ne suis pas coupable, n'est-ce pas, mon père !

— Oui... oui...

— C'est un grand malheur... mais j'avais si peur du notaire !

— Le notaire... oh ! je te crois... il est si méchant, si méchant !...

— Vous me pardonnez maintenant ?

— Oui...

— Bien vrai ?

— Oui... bien vrai... Oh ! je t'aime toujours... va... quoique... je ne puisse... pas dire... vois-tu... parce que... Oh ! ma tête... ma tête...

Louise regarda Rodolphe avec frayeur.

— Il souffre, laissez-le un peu se calmer. Continuez.

Louise reprit, après avoir deux ou trois fois regardé Morel avec inquiétude :

— Je serrais mon enfant contre moi... j'étais étonnée de ne pas l'entendre respirer ; mais je me disais : La respiration d'un si petit enfant... ça s'entend à peine... et puis aussi il me semblait bien froid... je ne pouvais me procurer de lumière, on ne m'en laissait jamais... J'attendis qu'il fît clair, tâchant de le réchauffer comme je le pouvais ; mais il me semblait de plus en plus glacé. Je me disais encore : Il gèle si fort, que c'est le froid qui l'engourdit ainsi.

» Au point du jour, j'approchai mon enfant de ma fenêtre... je le regardai... il était raide... glacé. Je collai ma bouche à sa bouche pour sentir son souffle... je mis ma main sur son cœur... il ne battait pas... il était mort !...

Et Louise fondit en larmes.

— Oh ! dans ce moment, reprit-elle, il se passa en moi quelque chose d'impossible à rendre. Je ne me souviens plus du reste que confusément, comme d'un rêve ; c'était à la fois du désespoir, de la terreur, de la rage, et, par-dessus tout, j'étais saisie d'une autre épouvante : je ne redoutais plus que M. Ferrand m'étouffât ; mais je craignais que si l'on trouvait mon enfant mort à côté de moi on ne m'accusât de l'avoir tué ; alors je n'eus plus qu'une seule pensée, celle de cacher son corps à tous les yeux ; comme cela, mon déshonneur ne serait pas connu, je n'aurais plus à redouter la colère de mon père, j'échapperais à la vengeance de M. Ferrand, puisque je pourrais, étant ainsi délivrée, quitter sa maison, me placer ailleurs et continuer de gagner de quoi soutenir ma famille...

» Hélas ! monsieur, telles sont les raisons qui m'ont engagée à ne rien avouer, à soustraire le corps de mon enfant à tous les yeux. J'ai eu tort, sans doute ; mais dans la position où j'étais, accablée de tous côtés, brisée par la souffrance, presque en délire, je n'ai pas réfléchi à quoi je m'exposais si j'étais découverte

— Quelles tortures !... quelles tortures !... dit Rodolphe avec accablement.

— Le jour grandissait, reprit Louise, je n'avais plus que quelques moments avant qu'on fût éveillé dans la maison... Je n'hésitai plus ; j'enveloppai mon enfant du mieux que je pus ; je descendis bien doucement ; j'allai au fond du jardin afin de faire un trou dans la terre pour l'ensevelir, mais il avait gelé toute la nuit, la terre était trop dure. Alors je cachai le corps au fond d'une espèce de caveau où l'on n'entrait jamais pendant l'hiver ; je le recouvris d'une caisse à fleurs vide, et je rentrai dans ma chambre sans que personne m'eût vue sortir.

» De tout ce que je vous dis, monsieur, il ne me reste qu'une idée confuse. Faible comme j'étais, je suis encore à m'expliquer comment j'ai eu le courage et la force de faire tout cela. A neuf heures, Mme Séraphin vint savoir pourquoi je n'étais pas encore levée ; je lui dis que j'étais si malade, que je la suppliais de me laisser couchée pendant la journée ; le lendemain je quitterais la maison, puisque M. Ferrand me renvoyait. Au bout d'une heure, il vint lui-même. « Vous êtes plus souffrante : voilà les suites de votre entêtement, me dit-il ; si vous aviez profité de mes bontés, aujourd'hui vous auriez été établie chez de braves gens qui auraient de vous tous les soins possibles ; du reste, je ne serai pas assez inhumain pour vous laisser sans secours dans l'état où vous êtes ; ce soir le docteur Vincent viendra vous voir. »

» A cette menace je frissonnai de peur. Je répondis à M. Ferrand que la veille j'avais eu tort de refuser ses offres, que je les acceptais ; mais qu'étant encore trop souffrante pour partir, je me rendrais seulement le surlendemain chez les Martial, et qu'il était inutile de demander le docteur Vincent. Je ne voulais que gagner du temps ; j'étais bien décidée à quitter la maison et aller le surlendemain chez mon père : j'espérais qu'ainsi il ignorerait tout. Rassuré par ma promesse, M. Ferrand fut presque affectueux pour moi, et me recommanda, pour la première fois de sa vie, aux soins de Mme Séraphin.

» Je passai la journée dans des transes mortelles, tremblant à chaque minute que le hasard ne fît découvrir le corps de mon enfant. Je ne désirais qu'une chose, c'était que le froid cessât, afin que, la terre n'étant plus aussi dure, il me fût possible de la creuser... Il tomba de la neige... cela me donna de l'espoir... je restai tout le jour couchée.

» La nuit venue, j'attendis que tout le monde fût endormi ; j'eus la force de me lever, d'aller au bûcher chercher une hachette à fendre du bois, pour faire un trou dans la terre couverte de neige... Après des peines infinies, j'y réussis... Alors je pris le corps, je pleurai encore bien sur lui, et je l'ensevelis comme je pus dans la petite caisse à fleurs. Je ne savais pas la prière des morts, je dis un *Pater* et un *Ave,* priant le bon Dieu de le recevoir dans son paradis... Je crus que le courage me manquerait lorsqu'il fallut couvrir de terre l'espèce de bière que je lui avais faite... Une mère... enterrer son enfant !... Enfin j'y parvins... Oh ! que cela m'a coûté, mon Dieu ! Je remis de la neige par-dessus la terre, pour qu'on ne s'aperçût de rien... La lune m'avait éclairée. Quand tout fut fini, je ne pouvais me résoudre à m'en aller... Pauvre petit, dans la terre glacée... sous la neige... Quoiqu'il fût mort... il me semblait qu'il devait ressentir le froid... Enfin, je revins dans ma chambre... je me couchai avec une fièvre violente. Au matin, M. Ferrand envoya savoir comment je me trouvais ; je répondis que je me sentais un peu mieux, et que je serais, bien sûr, en état de partir le lendemain pour la campagne. Je restai encore cette journée couchée, afin de reprendre un peu de force. Sur le soir, je me levai, je descendis à la cuisine pour me chauffer ; j'y restai tard, toute seule. J'allai au jardin dire une dernière prière.

» Au moment où je remontais dans ma chambre, je rencontrai M. Germain sur le palier du cabinet où il travaillait quelquefois ; il était très pâle... Il me dit bien vite, en me mettant un rouleau dans la main : « On doit arrêter votre père demain de grand matin pour une lettre de change de treize cents francs ; il est hors d'état de la payer... voilà l'argent... dès qu'il fera jour, courez chez lui... D'aujourd'hui seulement je connais M. Ferrand... c'est un méchant homme... je le démasquerai... Surtout ne dites pas que vous tenez cet argent de moi... ». Et M. Germain ne me laissa pas le temps de le remercier ; il descendit en courant.

CHAPITRE XII

LA FOLIE

— Ce matin, reprit Louise, avant que personne fût levé chez M. Ferrand, je suis venue ici avec l'argent que m'avait donné M. Germain pour sauver mon père ; mais la somme ne suffisait pas, et sans votre générosité je n'aurais pu le délivrer des mains des recors... Probablement, après mon départ de chez M. Ferrand, on sera monté dans ma chambre, et on aura trouvé des traces qui auront mis sur la voie de cette funeste découverte... Un dernier service, monsieur, dit Louise en tirant le rouleau d'or de sa poche : voudrez-vous faire remettre cet argent à M. Germain ?... Je lui avais promis de ne dire à personne qu'il était employé chez M. Ferrand ; mais puisque vous le saviez, je n'ai pas été indiscrète... Maintenant, monsieur, je vous le répète... devant Dieu qui m'entend, je n'ai pas dit un mot qui ne fût vrai... Je n'ai pas cherché à affaiblir mes torts, et...

Mais, s'interrompant brusquement, Louise effrayée s'écria :

— Monsieur ! regardez mon père... regardez... qu'est-ce qu'il a donc ?

Morel avait écouté la dernière partie de ce récit avec une sombre indifférence que Rodolphe s'était expliquée, l'attribuant à l'accablement de ce malheureux. Après des secousses si violentes, si rapprochées, ses larmes avaient dû se tarir, sa sensibilité s'émousser ; il ne devait même plus lui rester la force de s'indigner, pensait Rodolphe.

Rodolphe se trompait.

Ainsi que la flamme tour à tour mourante et renaissante d'un flambeau qui s'éteint, la raison de Morel, déjà fortement ébranlée, vacilla quelque temps, jeta çà et là quelques lueurs d'intelligence, puis tout à coup... s'obscurcit.

Absolument étranger à ce qui se disait, à ce qui se passait autour de lui, depuis quelques instants le lapidaire était devenu fou.

Quoique sa meule fût placée de l'autre côté de son établi, et qu'il n'eût entre les mains ni pierreries ni outils, l'artisan attentif, occupé, simulait les opérations de son travail habituel à l'aide d'instruments imaginaires. Il accompagnait cette pantomime d'une sorte de frôlement de sa langue contre son palais, afin d'imiter le bruit de la meule dans ses mouvements de rotation.

— Mais, monsieur, reprit Louise avec une frayeur croissante, regardez donc mon père !

Puis, s'approchant de l'artisan, elle lui dit :

— Mon père !... mon père !...

Morel regarda sa fille de ce regard troublé, vague, distrait, indécis, particulier aux aliénés...

Sans discontinuer sa manœuvre insensée, il répondit tout bas d'une voix douce et triste :

— Je dois treize cents francs au notaire... le prix du sang de Louise... Il faut travailler, travailler ! Oh ! je payerai, je payerai, je payerai...

— Mon Dieu, monsieur, mais ce n'est pas possible... cela ne peut pas durer !... Il n'est pas tout à fait fou, n'est-ce pas ? s'écria Louise d'une voix déchirante. Il va revenir à lui... ce n'est qu'un moment d'absence.

— Morel !... mon ami ! lui dit Rodolphe, nous sommes là... Votre fille est auprès de vous, elle est innocente...

— Treize cents francs ! dit le lapidaire sans regarder Rodolphe ; et il continua son simulacre de travail.

— Mon père... dit Louise en se jetant à ses genoux et serrant malgré lui ses mains dans les siennes, c'est moi, Louise !

— Treize cents francs... répéta-t-il en se dégageant avec effort des étreintes de sa fille. Treize cents francs... ou sinon, ajouta-t-il à voix basse et comme en confidence, ou sinon... Louise est guillotinée...

Et il se remit à feindre de tourner sa meule.

Louise poussa un cri terrible.

— Il est fou ! s'écria-t-elle, il est fou !... et c'est moi... c'est moi qui en suis cause... Oh ! mon Dieu ! mon Dieu ! ce n'est pas ma faute pourtant... je ne voulais pas mal faire... c'est ce monstre !...

— Allons, pauvre enfant, du courage ! dit Rodolphe, espérons... cette folie ne sera que momentanée. Votre père... a trop souffert ; tant de chagrins précipités étaient au-dessus de la force d'un homme... Sa raison faiblit un moment... elle reprendra le dessus.

— Mais ma mère... ma grand-mère... mes sœurs... mes frères... que vont-ils devenir ? s'écria Louise, les voilà privés de mon père et de moi... Ils vont donc mourir de faim, de misère et de désespoir !

— Ne suis-je pas là ?... Soyez tranquille, ils ne manqueront de rien... Courage ! vous dis-je ; votre révélation provoquera la punition d'un grand criminel. Vous m'avez convaincu de votre innocence, elle sera reconnue, proclamée, je n'en doute pas.

— Ah ! monsieur, vous le voyez... le déshonneur, la folie, la mort... voilà les maux qu'il cause, cet homme ! et on ne peut rien contre lui ! rien !... Ah ! cette pensée complète tous mes maux !...

— Loin de là, que la pensée contraire vous aide à les supporter.

— Que voulez-vous dire, monsieur ?

— Emportez avec vous la certitude que votre père, que vous et les vôtres vous serez vengés.

— Vengés !...

— Oui !... Et je vous jure, moi, répondit Rodolphe avec solennité, je vous jure que, ses crimes prouvés, cet homme expiera cruellement le déshonneur, la folie, la mort qu'il a causés. Si les lois sont impuissantes à l'atteindre, et si la ruse et son adresse égalent ses forfaits, à sa ruse on opposera la ruse, à son adresse l'adresse, à ses forfaits des forfaits ; mais qui seront aux siens ce que le supplice juste et vengeur, infligé au coupable par une main inexorable, est au meurtre lâche et caché.

— Ah ! monsieur, que Dieu vous entende ! Ce n'est plus moi que je voulais venger, c'est mon père insensé... c'est mon enfant mort en naissant...

Puis tentant un dernier effort pour tirer Morel de sa folie, Louise s'écria encore :

— Mon père, adieu ! On m'emmène en prison... Je ne te verrai plus ! C'est ta Louise qui te dis adieu. Mon père ! mon père ! mon père !...

A ces appels déchirants rien ne répondit.

Rien ne retentit dans cette pauvre âme anéantie... rien.

Les cordes paternelles, toujours les dernières brisées, ne vibrèrent pas...

La porte de la mansarde s'ouvrit.

Le commissaire entra.

— Mes moments sont comptés, monsieur, dit-il à Rodolphe. Je vous déclare à regret qu'il m'est impossible de laisser cet entretien se prolonger plus longtemps.

— Cet entretien est terminé, monsieur, répondit amèrement Rodolphe en montrant le lapidaire. Louise n'a plus rien à dire à son père... il n'a plus rien à entendre de sa fille... il est fou !

— Grand Dieu ! voilà ce que je redoutais... Ah ! c'est affreux ! s'écria le magistrat.

Et, s'approchant vivement de l'ouvrier, au bout d'une minute d'examen, il fut convaincu de cette douloureuse réalité.

— Ah ! monsieur, dit-il tristement à Rodolphe, je faisais déjà des vœux sincères pour que l'innocence de cette jeune fille fût reconnue ! Mais, après un tel malheur, je ne me bornerai pas à des vœux... non, non ; je dirai cette famille si probe, si désolée ; je dirai l'affreux et dernier coup qui l'accable, et, n'en doutez pas, les juges auront un motif de plus de trouver une innocente dans l'accusée.

— Bien, bien, monsieur, dit Rodolphe ; en agissant ainsi, ce ne sont pas des fonctions que vous remplissez... c'est un sacerdoce que vous exercez.

— Croyez-moi, monsieur, notre mission est presque toujours si pénible, que c'est avec bonheur, avec reconnaissance, que nous nous intéressons à ce qui est honnête et bon.

— Un mot encore, monsieur. Les révélations de Louise Morel m'ont évidemment prouvé son innocence. Pouvez-vous m'apprendre comment son prétendu crime a été découvert ou plutôt dénoncé ?

— Ce matin, dit le magistrat, une femme de charge au service de M. Ferrand, notaire, est venue me déclarer qu'après le départ précipité de Louise Morel, qu'elle savait grosse de sept mois, elle était montée dans la chambre de cette jeune fille, et qu'elle y avait trouvé des traces d'un accouchement clandestin. Après quelques investigations, des pas marqués sur la neige avaient conduit à la découverte du corps d'un enfant nouveau-né enterré dans le jardin.

» Après la déclaration de cette femme, je me suis transporté rue du Sentier ; j'ai trouvé M. Jacques Ferrand indigné de ce qu'un tel scandale se fût passé chez lui. M. le curé de l'église Bonne-Nouvelle, qu'il avait envoyé chercher, m'a aussi déclaré que la fille Morel avait avoué sa faute devant lui, un jour qu'elle implorait à ce propos l'indulgence et la pitié de son maître ; que de plus il avait souvent entendu M. Ferrand donner à Louise Morel les avertissements les plus sévères, lui prédisant que tôt ou tard elle se perdrait ; prédiction qui venait de se réaliser si malheureusement, ajouta l'abbé. L'indignation de M. Ferrand, reprit le magistrat, me parut si légitime, que je la partageai. Il me dit que sans doute Louise Morel était réfugiée chez son père. Je me rendis ici à l'instant ; le crime était flagrant, j'avais le droit de procéder à une arrestation immédiate.

Rodolphe se contraignit en entendant parler de l'indignation de M. Ferrand. Il dit au magistrat :

— Je vous remercie mille fois, monsieur, de votre obligeance et de l'appui que vous voudrez bien prêter à Louise ; je vais faire conduire ce malheureux dans une maison de fous, ainsi que la mère de sa femme.

Puis, s'adressant à Louise, qui, toujours agenouillée près de son père, tâchait en vain de le rappeler à la réalité :

— Résignez-vous, mon enfant, à partir sans embrasser votre mère... épargnez-lui des adieux déchirants... Soyez rassurée sur son sort, rien ne manquera désormais à votre famille ; on trouvera une femme qui soignera votre mère et s'occupera de vos frères et sœurs sous la surveillance de votre bonne voisine Mlle Rigolette. Quant à votre père, rien ne sera épargné pour que sa guérison soit aussi rapide que complète... Courage, croyez-moi, les honnêtes gens sont souvent rudement éprouvés par le malheur, mais ils sortent toujours de ces luttes plus purs, plus forts, plus vénérés.

Deux heures après l'arrestation de Louise, le lapidaire et la vieille idiote furent, d'après les ordres de Rodolphe, conduits par David à Charenton ; ils devaient y être traités en chambre et recevoir des soins particuliers.

Morel quitta la maison de la rue du Temple sans résistance ; indifférent, il alla où on le mena ; sa folie était douce, inoffensive et triste.

La grand-mère avait faim : on lui montra de la viande et du pain, elle suivit le pain et la viande.

Les pierreries du lapidaire, confiées à sa femme, furent, le même jour, remises à Mme Mathieu, la courtière, qui vint les chercher.

Malheureusement, cette femme fut épiée et suivie par Tortillard, qui connaissait la valeur des pierres prétendues fausses, par l'entretien qu'il avait surpris lors de l'arrestation de Morel par les recors... Le fils de Bras-Rouge s'assura que la courtière demeurait boulevard Saint-Denis, n° 11.

Rigolette apprit à Madeleine Morel avec beaucoup de ménagement l'accès de folie du lapidaire et l'emprisonnement de Louise. D'abord Madeleine pleura beaucoup, se désola, poussa des cris désespérés ; puis, cette première effervescence de douleur passée, la pauvre créature, faible et mobile, se consola peu à peu en se voyant, elle et ses enfants, entourés du bien-être qu'ils devaient à la générosité de leur bienfaiteur

Quant à Rodolphe, ses pensées étaient amères en songeant aux révélations de Louise.

» Rien de plus fréquent, se disait-il, que cette corruption plus ou moins violemment imposée par le maître à la servante : ici, par la terreur ou par la surprise ; là par l'impérieuse nature des relations que crée la servitude.

» Cette dépravation par ordre, descendant du riche au pauvre, et méprisant, pour s'assouvir, l'inviolabilité tutélaire du foyer domestique, cette dépravation, toujours déplorable quand elle est acceptée volontairement, devient hideuse, horrible, lorsqu'elle est forcée.

» C'est un asservissement impur et brutal, un ignoble et barbare esclavage de la créature, qui, dans son effroi, répond aux désirs du maître par des larmes, à ses baisers par le frisson du dégoût et de la peur.

» Et puis, pensait encore Rodolphe, pour la femme quelles conséquences ! presque toujours l'avilissement, la misère, la prostitution, le vol, quelquefois l'infanticide !

» Et c'est encore à ce sujet que les lois sont étranges !

» Tout complice d'un crime porte la peine de ce crime.

» Tout recéleur est assimilé au voleur.

» Cela est juste.

» Mais qu'un homme, par désœuvrement, séduise une jeune fille innocente et pure, la rende mère, l'abandonne, ne lui laisse que honte, infortune, désespoir, et la pousse ainsi à l'infanticide, crime qu'elle doit payer de sa tête...

» Cet homme sera-t-il regardé comme son complice ?

» Allons donc !

» Qu'est-ce que cela ? Rien, moins que rien... une amourette, un caprice d'un jour pour un minois chiffonné... Le tour est fait... A une autre !

» Bien plus, pour peu que cet homme soit d'un caractère original et narquois (au demeurant le meilleur fils du monde), il peut aller voir sa victime à la barre des assises.

» S'il est d'aventure cité comme témoin, il peut s'amuser à dire, à ces gens très curieux de faire guillotiner la jeune fille le plus tôt possible, pour la plus grande gloire de la morale publique :

» — J'ai quelque chose d'important à révéler à la justice.

» — Parlez.

» — Messieurs les jurés,

» Cette malheureuse était vertueuse et pure, c'est vrai...

» Je l'ai séduite, c'est encore vrai...

» Je lui ai fait un enfant, c'est toujours vrai...

» Après quoi, comme elle était blonde, je l'ai complètement abandonnée pour une autre qui était brune, c'est de plus en plus vrai.

» Mais en cela j'ai usé d'un droit imprescriptible, d'un droit sacré que la société me reconnaît et m'accorde...

» — Le fait est que ce garçon est complètement dans son droit, se diront tout bas les jurés les uns aux autres. Il n'y a pas de loi qui défende de faire un enfant à une jeune fille blonde et de l'abandonner ensuite pour une jeune fille brune. C'est tout bonnement un gaillard.

» — Maintenant, messieurs les jurés, cette malheureuse prétend avoir tué son enfant... je dirai même notre enfant...

» Parce que je l'ai abandonnée...

» Parce que, se trouvant seule et dans la plus profonde misère, elle s'est épouvantée, elle a perdu la tête. Et pourquoi ? Parce qu'ayant, disait-elle, à soigner, à nourrir son enfant, il lui devenait impossible d'aller de longtemps travailler dans son atelier, et de gagner ainsi sa vie et celle du résultat de notre amour.

» Mais je trouve ces raisons-là pitoyables, permettez-moi de vous le dire, messieurs les jurés.

» Est-ce que mademoiselle ne pouvait pas aller accoucher à la Bourbe... s'il y avait de la place ?

» Est-ce que mademoiselle ne pouvait pas, au moment critique, se rendre chez le commissaire de son quartier, lui faire sa déclaration de... honte, afin d'être autorisée à déposer son enfant aux Enfants-Trouvés ?

» Est-ce qu'enfin mademoiselle, pendant que je faisais la poule à l'estaminet, en attendant mon autre maîtresse, ne pouvait pas trouver moyen de se tirer d'affaire par un procédé moins sauvage ?

» Car, je l'avouerai, messieurs les jurés, je trouve trop commode et trop cavalière cette façon de se débarrasser du fruit de plusieurs moments d'erreur et de plaisir, et d'échapper ainsi aux soucis de l'avenir.

» Que diable ! ce n'est pas tout, pour une jeune fille, que de perdre l'honneur, de braver le mépris, l'infamie, et de porter un enfant illégitime neuf mois dans son sein... il lui faut encore l'élever, cet enfant ! le soigner, le nourrir, lui donner un état, en faire enfin un honnête homme comme son père, ou une honnête fille qui ne se débauche pas comme sa mère... Car enfin la maternité a des devoirs sacrés, que diable ! et les misérables qui les foulent aux pieds, ces devoirs sacrés, sont des mères dénaturées qui méritent un châtiment exemplaire et terrible...

» En foi de quoi, messieurs les jurés, livrez-moi lestement cette scélérate au bourreau, et vous ferez acte de citoyens vertueux, indépendants, fermes, et éclairés... *Dixi !*

» — Ce monsieur envisage la question sous un point de vue très moral, dira d'un air paterne quelque bonnetier enrichi ou quelque vieil usurier déguisé en chef de jury ; il a fait, pardieu ! ce que nous aurions tous fait à sa place, car elle est fort gentille, cette petite blondinette, quoiqu'un peu pâlotte... Ce gaillard-là, comme dit Joconde, « a courtisé la brune et la blonde » ; il n'y a pas de loi qui le défende. Quant à cette malheureuse, après tout, c'est sa faute ! Pourquoi ne s'est-elle pas défendue ? Elle n'aurait pas eu à commettre un crime... un... crime monstrueux qui fait... qui fait... rougir la société... jusque dans ses fondements.

» — Et ce bonnetier enrichi ou cet usurier aura raison, parfaitement raison.

» En vertu de quoi ce monsieur peut-il être incriminé ? De quelle complicité directe ou indirecte, morale ou matérielle peut-on l'accuser ?

» Cet heureux coquin a séduit une jolie fille, ensuite il l'a plantée là, il l'avoue ; où est la loi qui défend ceci et cela ?

» La société, en cas pareil, ne dit-elle pas comme ce père de je ne sais plus quel conte grivois :

» — Prenez garde à vos poules, mon coq est lâché... je m'en lave les mains ! »

» Mais qu'un pauvre misérable, autant par besoin que par stupidité, contrainte, ou ignorance des lois qu'il ne sait pas lire, achète sciemment une guenille provenant d'un vol... il ira vingt ans aux galères comme recéleur, si le voleur va vingt ans aux galères.

» Ceci est un raisonnement logique, puissant.

» Sans recéleurs il n'y aurait pas de voleurs.

» Sans voleurs pas de recéleurs.

» Non... pas plus de pitié... moins de pitié, même... pour celui qui excite au mal que pour celui qui fait le mal !

» Que la plus légère complicité soit donc punie d'un châtiment terrible !...

» Bien... il y a là une pensée sévère et féconde, haute et morale.

» On va s'incliner devant la société qui a dicté une loi... mais on se souvient que cette société, si inexorable envers les moindres complicités de crimes contre les choses, est ainsi faite, qu'un homme simple et naïf qui essayerait de prouver qu'il y a au moins solidarité morale, complicité matérielle entre le séducteur inconstant et la fille séduite et abandonnée passerait pour un visionnaire.

» Et si cet homme simple se hasardait d'avancer que, sans père... il n'y aurait peut-être pas d'enfant, la société crierait à l'atrocité, à la folie.

» Et elle aurait raison, toujours raison, car, après tout, ce monsieur, qui pourrait dire de si belles choses au jury, pour peu qu'il fût amateur d'émotions tragiques, pourrait aussi aller tranquillement voir couper le cou de sa maîtresse, exécutée pour crime d'infanticide, crime dont il est le complice, disons mieux... l'auteur, par son horrible abandon.

» Cette charmante protection, accordée à la partie masculine de la société pour certaines friponnes espiègleries relevant du petit dieu d'amour, ne montre-t-elle pas que le Français sacrifie encore aux Grâces, et qu'il est toujours le peuple le plus galant de l'univers ? »

CHAPITRE XIII

JACQUES FERRAND

Au temps où se passaient les événements que nous racontons, à l'une des extrémités de la rue du Sentier, s'étendait un long mur crevassé chaperonné d'une couche de plâtre hérissée de morceaux de bouteilles ; ce mur, bornant de ce côté le jardin de Jacques Ferrand le notaire, aboutissait à un corps de logis, bâti sur la rue et élevé seulement d'un étage surmonté de greniers.

Deux larges écussons de cuivre doré, insignes du notariat, flanquaient la porte cochère vermoulue, dont on ne distinguait plus la couleur primitive sous la boue qui la couvrait.

Cette porte conduisait à un passage couvert ; à droite se trouvait la loge d'un vieux portier à moitié sourd, qui était au corps des tailleurs ce que M. Pipelet était au corps des bottiers ; à gauche, une écurie servant de cellier, de buanderie, de bûcher et d'établissement à une naissante colonie de lapins, parqués dans la mangeoire par le portier, qui se distrayait des chagrins d'un récent veuvage en élevant de ces animaux domestiques.

A côté de la loge s'ouvrait la baie d'un escalier tortueux, étroit, obscur, conduisant à l'étude, ainsi que l'annonçait aux clients une main peinte en noir, dont l'index se dirigeait vers ces mots aussi peints en noir sur le mur : *L'étude est au premier.*

D'un côté d'une grande cour pavée, envahie par l'herbe, on voyait des remises inoccupées ; de l'autre côté une grille de fer rouillé, qui fermait le jardin ; au fond, le pavillon, seulement habité par le notaire.

Un perron de huit ou dix marches de pierres disjointes, branlantes, moussues, verdâtres, usées par le temps, conduisait à ce pavillon carré, composé d'une cuisine et autres dépendances souterraines, d'un rez-de-chaussée, d'un premier et d'un comble où avait habité Louise.

Ce pavillon paraissait aussi dans un grand état de délabrement ; de profondes lézardes sillonnaient les murs ; les fenêtres et les persiennes, autrefois peintes en gris, étaient, avec les années, devenues presque noires ; les six croisées du premier étage, donnant sur la cour, n'avaient pas de rideaux , une espèce de rouille grasse et opaque couvrait les vitres ; au rez-de-chaussée on voyait, à travers les carreaux, plus transparents, des rideaux de cotonnade jaune passée à rosaces rouges.

Du côté du jardin, le pavillon n'avait que quatre fenêtres ; deux étaient murées.

Ce jardin, encombré de broussailles parasites, semblait abandonné, on n'y voyait pas une plate-bande, pas un arbuste ; un bouquet d'ormes, cinq ou six gros arbres verts, quelques acacias et sureaux, un gazon clair et jaune rongé par la mousse et par le soleil d'été ; des allées de terre crayeuse, embarrassées de ronces ; au fond, une serre à demi souterraine ; pour horizon, les grands murs nus et gris des maisons mitoyennes, percées çà et là de jours de souffrance, grillés comme des fenêtres de prison ; tel était le triste ensemble du jardin et de l'habitation du notaire.

A cette apparence, ou plutôt à cette réalité, M. Ferrand attachait une grande importance.

Aux yeux du vulgaire, l'insouciance et le bien-être passent presque toujours pour du désintéressement ; la malpropreté, pour de l'austérité.

Comparant le gros luxe financier de quelques notaires ou les toilettes fabuleuses de mesdames leurs notairesses, à la sombre maison de M. Ferrand, si dédaigneux de l'élégance, de la recherche et de la somptuosité, les clients éprouvaient une sorte de respect ou plutôt de confiance aveugle pour cet homme qui, d'après sa nombreuse clientèle et la fortune qu'on lui supposait, aurait pu dire, comme maint confrère : « Mon *équipage* (cela se dit ainsi), mon *raout (sic),* ma *campagne (sic),* mon *jour* à l'Opéra *(sic),* etc. », et qui, loin de là, vivait avec une sévère économie ; aussi, dépôts, placements, fidéi-commis, toutes ces affaires enfin qui reposent sur l'intégrité la plus reconnue, sur la bonne foi la plus retentissante, affluaient-elles chez M. Ferrand.

En vivant de peu, ainsi qu'il vivait, le notaire cédait à son goût... Il détestait le monde, le faste, les plaisirs chèrement achetés ; en eût-il été autrement, il aurait sans hésitation sacrifié ses penchants les plus vifs à l'apparence qu'il lui importait de se donner.

Quelques mots sur le caractère de cet homme.

C'était un de ces fils de la grande famille des avares.

On montre presque toujours l'avare sous un jour ridicule ou grotesque ; les plus méchants ne vont pas au-delà de l'égoïsme ou de la dureté.

La plupart augmentent leur fortune en thésaurisant ; quelques-uns, en bien petit nombre, s'aventurent à prêter au denier trente ; à peine les plus déterminés osent-ils sonder du regard le gouffre de l'agiotage... mais il est presque inouï qu'un avare, pour acquérir de nouveaux biens, aille jusqu'au crime, jusqu'au meurtre.

Cela se conçoit.

L'avarice est surtout une passion négative, passive.

L'avare, dans ses combinaisons incessantes, songe bien plus à s'enrichir en ne dépensant pas, en rétrécissant de plus en plus autour de lui les limites du strict nécessaire, qu'il ne songe qu'à s'enrichir aux dépens d'autrui ; il est, avant tout, le martyre de la conservation.

Faible, timide, rusé, défiant, surtout prudent et circonspect, jamais offensif, indifférent aux maux du prochain, du moins l'avare ne causera pas ces maux ; il est, avant tout et surtout, l'homme de la certitude, du positif, ou plutôt il n'est l'avare que parce qu'il ne croit qu'au *fait,* qu'à l'or qu'il tient en caisse.

Les spéculations, les prêts les plus sûrs le tentent peu ; car, si improbable qu'elle soit, ils offrent toujours une chance de perte, et il aime mieux encore sacrifier l'intérêt de son argent que d'exposer le capital.

Un homme aussi timoré, aussi contempteur des éventualités, aura donc rarement la sauvage énergie du scélérat qui risque le bagne ou sa tête pour s'approprier une fortune.

Risquer est un mot rayé du vocabulaire de l'avare.

C'est donc en ce sens que Jacques Ferrand était, disons-nous, une assez curieuse exception, une variété peut-être nouvelle de l'espèce avare.

Car Jacques Ferrand risquait, et beaucoup.

Il comptait sur sa finesse, elle était extrême ; sur son hypocrisie, elle était profonde ; sur son esprit, il était souple et fécond ; sur son audace, elle était infernale, pour assurer l'impunité de ses crimes, et ils étaient déjà nombreux.

Jacques Ferrand était une double exception.

Ordinairement aussi, ces gens aventureux, énergiques, qui ne reculent devant aucun forfait pour se procurer de l'or, sont harcelés par des passions fougueuses : le jeu, le luxe, la table, la grande débauche.

Jacques Ferrand ne connaissait aucun de ces besoins violents, désordonnés ; fourbe et patient comme un faussaire, cruel et déterminé comme un meurtrier, il était sobre et régulier, comme Harpagon.

Une seule passion, ou plutôt un seul appétit, mais honteux, mais ignoble, mais presque féroce dans son animalité, l'exaltait souvent jusqu'à la frénésie.

C'était la luxure.

La luxure de la bête, la luxure du loup ou du tigre.

Lorsque ce ferment âcre et impur fouettait le sang de cet homme robuste, des chaleurs dévorantes lui montaient à la tête, l'effervescence charnelle obstruait son intelligence ; alors, oubliant quelquefois sa prudence rusée, il devenait, nous l'avons dit, tigre ou loup, témoin ses premières violences envers Louise.

Le soporifique, l'audacieuse hypocrisie avec laquelle il avait nié son crime, étaient, si cela peut se dire, beaucoup plus dans sa *manière* que la force ouverte.

Désir grossier, ardeur brutale, dédain farouche, voilà les différentes phases de l'*amour* chez cet homme.

C'est dire, ainsi que l'a prouvé sa conduite envers Louise, que la prévenance, la bonté, la générosité, lui étaient absolument inconnues. Le prêt de treize cents francs fait à Morel à gros intérêts était à la fois pour Ferrand un piège, un moyen d'oppression et une bonne affaire. Sûr de la probité du lapidaire, il savait être remboursé tôt ou tard ; cependant, il fallut que la beauté de Louise eût produit sur lui une impression bien profonde pour qu'il se dessaisît d'une somme si avantageusement placée.

Sauf cette faiblesse, Jacques Ferrand n'aimait que l'or.

Il aimait l'or pour l'or.

Non pour les jouissances qu'il procurait, il était stoïque.

Non pour les jouissances qu'il pouvait procurer, il n'était pas assez poète pour jouir spéculativement comme certains avares. Quant à ce qui lui appartenait, il aimait la possession pour la possession. Quant à ce qui appartenait aux autres, s'il s'agissait d'un riche dépôt, par exemple, loyalement remis à sa seule probité, il éprouvait à rendre ce dépôt le même déchirement, le même désespoir qu'éprouvait l'orfèvre Cardillac à se séparer d'une parure dont son goût exquis avait fait un chef-d'œuvre d'art.

C'est que, pour le notaire, c'était aussi un chef-d'œuvre d'art que son éclatante réputation de probité... C'est qu'un dépôt était aussi pour lui un joyau dont il ne pouvait se dessaisir qu'avec des regrets furieux.

Que de soins, que d'astuce, que de ruses, que d'habileté, que d'art en un mot, n'avait-il pas employés pour attirer cette somme dans son coffre, pour parfaire cette étincelante renommée d'intégrité où les plus précieuses marques de confiance venaient pour ainsi dire s'enchâsser ainsi que les perles et les diamants dans l'or des diadèmes de Cardillac !

Plus le célèbre orfèvre se perfectionnait, dit-on, plus il attachait de prix à ses parures, regardant toujours la dernière comme son chef-d'œuvre, et se désolant de l'abandonner.

Plus Jacques Ferrand se perfectionnait dans le crime, plus il tenait aux marques de confiance *sonnantes* et *trébuchantes* qu'on lui accordait... regardant toujours aussi sa dernière fourberie comme son chef-d'œuvre.

On verra, par la suite de cette histoire, à l'aide de quels moyens, vraiment prodigieux, de compositions et de machination, il parvint à s'approprier impunément plusieurs sommes très considérables.

Sa vie souterraine, mystérieuse, lui donnait les émotions incessantes, terribles, que le jeu donne au joueur.

Contre la fortune de tous, Jacques Ferrand mettait pour enjeu son hypocrisie, sa ruse, son audace, sa tête... et il jouait sur le velours, comme on dit ; car, hormis l'atteinte de la justice humaine, qu'il caractérisait vulgairement et énergiquement d'une « cheminée qui pouvait lui tomber sur la tête », perdre, pour lui, c'était ne pas gagner ; et encore était-il si criminellement doué, que, dans son ironie amère, il voyait un gain continu dans l'estime sans bornes, dans la confiance illimitée qu'il inspirait, non seulement à la foule de ses riches clients, mais encore à la petite bourgeoisie et aux ouvriers de son quartier.

Un grand nombre d'entre eux plaçaient de l'argent chez lui, disant : « Il n'est pas charitable, c'est vrai ; il est dévot, c'est un malheur ; mais il est plus sûr que le gouvernement et que les caisses d'épargne. »

Malgré sa rare habileté, cet homme avait commis deux de ces erreurs auxquelles les plus rusés criminels n'échappent presque jamais.

Forcé par les circonstances, il est vrai, il s'était adjoint deux complices, cette faute immense, ainsi qu'il disait, avait été réparée en partie : nul des deux complices ne pouvait le perdre sans se perdre lui-même, et tous deux n'auraient retiré de cette extrémité d'autre profit que celui de dénoncer à la vindicte publique eux-mêmes et le notaire.

Il était donc, de ce côté, assez tranquille.

Du reste n'étant pas au bout de ses crimes, les inconvénients de la complicité étaient balancés par l'aide criminelle qu'il en tirait parfois encore

Quelques mots maintenant du physique de M. Ferrand, et nous introduirons le lecteur dans l'étude du notaire, où nous retrouverons les principaux personnages de ce récit.

M. Ferrand avait cinquante ans, et il n'en paraissait pas quarante ; il était de stature moyenne, voûté, large d'épaules, vigoureux, carré, trapu, roux, velu comme un ours.

Ses cheveux s'aplatissaient sur ses tempes, son front était chauve, ses sourcils à peine indiqués ; son teint bilieux disparaissait presque sous une innombrable quantité de taches de rousseur ; mais, lorsqu'une vive émotion l'agitait, ce masque fauve et terreux s'injectait de sang et devenait d'un rouge livide.

Sa figure était plate comme une tête de mort, ainsi que le dit le vulgaire ; son nez, camus et punais ; ses lèvres, si minces, si imperceptibles, que sa bouche semblait incisée dans sa face ; lorsqu'il souriait d'un air méchant et sinistre, on voyait le bout de ses dents, presque toutes noires et gâtées. Toujours rasé jusqu'aux tempes, ce visage blafard avait une expression à la fois austère et béate, impassible et rigide, froide et réfléchie, ses petits yeux noirs, vifs, perçants, mobiles disparaissaient sous de larges lunettes vertes.

Jacques Ferrand avait une vue excellente ; mais, abrité par ses lunettes, il pouvait, avantage immense ! observer sans être observé ; il savait combien un coup d'œil est souvent et involontairement significatif. Malgré son imperturbable audace, il avait rencontré deux ou trois fois dans sa vie certains regards puissants, magnétiques, devant lesquels il avait été forcé de baisser la vue ; or, dans quelques circonstances souveraines, il est funeste de baisser les yeux devant l'homme qui vous interroge, vous accuse et vous juge.

Les larges lunettes de M. Ferrand étaient donc une sorte de retranchement couvert d'où il examinait attentivement les moindres manœuvres de l'ennemi... car tout le monde était l'ennemi du notaire, parce que tout le monde était plus ou moins sa dupe, et que les accusateurs ne sont que des dupes éclairées ou révoltées.

Il affectait dans son habillement une négligence qui allait jusqu'à la malpropreté, ou plutôt il était naturellement sordide ; son visage rasé tous les deux ou trois jours, son crâne sale et rugueux, ses ongles plats cerclés de noir, son odeur de bouc, ses vieilles redingotes râpées, ses chapeaux graisseux, ses cravates en corde, ses bas de laine noirs, ses gros souliers, recommandaient encore singulièrement sa vertu auprès de ses clients, en donnant à cet homme un air de détachement du monde, un parfum de philosophie pratique qui les charmait.

A quels goûts, à quelle passion, à quelle faiblesse le notaire aurait-il, disait-on, sacrifié la confiance qu'on lui témoignait ?... Il gagnait peut-être soixante mille francs par an, et sa maison se composait d'une servante et d'une vieille femme de charge ; son seul plaisir était d'aller chaque dimanche à la messe et à vêpres ; il ne connaissait pas d'opéra comparable au chant grave de l'orgue, pas de société mondaine qui valût une soirée paisiblement passée au coin de son feu avec le curé de sa paroisse après un dîner frugal ; il mettait enfin sa joie dans la probité, son orgueil dans l'honneur, sa félicité dans la religion.

Tel était le jugement que les contemporains de M Jacques Ferrand portaient sur ce rare et grand homme de bien.

CHAPITRE XIV

L'ETUDE

L'étude de M. Ferrand ressemblait à toutes les études ; ses clercs à tous les clercs. On y arrivait par une antichambre meublée de quatre vieilles chaises. Dans l'étude proprement dite, entourée de casiers garnis de cartons renfermant les dossiers des clients de M. Ferrand, cinq jeunes gens, courbés sur des pupitres de bois noir, riaient, causaient ou griffonnaient incessamment.

Une salle d'attente, encore remplie de cartons, et dans laquelle se tenait d'habitude M. le premier clerc ; puis une autre pièce vide, qui, pour plus de secret, séparait le cabinet du notaire de cette salle d'attente, tel était l'ensemble de ce laboratoire d'actes de toutes sortes.

Deux heures venaient de sonner à une antique pendule à coucou placée entre les deux fenêtres de l'étude ; une certaine agitation régnait parmi les clercs ; quelques fragments de leur conversation feront connaître la cause de cet émoi.

— Certainement, si quelqu'un m'avait soutenu que François Germain était un voleur, dit l'un des jeunes gens, j'aurais répondu : Vous en avez menti !

— Moi aussi !...

— Moi aussi !...

— Moi, ça m'a fait un tel effet de le voir arrêter et emmener par la garde, que je n'ai pas pu déjeuner... J'en ai été récompensé, car ça m'a épargné de manger la ratatouille quotidienne de la mère Séraphin.

— Dix-sept mille francs, c'est une somme !

— Une fameuse somme !

— Dire que, depuis quinze mois que Germain est caissier, il n'avait pas manqué un centime à la caisse du patron !...

— Moi, je trouve que le patron a eu tort de faire arrêter Germain, puisque ce pauvre garçon jurait ses grands dieux qu'il n'avait pris que treize cents francs en or.

— D'autant plus qu'ils les rapportait ce matin pour les remettre dans la caisse, ces treize cents francs, au moment où le patron venait d'envoyer chercher la garde.

— Voilà le désagrément des gens d'une probité féroce comme le patron, ils sont impitoyables.

— C'est égal, on doit y regarder à deux fois avant de perdre un pauvre jeune homme qui s'est bien conduit jusque-là.

— M. Ferrand a dit à cela que c'est pour l'exemple.

— L'exemple de quoi ? Ça ne sert à rien à ceux qui sont honnêtes, et ceux qui ne le sont pas savent bien qu'ils sont exposés à être découverts s'ils volent.

— La maison est tout de même une bonne pratique pour le commissaire.

— Comment ?

— Dame ! ce matin cette pauvre Louise... tantôt Germain...

— Moi, l'affaire de Germain ne me paraît pas claire...

— Puisqu'il a avoué !

— Il a avoué qu'il avait pris treize cents francs, oui ; mais il soutient comme un enragé qu'il n'a pas pris les autres quinze mille francs en billets de banque et les autres sept cents francs qui manquent à la caisse.

— Au fait, puisqu'il avoue une chose, pourquoi n'avouerait-il pas l'autre ?

— C'est vrai ; on est aussi puni pour quinze cents francs que pour quinze mille francs.

— Oui ; mais on garde les quinze mille francs, et, en sortant de prison, ça fait un petit établissement, dirait un coquin.

— Pas si bête !

— On aura beau dire et beau faire, il y a quelque chose là-dessous.

— Et Germain qui défendait toujours le patron quand nous l'appelions jésuite !

— C'est pourtant vrai. « Pourquoi le patron n'aurait-il pas le droit d'aller à la messe ? nous disait-il ; vous avez bien le droit de n'y pas aller. »

— Tiens, voilà Chalamel qui rentre de course ; c'est lui qui va être étonné !

— De quoi, de quoi, mes braves ? est-ce qu'il y a quelque chose de nouveau sur cette pauvre Louise ?

— Tu le saurais, flâneur, si tu n'étais pas resté si longtemps en course.

— Tiens, vous croyez peut-être qu'il n'y a qu'un *pas de clerc* d'ici à la rue de Chaillot.

— Oh ! mauvais !... mauvais !...

— Eh bien ! ce fameux vicomte de Saint-Rémy ?

— Il n'est pas encore venu ?

— Non.

— Tiens, sa voiture était attelée, et il m'a fait dire par son valet de chambre qu'il allait venir tout de suite ; mais il n'a pas l'air content, a dit le domestique... Ah ! messieurs, voilà un joli petit hôtel !... un crâne luxe... on dirait d'une de ces petites maisons des seigneurs d'autrefois... dont on parle dans Faublas. Oh ! Faublas... voilà mon héros, mon modèle ! dit Chalamel en déposant son parapluie et en désarticulant ses socques.

— Je crois bien alors qu'il a des dettes et des contraintes par corps, ce vicomte.

— Une recommandation de trente-quatre mille francs que l'huissier a envoyé ici, puisque c'est à l'étude qu'on doit venir payer ; le créancier aime mieux ça, je ne sais pas pourquoi.

— Il faut bien qu'il puisse payer maintenant, ce beau vicomte, puisqu'il est revenu hier soir de la campagne, où il était caché depuis trois jours pour échapper aux gardes du commerce.

— Mais comment n'a-t-on pas déjà saisi chez lui ?

— Lui, pas bête ! la maison n'est pas à lui, son mobilier est au nom de son valet de chambre, qui est censé lui louer en garni, de même que ses chevaux et ses voitures sont au nom de son cocher, qui dit, lui, qu'il donne à loyer au vicomte des équipages magnifiques à tant par mois. Oh ! c'est un malin, allez, M. de Saint-Rémy. Mais qu'est-ce que vous disiez ? qu'il est arrivé encore du nouveau ici ?

— Figure-toi qu'il y a deux heures le patron entre ici comme un furieux : « Germain n'est pas là ? nous crie-t-il. — Non, monsieur. — Eh bien ! le misérable m'a volé hier soir dix-sept mille francs », reprit le patron.

— Germain... voler... allons donc !

— Tu vas voir.

— « Comment donc, monsieur, vous êtes sûr ? mais ce n'est pas possible », que nous nous écrions.

— « Je vous dis, messieurs, que j'avais mis hier dans le tiroir du bureau où il travaille quinze billets de mille, plus deux mille francs en or dans une petite boîte : tout a disparu. » A ce moment, voilà le père Marriton, le portier, qui arrive en disant : « Monsieur, la garde va venir. »

— Et Germain ?

— Attends donc... Le patron dit au portier : « Dès que M. Germain viendra, envoyez-le ici, à l'étude, sans lui rien dire... Je veux le confondre devant vous, messieurs », reprend le patron. Au bout d'un quart d'heure, le pauvre Germain arrive comme si de rien n'était ; la mère Séraphin venait d'apporter notre ratatouille ; il salue le patron, nous dit bonjour très tranquillement. « Germain, vous ne déjeunez pas ? dit M. Ferrand. — Non, monsieur ; merci, je n'ai pas faim. — Vous venez bien tard ? — Oui, monsieur... j'ai été obligé d'aller à Belleville ce matin. — Sans doute pour cacher l'argent que vous m'avez volé ? » s'écria M. Ferrand d'une voix terrible.

— Et Germain ?...

— Voilà le pauvre garçon qui devient pâle comme un mort, et qui répond tout de suite en balbutiant : « Monsieur, je vous en supplie, ne me perdez pas... ».

— Il avait volé ?

— Mais attendez donc, Chalamel. « Ne me perdez pas ! dit-il au patron. — Vous avouez donc, misérable ? — Oui, monsieur... mais voici l'argent qui manque. Je croyais pouvoir le remettre ce matin avant que vous fussiez levé : malheureusement, une personne qui avait à moi une petite somme, et que je croyais trouver hier soir chez elle, était à Belleville depuis deux jours ; il m'a fallu y aller ce matin. C'est ce qui a causé mon retard... Grâce, monsieur, ne me perdez pas ! En prenant cet argent, je savais bien que je pourrais le remettre ce matin. Voici les treize cents francs en or. — Comment, les treize cents francs ! s'écria M. Ferrand. Il s'agit bien de treize cents francs ! Vous m'avez volé, dans le bureau de la chambre du premier, quinze billets de mille francs dans un portefeuille vert et deux mille francs en or. — Moi !... jamais ! s'écria ce pauvre Germain d'un air renversé. Je vous avais pris treize cents francs en or... mais pas un sou de plus. Je n'ai pas vu de portefeuille dans le tiroir ; il n'y avait que deux mille francs en or dans une boîte. — Oh ! l'infâme menteur !... s'écria le patron. Vous avez volé treize cents francs, vous pouvez bien en avoir volé davantage ; la justice prononcera... Oh ! je serai impitoyable pour un si affreux abus de confiance. Ce sera un exemple... » Enfin, mon pauvre Chalamel, la garde arrive sur ce coup de temps-là, avec le secrétaire du commissaire, pour dresser procès-verbal ; on empoigne Germain, et voilà !

— C'est-il bien possible ? Germain, la crème des honnêtes gens !

— Ça nous a paru aussi bien singulier.

— Après ça, il faut avouer une chose : Germain était maniaque, il ne voulait jamais dire où il demeurait.

— Ça, c'est vrai.

— Il avait toujours l'air mystérieux.

— Ce n'est pas une raison pour qu'il ait volé dix-sept mille francs.

— Sans doute.

— C'est une remarque que je fais.

— Ah bien !... voilà une nouvelle !... c'est comme si on me donnait un coup de poing sur la tête... Germain... Germain... qui avait l'air si honnête... à qui on aurait donné le bon Dieu sans confession !

— On dirait qu'il avait comme un pressentiment de son malheur...

— Pourquoi ?

— Depuis quelque temps, il avait comme quelque chose qui le rongeait.

— C'était peut-être à propos de Louise.

— De Louise ?

— Après ça, je ne fais que répéter ce que disait ce matin la mère Séraphin.

— Quoi donc ? quoi donc ?

— Qu'il était l'amant de Louise... et le père de l'enfant...

— Voyez-vous, le sournois !

— Tiens, tiens, tiens !

— Ah ! ah !

— Ça n'est pas vrai !

— Comment sais-tu ça, Chalamel ?

— Il n'y a pas quinze jours que Germain m'a dit, en confidence, qu'il était amoureux fou, mais fou, fou, d'une petite ouvrière, bien honnête, qu'il avait connue dans une maison où il avait logé ; il avait les larmes aux yeux en me parlant d'elle.

— Ohé, Chalamel ! ohé, Chalamel ! est-il rococo !

— Il dit que Faublas est son héros, et il est assez bon enfant, assez cruche, assez actionnaire pour ne pas comprendre qu'on peut être amoureux de l'une et être l'amant de l'autre.

— Je vous dis, moi, que Germain parlait sérieusement..

A ce moment, le maître clerc entra dans l'étude.

— Eh bien ! dit-il, Chalamel, avez-vous fait toutes les courses ?

— Oui, monsieur Dubois, j'ai été chez M. de Saint-Rémy, il va venir tout à l'heure pour payer.

— Et chez Mme la comtesse Mac-Gregor ?

— Aussi... voilà la réponse.

— Et chez la comtesse d'Orbigny ?

— Elle remercie bien le patron ; elle est arrivée hier matin de Normandie, elle ne s'attendait pas à avoir si tôt la réponse : voilà la lettre. J'ai aussi passé chez l'intendant de M. le marquis d'Harville, comme il l'avait demandé, pour les frais du contrat que j'ai été faire signer l'autre jour à l'hôtel.

— Vous lui aviez bien dit que ce n'était pas si pressé ?

— Oui ; mais l'intendant a voulu payer tout de même. Voilà l'argent. Ah ! j'oubliais cette carte qui était ici en bas chez le portier, avec un mot au crayon écrit dessus (pas sur le portier) ; ce monsieur a demandé le patron, il a laissé cela.

— « WALTER MURPH », lut le maître clerc, et plus bas, au crayon : « reviendra à trois heures pour affaires importantes ». Je ne connais pas ce nom.

— Ah ! j'oubliais encore, reprit Chalamel, M. Badinot a dit que c'était bon, que M. Ferrand fasse comme il l'entendrait, que ça serait toujours bien.

— Il n'a pas donné de réponse par écrit ?

— Non, monsieur, il a dit qu'il n'avait pas le temps.

— Très bien.

— M. Charles Robert viendra aussi dans la journée parler au patron ; il paraît qu'il s'est battu hier en duel avec le duc de Lucenay.

— Est-il blessé ?

— Je ne crois pas, on me l'aurait dit chez lui.

— Tiens ! une voiture qui s'arrête...

— Oh ! les beaux chevaux ! sont-ils fougueux !

— Et ce gros cocher anglais, avec sa perruque blanche et sa livrée brune à galons d'argent, et ses épaulettes comme un colonel !

— C'est un ambassadeur, bien sûr.

— Et le chasseur, en a-t-il aussi, de cet argent sur le corps !

— Et de grandes moustaches !

— Tiens, dit Chalamel, c'est la voiture du vicomte de Saint-Remy

— Que ça de genre ? merci !

Bientôt après, M. de Saint-Rémy entrait dans l'étude

CHAPITRE XV

M. DE SAINT-RÉMY

Nous avons dépeint la charmante figure, l'élégance exquise, la tournure ravissante de M. de Saint-Rémy, arrivé la veille de la ferme d'Arnouville (propriété de Mme la duchesse de Lucenay), où il avait trouvé un refuge contre les poursuites des gardes du commerce Malicorne et Bourdin.

M. de Saint-Rémy entra brusquement dans l'étude, son chapeau sur la tête, l'air haut et fier, fermant à demi les yeux, et demandant d'un air souverainement impertinent, sans regarder personne :

— Le notaire, où est-il ?

— M. Ferrand travaille dans son cabinet, dit le maître clerc, si vous voulez attendre un instant, monsieur, il pourra vous recevoir.

— Comment, attendre ?

— Mais, monsieur...

— Il n'y a pas de mais, monsieur ; allez lui dire que M. de Saint-Rémy est là... Je trouve encore singulier que ce notaire me fasse faire antichambre... Ça empeste le poêle, ici !

— Veuillez passer dans la pièce à côté, monsieur, dit le premier clerc, j'irai tout de suite prévenir M. Ferrand.

M. de Saint-Rémy haussa les épaules, et suivit le maître clerc.

Au bout d'un quart d'heure qui lui sembla fort long et qui changea son dépit en colère, M. de Saint-Rémy fut introduit dans le cabinet du notaire.

Rien de plus curieux que le contraste de ces deux hommes, tous deux profondément physionomistes et généralement habitués à juger presque du premier coup d'œil à qui ils avaient affaire.

M. de Saint-Rémy voyait Jacques Ferrand pour la première fois. Il fut frappé du caractère de cette figure blafarde, rigide, impassible, au regard caché par d'énormes lunettes vertes, au crâne disparaissant à demi sous un vieux bonnet de soie noire.

Le notaire était assis devant son bureau, sur un fauteuil de cuir, à côté d'une cheminée dégradée, remplie de cendre, où fumaient deux tisons noircis. Des rideaux de percaline verte, presque en lambeaux, ajustés à de petites tringles de fer sur les croisées, cachaient les vitres inférieures et jetaient dans ce cabinet, déjà sombre, un reflet livide et sinistre. Des casiers de bois noir remplis de cartons étiquetés, quelques chaises de merisier recouvertes de velours d'Utrecht jaune, une pendule d'acajou, un carrelage jaunâtre, humide et glacial, un plafond sillonné de crevasses et orné de guirlandes de toiles d'araignée, tel était le *sanctus sanctorum* de M. Jacques Ferrand.

Le vicomte n'avait pas fait deux pas dans ce cabinet, n'avait pas dit une parole, que le notaire, qui le connaissait de réputation, le haïssait déjà. D'abord il voyait en lui, pour ainsi dire, un rival en fourberies ; et puis, par cela même que M. Ferrand était d'une mine basse et ignoble, il détestait chez les autres l'élégance, la grâce et la jeunesse, surtout lorsqu'un air suprêmement insolent accompagnait ces avantages.

Le notaire affectait ordinairement une sorte de brusquerie rude, presque grossière, envers ses clients, qui n'en ressentaient que plus d'estime pour lui en raison de ces manières de paysan du Danube. Il se promit de redoubler de brutalité envers M. de Saint-Rémy.

Celui-ci, ne connaissant aussi Jacques Ferrand que de réputation, s'attendait à trouver en lui une sorte de tabellion, bonhomme ou ridicule, le vicomte se représentant toujours sous des dehors presque niais les hommes de probité proverbiale, dont Jacques Ferrand était, disait-on, le type achevé.

Loin de là, la physionomie, l'attitude du tabellion, imposaient au vicomte un ressentiment indéfinissable, moitié crainte, moitié haine, quoiqu'il n'eût aucune raison sérieuse de le craindre ou de le haïr. Aussi, en conséquence de son caractère résolu, M. de Saint-Rémy exagéra-t-il encore son insolence et sa fatuité habituelles. Le notaire gardait son bonnet sur la tête, le vicomte garda son chapeau, et s'écria, dès la porte, d'une voix haute et mordante :

— Il est, pardieu ! fort étrange, monsieur, que vous me donniez la peine de venir ici, au lieu d'envoyer chercher chez moi l'argent des traites que j'ai souscrites à ce Badinot, et pour lesquelles ce drôle-là m'a poursuivi... Vous me dites, il est vrai, qu'en outre vous avez une communication très importante à me faire... soit... mais alors vous ne devriez pas m'exposer à attendre un quart d'heure dans votre antichambre : cela n'est pas poli, monsieur.

M. Ferrand, impassible, termina un calcul qu'il faisait, essuya méthodiquement sa plume sur l'éponge imbibée d'eau qui entourait son encrier de faïence ébréché, et leva vers le vicomte sa face glaciale, terreuse et camuse, chargée d'une paire de lunettes.

On eût dit une tête de mort dont les orbites auraient été remplacées par de larges prunelles fixes, glauques et vertes.

Après l'avoir considéré un moment en silence, le notaire dit au vicomte, d'une voix brusque et brève :

— Où est l'argent ?

Ce sang-froid exaspéra M. de Saint-Rémy.

Lui... lui, l'idole des femmes, l'envie des hommes, le parangon de la meilleure compagnie de Paris, le duelliste redouté, ne pas produire plus d'effet sur un misérable notaire ! cela était odieux ; quoiqu'il fût en tête à tête avec Jacques Ferrand, son orgueil intime se révoltait

— Où sont les traites ? reprit-il aussi brièvement.

Du bout d'un de ses doigts durs comme du fer et couverts de poils roux le notaire, sans répondre, frappa sur un large portefeuille de cuir posé près de lui.

Décidé à être aussi laconique, mais frémissant de colère, le vicomte prit dans la poche de sa redingote un petit agenda de cuir de Russie fermé par des agrafes d'or, en tira quarante billets de mille francs, et les montra au notaire.

— Combien ? demanda celui-ci

— Quarante mille francs.

— Donnez...

— Tenez, et finissons vite, monsieur ; faites votre métier, payez-vous, remettez-moi les traites, dit le vicomte en jetant impatiemment le paquet de billets de banque sur la table.

Le notaire les prit, se leva, les examina près de la fenêtre, les tournant et les retournant un à un, avec une attention si scrupuleuse, et pour ainsi dire si insultante pour M. de Saint-Rémy, que ce dernier en blêmit de rage.

Le notaire, comme s'il eût deviné les pensées qui agitaient le vicomte, hocha la tête, se tourna à demi vers lui, et lui dit avec un accent indéfinissable :

— Ça s'est vu...

Un moment interdit, M. de Saint-Rémy reprit sèchement :

— Quoi ?

— Des billets de banque faux, répondit le notaire en continuant de soumettre ceux qu'il tenait à un examen attentif.

— A propos de quoi me faites-vous cette remarque, monsieur ?

Jacques Ferrand s'arrêta un moment, regarda fixement le vicomte à travers ses lunettes ; puis, haussant imperceptiblement les épaules, il se remit à inventorier les billets sans prononcer une parole.

— Mort-Dieu, monsieur le notaire, sachez que lorsque j'interroge, on me répond ! s'écria M. de Saint-Rémy irrité par le calme de Jacques Ferrand.

— Ceux-là sont bons... dit le notaire en retournant vers son bureau, où il prit une petite liasse de papiers timbrés auxquels étaient annexées deux lettres de change.

Il mit ensuite un des billets de mille francs et trois rouleaux de cent francs sur le dossier de la créance, puis il dit à M. de Saint-Rémy, en lui indiquant du bout du doigt l'argent et les titres :

— Voici ce qui vous revient des quarante mille francs ; mon client m'a chargé de percevoir la note des frais.

Le vicomte s'était contenu à grand-peine pendant que Jacques Ferrand établissait ses comptes. Au lieu de lui répondre et de prendre l'argent, il s'écria d'une voix tremblante de colère :

— Je vous demande, monsieur, pourquoi vous m'avez dit, à propos des billets de banque que je viens de vous remettre, qu'on en avait vu de faux ?

— Pourquoi ?

— Oui.

— Parce que... je vous ai mandé ici pour une affaire de faux..

Et le notaire braqua ses lunettes vertes sur le vicomte.

— En quoi cette affaire de faux me concerne-t-elle ?

Après un moment de silence, M. Ferrand dit au vicomte, d'un air triste et sévère :

— Vous rendez-vous compte, monsieur, des fonctions que remplit un notaire ?

— Le compte et les fonctions sont parfaitement simples, monsieur ; j'avais tout à l'heure quarante mille francs, il m'en reste treize cents...

— Vous êtes très plaisant, monsieur... Je vous dirai, moi, qu'un notaire est aux affaires temporelles ce qu'un confesseur est aux affaires spirituelles... Par état, il connaît souvent d'ignobles secrets.

— Après, monsieur ?

— Il se trouve souvent forcé d'être en relation avec des fripons...

— Ensuite, monsieur ?

— Il doit, autant qu'il le peut, empêcher un nom honorable d'être traîné dans la boue.

— Qu'ai-je de commun avec tout cela ?

— Votre père vous avait laissé un nom respecté que vous déshonorez, monsieur !...

— Qu'osez-vous dire ?

— Sans l'intérêt qu'inspire ce nom à tous les honnêtes gens, au lieu d'être cité ici, devant moi, vous le seriez à cette heure devant le juge d'instruction.

— Je ne vous comprends pas.

— Il y a deux mois, vous avez escompté, par l'intermédiaire d'un agent d'affaires, une traite de cinquante-huit mille francs, souscrite par la maison Meulaert et compagnie de Hambourg, au profit d'un William Smith, et payable dans trois mois chez M. Grimaldi, banquier à Paris.

— Eh bien !

— Cette traite est fausse.

— Cela n'est pas vrai...

— Cette traite est fausse !... La maison Meulaert n'a jamais contracté d'engagement avec William Smith ; elle ne le connaît pas.

— Serait-il vrai ! s'écria M. de Saint-Remy avec autant de surprise que d'indignation : mais alors j'ai été horriblement trompé, monsieur... car j'ai reçu cette valeur comme argent comptant.

— De qui ?

— De M. William Smith lui-même ; la maison Meulaert est si connue... je connaissais moi-même tellement la probité de M. William Smith, que j'ai accepté cette traite en payement d'une somme qu'il me devait...

— William Smith n'a jamais existé... c'est un personnage imaginaire...

— Monsieur, vous m'insultez !

— Sa signature est fausse et supposée comme le reste.

— Je vous dis, monsieur, que M. William Smith existe ; mais j'ai sans doute été dupe d'un horrible abus de confiance.

— Pauvre jeune homme !...

— Expliquez-vous.

— En quatre mots, le dépositaire actuel de la traite est convaincu que vous avez commis le faux

— Monsieur !

— Il prétend en avoir la preuve ; avant-hier il est venu me prier de vous mander chez moi et de vous proposer de vous rendre cette fausse traite... moyennant transaction... Jusque-là tout était loyal ; voici qui ne l'est plus, et je ne vous en parle qu'à titre de renseignements : il demande cent mille francs... écus... aujourd'hui même ; ou sinon, demain, à midi, le faux est déposé au parquet du procureur du roi.

— C'est une indignité !

— Et de plus une absurdité... Vous êtes ruiné, vous étiez poursuivi pour une somme que vous venez de me payer, grâce à je ne sais quelle ressource... voilà ce que j'ai déclaré à ce tiers porteur... Il m'a répondu à cela... que certaine grande dame riche ne vous laisserait pas dans l'embarras...

— Assez, monsieur !... assez !...

— Autre indignité, autre absurdité ! d'accord.

— Enfin, monsieur, que veut-on ?

— Indignement exploiter une action indigne. J'ai consenti à vous faire savoir cette proposition, tout en la flétrissant comme un honnête homme doit la flétrir. Maintenant cela vous regarde. Si vous êtes coupable, choisissez entre la cour d'assises ou la rançon qu'on vous impose... Ma démarche est tout officieuse, et je ne me mêlerai pas davantage d'une affaire aussi sale. Le tiers porteur s'appelle M. Petit-Jean, négociant en huiles ; il demeure sur le bord de la Seine, quai de Billy, 10. Arrangez-vous avec lui. Vous êtes dignes de vous entendre... si vous êtes faussaire, comme il l'affirme.

M. de Saint-Rémy était entré chez Jacques Ferrand le verbe insolent, la tête haute. Quoiqu'il eût commis dans sa vie quelques actions honteuses, il restait encore en lui une certaine fierté de race, un courage naturel qui ne s'était jamais démenti. Au commencement de cet entretien, regardant le notaire comme un adversaire indigne de lui, il s'était contenté de le persifler.

Lorsque Jacques Ferrand eut parlé de faux... le vicomte se sentit écrasé. A son tour il se trouvait dominé par le notaire.

Sans l'empire absolu qu'il avait sur lui-même, il n'aurait pu cacher l'impression terrible que lui causa cette révélation inattendue ; car elle pouvait avoir pour lui des suites incalculables, que le notaire ne soupçonnait même pas.

Après un moment de silence et de réflexion il se résigna, lui si orgueilleux, si irritable, si vain de sa bravoure, à implorer cet homme grossier qui lui avait si rudement parlé l'austère langage de la probité.

— Monsieur, vous me donnez une preuve d'intérêt dont je vous remercie ; je regrette la vivacité de mes premières paroles... dit M. de Saint-Rémy d'un ton cordial.

— Je ne m'intéresse pas du tout à vous, reprit brutalement le notaire. Votre père étant l'honneur même, je n'aurais pas voulu voir son nom à la cour d'assises : voilà tout.

— Je vous répète, monsieur, que je suis incapable de l'infamie dont on m'accuse.

— Vous direz cela à M. Petit-Jean

— Mais, je l'avoue, l'absence de M. Smith, qui a indignement abusé de ma bonne foi...

— Infâme Smith !

— L'absence de M. Smith me met dans un cruel embarras ; je suis innocent, qu'on m'accuse, je le prouverai ; mais une telle accusation flétrit toujours un galant homme.

— Après ?

— Soyez assez généreux pour employer la somme que je viens de vous remettre à désintéresser en partie la personne qui a cette traite entre les mains.

— Cet argent appartient à mon client, il est sacré !

— Mais dans deux ou trois jours je le rembourserai.

— Vous ne le pourrez pas.

— J'ai des ressources.

— Aucunes... d'avouables du moins. Votre mobilier, vos chevaux ne vous appartiennent plus, dites-vous... ce qui m'a l'air d'une fraude indigne.

— Vous êtes bien dur, monsieur. Mais, en admettant cela, ne ferai-je pas argent de tout dans une extrémité aussi désespérée ? Seulement, comme il m'est impossible de me procurer d'ici à demain midi cent mille francs, je vous en conjure, employez l'argent que je viens de vous remettre à retirer cette malheureuse traite ; ou bien... vous qui êtes si riche... faites-moi cette avance, ne me laissez pas dans une position pareille...

— Moi, répondre de cent mille francs pour vous ! Ah çà ! vous êtes donc fou ?

— Monsieur, je vous en supplie... au nom de mon père... dont vous m'avez parlé... soyez assez bon pour...

— Je suis bon pour ceux qui le méritent, dit rudement le notaire ; honnête homme, je hais les escrocs, et je ne serais pas fâché de voir un de ces beaux fils sans foi ni loi, impies et débauchés, une bonne fois attaché au pilori pour servir d'exemple aux autres... Mais j'entends vos chevaux qui s'impatientent, monsieur le vicomte, dit le notaire en souriant du bout de ses dents noires.

A ce moment on frappa à la porte du cabinet.

— Qu'est-ce ? dit Jacques Ferrand.

— Madame la comtesse d'Orbigny, dit le maître clerc.

— Priez-la d'attendre un moment.

— C'est la belle-mère de la marquise d'Harville ! s'écria M. de Saint-Rémy.

— Oui, monsieur ; elle a rendez-vous avec moi ; ainsi, serviteur.

— Pas un mot de ceci, monsieur ! s'écria M. de Saint-Rémy d'un ton menaçant.

— Je vous ai dit, monsieur, qu'un notaire était aussi discret qu'un confesseur.

Jacques Ferrand sonna ; le clerc parut.

— Faites entrer madame d'Orbigny. Puis, s'adressant au vicomte : Prenez ces treize cents francs, monsieur, ce sera toujours un acompte pour M. Petit-Jean.

Mme d'Orbigny (autrefois Mme Roland) entra au moment où M. de Saint-Rémy sortait, les traits contractés par la rage de s'être inutilement humilié devant le notaire.

— Eh! bonjour, monsieur de Saint-Rémy, lui dit Mme d'Orbigny; combien il y a de temps que je ne vous ai vu...

— En effet, madame, depuis le mariage de d'Harville, dont j'étais témoin, je n'ai pas eu l'honneur de vous rencontrer, dit M. de Saint-Rémy en s'inclinant et en donnant tout à coup à ses traits une expression affable et souriante. Depuis lors vous êtes toujours restée en Normandie?

— Mon Dieu! oui; M. d'Orbigny ne peut vivre maintenant qu'à la campagne... et ce qu'il aime, je l'aime... Aussi, vous voyez en moi une vraie provinciale : je ne suis pas venue à Paris depuis le mariage de ma chère belle-fille avec cet excellent M. d'Harville... Le voyez-vous souvent?

— D'Harville est devenu très sauvage et très morose. On le rencontre assez peu dans le monde, dit M. de Saint-Rémy avec une nuance d'impatience, car cet entretien lui était insupportable, et par son inopportunité, et parce que le notaire semblait s'en amuser beaucoup. Mais la belle-mère de Mme d'Harville, enchantée de cette rencontre avec un élégant, n'était pas femme à lâcher si tôt sa proie.

— Et ma chère belle-fille, reprit-elle, n'est pas, je l'espère, aussi sauvage que son mari?

— Mme d'Harville est fort à la mode et toujours entourée ainsi qu'il convient à une jolie femme; mais je crains, madame, d'abuser de vos moments... et...

— Mais pas du tout, je vous assure. C'est une bonne fortune pour moi de rencontrer l'élégant des élégants, le roi de la mode; en dix minutes, je vais être au fait de Paris comme si je ne l'avais jamais quitté... Et votre cher M. de Lucenay, qui était avec vous le témoin du mariage de M. d'Harville?

— Plus original que jamais : il part pour l'Orient, et il en revient juste à temps pour recevoir hier matin un coup d'épée, fort innocent du reste.

— Ce pauvre duc! Et sa femme, toujours belle et ravissante?

— Vous savez, madame, que j'ai l'honneur d'être un de ses meilleurs amis, mon témoignage à ce sujet serait suspect... Veuillez, madame, à votre retour aux Aubiers, me faire la grâce de ne pas m'oublier auprès de M. d'Orbigny.

— Il sera très sensible, je vous assure, à votre aimable souvenir; car il s'informe souvent de vous, de vos succès... Il dit toujours que vous lui rappelez le duc de Lauzun.

— Cette comparaison seule est tout un éloge; mais, malheureusement pour moi, elle est beaucoup plus bienveillante que vraie. Adieu, madame; car je n'ose espérer que vous puissiez me faire l'honneur de me recevoir avant votre départ.

— Je serais désolée que vous prissiez la peine de venir chez moi... Je suis tout à fait campée pour quelques jours en hôtel garni; mais si, cet été ou cet automne, vous passez sur notre route en allant à quelqu'un de ces châteaux à la mode où les merveilleuses se disputent le plaisir de vous recevoir.. accordez-nous quelques jours, seulement par curiosité de contraste, et pour vous reposer chez de pauvres campagnards de l'étourdissement de la vie de château si élégante et si folle... car c'est toujours fête où vous allez !...

— Madame...

— Je n'ai pas besoin de vous dire combien M. d'Orbigny et moi nous serons heureux de vous recevoir. Mais adieu, monsieur ; je crains que le bourru bienfaisant (elle montra le notaire) ne s'impatiente de nos bavardages.

— Bien au contraire, madame, bien au contraire, dit Ferrand avec un accent qui redoubla la rage contenue de M. de Saint-Rémy.

— Avouez que M. Ferrand est un homme terrible, reprit Mme d'Orbigny en faisant l'évaporée. Mais prenez garde ; puisqu'il est heureusement pour vous chargé de vos affaires, il vous grondera furieusement, c'est un homme impitoyable. Mais que dis-je ?... au contraire... un merveilleux comme vous... avoir M. Ferrand pour notaire... mais c'est un brevet d'amendement ; car on sait bien qu'il ne laisse jamais faire de folies à ses clients, sinon il leur rend leurs comptes... Oh ! il ne veut pas être le notaire de tout le monde... Puis, s'adressant à Jacques Ferrand : Savez-vous, monsieur le puritain, que c'est une superbe conversion que vous avez faite là... rendre sage l'élégant par excellence, le roi de la mode ?

— C'est justement une conversion, madame... M. le vicomte sort de mon cabinet tout autre qu'il n'y était entré.

— Quand je vous dis que vous faites des miracles !... ce n'est pas étonnant, vous êtes un saint.

— Ah ! madame... vous me flattez, dit Jacques Ferrand avec componction.

M. de Saint-Rémy salua profondément Mme d'Orbigny ; puis, au moment de quitter le notaire, voulant tenter une dernière fois de l'apitoyer, il lui dit d'un ton dégagé, qui laissait pourtant deviner une anxiété profonde :

— Décidément, mon cher monsieur Ferrand, vous ne voulez pas m'accorder ce que je vous demande ?

— Quelque folie, sans doute ?... Soyez inexorable, mon cher puritain, s'écria Mme d'Orbigny en riant.

— Vous entendez, monsieur, je ne puis contrarier une aussi belle dame...

— Mon cher monsieur Ferrand, parlons sérieusement... des choses sérieuses... et vous savez que celle-là... l'est beaucoup... Décidément vous me refusez ? demanda le vicomte avec une angoisse à peine dissimulée.

Le notaire fut assez cruel pour paraître hésiter. M. de Saint-Rémy eut un moment d'espoir.

— Comment, homme de fer, vous cédez ? dit en riant la belle-mère de Mme d'Harville, vous subissez aussi le charme de l'irrésistible ?..

— Ma foi, madame, j'étais sur le point de céder comme vous dites, mais vous me faites rougir de ma faiblesse, reprit M. Ferrand. Puis, s'adressant au vicomte, il lui dit, avec une expression dont celui-ci comprit toute la signification . Là, sérieusement (et il appuya sur ce mot), c'est impossible Je ne souffrirai pas que, par caprice, vous fassiez une étourderie pareille... Monsieur le vicomte, je me garde comme le tuteur de mes clients, je n'ai pas d'autre famille, et je me regarderais comme complice des folies que je leur laisserais faire.

— Oh ! le puritain ! Voyez-vous le puritain ! dit Mme d'Orbigny.

— Du reste, voyez M. Petit-Jean ; il pensera, j'en suis sûr, absolument comme moi ; et, comme moi, il vous dira... non !

M. de Saint-Rémy sortit désespéré.

Après un moment de réflexion, il dit : « Il le faut. » Puis, à son chasseur, qui tenait ouverte la portière de sa voiture :

— A l'hôtel de Lucenay.

Pendant que M. de Saint-Rémy se rend chez la duchesse, nous ferons assister nos lecteurs à l'entretien de M. Ferrand et de la belle-mère de Mme d'Harville.

CHAPITRE XVI

LE TESTAMENT

Le lecteur a peut-être oublié le portrait de la belle-mère de Mme d'Harville, tracé par celle-ci.

Répétons que Mme d'Orbigny est une petite femme blonde, mince, ayant les cils presque blancs, les yeux ronds et d'un bleu pâle ; sa parole est mielleuse, son regard hypocrite, ses manières insinuantes et insidieuses. En étudiant sa physionomie fausse et perfide, on y découvre quelque chose de sournoisement cruel.

— Quel charmant jeune homme que M. de Saint-Rémy ! dit Mme d'Orbigny à Jacques Ferrand lorsque le vicomte fut sorti.

— Charmant. Mais, madame, causons d'affaires... Vous m'avez écrit de Normandie que vous vouliez me consulter sur de graves intérêts...

— N'avez-vous pas toujours été mon conseil depuis que ce bon docteur Polidori m'a adressée à vous ?... A propos, avez-vous de ses nouvelles ? demanda Mme d'Orbigny d'un air parfaitement détaché.

— Depuis son départ de Paris il ne m'a pas écrit une seule fois, répondit non moins indifféremment le notaire.

Avertissons le lecteur que ces deux personnages se mentaient effrontément l'un à l'autre. Le notaire avait vu récemment Polidori (un de ses deux complices) et lui avait proposé d'aller à Asnières, chez les Martial, pirates d'eau douce, dont nous parlerons plus tard, d'aller, disons-nous, empoisonner Louise Morel, sous le nom du docteur Vincent.

La belle-mère de Mme d'Harville se rendait à Paris afin d'avoir aussi une conférence secrète avec ce scélérat, depuis assez longtemps caché, nous l'avons dit, sous le nom de César Bradamanti.

— Mais il ne s'agit pas du bon docteur, reprit la belle-mère de Mme d'Harville ; vous me voyez très inquiète : mon mari est indisposé ; sa santé s'affaiblit de plus en plus. Sans me donner de craintes graves... son état me tourmente... ou plutôt le tourmente, dit Mme d'Orbigny en essuyant ses yeux légèrement humectés.

— De quoi s'agit-il ?

— Il parle incessamment de dernières dispositions à prendre de testament

Ici Mme d'Orbigny cacha son visage dans son mouchoir pendant quelques minutes.

— Cela est triste, sans doute, reprit le notaire, mais cette précaution n'a en elle-même rien de fâcheux... quelles seraient d'ailleurs les intentions de M. d'Orbigny, madame ?

— Mon Dieu, que sais-je ?... Vous sentez bien que, lorsqu'il met la conversation sur ce sujet, je ne l'y laisse pas longtemps.

— Mais, enfin, à ce propos, ne vous a-t-il rien dit de positif ?

— Je crois, reprit Mme d'Orbigny d'un air parfaitement désintéressé, je crois qu'il veut non seulement me donner tout ce que la loi lui permet de me donner... mais... Oh ! tenez, je vous en prie, ne parlons pas de cela...

— De quoi parlerons-nous ?

— Hélas ! vous avez raison, homme impitoyable ! Il faut, malgré moi, revenir au triste sujet qui m'amène auprès de vous. Eh bien ! M. d'Orbigny pousse la bonté jusqu'à vouloir... dénaturer une partie de sa fortune et me faire don... d'une somme considérable.

— Mais sa fille, sa fille ! s'écria sévèrement M. Ferrand. Je dois vous déclarer que depuis un an M. d'Harville m'a chargé de ses affaires. Je lui ai dernièrement encore fait acheter une terre magnifique. Vous connaissez ma rudesse en affaires, peu m'importe que M. d'Harville soit un client ; ce que je plaide, c'est la cause de la justice ; si votre mari veut prendre envers sa fille, Mme d'Harville, une détermination qui ne me semble pas convenable... je vous le dirai brutalement, il ne faudra pas compter sur mon concours. Nette et droite, telle a toujours été ma ligne de conduite.

— Et la mienne donc ! Ainsi je répète sans cesse à mon mari ce que vous me dites là : « Votre fille a de grands torts envers vous, soit ; mais ce n'est pas une raison pour la déshériter. »

— Très bien, à la bonne heure. Et que répondit-il ?

— Il répond : « Je laisserai à ma fille vingt-cinq mille francs de rentes. Elle a eu plus d'un million de sa mère ; son mari a personnellement une fortune énorme ; ne puis-je pas vous abandonner le reste, à vous, ma tendre amie, le seul soutien, la seule consolation de mes vieux jours, mon ange gardien ? ».

» Je vous répète ces paroles trop flatteuses, dit Mme d'Orbigny avec un soupir de modestie, pour vous montrer combien M. d'Orbigny est bon pour moi ; mais, malgré cela, j'ai toujours refusé ses offres ; ce que voyant, il s'est décidé à me prier de venir vous trouver.

— Mais je ne connais pas M. d'Orbigny.

— Mais lui, comme tout le monde, connaît votre loyauté.

— Mais comment vous a-t-il adressée à moi ?

— Pour couper court à mes refus, à mes scrupules, il m'a dit : « Je ne vous propose pas de consulter mon notaire, vous le croiriez trop à ma dévotion ; mais je m'en rapporterai absolument à la décision d'un homme dont le rigorisme de probité est proverbial, M. Jacques Ferrand. S'il trouve votre délicatesse compromise par votre acquiescement à mes offres, nous n'en parlerons plus ; sinon vous vous résignerez. — J'y consens », dis-je à M. d'Orbigny, et voilà comment vous êtes devenu notre arbitre. « S'il m'approuve, ajouta mon mari, je lui enverrai un plein pouvoir pour réaliser, en mon nom, mes valeurs de rentes et de portefeuille ; il gardera cette somme en dépôt, et après moi, ma tendre amie, vous aurez au moins une existence digne de vous. »

Jamais peut-être, M. Ferrand ne sentit plus qu'en ce moment l'utilité de ses lunettes. Sans elles, Mme d'Orbigny eût sans doute été frappée du regard étincelant du notaire, dont les yeux semblèrent s'illuminer à ce mot de dépôt.

Il répondit néanmoins d'un ton bourru :

— C'est impatientant... voilà la dix ou douzième fois qu'on me choisit ainsi pour arbitre... toujours sous le prétexte de ma probité... on n'a que ce mot à la bouche... Ma probité ! ma probité !... bel avantage... ça ne me vaut que des ennuis... que des tracas...

— Mon bon monsieur Ferrand... voyons... ne me rudoyez pas. Vous écrirez donc à M. d'Orbigny, il attend votre lettre afin de vous adresser ses pleins pouvoirs... pour réaliser cette somme...

— Combien à peu près ?...

— Il m'a parlé, je crois, de quatre à cinq cent mille francs.

— La somme est moins considérable que je ne le croyais ; après tout, vous vous êtes dévouée à M. d'Orbigny... Sa fille est riche... vous n'avez rien... je puis approuver cela ; il me semble que loyalement vous devez accepter...

— Vrai... vous croyez ? dit Mme d'Orbigny, dupe comme tout le monde de la probité proverbiale du notaire, et qui n'avait pas été détrompée à cet égard par Polidori.

— Vous pouvez accepter, répéta-t-il.

— J'accepterai donc, dit Mme d'Orbigny avec un soupir.

Le premier clerc frappa à la porte.

— Qu'est-ce ? demanda M. Ferrand.

— Mme la comtesse Mac-Grégor

— Faites attendre un moment.

— Je vous laisse donc, mon cher monsieur Ferrand, dit Mme d'Orbigny, vous écrirez à mon mari... puisqu'il le désire, et il vous enverra ses pleins pouvoirs demain...

— J'écrirai...

— Adieu, mon digne et bon conseil.

— Ah ! vous ne savez pas, vous autres gens du monde, combien il est désagréable de se charger de pareils dépôts... la responsabilité qui pèse sur nous. Je vous dis qu'il n'y a rien de plus détestable que cette belle réputation de probité, qui ne vous attire que des corvées !

— Et l'admiration des gens de bien !

— Dieu merci ! je place ailleurs qu'ici-bas la récompense que j'ambitionne ! dit M. Ferrand d'un ton béat.

A Mme d'Orbigny succéda Sarah Mac-Grégor

CHAPITRE XVII

LA COMTESSE MAC-GREGOR

Sarah entra dans le cabinet du notaire avec son sang-froid et son assurance habituels. Jacques Ferrand ne la connaissait pas, il ignorait le but de sa visite ; il s'observa plus encore que de coutume, dans l'espoir de faire une nouvelle dupe... Il regarda très attentivement la comtesse, et, malgré l'impassibilité de cette femme au front de marbre, il remarqua un léger tressaillement des sourcils, qui lui parut trahir un embarras contraint.

Le notaire se leva de son fauteuil, avança une chaise, la montra du geste à Sarah et lui dit :

— Vous m'avez demandé, madame, un rendez-vous pour aujourd'hui ; j'ai été très occupé hier, je n'ai pu vous répondre que ce matin ; je vous en fais mille excuses.

— Je désirais vous voir, monsieur... pour une affaire de la plus haute importance... Votre réputation de probité, de bonté, d'obligeance, m'a fait espérer le succès de la démarche que je tente auprès de vous...

Le notaire s'inclina légèrement sur sa chaise.

— Je sais, monsieur, que votre discrétion est à toute épreuve...

— C'est mon devoir, madame.

— Vous êtes, monsieur, un homme rigide et incorruptible.

— Oui, madame.

— Pourtant, si l'on vous disait : Monsieur, il dépend de vous de rendre la vie... plus que la vie... la raison, à une malheureuse mère, auriez-vous le courage de refuser ?

— Précisez des faits, madame, je répondrai.

— Il y a quatorze ans, environ, à la fin du mois de décembre 1824, un homme, jeune encore, vêtu de deuil... est venu vous proposer de prendre en dépôt une somme de cent cinquante mille francs, que l'on voulait placer à fonds perdus sur la tête d'un enfant de trois ans dont les parents désiraient rester inconnus.

— Ensuite, madame ? dit le notaire, s'épargnant ainsi de répondre affirmativement.

— Vous avez consenti à vous charger de ce placement, et de faire assurer à cet enfant une rente viagère de huit mille francs ; la moitié de ce revenu devait être capitalisée à son profit jusqu'à sa majorité ; l'autre moitié devait être payée par vous à la personne qui prenait soin de cette petite fille.

— Ensuite, madame ?

— Au bout de deux ans, dit Sarah sans pouvoir vaincre une légère émotion, le 28 novembre 1826, cette enfant est morte.

— Avant de continuer cet entretien, madame, je vous demanderai quel intérêt vous portez à cette affaire.

— La mère de cette petite fille est... ma sœur, monsieur (1). J'ai là, pour preuve de ce que j'avance, l'acte de décès de cette pauvre petite, les lettres de la personne qui a pris soin d'elle, l'obligation d'un de vos clients, chez lequel vous aviez placé les cinquante mille écus.

— Voyons ces papiers, madame.

Assez étonnée de ne pas être crue sur parole. Sarah tira d'un portefeuille plusieurs papiers, que le notaire examina soigneusement.

— Eh bien ! madame, que désirez-vous ? L'acte de décès est parfaitement en règle, et les cinquante mille écus ont été acquis à M. Petit-Jean, mon client, par la mort de l'enfant ; c'est une des chances des placements viagers, je l'ai fait observer à la personne qui m'a chargé de cette affaire. Quant aux revenus, ils ont été exactement payés par moi jusqu'à la mort de l'enfant.

— Rien de plus loyal que votre conduite en tout ceci, monsieur, je me plais à le reconnaître. La femme à qui l'enfant a été confiée a eu aussi des droits à notre gratitude, elle a eu les plus grands soins de ma pauvre petite nièce.

— Cela est vrai, madame ; j'ai même été si satisfait de la conduite de cette femme, que, la voyant sans place après la mort de cette enfant, je l'ai prise à mon service, et depuis ce temps elle y est encore.

— Mme Séraphin est à votre service, monsieur ?

— Depuis quatorze ans, comme femme de charge. Et je n'ai qu'à me louer d'elle.

— Puisqu'il en est ainsi, monsieur, elle pourrait nous être d'un grand secours si... vous... vouliez bien accueillir une demande qui vous paraîtra étrange, peut-être même... coupable au premier abord ; mais quand vous saurez dans quelle intention...

— Une demande coupable, madame ! je ne vous crois pas plus capable de la faire que moi de l'écouter.

— Je sais, monsieur, que vous êtes la dernière personne à qui on devrait adresser une pareille requête ; mais je mets tout mon espoir... mon seul espoir, dans votre pitié. En tout cas, je puis compter sur votre discrétion ?

— Oui, madame.

— Je continue donc. La mort de cette pauvre fille a jeté sa mère dans une désolation telle, que sa douleur est aussi vive aujourd'hui qu'il y a

(1) Nous croyons inutile de rappeler au lecteur que l'enfant dont il est question est Fleur-de-Marie, fille de Rodolphe et de Sarah, et que celle-ci, en parlant d'une prétendue sœur fait un mensonge nécessaire à ses projets, ainsi qu'on va le voir Sarah était d'ailleurs convaincue comme Rodolphe de la mort de la petite fille

quatorze ans, et qu'après avoir craint pour sa vie aujourd'hui nous craignons pour sa raison.

— Pauvre mère ! dit M. Ferrand avec un soupir.

— Oh ! oui, bien malheureuse mère, monsieur ; car elle ne pouvait que rougir de la naissance de sa fille à l'époque où elle l'a perdue, tandis qu'à cette heure les circonstances sont telles, que ma sœur, si son enfant vivait encore, pourrait la légitimer, s'en enorgueillir, ne plus jamais la quitter. Aussi, ce regret incessant venant se joindre à ses autres chagrins, nous craignons à chaque instant de voir sa raison s'égarer.

— Il n'y a malheureusement rien à faire à cela.

— Si, monsieur...

— Comment, madame ?

— Supposez qu'on vienne dire à la pauvre mère : On a cru votre fille morte, elle ne l'est pas ; la femme qui a pris soin d'elle étant toute petite pourrait l'affirmer.

— Un tel mensonge serait cruel, madame... pourquoi donner en vain un espoir à cette pauvre mère ?

— Mais, si ce n'était pas un mensonge, monsieur ? ou plutôt si cette supposition pouvait se réaliser ?

— Par un miracle ? s'il ne fallait pour l'obtenir que joindre mes prières aux vôtres, je les joindrais du plus profond de mon cœur... croyez-le, madame... Malheureusement l'acte de décès est formel.

— Mon Dieu, je le sais, monsieur, l'enfant est mort ; et pourtant, si vous vouliez, le malheur ne serait pas irréparable.

— Est-ce une énigme, madame ?

— Je parlerai donc plus clairement... Que ma sœur retrouve demain sa fille, non seulement elle renaît à la vie, mais encore elle est sûre d'épouser le père de cet enfant, aujourd'hui libre comme elle. Ma nièce est morte à six ans. Séparée de ses parents dès l'âge le plus tendre, ils n'ont conservé d'elle aucun souvenir... Supposez qu'on trouve une jeune fille de dix-sept ans, ma nièce aurait maintenant cet âge... une jeune fille comme il y en a tant, abandonnée de ses parents ; qu'on dise à ma sœur : « Voilà votre fille, car on vous a trompée ; de graves intérêts ont voulu qu'on la fît passer pour morte. La femme qui l'a élevée, un notaire respectable, vous affirmeront, vous prouveront que c'est bien elle... ».

Jacques Ferrand, après avoir laissé parler la comtesse sans l'interrompre, se leva brusquement, et s'écria d'un air indigné :

— Assez... assez !... madame ! Oh ! cela est infâme !

— Monsieur !

— Oser me proposer à moi... à moi... une supposition d'enfant.. l'anéantissement d'un acte de décès... une action criminelle, enfin ! C'est la première fois de ma vie que je subis un pareil outrage... et je ne l'ai pourtant pas mérité, mon Dieu... vous le savez !

— Mais, monsieur, à qui cela fait-il tort ? Ma sœur et la personne qu'elle désire épouser sont veufs et sans enfants... tous deux regrettent amèrement la fille qu'ils ont perdue. Les tromper... mais c'est les rendre au bonheur, à la vie... mais c'est assurer le sort le plus heureux à quelque pauvre fille abandonnée... c'est donc là une noble et généreuse action, et non pas un crime

— En vérité, s'écria le notaire avec une indignation croissante, j'admire combien les projets les plus exécrables peuvent se colorer de beaux semblants !

— Mais, monsieur, réfléchissez...

— Je vous répète, madame, que cela est infâme... C'est une honte de voir une femme de votre qualité machiner de telles abominations.. auxquelles votre soeur, je l'espère, est étrangère...

— Monsieur...

— Assez, madame, assez !... Je ne suis pas galant, moi... Je vous dirais brutalement de dures vérités...

Sarah jeta sur le notaire un de ces regards noirs, profonds, presque acérés, et lui dit froidement :

— Vous refusez ?

— Pas de nouvelle insulte, madame !...

— Prenez garde !...

— Des menaces ?...

— Des menaces... Et pour vous prouver qu'elles ne seraient pas vaines, apprenez d'abord que je n'ai pas de sœur...

— Comment, madame ?

— Je suis la mère de cet enfant...

— Vous ?...

— Moi !... J'avais pris un détour pour arriver à mon but, imaginé une fable pour vous intéresser... Vous êtes impitoyable... Je lève le masque... Vous voulez la guerre... eh bien ! la guerre...

— La guerre ? parce que je refuse de m'associer à une machination criminelle ! quelle audace !...

— Ecoutez-moi, monsieur... votre réputation d'honnête homme est faite et parfaite... retentissante et immense...

— Parce qu'elle est méritée... Aussi faut-il avoir perdu la raison pour oser me faire des propositions comme les vôtres !

— Mieux que personne je sais, monsieur, combien il faut se défier de ces réputations de vertu farouche, qui souvent voilent la galanterie des femmes et la friponnerie des hommes...

— Vous oseriez dire, madame...

— Depuis le commencement de notre entretien, je ne sais pourquoi. je doute que vous méritiez l'estime et la considération dont vous jouissez.

— Vraiment, madame ? ce doute fait honneur à votre perspicacité.

— N'est-ce pas ?... car ce doute est fondé sur des riens... sur l'instinct, sur des pressentiments inexplicables... mais rarement ces prévisions m'ont trompée.

— Finissons cet entretien, madame.

— Avant, connaissez ma résolution... Je commence par vous dire, de vous à moi, que je suis convaincue de la mort de ma pauvre fille... Mais il n'importe, je prétendrai qu'elle n'est pas morte : les causes les plus invraisemblables se plaident... Vous êtes à cette heure dans une position telle, que vous devez avoir beaucoup d'envieux, ils regarderont comme une bonne fortune l'occasion de vous attaquer... je la leur fournirai.

— Vous ?

— Moi, en vous attaquant sous quelque prétexte absurde, sur une irrégularité dans l'acte de décès, je suppose... il n'importe. Je soutiendrai que ma fille n'est pas morte. Comme j'ai le plus grand intérêt à faire croire qu'elle vit encore, quoique perdu, ce procès me servira en donnant un retentissement immense à cette affaire. Une mère qui réclame son enfant est toujours intéressante ; j'aurai pour moi vos envieux, vos ennemis, et toutes les âmes sensibles et romanesques.

— C'est aussi fou que méchant ! Dans quel intérêt aurais-je fait passer votre fille pour morte si elle ne l'était pas ?

— C'est vrai, le motif est assez embarrassant à trouver ; heureusement les avocats sont là !... Mais, j'y pense, en voici un excellent : voulant partager avec votre client la somme placée en viager sur la tête de cette malheureuse enfant... vous l'avez fait disparaître.

Le notaire, impassible, haussa les épaules.

— Si j'avais été assez criminel pour cela, au lieu de la faire disparaître, je l'aurais tuée !

Sarah tressaillit de surprise, resta muette un moment, puis reprit avec amertume :

— Pour un saint homme, voilà une pensée de crime profondément creusée !... Aurais-je donc touché juste en tirant au hasard ?... Cela me donne à penser... et je penserai... Un dernier mot... Vous voyez quelle femme je suis... j'écrase sans pitié tout ce qui fait obstacle à mon chemin... Réfléchissez bien... il faut que demain vous soyez décidé... Vous pouvez faire impunément ce que je vous demande... Dans sa joie, le père de ma fille ne discutera pas la possibilité d'une telle résurrection si nos mensonges qui le rendront si heureux sont adroitement combinés. Il n'a d'ailleurs d'autres preuves de la mort de notre enfant que ce que je lui en ai écrit il y a quatorze ans ; il me sera facile de le persuader que je l'ai trompé à ce sujet, car alors j'avais de justes griefs contre lui... Je lui dirai que dans ma douleur j'avais voulu briser à ses yeux le dernier lien qui nous attachait encore l'un à l'autre. Vous ne pouvez donc être en rien compromis : affirmez seulement... homme irréprochable, affirmez que tout a été autrefois concerté entre vous, moi et Mme Séraphin, et l'on vous croira. Quant aux cinquante mille écus placés sur la tête de ma fille, cela me regarde seule ; ils resteront acquis à votre client, qui doit ignorer complètement ceci ; enfin, vous fixerez vous-même votre récompense...

Jacques Ferrand conserva tout son sang-froid, malgré la bizarrerie de cette situation si étrange et si dangereuse pour lui.

La comtesse, croyant réellement à la mort de sa fille, venait proposer au notaire de faire passer pour vivante cette enfant qu'il avait, lui, fait passer pour morte, quatorze années auparavant.

Il était trop habile, il connaissait trop bien les périls de sa position pour ne pas comprendre la portée des menaces de Sarah.

Quoique admirablement et laborieusement construit, l'édifice de la réputation du notaire reposait sur le sable. Le public se détache aussi facilement qu'il engoue, aimant à avoir le droit de fouler aux pieds celui que naguère il portait aux nues. Comment prévoir les conséquences de la première attaque portée à la réputation de Jacques Ferrand ? Si folle que fût cette attaque, son audace même pouvait éveiller les soupçons.

La perspicacité de Sarah son endurcissement effrayaient le notaire

Cette mère n'avait pas eu un moment d'attendrissement en parlant de sa fille ; elle n'avait paru considérer sa mort que comme la perte d'un moyen d'action. De tels caractères sont impitoyables dans leurs desseins et dans leur vengeance.

Voulant se donner le temps de chercher à parer ce coup dangereux, Ferrand dit froidement à Sarah :

— Vous m'avez demandé jusqu'à demain midi, madame ; c'est moi qui vous donne jusqu'à après-demain pour renoncer à un projet dont vous ne soupçonnez pas la gravité. Si d'ici là je n'ai pas reçu de vous une lettre qui m'annonce que vous abandonnez cette criminelle et folle entreprise, vous apprendrez à vos dépens que la justice sait protéger les honnêtes gens qui refusent de coupables complicités, et qu'elle peut atteindre les fauteurs d'odieuses machinations.

— Cela veut dire, monsieur, que vous me demandez un jour de plus pour réfléchir à mes propositions ? C'est bon signe, je vous l'accorde... Après-demain, à cette heure, je reviendrai ici, et ce sera entre nous... la paix... ou la guerre, je vous le répète... mais une guerre acharnée, sans merci ni pitié...

Et Sarah sortit.

« Tout va bien, se dit-elle. Cette misérable jeune fille à laquelle Rodolphe s'intéressait par caprice, et qu'il avait envoyée à la ferme de Bouqueval, afin d'en faire sans doute plus tard sa maîtresse, n'est plus maintenant à craindre... grâce à la borgnesse qui m'en a délivrée...

» L'adresse de Rodolphe a sauvé Mme d'Harville du piège où j'avais voulu la faire tomber ; mais il est impossible qu'elle échappe à la nouvelle trame que je médite ; elle sera donc à jamais perdue pour Rodolphe

» Alors, attristé, découragé, isolé de toute affection, ne sera-t-il pas dans une position d'esprit telle, qu'il ne demandera pas mieux que d'être dupe d'un mensonge auquel je puis donner toutes les apparences de la réalité avec l'aide du notaire ?... Et le notaire m'aidera, car je l'ai effrayé.

» Je trouverai facilement une jeune fille orpheline, intéressante et pauvre, qui, instruite par moi, remplira le rôle de notre enfant si amèrement regrettée par Rodolphe. Je connais la grandeur, la générosité de son cœur. Oui, pour donner un nom, un rang à celle qu'il croira sa fille, jusqu'alors malheureuse et abandonnée, il renouera nos liens que j'avais crus indissolubles. Les prédictions de ma nourrice se réaliseront enfin, et j'aurai cette fois sûrement atteint le but constant de ma vie... une couronne ! »

A peine Sarah venait-elle de quitter la maison du notaire, que M. Charles Robert y entra, descendant du cabriolet le plus élégant : il se dirigea en habitué vers le cabinet de Jacques Ferrand.

CHAPITRE XVIII

M. CHARLES ROBERT

Le commandant, ainsi que disait Mme Pipelet, entra sans façon chez le notaire, qu'il trouva d'une humeur sombre et atrabilaire et qui lui dit brutalement :

— Je réserve les après-midi pour mes clients... quand vous voulez me parler, venez donc le matin.

— Mon cher tabellion (c'était une des plaisanteries de M. Robert), il s'agit d'une affaire importante... d'abord, et puis je tenais à vous rassurer par moi-même sur les craintes que vous pouviez avoir...

— Quelles craintes ?

— Vous ne savez donc pas ?

— Quoi ?

— Mon duel...

— Votre duel ?

— Avec le duc de Lucenay. Comment, vous ignoriez ?...

— Oui.

— Ah ! bah !

— Et pourquoi ce duel ?

— Une chose excessivement grave, qui voulait du sang. Figurez-vous qu'en pleine ambassade M. de Lucenay s'était permis de me dire en face que... j'avais la pituite !

— Que vous aviez ?

— La pituite, mon cher tabellion ; une maladie qui doit être très ridicule !

— Vous vous êtes battu pour cela ?

— Et pourquoi diable voulez-vous donc qu'on se batte ? Vous croyez qu'on peut, là... de sang-froid... s'entendre dire froidement qu'on a la pituite ? et devant une femme charmante, encore !... devant une petite marquise... que... Enfin, suffit... ça ne pouvait se passer comme cela.

— Certainement.

— Nous autres militaires, vous comprenez.. nous sommes toujours sur la hanche. Mes témoins ont été avant-hier s'entendre avec ceux du duc J'avais très nettement posé la question.. ou un duel ou une rétractation

— Une rétractation.. de quoi ?

— De la pituite, pardieu ! de la pituite qu'il se permettait de m'attribuer !

Le notaire haussa les épaules.

— De leur côté, les témoins du duc disaient : « Nous rendons justice au caractère honorable de M. Charles Robert ; mais M. de Lucenay ne peut, ne doit, ni ne veut se rétracter. — Ainsi, messieurs, ripostèrent mes témoins, M. de Lucenay s'opiniâtre à soutenir que M. Charles Robert a la pituite ? — Oui, messieurs ; mais il ne croit pas en cela porter atteinte à la considération de M. Robert. — Alors, qu'il se rétracte. — Non, messieurs ; M. de Lucenay reconnaît M. Robert pour un galant homme ; mais il prétend qu'il a la pituite ». Vous voyez qu'il n'y avait pas moyen d'arranger une affaire aussi grave...

— Aucun... vous étiez insulté dans ce que l'homme a de plus respectable.

— N'est-ce pas ? Aussi on convient du jour, de l'heure, de la rencontre ; et hier matin, à Vincennes, tout s'est passé le plus honorablement du monde : j'ai donné un léger coup d'épée dans le bras au duc de Lucenay ; les témoins ont déclaré l'honneur satisfait. Alors le duc a dit à haute voix : « Je ne me rétracte jamais avant une affaire ; après, c'est différent ; il est donc de mon devoir, de mon honneur, de proclamer que j'avais faussement accusé M. Charles Robert d'avoir la pituite. Messieurs, je reconnais non seulement que mon loyal adversaire n'a pas la pituite, mais j'affirme qu'il est incapable de l'avoir jamais... ». Puis le duc m'a tendu cordialement la main en me disant : « Etes-vous content ? — C'est entre nous à la vie et à la mort ! » lui ai-je répondu. Et je lui devais bien ça... Le duc a parfaitement fait les choses... il aurait pu ne rien dire du tout, ou se contenter de déclarer que je n'avais pas la pituite... Mais affirmer que je ne l'aurais jamais... c'était un procédé très délicat de sa part.

— Voilà ce que j'appelle du courage bien employé !... Mais que voulez-vous ?

— Mon cher garde-notes (autre plaisanterie de M. Robert), il s'agit de quelque chose de très important pour moi. Vous savez que, d'après nos conventions, lorsque je vous ai avancé trois cent cinquante mille francs pour achever de payer votre charge, il a été stipulé qu'en vous prévenant trois mois d'avance je pourrais retirer de chez vous... ces fonds dont vous me payez l'intérêt...

— Après ?

— Eh bien ! dit M. Robert avec embarras, je... non... mais... c'est que...

— Quoi ?

— Vous concevez, c'est un pur caprice... l'idée de devenir seigneur terrien, cher tabellion.

— Expliquez-vous donc ! vous m'impatientez !

— En un mot, on me propose une acquisition territoriale, et, si cela ne vous était pas désagréable.. je voudrais, c'est-à-dire je désirerais retirer mes fonds de chez vous et je viens vous en prévenir, selon nos conventions.

— Ah ! ah !

— Cela ne vous fâche pas, au moins ?
— Pourquoi cela me fâcherait-il ?
— Parce que vous pourriez croire...
— Je pourrais croire ?
— Que je suis l'écho des bruits...
— Quel bruits ?
— Non, rien, des bêtises...
— Mais parlez donc...
— Ce n'est pas une raison parce qu'il court sur vous de sots propos...
— Quels propos ?
— Il n'y a pas un mot de vrai là-dedans... mais les méchants affirment que vous vous êtes trouvé malgré vous engagé dans de mauvaises affaires. Purs cancans, bien entendu. C'est comme lorsqu'on a dit que nous jouions à la Bourse ensemble. Ces bruits sont tombés bien vite... car je veux que vous et moi nous devenions chèvres si...
— Ainsi vous ne croyez plus votre argent en sûreté chez moi ?
— Si fait, si fait... mais j'aimerais autant l'avoir entre mes mains...
— Attendez-moi là...
M. Ferrand ferma le tiroir de son bureau et se leva.
— Où allez-vous donc, mon cher garde-notes ?
— Chercher de quoi vous convaincre de la vérité des bruits qui courent de l'embarras de mes affaires, dit ironiquement le notaire.
Et, ouvrant la porte d'un petit escalier dérobé, qui lui permettait d'aller au pavillon du fond sans passer par l'étude, il disparut.
A peine était-il sorti que le maître clerc frappa.
— Entrez, dit Charles Robert.
— M. Ferrand n'est pas là ?
— Non, mon digne basochien. (Autre plaisanterie de M. Robert.)
— C'est une dame voilée qui veut parler au patron à l'instant pour une affaire très pressante...
— Digne basochien, le patron va revenir tout à l'heure, je lui dirai cela. Est-elle jolie, cette dame ?
— Il faudrait être malin pour le deviner ; elle a un voile noir, si épais qu'on ne voit pas sa figure...
— Bon, bon ! je vais joliment la dévisager en sortant. Je vais prévenir M. Ferrand dès qu'il va rentrer.
Le clerc sortit.
— Où diable est allé le tabellion ? se demanda M. Charles Robert, me chercher sans doute l'état de sa caisse... Si ces bruits sont absurdes, tant mieux !... Après cela... bah !... Ce sont peut-être de méchantes langues qui font courir ces propos-là... Les gens intègres comme Jacques Ferrand ont tant d'envieux !... C'est égal, j'aime autant avoir mes fonds... j'achèterai le château dont on m'a parlé... il y a des tourelles gothiques du temps de Louis XIV, genre Renaissance... tout ce qu'il y a de plus rococo... ça me donnera un petit air seigneurial qui ne sera pas piqué des vers... Ça ne sera pas comme mon amour pour cette bégueule de Mme d'Harville... M'a-t-elle fait aller !... mon Dieu ! m'a-t-elle fait aller !.. Oh ! non, je n'ai pas fait mes frais... comme dit cette stupide portière de la rue du Temple, avec sa perruque à l'enfant... Cette

plaisanterie-là me coûte au moins mille écus. Il est vrai que les meubles me restent... et que j'ai de quoi compromettre la marquise... Mais voici le tabellion.

M. Ferrand revenait, tenant à la main quelques papiers qu'il remit à M. Charles Robert.

— Voici, dit-il à ce dernier, trois cent cinquante mille francs en bons du Trésor... Dans quelques jours nous règlerons nos comptes d'intérêt... Faites-moi un reçu...

— Comment!... s'écria M. Robert stupéfait. Ah ça, n'allez pas croire au moins que...

— Je ne crois rien...

— Mais...

— Ce reçu !...

— Cher garde-notes !...

— Ecrivez donc, et dites aux gens qui vous parlent de l'embarras de mes affaires de quelle manière je réponds à ces soupçons.

— Le fait est que, dès qu'on va savoir cela, votre crédit n'en sera que plus solide ; mais vraiment, reprenez cet argent, je n'en ai que faire en ce moment ; je vous disais dans trois mois.

— Monsieur Charles Robert, on ne me soupçonne pas deux fois.

— Vous êtes fâché ?

— Ce reçu !

— Barre de fer, allez ! dit M. Charles Robert.

Puis il ajouta en écrivant le reçu :

— Il y a une dame on ne peut pas plus voilée qui veut vous parler tout de suite, tout de suite, pour une affaire très pressée... Je me fais une joie de la bien regarder en passant devant elle... Voilà votre reçu ; est-il en règle ?

— Très bien ! maintenant allez-vous-en par ce petit escalier.

— Mais la dame ?

— C'est justement pour que vous ne la voyiez pas.

Et le notaire, sonnant son maître clerc, lui dit :

— Faites entrer cette dame... Adieu, monsieur Robert.

— Allons... il faut renoncer à la voir. Sans rancune, tabellion... Croyez bien que...

— Bien ! bien ! adieu...

Et le notaire referma la porte sur M. Charles Robert.

Au bout de quelques instants le maître clerc introduisit Mme la duchesse de Lucenay, vêtue très modestement, enveloppée d'un grand châle, et la figure complètement cachée par l'épais voile de dentelle noire qui entourait son chapeau de moire de la même couleur.

CHAPITRE XIX

MADAME DE LUCENAY

Mme de Lucenay, assez troublée, s'approcha lentement du notaire, qui alla quelques pas à sa rencontre.

— Qui êtes-vous, madame... et que me voulez-vous ? dit brusquement Jacques Ferrand, dont l'humeur, déjà très assombrie par les menaces de Sarah, s'était exaspérée aux soupçons fâcheux de M. Charles Robert. D'ailleurs la duchesse était vêtue si modestement que le notaire ne voyait aucune raison pour ne pas la rudoyer. Comme elle hésitait à ne pas parler, il reprit durement :

— Vous expliquerez-vous enfin, madame ?

— Monsieur... dit-elle d'une voix émue, en tâchant de cacher son visage sous les plis de son voile, monsieur... peut-on vous confier un secret de la plus haute importance ?...

— On peut tout me confier, madame ; mais il faut que je sache et que je voie à qui je parle.

— Monsieur... cela, peut-être, n'est pas nécessaire... Je sais que vous êtes l'honneur, la loyauté même...

— Au fait, madame... au fait, il y a là... quelqu'un qui m'attend. Qui êtes-vous ?

— Peu vous importe mon nom, monsieur... Un... de... mes amis... de mes parents, sort de chez vous.

— Son nom ?

— M. Florestan de Saint-Rémy.

— Ah ! fit le notaire.

Et il jeta sur la duchesse un regard attentif et inquisiteur, et il reprit :

— Eh bien ! madame ?

— M. de Saint-Rémy... m'a tout dit... monsieur...

— Que vous a-t-il dit, madame ?

— Tout !...

— Mais encore...

— Mon Dieu ! monsieur... vous le savez bien.

— Je sais beaucoup de choses sur M. de Saint-Rémy...

— Hélas ! monsieur, une chose terrible !...

— Je sais beaucoup de choses terribles sur M. de Saint-Rémy..

— Ah ! monsieur ! il me l'avait bien dit, vous êtes sans pitié...

— Pour les escrocs et les faussaires comme lui... oui, je suis sans pitié. Ce Saint-Rémy est-il votre parent, au lieu de l'avouer, vous devriez en rougir ! Venez-vous pleurnicher ici pour m'attendrir, c'est inutile ; sans compter que vous faites là un vilain métier pour une honnête femme... si vous l'êtes...

Cette brutale insolence révolta l'orgueil et le sang patricien de la duchesse. Elle se redressa, rejeta son voile en arrière ; alors, l'attitude altière, le regard impérieux, la voix ferme, elle dit :

— Je suis la duchesse de Lucenay... monsieur...

Cette femme prit alors un si grand air, son aspect devint si imposant, que le notaire, dominé, charmé, recula tout interdit, ôta machinalement le bonnet de soie noire qui couvrait son crâne, et salua profondément.

Rien n'était, en effet, plus gracieux et plus fier que le visage et la tournure de Mme de Lucenay ; elle avait pourtant alors trente ans bien sonnés, une figure pâle et un peu fatiguée ; mais aussi elle avait de grands yeux bruns étincelants et hardis, de magnifiques cheveux noirs, le nez fin et arqué, la lèvre rouge et dédaigneuse, le teint éclatant, les dents éblouissantes, la taille haute et mince, souple et pleine de noblesse, « une démarche de déesse sur les nuées », comme dit l'immortel Saint-Simon.

Avec un œil de poudre et le grand habit du XVIIIe siècle, Mme de Lucenay eût représenté au physique et au moral une de ces libertines (1) duchesses de la Régence qui mettaient à la fois tant d'audace, d'étourderie et de séduisante bonhomie dans leurs nombreuses amours, qui s'accusaient de temps à autre de leurs erreurs avec tant de franchise et de naïveté, que les plus rigoristes disaient en souriant : Sans doute elle est bien légère, bien coupable ; mais elle est si bonne, si charmante ! elle aime ses amants avec tant de dévouement, de passion... de fidélité... tant qu'elle les aime... qu'on ne saurait trop lui en vouloir. Après tout, elle ne damne qu'elle-même, et elle fait tant d'heureux !

Sauf la poudre et les grands paniers, telle était aussi Mme de Lucenay lorsque de sombres préoccupations ne l'accablaient pas.

Elle était entrée chez le notaire en timide bourgeoise... elle se montra tout à coup une grande dame altière, irritée. Jamais Jacques Ferrand n'avait de sa vie rencontré une femme d'une beauté si insolente, d'une tournure à la fois si noble et si hardie.

Le visage un peu fatigué de la duchesse, ses beaux yeux entourés d'une imperceptible auréole d'azur, ses narines roses fortement dilatées, annonçaient une de ces natures ardentes que les hommes peu platoniques adorent avec autant d'ivresse que d'emportement. Quoique vieux, laid, ignoble, sordide, Jacques Ferrand était autant qu'un autre capable d'apprécier le genre de beauté de Mme de Lucenay.

Sa haine et sa rage contre M. de Saint-Rémy s'augmentaient de l'admiration brutale que lui inspirait sa fière et belle maîtresse ; le Jacques Ferrand, rongé de toutes sortes de fureurs contenues, se disait avec rage que ce gentilhomme faussaire, qu'il avait presque forcé de s'agenouiller devant lui en le menaçant des assises, inspirait un tel amour à cette grande

(1) Alors *libertinage* signifiait indépendance de caractère insouciante du qu'en dira-t-on

dame, qu'elle risquait une démarche qui pouvait la perdre. A ces pensées, le notaire sentit renaître son audace un moment paralysée. La haine, l'envie, une sorte de ressentiment si farouche et brûlant, allumèrent dans son regard, sur son front et sur sa joue, les feux des plus honteuses, des plus méchantes passions.

Voyant Mme de Lucenay sur le point d'entamer un entretien si délicat, il s'attendait de sa part à des détours, à des tempéraments.

Quelle fut sa stupeur ! Elle lui parla avec autant d'assurance et de hauteur que s'il se fût agi de la chose la plus naturelle du monde, et comme si devant un homme de son espèce elle n'avait aucun souci de la réserve et des convenances qu'elle eût certainement gardées avec ses pareils, à elle.

En effet, l'insolente grossièreté du notaire, en la blessant au vif, avait forcé Mme de Lucenay de sortir du rôle humble et implorant qu'elle avait pris d'abord à grand-peine ; revenue à son caractère, elle crut au-dessous d'elle de descendre jusqu'à la moindre réticence devant ce griffonneur d'actes.

Spirituelle, charitable et généreuse, pleine de bonté, de dévouement et de cœur, malgré ses fautes, mais fille d'une mère qui, par sa révoltante immoralité, avait trouvé moyen d'avilir jusqu'à la noble et sainte infortune de l'émigration, Mme de Lucenay, dans son naïf mépris de certaines races, eût dit comme cette impératrice romaine qui se mettait au bain devant un esclave : « Ce n'est pas un homme ».

— *M'sieur* le notaire, dit donc résolument la duchesse à Jacques Ferrand. M. de Saint-Rémy est un de mes amis ; il m'a confié l'embarras où il se trouve par l'inconvénient d'une double friponnerie dont il est victime... Tout s'arrange avec de l'argent : combien faut-il pour terminer ces misérables tracasseries ?...

Jacques Ferrand restait abasourdi de cette façon cavalière et délibérée d'entrer en matière.

— On demande cent mille francs ! reprit-il d'un ton bourru, après avoir surmonté son étonnement.

— Vous aurez vos cent mille francs... et vous renverrez tout de suite ces mauvais papiers à M. de Saint-Rémy.

— Où sont les cent mille francs, madame la duchesse ?

— Est-ce que je ne vous ai pas dit que vous les auriez, monsieur ?

— Il les faut demain avant midi, madame ; sinon la plainte en faux sera déposée au parquet.

— Eh bien ! donnez cette somme, je vous en tiendrai compte ; quant à vous, je vous payerai bien...

— Mais, madame, il est impossible...

— Vous ne me direz pas, je crois, qu'un notaire comme vous ne trouve pas cent mille francs du jour au lendemain.

— Et sur quelles garanties, madame ?

— Qu'est-ce que cela veut dire ? Expliquez-vous

— Qui me répondra de cette somme ?

— Moi.

— Mais.. madame...

— Faut-il vous dire que j'ai une terre de quatre-vingt mille livres de rente à quatre lieues de Paris?... Ça peut suffire, je crois, pour ce que vous appelez des garanties?

— Oui, madame, moyennant inscription hypothécaire.

— Qu'est-ce encore que ce mot-là? Quelque formalité sans doute... Faites, monsieur, faites...

— Un tel acte ne peut être dressé avant quinze jours, et il faut le consentement de monsieur votre mari, madame.

— Mais cette terre m'appartient, à moi, à moi seule, dit impatiemment la duchesse.

— Il n'importe, madame; vous êtes en puissance de mari, et les actes hypothécaires sont très longs et très minutieux.

— Mais encore une fois, monsieur, vous ne me ferez pas accroire qu'il soit si difficile de trouver cent mille francs en deux heures.

— Alors, madame, adressez-vous à votre notaire habituel, à vos intendants... Quant à moi, ça m'est impossible.

— J'ai des raisons, monsieur, pour tenir ceci secret, dit Mme de Lucenay avec hauteur. Vous connaissez les fripons qui veulent rançonner M. de Saint-Rémy; c'est pour cela que je m'adresse à vous...

— Votre confiance m'honore infiniment, madame; mais je ne puis faire ce que vous me demandez.

— Vous n'avez pas cette somme?

— J'ai beaucoup plus que cette somme en billets de banque ou en bel et bon or... ici, dans ma caisse.

— Oh! que de paroles!.. Est-ce ma signature que vous voulez?... je vous la donne, finissons...

— En admettant, madame, que vous fussiez Mme de Lucenay...

— Venez dans une heure à l'hôtel de Lucenay, monsieur. Je signerai chez moi ce qu'il faudra signer.

— M. le duc signera-t-il aussi?

— Je ne comprends pas, monsieur..

— Votre signature seule est sans valeur pour moi, madame.

Jacques Ferrand jouissait avec de cruels délices de la douloureuse impatience de la duchesse, qui, sous cette apparence de sang-froid et de dédain, cachait de pénibles angoisses.

Elle était pour le moment à bout de ses ressources. La veille, son joaillier lui avait avancé une somme considérable sur ses pierreries, dont quelques-unes avaient été confiées à Morel le lapidaire. Cette somme avait servi à payer les lettres de change de M. de Saint-Rémy, à désarmer d'autres créanciers; M. Dubreuil, le fermier d'Arnouville, était en avance de plus d'une année de fermage, et d'ailleurs le temps manquait; malheureusement encore pour Mme de Lucenay, deux de ses amis, auxquels elle aurait pu recourir dans une situation extrême, étaient alors absents de Paris. A ses yeux, le vicomte était innocent du faux; il s'était dit, et elle l'avait cru, dupe de deux fripons; mais sa position n'en était pas moins terrible. Lui accusé, lui traîné en prison!... alors même qu'il prendrait la fuite, son nom en serait-il moins déshonoré par un soupçon pareil?

A ces terribles pensées, Mme de Lucenay frémissait de terreur... Elle aimait aveuglément cet homme à la fois si misérable et doué de si profondes séductions ; sa passion pour lui était une de ces passions désordonnées que les femmes de son caractère et de son organisation ressentent ordinairement lorsque la première fleur de leur jeunesse est passée, et qu'elles atteignent la maturité de l'âge.

Jacques Ferrand épiait attentivement les moindres mouvements de la physionomie de Mme de Lucenay, qui lui semblait de plus en plus belle et attrayante. Son admiration haineuse et contrainte augmentait d'ardeur, il éprouvait un âcre plaisir à tourmenter par ses refus cette femme, qui ne pouvait avoir pour lui que dégoût et mépris.

Celle-ci se révoltait à la pensée de dire au notaire un mot qui pût ressembler à une prière : pourtant c'est en reconnaissant l'inutilité d'autres tentatives qu'elle avait résolu de s'adresser à lui, cet homme seul pouvant sauver M. de Saint-Rémy. Elle reprit :

— Puisque vous possédez la somme que je vous demande, monsieur, et qu'après tout ma garantie est suffisante, pourquoi me refusez-vous ?

— Parce que les hommes ont leurs caprices comme les femmes, madame.

— Mais encore quel est ce caprice, qui vous fait agir contre vos intérêts ? car, je vous le répète, faites les conditions, monsieur... quelles qu'elles soient, je les accepte !

— Vous accepteriez toutes les conditions, madame ? dit le notaire avec une expression singulière.

— Toutes !... deux, trois, quatre mille francs, plus si vous voulez ! car, tenez, je vous le dis, ajouta franchement la duchesse d'un ton presque affectueux, je n'ai de ressource qu'en vous ! monsieur, qu'en vous seul !... Il me serait impossible de trouver ailleurs ce que je vous demande pour demain... et il le faut... vous entendez !... il le faut absolument. Aussi, je vous le répète, quelle que soit la condition que vous mettiez à ce service, je l'accepte, rien ne me coûtera... rien...

La respiration du notaire s'embarrassait, ses tempes battaient, son front devenait pourpre ; heureusement, les verres de ses lunettes éteignaient la flamme impure de ses prunelles ; un nuage ardent s'étendait sur sa pensée ordinairement si claire et si froide ; sa raison l'abandonna. Dans son ignoble aveuglement, il interpréta les derniers mots de Mme de Lucenay d'une manière indigne ; il entrevit vaguement, à travers son intelligence obscurcie, une femme hardie comme quelques femmes de l'ancienne Cour, une femme poussée par la crainte du déshonneur de celui qu'elle aimait, et peut-être capable des plus abominables sacrifices pour le sauver. Cela était plus stupide qu'infâme à penser : mais, nous l'avons dit, quelquefois Jacques Ferrand devenait tigre ou loup, alors la bête l'emportait sur l'homme.

Il se leva brusquement et s'approcha de Mme de Lucenay.

Celle-ci, interdite, se leva comme lui et le regarda fort étonnée.

— Rien ne vous coûtera ! s'écria-t-il d'une voix tremblante et entrecoupée, en s'approchant encore de la duchesse. Eh bien ! cette somme, je vous la prêterai à une condition, à une seule condition... et je vous jure que .

Il ne put achever sa déclaration.

Par une de ces contradictions bizarres de la nature humaine, à la vue des traits hideusement enflammés de M. Ferrand, aux pensées étranges et grotesques que soulevèrent ses prétentions amoureuses dans l'esprit de Mme de Lucenay, qui les devina, celle-ci, malgré ses inquiétudes, ses angoisses, partit d'un éclat de rire si franc, si fou, si éclatant, que le notaire recula, stupéfait.

Puis, sans lui laisser le temps de prononcer une parole, la duchesse s'abandonna de plus en plus à son hilarité croissante, rabaissa son voile, et, entre deux redoublements d'éclats de rire, elle dit au notaire, bouleversé par la haine et la fureur :

— J'aime encore mieux, franchement, demander ce service à M. de Lucenay.

Puis elle sortit, en continuant de rire si fort, que, la porte de son cabinet fermée, le notaire l'entendait encore.

Jacques Ferrand ne revint à la raison que pour maudire amèrement son imprudence. Pourtant peu à peu il se rassura en songeant qu'après tout la duchesse ne pouvait parler de cette aventure sans se compromettre gravement.

Néanmoins la journée était pour lui mauvaise. Il était plongé dans de noires pensées lorsque la porte dérobée de son cabinet s'ouvrit, et Mme Séraphin entra tout émue.

— Ah ! Ferrand ! s'écria-t-elle en joignant les mains, vous aviez bien raison de dire que nous serions peut-être un jour perdus pour l'avoir laissée vivre !...

— Qui ?

— Cette maudite petite fille.

— Comment ?

— Une femme borgne que je ne connaissais pas, et à qui Tournemine avait livré la petite pour nous en débarrasser, il y a quatorze ans, quand on l'a eu fait passer pour morte... Ah ! mon Dieu ! qui aurait cru cela !...

— Parle donc !... parle donc !...

— Cette femme borgne vient de venir... Elle était en bas tout à l'heure... Elle m'a dit qu'elle savait que c'était moi qui avait livré la petite.

— Malédiction ! qui a pu le lui dire ?... Tournemine... est aux galères...

— J'ai tout nié, en traitant cette borgnesse de menteuse. Mais, bah ! elle soutient qu'elle a retrouvé cette petite fille, qui est grande maintenant ; qu'elle sait où elle est, et qu'il ne tient qu'à elle de tout découvrir... de tout dénoncer...

— Mais l'enfer est donc aujourd'hui déchaîné contre moi ! s'écria le notaire dans un accès de rage qui le rendit hideux.

— Mon Dieu ! que dire à cette femme ? que lui promettre pour la faire taire ?

— A-t-elle l'air heureuse ?

— Comme je la traitais de mendiante, elle m'a fait sonner son cabas ; il y avait de l'argent dedans.

— Et elle sait où est maintenant cette jeune fille ?

— Elle affirme le savoir...

— Et c'est la fille de la comtesse Sarah Mac-Gregor, se dit le notaire avec stupeur. Et tout à l'heure elle m'offrait tant pour dire que sa fille n'était pas morte !... Et cette fille vit... je pourrais la lui rendre !... Oui mais ce faux acte de décès ! Si on fait une enquête, je suis perdu ! Ce crime peut mettre sur la voie des autres.

Après un moment de silence, il dit à Mme Séraphin :

— Cette borgnesse sait où est cette jeune fille ?

— Oui.

— Et cette femme doit revenir ?

— Demain.

— Ecris à Polidori qu'il vienne me trouver ce soir, à neuf heures.

— Est-ce que vous voudriez vous défaire de la jeune fille... et de la vieille ?... Ce serait beaucoup en une fois, Ferrand !

— Je te dis d'écrire à Polidori d'être ici ce soir, à neuf heures !

A la fin de ce jour, Rodolphe dit à Murph, qui n'avait pu pénétrer chez le notaire :

— Que M. de Graün fasse partir un courrier à l'instant même... il faut que Cecily soit à Paris dans six jours...

— Encore cette infernale diablesse ? l'exécrable femme du pauvre David, aussi belle qu'elle est infâme !... A quoi bon, monseigneur ?

— A quoi bon, sir Walter Murph !... Dans un mois vous demanderez cela au notaire Jacques Ferrand.

CHAPITRE XX

DÉNONCIATION

Le jour de l'enlèvement de Fleur-de-Marie par la Chouette et par le Maître d'école, un homme à cheval était arrivé, vers dix heures du soir, à la métairie de Bouqueval, venant, disait-il, de la part de M. Rodolphe, rassurer Mme Georges sur la disparition de sa jeune protégée, qui lui serait ramenée d'un jour à l'autre. Pour plusieurs raisons très importantes, ajoutait cet homme, M. Rodolphe priait Mme Georges, dans le cas où elle aurait quelque chose à lui demander, de ne pas lui écrire à Paris, mais de remettre une lettre à l'exprès, qui s'en chargerait.

Cet émissaire appartenait à Sarah.

Par cette ruse, elle tranquillisait Mme Georges et retardait ainsi de quelques jours le moment où Rodolphe apprendrait l'enlèvement de la Goualeuse.

Dans cet intervalle, Sarah espérait forcer le notaire Jacques Ferrand à favoriser l'indigne supercherie (la supposition d'enfant) dont nous avons parlé.

Ce n'était pas tout...

Sarah voulait aussi se débarrasser de Mme d'Harville, qui lui inspirait des craintes sérieuses, et qu'une fois déjà elle eût perdue sans la présence d'esprit de Rodolphe.

Le lendemain du jour où le marquis avait suivi sa femme dans la maison de la rue du Temple, Tom s'y rendit, fit facilement jaser Mme Pipelet, et apprit qu'une jeune dame, sur le point d'être surprise par son mari, avait été sauvée grâce à l'adresse d'un locataire de la maison nommée M. Rodolphe.

Instruite de cette circonstance, Sarah ne possédant aucune preuve matérielle des rendez-vous que Clémence avait donnés à M. Charles Robert, Sarah conçut un autre plan odieux : il se réduisait encore à envoyer l'écrit anonyme suivant à M. d'Harville, afin d'amener une rupture complète entre Rodolphe et le marquis, ou du moins de jeter dans l'âme de ce dernier des soupçons assez violents pour qu'il défendît à sa femme de recevoir jamais le prince.

Cette lettre était ainsi conçue :

On vous a indignement joué ; l'autre jour votre femme, avertie que vous la suiviez, a imaginé un prétexte de bienfaisance imaginaire : elle allait à un rendez-vous chez un très auguste personnage qui a loué dans la maison de la rue du Temple une chambre au quatrième étage, sous le nom de Rodolphe. Si vous doutez de ces faits, si bizarres qu'ils vous paraissent, allez rue du Temple, n° 17 ; informez-vous, dépeignez les traits de l'auguste personnage dont on vous parle, et vous reconnaîtrez facilement que vous êtes le mari le plus crédule et le plus débonnaire qui ait jamais été souverainement trompé. Ne négligez pas cet avis... sinon l'on pourrait croire que vous êtes aussi par trop... l'ami du prince.

Ce billet fut mis à la poste sur les cinq heures par Sarah, le jour de son entretien avec le notaire.

Ce même jour, après avoir recommandé à M. de Graün de hâter le plus possible l'arrivée de Cecily à Paris, Rodolphe sortit le même soir pour aller faire une visite à Mme l'ambassadrice de *** ; il devait ensuite se rendre chez Mme d'Harville pour lui annoncer qu'il avait trouvé une intrigue charitable digne d'elle.

Nous conduirons le lecteur chez Mme d'Harville. On verra, par l'entretien suivant, que cette jeune femme, en se montrant généreuse et compatissante envers son mari, qu'elle avait jusqu'alors traité avec une froideur extrême, suivait déjà les nobles conseils de Rodolphe.

Le marquis et sa femme sortaient de table ; la scène se passait dans le petit salon dont nous avons parlé, l'expression des traits de Clémence était affectueuse et douce, M. d'Harville semblait moins triste que d'habitude.

Hâtons-nous de dire que le marquis n'avait pas encore reçu la nouvelle et infâme lettre anonyme de Sarah.

— Que faites-vous ce soir ? dit-il machinalement à sa femme.

— Je ne sortirai pas... Et vous-même, que faites-vous ?

— Je ne sais... répondit-il avec un soupir ; le monde m'est insupportable... Je passerai cette soirée... comme tant d'autres soirées... seul.

— Pourquoi seul ?... puisque je ne sors pas.

M. d'Harville regarda sa femme avec surprise.

— Sans doute... mais...

— Eh bien ?

— Je sais que vous préférez souvent la solitude lorsque vous n'allez pas dans le monde...

— Oui, mais comme je suis très capricieuse, dit Clémence en souriant, aujourd'hui j'aimerais beaucoup à partager ma solitude avec vous... si cela vous était agréable.

— Vraiment ? s'écria M. d'Harville avec émotion. Que vous êtes aimable, d'aller ainsi au-devant d'un désir que je n'osais vous témoigner !

— Savez-vous, mon ami, que votre étonnement a presque l'air d'un reproche ?

— Un reproche ?... oh ! non, non ; mais après mes injustes et cruels soupçons de l'autre jour, vous trouver si bienveillante, c'est, je l'avoue, une surprise pour moi, mais la plus douce des surprises.

— Oublions le passé, dit-elle à son mari avec un sourire d'une douceur angélique.

— Clémence, le pourrez-vous jamais ! répondit-il tristement ; n'ai-je pas osé vous soupçonner ?... Vous dire à quelles extrémités m'aurait poussé une aveugle jalousie... mais qu'est-ce cela, auprès d'autres torts plus grands, plus irréparables ?

— Oublions le passé, vous dis-je, reprit Clémence en contenant une émotion pénible.

— Qu'entends-je ?... ce passé-là aussi, vous pourriez l'oublier ?...

— Je l'espère...

— Il serait vrai ! Clémence... vous seriez assez généreuse ! Mais non, non, je ne puis croire à un pareil bonheur ; j'y avais renoncé pour toujours.

— Vous aviez tort, vous le voyez.

— Quel changement, mon Dieu ! est-ce un rêve ?... Oh ! dites-moi que je ne me trompe pas...

— Non... vous ne vous trompez pas...

— En effet, votre regard est moins froid... votre voix presque émue. Oh ! dites ! est-ce donc bien vrai ?... Ne suis-je pas le jouet d'une illusion ?

— Non... car moi aussi j'ai besoin de pardon...

— Vous ?

— Souvent ! N'ai-je pas été à votre égard dure, peut-être même cruelle ? Ne devais-je pas songer qu'il vous aurait fallu un rare courage, une vertu plus qu'humaine, pour agir autrement que vous ne l'avez fait ? Isolé, malheureux... comment résister au désir de chercher quelques consolations dans un mariage qui vous plaisait... Hélas ! quand on souffre, on est disposé à croire à la générosité des autres... Votre tort a été jusqu'ici de compter sur la mienne... Eh bien ! désormais, je tâcherai de vous donner raison.

— Oh ! parlez... parlez encore, dit M. d'Harville les mains jointes, dans une sorte d'extase.

— Nos existences sont à jamais liées l'une à l'autre... Je ferai tous mes efforts pour vous rendre la vie moins amère.

— Mon Dieu !... Mon Dieu !... Clémence, est-ce vous que j'entends ?...

— Je vous en prie, ne vous étonnez pas ainsi... Cela me fait mal... c'est une censure amère de ma conduite passée... Qui donc vous plaindrait, qui donc vous tendrait une main amie et secourable... si ce n'est moi ?... Une bonne inspiration m'est venue... J'ai réfléchi, bien réfléchi sur le passé, sur l'avenir. J'ai reconnu mes torts, et j'ai trouvé, je crois, le moyen de les réparer...

— Vos torts, pauvre femme ?

— Oui, je devais le lendemain de mon mariage en appeler à votre loyauté, et vous demander franchement de nous séparer..

— Ah ! Clémence !... pitié !... pitié !...

— Sinon, puisque j'acceptais ma position, il me fallait l'agrandir par le dévouement, au lieu d'être pour vous un reproche incessant par ma froideur hautaine et silencieuse. Je devais tâcher de vous consoler d'un effroyable malheur, ne me souvenir que de votre infortune. Peu à peu, je me serais attachée à mon œuvre de commisération, en raison même des soins, peut-être des sacrifices qu'elle m'eût coûtés, votre reconnaissance m'eût récompensée, et alors... Mais, mon Dieu! qu'avez-vous?... vous pleurez!

— Oui, je pleure, je pleure avec délices : vous ne savez pas tout ce que vos paroles remuent en moi d'émotions nouvelles... Oh! Clémence! laissez-moi pleurer!... Jamais plus qu'en ce moment, je n'ai compris à quel point j'ai été coupable en vous enchaînant à ma triste vie!

— Et jamais, moi, je ne me suis sentie plus décidée au pardon. Ces douces larmes que vous versez me font connaître un bonheur que j'ignorais. Courage donc, mon ami! courage! à défaut d'une vie radieuse et fortunée, cherchons notre satisfaction dans l'accomplissement des devoirs sérieux que le sort nous impose. Soyons-nous indulgents l'un à l'autre; si nous faiblissons, regardons le berceau de notre fille, concentrons sur elle toutes nos affections, et nous aurons encore quelques joies mélancoliques et saintes.

— Un ange... c'est un ange!... s'écria M. d'Harville en joignant les mains et en contemplant sa femme avec une admiration passionnée. Oh! vous ne savez pas le bien et le mal que vous me faites, Clémence! vous ne savez pas que vos plus dures paroles d'autrefois, que vos reproches les plus amers, hélas! les plus mérités, ne m'ont jamais autant accablé que cette mansuétude adorable, que cette résignation généreuse... Et pourtant, malgré moi, vous me faites renaître à l'espérance. Vous ne savez pas l'avenir que j'ose entrevoir...

— Et vous pouvez avoir une foi aveugle et entière dans ce que je vous dis, Albert. Cette résolution, je la prends fermement; je n'y manquerai jamais, je vous le jure. Plus tard même je pourrai vous donner de nouvelles garanties de ma parole...

— Des garanties! s'écria M. d'Harville de plus en plus exalté par un bonheur si peu prévu, des garanties! en ai-je besoin? Votre regard, votre accent, cette divine expression de bonté qui vous embellit encore, les battements, les ravissements de mon cœur, tout cela ne me prouve-t-il pas que vous dites vrai? Mais vous le savez, Clémence, l'homme est insatiable dans ses vœux, ajouta le marquis en se rapprochant du fauteuil de sa femme. Vos nobles et touchantes paroles me donnent le courage, l'audace d'espérer... d'espérer le ciel, oui, d'espérer ce qu'hier encore je regardais comme un rêve insensé!...

— Expliquez-vous, de grâce!... dit Clémence un peu inquiète de ces paroles passionnées de son mari.

— Eh bien! oui... s'écria-t-il en saisissant la main de sa femme, oui, à force de tendresse, de soins, d'amour... entendez-vous, Clémence?... à force d'amour... j'espère me faire aimer de vous!... non d'une affection pâle et tiède... mais d'une affection ardente, comme la mienne... Oh! vous ne la connaissez pas cette passion!... Est-ce que j'osais vous en parler seulement... vous vous montriez toujours si glaciale envers moi...; jamais un mot de bonté... jamais une de ces paroles... qui tout à l'heure m'ont fait pleurer... qui maintenant me rendent ivre de bonheur... Et ce bonheur, je le mérite... je vous ai toujours tant aimée! et j'ai tant souffert... sans vous le dire! Ce chagrin qui me dévorait... c'était cela!... Oui, mon horreur du monde... mon caractère sombre, taciturne, c'était cela. Figurez-vous donc aussi... avoir dans sa maison une femme adorable et adorée, qui est la vôtre ; une femme que l'on désire avec tous les emportements d'un amour contraint.. et être à jamais condamné par elle à de solitaires et brûlantes insomnies... Oh ! non, vous ne savez pas mes larmes de désespoir, mes fureurs insensées ! Je vous assure que cela vous eût touchée... Mais, que dis-je ? cela vous a touchée... vous avez deviné mes tortures, n'est-ce pas ? vous en aurez pitié... La vue de votre ineffable beauté, de vos grâces enchanteresses, ne sera plus mon bonheur et mon supplice de chaque jour... Oui, ce trésor que je regarde comme mon bien le plus précieux... ce trésor qui m'appartient et que je ne possédais pas... ce trésor sera bientôt à moi... Oui, mon cœur, ma joie, mon ivresse, tout me dit... n'est-ce pas, mon amie... ma tendre amie ?

En disant ces mots, M. d'Harville couvrit la main de sa femme de baisers passionnés.

Clémence, désolée de la méprise de son mari, ne put s'empêcher, dans un premier mouvement de répugnance, presque d'effroi, de retirer brusquement sa main.

Sa physionomie exprima trop clairement ses ressentiments pour que M. d'Harville pût s'y tromper.

Ce coup fut pour lui terrible.

Ses traits prirent alors une expression déchirante ; Mme d'Harville lui tendit vivement la main et s'écria :

— Albert, je vous jure, je serai pour vous la plus dévouée des amies, la plus tendre des sœurs... mais rien de plus... Pardon, pardon... si malgré moi mes paroles vous ont donné des espérances que je ne puis jamais réaliser !

— Jamais ?... s'écria M. d'Harville en attachant sur sa femme un regard suppliant, désespéré.

— Jamais !... répondit Clémence.

Ce seul mot, l'accent de la jeune femme, révélaient une résolution irrévocable.

Clémence, ramenée à de nobles résolutions par l'influence de Rodolphe, était fermement décidée à entourer M. d'Harville des soins les plus touchants ; mais elle se sentait incapable d'éprouver jamais de l'amour pour lui.

Une impression plus inexorable encore que l'effroi, que le mépris, que la haine, éloignait pour toujours Clémence de son mari...

C'était une répugnance... invincible.

Après un moment de douloureux silence, M. d'Harville passa la main sur ses yeux humides, et dit à sa femme, avec une amertume navrante :

— Pardon... de m'être trompé... pardon de m'être ainsi abandonné à une espérance insensée...

Puis, après un nouveau silence, il s'écria .

— Ah ! je suis bien malheureux !...

— Mon ami, lui dit doucement Clémence, je ne voudrais pas vous faire de reproches ; pourtant... comptez-vous donc pour rien ma promesse d'être pour vous la plus tendre des sœurs ? Vous devrez à l'amitié dévouée des soins que l'amour ne pourrait vous donner... Espérez... espérez des jours meilleurs. Jusqu'ici, vous m'avez trouvée presque indifférente à vos chagrins ; vous verrez combien j'y saurai compatir, et quelles consolations vous trouverez dans mon affection.

Un valet de chambre entra et dit à Clémence :

— Son Altesse monseigneur le grand-duc de Gerolstein fait demander à madame la marquise si elle peut le recevoir.

Clémence interrogea son mari du regard.

M. d'Harville, reprenant son sang-froid, dit à sa femme :

— Mais sans doute.

Le valet de chambre sortit.

— Pardon, mon ami, reprit Clémence, mais je n'avais pas défendu ma porte... il y a d'ailleurs longtemps que vous n'avez vu le prince ; il sera heureux de vous trouver ici.

— J'aurai aussi beaucoup de plaisir à le voir, dit M. d'Harville. Pourtant, je l'avoue, en ce moment, je suis si troublé, que j'aurais préféré recevoir sa visite un autre jour...

— Je le comprends... Mais que faire ?... Le voici...

Au même instant, on annonçait Rodolphe.

— Je suis mille fois heureux, madame, d'avoir l'honneur de vous rencontrer, dit Rodolphe ; et je m'applaudis doublement de ma bonne fortune, puisqu'elle me procure aussi le plaisir de vous voir, mon cher Albert, ajouta-t-il en se retournant vers le marquis, dont il serra cordialement la main.

— Il y a, en effet, bien longtemps, monseigneur, que je n'ai eu l'honneur de vous présenter mes hommages.

— Et à qui la faute, monsieur l'invisible ? La dernière fois que je suis venu faire ma cour à Mme d'Harville, je vous ai demandé, vous étiez absent. Voilà plus de trois semaines que vous m'oubliez ; c'est très mal...

— Soyez sans pitié, monseigneur, dit Clémence en souriant ; M. d'Harville est d'autant plus coupable qu'il a pour Votre Altesse le dévouement le plus profond, et qu'il pourrait en faire douter par sa négligence.

— Eh bien ! voyez ma vanité, madame ; quoi que puisse faire d'Harville, il me sera toujours impossible de douter de son affection ; mais je ne devrais pas dire cela... je vais l'encourager dans ses semblants d'indifférence.

— Croyez, monseigneur, que quelques circonstances imprévues m'ont seules empêché de profiter plus souvent de vos bontés pour moi...

— Entre nous, mon cher Albert, je vous crois un peu trop platonique en amitié ; bien certain qu'on vous aime, vous ne tenez pas beaucoup à donner ou à recevoir des preuves d'attachement.

Par un manque d'étiquette dont Mme d'Harville ressentit une légère contrariété, un valet de chambre entra, apportant une lettre au marquis

C'était la dénonciation anonyme de Sarah, qui accusait le prince d'être l'amant de Mme d'Harville.

Le marquis, par déférence pour le prince, repoussa de la main le petit plateau d'argent que le domestique lui présentait, et dit à demi-voix ·

— Plus tard... plus tard...

— Mon cher Albert, dit Rodolphe du ton le plus affectueux, faites-vous de ces façons avec moi ?

— Monseigneur.

— Avec la permission de Mme d'Harville, je vous en prie... lisez cette lettre .

— Je vous assure, monseigneur, que je n'ai aucun empressement...

— Encore une fois, Albert, lisez donc cette lettre !

— Mais... monseigneur...

— Je vous en prie... Je le veux...

— Puisque Son Altesse l'exige... dit le marquis en prenant la lettre sur le plateau...

— Certainement j'exige que vous me traitiez en ami.

Puis, se tournant vers la marquise pendant que M. d'Harville décachetait la lettre fatale, dont Rodolphe ne pouvait imaginer le contenu, il ajouta en souriant :

— Quel triomphe pour vous, madame, de faire toujours céder cette volonté si opiniâtre !

M. d'Harville s'approcha d'un des candélabres de la cheminée, et ouvrit la lettre de Sarah.

CINQUIÈME PARTIE

CHAPITRE PREMIER

CONSEILS

Rodolphe et Clémence causaient ensemble pendant que M. d'Harville lisait par deux fois la lettre de Sarah.

Les traits du marquis restèrent calmes; un tremblement nerveux presque imperceptible agita seulement sa main, lorsqu'après un moment d'hésitation il mit le billet dans la poche de son gilet.

— Au risque de passer encore pour un sauvage, dit-il à Rodolphe en souriant, je vous demanderai la permission, monseigneur, d'aller répondre à cette lettre... plus importante que je ne le pensais d'abord...

— Ne vous reverrai-je pas ce soir.

— Je ne crois pas avoir cet honneur, monseigneur. J'espère que Votre Altesse voudra bien m'excuser.

— Quel homme insaisissable! dit gaiement Rodolphe. N'essayerez-vous pas, madame, de le retenir?

— Je n'ose tenter ce que Votre Altesse a essayé en vain.

— Sérieusement, mon cher Albert, tâchez de nous revenir dès que votre lettre sera écrite... sinon promettez-moi de m'accorder quelques moments un matin... J'ai mille choses à vous dire.

— Votre Altesse me comble, dit le marquis en saluant profondément.

Et il se retira, laissant Clémence avec le prince.

— Votre mari est préoccupé, dit Rodolphe à la marquise; son sourire m'a paru contraint...

— Lorsque Votre Altesse est arrivé, M. d'Harville était profondément ému; il a eu grand-peine à vous le cacher.

— Je suis peut-être arrivé mal à propos?

— Non, monseigneur. Vous m'avez même épargné la fin d'un entretien pénible.

— Comment cela?

— J'ai dit à M. d'Harville la nouvelle conduite que j'étais résolue de suivre à son égard... en lui promettant soutien et consolation.

— Qu'il a dû être heureux!

— D'abord il l'a été autant que moi; car ses larmes, sa joie, m'ont causé une émotion que je ne connaissais pas encore... Autrefois, je croyais me venger en lui adressant un reproche ou un sarcasme.. Triste vengeance ! mon chagrin n'en était ensuite que plus amer... Tandis que tout à l'heure... quelle différence ! J'avais demandé à mon mari s'il sortait ; il m'avait répondu tristement qu'il passerait la soirée seul, comme cela lui arrivait souvent. Quand je lui ai offert de rester auprès de lui... si vous aviez vu son étonnement, monseigneur ! Combien ses traits, toujours sombres, sont tout à coup devenus radieux... Ah ! vous aviez bien raison... rien de plus charmant à ménager que ces surprises de bonheur !...

— Mais comment ces preuves de bonté de votre part ont-elles amené cet entretien pénible dont vous me parliez ?

— Hélas ! monseigneur, dit Clémence en rougissant, à des espérances que j'avais fait naître, parce que je pouvais les réaliser... ont succédé chez M. d'Harville des espérances plus tendres... que je m'étais bien gardée de provoquer, parce qu'il me sera toujours impossible de les satisfaire...

— Je comprends... il vous aime si tendrement...

— Autant j'avais d'abord été touchée de sa reconnaissance... autant je me suis sentie glacée, effrayée, dès que son langage est devenu passionné.. Enfin, lorsque dans son exaltation il a posé ses lèvres sur ma main... un froid mortel m'a saisie, je n'ai pu dissimuler ma frayeur... Je lui portai un coup douloureux... en manifestant ainsi l'invincible éloignement que me causait son amour... Je le regrette... Mais au moins M. d'Harville est maintenant à jamais convaincu, malgré mon retour vers lui, qu'il ne doit attendre de moi que l'amitié la plus dévouée...

— Je le plains... sans pouvoir vous blâmer ; il est des susceptibilités pour ainsi dire sacrées... Pauvre Albert, si bon, si loyal pourtant ! d'un cœur si vaillant, d'une âme si ardente ! Si vous saviez combien j'ai été longtemps préoccupé de la tristesse qui le dévorait, quoique j'en ignorasse la cause... Attendons tout du temps, de la raison. Peu à peu, il reconnaîtra le prix de l'affection que vous lui offrez, et il se résignera comme il s'était résigné jusqu'ici sans avoir les touchantes consolations que vous lui offrez...

— Et qui ne lui manqueront jamais, je vous le jure, monseigneur...

— Maintenant, songeons à d'autres infortunes. Je vous ai promis une bonne œuvre, ayant tout le charme d'un roman en action... Je viens remplir mon engagement.

— Déjà, monseigneur ? quel bonheur !

— Ah ! que j'ai été bien inspiré en louant cette pauvre chambre de la rue du Temple, dont je vous ai parlé... Vous n'imaginez pas tout ce que j'ai trouvé là de curieux, d'intéressant !... D'abord vos protégés de la mansarde jouissent du bonheur que votre présence leur avait promis ; ils ont cependant encore à subir de rudes épreuves ; mais je ne veux pas vous attrister... Un jour vous saurez combien d'horribles maux peuvent accabler une seule famille...

— Quelle doit être leur reconnaissance envers vous !

— C'est votre nom qu'ils bénissent...

— Vous les avez secourus en mon nom, monseigneur !

— Pour leur rendre l'aumône plus douce... D'ailleurs, je n'ai fait que réaliser vos promesses.

— Oh ! j'irai les détromper... leur dire ce qu'ils vous doivent.

— Ne faites pas cela ! vous le savez, j'ai une chambre dans cette maison, redoutez de nouvelles lâchetés anonymes de vos ennemis... ou des miens... et puis les Morel sont maintenant à l'abri du besoin.. Songeons à notre intrigue. Il s'agit d'une pauvre mère et de sa fille qui, autrefois dans l'aisance, sont aujourd'hui, par suite d'une spoliation infâme... réduites au sort le plus affreux.

— Malheureuses femmes !... et où demeurent-elles, monseigneur ?

— Je l'ignore.

— Mais comment avez-vous connu leur misère ?

— Hier, je vais au Temple... Vous ne savez pas ce que c'est que le Temple, madame la marquise ?

— Non, monseigneur...

— C'est un bazar très amusant à voir ; j'allais donc faire là quelques emplettes avec ma voisine du quatrième...

— Votre voisine ?

— N'ai-je pas ma chambre, rue du Temple ?

— Je l'oubliais, monseigneur...

— Cette voisine est une ravissante petite grisette ; elle s'appelle Rigolette ; elle rit toujours, et n'a jamais eu d'amant.

— Quelle vertu... pour une grisette !

— Ce n'est pas absolument par vertu qu'elle est sage, mais parce qu'elle n'a pas, dit-elle, le loisir d'être amoureuse ; cela lui prendrait trop de temps, car il lui faut travailler douze à quinze heures par jour pour gagner vingt-cinq sous, avec lesquels elle vit !...

— Elle peut vivre de si peu ?

— Comment donc ! elle a même comme objet de luxe deux oiseaux qui mangent plus qu'elle ; sa chambrette est des plus proprettes, et sa mise des plus coquettes.

— Vivre avec vingt-cinq sous par jour ! c'est un prodige...

— Un vrai prodige d'ordre, de travail, d'économie et de philosophie pratique, je vous assure ; aussi je vous la recommande ; elle est, dit-elle, très habile couturière... En tout cas, vous ne seriez pas obligée de porter les robes qu'elle vous ferait...

— Dès demain je lui enverrai de l'ouvrage... Pauvre fille ! vivre avec une somme si minime et pour ainsi dire si inconnue à nous autres riches, que le prix du moindre de nos caprices a cent fois cette valeur !

— Vous vous intéressez donc à ma petite protégée, c'est convenu ; revenons à notre aventure. J'étais donc allé au Temple, avec Mlle Rigolette, pour quelques achats destinés à vos pauvres gens de la mansarde, lorsque, fouillant par hasard dans un vieux secrétaire à vendre, je trouvai un brouillon de lettre, écrite par une femme qui se plaignait à un tiers d'être réduite à la misère, elle et sa fille, par l'infidélité d'un dépositaire. Je demandai au marchand d'où lui venait ce meuble. Il faisait partie d'un modeste mobilier qu'une femme, jeune encore, lui avait vendu, étant sans doute à bout de ressources... Cette femme et sa fille, me dit le marchand, semblaient être des bourgeoises et supporter fièrement leur détresse.

— Et vous ne savez pas leur demeure, monseigneur ?

— Malheureusement, non... jusqu'à présent... Mais j'ai donné ordre à M. de Graün de tâcher de la découvrir, en s'adressant, s'il le faut, à la préfecture de police. Il est probable que, dénuées de tout, la mère et la fille auront cherché un refuge dans quelque misérable hôtel garni. S'il en est ainsi, nous avons bon espoir ; car les maîtres de ces maisons y inscrivent chaque soir les étrangers qui y sont venus dans la journée.

— Quel singulier concours de circonstances ! dit Mme d'Harville avec étonnement. Combien cela est attachant !

— Ce n'est pas tout... Dans un coin du brouillon de la lettre restée dans le vieux meuble, se trouvaient ces mots : « Ecrire à Mme de Lucenay ».

— Quel bonheur ! peut-être saurons-nous quelque chose par la duchesse, s'écria vivement Mme d'Harville. Puis elle reprit avec un soupir : Mais ignorant le nom de cette femme, comment la désigner à Mme de Lucenay ?

— Il faudra lui demander si elle ne connaît pas une veuve, jeune encore, d'une physionomie distinguée, et dont la fille, âgée de seize ou dix-sept ans, se nomme Claire... Je me souviens du nom.

— Le nom de ma fille ! Il me semble que c'est un motif de plus de s'intéresser à ces infortunées.

— J'oubliais de vous dire que le frère de cette veuve s'est suicidé il y a quelques mois.

— Si Mme de Lucenay connaît cette famille, reprit Mme d'Harville en réfléchissant, de tels renseignements suffiront pour la mettre sur la voie ; dans ce cas encore le triste genre de mort de ce malheureux aura dû frapper la duchesse. Mon Dieu ! que j'ai hâte d'aller la voir ! Je lui écrirai un mot ce soir pour avoir la certitude de la rencontrer demain matin. Quelles peuvent être ces femmes ? D'après ce que vous savez d'elles, monseigneur, elles paraissent appartenir à une classe distinguée de la société... Et se voir réduites à une telle détressse !... Ah ! pour elles la misère doit être doublement affreuse.

— Et cela par la volerie d'un notaire, abominable coquin dont je savais déjà d'autres méfaits... un certain Jacques Ferrand.

— Le notaire de mon mari ! s'écria Clémence, le notaire de ma belle-mère ! Mais vous vous trompez, monseigneur ; on le regarde comme le plus honnête homme du monde.

— J'ai les preuves du contraire... Mais veuillez ne dire à personne mes doutes ou plutôt mes certitudes au sujet de ce misérable ; il est aussi adroit que criminel, et, pour le démasquer, j'ai besoin qu'il croie encore quelques jours à l'impunité. Oui, c'est lui qui a dépouillé ces infortunées, en niant un dépôt qui, selon toute apparence, lui avait été remis par le frère de cette veuve.

— Et cette somme ?

— Etait toutes leurs ressources !

— Oh ! voilà de ces crimes...

— De ces crimes, s'écria Rodolphe, de ces crimes que rien n'excuse, ni le besoin, ni la passion... Souvent la faim pousse au vol, la vengeance au meurtre... Mais ce notaire déjà riche, mais cet homme revêtu par la société d'un caractère presque sacerdotal, d'un caractère qui impose, qui force la confiance... cet homme est poussé au crime, lui, par une cupidité froide et implacable. L'assassin ne vous tue qu'une fois... et vite... avec son couteau ; lui vous tue lentement, par toutes les tortures du désespoir et de la misère où il vous plonge.. Pour un homme comme ce Ferrand, le patrimoine de l'orphelin, les deniers du pauvre si laborieusement amassés... rien n'est sacré ! Vous lui confiez de l'or, cet or le tente... il le vole. De riche et d'heureux, la *volonté* de cet homme vous fait mendiant et désolé !... A force de privations et de travaux, vous avez assuré le pain et l'abri de votre vieillesse... la *volonté* de cet homme arrache à votre vieillesse ce pain et cet abri.

» Ce n'est pas tout. Voyez les effrayantes conséquences de ces spoliations infâmes... Que cette veuve dont nous parlons, madame, meure de chagrin et de détresse, sa fille, jeune et belle, sans appui, sans ressource, habituée à l'aisance, inapte, par son éducation, à gagner sa vie, se trouve bientôt entre le déshonneur et la faim ! Qu'elle s'égare, qu'elle succombe... la voilà perdue, avilie, déshonorée !... Par sa spoliation, Jacques Ferrand est donc cause de la mort de la mère de la prostitution de la fille !... il a tué le corps de l'une, tué l'âme de l'autre ; et cela, encore une fois, non pas tout d'un coup, comme les autres homicides, mais avec lenteur et cruauté.

Clémence n'avait pas encore entendu Rodolphe parler avec autant d'indignation et d'amertume ; elle l'écoutait en silence, frappée de ces paroles d'une éloquence sans doute morose, mais qui révélaient une haine vigoureuse contre le mal.

— Pardon, madame, lui dit Rodolphe après quelques instants de silence, je n'ai pu contenir mon indignation en songeant aux malheurs horribles qui pourraient atteindre vos futures protégées... Ah ! croyez-moi, on n'exagère jamais les conséquences qu'entraînent souvent la ruine et la misère.

— Oh ! merci, au contraire, monseigneur, d'avoir, par ces terribles paroles, encore augmenté, s'il est possible, la tendre pitié que m'inspire cette mère infortunée. Hélas ! c'est surtout pour sa fille qu'elle doit souffrir... Oh ! c'est affreux... Mais nous les sauverons, nous assurerons leur avenir, n'est-ce pas, monseigneur ? Dieu merci, je suis riche ; pas autant que je le voudrais maintenant que j'entrevois un nouvel usage de la richesse ; mais, s'il le faut, je m'adresserai à M. d'Harville, je le rendrai si heureux, qu'il ne pourra se refuser à aucun de mes nouveaux caprices, et je prévois que j'en aurai beaucoup de ce genre. Nos protégées sont fières, m'avez-vous dit, monseigneur : je les en aime davantage ; la fierté dans l'infortune prouve toujours une âme élevée... Je trouverai le moyen de les sauver sans qu'elles croient devoir mes secours à un bienfait... Cela sera difficile... tant mieux ! Oh ! j'ai déjà mon projet ; vous verrez, monseigneur... vous verrez que l'adresse et la finesse ne me manqueront pas.

— J'entrevois déjà les combinaisons les plus machiavéliques, dit Rodolphe en souriant.

— Mais il faut d'abord les découvrir. Que j'ai hâte d'être à demain ! En sortant de chez Mme de Lucenay, j'irai à leur ancienne demeure, j'interrogerai leurs voisins, je verrai par moi-même, je demanderai des renseignements à tout le monde. Je me compromettrai s'il le faut ! Je serais si fière d'obtenir par moi-même et par moi seule le résultat que je désire... Oh ! j'y parviendrai... cette aventure est si touchante. Pauvres femmes ! il me semble que je m'intéresse encore davantage à elles quand je songe à ma fille

Rodolphe, ému de ce charitable empressement, souriait avec mélancolie en voyant cette femme de vingt ans, si belle, si aimante, tâchant d'oublier dans de nobles distractions les malheurs domestiques qui la frappaient ; les yeux de Clémence brillaient d'un vif éclat, ses joues étaient légèrement colorées, l'animation de son geste, de sa parole, donnait un nouvel attrait à sa ravissante physionomie.

CHAPITRE II

LE PIÈGE

Mme d'Harville s'aperçut que Rodolphe la contemplait en silence. Elle rougit, baissa les yeux, puis, les relevant avec une confusion charmante, elle lui dit :

— Vous riez de mon exaltation, monseigneur ! C'est que je suis impatiente de goûter ces douces joies qui vont animer ma vie, jusqu'à présent triste et inutile. Tel n'était pas sans doute le sort que j'avais rêvé... Il est un sentiment, un bonheur, le plus vif de tous... que je ne dois jamais connaître. Quoique bien jeune encore, il me faut y renoncer !... ajouta Clémence avec un soupir contraint. Puis elle reprit : Mais enfin, grâce à vous, mon sauveur, toujours grâce à vous, je me serai créé d'autres intérêts ; la charité remplacera l'amour. J'ai déjà dû à vos conseils de si touchantes émotions ! Vos paroles, monseigneur, ont tant d'influence sur moi !... Plus je médite, plus j'approfondis vos idées, plus je les trouve justes, grandes, fécondes. Puis, quand je songe que, non content de prendre en commisération des peines qui devraient vous être indifférentes, vous me donnez encore les avis les plus salutaires, en me guidant pas à pas dans cette voie nouvelle que vous avez ouverte à un pauvre cœur chagrin et abattu... oh ! monseigneur, quel trésor de bonté renferme donc votre âme ? Où avez-vous puisé tant de généreuse pitié ?

— J'ai beaucoup souffert, je souffre encore... voilà pourquoi je sais le secret de bien des douleurs !

— Vous, monseigneur, vous malheureux !

— Oui, car l'on dirait que, pour me préparer à compatir à toutes les infortunes, le sort a voulu que je les subisse toutes... Ami, il m'a frappé dans mon ami ; amant, il m'a frappé dans la première femme que j'ai aimée avec l'aveugle confiance de la jeunesse ; époux, il m'a frappé dans ma femme ; fils, il m'a frappé dans mon père ; père, il m'a frappé dans mon enfant.

— Je croyais, monseigneur, que la grande-duchesse ne vous avait pas laissé d'enfant.

— En effet, mais avant mon mariage j'avais une fille, morte toute petite. Eh bien ! si étrange que cela vous paraisse, la perte de cette enfant que j'ai vue à peine, est le regret de toute ma vie. Plus je vieillis, plus ce chagrin devient profond ! chaque année en redouble l'amertume ; on dirait qu'il grandit en raison de l'âge que devrait avoir ma fille. Maintenant, elle aurait dix-sept ans !

— Et sa mère, monseigneur, vit-elle encore ? demanda Clémence après un moment d'hésitation.

— Oh ! ne m'en parlez pas, s'écria Rodolphe, dont les traits se rembrunirent à la pensée de Sarah. Sa mère est une indigne créature, une âme bronzée par l'égoïsme et par l'ambition. Quelquefois je me demande s'il ne vaut pas mieux pour ma fille d'être morte que d'être restée aux mains de sa mère.

Clémence éprouva une sorte de satisfaction en entendant Rodolphe s'exprimer ainsi.

— Oh ! je conçois alors, s'écria-t-elle, que vous regrettiez doublement votre fille.

— Je l'aurais tant aimée !... Et puis, il me semble que chez nous autres princes, il y a toujours dans notre amour pour un fils une sorte d'intérêt de race et de nom, d'arrière-pensée politique. Mais une fille ! une fille ! on l'aime pour elle seule. Par cela même que l'on a vu, hélas ! l'humanité sous ses faces les plus sinistres, quelles délices de se reposer dans la contemplation d'une âme candide et pure ! de respirer son parfum virginal, d'épier avec une tendresse inquiète ses tressaillements ingénus ! La mère la plus folle, la plus fière de sa fille, n'éprouve pas ces ravissements ; elle lui est trop pareille pour l'apprécier, pour goûter ces douceurs ineffables ; elle appréciera bien davantage les mâles qualités d'un fils vaillant et hardi. Car enfin ne trouvez-vous pas que ce qui rend encore plus touchant peut-être l'amour d'une mère pour son fils, l'amour d'un père pour sa fille, c'est que dans ces affections il y a un être faible qui a toujours besoin de protection ? Le fils protège sa mère, le père protège sa fille.

— Oh ! c'est vrai, monseigneur.

— Mais, hélas ! à quoi bon comprendre ces jouissances, ineffables, lorsqu'on ne doit jamais les éprouver ? reprit Rodolphe avec abattement.

Clémence ne put retenir une larme, tant l'accent de Rodolphe avait été profond, déchirant.

Après un moment de silence, rougissant presque de l'émotion à laquelle il s'était laissé entraîner, il dit à Mme d'Harville en souriant tristement :

— Pardon, madame, mes regrets et mes souvenirs m'ont emporté malgré moi ; vous m'excuserez, n'est-ce pas ?

— Ah ! monseigneur, croyez que je partage vos chagrins. N'en ai-je pas le droit ? N'avez-vous pas partagé les miens ? malheureusement les consolations que je puis vous offrir sont vaines...

— Non, non... le témoignage de votre intérêt m'est doux et salutaire ; c'est déjà presque un soulagement de dire que l'on souffre... et je ne vous l'aurais pas dit sans la nature de notre entretien, qui a réveillé en moi des souvenirs douloureux. C'est une faiblesse, mais je ne puis entendre parler d'une jeune fille sans songer à celle que j'ai perdue...

— Ces préoccupations sont si naturelles ! Tenez, monseigneur, depuis que je vous ai vu, j'ai accompagné dans ses visites aux prisons une femme de mes amies qui est patronesse de l'œuvre des jeunes détenues de Saint-

Lazare ; cette maison renferme des créatures bien coupables. Si je n'avais pas été mère, je les aurais jugées, sans doute, avec encore plus de sévérité... tandis que je ressens pour elles une pitié douloureuse en songeant que peut-être elles n'eussent pas été perdues sans l'abandon et la misère où on les a laissées depuis leur enfance... Je ne sais pourquoi, après ces pensées, il me semble aimer ma fille davantage encore...

Mme d'Harville fondit en larmes.

— Au moins, dit-elle, votre appui, vos conseils ne me manqueront jamais, n'est-ce pas, monseigneur ?

— De près ou de loin, toujours je prendrai le plus vif intérêt à ce qui vous touche... toujours, autant qu'il sera en moi, je contribuerai à votre bonheur... à celui de l'homme auquel j'ai voué la plus constante amitié.

— Oh ! merci de cette promesse, monseigneur, dit Clémence en essuyant ses larmes. Sans votre généreux soutien, je sens, mes forces m'abandonneraient... mais, croyez-moi... je vous le jure ici, j'accomplirai courageusement mon devoir.

A ces mots, une petite porte cachée dans la tenture s'ouvrit brusquement.

Clémence poussa un cri ; Rodolphe tressaillit.

M. d'Harville parut, pâle, ému, profondément attendri, les yeux humides de larmes.

Le premier étonnement passé, le marquis dit à Rodolphe en lui donnant la lettre de Sarah :

— Monseigneur... voici la lettre infâme que j'ai reçue tout à l'heure devant vous... Veuillez la brûler après l'avoir lue.

Clémence regardait son mari avec stupeur.

— Oh ! c'est infâme ! s'écria Rodolphe indigné.

— Eh bien ! monseigneur... il y a quelque chose de plus lâche encore que cette lâcheté anonyme... C'est ma conduite !

— Que voulez-vous dire ?

— Tout à l'heure, au lieu de vous montrer cette lettre franchement, hardiment, je vous l'ai cachée, j'ai feint le calme pendant que j'avais la jalousie, la rage, le désespoir dans le cœur... Ce n'est pas tout... Savez-vous ce que j'ai fait, monseigneur ? je suis allé honteusement me tapir derrière cette porte pour vous épier... Oui, j'ai été assez misérable pour douter de votre loyauté, de votre honneur... Oh ! l'auteur de ces lettres sait à qui il les adresse. Il sait combien ma tête est faible... Eh bien ! monseigneur, dites, après avoir entendu ce que je viens d'entendre, car je n'ai pas perdu un mot de votre entretien, car je sais quels intérêts vous attirent rue du Temple... après avoir été assez bassement défiant pour me faire le complice de cette horrible calomnie en y croyant... n'est-ce pas à genoux que je dois vous demander grâce et pitié ?... Et c'est ce que je fais, monseigneur... et c'est ce que je fais, Clémence ; car je n'ai plus d'espoir que dans votre générosité.

— Eh ! mon Dieu, mon cher Albert, qu'ai-je à vous pardonner ? dit Rodolphe en tendant ses deux mains au marquis avec la plus touchante cordialité. Maintenant, vous savez nos secrets, à moi et à Mme d'Harville, j'en suis ravi, je pourrai vous sermonner tout à mon aise. Me voici votre confident forcé, et, ce qui vaut encore mieux, vous voici le confident de

Mme d'Harville : c'est dire que vous connaissez maintenant tout ce que vous devez attendre de ce noble cœur.

— Et vous, Clémence, dit tristement M. d'Harville à sa femme, me pardonnerez-vous encore cela ?

— Oui, à condition que vous m'aidiez à assurer votre bonheur...

Et elle tendit la main à son mari, qui la serra avec émotion.

— Ma foi, mon cher marquis, s'écria Rodolphe, nos ennemis sont maladroits ! grâce à eux, nous voici plus intimes que par le passé. Vous n'avez jamais plus justement apprécié Mme d'Harville, jamais elle ne vous a été plus dévouée. Avouez que nous sommes bien vengés des envieux et des méchants ? C'est toujours cela, en attendant mieux... car je devine d'où le coup est parti, et je n'ai pas l'habitude de souffrir le mal que l'on fait à mes amis. Mais ceci me regarde. Adieu, madame, voici notre intrigue découverte, vous ne serez plus seule à secourir vos protégés. Soyez tranquille, nous renouerons bientôt quelque mystérieuse entreprise, et le marquis sera bien fin s'il la découvre.

Après avoir accompagné Rodolphe jusqu'à sa voiture pour le remercier encore, le marquis rentra chez lui sans revoir Clémence.

CHAPITRE III

RÉFLEXIONS

Il serait difficile de peindre les sentiments tumultueux et contraires dont fut agité M. d'Harville lorsqu'il se trouva seul.

Il reconnaissait avec joie l'indigne fausseté de l'accusation portée contre Rodolphe et contre Clémence ; mais il était aussi convaincu qu'il lui fallait renoncer à l'espoir d'être aimé d'elle. Plus, dans sa conversation avec Rodolphe, Clémence s'était montrée résignée, courageuse, résolue au bien ; plus il se reprochait amèrement d'avoir, par un coupable égoïsme, enchaîné cette malheureuse jeune femme à son sort.

Loin d'être consolé par l'entretien qu'il avait surpris, il tomba dans une tristesse, dans un accablement inexprimables.

La richesse oisive a cela de terrible, que rien ne la distrait, que rien ne la défend des ressentiments douloureux. N'étant jamais forcément préoccupée des nécessités de l'avenir ou des labeurs de chaque jour, elle demeure tout entière en proie aux grandes afflictions morales.

Pouvant posséder ce qui se possède à prix d'or, elle désire ou elle regrette, avec une violence inouïe, ce que l'or seul ne peut donner.

La douleur de M. d'Harville était désespérée, car il ne voulait, après tout, rien que de juste, que de légal :

« La possession... sinon l'amour de sa femme. »

Or, en face des refus inexorables de Clémence, il se demandait si ce n'était pas une dérision amère que ces paroles de la loi :

« La femme appartient à son mari. »

A quel pouvoir, à quelle intervention recourir pour vaincre cette froideur, cette répugnance qui changeait sa vie en un long supplice, puisqu'il ne devait, ne pouvait, ne voulait aimer que sa femme ?

Il lui fallait reconnaître qu'en cela, comme en tant d'autres incidents de la vie conjugale, la simple volonté de l'homme ou de la femme se substituait impérieusement, sans appel, sans répression possible, à la volonté souveraine de la loi.

A ces transports de vaine colère succédait parfois un morne abattement.

L'avenir lui pesait, lourd, sombre, glacé.

Il pressentait que le chagrin rendrait sans doute plus fréquentes encore les crises de son effroyable maladie.

— Oh ! s'écria-t-il, à la fois attendri et désolé, c'est ma faute... c'est ma faute ! pauvre malheureuse femme ! je l'ai trompée... indignement trompée ! Elle peut... elle doit me haïr... et pourtant, tout à l'heure encore, elle m'a témoigné l'intérêt le plus touchant ; mais, au lieu de me contenter de cela, ma folle passion m'a égaré, je suis devenu tendre, j'ai parlé de mon amour, et à peine mes lèvres ont-elles effleuré sa main qu'elle a tressailli de frayeur. Si j'avais pu douter encore de la répugnance invincible que je lui inspire, ce qu'elle a dit au prince ne m'aurait laissé aucune illusion. Oh ! c'est affreux... affreux !

» Et de quel droit lui a-t-elle confié ce hideux secret ? cela est une trahison indigne ! De quel droit ! Hélas ! du droit que les victimes ont de se plaindre de leur bourreau. Pauvre enfant, si jeune, si aimante, tout ce qu'elle a trouvé de plus cruel à dire contre l'horrible existence que je lui ai faite... c'est que tel n'était pas le sort qu'elle avait rêvé, et qu'elle était bien jeune pour renoncer à l'amour ! Je connais Clémence... cette parole qu'elle m'a donnée, qu'elle a donnée au prince, elle la tiendra désormais : elle sera pour moi la plus tendre des sœurs. Eh bien !... ma position n'est-elle pas encore digne d'envie ?... aux rapports froids et contraints qui existaient entre nous vont succéder des relations affectueuses et douces, tandis qu'elle aurait pu me traiter toujours avec un mépris glacial, sans qu'il me fût possible de me plaindre.

» Allons, je me consolerai en jouissant de ce qu'elle m'offre. Ne serai-je pas encore trop heureux ? Trop heureux ! oh ! que je suis faible, que je suis lâche. N'est-ce pas ma femme, après tout ? n'est-elle pas à moi ? bien à moi ? La loi ne me reconnaît-elle pas mon pouvoir sur elle ? Ma femme résiste... eh bien ! j'ai le droit de...

Il s'interrompit avec un éclat de rire sardonique.

— Oh ! oui, la violence, n'est-ce pas ! Maintenant la violence ! Autre infamie. Mais que faire alors ? car je l'aime moi ! je l'aime comme un insensé... Je n'aime qu'elle... Je ne veux qu'elle... Je veux son amour, et non sa tiède affection de sœur. Oh ! à la fin il faudra bien qu'elle ait pitié... elle est si bonne, elle me verra si malheureux ! Mais non, non ! jamais ! il est une cause d'éloignements qu'une femme ne surmonte pas. Le dégoût... oui... le dégoût... entends-tu ? le dégoût !... Il faut bien te convaincre de cela ; ton horrible infirmité lui fera horreur... toujours... entends-tu ? toujours ! s'écria M. d'Harville dans une douloureuse exaltation.

Après un moment de farouche silence, il reprit :

— Cette anonyme délation, qui accusait le prince et ma femme, part encore d'une main ennemie ; et tout à l'heure, avant de l'avoir entendue, j'ai pu un instant le soupçonner ! Lui, le croire capable d'une si lâche trahison ! Et ma femme, l'envelopper dans le même soupçon ! Oh ! la jalousie est incurable ! Et pourtant il ne faut pas que je m'abuse. Si le prince, qui m'aime comme l'ami le plus tendre, le plus généreux, engage Clémence à occuper son esprit et son cœur par des œuvres charitables ; s'il lui promet ses conseils, son appui, c'est qu'elle a besoin de conseils, d'appui.

» Au fait, si belle, si jeune, si entourée, sans amour au cœur qui la défende, presque excusée de ses torts par les miens, qui sont atroces, ne peut-elle pas faillir ?

» Autre torture ! Que j'ai souffert, mon Dieu ! quand je l'ai crue coupable... quelle terrible agonie ! Mais non, cette crainte est vaine. Clémence a juré de ne pas manquer à ses devoirs... elle tiendra ses promesses... mais à quel prix, mon Dieu ! à quel prix ! Tout à l'heure, lorsqu'elle revenait à moi avec d'affectueuses paroles, combien son sourire doux, triste, résigné, m'a fait de mal ! Combien ce retour vers son bourreau a dû lui coûter ! Pauvre femme ! qu'elle était belle et touchante ainsi ! Pour la première fois j'ai senti un remords déchirant ; car jusqu'alors sa froideur hautaine l'avait assez vengée. Oh ! malheureux, malheureux que je suis !

Après une longue nuit d'insomnie et de réflexions amères, les agitations de M. d'Harville cessèrent comme par enchantement.

Il attendit le jour avec impatience.

CHAPITRE IV

PROJETS D'AVENIR

Dès le matin, M. d'Harville sonna son valet de chambre.

Le vieux Joseph en entrant chez son maître, l'entendit, à son grand étonnement, fredonner un air de chasse, signe aussi rare que certain de la bonne humeur de M. d'Harville.

— Ah ! monsieur le marquis, dit le fidèle serviteur attendri, quelle jolie voix vous avez... quel dommage que vous ne chantiez pas plus souvent !

— Vraiment, monsieur Joseph, j'ai une jolie voix ? dit M. d'Harville en riant.

— Monsieur le marquis aurait la voix aussi enrouée qu'un chat-huant ou qu'une crécelle, que je trouverais encore qu'il a une jolie voix.

— Taisez-vous, flatteur !

— Dame ! quand vous chantez, monsieur le marquis, c'est signe que vous êtes content... et alors votre voix me paraît la plus charmante musique du monde...

— En ce cas, mon vieux Joseph, apprête-toi à ouvrir tes longues oreilles.

— Que dites-vous ?

— Tu pourras jouir tous les jours de cette charmante musique, dont tu parais si avide.

— Vous seriez heureux tous les jours, monsieur le marquis ! s'écria Joseph en joignant les mains avec un radieux étonnement.

— Tous les jours, mon vieux Joseph, heureux tous les jours. Oui, plus de chagrins, plus de tristesse. Je puis te dire cela, à toi, seul et discret confident de mes peines... Je suis au comble du bonheur... Ma femme est un ange de bonté... elle m'a demandé pardon de son éloignement passé, l'attribuant, le devinerais-tu ?... à la jalousie !..

— A la jalousie ?

— Oui, d'absurdes soupçons excités par des lettres anonymes...

— Quelle indignité !...

— Tu comprends... les femmes ont tant d'amour-propre... Il n'en a pas fallu davantage pour nous séparer ; mais heureusement hier soir elle s'en est franchement expliquée avec moi. Je l'ai désabusée ; te dire son ravissement me serait impossible, car elle m'aime, oh ! elle m'aime ! La froideur qu'elle me témoignait lui pesait aussi cruellement qu'à moi-même... Enfin, notre cruelle séparation a cessé... juge de ma joie !...

— Il serait vrai ? s'écria Joseph les yeux mouillés de larmes. Il serait donc vrai, monsieur le marquis ? vous voilà heureux pour toujours, puisque l'amour de Mme la marquise vous manquait seul... ou plutôt puisque son éloignement faisait seul votre malheur, comme vous me le disiez...

— Et à qui l'aurais-je dit, mon pauvre Joseph ?... Ne possédais-tu pas un secret plus triste encore ? Mais ne parlons pas de tristesse... ce jour est trop beau... Tu t'aperçois peut-être que j'ai pleuré ?... c'est qu'aussi, vois-tu, le bonheur me débordait... Je m'y attendais si peu !... Comme je suis faible, n'est-ce pas ?

— Allez... allez... monsieur le marquis, vous pouvez bien pleurer de contentement, vous avez assez pleuré de douleur. Et moi donc ! tenez... est-ce que je ne fais pas comme vous ? Braves larmes ! je ne les donnerais pas pour dix années de ma vie... Je n'ai plus qu'une peur, c'est de ne pouvoir pas m'empêcher de me jeter aux genoux de Mme la marquise la première fois que je vais la voir...

— Vieux fou, tu es aussi déraisonnable que ton maître... Maintenant, j'ai une crainte aussi, moi...

— Laquelle ? mon Dieu !

— C'est que cela ne dure pas... Je suis trop heureux... qu'est-ce qui me manque ?

— Rien, rien, monsieur le marquis, absolument rien...

— C'est pour cela. Je me défie de ces bonheurs si parfaits, si complets...

— Hélas ! si ce n'est que cela... monsieur le marquis, mais non, je n'ose...

— Je t'entends... eh bien, je crois tes craintes vaines !... La révolution que mon bonheur me cause est si vive, si profonde, que je suis sûr d'être à peu près sauvé !

— Comment cela ?

— Mon médecin ne m'a-t-il pas dit cent fois que souvent une violente secousse morale suffisait pour donner ou pour guérir cette funeste maladie... Pourquoi les émotions heureuses seraient-elles impuissantes à nous sauver ?

— Si vous croyez cela, monsieur le marquis, cela sera... Cela est... vous êtes guéri ! Mais c'est donc un jour béni que celui-ci ? Ah ! comme vous le dites, monsieur, Mme la marquise est un bon ange descendu du ciel, et je commence presque à m'effrayer aussi, monsieur ; c'est peut-être trop de félicité en un jour ; mais, j'y songe... si pour vous rassurer il ne vous faut qu'un petit chagrin, Dieu merci ! j'ai votre affaire.

— Comment ?

— Un de vos amis a reçu très heureusement et très à propos, voyez comme ça se trouve ! a reçu un coup d'épée, bien peu grave, il est vrai ; mais c'est égal, ça suffira à vous chagriner assez pour qu'il y ait, comme vous le désiriez, une petite tache dans ce trop beau jour. Il est vrai qu'en égard à cela, il vaudrait mieux que le coup d'épée fût plus dangereux, mais il faut se contenter de ce que l'on a

— Veux-tu te taire !... Et de qui veux-tu parler ?

— De M. le duc de Lucenay.

— Il est blessé ?

— Une égratignure au bras, M. le duc est venu hier pour voir monsieur, et il a dit qu'il reviendrait ce matin lui demander une tasse de thé...

— Ce pauvre Lucenay ! et pourquoi ne m'as-tu pas dit...

— Hier soir je n'ai pu voir monsieur le marquis.

Après un moment de réflexion, M. d'Harville reprit :

— Tu as raison ; ce léger chagrin satisfera sans doute la jalouse destinée... Mais il me vient une idée, j'ai envie d'improviser ce matin un déjeuner de garçons, tous amis de M. de Lucenay, pour fêter l'heureuse issue de son duel. Ne s'attendant pas à cette réunion, il sera enchanté.

— A la bonne heure, monsieur le marquis ! Vive la joie ; rattrapez le temps perdu... Combien de couverts, que je donne les ordres au maître d'hôtel ?

— Six personnes dans la petite salle à manger d'hiver.

— Et les invitations ?

— Je vais les écrire. Un homme d'écurie montera à cheval et les portera à l'instant ; il est de bonne heure, on trouvera tout le monde. Sonne.

Joseph sonna.

M. d'Harville entra dans un cabinet et écrivit les lettres suivantes, sans autre variante que le nom de l'invité :

*Mon cher ***, ceci est une circulaire ; il s'agit d'un impromptu. Lucenay doit venir déjeuner avec moi ce matin ; il ne compte que sur un tête-à-tête ; faites-lui la très aimable surprise de vous joindre à moi et à quelques-uns de ses amis que je fais aussi prévenir. A midi sans faute.*

A. d'Harville.

Un domestique entra.

— Faites monter quelqu'un à cheval, et que l'on porte à l'instant ces lettres, dit M. d'Harville ; puis, s'adressant à Joseph : Ecris les adresses : « M. le vicomte de Saint-Rémy... ». Lucenay ne peut se passer de lui, se dit M. d'Harville ; « M. de Montville », un des compagnons de voyage du duc ; « Lord Douglas... », son fidèle partner au whist ; « le baron de Sézannes », son ami d'enfance... As-tu écrit ?

— Oui, monsieur le marquis.

— Envoyez ces lettres sans perdre une minute, dit M. d'Harville. Ah ! Philippe, priez M. Doublet de venir me parler.

Philippe sortit.

— Eh bien, qu'as-tu ? demanda M. d'Harville à Joseph qui le regardait avec ébahissement.

— Je n'en reviens pas, monsieur ; je ne vous ai jamais vu l'air si en train, si gai. Et puis, vous qui êtes ordinairement pâle, vous avez de belles couleurs... vos yeux brillent...

— Le bonheur, mon vieux Joseph, toujours le bonheur.. Ah çà, il faut que tu m'aides dans un complot... Tu vas aller t'informer auprès de

Mlle Juliette, celle des femmes de Mme d'Harville qui a soin, je crois, de ses diamants...

— Oui, monsieur le marquis, c'est Mlle Juliette qui en est chargée ; je l'ai aidée, il n'y a pas huit jours, à les nettoyer.

— Tu vas lui demander le nom et l'adresse du joaillier de sa maîtresse... mais qu'elle ne dise pas un mot de ceci à la marquise !...

— Ah ! je comprends, monsieur... une surprise...

— Va vite. Voici M. Doublet.

En effet, l'intendant entra au moment où sortait Joseph.

— J'ai l'honneur de me rendre aux ordres de monsieur le marquis.

— Mon cher monsieur Doublet, je vais vous épouvanter, dit M. d'Harville en riant ; je vais vous faire pousser d'affreux cris de détresse.

— A moi, monsieur le marquis ?

— A vous.

— Je ferai tout mon possible pour satisfaire monsieur le marquis.

— Je vais dépenser beaucoup d'argent, monsieur Doublet, énormément d'argent.

— Qu'à cela ne tienne, monsieur le marquis, nous le pouvons ; Dieu merci ! nous le pouvons.

— Depuis longtemps je suis poursuivi par un projet de bâtisse : il s'agirait d'ajouter une galerie sur le jardin à l'aile droite de l'hôtel. Après avoir hésité devant cette folie, dont je ne vous ai pas parlé jusqu'ici, je me décide... Il faudra prévenir aujourd'hui mon architecte afin qu'il vienne causer des plans avec moi... Eh bien ! monsieur Doublet, vous ne gémissez pas de cette dépense ?

— Je puis affirmer à monsieur le marquis que je ne gémis pas...

— Cette galerie sera destinée à donner des fêtes ; je veux qu'elle s'élève comme par enchantement ; or, les enchantements étant fort chers, il faudra vendre quinze ou vingt mille livres de rente pour être en mesure de fournir aux dépenses, car je veux que les travaux commencent le plus tôt possible.

— Et c'est très raisonnable ; autant jouir tout de suite... Je me disais toujours : Il ne manque rien à monsieur le marquis, si ce n'est un goût quelconque... Celui des bâtiments a cela de bon que les bâtiments restent... Quant à l'argent, que monsieur le marquis ne s'en inquiète pas. Dieu merci ! il peut, s'il lui plaît, se passer cette fantaisie de galerie-là.

Joseph rentra.

— Voici, monsieur le marquis, l'adresse du joaillier ; il se nomme M. Baudoin, dit-il à M. d'Harville.

— Mon cher monsieur Doublet, vous allez aller, je vous prie, chez ce bijoutier, et lui direz d'apporter ici, dans une heure, une rivière de diamants, à laquelle je mettrai environ deux mille louis. Les femmes n'ont jamais trop de pierreries, maintenant qu'on en garnit les robes... Vous vous arrangerez avec le joaillier pour le payement.

— Oui, monsieur le marquis. C'est pour le coup que je ne gémirai pas. Des diamants, c'est comme des bâtiments, ça reste ; et puis cette surprise fera sans doute bien plaisir à Mme la marquise, sans compter le plaisir que cela vous procure à vous-même. C'est qu'aussi, comme j'avais l'honneur de le dire l'autre jour, il n'y a pas au monde une existence plus belle que celle de monsieur le marquis.

— Ce cher monsieur Doublet, dit M. d'Harville en souriant, ses félicitations sont toujours d'un à-propos inconcevable...

— C'est leur seul mérite, monsieur le marquis, et elles l'ont peut-être, ce mérite, parce qu'elles partent du fond du cœur. Je cours chez le joaillier, dit M. Doublet.

Et il sortit.

Dès qu'il fut seul, M. d'Harville se promena dans son cabinet, les bras croisés sur la poitrine, l'œil fixe, méditatif.

Sa physionomie changea tout à coup ; elle n'exprima plus ce contentement dont l'intendant et le vieux serviteur du marquis venaient d'être dupes, mais une résolution calme, morne, froide.

Après avoir marché quelque temps, il s'assit lourdement et comme accablé sous le poids de ses peines ; il posa ses deux coudes sur son bureau, et cacha son front dans ses mains.

Au bout d'un instant, il se redressa brusquement, essuya une larme qui vint mouiller sa paupière rougie, et dit avec effort :

— Allons... courage... allons.

Il écrivit alors à diverses personnes sur des objets assez insignifiants ; mais, dans ces lettres, il donnait ou ajournait différents rendez-vous à plusieurs jours de là.

Le marquis terminait cette correspondance lorsque Joseph rentra ; ce dernier était si gai, qu'il s'oubliait jusqu'à chantonner à son tour.

— Monsieur Joseph, vous avez une bien jolie voix, lui dit son maître en souriant.

— Ma foi, tant pis, monsieur le marquis, je n'y tiens pas ! ça chante si fort au-dedans de moi, qu'il faut bien que ça s'entende au-dehors .

— Tu feras mettre ces lettres à la poste.

— Oui, monsieur le marquis ; mais où recevrez-vous ces messieurs tout à l'heure ?

— Ici, dans mon cabinet, ils fumeront après déjeuner, et l'odeur du tabac n'arrivera pas chez Mme d'Harville.

A ce moment on entendit le bruit d'une voiture dans la cour de l'hôtel.

— C'est Mme la marquise qui va sortir, elle a demandé ce matin ses chevaux de très bonne heure, dit Joseph.

— Cours alors la prier de vouloir bien passer ici avant de sortir.

— Oui, monsieur le marquis.

A peine le domestique fut-il parti, que M. d'Harville s'approcha d'une glace et s'examina attentivement.

— Bien, bien, dit-il d'une voix sourde, c'est cela... les joues colorées, le regard brillant... Joie ou fièvre... peu importe... pourvu qu'on s'y trompe. Voyons, maintenant, le sourire aux lèvres. Il y a tant de sortes de sourires Mais qui pourrait distinguer le faux du vrai ? qui pourrait pénétrer sous ce masque menteur, dire : Ce rire cache un sombre désespoir, cette gaieté bruyante cache une pensée de mort ? Qui pourrait deviner cela ? personne... heureusement... personne... Personne ? Oh ! si... l'amour ne s'y méprendrait pas, lui ; son instinct l'éclairerait. Mais j'entends ma femme. ma femme ! allons. à ton rôle, historien sinistre.

Clémence entra dans le cabinet de M. d'Harville.

— Bonjour, Albert, mon bon frère, lui dit-elle d'un ton plein de douceur et d'affection en lui tendant la main. Puis, remarquant l'expression souriante de la physionomie de son mari : Qu'avez-vous donc, mon ami ? Vous avez l'air radieux.

— C'est qu'au moment où vous êtes entrée, ma chère petite sœur, je pensais à vous... De plus, j'étais sous l'impression d'une excellente résolution...

— Cela ne m'étonne pas...

— Ce qui s'est passé hier, votre admirable générosité, la noble conduite du prince, tout cela m'a donné à réfléchir, et je me suis converti à vos idées ; mais converti tout à fait, en regrettant mes velléités de révolte d'hier... que vous excuserez, au moins par coquetterie, n'est-ce pas ? ajouta-t-il en souriant. Et vous ne m'auriez pas pardonné, j'en suis sûr, de renoncer trop facilement à votre amour.

— Quel langage ! quel heureux changement ! s'écria Mme d'Harville. Ah ! j'étais bien sûre qu'en m'adressant à votre cœur, à votre raison, vous me comprendriez. Maintenant, je ne doute plus de l'avenir.

— Ni moi non plus, Clémence, je vous l'assure. Oui, depuis ma résolution de cette nuit, cet avenir, qui me semblait vague et sombre, s'est singulièrement éclairci, simplifié.

— Rien de plus naturel, mon ami ; maintenant nous marchons vers un même but, appuyés fraternellement l'un sur l'autre. Au bout de notre carrière, nous nous retrouverons ce que nous sommes aujourd'hui. Ce sentiment sera inaltérable. Enfin, je veux que vous soyez heureux ; et ce sera, car je l'ai mis là, dit Clémence en posant son doigt sur son front. Puis, elle reprit avec une expression charmante, en abaissant sa main sur son cœur : Non, je me trompe, c'est là... que cette bonne pensée veillera incessamment... pour vous... et pour moi aussi ; et vous verrez, monsieur mon frère, ce que c'est que l'entêtement d'un cœur bien dévoué.

— Chère Clémence ! répondit M. d'Harville avec une émotion contenue.

Puis, après un moment de silence, il reprit gaiement :

— Je vous ai fait prier de vouloir bien venir ici avant votre départ, pour vous prévenir que je ne pouvais pas prendre ce matin le thé avec vous. J'ai plusieurs personnes à déjeuner ; c'est une espèce d'impromptu pour fêter l'heureuse issue du duel de ce pauvre Lucenay, qui, du reste, n'a été que très légèrement blessé par son adversaire.

Mme d'Harville rougit en songeant à la cause de ce duel : un propos ridicule adressé devant elle par M. de Lucenay à M. Charles Robert.

Ce souvenir fut cruel pour Clémence, il lui rappelait une erreur dont elle avait honte.

Pour échapper à cette pénible impression, elle dit à son mari :

— Voyez quel singulier hasard : M. de Lucenay vient déjeuner avec Blinval ; car vous ne savez pas toutes mes ambitions : à cette heure j'intrigue pour être admise dans l'œuvre des jeunes détenues.

— En vérité, vous êtes insatiable, dit M. d'Harville en souriant ; puis il ajouta avec une douloureuse émotion qui, malgré ses efforts, se trahit quelque peu : Ainsi, je ne vous verrai plus... d'aujourd'hui ? se hâta-t-il de dire.

— Etes-vous contrarié que je sorte de si matin ? lui demanda vivement Clémence, étonnée de l'accent de sa voix. Si vous le désirez, je puis remettre ma visite à Mme de Lucenay.

Le marquis avait été sur le point de se trahir ; il reprit du ton le plus affectueux.

— Oui, ma chère petite sœur, je suis aussi contrarié de vous voir sortir que je serai impatient de vous voir rentrer. Voilà de ces défauts dont je ne me corrigerai jamais.

— Et vous ferez bien, mon ami, car j'en serais désolée.

Un timbre annonçant une visite retentit dans l'hôtel.

— Voilà sans doute un de vos convives, dit Mme d'Harville. Je vous laisse. A propos, ce soir, que faites-vous ? Si vous n'avez pas disposé de votre soirée, j'exige que vous m'accompagniez aux Italiens ; peut-être maintenant la musique vous plaira-t-elle davantage !

— Je me mets à vos ordres avec le plus grand plaisir.

— Sortez-vous tantôt, mon ami ? Vous reverrai-je avant dîner ?

— Je ne sors pas... Vous me retrouverez... ici.

— Alors, en revenant, je viendrai savoir si votre déjeuner de garçon a été amusant.

— Adieu, Clémence.

— Adieu, mon ami... à bientôt !... Je vous laisse le champ libre, je vous souhaite mille bonnes folies... Soyez bien gai !

Et après avoir cordialement serré la main de son mari, Clémence sortit par une porte un moment avant que M. de Lucenay n'entrât par une autre.

— Elle me souhaite mille bonnes folies... Elle m'engage à être gai... Dans ce mot d'adieu, dans ce dernier cri de mon âme à l'agonie, dans cette parole de suprême et éternelle séparation, elle a compris... à bientôt... Et elle s'en va tranquille, souriante... Allons, cela fait honneur à ma dissimulation... Par le Ciel ! je ne me croyais pas si bon comédien... Mais voici Lucenay...

CHAPITRE V

DÉJEUNER DE GARÇONS

M. de Lucenay entra chez M. d'Harville.

La blessure du duc avait si peu de gravité, qu'il ne portait même plus son bras en écharpe ; sa physionomie était toujours goguenarde et hautaine, son agitation toujours incessante, sa manie de tracasser toujours insurmontable. Malgré ses travers, ses plaisanteries de mauvais goût, malgré son nez démesuré qui donnait à sa figure un caractère presque grotesque, M. de Lucenay n'était pas, nous l'avons dit, un type vulgaire, grâce à une sorte de dignité naturelle et de courageuse impertinence qui ne l'abandonnait jamais.

— Combien vous devez me croire indifférent à ce qui vous regarde, mon cher Henri ! dit M. d'Harville en tendant la main à M. de Lucenay ; mais c'est seulement ce matin que j'ai appris votre fâcheuse aventure.

— Fâcheuse... allons donc, marquis !... Je m'en suis donné pour mon argent, comme on dit. Je n'ai jamais tant ri de ma vie !... Cet excellent M. Robert avait l'air si solennellement déterminé à ne pas passer pour avoir la pituite... Au fait, vous ne savez pas ? c'était la cause du duel. L'autre soir, à l'ambassade de ***, je lui avais demandé, devant votre femme et devant la comtesse Mac-Gregor, comme il la gouvernait, sa pituite. *Inde iræ ;* car, entre nous, il n'avait pas cet inconvénient-là. Mais c'est égal. Vous comprenez... s'entendre dire cela devant de jolies femmes c'est impatientant.

— Quelle folie ! Je vous reconnais bien ! Mais qu'est-ce que M. Robert ?

— Je n'en sais, ma foi rien du tout ; c'est un monsieur que j'ai rencontré aux eaux ; il passait devant nous dans le jardin d'hiver de l'ambassade, je l'ai appelé pour lui faire cette bête de plaisanterie ; il y a répondu le surlendemain en me donnant très galamment un petit coup d'épée : voilà nos relations. Mais ne parlons plus de ces niaiseries. Je viens vous demander une tasse de thé..

Ce disant, M. de Lucenay se jeta et s'étendit sur un sofa ; après quoi, introduisant le bout de sa canne entre le mur et la bordure d'un tableau placé au-dessus de sa tête, il commença de tracasser et de balancer ce cadre

— Je vous attendais, mon cher Henri, et je vous ai ménagé une surprise, dit M. d'Harville.

— Ah ! bah ! et laquelle ? s'écria M. de Lucenay en imprimant au tableau un balancement très inquiétant.

— Vous allez finir par décrocher ce tableau, et vous le faire tomber sur la tête...

— C'est, pardieu, vrai ! vous avez un coup d'œil d'aigle... Mais votre surprise, dites-la donc !

— J'ai prié quelques-uns de nos amis de venir déjeuner avec nous.

— Ah bien ! par exemple, pour ça, marquis, bravo ! bravissimo ! archibravissimo, cria M. de Lucenay à tue-tête en frappant de grands coups de canne sur les coussins du sofa. Et qui aurons-nous ? Saint-Rémy ? Non, au fait, il est à la campagne depuis quelques jours ; que diable peut-il manigancer à la campagne en plein hiver ?

— Vous êtes sûr qu'il n'est pas à Paris ?

— Très sûr ; je lui avais écrit pour lui demander de me servir de témoin... Il était absent, je me suis rabattu sur lord Douglas et sur Sézannes...

— Cela se rencontre à merveille, ils déjeunent avec nous.

— Bravo ! bravo ! bravo ! se mit à crier de nouveau M. de Lucenay. Puis, se tordant et se roulant sur le sofa, il accompagna cette fois ses cris inhumains d'une série de sauts de carpe à désespérer un bateleur.

Les évolutions acrobatiques du duc de Lucenay furent interrompues par l'arrivée de M. de Saint-Rémy.

— Je n'ai pas eu besoin de demander si M. de Lucenay était ici, dit gaiement le vicomte. On l'entend d'en bas !

— Comment ! c'est vous, beau sylvain, campagnard ! loup-garou ! s'écria le duc étonné, en se redressant brusquement ; on vous croyait à la campagne.

— Je suis de retour depuis hier ; j'ai reçu tout à l'heure l'invitation de d'Harville, et j'accours... tout joyeux de cette bonne surprise.

Et M. de Saint-Rémy tendit la main à M. de Lucenay, puis au marquis.

— Et je vous sais gré de cet empressement, mon cher Saint-Rémy. N'est-ce pas naturel ? Les amis de Lucenay ne doivent-ils pas se réjouir de l'heureuse issue de ce duel, qui, après tout, pouvait avoir des suites fâcheuses.

— Mais, reprit obstinément le duc, qu'est-ce donc que vous avez été faire à la campagne en plein hiver, Saint-Rémy ? cela m'intrigue.

— Est-il curieux ! dit le vicomte en s'adressant à M. d'Harville. Puis il répondit au duc : Je veux me sevrer peu à peu de Paris... puisque je dois le quitter bientôt...

— Ah ! oui, cette belle imagination de vous faire attacher à la légation de France à Gerolstein... Laissez-nous donc tranquilles avec vos billevesées de diplomatie ! vous n'irez jamais là... ma femme le dit et tout le monde le répète...

— Je vous assure que Mme de Lucenay se trompe comme tout le monde

— Elle vous a dit devant moi que c'était une folie .

— J en ai tant fait dans ma vie

— Des folies élégantes et charmantes, à la bonne heure, comme qui dirait de vous ruiner par vos magnificences de Sardanapale, j'admets ça ; mais aller vous enterrer dans un trou de Cour pareil... à Gerolstein ! Voyez donc la belle poussée... Ça n'est pas une folie, c'est une bêtise, et vous avez trop d'esprit pour en faire... des bêtises.

— Prenez garde, mon cher Lucenay ; en médisant de cette cour allemande, vous allez vous faire une querelle avec d'Harville, l'ami intime du grand-duc régnant, qui, du reste, m'a l'autre jour accueilli avec la meilleure grâce du monde à l'ambassade de ***, où je lui ai été présenté.

— Vraiment ! mon cher Henri, dit M. d'Harville, si vous connaissiez le grand-duc comme je le connais, vous comprendriez que Saint-Rémy n'ait aucune répugnance à aller passer quelque temps à Gerolstein.

— Je vous crois, marquis, quoiqu'on le dise fièrement original, votre grand-duc ; mais ça n'empêche pas qu'un beau comme Saint-Rémy, la fine fleur des pois, ne peut vivre qu'à Paris... il n'est en toute valeur qu'à Paris.

Les autres convives de M. d'Harville venaient d'arriver, lorsque Joseph entra et dit quelques mots tout bas à son maître.

— Messieurs, vous permettez ?... dit le marquis. C'est le joaillier de ma femme qui m'apporte des diamants à choisir pour elle... une surprise. Vous connaissez cela, Lucenay, nous sommes des maris de la vieille roche, nous autres...

— Ah ! pardieu, s'il s'agit de surprise, s'écria le duc, ma femme m'en a fait une hier... et une fameuse encore ! ! !

— Quelque cadeau splendide ?

— Elle m'a demandé... cent mille francs...

— Et comme vous êtes magnifique... vous les lui avez...

— Prêtés !... ils seront hypothéqués sur sa terre d'Arnouville... Les bons comptes font les bons amis... Mais c'est égal... prêter en deux heures cent mille francs à quelqu'un qui en a besoin, c'est gentil et c'est rare... n'est-ce pas, dissipateur, vous qui êtes très connaisseur en emprunts ?... dit en riant le duc à M. de Saint-Rémy, sans se douter de la portée de ses paroles.

Malgré son audace, le vicomte rougit d'abord légèrement un peu, puis il reprit calmement :

— Cent mille francs ! mais c'est énorme... Comment une femme peut-elle jamais avoir besoin de cent mille francs ?... Nous autres hommes, à la bonne heure...

— Ma foi, je ne sais pas ce qu'elle veut faire de cette somme-là... ma femme. D'ailleurs, ça m'est égal. Des arriérés de toilette probablement... des fournisseurs impatientés et exigeants ; ça la regarde... et puis vous sentez bien, mon cher Saint-Rémy, que, lui prêtant mon argent, il eût été du plus mauvais goût à moi de lui en demander l'emploi.

— C'est pourtant presque toujours une curiosité particulière à ceux qui prêtent de savoir ce qu'on veut faire de l'argent qu'on leur emprunte... dit le vicomte en riant.

— Parbleu ! Saint-Rémy, dit M. d'Harville, vous qui avez un si excellent goût, vous allez m'aidez à choisir la parure que je destine à ma femme ; votre approbation consacrera mon choix, vos arrêts sont souverains en fait de modes...

Le joaillier entra, portant plusieurs écrins dans un grand sac de peau.

— Tiens, c'est M. Baudoin ! dit M. de Lucenay.

— A vous rendre mes devoirs, monsieur le duc.

— Je suis sûr que c'est vous qui ruinez ma femme avec vos tentations infernales et éblouissantes ? dit M. de Lucenay.

— Mme la duchesse s'est contentée de faire seulement remonter ses diamants cet hiver, dit le joaillier avec un léger embarras. Et justement, en venant chez M. le marquis, je les ai portés à Mme la duchesse.

M. de Saint-Rémy savait que Mme de Lucenay, pour venir à son aide, avait changé ses pierreries pour des diamants faux ; il fut désagréablement frappé de cette rencontre... mais il reprit audacieusement :

— Ces maris sont-ils curieux ! ne répondez donc pas, monsieur Baudoin.

— Curieux ! ma foi, non, dit le duc ; c'est ma femme qui paye... elle peut se passer toutes ses fantaisies... elle est plus riche que moi...

Pendant cet entretien, M. Baudoin avait étalé sur un bureau plusieurs admirables colliers de rubis et de diamants.

— Quel éclat !... et que ces pierres sont divinement taillées ! dit lord Douglas.

— Hélas ! monsieur, répondit le joaillier, j'employais à ce travail un des meilleurs lapidaires de Paris ; le malheur veut qu'il soit devenu fou, et jamais je ne retrouverai un ouvrier pareil. Ma courtière en pierreries m'a dit que c'est probablement la misère qui lui a fait perdre la tête, à ce pauvre homme.

— La misère !... Et vous confiez des diamants à des gens dans la misère !

— Certainement, monsieur, et il est sans exemple qu'un lapidaire ait jamais rien détourné, quoique ce soit un rude et pauvre état que le leur.

— Combien ce collier ? demanda M. d'Harville.

— Monsieur le marquis remarquera que les pierres sont d'une eau et d'une coupe magnifiques, presque toutes de la même grosseur.

— Voici des précautions oratoires des plus menaçantes pour votre bourse, dit M. de Saint-Rémy en riant ; attendez-vous, mon cher d'Harville, à quelque prix exorbitant.

— Voyons, monsieur Baudoin, en conscience, votre dernier mot ? dit M. d'Harville.

— Je ne voudrais pas faire marchander monsieur le marquis... Le dernier prix sera de quarante-deux mille francs.

— Messieurs ! s'écria M. de Lucenay, admirons d'Harville en silence, nous autres maris... Ménager à sa femme une surprise de quarante-deux mille francs !... Diable ! n'allons pas ébruiter cela, ce serait d'un exemple détestable.

— Riez tant qu'il vous plaira, messieurs, dit gaiement le marquis. Je suis amoureux de ma femme, je ne m'en cache pas ; je le dis, je m'en vante !

— On le voit bien, reprit M. de Saint-Rémy ; un tel cadeau en dit plus que toutes les protestations du monde.

— Je prends donc ce collier, dit M. d'Harville, si toutefois cette monture d'émail noir vous semble de bon goût, Saint-Rémy.

— Elle fait encore valoir l'éclat des pierreries ; elle est disposée à merveille !

— Je me décide pour ce collier, dit M. d'Harville. Vous aurez, monsieur Baudoin, à compter avec M. Doublet, mon homme d'affaires.

— M. Doublet m'a prévenu, monsieur le marquis, dit le joaillier, et il sortit après avoir remis dans son sac, sans les compter (tant sa confiance était grande), les diverses pierreries qu'il avait apportées, et que M. de Saint-Rémy avait longtemps et curieusement maniées et examinées durant cet entretien.

M. d'Harville, donnant le collier à Joseph qui avait attendu ses ordres, lui dit tout bas :

— Il faut que Mlle Juliette mette adroitement ces diamants avec ceux de sa maîtresse, sans que celle-ci s'en doute, pour que la surprise soit plus complète.

A ce moment, le maître d'hôtel annonça que le déjeuner était servi ; les convives du marquis passèrent dans la salle à manger et s'attablèrent.

— Savez-vous, mon cher d'Harville, dit M. de Lucenay, que cette maison est une des plus élégantes et des mieux distribuées de Paris ?

— Elle est assez commode, en effet, mais elle manque d'espace... mon projet est de faire ajouter une galerie sur le jardin. Mme d'Harville désire donner quelques grands bals, et nos salons ne suffiraient pas. Puis je trouve qu'il n'y a rien de plus incommode que les empiètements sur les appartements que l'on occupe habituellement ; elles vous exilent de temps à autre.

— Je suis de l'avis d'Harville, dit M. de Saint-Rémy ; rien de plus mesquin, de plus bourgeois que ces déménagements forcés par autorité de bals ou de concerts... Pour donner des fêtes vraiment belles sans se gêner, il faut leur consacrer un emplacement particulier ; et puis de vastes et éblouissantes salles, destinées à un bal splendide, doivent avoir un tout autre caractère que celui des salons ordinaires : il y a entre ces deux espèces d'appartements la même différence qu'entre la peinture, la fresque monumentale et les tableaux de chevalet.

— Il a raison, dit M. d'Harville ; quel dommage, messieurs, que Saint-Rémy n'ait pas douze à quinze cent mille livres de rentes ! quelles merveilles il nous ferait admirer !

— Puisque nous avons le bonheur de jouir d'un gouvernement représentatif, dit le duc de Lucenay, le pays ne devrait-il pas voter un million par an à Saint-Rémy et le charger de représenter à Paris le goût et l'élégance française, qui décideraient du goût et de l'élégance de l'Europe... du monde ?

— Adopté ! cria-t-on en chœur.

— Et l'on prélèverait ce million annuel, en manière d'impôt, sur ces abominables fesse-mathieux qui, possesseurs de fortunes énormes, seraient prévenus, atteints et convaincus de vivre comme des grippe-sous, ajouta M. de Lucenay.

— Et comme tels, reprit M. d'Harville, condamnés à défrayer des magnificences qu'ils devraient étaler.

— Sans compter que ces fonctions de grand prêtre, ou plutôt de grand maître de l'élégance, reprit M. de Lucenay, dévolues à Saint-Rémy. auraient, par l'imitation, une prodigieuse influence sur le goût général.

— Il serait le type auquel on voudrait toujours ressembler.

— C'est clair.

— En en tâchant de le copier, le goût s'épurerait.

— Au temps de la Renaissance, le goût est devenu partout excellent parce qu'il se modelait sur celui des aristocraties, qui était exquis.

— A la grave tournure que prend la question, reprit gaiement M. d'Harville, je vois qu'il ne s'agit plus que d'adresser une pétition aux Chambres pour l'établissement de la charge de grand maître de l'élégance française.

— Et comme les députés, sans exception, passent pour avoir des idées très grandes, très artistiques et très magnifiques, cela sera voté par acclamation.

— En attendant la décision qui consacrera en droit la suprématie que Saint-Rémy exerce en fait, dit M. d'Harville, je lui demanderai ses conseils pour la galerie que je vais faire construire : car j'ai été frappé de ses idées sur la splendeur des fêtes.

— Mes faibles lumières sont à vos ordres, d'Harville.

— Et quand inaugurerons-nous vos magnificences, mon cher ?

— L'an prochain, je suppose ; car je vais faire commencer immédiatement les travaux.

— Quel homme à projets vous êtes !

— J'en ai bien d'autres, ma foi... Je médite un bouleversement complet du Val-Richer.

— Votre terre de Bourgogne ?

— Oui ; il y a là quelque chose d'admirable à faire, si toutefois... Dieu me prête vie...

— Pauvre vieillard !...

— Mais n'avez-vous pas acheté dernièrement une ferme près du Val-Richer pour vous arrondir encore ?

— Oui, une très bonne affaire que mon notaire m'a conseillée.

— Et quel est ce rare et précieux notaire qui conseille de si bonnes affaires ?

— M. Jacques Ferrand.

A ce nom, un léger tressaillement plissa le front de M. de Saint-Rémy

— Est-il vraiment aussi honnête qu'on le dit ? demanda-t-il négligemment à M. d'Harville, qui se souvint alors de ce que Rodolphe avait raconté à Clémence à propos du notaire.

— Jacques Ferrand ? quelle question ! mais c'est un homme d'une probité antique, dit M. de Lucenay.

— Aussi respecté que respectable.

— Très pieux... ce qui ne gâte rien.

— Excessivement avare... ce qui est une garantie pour ses clients.

— C'est enfin un de ces notaires de la vieille roche, qui vous demandent pour qui vous les prenez lorsqu'on s'avise de leur parler de reçu à propos de l'argent qu'on leur confie.

— Rien qu'à cause de cela, moi, je lui confierais toute ma fortune.

— Mais où diable Saint-Rémy a-t-il été chercher ses doutes à propos de ce digne homme, d'une intégrité proverbiale ?

— Je ne suis que l'écho de bruits vagues... Du reste, je n'ai aucune raison pour nier ce phénix des notaires... Mais, pour revenir à vos projets, d'Harville, que voulez-vous donc bâtir au Val-Richer ? On dit le château admirable ?...

— Vous serez consulté, soyez tranquille, mon cher Saint-Rémy, et plus tôt peut-être que vous ne pensez, car je me fais une joie de ces travaux ; il me semble qu'il n'y a rien de plus attachant que d'avoir ainsi des intérêts successifs qui échelonnent et occupent les années à venir... Aujourd'hui, ce projet... dans un an celui-ci... Plus tard c'est autre chose... Joignez à cela une femme charmante que l'on adore, qui est de moitié dans tous vos goûts, dans tous vos desseins, et, ma foi, la vie se passe assez doucement.

— Je le crois, pardieu bien ! c'est un vrai paradis sur terre.

— Maintenant, messieurs, dit d'Harville lorsque le déjeuner fut terminé, si vous voulez fumer un cigare dans mon cabinet vous en trouverez d'excellents.

On se leva de table, on rentra dans le cabinet du marquis ; la porte de sa chambre à coucher, qui y communiquait, était ouverte. Nous avons dit que le seul ornement de cette pièce se composait de deux panoplies de très belles armes.

M. de Lucenay, ayant allumé un cigare, suivit le marquis dans sa chambre.

— Vous voyez, je suis toujours amateur d'armes, lui dit M. d'Harville.

— Voilà, en effet, de magnifiques fusils anglais et français ; ma foi, je ne saurais auxquels donner la préférence... Douglas ! cria M. de Lucenay, venez donc voir si ces fusils ne peuvent rivaliser avec vos meilleurs Manton.

Lord Douglas, Saint-Rémy et deux autres convives entrèrent dans la chambre du marquis pour examiner les armes.

M. d'Harville, prenant un pistolet de combat, l'arma, et dit en riant :

— Voici, messieurs, la panacée universelle pour tous les maux... le spleen... l'ennui...

Et il approcha, en plaisantant, le canon de ses lèvres.

— Ma foi ! moi, je préfère un autre spécifique, dit Saint-Rémy ; celui-là n'est bon que dans les cas désespérés.

— Oui, mais il est si prompt, dit M. d'Harville. Zest ! et c'est fait ; la volonté n'est pas plus rapide... Vraiment, c'est merveilleux.

— Prenez donc garde, d'Harville ; ces plaisanteries-là sont toujours dangereuses ; un malheur est si vite arrivé ! dit M. de Lucenay, voyant le marquis approcher encore le pistolet de ses lèvres.

— Parbleu, mon cher, croyez-vous donc que s'il était chargé je jouerais ce jeu-là ?

— Sans doute, mais c'est toujours imprudent.

— Tenez, messieurs, voilà comme on s'y prend . on introduit le canon entre ses dents... et alors...

— Mon Dieu que vous êtes donc bête, d'Harville, quand vous vous y mettez ! dit M. de Lucenay en haussant les épaules.

— On approche le doigt de la détente... ajouta M. d'Harville.

— Est-il enfant... est-il enfant... à son âge !

— Un petit mouvement sur la gâchette, reprit le marquis, et l'on va droit chez les âmes.

Avec ces mots le coup partit.

M. d'Harville s'était brûlé la cervelle.

Nous renonçons à peindre la stupeur, l'épouvante des convives de M. d'Harville.

Le lendemain, on devait lire dans un journal :

Hier, un événement aussi imprévu que déplorable a mis en émoi tout le faubourg Saint-Germain. Une de ces imprudences qui amènent chaque année de si funestes accidents a causé un affreux malheur. Voici les faits que nous avons recueillis, et dont nous pouvons garantir l'authenticité :

M. le marquis d'Harville, possesseur d'une fortune immense, âgé à peine de vingt-six ans, cité pour la bonté de son cœur, marié depuis peu d'années à une femme qu'il idolâtrait, avait réuni quelques-uns de ses amis à déjeuner. En sortant de table, on passa dans la chambre à coucher de M. d'Harville, où se trouvaient plusieurs armes de prix. En faisant examiner à ses convives quelques fusils, M. d'Harville prit en plaisantant un pistolet qu'il ne croyait pas chargé et l'approcha de ses lèvres... Dans sa sécurité, il pesa sur la gâchette... le coup partit !... et le malheureux jeune homme tomba mort, la tête horriblement fracassée ! Que l'on juge de l'effroyable consternation des amis de M. d'Harville, auxquels un instant auparavant, plein de jeunesse, de bonheur et d'avenir, il faisait part de différents projets ! Enfin, comme si toutes les circonstances de ce douloureux événement devaient le rendre plus cruel encore par de pénibles contrastes, le matin même, M. d'Harville, voulant ménager une surprise à sa femme, avait acheté une parure d'un grand prix qu'il lui destinait... Et c'est au moment où peut-être jamais la vie ne lui avait paru plus riante et plus belle qu'il tombe victime d'un effroyable accident...

En présence d'un pareil malheur, toutes réflexions sont inutiles, on ne peut que rester anéanti devant les arrêts impénétrables de la Providence.

Nous citons le journal, afin de consacrer, pour ainsi dire, la croyance générale, qui attribua la mort du mari de Clémence à une fatale et déplorable imprudence.

Est-il besoin de dire que M. d'Harville emporta seul dans la tombe le mystérieux secret de sa mort volontaire ?...

Oui, volontaire et calculée, et méditée avec autant de sang-froid que de générosité, afin que Clémence ne pût concevoir le plus léger soupçon sur la véritable cause de ce suicide.

Ainsi les projets dont M. d'Harville avait entretenu son intendant et ses amis, ces heureuses confidences à son vieux serviteur, la surprise que le matin même il avait ménagée à sa femme, tout cela étant autant de pièges tendus à la crédulité publique.

Comment supposer qu'un homme si préoccupé de l'avenir, si jaloux de plaire à sa femme, pût songer à se tuer ?...

Sa mort ne fut donc attribuée et ne pouvait qu'être attribuée à une imprudence.

Quant à sa résolution, un incurable désespoir l'avait dictée.

En se montrant à son égard aussi affectueuse, aussi tendre qu'elle s'était montrée jadis froide et hautaine, en revenant noblement à lui, Clémence avait éveillé dans le cœur de son mari de douloureux remords.

La voyant si mélancoliquement résignée à cette longue vie sans amour, passée auprès d'un homme atteint d'une incurable et effrayante maladie ; bien certain, d'après la solennité des paroles de Clémence, qu'elle ne pourrait jamais vaincre la répugnance qu'il lui inspirait, M. d'Harville s'était pris d'une profonde pitié pour sa femme et d'un effrayant dégoût de lui-même et de la vie.

Dans l'exaspération de sa douleur, il se dit :

« Je n'aime, je ne puis aimer qu'une femme au monde... c'est la mienne. Sa conduite, pleine de cœur et d'élévation, augmenterait encore ma folle passion, s'il était possible de l'augmenter.

« Et cette femme, qui est la mienne, ne peut jamais m'appartenir...

« Elle a le droit de me mépriser, de me haïr...

« Je l'ai, par une tromperie infâme, enchaînée, jeune fille, à mon détestable sort...

« Je m'en repens... Que dois-je faire pour elle maintenant ?

« La délivrer des liens odieux que mon égoïsme lui a imposés.

« Ma mort seule peut briser ces liens... il faut donc que je me tue. »

Et voilà pourquoi M. d'Harville avait accompli ce grand, ce douloureux sacrifice.

Si le divorce eût existé, ce malheureux se serait-il suicidé ?

Non !

Il pouvait réparer en partie le mal qu'il avait fait, rendre sa femme à la liberté, lui permettre de trouver le bonheur dans une autre union...

L'inexorable immutabilité de la loi rend donc souvent certaines fautes irrémédiables, ou, comme dans ce cas, ne permet de les effacer que par un nouveau crime.

CHAPITRE VI

SAINT-LAZARE

Nous croyons devoir prévenir les plus timorés de nos lecteurs que la prison de Saint-Lazare, spécialement destinée aux voleuses et aux prostituées, est journellement visitée par plusieurs femmes dont la charité, dont le nom, dont la position sociale, commandent le respect de tous.

Ces femmes, élevées au milieu des splendeurs de la fortune, ces femmes, à bon droit comptées parmi la société la plus choisie, viennent chaque semaine passer de longues heures auprès des misérables prisonnières de Saint-Lazare ; épiant dans ces âmes dégradées la moindre aspiration vers le bien, le moindre regret d'un passé criminel, elles encouragent les tendances meilleures, fécondent le repentir, et, par la puissance magie de ces mots : devoir, honneur, vertu, elles retirent quelquefois de la fange une de ces créatures abandonnées, avilies, méprisées.

Habituées aux délicatesses, à la politesse exquise de la meilleure compagnie, ces femmes courageuses quittent leur hôtel séculaire, appuient leurs lèvres au front virginal de leurs filles pures comme les anges du ciel, et vont dans de sombres prisons braver l'indifférence grossière ou les propos criminels de ces voleuses ou de ces prostituées...

Fidèles à leur mission de haute moralité, elles descendent vaillamment dans cette boue infecte, posent la main sur tous ces cœurs gangrenés, et, si quelque faible battement d'honneur leur révèle un léger espoir de salut, elles disputent et arrachent à une irrévocable perdition l'âme malade dont elles n'ont pas désespéré.

Les lecteurs timorés auxquels nous nous adressons calmeront donc leur susceptibilité en songeant qu'ils n'entendront et ne verront, après tout, que ce que voient et entendent chaque jour les femmes vénérées que nous venons de citer.

Sans oser établir un ambitieux parallèle entre leur mission et la nôtre, pourrons-nous dire que ce qui nous soutient aussi dans cette œuvre longue, pénible, difficile, c'est la conviction d'avoir éveillé quelques nobles sympathies pour les infortunes probes, courageuses immméritées, pour les repentirs sincères pour l'honnêteté simple naïve ; et d'avoir inspiré le dégoût, l'aversion, l'horreur, la crainte salutaire de tout ce qui était absolument impur et criminel ?

Nous n'avons pas reculé devant les tableaux les plus hideusement vrais, pensant que, comme le feu, la vérité morale purifie tout.

Notre parole a trop peu de valeur, notre opinion trop peu d'autorité, pour que nous prétendions enseigner ou réformer.

Notre unique espoir est d'appeler l'attention des penseurs et des gens de bien sur de grandes misères sociales, dont on peut déplorer, mais non contester la réalité.

Pourtant, parmi les heureux du monde, quelques-uns, révoltés de la crudité de ces douloureuses peintures, ont crié à l'exagération, à l'invraisemblance, à l'impossibilité, pour n'avoir pas à plaindre (nous ne disons pas à secourir) tant de maux.

Cela se conçoit.

L'égoïste gorgé d'or ou bien repu veut avant tout digérer tranquille. L'aspect des pauvres frissonnant de faim et de froid est particulièrement importun ; il préfère cuver sa richesse ou sa bonne chère, les yeux à demi ouverts aux visions voluptueuses d'un ballet d'opéra.

Le plus grand nombre, au contraire, des riches et des heureux ont généreusement compati à certains malheurs qu'ils ignoraient ; quelques personnes même nous ont su gré de leur avoir indiqué le bienfaisant emploi d'aumônes nouvelles.

Nous avons été puisamment soutenu, encouragé par de pareilles adhésions.

Cet ouvrage, que nous reconnaissons sans difficulté pour un livre mauvais au point de vue de l'art, mais que nous maintenons n'être pas un mauvais livre au point de vue moral, cet ouvrage, disons-nous, n'aurait-il eu dans sa carrière éphémère que le dernier résultat dont nous avons parlé, que nous serions très fier, très honoré de notre œuvre.

Quelle plus glorieuse récompense pour nous que les bénédictions de quelques pauvres familles qui auront dû un peu de bien-être aux pensées que nous avons soulevées !

Cela dit à propos de la nouvelle pérégrination où nous engageons le lecteur, après avoir, nous l'espérons, apaisé ses scrupules, nous l'introduirons à Saint-Lazare, immense édifice d'un aspect imposant et lugubre, situé rue du Faubourg-Saint-Denis.

Ignorant le terrible drame qui se passait chez elle, Mme d'Harville s'était rendue à la prison, après avoir obtenu quelques renseignements de Mme de Lucenay au sujet des deux malheureuses femmes que la cupidité du notaire Jacques Ferrand plongeait dans la détresse.

Mme de Blinval, une des patronesses de l'œuvre des jeunes détenues, n'ayant pu ce jour-là accompagner Clémence à Saint-Lazare, celle-ci y était venue seule. Elle fut accueillie avec empressement par le directeur et par plusieurs dames inspectrices, reconnaissables à leurs vêtements noirs et au ruban bleu à médaillon d'argent qu'elles portaient en sautoir.

Une de ces inspectrices, femme d'un âge mûr, d'une figure grave et douce, resta seule avec Mme d'Harville dans un petit salon attenant au greffe

On ne peut s'imaginer ce qu'il y a de dévouement ignoré, d'intelligence, de commisération, de sagacité, chez ces femmes respectables qui se consacrent aux fonctions modestes et obscures de surveillantes des détenues.

Rien de plus sage, de plus praticable que les notions d'ordre, de travail, de devoir, qu'elles donnent aux prisonnières, dans l'espoir que ces enseignements survivront au séjour de la prison.

Tour à tour indulgentes et fermes, patientes et sévères, mais toujours justes et impartiales, ces femmes, sans cesse en contact avec les détenues, finissent, au bout de longues années, par acquérir une telle science de la physionomie de ces malheureuses, qu'elles les jugent presque toujours sûrement du premier coup d'œil, et qu'elles les classent à l'instant selon leur degré d'immoralité.

Mme Armand, l'inspectrice qui était restée seule avec Mme d'Harville, possédait à un point extrême cette pré-science presque divinatrice du caractère des prisonnières; ses paroles, ses jugements, avaient dans la maison une autorité considérable.

Mme Armand dit à Clémence :

— Puisque madame la marquise a bien voulu me charger de lui désigner celles de nos détenues qui, par une meilleure conduite ou par un repentir sincère, pourraient mériter son intérêt, je crois pouvoir lui recommander une infortunée que je crois plus malheureuse encore que coupable; car je ne crois pas me tromper en affirmant qu'il n'est pas trop tard pour sauver cette jeune fille, une malheureuse enfant de seize ou dix-sept ans tout au plus.

— Et qu'a-t-elle fait pour être emprisonnée?

— Elle est coupable de s'être trouvée aux Champs-Elysées le soir. Comme il est défendu à ses pareilles, sous des peines très sévères, de fréquenter, soit le jour, soit la nuit, certains lieux publics, et que les Champs-Elysées sont au nombre des promenades interdites, on l'a arrêtée.

— Et elle vous semble intéressante?

— Je n'ai jamais vu de traits plus réguliers, plus candides. Imaginez-vous, madame la marquise, une figure de vierge. Ce qui donnait encore à sa physionomie une expression plus modeste, c'est qu'en arrivant ici elle était vêtue comme une paysanne des environs de Paris.

— C'est donc une fille de campagne?

— Non, madame la marquise. Les inspecteurs l'ont reconnue; elle demeurait dans une horrible maison de la Cité, dont elle était absente depuis deux ou trois mois; mais, comme elle n'a pas demandé sa radiation des registres de la police, elle reste soumise au pouvoir exceptionnel qui l'a envoyée ici.

— Mais peut-être avait-elle quitté Paris pour tâcher de se réhabiliter?

— Je le pense, madame, c'est ce qui m'a tout de suite intéressée à elle. Je l'ai interrogée sur le passé, je lui ai demandé si elle venait de la campagne, lui disant d'espérer, dans le cas où, comme je le croyais, elle voudrait revenir au bien.

— Qu'a-t-elle répondu?

— Levant sur moi ses grands yeux bleus mélancoliques et pleins de larmes, elle m'a dit avec un accent de douceur angélique : « Je vous remercie, madame, de vos bontés ; mais je ne puis rien dire sur le passé ; on m'a arrêtée, j'étais dans mon tort, je ne me plains pas. — Mais d'où venez-vous ? Où êtes-vous restée depuis votre départ de la Cité ? Si vous êtes allée à la campagne chercher une existence honorable, dites-le, prouvez-le ; nous ferons écrire à M. le préfet pour obtenir votre liberté ; on vous rayera des registres de la police, et on encouragera vos bonnes résolutions. — Je vous en supplie, madame, ne m'interrogez pas, je ne pourrais vous répondre, a-t-elle repris. — Mais en sortant d'ici voulez-vous donc retourner dans cette affreuse maison ? — Oh ! jamais, s'est-elle écriée. — Que ferez-vous donc alors ? — Dieu le sait », a-t-elle répondu en laissant retomber sa tête sur sa poitrine.

— Cela est étrange !... Et elle s'exprime ?...

— En très bons termes, madame ; son maintien est timide, respectueux, mais sans bassesse ; je dirai plus : malgré la douceur extrême de sa voix et de son regard, il y a parfois dans son accent, dans son attitude, une sorte de tristesse fière qui me confond. Si elle n'appartenait pas à la malheureuse classe dont elle fait partie, je croirais presque que cette fierté annonce une âme qui a la conscience de son élévation.

— Mais c'est tout un roman ! s'écria Clémence, intéressée au dernier point, et trouvant, ainsi que le lui avait dit Rodolphe, que rien n'était souvent plus amusant à faire que le bien. Et quels sont ses rapports avec les autres prisonnières ? Si elle est douée de l'élévation d'âme que vous lui supposez, elle doit bien souffrir au milieu de ses misérables compagnes ?

— Mon Dieu, madame la marquise, pour moi qui observe par état et par habitude, tout dans cette jeune fille est un sujet d'étonnement. A peine ici depuis trois jours, elle possède déjà une sorte d'influence sur les autres détenues.

— En si peu de temps ?

— Elles éprouvent pour elle non seulement de l'intérêt, mais presque du respect.

— Comment ! ces malheureuses...

— Ont quelquefois un instinct d'une singulière délicatesse pour reconnaître, deviner même les nobles qualités des autres. Seulement elles haïssent souvent les personnes dont elles sont obligées d'admettre la supériorité.

— Et elles ne haïssent pas cette pauvre jeune fille ?

— Bien loin de là, madame : aucune d'elles ne la connaissait avant son entrée ici. Elles ont été d'abord frappées de sa beauté ; ses traits, bien que d'une pureté rare, sont pour ainsi dire voilés par une pâleur touchante et maladive ; ce mélancolique et doux visage leur a d'abord inspiré plus d'intérêt que de jalousie. Ensuite elle est très silencieuse, autre sujet d'étonnement pour ces créatures qui, pour la plupart, tâchent toujours de s'étourdir à force de bruit, de paroles et de mouvements. Enfin, quoique digne et réservée, elle s'est montrée compatissante, ce qui a empêché ses compagnes de se choquer de sa froideur. Ce n'est pas tout. Il y a ici depuis un mois une créature indomptable surnommée la Louve, tant son caractère est violent, audacieux et bestial. C'est une fille de vingt ans, grande, virile, d'une figure assez belle, mais dure ; nous sommes souvent forcés de la mettre au cachot pour vaincre sa turbulence. Avant-hier justement elle sortait de cellule, encore irritée de la punition qu'elle venait de subir ; c'était l'heure du repas, la pauvre fille dont je vous parle ne mangeait pas ; elle dit tristement à ses compagnes : « Qui veut mon pain ? — Moi ! dit d'abord la Louve. — Moi ! » dit ensuite une créature presque contrefaite, appelée Mont-Saint-Jean, qui sert de risée, et quelquefois, malgré nous, de souffre-douleur aux autres détenues, quoiqu'elle soit grosse de plusieurs mois. La jeune fille donna d'abord son pain à cette dernière, à la grande colère de la Louve. « C'est moi qui t'ai d'abord demandé ta ration, s'écria-t-elle furieuse. — C'est vrai, mais cette pauvre femme est enceinte, elle en a plus besoin que vous », répondit la jeune fille. La Louve néanmoins arracha le pain des mains de Mont-Saint-Jean, et commença de vociférer en agitant son couteau. Comme elle est très méchante et très redoutée, personne n'osa prendre le parti de la pauvre Goualeuse, quoique toutes les détenues lui donnassent raison intérieurement.

— Comment dites-vous ce nom, madame ?

— La Goualeuse... c'est le nom ou plutôt le surnom sous lequel a été écrouée ici ma protégée, et qui, je l'espère, sera bientôt la vôtre, madame la marquise... Presque toutes ont ainsi des noms d'emprunt.

— Celui-ci est singulier...

— Il signifie, dans leur hideux langage, la chanteuse ; car cette jeune fille a, dit-on, une très jolie voix ; je le crois sans peine, car son accent est enchanteur...

— Et comment a-t-elle échappé à cette vilaine Louve ?

— Rendue plus furieuse encore par le sang-froid de la Goualeuse, elle courut à elle l'injure à la bouche, son couteau levé ; toutes les prisonnières jetèrent un cri d'effroi... Seule, la Goualeuse, regardant sans crainte cette redoutable créature, lui sourit avec amertume, en lui disant de sa voix angélique : « Oh ! tuez-moi, tuez-moi, je le veux bien... et ne me faites pas trop souffrir ! ». Ces mots, m'a-t-on rapporté, furent prononcés avec une simplicité si navrante, que presque toutes les détenues en eurent les larmes aux yeux.

— Je le crois bien, dit Mme d'Harville, péniblement émue.

— Les plus mauvais caractères, reprit l'inspectrice, ont heureusement quelquefois de bons revirements. En entendant ces mots empreints d'une résignation déchirante, la Louve, remuée, a-t-elle dit plus tard, jusqu'au fond de l'âme, jeta son couteau par terre, le foula aux pieds et s'écria : « J'ai eu tort de te menacer, la Goualeuse, car je suis plus forte que toi ; tu n'as pas eu peur de mon couteau, tu es brave... J'aime les braves ; aussi maintenant, si l'on voulait te faire du mal, c'est moi qui te défendrais. . »

— Quel caractère singulier !

— L'exemple de la Louve augmenta encore l'influence de la Goualeuse, et aujourd'hui, chose à peu près sans exemple, presque aucune des prisonnières ne la tutoie ; la plupart la respectent, et s'offrent même à lui rendre tous les petits services qu'on peut se rendre entre prisonnières. Je me suis adressée à quelques détenues de son dortoir pour savoir la cause de la déférence qu'elles lui témoignaient. « C'est plus fort que nous, m'ont-elles répondu, on voit bien que ce n'est pas une personne comme nous autres. — Mais qui vous l'a dit ? — On ne nous l'a pas dit, cela se voit. — Mais encore à quoi ? — A mille choses. D'abord, hier, avant de se coucher, elle s'est mise à genoux et a fait sa prière : pour qu'elle prie, comme a dit la Louve, il faut bien qu'elle en ait le droit. »

— Quelle observation étrange !

— Ces malheureuses n'ont aucun sentiment religieux, et elles ne se permettraient pourtant jamais ici un mot sacrilège ou impie ; vous verrez, madame, dans toutes nos salles, des espèces d'autels où la statue de la Vierge est entourée d'offrandes et d'ornements faits par elles-mêmes. Chaque dimanche, il se brûle un grand nombre de cierges en *ex-voto*. celles qui vont à la chapelle s'y comportent parfaitement ; mais généralement l'aspect des lieux saints leur en impose ou les effraye. Pour revenir à la Goualeuse, ses compagnes me disaient encore : « On voit qu'elle n'est pas comme nous autres, à son air doux, à sa tristesse, à la manière dont elle parle... Et puis enfin, reprit brusquement la Louve, qui assistait à cet entretien, il faut bien qu'elle ne soit pas des nôtres ; car ce matin... dans le dortoir, sans savoir pourquoi... nous étions honteuses de nous habiller devant elle... ».

— Quelle bizarre délicatesse au milieu de tant de dégradations ! s'écria Mme d'Harville.

— Oui, madame, devant les hommes et entre elles la pudeur leur est inconnue, et elles sont péniblement confuses d'être vues à demi vêtues par nous ou par des personnes charitables qui, comme vous, madame la marquise, visitent les prisons. Ainsi ce profond instinct de pudeur que Dieu a mis en nous se révèle encore, même chez ces créatures, à l'aspect des seules personnes qu'elles puissent respecter.

— Il est au moins consolant de retrouver quelques bons sentiments naturels plus forts que la dépravation.

— Sans doute, car ces femmes sont capables de dévouements qui, honnêtement placés, seraient très honorables... Il est encore un sentiment sacré pour elles qui ne respectent rien, ne craignent rien : c'est la maternité ; elle s'en honorent, elles s'en réjouissent ; il n'y a pas de meilleures mères, rien ne leur coûte pour garder leur enfant auprès d'elles ; elles s'imposent, pour l'élever, les plus pénibles sacrifices ; car, ainsi qu'elles disent, ce petit être est le seul qui ne les méprise pas.

— Elles ont donc un sentiment profond de leur abjection ?

— On ne les méprise jamais autant qu'elles se méprisent elles-mêmes... Chez quelques-unes dont le repentir est sincère, cette tache originelle du vice reste ineffaçable à leurs yeux, lors même qu'elles se trouvent dans une condition meilleure ; d'autres deviennent folles, tant l'idée de leur abjection première est chez elles fixe et implacable. Aussi, madame, je ne serais pas étonnée que le chagrin profond de la Goualeuse ne fût causé par un remords de ce genre.

— Si cela est, en effet, quel supplice pour elle ! un remords que rien ne peut calmer !

— Heureusement, madame, pour l'honneur de l'espèce humaine, ces remords sont plus fréquents qu'on ne le croit ; la conscience vengeresse ne s'endort jamais complètement ; ou plutôt, chose étrange ! quelquefois on dirait que l'âme veille pendant que le corps est assoupi ; c'est une observation que j'ai faite de nouveau cette nuit à propos de ma protégée.

— De la Goualeuse ?

— Oui, madame.

— Et comment donc cela ?

— Assez souvent, lorsque les prisonnières sont endormies, je vais faire une ronde dans les dortoirs... Vous ne pouvez vous imaginer, madame... combien les physionomies de ces femmes diffèrent d'expression pendant qu'elles dorment. Bon nombre d'entre elles, que j'avais vues le jour insouciantes, moqueuses, effrontées, hardies, me semblaient complètement changées lorsque le sommeil dépouillait leurs traits de toute exagération de cynisme ; car le vice, hélas ! a son orgueil. Oh ! madame, que de tristes révélations sur ces visages alors abattus, mornes et sombres ! que de tressaillements ! que de soupirs douloureux involontairement arrachés par quelques rêves empreints sans doute d'une inexorable réalité !... Je vous parlais tout à l'heure, madame de cette fille surnommée la Louve, créature indomptée, indomptable. Il y a quinze jours environ, elle m'injuria brutalement devant toutes les détenues ; je haussai les épaules, mon indifférence exaspéra sa rage... Alors, pour me blesser sûrement, elle s'imagina de me dire je ne sais quelles ignobles injures sur ma mère... qu'elle avait souvent vue venir me visiter ici...

— Ah ! quelle horreur !...

— Je l'avoue, toute stupide qu'était cette attaque, elle me fit mal... La Louve s'en aperçut et triompha. Ce soir-là, vers minuit, j'allai faire inspection dans les dortoirs ; j'arrivai près du lit de la Louve, qui ne devait être mise en cellule que le lendemain matin ; je fus frappée, je dirai presque de la douceur de sa physionomie, comparée à l'expression dure et insolente qui lui était habituelle ; ses traits semblaient suppliants, pleins de tristesse et de contrition ; ses lèvres étaient à demi ouvertes, sa poitrine oppressée ; enfin, chose qui me parut incroyable... car je la croyais impossible, deux larmes, deux grosses larmes coulaient des yeux de cette femme au caractère de fer ! Je la contemplais en silence depuis quelques minutes, lorsque je l'entendis prononcer ces mots : « Pardon... pardon... ! sa mère !... ». J'écoutai plus attentivement, mais tout ce que je pus saisir au milieu d'un murmure presque inintelligible fut son nom.. Mme Armand... prononcé avec un soupir.

— Elle se repentait pendant son sommeil d'avoir injurié votre mère...

— Je l'ai cru... et cela m'a rendue moins sévère. Sans doute, aux yeux de ses compagnes, elle avait voulu, par une déplorable vanité, exagérer encore sa grossièreté naturelle ; peut-être un bon instinct la faisait se repentir pendant son sommeil.

— Et le lendemain, vous témoigna-t-elle quelque regret de sa conduite passée ?

— Aucun ; elle se montra, comme toujours, grossière, farouche et emportée. Je vous assure pourtant, madame, que rien ne dispose plus à la pitié que ces observations dont je vous parle. Je me persuade, illusion peut-être ! que pendant leur sommeil ces infortunées redeviennent meilleures, ou plutôt redeviennent elles-mêmes, avec tous leurs défauts, il est vrai, mais parfois aussi avec quelques bons instincts non plus dissimulés par une détestable forfanterie de vice. De tout ceci j'ai été amenée à croire que ces créatures sont généralement moins méchantes qu'elles n'affectent de le paraître ; agissant d'après cette conviction, j'ai souvent obtenu des résultats impossibles à réaliser si j'avais complètement désespéré d'elles.

Mme d'Harville ne pouvait cacher sa surprise de trouver tant de bon sens, tant de haute raison joints à des sentiments d'humanité si élevés, si pratiques, chez une obscure inspectrice de filles perdues.

— Il vous faut, madame, un grand courage, dit Clémence, après quelques minutes de silence, une grande vertu pour ne pas reculer devant l'ingratitude d'une tâche qui vous donne de si rares satisfactions !

— Non, je vous assure ; ce que je fais, d'autres le font avec plus de succès et d'intelligence que moi... Une des inspectrices de l'autre quartier de Saint-Lazare, destiné aux prévenues de différents crimes, vous intéresserait bien davantage... Elle me racontait ce matin l'arrivée d'une jeune fille prévenue d'infanticide. Jamais je n'ai rien entendu de plus déchirant... Le père de cette malheureuse fille, un honnête artisan lapidaire, est devenu fou de douleur en apprenant la honte de sa fille ; il paraît que rien n'était plus affreux que la misère de toute cette famille, logée dans une misérable mansarde de la rue du Temple.

— La rue du Temple ! s'écria madame d'Harville étonnée, quel est le nom de cet artisan ?

— Sa fille s'appelle Louise Morel...

— C'est bien cela...

— Elle était au service d'un homme respectable, M. Jacques Ferrand, notaire.

— Cette pauvre famille m'avait été recommandée, dit Clémence en rougissant ; mais j'étais loin de m'attendre à la voir frappée de ce nouveau coup si terrible... Et Louise Morel...

— Se dit innocente : elle jure que son enfant était mort... et il paraît que ses paroles ont l'accent de la vérité. Puisque vous vous intéressez à sa famille, madame la marquise, si vous étiez assez bonne pour daigner la voir, cette marque de votre bonté calmerait son désespoir, qu'on dit effrayant.

— Certainement je la verrai ; j'aurai ici deux protégées au lieu d'une... Louise Morel et la Goualeuse... car tout ce que vous me dites de cette pauvre fille me touche à un point extrême... Mais que faut-il faire pour obtenir sa liberté ? Ensuite je la placerais, je me chargerais de son avenir...

— Avec les relations que vous devez avoir, madame la marquise, il vous sera très facile de la faire sortir de prison du jour au lendemain ; cela dépend absolument de la volonté de M. le préfet de police... La recommandation d'une personne considérable sera décisive auprès de lui. Mais me voici bien loin, madame, de la Goualeuse. Et à ce propos je dois vous avouer que je ne serais pas étonnée qu'au sentiment profondément douloureux de sa première abjection se joignît un autre chagrin... non moins cruel.

— Que voulez-vous dire, madame ?

— Peut-être me trompé-je... mais je ne serais pas étonnée que cette jeune fille, sortie par je ne sais quel événement de la dégradation où elle était d'abord plongée, eût éprouvé... éprouvât peut-être un amour honnête... qui fût à la fois son bonheur et son tourment...

— Et pour quelles raisons croyez-vous cela ?

— Hier au soir, en allant faire mon inspection dans le dortoir, je me suis approchée du lit de la Goualeuse ; elle dormait profondément... Je contemplais depuis quelques moments avec attendrissement cette angélique figure, lorsqu'à voix basse, et avec un accent à la fois respectueux, triste et passionné... elle prononça un nom... et à vous, madame, je puis confier ce secret... ce nom était *Rodolphe.*

— Rodolphe ! s'écria madame d'Harville en songeant au prince.

Puis, réfléchissant qu'après tout Son Altesse le grand duc de Gerolstein ne pouvait avoir aucun rapport avec le *Rodolphe* de la pauvre Goualeuse, elle dit à l'inspectrice, qui semblait étonnée de son exclamation :

— Ce nom m'a surprise, madame, car, par un hasard singulier, un de mes parents le porte aussi ; mais tout ce que vous m'apprenez de la Goualeuse m'intéresse de plus en plus... Ne pourrai-je pas la voir aujourd'hui... tout à l'heure ?...

— Si, madame ; je vais, si vous le désirez, la chercher... je pourrai m'informer aussi de Louise Morel, qui est dans l'autre quartier de la prison.

— Je vous en serai très obligée, madame, répondit madame d'Harville, qui resta seule.

CHAPITRE VII

MONT-SAINT-JEAN

Deux heures sonnaient à l'horloge de la prison de Saint-Lazare.

Au froid qui régnait depuis quelques jours avait succédé une température douce, tiède, presque printanière ; les rayons du soleil se reflétaient dans l'eau d'un grand bassin carré, à margelle de pierre, situé au milieu d'une cour plantée d'arbres et entourée de hautes murailles noirâtres, percées de nombreuses fenêtres grillées ; des bancs de bois étaient scellés çà et là dans cette vaste enceinte pavée, qui servait de promenade aux détenues.

Le tintement d'une cloche annonçant l'heure de la récréation, les prisonnières débouchèrent en tumulte par une porte épaisse et guichetée qu'on leur ouvrit.

Ces femmes, uniformément vêtues, portaient des cornettes noires et de longs sarraus d'étoffe de laine bleue, serrés par une ceinture à boucle de fer. Elles étaient là deux cents prostituées, condamnées pour contraventions aux ordonnances particulières qui les régissent et les mettent en dehors de la loi commune.

Au premier abord, leur aspect n'avait rien de particulier ; mais, en les observant plus attentivement, on reconnaissait sur presque toutes ces physionomies les stigmates presque ineffaçables du vice et surtout de l'abrutissement qu'engendrent l'ignorance et la misère.

A l'aspect de ces rassemblements de créatures perdues, on ne peut s'empêcher de songer avec tristesse que beaucoup d'entre elles ont été pures et honnêtes au moins pendant quelques temps. Nous faisons cette restriction, parce qu'un grand nombre ont été viciées, corrompues, dépravées, non pas seulement dès leur jeunesse, mais dès leur plus tendre enfance… mais dès leur naissance, si cela se peut dire, ainsi qu'on le verra plus tard…

On se demande donc avec une curiosité douloureuse quel enchaînement de causes funestes a pu amener là celles de ces misérables qui ont connu la pudeur et la chasteté.

Tant de pentes diverses inclinent à cet égout !…

C'est rarement la passion de la débauche pour la débauche, mais le délaissement, mais le mauvais exemple, mais l'éducation perverse, mais surtout la faim, qui conduisent tant de malheureuses à l'infamie ; car les classes pauvres payent seules à la civilisation cet impôt de l'âme et du corps.

Lorsque les détenues se précipitèrent en courant et en criant dans le préau, il était facile de voir que la seule joie de sortir de leurs ateliers ne les rendait pas si bruyantes. Après avoir fait irruption par l'unique porte qui conduisait à la cour, cette foule s'écarta et fit cercle autour d'un être informe, qu'on accablait de huées.

C'était une petite femme de trente-six à quarante ans, courte, ramassée, contrefaite, ayant le cou enfoncé entre des épaules inégales. On lui avait arraché sa cornette ; et ses cheveux, d'un blond ou plutôt d'un jaune blafard, hérissés, emmêlés, nuancés de gris, retombaient sur son front bas et stupide. Elle était vêtue d'un sarrau bleu comme les autres prisonnières, et portait sous son bras droit un petit paquet enveloppé d'un mauvais mouchoir à carreaux, troué. Elle tâchait, avec son coude gauche, de parer les coups qu'on lui portait.

Rien de plus tristement grotesque que les traits de cette malheureuse : c'était une ridicule et hideuse figure allongée en museau, ridée, tannée, sordide, d'une couleur terreuse, percée de deux narines et de deux petits yeux rouges bridés et éraillés ; tour à tour colère ou suppliante, elle grondait, elle implorait, mais on riait encore plus de ses plaintes que de ses menaces.

Cette femme était le jouet des détenues.

Une chose aurait dû pourtant la garantir de ces mauvais traitements... elle était grosse.

Mais sa laideur, son imbécillité et l'habitude qu'on avait de la regarder comme une victime vouée à l'amusement général, rendaient ses persécutrices implacables malgré leur respect ordinaire pour la maternité.

Parmi les ennemies les plus acharnées de Mont-Saint-Jean (c'était le nom du souffre-douleur), on remarquait la Louve.

La Louve était une grande fille de vingt ans, leste, virilement découplée, et d'une figure assez régulière ; ses rudes cheveux noirs se nuançaient de reflets roux ; l'ardeur du sang couperosait son teint ; un duvet brun ombrageait ses lèvres charnues ; ses sourcils châtains, épais et drus, se rejoignaient entre eux, au-dessus de ses grands yeux fauves ; quelque chose de violent, de farouche, de bestial, ressortait dans l'expression de la physionomie de cette femme ; une sorte de rictus habituel, qui, retroussant sa lèvre supérieure lors de ses accès de colère, laissait voir ses dents blanches et écartées, expliquait son surnom de la Louve.

Néanmoins, on lisait sur ce visage plus d'audace et d'insolence que de cruauté ; en un mot, on comprenait que, plutôt viciée que foncièrement mauvaise, cette femme fût encore susceptible de quelques bons mouvements, ainsi que l'inspectrice venait de le raconter à Mme d'Harville.

— Mon Dieu ! mon Dieu ! qu'est-ce que je vous ai donc fait ? criait Mont-Saint-Jean en se débattant au milieu de ses compagnes Pourquoi vous acharnez-vous après moi ?

— Parce que ça nous amuse.

— Parce que tu n'es bonne qu'à être tourmentée...
— C'est ton état.
— Regarde-toi... tu verras que tu n'as pas le droit de te plaindre...
— Mais vous savez bien que je ne me plains qu'à la fin... je souffre tant que je peux.
— Eh bien! nous te laisserons tranquille si tu nous dis pourquoi tu t'appelle Mont-Saint-Jean.
— Oui, oui, raconte nous ça.
— Eh! je vous l'ai dit cent fois, c'est un ancien soldat que j'ai aimé dans les temps, et qu'on appelait ainsi parce qu'il avait été blessé à la bataille de Mont-Saint-Jean... J'ai gardé son nom, là... Maintenant êtes-vous contentes? quand vous me ferez répéter toujours la même chose?
— S'il te ressemblait, il était frais ton soldat!
— Ça devait être un invalide...
— Un restant d'homme...
— Combien avait-ils d'œils de verre?
— Et de nez de fer-blanc?
— Il fallait qu'il eût les deux jambes et les deux bras de moins, avec ça sourd et aveugle... pour vouloir de toi...
— Je suis laide, un vrai monstre... je le sais bien, allez. Dites-moi des sottises, moquez-vous de moi tant que vous voudrez... ça m'est égal; mais ne me battez pas, je ne demande que ça...
— Qu'est-ce que tu as dans ce vieux mouchoir? dit la Louve.
— Oui!... oui!... qu'est-ce qu'elle a là?
— Qu'elle nous le montre!
— Voyons! voyons!
— Oh! non, je vous en supplie!... s'écria la misérable en serrant de toutes ses forces son petit paquet entre ses mains.
— Il faut lui prendre...
— Oui, arrache-lui... la Louve!
— Mon Dieu! faut-il que vous soyez méchantes, allez... mais laissez donc ça... Laissez donc ça...
— Qu'est-ce que c'est?
— Eh bien! c'est un commencement de layette pour mon enfant... Je fais ça avec les vieux morceaux de linge dont personne ne veut et que je ramasse; ça vous est égal, n'est-ce pas?
— Oh! la layette du petit à Mont-Saint-Jean! C'est ça qui doit être farce!
— Voyons!
— La layette... la layette!
— Elle aura pris mesure sur le petit chien de la gardienne... bien sûr...
— A vous, à vous, la layette! cria la Louve en arrachant le paquet des mains de Mont-Saint-Jean.

Le mouchoir presque en lambeaux se déchira, bon nombre de rognures d'étoffe de toutes couleurs et de vieux morceaux de linge à demi façonnés voltigèrent dans la cour et furent foulés au pieds par les prisonnières, qui redoublèrent de huées et d'éclats de rire.

— Que ça de guenilles!
— On dirait le fond de la hotte d'un chiffonnier!

— En voilà des échantillons de vieilles loques !

— Quelle boutique !...

— Et pour coudre tout ça...

— Il y aura plus de fil que d'étoffe...

— Ça fera des broderies !

— Tiens, rattrape-les maintenant tes haillons... Mont-Saint-Jean.

— Faut-il être méchant, mon Dieu ! faut-il être méchant ! s'écria la pauvre créature en courant çà et là après les chiffons quelle tâchait de ramasser, malgré les bourrades qu'on lui donnait. Je n'ai jamais fait de mal à personne, ajouta-t-elle en pleurant, je leur ai offert, pour qu'elles me laissent tranquille, de leur rendre tous les services qu'elles voudraient, de leur donner la moitié de ma ration, quoique j'ai bien faim ; eh bien ! non, non, c'est tout de même... Mais qu'est-ce qu'il faut donc que je fasse pour avoir la paix ?... Elles n'ont pas seulement pitié d'une pauvre femme enceinte ! Faut être plus sauvage que des bêtes... J'avais eu tant de peine à ramasser ces petits bouts de linge ! Avec quoi voulez-vous que je fasse la layette de mon enfant, puisque je n'ai de quoi rien acheter ? A qui ça fait-il du tort de ramasser ce que personne ne veut plus, puisqu'on le jette... Mais tout à coup Mont-Saint-Jean s'écria avec un accent d'espoir : Oh ! puisque vous voilà... la Goualeuse... je suis sauvée... parlez-leur pour moi... elles vous écouteront, bien sûr, puisqu'elles vous aiment autant qu'elles me haïssent.

La Goualeuse, arrivant la dernière des détenues, entrait alors dans le préau.

Fleur-de-Marie portait le sarrau bleu et la cornette noire des prisonnières ; mais, sous ce grossier costume, elle était encore charmante. Pourtant, depuis son enlèvement de la ferme de Bouqueval (enlèvement dont nous expliquerons plus tard l'issue), ses traits semblaient profondément altérés ; sa pâleur, autrefois légèrement rosée, était mate comme la blancheur de l'albâtre ; l'expression de sa physionomie avait aussi changé ! elle était alors empreinte d'une sorte de dignité triste.

Fleur-de-Marie sentait qu'accepter courageusement les douloureux sacrifices de l'expiation, c'est presque atteindre à la hauteur de la réhabilitation.

— Demandez-leur donc grâce pour moi, la Goualeuse, reprit Mont-Saint-Jean implorant la jeune fille ; voyez comme elles traînent dans la cour tout ce que j'avais rassemblé avec tant de peine pour commencer la layette de mon enfant... Quel beau plaisir ça peut-il leur faire ?

Fleur-de-Marie ne dit mot, mais elle se mit à ramasser activement un à un, sous les pieds des détenues, tous les chiffons qu'elle put recueillir.

Une prisonnière retenait méchamment sous son sabot une sorte de brassière de grosse toile bise. Fleur-de-Marie, toujours baissée, leva sur cette femme son regard enchanteur, et lui dit de sa voix douce :

— Je vous en prie, laissez-moi reprendre cela, au nom de cette pauvre femme qui pleure...

La détenue recula son pied..

La brassière fut sauvée ainsi que presque tous les autres haillons, que la Goualeuse conquit ainsi pièce à pièce.

Il lui restait à récupérer un petit bonnet d'enfant que deux détenues se disputaient en riant. Fleur-de-Marie leur dit :

— Voyons, soyez tout à fait bonnes... rendez-lui ce petit bonnet...

— Ah bien oui !... c'est donc pour un arlequin au maillot, ce bonnet ! il est fait d'un morceau d'étoffe grise, avec des pointes en futaine vertes et noires, et d'une doublure de toile à matelas.

Ceci était exact.

Cette description du bonnet fut accueillie avec des huées et des rires sans fin.

— Moquez-vous-en, mais rendez-le-moi, disait Mont-Saint-Jean, et surtout ne le traînez pas dans le ruisseau comme le reste... Pardon de vous avoir fait ainsi salir les mains pour moi, la Goualeuse, ajouta Mont-Saint-Jean d'une voix reconnaissante.

— A moi le bonnet d'arlequin ! dit la Louve, qui s'en empara et l'agita en l'air comme un trophée.

— Je vous en supplie, donnez-le-moi, dit la Goualeuse.

— Non, c'est pour le rendre à Mont-Saint-Jean !

— Certainement.

— Ah ! bah ! ça en vaut bien la peine... une pareille guenille !

— C'est parce que Mont-Saint-Jean, pour habiller son enfant, n'a que des guenilles... que vous devriez avoir pitié d'elle, la Louve, dit tristement Fleur-de-Marie en étendant la main vers le bonnet.

— Vous ne l'aurez pas ! reprit brutalement la Louve ; ne faudrait-il pas toujours vous céder, à vous, parce que vous êtes la plus faible ?... vous abusez de cela, à la fin !...

— Où serait le mérite de me céder... si j'étais la plus forte ?... répondit la Goualeuse avec un demi-sourire plein de grâce.

— Non, non ; vous voulez encore m'entortiller avec votre petite voix douce... vous ne l'aurez pas !

— Voyons, la Louve, ne soyez pas méchante...

— Laissez-moi tranquille, vous m'ennuyez...

— Je vous en prie !...

— Tiens ! ne m'impatiente pas... j'ai dit non, c'est non ! s'écria la Louve tout à fait irritée.

— Ayez donc pitié d'elle... voyez comme elle pleure !

— Qu'est-ce que ça me fait à moi ?... tant pis pour elle ! elle est notre souffre-douleur...

— C'est vrai, c'est vrai... il ne fallait pas lui rendre ses loques, murmuraient les détenues, entraînées par l'exemple de la Louve. Tant pis pour Mont-Saint-Jean !...

— Vous avez raison, tant pis pour elle ! dit Fleur-de-Marie avec amertume, elle est votre souffre-douleur... elle doit se résigner... ses gémissements vous amusent... ses larmes vous font rire... il vous faut bien passer le temps à quelque chose ! on la tuerait sur place qu'elle n'aurait rien à dire... Vous avez raison, la Louve. Cela est juste !... cette pauvre femme ne fait de mal à personne, elle ne peut pas se défendre, elle est seule contre toutes... vous l'accablez... cela est surtout bien grave et bien généreux !

— Nous sommes donc des lâches ? s'écria la Louve emportée par la violence de son caractère et par son impatience de toute contradiction. Répondras-tu ? Sommes-nous donc des lâches, hein ? reprit-elle de plus en plus irritée.

Des rumeurs menaçantes pour la Goualeuse commencèrent à se faire entendre.

Les détenues offensées se rapprochèrent et l'entourèrent en vociférant, oubliant ou plutôt se révoltant contre l'ascendant que la jeune fille avait jusqu'alors pris sur elles.

— Elle nous appelle lâches !

— De quel droit vient-elle nous blâmer ?

— Est-ce qu'elle est plus que nous ?

— Nous avons été trop bonnes enfants avec elle.

— Et maintenant elle veut prendre des airs avec nous.

— Si ça nous plaît de faire la misère à Mont-Saint-Jean, qu'est-ce qu'elle a à dire ?

— Puisque c'est comme ça, tu seras encore plus battue qu'auparavant, entends-tu, Mont-Saint-Jean ?

— Tiens, voilà pour commencer, dit l'une en lui donnant un coup de poing.

— Et si tu te mêles encore de ce qui ne te regarde pas, la Goualeuse, on te traitera de même.

— Oui !... oui !

— Ça n'est pas tout ! cria la Louve ; il faut que la Goualeuse nous demande pardon de nous avoir appelées lâches ! C'est vrai... si on la laissait faire, elle finirait par nous manger la laine sur le dos. Nous sommes bien bêtes, aussi... de ne pas nous apercevoir de ça !

— Qu'elle nous demande pardon !

— A genoux !

— A deux genoux !

— Ou nous allons la traiter comme Mont-Saint-Jean, sa protégée.

— A genoux ! à genoux !

— Ah ! nous sommes des lâches !

— Répète-le donc, hein !

Fleur-de-Marie ne s'émut pas de ces cris furieux, elle laissa passer la tourmente ; puis lorsqu'elle put se faire entendre, promenant sur les prisonnières son beau regard calme et mélancolique, elle répondit à la Louve, qui vociférait de nouveau :

— Ose donc répéter que nous sommes des lâches !

— Vous ? Non, non, c'est cette pauvre femme dont vous avez déchiré les vêtements, que vous avez battue, traînée dans la boue : c'est elle qui est lâche... Ne voyez-vous pas comme elle pleure, comme elle tremble en vous regardant ? Encore une fois, c'est elle qui est lâche, puisqu'elle a peur de vous !

L'instinct de Fleur-de-Marie la servait parfaitement. Elle eût invoqué la justice, le devoir, pour désarmer l'acharnement stupide et brutal des prisonnières contre Mont-Saint Jean, qu'elle n'eût pas été écoutée. Elle les émut en s'adressant à ce sentiment de générosité naturelle qui jamais ne s'éteint tout à fait, même dans les masses les plus corrompues.

La Louve et ses compagnes murmurèrent encore, mais elles se sentaient, elles s'avouaient lâches.

Fleur-de-Marie ne voulut pas abuser de ce premier triomphe, et continua :

— Votre souffre-douleur ne mérite pas de pitié, dites-vous ; mais, mon Dieu ! son enfant en mérite, lui ! Hélas ! ne ressent-il pas les coups que vous donnez à sa mère ? Quand elle vous crie grâce ! ce n'est pas pour elle... c'est pour son enfant ! Quand elle vous demande un peu de votre pain, si vous en avez de trop, parce qu'elle a plus faim que d'habitude, ce n'est pas pour elle... c'est pour son enfant !... Quand elle vous supplie, les larmes aux yeux, d'épargner ses haillons qu'elle a eu tant de peine à rassembler, ce n'est pas pour elle... c'est pour son enfant ! Ce pauvre petit bonnet de pièces et de morceaux doublé de toile à matelas, dont vous vous moquez tant, est bien risible... peut-être ; pourtant, à moi, rien qu'à le voir, il me donne envie de pleurer, je vous l'avoue... Moquez-vous de moi et de Mont-Saint-Jean, si vous voulez.

Les détenues ne rirent pas.

La Louve regarda même tristement ce petit bonnet qu'elle tenait encore à la main.

— Mon Dieu ! reprit Fleur-de-Marie en essuyant ses yeux du revers de sa main blanche et délicate, je sais que vous n'êtes pas méchantes... Vous tourmentez Mont-Saint-Jean par désœuvrement, non par cruauté. Mais vous oubliez qu'ils sont deux... elle et son enfant. Elle le tiendrait entre ses bras, qu'il la protégerait contre vous... Non seulement vous ne la battriez pas, de peur de faire du mal à ce pauvre innocent, mais, s'il avait froid, vous donneriez à sa mère tout ce que vous pourriez pour le couvrir, n'est-ce pas, la Louve ?

— C'est vrai... un enfant, qui est-ce qui n'en aurait pas pitié ?...

— C'est tout simple, ça...

— S'il avait faim, vous vous ôteriez le pain de la bouche pour lui, n'est-ce pas, la Louve ?

— Oui, et de bon cœur... je ne suis pas plus méchante qu'une autre.

— Ni nous non plus...

— Un pauvre petit innocent !

— Qu'est-ce qui aurait le cœur de vouloir lui faire du mal ?

— Faudrait être des monstres !

— Des sans-cœur !

— Des bêtes sauvages !

— Je vous le disais bien, reprit Fleur-de-Marie, que vous n'étiez pas méchantes ; vous êtes bonnes, votre tort c'est de ne pas réfléchir que Mont-Saint-Jean, au lieu d'avoir son enfant dans ses bras pour vous apitoyer... l'a dans son sein... voilà tout...

— Voilà tout ! reprit la Louve avec exaltation, non, ça n'est pas tout. Vous avez raison, la Goualeuse, nous étions des lâches... et vous êtes brave d'avoir osé nous le dire, et vous êtes brave de n'avoir pas tremblé après nous l'avoir dit. Voyez-vous nous avons beau dire et beau faire, nous débattre contre ça, que vous n'êtes pas une créature comme nous autres, faut toujours finir par en convenir. Ça me vexe, mais ça est

Tout à l'heure encore nous avons eu tort… vous étiez plus courageuse que nous…

— C'est vrai qu'il lui a fallu du courage à cette blondinette pour nous dire comme ça nos vérités en face…

— Oh ! mais, c'est que ces yeux bleus tout doux, tout doux, une fois que ça s'y met…

— Ça devient des vrais petits lions.

— Pauvre Mont-Saint-Jean ! elle lui doit une fière chandelle !

— Après tout, c'est que c'est vrai, quand nous battons Mont-Saint-Jean nous battons son enfant.

— Je n'avais pas pensé à cela.

— Ni moi non plus.

— Mais la Goualeuse, elle, pense à tout.

— Et battre un enfant… c'est affreux !

— Pas une de nous n'en serait capable.

Rien de plus mobile que les passions populaires ; rien de plus brusque, de plus rapide que leurs retours du mal au bien et du bien au mal.

Quelques simples et touchantes paroles de Fleur-de-Marie avaient provoqué une réaction subite en faveur de Mont-Saint-Jean, qui pleurait d'attendrissement.

Tous les cœurs étaient émus, parce que, nous l'avons dit, les sentiments qui se rattachent à la maternité sont toujours vifs et puissants chez les malheureuses dont nous parlons.

Tout à coup la Louve, violente et exaltée en toute chose, prit le petit bonnet qu'elle tenait à la main, en fit une sorte de bourse, fouilla dans sa poche, en tira vingt sous, les jeta dans le bonnet, et s'écria en le présentant à ses compagnes :

— Je mets vingt sous pour acheter de quoi faire une layette au petit de Mont-Saint-Jean. Nous taillerons et nous coudrons tout nous-mêmes, afin que la façon ne lui coûte rien…

— Oui… oui…

— C'est ça !… cotisons-nous !…

— J'en suis !

— Pauvre femme !

— Elle est laide comme un monstre… mais elle est mère comme une autre…

— La Goualeuse avait raison, au fait, c'est à pleurer toutes les larmes de son corps que de voir cette malheureuse layette de haillons.

— Je mets dix sous.

— Moi trente.

— Moi vingt.

— Moi, quatre sous… je n'ai que ça.

— Moi, je n'ai rien… mais je vends ma ration de demain pour mettre à la masse. Qui me l'achète ?

— Moi, dit la Louve, je mets dix sous pour toi… mais tu garderas ta ration, et Mont-Saint-Jean aura une layette comme une princesse.

Exprimer la surprise, la joie de Mont-Saint-Jean serait impossible ; son grotesque et laid visage, inondé de larmes, devenait presque touchant. Le bonheur la reconnaissance y rayonnaient

Fleur-de-Marie aussi était bienheureuse, quoiqu'elle eût été obligée de dire à la Louve, quand celle-ci lui tendit le petit bonnet :

— Je n'ai pas d'argent... mais je travaillerai tant qu'on voudra...

— Oh ! mon bon petit ange du paradis, s'écria Mont-Saint-Jean en tombant aux genoux de la Goualeuse, et en tâchant de lui prendre la main pour la baiser ; qu'est-ce que je vous ai donc fait pour que vous soyez aussi charitable pour moi, et toutes ces dames aussi ? C'est bien possible, mon bon Dieu sauveur !... une layette pour mon enfant, une bonne layette, tout ce qu'il lui faudra ? Qui aurait jamais cru cela pourtant ! j'en deviendrai folle, c'est sûr. Moi qui tout à l'heure étais le *pâtiras* de tout le monde. En un rien de temps, parce que vous leur avez dit.. quelque chose... de votre chère petite voix de séraphin... voilà que vous les retournez de mal à bien, voilà qu'elles m'aiment à cette heure. Et moi aussi, je les aime. Elles sont si bonnes ! j'avais tort de me fâcher. Etais-je donc bête, et injuste, et ingrate ; tout ce qu'elles me faisaient, c'était pour rire, elles ne me voulaient pas de mal, c'était pour mon bien, en voilà la preuve. Oh ! maintenant on m'assommerait sur la place, que je ne dirais pas ouf. J'étais par trop susceptible aussi !

— Nous avons quatre-vingt-huit francs et sept sous, dit la Louve en finissant de compter le montant de la collecte, qu'elle enveloppa dans le petit bonnet. Qui est-ce qui sera la trésorière jusqu'à ce qu'on ait employé l'argent, cria-t-on tout d'une voix.

— Si vous m'en croyez, dit Fleur-de-Marie, vous prierez l'inspectrice, Mme Armand, de se charger de cette somme et de faire les emplettes nécessaires à la layette ; et puis, qui sait ? Mme Armand sera sensible à la bonne action que vous avez faite, et peut-être demandera-t-elle qu'on ôte quelques jours de prison à celles qui sont bien notées.. Eh bien ! la Louve, ajouta Fleur-de-Marie en prenant sa compagne par le bras, est-ce que vous ne vous sentez pas plus contente que tout à l'heure, quand vous jetiez au vent les pauvres haillons de Mont-Saint-Jean ?

La Louve ne répondit pas d'abord.

A l'exaltation généreuse qui avait un moment animé ses traits succédait une sorte de défiance farouche.

Fleur-de-Marie la regardait avec surprise, ne comprenant rien à ce changement subit.

— Goualeuse... venez... j'ai à vous parler, dit la Louve d'un air sombre.

Et, se détachant du groupe des détenues, elle emmena brusquement Fleur-de-Marie près du bassin à margelle de pierre creusé au milieu du préau. Un banc était tout près.

La Louve et la Goualeuse s'y assirent et se trouvèrent ainsi presque isolées de leurs compagnes.

CHAPITRE VIII

LA LOUVE ET LA GOUALEUSE

Nous croyons fermement à l'influence de certains caractères dominateurs, assez sympathiques aux masses, assez puissants sur elles pour leur imposer le bien ou le mal.

Les uns audacieux, emportés, indomptables, s'adressant aux mauvaises passions, les soulèveront comme l'ouragan soulève l'écume de la mer ; mais, ainsi que tous les orages, ces orages seront aussi furieux qu'éphémères ; à ces funestes effervescences succéderont de sourds ressentiments de tristesse, de malaise, qui empireront les plus misérables conditions. Le déboire d'une violence est toujours amer, le réveil d'un excès toujours pénible.

La Louve, si l'on veut, personnifiera cette influence funeste.

D'autres organisations, plus rares, parce qu'il faut que leurs généreux instincts soient fécondés par l'intelligence, et que chez elles l'esprit soit au niveau du cœur ; d'autres, disons-nous, inspireront le bien, ainsi que les premiers inspireront le mal. Leur action pénétrera doucement les âmes, comme les tièdes rayons du soleil pénètrent les corps d'une chaleur vivifiante... comme la fraîche rosée d'une nuit d'été imbibe la terre aride et brûlante.

Fleur-de-Marie, si l'on veut, personnifiera cette influence bienfaisante.

La réaction en bien n'est pas brusque comme la réaction en mal ; ses effets se prolongent davantage. C'est quelque chose d'onctueux, d'ineffable, qui peu à peu détend, calme, épanouit les cœurs les plus endurcis et leur fait goûter une sensation d'une exprimable sérénité.

Malheureusement le charme cesse.

Après avoir entrevu de célestes clartés, les gens pervers retombent dans les ténèbres de leur vie habituelle ; le souvenir des suaves émotions qui les ont un moment surpris s'efface peu à peu. Parfois pourtant ils cherchent vaguement à se les rappeler, de même que nous essayons de murmurer les chants dont notre heureuse enfance a été bercée.

Grâce à la bonne action qu'elle leur avait inspirée, les compagnes de la Goualeuse venaient de connaître la douceur passagère de ces ressentiments, aussi partagés par la Louve. Mais celle-ci, pour des raisons que nous dirons bientôt, devait rester moins longtemps que les autres prisonnières sous cette bienfaisante impression.

Si l'on s'étonne d'entendre et de voir Fleur-de-Marie, naguère si passivement, si douloureusement résignée, agir, parler avec courage et autorité, c'est que les nobles enseignements qu'elle avait reçus pendant son séjour à la ferme de Bouqueval avaient rapidement développé les rares qualités de cette nature excellente.

Fleur-de-Marie comprenait qu'il ne suffisait pas de pleurer un passé irréparable, et qu'on ne se réhabilitait qu'en faisant le bien ou en l'inspirant.

Nous l'avons dit : la Louve s'était assise sur un banc de bois à côté de la Goualeuse.

Le rapprochement de ces deux jeunes filles offrait un singulier contraste.

Les pâles rayons d'un soleil d'hiver les éclairaient ; le ciel pur se pommelait çà et là de petites nuées blanches et floconneuses ; quelques oiseaux, égayés par la tiédeur de la température, gazouillaient dans les branches noires des grands marronniers de la cour ; deux ou trois moineaux plus effrontés que les autres venaient boire et se baigner dans un petit ruisseau où s'écoulait le trop plein du bassin ; les mousses vertes veloutaient les revêtements de pierre des margelles ; entre leurs assises disjointes poussaient çà et là quelques touffes d'herbes et de plantes pariétaires épargnées par la gelée.

Cette description d'un bassin de prison semblera puérile, mais Fleur-de-Marie ne perdait pas un de ces détails ; les yeux tristement fixés sur ce petit coin de verdure et sur cette eau limpide où se réfléchissait la blancheur mobile des nuées courant sur l'azur du ciel, où se brisaient avec un miroitement lumineux les rayons d'or d'un beau soleil, elle songeait en soupirant aux magnificences de la nature qu'elle aimait, qu'elle admirait si poétiquement, et dont elle était encore privée.

— Que vouliez-vous me dire ? demanda la Goualeuse à sa compagne, qui, assise auprès d'elle, restait sombre et silencieuse.

— Il faut que nous ayons une explication, s'écria durement la Louve ; ça ne peut pas durer ainsi.

— Je ne vous comprends pas, la Louve.

— Tout à l'heure, dans la cour, à propos de Mont-Saint-Jean, je m'étais dit : Je ne veux plus céder à la Goualeuse, et pourtant je viens encore de vous céder...

— Mais...

— Mais je vous dis que ça ne peut pas durer.

— Qu'avez-vous contre moi, la Louve ?

— J'ai... que je ne suis plus la même depuis votre arrivée ici... non, je n'ai plus ni cœur, ni force, ni hardiesse...

Puis, s'interrompant, la Louve releva tout à coup la manche de sa robe, et, montrant à la Goualeuse son bras blanc, nerveux et couvert d'un duvet noir, elle lui fit remarquer, sur la partie antérieure de ce bras, un tatouage indélébile représentant un poignard bleu à demi enfoncé dans un cœur rouge ; au-dessous de cet emblème on lisait ces mots :

Mort aux lâches !
Martial.
P. L. V. (pour la vie).

— Voyez-vous cela ? s'écria la Louve.

— Oui… cela est sinistre et me fait peur, dit la Goualeuse en détournant la vue.

— Quand Martial, mon amant, m'a écrit, avec une aiguille rougie au feu, ces mots sur le bras : *Mort aux lâches !* il me croyait brave ; s'il savait ma conduite depuis trois jours, il me planterait son couteau dans le corps comme ce poignard est planté dans ce cœur… et il aurait raison, car il a écrit là : *Mort aux lâches !* et je suis lâche.

— Qu'avez-vous fait de lâche ?

— Tout…

— Regrettez-vous votre bonne pensée de tout à l'heure ?

— Oui…

— Ah ! je ne vous crois pas…

— Je vous dis que je la regrette moi, car c'est encore une preuve de ce que vous pouvez sur nous toutes. Est-ce que vous n'avez pas entendu Mont-Saint-Jean, quand elle était à genoux… à vous remercier ?…

— Qu'a-t-elle dit ?

— Elle a dit, en parlant de nous, que « d'un rien vous nous tourniez de mal à bien ». Je l'aurais étranglée quand elle a dit ça… car, pour notre honte… c'était vrai. Oui, en un rien de temps, vous nous changez du blanc au noir : on vous écoute, on se laisse aller à ses premiers mouvements… et on est votre dupe, comme tout à l'heure…

— Ma dupe… pour avoir secouru généreusement cette pauvre femme !

— Il ne s'agit pas de tout ça, s'écria la Louve avec colère, je n'ai jusqu'ici courbé la tête devant personne… La Louve est mon nom, et je suis bien nommée… plus d'une femme porte mes marques… plus d'un homme aussi… il ne sera pas dit qu'une petite fille comme vous me mettra sous ses pieds…

— Moi !… et comment ?

— Est-ce que je le sais, comment ?… Vous arrivez ici… vous commencez d'abord par m'offenser…

— Vous offenser ?…

— Oui… vous demandez qui veut votre pain… la première je réponds : Moi !… Mont-Saint-Jean ne vous le demande qu'ensuite… et vous lui donnez la préférence… Furieuse de cela, je m'élance sur vous, mon couteau levé…

— Et je vous dis : Tuez-moi si vous voulez… mais ne me faites pas trop souffrir… reprit la Goualeuse… voilà tout.

— Voilà tout ?… oui, voilà tout !… et pourtant ces seuls mots-là m'ont fait tomber mon couteau des mains… m'ont fait vous demander pardon à vous qui m'aviez offensée… Est-ce que c'est naturel ?… Tenez, quand je reviens dans mon bon sens, je me fais pitié à moi-même… Et le soir de votre arrivée ici, lorsque vous vous êtes mise à genoux pour votre prière, pourquoi, au lieu de me moquer de vous, et d'ameuter tout le dortoir, pourquoi ai-je dit : Faut la laisser tranquille.. Elle prie, c'est qu'elle en a le droit... Et le lendemain, pourquoi, moi et les autres, avons-nous eu honte de nous habiller devant vous ?

— Je ne sais pas... la Louve.

— Vraiment ! reprit cette violente créature avec ironie ; vous ne le savez pas ! C'est sans doute, comme nous l'avons dit quelquefois en plaisantant, que vous êtes d'une autre espèce que nous. Vous croyez peut-être cela ?

— Je ne vous ai jamais dit que je le croyais.

— Non, vous ne le dites pas... mais vous faites tout comme.

— Je vous en prie, écoutez-moi.

— Non, ça m'a été trop mauvais de vous écouter... de vous regarder. Jusqu'ici je n'avais jamais envié personne ; eh bien ! deux ou trois fois je me suis surprise... faut-il être bête et lâche !... je me suis surprise à envier votre figure de Sainte Vierge, votre air doux et triste... Oui, j'ai envié jusqu'à vos cheveux blonds et à vos yeux bleus, moi qui ai toujours détesté les blondes, vu que je suis brune... Vouloir vous ressembler... moi, la Louve !... moi !... Il y a huit jours, j'aurais marqué celui qui m'aurait dit ça... Ce n'est pourtant pas votre sort qui peut tenter ; vous êtes chagrine comme une Madeleine. Est-ce naturel, dites ?

— Comment voulez-vous que je me rende compte des impressions que je vous cause ?

— Oh ! vous savez bien ce que vous faites... avec votre air de ne pas y toucher.

— Mais quel mauvais dessein me supposez-vous ?

— Est-ce que je le sais, moi ? C'est justement parce que je ne comprends rien à tout cela que je me défie de vous. Il y a autre chose : jusqu'ici j'avais été toujours gaie ou colère... mais jamais songeuse... et vous m'avez rendue songeuse. Oui, il y a des mots que vous dites qui, malgré moi, m'ont remué le cœur et m'ont fait songer à toutes sortes de choses tristes.

— Je suis fâchée de vous avoir peut-être attristée, la Louve... mais je ne me souviens pas de vous avoir dit...

— Eh ! mon Dieu, s'écria la Louve en interrompant sa compagne avec une impatience courroucée, ce que vous faites est quelquefois aussi émouvant que ce que vous dites !... Vous êtes si maligne !...

— Ne vous fâchez pas, la Louve... expliquez-vous...

— Hier, dans l'atelier de travail, je vous voyais bien... vous aviez la tête et les yeux baissés sur l'ouvrage que vous cousiez ; une grosse larme est tombée sur votre main... Vous l'avez regardée pendant une minute... et puis vous avez porté votre main à vos lèvres, comme pour la baiser et l'essuyer, cette larme ; est-ce vrai ?

— C'est vrai, dit la Goualeuse.

— Ça n'a l'air de rien, mais vous aviez l'air si malheureux, si malheureux, que je me suis sentie tout écœurée, toute sens dessus dessous... Dites donc, est-ce que vous croyez que c'est amusant ? Comment ! j'ai toujours été dure comme roc pour ce qui me touche... personne ne peut se vanter de m'avoir vue pleurer... et il faut qu'en regardant seulement votre petite frimousse je me sente des lâchetés plein le cœur !. Oui, car tout ça c'est des pures lâchetés ; et la preuve, c'est que depuis trois jours je n'ai pas osé écrire à Martial, mon amant, tant j'ai une mauvaise conscience... Oui, votre fréquentation m'affadit le caractère, il faut que ça finisse... j'en ai assez ; ça tournerait mal... je m'entends... Je veux rester comme je suis... et ne pas me faire moquer de moi...

— Et pourquoi se moquerait-on de vous ?

— Pardieu ! parce qu'on me verrait faire la bonne et la bête, moi qui faisait trembler tout le monde ici ! Non, non ; j'ai vingt ans, je suis aussi belle que vous dans mon genre, je suis méchante .. on me craint, c'est ce que je veux... Je me moque du reste... Crève qui dit le contraire !...

— Vous êtes fâchée contre moi, la Louve ?

— Oui, vous êtes pour moi une mauvaise connaissance ; si ça continuait, dans quinze jours, au lieu de m'appeler la Louve, on m'appellerait... la Brebis. Merci... ça n'est pas moi qu'on châtrera jamais comme ça... Martial me tuerait... Finalement, je ne veux plus vous fréquenter ; pour me séparer tout à fait de vous, je vais demander à être changée de salle ; si on me refuse, je ferai un mauvais coup pour me remettre en haleine et pour qu'on m'envoie au cachot jusqu'à ma sortie... Voilà ce que j'avais à vous dire, la Goualeuse.

Fleur-de-Marie comprit que sa compagne, dont le cœur n'était pas complètement vicié, se débattait, pour ainsi dire, contre de meilleures tendances. Sans doute, ces vagues aspirations vers le bien avaient été éveillées chez la Louve par la sympathie, par l'intérêt volontaire que lui inspirait Fleur-de-Marie. Heureusement pour l'humanité, de rares mais éclatants exemples prouvent, nous le répétons, qu'il est des âmes d'élite, douées, presque à leur insu d'une telle puissance d'attraction, qu'elles forcent les êtres les plus réfractaires à entrer dans leur sphère et à tendre plus ou moins à s'assimiler à elles.

Les résultats prodigieux de certaines missions, de certains apostolats, ne s'expliquent pas autrement...

Dans un cercle infiniment borné, telle était la nature des rapports de Fleur-de-Marie et de la Louve ; mais celle-ci, par une contradiction singulière, ou plutôt par une conséquence de son caractère intraitable et pervers, se défendait de tout son pouvoir contre la salutaire influence qui la gagnait... de même que les caractères honnêtes luttent énergiquement contre les influences mauvaises.

Si l'on songe que le vice a souvent un orgueil infernal, l'on ne s'étonnera pas de voir la Louve faire tous ses efforts pour conserver sa réputation de créature indomptable et redoutée, et pour ne pas devenir de louve... brebis, ainsi qu'elle disait.

Pourtant ces hésitations, ces colères, ces combats, mêlés çà et là de quelques élans généreux, révélaient chez cette malheureuse des symptômes trop favorables et trop significatifs pour que Fleur-de-Marie abandonnât l'espoir qu'elle avait un moment conçu.

Oui, pressentant que la Louve n'était pas absolument perdue, elle aurait voulu la sauver comme on l'avait sauvée elle-même.

« La meilleure manière de prouver ma reconnaissance à mon bienfaiteur, pensait la Goualeuse, c'est de donner à d'autres, qui peuvent encore les entendre, les nobles conseils qu'il m'a donnés. »

Prenant timidement la main de sa compagne, qui la regardait avec une sombre défiance, Fleur-de-Marie lui dit :

— Je vous assure, la Louve... que vous vous intéressez à moi... non pas parce que vous êtes lâche, mais parce que vous êtes généreuse. Les braves cœurs sont les seuls qui s'attendrissent sur le malheur des autres.

— Il n'y a ni générosité ni courage là-dedans, dit brutalement la Louve ; c'est de la lâcheté... D'ailleurs, je ne veux pas que vous me disiez que je me suis attendrie... ça n'est pas vrai...

— Je ne le dirai plus, la Louve ; mais puisque vous m'avez témoigné de l'intérêt... vous me laisserez vous en être reconnaissante, n'est-ce pas ?

— Je m'en moque pas mal !... Ce soir, je serai dans une autre salle que vous... ou seule au cachot, et bientôt je serai dehors, Dieu merci !

— Et où irez-vous en sortant d'ici ?

— Tiens !... chez moi, donc, rue Pierre-Lescot. Je suis dans mes meubles.

— Et Martial... dit la Goualeuse, qui espérait continuer l'entretien en parlant à la Louve d'un objet intéressant pour elle, et Martial, vous serez bien contente de le revoir ?

— Oui... oh, oui !... répondit-elle avec un accent passionné. Quand j'ai été arrêtée, il relevait de maladie... une fièvre qu'il avait eue parce qu'il demeure toujours sur l'eau... Pendant dix-sept jours et dix-sept nuits, je ne l'ai pas quitté d'une minute, j'ai vendu la moitié de mon *bazar* pour payer le médecin, les drogues, tout... Je peux m'en vanter, et je m'en vante... si mon homme vit, c'est à moi qu'il le doit... J'ai encore hier fait brûler un cierge pour lui... C'est des bêtises... mais c'est égal, on a vu quelquefois de très bons effets de ça pour la convalescence...

— Et où est-il maintenant ? que fait-il ?

— Il demeure toujours près du pont d'Asnières, sur le bord de l'eau.

— Sur le bord de l'eau ?

— Oui, il est établi là, avec sa famille, dans une maison isolée. Il est toujours en guerre avec les gardes-pêche, et une fois qu'il est dans son bateau, avec son fusil à deux coups, il ne ferait pas bon l'approcher, allez ! dit orgueilleusement la Louve.

— Quel est donc son état ?

— Il pêche en fraude, la nuit ; et puis, comme il est brave comme un lion, quand un poltron veut faire chercher querelle à un autre, il s'en charge, lui... Son père a eu des malheurs avec la justice. Il a encore sa mère, deux sœurs et un frère... Autant vaudrait pour lui... ne pas l'avoir, ce frère-là, car c'est un scélérat qui se fera guillotiner un jour ou l'autre... ses sœurs aussi... Enfin, n'importe, c'est à eux leur cou.

— Et où l'avez-vous connu, Martial ?

— A Paris. Il avait voulu apprendre l'état de serrurier... un bel état, toujours du fer rouge et du feu autour de soi... du danger, quoi !... ça lui convenait ; mais, comme moi, il avait mauvaise tête, ça n'a pu marcher avec ses bourgeois ; alors il s'en est retourné auprès de ses parents, et il s'est mis à marauder sur la rivière. Il vient me voir à Paris, et moi, dans le le jour, je vais le voir à Asnières : c'est tout près ; ça serait plus loin que j'irais tout de même, quand ça serait sur les genoux et sur les mains.

— Vous serez bien heureuse d'aller à la campagne... vous, la Louve !

dit la Goualeuse en soupirant ; surtout si vous aimez, comme moi, à vous promener dans les champs.

— J'aimerais bien mieux me promener dans les bois, dans les grandes forêts, avec mon homme.

— Dans les forêts ?... vous n'auriez pas peur ?

— Peur ! ah bien oui, peur ? Est-ce qu'une louve a peur ? Plus la forêt serait déserte et épaisse, plus j'aimerais ça. Une hutte isolée où j'habiterais avec Martial, qui serait braconnier ; aller avec lui la nuit tendre des pièges au gibier... et puis, si les gardes venaient pour nous arrêter, leur tirer des coups de fusil, nous deux mon homme, en nous cachant dans les broussailles, ah ! dame... c'est ça qui serait bon !

— Vous avez donc déjà habité des bois, la Louve ?

— Jamais.

— Qui vous a donc donné ces idées-là ?

— Martial.

— Comment ?

— Il était braconnier dans la forêt de Rambouillet. Il y a un an, il a *sensé* tirer sur un garde qui avait tiré sur lui... gueux de garde ! enfin ça n'a pas été prouvé en justice, mais Martial a été obligé de quitter le pays... Alors il est venu à Paris pour apprendre l'état de serrurier ; c'est là où je l'ai connu. Comme il était trop mauvaise tête pour s'arranger avec son bourgeois, il a mieux aimé retourner à Asnières près de ses parents, et marauder sur la rivière ; c'est moins assujettissant... Mais il regrette toujours les bois ; il y retournera un jour ou l'autre. A force de me parler du braconnage et des forêts, il m'a fourré ces idées-là dans la tête... et maintenant il me semble que je suis née pour ça. Mais c'est toujours de même... ce que veut votre homme, vous le voulez... Si Martial avait été voleur... j'aurais été voleuse... Quand on a un homme, c'est pour être comme son homme.

— Et vos parents, la Louve, où sont-ils ?

— Est-ce que je sais, moi !...

— Il y a longtemps que vous ne les avez vus ?

— Je ne sais pas seulement s'ils sont morts ou en vie.

— Ils étaient donc méchants pour vous ?

— Ni bons ni méchants : j'avais, je crois bien, onze ans quand ma mère s'en est allée d'un côté avec un soldat. Mon père, qui était journalier, a amené dans notre grenier une maîtresse à lui, avec deux garçons qu'elle avait, un de six ans et un de mon âge. Elle était marchande de pommes à la brouette. Ça n'a pas été trop mal dans les commencements ; mais ensuite, pendant qu'elle était à sa charretée, il venait chez nous une écaillère avec qui mon père faisait des traits à l'autre... qui l'a su. Depuis ce temps-là, il y avait presque tous les soirs à la maison des batteries si enragées, que ça nous en donnait la petite mort, à moi et aux deux garçons avec qui je couchais ; car notre logement n'avait qu'une pièce, et nous avions un lit pour nous trois... dans la même chambre que mon père et sa maîtresse. Un jour, c'était justement le jour de sa fête, à elle, la Sainte-Madeleine, voilà-t-il pas qu'elle lui reproche de ne pas lui avoir souhaité sa fête ! De raisons en raisons, mon père a fini par lui fendre la tête d'un coup de manche à balai. J'ai joliment cru que c'était fini. Elle est tombée comme un plomb, la mère Madeleine ; mais elle avait la vie dure et la tête aussi. Après ça, elle le rendait bien à mon père : une fois, elle l'a mordu si fort à la main, que le morceau lui est resté dans les dents. Faut dire que ces massacres-là, c'était comme qui dirait les jours des grandes eaux à Versailles ; les jours ouvrables, les batteries étaient moins voyantes ; il y avait des bleus, mais pas de rouge...

— Et cette femme était méchante pour vous ?

— La mère Madeleine ? non, au contraire, elle n'était que vive ; sauf ça, une brave femme. Mais à la fin mon père en a eu assez ; il lui a abandonné le peu de meubles qu'il y avait chez nous, et il n'est plus revenu. Il était Bourguignon, faut croire qu'il sera retourné au pays. Alors j'avais quinze ou seize ans.

— Et vous êtes restée avec l'ancienne maîtresse de votre père ?

— Où est-ce que je serais allée ? Alors elle s'est mise avec un couvreur qui est venu habiter chez nous. Des deux garçons de la mère Madeleine, il y en a un, le plus grand, qui s'est noyé à l'île des Cygnes ; l'autre est entré en apprentissage chez un menuisier.

— Et que faisiez-vous chez cette femme ?

— Je tirais sa charrette avec elle, je faisais la soupe, j'allais porter à manger à son homme, et quand il rentrait gris, ce qui lui arrivait plus souvent qu'à son tour, j'aidais la mère Madeleine à le rouer de coups pour en avoir la paix, car nous habitions toujours la même chambre. Il était méchant comme un âne rouge quand il était dans le vin, il voulait tout tuer. Une fois, si nous ne lui avions pas arraché sa hachette, il nous aurait assassinées toutes les deux. La mère Madeleine a eu pour sa part un coup sur l'épaule qui a saigné comme une vraie boucherie.

— Et comment êtes-vous devenue... ce que nous sommes ? dit Fleur-de-Marie en hésitant.

— Le fils de Madeleine, le petit Charles, qui s'est noyé à l'île des Cygnes, avait été... avec moi... à peu près depuis le temps que lui, sa mère et son frère étaient venus loger chez nous, quand nous étions deux enfants... quoi !... Après lui le couvreur, ça m'était égal ; mais j'avais peur d'être mise à la porte par la mère Madeleine, si elle s'apercevait de quelque chose. Ça est arrivé ; comme elle était bonne femme, elle m'a dit : « Puisque c'est ainsi, tu as seize ans, tu n'es propre à rien, tu es trop mauvaise tête pour te mettre en place ou pour apprendre un état ; tu vas venir avec moi te faire inscrire à la police ; à défaut de tes parents, je répondrai de toi, ça te fera toujours un sort autorisé par le gouvernement, t'auras rien à faire qu'à nocer ; je serai tranquille sur toi, et tu ne me seras plus à charge. Qu'est-ce que tu dis de cela, ma fille ? — Ma foi, au fait, vous avez raison, que je lui ai répondu, je n'avais pas songé à ça ». Nous avons été au bureau des mœurs, elle m'a recommandée dans une maison, et c'est depuis ce temps-là que je suis inscrite. J'ai revu la mère Madeleine, il y a de ça un an ; j'étais à boire avec mon homme, nous l'avons invitée ; elle nous a dit que le couvreur était aux galères. Depuis je ne l'ai pas rencontrée, elle ; je ne sais plus qui, dernièrement, soutenait qu'elle avait été apportée à la morgue il y a trois mois. Si ça est, ma foi, tant pis ! car c'était une brave femme, la mère Madeleine, elle avait le cœur sur la main, et pas plus de fiel qu'un pigeon.

Fleur-de-Marie, quoique plongée jeune dans une atmosphère de corruption, avait depuis respiré un air si pur, qu'elle éprouva une oppression douloureuse à l'horrible récit de la Louve.

Et si nous avons eu le triste courage de le faire, ce récit, c'est qu'il faut bien qu'on sache que, si hideux qu'il soit, il est encore mille fois au-dessous d'innombrables réalités.

Oui, l'ignorance et la misère conduisent souvent les classes pauvres à ces effrayantes dégradations humaines et sociales.

Oui, il est foule de tanières où enfants et adultes, filles et garçons, légitimes ou bâtards, gisant pêle-mêle sur la même paillasse, comme des bêtes dans la même litière, ont continuellement sous les yeux d'abominables exemples d'ivresse, de violences, de débauches et de meurtres.

Oui, et trop fréquemment encore l'inceste vient ajouter une horreur de plus à ces horreurs.

Les riches peuvent entourer leurs vices d'ombre et de mystère, et respecter la sainteté du foyer domestique.

Mais les artisans les plus honnêtes, occupant presque toujours une seule chambre avec leur famille, sont forcés, faute de lits et d'espace, de faire coucher leurs enfants ensemble, frères et sœurs, à quelques pas d'eux, maris et femmes.

Si l'on frémit déjà des fatales conséquences de telles nécessités, presque toujours inévitablement imposées aux artisans pauvres, mais probes, que sera-ce donc lorsqu'il s'agira d'artisans dépravés par l'ignorance ou par l'inconduite ?

Quels épouvantables exemples ne donneront-ils pas à de malheureux enfants abandonnés, ou plutôt excités, dès leur plus tendre enfance, à tous les penchants brutaux, à toutes les passions animales ! Auront-ils seulement l'idée du devoir, de l'honnêteté, de la pudeur ?

Ne seront-ils pas aussi étrangers aux lois sociales que les sauvages du nouveau monde ?

Pauvres créatures corrompues en naissant, qui, dans les prisons où les conduisent souvent le vagabondage et le délaissement, sont déjà flétries par cette grossière et terrible métaphore :

— Graines de bagne ! ! !

Et la métaphore a raison.

Cette sinistre prédiction s'accomplit presque toujours : galères ou lupanar, chaque sexe a son avenir.

Nous ne voulons justifier ici aucun débordement.

Que l'on compare seulement la dégradation volontaire d'une femme pieusement élevée au sein d'une famille aisée, qui ne lui aurait donné que de nobles exemples ; que l'on compare, disons-nous, cette dégradation à celle de la Louve, créature pour ainsi dire élevée dans le vice, par le vice et pour le vice, à qui l'on montre, non sans raison, la prostitution comme une profession normale.

Ce qui est vrai.

Il y a un bureau où cela s'enregistre, se certifie et se paraphe.

Un bureau où souvent la mère vient autoriser la prostitution de sa fille, le mari, la prostitution de sa femme.

Cet endroit s'appelle le « bureau des mœurs » ! ! !

Ne faut-il pas qu'une société ait un vice d'organisation bien profond, bien incurable, à l'endroit des lois qui régissent la condition de l'homme et de la femme, pour que le pouvoir... le pouvoir... cette grave et morale abstraction, soit obligé, non seulement de tolérer, mais de réglementer, mais de légaliser, mais de protéger, pour la rendre moins dangereuse, cette vente du corps et de l'âme, qui, multipliée par les appétits effrénés d'une population immense, atteint chaque jour à un chiffre presque incommensurable !

CHAPITRE IX

CHÂTEAUX EN ESPAGNE

La Goualeuse, surmontant l'émotion que lui avait causée la triste confession de sa compagne, lui dit timidement :

— Ecoutez-moi sans vous fâcher.

— Voyons, dites, j'espère que j'ai assez bavardé ; mais au fait c'est égal puisque c'est la dernière fois que nous causons ensemble.

— Etes-vous heureuse, la Louve ?

— Comment ?

— De la vie que vous menez ?

— Ici, à Saint-Lazare ?

— Non, chez vous, quand vous êtes libre ?

— Oui, je suis heureuse.

— Toujours ?

— Toujours.

— Vous ne voudriez pas changer votre sort contre un autre ?

— Contre quel sort ? Il n'y a pas d'autre sort pour moi.

— Dites-moi, la Louve, reprit Fleur-de-Marie après un moment de silence, est-ce que vous n'aimez pas faire quelquefois des châteaux en Espagne ? c'est si amusant en prison !

— A propos de qui, des châteaux en Espagne ?

— A propos de Martial.

— Ma foi, je n'en ai jamais fait

— Laissez-moi en faire un pour vous et pour Martial.

— Bah ! à quoi bon ?

— A passer le temps.

— Eh bien ! voyons ce château en Espagne.

— Figurez-vous, par exemple, qu'un hasard comme il en arrive quelquefois vous fasse rencontrer une personne qui vous dise : Abandonnée de votre père et de votre mère, votre enfance a été entourée de si mauvais exemples, qu'il faut vous plaindre autant que vous blâmer d'être devenue...

— D'être devenue quoi ?

— Ce que vous et moi nous sommes devenues, répondit la Goualeuse d'une voix douce ; et elle continua Supposez que cette personne vous dise encore : Vous aimez Martial, il vous aime ; vous et lui, quittez une vie mauvaise ! au lieu d'être sa maîtresse, soyez sa femme.

La Louve haussa les épaules.

— Est-ce qu'il voudrait de moi pour sa femme ?

— Excepté le braconnage, il n'a commis, n'est-ce pas, aucune autre action coupable ?

— Non… il est braconnier sur la rivière comme il l'était dans les bois, et il a raison. Tiens, est-ce que les poissons ne sont pas comme le gibier, à qui peut les prendre ? Où donc est la marque de leur propriétaire ?

— Eh bien ! supposez qu'ayant renoncé à son dangereux métier de maraudeur de rivière, il veuille devenir tout à fait honnête ; supposez qu'il inspire, par la franchise de ses bonnes résolutions, assez de confiance à un bienfaiteur inconnu pour que celui-ci lui donne une place… de garde-chasse, par exemple, à lui qui était braconnier, ça serait dans ses goûts, j'espère ; c'est le même état, mais en bien.

— Ma foi, oui, c'est toujours vivre dans les bois.

— Seulement on ne lui donnerait cette place qu'à la condition qu'il vous épouserait et qu'il vous emmènerait avec lui.

— M'en aller avec Martial !

— Oui, vous seriez si heureuse, disiez-vous d'habiter ensemble au fond des forêts ! N'aimeriez-vous pas mieux, au lieu d'une mauvaise hutte de braconnier, où vous vous cacheriez tous deux comme des coupables, avoir une honnête petite chaumière dont vous seriez la ménagère active et laborieuse ?

— Vous vous moquez de moi ! est-ce que c'est possible ?

— Qui sait ? le hasard ! D'ailleurs c'est toujours un château en Espagne.

— Ah ! comme ça, à la bonne heure.

— Dites donc, la Louve, il me semble déjà vous voir établie dans votre maisonnette, en pleine forêt, avec votre mari et deux ou trois enfants. Des enfants ! quel bonheur, n'est-ce pas ?

— Des enfants de mon homme ? s'écria la Louve avec une passion farouche ; oh ! oui, ils seraient fièrement aimés, ceux-là !

— Comme ils vous tiendraient compagnie dans votre solitude ! puis quand ils seraient un peu grands, ils commenceraient à vous rendre bien des services ; les plus petits ramasseraient des branches mortes pour votre chauffage ; le plus grand irait dans les herbes de la forêt faire pâturer une vache ou deux qu'on vous donnerait pour récompenser votre mari de son activité ; car, ayant été braconnier, il n'en serait que meilleur garde-chasse.

— Au fait… c'est vrai. Tiens, c'est amusant, ces châteaux en Espagne Dites-m'en donc encore, la Goualeuse !

— On serait très content de votre mari… vous auriez de son maître quelques douceurs… une basse-cour, un jardin ; mais, dame ! il vous faudrait courageusement travailler la Louve ! et cela du matin au soir

— Oh ! si ce n'était que ça, une fois auprès de mon homme l'ouvrage ne me ferait pas peur, à moi… j'ai de bons bras..

— Et vous auriez de quoi les occuper, je vous en réponds… Il y a tant à faire !… tant à faire !. c'est l'étable à soigner les repas à préparer, les habits de la famille à raccommoder ; c'est un jour le blanchissage, un autre jour le pain à cuire, ou bien encore la maison à nettoyer du haut en bas, pour que les autres gardes de la forêt disent : « Oh ! il n'y a pas une ménagère comme la femme à Martial ; de la cave au grenier sa maison est un miracle de propreté... et des enfants toujours si bien soignés ! C'est qu'aussi elle est fièrement laborieuse Mme Martial... ».

— Dites donc, la Goualeuse, c'est vrai, je m'appellerais Mme Martial... reprit la Louve avec une sorte d'orgueil ; Mme Martial !...

— Ce qui vaudrait mieux que de vous appeler la Louve, n'est-ce pas ?

— Bien sûr, j'aimerais mieux le nom de mon homme que le nom d'une bête... Mais, bah !... bah !... louve je suis née... louve je mourrai...

— Qui sait ?... qui sait ?... ne pas reculer devant une vie bien dure, mais honnête, ça porte bonheur... Ainsi, le travail ne vous effrayerait pas ?...

— Oh ! pour ça non, ce n'est pas mon homme et trois ou quatre mioches à soigner qui m'embarrasseraient, allez !

— Et puis aussi tout n'est pas labeur, il y a des moments de repos ; l'hiver, à la veillée, pendant que les enfant dorment, et que votre mari fume sa pipe en nettoyant ses armes et en caressant ses chiens.. écoutez donc, vous pouvez prendre un peu de bon temps.

— Bah ! bah ! du bon temps... rester les bras croisés ! ma foi non ; j'aimerais mieux raccommoder le linge de la famille, le soir, au coin du feu ; ça n'est pas déjà si fatigant... L'hiver, les jours sont si courts !

Aux paroles de Fleur-de-Marie, la Louve oubliait de plus en plus le présent pour ces rêves d'avenir... aussi vivement intéressée que précédemment la Goualeuse, lorsque Rodolphe lui avait parlé des douceurs rustiques de la ferme de Bouqueval.

La Louve ne cachait pas les goûts sauvages que lui avait inspirés son amant. Se souvenant de l'impression profonde salutaire, qu'elle avait ressentie aux riantes peintures de Rodolphe, à propos de la vie des champs, Fleur-de-Marie voulait tenter le même moyen d'action sur la Louve, pensant avec raison que, si sa compagne se laissait assez émouvoir au tableau d'une existence rude, pauvre et solitaire, pour désirer ardemment une vie pareille... cette femme mériterait intérêt et pitié.

Enchantée de voir sa compagne l'écouter avec curiosité, la Goualeuse reprit en souriant :

— Et puis, voyez-vous... madame Martial... laissez-moi vous appeler ainsi... qu'est-ce que cela vous fait ?

— Tien, au contraire, ça me flatte... puis la Louve haussa les épaules en souriant aussi, et reprit : Quelle bêtise de jouer à la madame ! Sommes-nous enfants !... C'est égal... allez toujours... C'est amusant... Vous dites donc ?...

— Je dis, madame Martial, qu'en parlant de votre vie, l'hiver au fond des bois, nous ne songeons qu'à la pire des saisons.

— Ma foi, non, ça n'est pas la pire... Entendre le vent siffler la nuit dans la forêt et de temps en temps hurler les loups, bien loin... bien loin.. je ne trouverais pas ça ennuyeux, moi, pourvu que je sois au coin du feu avec mon homme et mes mioches, ou même toute seule sans mon homme, s'il était à faire sa ronde ; oh ! un fusil ne me fait pas peur, à moi... Si j'avais mes enfants à défendre... je serais bonne là... allez!... la Louve garderait bien ses louveteaux!

— Oh! je vous crois... vous êtes bien brave, vous... mais moi, poltronne, je préfère le printemps à l'hiver... Oh! le printemps! madame Martial, le printemps! quand verdissent les feuilles, quand fleurissent les jolies fleurs des bois, qui sentent si bon, si bon, que l'air est embaumé... C'est alors que vos enfants se rouleraient gaiement dans l'herbe nouvelle; et puis la forêt serait si touffue qu'on apercevrait à peine votre maison au milieu du feuillage. Il me semble que je la vois d'ici. Il y a devant la porte un berceau de vigne que votre mari a plantée et qui ombrage le banc de gazon où il dort durant la grande chaleur du jour, pendant que vous allez et venez en recommandant aux enfants de ne pas réveiller leur père... Je ne sais pas si vous avez remarqué cela; mais dans le fort de l'été, sur le midi, il se fait dans les bois autant de silence que pendant la nuit... on n'entend ni les feuilles remuer, ni les oiseaux chanter...

— Ça c'est vrai, répéta machinalement la Louve, qui, oubliant de plus en plus la réalité, croyait presque voir se dérouler à ses yeux les riants tableaux que lui présentait l'imagination poétique de Fleur-de-Marie, si instinctivement amoureuse des beautés de la nature.

Ravie de la profonde attention que lui prêtait sa compagne, la Goualeuse reprit en se laissant elle-même entraîner au charme des pensées qu'elle évoquait :

— Il y a une chose que j'aime presque autant que le silence des bois, c'est le bruit des grosses gouttes de pluie d'été tombant sur les feuilles; aimez-vous cela aussi?

— Oh! oui... j'aime bien aussi la pluie d'été.

— N'est-ce pas? lorsque les arbres, la mousse, l'herbe, tout est bien trempé, quelle bonne odeur fraîche! Et puis, comme le soleil, en passant à travers les arbres, fait briller toutes ces gouttelettes d'eau qui pendent aux feuilles après l'ondée! avez-vous aussi remarqué cela?

— Oui... mais je m'en souviens parce que vous me le dites à présent... Comme c'est drôle pourtant! vous racontez si bien, la Goualeuse, qu'on semble tout voir, tout voir, à mesure que vous parlez... et puis, dame! je ne sais pas comment vous expliquer cela... mais, tenez, ce que vous dites... ça sent bon... ça rafraîchit... comme le pluie d'été dont nous parlons.

Ainsi que le beau, que le bien, la poésie est souvent contagieuse. La Louve, cette nature brute et farouche, devait subir en tout l'influence de Fleur-de-Marie.

Celle-ci reprit en souriant :

— Il ne faut pas croire que nous soyons seules à aimer la pluie d'été. Et les oiseaux donc! comme ils sont contents, comme ils secouent leurs plumes en gazouillant joyeusement... pas plus joyeusement pourtant que vos enfants.. vos enfants libres, gais et légers comme eux. Voyez-vous, à la tombée du jour, les plus petits courir à travers bois au-devant de l'aîné, qui ramène deux génisses du pâturage? ils ont bien vite reconnu le tintement lointain des clochettes, allez!...

— Dites donc, la Goualeuse, il me semble voir le plus petit et le plus hardi, qui s'est fait mettre, par son frère aîné qui le soutient, à califourchon sur le dos d'une des vaches...

— Et l'on dirait que la pauvre bête sait quel fardeau elle porte, tant elle marche avec précaution... Mais voilà l'heure du souper : votre aîné, tout en menant pâturer son bétail, s'est amusé à remplir pour vous un panier de belles fraises des bois, qu'il a rapportées au frais, sous une couche épaisse de violettes sauvages.

— Fraises et violettes... c'est ça qui doit être un baume !... Mais mon Dieu ! mon Dieu ! où diable allez-vous donc chercher ces idées-là, la Goualeuse ?

— Dans les bois où mûrissent les fraises, où fleurissent les violettes... il n'y a qu'à regarder et à ramasser, madame Martial... Mais parlons ménage... voici la nuit, il faut traire vos laitières, préparer le souper sous le berceau de vigne ; car vous entendez aboyer les chiens de votre mari, et bientôt la voix de leur maître, qui, tout harassé qu'il est, rentre en chantant... Et comment n'avoir pas envie de chanter, quand, par une belle soirée d'été, le cœur satisfait, on regarde la maison où vous attendent une bonne femme et deux enfants ?... N'est-ce pas, madame Martial ?

— C'est vrai, on ne peut faire autrement que de chanter, dit la Louve, devenant de plus en plus songeuse.

— A moins qu'on ne pleure d'attendrissement, reprit Fleur-de-Marie, émue elle-même. Et ces larmes-là sont aussi douces que des chansons... Et puis, quand la nuit est venue tout à fait, quel bonheur de rester sous la tonnelle à jouir de la sérénité d'une belle soirée... à respirer l'odeur de la forêt... à écouter babiller ses enfants... à regarder les étoiles... Alors, le cœur est si plein, si plein... qu'il déborde par la prière... Comment ne pas remercier Celui à qui l'on doit la fraîcheur du soir, le senteur des bois, la douce clarté du ciel étoilé ?... Après ce remerciement ou cette prière, on va dormir paisiblement jusqu'au lendemain, et on remercie encore le Créateur... car cette vie pauvre, laborieuse, mais calme et honnête, est celle de tous les jours...

— De tous les jours !... répéta la Louve, la tête baissée sur sa poitrine, le regard fixe, le sein oppressé, car c'est vrai, le bon Dieu est bon de nous donner de quoi vivre si heureux avec si peu...

— Eh bien ! dites maintenant, reprit doucement Fleur-de-Marie, dites, ne devrait-il pas être béni comme Dieu celui qui vous donnerait cette vie paisible et laborieuse, au lieu de la vie misérable que vous menez dans la boue des rues de Paris ?

Ce mot de Paris rappela brusquement la Louve à la réalité.

Il venait de se passer dans l'âme de cette créature un phénomène étrange.

Peinture naïve d'une condition humble et rude, ce simple récit, tour à tour éclairé des douces lueurs du foyer domestique, doré par quelques joyeux rayons de soleil, rafraîchi par la brise des grands bois ou parfumé de la senteur des fleurs sauvages, ce récit avait fait sur la Louve une impression plus profonde, plus saisissante que ne l'aurait fait une exhortation d'une moralité transcendante.

Oui, à mesure que parlait Fleur-de-Marie, la Louve avait désiré d'être ménagère infatigable, vaillante épouse, mère pieuse et dévouée

Inspirer, même pendant un moment, à une femme violente, immorale, avilie, l'amour de la famille, le respect du devoir, le goût du travail, la reconnaissance envers le Créateur, et cela seulement en lui promettant ce que Dieu donne à tous, le soleil du ciel et l'ombre des forêts... ce que l'homme doit à qui travaille, un toit et du pain, n'était-ce pas un beau triomphe pour Fleur-de-Marie !

Le moraliste le plus sévère, le prédicateur le plus fulminant auraient-ils obtenu davantage en faisant gronder dans leurs prédictions menaçantes toutes les vengeances humaines, toutes les foudres divines ?

La colère douloureuse dont se sentit transportée la Louve en revenant à la réalité, après s'être laissée charmer par la rêverie nouvelle et salutaire où, pour la première fois, l'avait plongée Fleur-de-Marie, prouvait l'influence des paroles de cette dernière sur sa malheureuse compagne.

Plus les regrets de la Louve étaient amers en retombant de ce consolant mirage dans l'horreur de sa position, plus le triomphe de la Goualeuse était manifeste.

Après un moment de silence et de réflexion, la Louve redressa brusquement la tête, passa la main sur son front, et se levant menaçante, courroucée :

— Vois-tu... vois-tu que j'avais raison de me défier de toi et de ne pas vouloir t'écouter... parce que ça tournerait mal pour moi ! Pourquoi m'as-tu parlé ainsi ? pour te moquer de moi ? pour me tourmenter ? Et cela, parce que j'ai été assez bête pour te dire que j'aurais aimé à vivre au fond des bois avec mon homme !... Mais qui es-tu donc ?... Pourquoi me bouleverser ainsi ?... Tu ne sais pas ce que tu as fait, malheureuse ! Maintenant, malgré moi, je vais toujours penser à cette forêt, à cette maison, à ces enfants, à tout ce bonheur que je n'aurai jamais... jamais !... Et si je ne peux pas oublier ce que tu viens de dire, moi, ma vie va donc être un supplice, un enfer... et cela, par ta faute... oui, par ta faute !...

— Tant mieux ! oh ! tant mieux ! dit Fleur-de-Marie.

— Tu dis tant mieux ? s'écria la Louve, les yeux menaçants.

— Oui, tant mieux ; car si votre misérable vie d'à présent vous paraît un enfer, vous préférerez celle dont je vous ai parlé.

— Et à quoi bon la préférer, puisqu'elle n'est pas faite pour moi ? à quoi bon regretter d'être une fille des rues, puisque je dois mourir fille des rues ? s'écria la Louve de plus en plus irritée, en saisissant dans sa forte main le petit poignet de Fleur-de-Marie. Réponds... réponds ! Pourquoi es-tu venue me faire désirer ce que je ne peux pas avoir ?

— Désirer une vie honnête et laborieuse, c'est être digne de cette vie, je vous l'ai dit, reprit Fleur-de-Marie, sans chercher à dégager sa main.

— Eh bien ! après, quand j'en serais digne ? qu'est-ce que cela prouve ? à quoi ça m'avancera-t-il ?

— A voir se réaliser ce que vous regardez comme un rêve, dit Fleur-de-Marie d'un ton si sérieux, si convaincu, que la Louve, dominée de nouveau, abandonna la main de la Goualeuse et resta frappée d'étonnement

— Ecoutez-moi, la Louve, reprit Fleur-de-Marie d'une voix pleine de compassion me croyez-vous assez méchante pour éveiller chez vous ces pensées, ces espérances, si je n'étais pas sûre, en vous faisant rougir de votre condition présente, de vous donner les moyens d'en sortir ?

— Vous ? vous pourriez cela ?

— Moi ?... non ; mais quelqu'un qui est bon, grand, puissant comme Dieu...

— Puissant comme Dieu ?...

— Ecoutez encore, la Louve... Il y a trois mois, comme vous j'étais une pauvre créature perdue... abandonnée. Un jour, celui dont je vous parle avec des larmes de reconnaissance, et Fleur-de-Marie essuya ses yeux, un jour celui-là est venu à moi ; il n'a pas craint, tout avilie, toute méprisée que j'étais, de me dire de consolantes paroles... les premières que j'ai entendues !... Je lui avais raconté mes souffrances, mes misères, ma honte, sans lui rien cacher, ainsi que vous m'avez tout à l'heure raconté votre vie, la Louve... Après m'avoir écoutée avec bonté, il ne m'a pas blâmée, il m'a plainte ; il ne m'a pas reproché mon abjection, il m'a vanté la vie calme et pure que l'on menait aux champs.

— Comme vous tout à l'heure...

— Alors, cette abjection m'a paru d'autant plus affreuse que l'avenir qu'il me montrait me semblait plus beau !

— Comme moi, mon Dieu !

— Oui, et ainsi que vous je disais : A quoi bon, hélas ! me faire entrevoir ce paradis, à moi qui suis condamnée à l'enfer ?... Mais j'avais tort de désespérer... car celui dont je vous parle est, comme Dieu, souverainement juste, souverainement bon, et incapable de faire luire un faux espoir aux yeux d'une pauvre créature qui ne demandait à personne ni pitié, ni bonheur, ni espérance.

— Et pour vous... qu'a-t-il fait ?

— Il m'a traitée en enfant malade ; j'étais, comme vous, plongée dans un air corrompu, il m'a envoyée respirer un air salubre et vivifiant ; je vivais aussi parmi des êtres hideux et criminels, il m'a confiée à des êtres faits à son image... qui ont épuré mon âme, élevé mon esprit... car, comme Dieu encore, à tous ceux qui l'aiment et le respectent, il donne une étincelle de sa céleste intelligence... Oui, si mes paroles vous émeuvent, la Louve, si mes larmes font couler vos larmes, c'est que son esprit et sa pensée m'inspirent ! Si je vous parle de l'avenir plus heureux que vous obtiendrez par le repentir, c'est que je puis vous promettre cet avenir en son nom, quoiqu'il ignore à cette heure l'engagement que je prends ! Enfin, si je vous dis : Espérez !... c'est qu'il entend toujours la voix de ceux qui veulent devenir meilleurs... car Dieu l'a envoyé sur terre pour faire croire à la Providence...

En parlant ainsi, la physionomie de Fleur-de-Marie devint radieuse, inspirée ; ses joues pâles se colorèrent un moment d'un léger incarnat, ses beaux yeux brillèrent doucement ; elle rayonnait alors d'une beauté si noble, si touchante, que la Louve, déjà profondément émue de cet entretien, contempla sa compagne avec une respectueuse admiration, et s'écria :

— Mon Dieu !... où suis-je ? est-ce que je rêve ? je n'ai jamais rien entendu, rien vu de pareil... ça n'est pas possible !... mais qui êtes-vous donc aussi ? Oh ! je disais bien que vous étiez tout autre que nous !. . Mais alors, vous qui parlez si bien... vous qui pouvez tant, vous qui connaissez des gens si puissants... comment se fait-il que vous soyez ici... prisonnière avec nous ?... Mais... mais... c'est donc pour nous tenter !!! Vous êtes donc pour le bien... comme le démon pour le mal ?

Fleur-de-Marie allait répondre, lorsque Mme Armand vint l'interrompre et la chercher pour la conduire auprès de Mme d'Harville.

La Louve restait frappée de stupeur ; l'inspectrice lui dit :

— Je vois avec plaisir que la présence de la Goualeuse dans la prison vous a porté bonheur à vous et à vos compagnes... Je sais que vous avez fait une quête pour cette pauvre Mont-Saint-Jean ; cela est bien... cela est charitable, la Louve. Cela vous sera compté... J'étais bien sûre que vous valiez mieux que vous ne vouliez le paraître... En récompense de votre bonne action, je crois pouvoir vous promettre qu'on fera abréger de beaucoup les jours de prison qui vous restent à subir.

Et Mme Armand s'éloigna, suivie de Fleur-de-Marie.

L'on ne s'étonnera pas du langage presque éloquent de Fleur-de-Marie en songeant que cette nature, si merveilleusement douée, s'était rapidement développée, grâce à l'éducation et aux enseignements qu'elle avait reçus à la ferme de Bouqueval.

Puis la jeune fille était surtout forte de son expérience.

Les sentiments qu'elle avait éveillés dans le cœur de la Louve avaient été éveillés en elle par Rodolphe, lors de circonstances à peu près semblables.

Croyant reconnaître quelques bons instincts chez sa compagne, elle avait tâché de la ramener à l'honnêteté en lui prouvant (selon la théorie de Rodolphe appliquée à la ferme de Bouqueval) qu'il était de son intérêt de devenir honnête, et en lui montrant sa réhabilitation sous de riantes et attrayantes couleurs...

Et, à ce propos, répétons que l'on procède d'une manière incomplète et, ce nous semble, inintelligente et inefficace, pour inspirer aux classes pauvres et ignorantes l'horreur du mal et l'amour du bien.

Afin de les détourner de la voie mauvaise, incessamment on les menace des vengeances divines et humaines ; incessamment on fait bruire à leurs oreilles un cliquetis sinistre : clés de prison, carcans de fer, chaînes de bagne ; et enfin au loin, dans une pénombre effrayante, à l'extrême horizon du crime, on leur montre le coupe-tête du bourreau, étincelant aux lueurs des flammes éternelles...

On le voit, la part de l'intimidation est incessante, formidable, terrible...

A qui fait le mal... captivité, infamie, supplice...

Cela est juste ; mais à qui fait le bien, la société décerne-t-elle dons honorables, distinctions glorieuses ?

Non.

Par de bienfaisantes rémunérations, la société encourage t-elle à la résignation, à l'ordre, à la probité, cette masse immense d'artisans voués à tout jamais au travail, aux privations, et presque toujours à une misère profonde ?

Non

En regard de l'échafaud où monte le grand coupable, est-il un pavois où monte le grand homme de bien ?

Non.

Etrange, fatal symbole ! on représente la justice aveugle, portant d'une main un glaive pour punir, de l'autre des balances où se pèsent l'accusation et la défense.

Ceci n'est pas l'image de la justice.

C'est l'image de la loi, ou plutôt de l'homme qui condamne ou absout selon sa conscience.

La *Justice* tiendrait d'une main une épée, de l'autre une couronne ; l'une pour frapper les méchants, l'autre pour récompenser les bons.

Le peuple verrait alors que, s'il est de terribles châtiments pour le mal, il est d'éclatants triomphes pour le bien ; tandis qu'à cette heure, dans son naïf et rude bon sens, il cherche en vain le pendant des tribunaux, des geôles, des galères et des échafauds.

Le peuple voit bien une justice criminelle (sic), composée d'hommes fermes, intègres, éclairés, toujours occupés à rechercher, à découvrir, à punir les scélérats.

Il ne voit pas de justice vertueuse (1), composée d'hommes fermes, intègres, éclairés, toujours occupés à rechercher, à récompenser les gens de bien.

Tout lui dit : Tremble !...

Rien ne lui dit : Espère !...

Tout le menace...

Rien ne le console.

L'Etat dépense annuellement beaucoup de millions pour la stérile punition des crimes. Avec cette somme énorme, il entretient prisonniers et geôliers, galériens et argousins, échafauds et bourreaux.

Cela est nécessaire, soit.

Mais combien dépense l'Etat pour la rémunération si salutaire, si féconde, des gens de bien ?

Rien.

Et ce n'est pas tout

Ainsi que nous le démontrerons lorsque le cours de ce récit nous conduira aux prisons d'hommes, combien d'artisans d'une irréprochable probité seraient au comble de leurs vœux s'ils étaient certains de jouir un

(1) Quelques jours après avoir écrit ces lignes, nous relisions le *Mémorial de Saint-Hélène*, ce livre immortel qui nous semble un sublime traité de philosophie pratique ; nous avons remarqué ce passage, qui nous avait jusqu'alors échappé :

« Aussi un de mes rêves (c'est l'empereur qui parle), nos grands événements de guerre accomplis et soldés, de retour à l'intérieur, en repos et respirant, eût été de rechercher une douzaine de vrais philanthropes, de ces braves gens ne vivant que pour le bien, n'existant que pour le pratiquer ; je les eusse disséminés dans l'empire, qu'ils eussent parcouru en secret pour me rendre compte à moi-même ; ils eussent été les ESPIONS DE LA VERITE ; ils seraient venus me trouver directement, ils eussent été mes confesseurs, mes directeurs spirituels, et mes décisions avec eux eussent été mes bonnes œuvres secrètes. Ma grande occupation, lors de mon entier repos, eût été, du sommet de ma puissance, de m'occuper à fond d'améliorer la condition de la société ; j'eusse descendu jusqu'aux *jouissances individuelles*. (*Mémorial*, t. V., p 100, édition de 1824.)

jour de la condition matérielle des prisonniers, toujours assurés d'une bonne nourriture, d'un bon lit, d'un bon gîte !

Et pourtant, au nom de leur dignité d'honnêtes gens rudement et longuement éprouvée, n'ont-ils pas le droit de prétendre à jouir du même bien-être que les scélérats, ceux-là qui, comme Morel le lapidaire, auraient pendant vingt ans vécu laborieux, probes, résignés, au milieu de la misère et des tentations ?

Ceux-là ne méritent-ils pas assez de la société pour qu'elle se donne la peine de les chercher et, sinon de les récompenser, à la glorification de l'humanité, du moins de les soutenir dans la voie pénible et difficile qu'ils parcourent vaillamment ?

Le grand homme de bien, si modeste qu'il soit, se cache-t-il donc plus obscurément que le voleur ou l'assassin ?... et ceux-ci ne sont-ils pas toujours découverts par la justice criminelle ?

Hélas ! c'est une utopie, mais elle n'a rien que de consolant.

Supposez, par la pensée, une société organisée de telle sorte qu'elle ait pour ainsi dire les assises de la vertu, comme elle a les assises du crime.

Un ministère public signalant les nobles actions, les dénonçant à la reconnaissance de tous, comme on dénonce aujourd'hui les crimes à la vindicte des lois.

Voici deux exemples, deux justices : que l'on dise quelle est la plus féconde en enseignements, en conséquences, en résultats positifs :

Un homme a tué un autre homme pour le voler.

Au point du jour on dresse sournoisement la guillotine dans un coin reculé de Paris, et on coupe le cou de l'assassin, devant la lie de la populace, qui rit du juge, du patient et du bourreau.

Voilà le dernier mot de la société.

Voilà le plus grand crime que l'on puisse commettre contre elle, voilà le plus grand châtiment... voilà l'enseignement le plus terrible, le plus salutaire qu'elle puisse donner au peuple...

Le seul... car rien ne sert de contrepoids à ce billot dégouttant de sang.

Non... la société n'a aucun spectacle doux et bienfaisant à opposer à ce spectacle funèbre.

Continuons notre utopie...

N'en serait-il autrement si presque chaque jour le peuple avait sous les yeux l'exemple de quelques grandes vertus hautement glorifiées et matériellement rémunérées par l'Etat ?

Ne serait-il pas sans cesse encouragé au bien, s'il voyait souvent un tribunal auguste, imposant, vénéré, évoquer devant lui, aux yeux d'une foule immense, un pauvre et honnête artisan, dont on raconterait la longue vie probe, intelligente et laborieuse, et auquel on dirait :

— Pendant vingt ans vous avez plus qu'aucun autre travaillé, souffert, courageusement lutté contre l'infortune ; votre famille a été élevée par vous dans des principes de droiture et d'honneur... vos vertus supérieures vous ont hautement distingué : soyez glorifié et récompensé. Vigilante, juste et toute puissante, la société ne laisse jamais dans l'oubli ni le mal ni le bien... A chacun elle paye selon ses œuvres... L'Etat vous assure une pension suffisante à vos besoins. Environné de la considération publique, vous terminerez dans le repos et dans l'aisance une vie qui doit servir d'enseignement à tous... et ainsi sont et seront toujours exaltés ceux qui, comme vous, auront justifié, pendant beaucoup d'années, d'une admirable persévérance dans le bien... et fait preuve de rares et grandes qualités morales... Votre exemple encouragera le plus grand nombre à vous imiter... l'espérance allégera le pénible fardeau que le sort leur impose durant une longue carrière. Animés d'une salutaire émulation, ils lutteront d'énergie dans l'accomplissement des devoirs les plus difficiles, afin d'être un jour distingués entre tous et rémunérés comme vous...

Nous le demandons : lequel de ces deux spectacles, du meurtrier égorgé, du grand homme de bien récompensé, réagira sur le peuple d'une façon plus salutaire, plus féconde ?

Sans doute beaucoup d'esprits délicats s'indigneront à la seule pensée de ces ignobles rémunérations matérielles accordées à ce qu'il y a au monde de plus éthéré : la vertu !

Ils trouveront contre ces tendances toutes sortes de raisons plus ou moins philosophiques, platoniques, théologiques, mais surtout économiques, telles que celles-ci :

« Le bien porte en soi sa récompense.

» La vertu est une chose sans prix...

» La satisfaction de la conscience est la plus noble des récompenses. »

Et enfin cette objection triomphante et sans réplique :

« Le bonheur éternel qui attend les justes dans l'autre vie doit uniquement suffire pour les encourager au bien. »

A cela nous répondrons que la société, pour intimider et punir les coupables, ne nous paraît pas exclusivement reposer sur la vengeance divine qui les atteindra certainement dans l'autre vie.

La société prélude au jugement dernier par des jugements humains...

En attendant l'heure inexorable des archanges aux armures d'hyacinthe, aux trompettes retentissantes et aux glaives de flamme, elle se contente modestement... de gendarmes.

Nous le répétons :

Pour terrifier les méchants, on matérialise, ou plutôt on réduit à des proportions humaines, perceptibles, visibles, les effets anticipés du courroux céleste...

Pourquoi n'en serait-il pas de même des effets de la rémunération divine à l'égard des gens de bien ?

Mais oublions ces utopies, folles, absurdes, stupides, impraticables, comme de véritables utopies qu'elles sont.

La société est si bien comme elle est ! Interrogez plutôt ceux qui, la jambe avinée, l'œil incertain, le rire bruyant, sortent d'un joyeux banquet !

CHAPITRE X

LA PROTECTRICE

L'inspectrice entra bientôt avec la Goualeuse dans le petit salon où se trouvait Clémence ; la pâleur de la jeune fille s'était légèrement colorée à la suite de son entretien avec la Louve.

— Mme la marquise, touchée des excellents renseignements que je lui ai donnés sur vous, dit Mme Armand à Fleur-de-Marie, désire vous voir, et daignera peut-être vous faire sortir d'ici avant l'expiration de votre peine.

— Je vous remercie, madame, répondit timidement Fleur-de-Marie à Mme Armand, qui la laissa seule avec la marquise.

Celle-ci, frappée de l'expression candide des traits de sa protégée, de son maintien rempli de grâce et de modestie, ne put s'empêcher de se souvenir que la Goualeuse avait, en dormant, prononcé le nom de Rodolphe, et que l'inspectrice croyait la pauvre prisonnière en proie à un amour profond et caché.

Quoique parfaitement convaincue qu'il ne pouvait être question du grand-duc Rodolphe, Clémence reconnaissait que du moins, quant à la beauté, la Goualeuse était digne de l'amour d'un prince.

A l'aspect de sa protectrice, dont la physionomie, nous l'avons dit, respirait une bonté charmante, Fleur-de-Marie se sentit sympathiquement attirée vers elle.

— Mon enfant, lui dit Clémence, en louant beaucoup la douceur de votre caractère et la sagesse exemplaire de votre conduite, Mme Armand se plaint de votre peu de confiance envers elle.

Fleur-de-Marie baissa la tête sans répondre.

— Les habits de paysanne dont vous étiez vêtue lorsqu'on vous a arrêtée, votre silence au sujet de l'endroit où vous demeuriez avant d'être amenée ici, prouvent que vous nous cachez certaines circonstances.

— Madame...

— Je n'ai aucun droit à votre confiance, ma pauvre enfant, je ne voudrais pas vous faire de question importune ; seulement on m'assure que si je demandais votre sortie de prison, cette grâce pourrait m'être accordée. Avant d'agir, je désirerais causer avec vous de vos projets, de vos ressources pour l'avenir. Une fois libérée... que ferez-vous ? Si, comme je n'en doute pas, vous êtes décidée à suivre la bonne voie où vous êtes entrée, ayez confiance en moi, je vous mettrai à même de gagner honorablement votre vie...

La Goualeuse fut émue jusqu'aux larmes de l'intérêt que lui témoignait Mme d'Harville.

Après un moment d'hésitation, elle lui dit :

— Vous daignez, madame, vous montrer pour moi si bienveillante, si généreuse, que je dois peut-être rompre le silence que j'ai gardé jusqu'ici sur le passé... un serment m'y forçait.

— Un serment ?

— Oui, madame, j'ai juré de taire à la justice et aux personnes employées dans cette prison par suite de quels événements j'ai été conduite ici ; pourtant... si vous vouliez, madame, me faire une promesse...

— Laquelle ?

— Celle de me garder le secret, je pourrais, grâce à vous, madame, sans manquer pourtant à mon serment, rassurer des personnes respectables qui, sans doute, sont bien inquiètes de moi.

— Comptez sur ma discrétion ; je ne dirai que ce que vous m'autorisez à dire.

— O ! merci, madame ; je craignais tant que mon silence envers mes bienfaiteurs ne ressemblât à de l'ingratitude !...

Le doux accent de Fleur-de-Marie, son langage presque choisi, frappèrent Mme d'Harville d'un nouvel étonnement.

— Je ne vous cache pas, lui dit-elle, que votre maintien, vos paroles, tout m'étonne au dernier point. Comment, avec une éducation qui paraît distinguée, avez-vous pu...

— Tomber si bas, n'est-ce pas, madame ? dit la Goualeuse avec amertume. C'est qu'hélas ! cette éducation, il y a bien peu de temps que je l'ai reçue. Je dois ce bienfait à un protecteur généreux, qui, comme vous, madame... sans me connaître... sans même avoir les favorables renseignements qu'on vous a donnés sur moi, m'a prise en pitié...

— Et ce protecteur... quel est-il ?

— Je l'ignore, madame...

— Vous l'ignorez ?

— Il ne se fait connaître, dit-on, que par son inépuisable bonté ; grâce au Ciel, je me suis trouvée sur son passage.

— Et où l'avez-vous rencontré ?

— Une nuit... dans la Cité, madame, dit la Goualeuse en baissant les yeux, un homme voulait me battre ; ce bienfaiteur inconnu m'a courageusement défendue : telle a été ma première rencontre avec lui.

— C'était donc un homme... du peuple ?

— La première fois que je l'ai vu, il en avait le costume et le langage.. mais plus tard...

— Plus tard ?

— La manière dont il m'a parlé, le profond respect dont l'entouraient les personnes auxquelles il m'a confiée, tout m'a prouvé qu'il avait pris par déguisement l'extérieur d'un de ces hommes qui fréquentent la Cité

— Mais dans quel but ?

— Je ne sais

— Et le nom de ce protecteur mystérieux, le connaissez-vous ?

— Oh ! oui, madame, dit la Goualeuse avec exaltation, Dieu merci ! car je puis sans cesse bénir, adorer ce nom... Mon sauveur s'appelle M. Rodolphe, madame...

Clémence devint pourpre.

— Et n'a-t-il pas d'autre nom ? demanda-t-elle vivement à Fleur-de-Marie.

— Je l'ignore, madame... Dans la ferme où il m'avait envoyée, on ne le connaissait que sous le nom de M. Rodolphe.

— Et son âge ?

— Il est jeune encore, madame...

— Et beau ?

— Oh ! oui... beau, noble... comme son cœur.

L'accent reconnaissant, passionné de Fleur-de-Marie en prononçant ces mots, causa une impression douloureuse à Mme d'Harville.

Un invincible, un inexplicable pressentiment lui disait qu'il s'agissait du prince.

Les remarques de l'inspectrice étaient fondées, pensait Clémence... la Goualeuse aimait Rodolphe... c'était son nom qu'elle avait prononcé pendant son sommeil...

Dans quelles circonstances étranges le prince et cette malheureuse s'étaient-ils rencontrés ?

Pourquoi Rodolphe était-il allé déguisé dans la Cité ?

La marquise ne put résoudre ces questions.

Seulement elle se souvint de ce que Sarah lui avait autrefois méchamment et faussement raconté des prétendues excentricités de Rodolphe, de ses amours étranges... N'était-il pas, en effet, bizarre qu'il eût retiré de la fange cette créature d'une ravissante beauté, d'une intelligence peu commune ?

Clémence avait de nobles qualités ; mais elle était femme, et elle aimait profondément Rodolphe, quoiqu'elle fût décidée à ensevelir ce secret au plus profond de son cœur...

Sans réfléchir qu'il ne s'agissait sans doute que d'une de ces actions généreuses que le prince était accoutumé de faire dans l'ombre ; sans réfléchir qu'elle confondait peut-être avec l'amour un sentiment de gratitude exalté ; sans réfléchir enfin que, ce sentiment eût-il été tendre, Rodolphe pouvait l'ignorer, la marquise, dans un premier mouvement d'amertume et d'injustice, ne put s'empêcher de regarder la Goualeuse comme sa rivale.

Son orgueil se révolta en reconnaissant qu'elle rougissait, qu'elle souffrait malgré elle d'une rivalité si abjecte.

Elle reprit donc d'un ton sec, qui contrastait cruellement avec l'affectueuse bienveillance de ses premières paroles :

— Et comment se fait-il, mademoiselle, que votre protecteur vous laisse en prison ? Comment vous trouvez-vous ici ?

— Mon Dieu ! madame, dit timidement Fleur-de-Marie, frappée de ce brusque changement de langage, vous ai-je déplu en quelque chose ?...

— Et en quoi pouvez-vous m'avoir déplu ? demanda Mme d'Harville avec hauteur

— C'est qu'il me semble... que tout à l'heure... vous me parliez avec plus de bonté, madame...

— En vérité, mademoiselle, ne faut-il pas que je pèse chacune de mes paroles ? Puisque je consens à m'intéresser à vous... j'ai le droit, je pense, de vous adresser certaines questions...

A peine ces mots étaient-ils prononcés que Clémence, pour plusieurs raisons, en regretta la dureté.

D'abord, par un louable retour de générosité, puis parce qu'elle songea qu'en brusquant sa rivale elle n'en apprendrait rien de ce qu'elle désirait savoir.

En effet, la physionomie de la Goualeuse, un moment ouverte et confiante, devint tout à coup craintive.

De même que la sensitive, à la première atteinte, referme ses feuilles délicates et se replie sur elle-même... le cœur de Fleur-de-Marie se serra douloureusement.

Clémence reprit doucement, pour ne pas éveiller les soupçons de sa protégée par un revirement trop subit :

— En vérité, je vous le répète, je ne puis comprendre qu'ayant autant à vous louer de votre bienfaiteur, vous soyez ici prisonnière. Comment, après être sincèrement revenue au bien, avez-vous pu vous faire arrêter la nuit dans une promenade qui vous était interdite ? Tout cela, je vous l'avoue, me semble extraordinaire... Vous parlez d'un serment qui vous a jusqu'ici imposé le silence... mais ce serment même est si étrange !...

— J'ai dit la vérité, madame...

— J'en suis certaine... il n'y a qu'à vous voir, qu'à vous entendre, pour vous croire incapable de mentir ; mais ce qu'il y a d'incompréhensible dans votre situation augmente, irrite encore mon impatiente curiosité ; c'est seulement à cela que vous devez attribuer la vivacité de mes paroles de tout à l'heure. Allons... je l'avoue... j'ai eu tort ; car, bien que je n'aie d'autre droit à vos confidences que mon vif désir de vous être utile, vous m'avez offert de me dire ce que vous n'avez dit à personne, et je suis très touchée, croyez-moi, pauvre enfant, de cette preuve de votre foi dans l'intérêt que je vous porte... Aussi, je vous le promets, en gardant scrupuleusement votre secret, si vous me le confiez... je ferai mon possible pour arriver au but que vous vous proposez.

Grâce à ce *replâtrage* assez habile (qu'on nous passe cette trivialité), Mme d'Harville regagna la confiance de la Goualeuse, un moment effarouchée.

Fleur-de-Marie, dans sa candeur, se reprocha même d'avoir mal interprété les mots qui l'avaient blessée.

— Pardonnez-moi, madame, dit-elle à Clémence ; j'ai sans doute eu tort de ne pas vous dire tout de suite ce que vous désirez savoir ; mais vous m'avez demandé le nom de mon sauveur... malgré moi, je n'ai pu résister au bonheur de parler de lui...

— Rien de mieux... cela prouve combien vous lui êtes reconnaissante. Mais par quelle circonstance avez-vous quitté les honnêtes gens chez lesquels il vous avait placée sans doute ? Est-ce à cet événement que se rapporte le serment dont vous m'avez parlé ?

— Oui, madame ! mais, grâce à vous, je crois maintenant pouvoir, tout en restant fidèle à ma parole, rassurer mes bienfaiteurs sur ma disparition...

— Voyons, ma pauvre enfant, je vous écoute.

— Il y a trois mois environ, M. Rodolphe m'avait placée dans une ferme située à quatre ou cinq lieues d'ici...

— Il vous y avait conduite... lui-même ?

— Oui, madame... il m'avait confiée à une dame aussi bonne que vénérable... que j'aimai bientôt comme ma mère... Elle et le curé du village, à la recommandation de M. Rodolphe, s'occupèrent de mon éducation...

— Et M... Rodolphe venait-il souvent à la ferme ?

— Non, madame... il y est venu trois fois pendant le temps que j'y suis restée.

Clémence ne put cacher un tressaillement de joie.

— Et quand il venait vous voir, cela vous rendait bien heureuse... n'est-ce pas ?

— Oh ! oui, madame !... c'était pour moi plus que du bonheur... c'était un sentiment mêlé de connaissance, de respect, d'admiration et même d'un peu de crainte...

— De la crainte ?

— De lui à moi... de lui aux autres... la distance est si grande !...

— Mais... quel est donc son rang ?

— J'ignore s'il a un rang, madame.

— Pourtant, vous parlez de la distance qui existe entre lui... et les autres.

— Oh ! madame... ce qui le met au-dessus de tout le monde, c'est l'élévation de son caractère... c'est son inépuisable générosité pour ceux qui souffrent... c'est l'enthousiasme qu'il inspire à tous... Les méchants même ne peuvent entendre son nom sans trembler... ils le respectent autant qu'ils le redoutent... Mais, pardon madame, de parler encore de lui... je dois me taire... je vous donnerais une idée incomplète de celui que l'on doit se borner à adorer en silence... autant vouloir exprimer par des paroles la grandeur de Dieu.

— Cette comparaison...

— Est peut-être sacrilège, madame... Mais est-ce offenser Dieu que de Lui comparer celui qui m'a donné la conscience du bien et du mal, celui qui m'a retirée de l'abîme... celui enfin à qui je dois une vie nouvelle ?

— Je ne vous blâme pas, mon enfant ; je comprends toutes les nobles exagérations. Mais comment avez-vous abandonné cette ferme où vous deviez vous trouver si heureuse ?

— Hélas !... cela n'a pas été volontairement, madame !

— Qui vous a donc forcée ?

— Un soir, il y a quelques jours, dit Fleur-de-Marie, tremblant encore à ce récit, je me rendais au presbytère du village, lorsqu'une méchante femme, qui m'avait tourmentée pendant mon enfance... et un homme, son complice... qui était embusqué avec elle dans un chemin creux, se jetèrent sur moi, et, après m'avoir bâillonnée, m'emportèrent dans un fiacre.

— Et dans quel but ?

— Je ne sais pas, madame. Mes ravisseurs obéissent, je crois, à des personnes puissantes.

— Quelles furent les suites de cet enlèvement ?

— A peine le fiacre était-il en marche, que la méchante femme, qui s'appelle la Chouette, s'écria : « J'ai du vitriol, je vais en frotter le visage de la Goualeuse pour la défigurer. »

— Quelle horreur !... malheureuse enfant !... Et qui vous a sauvée de ce danger ?

— Le complice de cette femme... un aveugle, nommé le Maître d'école.

— Il a pris votre défense ?

— Oui, madame, dans une occasion et dans une autre encore. Cette fois une lutte s'engagea entre lui et la Chouette... Usant de sa force, le Maître d'école la força de jeter par la portière la bouteille qui contenait le vitriol. Tel est le premier service qu'il m'ait rendu, après avoir pourtant aidé à mon enlèvement... La nuit était profonde... Au bout d'une heure et demie, la voiture s'arrêta, je crois, sur la grande route qui traverse la plaine Saint-Denis ; un homme à cheval attendait à cet endroit... « Eh bien ! dit-il, la tenez-vous enfin ? — Oui nous la tenons ! répondit la Chouette, qui était furieuse de ce qu'on l'avait empêchée de me défigurer. Si vous voulez vous débarrasser de cette petite, il y a un bon moyen : je vais l'étendre par terre, sur la route, je lui ferai passer les roues de la voiture sur la tête... elle aura l'air d'avoir été écrasée par accident. »

— Mais c'est épouvantable !

— Hélas ! madame, la Chouette était bien capable de faire ce qu'elle disait. Heureusement, l'homme à cheval lui répondit qu'il ne voulait pas qu'on me fît du mal, qu'il fallait seulement me tenir pendant deux mois enfermée dans un endroit d'où je ne pourrais ni sortir ni écrire à personne. Alors la Chouette proposa de me mener chez un homme appelé Bras-Rouge, maître d'une taverne située aux Champs-Elysées. Dans cette taverne, il y avait plusieurs chambres souterraines ; l'une d'elles pourrait, disait la Chouette, me servir de prison. L'homme à cheval accepta cette proposition ; puis il me promit qu'après être restée deux mois chez Bras-Rouge, on m'assurerait un sort qui m'empêcherait de regretter la ferme de Bouqueval.

— Quel mystère étrange !

— Cet homme donna de l'argent à la Chouette, lui en promit encore lorsqu'on me retirerait de chez Bras-Rouge, et partit au galop de son cheval. Notre fiacre continua sa route vers Paris. Peu de temps avant d'arriver à la barrière, le Maître d'école dit à la Chouette : « Tu veux enfermer la Goualeuse dans une des caves de Bras-Rouge ; tu sais bien qu'étant près de la rivière, ces caves sont dans l'hiver toujours submergées !... Tu veux donc la noyer ? — Oui », répondit la Chouette.

— Mais, mon Dieu ! qu'aviez-vous donc fait à cette horrible femme ?

— Rien, madame, et depuis mon enfance elle s'est toujours ainsi acharnée sur moi... Le Maître d'école lui répondit : « Je ne veux pas qu'on noie la Goualeuse ; elle n'ira pas chez Bras-Rouge. » La Chouette était aussi étonnée que moi, madame, d'entendre cet homme me défendre ainsi. Elle se mit alors dans une colère horrible et jura qu'elle me conduirait chez Bras-Rouge malgré le Maître d'école. « Je t'en défie, dit celui-ci, car je tiens la Goualeuse par le bras, je ne la lâcherai pas, et je t'étranglerai si tu t'approches d'elle. — Mais que veux-tu donc en faire alors ? s'écria la Chouette, puisqu'il faut qu'elle disparaisse pendant deux mois sans qu'on sache où elle est ? — Il y a un moyen, dit le Maître d'école ; nous allons aller aux Champs-Elysées, nous ferons stationner le fiacre à quelque distance d'un corps de garde ; tu iras chercher Bras-Rouge à sa taverne ; il est minuit, tu le trouveras, tu le ramèneras, il prendra la Goualeuse et il la conduira au poste, en déclarant que c'est une fille de la Cité qu'il a trouvée rôdant autour de son cabaret. Comme les filles sont condamnées à trois mois de prison quand on les surprend aux Champs-Elysées, et que la Goualeuse est encore inscrite à la police, on l'arrêtera, on la mettra à Saint-Lazare, où elle sera aussi bien gardée que dans la cave de Bras-Rouge. — Mais, reprit la Chouette, la Goualeuse ne se laissera pas arrêter. Une fois au corps de garde, elle dira que nous l'avons enlevée, elle nous dénoncera. En supposant même qu'on l'emprisonne, elle écrira à ses protecteurs, tout sera découvert. — Non, elle ira en prison de bonne volonté, reprit le Maître d'école, et elle va jurer de ne nous dénoncer à personne tant qu'elle restera à Saint-Lazare, ni ensuite non plus ; elle me doit cela, car je l'ai empêchée d'être défigurée par toi, la Chouette, et noyée chez Bras-Rouge. Mais si, après avoir juré de ne pas parler, elle avait le malheur de le faire, nous mettrions la ferme de Bouqueval à feu et à sang. » Puis, s'adressant à moi, le Maître d'école ajouta : « Décide-toi ; fais le serment que je te demande ; tu en seras quitte pour aller deux mois en prison ; sinon, je t'abandonne à la Chouette, qui te ménera dans la cave de Bras-Rouge, où tu seras noyée. Voyons, décide-toi... Je sais que si tu fais le serment, tu le tiendras. »

— Et vous avez juré ?

— Hélas, oui, madame, tant que je craignais d'être défigurée par la Chouette ou d'être noyée par elle dans une cave... cela me paraissait affreux... Une autre mort m'eût paru moins effrayante ; je n'aurais peut-être pas cherché à y échapper.

— Quelle idée sinistre, à votre âge !... dit Mme d'Harville en regardant la Goualeuse avec surprise. Une fois sortie d'ici, remise aux mains de vos bienfaiteurs, ne serez-vous pas bien heureuse ? Votre repentir n'aura-t-il pas effacé le passé ?

— Est-ce que le passé s'efface ? Est-ce que le passé s'oublie ? Est-ce que le repentir tue la mémoire, madame ? s'écria Fleur-de-Marie d'un ton si désespéré que Clémence tressaillit.

— Mais toutes les fautes se rachètent, malheureuse enfant !

— Et le souvenir de la souillure... madame, ne devient-il pas de plus en plus terrible à mesure que l'âme s'épure, à mesure que l'esprit s'élève ! Hélas ! plus vous montez, plus l'abîme dont vous sortez vous paraît profond.

— Ainsi, vous renoncez à tout espoir de réhabilitation, de pardon ?

— De la part des autres... non, madame ; vos bontés prouvent que l'indulgence ne manque jamais aux remords.

— Vous serez donc la seule impitoyable envers vous ?

— Les autres pourront ignorer, pardonner, oublier ce que j'ai été... Moi, madame, je ne pourrai jamais l'oublier...

— Et quelquefois vous désirez mourir ?

— Quelquefois ! dit la Goualeuse en souriant avec amertume. Puis elle reprit, après un moment de silence : Quelquefois... oui, madame.

— Pourtant, vous craigniez d'être défigurée par cette horrible femme ; vous teniez donc à votre beauté, pauvre petite ? Cela annonce que la vie a encore quelque attrait pour vous. Courage, donc, courage !...

— C'est peut-être une faiblesse de penser cela ; mais si j'étais belle, comme vous le dites, madame, je voudrais mourir belle en prononçant le nom de mon bienfaiteur...

Les yeux de Mme d'Harville se remplirent de larmes.

Fleur-de-Marie avait dit ces derniers mots si simplement ; ses traits angéliques, pâles, abattus, son douloureux sourire, étaient tellement d'accord avec ses paroles, qu'on ne pouvait douter de la réalité de son funeste désir.

Mme d'Harville était douée de trop de délicatesse pour ne pas sentir ce qu'il y avait d'inexorable, de fatal dans cette pensée de la Goualeuse :

« Je n'oublierai jamais ce que j'ai été... »

Idée fixe, incessante, qui devait dominer, torturer la vie de Fleur-de-Marie.

Clémence, honteuse d'avoir un instant méconnu la générosité toujours si désintéressée du prince, regrettait aussi de s'être laissée entraîner à un mouvement de jalousie absurde contre la Goualeuse, qui exprimait avec une naïve exaltation sa reconnaissance envers son protecteur.

Chose étrange, l'admiration que cette pauvre prisonnière ressentait si vivement pour Rodolphe augmentait peut-être encore l'amour profond que Clémence devait toujours lui cacher.

Elle reprit, pour fuir ces pensées :

— J'espère qu'à l'avenir vous serez moins sévère pour vous-même. Mais parlons de votre serment ; maintenant, je m'explique votre silence. Vous n'avez pas voulu dénoncer ces misérables ?

— Quoique le Maître d'école eût pris part à mon enlèvement, il m'avait deux fois défendue... j'aurais craint d'être ingrate envers lui.

— Et vous vous êtes prêtée aux desseins de ces monstres ?

— Oui, madame... j'étais si effrayée ! La Chouette alla chercher Bras-Rouge ; il me conduisit au corps de garde, disant qu'il m'avait trouvée rôdant autour de son cabaret ; je ne l'ai pas nié, on m'a arrêtée, et l'on m'a conduite ici.

— Mais vos amis de la ferme doivent être en proie à une inquiétude mortelle ?

— Hélas ! madame, dans mon premier mouvement d'épouvante, je n'avais pas réfléchi que mon serment m'empêcherait de les rassurer... Maintenant cela me désole... Mais je crois, n'est-ce pas ? que, sans manquer à ma parole, je puis vous prier d'écrire à Mme Georges, à la ferme de Bouqueval, de n'avoir aucune inquiétude à mon égard, sans lui apprendre pourtant où je suis, car j'ai promis de le taire...

— Mon enfant, ces précautions deviendront inutiles si, à ma recommandation, on vous fait grâce. Demain, vous retournerez à la ferme, sans avoir trahi pour cela votre serment ; plus tard, vous consulterez vos bienfaiteurs pour savoir jusqu'à quel point vous engage cette promesse arrachée par la menace.

— Vous croyez, madame... que, grâce à vos bontés... je puis espérer de sortir bientôt d'ici ?

— Vous méritez tant d'intérêt, que je réussirai, j'en suis sûre ; et je ne doute pas qu'après-demain vous ne puissiez aller vous-même rassurer vos bienfaiteurs...

— Mon Dieu, madame, comment ai-je pu mériter tant de bontés de votre part ? Comment les reconnaître ?...

— En continuant de vous conduire comme vous faites... Je regrette seulement de ne pouvoir rien faire pour votre avenir ; c'est un bonheur que vos amis se sont réservé...

Mme Armand entra tout à coup d'un air consterné.

— Madame la marquise, dit-elle à Clémence avec hésitation, je suis désolée du message que j'ai à remplir auprès de vous.

— Que voulez-vous dire, madame ?...

— M. le duc de Lucenay est en bas... il vient de chez vous, madame.

— Mon Dieu, vous m'effrayez ; qu'y a-t-il ?

— Je l'ignore, madame ; mais M. de Lucenay est chargé pour vous, dit-il, d'une nouvelle... aussi triste qu'imprévue... Il a appris chez Mme la duchesse, sa femme, que vous étiez ici, et il est venu en toute hâte...

— Une triste nouvelle !... se dit Mme d'Harville. Puis, tout à coup, elle s'écria avec un accent déchirant : Ma fille... ma fille... peut-être !... Oh ! parlez, madame !...

— J'ignore, madame...

— Oh ! de grâce, de grâce, madame, conduisez-moi auprès de M. de Lucenay ! s'écria Mme d'Harville en sortant, tout éperdue, suivie de Mme Armand.

— Pauvre mère ! dit tristement la Goualeuse en suivant Clémence du regard. Oh ! non... c'est impossible !... au moment même où elle vient de se montrer si bienveillante pour moi, un tel coup la frapper !... Non, non, encore une fois, c'est impossible.

FIN DU PREMIER TOME

Achevé d'imprimer le 19 décembre 1980
sur presse CAMERON
dans les ateliers de la S.E.P.C.
à Saint-Amand-Montrond (Cher)
pour le compte de France Loisirs
123, boulevard de Grenelle, Paris

Dépôt légal : 4e trimestre 1980.
Numéro d'édition : 5534. — Numéro d'impression : 1244.